HEYNE

Das Science Fiction Jahr 2004

Herausgegeben von
Sascha Mamczak und Wolfgang Jeschke

WILHELM HEYNE VERLAG
MÜNCHEN

HEYNE SCIENCE FICTION
Band 06/6450

Umwelthinweis:
Dieses Buch wurde auf chlor- und
säurefreiem Papier gedruckt

Redaktion: Sascha Mamczak/Wolfgang Jeschke

Originalausgabe 5/04
Printed in Germany 4/04
Das Umschlagbild ist von Chris Moore
Umschlaggestaltung: Nele Schütz Design, München
Satz: Schaber Satz- und Datentechnik, Wels
Druck und Bindung: GGP Media, Pößneck

ISBN 3-453-87896-5

Inhalt

Editorial

Liebe Leserinnen und Leser,

der Weltraum hat wieder Konjunktur! Nicht nur, dass sich Amerikaner und Europäer einen fröhlichen Wettlauf zum Roten Planeten liefern und das Wohl und Wehe der jeweiligen Sonden und Landeroboter zur Top-Meldung in den Abendnachrichten wird; nicht nur, dass die Kommunistische Partei Chinas mal wieder zum Großen Sprung ansetzt und sich neben Astronauten und Kosmonauten nun auch ein »Taikonaut« im Orbit tummelt (auf die Reise geschickt übrigens mit den denkwürdigen Worten: »Wer das All beherrscht, der hat das Heft in der Hand!«); nein, auch in den USA, dem Land Neil Armstrongs, das sein Raumfahrtprogramm in den letzten Jahren allerdings arg vernachlässigt hat, wird – womöglich als Reaktion auf die chinesische Herausforderung – auf höchster politischer Ebene wieder davon gesprochen, dass man »neue Schiffe« bauen werde, »bemannte Schiffe«, die sich auf den Weg zum Mars »und darüber hinaus« machen sollen. So jedenfalls George W. Bush in seiner Rede vor der NASA am 14. Januar 2004, eine Rede, die ebenso gut von einem unserer raumsüchtigen SF-Autoren – von Ben Bova, Gregory Benford oder gar Jerry Pournelle – hätte stammen können (und wer weiß, vielleicht war der eine oder andere ja tatsächlich daran beteiligt – das Reagan'sche SDI-Projekt hat schließlich deutlich gemacht, wie sehr sich Science Fiction und Politik in den USA gegenseitig begeistern können). Doch nicht nur bei den üblichen SF-Verdächtigen, auch in der breiten Öffentlichkeit scheint diese Art Weltraum-Pathos auf große Resonanz zu stoßen, und das umso mehr, je ungemütlicher die Verhältnisse hier auf der Erde werden. Was dann allerdings außer heißer Luft wirklich nach oben geschickt wird, wenn es zum finanziellen Schwur kommt, bleibt abzuwarten.

Dessen ungeachtet ist die Science Fiction inzwischen schon mal voraus geflogen, und das ist durchaus eine Überraschung: Zwar waren kühne Expeditionen in die Tiefen des Alls stets ihr Leib-und-Magen-Thema, zwar hat sich die Rakete – neben dem Kleinen Grünen Mann und Robby, dem Roboter – als zentrales Symbol des Genres in den Köpfen des Publikums eingebrannt, doch die Propagierung des »Inner Space«, die Hinwendung zu den »weichen« Wissenschaften und Stoffen wie Feminismus und Ökologie und nicht zuletzt der Gibson'sche »Cyberspace« haben die »Space Operas« – die klassischen Weltraumabenteuer also – in den letzten Jahrzehnten etwas in den Hintergrund gedrängt, um nicht zu sagen in die Schmuddelecke verbannt. Seit einiger Zeit jedoch findet eine geradezu atemberaubende Re-Kolonisierung statt: Autoren wie Dan Simmons (»Hyperion«), Vernor Vinge (»Ein Feuer auf der Tiefe«), Peter F. Hamilton (»Armageddon«), Iain Banks (»Bedenke Phlebas«), Alastair Reynolds (»Unendlichkeit«), Ken MacLeod (»Die Cassini-Division«) oder auch Andreas Eschbach (»Quest«) haben den Kosmos als gigantische literarische Spielwiese wiederentdeckt. Und sie sind mit ihren Büchern dort draußen auf eine Leserschaft gestoßen, die begeistert mitspielt: Space Operas verkaufen sich derzeit so gut wie keine andere Ausprägung der Science Fiction – eine Entwicklung, auf die auch die Heyne SF-Reihe entsprechend reagiert hat.

Was aber sagt das über den Zustand des Genres aus? Ist dieser Trend – parallel zum Fantasy-Boom anlässlich der »Herr der Ringe«-Verfilmung sowie zum exorbitanten Erfolg so genannter All-Age-Literatur à la »Harry Potter« – Ausdruck eines neuen Eskapismus, des Wunsches, in unendliche Weiten zu entfliehen, wo echte Helden noch echte Abenteuer erleben können und das mühsame irdische Klein-Klein keine Rolle mehr spielt? Sind die Zeiten gesellschaftskritischer Near-Future-Romane, wie sie die New Wave der 70er und auch der Cyberpunk der 80er noch so zahlreich hervorbrachten, ein für allemal vorbei? Geht die Science Fiction endgültig vor George Lucas in die Knie und kehrt sie reumütig zu ihren Groschenheft-Anfängen zurück? Oder ist vielleicht gerade das Gegenteil der Fall und diese »neuen« Space Operas reflektieren womöglich bedeutsame gesellschaftliche Vorgänge, für die es sonst keine andere Form der literarischen Auseinandersetzung gibt. Hat sich die Space Opera inzwischen gar zu einer Art Kunst gemausert? Und überhaupt: Was ist das eigentlich - eine »Space Opera«?

Mit solchen Fragen beschäftigt sich unser diesjähriges Schwerpunkt-Thema »Die Neue Space Opera«. Die oben genannten Autoren (und etliche andere) sollen dabei näher vorgestellt und zugleich die historische Entwicklung der Space Opera nachvollzogen werden - von den zaghaften Reisen zu erdnahen Himmelskörpern in der Frühphase des Genres, über jene Zeit in der ersten Hälfte des 20. Jahrhunderts, als die Phantasie alle physikalischen Grenzen überwand und der Begriff »Space Opera« erfunden wurde, bis zu ihrer Rennaissance mit anderen Mitteln ab Beginn der 90er Jahre. Und mögen auch, wie Sie sehen werden, die Ausdrucksformen der modernen Space Opera ganz unterschiedlich sein, so scheint der Wiederentdeckung des Kosmischen doch eines ganz bestimmt zugrunde zu liegen: Noch nie »alterten« Zukunftsvisionen so schnell wie heute, noch nie war es so schwierig, SF-Geschichten zu schreiben, die nicht bereits bei Erscheinen schon wieder der Schnee von gestern sind (was wohl mit ein Grund dafür war, dass William Gibson mit seinem letzten Buch einen SF-Roman vorgelegt hat, der sich wie ein Gegenwartstext liest - und andersherum). Da bietet sich ein Ausweichen in die weit entfernte Zukunft und in die Tiefe des Raumes natürlich an. Der ewigen Kernfrage der Science Fiction allerdings entkommt man auch so nicht: Denn wer sind wir, wenn wir schließlich dort ankommen? Wer sind wir etwa nach jenem Ereignis, das Vernor Vinge in einem (ebenfalls in diesem SF-JAHR enthaltenen) Aufsatz einmal als »technologische Singularität« bezeichnet hat, der Moment, in dem sich die Evolution der Maschinen endgültig von der Evolution des Menschen abkoppelt? Von welchen (menschlichen) Abenteuern kann man da noch seriös berichten? Vinge selbst hat versucht, darauf eine Antwort zu geben - und seine preisgekrönten Space Operas »Eine Tiefe am Himmel« und »Ein Feuer auf der Tiefe« sind hervorragende Beispiele dafür, wie das Erzählen in kosmischen Maßstäben das Bild, das wir von uns haben, verändern kann.

Eines allerdings sollte auch nicht verschwiegen werden: Seit es das Genre gibt, macht es Autoren wie Lesern einen Heidenspaß, in das Unbekannte aufzubrechen, ferne exotische Welten zu erforschen und dabei riesige interstellare Raumschiffe zu befehligen - und dass man diesen Freuden einmal wieder frönen darf, ohne sich dessen schämen zu müssen, ist sicherlich mit ein Erfolgsgeheimnis der Space Operas in den letzten Jahren. Bestimmt ist da also eine ordentliche Portion Eskapismus, wenn nicht gar Naivität dabei - aber es spielt auch das eine Rolle, was der SF-Kritiker und Space-Opera-Autor John Clute »Von einer Bühne träumen« nennt: Im Kopf das ganze Ausmaß des Universums abzuschreiten, an die Grenzen vorzustoßen - und dann einen Blick zurück zu werfen, auf uns, auf das, was wir sind, auf das, was wir werden können. Einen solchen Blick bietet nur die Science Fiction.

In diesem Sinne wünschen Ihnen einen guten Flug und viel Spaß mit dem SF-JAHR 2004

Sascha Mamczak & Wolfgang Jeschke

DIE NEUE
SPACE OPERA

Gold aus der Gosse

Der lange Marsch der Space Opera zur Kunst

von David G. Hartwell

1. Space Operas sind Schrott

In den letzten zwanzig Jahren, von 1982 bis 2002, ist der Hugo Gernsback Award, der alljährlich von den Teilnehmerinnen und Teilnehmern der World Science Fiction Convention verliehen wird, für den besten Roman fast immer an die VerfasserInnen von Space Operas gegangen. Gewinner waren unter anderem David Brin, C.J.Cherryh, Orson Scott Card, Lois McMaster Bujold, Dan Simmons und Vernor Vinge (im Unterschied dazu wurde bei den Auszeichnungen für Kurzgeschichten, Erzählungen oder Novellen ein viel breiteres Spektrum der unterschiedlichen Richtungen und Möglichkeiten von Science Fiction und Fantasy berücksichtigt). Man könnte sogar behaupten, dass mit dem Hugo Award für den besten Roman schon immer vorzugsweise solche Romane bedacht wurden, die man heute als Space Opera bezeichnen würde – auch wenn viele der früheren PreisträgerInnen, zumindest bis Ende der 70er Jahre, über dieses Etikett tödlich beleidigt gewesen wären. Denn »Space Opera« galt damals als herabsetzender Ausdruck, der weder eine bestimmte Richtung der Science Fiction noch eine bestimmte stilistische Eigenart kennzeichnete, sondern die schlimmste Form klischeebesetzter Inhalte: wirklich schlechte Science Fiction – Schrott.

Die Tatsache, dass das heute viele nicht mehr wissen, verzerrt unser Bild gegenwärtiger und früherer Science Fiction. Leute, die durchaus intelligent sind, sich aber dennoch nicht auskennen, haben, vor allem in den letzten zehn Jahren, die Geschichte schlicht revidiert und die Mär von einer genau umrissenen Epoche der Space Opera in die Welt gesetzt. Sie stützen sich dabei auf grundlegende Neudefinitionen der Space Opera, wie sie in den 60er und 70er Jahren geprägt wurden, um gewisse literarische Winkelzüge zu rechtfertigen. Schlicht gesagt, gab es vor Mitte der 70er keinen Menschen, der sich bewusst und absichtlich daran gemacht hätte, etwas namens »Space Opera« zu schreiben. Eine Ausnahme stellt lediglich Jack Vance dar, der Ende der 60er Jahre von Berkley Books den Auftrag erhielt, einen Roman zu verfassen, der dem Etikett Space Opera gerecht werden sollte (erschienen als: Space Opera; deutsch: Weltraum-Oper, Bergisch Gladbach 1982). Zur selben Zeit schrieb Philip K. Dick den Auftragsroman »The Zap Gun« (»Das Labyrinth der Ratten«, München 1979). Doch das waren Insider-Scherze der Verlage mit Blick auf die Science-Fiction-Fans.

Dennoch bezeichnen manche der noch lebenden Autoren aus den frühen Tagen der »Abenteuer«-SF ihre Werke und die anderer inzwischen mit dem ironisch gemeinten Etikett Space Opera – vielleicht in Anlehnung an Leigh Brackett, die in den 70er Jahren in der Tradition von Edgar Rice Burroughs schrieb und einen eigenen Standpunkt zur Space Opera vertrat und veröffentlichte (siehe Kasten weiter unten).

Andererseits wurden seit Ende der 40er Jahre auch zahlreiche Romane veröffentlicht, die als bewusste Parodien der Space Opera gelten können und die die Gattungsbezeichnung – ob zutreffend oder nicht – augenzwinkernd anwenden. Oft machen sie sich dabei über die großen Namen der Vergangenheit lustig – auch das gehört zum Spektrum literarischer Winkelzüge. Allerdings gibt es heute eine ganze Reihe preisverdächtiger oder gar preisgekrönter Werke, die bewusst als echte Space Operas konzipiert sind. Vieles davon hat sich in den letzten zwanzig Jahren in diesem oder jenem Grenzbereich der Science Fiction angesiedelt – und da gibt es ja einige.

Ein frühes SF-Lexikon, die »Fancyclopedia II« aus dem Jahre 1959, beschreibt Ursprung und Charakter der Space Opera wie folgt: »Von

Wilson Tucker* geprägter Terminus: Klischeehafte Science Fiction, als Science Fiction aufgemotzter Western; Begriff stellt Analogie zur Horse Opera mit ›Bäng-bäng-schieß-sie-ab‹-Mustern und zur Soap Opera – den Radio- und Fernsehschnulzen in Serienform – her.« Der bis hierhin zitierte Eintrag entspricht Wort für Wort der »Fancyclopedia I« aus dem Jahre 1944.

Natürlich entsprechen einige Space Operas dieser Definition genauer als andere. Die *Captain*-Fernsehreihe aus den 50er Jahren zum Beispiel war ein Flickwerk aus neu gedrehten Weltraum-Szenen und Filmmaterial aus alten Western (vorgeblich sollten damit Szenen aus dem Blickwinkel eines Spionage-Raumschiffs gezeigt werden, das die irdischen Agenten des Captains zu überwachen hatte). Terry Carr hat irgendwann eine Publikation namens »Space Western Comics« ausgegraben, in der ein Protagonist namens Spurs Jackson mit seiner »Weltraumwache« Abenteuer in einer futuristisch anmutenden Western-Szenerie erlebt. Die alten *Planet Comics* aus der Vorkriegszeit brachten periodisch Folgen über die »Fünfte Kompanie marsianischer Speerwerfer« und ihre Kämpfe mit rebellierenden Stammesgenossen.

Was Wilson »Bob« Tucker 1941 in seinem Fanzine tatsächlich schrieb, lautete: »In diesen Tagen, in denen man so hektisch allem und jedem Etiketten verpasst, möchten wir nicht versäumen, ebenfalls eines anzubieten: Für die klischeehaften, abgedroschenen, zum Himmel stinkenden Raumschiff-Abenteuer, in denen es stets um die Rettung der Welt geht, schlagen wir das Etikett *Space Opera* vor. Schließlich nennt man Western ja auch *Horse Operas* und die morgendlichen Schnulzen für Hausfrauen *Soap Operas*.«

Wir müssen an dieser Stelle anmerken, dass diese ursprüngliche Definition sich zwar auf jegliche klischeebesetzte, eklektizistische Science Fiction bezog, nicht aber auf gute Weltraum-Geschichten, wie sie etwa im Magazin *Astounding* zu finden waren, oder auf die Werke von E.E. Smith und Edmund Hamilton, die sich auf diesem

* Wilson Tucker: amerikanischer Science-Fiction-Autor, 1976 mit dem John W. Campbell Memorial Award ausgezeichnet. Schrieb in den 50er Jahren u. a. die Romane »The Long Silence« (Die Unheilbaren, 1974), »The Time Masters« (Die Letzten der Unsterblichen, 1973), »Wild Talents« (Geheimwaffe Mensch, 1974) und »The Lincoln Hunters« (Die Lincoln-Jäger, 1984) – *Anm. d. Übers.*

Gebiet besonders hervortaten. Gemeint waren Texte, die kaum literarisch zu nennen waren und heute längst vergessen sind, veröffentlicht unter anderem im Magazin *Amazing*. Das Etikett beschränkte sich außerdem nicht auf Geschichten und Romane, die in der fernen Zukunft und/oder im Weltraum angesiedelt waren und spielte auch nicht auf irgendwelche »gute alte Zeiten« an. Diese Bedeutungen nahm der Terminus Space Opera erst viel später an.

In den 50er Jahren war Space Opera ein negativ besetzter Begriff. Eine Anzeige auf der Rückseite früher Ausgaben von *Galaxy* (damals ein neues Magazin, das hoch hinaus wollte) trug die Überschrift: »So etwas werden Sie in *Galaxy* nie finden!« Was dabei in der linken Spalte zu lesen war, war ein typisches Beispiel des Space Opera-Stils jener Zeit, dem in der rechten Spalte eine Horse Opera gegenübergestellt wurde:

SO ETWAS WERDEN SIE IN *GALAXY* NIE FINDEN!

Während die Düsen aufjaulten, stieß Bat Durston durch die Atmosphäre von Bbllizznaj, ein winziger Planet, der sieben Milliarden Lichtjahre von Sol entfernt lag. Er machte seinen Super-Hyper-Antrieb für die Landung bereit.	So schnell, dass die Hufe seines Pferdes den Sand aufwirbelten, galoppierte Bat Durston durch den schmalen Pass von Eagle Gulch, einer winzigen Goldgräbersiedlung, die 400 Meilen nördlich von Tombstone lag. Hart trieb er den Gaul durch die Schlucht.
Und genau in diesem Moment trat ein großer schlanker Mann im Raumanzug aus dem hinteren Schiffsteil hervor, ein Protonengewehr in der vom Weltraum gegerbten Hand.	Und genau in diesem Moment trat ein großer schlanker Cowboy hinter einem hohen Felsen hervor, ein Sechs-Schuss-Gewehr in der von der Sonne gegerbten Hand.

»Treten Sie vom Steuerpult zurück, Bat Durston«, sagte der Fremde mit Lippen, die zu einem Strich zusammengepresst waren. »Sie wissen's zwar noch nicht, aber das war Ihr letzter Ausflug in den Weltraum.«	»Steigen Sie vom Pferd, Bat Durston«, sagte der Fremde mit Lippen, die zu einem Strich zusammengepresst waren. »Sie wissen's zwar noch nicht, aber das war Ihr letzter Ritt durch diese Gegend.«

Entdecken Sie Ähnlichkeiten? Das sollten Sie auch, denn der linke Text ist nichts anderes als ein Western, den man auf irgendeinen fremden, völlig absurden Planeten verlegt hat. Wenn das Ihre Vorstellung von Science Fiction ist, nur zu.

ABER IN* GALAXY *WERDEN SIE SO ETWAS NIE FINDEN!

Was Sie in GALAXY finden werden, ist erstklassige Science Fiction: authentisch, plausibel, voller Ideen. Verfasst von Autoren, die nicht von Krimi-Serien zur Invasion der Erde überwechseln, sondern sich in der Science Fiction wirklich auskennen und sie lieben – genau wie ihre Leser.

Ich erinnere mich noch daran, wie der Begriff Space Opera in den 50er Jahren in Rezensionen auftauchte. Irgendein Kritiker, vielleicht war es sogar der Autor James Blish, erwähnte flüchtig Edmund Hamiltons »Captain Future«-Serie, die vor Klischees nur so strotzte, als typisches Beispiel der Space Opera, grenzte dessen bessere Texte aber davon ab. Ich weiß auch noch, wie Damon Knight, Autor, Herausgeber und Rezensent von Science Fiction, Leigh Brackett mit großem Lob bedachte: »Leigh Bracketts ›The Long Tomorrow‹ [Am Morgen einer anderen Zeit, 1983] ist das herausragende Werk einer begabten Autorin, die schon so vieles, allerdings völlig anders Geartetes, im Bereich der Science-Fantasy veröffentlicht hat. Miss Bracketts eindringliche, emotionsgeladene, sehr maskulin wirkende Erzählungen – oft handeln sie von unglückseligen Helden auf fernen Planeten – sind bei den Fans überaus beliebt. All diese Geschichten sind außerordentlich poetisch und phantastisch, einander aber auch sehr ähnlich.« (In: *Search of Wonder*, 2. Auflage, S. 262)

Niemand wäre in den 50er Jahren auf die Idee gekommen, unter Space Opera etwas anderes zu verstehen als »klischeehafte, abgedroschene, zum Himmel stinkende« Science Fiction jeglicher Art. Nochmals sei hier Damon Knight zitiert, der 1958 Edmund Coopers Anthologie »Tomorrows Gift« (Endstation Zukunft, 1964) rezensierte. Über fünf der zehn in dieser Sammlung vertretenen Kurzgeschichten geht er flüchtig hinweg, indem er feststellt: »Der Rest ist vor allem Space Opera und lässt an vielen Stellen erkennen, dass Cooper hier schlampig und ohne inneres Engagement gearbeitet hat. Aber selbst diese Geschichten enden so, dass man einiges zu ihren Gunsten sagen kann. Nach einem heftigen comic-ähnlichen Tohuwabohu folgt bei Cooper manchmal völlig unvermittelt ein Abschnitt ruhiger Beschreibung, in dem etwa eine Mondlandschaft skizziert wird. Und in solchen Abschnitten wird plötzlich die bislang verborgene Bedeutung der Geschichte sichtbar. Allerdings heißt das auch, dass man gut neunzig Prozent solcher Geschichten als Schrott bezeichnen muss – und das ist entschieden zu viel.«

Knight bringt die Space Opera also mit literarischem »Schrott« in Verbindung und grenzt sie keineswegs auf Geschichten ein, die in ferner Zukunft oder im All spielen – jener Szenerie also, die wir heute der Space Opera zuordnen. Außerdem fällt auf, dass er den Terminus Science-Fantasy völlig neutral benutzt, wenn er Leigh Bracketts Romane charakterisiert. Diese Bezeichnung wurde damals generell auf Werke in der Tradition von Edgar Rice Burroughs angewendet, neben Bracketts Romanen galten auch die von C.L. Moore sowie Ray Bradburys »Mars-Chroniken« als Science-Fantasy. Charakteristisch für solche Werke war, dass sie in wesentlichen Punkten naturwissenschaftlichen Erkenntnissen widersprachen.

In den 60er Jahren begann sich die Bedeutung des Terminus Space Opera nach und nach zu wandeln: In die alte Bedeutung mischte sich jetzt die nostalgische Liebe zur kunstlos erzählten, klischeehaften, aber spektakulären Science Fiction der »guten alten Zeit«, die man mit schlechtem Gewissen und viel Vergnügen las. Ich erinnere mich, dass damals in den Fanzines häufig Artikel erschienen, in denen die gute alte amerikanische Science Fiction vor den Angriffen der New Wave verteidigt wurde.

Es ist zwar nicht ganz klar, wann der Terminus Space Opera erstmals auf E.E. Smiths Werke angewendet wurde, aber das kam irgendwann in den 60ern auf und markierte den Bedeutungswandel: Zum ersten Mal drückte sich in der Bezeichnung Space Opera jetzt so etwas wie Retro-Flair und Akzeptanz aus.

2. Die Space Opera ist tot

Der nächste Meilenstein in der Entwicklung der Science Fiction war, wie bereits erwähnt, die New Wave-Bewegung in England.* Michael Moorcock und J.G. Ballard, die eine Revolution vorantreiben wollten, nutzten ihr Prestige und ihre polemische Gabe dazu, den größten Teil früherer Science Fiction in Grund und Boden zu verdammen.

In den 60er Jahren machte sich also die Myriade stolzer Sternenflotten, die in der Science Fiction seit den 30er Jahren abgehoben hatte, auf den Heimflug. Einer derjenigen, die energisch auf die Rückruf-Taste drückten, J.G. Ballard, schrieb im Mai 1962 (Which Way to Inner Space?, New Worlds Nr. 118): »Ich bin der Meinung, die Science Fiction sollte sich vom Weltraum, von interstellaren Reisen, außerirdischen Lebensformen, galaktischen Kriegen und all diesen miteinander verbundenen Vorstellungen verabschieden, die neun Zehntel aller Science-Fiction-Magazine füllen ...« (Zitiert nach Colin Greenland: The Entropy Exhibition – Michael Moorcock and the UK ›New Wave‹, 1983, S. 44.)

Ballard, Moorcock und ihre Mitstreiter erklärten Geschichten, die im Weltraum spielten, für überholt, und Romane, deren Schaubühne die nahe Zukunft, der innere Raum und der menschliche Geist waren, zur einzig wahren zeitgenössischen Science Fiction. Sie warfen

* New Wave: Begriff, der sich ursprünglich an die französische *Nouvelle-Vague*-Bewegung und Filmemacher wie Jean-Luc Godard und François Truffaut anlehnte und erstmals 1964 in britischen SF-Fanzines auftauchte. Sie konzentrierte sich auf die britische Zeitschrift *New Worlds* und ihre Autoren (vor allem J.G. Ballard und Brian W. Aldiss). Charakteristisch sind psychologische Komponenten, die »Wendung nach Innen«, der metaphorische Stil, die Abkehr von wissenschaftlich/technologisch geprägten Inhalten – *Anm. d. Übers.*

alle SF-Abenteuerromane, die in ferner Zukunft oder in fernen Welten spielten, mit der Space Opera in einen Topf und behaupteten, all das sei Schrott und literarisch überholt - ein abgestorbener Teil der Science Fiction.

Zu ihren Verbündeten zählte in den späten 60er und frühen 70er Jahren auch Harry Harrison, der die Space Opera in den Romanen »Bill, The Galactic Hero« (Der Chinger-Krieg, 1973) und »Star Smashers of the Galaxy Rangers« (Die Galaxis-Rangers, 1983) parodierte; weitere Mitstreiter waren Michael John Harrison mit seiner Dekonstruktion Alfred Besters, dem Roman »The Centauri Device« (In meiner Hand - die Erde, 1981), sowie Brian W. Aldiss mit seiner zweibändigen Anthologie »Space Opera and Galactic Empires« (1974).

Als Aldiss diese Anthologie herausbrachte, hatte er den Gipfelpunkt seines Renommees als Schriftsteller und Literaturkritiker erreicht (zusammen mit Harry Harrison zeichnete er damals auch für »The Year's Best«, eine hoch angesehene Science-Fiction-Reihe, verantwortlich). In seiner Einführung zu »Space Opera« erklärte er diese Art von Science Fiction für tot - es sei denn, man halte sie unter Treibhausglas künstlich am Leben: »Es waren vor allem Groschenromane, die die Space Opera in die Welt gesetzt haben. Dort ist sie aufgeblüht und dort ist sie auch gestorben. Zwar werden immer noch Space Operas geschrieben, in erster Linie jedoch von Autoren, die Einfälle und Motivation aus Groschenheften beziehen.«

Den Leserinnen und Lesern »guter, ernsthafter« Science Fiction präsentierte er die Space Opera sozusagen als verbotene Frucht, die man nur schlechten Gewissens genießen könne: »Diese Anthologie hat nicht den Anspruch von Ernsthaftigkeit. In beiden Bänden wimmelt es von Nichtigkeiten. Wenn wir sie trotzdem zusammengestellt haben, dann ausschließlich deshalb, damit Sie Ihren Spaß daran haben.«

Darüber hinaus lieferte Aldiss eine ausführliche Beschreibung der Space Opera: »Der Begriff *Space Opera* ist ebenso vage wie originell und drückt offenbar [in diesem Punkt ist Aldiss besonders vorsichtig] sowohl Wertschätzung als auch Spott aus ... Wenige, aber weitgreifende Ideen bilden die Parameter, sie stehen wie Wachtürme im Niemandsland. Was sich dazwischen abspielt, ist im Prinzip recht schlicht – es geht um Liebe oder Hass, Triumph oder Niederlage –, denn wirklich wichtig sind eigentlich nur die Wachtürme. Sie stehen für die großen Fragen, die wir zum Teil auch aus anderen Zusammenhängen kennen: Was ist Wirklichkeit? Wo liegen die Grenzen unseres Wissens, unserer Erkenntnis? Was bedeuten Exil von der Erde, die schiere Unermesslichkeit des Universums, die Unendlichkeit von Zeit?«

Diese Beschreibung ist in Wirklichkeit eine grundlegende Neudefinition: Danach ist die Space Opera ganz allgemein eine Literatur der »guten alten Zeit«.

Bis etwa 1973 vermochten Science-Fiction-Rezensenten durchaus noch zwischen der Space Opera und populären Weltraumabenteuern der 20er- bis 70er Jahre zu unterscheiden. Verfasser solcher Weltraumabenteuer – zuweilen wurden sie auch als »Planetary Romance« oder »Science Fantasy« bezeichnet – waren etwa Poul Anderson und Henry Kuttner. Die SF-Abenteuer aus der Feder von Edgar Rice Burroughs und (in späteren Jahren) Leigh Brackett waren temporeich, farbig, heroisch und (zumindest im Fall von Leigh Brackett) trotz aller Klischees gut geschrieben. Man hat sie niemals

Starke Symbole
(aus: *Brian W. Aldiss: Einführung in die Space Opera*)

»Die stärksten Symbole sind nicht abstrakt, sondern konkret. Und vielleicht ist das stärkste Symbol von allen eine ureigene Erfindung der Science Fiction: das Sternenschiff. Das Sternenschiff ist der Schlüssel zu den schweren Bronzetüren der Space Opera, der dafür sorgt, dass die Menschheit sich zwischen allen Unermesslichkeiten von Zeit und Raum frei bewegen kann ... Im Mittelpunkt von Van Vogt's ›The Storm‹ steht das große galaktische Kriegsschiff *Star Cluster*, das wie ein riesiges, strahlendes Juwel funkelt: ›Lautlos wie ein Geist, größer und herrlicher als jede Vorstellungskraft sich auszumalen vermag, prächtig in all seiner Macht, glitt das riesige Schiff, umgeben von pechschwarzer Nacht, auf dem Fluss von Zeit und Raum dahin, hielt die Spur auf vorbestimmtem Kurs.‹«

Sinn fürs Wunderbare

Im Unterschied zu Brian W. Aldiss verteidigt Leigh Brackett in den 70er Jahren die Space Opera als ernstzunehmende Literatur, die auf den »Sinn fürs Wunderbare« abzielt. Als Herausgeberin der Anthologie The Best of Planet Stories *(Del Rey, 1976), die wenig Resonanz fand und auch nicht wiederaufgelegt wurde, schreibt sie in der Einleitung:*

»Das Magazin *Planet* war sich nicht zu schade, *Space Opera* zu veröffentlichen. Wie jeder Leser zweifellos weiß, ist *Space Opera* eine herabsetzende Bezeichnung, die oft auf Geschichten mit Elementen des Abenteuers angewendet wird. In den letzten Jahrzehnten sind brillante, talentierte neue Autoren aufgetaucht, die hoch gelobt werden. Von jedem Einzelnen ist zu erwarten, dass er oder sie mindestens einen Artikel schreibt, in dem trocken festgestellt wird, die Hochzeiten der Space Opera seien gottlob vorbei und fortan werde an die Stelle dieser ungehobelten Geschichten interplanetarischen Unsinns etwas ganz anderes treten. Je nach literarischen Vorlieben des Autors/der Autorin können das Kammerspieldramen, psychologische Dramen, Sexdramen oder sonst was sein, aber es müssen, bei Gott, dramatische Dichtungen von Gewicht sein, die nichts als große Gedanken enthalten.«

Bracketts Stellungnahme ist ein interessantes Dokument der Literaturgeschichte, in dem sich einerseits Unsicherheit, andererseits auch eine Verteidigungsstrategie im literarischen Machtspiel ausdrückt. Sie schreibt weiter:

»Eine Zeit lang war es bei bestimmten Teilen des Science-Fiction-Fandoms angesagt, Geschichten, die von *Planet* veröffentlicht wurden, rundum abzulehnen. Offenbar hassten sie das Magazin, weil es nicht die Storys von *Astounding* brachte ... Selbstverständlich war *Planet* nie *Astounding;* es tat auch nie so – und das war für viele von uns ein Segen. Wäre John W. Campbell jr. der einzige Abnehmer unserer Produkte gewesen, hätten wir nämlich verhungern können. Wir, die wir für *Planet* schrieben, waren meistens eher am Wunderbaren als an Differentialrechnung oder Theorie und Praxis des hydraulischen Presskolbens interessiert, selbst wenn wir uns mit solchen Dingen auskannten (was bei mir nicht der Fall war). Das Magazin *Astounding* zielte aufs Hirn, *Planet* auf den Bauch, und ich war stets der Meinung, dass beides seine Berechtigung hat. Chacun à son goût.«

als puren »Schrott« abgetan, auch wenn eine Vorliebe für Edgar Rice Burroughs' Romane von vielen als verbotenes Vergnügen betrachtet wurde.

Doch diese Unterscheidung zwischen Weltraumabenteuer und Space Opera verschwand, als Aldiss eine weitgehend akzeptierte Neudefinition der Space Opera lieferte, die für einige SF-Experten immer noch maßgeblich ist. Seine Neudefinition betrachtete alle Formen von Science-Fiction-Abenteuern als bloße Variationen der Space Opera. Seitdem wird bei Fachdiskussionen kaum noch eine Unterscheidung getroffen. Das betrifft etwa auch die bereits erwähnten Werke von E.E. Smith, die früher als Modelle guter Abenteuergeschichten innerhalb der ›harten‹ Science Fiction galten. Doc Smith wurde in *Astounding* und selbst in Campbells *Golden Age Years* publiziert; auch Robert A. Heinlein hat Smiths Werke geachtet und geschätzt. Doch mittlerweile hat eine Neubewertung stattgefunden, nach der Smith als Aushängeschild der frühen Space Opera dient.

Dass die vor den 50er Jahren veröffentlichte Science Fiction in toto einer so genannten Epoche der Space Opera zugeordnet wird, ist zumindest ein Teilsieg der New Wave.

3. Alles, was Sie zu wissen glauben, ist falsch

Nun zum nächsten Meilenstein. Mitte der 70er Jahre zählte Leigh Brackett zu den hoch geschätzten älteren Science-Fiction-AutorInnen. Im Laufe dieses Jahrzehnts sorgte der Verlag Del Rey für eine Wiederauflage fast aller frühen Brackett-Werke und bezeichnete sie als Space Operas, was seinerzeit als Lob gemeint war.

Auf dem Klappentext des Taschenbuchs »Best of Planet Stories I« aus dem Jahre 1976, verfasst von Judy Lynn oder ihrem Mann Lester Del Rey, ist zu lesen:

Planet Stories (1939–1955)

Während des goldenen Zeitalters der Groschenhefte – jener fabelhaften Magazine, die übermenschlich starke Helden im Kampf mit ungeheuerlichen Aliens auf feindseligen Planeten oder bei der Eroberung üppiger Göttinnen auf goldenen Welten präsentierten – sind mehr als siebzig Ausgaben von Planet Stories *erschienen. Als das Magazin wie fast alle Groschenhefte einging, kam das fast dem Tod der Space Opera gleich. Es war das Aus für jene wunderbaren Geschichten, die uns aus der irdischen Enge in die Weiten des interstellaren Raums entführten, wo eine Milliarde namenloser Planeten möglicherweise unendlich viele und seltsame Lebensformen hervorgebracht haben.*

Wie kam es zu dieser Hommage an die Space Opera? Lester Del Rey hatte sich vorgenommen, die Science Fiction zurück zu ihren Wurzeln zu führen. Und das bedeutete für ihn, Science Fiction zu fördern, die keine literarischen Ansprüche geltend machte oder sich sogar ausdrücklich dagegen wehrte. Insbesondere verwarf er den »Einbruch der Moderne« in die Science Fiction, die er an der angeblichen Hochnäsigkeit, den »Exzessen« und »gescheiterten Experimenten« der New Wave festmachte. Lester Del Rey und seine Frau Judy Lynn nahmen die von der New Wave vorgenommene Vermengung von Science-Fiction-Abenteuer und Space Opera widerspruchslos hin und benutzten beide Ausdrücke als Synonyme. Sowohl in Judys Werbemaßnahmen für Del Rey-Bücher als auch in Lesters Rezensionen – sie erschienen regelmäßig in *Analog* – kommen diese Synonyme als positiv besetzte Bezeichnungen vor.

Ich habe sie oft öffentlich über die Space Opera referieren hören, allerdings erst Jahre später gemerkt, welche Wirkung sie damit erzielten: eine vollständige »Umpolung« und Neubewertung des Terminus Space Opera. Seinerzeit hielt ich solche Auftritte der Del Reys nur für dreiste Schachzüge zur besseren Vermarktung ihrer Verlagsproduktionen.

Während Gardner Dozois, Terry Carr, *Locus*-Herausgeber Charlie Brown, ich selbst und viele andere in den späten 70ern auf nächtlichen WorldCon-Partys herumsaßen und uns über den Populismus der Del Reys lustig machten - wieder einmal hatten sie leidenschaftliche, literaturfeindliche Plädoyers für den kleinsten gemeinsamen Nenner in der Science Fiction gehalten -, wandelte sich der Begriff der Space Opera unterschwellig zu einer durchaus ehrenwerten Bezeichnung für ein Sub-Genre, eine bestimmte Richtung innerhalb der Science Fiction, ja geradezu zur Bezeichnung des Besten, was die Science Fiction vergangener Tage und der Gegenwart zu bieten hat - und genau diese Science Fiction hatte Aldiss doch gerade noch für tot erklärt!

Vor diesem Hintergrund steuerte Lester del Rey auch seine eigene Definition der Space Opera bei: »Als Space Opera kann man fast jedes Werk bezeichnen, das im Weltraum spielt; darüber hinaus trifft die Bezeichnung aber auch auf Romane oder Erzählungen zu, die vor allem auf Action angelegt sind.« (Lester Del Rey: The World of Science Fiction 1926–1976, 1978, S. 325). Er verstieg sich sogar zu der Behauptung, jeder Autor, der Science Fiction als Kunstform begreife, müsse scheitern.

Selbstverständlich war das für viele ein Schlag ins Gesicht - nicht nur für die *New Worlds*-Fraktion in Großbritannien, sondern auch für die Gruppe amerikanischer Autoren um Damon Knight, Judith Merril und Theodore Sturgeon. Schließlich vertraten Moorcock, Ballard, Aldiss und andere Repräsentanten der New Wave ein genau entgegengesetztes Credo: Science Fiction könne und müsse hohen literarischen Ansprüchen genügen; gute Autoren könnten mit der neuen Richtung des Inner Space in diese Gefilde vorstoßen, sofern sie die alten Klischees (der Space Opera) über Bord würfen.

Es dauerte zwar ein ganzes Jahrzehnt, bis die Umdefinition oder Neudefinition der Space Opera griff, doch in den frühen 80ern führten die Aktivitäten der beiden Del Reys schließlich dazu, dass sich das allgemeine Verständnis von Space Opera grundlegend wandelte. Vorbild für die Del Reys wurde Ende der 70er Jahre *Star Wars* und seine diversen Fortsetzungen. Bei der Vermarktung von *Star Wars* machte sich der Del Rey-Verlag später auch noch Leigh Bracketts

Renommee und Autorität zu Nutze, denn Brackett, die auch eine begabte Drehbuchautorin war, hatte das Skript für *The Empire Strikes Back* verfasst. Der gleichnamige Roman – das »Buch zum Film«, das Del Rey herausbrachte – führt als Verfasser sowohl Brackett als auch den Autor an, der die Romanfassung erstellte.

Und so verschmolzen innerhalb weniger Jahre *Star Wars* und *Star Trek* zum neuen Bild der Space Opera. Mitte der 80er Jahre galt Space Opera in amerikanischen Marketing-Kreisen bereits als Schlüsselbegriff für die populäre SF-Unterhaltungsliteratur, mit der hervorragende Umsatzzahlen zu erreichen waren.

4. Die Neue Space Opera

Ironie des Schicksals: Zwar hatten die konservativen Del Reys die Wiederherstellung alter Tugenden im Visier, sie eröffneten jedoch dem literarischen Ehrgeiz neue Möglichkeiten. Aufgrund ihrer Aktivitäten galten Kunst und mediale Vermarktung in der Science Fiction nicht mehr als Gegensätze. In den Werken der einzelnen Autoren waren jetzt die unterschiedlichsten literarischen Herangehensweisen und ihre Vermischung zulässig. Die Del Reys sorgten für ein Umfeld, in dem literarisch anspruchsvolle Werke gedeihen konnten, obwohl sie selbst im Traum nicht daran dachten, solche Werke zu unterstützen oder gar zu verlegen. Sie errichteten die Bühne, auf der die postmoderne Space Opera agieren konnte.

Viele Autoren und Leser und fast alle Literaturwissenschaftler und Fans, die sich erst nach 1975 für Science Fiction zu interessieren begannen, haben nie begriffen, dass der Begriff Space Opera ursprünglich negativ besetzt und herabsetzend gemeint war, was heute viele überraschen mag. Denn als der Begriff in den 80er Jahren erneut im ernsthaften Diskurs über die zeitgenössische Science Fiction auftauchte, hatte er eine völlig andere Bedeutung angenommen: Allgemein gesagt, steht er seither für kompetent und oft auch gut geschriebene Science-Fiction-Abenteuer mit bunter Szenerie, dramatischen Szenen, einem sympathischen Helden und einer Handlung, die sich über große Zeiträume und unermessliche Weiten erstreckt. Darüber hinaus ist eine tempo- und actionreiche Handlung wichtig (in diesem Punkt unterscheidet sich die Space

Opera von anderen postmodernen Romanen), die üblicherweise in einer relativ fernen Zukunft im All oder auf anderen Welten spielt. Typisch ist auch der optimistische Grundton. Und überaus wichtig für den Autor: Die Space Opera bietet ihm die Chance, sich auf ein Projekt einzulassen, das sich sowohl in literarischer als auch in kommerzieller Hinsicht hohe Ziele steckt.

Was sich heute als »Neue Space Opera« etabliert hat, gründet nur teilweise auf Del Reys Werbefeldzug und dem späteren Bedeutungswandel des Terminus, auch wenn hier die Anfänge liegen. In den 80er Jahren machten sich gute SF-Autoren unverzüglich daran, in den alten Klassikern der Space Opera nach eigenen Wurzeln zu suchen.

Die literarisch anspruchvollsten Space Operas der Gegenwart beziehen sich auf solche Vorbilder – wie Leigh Bracketts »The Sword of Rhiannon« (Das Erbe der Marsgötter, 1978); »The Rose« von Charles L. Harness (Die Rose, 1971); Jack Vances »The Dying Earth«; Cordwainer Smiths »The Planet Buyer« (Der Planetenkäufer, 1979) und »The Underpeople« (Die Untermenschen, 1980); Samuel R. Delanys »Nova« (Nova, 1983); »The Mote in God's Eye« (Der Splitter im Auge Gottes, 1977) von Larry Niven und Jerry Pournelle; Michael Moorcocks Reihe »Dancers at the End of Time«; Norman Spinrads »Riding the Torch« (Flammenritt, 1981) und »The Void Captain's Tale« (Daß mich das große Nichts umfange, 1983); C.J. Cherryhs »Downbelow Station« (Pells Stern, 1984); Gene Wolfes »The Book of the New Sun« (Das Buch der Neuen Sonne), insbesondere »The Urth of the New Sun« (Die Urth der Neuen Sonne, 1990); Orson Scott Cards »Ender's Game« (Das große Spiel, 1986) und die Folgebände; David Brins »The Uplift War« (Entwicklungskrieg, 1990); Mike Resnicks »Santiago – A Myth of the Near Future« (Santiago, 1993); Lois McMaster Bujolds »Miles Vorkosigian«-Reihe; Colin Greenlands »Take Back Plenty« und die Folgebände; sowie Iain M. Banks »Consider Phlebas« (Bedenke Phlebas, 1989) und die Folgebände des »Kultur«-Zyklus.

Im Laufe der 80er Jahre siedelten sich solche Werke nicht in einem einzigen Grenzbereich, sondern in vielen Randzonen der Science Fiction an. Sie stellten ein ganzes Spektrum neuer Möglichkeiten und Vorbilder für ehrgeizige neue Autoren dar. Zu diesem Zeitpunkt waren die eng gefassten Grenzen der Space Opera bereits gefallen, sodass all diese Werke als Teil der Space-Opera-Tradition oder des Subgenres Space Opera betrachtet werden konnten.

Anfang der 90er Jahre waren Iain Banks Romane Bestseller in Großbritannien - ein Riesenerfolg, der völlig unerwartet kam. Trotz des relativ geringen Verbreitungsgrades seiner Bücher in den USA galt er in England als wichtigstes Vorbild. In »The New Optimism«, einem Essay über die Science Fiction der 90er Jahre, bezeichnet Paul Kincaid Iain Banks als den einflussreichsten Gegenwartsautor Großbritanniens: »Sein riesiger kommerzieller Erfolg - innerhalb des Genres kann nur Terry Pratchett auf ähnliche Zahlen verweisen - hat eine Welle von Nachfolgern gezeitigt. Sie reicht von denen, die auf Klappentexten aus bloßen Vermarktungsgründen mit ihm verglichen werden, bis zu denen, die von Banks' literarischem Ansatz, seinem rigorosen Stil oder seiner Sicht der Zukunft tatsächlich zu eigenen Romanen inspiriert wurden.«

Allerdings gibt es die »Neue Space Opera« gar nicht als eindeutig definiertes, klar abgegrenztes Phänomen, wie gern die Briten das auch glauben und für sich in Anspruch nehmen möchten. In der Welt der SF gibt es viele ganz unterschiedliche, aber bedeutende und literarisch anspruchsvolle Autorinnen und Autoren, die allesamt gern Ausflüge in die Grenzbereiche der Science Fiction machen und dabei zu neuen Ufern vorstoßen: etwa Dan Simmons, John Varley, David Brin, Iain Banks, Catherine Asaro, Orson Scott Card, John Clute, Peter F. Hamilton, Lois McMaster Bujold, M. John Harrison, Donald M. Kingsbury, Ken MacLeod, Alastair Reynolds, Mike Resnick und C. J. Cherryh, um nur einige zu nennen.

Sie alle beanspruchen mit Recht, anspruchsvolle Space Operas zu schreiben (*wenn* sie Space Operas schreiben; viele widmen ihr nur einen Teil der Zeit), und sie alle sind oder waren viel gelesene Autoren mit großem Einfluss. Da die »Umpolung« des Terminus Space Opera in den 70er Jahren im Zuge eines geheimen literarischen Krieges und nicht als Ergebnis einer öffentlicher Auseinandersetzung und Debatte erfolgte, sind die Grenzen der Space Opera fließend und keineswegs präzise. Durch neue Beispiele werden sie fortwährend verändert, man denke nur an David Brins »Startide Rising« (Sternenflut), Orson Scott Cards »Ender's Game« (Das große Spiel), Mike Resnicks »Santiago« (Santiago), Iain Banks »Use of Weapons« (Einsatz der Waffen), Dan Simmons »Hyperion« (Hyperion), Vernor

Vinges »A Fire Upon the Deep« (Ein Feuer auf der Tiefe) oder John Clutes »Appleseed« (Sternentanz). Man kann also mit Recht behaupten, dass die »Neue Space Opera« der letzten zwanzig Jahre die Grundlage für den literarischen Vorstoß der Science Fiction ins neue Millenium und in neue Bereiche des Erzählens geschaffen hat.

Aus dem Amerikanischen von Usch Kiausch

Von einer Bühne träumen

Wofür wir die Space Opera benötigen

von John Clute

1.

Beginnen wir mit einer folgenschweren Behauptung – eine Behauptung, die J.R.R. Tolkien in seinem Aufsatz »Über Märchen« (»On Fairy-Stories«) in der Fassung von 1947 aufgestellt hat. In diesem Text verteidigt er den Eskapismus als eines der grundlegenden Merkmale jener Art von Geschichten, mit denen er sich befasste. Die Möglichkeit zur Flucht, die ein Märchen bietet, sagt er, hat nichts mit der Flucht eines Deserteurs zu tun. Sie gleicht der Flucht aus einem Gefängnis. Haben wir das Gefängnis und damit den »Lärm, Gestank«, die »Rücksichtslosigkeit und Verschwendung« unseres mechanischen Zeitalters hinter uns gelassen, sind wir »Hunger und Durst, Armut, Schmerz, Leid, Ungerechtigkeit und Tod« erst einmal entkommen, können wir uns auf die Suche nach einer Bühne begeben, auf der sogar Fische fliegen können. Oder sind dann vielleicht sogar in der Lage, uns »tiefere Wünsche« zuzugestehen: »Einer ist der Wunsch, mit anderen Lebewesen Zwiesprache zu halten.«[1]

Für den Augenblick möchte ich mich etwas weiter vorwagen, als Tolkien das in seiner Weisheit getan hat, und mich mit dem Wiederaufleben der Space Opera im 21. Jahrhundert beschäftigen. Meiner Meinung nach kommt in jeder Geschichte, die zu irgendeiner Zeit erzählt worden ist, die Sehnsucht zum Ausdruck, vor etwas fliehen zu

wollen. Das sage ich hier nicht zum ersten Mal und diese Überzeugung teile ich vermutlich mit allen Schriftstellern, die nicht-mimetische Literatur verfassen.[2] In Texten, die sich leidenschaftlich mit dem schriftstellerischen Handwerk beschäftigen, stößt man oft auf ähnliche Äußerungen.[3] Das Erzählen von Geschichten ist an sich schon nicht-mimetisch; die subversive Geschlossenheit und Unwahrscheinlichkeit, die Dichte und schlangengleiche Gerissenheit einer Geschichte widersetzt sich *von Natur aus* jeder Nachahmung der Wirklichkeit, sie strebt *von Natur aus* danach, sich von den Fesseln all dessen zu befreien, was schon einmal erzählt wurde: das Gegebene, das Offensichtliche, das Anerkannte, das »Wirkliche«.

Die Überzeugung, dass jedes Geschichtenerzählen einen heilsamen Widerspruch zur »realen« Welt darstellt, wird – zumindest in der englischsprachigen Literaturkritik – von den wenigen übrig gebliebenen Befürwortern des Nicht-Phantastischen in der Literatur natürlich nicht geteilt. (Ich stelle mir die offiziöse Literaturkritik als eine Art »Narrenschiff«[4] vor, das langsam im Meer des Erzählens untergeht – ein Meer, das sie nie wirklich hinter sich gelassen haben.) Der berühmte konservative Romancier und Kritiker John Updike hat erst kürzlich in einer Buchbesprechung im *New Yorker* (vom 26. Januar 2004, S. 90) zwei anspruchsvolle Werke literarischer Phantastik zaghaft gelobt, allerdings nicht, ohne einen Warnschuss aus dem Narrenschiff abzugeben:

> In der erzählenden Literatur suchen wir nach Ebenbildern der Wirklichkeit – das wirkliche Leben in Gestalt mittelbarer Erfahrungen, von einer tiefen Vertrautheit durchdrungen, welche mehr

tatsachenorientierte, erklärende Darstellungen nicht in diesem Maße bieten können. Verblüffenderweise verführen die Freiheiten, die die schöpferische Phantasie offeriert, manche Autoren dazu, in Fantasy-Gefilde abzugleiten.

Und dergleichen mehr.

Kehren wir zum Meer des Erzählens zurück, jenem Quell aller Geschichten, und wenden wir uns der Space Opera zu. Ist es uns erst einmal gelungen, sämtliche Überbleibsel unserer akademischen Ausbildung abzuschütteln und uns von der Vorstellung zu befreien, Geschichten würden von Natur aus die sichtbare Welt nachahmen, sehen wir allmählich klarer: Geschichten sind keine Mimesis – Geschichten sind Schlüssel zur Welt, und wir wissen alle, was das bedeutet.

Schlüssel passen in Schlösser. Schlüssel öffnen Türen.

Wenn wir uns erst einmal im Freien befinden und unser Ausblick unverstellt ist, können wir mit der Betrachtung der Welt beginnen. Endlich können wir die Welt selbst nach Bedeutungen absuchen – etwas, das die phantastische Literatur im Laufe der letzten beiden Jahrhunderte geleistet hat. Und wir können versuchen, uns *im Gesamtzusammenhang der Welt* in den Blick zu bekommen.

Aber es genügt noch nicht, dass uns die Flucht gelungen ist. Um unsere Dramen im Kontext der Welt zu Ende zu spielen, benötigen wir übersichtliche Bühnen – Theater der Erinnerung, Handlungsmodelle, an die sich Geschichten mit Gewinn halten können, Geschichten, die auf ein erkennbares Schicksal hinauslaufen. Eben aus diesem Grund haben wir die Space Opera erfunden, die »Weltraumoper«, gerade so wie unsere Vorfahren in vergangenen Jahrhunderten die Oper erfunden haben. Denn die Oper träumt von einer Bühne. Die Oper – die Weltraumoper – ist ein Kunstgriff, um die Welt in ihrer Gesamtheit in den Blick zu bekommen.

2.

An dieser Stelle möchte ich einige Bemerkungen einfügen, die das Verhältnis zwischen Oper und Space Opera betreffen. In etwas anderer Form stehen sie in einer Rezension, die ich vor ein paar Jahren über den Roman »Unendlichkeit« (Revelation Space, 2000) von Alastair Reynolds geschrieben habe. Ursprünglich ist der Text in der 153. Ausgabe von *Science Fiction Weekly* erschienen[5] und wurde für einen Sammelband mit dem Titel »Scores: Reviews 1993-2003« (2003) überarbeitet.

Wie andere Schriftsteller und Kritiker auch, bin ich der Meinung, dass sich die Space Opera während der letzten Jahrzehnte zunehmend weiterentwickelt hat und sich ihrer Konventionen in immer stärkerem Maße bewusst geworden ist. Sie gehört zu den Höhepunkten der Science Fiction des späten 20. Jahrhunderts. Zu den Schriftstellern, die hierfür beispielhaft sind und die ich in diesem Kontext rezensiert habe, gehören Iain M. Banks, M. John Harrison, Donald Kingsbury, Paul J. McAuley, Dan Simmons, Charles Stross, John Varley, Vernor Vinge und Gene Wolfe. Mit anderen Worten: »Unendlichkeit« ist eine Geschichte mit einem Stammbaum, sie beruht auf gemeinsamen Voraussetzungen, auf die die genannten Autoren - wie zahlreiche andere auch - zurückgreifen.

Die moderne Space Opera ist eine Bühnenfiktion. Sie umfasst eine Reihe von Erzählungen, die ein Raum/Zeit-Gefüge für das innere Auge sichtbar machen, wie Erving Goffman vor vielen Jahren in »Interaction Ritual« (1963) dargelegt hat. »Schicksalhaftigkeit«, schrieb er, »umfasst eine Folge von Ereignissen, die innerhalb eines Raumes und einer Zeit ihren Lauf nehmen und zum Abschluss kommen, die einen übersichtlichen Rahmen bilden.« Das erste Mal habe ich dieses brillante Apperçu 1972 zitiert, in einer langen James-Blish-Rezension in *New Worlds*, die in meinem ersten Sammelband »Strokes: Essays and Reviews 1966-1986« (1988) nachgedruckt wurde. Das zeigt, wie schrecklich lange ich mich schon darum bemühe, der Science Fiction auf die Spur zu kommen - der Art und Weise, wie sie uns die Augen öffnet. Damals habe ich geschrieben: In der Science Fiction »wird das Schicksal für uns mimisch dargestellt, und zwar als Matrize, die mit unserem Gesichtsfeld deckungsgleich ist.« Heute würde ich sagen, dass die Bühne der Space Opera eine Matrize bildet, die mit unserem Gesichtsfeld deckungsgleich ist. Hinzufügen möchte ich noch, dass die Schicksalhaftigkeit, wie Goffman sie definiert, außerdem mit Träumen deckungsgleich ist. Die Schicksalhaftigkeit ist der Wachtraum der Kunst, der uns die Flucht aus dem Gefängnis ermöglicht.

Wenden wir uns dem Raum und der Zeit zu. Der Raum bereitet uns keine Schwierigkeiten: Ohne zu hinterfragen, wissen wir, dass wir in der Lage sein müssen, uns den Raum vorzustellen, in den wir von einer Erzählung entführt werden. Bei der Zeit ist das nicht ganz so selbstverständlich: Ich denke allerdings, wir sind uns darüber im Klaren, dass die Zeit in der Space Opera - so wie die Zeit in einer Arie von Händel - einen erzählbaren Rahmen nicht verlassen darf. Daher beinhaltet jede Space Opera fast unweigerlich ein Modell unserer Heimatgalaxis (oder des ganzen Universums), das uns ermöglicht, jeden Ort im Rahmen der Erzählung für erreichbar zu halten. Fortbewegung mit Überlichtgeschwindigkeit und/oder Zeitreisen sind also weit verbreitet, wenn auch nicht unvermeidlich. Gewaltige, mit Handlung gesättigte Informationstransfers über die Weiten von Zeit und Raum sind geradezu obligatorisch. Nischenspezies, die aus einer Zeichnung von Rube Goldberg stammen könnten, sind allgegenwärtig, ebenso wie Weltraumreiche, ihr topologisches Gegenstück. Ganze Völker ergreifen für einander widersprechende philosophische Schulen Partei - und so weiter und so fort. All das soll uns ermöglichen, den Überblick zu behalten. Die Geschichte, die eine Space Opera innerhalb des Gesichtsfeldes dieser Bühne erzählt, zerfällt für gewöhnlich in zwei Teile, die oft ineinander verwoben sind: Der erste Teil schildert, wie die Ereignisse - will sagen, alles - ihren Anfang nahmen; der zweite Teil handelt davon, wie alles aus dem Ruder läuft (der zweite Teil handelt von *uns*).

Mit anderen Worten: Space Operas bedienen sich einer ganzen Reihe von Absurditäten, um klar und eindrücklich über Angelegenheiten zu sprechen, die für den Realismus eine Nummer zu groß sind (siehe oben). Das hört sich ganz danach an, als wollten wir behaupten, dass die moderne Weltraumoper in dieser Hinsicht der klassischen Oper gleicht! Nun, vielleicht ist der alte Spitzname mehr als nur ein Spitzname, und vielleicht kann nur jemand, dem der Gesang der Oper - der raffiniertesten Kunstform der westlichen Zivilisation - zuwider ist, gegen diesen Vergleich Einwände erheben. In mimetischer Hinsicht sind natürlich beide Spielarten der Oper absurd. Und beide ergeben nur dann einen Sinn, wenn man sie als das akzeptiert, was sie sind: als etwas ungefüge Gebilde, die sich mit viel Pomp und Prunk dem Erhabenen annähern. Opern - Weltraumopern - sind Theater der Erinnerung. Alles ist sichtbar, weil es erinnerbar ist (alles ist erinnerbar, weil es sichtbar ist): die Handlung, die Schauplätze und die Protagonisten; die Echophrasie[6], wenn Trope über Trope - palimpsestisch übereinander geschichtet - durch sich selbst auf uns herabblickt[7]; wenn uns Arthur oder Odysseus oder Helena oder Medusa oder Odin mit den Augen von Kim Kinnison (E. E. Smith) oder Plenty (Colin Greenland) ansieht.

Freiheit durch Gleichklang.

3.

Wenn ich also ein Buch wie »Sternentanz« (Appleseed, 2001) schreibe - eindeutig eine Space Opera -, schreibe ich ein Traumbuch. Ich träume, dass ich über eine umfassende Vorstellung dessen verfüge, was ein Ebenbild der Welt sein könnte - ein Ebenbild des menschlichen Lebens in unserer Zeit. In diesem Roman gehe ich davon aus, dass die menschliche Spezies, als Ganzes betrachtet, heftigst zum Himmel stinkt und dadurch Gott und andere Lebensformen, die anständige Leute fressen, vertreibt. Weiterhin stelle ich zur Debatte - was sich in einer geplanten Fortsetzung hoffentlich als gerechtfertigt erweist -, dass es uns vielleicht möglich sein wird, die Welt mit der Deutlichkeit einer Oper zu sehen und uns selbst zu retten, falls es uns gelingt, alle Gottesengramme[8] zu töten, die uns hier unten im Würgegriff halten. »Sternentanz« beginnt in Chaos und uralter Nacht und endet buchstäblich *in* einer Welt namens Klavier (ein Musikinstrument, wie unschwer zu erkennen ist), deren Innenraum größer ist als ihr Äußeres. Klavier ist der Traum von einer Bühne, die mit unserem Gesichtsfeld deckungsgleich ist.

Mein Held Freer (ein Name, der mit *frère* - Bruder - verwandt ist) scheint anfangs ein sterblicher Mensch und von den albernen Fesseln der Handlung in ein tödliches Korsett gepresst zu sein. Mit der Zeit entwickelt er sich jedoch zu einer Inkarnation des Traumes von einer Oper. Jedes Mal, wenn er einschläft und wieder aufwacht, gerät er tiefer in eine Welt der Vorstellungen hinein. In der Mitte des Romans schläft er in der Steuerzentrale ein, die sich im Herzen des Bewusstseins von *Fliesentanz* befindet, dem uralten Raumschiff, das sich Ynis Gutrin nennt und einen wahren Traum träumt: *Fliesentanz* träumt, dass sich tief in ihrem Innern ein noch älteres Ich befindet, das sie auffordert, ihm die Hand zu reichen, damit sie anfangen können, das Universum zu retten (wie - mehr oder minder offensichtlich - in jeder echten Space Opera). Kurz darauf erwacht Freer:

> Der Kapitän der *Fliesentanz* erwachte in der leuchtend hellen Umgebung von Ynis Gutrin. Langsam öffnete er die Augen und wurde wieder zu Freer - hellwach und in der Umarmung seines Sessels geborgen. Die Augen von Ynis Gutrin blickten auf ihn herab, Verführer und Verführte zeichneten sich deutlich gegen das Mosaikleuchten ab und wurden durchscheinend, wie die Gestalt eines Ritters, der auf die Innenseite eines großen Kristallkelches graviert war. Sichtbar waren sie nur für die glühenden Augen desjenigen, der sich im Innern befand und der die Nachtwache des Fleisches angetreten hatte. [Sternentanz, S. 190]

So sehe ich jeden echten Helden einer Weltraumoper: »durchscheinend, wie die Gestalt eines Ritters, der auf die Innenseite eines großen Kristallkelches graviert war.«

Freer und die anderen Space-Opera-Helden, die mir als Vorbild gedient haben, sind natürlich absurd; er ist so albern wie ein Kinderlied. Doch obwohl ich nicht trinke, während ich schreibe, wäre es töricht zu behaupten, ich hätte »Sternentanz« in nüchternem Zustand verfasst. Eine Oper kann man nicht nüchtern schreiben. Eine Oper - eine Weltraumoper - kann man nur schreiben, wenn man davon träumt, aus dem Gefängnis entflohen zu sein.

Eine *Space Opera* zu schreiben, kommt dem Traum gleich, die Welt zu sehen - die ganze Welt!

ANMERKUNGEN

1 Alle Zitate aus: J. R. R. Tolkien: Das Ungeheuer und seine Kritiker (Dt. von Wolfgang Krege), Stuttgart, 1987 - *Anm. d. Übers.*

2 »In der Bedeutung von ›Nachahmung der Natur‹ stellt Mimesis seit Platon und Aristoteles eine Grundkategorie der abendländischen Kunsttheorie dar.« (Walther Killy (Hrsg.): Literaturlexikon XIV (1993), S. 91) - *Anm. d. Übers.*

3 Der Romantiker Novalis schrieb im März 1800 an seinen Bruder Karl: »Ja keine Nachahmung der Natur. Die Poesie ist durchaus das Gegenteil.« (Novalis: Werke, Tagebücher und Briefe I (1978/1999), S. 737) - *Anm. d. Übers.*

4 Titel einer 1494 erschienenen Moralsatire von Sebastian Brant (1457–1524), bis ins 18. Jahrhundert das erfolgreichste deutsche Buch überhaupt; im Zusammenhang mit Clutes Argumentation ist interessant, dass Brant »nicht die närrische Existenz, sondern das Verharren darin trotz Warnung und besserer Einsicht« kritisiert. (Killy, a. a. O., II, S. 164) – *Anm. d. Übers.*

5 Im Original trägt die SFW-Kolumne von John Clute den Titel »Excessive Candour«; auf Deutsch erscheint sie als »Gefährlich Ehrlich« sporadisch im Internetmagazin *Alien Contact* unter www.alien-contact.de. – *Anm. d. Übers.*

6 Fachbegriff aus der Psychologie, in etwa: »nachplappern« – *Anm. d. Übers.*

7 Dieser auf den ersten Blick unklare Satz wird verständlich, wenn man ihn im Kontext mit Clutes Roman »Sternentanz« liest; dort geschieht nämlich genau das, was er hier zu erklären versucht ... – *Anm. d. Übers.*

8 »Engramm [griechisch ›Eingeschriebenes‹]: physiologische Spur, die ein Reiz im Gehirn hinterlässt; Engramme sind Grundlage von Lernfähigkeit und Gedächtnis.« (dtv-Lexikon V [1999], S. 73) – *Anm. d. Übers.*

Aus dem Englischen von Hannes Riffel

Von der Erde zum Mond – in hundertundeinem Jahr

Wie die Science Fiction den Weltraum eroberte und wieder verlor

von Thomas M. Disch

Wenn auch die Frage, wem die Ehre oder die Schande gebührt, der Stammvater der Science Fiction zu sein, niemals endgültig zu entscheiden sein wird, besteht kein Zweifel, dass das Raketenschiff das grundlegende Emblem des Genres ist. Selbst heute, da man in den Abendnachrichten sehen kann, wie *Apollos, Titans* und *Challengers* von Cape Canaveral starten, bleibt das Bild der Rakete – in der Regel ein Modell der 50er Jahre mit einer Art Pontiac-Flossen – das bevorzugte Bild der SF. Man sieht es zu Beginn jeder Episode von *Raumschiff Enterprise*, und in *2001* tanzt es zu den Walzerklängen »An der schönen blauen Donau«. Wie das Kreuz oder Hammer und Sichel transportiert es als Identifikator eine einzige allumfassende Bedeutung, die über alle Unterschiede von Klasse, Geschmack oder sogar Logik hinausgreift. Das »Oxford Book of Science Fiction Studies«, erschienen im erlesensten aller akademischen Verlage, zeigt eine einfache Fliegende Untertasse im Radkappendesign, wie sie munter durch eine blaue Leere wirbelt, die von einem Spektrum an Orange-, Grün- und Gelbtönen durchzogen wird. Routledge, ein anderer akademischer Verlag, präsentiert »Reading by Starlight: Postmodern Science Fiction« (1995), eine modisch-strukturalistische Kritik von Damien Broderick, mit einem Raumschiff vor dem Hintergrund

Jules Verne

H. G. Wells

eines tiefschwarzen Himmels, der mit zahlreichen Planeten und Monden wie ein Weihnachtsbaum dekoriert ist. SF-Romane und -Erzählungssammlungen, die überhaupt nichts mit Raumfahrt zu tun haben, werden nichtsdestotrotz mit Raumschiffen und Planeten – vorzugsweise Saturn – verziert. Auf der britischen Paperback-Ausgabe meines Romans »Angoulême« etwa prangt die obligatorische Kombination von Raumschiff und Sternenhimmel, obwohl in der Zukunft, die in dem Roman entworfen wird, die Raumfahrt aus Kostengründen längst aufgegeben wurde und nur noch nostalgische Gefühle weckt. Dasselbe Raumschiff, etwa um 120 Grad gedreht, befindet sich auch auf der britischen Ausgabe meiner Anthologie »The New Improved Sun: An Anthology of Utopian SF« (1976), obwohl der Planet Erde nur in einer der fünfzehn Geschichten verlassen wird. Für die Verleger wie für das breite Publikum also ist SF = Raumschiffe + Planeten.

Vielleicht liegt es ja auch nur daran, dass Raumschiffe und Planeten leicht zu zeichnen sind. Mit Zirkel, Lineal und bescheidenen Kenntnissen im Umgang mit Spritzpistole oder Computergrafik-

Programmen kann jeder Neuling an einem freien Nachmittag ein Dutzend solcher Titelbilder fabrizieren. Und sie erfüllen ihren Zweck: SF-Leser erwarten nicht, dass sie den Inhalt des betreffenden Buches wiedergeben, sondern nur, dass sie das Genre bezeichnen. An sich begeistern sich nur wenige Leser für Raumschiffe. Der überwiegende Teil der zeitgenössischen Science Fiction kümmert sich kaum um die mechanischen Anforderungen an Raumschiffe oder um das Erscheinungsbild astronomischer Körper, wie man sie aus teleskopischen Entfernungen sieht. Die Episoden von *Raumschiff Enterprise* oder der Ablegerserien handeln selten von möglichen Techniken für überlichtschnelle Reisen – derlei Techniken wären nämlich im Einstein'schen Universum schwerlich möglich, sodass die ganzen SF-Erklärungen nichts weiter sind als ein rasches Drüberweg-Reden. Wir haben ein Problem mit dem Feldgleichgewicht? Das könnte an den Heisenberg-Kompensatoren liegen – also überprüfen Sie die Strukturfeld-Fehleranzeigen.

Diese Art kunstvoller Schwindel ist im Schwange, seit Edgar Allan Poe seinen Hans Pfaall in einem Heißluftballon zum Mond schickte. Unter den Materialien, die zum Bau des Ballons verwendet wurden, nennt der Ballonfahrer »fünf eisenbeschlagene Fässer, jedes zu etwa fünfzig Gallonen, und noch ein größeres; sechs passend geformte Zinnröhren, drei Zoll im Durchmesser und zehn Fuß lang; eine bestimmte Menge einer *besonderen metallischen Substanz* oder eines *Halbmetalls*, das ich nicht nennen will, und ein Dutzend Korbflaschen mit einer *ganz speziellen Säure*. Das aus diesen letztgenannten Materialien gewonnene Gas hat noch niemand außer mir hergestellt«. Wenn Poe etwas von Heisenberg-Kompensatoren gewusst hätte, dann hätte er die sicherlich auch verwendet.

Die erste Weltraumfahrt der SF, die versucht, dem Unternehmen einen Schimmer von High-Tech zu geben, findet sich in Jules Vernes Roman aus dem Jahre 1865 »Von der Erde zum Mond«.[1] Man hat über Verne die Nase gerümpft, weil er seine Raumreisenden mit einer riesigen Kanone losschickt, denn die Beschleunigung, die dabei für den Start notwendig ist, würde sie zerquetschen. Doch bei anderen Einzelheiten der Geschichte übertrifft seine Voraussicht sogar spätere Autoren wie Robert Heinlein, insbesondere im Hinblick auf die gesellschaftliche Umsetzung des Projekts. Im Geiste von Ayn Rand nahm Heinlein an, ein einziger heldenhafter Kapitalist, Delos D. Harriman, würde für den ersten Raumflug und die Besiedelung des Mondes verantwortlich zeichnen – trotz des Widerstands seitens einer »verdammten bevormundenden Regierung«.[2] Verne überträgt die Aufgabe zwar nicht der offiziellen Regierung der USA, sieht sie aber als eine Leistung des entstehenden US-amerikanischen militärisch-industriellen Komplexes, der die Europäer insbesondere auf einem Gebiet übertrumpft: in der »... Wissenschaft der Ballistik. Ihre Geschütze erreichten nicht bloß den höchsten Grad der Vollkommenheit, sondern boten ungewöhnliche Größenverhältnisse und erreichten demzufolge Tragweiten, wie man sie bisher nicht gekannt hatte.«[3] Eine Gruppe von Artillerie-Profis, von der Aussicht auf Frieden nach dem Ende des Bürgerkriegs desillusioniert, bildet den Kanonenklub, dem »1833 wirkliche und 3565 korrespondierende Mitglieder«[4] angehören und der an eine Mischung aus National Rifle Association und NASA erinnert. Der Kanonenklub macht aus seinen Riesenkanonen keine Pflugscharen, sondern Raumschiffe, und die Geschichte beginnt.[5]

Das hat durchaus eine unheimliche Ähnlichkeit mit den Anfängen der NASA in Folge des Zweiten Weltkriegs, als sie die Talente der deutschen Raketenwissenschaftler nutzte, die die V2 entwickelt hatten. Bezüglich seiner Funktion ist das Raumfahrtprogramm immer eine Arbeitsbeschaffungsmaßnahme für das Militär in Friedenszeiten gewesen. Wie Verne zusammenfasst:

> Aber es kam ein Tag, ein trauriger, beklagenswerter Tag, an welchem der Friede von den Überlebenden unterzeichnet wurde – die Salven hörten allmählich auf – die Mörser schwiegen – die Haubitzen wurden auf lange Zeit mundtot gemacht, und die Kanonen kehrten gesenkten Hauptes in die Arsenale zurück, die Kugeln wurden in den Munitionswagen aufgeschichtet, die blutigen Erinnerungen verwischten sich, die Baumwollstauden gediehen prächtig auf den breit gedüngten Feldern, die Trauergewänder moderten im Schranke wie die Schmerzen im Herzen, und der Kanonenklub blieb versunken in eine bodenlose Tatenlosigkeit.[6]

Verne war natürlich Franzose, und die Franzosen haben ihre eigene ausgeprägte Science-Fiction-Tradition. Doch sowohl hinsichtlich seines wichtigsten Vorbilds – Poe – als auch seiner eigenen Vorbildwirkung für das Genre sollte man ihn als verkannten Amerikaner betrachten. Von seinen vierundsechzig Romanen spielen dreiundzwanzig in einem Amerika, das den kapitalistischen Dystopien von Bertold Brechts »Mahagonny« oder Jack Londons »Eiserner Ferse« immer ähnlicher wird: In »Robur der Eroberer« etwa, 1866 geschrieben, ein Jahr nach »Von der Erde zum Mond«, zeichnet Verne einen heldenhaften amerikanischen Kapitalisten à la Heinlein, der ein Flugzeug erfindet; in der Fortsetzung aus dem Jahre 1904, »Der Herr der Welt«, ist aus dem an Byron erinnernden Robur ein verrückter Wissenschaftler und Hitler-Vorläufer geworden. Luftfahrt (ganz zu schweigen von Raumfahrt) war schon immer gefährlich.

Diese dunklere Seite von Verne ist stets ignoriert oder abgemildert worden, um den Gegensatz zwischen ihm und H.G. Wells zu bewahren: Wells steht im Ruf des Pessimisten, der Albtraum-Zukünfte entworfen hat – Verne gilt als der technikfreundliche Optimist. Doch damit wird man beiden Autoren nicht gerecht. Wells war auch ein bedeutender Utopist, und Verne sah das Heraufziehen des neuen Zeitalters der Technik von Anfang an mit wohlbegründeten Befürchtungen. Wie wir heute wissen – nach der Entdeckung seines unterdrückten (1863 geschriebenen, aber erst 1994 veröffentlichten) Manuskripts »Paris im 20. Jahrhundert« –, war Verne nicht der maßlos begeisterte Technikfreund, als den ihn sein Porträt im Pantheon darstellt. In »Paris« sagt er benzingetriebene Automobile (mitsamt Verkehrsstaus), Faxgeräte und Telefone voraus, sogar den elektrischen Stuhl als Fortschritt gegenüber der Guillotine. Doch er hat auch vorausgesehen, dass die französische Sprache vom Englischen überwältigt werden würde, und der Held seines Romans, ein Dichter, sucht in Buchläden vergeblich nach den Werken von Victor Hugo – genau das düstere Schicksal, das französische Intellektuelle noch immer zu fürchten bekennen. Zum Glück für Vernes kommerziellen Erfolg legte sein Verleger und Schutzengel, Jules Hetzel, »Paris« auf Halde und ließ seinen fügsamen Autor eine Folge populärer Abenteuerromane schreiben, die *Voyages extraordinaires*, die ihn unsterblich machten: »Zwanzigtausend Meilen unter dem Meer«, »Die Reise um die Erde in achtzig Tagen«, »Reise zum Mittelpunkt der Erde« und all die anderen Werke, die in Hollywood zu Fieberträumen führten, die aber niemand wirklich liest, zumindest nicht auf Englisch.

Tatsache bleibt, dass Verne 1865 den ersten Bericht über einen Mondflug schrieb, der sich bewusst als Science Fiction verstand. Warum zum Mond? Darauf gibt es mehrere offensichtliche Antworten: Er ist das nächstgelegene Ziel im Weltraum, und anders als die Planeten, sieht er nach einem *Ort* aus. Schon im zweiten Jahrhundert, als Lukian von Samosata seine »Wahre Geschichte« schrieb, war der Mond das imaginäre Ziel für Abenteuerreisende. Wenn man die Mondphasen verstand, begriff man, dass er eine Kugel wie die Erde war und das Sonnenlicht reflektierte. Entfernung und Größe konnten berechnet werden. Er ist riesig und er ist immer da, ein lockendes Ziel.

Die Planeten sind viel hypothetischer. Wir können sie zwar sehen und Astronomen konnten (nach Kopernikus und Newton) ihre Masse und Bewegung errechnen, doch erst gegen Ende des 19. Jahrhunderts, als wir mit Hilfe von Teleskopen auf dem Mars Kanäle erkennen (oder, was fast ebenso gut ist, uns einbilden) konnten, wurde das restliche Sonnensystem so interessant wie der Mond.

Aber der Mond ist nicht nur als physikalischer Körper *vorhanden*, er ist auch ein Teil des Himmels, und der Himmel ist viel mehr als das Firmament, das wir nachts sehen. Er ist der Ort, den fast jede Kultur den Göttern als Wohnsitz und den Seelen der Seligen als Schlafstatt zugeschrieben hat. Zum Mond zu reisen, heißt daher buchstäblich, in den Himmel zu kommen. Genau so wird der Mond in Dantes »Paradies« gezeichnet – er ist die erste Stufe vom irdischen Fegefeuer-Berg aufwärts, der Vorraum zu den ferneren Planeten und den höchsten Himmelssphären jenseits davon. Und *wenn* der Mond der Anfang des Himmels ist, sollte man dann nicht annehmen, dass dort jemand sein muss? Bewohner. Menschen wie wir, aber anders. Außerirdische.

Die Szene betritt der größte Science-Fiction-Autor von allen (wenngleich auch das Etikett noch nicht erfunden war, als er die Werke schrieb, an die wir uns erinnern): H.G. Wells. Wells hat Poe womöglich gelesen, doch es gibt keinen Hinweis darauf, dass er in dem, was er schrieb, auf irgendeine Weise von ihm beeinflusst worden wäre. Verne hatte er zweifellos gelesen, ihn aber selten zum Vorbild genommen. Die wunderbare Qualität der SF-Romane und -Erzählungen, die er zwischen 1895 (»Die Zeitmaschine«) und 1914 (»Befreite Welt«, in dem er die Atombombe voraussagte) schrieb, besteht im

Verwischen der Grenze zwischen den beiden Bestandteilen des Begriffs, Science und Fiction. Wo Vernes »Wissenschaft« nicht einfach veraltet und falsch ist, ist es die im Klassenzimmer gelehrte – Verne zu lesen, ähnelt einem Besuch in einem Naturkundemuseum in der Provinz, wo Schaukästen über Schaukästen stehen; nach zehn Minuten möchte man in die Cafeteria.

Wells dagegen war der geborene Romancier. Dabei stand er natürlich auf den Schultern von Riesen: Bis er mit Anfang Dreißig seine ersten Romane schrieb, hatte er sich die Gepflogenheiten und Kunstgriffe von anderthalb Jahrhunderten englischer Romanliteratur angeeignet. Und so kann man seine besten Bücher noch immer mit simplem Sinnesvergnügen lesen, ohne die Willensanstrengung aufbringen zu müssen, die Verne und allzu oft auch Poe erfordern.

Wells war auch ein formidabler Polemiker.[7] Im Laufe der Zeit sollte ihm das allerdings zum Verhängnis werden. Mehr noch als Verne wurde er zum Oberlehrer des Genres, ein Schicksal, das so viele spätere SF-Schriftsteller ereilte – Heinlein, Asimov, Bradbury, Le Guin, Delany –, dass man es als Berufsrisiko einstufen muss. Doch in seiner Anfangszeit vereinte Wells noch beide Talente, das literarische und das polemische, und schuf Werke der modernen Mythologie, deren Thema derart kraftvoll ins Bild gesetzt war, dass sie mit schierer Erzählgewalt jeden skeptischen Vorbehalt überwanden.

Das Thema, das Wells in diesen Romanen – »Die Zeitmaschine«, »Die Insel des Dr. Moreau«, »Der Krieg der Welten« und »Die ersten Menschen auf dem Mond« – entwickelte, war Darwins Evolutionstheorie, angewandt auf die Geschichte der Menschheit. Bevor sich Wells der Belletristik zuwandte, war er Student bei T.H. Huxley, dem einflussreichsten Verfechter von Darwins Theorie. Huxleys Debatte mit Bischof Samuel Wilberforce wurde sogar von dessen Anhängern als überwältigender Sieg des Darwinismus betrachtet. Doch das hatte nicht viel zu bedeuten. Die Leute glauben, was sie gern glauben möchten. Die Evolution ist nach wie vor eine Streitfrage und Darwins Evolutionstheorie noch immer die wesentliche Bruchlinie in der »modernen« Kultur. Und viel mehr als sein Mentor Huxley war es Wells, der die Gewichte zugunsten der Evolutions-Hypothese verschob – indem er Mythen schuf, die robust genug waren, um bis in die Gegenwart fortzuwirken. Über eine Theorie lässt sich streiten, ein Mythos überzeugt aus dem Bauch heraus.[8]

Doch was hat das alles mit Mondraketen zu tun? Die Evolution lässt einen an Höhlenmenschen und Dinosaurier denken, an Geschöpfe vergangener Jahrtausende. Raumschiffe und Astronauten sind Ikonen der Zukunft. Und dennoch besteht zwischen ihnen ein Bindeglied, und das ist am deutlichsten in den Werken von H.G. Wells auszumachen, der erkannte, dass es komplementäre Bilder sind, die im Evolutionskontinuum gleich weit von der Gegenwart entfernte Punkte verkörpern. Die von einer Natur à la Darwin, wo der Mensch nur eine Art überlegener Affe ist, heraufbeschworenen Sorgen werden von den Panoramen des Weltraums beschwichtigt, den der einstige Affe in seiner neuen Erscheinungsform als »Superman« durchstreifen kann. Das Wort wurde 1903 von George Bernard Shaw als Übersetzung von Nietzsches »Übermensch« geprägt, der als höherentwickelte Form des Homo sapiens betrachtet wurde. In seiner späteren, heruntergekommenen Verkörperung als Comic-Held ist Superman nichts Geringeres als ein Raumschiff in menschlicher Gestalt, ein Mann aus Stahl, der durch bloße Willenskraft an jeden Ort im Weltall fliegen kann, der mit Röntgenblick ausgerüstet ist und dessen Körper so ziemlich das ganze *Star-Wars*-Arsenal enthält.

Fast alles, was Wells' beste SF ausmacht, hat einen auf die Evolution bezogenen Subtext. In seinem ersten Roman, »Die Zeitmaschine« (1895), hat sich die Menschheit des Jahres 802.701 in zwei verschiedene Spezies aufgespalten: eine dünne Oberschicht von gedankenlosen Eloi und die unterirdisch hausenden raubtierhaften Morlocks. Eine »Erfindung«, wie Wells sein Buch im Untertitel nannte – und die meisten Leser haben seine Albtraumvision vom existierenden britischen Klassensystem als hübschen eskapistischen Spaß akzeptiert –, doch ebendiese Erfindung, als tatsächliche Möglichkeit betrachtet, hat eine der erbittertsten »Bücherschlachten« der Neuzeit ausgelöst: Richard Herrnstein und Charles Murray haben in »The Bell Curve« (Die Glockenkurve)[9] dieselbe Verfestigung der Unterschiede von genetisch getrennten Unter- und Oberklassen als Hypothese aufgestellt. Das Ergebnis war ein wütender Aufschrei. Zurecht: Selbst ohne die in ihr enthaltenen Möglichkeiten einer Rassenaufspaltung ruft die These von »The Bell Curve« aus demselben Grund Bestürzung hervor wie »Die Zeitmaschine« oder »Der Ursprung der Arten«: Sie nimmt die menschliche Natur nicht als gottgegeben, sondern als eine unplatonische Variable, als Funktion unserer formbaren Gene. Wir waren Affen - und könnten eines Tages wieder zu Affen werden.[10]

In seinem nächsten Roman, »Die Insel des Dr. Moreau« (1896), gibt Wells der Evolutionstheorie einen anderen, noch erschreckenderen Dreh: Doktor Moreau ist ein neuzeitlicher Victor Frankenstein, der mit Hilfe der Vivisektion »Tiermenschen« erschafft, menschliche Hybriden aus Leoparden, Schweinen, Hunden, Affen und anderen Tieren. Seine Tiermenschen verkörpern sowohl das Tierische in der menschlichen Natur als auch das Mitgefühl Erzeugende und sogar »Geistige« in der tierischen Natur - und somit den Grund, warum religiös empfindsame Personen des viktorianischen Zeitalters vor dem Darwinismus erzitterten, vor seinen Bildern von einer Natur mit roten Zähnen und Klauen, bewohnt von einem menschlichen Tier, das mit Blut befleckt ist.

Der Darwinsche Mensch ist nicht nur seinem Ursprung, sondern auch seiner Bestimmung nach ein Biest. Damals wie heute mochten die Engländer ihr Beef blutig: Das britische Empire verkörperte, wie alle Weltreiche zuvor, wie die Starken mit Erfolg die Schwachen fressen, und darum ging es - in Form einer Metapher - schließlich in »Der Krieg der Welten« (1898). Der Roman ist weniger vordergründig ein darwinistisches Gleichnis als seine Vorgänger, führt aber denselben Gedankenstrang weiter. Die Invasionsmacht der marsianischen Raumschiffe verwüstet London und die englische Landschaft so mühelos, wie eine moderne Artilleriekompanie Samoa unterwerfen könnte oder wie die Conquistadoren Mexiko und Peru unterwarfen. Die Parallelen sind nicht unbeabsichtigt, und in »Der Krieg der Welten« liegt über ihnen ein unverkennbar darwinistischer Blickpunkt.

Ebenso wie Poes Vankirk in »Mesmerische Offenbarung« kategorisch verkündet, der Erzähler werde »einen deutlichen Begriff vom letzt-ewigen Leibe gewinnen, wenn Sie ihn sich zur Gänze als Gehirn denken«[11], schildert Wells seine Marsianer als »Köpfe, nichts als Köpfe. Sie hatten keine Eingeweide«.[12] Die Gründe dafür, erklärt er, liegen in der Evolution. Da die Marsianer auf einem älteren Planeten leben, hatten sie mehr Zeit zur Evolution, und die Evolution hat sie auf das für ein Raubtier Unerlässliche reduziert, das Gehirn. Wells glaubt,

> dass die Vervollkommnung der angewandten Mechanik schließlich die Glieder und die Vervollkommnung der Chemie die Verdauung überflüssig machen würden; dass solche Organe wie Haare, Nasen, Zähne, Ohren, Kinn nicht länger wesentliche Teile des menschlichen Körpers sein würden und dass in den kommenden Geschlechtern der Zug der natürlichen Zuchtwahl in der Richtung ihrer stetigen Verkümmerung liegen würde. Das Gehirn allein würde die Hauptnotwendigkeit bleiben.[13]

Wells' Marsianer sind also die ersten bionischen Menschen, die Urbilder der Robocops, pure Intelligenz, gehüllt in unzerstörbaren Stahl, ebenso Furcht erregend wie der Evolutionslogik zufolge unvermeidlich.

Wells' direktestes, nicht gleichnishaftes Diorama von der Welt nach Darwin findet sich in einer Novelle, die er 1897 schrieb, gleich nach »Doktor Moreau«: »Ugh-lomi. Eine Geschichte aus der Steinzeit«. Dreiundachtzig Jahre vor »Ayla und der Clan des Bären«, Jean Auels mitreißendem Saga-Auftakt, erzählt er hier eine Geschichte vom Alltag im steinzeitlichen England, sozusagen eine Miniaturversion von Auels Epos, dargeboten mit einer Komik, die vielleicht sogar Henry James und seinesgleichen geschätzt hätte. Sie beginnt dort, wo auch Darwin anfängt, mit einer Reverenz an die weitere Sicht auf die Erdgeschichte, die die Geologie möglich gemacht hat:

> Diese Geschichte reicht in eine Zeit vor Menschengedenken zurück, in Zeiten, da man noch trockenen Fußes von Frankreich (wie wir es jetzt nennen) nach England hätte gehen können, und da die Themse breit und träge durch ihr Sumpfland floss, um Vater Rhein zu begegnen, der durch ein weites, ebenes Land strömte, das in unseren Tagen unter Wasser steht und unter dem Namen Nordsee bekannt ist.[14]

Wells fährt in dieser Art noch eine Weile fort und beschwört ein früheres, anderes England herauf, wo vertraute Tiere und Pflanzen leben – Schwalben, weiße Ranunkeln, Wiesenkresse –, aber auch Flusspferde, Löwen, Elefanten und »eine Menge kleine, ledergelbe Tiere«, die unsere Vorfahren sind. Es gibt auch, wie in Auels Roman, einen Höhlenbären – sogar zwei –, doch Wells nimmt sich von der

»ernsten« Literatur frei und verleiht seinen Höhlenbären die Gabe des Sprechens, wie es auch Kipling im »Dschungelbuch« tat. Von einer beschämenden Begegnung mit der »Ersten Axt«, geschwungen vom Helden der Geschichte Ugh-lomi, in ihre Höhle zurückgekehrt, führen sie ein familiäres Zwiegespräch, das eine von Wells' komischsten und wirkungsvollsten Erfindungen ist. Anduh, der Familienvater, spricht zuerst:

> »In meinem ganzen Leben war ich noch nie so überrascht ... Das sind doch die merkwürdigsten Biester. *Mich* anzugreifen!«
>
> »Ich mag sie nicht«, sagte die Bärin hinten aus dem Dunkel heraus.
>
> »Ich habe noch *niemals* ein schwächeres Tier gesehen. Ich weiß nicht, wohin das führen soll in der Welt. Dürre, nackte Beine ... Ich möchte nur wissen, wie die sich im Winter warm halten?«
>
> »Wahrscheinlich gar nicht«, sagte die Bärin.
>
> »Ich glaube, es ist eine misslungene Art von Affen.«
>
> »Es ist eine Veränderung«, sagte die Bärin.
>
> Pause.[15]

Die Bären stellen Spekulationen darüber an, wie das neue Tier Waffen und Feuer gebraucht – »jener Schein, der bei Tag am Himmel zu sehen ist – nur springt es herum«. Er empfindet eine müßige Neugier. Sie allerdings hat andere Dinge in ihrem Bärenkopf:

> »Ich möchte doch wissen, ob sie gut zu essen sind?«, sagte die Bärin.
>
> »Sie sehen danach aus«, sagte Anduh mit Appetit – denn der Höhlenbär, wie der Polarbär, war ein unverbesserlicher Fleischfresser – Wurzeln oder Honig waren für ihn nichts.
>
> Die beiden Bären verfielen eine Zeit lang in stumme Betrachtungen. Dann nahm Anduh wieder die Pflege seines Auges auf [das Ugh-lomi mit seiner Axt verletzt hatte]. Das Sonnenlicht über dem grünen Abhang vor der Höhlenöffnung wurde wärmer und immer wärmer im Ton, bis zu einem rötlichen Bernsteingelb.
>
> »Auch etwas Merkwürdiges – der Tag«, sagte der Höhlenbär, »'s ist viel zu viel davon, glaub ich. Ganz ungeeignet zum Jagen. Blendet mich immer. Ich wittere nicht halb so gut am Tag.«

> Die Bärin antwortete nicht, es kam nur ein gemessenes, knirschendes Geräusch aus dem Dunkel. Sie hatte einen Knochen aufgestöbert. Anduh gähnte. »Ja«, sagte er. Dann schlenderte er zum Höhlenausgang, stand da, den Kopf schon im Freien, und überblickte das Amphitheater.[16]

Der Leser weiß, dass oben auf dem Felsen über Anduhs massigem, schläfrigem Kopf der Felsbrocken bereit liegt, den der Höhlenmensch vorbereitet hat, um dem Höhlenbären den Schädel zu zertrümmern. Und zwar wissen wir das die ganze Zeit über, während sich Anduh in seinen Betrachtungen ergeht, sodass in jedem Wort des Bären eine tragikomische Ironie mitschwingt. Er ähnelt dem überdimensionalen Trampel in einem Chaplin-Streifen, dessen Missgeschicke wir schadenfroh voraussehen. Doch er ist auch ein repräsentativer viktorianischer Familienvater, der versucht, mit den neuen, absonderlichen Ideen dieses Darwins zu Rande zu kommen. Er verkörpert die alte Welt, die bald von der neuen zertrümmert werden wird. Und als das Unvermeidliche dann wirklich geschieht und Anduhs Leichnam am Höhleneingang liegt, wo er von Hyänen angenagt wird, wechselt Wells die Tonart von der Farce zur Elegie:

> Die Bärin fuhr zu Tod erschrocken zurück. Sogar jetzt konnte sie es nicht begreifen, dass der große und herrliche Anduh getötet worden war. Dann hörte sie hoch über ihrem Kopf ein Geräusch, ein sonderbares Geräusch, ein wenig wie der Schrei einer Hyäne, aber voller und leiser im Ton. Sie blickte empor, ihre kleinen, von der Morgenröte geblendeten Augen sahen wenig, ihre Nasenlöcher bebten. Und da, oben am Felsrand, hoch über ihr gegen das helle rote Licht, waren zwei kleine, zottige, schwarze Dinger, die Köpfe Judinas und Ugh-lomis, wie sie spottend auf sie herabschrien. Aber obwohl sie sie nicht sehr deutlich sehen konnte, konnte sie doch hören, und dunkel begann sie zu begreifen. Ein neues Gefühl wie von einem nahen, fremdartigen Verhängnis drang in ihr Herz.[17]

Es zeichnet einen großen Schriftsteller aus, dass er seinen Schurken ebenso viel menschliches Wesen wie seinen Helden verleiht, und genau das tut Wells in dieser Geschichte. Ugh-lomi und seine Frau

Judina sind lebhaft menschlich gezeichnet, wie es sich für Adam und Eva gehört, doch wie dieses andere Paar sind sie auch hässliche kleine Emporkömmlinge. Anduh und seine Bärin sind, bei all ihrer Selbstgefälligkeit, der eigentliche Drehpunkt der Geschichte. Sie sind die Verlierer der Evolution.

Und sie sind auch die viktorianische Mittelklasse *in nuce*, mit »von der Morgenröte geblendeten Augen«, die ihr eigenes notwendiges Aussterben nicht vorhersehen können – notwendig, wenn die Menschheit ihren Siegeszug über den Planeten beginnen soll.

Wells hat auch eine Expedition zum Mond geschickt. Er musste es einfach tun, denn Verne hatte in »Von der Erde zum Mond« und in der routinierten Fortsetzung von 1870, »Reise um den Mond«[18], den Präzedenzfall gesetzt, und »Die ersten Menschen auf dem Mond« ist Wells' Unterwerfung unter die Erfordernisse der Genre-Literatur. Sir Edmund Hillary bestieg den Mount Everest, weil der Berg da war – und Wells reiste in ziemlich demselben Geist zum Mond.

Dennoch ist es ein temperamentvoller Flug der Phantasie, angetrieben vom schieren Willensakt des »Cavorits«. Die Schwerkraft ist der natürliche Feind des Raumflugs, also erfand Wells die Antischwerkraft – worauf Verne, der das Erscheinen von Wells' Buch noch erlebte, mit unerbittlicher Verachtung reagierte: Cavorit war nicht *wissenschaftlich*. Wie der Höhlenbär Anduh hatte Verne eine Ahnung von der Zukunft, und die gefiel ihm nicht. Wells war der geschicktere Romancier, imstande, Gesellschaftssatire mit Abenteuer zu mixen und dem Ganzen einen Schimmer von psychologischem Tiefgang zu geben. Seine Werke wurden von den Literaten seiner Zeit bewundert, während Verne bereits in die Abteilung »Abenteuer für Jungen« abgeschoben war. Diese Rivalität hat sich bis in die Gegenwart fortgesetzt.

Eines allerdings hatten Verne und Wells gemeinsam – dass der Mond ein aufregendes und *mögliches* Ziel zu sein schien. Die Zeitgenossen betrachteten ihre Berichte von Reisen zum Mond womöglich als pure Phantasien in der Tradition von Lukian oder Cyrano de Bergerac. Doch beide Autoren wussten es besser. Vernes Roman enthält Passagen, die ein Pressesprecher der NASA ohne größere Änderungen zitieren könnte; und Wells' Held Bedford, wenngleich als eine Art Mond-Version der 49'er Goldgräber dargestellt, entdeckt in seiner Seele eine idealistische Ader, als er tatsächlich auf dem

Mond eintrifft und sich fragt, wozu er hergekommen ist: »Was ist dieser Geist im Menschen, der ihn dazu treibt, immer wieder Zufriedenheit und Sicherheit aufs Spiel zu setzen«, fragt er sich, »Anstrengungen auf sich zu nehmen, Gefahren einzugehen und sogar die Gewissheit des Todes mehr oder weniger mit einzubeziehen? Dort oben auf dem Mond wurde mir etwas bewusst, was ich immer hätte wissen sollen, dass der Mensch nicht dazu erschaffen ist, sich immer ganz einfach nur sicher und wohl zu fühlen, gut genährt zu sein und seinen Vergnügungen nachzugehen. ... Unter Missachtung seines eigenen Vorteils und seines Glücks wird er ständig zu unvernünftigen Handlungen getrieben.«[19]

Als Wells' Reisende ihr Raumfahrzeug verlassen, stoßen sie auf etwas, das Verne, der Rationalist, seinen Lesern zu servieren zu stolz war: Außerirdische. Wells' Seleniten sind eine weiterentwickelte Version seiner Marsianer – nicht *durchweg* Gehirn, aber in diese Richtung gehend. Am Ende einer reißerischen Geschichte – nachdem seine Helden von den superrationalen Seleniten gefangen gehalten wurden und mit einem Haufen Gold (zu Bedfords Glück auf dem Mond ein gewöhnliches Metall) geflohen sind – kommt Wells zu seinem eigentlichen Thema: Die Menschheit steht an einem evolutionären Wendepunkt zwischen dem fleischfressenden Affen und dem seelenlosen Seleniten, zwischen anarchischer Brutalität und einer wohlgeordneten, aber totalitären wissenschaftlichen Zivilisation.

Dort steht sie nun seither und muss sie auch auf absehbare Zukunft stehen bleiben. Dieselbe Antithese wird immer wieder in den Blickpunkt rücken: In Aldous Huxleys »Schöne neue Welt« etwa (deren Bewohner menschliche Seleniten sind, genetisch modifiziert, um in ihre vorherbestimmten Rollen in der Arbeitswelt zu passen) und nicht minder einprägsam in *2001: Odyssee im Weltraum* (1968) von Clarke und Kubrick, in dem sich eine blutbefleckte »Erste Axt« ganz ähnlich der von Ugh-lomi, in ein Raumschiff verwandelt, welches von einem Wesen gelenkt wird, das reines Denken ist: HAL. Es gibt eine weitere, ergänzende Metamorphose, wenn sich der Raumfahrer David Bowman vom Menschen in etwas durch und durch Übermenschliches verwandelt. In der Romanversion der Geschichte (die vieles erklärt, was am visuell überwältigenden Ende des Films unklar wirkt) beschreibt Clarke den Augenblick der Verwandlung so:

> Metall- und Plastikteile der vergessenen Raumkapsel gingen in Flammen auf und ebenso die Kleidung eines gewissen Etwas, das einst David Bowman geheißen hatte. Die letzten Brücken zur Erde, endgültig verbrannt, lösten sich in Atome auf.
>
> Doch das Kind [der verwandelte Bowman] merkte das alles kaum, während es sich seiner neuen Umwelt [dem Vakuum des Weltraums] anpasste. Noch brauchte es für kurze Zeit eine Schutzhülle für das Zentrum seiner Kräfte. Aber solange sein Körper das bloße Ebenbild seines Bewusstseins darstellte, blieb es unzerstörbar – und trotz all seiner ihm innewohnenden Kraft war es sich bewusst, immer noch ein Kind zu sein. Und es würde eines bleiben, bis es sich für eine neue Form entschieden oder die Notwendigkeit eines materiellen Daseins abgestreift hatte.[20]

Diese Wegmarke in der Geschichte der Science Fiction hat ihre Vorläufer. Abgesehen von Madame Blavatskys Behauptungen, ein solcher evolutionärer Sprung ins Sublime stehe unmittelbar bevor, findet man einen offensichtlicheren Präzedenzfall in einem anderen Roman Clarkes aus dem Jahre 1953 – seinem ersten bleibenden Beitrag zum Genre –, »Die letzte Generation«, an dessen Ende sich die Kinder der Erde in einem einzigen, den Planeten vernichtenden Ausbruch einer »unfasslichen Verwandlung« »fortentwickeln« und sich mit dem kosmischen »Übergeist« vereinigen. Die an Luzifer gemahnenden »Overlords«, die die Metamorphose der Menschheit beaufsichtigt und gelenkt haben, sind wie Wells' Seleniten purer Intellekt und entbehren daher der Fähigkeit, sich zu einer immateriellen Einheit mit dem Übergeist hinzuentwickeln. Als sich Kubrick mit der Bitte an Clarke wandte, das Szenario für *2001* zu schreiben, hatte er zweifellos eine Wiederaufführung dieses herausragenden Stückes vor Augen, sodass der Film (und der Roman) zurecht als Neuinterpretation des früheren Werkes betrachtet werden können.

Doch es gibt auch ältere Vorläufer, unter denen »Der Sternenschöpfer« (1937) von Olaf Stapledon am großartigsten ist. Wie Clarke ist Stapledon ein englischer Wells-Epigone. Sein Sternenschöpfer ist ein aus seinem Körper herausgelöster Engländer der 30er Jahre, der zu einer Reise durchs Weltall aufbricht, alle möglichen Außerirdischen zu Gesicht bekommt und sich schließlich mit verschiedenen immateriellen Wesenheiten gemein macht, darunter dem Schöpfer.

Es ist eher eine Vision als ein Roman, und seine Wirkung hat nicht weit über die Mauern des SF-Ghettos hinaus gereicht. Dennoch bleibt es das reinste Exemplar einer überaus seltenen Kategorie – der »Hochsublimen SF« –, ein Buch von unbestreitbarer Qualität, aber mit der Kälte und den Längen einer Nacht, die man bei Frost außer Haus verbringt, um das Nordlicht zu beobachten.

Wells, Clarke, Huxley, Stapledon – eine ziemlich englische Truppe für ein Genre, von dem ich doch behauptet habe, es sei seinem Wesen nach amerikanisch. Und man muss den Engländern zugestehen, dass sie bis in die frühen 50er Jahre hinein nahezu ein Monopol auf das Verfassen von Science Fiction hatten, die die Zeiten überdauerte. In Amerika gab es seit Poe und bis in die 50er Jahre nur wenige utopische und dystopische Romane von Rang, und die sind größtenteils von literaturhistorischem Interesse: Edward Bellamys »Ein Rückblick aus dem Jahre 2000« (1888), Ignatius Donnellys »Cäsars Denksäule« (1890) und Jack Londons »Die Eiserne Ferse« (1907). Die Amerikaner waren zu sehr damit beschäftigt, die Zukunft zu bauen, als dass sie sich die Mühe gemacht hätten, sie sich vorzustellen.

Doch Poe hat auch im Weltraum seinen Claim abgesteckt und ist Clarke sogar in Sachen globaler, planetarer Transzendenz zuvorgekommen, und das auf spezifisch amerikanische Art. Poe bietet im Grunde zwei Präzedenzfälle von planetarer/gesamtmenschlicher Metamorphose, seine »Mesmerische Offenbarung« und »Das Gespräch zwischen Eiros und Charmion«, das in einem kompromisslos hochtrabenden Ton beginnt, nämlich so: »Eiros: Warum nennst du mich Eiros? – Charmion: So wirst hinfort du immer heißen. Auch meinen irdischen Namen musst du vergessen und Charmion mich nennen.«[21] Wie sich herausstellt, sind sie vom nahen Vorübergang eines Kometen und von *einer totalen Extraktion des Stickstoffs* (Kursive von Poe) aus der Erdatmosphäre in Eiros und Charmion verwandelt worden. Das Resultat war, wie sich Eiros erinnert, eine

> sofortige unaufhaltsame, alles verzehrende, allbeherrschende Feuersbrunst – in allen kleinsten, allen furchtbaren Einzelheiten die getreue Erfüllung der feurigen, grauenerregenden Drohungen in den Prophezeiungen der Heiligen Schrift.

> ... Ein wilder Fieberwahn bemächtigte sich aller Menschen, und die Arme starr aufgereckt gegen den drohenden Himmel, zitterten sie und schrien laut. Aber der Kern des Zerstörers war jetzt über uns – selbst hier in Eden schaudere ich, indem ich spreche. Erlaub mir, dass ich eilig zum Schluss komme – wie das Verderben eilte, uns zu überwältigen. Für einen Augenblick gab es nichts als grelles, geisterbleiches Licht, das alle Dinge heimsuchte und durchdrang. Dann ... folgte ein lauter durchdringender Schall ...; während die ganze uns umschließende Äthermasse, in der wir leben, mit einem Mal lichterloh aufflammte, in einem Feuer, für dessen beispiellose Helligkeit und alles versengende Hitze selbst die Engel im hohen Himmel reiner Erkenntnis keinen Namen haben. So endete alles.[22]

Erinnert Sie das an irgendein bestimmtes Ereignis der Neuzeit? Hiroshima vielleicht? Poe selbst verweist mit lautem Aufschrei und starr ausgestrecktem Arm auf den ältesten und deutlichsten Präzedenzfall, den ersten Brief des Paulus an die Korinther, Kapitel 15, Verse 50 bis 55:

> Fleisch und Blut können das Reich Gottes nicht erben; das Vergängliche erbt nicht das Unvergängliche.
>
> Seht, ich enthülle euch ein Geheimnis: Wir werden nicht alle entschlafen, aber wir werden alle verwandelt werden –
>
> plötzlich, in einem Augenblick, beim letzten Posaunenschall. Die Posaune wird erschallen, die Toten werden zur Unvergänglichkeit auferweckt, wir aber werden verwandelt werden.
>
> Denn dieses Vergängliche muss sich mit Unvergänglichkeit bekleiden und dieses Sterbliche mit Unsterblichkeit.
>
> Wenn sich aber dieses Vergängliche mit Unvergänglichkeit bekleidet und dieses Sterbliche mit Unsterblichkeit, dann erfüllt sich das Wort der Schrift:
>
> Verschlungen ist der Tod vom Sieg.
>
> Tod, wo ist dein Sieg? Tod, wo ist dein Stachel?

Diese Passage gehört zu den wenigen biblischen Texten, aus denen fundamentalistische Millenaristen die Idee der Entrückung ableiten, jenen Augenblick, der den Gläubigen zufolge den furchtbaren Ereignissen der Apokalypse vorangeht, wenn die Frommen, en masse und alle auf einmal, in den Himmel erhoben werden, um den Messias zu begrüßen und mit ihm das prophezeite und unvermeidliche Ende des »Alten Planeten Erde« zu betrachten.

Diese Auffassung ist theologisch ziemlich neu. Seit der Zeit von Augustinus, als deutlich wurde, dass es mit Christi Wiederkunft noch eine gute Weile dauern würde, neigen die Theologen dazu, die apokalyptischen Prophezeiungen der Offenbarung eher allegorisch zu betrachten. In den Jahrhunderten bis zum viktorianischen Zeitalter war das ausgefeilte Szenario, wie es die Bibel beschreibt, aus praktischen Erwägungen zu einer nicht mehr millenaristischen Sichtweise heruntergestutzt worden – zur Wiederkunft Christi zu einem nicht festgelegten Zeitpunkt, worauf die Ewigkeit folgen würde. Die sieben Siegel, der Antichrist, die Hure von Babylon, die Schlacht von Armageddon und all die anderen aufregenden Dinge wurden als visionäre Äußerungen oder einfach als literarische Fiktion einsortiert.

Doch dann kam Darwin, und zu den vielen Reaktionen auf ihn gehörte (neben der SF) ein neues Interesse an den *Zukunftsgeschichten* der Bibel. Die Bibel in ihrem Bericht von unseren Ursprüngen zu verteidigen – Adam und Eva, der Turmbau zu Babel, die Sintflut – ähnelte immer mehr einem Rückzugsgefecht. Die Alternative hieß Transzendenz, eine Flucht in die Zukunft (wie bei der Science Fiction), wo Vergänglichkeit sich in Unvergänglichkeit kleidet – ganz wie im Korintherbrief oder in »Die letzte Generation«.

Doch was ist mit dem Mond?

Hal Lindsey hat darauf die Antwort. Lindsey ist der Verfasser mehrerer zu Bestsellern avancierter millenaristischer Traktate, angefangen von »The Late Great Planet Earth«[23] (1970) und seither immer so weiter, da sowohl dieser Planet als auch Hal Lindsey weiterhin existieren. Nachdem er in »Die Entrückung« (1983) Vers 52 (»plötzlich, in einem Augenblick ...«) zitiert hat, kommentiert Lindsey wie folgt:

> Jemand hat gesagt, ein Augenblick dauere etwa eine Tausendstelsekunde. Das griechische Wort lautet »atomos«, wovon unser Wort »Atom« abgeleitet wurde. Es bedeutet etwas, was nicht geteilt werden kann. Mit anderen Worten, die Entrückung wird derart rasch und plötzlich erfolgen, dass der Zeitrahmen, in dem sie stattfindet, nach menschlichem Maß nicht geteilt werden kann.

Man muss sich das vorstellen ... im Bruchteil einer Sekunde wird jeder lebende Gläubige fort sein. Auf einen Schlag, ohne Vorwarnung, werden nur Ungläubige den Planeten Erde bevölkern.

Neulich habe ich voller Ehrfurcht zugesehen, wie das Space Shuttle in den Weltraum startete. Binnen weniger Minuten war es außer Sicht und flog mit mehr als sechsfacher Schallgeschwindigkeit. Was bei der Entrückung mit jedem lebenden Gläubigen geschehen wird, übertrifft das in jeder Hinsicht.[24]

Da haben wir mit einer Präzision, wie sie nur unbewusst zu erreichen ist, die Verbindung: Start = Entrückung.[25] Die Entrückung und die mit ihr verbundenen Freuden haben nicht nur dafür gesorgt, dass Lindsey Millionen von Büchern verkauft hat, sondern auch solch einprägsamen Endzeit-Kitsch angeregt wie »Entrückungs-Armbanduhren mit den Worten ›Der Wiederkunft des HERRN eine Stunde näher‹ rings ums Zifferblatt, Stoßstangenaufkleber mit ›Beam mich hoch, Herrgott‹ oder ›Warnung: Beim Eintritt der Entrückung wird dieser Wagen fahrerlos sein‹, dazu schön bunte Gemälde von der Entrückung mitsamt zusammenstoßenden Autos und abstürzenden Flugzeugen, die als Postkarte, als gerahmter Druck oder als laminierte Sets erhältlich sind.«[26]

Wie die Stoßstangenaufkleber deutlich machen, ist die Entrückung in gewisser Hinsicht eine knallharte Herausforderung an die Welt. Selbst wenn man nicht damit rechnet, augenblicklich in den Äther versetzt zu werden, ist es doch ein toller Spaß, den Doppelsinn mit dem Fahrer unmittelbar hinter einem zu teilen. Möglicherweise werden von den meisten Amerikanern heutzutage Glaubensvorstellungen ebenso »konsumiert« wie andere kulturelle Produkte auch. Das würde erklären, warum die millenaristischen Vorstellungen so populär sind, obwohl das Jüngste Gericht zur festgelegten Stunde immer wieder ausfällt. Als Phantasievorstellung kann die Entrückung abgespielt werden wie ein Lieblingslied. Ein Lied braucht nicht »wahr« zu sein; es muss nur eine Melodie haben, die man gern summt.

Und so nun lautet die Grundmelodie, wie sie Ray Bradbury 1979 in einem Interview vorgegeben hat:

Es ist diesen Sommer dreißig Jahre her, dass Orwells »1984« erschienen ist. Kein Wort darin von Raumfahrt als einer Alternative

> zu Big Brother, als eine Möglichkeit, ihm zu entkommen. Das zeigt, wie kurzsichtig die Intellektuellen der 30er und 40er Jahre im Hinblick auf die Zukunft waren. Sie wollten nichts sehen, was so aufregend und die Seele öffnend und solch eine Offenbarung war wie die Raumfahrt. Weil wir entkommen *können*, *können* wir entkommen, und zu entkommen ist sehr wichtig, sehr anregend für den menschlichen Geist. Wir sind vor vierhundert Jahren aus Europa entkommen - und es war nur zu unserem Besten.[27]

Würde Bradburys Betonung im Leitmotiv »Wir können entkommen« auf das erste Wort statt auf das zweite fallen, wäre die Bedeutung klarer: Denn für den rechtgläubigen SF-Fan wie für die religiösen Millenaristen ist die Verheißung, sich vom Irdischen zu erheben, einigen wenigen Privilegierten und Überlegenen vorbehalten. Die einfachere Sorte SF-Fans, wie sie in nach Enterprise-Fasson geschnittenen Schlafanzügen auf *Star-Trek*-Conventions aufkreuzt, glaubt, der Mond sei ihr Bestimmungsort. Dem entsprechend hat Heinlein in seinen frühen Werken die Vorstellung vom Mond als einem etwas abgelegenen Klubraum der Akademiker-Organisation Mensa verbreitet. In »Wie schön, wieder zu Hause zu sein!«, einer Geschichte, die 1947 in der *Saturday Evening Post* erschien, erklärt der Held, warum er entschlossen ist, zu seiner Arbeit auf dem Mond zurückzukehren: »Ich habe schon vor einer ganzen Weile herausgefunden, dass ich ein Mondsüchtiger bin ... Mir tun die Füße [wegen der höheren Erdschwerkraft] weh, und ich habe es verdammt satt, wie eine Missgeburt behandelt zu werden. Ich habe versucht, tolerant zu sein, aber ich kann Erdschweine nicht ertragen. Mir fehlen die Leute in der lieben, alten Luna City. Sie sind zivilisiert.«[28]

In Bradburys Rhetorik und in Heinleins frühen Geschichten fungiert der Weltraum als die »Nächste Grenze«, ein Ort, wo man hinstreben kann, nachdem das Imperium am Pazifik das Ende seines Wegs nach Westen erreicht hat, ein Ort jenseits des neugierigen Blicks von Big Brother und jenseits der anderen Beschränkungen eines überzivilisierten, überregulierten, übermäßig besteuerten Daseins.

Das ist natürlich eine Illusion. Der Durchschnittsbürger hat heute und in absehbarer Zukunft viel größere Chancen, ins Kardinalskollegium gewählt zu werden, als zum Mond oder darüber hinaus zu fliegen. Wie Arthur C. Clarke in »Profiles of the Future«, einem Sachbuch über die populärsten Denkfehler der Science Fiction, darlegt:

> Die »Grenze« des Weltraums ist unendlich weit und unerschöpflich. Aber sowohl ihre Möglichkeiten wie ihre Gefahren unterscheiden sich durchaus von all jenen, die wir in der Vergangenheit auf unserem eigenen Planeten angetroffen haben. Sämtliche Monde und Planeten unseres Sonnensystems sind fremde und feindliche Welten, die niemals mehr als einige tausend menschlicher Bewohner beherbergen können, und diese werden mindestens so sorgfältig ausgesucht sein wie die Einwohner des Atomforschungszentrums Los Alamos. Die Zeit der Massenkolonisation ist für immer vorbei.[29]

Clarke ist zu höflich, um zu sagen, dass die Hand, die die Auswahl für das Raumfahrtprogramm trifft, die von Big Brother ist. Angesichts der Komplexität, Labilität und Verwundbarkeit des ganzen Unternehmens lässt sich die Sache gar nicht anders organisieren.

In der unmittelbaren Nachkriegszeit brauchte Big Brother noch keine öffentliche Meinung herzustellen, die für die Bereitstellung von Mitteln für das Raumfahrtprogramm günstig war. Der Kalte Krieg lief alsbald auf Hochtouren, und das militärische Establishment der USA hatte Blankovollmacht für wissenschaftliche Forschung. Der Löwenanteil dieser Mittel ging in die Kernwaffen, doch ein Nuklearkrieg erforderte ja auch Interkontinentalraketen – und folglich wurde ein Raumfahrtprogramm finanziert. Einige der zu diesem Zweck angeheuerten Wissenschaftler wie Wernher von Braun, der die V2-Rakete für die Nazis entwickelt hatte, rochen zwar nach Schwefel, doch bis 1957, als die Russen den Sputnik starteten, brauchte sich das Raumfahrtprogramm um sein Image keine Gedanken zu machen. Es sollte ohnehin streng geheim sein.

Erst nach dem Sputnik und weiteren sowjetischen Erfolgen begann sich das Raumfahrtprogramm um sein Erscheinungsbild zu kümmern. Tom Wolfe beschreibt in »The Right Stuff«, wie nach dem Sputnik die ersten Astronauten ausgewählt und zurechtgemacht wurden. Er gab sich redliche Mühe, doch er konnte die Astronauten nicht zu mehr als einer Art besserer Kleiderschranktypen hochjubeln; ihre Dialoge im Buch und in der Filmversion von 1983 sind so hölzern wie ein Umkleideraum-Interview der National Football League: »Was ich glaube, ist, dass das ganze Team an einem Strang ziehen muss, und dann werden wir da hinausfliegen und siegen!« Der nächste große Gefallen, den Hollywood der NASA tat, war 1995 *Apollo 13*, ein Film, der zeigt, dass, wenn das ganze Team an einem Strang zieht, es siegen wird.

Das ist eine Moral, die es verdient, eingeimpft zu werden, und viele Astronauten könnten im wirklichen Leben durchaus interessante Menschen sein. Doch als Astronauten waren sie langweilig. Mit dem besten an Soundtrack und Filmtechnik, was man für Geld kriegen kann, ist Hollywood nicht mit der Tatsache fertig geworden, dass die Astronauten auf ihr eigenes Schicksal so wenig Einfluss haben wie Leute auf einer Achterbahn. *Apollo 13* präsentiert eine Situation, in der die Astronauten ein winziges bisschen zu ihrem Überleben beitragen können, aber größtenteils müssen sie sich einfach nur festhalten. Das ist Stoff nicht für Heldentum, sondern für Albträume.

Es kann nicht überraschen, dass die NASA nicht mehr für bemannte Missionen zum Mond die Trommel rührt. Der Mond nützte ihr nur so lange, wie er jungfräulicher Stoff für Träume war. Sobald wir ein paar Fußabdrücke darauf hinterlassen, die Fahne in den Staub gerammt und ein paar Erinnerungsfotos geschossen hatten, fanden weitere Landungen kaum noch Beachtung. Und in dem Maße, wie die Fernsehquoten absackten, wurde der Kongress knauserig. Nach dem Tod von sieben Astronauten bei der *Challenger*-Explosion 1986 schließlich und den folgenden Schuldzuweisungen sah die NASA aus wie nur sonst eine von den Pipelines, durch die Geld in den militärisch-industriellen Komplex gepumpt wird, ein unbedeutendes Anhängsel des Pentagons. Es kann gut sein, dass der Mondstaub seinen letzten menschlichen Fußabdruck bekommen hat.

Wenn dem so ist, wird sich das auf die Science Fiction kaum auswirken, die sich etwa zur Zeit der Landung von *Apollo 11* vom Mond abgewandt hat. Wie David Hartwell in seiner Geschichte des Genres »Age of Wonders« angemerkt hat: »Wenn Science Fiction wahr wird, macht sie keinen Spaß mehr.« Der Sputnik war ein erhörtes Gebet, dem in mancher Hinsicht eine Desillusionierung folgte:

> Manche Leute in der SF haben ungeachtet der langweiligen Tatsachen die ganzen 60er und 70er Jahre hindurch weiter an die

> Romantik der Raumfahrt geglaubt, doch viele andere mit einer besonderen Empfänglichkeit für das, was Jahrzehnte lang ihr ureigenstes Gebiet gewesen war, entfremdeten sich der Raumfahrt immer mehr, wie sie von den Medien und der Regierung der USA betrieben wurde. Was nutzt es, all diese Technik – von Raumanzügen und Orbitalgeschwindigkeiten bis zu Mehrstufenraketen und Nachrichtensatelliten – vorhergesagt zu haben, wenn die Rollen von dressierten Schimpansen gespielt werden können? ...
>
> Als die zweite Mondlandung strikt nach Fernsehdrehbuch und wie am Schnürchen erfolgte, begannen sogar die treuesten SF-Anhänger zu murren, dass etwas Richtiges von den falschen Leuten auf die falsche Art gemacht werde. Wie konnten sie es derart unromantisch machen? Wie konnten sie nur?[30]

Das öffentliche Desinteresse, ja sogar die Abneigung gegen die NASA und die prosaische Wirklichkeit der Weltraumforschung ist gelegentlich zum Thema von Science Fiction geworden. Der Film *Capricorn One* aus dem Jahre 1977 beispielsweise handelt von einem getürkten Flug zum Mars, der in einem Filmstudio stattfindet. Zwanzig Jahre später haben die Landung des *Pathfinder* auf dem Mars und die Abenteuer des kleinen *Sojourner* Gerüchte ausgelöst, die ganzen Aufnahmen seien auch nur Schwindel, was zeigt, dass sogar die Fraktion der Spinner skeptisch sein kann, wenn es ihr in den Kram passt: Wenn die reale Welt ihre UFOs zum bloßen Schwindel erklärt, dann machen sie eben dasselbe mit dem Mars.

Der englische SF-Autor J.G. Ballard macht die NASA seit Jahrzehnten zur Zielscheibe seiner trockenen Satiren. In »The Message from Mars« (Die Botschaft vom Mars), 1992 erschienen und eine seiner besten Erzählungen, schildert er eine bemannte Marsmission, die zwar nicht direkt ein Schwindel ist, aber dennoch als Fälschung gelten kann, da sie so geplant und aufgeführt wird, dass sie den Wünschen des Fernsehpublikums gerecht wird. Als die fünf Astronauten von ihrer Mission zurückkehren, wird eine Weiterführung der Show geplant:

> Ein endloses Programm von Medienauftritten erwartete die Astronauten – es würde Triumphzüge durch ein Dutzend bedeutende Städte geben, danach eine Welttournee, die ganze sechs

> Monate dauerte. Die NASA hatte bereits Literaturagenten und Experten für Öffentlichkeitsarbeit beauftragt, sich um die kommerziellen Interessen der Astronauten zu kümmern. Es gab Vereinbarungen im Sport-Sponsoring, Buchverträge und hoch dotierte Beraterstellen. ... Zwei Tage vor der Landung von *Zeus IV* kündigte die NASA an, drei große Hollywood-Studios würden beim teuersten Film aller Zeiten zusammenarbeiten, in dem die Astronauten in einer getreuen Rekonstruktion des Marsfluges sich selbst spielen würden.[31]

Als *Zeus IV* gelandet ist, weigern sich die Astronauten jedoch, herauszukommen, und sie weigern sich auch, ihr Verhalten zu erklären. Nur eine Kernexplosion kann die Abschirmung der Raumschiffhülle durchdringen, und das Schiff ist für vierzig Jahre mit Vorräten ausgerüstet. Während die Öffentlichkeit also wilde Spekulationen anstellt, führen die Astronauten ihre alltäglichen Arbeiten im Inneren mit der Unbeirrbarkeit von Zen-Buddhisten fort – bis sie Jahrzehnte später sterben.

Die Art, wie der Mars für die Öffentlichkeit seinen Zauber verliert – so wie sie zuvor das Interesse am Mond verloren hat –, nimmt die unterschiedlichsten Formen an, von denen viele ihren Ausdruck in der der *Pathfinder*-Mission gewidmeten Sonntagsbeilage meiner Lokalzeitung gefunden haben, des *Times-Herald Record* von Middletown, New York: Eine feministische Kolumnistin reagierte mit einem großen Achselzucken – der Mars sei eben so ein Männerding; eine halbe Seite war dem »Hot Action Pack JPL Sojourner Mars Rover« gewidmet, bei Mattel für nur fünf Dollar erhältlich, mit dem man in einer Kiesgrube seine eigenen gefälschten Filme von der Marslandung drehen kann; dann war da die Geschichte vom örtlichen Friseur, Butch Hunt, der selber UFOs gesehen hat und jedesmal im *Record* auftaucht, wenn der Weltraum in die Nachrichten kommt; Videoversionen von SF-Filmen wurden bewertet, wobei *Der Krieg der Welten* mehr Punkte bekam als der neuere Streifen *Mars Attacks*. Der Gesamteindruck war, dass der Mars ein typischer Stoff für die Sauregurkenzeit war. Ein späterer Bericht über ein Treffen der örtlichen Amateurastronomen, die sich zu einer Diskussion über die *Pathfinder*-Mission versammelt hatten, endete mit den weisen Worten: »Keiner von den rund zwanzig Leuten im Publikum schien die Diskussion im mindesten langweilig zu finden. ›Wie Carl Sagan sagte: Es ist eine wunderbare Zeit zu leben‹, erklärte Lindemann.«

Carl Sagan, der wenige Monate vor der *Pathfinder*-Mission und vor der Aufführung von *Contact* gestorben war, des nach seinem Roman über den Erstkontakt mit Außerirdischen gedrehten Films, ist eine Figur von traurigem Symbolgehalt. Er war einer der prominentesten Fürsprecher für die NASA und aktiv an vielen ihrer Projekte beteiligt. Seine Sichtweise war immer, es *müsse* da draußen Leben geben. Dieser Überzeugung folgend trug er dazu bei, das SETI-Projekt zur Suche nach außerirdischer Intelligenz zu organisieren. SETI begann, Botschaften zu den Sternen zu funken, in der Hoffnung, jemand würde darauf reagieren. Bisher keine Antwort. Sagan aber reagierte auf das Schweigen der Sterne – indem er eine Antwort erfand. Das ist *in nuce* die Handlung von *Contact*. Und Sagan, der in seiner ganzen Laufbahn den UFO-Phantasten die Luft aus den Segeln nahm, wird wohl leider am ehesten dadurch in Erinnerung bleiben, dass er diesem Glauben Vorschub geleistet hat.

Zu Zeiten eines Lukian von Samosata oder sogar eines Cyrano de Bergerac war eine Reise zum Mond Stoff für eine Phantasiegeschichte. Als dann eine solche Reise in den Bereich des konkret Möglichen rückte, etablierte sich die Science Fiction als eigenes Genre – doch die Neigung zur Phantasievorstellung blieb in ihren Genen, und jetzt, da sich der Mond und der Mars und ein Großteil unseres Sonnensystems als reale, aber leblose Ziele darstellen, ist die SF zu ihren Ursprüngen zurückgekehrt. Denn jede SF-Geschichte, die sich mit interstellarer Raumfahrt und Abenteuern unter Außerirdischen befasst, ist angesichts dessen, was wir über interstellare Entfernungen und die Beschränkungen der Relativitätstheorie wissen, eine Reise ins Märchenland.

Wie Robert Heinlein in anderem Zusammenhang bemerkte: Der Mond ist eine herbe Geliebte.[32]

ANMERKUNGEN

1 Die Veröffentlichung von »De la terre à la lune« markiert den Beginn der Flugzeit von 101 Jahren im Titel dieses Essays. Die weiche Landung der sowjetischen Sonde *Luna 9* im Jahr 1966 markiert das Ende.

2 Die Formulierung stammt aus Heinleins Erzählung »Requiem«, in der der alte, längst nicht mehr raumtaugliche Harriman gegen alle Vorschriften (und zum ersten Mal in seinem Leben) zum Mond fliegt und tatsächlich kurz nach der Landung den Strapazen erliegt. - *Anm. d. Übers.*

3 Jules Verne: »Von der Erde zum Monde. Directe Ueberfahrt in 97 Stunden 20 Minuten«. Übersetzt von Walter Heichen. Berlin: A. Weichert [1901], S. 5. - Sämtliche Zitate vorhandener Übersetzungen wurden an die neue Rechtschreibung angepasst.

4 Ebd., S. 6.

5 Aber nicht ohne vorangehende Reverenz an den genialen Gründer unseres Genres. »Es lebe Edgar! Hurra Poe! Hurra! Hurra!«, ruft der Kanonenklub im Chor, als sie den Vorschlag ihres Präsidenten annehmen, den ersten Amerikaner zum Mond zu schicken. (Ebd., S. 18)

6 Ebd., S. 8 und 9.

7 Auch - oder vielleicht ebendarum. Man kann den Standpunkt vertreten, dass jeder wirksame Roman zugleich eine gute Polemik ist, wenngleich sein Anliegen oft von seiner Wirklichkeitsnähe verschleiert sein kann. Wells hatte zu just dieser Frage eine Auseinandersetzung mit Henry James, der Wells' erste Romane leidenschaftlich gelobt hatte, sie dann aber tendenziös zu finden begann. Was sie auch waren. Es ist schwieriger, James' eigene Tendenz auszumachen, aber es gibt eine. Jeder hat sein Anliegen.

8 Die Gestalt des Dinosauriers ist in dieser Hinsicht eine der stärksten »mythologischen« Gestalten im SF-Repertoire: *Panik in New York* (The Beast of 20.000 Fathoms, 1953) nach einer Erzählung von Ray Bradbury, *Godzilla* (1954 - und während ich das schreibe, ist ein Remake in Arbeit) und *Jurassic Park* (1994). Der Dinosaurier ist das beliebteste Ungeheuer der Neuzeit.

9 Richard J. Herrnstein & Charles Murray: »The Bell Curve: Intelligence and Class Structure in America«. New York: Free Press 1996.

10 Oder, lachhafter, zum Säugetier-Äquivalent des Blaufuß-Tölpels, eines Vogels, dessen Wesen von seinem Namen ausgedrückt wird. So lautet die These von Kurt Vonneguts letztem großem Science-Fiction-Werk »Galapagos« (1985), in dem die Passagiere eines Kreuzfahrtschiffs, der *Bahia de Darwin*, bei den Galapagos-Inseln Schiffbruch erleiden, als sich der Rest der Menschheit gerade selbst vernichtet. Der neue *Homo galapagos* überdauert eine Million Jahre, gerade weil er sich auf das Niveau von Seehunden und Walrossen herabentwickelt, frei von der *übermäßigen* Intelligenz und Phantasie seiner Ahnen.

11 »Mesmerische Offenbarung«. Übersetzt von Heide Steiner. In E. A. Poe: »Ausgewählte Werke in drei Bänden«, 1. Band. Leipzig: Insel 1989, S. 808.

12 H.G. Wells: »Der Krieg der Welten«. Übersetzt von G.A. Crüwell und Claudia Schmöllers. Zürich: Diogenes 1974, S. 120.

13 Ebd., S. 122.

14 H.G. Wells: »Ugh-lomi. Eine Geschichte aus der Steinzeit«. Übersetzt von Clarissa Meitner. Leipzig: E.P. Tal 1923, S. 7. (In den Zitaten aus »Ugh-lomi« wurde die Übersetzung geringfügig korrigiert.)

15 Ebd., S. 73 f.

16 Ebd., S. 75.

[17] Ebd., S. 81 f.

[18] Mit seiner hartnäckig verfolgten Methode, zu allem hinreichend Erfolgreichen eine Fortsetzung zu schreiben, greift Verne einer anderen Tradition der Science Fiction vor: jede Goldader bis zur Erschöpfung auszubeuten.

[19] H. G. Wells: »Die ersten Menschen auf dem Mond«. Übersetzt von Werner von Grünau. Frankfurt/M, Berlin, Wien: Ullstein 1982, S. 181.

[20] Arthur C. Clarke: »2001 – Odyssee im Weltraum«. Übersetzt von Egon Eis. München: Heyne 2000, S. 246.

[21] »Das Gespräch zwischen Eiros und Charmion«. Übersetzt von Barbara Cramer-Nauhaus. In E. A. Poe: »Ausgewählte Werke in drei Bänden«, 2. Band. Leipzig: Insel 1989, S. 491.

[22] Ebd., S. 497 f.

[23] Wörtlich »Der dahingegangene große Planet Erde«, die deutsche Ausgabe heißt weniger drastisch »Alter Planet Erde wohin?«. – *Anm. d. Übers.*

[24] Übersetzt nach: Hal Lindsey: »The Rapture«. New York: Bantam 1983, S. 44 f. (Eine deutsche Übersetzung ist unter dem Titel »Die Entrückung« erschienen.)

[25] Weltlichere Autoren haben aus dieser Gleichung weltlichere Schlüsse gezogen. In »Dass mich das große Nichts umfasse« (1983) stellt Norman Spinrad in der Manier von Wilhelm Reich die Hypothese auf, der Schlüssel zu überlichtschnellen Reisen sei der Orgasmus.

[26] Zitiert nach Paul Boyers grundlegender Studie »When Time Shall Be No More: Prophecy Belief in Modern American Culture«. Cambridge, Mass.: Harvard University Press 1992, S. 7 f.

[27] Zitiert nach Charles Platt: »Dream Makers«. New York: Berkley 1980, S. 180.

[28] »Wie schön, wieder zu Hause zu sein!« Übersetzt von Rosemarie Hundertmarck. In Robert A. Heinlein: »Future History«. München: Heyne 1988, S. 376.

[29] Zitiert nach Arthur C. Clarke: »Im höchsten Grade phantastisch. Ausblicke in die Zukunft der Technik«. Übersetzt von Karl Mönch. Frankfurt am Main und Hamburg: Fischer Bücherei 1969, S. 95.

[30] David Hartwell: »Age of Wonders«. New York: Walker 1984, S. 80 f.

[31] Übersetzt nach: J. G. Ballard: »The Message from Mars«, in David Pringle (Hrsg.): »The Best of Interzone«. New York: St. Martin's Press 1997, S. 35.

[32] »The moon is a harsh mistress« – die deutsche Erstausgabe dieses Romans von Robert A. Heinlein erschien unter dem Titel »Revolte auf Luna«. – *Anm. d. Übers.*

Aus dem Amerikanischen von Erik Simon

Perry Rhodan – der Erbe der Space Opera

Über das Motiv des singenden Cowboys und einige damit verwandte Aspekte in der deutschen Weltraumserie

von Hartmut Kasper

»Es gibt auch gute Space Operas!«

Ist »Perry Rhodan«, der Volkswagen unter den Science-Fiction-Serien, eine Space Opera?

Wer weiß. Ich schrieb jemanden an, der es wissen musste, Walter Ernsting nämlich, der sich über Jahrzehnte mit K. H. Scheer und Perry Rhodan selbst den Kopf des Titelbildes teilte, und stellte ihm diese Frage. Er antwortete: »Ich halte die Serie schon für eine Space Opera, eine gelungene und sehr lange. Es gibt ja auch *gute* Space Operas.«[1]

Was klingt, als gebe es auch schlechte. Das überraschte mich zunächst.

Solange ich Klappentexte lese (und das tue ich seit den 60er Jahren), war mir die Bezeichnung Space Opera stets als lobendes Prädikat erschienen, und als kürzlich Arndt Ellmer, der Pressesprecher des Perry-Rhodan-Universums, auf der Leserkontaktseite von Heft 2205 (November 2003) einen Leser belehrte: »Der Traversan Zyklus zählt zu den packendsten Space Operas aus dem PERRY RHODAN-Kosmos«, da klang das weder sehr bußfertig noch gar wie eine

Western mit Mausbiber und Neandertaler

Selbstbezichtigung, sondern geziemend selbstzufrieden und werbewirksam – mal ganz abgesehen davon, dass Ellmer unter der Hand gleich eine klarsichtige Definition seiner Serie lieferte: »Perry Rhodan« wäre demnach nicht etwa bloß eine Space Opera, sondern bestünde aus einer infiniten Sequenz von Space Operas, transzendierte die Space Opera mithin, indem sie sie als Bausteine einsetzte. Literarisch gebaut würde einerseits innerhalb der Serie – hier hießen die Space Operas »Zyklen« (das sind Handlungsbögen, die sich über einige, 50, 100 oder letzthin sogar 400 Heftromane spannen) –, andererseits ganz in ihrer Nähe: in Tochterserien (»Atlan«, »Atlan Traversan«, »Perry Rhodan Andromeda«, »Perry Rhodan Odyssee«), in Comic-, Buch- und Taschenbuchreihen. Womit die Eingangsfrage eigentlich beantwortet wäre.

Um der Sache aber etwas mehr Hintergrund zu verschaffen, setze ich noch einmal an mit der Frage: Was ist überhaupt eine Space Opera?

Wolfgang Neuhaus versucht in seinem Aufsatz »Im Banne des Hyperraums« eine »Annäherung an das (modernisierte) Genre der Space Opera«: »Will man sich nicht damit zufrieden geben, dann eine Space Opera erkennen zu wollen, wenn man sie liest, empfiehlt sich ein Blick in die Fachliteratur. Wir erfahren, dass der Autor Wilson Tucker diesen Begriff 1941 geprägt hat als ironische Anspielung auf die ›Horse Operas‹, die Western im Radio, um die SF der 30er Jahre zu charakterisieren.«[2] In den von Neuhaus angegebenen Belegstellen wird allerdings nicht, wie man meinen könnte, der

Autor Wilson Tucker zitiert, sondern Gary K. Wolfe, der die Space Opera immerhin als »western in space« bezeichnet. Von »Radio« ist dort freilich keine Rede.

Der 1914 geboren Arthur (Pseudonym: Wilson) Tucker prägte (so weit ich sehe) in der Januarausgabe 1941 seines Fanzines *Le Zombie* den Begriff Space Opera als Bezeichnung für ein »hacky, grinding, stinking, outworn, spaceship yarn«, also ein (mit dem Großen Muret-Sanders, 9. Auflage 1989, übersetzt) abgedroschenes/von Lohnschreibern verfasstes, mühsam knirschend mahlendes, stinkend verrufenes, nicht länger brauchbares, abgetragenes Raumschiff-Seemannsgarn.

Vielleicht schmeckt man noch heute die leichte Prise Abfälligkeit, mit der Tucker seine hellsichtige Definition gewürzt hat.

Das »yarn« an sich allerdings ist kein abschätziger Begriff; wer (wieder nach Muret-Sanders) ein yarn spins, der erzählt eine abenteuerliche (und erdichtete) Geschichte, Seemannsgarn eben: Früher mussten Matrosen auf See in ihrer Freizeit aus aufgelöstem Takelwerk neues Garn entwickeln, wobei sie sich von ihren Abenteuern erzählten: von erstaunlichen, haarsträubenden, angeblich auf einer Seereise erlebten Dingen.[3]

Sollen wir uns also mit Blick auf die Tuckersche Wortschöpfung altgediente Raumfahrer vorstellen, die wracke Computer und Astronavigationsautomaten demontieren, verwertbare Speicherkristalle heraussortieren und dabei mit vurguzzzerfressener Stimme zu fabulieren anheben: »Vor langer Zeit, ich war damals Raumschiffsjunge auf der *HMS King Charles*, unterwegs nach Beteigeuze, ist uns diese unglaubliche, diese unfassbare Sache geschehen ...«?

Da wäre immerhin schon mal das Garn. Aber wo bleibt die Opera, zum Beispiel der Gesang, der bei der Oper doch eine nicht eben geringe Rolle spielt? Und etwas in dieser Richtung muss doch vorgelegen haben, denn die Definition von Tucker hat ja anscheinend gepasst - sie traf zu, sonst hätte sie sich, bei all ihrer Geringschätzigkeit, nicht durchsetzen können. So wie auch andere, ursprünglich spöttisch gemeinte Bezeichnungen etwas Richtiges gesehen haben und gerade deswegen angenommen wurden; man denke etwa an polemisch gemeinte kunstgeschichtliche Wortschöpfungen wie »Gotik«, »Sturm und Drang« oder »Expressionismus«.

Vom Lichtschwert bis zur silbernen Kugel: Kleines Erinnerungsalbum großer Helden

Tucker betrachtet ein Genre, das er am Ende sieht, ein »outworn ... yarn«; er definiert also aus der Retrospektive. Was aber kann ein 27-jähriger US-Amerikaner in seiner Jugend und bis zum Jahr 1941 gesehen, gehört, gelesen haben? Dass die Space Opera vage auf »Western im Radio« anspielt, haben schon die Recherchen von Herrn Neuhaus ergeben. Aber auf welche Western wird angespielt? Und wie?

Um Tuckers Begriff besser zu verstehen, soll hier das populärkulturelle Umfeld ansatzweise rekonstruiert werden, in dem die Zeitgenossen eine Bezeichnung wie »Space Opera« verstanden. Sehen wir uns also die Zeit zwischen 1900 und 1941 und einige ihrer kulturellen Errungenschaften etwas näher an.

Zu Beginn des 20. Jahrhunderts entstehen etliche neue kulturelle Genres: der Comic strip beispielsweise oder diverse Formen des Films, darunter im Jahr 1902 der Zukunftsfilm: *Le Voyage dans la Lune (Die Reise zum Mond)* nach Jules Verne von Georges Méliès erschien ein Jahr vor dem ersten Western *The Great Train Robbery (Der große Zugraub)*, den Edwin S. Porter im Jahr 1903 drehte.

Die Interpreten der Tuckerschen Definition suggerieren, die Science Fiction habe ein vorgefundenes Repertoire – die Spielelemente des Westerns eben – in den Weltraum versetzt und leicht futuristisch kostümiert. Tatsächlich entwickeln sich Western und Science Fiction zeitgleich und parallel und oft mit explizitem Bezug aufeinander. Allerdings funktionieren die beiden verschiedenen Genres in unterschiedlichen Verbundsystemen, zumal nach der Zeitenwende von 1927. In diesem Jahr nämlich beginnt die Tonfilmzeit.

Der Western wird nur langsam tonfilmtauglich: Die neue Technik bewährt sich zunächst im Studio, und als neue Formen entstehen einerseits die Screwball-Komödien – in denen ein Screwball, also ein spleeniger, ein verschrobener Kerl Seite an Seite mit seiner Partnerin, einer lebensklugen Frau, die Widrigkeiten des Alltags meistert –, andererseits der innerstädtische, das heißt komplett im Studio abdrehbare Gangster-Film. Tonaufnahmen auf freiem Feld dagegen fallen schwer, womit einige Highlights des Westernfilms vorerst ausgeschlossen werden: Reitszenen, Verfolgungsjagden, Postkutschen- und Eisenbahnfahrten, Schwenks über atemberaubende westerliche Landschaften. Dann aber macht der Fortschritt der Tontechnik auch den Western wieder möglich - und der gewinnt daraufhin breiten Raum im Kino.

Die für futuristische Effekte unerlässliche Tricktechnik dagegen bleibt vergleichsweise unterentwickelt; staunenswerte, echt wirkende Raumschiffe und wirklich fremdartige Fremde (»Aliens«) nehmen wir den Filmen erst seit dem Ende der 70er Jahren ab (bahnbrechend waren hier die *Star Wars*-Filme, durch die Science Fiction auf den Weg zum visuell dominierten Genre gebracht wurde); bis zu diesem Zeitpunkt musste der Betrachter den beklagenswert wenig raumflugtauglichen Modellen ebenso gutmütig wie gutgläubig entgegenkommen.

Um es noch einmal pointiert zu sagen: Während der Western sich im innovativsten und komplexesten technischen Medium ausbreitet, im Film nämlich, bleibt die Science Fiction zunächst in den alten Kunstformen (Literatur) zurück oder beschränkt auf die Medien, in denen ihre Geschichten mit vergleichsweise schlichteren technischen Mitteln (Radio, Comic) befriedigend umzusetzen waren.

Der Mann, der schneller läuft als sein Schatten – Perry Rhodan in Atlans Schussweite

Allerdings macht in diesem engeren Rahmen die Science Fiction in den 20er und 30er Jahren durchaus Furore: E. E. Smith kann seine gigantomanischen Geschichten um die »Skylark«, die er zwischen 1915 und 1920 geschrieben hat und die manchen als Ur-Bild der Space Opera gelten, im Jahr 1928 endlich verkaufen - ein Jahr nach dem Beginn der Tonfilmzeit. Hugo Gernsback druckt sie in seinen *Amazing Stories* bis 1935 ab. Im selben Jahr 1928, und zwar in der Augustausgabe der *Amazing Stories*, debütiert Anthony - der spätere »Buck« - Rogers in Philip Francis Nowlans »Armageddon 2419 A.D.«; die Grundidee des Romans - ein Held aus unserer Gegenwart erwacht nach langem Schlaf im 25. Jahrhundert und muss sich in einer von Barbaren beherrschten, entstellten Welt behaupten - wird seit einiger Zeit vom Bastei-Verlag unter dem Titel »Maddrax« recycelt. Aus »Armageddon 2419« entsteht der erste SF-Comic, der von 1929 ununterbrochen bis 1967 läuft, einige Jahre später - nämlich 1932 - auch die erste SF-Radioshow. Im selben Jahr schmiedet Edmond Hamilton, Autor der Space Opera »Interstellar Patrol« (1928–1929), für seine Geschichte »Kaldar, Planet of Antares« (in *Weird Tales*) eine besonders zukunftsträchtige Waffe: das Lichtschwert.

1933 geht die Radioserie »The Lone Ranger« an den Start, der Ranger reitet dort bis 1954 und entfaltet sich und seine guten Taten bald auch in Romanen, in Kinofilmen, als Comic- und als Fernsehheld. 1934 beginnt »Flash Gordon« von Alex Raymond, und von 1937 bis 1948 erscheint der Space-Opera-Klassiker, die Lensmen-Serie von E. E. Smith, in *Astounding Science Fiction*.

Und im Jahre 1941 also, wir erinnern uns, definiert Wilson Tucker die Space Opera.

Viele der gerade aufgeführten Figuren sind bis heute im Bewusstsein mindestens der Fans geblieben oder Teil der Alltagskultur geworden. Immer noch weiß wohl jeder gebildete US-Amerikaner, die Begrüßung »Long time no see, kemo sabe!« zuzuordnen: So freut sich Tonto, der Indianer, wenn er seinen Freund wiedersieht, jenen maskierten Einsamen Ranger John Reid, der auf seinem Ross Silver unterwegs ist, um mit silberner Kugel die Schurken dieser Welt zwar kampfunfähig zu schießen, jedoch nicht zu töten. Hi-yo, Silver, away!

In den meisten Western wird virtuos geritten, geschossen und für das Gute gekämpft. In den Horse Operas wird zusätzlich gesungen. Peter Stanfield zitiert in seiner bahnbrechenden kulturgeschichtlichen Studie »Horse Opera. The Strange History of the 1930s Singing Cowboy«[4] einen Rundbrief, in dem Kinobetreiber der späten 30er Jahre den Filmstudios mitteilen, was ihr Publikum eigentlich zu sehen wünscht: Ihre »Suggestions to Improve Westerns« listen auf: »The reaction of the western fan is fundamental and does not change. ... The few essentials in making westerns is a good down to earth sensible story, action, horsemanship, and at present, comedy and some music.« (»Die wenigen wesentlichen Dinge, die der Westernproduzent zu beachten hat, sind eine gute, bodenständige Geschichte, Handlung, Reitkunst und dabei etwas zu lachen und etwas Musik.«) Musik nämlich spielte für die patrons, die Kunden des Kinos, »a definite part in western pictures - it's part of the old west, western patrons like good fiddle bands and good cowboy songs.«

Held solcher Western, die zu Publikumsmagneten wurden, war eine heute weitgehend vergessene Figur: der singende Cowboy. Dieser aber wird zur Zentralfigur der wahren Horse Opera: Wer Horse Opera sagte, meinte nämlich kaum Stücke mit singenden Pferden, was tatsächlich ein wenig albern hätte klingen können, sondern Filme, in denen Cowboys zur Gitarre griffen und Lieder vortrugen. Demzufolge ist die Horse Opera auch durchaus nicht, wie Neuhaus zu meinen scheint, synonym mit Western überhaupt, sondern sie bezeichnet ein Subgenre des Westerns, und zwar ein damals in den USA (und in Großbritannien) überaus populäres, in Deutschland allerdings weitgehend unbekanntes Subgenre.

Dieses Genre nun ist das wirkliche Bezugsfeld für Tuckers Definition.

»I won't be dead, just won't be here no more« - Wo sind die Cowboys der Horse Opera?

Die Horse Opera, also der Western mit dem singenden Cowboy, hat etliche Stars hervorgebracht wie Dick Foran, Tex Ritter oder Roy Rogers. Auch John Wayne versuchte sich in diesem Genre, doch seine Gesangsstimme setzte dem Erfolg enge Grenzen und musste nachsynchronisert werden.

Lieder, wie sie diese Cowboys sangen, waren seit Mitte der 20er Jahre auf Schallplatten erschienen; sie erzählten von einem Westen,

The Phantom Empire

der gerade in Erinnerung zu versinken und in dieser Erinnerung sich zu verklären begann. Die Cowboy-Songs sind so etwas wie gesungene Verlustanzeigen, und der sie vortragende Cowboy wird so vom schlichten Landarbeiter, der er historisch gewesen war (meist schwarz, natürlich unbewaffnet, da die schweren Waffen beim Reiten nur gestört hätten), zur elegischen Figur, die von einer verlorenen Welt erzählt.

Stanfield zitiert die seelische Verfassung des idealtypischen singenden Cowboys so: »Them bandits have beaten my mother, ravished my girl, burnt down my house, killed my cattle and blinded my best friend. I'm going to get 'em if it's the last thing I do. But first, folks, I'm going to sing you a little song.«[5] Also etwa: »Diese Banditen haben meine Mutter geschlagen, mein Mädchen vergewaltigt, mein Haus niedergebrannt, mein Vieh getötet und meinen besten Freund geblendet. Ich werde sie kriegen, und wenn es das Letzte ist, was ich tue. Aber vorher, Leute, werde ich euch erstmal ein kleines Lied singen.«

Dabei waren es realhistorisch gesehen nicht unbedingt them bandits, die für den Verlust der ländlich-familiär heilen Welt gesorgt hatten, sondern die Industrialisierung und Urbanisierung der US-amerikanischen Gesellschaft der 20er und 30er Jahre, und so taucht die moderne Welt der Gegenwart auch durchaus in den Western-Filmen auf: mit ihren Autos, Wolkenkratzern, großen Städten - meist als Bedrohungsszenario.

Neben den vielen nationalen Berühmtheiten erwuchs dem Genre der Horse Operas ein wirklicher Weltstar: der jodelnde Cowboy Gene Autry. Sein epochaler Western *The Phantom Empire* (USA 1935) ist heute etwas in Vergessenheit geraten, deshalb fasse ich den Inhalt kurz zusammen: Gene Autry spielt darin einen Cowboy, der singt und eine Radio Ranch betreibt, eine Ranch mit Radio-Station, auf der Kinder aus der Stadt etwas über den Westen lernen sollen. Eines Tages reiten geheimnisvolle Reiter über die Ranch - Reiter aus einer unterirdischen Stadt, die Scientific City von Murania. Diese Stadt existiert seit über 100 000 Jahren, ihre Gründer stammen, wie es scheint, vom verlorenen Kontinent Mu. In Scientific City regiert Königin Tika ein Reich voll technischer Finessen: Der singende Cowboy, der auf den Spuren der mysteriösen Reiter nach Murania gelangt ist, sieht Vakuumröhren-Aufzüge, Laufbänder und futuristische Wolkenkratzer; Roboter schwingen wahlweise Schmiedehämmer oder Schwerter, man schießt mit radiumbetriebenen Strahlenpistolen. Auch Autry muss in ein Gefecht, das einen ungünstigen, nämlich tödlichen Ausgang nimmt; er wacht in einer Wiedererweckungskammer von den Toten auf, deren Sprache er nun (vorübergehend) spricht.

Autrys untergründige Abenteuer müssen allerdings einmal pro Tag unterbrochen werden, weil er Punkt 14.00 Uhr wieder auf der Erdoberfläche zu sein hat, um von seiner Ranch aus die Radioshow auszustrahlen - live, versteht sich. Als er, zurück in Murania, gefragt wird, wie es ihm dort gefällt, antwortet er: »Nun, ich finde, die stickige Luft hier unten passt eher zu Ratten und Maulwürfen. ... Mein

Geschäft ist das Singen. Ich singe über Pferde und den Sonnenschein und die Prärie. ... Und wie sollte man hier unten von diesen Dingen singen?«[6]

Man sieht, die Horse Opera unterscheidet sich in manchen Punkten von den Filmen, die *Rauchende Colts*- und *Bonanza*-geprägte Generationen vor Augen haben, wenn sie von Western sprechen. Die für uns typische Vergangenheitsorientierung des Westerns hat sich in den 30er Jahren noch keineswegs durchgesetzt – die Western spielen nicht nur in der Gegenwart, sie stehen auch futuristisch-phantastischen Elementen offen.

Ein Geschäft auf Gegenseitigkeit übrigens. Auch der phantastische Film borgt beim Nachbarn im Weste(r)n: Als Georges Méliès 1904 mit *Die Reise durch das Unmögliche* eine Art Fortsetzung zu *Le Voyage dans la Lune* schrieb, da schickt er seine Helden, die Mitglieder einer »Gesellschaft für inkohärente Geographie«, mit der Eisenbahn, einem Lieblingsvehikel des Westerns, ins Weltall; und in seinem 1906 gedrehten Film *Die vierhundert Streiche des Teufels* wird ein von Robot-Pferden gezogener Sternenwagen zum Weltraumfahrzeug – ein früher Star Trek. In den 60er Jahren wurde übrigens ein Revival des phantastischen Westerns im Fernsehen gestartet: von 1965 bis 1970 liefen 104 Folgen der Serie *Wild Wild West*. Eine gleichnamige Kinoversion dieser Serie unter der Regie von Barry Sonnenfeld mit Will Smith und Kevin Kline in den Hauptrollen kam 1999 in die Kinos.

Wie Georg Seeßlen und Claudius Weil in »Western-Kino. Geschichte und Mythologie des Western-Films« feststellen, ist »die Formel der singenden Cowboys ... nur bedingt in eine allzu puristische Definition des Western einzuordnen. Formen der Komödie, des Melodrams, des Kriminalfilms, ja sogar von Gangster- und Science-Fiction-Film überlagerten die archetypischen Auseinandersetzungen des ›richtigen‹ Western«[7]. Hier würde ich eine erste nähere Verwandtschaft zwischen diesem Genre und der Space Opera vermuten: Beide Formen verfahren eklektisch, sie integrieren tendenziell alles, was das kulturelle Umfeld an populären Stoffen und Motiven hergibt, in ihr episches Imperium.

Allerdings hatte sich nach Seeßlens Beobachtung »Ende der 40er Jahre ... die Formel der singenden Cowboys ein wenig abgenützt«[8] – eine Beobachtung, die sich mit der etwa zeitgleichen Definition

Tuckers in Sachen Space Opera decken würde. Nach dem Zweiten Weltkrieg jedenfalls werden die Areale der Populärkultur neu sortiert: die Space Opera überlebt, der singende Cowboy geht unter. Was vielleicht in der Ordnung der Dinge lag, hatte ihm doch immer ein wenig Wehmut und Abschiedsschmerz auf dem Herzen gelegen, war sein Gesang doch immer schon Abgesang gewesen - auf den Westen als Pionierland und auf seine Lebensart, die im Untergang besonders viel Verklärungspotenzial entfaltete.

Wie sang doch der singende Cowboy?

»Going to leave this country, sure going to leave it soon
And this old world sure going to have my room.
When I leave here, just hang crepe upon the door
I won't be dead, just won't be here no more.«[9]

Natürlich lässt sich fragen, inwieweit solche Horse Operas, die in den 30er und 40er Jahren mit so außerordentlichem Erfolg in den USA und in Großbritannien liefen, die Science Fiction überhaupt, zumal aber die in Deutschland verfasste, beeinflussen konnten.

Aber: Welche Art von Kenntnis setzt man eigentlich voraus, wenn man von »Einfluss« spricht?

Ein Beispiel: In Hamiltons Geschichte »Kaldar, Planet of Antares« aus dem Jahr 1933 kämpft man, wie gesagt, mit dem Lichtschwert; dort heißt es: »The sword seemed at first glance a simple long rapier of metal. But he found that when his grisp tightened on the hilt it pressed a catch which released a terrific force stored in the hilt into the blade, making it shine with light ... He learend that the weapon was called a lighsword.«[10] Kannte George Lucas diese Beschreibung eines Force-betriebenen Lichtschwerts oder hat er von ihr gehört, vielleicht in einer anderen Science-Fiction-Story, die das Motiv tradiert? Oder laufen hier zwei Phantasien in parallelen Geleisen?

Wie auch immer: Nicht nur die Autoren der frühen US-amerikanischen und britischen Science Fiction, von denen wir es mit ziemlicher Sicherheit annehmen dürfen, auch die Perry-Rhodan-Väter Ernsting und Scheer (oder der eine oder andere spätere Mitarbeiter an der Perry-Rhodan-Serie) werden oder könnten Horse Operas und darunter den Film *Phantom Empire* gekannt haben, denn der kam - laut Auskunft des Deutschen Filminstituts DIF - unter dem Titel *Phantomreiter* im Jahr 1952 in die deutschen Kinos.[11] Die *Rauchen-*

den Colts (USA 1955–1975) dagegen liefen erst ab 1967 im deutschen Fernsehen.

Auf die Figur des singenden Helden muss mindestens Ernsting gestoßen sein: Hatte er doch bereits im Jahr 1929 eine Übersetzung der Geschichte »Honeymoon in Space« von George Griffiths aus dem Jahr 1900 gelesen, die ihn faszinierte.[12] In dieser Geschichte landet das frisch getraute Paar Rollo Lenox Smeaton Aubrey, Earl of Redgrave, und die bezaubernde Lilla Zaidie mit ihrem Raumschiff, der *Astronef*, unter anderem auf dem »Liebes-Stern« Venus. Dort begegnen sie einer Rasse von vogelähnlichen Menschen, die fliegen können und sich mittels Gesang verständigen. Zaidie gibt, um Kontakt aufzunehmen, zwei irdische Lieder zum Besten, zuerst den »old plantation song« »The Swanee River«, danach »Home, Sweet Home«, was sie an ihre Heimat »on the banks of the Hudson« erinnert; und während die venusischen Vogelzwitschermenschen dem Vortrag des Plantagenlieds nur andächtig gelauscht haben, singen sie das Heimatlied gleich inbrünstig nach. Kontakt![13]

Es soll auch nicht vergessen werden, dass Walter Ernsting ein Autor war, der Western nicht nur übersetzte, sondern auch selbst schrieb, und dessen Pseudonym »Clark Darlton« eine Assoziation zu den berüchtigten Dalton-Brüdern nahe legt, einer der großen Western-Legenden. Zur Erinnerung: Die Dalton-Bande um die Brüder Bob, Grat und Emmett Dalton agierte in den 90er Jahren des 19. Jahrhunderts in Missouri, Kansas, Oklahoma und Texas. Sie machte durch spektakuläre Bank- und Eisenbahnüberfälle von sich reden. Bei dem Versuch, zwei Banken gleichzeitig zu überfallen, wurde ein Großteil der Bande am 5. Oktober 1892 in Coffeyville, Kansas, getötet. Als einziger der Brüder überlebte Emmett, der danach auf andere Weise Karriere machte: Er arbeitete in Hollywood als Berater für Western-Drehbücher. Daneben verfasste er die Biographie der Bande: »When the Daltons rode« wurde im Jahr 1937 publiziert. Clark Da(r)lton erschien demnach als eine Art Dalton-Bruder im Geiste.

Wer übrigens in alten *Utopia*-Heften blättert, sieht, dass die Genres damals ihre Leserschaften noch nicht so streng territorialisiert hatten wie heute: In *Utopia* Band 72 »Jim Parkers Abenteuer im Weltraum – Sonne für Großer Bär« beispielsweise, das 1956 oder 1957 erschien, findet sich auf den letzten Seiten ein Bestellzettel, und zwar der Reihe nach und nebeneinander für folgende Reihen: *Utopia*-Kleinbände, Western, *Utopia*-Großbände, *Utopia*-Krimi, Thriller.

Die Genres und ihre Kundschaft haben sich offenbar erst langsam entfaltet und voneinander getrennt. Vielleicht, eine Vermutung, ist »Perry Rhodan« nicht zuletzt deswegen so erfolgreich gewesen, weil diese Serie Leseinteressen vieler Subgenres integrieren konnte - neben dem Western (Ernsting/Darlton) noch die Genres Seeräuber-Romane (für die K. H. Scheer und später Hanns Kneifel zuständig waren), die Agenten- (Scheer, Feldhoff), die Krimi- (Francis, Terrid), Horror- (Ernst Vlcek) und die Fantasy-Literatur (Zubeil, Schwartz).

Nächste Teilantwort also: Wenn »Perry Rhodan« Space Opera ist, dann auch, weil sie sich wie das Schwester-Genre Horse Opera von vielen verschiedenen, jeweils populären Erzählmustern ohne große Reibungsverluste hat antreiben lassen.

Terrania City - Hauptstadt des moralischen Universums

Freilich muss ein gewichtiger Unterschied zwischen dem bundesdeutschen und dem US-amerikanischen kulturellen System der populären Genres ins Auge fallen: Am Entstehungsort kann der amerikanische Zuschauer oder Leser die realhistorischen Bezüge mitdenken, er weiß um oder hat selbst die Urbanisierung seiner Kultur miterlebt; die Geschichte des Westens ist Teil seiner Familien- oder sogar Individualgeschichte. Der »Westen« erscheint ihm vielleicht als künstlerisch (um)gestaltet, nicht aber als fiktiv. Er, der Rezipient, und sein Held stehen auf dem selben Boden.

Für die deutschen Autoren der frühen 50er oder 60er Jahre ist nicht nur der Westen, sondern in weiten Zügen sogar das zeitgenössische Amerika ein fiktionales Land. Einige sonst typischen Grundstrukturen der Horse Opera - wie ihr expliziter Bezug zum realen amerikanischen Westen - erfahren wohl auch deswegen eine Umformung.

K. H. Scheer macht zu Beginn der Serie Tabula Rasa: Bis auf einige wenige Seiten der ersten Nummern spielt die Serienhandlung überhaupt nicht in Amerika und auch nicht im Rest der (einem durchschnittlichen Europäer der frühen 60er Jahre) bekannten Welt. Sei-

Wird' s bald, eh?
Aber blitzschnell ziehen Perry und seine Freunde die Strahler:
Vergeblich!
Hahaha! In eurer Zeit bin ich unverwund-bar, Gents!
Hahaha!
Der lebt wirklich!
Ja, aber er stammt aus einer anderen Zeit-ebene.
In der Stadt ist ein großes rotes Tor, da mußt du hinein - aber den Schlüssel dazu habe ich, haha! Laß dir was einfallen, Partner!
Da kommt Perry die rettende Idee:

Sekundenschnell zieht er den Colt...
...zielt...
...und schießt!
Meine Nerven!! Noch so ein Scherz des Unsterblichen, und ich drehe durch!
Der Schlüssel!
Bin gespannt, was uns in der Stadt erwartet!

ne Dritte Macht entfaltet sich förmlich aus dem Nichts, nämlich in der menschenleeren Wüste Gobi, und eben dort, auf ungeschichtlicher Erde, entsteht die Hauptstadt seines Imperiums: Terrania City.

So muss sich die Frage gestellt haben: Woher nimmt man in dieser bodenlosen Situation die Goldenen Zeiten, nach denen sich der Held zu sehnen hat?

Die Horse Opera interpretiert, wie wir gesehen haben, die sozialen Wandlungen im Westen der USA als Verlust und reagiert darauf mit Idealisierung oder gar Verklärung. Den Einbruch der Modernisierung erfährt ihr Held als großes Unrecht, häufig als Angriff von kriminellen Elementen. Nun gilt es, das erlittene Unrecht zu rächen und so den rechtlichen Status quo ante wiederherzustellen. Am idealtypischen Beispiel des Lone Rangers: Zu Beginn der Serie gerät der Held, Britt Reid, zusammen mit seinem Bruder und anderen Texas Rangers in den Hinterhalt von Butch Cavendishs Verbrecherbande. Die Banditen glauben, alle Rangers getötet zu haben. Doch dank des Indianers Tonto überlebt Reid und führt, maskiert als Lone Ranger, seinen Rachefeldzug gegen Cavendish und das gesamte Ganoventum westlich der Rocky Mountains.

In Ermangelung solcher Vorzeit verschafft sich die Perry-Rhodan-Serie ihre Goldenen Zeitalter selbst – und zwar reihenweise. Immer wieder sind ideale Welten und Weltzeitalter verloren gegangen, um nun von Perry Rhodans Nostalgieteams wieder hergestellt zu werden.

Auf diese Weise restauriert und auf den alten, also richtigen Kurs gebracht wurden unter anderem das große Imperium der Arkoniden (zunächst in Personalunion zusammen mit dem Solaren Imperium von Rhodan regiert, dann an Atlan, den »rechtmäßigen« Thronerben, abgetreten), das Reich der Ganjasen (dem rechtmäßigen Ganjo in die Hand gelegt; Heft 400–499), die rechtmäßige Herrschaft der Cynos über den Sternenschwarm (Heft 500–569), ein autonomes Staatengebilde für die Terraner nach der Zerschlagung des Solaren Imperiums durch den Staatenbund der Sieben (Heft 650–799), die Endlose Armada (deren Führung der rechtmäßige Armadaprinz Nachor von dem Loolandre übernimmt) und der Frostrubin (1100–1199), sämtliche Sternenstaaten der Milchstraße (der Herrschaft des bösen Monarchen Monos entrissen, Heft 1400–1499); und zuletzt wurde im Tradom-Zyklus das böse Reich Tradom abserviert, das dem guten Reich der Güte vorübergehend den Garaus gemacht hatte, um nun der geplagten Galaxis Tradom wieder eine gute, goldene, friedvolle Zeit zu geben.

Neuerdings (mir liegt Heft 2206 vor) hält sich Rhodan mit Atlan im so genannten Sternenozean von Jamodi auf, in dem einst »gütige Herrscher ... regierten, die Schutzherren von Jamodi, denen ihre Herolde zur Seite standen, eben die Schildwachen. ... Doch einer der Schutzherren erwies sich als Verräter. Seine Revolte, bekannt geworden als die Kybernetischen Nächte von Barinx, auch als Blutnacht von Barinx bezeichnet, fegte das Regnum der Schutzherren hinweg.« Die menschenähnlichen Motana, mit denen sich Rhodan nun verbündet, waren »ihrer Überlieferung nach in dieser frühen, glücklicheren, lange zurückliegenden Zeit einmal das zahlenmäßig dominierende Volk im Sternenozean. Sie hatten sich über ganz Jamodi ausgebreitet, waren treue Untertanen der Schutzherren. Damals beherrschten die *Kraft der Psyche* und die *Macht der Moral* den Sternenozean.«[14]

Obwohl die Geschichte unter der weisen Leitung des Exposé-Redakteurs Robert Feldhoff sicher noch manche unerwartete Wendung nehmen wird, sind die für die Serie grundlegenden Motive hier einmal wie zum Mitschreiben diktiert: Die goldene Zeit ist »lange zurückliegend« und »glücklich«, weil »Herren« und »Herrscher« ihre »Untertanen«, die das wohl nicht aus eigener Kraft können, »gütig« regierten. Dann aber schlägt die Stunde des Verräters. Ein weiteres Motiv für dessen Tat muss nicht beigegeben werden, aus seinem Widerspruch zur »Macht der Moral« kann jedermann ersehen, dass er schlicht böse, unmoralisch ist.

Die Welt des Perry Rhodan oder, wie seine Fans es liebevoll nennen, das »Perryversum« ist zunächst und für sich ein moralisches Universum. Alle Änderungen seiner Machtverhältnisse gehen deswegen erst einmal zum Schlechteren, und sie verdanken sich in der Regel finsteren Machenschaften, am liebsten dem Verrat und der Usurpation. Rhodan und seine Teams sind die Sachwalter der rechtmäßigen Herrschaftsverhältnisse; in Hinsicht auf ihre eigenen Staaten sind sie Patrioten und agieren in fremden Herrschaftsräumen, so unterstützen sie die dortigen Patrioten, deren Anführer oft mit den rechtmäßigen Herrschern identisch sind: dem Ganjo der Ganjasen, dem Imperator der Arkoniden, dem Armadakapitän Nachor oder (in dem Zyklus von 600 bis 649) dem Raytscha des Naupaumschen Raytschats, dessen Amt im Perry-Rhodan-Lexikon so umrissen wird: »Der Raytscha ist Regierungschef, Staatsoberhaupt und militärischer Oberbefehlshaber. Ermittelt wird der Amtsinhaber durch ein Mischverfahren aus Wahldemokratie und testamentarischer Verfügung des Amtsvorgängers. Der designierte Nachfolger wird Mato Pravt genannt.«[15] Ich übertrage zur Illustration kurz auf bundesdeutsche Verhältnisse: Der deutsche Raytscha wäre Bundeskanzler und Bundespräsident in einer Person, als solcher vom vorigen Bundeskanzlerpräsidenten testamentarisch verfügt und vom Wahlvolk bestätigt. Man mag dieses System der Erbwahlrepräsentanzexekutivdemokratie für ulkig halten, aber die Serie ist ja weder als Kommission zur Erfindung möglichst unpraktikabler Wahlmodi unterwegs, noch dient sie zur Propaganda für das eine oder andere in Wirklichkeit sicher wünschenswerte Regierungssystem.

Was sich am Beispiel Raytscha aber zeigen lässt, ist, dass der rechte Staatenlenker im Perryversum all-umfassend, ja geradezu überlegitimiert anmutet: Er wird demokratisch gewählt; vom Schicksal, dessen Agenten oder anderem metaphysisch höher gestellten Personal vorbestimmt; er ist märchenhaft weise und gütig, in der Regel hoch gewachsen und breitschultrig (Atlan: »1,87 m groß, breitschultrig und muskulös«; Raytscha Heltamosch: »1,92 m groß, stark, sportlich und hochintelligent«, Ganjo Ovaron: »1,96 m, athletischer Typ mit breiten Schultern«, Nachor: »1,85 m groß, breitschultrig und sehr kräftig«[16]), das heißt schon optisch überragend, entsprechend hoch intelligent und überhaupt sympathisch. Den idealen Widerpart könnten wir beinahe ausrechnen: klein, dick, diktatorisch. Mein Lieblingsbösewicht beispielsweise, der Overhead, ist denn auch »untersetzt, aufgeschwemmt und klobig«.[17]

Der visuellen Qualifikation des guten Helden müssen natürlich innere Werte entsprechen, und diese Werte decken sich noch heute mit denen, die Gene Autry 1939 in seinem Cowboy-Code für die Horse Opera aufgestellt hat. Demnach zeichnet sich der Held aus durch »truthfulness, tolerance, cleanliness in thought and deed, respect for others, and patriotism«.[18]

Eben.

Wer in der Blütezeit der Horse Operas das Zwielicht suchte, musste schon in die Gangsterszene ausweichen. Über Gene Autry dagegen schien die reine Sonne Texas'. Über Terrania City steht sie noch heute.

In der Großen Synchronität

Wie wir am Beispiel von *Phantom Empire* gesehen haben, verweisen die Horse Operas nicht unbedingt in die Vergangenheit; entsprechend spielen die Space Operas von Perry Rhodan nicht unbedingt in der Zukunft. Stattdessen können wir hier einen Zeitenmix beobachten.

Und zwar in dreierlei Hinsicht: Einerseits kann Vergangenheit dank höherer Technik direkt inszeniert werden. In einem der Schlüsselromane der Serie, »Der Unsterbliche« von K. H. Scheer, erreicht der Titelheld die Welt des ewigen Lebens. Was nun kommt, würde jedem Freudianer das Herz im Leibe höher schlagen lassen: Bevor Rhodan den Kreis der Sterblichen verlassen, sich in der Zell-Dusche von aller Sterblichkeit reinwaschen lassen kann,

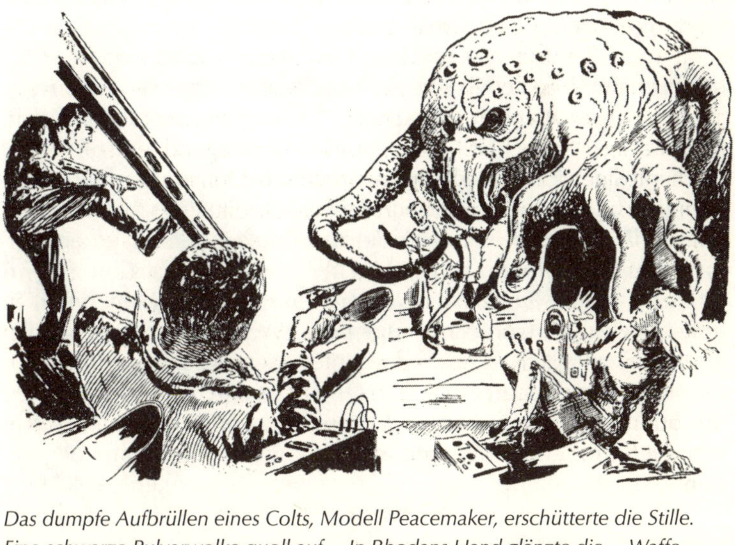

Das dumpfe Aufbrüllen eines Colts, Modell Peacemaker, erschütterte die Stille. Eine schwarze Pulverwolke quoll auf ... In Rhodans Hand glänzte die ... Waffe

muss er sich den Weg frei schießen. Ihm stellt sich nämlich ein Feind entgegen, den keine High-Tech-Waffe beeindruckt: »Die Daumen hatte er in seinen Waffengurt gehakt. In den Halftern baumelten zwei schwere Colts, Kaliber 45. Die verfleckten Lederhosen steckten in wadenhohen Stiefeln mit gewaltigen Sporen und hohen Absätzen. Alles in allem war die Erscheinung ein waschechter Wildwest-Bandit, wie ihn Rhodan in seiner Jugend auf der Leinwand kennen gelernt hatte.«[19]

Der »waschechte« Bandit wäre demnach gar nicht waschecht, sondern eine Leinwandgröße – ein kultureller Stereotyp.

Man schießt mit einer Impulskanone auf den Kerl, aber der grinst nur »breit und gehässig«: »Nur in meiner Zeit kannst du mir etwas tun, Bruder«[20], informiert er Rhodan. Gut, dass man kurz vorher einen Colt gefunden hat, den nun Bruder Rhodan in Händen hält: »Das dumpfe Aufbrüllen eines Colts, Modell Peace Maker, erschütterte die Stille. Eine schwarze Pulverwolke quoll auf. Zugleich drehte sich die Erscheinung um die halbe Körperachse, ehe sie haltlos zusammenbrach. In Rhodans Hand glänzte die von Everson gefundene Waffe. ... Rhodan lehnte sich schwer atmend gegen den Wagen. Die uralte Waffe baumelte am Abzugsbügel an seinem rechten Zeigefinger.«[21]

Rhodan musste selbst zum Western-Helden werden, bevor er seinen eigenen Weg gehen konnte. Nun, da er sich der – oder besser: dieser – Vergangenheit entledigt hat, ist der Weg frei zur Unsterblichkeit.

Die Art der Problemlösung allerdings, die er hier vorführt, wird zum Muster für viele Fälle im Perryversum: Wie gewaltig auch immer die Sternenreiche sind, die im Laufe der Serie in einen Interessenkonflikt geraten, am Ende steht immer wieder als Showdown das traditionelle Duell, der Kampf Mann gegen Mann (oder, in einem Fall: der Mann Atlan gegen die Meisterin der Insel Mirona Thetin): So duelliert sich Rhodan unter anderem mit dem dunklen Parallelwelten-Rhodan II, mit dem Milchstraßentyrannen und Herren der Straße Monos, zuletzt und gegen Ende der Thoregon-Saga in Heft Nummer 2195 »VAIA erwacht« mit dem Großinquisitor der Vernunft, Zim November – wenn dieses Duell auch wegen der schlussendlichen Reumütigkeit des Bösewichts wie die psychotherapeutische Variante des Rhodanschen Ur-Duells wirkt.

Was der Serie sonst an geschichtlichen Epochen beigemischt wird, entstammt zwei verschiedenen Quellen: Einmal versetzt technisches Gerät - Zeitmaschinen, Nullzeitdeformatoren - die Mannschaft Rhodans in Phasen der Historie oder Prähistorie. Das mag man den Königsweg der Science Fiction in die Vergangenheit nennen. Andererseits scheint das Universum - wenigstens das nach Rhodan - dazu verdammt, Zeitabschnitte der Menschheitsgeschichte nachzuspielen. Und so trifft man in den Weiten des Kosmos immer wieder auf Gesellschaften, in denen die auf Erden verschollene Zeit der Ritter oder Seeräuber oder Dschungelabenteurer gerade aktuell ist.

In den letzten Perry-Rhodan-Romanen etwa, die mir vorliegen, sieht man den Titelhelden in Bergwerken sich mit Sklavenarbeit placken wie zuletzt Indiana Jones im Tempel des Todes, die Ähnlichkeit vertuscht mit ein paar futuristischen Vokabeln. Da man Entsprechendes auch in den *Star-Trek-* und *Star-Wars-*Universen mit ihren Romulanisch-römischen Imperien und Yedi-Rittertümern beobachten kann, ließe sich behaupten, dass die eigentliche Spielzeit der Space Opera nicht die Zukunft ist, sondern eine Alleszugleichzeit, eine umfassende Synchronität, in der, wenn auch mit leichten Gewichtsverlagerungen, schon die Horse Opera spielte.

Maskeraden und die Frage: Wer ist eigentlich Perry Rhodan?

Die Perry-Rhodan-Serie tradiert mindestens ein Gestaltungsprinzip, das von den Horse Operas beziehungsweise dem damit eng verwandten oder verbundenen Western-Serial wenn nicht erfunden, so doch in der Welt der Populärkultur heimisch gemacht worden ist: den großen Spannungsbogenbau. Spielideen wie die des Lone Rangers wurden serialisiert, das heißt zu einer Fortsetzungsgeschichte entwickelt. Die einzelnen Folgen ordnen sich einem großen Handlungsbogen, »etwa der Zerschlagung eines Geheimbundes oder der Geschichte einer Rache«[22], unter. Manchmal sind schon die Titel der Serials Programm: »Gordon of Ghost City«, »Mystery Mountain«, »Adventures of Red Ryder«.

Dieses Prinzip der übergeordneten Aufgabe hat die Perry-Rhodan-Serie zu einem nie gekannten Höhepunkt getrieben: Während

Long time no see, kemo sabe! – Lone Ranger, der Mann mit der Maske, reitet wieder – in die Zukunft?

die frühen Zyklen, soweit sie überhaupt sichtbar wurden, nur wenige, ein oder zwei Dutzend Hefte umfassten, lag die Norm für einen Zyklus mindestens sechs Jahre lang bei 100 Heften (200–299, 300–399, 400–499); der kürzlich abgeschlossene »Großzyklus« um die Superintelligenz Thoregon lief sage und schreibe beinahe acht Jahre lang und über 400 Hefte.

In Figuren wie Red Ryder, dem Lone Ranger oder auch Zorro ist die Institution des Science-Fiction-Serienhelden vorgeprägt (»Buck Rogers«, »Flash Gordon«, »Jim Parker«, »Perry Rhodan«, »Commander Scott«, »Ren Dhark«, »Rex Corda«, »Maddrax«) – aber wer ist eigentlich der Lone Ranger? Und wer ist Perry Rhodan?

Der Lone Ranger ist ein Maskierter. Die Maske und die Maskerade spielen in der Horse Opera eine besondere Rolle; Stanfield führt dazu aus: »The play with identity via masquerade is endemic to the series western. The use of disguise is manifested in character reversals by the villain, who poses as friend and helper to the persecuted, and by the hero, who works undercover as a crook to reveal the villain's nefarious plot.«[23] (»Das Spiel mit der maskierten Identität ist ein in den Fortsetzungswestern weit verbreitetes Motiv. Die Charaktere verkleiden sich, etwa, wenn der Schurke sich als Freund und Helfer der Verfolgten verstellt, und wenn der Held den Gauner spielt, um die ruchlose Verschwörung des Schurken aufzudecken.«) Warum aber ist dieses Motiv so beliebt? Die Maskerade erlaube »characters to move across social, class, and even racial und gender boundaries«[24], erlaube den Figuren, die Grenzen ihrer Klasse, ihrer Rasse, sogar ihres Geschlechts zu überschreiten. Sie weitet den Spielraum der Figuren also beträchtlich aus, ohne die Kunstgriffe der realistischen oder naturalistischen Literatur einzusetzen.

Dazu ein Wort: Im 18. und 19. Jahrhundert entwickelten die europäische und amerikanische Literatur einen »realistischen« Stil, der den »wirklichen« Menschen abbilden können sollte. Dazu wurden die Figuren psychologisiert, ihre Handlungen erschienen motiviert aus »inneren« Erwägungen, in die man dem Leser über Briefe und andere »persönliche« Urkunden Einblick verschafft; ihre »private« Denkweise wurde von einem allwissenden Erzähler veröffentlicht; man sah über innere Monologe direkt in ihre Gedanken oder wurde mittels personaler Erzählhaltung mit ihrer Weltsicht vertraut gemacht.

Die Helden der Horse Operas und ihre Erben in den Space Operas aber sind gar keine derart »naturalistic figures«, sondern fungieren als »substitutes who act out the audiences' fears and desires«[25] - eine ganz andere Kunstform also, Kunst nach anderen Regeln, aber deswegen nicht etwa: keine Kunst. (Wenn ich mal so sagen darf: Es gibt nicht unbedingt »den« guten Sportler; derselbe Mann, der als Stürmer in der Fußballmannschaft hervorragend funktioniert, kann als Schachspieler kläglich versagen. Space Opera ist deswegen genauso wenig schlechte Belletristik, wie Thomas Mann schlechte Space Opera ist. Wir bewegen uns hier nur in verschiedenen Regelsystemen literarischer Sprache.)

Die Opera-Figuren sind nur wenig, nur flach ver-innerlicht; dafür haben sie einen vergleichsweise großen räumlichen und zeitlichen Aktionsradius: Sie sind extrem langlebig, überleben Jahrhunderte oder Jahrtausende, und bewegen sich in schier unermesslichen Weltenräumen. Und sie bewegen sich durch alle denkbaren sozialen Räume: Sie sind Reiter, Edelmann, Minenbesitzer, Ranger im Falle des Lone Rangers; oder sie sind - wie Perry Rhodan in den Zeiten des Thoregon-Zyklus (1800–2199) - zugleich als Bote Thoregons ein bevollmächtigter Agent eines Superintelligenzenkombinats, Präsident der Liga Freier Terraner mit geradezu amerikanischer Vollmacht, zum Ritter der Tiefe geschlagener Ritter der Tiefe, Frontkämpfer in allerlei Galaxien und der alte Risikopilot, als welcher er einst gestartet war.

Um einen Geschmack für Art und Umfang dieser phantastischen, universalen Person zu bekommen, stelle man sich für einen Augenblick vor, Angela Merkel müsste heute noch mit einem unsterblichen Hermann dem Cherusker beziehungsweise Arminius über die Änderung der Sozialgesetze verhandeln, und dieser Arminius, ein Cheruskerfürst der Zeitenwende und Militärtribun mit römischem Bürgerrecht, der nach seiner Heimkehr nach Germanien zum Gegner Roms wurde, den Widerstand gegen das Römische Reich organisierte und im Herbst des Jahres 9 nach Christus im Teutoburger Wald ein römisches Heer von etwa 20 000 vernichtete – eben dieser Arminius also säße als ewiger Kanzler und Oberbefehlshaber aller Truppen der Bundesrepublik Deutschland, der NATO und angrenzender Pakte unserer Oppositionsführerin gegenüber. Was ja eigentlich ein schönes, wenn auch surreal anmutendes Bild abgäbe.

Darüber hinaus aber macht Perry Rhodan immer wieder auch noch Maske – wie seine Mitarbeiter und Gegner. Kleiner Auszug aus dem Titel- und Untertitelregister der Serie (Heft Nummer 26): »Duell der Mutanten: Der Overhead lässt die Maske fallen – er will die Weltmacht«; (85) »Kampfschule Naator: Ihre Masken sind hervorragend – aber eine Leiche kann alles verraten!«; (114) »Rufer aus der Ewigkeit: Selbst die engsten Vertrauten des Großadministrators erkennen den Betrüger nicht – denn seine Maske ist perfekt«; (167) »Spione von der Erde: Raumkreuzer auf Experimentalkommando! – Menschen verwandeln sich in Blues!«; (330) »Ein Mann wie Rhodan: Der Erde droht Gefahr – und ein Sterblicher soll die Rolle eines Unsterblichen verkörpern«; (343) »Planet der tausend Freuden: Sie suchen Kontakt mit den Mächtigen von M 87 – und sie legen die Maske des Gegners an«; (375) »Verschwörung in Andromeda: Er trägt viele Namen und trägt viele Masken – er ist ein Agent des Friedens«; (455) Die Hauptpersonen des Romans »Auf der Arenawelt«: »Perry Rhodan und Ovaron – der Großadministrator und der Ganjo machen Maske«; (545) »Der Maskenträger«; (Untertitel 1451) »Ein Terraner macht Maske – und die Anoree werden aktiv«.

Außerdem wimmelt es von Doppelgängern für Perry Rhodan: Sein arglistiger Sohn übernimmt seine Rolle; er wird von einem Menschen oder einem Roboter gedoubelt; sein Gehirn wird entfernt und durch ein feindliches ersetzt.

In Anbetracht dieses universalen Maskenballs drängt sich manchmal der Verdacht auf, das Perryversum habe sich auch deswegen überwiegend mit Humanoiden bevölkert, damit Perry Rhodan und die Seinen ohne großen maskenbildnerischen Aufwand »Maske machen« können.

Die Figur Perry Rhodan selbst ist also keine irgendwie »naturalistische« Gestalt, die psychologisch homogen und sozial eindeutig verortet wäre; sie ist so etwas wie ein Palimpsest, ein wieder und wieder überschriebenes Pergament, dessen ältere und zugrunde liegenden Textschichten nie vollständig ausradiert worden sind und immer noch durchscheinen.

Gleichzeitig bleibt er, dessen Jahrtausende alter Geist sich kaum realistisch darstellen ließe, gerade der Flächigkeit seines Charakters wegen ein Mensch wie du und ich: Keine Lieblingsspeise, kein Lieblingsgetränk legen ihn fest; keine Narbe traumatisiert ihn; nirgends ist er mehr zu Hause als überall; keine Konfession spaltet ihn von anderen ab. Wir wissen eigentlich nichts »Wesentliches« von ihm, und deswegen unterscheidet ihn »nichts Wesentliches« von uns. Deswegen passt ihm jede Maske wie sein eigenes Gesicht.

Er ist nicht ein, sondern der ideale Space-Opera-Held.

»Plötzlich aber« - die Zeit der Space Opera und der Anstoß von außen

In Arndt Ellmers Ausführungen auf der Leserkontaktseite von Heft 2205 hieß es: »Der Traversan-Zyklus zählt zu den packendsten **Space Operas** aus dem PERRY-RHODAN-Kosmos und spielt im Jahr 1290 Neuer Galaktischer Zeit (NGZ). Auf Traversan, das zum Kristallimperium gehört, wird eine uralte Station der Meister der Insel entdeckt. Eine archäologische Sensation von höchster **Brisanz,** sodass Atlan persönlich nach Traversan reist. Doch das **Unglaubliche** geschieht: Atlan wird in die Vergangenheit **geschleudert** und gerät mitten in einen **tödlichen** Konflikt«.

Die Hervorhebungen sind von mir, und ich habe die entsprechenden Vokabeln auch in den nächsten Zitaten gefettet.

Im Klappentext zur Serie »Andromeda« lesen wir: »Es ist das Jahr 1312 Neuer Galaktischer Zeitrechnung. Eine **dunkle Macht** überzieht die **friedliebenden** Zivilisationen in Andromeda mit **Terror** und **Verwüstung**. Gemeinsam mit einer Hand voll treuer Gefährten eilt der Terraner Perry Rhodan zur Hilfe. **Doch** in der Nachbargalaxis trifft er auf eine **Gefahr**, die jede **Vorstellungskraft übersteigt** ...«

Im Klappentext zu »Odyssee«: »Während eines Rundflugs über den Mars geschieht das **Unfassbare**: Perry Rhodan, sein bester Freund Bully und etliche andere Passagiere werden von einem **mysteriösen** Energie**wirbel** erfasst und eine Milliarde Jahre in die Zukunft **gerissen**, in eine Epoche, in der sich das Leben im Universum grundlegend gewandelt hat. Dort müssen sie gegen **tödliche** Gefahren kämpfen – und um den Weg zurück in die eigene Zeit ...«

Man sieht, dass die Space Opera ihre eigene Zeit hat: Eine gewisse Jähheit des Beginns, ein Wirbeln, Schleudern und Gerissenwerden. Robert Feldhoff äußerte sich dazu im Gespräch mit Ulrich Bettermann: »Science Fiction arbeitet mit Novitäten. Grundsätzlich. Immer. Spannung ohne Bedrohung ist lächerlich, Science Fiction ohne das Unbekannte ist es auch. ... Natürlich könnten wir aus Gründen der Originalität mal einen ... Band schreiben, in dem bei uns zu Hause mit vertrauten Personen etwas längst Bekanntes geschieht, in dem niemand bedroht wird. Ich höre schon die Jubelstürme. Das erinnert mich an eine alte, populäre Kritik: Eine kosmische Bedrohung taucht auf – und besitzt die Unverschämtheit, Perry Rhodan *unvorbereitet und ratlos* zu treffen ...! Wenn ich das höre, habe ich immer den perfekten Zyklus vor Augen: Die größte Bedrohung des Universums erreicht aus den Tiefen des toten, grausamen Alls die Erde. Aber Perry Rhodan hat alles vorausgesehen! Sieg, wieder mal schlauer gewesen, Zyklus Ende in einem Band.«[26]

Was da so plötzlich auftritt, muss das Daseiende und jede Erwartung irgendwie transzendieren: es ist »unglaublich« und »unfassbar«, setzt der momentan heilen Welt ihr »Doch« entgegen, ist an sich brisant (von französisch »briser«: brechen, zerbrechen, sprengen), »dunkel«, gefährlich, terroristisch, mindestens aber »tödlich«. Tatsächlich liegt auch hier ein spezifischer Kunstwillen dem Ganzen zu Grunde: In der Realgeschichte hat es Invasionen noch und noch gegeben – aber die meisten brauchten eine derart lange Vorbereitungszeit für Logistik und Aufmarsch, dass die Gegenseite von der Invasion Kenntnis hatte oder hätte haben können. Im Perryversum dagegen erscheinen die Invasoren - die Topsider, der Schwarm, das Konzil der Sieben, die Dscherro, das Reich Tradom - gerne blitz- und schlagartig. Auch dies ist wahrscheinlich als zutiefst moralischer Akt zu verstehen: Ein auf diese Weise unangekündigter und offenbar unprovozierter Angriff setzt, zumal wenn er mit dunklen Absichten und terroristischen Mitteln erfolgt, den Angegriffenen ins Recht: er darf sich wehren, reagieren.

Diese Verfassung aber teilt die Space Opera wiederum mit den Horse Operas: Wird sie nicht attackiert, dann ruht die Welt der Horse wie der Space Opera tatenlos und heil in sich selbst.

Ohne Cavendish kein Lone Ranger. Soll er handeln, braucht der Held den Verbrecher, den Anstoß von außen.

Sing mit Perry Rhodan!

So weit die Handlung. Wo aber bleibt die Musik?

Wenn sich der Vergleich zwischen Horse Operas und Space Operas auch kaum auf die tragende Rolle des singenden Cowboys kaprizieren kann und in der Science Fiction insgesamt eher selten gesungen wird, so liegen mittlerweile doch einige Klangbeispiele aus Räumen vor, die nie zuvor ein Mensch gesehen hat: An erster Stelle natürlich jene wunderliche CD mit dem Titel »Spaced Out«, auf der Leonard »Spock« Nimoy und William »Captain Kirk« Shatner Hits wie »Mr. Tambourine Man« oder »I Walk the Line« brummen.

Aber selbst in »Perry Rhodan« wird hin und wieder Musik eingesetzt, wenn auch in erster Linie als Waffe. Ich erinnere in diesem Zusammenhang an Heft Nummer 50 »Der Einsame der Zeit« von K. H. Scheer, in dem sich Perry Rhodan und sein späterer bester Freund Atlan einen großen Kennenlernkampf Mann gegen Mann liefern. Man befindet sich auf einem wüsten Planeten, es ist heiß, man leidet Durst, und nun hebt Atlan seine Stimme und singt:

»Das Wasser ist nass,
das Wasser ist nass,
wie köstlich schluckt
und schlürft sich das.

Der singende Cowboy – Urbild der Space Opera?

Das Wasser ist kühl,
kühl ist das Nass,
ich schwimme
in einem ganzen Fass, denn heute –
ist das Wasser nass.«

Und weiter heißt es: „Es war ein Psychovers; lachhaft und dumm, aber hier wirkte der Reim wie eine explodierende Gefühlsbombe.«[27]

In späterer Zeit gelingt es Atlan dann, mit gefühlsbombastischer Musik (darunter discjockeymäßig verfremdete Elemente aus Smetanas »Moldau« und Wagners »Rheingold«) wenn schon nicht Rhodan, so doch eine große Bedrohung der Milchstraße, die Große Mutter Goedda nämlich, ins Schwarze Loch zu locken[28], woselbst sie ins Nichts versinkt.

Neuerdings hat Leo Lukas, der Spaßvogel im Autorenkollektiv, mit einer schillernden Parodie auf »Marmor, Stein und Eisen bricht« aus sicher guten, aber unerklärten Gründen am großen Drafi Deutscher Rache genommen:

»Thatrix und Inquisition,
VAIA, Tradom, Thoregon, –
Alles, alles geht kaputt,
Doch ich bleib dir gut.
Schönste Frau aller Galaxien,
Ham-ham, ham-ham.
Magisch zieht es mich zu dir hin,
Mnjam-njam, njam-njam« usw.[29]

Im Dezember 2003 aktuelle Hefttitel wie »Gesang der Hoffnung« (Nummer 2206) oder »Der letzte Gesang« (Nummer 2207) beweisen, dass selbst in den Weiten des Sternenozeans, den Perry Rhodan in ferner Zukunft bereist, noch schön musiziert wird und schon aus diesem Grund die Bezeichnung Space Opera zutrifft.

Was in dieser Hinsicht noch auf uns als seine Leser zukommt – wer weiß?

Sagt doch ein altes amerikanisches Sprichwort: The opera ain't over before the fat lady sings.

Die Oper ist noch nicht vorüber, bevor die dicke Dame singt.

ANMERKUNGEN

1 Brief vom 21. 9. 2003.
2 In: Das Science Fiction Jahr 2003. München 2003, S. 399ff.
3 Duden. Deutsches Universalwörterbuch. Mannheim Leipzig Wien Zürich 2001.
4 Peter Stanfield: Horse Opera. The Strange History of the 1930s Singing Cowboy. Urbana and Chicago 2002, S. 92f.
5 A.a.O., S. 2.
6 www.imagesjournal.com/issue04/infocus/phantomempire.htm vom 30. 11. 2003, S. 4.
7 Georg Seeßlen und Claudius Weil: Western-Kino. Geschichte und Mythologie des Western-Films. Reinbek bei Hamburg 1979, S. 115.
8 A.a.O., S. 114.
9 Frank Hutchinson: Worried Blues. Zitiert aus: Peter Stanfiled: Horse Opera. A.a.O., S. 155.
10 Allen Varney: History of Space Opera. www.allenvarney.comav_space2.html vom 29. 9. 2003.
11 Telefonische Auskunft am 1. 12. 2003.
12 Heiko Langhans: Clark Darlton. Der Mann, der die Zukunft brachte. Rastatt 2000, S. 10.
13 George Griffiths: Honeymoon in Space. In: Brian Aldiss (Hg.): Space Opera. New York 1977, S. 15f.
14 Rainer Castor in seinem Kommentar zum Perry-Rhodan-Roman 2206 »Gesang der Hoffnung«. Rastatt 2003, S. 64.
15 Perry-Rhodan-Lexikon Q-V., Redaktion: Horst Hoffmann/Dr. Florian Marzin. Rastatt 1991, S. 22.
16 Angaben alle aus den einschlägigen Stichworten im Perry-Rhodan-Lexikon a. a. O.
17 Ebenda.
18 Peter Stanfield a.a.O., S. 2.
19 K. H. Scheer: Der Unsterbliche = Perry Rhodan Nummer 19. München 1962, S. 54.
20 A.a.O., S. 55f.
21 A.a.O., S. 56.
22 Seeßlen/Weil a.a.O., S. 117.
23 Stanfield a.a.O., S. 128.
24 A.a.O., S. 134.
25 A.a.O., S. 129.
26 In: SOL Nr. 32, Rastatt 2003, S. 58.
27 K. H. Scheer: Der Einsame der Zeit – Perry Rhodan Nr. 50, S. 57.
28 Ernst Vlcek: Operation Wunderkerze – Perry Rhodan Nr. 1870. Rastatt 1997.
29 Leo Lukas: Der Vierte Inquisitor – Perry Rhodan Nr. 2194. Rastatt 2003, S. 4.

»Die Space Opera schärft den Realitätssinn!«

Peter F. Hamilton kartiert Heimatwelten im Großformat

von Usch Kiausch

Peter F. Hamilton, am 2. März 1960 im kleinsten englischen Verwaltungsbezirk Rutland geboren, wo er heute noch lebt, ist ein Senkrechtstarter mit Spätzündung. Es war keineswegs sein Kindheitstraum, Schriftsteller zu werden. Nach der Schule arbeitete er zunächst am Fließband einer Kunststoff-Fabrik in Oakham, Rutlands einziger größerer Stadt. Als er wegen der Erkrankung seiner Mutter eine Arbeit suchte, die er von zu Hause aus verrichten konnte, entschloss er sich zum Kauf einer Schreibmaschine und begann ab 1987 Kurzgeschichten zu schreiben. 1989 verkaufte er »Death Day« an die Zeitschrift Fear *– mit weitreichenden Folgen. Denn jemand beim Pan-Verlag las die Geschichte und die angehängte Kurzbiographie, in der Hamilton kühn verkündet hatte, sein nächstes Ziel sei ein Roman. Prompt reagierte Pan und kaufte später den Roman an, der 1993 als »Mindstar Rising« (deutsch: Mindstar – Die Spinne im Netz, Bastei Lübbe 1998) veröffentlicht wurde. Es war der erste Band der »Greg-Mandel«-Trilogie, dem 1994 »A Quantum Murder« (Mindstar – Das Mord-Paradigma, Bastei Lübbe 1999) und 1995 »The Nano Flower« (Mindstar – Die Nano-Blume, Bastei Lübbe 1999) folgte.*

Währenddessen arbeitete Hamilton schon am nächsten Großprojekt, der »Night's Dawn«-Trilogie, die in Deutschland zwischen 1999

Peter F. Hamilton

und 2001 in sechs dickleibigen Bänden als »Der Armageddon-Zyklus« veröffentlicht wurde und große Resonanz fand.

Während die Mindstar-Trilogie, eine in der nahen Zukunft angesiedelte Detektivgeschichte, den Ex-Söldner und privaten Ermittler Greg Mandel in den Mittelpunkt stellt, ist die Night's Dawn-Trilogie eine äußerst breit und vielschichtig angelegte Weltraum-Saga, die auch mit Elementen der Fantasy und des Horrors spielt. Um galaktische Abenteuer bei der Suche nach einem mystischen Schatz (der sich als bislang unbekannte Technologie mit ungeheurem Potenzial entpuppt) geht es in »Fallen Dragon« (2001), bei uns in zwei Bänden als »Der Drachentempel« erschienen (»Sternenträume«, »Drachenfeuer«, Bastei Lübbe 2002).

Seine Abenteuer spielen sich – bis auf gelegentliche Ausflüge auf den Golfplatz und Radtouren durch die Region – im Kopf ab: Peter F. Hamilton liebt das abgeschiedene ländliche Leben in Mittelengland. In Rutland, immer noch geprägt von landwirtschaftlichen

Strukturen, scheint die Zeit still zu stehen: »Seit Jahrhunderten hat sich hier kaum etwas verändert«, bemerkt Hamilton, »neu sind nur die geteerten Straßen und die Elektrizität.«

Weitgehend abgeschirmt von der Außenwelt (»wenn ich schreibe, lese ich so gut wie gar nicht, allenfalls Sachbücher«), begibt sich Hamilton hier auf Reisen durch ungeheure Dimensionen von Zeit und Raum, ohne dabei die Bodenhaftung zu verlieren. Abgesehen von der regelmäßigen Lektüre der Zeitschriften *New Scientist, Flight* und *Space Flight* betreibt er die Recherche häufig sozusagen vor der Haustür. So ist der Schauplatz der Mindstar-Trilogie, des breit angelegten Erstlingswerks, ein von Überschwemmungen heimgesuchtes Rutland der nahen Zukunft, dessen Wandel Hamilton akribisch dokumentiert hat: »Ich musste nachsehen, welche örtlichen Pflanzen und Bäume aufgrund der globalen Erwärmung absterben und welche davon Überlebenschancen haben, wie sich die Überschwemmungen geographisch auswirken und welche landwirtschaftlichen Möglichkeiten offenbleiben.«

In dem Zukunftsthriller rund um den mit telepathischen Fähigkeiten ausgestatteten Privatdetektiv Greg Mandel kontrastiert das immer noch recht beschauliche Leben im tropischen Rutland mit den düsteren Machenschaften und der totalitären Herrschaft der SVP, der Sozialistischen Volkspartei. Als Gegenspieler und positive Kraft agiert hier der zukunftsorientierte, weitsichtige Konzern Event Horizon, geleitet von der aufgeklärten Erbin Julia Evans. Während diejenigen, die den Kurs der Nationalisierung verfolgen, als korrupte Rechte dargestellt werden, tritt die Linke für eine Privatisierung des Marktes und Liberalisierung der Politik ein. Hintergrund war für Hamilton nach eigener Auskunft die politische »Polarisierung« Großbritanniens in der Thatcher-Ära – eine Polarisierung, die der Mann, der jegliche Extreme verabscheut, auf solche Weise in die Zukunft extrapolierte, dass es ihm in der literarischen Welt den Vorwurf der Rechtslastigkeit eingebracht hat.

Ist Hamilton ein Anhänger neoliberaler Strategien und hart gesottener Tory? Er sei über diesen Vorwurf »leicht überrascht« gewesen, merkt er an: »Die Leute sollten doch eigentlich wissen, dass man die Haltung des Autors nicht mit der seiner Protagonisten verwechseln darf.«

Und wie ist es mit dem Bild, das er von dem überaus menschenfreundlichen Konzern Event Horizon gemalt hat – ein Bild, das in

PETER F. HAMILTON
DER ARMAGEDDON-ZYKLUS
DIE UNBEKANNTE MACHT
ROMAN
BASTEI LÜBBE

PETER F. HAMILTON
DER ARMAGEDDON-ZYKLUS
DER NACKTE GOTT
ROMAN
BASTEI LÜBBE

PETER F. HAMILTON
DER DRACHENTEMPEL
DRACHEN FEUER
ROMAN
BASTEI LÜBBE

jeder Hinsicht mit den Konzernstrategien in den zeitgleich verfassten Romanen etwa eines William Gibson oder Bruce Sterling kontrastiert? »Gemeinhin unterstellt man mächtigen Konzernen heutzutage ganz automatisch, dass sie Schlimmes im Schilde führen. Ganz bewusst habe ich Event Horizon als das genaue Gegenteil dargestellt. Damit diese Umkehrung funktionierte, musste ich eine Idealistin mit der Konzernleitung betrauen. Also hatte die ganze politische Situation im Roman eher mit Individuen als mit großen Ideologien zu tun. Ich möchte an dieser Stelle allerdings klarstellen, dass ich weder die völlig positive noch die völlig negative Sicht von Konzernen für sonderlich angemessen halte.«

Und wo würde er sich selbst im politischen Spektrum zeitgenössischer Science-Fiction-Autoren ansiedeln, wollte man so altmodische Begriffe wie *rechts* oder *links* heranziehen? Eine Frage, die Hamilton offensichtlich missfällt: »Ich muss sagen, dass ich mich längst nicht mit so vielen anderen Autoren befasse, wie ich das gern möchte. Deshalb weiß ich auch nicht, wie ich da irgendjemand einordnen sollte. Außerdem tue ich mich schwer mit irgendwelchen Etikettierungen, ich mag sie nicht. Bei Büchern nicht – und schon gar nicht bei Gruppen von Autoren.«

Aber er hat sich doch sicher eine Meinung zu literarischen Strömungen und Bewegungen im Genre gebildet? Zur britischen New Wave der späten 60er/frühen 70er Jahre? Zum Cyberpunk der 80er? »Die New Wave habe ich von meinem Alter her verpasst. Also kann ich auch nicht behaupten, dass sie sich auf diese oder jene Weise auf mich ausgewirkt hat. Die Cyberpunk-Bewegung hat mir großen Spaß gemacht. Ich besitze immer noch die Omni-Magazine, in denen William Gibson veröffentlicht wurde. Mittlerweile ist das *Netz* natürlich nur noch ein Detail im Hintergrund neuerer Romane. Und das zeigt in gewisser Weise, wie sehr wir uns an seine ständige Ausdehnung und Entwicklung gewöhnt haben.«

Ein Mann, der allein mit sich und dem Cyperspace in einem Zimmer sitzt und von dort aus bösen Konzernen ins Handwerk pfuscht – als Szenario bei Hamilton undenkbar. Für ihn bietet die Space Opera die große Plattform, um vielfältigste Geschichten zu erzählen, die sich ineinander verschlingen, wissenschaftliche Extrapolationen, philosophische Spekulationen, Bizarres und Phantastisches bunt durcheinander zu würfeln und damit den »Sinn fürs Wunderbare« zu wecken. »Lesen sollte niemals anstrengend sein. Ich hasse Polemiken. Wenn ein Autor irgendeine Botschaft hat, sollte er sie in der erzählten Geschichte verstecken, aber sie nie in den Mittelpunkt stellen.«

Dennoch ist sein Blick überaus wach und alles andere als apolitisch: »Jede Gesellschaft ist die Summe ihrer Teile. Wenn man also eine bestimmte Zivilisation entwirft, muss man zuerst die Ebenen der Politik, der Wirtschaft und der Technologie festlegen und prüfen, ob sie so ineinander greifen, wie man sich das als Autor wünscht. Der größte Spaß dabei liegt darin, eine Gesellschaft oder Welt zu konstruieren, die völlig anders ausfällt, als die Leserinnen und Leser das erwarten – die aber trotzdem funktioniert, jedenfalls auf dem Papier. Unabhängig davon, welche Art von Zukunft man entwirft: Man kann sie nur dadurch konstruieren, dass man sich gründlich mit den Aspekten der heutigen Welt befasst. Und dann extrapoliert man gewisse Teile, die einen persönlich interessieren. Computer sind da ein Standardbeispiel – ich persönlich verfolge allerdings lieber die Entwicklung in anderen Bereichen, etwa in der Genetik, und führe sie über das hinaus, was heute bereits möglich ist.«

Welche Entwicklungen in Wissenschaft und Technik werden die nahe Zukunft seiner Meinung nach am stärksten prägen und verändern? »Ganz entscheidend wird sicher die Frage der Erzeugung und Speicherung von Energie sein. Die Entwicklung von sauberen, billigen und leicht zu bedienenden Fusions-Reaktoren wäre für solche Zukünfte, wie sie in Space Operas beschrieben werden, eine grundlegende Voraussetzung. Die darin geschilderten Gesellschaften verbrauchen nämlich schrecklich viel Energie, um alles am Laufen zu halten.«

Im Armageddon-Zyklus jongliert Hamilton mit Dutzenden solcher technologischen Wild Cards – von Anti-Materie-Waffen bis zu Schneller-als-Licht-Antrieben, von der genetischen Umgestaltung der Spezies Mensch bis zur nanotechnologischen Veränderung ganzer Welten. Dennoch ist der Kern, um den Tausende von Seiten kreisen, eher gesellschaftspolitischer und philosophischer Natur: Wie kann es funktionieren, völlig entgegengesetzte Zivilisationen unter dem Dach einer mächtigen Konföderation zusammenzubringen? Welches Verhältnis von Stabilität und Wandel ist wünschenswert? Welches von ethnischer Eigenständigkeit (oder gar Separation) und Integration? Kann eine Situation wechselseitiger Abschottung dem Frieden dienlicher sein als der Verbund? Die Konstellationen, die Hamilton aufzeigt, geben Raum für vielschichtige Deutungen; nicht zuletzt hat er in anderen Interviews angemerkt, dass der erste Irak-Krieg und die ethnischen Konflikte und Kriege in Osteuropa als zeitgeschichtlicher Hintergrund in den Armageddon-Zyklus eingeflossen sind, auch wenn er im Gespräch sofort einschränkt: »Ich will dem Leser damit ganz gewiss keine Botschaft um die Ohren hauen. Aber in diesen Romanen lasse ich mich eindeutig darüber aus, dass eine rein militärische Lösung gesellschaftspolitischer Fragen zum Scheitern verurteilt ist – jedenfalls bei der von mir geschilderten Konstellation. Es geht hier um eine Situation, die letztendlich nur auf gesellschaftlicher Ebene bewältigt werden kann.«

Die technologisch und militärisch überlegene Macht kann gerade am Unvermögen, die gesellschaftliche Situation der Unterlegenen richtig einzuschätzen, scheitern. Hamilton thematisiert das unter anderem auch im zweibändigen Roman »Der Drachentempel«, in dessen Mittelpunkt die Invasion eines Planeten aus Profitinteresse steht. Der große Konzern Zantiu-Braun stößt dabei unerwartet auf den Widerstand der Einheimischen, die eine stabile eigene Zivilisation aufgebaut haben. In beiden Romanen sind Passagen zu finden, die aus den aktuellen Manifesten von Globalisierungsgegnern stammen könnten. So hält die Studentin Joona ihrem zeitweiligen Lover Lawrence Newton, einem Söldner Zantiu-Brauns, an einer Stelle entgegen:

> »Ich habe nie gesagt, dass ich die Technologie ablehne. Es ist die gegenwärtige globale Gesellschaft, mit der ich nichts zu tun haben will! Technologie muss nicht ausschließlich aus den Labors der Companys kommen, die Profit damit machen und Politik durchsetzen. Sie kann auch von Universitäten kommen, wo sie frei erhältlich ist und jedem dient. Selbst kleine unabhängige Gemeinden könnten eigene Forscher beschäftigen. Wenn wir alle freien Zugang zu den Daten hätten, könnten wir eine Kultur der verteilten Spezialisierung schaffen ... Aber eure Companys wollen nicht, dass überhaupt jemand als Einsiedler lebt oder anders ist.

Wenn es nach ihnen ginge, müssten wir uns alle dieser Monokultur anpassen, die sie durchzusetzen versuchen, wie kleine Chips auf einer elektronischen Patine. Ich will kein Teil davon sein! Ich will meine Freiheit!« (Drachenfeuer, S. 56/57)

Kann sich Hamilton mit dieser Stimme identifizieren? Zählt er womöglich zu den Kritikern ökonomischer und politischer Globalisierung? Wie stets, hält er sich auch hier mit irgendeiner Festlegung zurück: »Eigentlich geht es in den Romanen eher um den Zugriff auf die Technologie – um die Frage, wer diesen Zugriff kontrolliert. Die Technologie löst zwar nicht all unsere Probleme, aber sie kann ganz sicher einen Teil zur Lösung beitragen. Wie immer lautet die Frage: Wie wird die Technologie angewendet? Und welche Rolle spielt der politische Prozess dabei? Letztendlich reduziert sich alles, wie bei den meisten Dingen, auf die Frage des Kapitals und auf die Spaltung zwischen Arm und Reich. Vielleicht kann man das Problem am besten illustrieren, wenn man an die Arzneimittel denkt, die ein großes und wachsendes Element unseres technologischen Fortschritts ausmachen. In unserer entwickelten, industrialisierten Welt betrachten wir es als selbstverständlich, dass wir Zugriff darauf haben.«

Technologischer Fortschritt ist bei Hamilton nicht unbedingt mit sozialem Fortschritt gleichzusetzen. Ein Schlüsselbegriff für positiven gesellschaftlichen Wandel ist bei ihm die »Transzendenz«. So schreibt er etwa im Vorwort zur Neuauflage von Arthur C. Clarkes »Childhood's End« (Die letzte Generation, München 2003):

»Im vorliegenden Buch ist es ... unsere Einzigartigkeit, durch die das höchste Ziel der menschlichen Entwicklung erreicht wird. Wir erhalten einen verlockenden Ausblick auf das, was aus uns werden könnte. Diese Transzendenz ist ein zentrales Thema des Romans – ein Thema, das Sir Arthur im Laufe der Jahre immer wieder aufgegriffen hat, am deutlichsten in ›2001 – A Space Odyssee‹ (›2001 – Odyssee im Weltraum‹), seinem vermutlich bekanntesten Werk.

Ich persönlich ziehe die Art und Weise vor, wie er es in ›Childhood's End‹ verarbeitet hat. Was das Buch für mich so interessant macht, ist die Tatsache, dass wir diesen fantastischen Zustand der menschlichen Weiterentwicklung nicht durch Anwendung jener

Formen des technischen Fortschritts erreichen, die von modernen Science-Fiction-Autoren bevorzugt werden. Hier gibt es keine Nanotechnik, keine Unsterblichkeit durch genetische Manipulation, kein Download des Geistes in eine Maschine. Das Wachstum, die Evolution zu einem höheren Zustand, kommt aus unserem Innern. Und nicht nur das, sie wird außerdem mit unserer Mythologie und unserem Umgang mit dem Übernatürlichen in Verbindung gebracht. Die Botschaft ist klar und allgemein verständlich: Wir alle besitzen das Potenzial, mehr aus unserem Leben zu machen, viel mehr.«

Transzendenz – im Sinne des Überschreitens eigener Grenzen des Denkens und Lebens – steht als Quintessenz auch am Ende des Armageddon-Zyklus, wenn die gottähnliche Singularität dem Protagonisten Joshua Calvert den Schlüssel für die Überwindung todbringender Fremdbestimmung in die Hände gibt:

> »Du glaubst an dich selbst. Das ist der kostbarste Besitz, den ein menschliches Wesen jemals sein Eigen nennen kann ... Deine Rasse hat noch immer nicht die Armut überwunden, Joshua. Ihr habt die Menschen nicht von mühseliger Arbeit befreit, damit sie Gelegenheit erhalten, ihren Geist zu entwickeln. Wenn die menschliche Natur einen Makel besitzt, dann ist es dieser. Ihr klammert euch an das, was euch vertraut ist, an das Alte, Bequeme ... Ihr seid keine Tiere, Joshua, und doch schuften sich ganze Planetenbevölkerungen mit profaner, mühseliger Landwirtschaft ab.« (Der nackte Gott, S. 940–942)

Glaube an die Zukunft, rüste dich mit Wissen und Toleranz gegenüber anderen Kulturen und stell dich allen Problemen mit den dir eigenen Möglichkeiten – das ist auch die Moral der Legende von Prinz Mozark, die den Kern von »Der Drachentempel« bildet. Die Reise zu Planeten mit unterschiedlichsten Zivilisationen – von rein konsumorientierten bis zu spirituellen, in denen etwa die Anbetung schwarzer Löcher Hauptbeschäftigung ist – endet mit der Erkenntnis des Prinzen, dass die Lösung eigener Probleme nicht in der Flucht, sondern in der Weiterentwicklung seiner Heimatwelt liegt. Und dabei kann er nicht auf fertige Muster zurückgreifen oder sie kopieren, sondern muss das Potenzial des Vorhandenen mit neu erworbenem Wissen erweitern. Nur so kann er den Status quo »transzendieren«.

Was bedeutet *Transzendenz*, dieser schillernde und viel strapazierte Begriff, für Hamilton persönlich? Was kann und soll sie auf unserem Heimatplaneten Erde bewirken? Hat der Begriff für ihn religiöse Konnotationen? »Nein, beim jetzigen Entwicklungsstand unserer Gesellschaft würde Transzendenz so etwas wie eine Angleichung verschiedener Stufen bedeuten. Die Kluft zwischen Besitzlosen und Besitzenden ist viel zu groß. Realistisch betrachtet, wird diese Kluft sich wohl niemals schließen, denn wir haben dafür nicht die geeigneten politischen Instrumente. Es ist ein Zustand, den man nur durch einen Wandel in der Wahrnehmung erreichen kann, und diese gesellschaftliche Wahrnehmung hängt ihrerseits von Bildung und Erziehung ab. Anders ausgedrückt: Transzendenz ist nichts, was wir so bald erreichen werden. Allerdings bin ich voller Zuversicht, dass wir letztendlich doch dahin gelangen können.«

Der Mann, der sich selbst als »nicht sonderlich religiös« bezeichnet, spielt im Armageddon-Zyklus mit einem ganzen Spektrum religiöser und philosophischer Fragen. Sein Universum, bestückt mit menschlichen Siedlern, Alien-Kulturen und toten Seelen, die das Land der Lebenden zurückerobern wollen, reflektiert sich selbst in so genannten Singularitäten, die sich mitunter auch der Spezies Mensch offenbaren:

> »Dieses Universum und alles, was mit ihm verbunden ist, wird eines Tages enden. Die Entropie bringt uns dem unausweichlichen Ende näher, das ist der einzige Grund, weshalb sie existiert. Was als Nächstes entsteht, enthüllt sich erst dann und nicht vorher. Das ist die Zeit, zu der das Muster entsteht, das unser Universum ersetzt. Es ist ein Muster, das allein aus dem Bewusstsein entspringt, der kollektiven Erfahrung aller Wesen, die jemals gelebt haben. Das ist der Weg, den alle Seelen gehen. Ihre Transzendenz bringt alles, was sie ausmacht, zu einem einzigen Akt der Schöpfung zusammen.« (Der nackte Gott, S. 939)

Im Interview dagegen handelt er solche Fragen mehr als lakonisch ab. (»Nein, ich glaube nicht an ein Universum, das sich seiner selbst bewusst ist oder werden kann. Vielfältiges Leben auf anderen Planeten halte ich schon für wahrscheinlich, allerdings muss das nicht unbedingt und überall ein mit Empfindungen und Intelligenz begabtes Leben sein ...«) Er betont dabei aber, dass ihn Fragen interessieren, die von der Religion aufgeworfen werden, und grenzt sie sehr bestimmt von den so genannten religiösen Fragen ab.

Welche Möglichkeiten bietet ihm gerade die Space Opera, solche Fragen zu thematisieren? Was reizt ihn an dieser literarischen Form? »Der Reiz der modernen Space Opera liegt, glaube ich, darin, dass man ein breites Spektrum von Ideen – wie spekulativ sie auch sein mögen – in eine Standardform von Erzählung packen kann. Im Unterschied dazu hatten viele Science-Fiction-Romane der 80er Jahre nur eine einzige wichtige Idee zum Inhalt, die dann breit ausgewalzt wurde. Dagegen ist ja auch gar nichts einzuwenden, aber die Space Opera bietet die Möglichkeit, viele solcher Ideen und Themen gleichzeitig oder nebeneinander zu entwickeln und vorzustellen. Wenn man sieht, wie solche Themen interagieren, bekommt die Zukunft ein viel reichhaltigeres Muster, eine viel interessantere Struktur. Es ist schon paradox – aber tatsächlich schärft die Space Opera bei den Leserinnen und Lesern den Realitätssinn und sorgt dafür, dass sie sich intensiver mit der Wirklichkeit ringsum befassen.«

Als Kind der 70er Jahre hat Hamilton alle großen Science-Fiction-Autoren jener Zeit gelesen, von Arthur C. Clarke, der ihn besonders beeindruckt hat, über Robert A. Heinlein und Isaac Asimov bis zu Brian Aldiss. Ihn faszinierten ihre großen Dimensionen, die großen Bühnen der Handlung, die großen Themen. Gibt es für ihn Besonderheiten, die als Charakteristika eindeutig der »modernen« Space Opera zuzuordnen sind? »Ich erinnere mich noch gut daran, dass ich mit etwa dreizehn Jahren E. E. ›Doc‹ Smith gelesen habe – das war vermutlich das ideale Alter dafür. Ich bin sicher, jetzt wäre es eher eine schreckliche Enttäuschung. In ›Night's Dawn‹ vermische ich in gewisser Weise verschiedene Genres: Das Übernatürliche kämpft mit der Supertechnologie und der Superwissenschaft ... Die alte Idee von Smith, dass das Reich des Bösen den Guten andere Planeten entreißen will (›wir wollen eure Frauen und euer Gold‹), funktioniert heute nicht mehr so einfach. Wenn man eine so große und mächtige Gesellschaft wie die der Konföderation in ›Night's Dawn‹ entwirft, muss es schon etwas recht Außergewöhnliches sein, das eine solche Kultur bedrohen könnte. Denn sie hat ja enormes industrielles und militärisches Potenzial. Wahrscheinlich liegt der Unterschied vor allem darin, dass in die moderne Space Opera viel mehr Kenntnisse eingehen, dass die Grundierung, das Fundament viel breiter angelegt ist. Das muss nicht bedeuten, dass wir heutzutage weniger spekulativ schreiben, aber das Universum, über das wir schreiben, liegt viel näher an der Gegenwart.«

Hamilton konzentriert sich dabei nicht auf »Helden« und »Schurken«, sondern erzählt viele einzelne Geschichten aus dem Blickwinkel der »kleinen Leute« – etwa Bauern unter den Siedlern auf fernen Planeten –, die in den Strudel der großen galaktischen Konflikte geraten. »Auch sie haben interessante Geschichten. Das übersehen wir in unserem Genre allzu gern. Mich interessiert, wie sich große Ereignisse auf die Leute ganz unten auswirken.« Das ist auch einer der Gründe für die Länge seiner Romane, wie er betont: »Wenn man sich auf Helden und Schurken beschränkt, kann man die Geschichte auf 250 Seiten abhandeln; aber ich finde, man sollte den Leserinnen und Lesern Gelegenheit geben, sich ein umfassendes Bild zu machen.« Und das tut Hamilton – kunstvoller und stilistisch anspruchsvoller als in seinen früheren Romanen –, indem er ständig wechselnde Erzählperspektiven wählt.

Vielschichtiger, komplexer erscheint Hamilton die zeitgenössische Space Opera, ohne dass er bei den Vorläufern zwischen Weltraumabenteuern, spekulativer Fiction oder Space Opera unterscheidet. Space Opera ist für ihn kein Begriff, der in irgendeiner Weise negativ besetzt ist. An was er anknüpft, ist schlicht die Tradition von »Klassikern«. Hat er irgendeine Erklärung für die zyklischen Entwicklungen im Genre Science Fiction, die jetzt – nach Zeiten des »Inner Space« und des »Cyberpunk« – zu einer Reorientierung auf den »Outer Space« geführt haben? Oder dafür, dass gerade Großbritannien so viele moderne Space Operas hervorgebracht hat und sich Autoren wie Stephen Baxter, Alastair Reynolds, Ken MacLeod oder Colin Greenland derzeit darauf konzentrieren? Worauf basiert die Renaissance der Space Opera, der Trend zu großen Dimensionen und ferner Zukunft?

»Zunächst einmal ist festzuhalten, dass sich die Grundlagenforschung in Bereichen wie der Genetik wahnsinnig ausgedehnt und auch schon mittelfristige Ergebnisse gezeitigt hat. Das ermutigt natürlich Spekulationen über längerfristige Entwicklungen und ihre Folgen für die Menschheit. Zum anderen haben viele Verfasser neuerer Space Operas einen ähnlichen biographischen Hintergrund: Wir sind fast im gleichen Alter, sind in den 60er Jahren geboren oder aufgewachsen, als Armstrong auf dem Mond gelandet ist – in einer Ära also, als die Erwartungen noch höher geschraubt waren als heutzutage. Zwangsläufig muss ich hier verallgemeinern, aber dieser Hintergrund hat sicher großen Einfluss auf das Schreiben gehabt – zumindest auf das, was ich bislang geschrieben habe. Im Übrigen hat diese so genannte Renaissance ganz bestimmt nichts mit einer Bewegung zu tun, schon gar nicht mit einer organisierten Bewegung. Eines der größten Probleme beim Schreiben besteht ja gerade darin, sich nicht davon beeinflussen zu lassen, was alle anderen machen. Ich selbst folge keinem Trend – wenn ich ein Buch zu schreiben beginne, setze ich mich nicht hin und nehme mir vor, es in einem bestimmten Subgenre anzusiedeln. Es liegt in der Natur moderner Science Fiction, verschiedenste Elemente miteinander zu verknüpfen. Das kann man kaum vermeiden. Und das ist ja auch genau das, was solchen Spaß macht.«

Hamilton betont, dass sich ganze Passagen des Armageddon-Zyklus wie ein Horror-Roman lesen lassen: Das Übernatürliche bricht in Form der »verlorenen Seelen« in den Alltag der konföderierten Zivilisationen ein, um sie und ihre Bewohner zu »übernehmen«. Es ist eine alte Geschichte, die hier neu erzählt wird – die vom Neid der Toten auf die Lebenden, die vom unerfüllten Leben, das nach Erlösung sucht. Eine Lieblingsfigur Hamiltons, an der er »viel Spaß hatte«, ist dabei der untote Al Capone, der im Armageddon-Zyklus nicht das nächtliche Chicago, sondern ganze Imperien aufmischt.

Als literarischer Grenzgänger hat sich Hamilton bereits in »Mindstar Rising« profiliert: Zwar wurde das Erstlingswerk unter dem Etikett Science Fiction vermarktet, es orientiert sich dennoch eindeutig an den Konventionen klassischer Detektivgeschichten. »Einen Detektiv wollte ich aus zwei Gründen: In der Science Fiction geben sie einem interessante Rätsel auf, die man lösen muss. Außerdem liefern sie einem eine ideale Handlungsstruktur. Der Detektiv kann gar nicht anders, als sich in gewisse dunkle Regionen zu begeben. Dadurch kann man die eigene Sicht der Zukunft mühelos darlegen – man nimmt den Leser einfach auf die Reise mit und lässt ihn die Welt und die Ideen entdecken, die man in die Geschichte gepackt hat.«

Und so ist es für Hamilton, der sich gegen Etikettierungen und eindeutige Zuordnungen wehrt, auch kein Widerspruch, die Bühne der Space Opera sowohl für gigantische kosmische Dramen als auch für kleine Szenen ländlicher Idylle zu nutzen. In solchen nostalgischen Passagen ist die Spezies Mensch – unbeschadet aller Kriege, Krisen und Konflikte, ungeachtet aller genetischen Veränderungen und des nanotechnologischen Umbaus der Welt – im Herzen immer noch in Rutland, Mittelengland heimisch. Wie es im Epilog zu »Night's Dawn« heißt:

> »Das Häuschen, das wir gemietet haben, ist sehr hübsch. Viel besser als alles, was ich auf Lalonde je gesehen habe. Es hat dicke Steinmauern und ein Reetdach, und es gibt einen echten Kamin, in dem Holzscheite brennen. Der Schnee liegt bis zu den Fenstern im Parterre.« Und Vater Horst »hat alle Hände voll zu tun, um die Familienkapelle für die Taufe fertig zu kriegen.«

Die Geschichte des Shrike

Der Hyperion-Zyklus von Dan Simmons als »gotische« Space Opera

von Wolfgang Neuhaus

> »SF and horror bring the energy, the human element, and the respect for LARGE IDEAS that have been sorely missing in ›literary fiction‹ for some time. I think our genres are revitalizing fiction to become the serious literature of the next century.«
>
> Dan Simmons[1]

Romane sollten die Eigenschaft haben, die Leser zu erstaunen, zu bewegen und einen großen Blick zu eröffnen, schrieb der britische Schriftsteller Brian W. Aldiss einmal. Der Amerikaner Dan Simmons[2] ist der Autor eines Werkes, dem dieses auf beeindruckende Weise gelungen ist. Sein Hyperion-Zyklus (1989–1999) umfasst die vier Romane »Hyperion«, »Der Sturz von Hyperion«, »Endymion – Pforten der Zeit« und »Endymion – Die Auferstehung« sowie die bisher unübersetzte Novelle »Orphans of the Helix«[3]. Die beiden ersten Bände des Hyperion-Werkes sind mit vielen SF-Preisen ausgezeichnet worden, darunter ein Hugo Gernsback Award und eine Nebula-Nominierung, der vierte und letzte Teil ist in die engere Auswahl des Hugo gekommen. Wenn die Science Fiction »eine fantastisch aufragende, verrückt glitzernde Laienkathedrale« ist, wie James Tiptree jr. es einmal ausdrückte, dann hat Dan Simmons die Statik dieses sich frei emporschwingenden Baus zwar

Dan Simmons

nicht neu berechnet, aber er hat das Innere ihrer Kuppel glanzvoll ausgeschmückt und einen Zugang zu dunklen Kellergewölben geöffnet.

»Hyperion« steht wie ein Monolith an Souveränität und gestalterischem Selbstbewusstsein in der SF-Landschaft der ausgehenden 80er Jahre, die dem Genre so viel Aufregung gebracht haben. Simmons ist ein »Generalist« in der Science Fiction, er nimmt sich das Beste aus allen SF-Welten und führt es zu einem grandiosen Szenario zusammen. Er zelebriert geradezu die verschiedenen Gestaltungsmöglichkeiten, wie sie die Science Fiction bietet – ob technisch hochgerüsteter Cyberpunk oder hartgesottene Military-SF, ob komplexes Zeitreise-Motiv oder farbiges Planetenabenteuer. Man kann sich an viele einzelne Szenen erinnern, die einfallsreich geschildert sind und sich zu einem stimmigen Gesamtbild fügen. Was Simmons außerdem perfekt beherrscht, ist der Aufbau dramatischer Szenen: die Zerstörung des Baumschiffs der Tempelritter während einer

Raumschlacht über Hyperion (I, 453), das Eindringen des Hackers in den TechnoCore (I, 569 f.), die Zerstörung eines Farcaster-Portals als Liebesbeweis (I, 664), der Zukunftsbesuch des Soldaten im Zentrum der Galaxis (I, 1251), die Fahrt auf dem Weltraum-Fluss im Ouster-Schwarm (I, 1321), der Übergang des Raumschiffs in den Hawking-Raum (II, 151) oder der Angriff der Pax-Kriegsschiffe auf die kosmische Biosphäre (II, 1197). Der Hyperion-Zyklus ist eine Space Opera auf der »großen Leinwand«, mit großen Gefühlen und großen Ideen[4].

Es wird allerdings auch über einige Aspekte zu sprechen sein, die ein paar Schatten werfen auf dieses Opus und nicht jedermanns Geschmack und Überzeugung sein werden. Da Simmons an diversen Stellen der Bücher mit spektakulären Horror-Effekten arbeitet und, ergänzend dazu, mit düsteren Stimmungen des Grauens und des Verfalls, ist sein Werk zur Gothic SF zu zählen. Er hat die dunklen Seiten der Space Opera spürbar gemacht. Simmons wechselt aber Stimmungen und Stile – besonders in seinem ersten Buch, das

gerade dafür gerühmt wurde, wird das Gesamtgeschehen wie ein Mosaik »zusammengesetzt« aus den einzelnen Geschichten der Protagonisten, die jede für sich in einer anderen »Tonart« geschrieben ist. Ein weiterer inhaltlicher Aspekt ist die starke Betonung einer »(Liebes-)Spiritualität«, die schon religiöse Züge annimmt und im letzten Band ihren Höhepunkt erreicht.

Kein Zweifel herrscht allerdings über den Erfolg dieses Zyklus, der längst internationalen Bestsellerstatus erlangt hat. »Hyperion« sei möglicherweise für die 90er Jahre das, was Frank Herberts »Dune« für die 60er gewesen sei, vermutete der Autor und Kritiker Florian F. Marzin[5]. John Clute zog zum Vergleich, was Einfluss und Bedeutung betrifft, »Das Buch der neuen Sonne« von Gene Wolfe heran. Was der Zyklus auf 2700 Seiten in der deutschen Übersetzung darstellt, ist nichts weniger als eines der intelligentesten SF-Werke der letzten Jahrzehnte.

Die Konstruktion der Hyperion-Welt

Im Weltennetz der Hegemonie, das durch ein Farcasternetz und Fatline-Sender den augenblicklichen Transport von Körpern und Informationen über größere Entfernungen erlaubt, leben 150 Milliarden Menschen. Die Handlung spielt ca. 2700 n. Chr., in der Fortsetzung »Endymion« werden weitere dreihundert Jahre vergangen sein. Am Beginn zeichnet sich ein Krieg mit den Ousters ab, vor Jahrhunderten von der Menschheit abgespaltene Auswanderer von der Alten Erde, die in den Weiten des Weltraums in Schwärmen reisen, über andere Technologien verfügen und dabei sind, eine andere Rasse zu werden. Hyperion ist ein Planet, dem eine besondere Rolle zukommt im kosmischen Schachspiel, das langsam aufgezogen wird und in dem auch der TechnoCore, das Gesamt der mit der Hegemonie-Menschheit verbündeten Künstlichen Intelligenzen, seine Strippen zieht. Auf dem Planeten findet sich neben einem gigantischen, vor Urzeiten erbauten Labyrinth – ein Geheimnis, das auch am Ende des Zyklus unaufgelöst bleibt – die Erscheinung der so genannten »Zeitgräber«, die in der Zeit rückwärts reisen und deren Ungewöhnlichkeit von der KIs nicht berechnet werden kann – was den Ausgangspunkt bildet für ein komplexes, sich durch die Zeitläufe bewegendes Kampfgeschehen, in dem sich jeweils die eine oder andere Zukunft durchsetzen kann (I, 578/9). Im Hintergrund lauern mächtige mysteriöse außerirdische Super-Intelligenzen, die einen unbekannten Beobachter zu den Menschen geschickt haben.

Um ihre Position zu verbessern, hat eine Fraktion des selbst unterteilten TechnoCore einen Cybriden geschaffen, eine KI in Menschengestalt, um Emotionen zu erfahren. Sie ist dem jung verstorbenen britischen Dichter John Keats nachgebildet, dessen Gedichte in den Büchern mehrfach zitiert werden. Der Core will Empathie verstehen, um die zukünftige Auseinandersetzung zwischen der von ihm geschaffenen höchstentwickelten Maschinenintelligenz und der zufällig entstandenen »Höchsten Intelligenz« der Menschen als Umschreibung für »Gott« (I, 539, 1107) zu seinen Gunsten zu entscheiden. Am Ende der beiden ersten Romane wird ein dramatischer Übergang dargestellt, der Core wird (scheinbar) zurückgedrängt. Ein neues rückschrittliches Zeitalter bricht an durch die Zerstörung des Weltennetzes, das dann in »Endymion« ausgemalt wird und zur Herrschaft des Pax, der katholischen Kirche führt. Das Buch transformiert das Farcaster-Motiv schließlich in eine »spirituelle« Dimension – das »Freicasten« (II, 1210) ist Teleportation mittels Glauben und Gedankenkraft wie das »Jaunten« aus »Der brennende Mann« von Alfred Bester (1956). Das ist zwar eine interessante und sogar folgerichtige Konstruktion, um den »Rückgang« an Bewegungsmöglichkeiten in der Geschichte zu überwinden und die Handlungsdimensionen wieder auszuweiten, aber sie nimmt in Kauf, dass der Roman endgültig einen religiösen Anstrich bekommt (II, 1300).

Simmons beherrscht alle Tricks, dramatische Effekte zu erzielen und sie zusätzlich miteinander zu verzahnen. Er bedient sich dabei aus der Schatzkiste der Science Fiction: »Endymion – Die Auferstehung« etwa ist dem Autor Jack Vance gewidmet, dem »besten Weltenschöpfer« und so ist die Seilbahn in »Hyperion« (I, 467 f.) angelehnt an die »Monobahn« aus dessen Roman »Planet der Ausgestoßenen« von 1952[6]. Dass der Keats-Cybrid und die Detektivin Brawne Lamia ein Kind, Aenea, miteinander zeugen, damit die KIs eine zur Empathie fähige Existenzform erlangen, ist eine Reminiszenz an »Des Teufels Saat« von Dean Koontz (1973). Die Zeitgräber verlieren zwar an Bedeutung, doch Simmons verwandelt ihren Geheimnis-»Status«: Sie bleiben mysteriöse Orte, durch deren Türen manche ohne Kenntnis des Ziels gehen und nicht zurückkommen (I, 1439) – eine Stimmung, die an »Gateway« von Frederik Pohl erinnert (1976). Mit der »Gibson-Matrix« (I, 505) schließlich verneigt sich Simmons vor dem Cyberpunk, insbesondere vor »Neuromancer« von William Gibson (1984), und die Schwebematte, ein »fliegender Teppich« und High-Tech-Produkt, hat sogar eine leitmotivische Funktion, da sie einzelne Protagonisten bei ihren Abenteuern begleitet und immer wieder in den Büchern auftaucht – von »Hyperion« (I, 619) bis zur Schlussszene in »Die Auferstehung« (II, 1327); sie ist ein Beispiel für Simmons' Meisterschaft, archaisch anmutende Elemente in modernem Gewand zu präsentieren.

Ein Musterbeispiel für Gothic SF

SF-Autoren wüssten, meint der Literaturwissenschaftler George Slusser, dass die von ihnen erfundenen Metaphern vergänglich seien, nur von begrenztem Wert – bis zukünftige Welterfindungen sie aufnehmen und »berichtigen« würden[7]. Der Schreibvorgang sei in der Science Fiction ein »gemeinsamer Akt der Entdeckung« (von Autoren und Lesern), bei dem man sich von gewöhnlichen Sinnbezügen befreien und neue suchen müsse. Der Hyperion-Zyklus erreicht seine eigentümliche Faszination dadurch, dass er Wirkungselemente aus verschiedenen Genres kombiniert und eine moderne Form der Gothic SF darstellt. Wie solche Elemente aufgenommen und weitergeführt werden, sei an einem Motivbeispiel erklärt:

> »Ein starkes ›gotisches‹ Thema ist das des Abstiegs von einer ›natürlichen Welt‹ in ein Inferno, einen Kerker, wohin der Protagonist, willentlich oder unwillentlich, auf der Suche nach einem Geheimnis, einer Identität oder einer Beziehung geht.«[8]

Simmons lässt seine Protagonisten tatsächlich mehrfach über Treppen in dunkle und unbekannte Unterwelten absteigen – ein Motiv, das in einem SF-Roman eher überraschend ist. Seine Figur Pater Duré steigt an einer Klippenwand herab, um eine aufregende unterirdische Entdeckung zu machen (I, 116 f.), und bewältigt danach einen langen Abstieg über viele Stufen bis zum Grund der Kluft (I, 129), wo sich der Eingang zu Hyperions geheimnisvollem Labyrinth befindet. Später erzählt Duré, wie er über eine Treppe von den Zeitgräbern aus in diesen Irrgarten hinuntergeht und dort Tausende »stillgelegte« menschliche Körper findet (I, 1132 f.). Eine andere Figur, Pater Hoyt, hat sich allein zu den Gräbern aufgemacht und sieht ein Flammenmeer in einem Schacht (I, 757 f.). Dass Simmons sich dieses Effekts des Abstiegs in eine »Unterwelt« bewusst ist, zeigt eine Szene, die aus einem konventionellen Horror- oder Gruselroman stammen könnte und die dramaturgisch in der Luft hängen bleibt, nicht weiter ausgeführt wird. Lamia Brawne, die Detektivin, hört, als sie sich von der Pilgergruppe getrennt hat, um neuen Proviant zu holen, einen Schrei in der Bergfestung Chronos Keep:

> »Lamia sah, woher das Geräusch gekommen war. Hinter der Tafel, hinter der Skulptur, unter den sechs Buntglasfenstern, wo das sterbende Licht stumpfe Farben blutete, befand sich eine kleine Tür. Die Stimme war von dort, von unten gekommen, als würde sie aus einem Kerker oder Verlies in der Tiefe ertönen.« (I, 952)

Sie geht diesem Schrei nicht nach, und dieses Rätsel wird meines Wissens in dem Buch auch nicht wieder angesprochen. Überhaupt Chronos Keep: Diese Zwischenstation der Pilger auf dem Weg zu den Zeitgräbern wird über eine ganze Seite beschrieben, angefangen mit »ein grimmiger, barocker Haufen schwitzender Steine mit dreihundert Zimmern und Sälen, einem Irrgarten dunkler Flure, die in gigantische Festsäle führten, Türmen, Türmchen, Balkonen mit Blick auf die nördlichen Moore, Lichtschächten, die einen halben Kilometer zum Licht empor und angeblich bis zum Labyrinth der Welt selbst hinunter führten ...« (I, 595) Eine solche Architektur ist für eine SF-Szenerie reichlich altmodisch. Es gibt weitere Beispiele für die Beschreibung von Räumen und Orten, die die Handlung in eine bedrückende düstere mysteriöse Stimmung eintauchen. Genial ist die Erfindung der Zeitgräber, die, obwohl sie mittels High-Tech aus der Zukunft reisen und mit »anti-entropischen Feldern« geschützt sind, recht altertümlich gebaut sind und die Protagonisten vergeblich in ihren »verborgenen Räumen, Grüften, Krypten und Durchgängen«

(I, 251) einander suchen lassen. Simmons beschreibt mehrfach Ruinen, so die einer Kathedrale auf Hyperion (I, 69 f.) und die »Stadt der Dichter« (I, 928 f.).

Ebenso scheint der Autor eine gewisse Vorliebe für sakrale Bauten zu haben. Neben Basiliken und Kathedralen und der wiederholten Schilderung des Neuen Vatikans auf Pacem (I, 1123; II, 78 f.) beschreibt er einen Versammlungsort des Shrike-Kults:

> »Der zentrale Tempel des Shrike nahm drei ganze Blöcke ein, stieg mit dem spitzen Turm in der Mitte zu einer Höhe von einhundertfünfzig Metern empor und war teils ehrfurchtgebietende Kathedrale, teils ein gotischer Witz mit seinen geschwungenen Säulengängen aus Stein ..., teils Escher-Kunstdruck mit seinen perspektivischen Tricks und unmöglichen Winkeln, teils Albtraum von Bosch mit seinen Tunnelöffnungen, verborgenen Kammern, dunklen Gärten und verbotenen Flügeln ...« (I, 175)

Die Beschreibung dieses Tempels geht in diesem Stil über eine ganze Seite. Neben KIs und Farcaster-Portalen nimmt sich die Architektur bei Simmons altbacken aus, was in einem reizvollen, aber auch »riskanten« Widerspruch steht (auch wenn die Häuser der Reichen gleich über mehrere der teuren Farcaster-Portale verfügen). Simmons schreibt eine Science Fiction, die geradezu die SF-Definition von Aldiss und Wingrove umzusetzen scheint:

> »Science Fiction ist die Suche nach einer Definition des Menschen und seiner Stellung im Universum, die vor unserem fortgeschrittenen, aber verunsicherten Stand des Wissens bestehen kann, und sie ist im Allgemeinen in einer romantischen oder postromantischen Weise gehalten, wie sie durch die ›Gothic novel‹ geprägt wurde.«[9]

An die Romantik erinnern nicht nur die eingeflochtenen Zitate der britischen Dichter Keats und Yeats. Gerade der erste Band schildert Geheimnisse (die Labyrinthwelten, die Zeitgräber) und eine unerklärliche Gewalt, mit der das monströse Fremdartige – das Shrike – von außen in die Kultur einbricht, was dem Buch eine untergründige unheimliche Stimmung verschafft. Peter Nicholls hat diese Wirkung als Teil einer romantischen Faszination in der Science Fiction beschrieben:

»There has always been a tension in sf between the Classical desire for order and understanding – for the Universe that can be *known* – and the Romantic desire (which fits the observable facts to date) that the Universe should continue to surprise us, hold secrets and malignities. This latter desire (or fear, or both) is the Gothic, and its coexistence with the Classical or cognitive, in most major sf writers of our century, is not a paradox; the place where the two forces meet (Classical and Romantic, cognitive and Gothic) might almost be described as the central place where sf happens, the seeding-ground for its fertility.«[10]

Dass der Kosmos für Simmons kein strahlender Ort der Heldenbewährung ist, wird deutlich in einem Zitat von Pater Duré:

»Ich verstehe jetzt die Notwendigkeit des Glaubens – puren, blinden, jeglicher Vernunft trotzenden Glaubens – als eines kleinen Schutzes des Lebens in dem wilden und endlosen Meer eines von gnadenlosen Gesetzen beherrschten Universums, das die winzigen denkenden Wesen, die es bewohnen, mit völliger Gleichgültigkeit betrachtet.« (I, 150 f.)

Während Simmons jedoch in den ersten beiden Bänden diese unterschwellige Grausamkeit und offene Gewalt ausspielt, wird er in den nächsten Büchern seichter, wobei genügend plakative Horror- und Gewaltszenen zu lesen sind – so geht die Pax-Flotte unter Pater Captain de Soya etwa grausam gegen die Ouster vor (II, 721 f.) als Teil einer »Endlösung der Ousterfrage« –, aber er lässt die allgemeine Stimmung in eine kosmische »Liebesseligkeit« abgleiten, die dem Eindruck der ersten Bände entgegensteht und eine fast schon religiös propagierte, letztlich unbefriedigende Perspektive liefert.

Das Rätsel des Shrike

> »Ein Schatten bewegt sich in der Dunkelheit. ... Der Schatten wird zu einem Umriss; der Umriss zu einer Gestalt; die Gestalt ist die eines Kindes. ... Sie ist kleiner, als de Soya erwartet hat. ... ›Aenea, keine Sorge ...‹, beginnt er ... In diesem Augenblick sieht Pater Captain de Soya die zweite Gestalt in der Dunkelheit. Und in diesem Augenblick beginnt das Schreien.« (II, 120)

Der kundige Leser weiß nach dem Lesen dieser Passage längst, dass auf Captain de Soya eine unangenehme Überraschung zukommt: das Shrike wird wieder aktiv. Mit dem Shrike-Monster hat Simmons ein faszinierendes mehrdeutiges Ungeheuer geschaffen, das das Zeug hat – bei entsprechender medialer Präsentation –, eines Tages zu einem neuen Populärmythos zu werden. Diese Figur beschäftigt offenbar die Fantasie der Leser, wie ihre Bilder zeigen, die Simmons auf seiner Homepage dokumentiert hat.[11] In »Hyperion« ist das Shrike eng verbunden mit den Zeitgräbern, die eine ähnliche Wirkung der Unheimlichkeit und Unverständlichkeit erzielen – ein starker symbolischer Ort, ideal als Kulisse für kosmische Auseinandersetzungen größerer Art, wie sie angedeutet werden. Das Shrike wird sich in der fortlaufenden Handlung immer mehr von diesem Ort »emanzipieren«, bis es in der zuletzt erschienenen Novelle als bloßes Requisit auftaucht (III, 128), das eben zu diesem Universum gehört.

Das Shrike mag konstruiert sein als aus der Zukunft zurückgeschickte High-Tech-Waffe – sein Wirken, sein unheimliches Auftauchen entspringen seiner »gotischen Funktion«. Das gibt dem Roman etwas Altertümliches, obwohl moderne Erfindungen auf der Höhe der SF-Imagination vorkommen. Der »Herr der Schmerzen«, wie es auch genannt wird, ist extrem symbolisch »aufgeladen« – selbst wenn schließlich eine rationale Erklärung für seine Existenz gegeben wird. Auch der von ihm bestückte »Baum der Schmerzen« ist – obwohl als Simulation via Cortikalstecker in die schon erwähnten stillgelegten Körper erklärt – vor allem ein starkes apokalyptisches Bild, das an Hieronymus Bosch erinnert.

Das Shrike ist nicht berechenbar, es tritt auf und verschwindet, und es kann sein Auftreten in der Zeit steuern. Jeder der Pilger hat eine eigene (unbewusste) Beziehung zu ihm und wird im Verlauf der erzählten Geschichte verschont oder auch nicht. Das Shrike symbolisiert den Tod, der alle jederzeit auf verschiedene Weise treffen kann, ohne Vorwarnung, ohne Grund, ob durch Unfall, Krankheit oder Alter. Es ist der imaginäre Höhepunkt einer unmoralischen, nur auf Effizienz drängenden Wissenschaft, die sich schließlich gegen ihre Schöpfer wendet. Die Eigengesetzlichkeit einer technischen Wirklichkeit wird durch seine Existenz repräsentiert, die sich der Beherrschbarkeit durch den Menschen entzieht - das Unbekannte einer möglichen »posthumanen« Zukunft. Es mordet sinnlos, weil das Universum sinnlos ist.

Das Shrike ist eine Waffe, die durch eine Fraktion der miteinander ringenden KIs aus der Zukunft zurückgeschickt wurde, wobei sich seine Rolle im Verlauf des Zyklus verdächtig der des Terminators aus der gleichnamigen Filmserie annähert: Anfangs noch eine absolute Bedrohung für alle in der Nähe der Zeitgräber, entwickelt sich dieses Techno-Monster zur Beschützerin des Mädchens Aenea. Schließlich wird es unter anderem »als seltsames Amalgam« aus Core-Technologie, Bindender Leere und einer Cybrid-Persönlichkeit beschrieben, der des Soldaten Kassad in einer seiner möglichen Zukünfte.

> »In Wahrheit ... wird das Shrike ein Bauer beider Seiten sein, aller Seiten ... in diesem Krieg um die Seele der Menschheit ... diesem Krieg, der durch die Zeit vor- und zurückspringt wie ein vierdimensionales Schachspiel?« (II, 1159)

Eine Figur, die sich aus verschiedenen Konfliktparteien zusammensetzt und die sich jeder direkten Kommunikation verweigert, ist ein interessanter erzählerischer Kniff, der seine Wirkung nicht verfehlt.[12]

Die großen Ideen: Gottessuche, Künstliches Leben und kosmische »Begrünung«

Was sind das für große Ideen, als deren (bevorzugtes) Vehikel Simmons im einleitenden Zitat die Science Fiction anpreist? Simmons ist überzeugt von der letztlich unerklärlichen »Macht« menschlicher Eigenschaften wie Liebe und Empathie - Eigenschaften, zu denen die Maschinenintelligenzen niemals fähig sein würden (I, 1408).

Empathie ist eine bedeutende menschliche Fähigkeit, wobei aber die Frage bleibt, ob sie überhaupt ein Vergleichsmaßstab zu einer wie auch immer gearteten KI sein kann: Dass Maschinen sich nicht empathisch verhalten können, erinnert an die uralte und unfruchtbare Diskussion, dass Menschen den Maschinen überlegen seien, da diese keine Gefühle hätten (wobei Menschen eigentlich recht wenig darüber wissen, was ihre Gefühle neurophysiologisch ausmacht). Damit nicht genug, wird der Liebe noch eine quantenphysikalische Bedeutung gegeben, die die menschliche Gefühlswelt überfrachtet, und das durch die Liebe »erfüllte« Anthropische Prinzip mit einer Gottessuche verknüpft:[13]

> »Der Platz für eine Art Gott befand sich ... in jedem Grundbaustein aller Dinge. Dass sich das Universum so entwickelte, wie es sich entwickelte. Dass gelernt wurde, wie die lernfähigen Komponenten des Universums lernten. Dass geliebt wurde, wie die Menschheit liebte.« (I, 1410/11)

Dass Simmons die ganze Geschichte der Science Fiction aus Liebe zum Genre als »Theophanie« neu erzählen würde, ist die Ansicht von John Clute[14]. Der Autor und Journalist Marcus Hammerschmitt dagegen kritisiert den letzten Band als »quasichristliche Eschatologie« und vermisst den beunruhigenden »Rätselcharakter« der Hyperion-Welt[15]. Auf diese Verschiebung in der Stimmungslage der Bücher bin ich ja schon zu sprechen gekommen. Die angestrebte »Verschmelzung von menschlichem Geist und KI-Logik« (I, 1445) in der Gestalt von Aenea beschränkt sich in diesem Buch auf religiöse Spiritualität und fällt, philosophisch gesehen, mager aus. Ein Beispiel hierfür:

> »Das menschliche Genom ... die menschliche Seele ... misstraut der Homogenität. Es – sie – sind immer bereit, ein Risiko einzugehen, Veränderung und Vielfalt zu riskieren.« (II, 755)

Man könnte fragen, ob der – berechtigte – Anspruch an Vielfalt und Veränderbarkeit der Welt – die Chance für einen »Neuanfang« (II, 1326) – nicht im Widerspruch zur behaupteten »Totalität« der emotionalen Wirklichkeit steht. Die quantenphysikalische Dimension – zugleich »Medium« der Liebe – wird umschrieben als »Bindende

Leere«, der Simmons eine fantastische Aussicht gibt als (fiktive) »Konstante in der Evolution des Universums« (I, 1001).

Neben Darstellungen zum Wirken des Jesuiten Teilhard de Chardin (I, 1128; II, 458) und des Architekten Frank Lloyd Wright (II, 600) sind es zwei wissenschaftliche Konzepte, deren Erläuterung Simmons gerade im letzten Roman des Zyklus einigen Platz einräumt: einmal das Konzept des Künstlichen Lebens, das als eigene Forschungsrichtung seit 1987 existiert, und zum anderen das einer »Begrünung« der Galaxis, das auf den Physiker Freeman Dyson zurückgeht.

Aenea erklärt in einer Szene die (historische) Arbeit des Biologen Tom Ray (II, 929), der sich gefragt habe, wie man eine »echte Evolution« (im Computer) erschaffen könne statt sie nur zu imitieren, und beschreibt eines seiner Programme[16]. Es wäre die Geburtsstunde des Künstlichen Lebens und damit einer funktionierenden KI gewesen, die sich nun hätte unabhängig entwickeln können. Der spätere TechnoCore sei ein ultimatives Beispiel für das »Hyper-Parasitentum« gewesen, das schon Ray in seiner Simulation beobachtet hätte. Dieses Programm wäre noch immer im Core aufzufinden (II, 936), und seine nachfolgenden Generationen hätten sogar das Shrike geschaffen.

Simmons ist ferner angeregt gewesen durch die populärwissenschaftlichen Werke von Freeman Dyson[17]; gleich mehreren Oustern gibt er dessen Vornamen, beispielsweise »Freeman Vanz« (I, 1261). Besonders die Welt der Ousters mit ihren Biosphären erinnert an Dysons Perspektive einer »kosmischen Ökologie«. Eine Ouster-Frau spricht davon, die »Wiederaufforstung der Galaxis« zu betreiben und »die Saat der Menschheit auf allen Welten zu verbreiten« (I, 1365). Aeneas recht umfangreiche, zur Erbauung ihrer »Jünger« gedachte Monologe in »Endymion – Die Auferstehung« nehmen dieses Motiv auf: Das Leben werde eines Tages »das Universum ausfüllen«. Beginnen werde es »mit einer grünen Galaxie und dann auf benachbarte Cluster und Galaxien übergreifen« (II, 1073). Das Leben finde immer wieder neue Nischen, bewege sich hin auf eine zunehmende Vielfalt und Komplexität, so wie sein »anti-entropisches Potenzial« zunehme. Auch die These, dass das Leben sein »ungesteuertes Geschäft« betreibe, »das Universum zu begrünen«, ist übernommen aus Dysons optimistischem Konzept eines »kosmischen Vitalismus«.

Diese Perspektive bleibt auch bestehen in der nachgereichten Novelle (III, 127). Im Roman lässt Simmons eine Ouster-Frau über die Anpassung an die lebensfeindlichen Bedingungen im All erzählen: »... mit dieser neuen Mission wuchs ... unsere Philosophie, deren Inbrunst fast etwas Religiöses hatte, das Leben in der gesamten Galaxie zu verbreiten ... im gesamten Universum. Nicht nur das menschliche Leben ... sondern das Leben in all seinen unendlichen und komplexen Variationen.« (II, 1149) Die Ousters arbeiten gewissermaßen an einer ökologischen Variante der »Dyson-Sphäre«, wenn sie über lange Zeit eine komplette Biosphäre mit riesigen Pflanzen, Tieren, Menschen, Künstlichem Leben und außerirdischen Lebewesen um einen Stern aufbauen (II, 1134).

»Die Musik hören«

Als SF-Schriftsteller blickt man der Ewigkeit des Kosmos und der (potenziellen) Unendlichkeit der menschlichen Kultur ins Auge. Auch wenn man Simmons' Sinn-Botschaft nicht zustimmen möchte, so hat er ohne Zweifel überragende Bilder und Szenarien entworfen, die zu weiteren Träumen um die »Eroberung« des Universums anregen und in der neueren Science Fiction einzigartig dastehen. Er schafft es, seinen Text auf mehreren Ebenen anzulegen, sodass der Leser, auch wenn er einzelnen Geschichten, Stimmungen oder Charakteren nichts abgewinnen kann, nichtsdestotrotz den Eindruck eines befriedigenden Leseerlebnisses hat. Simmons gibt seinen Texten einen »klassischen« Unterton, indem er Gedichte von Keats und Yeats zitiert. Als wäre es noch nicht Herausforderung genug, eine funktionierende fiktive Welt zu erfinden, fügt er auch noch Elemente aus einem anderen literarischen Kontext ein – aber er integriert diese Gedichtauszüge brillant in die Handlung.

Wie andere Meisterwerke in der SF präsentiert Simmons' Hyperion-Zyklus zudem eine allegorische Dimension, bei der Vorgänge des Schreibens selbst thematisiert werden. Damit meine ich nicht das Kapitel »Die Geschichte des Dichters« im ersten Band, das teilweise eine Parodie auf den zeitgenössischen Literaturbetrieb bietet, wenn etwa eine KI begeistert von der Lektüre des neuesten Buches aus dessen Feder ist (wie kann sie begeistert sein von Gedichten, wenn sie nicht empathisch sein kann?) und die Marketing-Leute deshalb wissen, dass es Menschen nicht gefallen werde (I, 309), und sie den KIs sowieso nur ein Exemplar verkaufen können. Ich beziehe mich auch nicht auf die Äußerung des Dichters, seine Gesänge in seinem »ganz eigenen Stil« geschrieben zu haben (I, 293/4). Dieser Abschnitt von »Hyperion« enthält durchaus ernst zu nehmende Aussagen zu Aspekten der Inspiration, der Fähigkeit, seine »Antennen« ausfahren zu können, um »schöpferisch« tätig zu sein.

> »Wenn man schreibt - wirklich schreibt -, ist es, als hätte man eine Fatline zu den Göttern. Kein wahrer Dichter hat je das Hochgefühl erklären können, das man empfindet, wenn der Verstand zu einem *Instrument* wird wie die Feder oder der Gedankenprozessor und die Offenbarungen ausdrückt, die ihm von *anderswo* zufliegen.« (I, 312)

Ich meine aber etwas anderes. Eine wichtige Rolle spielt in den Büchern ja das Konzept der Bindenden Leere. Auf dem Weg zu ihrer »Nutzung« gelte es vier Stadien zu meistern: die Sprache der Toten zu lernen, die der Lebenden, die Sphärenmusik zu hören und den ersten Schritt zu machen (II, 753). »Sphärenmusik« hörte ja schon der zweite Keats-Cybrid (I, 1168). Die Meisterung dieser Stadien ist eine Übertragung des Schreibprozesses, wobei Simmons einige doch recht offensichtliche Spuren in diese Richtung der Interpretation legt. So lässt er seine Figur Raul Endymion sagen:

> »Noch bevor ich in meine Zelle gesperrt worden war, hatte ich die Sprache der Toten und der Lebenden gelernt, wenn nicht gemeistert. Ich hatte bewiesen, als ich meine Erzählung schrieb, dass ich mir Zugang zur Leere und zumindest den Erinnerungen noch Lebender verschaffen konnte ...« (II, 1279)

Bedingung jeder Kreativität sei, dass man »Leere« herstellt, einen Nullpunkt, meint der Dramatiker Heiner Müller, man mache den Kopf »leer« für neue Ideen. Ein weiteres Zitat des Dichters Silenus:

> »Das machen Schriftsteller und Künstler und Schöpfer ... Sie lauschen der Leere und versuchen, die Gedanken toter Leute zu

empfangen. Ihre Schmerzen zu spüren. Und die Schmerzen lebender Leute.« (II, 1313)

Was noch zu tun bleibt, ist, die Sphärenmusik zu hören und den ersten Schritt zu tun. Mit »Musik« ist in diesem Fall mehr gemeint als den »Sound«, den Rhythmus des Geschriebenen zu spüren. Es geht vielmehr um das Erreichen von psychischen Wirkungen, die das Leseerlebnis zu einem erfüllten machen, die den Leser in eine bestimmte Spannung versetzen. Die »Sphärenmusik hören« ist eine Allegorie auf das Schreiben; Simmons hat hier eine Umschreibung von Harlan Ellison übernommen, wie dieser wahres literarisches Arbeiten charakterisiert:

> »... um Schriftsteller zu sein ..., muss man die Musik hören. Besser kann ich es nicht ausdrücken. Die Syntax kann lahm sein, die Rechtschreibung dyslektisch, das Thema dyspeptisch. Aber man weiß, dass hier ein Schriftsteller gearbeitet hat. Sie füllt die Seiten, diese Musik ...«[18]

Und was bedeutet der »erste Schritt«? »Schreiben bedeutet im Endeffekt nur eines: sich allein in ein Zimmer zu setzen und es hinter sich zu bringen. Worte zu Papier zu bringen, die nie zuvor auf die gleiche Weise irgendwo niedergeschrieben wurden.« (William Goldmann)

ANMERKUNGEN

1 Aus einem Interview mit Simmons, im Internet abgelegt unter: http://www.writerswrite.com/journal/sep01/simmons.htm.

2 Simmons ist ein Grenzgänger in der Science Fiction, der auch reine Horror- und Mainstream-Romane geschrieben hat. Zu einer ausführlichen Biobibliographie siehe: Jürgen Thomann: Über die Mauern des Grauens: Dan Simmons – Meister des Horrors und der SF ... und mehr, in: Das SF-Jahr 1996, Wilhelm Heyne Verlag, München 1996 (derselbe Band enthält auch ein Interview mit Simmons von Stan Nicholls und einen weiteren Text zu Simmons' Werk von Uwe Vöhl).

3 Im Text verwendete Ausgaben: I Die Hyperion-Gesänge, Wilhelm Heyne Verlag, München 2002 (enthält »Hyperion« und »Der Sturz von Hyperion«); II Endymion, Goldmann Verlag, München 2003 (besteht aus »Pforten der Zeit« und »Die Auferstehung«); III Orphans of the Helix, in: Dan Simmons: Worlds enough & time, Harper Collins, New York 2002 (zuerst 1999 erschienen).

4 Simmons hat denn auch ein »Drei-Filme-Exposé« für das Hyperion-Werk geschrieben, gedenkt aber nicht, ein Drehbuch anzufertigen, falls das Filmprojekt überhaupt zustande kommen sollte. Der Regisseur Martin Scorcese und Leonardo DiCaprio haben Interesse an dem Projekt bekundet. Siehe das Interview mit Simmons von Nicole Rensmann, in: Phantastisch! Nr. 10, 2003, S. 46.

5 In seiner Rezension von »Endymion«, in: Das SF-Jahr 1999, Wilhelm Heyne Verlag, München 1999, S. 917.

6 Der Dichter Silenus veröffentlicht ein Buch mit dem Titel »Die sterbende Erde« (I, 296) – der Titel des ersten Erfolgs von Vance zu Beginn der 50er Jahre.

7 Siehe: Reflections on style in science fiction, in: George Slusser/Eric S. Rabkin (ed.): Styles of creation. Aesthetic technique and the creation of fictional worlds, The University of Georgia Press, Athens/London 1992, S. 16.

8 In: Brian W. Aldiss/David Wingrove: Der Milliarden Jahre Traum. Die Geschichte der SF, Bastei Lübbe, Bergisch Gladbach 1990, S. 20.

9 In: ebd., 36. Im Original: »Sf is the search for a definition of man and his status in the universe which will stand in our advanced but confused state of knowledge (science), and is characteristically cast in the Gothic or the post-Gothic mode.«

10 Nicholls zum Stichwort »Gothic SF«, in: John Clute/Peter Nicholls (ed.): The Encyclopedia of Science Fiction, St. Martin's Press, New York 1995, S. 511.

11 Seine Homepage: http://www.dansimmons.com.

12 Ähnlich interessant ist die zweite Cybrid-Persönlichkeit von Keats in »Der Sturz von Hyperion« angelegt, die als »allwissender Erzähler« in einer Art Traumzustand von Szene zu Szene, von Protagonist zu Protagonist springen kann (zum Beispiel: I, 729).

13 Die Novelle, die zeitlich nach den Ereignissen in »Endymion – Die Auferstehung« spielt, liest sich streckenweise so, als wären die Amoiete Spektrum Helix Leute, eingeführt in »Endymion« (II, 710), entnervt auf der Flucht vor dem Kult der Aeneaner (III, 83, 94).

14 Siehe seine Buchbesprechung von »The rise of Endymion«, unter: http://www.scifi.com/sfw/issue52/excess.html.

15 Aus: Marcus Hammerschmitt: Endlose Geschichten. Übergroße Weltentwürfe als Darstellungsproblem in der zeitgenössischen Science Fiction, in: Telepolis 14.02.2002, unter: http://www.heise.de/tp/deutsch/inhalt/buch/11787/1.html.

16 Zu Rays »Tierra«-Programm siehe auch: Michael K. Iwoleit: Creatio ex silicio. Über die Terra incognita der neuen Computerwissenschaften, in: Das SF-Jahr 1996, Wilhelm Heyne Verlag, München 1996, S. 561 f.

17 Siehe auch meinen Beitrag zu Dysons Wissenschaftsliteratur in diesem Jahrbuch.

18 Aus dem Vorwort von Harlan Ellison, in: Dan Simmons: Styx, Wilhelm Heyne Verlag, München 1995, S. 12.

Engel, Zerstörer und die schönsten Stunden des Lebens

Sergej Snegows »Menschen wie Götter« und die Folgen

von Erik Simon

Eine sowjetische Space Opera

1966, 1968 und 1976 erschienen in Leningrad – jeweils als Kernstück einer umfangreichen Anthologie – die drei Teile von Sergej Snegows Romantrilogie »Menschen wie Götter«; eine russische Buchausgabe der beiden ersten Teile gab es noch 1971, eine alle drei Teile umfassende einbändige Ausgabe folgte jedoch erst 1982. Darin spiegelt sich zum einen der unsichere politische Status des 1910 in Odessa geborenen, 1994 verstorbenen Autors – er war übrigens seinerzeit als politischer Gefangener in einem geschlossenen Militär-Forschungsinstitut an der Entwicklung der sowjetischen Kernwaffen beteiligt gewesen –, zum anderen der betrübliche Zustand der sowjetischen SF-Verlagslandschaft jener Zeit. Immerhin erhielt Snegow 1984 für die Trilogie den angesehenen Aelita-Preis.[1]

Sergej Snegow war keiner von den ganz Großen in der sowjetischen Science Fiction, wo nach den Brüdern Strugazki (und vielleicht dem einer älteren Generation angehörenden Jefremow) zunächst ein gutes Dutzend andere Namen zu nennen wäre, darunter Bilenkin, Bulytschow, Gansowski, Larionowa, Sawtschenko. Den Preis verdankt die Trilogie letzten Endes der Tatsache, dass sie ein für die sowjetische SF durchaus untypisches, ja einzigartiges Werk ist: *die* sowjetische Space Opera, nicht nur die erfolgreichste, sondern praktisch die einzige, die dem klassischen westlichen Muster ungefähr entspricht – und auch dies mit einigen Besonderheiten.

Der dreibändige Roman enthält nahezu alle traditionellen Ingredienzen: ein Bündnis vielfältiger Zivilisationen, in dem die Menschheit eine gewichtige Rolle spielt und das sich einem zunächst übermächtigen, gnadenlosen Feind gegenübersieht; Raumschlachten von mindestens planetarer Dimension, Erkundungsflüge, Rettungs- und Befreiungsaktionen, dazu reichlich gigantomane Technik mitsamt überlichtschnell die Galaxis durchpflügenden Superraumschiffen, die denn auch passend »Sternenpflüge« heißen, und Sätzen wie »Im Sternbild Kleiner Hund konnten sie ebenfalls nicht zeigen, was in ihrem Sternenpflug steckte, dort waren sie nur hundertmal schneller als das Licht«. Auf der Erde reiten manche Leute auf genetisch gezüchteten Drachen oder Flügelrössern nach dem Vorbild des Pegasus, im Weltraum hat man Bekanntschaft mit zahllosen vernunftbegabten Rassen geschlossen, von veritablen geflügelten Engeln (die im Roman eine gewichtige Rolle spielen, doch eher wie gutwillige, etwas dümmliche Barbaren wirken) über hochweise, etwas zu abgeklärten »Galakten« (quasi das Gegenteil der Engel) bis hin zu denkenden Moosen.

Der Hauptheld und Ich-Erzähler Eli, von Berufs wegen eigentlich Monteur künstlicher Sonnen, schmuggelt sich über Beziehungen als Privatsekretär der Leiterin unter die Teilnehmer einer irdischen Delegation, die zu einer interstellaren Konferenz zwecks Gründung einer Art Vereinter Zivilisationen fliegt und sich dort alsbald mit Schreckensmeldungen von kürzlich aus dem Sternbild des Perseus aufgetauchten Wesen konfrontiert sieht, die ganze Planetensysteme vernichten oder versklaven. Wie sich später herausstellt, handelt es sich bei diesen »Zerstörern« oder auch »Verderbern« um Mischwesen aus biologischen Organen und Maschinenbauteilen, also Cyborgs (wobei noch offen bleibt, ob es nicht vielmehr ursprünglich Maschinen waren, die sich mit biologischer Substanz aufgerüstet haben).

Das erste Buch der Trilogie, »Die Fahrt des Sternenpflugs«, schildert einen Erkundungsflug in das von den Zerstörern angegriffene Gebiet, das zweite Buch dann »Die Invasion im Perseus«, bei der die Zerstörer von den vereinten Flotten der anderen Zivilisationen geschlagen werden. Vorher schon haben einige Zerstörer (zunächst unfreiwillig) die Seiten gewechselt, die Helden gewinnen allmählich einen Einblick in die Motive der Feinde und finden, nachdem sie sie besiegt haben, Wege, sie in die galaktische Gemeinschaft zu integrieren – es ist zwar eine Space Opera, aber eben eine sowjetische (1976, im dritten Teil, sind die Zerstörer dann an Bord der gemeinschaftlichen Expeditionsflotte schon ebenso unersetzlich wie die Klingonen auf Picards *Enterprise*. Karlheinz Steinmüller hat *Star Trek* einmal eine »beinahe sozialistische Utopie«[2] genannt, und mindestens in dieser Hinsicht war Snegow Gens Rodenberry um gut ein Jahrzehnt voraus).

In zwei weiteren Punkten unterscheidet sich »Menschen wie Götter« von westlicher und insbesondere »klassischer« Space Opera: Das märchenhafte Fluidum der Geschichte, auch humorvolle Szenen und eine gewisse Selbstironie, vor allem aber der quasi Karl-May-hafte Edelmut der Helden machen auch die reichlich vorhandenen Raumschlachten und Befreiungsaktionen lesbar, schaffen eine Distanz wie zu einem Spiel, das man nicht vollends ernst nehmen kann, aber durchaus ernsthaft spielen, weil die Regeln zwischendurch nicht gebrochen werden.

Gleichzeitig enthält das Buch einen – auch in der sowjetischen SF sehr raren – utopischen Gesamtentwurf einer kommunistischen Zukunftsgesellschaft, im Grunde erst den dritten nennenswerten nach Jefremows »Andromedanebel« (1957/58, auch »Das Mädchen aus dem All«) und »Mittag, 22. Jahrhundert« (1962, 1967) der Brüder

Strugazkis, und es ist kein Zufall, dass Snegow den Titel seiner Trilogie bei der wichtigsten Utopie von H. G. Wells »Men Like Gods« entlehnt hat. Die russische Kritik hat diese Tatsache erst relativ spät gewürdigt, nicht zuletzt, weil gerade im real existierenden Kommunismus kommunistische Utopien immer ein heißes Eisen waren.

Menschen wie Götter – also fast wie im Westen ...

In der Sowjetunion ist Snegows Romantrilogie seinerzeit zwar mit Interesse, aber sowohl von der Kritik wie auch vom Publikum eher gelassen aufgenommen worden. In dem einen oder anderen sozialistischen Land, etwa in Polen, scheint die Resonanz stärker gewesen zu sein – doch nirgends hatte Snegow einen derart durchschlagenden Erfolg wie in der DDR, wo die beiden ersten Bücher 1972 in einem Band unter dem Titel »Menschen wie Götter« erschienen. Nach meiner Beobachtung war es mindestens die 70er Jahre hindurch, eventuell auch noch in die 80er hinein, das in der DDR bei weitem beliebteste SF-Werk überhaupt, übrigens auch eines der ganz wenigen SF-Bücher, das in nennenswerter Menge Leserbriefe an den Verlag auslöste (die SF-Klubs in der DDR waren damals gerade in Ungnade und die Fans eher zögerlich in ihren Äußerungen), Nachfragen nach einer Fortsetzung oder ähnlichen Werken etc. (Aus Karl-Marx-Stadt schrieb jemand, der auch im Fandom bekannt war, einen rührend begeisterten Brief, dass er diesem Buch die schönsten Stunden seines Lebens verdanke.) Das gut 500 Seiten starke Hardcover, Ladenpreis knapp 10 DDR-Mark, wurde in Fankreisen für 50 Mark gehandelt (das war etwa ein Zehntel eines Netto-Monatseinkommens, die Monatsmiete einer Neu- oder einer geräumigen Altbauwohnung); spätere Nachauflagen – ab 1981 dann von allen drei Teilen – waren schon durch die Vorbestellungen überzeichnet (was in den 80er Jahren durchaus nicht mehr für alle SF-Bücher in der DDR galt), und das, obwohl der DDR-Verlag sie in Koproduktion mit einem sowjetischen Verlag herausbrachte, was wesentlich höhere Auflagen erlaubte.

Diese ungeheure Beliebtheit lässt sich nicht vom Buch selbst her erklären, sondern nur aus den besonderen Bedingungen der Science Fiction in der DDR, und selbst da ist man auf Vermutungen angewiesen. Zwei bieten sich an: Zum einen wurde damit ein in der DDR gänzlich unbekanntes, aber publikumswirksames SF-Subgenre, eben die Space Opera, eingeführt – es kannte ja kaum jemand Edgar Rice Burroughs, Edmond Hamilton, E. E. ›Doc‹ Smith oder den (im Vergleich zu jenen schon schaumgebremsten) Perry Rhodan, und der Roman Snegows konnte in puncto Action und Megalomanie jedem Vergleich standhalten – er erzählt munter drauflos, ohne indes die innere Logik und ein Minimum an literarischem Anspruch vollends über Bord zu werfen. Eine handlungsorientierte einheimische SF war erst in den späten 60er Jahren aufgekommen, und die hieß in der SF-Theorie der DDR nur mangels einer anderen passenden freundlichen Bezeichnung »Abenteuer-SF«, denn wirklich abenteuerlich und spannend wurde sie erst in einigen wenigen Werken Mitte der 80er. Immerhin: Insbesondere bei jüngeren Autoren nahm die Fabulierfreude in der zweiten Hälfte der 80er Jahre merklich zu, wozu Snegows Vorbild vielleicht beigetragen hat. Dann hätte es allerdings auch die Hinwendung zu bis dahin als Thema verpönten interstellaren Kriegen und die Rückkehr zur plump klassenkämpferischen »interstellaren Revolution« befördert, die damals zu beobachten war, leider völlig ohne Snegows Charme und Einfallsreichtum. Die eigentlichen Motive der Space Opera hat in der DDR-SF nie jemand aufgegriffen – noch vergleichbare Verve aufgebracht.

Zum anderen ist die Empfindung vieler Leser in der DDR belegt, bei Snegow etwas gefunden zu haben, von dem sie nicht ahnten, »dass man das darf«: »Die eigentliche Bedeutung des Buches für die utopische Literatur in der DDR liegt hauptsächlich darin, dass hier diesem Zweig der Belletristik ein Spielraum eingeräumt wird, den sie bisher nicht hatte«, resümierte seinerzeit Carlos Rasch in einer Rezension.[3] Den Horizont und die Erwartungshaltung beim Kern des SF-Publikums hat der Roman nachhaltig beeinflusst, und zumindest das verbale Vordringen der Abenteuer-SF von DDR-Autoren in weitere galaktische Regionen in den 70er Jahren dürfte damit zusammenhängen und wurde von den Lesern dieser Art Science Fiction als Wert an sich hoch honoriert. Ich habe seinerzeit mit Fans gesprochen, die an Klaus Frühaufs zwei Jahre nach der DDR-Ausgabe von »Menschen wie Götter« erschienenem Erstlingsroman »Mutanten auf Andromeda« besonders bedeutsam fanden, dass die Handlung in (oder »auf«?) der »Galaxis Andromeda« spielte, obwohl sie ebenso gut bei Alpha Centauri oder meinetwegen auf dem SF-Mars hätte spielen können. »Die vierzehnte außergalaktische Expedition ... hatte sich rematerialisiert. Endlich war es Menschen gelungen, den Sprung zur Nachbargalaxis auszuführen« (nachdem sich anscheinend dreizehn außergalaktische Expeditionen verfranzt hatten), steht bei Frühauf gleich auf der ersten Seite. Dass hier ein ganz besonderer Nerv getroffen wurde, lag wohl an der spezifischen Lage der DDR und *in* der DDR, die in keinem Nachbarland ihresgleichen hatte. In der damaligen BRD fand sich solch naive Gleichsetzung von (extra-)galaktischer Dimension mit Bedeutsamkeit wohl vor allem bei Perry-Rhodan-Lesern – aber die konnten ja wenigstens nach Mallorca reisen, ganz ohne Sprung in die Nachbar-*Galaxis* (für Sowjetbürger sah es in puncto Auslandsreisen zwar noch trüber aus als in der DDR, doch sie durften sich immerhin an Ostsee und Stillem Ozean touristisch ergehen und erlebten womöglich zwischen Prag und Kabul mehr, als ihnen lieb war).

... und doch etwas mehr

Space Opera ist schon lange nicht mehr gleich Space Opera – George R. R. Martin, Iain Banks oder Vernor Vinge machen es nicht schlechthin besser als »Doc« Smith und Edmond Hamilton, sie machen im Grunde etwas anderes. Die (auf dem deutschen Buchmarkt anscheinend besonders stark ausgeprägte) Neigung, alles zu verschubkasteln, führt dazu, dass vieles, was heute der Space Opera zugeordnet wird, die Bezeichnung nur näherungsweise oder in Teilaspekten verdient. Den Kern des Begriffs machen immer noch die alten Beispiele aus, denen er einst aufgeprägt wurde (mit ziemlich viel Ironie übrigens, die heute auch niemand mehr wahrnimmt), und diese gute alte Space Opera hat sich längst aus den Büchern ins Kino verlagert: Wenn einen heute jemand danach fragt, braucht man keine Beispiele aus den 30er und 40er Jahren zu bemühen, sondern kann getrost auf *Star Wars* verweisen.

Die russische Space Opera hat nach ihrem um Jahrzehnte verspäteten Start diese Entwicklung schneller durchlaufen, weshalb man dort nach Snegow zwar noch etliche Beispiele findet, von denen die meisten jedoch das Genre nicht so ganz treffen. Das fängt schon bei Snegow selbst an: »Der Ring der Gegenzeit«, der 1976, zehn Jahre nach dem ersten, erschienene dritte Teil seiner Space Opera hat zwar einen genretypischen Anlass – eine Expedition zum Kern der Galaxis ist auf eine Weise gescheitert, die auf feindselige Aktionen eines unbekannten Gegners hindeutet –, und an der besser gewappnet aufbrechenden Folgeexpedition nehmen auch die vertrauten Helden teil, darunter der in Teil 2 zum Admiral avancierte, jetzt aber gealterte und nur noch als inoffizieller Berater fungierende Eli. Außerdem gibt es ein paar Kampf- und Action-Szenen, die allerdings noch unterwegs zum eigentlichen Konflikt stattfinden und wie ein etwas lustlos gemachtes Remake wirken. In der Hauptsache geht es jedoch darum, dass die »Ramiren«, übermächtige Wesenheiten – nicht gerade Götter, aber derart hoch über all den Menschen, Galakten und Zerstörern stehend, dass sie diesen wie Verköperungen von Naturgesetzen vorkommen –, die Expedition in einer Zeitschleife einschließen und mit ihnen spielen, bis jene ihnen begreiflich zu machen vermögen, dass sie mehr sind als ein Spielzeug, als eine niedere Lebensform. Snegow ist damit einen Weg gegangen, der für die Space Opera auf ihrer Jagd nach immer gewaltigeren Größenordnungen eigentlich naheliegt, aber doch selten von ihr eingeschlagen wird – eben weil er aus ihr hinausführt.

Snegow selbst hat noch mehr Science Fiction geschrieben, jedoch keine weiteren Space Operas, und auch von den anderen sowjetischen Autoren ist kaum einer seinen Spuren gefolgt. Am nächsten kommt einer Space Opera noch Olga Larionowas »Tschakra Centauri«, eine Novelle, die 1988 in einer Zeitschrift und 1996 (zusammen mit einer Fortsetzung) als Buch erschien. Wie die Autorin mitgeteilt hat, wollte sie ursprünglich eine Parodie schreiben, doch das Material verselbständigte sich, und es wurde eine Space Opera mit literarischer Ambition daraus. Ein anderer noch aus sowjetischer Zeit bekannter Autor, Jewgeni Guljakowski (deutsch erschien 1988 sein Roman »Der Planet der weißen Nächte«), erhielt 1998 den Aelita-Preis »als Pionier des kosmischen Reißers in der sowjetischen Phantastik«, aber das war einfach nur Abenteuer-SF, wie es sie zuhauf und auch besser gibt. Sucht man nach Space Operas der nachsowjetischen Periode, stößt man unweigerlich auf Sergej Lukjanenko, einen der (wenn nicht sogar *den*) erfolgreichsten Vertreter der neuen russischen SF, der in Deutschland aber völlig unbekannt ist (wo die Verlage, die überhaupt noch neue russische Literatur bringen, Modeautoren wie Pelewin und Sorokin bevorzugen, mit denen man in die Feuilletons kommt). Etliche seiner Romane bieten alles, was man von einer Space Opera erwartet, und liegen doch etwas daneben - zum Beispiel lässt »Der Lord vom Planeten Erde« (1994) Verwandtschaft mit einem anderen Arbeitsgebiet Lukjanenkos erkennen, der romantisch getönten SF für Kinder, und »Die Sterne sind ein kaltes Spielzeug« (1998) ist in erster Linie eine Antiutopie. Derlei Abwandlungen sind eigentlich das Beste, was der alten Space Opera noch passieren kann, denn ansonsten taugt sie nicht einmal mehr so recht für Parodien.

ANMERKUNGEN

1 Der Aelita-Preis wurde 1981 von der Zeitschrift *Pfadfinder des Ural* in Swerdlowsk/Jekaterinburg gestiftet; verliehen wurde er gemeinsam von der um die sowjetische SF außerordentlich verdienten Redaktion und vom Schriftstellerverband der RSFSR (also jener sowjetischen Teilrepublik, die heute als Russische Föderation firmiert). Unter den Preisträgern sind z. B. die Strugazkis, Bulytschow, Larionowa, Gansowski, aber auch etliche in Deutschland fast gar nicht wahrgenommene Autoren. Er war zunächst die einzige offizielle Auszeichnung für SF-Literatur in der UdSSR; erst gegen Ende der UdSSR zweigten vom Aelita-Preis zwei weitere offizielle sowjetische SF-Preise ab (für Theorie bzw. für Debütanten).

2 Karlheinz Steinmüller: »Beinahe eine sozialistische Utopie. USS Enterprise: Heimathafen DDR?«, in: Kai-Uwe Hellmann und Arne Klein (Hrsg.): Unendliche Weiten ... Star Trek zwischen Unterhaltung und Utopie. Frankfurt am Main: Fischer Taschenbuch Verlag 1997.

3 *Science Fiction Times* 136 (1/1975), S. 41.

Raumwärts, Genossen!

Politik und Science Fiction bei Ken MacLeod

von Carsten Polzin

Wenn hierzulande jemand vor dem Jahr 2001 den Namen Ken MacLeod erwähnt hätte, hätte kaum einer gewusst, dass sich dahinter ein talentierter Science-Fiction-Autor verbirgt. Dass eben dieser bereits seit 1995 in Großbritannien Kultstatus genießt, war ebenso unbekannt wie sein äußerst interessanter Lebenslauf: Der Schotte MacLeod, ehemaliger Computerprogrammierer, studierte Zoologie und war in seiner Studienzeit lange Jahre Mitglied kommunistischer und sozialistischer Vereinigungen. 1954 geboren und aufgewachsen im konservativen religiösen Umfeld der schottischen Highlands, rebellierte er bereits in jungen Jahren gegen seine Eltern, befasste sich mit Kommunismus und Trotzkismus und begann als Student, seine Verbindungen in der Szene politisch zu nutzen. In den 70ern gehörte er der *International Marxist Group* an und wohnte mit englischen, irischen und kurdischen Kameraden in einer Kommune in der Nähe von London. Doch bald wandte sich MacLeod vom strengen Dogmatismus der Linken ab und begann sich auch für liberale Ideen zu interessieren. Schließlich standen Autoren wie Marcuse, Malcom X, Timothy Leary und Machiavelli neben den Büchern von Ökonomen wie Adam Smith, Marx und Lenin in MacLeods Regalen. Nachdem er die Science Fiction bis in seine Spätdreißiger geflissentlich ignoriert hatte, erschien 1995 in Großbritannien wie aus dem Nichts sein Debüt, ein unscheinbares Büchlein mit dem Titel »The Star Fraction«.

Ken MacLeod

MacLeod scheute sich nicht, all seine verschiedenen Erfahrungen in diesen Erstling einzubringen. Heraus kam eine erfrischend chaotische Mischung aus Cyberpunk, politischer Science Fiction und Space Opera, die dem Autor sofort eine begeisterte Fangemeinde erschloss. Mit drei Folgebänden komplettierte MacLeod seinen Zyklus um die Begegnung von Menschen mit feindlichen Nanowesen und das Aufeinandertreffen von Sozialismus und Kapitalismus, der fortan als »Fall Revolution« betitelt wurde. Die vom dritten Weltkrieg gebeutelte Menschheit ist darin sozial und politisch auseinander gebrochen. Die zahlreichen politischen Gruppierungen kämpfen in einem chaotischen, sozialistisch geprägten Regierungsgebilde um neue Anhänger. Ein gemeinsamer Feind ist dringend nötig, um das System zu stabilisieren. Die Bedrohung durch die »Schnelldenker«, Nanowesen, die sich auf dem Jupiter angesiedelt haben, kommt da also wie gerufen. Die Minimaschinen stoßen unaufhörlich

Computerviren ins All, die auf der Erde einen verheerenden Zusammenbruch der Kommunikation verursachen. Der irdische Solare Rat versucht, mit ihnen zu verhandeln, ist dabei allerdings auf die Hilfe des kapitalistisch regierten Neuen Mars angewiesen, der mit den Schnelldenkern eine Handelsstraße unterhält. Dieses Aufeinandertreffen der unterschiedlichen Systeme und die Hinterlist aller Beteiligten führt beinahe zur Vernichtung der gesamten Menschheit.

Während MacLeod im Internet bereits ein omnipräsentes Phänomen war, sich auf ominösen Plattformen wie alt.politics.socialism.trotsky und talk.politics.libertarianism herumtrieb und mit seinen Lesern über Politik und SF diskutierte (tatsächlich ist er wohl einer der präsentesten Science-Fiction-Autoren im Netz und einer, der sich dort durch Beiträge für Fanzines, seine Kontaktfreudigkeit und eine Vielzahl von Interviews bestens zu vermarkten weiß), nahm man in Deutschland erst 2001 von ihm Notiz, als seine Bücher auf den hiesigen Markt erschienen. Mit »Das Sternenprogramm« (The Star Fraction), »Die Mars-Stadt« (The Stone Canal) und »Die Cassini-Division« (The Cassini-Division) brachte der Heyne Verlag die ersten drei Bände nahezu auf einen Schlag heraus (siehe die Rezensionen im SCIENCE FICTION JAHR 2003). Der ebenfalls zur »Fall Revolution« zählende Roman »The Sky Road« ist bisher noch nicht auf Deutsch erschienen. Doch bereits jetzt kann sich MacLeod auch hierzulande nicht ohne Stolz zu den wichtigsten Verfechtern moderner SF zählen, was er – nebenbei bemerkt – ohne falsche Bescheidenheit auch tut.

Dabei ist bemerkenswert, dass er unterm Strich kaum etwas wirklich Neues bietet. So erinnern seine technischen Ideen (VR-Brillen etc.) vor allem an William Gibsons Hochphase. Linke Politik und Sozialkritik gab es schon bei Olaf Stapledon und John Brunner, um nur die Spitze des Eisbergs zu nennen. Man kann die Suppe, die MacLeod kocht, wie zuvor angesprochen, als Mischung aus politischer Science Fiction und Cyberspace beschreiben. Der Autor dagegen nennt seinen Stil simpel »Neue Space Opera« und sieht sich damit in einer Tradition, die seiner Meinung nach in den 70er Jahren begann, als John Harrisons Roman »The Centauri Device« (dt. In meiner Hand – die Erde) erschien. In der August 2003-Ausgabe von *Locus* erläutert MacLeod den Begriff der »Neuen Space Opera« auf fachkundige und amüsante Weise und definiert seine eigene Rolle

HEYNE BÜCHER
KEN
MacLEOD
Das Sternenprogramm
Roman

HEYNE
KEN
MacLEOD
Die Mars-Stadt
Roman

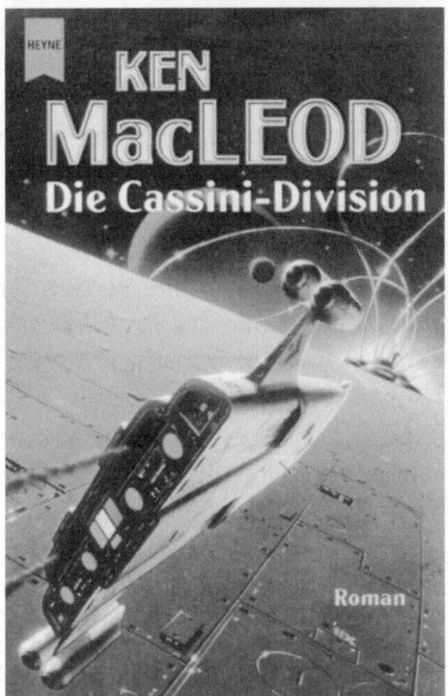
HEYNE
KEN
MacLEOD
Die Cassini-Division
Roman

darin: Harrisons Roman habe ihm die klassische Space Opera schmackhaft gemacht, schreibt er, doch in den 70er Jahren habe es keinen großen Markt für derartige Abenteuerliteratur gegeben. Ein markantes Beispiel dafür sei Iain Banks, der zunächst vier Space Operas zu Papier gebracht habe, jedoch erst veröffentlicht worden sei, als er sich mit »Bedenke Phlebas« (Consider Phlebas) dem Mainstream angeschlossen habe. Später dann habe der Aufstieg der Hard SF mit Autoren wie Gregory Benford und Stephen Baxter begonnen, die MacLeod »zu ernsthaft in Absicht und Ausführung« waren, um sie als Space Opera bezeichnen zu können. Das wiederentdeckte Genre Space Opera sei erst durch William Gibsons und Vernor Vinges Cyberspace-Romane richtig groß geworden. Seitdem, so MacLeod, habe die »Neue Space Opera« ein Problem: Wie kann sie von menschlichen Helden und ihren Abenteuern in fernen Galaxien erzählen, wenn die Zukunft doch gar nicht den Menschen, sondern der Künstlichen Intelligenz gehört?

Mit dieser Fragestellung muss sich tatsächlich jede Space Opera, auch MacLeods, früher oder später auseinander setzen. Die Science-Fiction-Autoren bieten dafür grundverschiedene Lösungen an: So ließ Olaf Stapledon die Menschen sich immer wieder selbst ausrotten und diverse neue Menschheiten entstehen. Vernor Vinge dagegen ließ die Menschen ihre feindlichen Nachfahren besiegen. Und Alastair Reynolds wählt in »Unendlichkeit« (Revelation Space) und »Chasm City« (Chasm City) den vielleicht plausibelsten Weg: Seine Charaktere haben ihre Menschlichkeit verloren – sie sind eine verhängnisvolle Symbiose mit der Nanotechnik eingegangen und davon regelrecht befallen. Unter wieder anderem Blickwinkel befasst sich MacLeod selbst in »Die Cassini Division« mit dieser Frage: Seine Nanowesen haben sich vom Menschen abgesondert und ihre eigene Welt geschaffen, dem Menschen durch ihre Virenproduktion sogar noch die technische Weiterentwicklung vermasselt. Mensch und Maschine stehen sich als selbstständige, unabhängige Parteien gegenüber – das Bedrohungsszenario, der Ausgangspunkt für jede Space Opera, ist perfekt.

Was neben der Auseinandersetzung von Mensch und Technik die »Neue Space Opera« ebenfalls auszeichnet, ist ihr politischer Gehalt. Auch hier ist MacLeod nicht Urvater, sondern nur Erneuerer längst versiegt geglaubter Strömungen in der Science Fiction. Ein Klassiker drängt sich geradezu auf: So viel linkes Gedankengut wie bei MacLeod tauchte seit Olaf Stapledons »Die letzten und die ersten Menschen« und »Der Sternenschöpfer« nicht mehr in diesem Genre auf. Stapledons fast schon naiv-strenge politische Haltung hat MacLeod allerdings nicht übernommen: Die »Fall Revolution« strotzt vor Ironie, augenzwinkernden Seitenhieben und gnadenlosem Aufzeigen der Nachteile und Schlupflöcher der politischen Systeme. Vom Altmeister Stapledon will MacLeod denn auch weniger dessen politischen als vielmehr den visionären Weitblick geerbt haben.

»Der Einfluss und die Bedeutung von Stapledons Werk«, sagt MacLeod in einem anlässlich dieses Artikels geführten Interview, »liegt für mich nicht in seiner Politik, sondern in seinen beeindruckenden Ausblicken auf Raum und Zeit, seinem Entwurf einer biologischen und kosmischen Evolution. Stapledons politische Spekulationen waren für einen progressiven oder links-gerichteten Liberalen in den 30er Jahren mehr oder weniger vorhersehbar. Viel wichtiger sind seine Visionen über die spirituellen und existenziellen Belange uns völlig fremder Wesen.«

Doch auch wenn sich MacLeod nicht gerne mit den Altvorderen des Genres in eine Schublade stecken lässt, hat er seinen Weg zur politischen Science Fiction nicht alleine gefunden: »Natürlich haben mich andere beeinflusst. Heinlein prägte meine politische Vorstellungskraft, ebenso britische Autoren wie John Brunner, John Harrison und J. G. Ballard. Sie zeigten auf unterschiedliche Weise die Zukunft Großbritanniens, was ich mit den anarchistischen Visionen einiger Poul Anderson- und Frank Russell-Stories verband. Abgesehen von meinen eigenen politischen Motiven sah ich Science Fiction als eine Möglichkeit an, die Entwicklungen Anfang der 90er Jahre in Romanform zu packen. In den vier ›Fall Revolution‹-Romanen werden Sozialismus und Kapitalismus daher aus verschiedenen Blickwinkeln geschildert.«

MacLeods Romane kamen damit zur rechten Zeit. Denn als er sie Mitte der 90er auf den englischen Markt warf, war die Science Fiction von US-amerikanischen »Fast Food«-Serien und Hard-SF beherrscht. Die Space Opera befand sich in einer allgemeinen Krise. Zu viele durchschnittliche Autoren hatten zur Verflachung des Genres beigetragen. Politisch liberale oder gar linke SF, bis dato ohnehin ein hauptsächlich europäisches Phänomen, fand kaum mehr Gehör gegen die konservativ ausgerichtete amerikanische SF. MacLeod schlug mit seinen Romanen also gleich zwei Fliegen mit einer Klappe: Er rettete die Space Opera und die kritische politische Science Fiction gleichermaßen vor dem Aussterben und läutete damit eine neue Generation europäischer Science Fiction, eben die »Neue Space Opera«, ein.

»Ich bin mir nicht sicher, ob es politische Themen sind, die die neue Space Opera definieren«, gibt der Autor zu bedenken. »Space Opera war schon immer politisch – man muss sich nur Asimovs Foundation anschauen, oder Larry Niven und Jerry Pournelle. Auch Iain Banks hat oft gesagt, dass er linksgerichtete Space Opera schreibe oder schreiben wolle. Ich glaube, neu ist dagegen, dass politische Autoren nicht mehr nur über die Expansion Amerikas schreiben oder Aufstieg und Fall des Römischen Imperiums immer wieder neu erfinden.«

Auch mit der vielbeschworenen Kluft zwischen US-amerikanischer und europäischer Science Fiction hinsichtlich politischer Inhalte ist MacLeod nicht einverstanden: »Schaut man sich Vernor Vinges Romane zwischen den Zeilen an, sind sie sehr politisch. Ebenso verhält es sich mit John Varley und John Barnes, die neben anderen Dingen auch Space Operas geschrieben haben. Keine dieser Autoren sind ›fast food‹. Natürlich hat leicht konsumierbare Military Science Fiction einen größeren Zulauf in den USA als in Großbritannien, aber es gibt auch viele liberale Autoren wie Lois McMaster Bujold.«

Dennoch machte MacLeod auf dem amerikanischen Markt eigentümliche Erfahrungen. So kamen seine Bücher in der falschen Reihenfolge heraus, weil der amerikanische Lektor »Die Cassini-Division« (den dritten Band) zuerst ankaufte. Zudem kursieren eine Menge Gerüchte im Internet, eines davon – vielleicht ein besonders krasses – besagt, dass sie für den amerikanischen Markt gekürzt werden mussten, da die Lektoren sie als zu kompliziert für die einheimische Leserschaft ansahen. »Völliger Unsinn«, kommentiert MacLeod, »und ich möchte hinzufügen, dass ich nicht der Meinung bin, dass amerikanische Autoren oder Leser dümmer seien als europäische. Meine Bücher kamen in exakt der gleichen Form in den USA heraus, von einigen trivialen Veränderungen in der Aufmachung abgesehen. Natürlich sind manche Themen und die Ansichten der Hauptpersonen linksgerichteter, als man es in den USA gewohnt ist, aber gleichzeitig nehmen die Bücher freiheitliche Ideen sehr ernst [MacLeod gewann gar - überraschend - zwei »Prometheus Awards for Libertarian Science Fiction« - Anm. des Autors]. Das einzige meiner Bücher, mit dem die amerikanischen Leser Probleme hatten, war ›Das Sternenprogramm‹, und das nur deshalb, weil es einige Kenntnisse britischer und europäischer Geschichte voraussetzte. Aber ebenso gibt es diverse amerikanische Romane, die uns in Europa ziemlich obskur vorkommen.«

Liest man ältere Interviews mit MacLeod, ist er auffällig diplomatischer geworden als früher. Das Etikett Politik scheint ihm inzwischen lästig zu sein, und statt des ewigen Palavers über Marxisten und Trotzkisten spricht er inzwischen lieber über die wissenschaftlichen und literarischen Aspekte der Science Fiction. Das kommt nicht von ungefähr, wenn man sich vor Augen hält, dass alle sozialistischen Staatssysteme mehr oder minder versagt haben. MacLeods einstige Ideale wurden von einer bitteren Realität eingeholt. »Durchaus«, stimmt MacLeod vorsichtig zu. »So wie ich das sehe, haben wenigstens die Kubaner sich noch eine gewisse Integrität bewahrt. Aber wichtiger ist, zu betrachten, welche Rolle die sozialistischen Staaten in der Welt gespielt haben. Wir sehen jetzt gerade, was passiert, wenn die USA und ihre Verbündeten keinen Gegner mehr haben, der sie in Schach hält. Jedes Mal, wenn ich die Cruise Missiles über einer weiteren Stadt explodieren sehe, denke ich: ›Das wäre niemals passiert, wenn die Sowjetunion noch existierte.‹ Millionen von Menschen haben ihr Leben verloren, weil die UdSSR zu Fall gebracht wurde. Offenkundig ist es für viele bergauf gegangen, etwa in Polen, aber die Mehrheit ist schlechter dran, als sie es zu Sowjetzeiten war.«

Ein rein sozialistischer Staat wäre jedoch auch nach MacLeods Meinung nicht mehr erstrebenswert: »Ein sozialistisches System würde mich nur überzeugen, wenn es gleichzeitig demokratisch wäre, offen für die Durchsetzung liberaler Ideen und frei von Unterdrückung. Ohne die absolute Meinungsfreiheit hat man keine Ahnung, was die Staatsbürger denken. Ich bewundere Kuba für seine politischen Prinzipien, bin mir aber nicht sicher, welche Haltung die Kubaner selbst einnehmen.«

Mit dem Ende der sozialistischen Staaten ging auch der Science Fiction einiges an Potenzial verloren. Jahrzehntelang stammten die innovativsten und intellektuellsten SF-Romane und -Stories aus dem ehemaligen Ostblock, von Autoren wie Lem, den Strugatzkis oder Johanna und Günter Braun. Der unterdrückende Staat schaffte ungewollt den idealen Nährboden für diese Art Literatur. Doch MacLeods Meinung nach war es nicht nur das Begehren nach Freiheit, das die Menschen damals zur Science Fiction führte: »Die DDR, Polen und die UdSSR waren auf einem bestimmten Level sehr zukunftsorientierte Gesellschaften, zumindest bis es schmerzhaft offensichtlich wurde, dass ihre Zukunft absehbar sein würde. Ihre Rechtfertigung fanden diese Staaten unter anderem in der Wissenschaft und der Idee des Fortschritts. Sozialismus sollte eine rationalere Staatsform als der Westen werden. Zugleich war die Science Fiction das perfekte Vehikel für Kritik, oft subtil genug, um die Zensoren zu überlisten. Ein russischer Autor erklärte mir, dass die gesamte Science Fiction in der Sowjetunion kritisch war. Und polnische Fans sagten, dass sie das besondere Flair russischer Science Fiction vermissten. Ich denke, sie meinen damit das geradezu pastorale Gespür für Kosmos und Umwelt, das die russische SF-Philosophie auszeichnete.«

Ist MacLeod damit nur ein Artefakt der in die Jahre gekommenen Ostblock-Science-Fiction? Eine solche Bezeichnung würde dem Autor keineswegs gerecht. Zu modern und wandelbar sind seine Ideen. MacLeod lebt längst nicht mehr in einer idealisierten Vergangenheit, sondern beugt sich der Realität und erweist sich dabei in mancherlei Hinsicht als Prophet. Wenn er etwa in einem Interview mit einem online-Magazin vor einigen Jahren mutmaßte, dass kleine Gruppierungen künftig eine viel größere Bedeutung für die Weltpolitik spielen würden, gibt ihm die Geschichte inzwischen Recht: Seit dem 11. September 2001 sind es vor allem kleine terroristische Gruppen, die die globale Politik komplett verändert haben. »Ursprünglich dachte ich nicht an Terroristen«, stimmt MacLeod zu, »sondern an eine neue Bewegung gegen Imperialismus und Kapitalismus. Aber terroristische Zellen haben natürlich großen Einfluss auf die globale Entwicklung und werden es weiterhin haben. Die Sorge, dass Terroristen Zugang zu Massenvernichtungswaffen bekommen könnten, ist ja keine Erfindung George W. Bushs. Ich denke aber, dass man mit viel simpleren Mitteln, einfach durch Sabotage, ein noch größeres Ausmaß an Verwüstung anrichten könnte. Wie auch immer, das ist nur eine weitere Gefahr in einer gefährlichen und irrationalen Weltordnung – und ein guter Grund mehr, sie zu verändern.«

Der Schotte hat die Hoffnung noch nicht aufgegeben. Auch in seinem neuen politisch gefärbten Zyklus »Engines of Light«, bestehend aus den Bänden »Cosmonaut Keep«, »Dark Light« und »Engine City«, begehren die Menschen gegen ihre Regierung und sogar gegen ihre Götter auf. Vielleicht hat MacLeod ja Recht – und nur das kann die Welt retten.

Space Operas ohne Space

Die Kultur-Romane von Iain Banks

von William H. Hardesty

Jeder Science-Fiction-Leser weiß, dass es einen entscheidenden Unterschied gibt zwischen »Space Opera« und »ernsthafter« Science Fiction. Brian Aldiss drückte es vor ein paar Jahren in etwa so aus: »Science Fiction ist die E-Sparte. Space Opera ist die U-Sparte« (»Science Fiction is for real, Space Opera is for fun«). Nach dieser Ansicht, die von vielen geteilt wird, ist Space Opera schlichte Unterhaltung; es handelt sich dabei nicht um Texte, die »angehaucht sind von hohen wissenschaftlichen und literarischen Ansprüchen« (Gary Westfahl). Man nickt also zustimmend, wenn Patricia Monk der Space Opera die folgenden Eigenschaften als wesentlich zuschreibt: »romantisch, handlungsorientiert, phantasievoll umschreibend, optimistisch, sozial naiv, nachahmend, unterhaltsam, belehrend, verschlüsselt, wissenschaftlich verfälscht, mathematisch nur erahnt und von unentwegter Gewalt geprägt (ob zwischen Menschen und Menschen oder Außerirdischen und Menschen)«. Nach unserer etwas puritanischen Ansicht darüber, was Science Fiction sein sollte, ist die Space Opera, in Gary Westfahls Worten, ein Urlaub, »dessen dauerhafter Reiz in der vorübergehenden Freiheit von jenen [wissenschaftlichen und literarischen] Bestrebungen liegt, die sie sanktioniert«.

Wenn das der Fall ist – wenn die Space Opera unsere Pornografie ist (wie Westfahl es andeutet, indem er Potter Stewarts geistreiche Bemerkung zitiert, dass wir sie erkennen, wenn wir sie sehen, selbst

HEYNE
Iain Banks
Bedenke Phlebas
ROMAN
Mit einem Vorwort von
Ken MacLeod

HEYNE
IAIN BANKS
Exzession
Roman

HEYNE
IAIN BANKS
Blicke windwärts
Roman

wenn wir sie nicht genau definieren können), dann ist es kein Wunder, dass wir davon peinlich berührt sind. Wir wenden uns der Space Opera im Wesentlichen – vielleicht sogar einzig und allein – wegen einer Art verbotener Freude zu, die man besser in einem schlichten Umschlag aus braunem Papier versteckt und über die man ganz sicher nicht in gepflegt kritischer Gesellschaft spricht. Monk scheint die Space Opera sogar als etwas beinahe Unmoralisches zu verdammen, als eine »in die Schräglage geratene Geisteshaltung, deren literarischer Ausdruck die Gesinnung des Autors verrät, indem er das außerirdische Universum mit ganzheitlichen Begriffen als erfassbar und beherrschbar beschreibt«. In akademischen Gesprächskreisen, aktuell geprägt durch poststrukturalistisches Denken, werden solche belastenden Aussagen wie die von Monk und Westfahl, falls sie denn stimmen, als schwere Anklagen bewertet, die die Space Opera sowohl intellektuell als auch politisch verdächtig machen.

In dieser Situation erscheint es kaum mehr möglich (oder vielleicht sollte man sagen: zulässig), dass ein Text die herkömmliche Form der Space Opera als Mittel für eine mehr oder weniger ernsthafte Behandlung politischer, sozialer oder philosophischer Themen benutzt. Denn die Space Opera ist, auch dann – oder ganz besonders dann –, wenn sie klug (neu) geschrieben oder (neu) präsentiert wird, ein Subgenre, das die meisten für unpassend oder sogar abträglich für die Auseinandersetzung mit ernsthaften ethischen Themen halten. Heute eignet sie sich vielleicht am besten – und ausschließlich – als ironischer Kommentar zu sich selbst, wie etwa Harry Harrisons »Bill the Galactic Hero« (Der Chinger-Krieg). Müssen wir den Begriff Space Opera dann in Anführungszeichen setzen? Oder ist es bei einem zeitgenössischen Text wirklich möglich, gleichzeitig die Anforderungen des Subgenres zu erfüllen, sie zu parodieren – und damit eine ernsthafte Meinungsbekundung, wie versteckt auch immer, zu transportieren? Diese Fragen sind im Großen und Ganzen unbeantwortet – sogar ungestellt – geblieben, obwohl Samuel R. Delanys »Babel-17« bereits 1966 eine gezielte Handhabung sprachlicher Feinheiten, einen ironischen Kommentar zur Space Opera und eine spannende Geschichte miteinander vereinte.

Das bringt mich zu dem schottischen Autor Iain Banks.

Bereits in seinem zweiten und dritten Roman – »Walking on Glass« (1985; Barfuß über Glas) und »The Bridge« (1986; Die Brücke), beide als Mainstream-Romane erschienen – verwandte Banks Elemente der Genres Fantasy und Science Fiction. Sein erster (geschriebener) Roman, der unverblümt als Science Fiction erschien, wobei er seinen Namen mit dem zusätzlichen Initial M. versah, als Unterscheidung zu seinem Mainstream-Werk, folgte im Jahr 1987. Bis heute sind neun weitere Romane von »Iain M. Banks« erschienen und sieben davon sind in der so genannten KULTUR angesiedelt, einer pangalaktischen Zivilisation, in der Menschen, Nichtmenschen und Maschinen, allesamt empfindungsfähige Wesen, vertreten sind. Jeder dieser Romane ist eine lebendige Abenteuergeschichte; doch jeder verhöhnt gleichzeitig die Abenteuer, von denen er handelt; und in jedem steckt ein Kommentar zur Natur von Utopia. Nach den Worten von Linda Hutcheon stellen die KULTUR-Romane eine »komplizenhafte Kritik« an der westlichen (das heißt liberal-humanistischen) Vision von Utopia dar. An dieser Stelle möchte ich auf ein paar formelle Charakteristika der KULTUR-Reihe eingehen und einige der Implikationen der ästhetischen Auswahl, die die Texte verkörpern, betrachten.

Denn Banks' KULTUR-Romane sind nicht einfach nur Space Operas – sie geben auch auf unerschrockene Weise ein Beispiel für die besondere Form: »Breitwand« (wie im Klappentext der britischen Ausgabe eines der Bände zu lesen steht) und vollgepackt mit Spezialeffekten. Außerdem bewegen sich die Texte auf den beiden Ebenen der naiven Unterhaltung und des informierten Kommentars gleichzeitig und beziehen einen Teil ihrer Kraft und ihrer Spannung aus dem Umstand, dass sie traditionelles Geschichtenerzählen und moderne Romanform vereinen.

Banks' KULTUR ist eine Gesellschaft, deren hoch entwickelte Technologie Habitate mit angenehmen Lebensbedingungen sowie ein gutes Auskommen und ein vergnügliches Dasein für all ihre Bewohner bietet. Die meisten von ihnen bleiben einfach in der näheren Umgebung ihres Zuhauses und lassen es sich gut gehen; doch je nach Lust und Laune sind sie in der Lage, so gut wie alles in ihrem physikalischen Kosmos zu unternehmen: Sie können mit vielfacher Lichtgeschwindigkeit reisen oder riesige Artefakte bauen, um sich dort auf jede nur vorstellbare Weise, intellektuell oder physisch, zu verlustieren. Wie John Clute bemerkte, ist diese Art des Lebens ein Utopia, das auf vollkommenem Überfluss beruht. Da keinerlei Bedürfnisse unbefriedigt bleiben, bedarf es auch keiner irgendwie gearteten Regierung – das System ist tatsächlich wahrhaft anarchistisch.

Innerhalb dieses Heterotopia haben die führenden »Gehirne« der KULTUR (superintelligente, empfindungsfähige Maschinen, die die größten Artefakte der KULTUR, wie zum Beispiel Schiffe und Orbitale, beherrschen) eine »Kontakt-Sektion« gegründet. Deren Aufgabe ist es, den Rest der Galaxis zu erforschen, entstehende Gesellschaften zu beobachten und (sofern als erforderlich erachtet) sie so zu verändern, dass sie in die KULTUR passen. »Kontakt« operiert also an den Außengrenzen der KULTUR und erweitert die Hegemonie der KULTUR durch die Kolonisierung sowohl ganzer Systeme als auch einzelner empfindungsfähiger Wesen.

Die Protagonisten in Banks' Romanen sind für gewöhnlich Agenten des Kontakts, besonders jene der Abteilung »Besondere Gegebenheiten« (zuständig für militärische Spionage und »schmutzige Tricks«), und viele der Bücher sind Abenteuergeschichten, die von den Aktivitäten solcher Agenten auf Planeten handeln, die noch nicht (oder nicht zur Gänze) Teil der KULTUR sind. In dem Band »Player of Games« (1988; Das Spiel Azad) ist es ein Rekrut der Abteilung »Besondere Gegebenheiten«, der ausgeschickt wird, um ein ausgeklügeltes Spiel zu gewinnen, auf dem das interstellare Reich Azad basiert, und so die Azadianer dazu zu bringen, sich zu unterwerfen. Die Kontaktagenten in »The State of Art« (1989; Ein Geschenk der Kultur) erforschen die Erde und entscheiden, ob diese missachtet, entwickelt oder zerstört werden soll. Der Protagonist in »Use of Weapons« (1990; Einsatz der Waffen), ein Krieger, bekommt den Auftrag, die Ordnung auf einer vergleichsweise primitiven Welt wieder herzustellen, die zuvor vom Kontakt befriedet worden war, nun aber irgendwie aus den Fugen zu geraten droht. Diese drei Bände erklären übrigens den Titel meines Essays, denn ihre Handlungen beschränken sich beinahe ausschließlich auf terrestrische oder pseudoterrestrische Umfelder – Grenzgebiete, die dem amerikanischen Westen oder einem romantisch verklärten Nahen Osten gleichen –, als dass sie sich im Weltraum abspielen.

Die ersten sowie die neuesten Texte in dieser Reihe sind jedoch Space Operas in ihrer reinsten Form. Es sind auch die umfangreichsten, bei denen es jeweils um Krieg in riesigem Maßstab geht, mit spektakulären Verwicklungen im Raum und in planetarischen oder artefaktischen Gebieten. »Consider Phlebas« (1987; Bedenke Phlebas) handelt von einem zwar wichtigen, wenn auch an der Peripherie stattfindenden Kriegsgeschehen zwischen der KULTUR und den Idiranern, einer Rasse von dreibeinigen Geschöpfen, die sowohl Reptilien als auch Käfern gleichen. Die militärisch geprägte Gemeinschaft der Idiraner gründet sich auf religiösen Fanatismus, aufgrund dessen sie den Krieg provoziert haben. Die Streitkräfte beider Seiten versuchen nun, ein Gehirn der KULTUR einzufangen, das der Zerstörung seines Schiffs durch die Idiraner entkommen und auf einen neutralen (aber verbotenen) Planeten geflüchtet ist. »Excession« (1996; Die Spur der toten Sonne bzw. Exzession), zeitlich fünfhundert Jahre später angesiedelt, stellt der KULTUR gleich drei Herausforderer gegenüber. Zwei davon kommen von außen: Einmal die militante Gemeinschaft der Affronter, so genannt, weil alles, was sie tun, ein Affront gegen die Moral oder den Geschmack der verfassungsgebenden Rassen der KULTUR ist; dann eine Exzession (durch die Gehirne definiert als »alles außerhalb der KULTUR, vor dem wir Angst haben sollten« – in diesem Fall ein schwarzer Koloss, groß wie ein Berg, offenbar in einem anderen Universum beheimatet), die plötzlich in einem abgelegenen Teil der Galaxis auftaucht. Das dritte Problem liegt im Innern, in Form einer Verschwörung, zu der sich eine Gruppe von Gehirnen zusammengefunden hat, die sich selbst als »Interessante-Zeiten-Gang« bezeichnet. Sie befasst sich mit der Manipulation von Ereignissen und ist bestrebt, den Lauf der Dinge innerhalb der KULTUR in Bahnen zu lenken, die ihrer Meinung nach deren Interessen am besten dienen.

Die Romane sind – obwohl oft abstrakt und widersinnig – sehr spannend. Immerhin verwendet Banks in »Excession« einige Mühe darauf, der fiktiven Technologie eine wissenschaftliche Basis zu geben, wobei er vom neuesten Stand der Kosmologie ausgeht, um auf diese Weise die Exzession selbst zu beschreiben. Wenn der Leser sich einmal dafür entschieden hat, den waghalsigen Ritt mitzumachen, können diese Erklärungen durchaus überzeugend sein. Auf jeden Fall sind sie vergnüglich, lustig und aufregend.

Nehmen wir etwa den Anfang von »Phlebas«, der in einer Kloakenzelle spielt. Mit diesem Ort verbindet sich genau das, wonach er sich anhört: »eine elegante, ironische Todesart«, ausgedacht von der Gerontokratie des neutralen Planeten Sorpen. In der Kloakenzelle treffen wir Bora Horza Gobachul, einen Verwandler (das ist ein Angehöriger einer menschlichen Spezies, durch bioingenieursmäßige Aufbereitung dazu befähigt, die Gestalt eines anderen menschlichen Wesens anzunehmen), der versucht hat, die Gerentokratie zum Umschwenken auf die Seite der Idiraner zu bewegen. Seine Widersacherin, die ihrerseits versucht, die Untertanentreue der Bewohner von Sorpen für die KULTUR zu gewinnen, ist die Agentin der »Besonderen Gegebenheiten« Perestock Balveda, die ihm in der Vergangenheit immer wieder wie eine Rachegöttin in die Quere gekommen ist. Sie hat Horzas wahre Identität aufgedeckt (er hatte sich natürlich in einen der Herrscher des Planeten verwandelt), und er wird zum Tod durch Ersticken in Exkrementen verurteilt. Doch sie hegt eine gewisse Zuneigung zu ihrem Gegenspieler, deshalb besucht sie ihn, während er bei seinen Häschern um sein Leben fleht, »als Angehöriger eines uralten, stolzen Volkes«. Abgewiesen von Sorpens Herrschern, entschuldigt sich Balveda bei Horza, der noch eine letzte Bitte vorbringt: »Versprich mir, dass du heute Abend sehr wenig isst und trinkst, Balveda.« Aus Loyalität zu ihrem Langzeit-Gegner verspricht sie es und verabschiedet sich von ihm (später erfährt man, dass sie ihr Versprechen tatsächlich gehalten hat).

Natürlich wird er von seinen idiranischen Herren gerettet, kurz bevor er im Kot ertrinkt, und nach mehreren Hauruck-Abenteuern – und nachdem er wieder beinahe ertrunken wäre, diesmal allerdings in Wasser – landet er auf einer Insel auf dem Orbital Vavatch. Hier wird er von den Essern gefangengenommen, Anhängern des enorm fettleibigen »Propheten« Fwi-Song. Der Daseinszweck dieser Esser besteht darin, ihrem Herrn als Nahrung zu dienen (sie ihrerseits essen nur das unverdauliche Zeug, das sie um sich herum finden, und verhungern langsam). Horza entkommt (wie sonst sollte es wohl sein), indem er Säure ausschwitzt, um seine Fesseln zu zersetzen – ein Trick, der in den »Lehrbüchern der Verwandler-Akademie« beschrieben ist. Er tötet Fwi-Song und kidnappt eine Raumfähre, die praktischerweise gerade in der Nähe ist, indem er ihre KI außer Kraft setzt (übrigens ein Kapitalverbrechen, da alle empfindungsbegabten Wesen Personen sind). Er fliegt die Fähre zur Hauptstadt von Vavatch und verkauft sie, um Geld zu bekommen und den Mann, in den er sich verwandelt hat, dabei zu beobachten, wie er das »Spiel des Schadens« spielt, bei dem man nicht nur materielle Güter, sondern auch Leben aufs Spiel setzt – natürlich nicht das eigene, sondern das von irgendwelchen heruntergekommenen Typen oder zukünftigen Selbstmördern, die sich freiwillig gemeldet haben oder in ihre Rolle gezwungen wurden. Nach dem Spiel tötet Horza den Doppelgänger Kraiklyn und bemächtigt sich dessen Schiffs. Und so geht es weiter ... Natürlich ist das Lesen des Romans interessanter als die Nacherzählung, aber ganz sicher ist vieles davon nicht wirklich ernst gemeint.

Das Gleiche gilt zum größten Teil für die wissenschaftlichen Aspekte oder die im Wesentlichen magische Technologie. Balveda, als Agentin der »Besonderen Begebenheit«, ist ausgestattet (unter anderen Nettigkeiten) mit einer intelligenten »Messerrakete«, die ihr als Leibwächter dient, einer Rucksack-Atomwaffe, die zu einem späteren Zeitpunkt Horza gute Dienste leistet, als er nämlich versucht, vom Orbital Vavatch zu fliehen, sowie »Gedächtnisformen« – das ist zum Beispiel ein Zahn, der sich daran erinnert, wie es ist, »eine Waffe zu sein, die hauptsächlich aus Luft besteht; eine Waffe aus Linien, dünnen Drähten, kaum körperhaft, vielmehr ein feines Gespinst, wie eine Bleistiftzeichnung, vom Papier abgehoben und gerade ausreichend ausgefüllt, um zu greifen« – mit anderen Worten, eine Karikatur-Waffe. Jeder benutzt Laserstrahlen und Plasmakanonen, gepanzerte Raumanzüge und Antigravitations-Harnische – wobei ein unglückliches Mitglied der Gruppe von Freibeutern (Kraiklyns Freie Gesellschaft oder KFG), der sich Horza unterwegs anschließt, ums Leben kommt, als es vergisst, dass die Schwerkraft eines Orbitals durch seinen Spin erzeugt wird; da Antigravitations-Harnische Masse aufheben, taugt der seine nicht dazu, ihn in der Schwebe zu halten, als er von einer hohen Stelle herunterhüpft. Und im größten aller Feuerwerke demonstriert die KULTUR ihre Macht, indem sie Vavatch zerstört, und zwar unter Anwendung »der Waffen des Endes des Universums« – das heißt Gitterfeuer (reine Energie, ausgehend von dem Gitter, das unter dem Universum liegt, nach offizieller Sprachregelung »eine Hypergitterintrusion auf Novaebene«)

und Kollabierte Antimaterie. Horza und seine Kameraden verfolgen die Vernichtung in einer »kompensierten Hyperraum-Version, sodass sie, obwohl sie sich bereits außerhalb des Vavatch-Systems befinden, das Ganze in Realzeit beobachten«.

Außerdem sind da die Drohnen. Diese gefühlsbegabten Maschinen sind keine Droiden oder Druiden, wie es Janice Bogstad deutet, obwohl die Ähnlichkeit des Wortes vermutlich kein Zufall ist. Drohne ist eher ironisch gemeint, da die Drohnen in Wirklichkeit alle Routinearbeiten der KULTUR verrichten, und das Wort ruft auch die Assoziation mit dem Geräusch von Maschinen hervor (in »Player of Games« wird die Drohne Flere-Imsaho, die so klein ist, dass sie von den Händen eines menschlichen Wesens umschlossen werden kann, von ihren Vorgesetzten gezwungen, eine summende, größere Hülle um sich zu tragen, um den Stand der KULTUR-Technologie vor den Azadianern zu verschleiern). Warum die Drohnen den Befehlen der Menschen gehorchen, die sie ursprünglich erschaffen haben, bleibt unerklärlich, wenn man davon ausgeht, dass sie inzwischen viel mächtiger und im Wesentlichen unsterblich geworden sind. Allerdings trifft das nicht auf die Werftarbeiterdrohne Unaha-Closp zu, die versehentlich bei Horzas Verlassen von Vavatch gekidnappt wird, »ein akkreditiertes Freies Konstruktum und Gefühlsfähiges Wesen nach dem Gesetz des Freien Willens, beglaubigt durch die Behörde für Vereinigte Moralische Maßstäbe von Groß-Vavatch, sowie ein vollwertiges Mitglied der Heterokratie von Vavatch«. Sie verwehrt sich dagegen, von Horza Maschine genannt zu werden, und verweigert ihm den Gehorsam. Ihre Widerspruchsstimme klingt so wie bei vielen Drohnen – mäkelig, neunmalklug, selbstzufrieden, überheblich gegenüber bloßem Fleisch.

Bei alledem erzählt Banks eine Geschichte, die rasant und mitreißend ihren Lauf nimmt – doch gleichzeitig vermittelt er seine eigene Geschichte. Warum sonst sollte da diese Art von Kultur-Nivellierung im Text erscheinen? Banks nähert sich *Star Wars* an (Horzas gestohlenes Schiff etwa gleicht dem Han Solos – das wiederum mit allen möglichen Vagabunden- oder Piraten-Raumschiffen in Groschenromanen zu vergleichen ist), und er klaut von *Star Trek* (Horza entfernt sich von Vavatch, indem er zur Beschleunigung Plasmamotoren benutzt, sich dann jedoch warpen lässt). Er macht auch Anleihen bei T. S. Eliot (erinnern wir uns an den Titel des ersten Romans, unterlegt durch ein vorangestelltes Motto, das in der Überschrift des letzten Kapitels wiederholt wird: Horza ist in mehrerer Hinsicht Phlebas), er bedient sich bei Joseph Conrad (Horzas Tod ist ein Abklatsch dessen von Kurtz in »Heart of Darkness«), und es finden sich noch viele andere Bezüge. Er verleibt sich fröhlich die klassischen Texte des Subgenres wie auch die modernistischsten ein und mischt dann alles gründlich durcheinander.

Alle Texte weisen in ihrer Struktur ein ähnliches Maß an Verspieltheit auf. Die Haupterzählung in »Phlebas« tost von einem Höhepunkt zum nächsten und erlaubt dem Protagonisten - beziehungsweise dem Leser - kaum, Luft zu holen. Doch immer wieder erstarrt sie, und es wird ein Abschnitt »Spielstand« eingefügt: Darin wird eine junge KULTUR-Frau, Fal'Ngeestra - die, da sie keine Maschine ist, die Zukunft intuitiv erschauen kann - von den KULTUR-Gehirnen benutzt, um etwas Distanz zu Horzas Abenteuern zu bekommen und den Gehirnen zu helfen, den nächsten Schritt zu planen und sie in ihren Bemühungen zu unterstützen, ihm einen Strich durch die Rechnung zu machen. Andere Einschübe wiederum versetzen den Leser für kurze Zeit in das Flüchtlingsgehirn, um das Horza und Balveda im Wettstreit liegen. Und der Text endet mit einem Anhang von etwa ungefähr einem Dutzend Seiten: »Entnommen aus *Ein kurzer geschichtlicher Überblick über den Idiranischen Krieg*«, »Auszug aus« ... usw.

»Einsatz der Waffen« besteht aus zwei miteinander verknüpften Erzählungen, die unterschiedlich durchnummeriert sind (eine aufwärts zählend, die andere abwärts); schließlich kommen sie an ein und demselben Höhepunkt an und lösen damit das Rätsel, das die eine der jeweils anderen aufgibt. Den Romanen »Ein Geschenk der KULTUR« und »Exzession« liegen jeweils typografische Muster zugrunde, mit denen anscheinend beabsichtigt ist, die Art des Denkens der empfindungsbegabten Wesen, die das erzählte Geschehen bewirken (und die darin handeln), widerzuspiegeln, einschließlich der Gehirne und letztendlich sogar der Exzession selbst; außerdem zeigen sie immer wieder Banks' eindrucksvolle Sprachgewalt.

Diese stilistische Komplexität ist meiner Meinung nach ein passendes Mittel für Banks' »komplizenhafte Kritik« an der modernen Kultur. Der Autor erweist sich als dem verhaftet, was Istvan Csicsery-Ronay jr. einmal als vorherrschende Tradition der Science Fiction beschrieben hat: »Die Science Fiction hat sich stets bemüht, bestimmte ›klassische‹ Wahrheiten zurückzuweisen, zum Beispiel dass die menschliche Natur unveränderlich sei, dass Werte ewig sein können, dass soziale Machtstrukturen der Natur entstammen ... Science Fiction hat stets eine rücksichtslose Vereinigung nicht übereinstimmender Kategorien betrieben, indem diese so dargestellt wurden, als ob sie tatsächlich eine Ganzheit ergeben könnten.« Im Gegensatz dazu hat die Space Opera solche Wahrheiten meist ziemlich ernst genommen und sie auf naive Weise verarbeitet. Bei Banks jedoch ist das anders: Er tut es und tut es auch wieder nicht (auf eine Weise, die nur postmodern genannt werden kann).

Um einen Hinweis auf die Art seiner besonderen Kritik zu geben, lassen Sie mich kurz zu Banks' zweitem Roman »Barfuß über Glas« zurückkehren, in dem eine Figur namens Slater etwas anregt, das er »Ethischen Hedonismus« nennt. Diese »Moralphilosophie«, wie er es ausdrückt, beinhaltet, dass die oberste Pflicht eines Individuums darin besteht, »sich zu vergnügen, wo immer sich die Gelegenheit dazu bietet«. Zusätzlich zu dieser Verpflichtung hat auch jede Person eine unklar definierte Verpflichtung außerhalb des eigenen Ichs, nämlich »sich auf eine vernünftige und in vernünftigem Rahmen verantwortungsvolle Weise zu verhalten und niemals die allgemeinen moralischen Vorgaben und ihre Manifestationen in der Gesellschaft aus den Augen zu verlieren«. Oder, wie Slater es zusammenfasst: »Hab Spaß, sei nett, wende linksherum und höre niemals auf zu denken.«

Nun ist die KULTUR eindeutig hedonistisch – tatsächlich definiert sie sich auch selbst so. Die Frage, die sich daraus für die Bürger der KULTUR – Menschen, Nichtmenschen und Maschinen gleichermaßen – ergibt, ist, wie die Verpflichtungen des Einzelnen nun genau aussehen. Wenn man alles, was man will, bekommt (wie es in der KULTUR der Fall ist), einfach aufgrund dessen, dass man es will, was ist man dann als Gegenleistung schuldig (falls überhaupt irgendetwas) und wem? Die Antwort, die mit einem listigen Augenzwinkern in einem der Anhänge zu »Bedenke Phlebas« dargelegt wird, weist eine verblüffende Ähnlichkeit mit Slaters »Ethischem Hedonismus« auf: »Die einzige Rechtfertigung der KULTUR für ein verhältnismäßig sorgloses, hedonistisches Leben, das ihre Bevölkerung genoss, waren ihre guten Taten; die säkulare Bekehrungstätigkeit der Kontaktsektion, die nicht nur einfach darin bestand, andere, weniger hoch entwickelte Zivilisationen zu finden, zu katalogisieren, zu erforschen und zu analysieren, sondern – wo die Gegebenheiten dem Kontakt so erschienen, dass sie ein derartiges Tun rechtfertigten – tatsächlich in den historischen Prozess solcher anderer Kulturen (offen oder verdeckt) einzugreifen.«

Ein Teil der Komik liegt darin, dass Banks bewusst und selbstkritisch den »optimistischen, sozial naiven« Standpunkt parodiert, den Monk als die »in die Schräglage geratene Geisteshaltung« der Space Opera kritisiert. In diesem Abschnitt wird schließlich auch behauptet, das Werk sei »in unabhängiger Arbeit, nicht im Auftrag irgendwelcher Interessensgruppen« entstanden – doch es ist Teil einer von der KULTUR abgesegneten Verlautbarung, mit der sie die Erde über sich selbst belehren wird. Der nächste Absatz offenbart den Witz:

> »Mit einer um Entschuldigung heischenden, peinlichen Genauigkeit konnte der Kontakt – und damit die KULTUR – statistisch belegen, dass ein so behutsamer und gütiger Einsatz der ›Technologie des Mitgefühls‹ ... funktionierte, in dem Sinn, dass die Techniken, die sie entwickelt hatte, um den Progress der Zivilisation zu beeinflussen, die Lebensqualität seiner Mitglieder in hohem Maße verbesserte, ohne der Gesellschaft als Ganzes zu schaden, allein durch den Kontakt mit einer höher entwickelten Kultur.«

Die KULTUR, und besonders der Kontakt, hat tatsächlich Spaß, ist nett zu anderen, befolgt die Verkehrsregeln und hört nicht auf zu denken. Sie ist auch (man frage die Azadianer) hegemonistisch und expansionistisch – und hat natürlich dabei jedermanns Wohl und Interesse im Sinn. Horza ist physiologisch ein Verwandler – im Allgemeinen ist es der KULTUR anscheinend sehr recht, wenn Angehörige anderer Zivilisationen politische Verwandler sind und KULTURisiert werden.

Die Texte der KULTUR-Reihe zeigen, dass die Gegensätzlichkeit, die wir seit langem zwischen »ernster« Science Fiction und der Space Opera machen, heute wackeliger ist, als wir gedacht haben. Diese Geschichten sind unfraglich Space Operas (genau wie *Star Wars*), und ebenso unfraglich machen sie sich über sich selbst lustig (so wie es auch bei Harry Harrison der Fall ist), doch mir scheint, dass sie weit über Lukes oder Bills Abenteuer hinausgehen. Denn sie bieten außerdem eine intellektuelle, soziale und ethische »komplizenhafte Kritik« sowohl an ihrer eigenen Form als auch an unserer »Geisteshaltung, die das außerirdische Universum mit ganzheitlichen Begriffen sowohl als erfassbar als auch als beherrschbar beschreibt«. Vor beinahe zwanzig Jahren schrieb ich, dass »eine Space Opera schon aufgrund ihres eigentlichen Wesens niemals wirklich nachhaltige Botschaften vermitteln oder gedankenanregend sein kann. Sie soll glätten, nicht aufwühlen.« Damals hatte ich Banks noch nicht gelesen, aus dem einfachen Grund, weil er noch nicht angefangen hatte zu schreiben. Doch jetzt schreibt er schon seit mehr als zehn Jahren – und es kann gut sein, dass er meine Ansicht widerlegt hat.

LITERATURHINWEISE

Bogstad, Janice, Review of *The State of the Art, Science Fiction Research Association Review* Nr. 211

Clute, John/Nicholls, Peter (Hrsg.), *The Encyclopedia Of Science Fiction*

Csicsery-Ronay jr., Istvan, »Science Fiction and Postmodernism«, in: *Science Fiction Studies*

Hardesty, William H., »Semiotics, Space Opera and *Babel 17*«, *Mosaic 13*, Nr. 3/4

Hutcheon, Linda, *The Politics of Postmodernism*, Routledge 1999

Malmgren, Carl, »The Languages of Science Fiction: Samuel Delany's *Babel 17*«, *Extrapolation* 34

Monk, Patricia, »Not Just Cosmic Skullduggery«. A Partial Reconsideration of Space Opera. *Extrapolation* 33

Westfahl, Gary, »Beyond Logic and Literacy: The Strange Case of Space Opera«, *Extrapolation* 35

Aus dem Amerikanischen von Irene Bonhorst

Die Leere füllen

Zusammenhänge und Symmetrien in Vernor Vinges Romanen aus dem Zonen-Universum

von Erik Simon

Mit »Ein Feuer auf der Tiefe« (1992, deutsch 1995) und »Eine Tiefe am Himmel« (1999, deutsch 2003) hat der amerikanische Autor Vernor Vinge zwei umfangreiche Romane geschrieben, die zu den besten neueren Space Operas gehören – und auch zu den erfolgreichsten, denn beide haben den Hugo Gernsback Award gewonnen, den neben dem Nebula Award renommiertesten SF-Preis, sowie weitere Preise. Der einfachste und offensichtlichste Zusammenhang zwischen beiden Romanen besteht darin, dass der zweite ein »Prequel« des ersten ist, was man etwas sprachschöpferisch als »Vorsetzung« verdeutschen sollte: Die Handlungen beider Bücher sind im selben Weltentwurf angesiedelt und haben einen Haupthelden gemein, Pham Nuwen. Dieser Zusammenhang freilich ist ziemlich lose, »Ein Feuer« spielt rund zehntausend Jahre nach der »Tiefe« in einer ganz anderen Gegend der Galaxis, in der auch ganz andere Bedingungen herrschen; Nuwen ist als Leichnam aus einem uralten Raumschiffwrack geborgen und wiederbelebt worden, wobei jedoch beim Zusammenflicken seines Körpers auf andere tote Mitglieder seiner Besatzung zurückgegriffen wurde und seine Erinnerungen an sein Vorleben lückenhaft und verzerrt sind.

Im Übrigen wirken die Unterschiede zunächst gravierend: Nur im »Feuer« kommt der Gesamtentwurf des Universums ins Bild, in

dem die Galaxien in linsenförmige Zonen des Denkens untergliedert sind – in der Nähe von Kern und Ebene der Galaxis die »Gedankenleeren Tiefen«, wo keinerlei Denkprozesse möglich sind, darüber das »Langsam« mit den uns bekannten relativistischen Beschränkungen und der nicht zu überschreitenden Lichtgeschwindigkeit, dann das »Jenseits«, wo Überlichtgeschwindigkeit möglich ist und Elektronik eine viel größere Komplexität bis hin zur Künstlichen Intelligenz erreichen kann, und ganz oben und außen schließlich das »Transzens«, in dem komplette Zivilisationen lebender Wesen mit ihrer Automatik zu einer MACHT, einem nahezu gottgleichen Gesamtintellekt, verschmelzen können.

Während es im Jenseits, in dem »Ein Feuer« größtenteils spielt, von einer unüberschaubaren Vielzahl und Vielfalt verschiedenster intelligenter Spezies, Kulturen und Zivilisationen nur so wimmelt, agieren die Helden der »Tiefe« durchweg in der Langsamen Zone, und ihr Blickfeld umfasst höchstens den »Menschenraum«, ein aus heutiger Sicht unermessliches, aus der Sicht des Jenseits aber winziges Gebiet, in dem praktisch alle Zivilisationen direkt oder indirekt von Erdenmenschen abstammen und der Erstkontakt mit einer echten Alien-Zivilisation – der ersten dynamischen, nachdem vorher nur zwei stagnierende gefunden wurden – im Mittelpunkt der Handlung steht. Die Raumfahrt findet in diesem Roman in Staustrahlschiffen mit höchstens einem Drittel der Lichtgeschwindigkeit statt und wird größtenteils von einer Händlerflotte betrieben, die sich nach dem mittelalterlichen Seefahrer Dschöng Ho benannt hat und zwar eine lose zusammenhängende Kultur bildet, aber keine geschlossene Zivilisation.

Einige weitere Querbezüge zwischen den Romanen kommen als Andeutungen daher, die man nur richtig goutieren kann, wenn man den jeweils anderen Roman kennt. Im »Feuer« erscheint etwa die Vorgeschichte Phams (aus plausiblen Gründen) ziemlich vage, und es tauchen Zweifel auf, ob denn ein einzelner Mensch dort unten im Langsam wirklich ein derart abenteuerliches und erfülltes Leben gehabt haben kann – in der »Tiefe« aber erfährt man, dass es Phams Erinnerungen sogar noch bei weitem übertraf.

Gegen Ende von »Eine Tiefe« verkündet Pham den Plan für sein übernächstes großes Abenteuer, einen Vorstoß zu den Hochzivilisationen, die er beim Galaxiskern vermutet, und er ist sich unsicher, ob seine neue Partnerin (die früher unfreiwillig seinen Feinden diente) ihn dabei noch begleiten wird. Aus dem »Feuer« wissen wir, dass er diese Expedition unternommen hat und dabei umgekommen ist, denn die Bewohner des Langsam ahnen nichts von den Zonen des Denkens. Und wenn wir uns lange genug gewundert haben, wieso der in der »Tiefe« schwarzhaarige Pham plötzlich rotes Haar hat, fällt uns vielleicht ein, dass bei seiner Wiederbelebung ja auch Teile von anderen Leichen aus seinem Schiff verwendet wurden – und dass jene Partnerin rothaarig war. In »Eine Tiefe« finden die handelnden Personen – Menschen und spinnenartige Aliens – auf Arachna, dem Spinnenplaneten, eine die Schwerkraft neutralisierende Substanz, für die es in der Science Fiction seit H. G. Wells den Namen »Cavorit« gibt und die sich als uralte Hinterlassenschaft einer derart hoch entwickelten Zivilisation erweist, dass die Funktionsweise des Cavorits völlig unerklärlich bleibt – wie auch der Planet selbst und sein Zentralgestirn, das entgegen allen bekannten Gesetzen der Stellarphysik

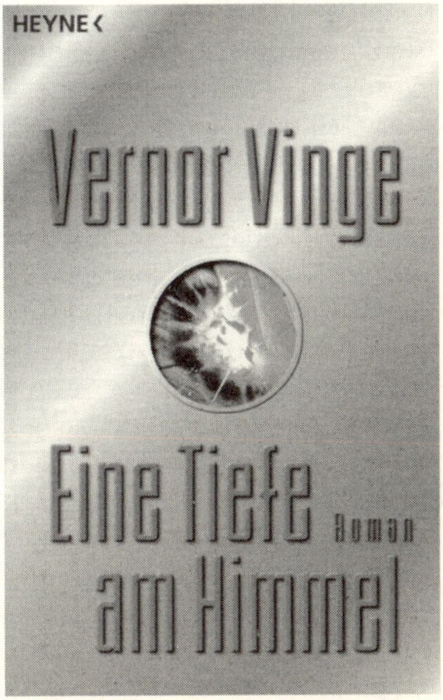

regelmäßig für ein paar Jahrzehnte aufflammt, um anschließend für Jahrhunderte fast völlig zu verlöschen.

Das ist die Art Zusammenhänge, wie sie die Fans langer Zyklen lieben – sie sind für die gerade ablaufende Handlung nicht wichtig, erlauben aber kleine Aha-Erlebnisse oder das Sichversenken in die erfundene Welt (Letzteres geht bei Vinge allerdings nicht so gut, weil der Zyklus bisher – von einer Erzählung abgesehen – nur zwei Teile hat und deren Schauplätze in Raum und Zeit denn doch zu weit auseinander liegen). Viel interessanter sind jedoch einige Motive, die innerhalb eines Romans oder in beiden mehrfach wiederkehren und die weniger mit der Handlung als vielmehr mit den SF-Ideen und dem thematischen Hauptnenner beider Romane zu tun haben – dem Platz der Menschheit (oder überhaupt denkender Wesen) im Universum. Das ist ja eines jener großen Themen, dem sich die Science Fiction (nun ja: nur die anspruchsvolle Sorte) viel öfter zuwendet als der Rest der Literatur, der sich zwar stärker als die SF für Menschen interessiert, aber praktisch gar nicht für die *Menschheit* und den Kosmos.

Das erste Beispiel wird verdeutlichen, welcherart Zusammenhänge und Parallelen ich meine. Ein bei Vinge wiederholt vorkommendes Motiv ist die Zusammenschaltung einzelner intelligenter Wesen (oder Maschinen) zu einer größeren Gesamtintelligenz. Der Autor hat das Thema auch außerhalb der SF aufgegriffen, denn seine Betrachtungen über die Ablösung des Menschen durch eine übermenschliche Intelligenz infolge des schon absehbaren technologischen Fortschritts gründen zu einem erheblichen Teil auf eine solche Zusammenschaltung. Die klassische SF-Illustration dieses Gedankens, wie er ihn im Essay »Die Technologische Singularität« (siehe Seite 451 ff.) dargelegt hat, sind die MÄCHTE in »Ein Feuer auf der Tiefe«, von denen zwei etwas näher ins Bild kommen: eine eher typische MACHT, genannt der ALTE, und eine atypische und unvollkommene, die PEST, die sich nicht auf das Transzens beschränkt, sondern bestrebt ist, die Zivilisationen im Jenseits zu absorbieren (»assimilieren« würde man bei *Star Trek* sagen) und die intelligenten Lebewesen zu ferngesteuerten Marionetten zu machen. Derselbe Roman enthält jedoch auch einen völlig anderen Entwurf einer Kollektivintelligenz: Auf einem Planeten am Grunde des Jenseits leben hundeähnliche Wesen, die einzeln vielleicht eine Spur intelligenter als irdische Hunde sind, von denen aber jeweils mehrere (vier bis acht) durch hochfrequente akustische Kopplung – sie haben dafür spezielle Organe – unmittelbar Gedankenimpulse austauschen und als »Rudel« zusammen *eine* Persönlichkeit bilden, deren Intelligenz der menschlichen mindestens gleichkommt. Während Vinge die MÄCHTE praktisch immer nur von außen zeigt (weil sie ja übermenschlich sind und für unsereins höchstens in unscharfen Analogien zu begreifen), werden bei den Rudeln die unterschiedlichsten Möglichkeiten der Kombination und Rekombination der Kollektivpersönlichkeiten durchgespielt (viele dieser Variationen sind in der Zivilisation jenes Planeten seit langem bekannt, andere sind riskante Experimente), und dem mitdenkenden Leser bieten sich ganz beiläufig ein paar neue Ansätze zum Verständnis dessen, was eigentlich die eigene, menschliche Persönlichkeit ausmacht.

Am Rande kommen in dem Roman auch »Wölfe« vor, die mit den Rudeln entfernt verwandt sind, jedoch keine separaten Kollektivpersönlichkeiten bilden, sondern eine Art Bienenstock oder Ameisenhaufen, bei dem die Individuen von einer zentralen Gruppe, quasi den »Königinnen«, ferngesteuert werden, und nur diese Zentrale verfügt über eine Art Intelligenz. Bei Vinge gibt es nicht nur bestimmte Motive in verschiedenen Erscheinungsformen und auf verschiedenen Ebenen, sondern mitunter entstehen dabei sogar Symmetrien oder parallele Strukturen: So wie den MÄCHTEN des Transzens auf rein biologischer Ebene die Rudel entsprechen, hat die PEST ihr Pendant in den »Wölfen«. Man kann die Relation sogar mathematisch umstellen und sie funktioniert in der Begriffswelt des Romans immer noch:

$$\text{MÄCHTE} : \text{Rudel} = \text{PEST} : \text{›Wölfe‹}$$
$$\Rightarrow \text{MÄCHTE} : \text{PEST} = \text{Rudel} : \text{›Wölfe‹}.$$

Eine ähnliche symmetrische Entsprechung lässt sich für das Verhältnis der PEST zu ihren Opfern einerseits und des ALTEN zu Pham Nuwen andererseits finden.

In »Eine Tiefe« taucht das Motiv abermals auf: Die »Aufsteiger«, eine der Zivilisationen des Menschenraums, haben ein mächtiges Werkzeug namens »Fokus« entwickelt; dabei werden Menschen mit speziellen Mikroben infiziert, die in bestimmten Regionen des Gehirns Nervengifte absondern und bei den Betroffenen eine künstliche Monomanie erzeugen, sodass sie sozusagen Schmalspurgenies werden, die sich mit der Verbissenheit von Computern nur noch für ihr Arbeitsgebiet interessieren, dabei aber menschliche Kreativität bewahren. Sie ähneln den von der PEST versklavten und ferngesteuerten Wesen, nur mit dem Unterschied, dass hier Menschen ihresgleichen zu Marionetten gemacht haben. Während der ALTE dem von ihm wiederbelebten und *benutzten* Pham Nuwen immerhin noch seine Persönlichkeit lässt, Freiräume zu eigenem Denken, Fühlen und Handeln, sind die Opfer der PEST wie auch die Fokussierten bei den Aufsteigern in ihrem eigenen Körper, ja ihrem eigenen Geist willenlos gefangen. Auf dem Rudel-Planeten in »Ein Feuer«, wo es mittelalterlich-vorindustriell zugeht und Hochtechnologien wie Fokus noch keinen Platz haben, befasst sich nichtsdestoweniger ein ebenso geniales wie verbrecherisches Rudel, der Flenser, damit, sich durch gezielte Zusammenstellung von Rudeln aus einzelnen Hundewesen – oft mit grausamen Methoden – perfekte Diener mit maßgeschneiderten Fähigkeiten und Persönlichkeiten zu schaffen.

Nun ist mit gottgleichen MÄCHTEN schwerlich zu rechten, und die PEST fungiert in »Ein Feuer« ohnehin als das Böse schlechthin, der klassische Teufel und Seelenverderber, den niederzuringen kein Opfer zu groß ist. Recht eigentlich moralische Probleme tauchen auf, wo nicht nur die Opfer, sondern auch die Täter vernunftbegabte Wesen aus Fleisch und Blut sind – sei es die Machtelite der Aufsteiger, sei es der Flenser –, und dass Letzterer sich selbst auf dieselbe Weise optimiert hat, ändert kaum etwas an der Bewertung. Hier kommt die Schattenseite jener in der modernen Gesellschaft grassierenden Begeisterung für alles irgend Machbare ins Bild, die als Streben nach Verwandlung des Menschen in etwas Höheres sonst bei Vinge durchaus positiv besetzt ist. Pham Nuwen in »Eine Tiefe« findet im Fokus das lang ersehnte Mittel, seinen Lebenstraum zu verwirklichen, und braucht lange zu der Einsicht, dass der Preis dafür zu hoch wäre. Es entbehrt nicht einer gewissen Ironie, dass er später in »Ein Feuer« selbst zum hocheffizienten Werkzeug einer MACHT wird.

Auch innerhalb der »Tiefe« gibt es derlei Strukturen, die auf unterschiedlichen Ebenen – bei den raumfahrenden Menschen und auf dem Planeten Arachna – wiederkehren: Die Spinnenwesen auf Arachna überdauern die Jahrhunderte, für die ihre Sonne verlöscht, in Kältestarre, so wie die Kauffahrer der Dschöng Ho die Jahrzehnte und Jahrhunderte des Unterlichtfluges größtenteils in Anabiose verbringen. Und so wie bei den Ersteren Nachkommen nur unmittelbar vor Beginn einer Dunkelphase zur Welt kommen dürfen, verbietet sich die Geburt von Kindern auch für die Raumfahrer, die im Orbit den technischen Fortschritt auf dem Planeten abwarten (die letztere Entsprechung ist eine der wenigen, die bei Vinge explizit als Parallelen erwähnt werden). Der grundlegende Aufbau aus zwei parallel laufenden und gegen Ende konvergierenden Handlungssträngen – einer im Weltraum, der andere auf einem (aus Sicht der Raumfahrer) rückständigen Planeten – kehrt ebenfalls in beiden Romanen wieder. Symmetrisch zueinander verhalten sich schließlich auch die beiden Haupthelden von »Eine Tiefe« – Pham Nuwen, der die Kauffahrer der Dschöng Ho zu einer Kultur zusammengeführt hat und der gern eine überdauernde Zivilisation daraus machen würde, die nicht periodisch in ein Dunkles Zeitalter zurückfällt, und das Spinnenwesen Sherkaner Unterberg, ein Renaissance-Genie, das seine Zivilisation aus dem Würgegriff der Dunkelzeiten ihres Sternes führt.

Diese Querverbindungen und Parallelen sind es, die in viel stärkerem Maße als etwa ein durchgehender Held die beiden Bücher zu einem Ganzen verknüpfen, einer Gesamtheit, die mehr ist als die Summe ihrer Teile (und darin jenen Kollektivintelligenzen gleicht ...). Für das zentrale Thema beider Romane halte ich indes etwas anderes: Wie unglaublich klein und verwundbar und dennoch wunderbar der Mensch und die Menschheit – wie auch andere vernunftbegabte Wesen – im Universum sind. »Ein Feuer auf der Tiefe« mit seiner galaxisweiten Sicht und den verschiedenen Zonen des Denkens illustriert diesen Gedanken hauptsächlich in räumlichen Kategorien, während in »Eine Tiefe am Himmel« die Zeit alles beherrscht, in deren riesigen Dimensionen sich nicht nur das Leben einzelner – auch wenn es vierhundert Jahre währt –, sondern das ganzer Zivilisationen verliert. Aus der Sicht der Hochzivilisationen im Jenseits sind die armen Wesen zu bedauern, die da unten im Langsam eingeschlossen sind wie Insekten in Bernstein – doch auch die Zivilisationen des Jenseits, denen der Aufstieg ins Transzens, die Verwandlung in eine MACHT prinzipiell offensteht, altern, erstarren und vergehen irgendwann, ja bei den MÄCHTEN verläuft dieser Prozess sogar noch viel schneller.

Mich allerdings hat am stärksten die uns näher stehende Perspektive in »Eine Tiefe« beeindruckt und dabei wiederum eine Anzahl Szenen aus den Rückblenden auf Pham Nuwens Leben, bevor er die neue Dschöng Ho schuf: Wie er, der minderjährige Prinz von einem mittelalterlichen Planeten, zum ersten Mal seine Position in Raum und Zeit begreift – an Bord eines Raumschiffs, das mit einem Drittel Lichtgeschwindigkeit zwischen den Sternen fliegt, die dennoch praktisch unbeweglich auf den Bildschirmen stehen. Wie er den Magnaten Larson trifft, der Phams Traum von einer beständigen, unvergänglichen Zivilisation für eine hoffnungslose Spinnerei hält. Und jene ganz beiläufige Bemerkung von den Zivilisationen, die in Raum und Zeit beschränkt sind (und das wissen), aber kein Großes Schweigendes Weltall sehen, sondern Spuren von Staustrahlantrieben weit außerhalb ihrer Reichweite, und die die Echos von Funkbotschaften ferner, längst vergangener Zivilisationen hören ... Riesige räumliche und zeitliche Dimensionen sind ein Markenzeichen der Space Opera, doch während in manchen Werken die Helden herumdüsen wie amerikanische Jugendliche am Wochenende über die Highways und sich ungefähr ebenso viel dabei denken, spürt man bei Vinge, dass sein Universum echt ist, ewig und Ehrfurcht gebietend, eine Leere, die nur das Denken zu füllen vermag – und seine Helden können sich dieser Empfindung ebenso wenig entziehen wie seine Leser.

Space Opera als Yellow Press

Die Honor-Harrington-Reihe von David Weber

von Alexander Seibold

Die Space Opera um die Kriegsheldin Honor Harrington und ihren Baumkater Nimitz wird meist dann angeführt, wenn man den unteren Rand der Science Fiction lokalisieren will. Von der überaus erfolgreichen Serie sind in etwa zehn Jahren zwölf Bände erschienen, zusammen rund 7500 Seiten. Verfasst wurde dieses Opus von David Mark Weber, geboren in Cleveland, Ohio, wohnhaft in Greensville, South Carolina. Der folgende Überblick über die Roman-Serie soll unter der leitenden Frage stehen, wie es gelingen konnte, mit einem Massenprodukt derart anhaltend die Gunst der Leser zu ernten.

Eine Lesermeinung zum Thema »Faszination Honor Harrington« findet sich auf der Seite http://forum.honor-harrington.de: »Ich als allgemeiner Fan von Sci-Fi und Fantasy-Büchern muss sagen, dass wenn ich einen Vergleich zwischen unterschiedlichen Reihen machen müsste, die um Honor Harrington bei mir am besten abschneiden würde, weil in diesen Büchern mir das geboten wird, was ich eben erwarte: ›Realismus‹, Action, Spannung, gute Charaktere, etc.« (28.8.2002).

Will man die Fan-Beiträge im Internet als Querschnitt der Leserschaft dieser »Military Space Opera« betrachten, so dürften die meisten Leser eher in jugendlichem Alter sein. Es sind auch Jugendliche, die sich auf *Star-Trek-* und *Star-Wars-*Conventions wohl fühlen, Uniformen selber schneidern, mit Plastik-Accessoires und Rangabzei-

chen behängen, um an Ende auszusehen, wie frisch dem Set entsprungen. Eine als Nebenfigur agierende Vertraute der Romanheldin wird von David Weber folgendermaßen beschrieben: »An der linken Schulter trug sie den hufeisenförmigen Namensannäher ihres neuen Schiffes, und in Weiß und Blau prangte das Band der CGM auf der linken Brust ihrer weltraumschwarzen Uniformjacke, die kaum einen Farbton dunkler war als ihre Haut. Das strahlende Weiß des neuen Sternenschiffkommandanten-Baretts kam dadurch noch deutlicher zur Geltung. An ihrem Kragen warfen die vier ebenfalls neuen goldenen Sterne eines Captain Junior Grade blitzend das Licht zurück. Honor wünschte, sie hätte ihre eigenen JG-Sterne an die Freundin weitergeben können, wie es inoffizielle Tradition bei der Beförderung des I.O.s war. Doch Honor hatte auf ihrem Weg nach oben diesen Rang übersprungen.« (Bd. 4, S. 91)

Honor Harrington, die vermutlich unsterbliche Protagonistin der nach ihr benannten Space Opera, ist eine bemerkenswerte Person: Sie ist fit wie ein Athlet, furchtlos wie ein Söldner und gefährlich wie ein Kampfroboter. Ihre Augen erinnern an »auf das Ziel gerichtete Raketenbatterien, bar jeder menschlichen Regung« (Bd. 4, S. 363), der Blick ihrer braunen Augen hat die Qualität, einen zu durchbohren »wie ein Zwillingslaser« (Bd. 5, S. 91). Honor ist ein »Mädchen, dessen Mutter wunderschön war und genau wusste, dass es selbst hässlich war. Das sich so verzweifelt danach sehnte, dass ihm jemand das Gegenteil bewies, ... nur um zu erleben, wie furchtbar ein menschliches Wesen ein anderes verwunden konnte« (Bd. 3, S. 196 f.). Die Tragik ihrer ersten Begegnungen mit Männern verfolgt sie nicht nur bis zum vorläufigen Scheitern ihrer beispiellosen Karriere, diese schmerzhaften Erfahrungen werden auch zum entscheidenden Dreh- und Angelpunkt der tiefsten Motivation der Protagonistin in den ersten vier Bänden. Letztlich sind es die zarten Gefühle der Liebe und der zehrende Schmerz der enttäuschten Liebe, die im ersten Zyklus bis Band 4 unausweichlich ihr Leben und den Fortgang ihrer Karriere bestimmen.

Wollen wir nun die einzelnen Romane genauer betrachten: Die Reihe beginnt David Weber mit dem Band »On Basilisk Station« (1992, Auf verlorenem Posten). Honor Harrington befindet sich an Bord eines bewaffneten Raumschiffes der Royal Manticoran Navy (Bd. 1, S. 23), deren Vernichtung bereits im Prolog (Bd. 1, S. 20) von den feindlichen Aggressoren der Volksrepublik Haven beschlossen wird. Weitere Vorboten drohenden Unheils folgen auf den ersten Seiten der Handlung, als Honor erkennen muss, dass ihr Gönner und Förderer bei der Royal Manticoran Navy sich ihr gegenüber nicht mehr wie gewohnt offen und vertrauensvoll verhält (Bd. 1, S. 28). Durch Missgunst fällt ihr der Einsatzbefehl für den Basilisk-Vorposten zu (Bd. 1, S. 74), einer Station, die seitens der Admiralität keinerlei Wertschätzung genießt. Sie ist zu einer Art »Strafkolonie der Royal Manticoran Navy geworden. Zu ihrer Mülldeponie. Dem Ort, zu dem man die Unfähigsten der Unfähigen sandte und diejenigen, die sich den Unmut Ihrer Lordschaften zugezogen hatten. Leute wie Commander Honor Harrington und die Besatzung der HMS-Fearless« (Bd. 1, S. 79 f.). Ihr Erster Offizier, Alistair McKeon, mutmaßt, »welch neue Katastrophe der Fearless wohl bevorstehen« mag (Bd. 1, S. 93), als Honor eine unlösbare Aufgabe übertragen wird. Sie soll mit ihrem Schiff sämtliche Polizeiaufga-

ben in einem ganzen Sonnensystem wahrnehmen und zudem den interstellaren Schiffsverkehr in dem Basilisk-Vorposten kontrollieren (Bd. 1, S. 104).

Die Exposition verspricht viel - doch diese Versprechen löst David Weber im ersten Band nur sehr bedingt ein. Der Autor vergeudet Absatz um Absatz, Seite um Seite. Beispielsweise kann das Kapitel 8 (Bd. 1, S. 117–134) in weniger als zwanzig Sekunden quergelesen werden, ohne etwas Wesentliches zu verpassen. Die Handlung kreist um Nebensächlichkeiten, Ereignisse, die Spannung erzeugen könnten, verlaufen im Sande, dramaturgische Chancen werden verschenkt. Der Leser taucht ein in ein Bla-Bla ohne Höhen und Tiefen, er wickelt sich ein in einen gleichmäßigen Strom belangloser Handlung und Erzählung folgenden Stils:

»›Captain Harrington?‹

Honor löste die Augen von der Nachrichtentafel auf ihrem Schoß. Lieutenant Junior Grade Rafael Cardones, Venizelos' Stellvertreter und nun Diensttuender Taktischer Offizier der Fearless, stand neben ihr. Sein schmerzhaft junges Gesicht zeigte Besorgnis.

›Ja, Lieutenant?‹

›Ähm, ich glaube, wir haben da ein Problem, Ma'am‹, sagte Cardones unbehaglich. Honor rieb eine Augenbraue, und er fuhr zusammen. ›Äh, mit ... mit den Drohnen, Ma'am.‹

›Was ist mit den Drohnen, Lieutenant?‹

›Ich ... nun, sehen Sie ... Es ist ...‹ Der junge Offizier verstummte und riss sich merklich zusammen. ›Ich fürchte, ich habe die Sensorenparameter falsch eingegeben, Ma'am‹, beichtete er hastig. ›Ich habe sie für gerichtete, nicht für ungerichtete Erfassung programmiert, und ich, nun, ich fürchte, ich habe bei den Telemetriepacks ebenfalls einen Fehler begangen. Ich ... ich kann sie nicht dazu bringen, ferngesteuerte Programme zu akzeptieren, Ma'am.‹

›Ich verstehe.‹ Honor lehnte sich in den Sessel zurück, stützte die Ellbogen auf die Armlehnen und das Kinn auf die gefalteten Hände. Der Lieutenant wirkte wie ein Hündchen, das auf einen Tritt wartet. Nein, schlimmer noch, er wirkte wie ein Hündchen, das fand, einen Tritt verdient zu haben. Ganz offensichtlich fühlte er sich gedemütigt, und am liebsten hätte sie ihm den Kopf getätschelt und gesagt, alles werde in Ordnung kommen, doch sie hielt das aufwallende Mitgefühl zurück.

›Nun, Lieutenant‹, fragte sie nach einem Moment, ›was gedenken Sie deswegen zu unternehmen?‹

›Ich, Ma'am?‹ Cardones quiekte beinahe. ›Ich weiß nicht ...‹ Er verstummte und holte tief Luft. ›Ich fürchte, wir müssen sie wieder aufnehmen und umprogrammieren, Ma'am‹, sagte er schließlich.

›Nicht akzeptabel‹, entgegnete Honor kühl. Er starrte sie konsterniert an, und sie musste sich recht fest auf die Zunge beißen. Ein erfahrener Taktischer Offizier hätte die Lösung bereits gesehen. ... Er hätte besser mit McKeon gesprochen, bevor er sich dem Zorn der Kommandantin aussetzte – und McKeon hätte einen so unerfahrenen Offizier genauer beaufsichtigen sollen. Diese Erkenntnis wollte sie beiden zukommen lassen, und zwar in einer Weise, von der sie hoffte, dass sie es sich merken würden.

›Nun, Lieutenant?‹, fragte sie gedehnt. Er blinzelte. ›Wie beabsichtigen Sie, das Problem zu beheben?‹

›Ich weiß nicht ...‹ Er schnitt sich wieder selbst das Wort ab und schaute einen Augenblick lang weg, dann wandte er sich wieder ihr zu. ›Könnten ... würde der Captain einen Vorschlag machen, Ma'am?‹

›Würde der Captain nicht.‹ Ihre eigene Kraft verging unter der Kühle ihres Soprans. Honor musste darum kämpfen, dass ihr das Mitleid nicht aus den Augen leuchtete. ›Sie sind an Bord dieses Schiffes der Taktische Offizier, Mr. Cardones‹, fuhr sie fort, und in ihrer Stimme lagen weder Verdammung noch Mitgefühl. ›Für die Programmierung der Drohnen waren Sie verantwortlich. Daher ist die Korrektur ebenfalls Ihr Problem. Beeilen Sie sich damit, Lieutenant.‹

Er warf ihr einen weiteren flehentlichen Blick zu, dann schluckte er und nickte. ›Jawohl, Ma'am‹, antwortete er mit leiser Stimme.« (Bd. 1, S. 127 ff.)

Will man den ersten Band auf einen Nenner bringen, dann lautet dieser über weite Strecken: »No conflict, no action«. Es herrscht eine Atmosphäre wie bei der Heilsarmee. Figuren, die sich für Konflikte eignen würden, sind in der Regel Lichtjahre voneinander entfernt. Mit Honors Hauptfeind, dem intriganten Navy-Angehörigen und Adligen Pavel Young, ereignen sich in den ersten Romanen, wenn überhaupt, nur sehr kurze Begegnungen.

Statt Aktionen erlebt der Leser in »On Basilisk Station« Simulationen, zum Beispiel von Raumschlachten. Und statt Simulationen lässt der Autor manchmal auch nur Nebenfiguren von alten Scharmützeln berichten. Das Spannendste ist schon, wenn der Leser Zeuge einer Gefechtsübung werden darf. David Weber, der den Spannungsbogen dieses ersten Romans und einiger weiterer seiner Honor-Harrington-Reihe entlang kriegerischer Ereignisse aufzäumt, geht von dem alles entscheidenden Gefecht Raumschiff gegen Raumschiff als krönendem Abschluss seiner Dramaturgie aus. Eine solche Raumschlacht, die von den Lesern einer militärisch orientierten Space Opera wohl erwartet wird, endet mit Sieg oder Niederlage – aber vermutlich zweifelt nie jemand am glücklichen Überleben der Protagonistin Honor Harrington.

Rund 270 Seiten muss der Leser von »On Basilisk Station« hinter sich bringen, bis endlich ein Dialog stattfindet, der als lesbar bezeichnet werden kann, die Handlung voran bringt und ein wenig Lust macht auf die Konflikte, die hoffentlich bald kommen mögen (Bd. 1, S. 278 ff.). Es braucht dann noch einmal hundert Seiten, bis auch die Protagonistin endlich erkennt, was dem Leser bereits seit dem Prolog bekannt ist: Dem Königreich Manticore droht eine Invasion durch die Flotte der Volksrepublik Haven (Bd. 1, S. 393).

Ambitionierter ist der zweite Band der Reihe »The Honor of the Queen« (1993, Die Ehre der Königin). Weber setzt sich darin mit einer patriarchalischen Gesellschaft auf einer Kolonie in der Nähe des Königreichs Manticore auseinander und reflektiert unter anderem, welches Gottesbild zum Entstehen einer von Männern dominierten Kultur führte (Bd. 2, S. 121 ff.).

Der Roman spielt im Endicott-System und auf den Planeten um Jelzins Stern. Die Anspielung auf den russischen Politiker Boris Jelzin erschließt sich bis zuletzt nicht (Bd. 2, S. 24). Jelzin hatte im März 1993 wenige Monate vor Drucklegung des Bandes nur knapp ein Amtsenthebungsverfahren im Volksdeputiertenkongress überstanden und war in den frühen 90er Jahren im Zusammenhang mit seinem entschiedenen Eintreten für einen schnellen Übergang von der Plan- zur Marktwirtschaft häufig in den Schlagzeilen der westlichen Presse. Grund genug für eine Verewigung im Roman? In späteren Romanen der Reihe tauchen noch zahlreiche weitere Anklänge an das untergegangene Sowjet-Reich auf, wenn es darum geht, die Feinde der ehrbaren Honor Harrington mit Namen zu benennen. Webers häufiger und häufig unmotivierter Griff in die Geschichte fördert nicht nur Anklänge an die DDR und Erich Honecker zutage, sondern beispielsweise auch einen Robert Stanton Pierre, der auch als Rob S. Pierre geschrieben wird, und viele andere sehr gewollt wirkende Namensgebungen.

Honor Harrington findet im dritten Roman »A Short Victorious War« (1994, Ein schneller Sieg) die Liebe zu Paul Tankersley. Interessant ist ein Rückblick, den die Protagonistin auf frühere Beziehungen mit Männern wirft. An den von ihr vorgenommenen Wertungen lässt sich ein möglicher Anhaltspunkt für den Erfolg der Roman-Reihe verdeutlichen: Bürgertugenden wie Sauberkeit, Tierliebe, gute Manieren, Anstand und Ehrlichkeit stehen im Harrington-Universum auf der Moral-Skala weit oben. Es gehört sich dort einfach nicht für einen jungen Burschen, sich über die Unerfahrenheit eines Mädchens lustig zu machen. Ein Jugendfreund, der sich Honor gegenüber dieses Vergehens schuldig machte, fügte ihr lebenslangen Schmerz zu: »Selbst nach all diesen Jahren hatte sie auch sich selbst gegenüber niemals zugegeben, wie tief dieses Ereignis sie verletzt hatte« (Bd. 3, S. 196). Der Akademie-Kollege, der bei der Heldin in der Zeit ihrer Ausbildung zudringlich wurde und deswegen von ihr Prügel einstecken musste, wird als einer dargestellt, der ihre »Gefühle beschmutzt und entwürdigt« hat (Bd. 3, S. 196). Die Männer dagegen, die Honor als beziehungstauglich betrachtet, würde auch so manche Schwiegermutter im Mittleren Westen der USA als gute Partie bezeichnen. Während die bösen Lustmolche und Grobiane, an die sich die Heldin nur mit Grausen erinnert, von besagter Schwiegermutter schleunigst nach Bodie zur Goldgräberzeit oder noch besser in die verschneiten Rockys verbannt würden und insofern in der allgemeinen Wertschätzung nur wenig abbekommen. Wer andere Menschen nicht menschlich behandelt, zieht im Harrington-Universum recht bald den Kürzeren. Wo das Gute siegt, müssen auch die Umgangsformen vorbildlich sein. »Man wünscht sich geradezu, dabei zu sein« bei der Royal Manticoran Navy – wie ein Leser auf der Homepage des deutschen Honor-Harrington-Forums notierte.

In »Field of Dishonor« (1994, Mit Schimpf und Schande) durchbricht Weber endlich sein Schema, nach dem er im Prolog immer alles verrät, dann Nettigkeiten aneinander reiht und schließlich am Ende eine gewaltige Raumschlacht abfeuert. In diesem vierten, sehr schmalen Band der Reihe, verliert die Protagonistin ihren Liebhaber durch die Heimtücke ihres Erzfeindes und nimmt ausgiebig Rache. Die Handlung ist im Vergleich zu den Vorgängerromanen gebündelter und dichter. Trotz anscheinend unvermeidlicher Langatmigkeit steuert sie mit bemerkenswerter Dramaturgie auf ihr Ziel zu. Wenn Honor ihre Feinde in Duellen im Stil der Mantel-und-Degen-Romane aus dem Universum schießt, will man Weber gerne ein gutes Gespür für die Produktion kurzweiliger Unterhaltungstexte attestieren.

Der nächste Roman, »Flag in Exile« (1995, Im Exil), ist dann wieder auf fast sechshundert Seiten angewachsen und fällt prompt in das alte Schema zurück. Er markiert in gewissem Sinne einen neuen Zyklus innerhalb der Honor-Harrington-Reihe: Honors Erzfeind ist tot und ihre Karriere hat einen Knick erhalten. Vorübergehend vom Dienst in der Royal Manticoran Navy suspendiert, widmet sie sich als Gutsherrin auf dem Planeten Grayson dem Vermehren ihres Millionenvermögens, unterbrochen lediglich von intensivem Kampfsport-Training. Getrübt wird dieser Urlaub von den Anfeindungen der in religiöser Hinsicht ewig gestrigen Eiferer innerhalb der streng patriarchal-theokratisch eingestellten Gesellschaft auf Grayson. Honors Exilplanet ist für den nordamerikanischen Leser wohlvertraut – er dürfte ihn an den Geschichtsunterricht und damit an die Neuenglandstaaten erinnern: Die Siedler nämlich, die vor langer Zeit den Planeten Grayson besiedelt haben, »waren religiöse Flüchtlinge im klassischen Sinn, die sich tatsächlich als verfolgte Minderheit betrachteten« (Bd. 5, S. 345).

Wenn Honor im Seitenschiff ihrer Kathedrale im Licht der farbig leuchtenden Glasfenster sitzt, »eingeschlossen in spiralige Fähnchen aus Weihrauch« (Bd. 5, S. 131), um dem Chor zu lauschen, dann hat der Leser die seltene Gelegenheit, die Atmosphäre anglikanischer Liturgie nach Grayson-Art zu schnuppern. Ob der Autor wohl den durchschnittlichen amerikanischen Methodisten als Käufer des Buches vor Augen hatte? Geht David Weber davon aus, dieser würde mit gleicher interessierter Neugier den ungewohnten Pomp klerikalen Schaugepränges studieren wie die protestantisch-pietistisch gesonnene Protagonistin? Könnte gut sein, denn vielleicht wollte dieser Methodist schon immer mal wissen, wie es bei den Anglikanern zugeht, die in den USA dauernd in den

Schlagzeilen sind, weil sie immer die falschen Leute auf Bischofsstühle setzen.

In einem Science-Fiction-Universum, in dem die Untergebenen von Honor Harrington an einer Harvard-Universität Geschichte studieren können (Bd. 5, S. 296) und nach Herzenslust Baseball spielen dürfen (Bd. 5, S. 150), dürfte sich auch der amerikanische Durchschnittsleser beheimatet fühlen. Will man als Autor Erfolg haben, muss man sich schon nach den Lesern richten. Und wenn man ihnen ein Gefühl von Exklusivität, gepaart mit Heimatempfinden, vermitteln kann, dann schlucken sie wohl alles. Oder anders ausgedrückt: Würde David Weber für das deutsche Massenpublikum der Vorkriegsära schreiben, würde der Protagonist wohl über den Weihrauch eines katholischen Hochamtes staunen, an einer Münchner Hochschule Vorlesungen besuchen und hinterher auf der Wies'n einen Bolz mit den Kommilitonen veranstalten oder eine Mass stemmen, je nach Jahreszeit, je nach Jahrhundert, je nach Hegemonialmacht. So ist eben für jeden der vielen, vielen amerikanischen und amerikanisierten Käufer des Buches etwas dabei.

Der Roman selbst hat zwei Seiten. Die eine zeichnet sich durch endlos lahme Gesprächssituationen aus, nach folgender Art:

»Reverend Hanks trug wie gewohnt den schwarzen Anzug des Geistlichen mit dem runden, weißen Kragen, und Honor legte den Kopf leicht schräg.

›Reverend, eins wollte ich Sie schon immer fragen – woraus besteht dieser Kragen?‹

›Mylady, das ist ein sehr altes und wohlgehütetes Geheimnis‹, antwortete Hanks und lachte leise. ›Aber, wenn ich ehrlich bin, so muss ich sagen, dass er aus Zelluloid besteht. Altmodischem, steifem, schweißigem Zelluloid. Seit ich Reverend wurde, trage ich mich mit dem Gedanken, ihn abzuschaffen, aber ich unterliege wohl doch mehr den Traditionen als meine Kritiker glauben mögen. Außerdem schadet ein wenig Selbstkasteiung nicht, solange man sich nicht hineinsteigert‹« (Bd. 5, S. 436).

Neben Dialogen um Kaisers Bart und Priesters Kragen gibt es dann noch die andere Seite des Romans, nämlich knallharte Action: »In einer Blutfontäne sprang William Fitzclarance der Kopf von den Schultern« (Bd. 5, S. 502). Oder: »Taylor schrie bestürzt auf. Dann traf sie die Druckwelle, und das Pflaster bäumte sich auf und schlug beiden ins Gesicht. ... Die Explosion donnerte sich über sie hinweg wie der Zorn Gottes und schien kein Ende zu nehmen« (Bd. 5, S. 464). Oder: »Dumpf fragte Martin sich, wie viele Männer er wohl gerade getötet hatte, dann richtete er sich auf ... ›Los, weiter, Austin‹, sagte er mit gespenstisch anmutender Ruhe. ... ›Wir sind noch nicht fertig‹« (Bd. 5, S. 464).

Im Lauf des Buches wird Honor von der Grayson Space Navy engagiert und aus dem Stand heraus zur Admiralin befördert. Nun braucht sie im Königreich Manticore nicht mehr um ein Kommando zu betteln, sie darf das ganze Erste Schlachtgeschwader von Grayson befehligen (Bd. 5, S. 114 f.). Auf diese Weise kann dem Leser ohne große inhaltliche Anstrengungen einmal mehr eine Raumschlacht als Höhepunkt des Romans serviert werden. Die alten Feinde treten auf den Plan, selbstverständlich übermächtig. Die Grayson Space Navy fürchtet die Auslöschung ihrer Heimatwelt, die Lage ist selbstverständlich aussichtslos. Aber dann geht es doch irgendwie und selbstverständlich schreitet Honor siegreich in den nächsten Band der Reihe.

Band sechs trägt den Titel »Honor Among Enemies« (1995, Ehre unter Feinden). Darin wird ein Konflikt mit einem Feind aus dem ersten Band wieder belebt. Diesmal ist es kein ranghoher Navy-Angehöriger, kein Adliger und auch kein geistlicher Würdenträger, der Honor die Stirn bietet, sondern ein Normalsterblicher: Klaus Hauptmann, Konzernoberhaupt und einer der reichsten Männer in der »gesamten Geschichte Manticores« (Bd. 1, S. 282), will Honor dafür einsetzen, das interplanetare Piraten-Unwesen zu bekämpfen. Nebenbei hegt Hauptmann die Hoffnung, dass die ehrlosen Piraten mit ihren ehrlosen Methoden der Frau, die das Wort Ehre schon im Namen trägt, endlich den Schneid, das heißt ihren männermordenden Mut, abkaufen und sie zur Strecke bringen. Aber natürlich kommt es ganz anders. Die gar nicht große Überraschung ist: Honor Harrington lacht am Ende des Romans »leise und verschmitzt« (Bd. 6, S. 659).

Der nächste Band gibt Honor Harrington endlich Gelegenheit, die Schattenseiten des Krieges kennen zu lernen. »In Enemy Hands« (1997, In Feindeshand) führt die Heldin in Kriegsgefangenschaft. In dem Roman finden sich einige erzählerische Ideen, die es wert sind, erwähnt zu werden. Zum Beispiel ein inhaltlicher Rückgriff auf ein

Ereignis am Beginn des Aufstiegs der Heldin zur Spitze der Flotte. Aufgrund eines Vorfalls, der sich vor elf Jahren zutrug, als Honor im Basilisk-System stationiert war, werden ihr alle Rechte als Kriegsgefangene aberkannt. Im Rahmen eines Gefangenenappells stempelt man sie zu einer bereits verurteilten Mörderin (Bd. 7, S. 514 f.). Die Ereignisse spitzen sich dramatisch zu. Ihr Baumkater attackiert die Bewacher. Es kommt zum Handgemenge. Sie liegt bewusstlos am Boden. Stirbt nun der Baumkater oder sie selbst? (Bd. 7, S. 524 ff.). Auf einmal scheint in diesem Roman alles möglich. David Weber ist es spätestens hier gelungen, einen erzählerischen Rahmen zu bauen, der sich selbst in seiner Geschlossenheit genügen kann. Zudem schafft er es, die dramaturgischen Möglichkeiten an dieser Stelle bis an ihre Grenze auszureizen.

Sich selbst und seine schriftstellerischen Fähigkeiten hat Weber in sieben Bänden auf beeindruckende Weise aus- und aufgebaut. Damit wäre es eigentlich an der Zeit, sich auf einer neuen Ebene einem anderen Projekt zuzuwenden.

Aber nein. Aus Liebe zu seinen Fans, aus Folgsamkeit gegenüber seinem Verlag oder weil er das teure Hunde- und Katzenfutter seiner Haustiere finanzieren muss, folgt noch ein achter Band mit Kurzgeschichten, die im Honor-Harrington-Universum spielen, zwei davon stammen von den Autoren David Drake und S. M. Stirling. »More Than Honor« (1998, Die Siedler von Sphinx) beinhaltet auch eine ausführliche Darstellung des geschichtlichen und politischen Hintergrunds der Sternenreiche um Manticore.

Band neun, »Echoes of Honor« (1998, Der Stolz der Flotte), beginnt mit einer inszenierten Hinrichtung der Heldin am Galgen. In der Heimat wird Honor in Ehren gedacht. Auf Seite 170 des Romans, der sich in sechs Bücher gliedert, tritt sie allerdings hinter den gegnerischen Linien wieder in Aktion und lehrt ihren Feinden das Fürchten. Nach fast tausend Seiten kehrt sie endlich heim mit gestohlenen Schiffen und zahllosen befreiten Insassen des Gefängnisplaneten Hades.

Für den nächsten Band, »Worlds of Honor« (1999, Die Baumkatzen von Sphinx), tat sich Weber mit Linda Evans, Roland J. Green und Jane Lindskold zusammen, und realisierte eine weitere Anthologie.

»Ashes of Victory« (2000, Wie Phoenix aus der Asche) beschreibt das Leben der auferstandenen Legende Honor, die sich, ein wenig lädiert, wieder dem widmet, was sie am besten kann, weil sie es ohnehin schon viele tausend Seiten lang getan hat: ehrenhaft sein.

»Changer of Worlds« (2001, Die Raumkadettin von Sphinx) enthält einen Roman, der uns die junge Ensign Honor Harrington am Anfang ihrer Laufbahn vorstellt, sowie Kurzgeschichten von David Weber und Eric Flint. Dieser Band erschien in Deutschland im September 2003 in erster Auflage und ist sicher nicht der letzte, denn nicht nur die Haustiere von David Weber haben Hunger.

Nach diesem inhaltlichen Überblick will ich versuchen, Webers Erfolgsrezept auf den Punkt zu bringen. Beginnen wir mit Nimitz, dem Baumkater. Der Katzen- und Hundenarr David Weber hat ein Tier erfunden, das als dauerhafter Begleiter mit der Protagonistin praktisch untrennbar verbunden ist: die empathisch begabte, intelligente Baumkatze Nimitz. Unter anderem ist der Erfolg der Reihe wohl auf diese possierliche Nebenfigur zurückzuführen. Wer kann sich nicht in das innige Verhältnis hineinversetzen, das manche Menschen zu ihren Haustieren haben? Ist es nicht rührend, wenn sich Waldi und Herrchen perfekt verstehen?

Baumkatzen stammen vom Planeten Sphinx. Wenn diese intelligenten Wesen sich einen Menschen als dauerhaften Begleiter erwählen, adoptieren sie ihn praktisch, wie Weber schreibt. Ihr Verhalten entspricht einem anhänglichen Hund, ihr Äußeres eher einer Katze. Im Gegensatz zu ihren irdischen Vorbildern, den Haustieren, für die allein die Deutschen jedes Jahr etwa drei Milliarden Euro ausgeben, sind die Baumkatzen ihr Futter wert. Denn durch sie kann der adoptierte Mensch die Gefühle der Personen in seiner direkten Umgebung wahrnehmen, was jedem Ökonom, Kriegsherrn oder Liebhaber zu unschätzbaren Vorteilen verhelfen mag.

Auf der emotionalen Schiene können sich bestimmt viele Leser mit der Protagonistin identifizieren, nicht nur wegen ihres Haustieres, sondern vor allem wegen ihres Pechs in der Liebe. Denn jeder hat wohl gescheiterte Liebesbeziehungen hinter sich, wahrscheinlich sogar mehr missglückte als geglückte. Wo die Heldin des Mitleids der Leser sicher sein kann, hat der Autor hervorragend gearbeitet. Ein Fan der Serie notierte auf der Seite http://forum.honor-harrington.de: »Dass eine Frau die Hauptrolle spielt, ändert für manche gar nichts, oder alles.« (28. 8. 2002) Und ein anderer: »In einem Stück verschlungen und jubiliert. Mehr kann ich dazu nicht sagen, außer dass ich mir gerade alle anderen Teile bestellt habe. Meine Freundin wird mich umbringen!« (12. 5. 2000)

Die Leser befinden sich bei der Lektüre der Harrington-Reihe in der so genannten besseren Gesellschaft. Sie bewegen sich zwischen Hoch- und Geldadel, sind mit der Admiralität auf Du und Du und verkehren mit dem hohen Klerus. Wenn das keine aufregende Umgebung ist, was dann? Man fühlt sich bei der Lektüre auf das Niveau eines Boulevardblattes der Regenbogenpresse gezogen, aber was macht das schon? »Sobald ich einen Honor-Roman in den Fingern hab, vergess ich alles um mich rum.« (28. 8. 2002) Dieser Kommentar eines Leser zeigt, dass es Weber gelingt, eskapistische Wünsche zu befriedigen. Und das trotz phänomenaler Längen in seinen Texten. Aber wer weiß, vielleicht sind es gerade die Längen ohne erkennbare Handlung, die einen gleichmäßigen Strom erzeugen, einen Strom von Belanglosigkeiten, in den man eintauchen kann, in dem man sich geborgen fühlen kann, wo Entspannung zu finden ist, wo man in eine Beruhigung gleitet, die immerzu immer so weiter und immer so fort geht und geht und geht, wo man die Realität vergisst ...

Noch Science – oder nur noch Fiction?

Die Technologien der Space Opera

von Uwe Neuhold

Die kürzeste Weltraumoper aller Zeiten

»Jede fortgeschrittene Technologie ist von einem
weniger entwickelten Standpunkt aus
nicht mehr von Magie zu unterscheiden.«

Arthur C. Clarke

Man stelle sich das vor: eine Space Opera mit heutiger Technologie!

Bis zum Erreichen des Pluto wäre schon die halbe Besatzung gestorben, und im Kuiper-Asteroidengürtel könnte jedes daher geflogene Steinchen die Außenwand des Raumschiffs zerstören. Die Geschwindigkeit der Mission wäre mit einer Flaschenpost im Atlantik vergleichbar (und es ist keineswegs sicher, wer von beiden eher sein Ziel erreicht). Der einzige Außerirdische wäre ein mitgeführtes fossiles Bakterium in einem Stückchen Marsmeteorit, und Schwarze Löcher oder gar Wurmlöcher bekäme die Mannschaft höchstens in den vor sich hin gammelnden Nahrungsvorräten zu sehen. Die Feststofftanks wären so riesig, dass für Komfort kein Platz mehr bliebe, und das unrühmliche Ende des ganzen

Spektakels bestünde in einem Systemabsturz samt Windows-Fehlermeldung.

Es ist ein Jammer. Auf der einen Seite spricht alles dafür, dass wir unseren Heimatplaneten so bald wie möglich verlassen sollten: Die Erde ist in einer »kosmischen Asteroiden-Schießbude«[1] gelegen; unser Lebensraum wird immer enger, während sich die Sonne unbeirrt weiter ausdehnt; wahlweise stehen uns Treibhaushitze oder eine neue Eiszeit bevor, und zu allem Überfluss wartet ein Arsenal von Atombomben darauf, endlich eingesetzt zu werden.

Auf der anderen Seite jedoch fehlen uns die Voraussetzungen für den großen Sprung. Statt eine Weltraumoper aufzuführen, ist die Menschheit heute lediglich zu einem kurzen Orbit-Epigramm fähig. Kein Wunder, dass SF-Autoren die Handlung ihrer Bücher schon mal ins 24. Jahrhundert vordatieren müssen, ganze Kollektionen neuer Technik erfinden oder den Schauplatz gleich in eine andere Galaxie verlegen, wo Außerirdische über unseren heutigen Entwicklungsstand müde kichern mögen. Wie man es dreht und wendet: Zum Gelingen eines halbwegs glaubwürdigen Weltraumepos ist bessere Technologie notwendig, als wir sie heute haben. Doch halten die Phantasiekonstrukte auch, was sie versprechen? Sind sie - zumindest vom Prinzip her - in Zukunft möglich oder verletzen sie außer den Gesetzen der Vernunft auch jene der Physik?

Das kleine Techno-ABC für Space Operas

»Die Verbindung zwischen Science Fiction und Wissenschaft führt in beide Richtungen. Die von der SF präsentierten Ideen gehen ab und zu in wissenschaftliche Theorien ein. Und manchmal bringt die Wissenschaft Konzepte hervor, die noch seltsamer sind als die exotischste Science Fiction.«

Stephen Hawking, Professor der Theoretischen Physik und Mathematik

Science Fiction auf ihren wissenschaftlichen Gehalt hin zu bewerten, hat eine lange Tradition. Schon Hugo Gernsback, der 1926 sein Magazin *Amazing Stories* gründete, vermarktete die Texte als Sachliteratur über die Technik von morgen und stellte damit die Wissenschaftlichkeit ins Zentrum des Genres.[2] In den ersten Jahren erschienen hier neben SF-Stories viele Berichte über technische Neuheiten. Und Gernsback war es auch, der 1929 den Begriff »Science Fiction« prägte, um den sachlichen Anspruch seiner Autoren zu betonen. Stundenlang war er als Chefredakteur mit nichts anderem beschäftigt, als die Genauigkeit der »Amazing Stories« zu prüfen. Was nicht plausibel war, flog raus.

Seit damals ist die SF geprägt vom Ringen um Wissenschaftlichkeit. Gerne wird betont, dass Isaac Asimov Biochemiker war, Arthur C. Clarke ausgebildeter Physiker ist und Jules Verne sich vor jeder Geschichte in einem Berg von Artikeln und Notizen über die neuesten technischen Errungenschaften vergrub. Daher ist es auch der wundeste Punkt der Space Opera, ihre Sachlichkeit in Frage zu stellen.

Um die Untersuchung nicht völlig ausufern zu lassen, beschränke ich mich im Folgenden auf die bekanntesten Weltraumopern (*Star-Trek-Reihe* inkl. *Andromeda, Star Wars, Stargate,* Perry Rhodan, Dune – Der Wüstenplanet, The Foundation), auf immer wiederkehrende SF-Technologien, sowie auf grundlegende naturwissenschaftliche Rahmenbedingungen. Der Leser möge mir verzeihen, sollte gerade seine Lieblingstechnologie keinen Eingang in dieses Wörterbuch gefunden haben.

A ANTRIEBSTECHNIK

»You cannot change the laws of physics, Captain!«

Montgomery »Scotty« Scott, Chefingenieur der U.S.S. Enterprise

Es wird erwartet, dass in den nächsten zehn Jahren etwa fünfzig unbemannte Wissenschaftssonden in den Weltraum abheben werden.[3] Viele davon werden durch unser Sonnensystem kreuzen, andere werden von Erdumlaufbahnen aus das All erkunden. Obwohl bemannte Reisen in die Tiefen des Alls noch lange ein Traum bleiben werden, entwickelt eine kleine Gruppe von Ingenieuren und Wissenschaftlern schon Konzepte und Experimente, aus denen vielleicht eines Tages Antriebstechniken für Flüge über unser Sonnensystem hinaus hervorgehen könnten.

Heute kommen bereits **Ionentriebwerke** zum Einsatz[4], zum Beispiel in der NASA-Sonde *Deep Space 1*. In solchen Triebwerken beschleunigen starke elektrische Felder die geladenen Atome (Ionen) eines Treibstoffs auf hohe Geschwindigkeit. Die rückwärts ausgestoßenen Ionen verleihen dem Flugkörper Schub. Der momentan bevorzugte Treibstoff ist Xenon. Interessanterweise verwenden übrigens auch die TIE-Jäger des *Star-Wars*-Imperiums einen ähnlichen Antrieb - TIE steht für Twin Ion Engine, also Zwillingsionenantrieb[5] - und sind damit zu Luke Skywalkers Zeiten wohl völlig veraltet. Kein Wunder also, dass das Imperium den Krieg verliert.

Boeing setzt auf **Solarwärme** und entwickelt ein solargetriebenes Bahntransfer-Gerät. Ein großer Reflektor bündelt hierbei Sonnenlicht auf einem Graphitblock und erhitzt ihn auf 2100 Grad Celsius. Dabei verdampft mitgeführter Flüssigwasserstoff und erzeugt Schub.[3]

Der realistischste Ansatz für die nahe Zukunft scheinen derzeit ➛ **Lichtsegel** zu sein. Damit könnten bald zumindest Nutzlasten innerhalb des Sonnensystems befördert werden.

Ein Antrieb mittels **Kernfusion** soll laut NASA bis etwa 2050 realisiert sein und könnte Menschen zu den äußeren Planeten befördern und Robotersonden Tausende von Astronomischen Einheiten (siehe ➛ Maßeinheiten) weit in den interstellaren Raum schießen.[6] Ein Fusionsantrieb würde rund 100 Billionen Joule pro Kilogramm Brennstoff erzeugen - eine Energiedichte, die mehr als 10 Millionen mal größer ist als die heutiger chemischer Raketen. Ein Flug zum Mars würde somit nur rund 100 Tage dauern - halb so viel wie mit einem chemischen Antrieb. Bei einer Kernfusion werden sehr leichte Atome unter ausreichend hohen Druck- und Temperaturbedingungen genügend lange zusammengebracht, um zu größeren Atomen zu verschmelzen. Die Massendifferenz zwischen Ausgangs- und Endprodukten wird dabei gemäß Einsteins berühmter Formel $E = mc^2$ als Energie frei.

Noch leistungsstärkere Triebwerke könnten die gegenseitige **Zerstrahlung von Materie und Antimaterie** nutzen und Raumsonden gar zu nahe gelegenen Sternen bringen. Diese Technik brächte pro

Kilogramm Brennstoff schwindelerregende 20 Billiarden Joule – genug, um den gesamten Energiebedarf der Erde etwa 26 Minuten lang zu decken. Zur physikalischen Bewertung der Materie-Antimaterie-Fusion siehe ➤ Warp-Antrieb.

Heutige Maximalgeschwindigkeiten

Noch sind wir jedenfalls weit von der Lichtgeschwindigkeit entfernt. Immerhin erreicht die 1977 gestartete Raumsonde *Voyager 1*, die gegenwärtig unser Sonnensystem verlässt, 62 000 km/h. Und bereits 1986 erreichte die Raumsonde *Giotto* bei ihrem Zusammentreffen mit dem Komet Halley 246 000 km/h.[3] Heutige Sonden sind nicht schneller und erreichen maximal 0,2 Promille der Lichtgeschwindigkeit.[5]

Space-Opera-Technologien

Geht es um die genaue Beschreibung futuristischer Antriebstechnik, hüllen sich die meisten Space-Opera-Autoren in beredtes Schweigen oder versuchen, das Thema möglichst wortreich zu umschiffen. Selbst in Isaac Asimovs bahnbrechendem Foundation-Zyklus erfährt man über die Reise zwischen den Galaxien nicht mehr als eine äußerst vage Andeutung:

> »Der Sprung [durch den Hyperraum] war der einzig praktische Weg, von einem Stern zum anderen zu fliegen, und er würde es wahrscheinlich auch immer bleiben. Beim Flug durch den Normalraum konnte keine höhere als einfache Lichtgeschwindigkeit erreicht werden ..., was bedeutete, dass man allein für die Reise zwischen den nächstgelegenen bewohnten Systemen Jahre benötigt hätte. Durch den Hyperraum, jene Region, die sich nicht begreifen lässt und die weder Raum noch Zeit ist, weder Materie noch Energie und weder Etwas noch Nichts, konnte man die Galaxis in weniger als einem Augenblick durchqueren. Gaal hatte den ersten dieser Sprünge mit einer Spur von Angst erwartet, die seinen Magen leicht zusammenzog, doch er spürte nichts weiter als

> einen winzigen Ruck, einen kleinen inneren Stoß, der schon vorbei war, bevor er sich sicher war, dass er ihn überhaupt gefühlt hatte. Das war alles.«[7]

Nun, das ist *tatsächlich* alles, was uns Asimov über die wichtigste Voraussetzung der Weltraumoper verrät. Natürlich funktioniert der Trick, die subjektive Sicht eines unwissenden Protagonisten einzunehmen und daher auch nichts Genaues verraten zu *können*, in der SF-Literatur wie auch in SF-Filmen. Dennoch hinterlässt er beim Publikum einen etwas schalen Nachgeschmack, auch wenn wir anerkennen, dass Asimov bereits in den 50er Jahren erkannte, für ferne Reisen einen → Hyperraum zu benötigen.

Welche Lösungen brachten SF-Autoren für das Entfernungsproblem seither hervor? Nun, eine ganze Menge, aus der ich folgende Beispiele auswähle und ihnen eigene Wörterbucheinträge widme: → Atomantrieb, → Fusions-Impulsantrieb, → Ionenverteiler-Antrieb, → Lichtsegel, → Metagrav-Antrieb, → Slipstream und → Warp-Antrieb.

A ATOMANTRIEB

Die Schöpfer von »Perry Rhodan«, der legendären SF-Heftserie, haben sich in den 70er Jahren vorerst noch an die Vorgaben der theoretischen Physik gehalten.[5] Die Rakete *Stardust*, mit der der Weltraumheld das Sonnensystem bereist, ähnelt der Saturn-Rakete, die die Apollo-Astronauten zum Mond beförderte. Die Idee, *Stardust* mit Atomkraft anzutreiben, war keineswegs abwegig, denn ein Raketenantrieb mit kleinen nuklearen Minibomben ist durchaus denkbar und wird sogar von heutigen Wissenschaftlern in Erwägung gezogen. Jedoch wären sie vor allem beim Start ein hohes Risiko und könnten daher nur im Weltraum, in sicherer Entfernung, gezündet werden. In meinem subjektiven **Reality-Check** erreicht diese SF-Idee hinsichtlich ihrer physikalischen Umsetzbarkeit daher 80 von 100%.

Reality-Faktor (%)								80		

B BEAMEN

»Das Beamen vom Raumschiff auf den jeweiligen Planeten ist das Einzige, was an der Technik des Raumschiffs *Enterprise* wirklich reines Wunschdenken war.«

Jesco von Puttkamer, NASA[8]

Beamen mittels Transporterstrahl

Das Beamen ist wohl die beste Idee der *Star-Trek*-Serie, obwohl (oder gerade weil) sie aus einer Notlage heraus geboren wurde: Da die Fernsehmacher sich keine aufwändigen Tricks für Raumschifflandungen leisten konnten, ersann Gene Roddenberry die Möglichkeit des Versendens von Menschen mittels Strahlen (engl. »beams«). Die Teleportation an sich wurde schon zehn Jahre vor *Star Trek* in der Urversion des Films *Die Fliege* thematisiert und zeigt dort auf drastische Weise die technischen Schwierigkeiten ihrer Umsetzung; leider wird sie allerdings wissenschaftlich nicht zufriedenstellend erklärt.[9]

Fragen wir daher am besten den Experten. Chefingenieur »Scotty« von der alten *Enterprise* über die Funktionsweise des Beamens:[5]

> »Zuerst werden die Zielkoordinaten in das Transportersystem einprogrammiert. Die technischen Daten werden überprüft; dann nehmen die Molekularbild-Scanner das Quantenauflösungsmuster des Transportobjekts, also des Menschen, auf und leiten es als Echtzeit-Abbild weiter. Das Objekt wird in einen subatomar unverbundenen Materiestrom umgewandelt, der im Musterpuffer kurz festgehalten wird. Dieser Musterpuffer dient zur Sicherheit im Falle einer Fehlfunktion des Systems. Wenn alles nach Plan geht, verlässt dieser Transporterstrahl das Schiff über eine der Transporter-Emitterphalanxen, die den Materiestrom, eingeschlossen in einem ringförmigen Eindämmungsstrahl, zum Zielpunkt des Transports senden.«

Alles klar? Im Prinzip müsste man also »nur« den gesamten Informationsgehalt eines Menschen einscannen, ihn dann in seine Atome zerlegen und anschließend an einem anderen Ort wieder richtig zusammensetzen. Ähnliche Einrichtungen gibt es natürlich auch bei anderen Weltraumopern, wie zum Beispiel ➛ *Stargate*, wo die von Außerirdischen entwickelten **Transportringe** diesen ermöglichen, ihr Schiff ohne Landung zu verlassen. Auch hier wird die zu transportierende Materie zuerst in ihre Bestandteile zersetzt und am Zielort wieder zusammengefügt.

Aber schon das elektronische Speichern der erforderlichen **Information** ist keine Aufgabe für Personal Computer: Wenn man die notwendigen Daten auf herkömmlichen Festplatten mit einer Kapazität von je einem Gigabyte speichert und dann alle übereinander legt, wäre der Stapel gut 10 000 Lichtjahre hoch! In der Teleportation spiegelt sich Albert Einsteins berühmte Äquivalenz von Materie und Energie wider. Metin Tolan, Professor für Experimentelle Physik an der Universität Dortmund, hält den Vorgang der Auflösung und Zusammensetzung eines Menschen zwar für physikalisch im Prinzip möglich, aber: »Der Energiebedarf (wäre) enorm.«[10]

Weitere Hürden sind, dass der Transporterstrahl zwar **Hindernisse** durchdringen, aber an einer exakt vorgegebenen Stelle stoppen soll. Dort müssen dann sämtliche Atome und Moleküle des Menschen mit genau denselben Eigenschaften wieder präzise zusammengesetzt werden. Ansonsten würde Captain Kirk plötzlich mitten in einem Tisch stehen und Mister Spock sich einige Meter unter der Planetenoberfläche wiederfinden.

»Nichts in der heutigen Physik gibt einen Hinweis darauf, wie das möglich sein könnte«, urteilt der NASA-Physiker David Batchelor, der sich intensiv mit *Star-Trek*-Techniken beschäftigt hat.[11] Die exakten technischen Probleme sind eigentlich noch gar nicht im Detail bekannt, geschweige denn gelöst. Ähnlich sieht das Tolan: Die Frage zum jetzigen Zeitpunkt laute noch lange nicht »wie« - sondern nur »ob überhaupt«.

Reality-Faktor (%)	**0**									

Beamen mittels Quantenteleportation

Findige SF-Autoren hoffen auf eine physikalische Hintertür für das Beamen: der seltsame Effekt der Quantenmechanik, dass bestimmte Teilchenpaare miteinander auf ewig »verschränkt« zu sein scheinen, wodurch sie sich ständig beeinflussen. Und zwar völlig egal, wie weit sie voneinander entfernt sind! Der Physiker Alan Aspect zeigte schon 1982 an Photonen, dass diese Fernwirkung existiert. 1990 bestätigten John Rarity und Paul Tapster sie auch an Protonen. Sobald ein Teilchen verändert wird, ändert sich im selben Moment auch das andere. Die Information saust demnach schneller als mit Lichtgeschwindigkeit zwischen ihnen hin und her!

Man könnte also auch hier einen Menschen in seine Elementarteilchen zerlegen, dann jedoch die Information jedes seiner Partikel auf ein Quantenteilchen übertragen, welches wiederum mit seinem Partnerteilchen (das sich in einer Beam-Station einer anderen Galaxie befindet) in Verbindung steht, hernach auf »Senden« klicken und – Simsalabim – würde der Tourist auf der Erde verschwinden und im selben Moment Lichtjahre entfernt am Reiseziel wieder Gestalt annehmen.

Abgesehen davon, dass auch hier das Problem der großen **Datenmenge** gilt, entstehen leider grundsätzliche Verletzungen der Physik: Als der damals noch in Tirol, mittlerweile in Wien, tätige Physiker Anton Zeilinger es 1997 erstmals schaffte, Teilchen ohne Zeitverlust quer über den Innsbrucker Uni-Campus von einer Messstation zur anderen zu senden, ging ein Raunen durch die Öffentlichkeit. Laut Medien war die Vision des Beamens plötzlich real geworden. Was war geschehen?

Basierend auf dem von John Bell Mitte der 60er Jahre entdeckten Verschränkungseffekt (den Einstein übrigens als »spukhafte Fernwirkung« bezeichnete) verwendete Zeilinger für sein Experiment zwei Photonen (Lichtteilchen), die einen gemeinsamen Ursprung haben. Solange diese Teilchen nicht gemessen werden, befinden sie sich nach der Quantentheorie in einem unbestimmten Zustand. Sobald eines gemessen wird, nimmt es spontan einen bestimmten Zustand ein, woraufhin im gleichen Moment – also in Nullzeit und damit schneller als das Licht – das Zwillingsteilchen den genau entgegengesetzten Zustand einnimmt. Wie geht das, wo doch Einstein festlegte, dass sich nichts im Universum derart schnell bewegen kann?

Ich hatte etwas später die Gelegenheit, mich mit einem von Zeilingers damaligen Mitarbeitern über die wahren Hintergründe des Experiments zu unterhalten, und erfuhr, dass es eigentlich die am Experiment beteiligten (und an Publicity interessierten) Firmen - allen voran IBM - waren, die das sensationsträchtige Wort Beamen gegenüber den Medien in den Mund nahmen. In Wirklichkeit hatte das Experiment gezeigt, dass **Information** lichtschnell übertragen werden kann. Nicht mehr und nicht weniger. Nicht einmal Einsteins Relativitätstheorie wurde dabei verletzt, denn: Selbst *wenn* die Information mit Überlichtgeschwindigkeit am »anderen Ende der Leitung« ankommt, gilt sie im quantenphysikalischen Sinne erst *dann* als existent, wenn der Empfänger sie misst (wodurch er den unbestimmten Zustand des die Information übertragenden Teilchens bestimmt) *und* das Ergebnis dem Absender mitteilt (damit dieser überprüfen kann, ob der Empfänger die Info korrekt erhalten hat und sozusagen ein »Wahr«-Zustand eintritt), wobei der Empfänger wiederum auf Technologien angewiesen ist, die *nicht* schneller oder maximal *gleich schnell* wie das Licht sind (Telefon, Kameraübertragung, Rufen etc.).[12] Klingt etwas pingelig, aber in Einsteins Universum zählt eben jeder Sekundenbruchteil.

Von Teleportation im Sinne der Space Opera konnte also keine Rede sein. Und auch wenn mittlerweile von anderen Forschern versucht wird, das Experiment mit den im Vergleich zu Photonen geradezu riesigen Atomen zu wiederholen, stellt auch Professor Zeilinger selbst klar: »Das Beamen großer Objekte oder gar lebender Menschen (wird) wohl auch weiterhin reine Utopie bleiben.«[13]

Reality-Faktor (%)	10									

C COMPUTERTECHNIK

Computer sind ein wesentlicher Bestandteil aller Weltraumopern, die Anspruch auf Realismus erheben. Natürlich gäbe es auch andere Wege, Raumreisen oder Kommunikation zu ermöglichen (zum

Beispiel übersinnliche Fähigkeiten und unbekannte Substanzen wie in »Dune - Der Wüstenplanet«), sind aber für unser gewähltes Thema zu exotisch.

Der *Star-Trek*-Bordcomputer

Die *Enterprise* wird wie alle Raumschiffe der Föderation durch einen zentralen Bordcomputer kontrolliert. Die Mannschaft kommuniziert mit ihm per Stimmerkennung, durch Berühren tastsensitiver Bildschirme oder durch manuelle Eingabe auf einer Tastatur. Neben den stationären Terminals besitzt jedes Crewmitglied ein PADD (siehe ➛ Kommunikation), mit dem man von jedem beliebigen Ort des Schiffes mit dem Zentralcomputer kommunizieren kann. Hierzu der US-Astrophysiker Michio Kaku:

> »Wir werden bis zum Jahr 2020 sicher noch keine denkenden Computer und Roboter haben. Wir werden mit allen möglichen elektronischen Geräten sprechen können, jedoch in einer sehr primitiven Sprache. Diese Maschinen werden uns hören und sehen können, aber sie werden nicht verstehen, was sie wahrnehmen. Nach dem Jahr 2020 stößt die bisherige Computertechnik an ihre Grenzen. Wenn wir mit einer neuen Technologie - Quanten-, Bio- oder Molekülcomputern - die Entwicklung in der gewohnten Geschwindigkeit fortführen können, wird es um das Jahr 2050 einen Computer geben, der so schnell wie das menschliche Gehirn ist und dieses simulieren kann.«[8]

Die meisten Dinge, die der Schiffscomputer kann, befinden sich bereits heute im plausiblen Bereich der Künstlichen Intelligenz (siehe auch ➛ Roboter).[14] Auto-Pilot-Funktionen und Navigationssysteme gibt es zum Beispiel schon. Es ist also angemessen, die Fähigkeiten des *Star-Trek*-Bordcomputers für realistisch zu halten.

Reality-Faktor (%)										100

Betriebstechnik der *Star-Trek*-Computer

Alle Computer der *Enterprise* sind auf Nanostromkreisen aufgebaut, die aus winzigen Komponenten in der Größe von Atomen bestehen. Die Signale bewegen sich darin schneller als das Licht.[15] Das Computernetzwerk baut außerdem auf den Mechanismen redundanter Computerkerne auf. Bei der *Galaxy*-Klasse befinden sich die Computerkerne auf Deck 5 und 14 im Diskuselement; diese zwei laufen synchron, der eine kann den anderen notfalls ablösen. Der dritte Computerkern erstreckt sich von Deck 30 bis 37 (die Antriebssektion) und bildet ein Backup-System. Jeder Kern verfügt über Miniatur-Subraumfeld-Generatoren (siehe auch ➛ Subraum), die ihm ermöglichen, Daten mit Überlichtgeschwindigkeit zu verarbeiten.[16]

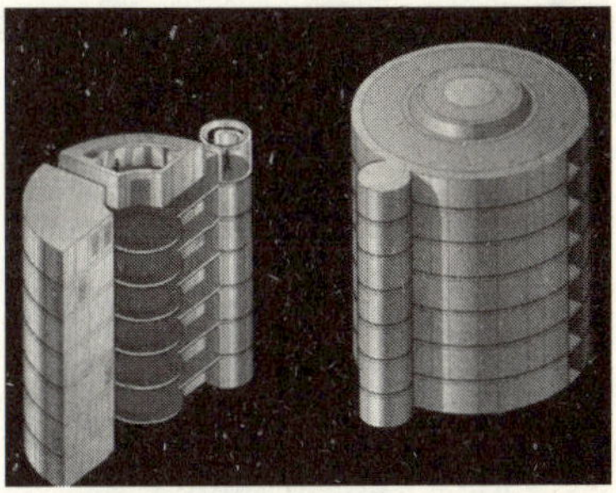

Computerkern (Quelle: www.foederationsdatenbank.de)

Die Probleme der ➛ Nanotechnik habe ich in einer eigenen Rubrik behandelt, zu jenen der Lichtgeschwindigkeit siehe ➛ Warpantrieb. Erstere können - da man in der Computertechnik bereits heute in den Nanobereich vorstößt - wahrscheinlich bis zum 23. Jahrhundert gelöst werden, Letztere jedoch nicht. Im Übrigen erscheint es mir gar nicht als zwingend, dass Computer mit Überlichtgeschwindigkeit arbeiten müssen, um etwa Raumschiffe zu steuern oder ➛ Holodecks zu erzeugen.

Reality-Faktor (%)			30							

Computer-Interfaces

Die **»konventionellen« Interfaces** der *Enterprise* bestehen aus benutzerangeglichenen Oberflächen, die auch von den LCARS (Library

Standard-Interface (Quelle: www.foederationsdatenbank.de)

Computer Access and Retrieval System) erkannt und angezeigt werden. So kann jedes Crewmitglied schnell und überall an den Konsolen arbeiten.[16] Der Benutzer gibt Daten ein, indem er die Oberfläche des Interfaces berührt. Die mittlere Schicht besteht aus Monokristallen, diese leiten die Energie zur Sensorenmatrix. Nanoprozessoren in der Basisschicht erlauben dem Interface, sich zu rekonfigurieren.

Auch wenn der genaue Rekonfigurationsvorgang nicht erklärt wird, spricht im Grunde aus heutiger Sicht nichts gegen die Realisierbarkeit derartiger Interfaces – die zugrundeliegende Technologie (Tastsensitive Oberflächen, Mikroprozessoren) ist bereits vorhanden.

Reality-Faktor (%)										100

Der 3-fache Computermonitor (Quelle: www.foederationsdatenbank.de)

Rundum-Monitor

Eine sehr nette *Star-Trek*-Erfindung: Um bei Besprechungen allen das Nutzen des Computers zu ermöglichen, wurde 2260 der Monitor eingeführt, der von drei Seiten betrachtet werden kann.

Dieses Gerät wäre – aufgrund des heute stattfindenden Umstiegs von Röhrenmonitoren auf LCD- und TFT-Technologie – im Grunde bereits realisierbar. Mich wundert, warum es noch kein Hersteller auf den Markt gebracht hat.

Reality-Faktor (%)										100

Exocomp

Hierbei handelt es sich um eine aus robustem Material gebaute »Arbeitsdrohne« aus dem *Star-Trek*-Universum, die selbständig und unter großen Belastungen Reparaturen am Raumschiff ausführen kann. Eine Reihe von Sensoren lassen den Exocomp alles erkennen oder auch Befehle über ein PADD empfangen. Er kann auch Daten senden, um den Ingenieur über alles informiert zu halten. Am vorderen Teil des Geräts ist ein winziger ➛ Replikator angebracht, mit dem der Exocomp jedes gewünschte Werkzeug herstellen kann. Welches er gerade braucht, kann er selbst entscheiden, da er aufgrund Künstlicher Intelligenz lernfähig ist (siehe auch ➛ Roboter).[16]

Exocomp (Quelle: www.foederationsdatenbank.de)

Bei dieser Erfindung handelt es sich statt einer »Drohne« wohl eher um den Traum aller mit dem Leatherman® ausgestatteten Heimwerker: die »Eier legende Wollmilchsau«. Ein selbständig denkender, widerstandsfähiger und weder Verpflegung noch Honorar benötigender Gehilfe, der sich noch dazu sein eigenes Werkzeug generiert! Betrachtet man die von der Bequemlichkeit des Menschen forcierte Entwicklung von Arbeitsgeräten, wird ein Exocomp wahrscheinlich bald Wirklichkeit – allerdings ohne sein Feature des aus dem Nirwana hergezauberten Werkzeugs.

Reality-Faktor (%)		20								

F FUSIONS-IMPULSANTRIEB

Dient in der *Star-Trek*-Reihe zum Erreichen von Unterlichtgeschwindigkeit.[16] Beim Einschalten des Triebwerks wird Plasma aus den Impulsreaktionskammern in die Antriebsspule geleitet. So wird ein Feldeffekt erzeugt, der zwei wichtige Funktionen erfüllt: Er reduziert die scheinbare Masse des Schiffes und erlaubt dem Schiff, sich leichter durch den Weltraum zu bewegen. Von der Antriebsspule werden die Ausstoßprodukte durch den Antriebsexhaustor abgegeben, über den man die Richtung kontrollieren kann, in die das Schiff getrieben werden soll.

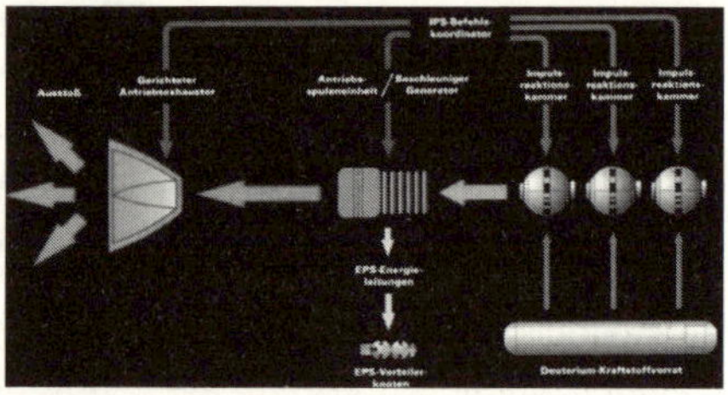

Schematische Darstellung des Fusion-Impulsantriebs bei Star-Trek-*Schiffen*

In einer **Impulsreaktorkammer** mit dem Durchmesser von sechs Metern wird Deuterium (schwerer Wasserstoff) in eine Kugel eingeführt, wo es zu einer Proton-Proton-Fusionsreaktion kommt. Die Leistung kann auf Werte zwischen 108 und 1011 Megawatt pro Kammer voreingestellt werden.

Auch wenn wir heute noch nicht die Technologie für derartige Triebwerke besitzen, verletzt die Idee kein bekanntes naturwissenschaftliches Gesetz. Kernfusion ist jedenfalls – wie weiter oben gezeigt – denkbar und könnte in naher Zukunft verwirklicht werden.[11]

Reality-Faktor (%)										100

G GENERATIONENSCHIFFE

Abgesehen von utopischen ➛ Wurmlöchern oder fantastischer ➛ Antriebstechnik helfen in der Space Opera oft einfachere Tricks, die gewaltigen Distanzen zwischen den Sternen zurückzulegen: so genannte Generationenschiffe.

Künstliche Planeten, die wie »Flugsamen« durchs All treiben,[5] könnten über viele Generationen hinweg den Reisenden eine Heimat bieten. Mit nur einem Promille der Lichtgeschwindigkeit könnten sie innerhalb einer, astronomisch betrachtet, kurzen Zeitspanne von 100 Mio. Jahren die Galaxis besiedeln. Für Jesco von Puttkamer, dem Planer für bemannte Raumfahrten bei der NASA, sind Generationenschiffe die einzige realistische Möglichkeit, die weiten Distanzen des Alls zu durchqueren.[8] Aber eine solche Weltraum-Arche würde seiner Meinung nach gewiss nicht in den nächsten 50 Jahren gebaut werden können.

Nicht geklärt ist zum Beispiel, wie der **Antrieb** eines künstlichen Planeten aussehen könnte - chemische Treibstoffe oder auch die Wasserstofffusion reichen nicht aus, um das mächtige Schiff aus der Schwerkraft der Erde und des Sonnensystems zu befördern und ausreichend lange mit Energie zu versorgen. Zumindest die Versorgung mit **Lebensmitteln** würde - auch für eine sehr große Zahl an Weltraumreisenden - kein unüberwindliches Problem darstellen. Aufgrund des enormen Platzbedarfs der Nahrung (und damit erhöhten Schubbedarfs beim Verlassen des Orbits) müsste man zwar darauf verzichten, diese von der Erde mitzuführen. Bisherige Experimente mit Pflanzen und Tieren in der Schwerelosigkeit haben jedoch gezeigt, dass es prinzipiell möglich wäre, sie auch im Raumschiff selbst zu züchten.

Auch weiß man heute bereits sehr viel über etwaige **gesundheitliche Gefahren** langer Aufenthalte im Weltraum (siehe ➛ Überleben im All) und kann entsprechende Vorkehrungen treffen. Generell spricht kein derzeit bekanntes naturwissenschaftliches Gesetz gegen die Möglichkeit von Generationenschiffen; solange aber keine komplette **Schwangerschaft und Geburt** eines Menschen im All stattgefunden hat, ist die tatsächliche Durchführbarkeit nicht gegeben.

Reality-Faktor (%)	50

G GRAVITATION

In der Welt von »Perry Rhodan« spielt die für den Menschen schädliche Schwerelosigkeit im All keine Rolle mehr – denn dort kann die Gravitation (g) längst ein- und ausgeschaltet werden.[5] In Wirklichkeit ist jedoch das Ausschalten weitaus schwieriger als das Einschalten.

Künstliche Gravitation bei *Star Trek*

Das menschliche Organsystem benötigt Gravitations- und elektromagnetische Felder, um ein ordnungsgemäßes Wachstum zu gewährleisten. **Niedrigstufige Feldgeräte** simulieren daher auf den Raumschiffen der Föderation ein planetares elektrisches und magnetisches Feld.[16]

Künstliche Gravitation und Trägheitsdämpfung werden durch Maschinen erreicht, die nach einem ähnlichen Prinzip arbeiten wie ein Traktorstrahl-Generator. Von den über alle betretbaren Bereiche des Schiffes verteilten Geräten wird ein kontrollierbares Gravitationsfeld produziert.

An Bord von *Galaxy*-Schiffen garantiert ein **Netzwerk von kleineren Schwerkraftgeneratoren** eine konstante Schwerkraft auf allen Decks. Dieses Netzwerk ist in vier Regionen unterteilt, zwei in der Untertassensektion mit je 400 Generatoren und zwei in der Kampfsektion mit je 200 Generatoren. Alle Regionen sind mit dem Inertial-Damping-Field-System verbunden, um Bewegungsschocks während des Fluges zu minimieren. Die Felder benachbarter Generatoren überlappen sich leicht, was jedoch für die Crew kaum fühlbar ist.

Das Schwerefeld selbst wird durch einen kontrollierten **Fluss von Gravitonen** erzeugt. Das Grundprinzip ist mit dem eines **Traktorstrahls** identisch: Energie vom Elektro-Plasma-System (EPS) wird in eine Hohlkammer von Aniciumtitanid-454 kanalisiert (ein versiegelter Zylinder von 50 cm Durchmesser und 25 cm Höhe). Im Zentrum des Zylinders schwebt in Hochdruckchrylongas ein **supraleitender Stator** aus Thoroniumarkenid. Der Stator, der sich ständig mit 125 540 Umdrehungen pro Minute dreht, produziert ein Gravitationsfeld, das allerdings nur einige Picosekunden lang besteht. Diese Verzögerung macht eine Anzahl weiterer Generatoren im Abstand von 30 m nötig. Das daraus resultierende Feld erlaubt natürliches Gehen ohne einen Gravitationsgradienten von den Füßen zum Kopf, wie es bei **Zentripetalgravitations-Generatoren** der Fall ist.

Der supraleitende Stator muss von seiner Fertigung an in schwebendem Zustand aufbewahrt werden und benötigt alle 60 Minuten einen Energieimpuls zur Synchronisation des EPS. Bei Ausfall des EPS kann der Stator noch 240 Minuten das Feld aufrechterhalten, das jedoch bis 0,8 g abfällt. Jede Beschleunigung des Schiffes mit bis zu 6 cm/sec Änderung, die den Stator stören kann, wird durch spezielle Rippen an der Innenseite des Aniciumtitanid-Zylinders abgefangen, höhere Beschleunigungen absorbiert das Inertial-Damping-Field. Das erklärt auch, warum die künstliche Gravitation auf der *Enterprise* trotz eines vollständigen Energieausfalls vorhanden bleibt.

Bewertung: Eine Variante, wie künstliche Gravitation hergestellt werden könnte, hat sich bereits 1903 der russische Raumfahrtpionier Konstantin Ziolkowski ausgedacht: ein **im Weltraum rotierendes Riesenrad**. Während sich dieses dreht, bewirkt es eine Zentrifugalkraft, die alles innerhalb des Ringes an die Seite drückt, wobei die Kraft je nach Rotationsgeschwindigkeit geändert werden kann. Menschen, die in einem solchen Rad leben, würden kaum einen Unterschied zur normalen Schwerkraft merken.[5]

Die Herstellung künstlicher Gravitation ist also nichts Unmögliches und verstößt auch gegen kein bekanntes naturwissenschaftliches Gesetz; in der Tat entwickelt die NASA ebenfalls schon seit Jahrzehnten diesbezügliche Pläne, unter anderem auch für Zentrifugalrad-Schwerkraft.

Reality-Faktor (%)	100

Anti-Gravitation

Die Föderation entwickelte im 23. Jahrhundert spezielle **Antigravitations-Geräte**, um schwere Gegenstände zu transportieren. Diese Geräte werden am Transportobjekt befestigt und wirken, sobald sie eingeschaltet

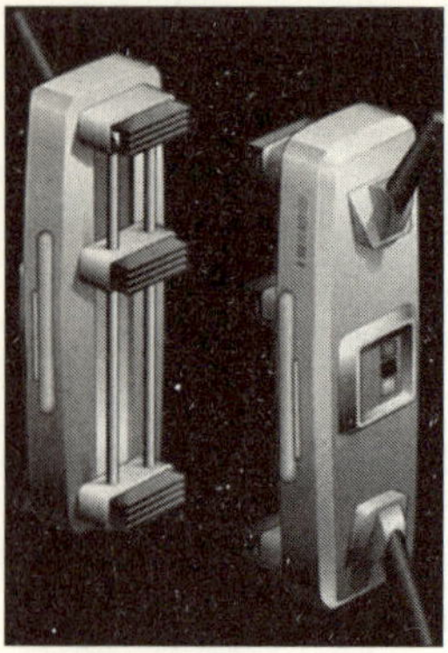

Antigrav-Gerät des 23. Jahrhunderts (Quelle: www.foederationsdatenbank.de)

werden, der Anziehungskraft entgegen. Dadurch kann das Objekt ohne große Anstrengungen angehoben und bewegt werden.

Bewertung: Die Aufhebung der Schwerkraft ist ein uralter Menschheitstraum. Die heutige Erforschung der (Anti-)Gravitation erscheint jedoch paradox: Einerseits schleppt sie sich recht erfolglos dahin, andererseits gibt sie berechtigten Anlass zur Hoffnung. Der Grund dieser Zwiespältigkeit scheint mir darin zu liegen, dass die Industrie zwar bereits einige Anlagen geschaffen hat, die eine Verminderung der Schwerkraft ermöglichen – Hebevorrichtungen in Fabriken sowie Magnetschwebebahnen sind die bekanntesten Beispiele. In Wahrheit handelt es sich hierbei jedoch um so genannte »Workarounds«, die eine Lösung für bestimmte Anwendungen finden, ohne das zugrundeliegende Problem auszuschalten.

Das Problem ist, dass wir die Gravitation heute noch immer nicht völlig verstehen. Obwohl wir sie ständig fühlen und wissen, was sie bewirkt, kann kein Wissenschaftler sagen, *warum* sie da ist und *wodurch* sie wirkt. Da jede Kraft irgendein Medium oder Überträgerteilchen braucht, um auf ein Objekt zu wirken, wurden (die auch bei *Star Trek* benutzten) Gravitonen von der Wissenschaft postuliert.[17] Das Problem ist nur: Diese sind – im Gegensatz zu Atomen, Elektronen oder Photonen – völlig hypothetische Teilchen; niemand hat sie bisher gesehen, genauso wenig wie die ebenfalls postulierten Gravitationswellen. Vor kurzem hat der Physiker Sergei Kopeikin von der Universität von Columbia-Missouri gemeinsam mit dem National Radio Astronomy Observatory in Virginia immerhin nachgewiesen, dass die Gravitation nicht unendlich schnell ist, sondern sich höchstwahrscheinlich mit Lichtgeschwindigkeit ausbreitet.[18]

Wie geheimnisvoll und unverstanden die Gravitation aber noch immer ist, zeigt sich an zwei drastischen Beispielen: Erstens ist sie der Hauptgrund, warum Einsteins Relativitätstheorie (die letztendlich eine Theorie der Gravitation ist) und die Quantentheorie (welche die Wirkungen zwischen Elementarteilchen beschreibt) noch immer nicht zu einer gemeinsamen »Theorie für Alles« (»Grand unified theory«) vereinheitlicht wurden. Zweitens verblüffte die Physiker vor ein paar Jahren der Nachweis einer mysteriösen »Anti-Gravitation« bzw. »Dunklen Energie«, welche das Weltall immer schneller auseinander zieht. Niemand weiß, woher sie kommt, warum sie da ist und wie sie sich letztendlich auswirken wird. Die Entwicklung eines tatsächlichen Antigravitations-Systems ist von den physikalischen Gesetzen her jedoch nicht ausgeschlossen und daher theoretisch möglich.

Reality-Faktor (%)						60				

H HYPERRAUM

Tore zwischen unserem Universum und anderen Dimensionen sind ein beliebter Kunstgriff der SF-Literatur. Statt die lange, direkte Route zu anderen Galaxien einzuschlagen, zischen die Raumschiffe einfach durch den Hyperraum. In *Star Wars* ist der Hyperraum die Zuflucht, in die sich Luke Skywalker vor den Jägern des Imperiums in Sicherheit bringen kann. In der TV-Serie *Star Trek – Deep Space Nine* entsteht ein Hyperraum in dem neben einer entlegenen Raumstation befindlichen ➛ Wurmloch.

Was aber ist der Hyperraum und wodurch unterscheidet er sich vom so genannten ➛ Subraum? Diese Unterscheidung ist wichtig, da der Begriff »Hyperraum« in den Space Operas verschieden gehandhabt und gedeutet wird.

Laut der bei »Perry Rhodan« üblichen Kosmologie ist der Hyperraum ein fünfdimensionales Kontinuum, das unseren Normalraum überlagert.[19] Innerhalb des Hyperraums seien Hyperfunk (überlichtschnelle Nachrichtenübermittlung) und überlichtschnelle Raumfahrt möglich. Darin entspricht er jedoch eher dem Begriff des ➛ Subraums bei *Star Trek* als der wissenschaftlichen Hyperraum-Definition.

Letztere besagt, dass der Hyperraum nichts anderes als ein »Riss« in der vierdimensionalen Raumzeit unseres Universums ist. Aufbauend auf Albert Einsteins Spezieller Relativitätstheorie schuf dessen einstiger Lehrer Hermann Minkowski eine völlig geometrische Betrachtungsweise von Raum und Zeit. Er war es, der beides zur »Raumzeit« zusammenfasste.[18]

Wie entsteht dieser Riss? Einstein fiel bei seinen Berechnungen auf, dass die Raumzeit an bestimmten Stellen »gekrümmt« sein kann – und zwar überall dort, wo viel Masse im Spiel ist. Anschaulich wird das, wenn man sich die Raumzeit als eine völlig ebene Trampolinfläche vorstellt, in die eine Metallkugel gelegt wird: Diese beult das Gummituch ein, die Geometrie (und auch die Zeit) verändert sich. Jeder Himmelskörper produziert demnach durch seine Masse und ➛ Gravitation einen Abdruck in der Raumzeit. Da sich aber laut Einsteins Formel $E = mc^2$ Masse und Energie entsprechen, könnte man theoretisch auch mit geeigneten Energiemengen eine Krümmung oder sogar Verletzung bis hin zu einem »Riss« der Raumzeit herstellen.

Solche »Risse« könnten auch in der Natur bereits existieren – in Form der supermassereichen Schwarzen Löcher. Sie sind so kompakt, dass sie das Gewebe der Raumzeit überfordern und einen »endlosen« Schlauch in sie reißen. Die Physik besagt, dass nichts und niemand der Anziehungskraft und den damit verbundenen tödlichen Eigenschaften eines Schwarzen Lochs entkommen oder gar mit dem Raumschiff durch eines hindurchfliegen kann. Sollte jedoch zukünftig eine Möglichkeit gefunden werden, diesen Hyperraum zu befahren oder ihn sogar künstlich herzustellen, könnte man eventuell sehen, dass der »Schlauch« in Wahrheit ein ➛ Wurmloch ist, dessen anderes Ende irgendwo im Universum liegt. Der Hyperraum aus *Star Trek* basiert jedenfalls auf tatsächlicher Wissenschaft, auch wenn die Chancen extrem niedrig sind, ihn wirklich jemals beweisen – geschweige denn mittels ➛ Warp-Antrieb benutzen – zu können.

Reality-Faktor (%)	10									

I IONENVERTEILER-ANTRIEB

Beschleunigt *Star-Trek*-Raumschiffe auf Unterlichtgeschwindigkeit. Die Hauptenergie kommt von einem Ionenantrieb, die Energie wird durch ein Kommandomodul gesteuert. Die Verteilung auf die ein-

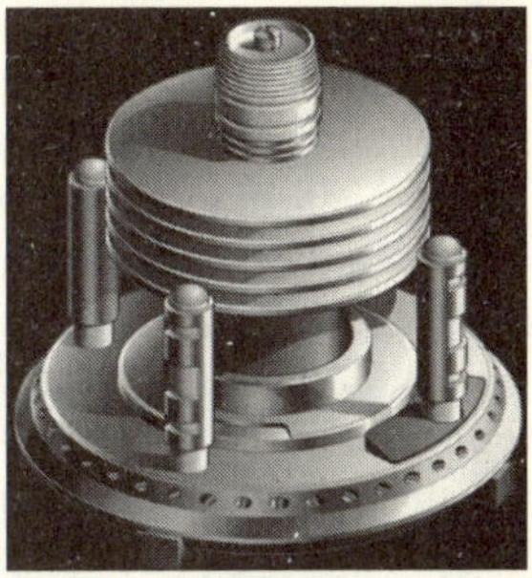

Ionenverteiler
(Quelle: www.foederationsdatenbank.de)

zelnen Systeme übernimmt der Ionenverteiler. Dieser besteht aus mehreren Metallplatten mit ca. 20 cm Durchmesser, die von kurzen Metallbolzen gehalten werden.[16]

Weder steht dieser Antrieb im Widerspruch zu irgendeinem physikalischen Gesetz, noch ist er wirklich neu. Wie schon einleitend bei der heutigen ➛ Antriebstechnik gezeigt, wird Ionenantrieb bereits bei Weltraumsonden eingesetzt.

Reality-Faktor (%)										100

K KOMMUNIKATIONSTECHNIK

Kommunikatoren bei *Star Trek*

Kommunikatoren können Stimmübertragungen von einer Planetenoberfläche zum Raumschiff in der Umlaufbahn und zwischen Mitgliedern eines Landetrupps durchführen. Außerdem geben sie dem Transportersystem die genauen Koordinaten eines Besatzungsmitglieds an, um es zurück aufs Schiff zu ➛ beamen. Frühe Versionen des Kommunikators waren kompakte Handgeräte mit einem aufklappbaren Antennennetz.

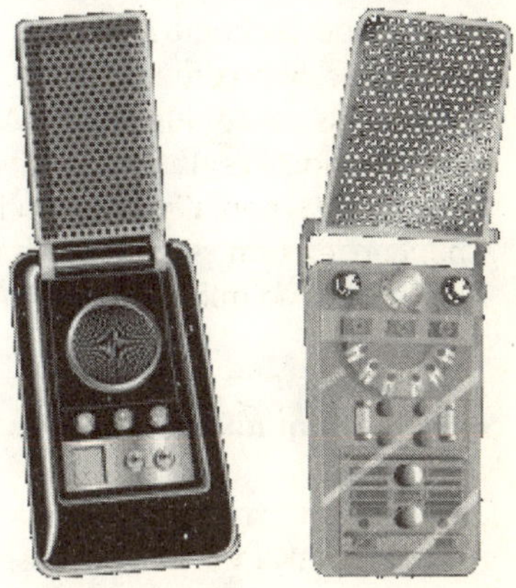

Kommunikator 2266 *Nachfolgemodell*

Ältere Kommunikatormodelle (Quelle: www.foederationsdatenbank.de)

Die Sternenflotte verwendete für kurze Zeit Armbänder als Kommunikatoren. Später wurden die Geräte jedoch in die Abzeichen eingebaut, die jedes Besatzungsmitglied an der Uniform trägt. Diese verfügen über einen Hautsensor, der den Gebrauch auf autorisierte Individuen beschränkt.

Armband-Kommunikator 2271

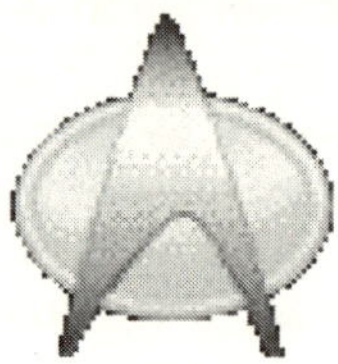

Kommunikator 2364

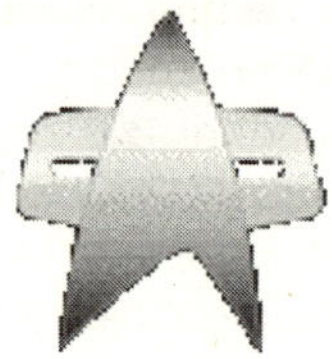

Kommunikator Ende des 24. Jahrhunderts

Neuere Kommunikatormodelle (Quelle: www.foederationsdatenbank.de)

Der Kommunikator, den Captain Kirk stets mit einer lockeren Handbewegung aufklappte, zählt bereits zum festen Bestandteil unseres Alltags, und auch die nachfolgenden Modelle sind nichts Undenkbares mehr: Schon die nächste Handy-Generation wird so klein sein, dass sie als Uhr am Handgelenk getragen wird und mit Spracherkennung funktioniert.

Reality-Faktor (%)										100

Schiffskommunikation ab *Star Trek – The Next Generation*

Die **schiffsinterne Kommunikation** wird über den Hauptcomputer geleitet. Die Kommunikationssoftware wartet auf einen Befehl zur Verbindungsherstellung. Sobald ein solcher erfolgte und der gewünschte Gesprächspartner identifiziert werden konnte, wird dessen Com aktiviert. Sollte er keinen eigenen Com haben, wird der nächstgelegene Lautsprecher verwendet. Es kann leichte Verzögerungen während der Verbindung geben, da der Gesprächspartner zunächst geortet werden muss, die nachfolgende Unterhaltung geschieht jedoch in Echtzeit, also verzögerungsfrei.[16]

Reality-Faktor (%)										100

Die **Kommunikation zwischen Schiffen oder zum Hauptquartier** der Sternenflotte über extrem weite Distanzen funktioniert nur deshalb ohne Verzögerung, weil sie den ➤ Subraum als Medium benutzt. Die Geschwindigkeit eines Subraum-Signals (unter idealen Bedingungen: Warp-Faktor 9,9997, also schneller als das Licht) stellt auch die Grenze für jede Langstrecken-Verbindung dar. Das Problem mit dem Subraum (siehe dort): Er kann physikalisch gesehen höchstwahrscheinlich nicht existieren.

Reality-Faktor (%)	10									

Universal-Übersetzer

Eine der interessantesten Erfindungen der Space Opera: Dieses 30 cm lange Handgerät kann immer mitgeführt werden und gehört auch zur Standard-Ausrüstung von *Star-Trek*-Shuttles. Es kann mit dem Schiffscomputer vernetzt werden, ist lernfähig und sammelt Informationen: Während eines Gesprächs mit einer noch unbekannten Spezies erstellt es sofort eine Übersetzungsmatrix, um die neue Sprache so schnell wie möglich zu übersetzen.[16]

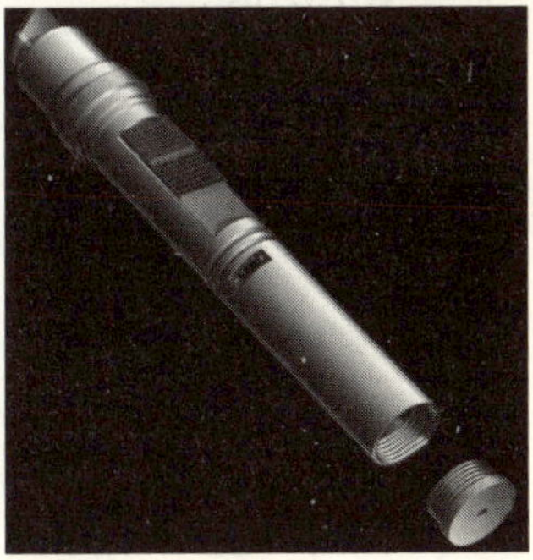

Universal-Übersetzer (Quelle: www.foederationsdatenbank.de)

So gerne wir alle dieses Gerät hätten – es ist offensichtlich bereits schwierig bis unmöglich, für alle menschlichen Sprachen einen Sofort-Übersetzer zu entwickeln, geschweige denn für außerirdische Geräusche und Dialekte. So meint auch der NASA-Experte David Batchelor:

> »Die Art, wie die *Enterprise*-Crew mit außerirdischen Raumschiffen kommunizieren kann, ist absurd und soll lediglich die Handlung vom Stocken abhalten. Wir können sicherlich ausschließen, dass eine Erfindung wie der Universalübersetzer jemals gebaut wird.«[14]

Reality-Faktor (%)	10									

PADD
(Personal Access Display Device)

Ein PADD ist so etwas wie eine kleine elektronische Taschen-Datenbank. Es wird meistens für Notizen oder Berichte in der *Star-Trek*-Sternenflotte benutzt; PADDs haben dort gewissermaßen das Buch ersetzt.

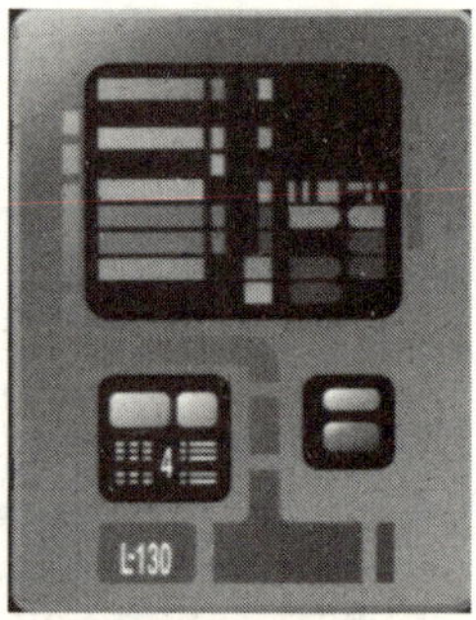

PADD (Quelle: www.foederations datenbank.de)

Der PADD ist im Grunde schon Realität geworden: Die kleinen Taschencomputer (PDAs/Personal Digital Assistants) etwa von Palm sind Datenbank, Kommunikation, Notizbuch und Terminkalender in einem. Und selbstverständlich kann man sich schon ganze Buchausgaben (bevorzugterweise SF-Romane) auf die Geräte *downloaden*.

Reality-Faktor (%)										100

L LICHTSEGEL

Diese Technologie nutzt die Kraft der Sonne zur Fortbewegung, indem Raumschiffe mit riesigen ausklappbaren »Segeln« deren Energie auffangen und in Bewegungsimpuls umwandeln. In der SF tat sich besonders Robert L. Forward, Gravitationsfachmann und einer der Meister im wissenschaftlichen Schreiben, mit seinem Roman »Der Flug der Libelle«[20] hervor. Das Buch schildert die erste menschliche Expedition zu einem nahe gelegenen Stern mit Hilfe eines von Lichtsegeln angetriebenen Raumfahrzeugs. Lichtantrieb, Reisegeschwindigkeiten und die generelle Konstruktion der *Libelle* wurden sogar vom österreichischen Astrophysiker und SF-Autor Peter Schattschneider gemeinsam mit Studenten an der Technischen Universität überprüft und durchgerechnet. Das Ergebnis: Forwards Zahlen stimmen.[2]

Heute hat Sonnenkraft allerdings noch ihre Grenzen: Für Reisen über Jupiter hinaus ist sie kaum nutzbar, da die Sonnenstrahlung für derzeitige Lichtrezeptoren nicht mehr ausreicht. Bei der Galileo-Mission zum Jupiter und der Cassini-Mission zum Saturn wurden kleine **Wärmekraftwerke** eingesetzt; sie verwandeln die beim Zerfall des radioaktiven Isotops Plutonium-238 entstehende Wärme in Strom. Diese Technik lässt sich jedoch kaum zur Gewinnung größerer Energien einsetzen. Generell ist der Lichtsegel-Antrieb jedoch eine der realistischsten Visionen der SF und hat – wenn keine neuen Hürden auftauchen – sehr gute Chancen auf Umsetzung.

Reality-Faktor (%) 100

M MASSEINHEITEN

Die **Lichtgeschwindigkeit** c ist das Tempo, mit der sich alle elektromagnetischen Wellen im Vakuum ausbreiten (nach neueren Erkenntnissen auch die ➛ Gravitation). In einer Sekunde legt das Licht 299 792,458 Kilometer zurück.

Entfernungen:

1 Astronomische Einheit = 1 AE = Durchschnittsabstand zwischen Erde und Sonne = 149 600 000 km.
1 Lichtjahr = die Strecke, die das Licht in einem Jahr zurücklegt = 9 439 660 000 000 (9,4 Billionen) km.

Subraum-Vermessung bei *Star Trek*:

1 Cochrane = die Feldstärke, die von einem Feld des Warpfaktors 1 erzeugt wird.

Geschwindigkeitsmessung bei *Star Trek – The Next Generation*:

Warpfaktor 1	=	1 Cochrane
Warpfaktor 2	=	10 Cochrane
Warpfaktor 3	=	39 Cochrane
Warpfaktor 4	=	102 Cochrane
Warpfaktor 5	=	214 Cochrane
Warpfaktor 6	=	392 Cochrane
Warpfaktor 7	=	656 Cochrane
Warpfaktor 8	=	1024 Cochrane
Warpfaktor 9	=	1516 Cochrane

Warpfaktor 1 entspricht Lichtgeschwindigkeit

Der Cochrane-Faktor gibt das Verhältnis an, mit dem die Lichtgeschwindigkeit steigt (Beispiel: Warp 4 = 102-fache Lichtgeschwindigkeit).

Leider ist die Warp-Skala nicht in allen *Star-Trek*-Serien die gleiche, was immer wieder Verwirrung stiftet. In der ersten *Star-Trek*-Reihe war die Skala noch nach oben offen. Zwischen 2270 und 2360 *Star-Trek*-Zeit wurde sie jedoch neu definiert. Es gibt viele (technische) Erklärungen dafür, der eigentliche Grund scheint jedoch einfach zu sein, dass Gene Roddenberry es so wollte. Die neue Skala ist wie die alte exponentiell ansteigend, steigt aber zwischen Warp 9 und Warp 10 asymptotisch an und endet bei Warp 10. Zwar gibt es weiterhin beliebig hohe Geschwindigkeiten, nur heißen diese jetzt nicht mehr Warp 14,1 oder Warp 25, sondern Warp 9,7 oder Warp 9,999.

M MEDIZIN

»I'm a doctor - not a mechanic!«

Dr. »Pille« McCoy, leitender medizinischer Offizier der U.S.S. Enterprise

In jeder *Star-Trek*-Serie existiert eine Krankenstation, die mit technologisch höchst ausgereiften Geräten bestückt ist. Die Betten zeichnen Puls und Blutdruck der Patienten auf, einige verabreichen sogar Medizin und bauen ein Kraftfeld auf, um die Ausbreitung von Infektionen zu verhindern.

Hypospray

Bei Erste-Hilfe-Einsätzen außerhalb des Raumschiffs steht dem Arzt ein Instrumentenkoffer, das so genannte **Medikit** zur Verfügung. Eines der wichtigsten Instrumente darin ist das Hypospray, mit dem Medizin ohne Nadel unter die Haut injiziert wird.

Die US-Armee hat dieses Instrument bereits Ende der 90er Jahre verwirklicht.[5] Auch in der herkömmlichen Medizin werden Instrumente benutzt, die dem Hypospray sehr ähnlich sind. Bei der nadelfreien Applikation wird das Medikament per Druck durch die Haut ins Unterhautfettgewebe gepresst. Diabetiker zum Beispiel können sich damit ihre Medizin selbst injizieren.

Reality-Faktor (%) 100

Medizinischer Tricorder

Im Medikit befindet sich auch eine Abwandlung des ➛ **Tricorders**. Diese zeichnet die gesundheitliche Verfassung eines Patienten auf, kann röntgen und mikroskopische Aufnahmen anfertigen.

In der Realität existiert kein derartiges Gerät. Es gibt zwar Röntgen- und Ultraschallgeräte, die faszinierende Blicke unter die Haut des Patienten eröffnen, doch sind diese noch relativ sperrig. Physikalisch gesehen gibt es aber zumindest keinen Grund, warum sie nicht in Zukunft kleiner und mobiler werden sollten.

Reality-Faktor (%)	50

Medizinischer Kälteschlaf

Bei Kranken, für deren Behandlung die medizinische Ausrüstung an Bord nicht ausreicht, werden die Lebensfunktionen durch starke **Unterkühlung** zurückgefahren. Dieses Verfahren (siehe auch ➛ **Tiefschlaf**) erhält den Patienten am Leben, bis er zu einer besser ausgestatteten Einrichtung transferiert werden kann[15]. Der Schiffsarzt der *Voyager* verwendet spezielle **»Stasiskammern«,** als Janeway und Chakotay an einer unbekannten Krankheit leiden. Die beiden werden in ca. 2 m lange Kammern gesteckt, um sie so auf den Planeten zurückzubringen, bis ein Heilmittel gefunden wird. An den Seiten der Kammern befinden sich berührungsempfindliche Kontrollflächen, um die Lebenserhaltungssysteme einzustellen und zu kontrollieren. Die Wandung ist 20 cm dick und schützt den Körper vor Strahlung und Druckveränderungen.[16]

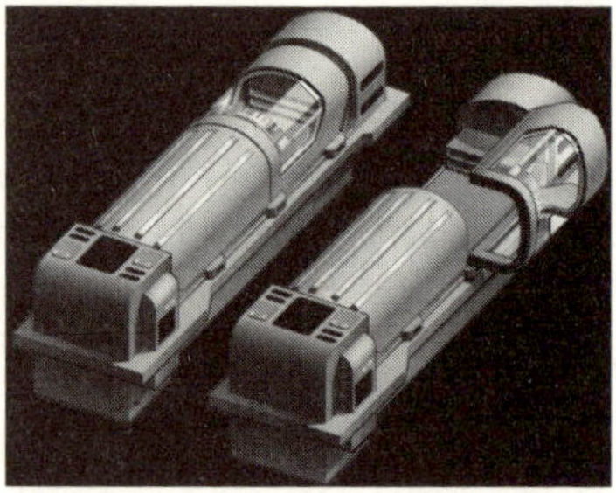

Stasiskammern der Voyager *(Quelle: www.foederationsdatenbank.de)*

Auch hier gibt es keinen bekannten Grund, die Machbarkeit dieser Technologie anzuzweifeln – heutige Lebenserhaltungssysteme werden bereits für künstlichen ➛ Tiefschlaf eingesetzt.

Reality-Faktor (%)	100

Heilstrahlen

Die *Star-Trek – The-Next-Generation*-Ärztin Dr. Crusher leuchtet mit Heilstrahlen auf die Wunden von Patienten, und deren Haut oder Knochen heilen sofort.

Dies ist jedoch eine Magiemedizin des 24. Jahrhunderts, wie David Allen Batchelor von der NASA bemerkt.[11] Heutige Chirurgen arbeiten zwar mit Lasern, um Wunden zu verschließen oder auch die verletzte Retina der Augen zu reparieren, sogar Zahnärzte arbeiten bereits mit Lasertechnologie; es wurde schon ein Klebstoff entwickelt, der menschliche Zellen verbinden kann, des Weiteren auch synthetische Haut, um Wunden temporär zu schützen. Aber noch immer ist die körpereigene Wundheilung praktisch gleich schnell wie jede andere bekannte Methode.

Immerhin gibt es derzeit Hinweise, dass schwache elektrische Ströme die Knochenheilung beschleunigen können, wenn auch lange nicht so rapide wie Dr. Crushers Wunderstrahlen.

Reality-Faktor (%)	**0**									

Biocomputer

Der tragbare *Star-Trek*-Biocomputer wird von Außenteams mitgeführt und kann über den Kommunikator mit dem Schiffscomputer verbunden werden, um ein schnelles Untersuchen von gesammelten Proben zu ermöglichen. Zur Datenspeicherung werden Standarddisketten benutzt.

Abgesehen vom irreführenden Namen (unter »Biocomputern« versteht man eigentlich aus organischen Zellen bestehende Geräte) spricht nichts gegen die Realisierbarkeit dieser Technologie sogar mit heutigen Mitteln (Mikroprozessor, Diskette, Datenübertragung per Funk).

Reality-Faktor (%)										**100**

Unsterblichkeit

Als Perry Rhodan in seinem ersten Abenteuer im Jahr 1971 (!) auf dem Mond landete und dort unter anderem auf das Computerwesen ES traf, verlieh ihm dieses das Geschenk der Unsterblichkeit und ließ sein Alter auf 39 Jahre »einfrieren«.[5] Mit dieser Idee lieferten die Autoren eine Erklärung, warum ihr Protagonist praktisch bis in die Unendlichkeit Abenteuer bestehen wird.

Freilich gibt es derzeit in der Realität keinerlei Aussichten auf eine derartige medizinische Errungenschaft. Heutige Mediziner, Biochemiker und Gentechniker arbeiten zwar seit Jahren daran, den Alterungsprozess zu manipulieren, und schätzen, dass eine Verdopplung des Lebensalters kein Problem sein sollte bzw. dass Menschen im günstigsten Fall sogar bis zu 400 Jahre alt werden könnten. Doch der Schlüssel zum ewigen Leben liegt zu gut versteckt – wenn es ihn überhaupt gibt.

Reality-Faktor (%)	**0**									

M METAGRAV-ANTRIEB

Als es für Perry Rhodan daran ging, größere Distanzen zurückzulegen und daher mit Überlichtgeschwindigkeit reisen zu müssen, überlisteten seine Autoren Karl-Herbert Scheer und Walter Ernsting alias Clark Darlton die Einsteinschen Gesetze, indem sie gedanklich die vierdimensionale Raumzeit verließen und sich in die fünfte Dimension des ➛ Hyperraums begaben, wo das Tempolimit des Lichts nicht mehr gilt. Auf der offiziellen Website[21] des Weltraumhelden erfährt man sogar von einem Geschwindigkeitsrekord vom 2-Milliardenfachen der Lichtgeschwindigkeit. Damit wäre eine Reise zur Andromedagalaxie in nur einem Tag möglich!

Der hierfür (seit Beginn des 5. Jahrtausends) eingesetzte Metagrav-Antrieb umgeht die heutige Problematik, dass Raumschiffe ihren Treibstoff mit sich führen müssen, sehr elegant, indem er seine Energie aus der Umgebung bezieht. Die zum Beispiel beim zwei Kilometer großen Weltraumgiganten *Marco Polo* installierte Zapfsäule **Hypertrop** saugt zuerst Energie aus dem Hyperraum ab und deponiert sie dann im leistungsfähigen **Gravitraf-Speicher**.

Der Antrieb funktioniert dabei so, dass vor dem Flug durch die Projektion eines Schwerkraftzentrums das Ziel anvisiert wird. Der Ort, an dem das Schwerkraftzentrum entsteht, heißt virtueller G-Punkt (!) und für eine Reise mit Überlichtgeschwindigkeit wird das Zentrum dort so verstärkt, dass ein Schwarzes Loch entsteht. Die Autoren nennen dies einen **Metagrav-Vortex**, durch den das Raumschiff in den Hyperraum stürzt.

Während seines Aufenthalts in dieser seltsamen Welt erzeugen so genannte **Grigoroff-Projektoren** ein Schirmfeld, das das Fahrzeug allseitig einhüllt und ihm quasi seinen eigenen Mikrokosmos im Hyperraum zuteilt. So kommt man nicht in die Verlegenheit, zu erklären, wie sich ein dreidimensionales Raumschiff im fünfdimensionalen Raum aufhalten kann. Seitens der heutigen Physik weiß jedenfalls niemand, wie ein derartiger Antrieb jemals Realität werden könnte.

Reality-Faktor (%)	**0**								

N NANOTECHNIK

Der Begriff Nanometer (nano = griech. »Zwerg«) bezeichnet die Größe von 1 Millionstel Millimeter. Allerdings wird er nicht nur von SF-Autoren, sondern auch Wissenschaftlern häufig missbraucht. »Es hängt davon ab, wen man fragt«, kommentiert der Biophysiker Steven M. Block von der Stanford University in Kalifornien. »Manche (Forscher) vereinnahmen das Wort einfach für das, was sie gerade tun.« Manchmal entpuppen sich die erforschten Objekte gar nicht als »nano«, sondern »nur« als etwas im Mikrometermaßstab (1000stel Millimeter).[22] Die »Nanowelt« umfasst den bizarren Übergangsbereich zwischen dem Reich einzelner Atome und Moleküle einerseits und der Makrowelt andererseits. Nach unten hin - in der Gegend von höchstens 1 Nanometer - stößt die Nanowelt an ihr Limit: die Grundbausteine der Materie als kleinstmögliche natürliche Strukturen. Die Idee der Nanotechnik besteht - kurz gesagt - darin,

Atome und Moleküle durch direkten Eingriff zu manipulieren, um aus ihnen zum Beispiel winzige Halbleiter oder sogar Maschinen zu bauen.

Lange vor der Entstehung des Ausdrucks »Nanotechnik« tauchten in der SF bereits winzig kleine Maschinen auf. Die Idee der **mikroskopischen Chirurgie** erschien in dem Film *Die phantastische Reise* von 1966, zu dem Isaac Asimov den Roman verfasste. Allerdings wird dort keine molekulare Maschinerie gebaut, sondern eine große Vorrichtung, die wie durch Zauberei Menschen und Geräte auf mikroskopische Dimensionen verkleinert, indem sie - unter Verletzung zahlreicher physikalischer Prinzipien - die Atome selbst schrumpfen lässt.

In der Folge jedoch wurde die Idee nano-großer Roboter - kurz Nanobots - von der SF begeistert aufgegriffen und als Baustein für alle möglichen Wundergeräte, Heilmethoden und Überwachungssysteme herangezogen.

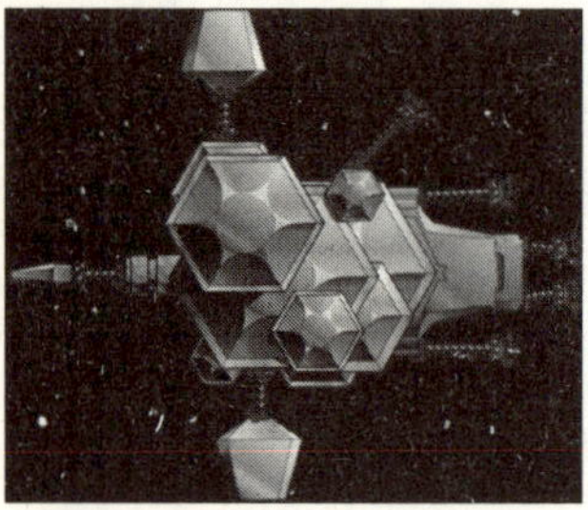

Naniten (Quelle: www.foederationsdatenbank.de)

Bei *Star Trek - The Next Generation* greift die Episode *Evolution* das Thema auf. Der Weltraumkadett Wesley Crusher setzt unabsichtlich einige **»Naniten«** frei; diese winzigen Roboter sollen sich eigentlich in lebenden Zellen nützlich machen (sie können so programmiert werden, dass sie Viren erkennen und vernichten, die das Immunsystem nicht erkennt). Allerdings entwickeln sie sich zu einer hochintelligenten Gesellschaft, die unsichtbar die Systeme der *Enterprise* befällt und beschädigt. Am Ende gelingt es zum Glück, mit den Naniten Kontakt aufzunehmen und einen Kompromiss auszuhandeln, der beide Seiten weiter leben lässt.

Die Kernidee der Nanotechnik, das präzise **Manipulieren einzelner Atome,** taucht jedoch bereits 1965 in einer klassischen Space Opera auf, in Frank Herberts »Dune - Der Wüstenplanet«:

> »Der Stoff war aus Partikeln, die in ihr tanzten ... Sie begann, vertraute Strukturen zu erkennen, atomare Bindungen: ein Kohlen-

stoffatom hier, zitternde Schraubenform ... ein Glucosemolekül. Eine ganze Kette von Molekülen begegnete ihr, und sie erkannte ein Protein ... eine Methyl-Protein-Anordnung ... sie bewegte sich hinein, verschob ein Sauerstoffstäubchen, ließ ein anderes Kohlenstoffstäubchen andocken, knüpfte eine Sauerstoffbrücke neu ... Wasserstoff. Die Veränderung breitete sich aus ... schneller und schneller, als die katalysierte Reaktion ihre Kontaktfläche öffnete.«

Die Beschreibung entspricht im Grunde dem, was heutige Nanotechniker praktizieren. Während sie dazu allerdings Rasterelektronenmikroskope und anderes Gerät verwenden, vollführt die Protagonistin der Geschichte – Lady Jessica, Mutter des messianischen Paul Atreides – eine ganz und gar unwissenschaftliche Psychokinese in ihrem eigenen Körper.

In »Dune« wird die Nanotechnologie auch durch die Ixianer vorweggenommen: Diese Händler aus einer der seltenen Hightech-Ecken des Alls sind »überlegen in ihrer Maschinenkultur« und »bekannt für Miniaturisierung«. In der Tat würden **Miniaturwaffen** wie der »Jäger-Sucher«, eine winzige fliegende Nadel mit vergifteter Spitze, perfekt in eine moderne Nanotechnik-Story passen.

Über den Kamm geschert lässt sich sagen: Der Realismus in der Beschreibung von Nanotechnologie in Space Operas ist genauso breit gefächert wie die (zum Großteil noch lange nicht eingehaltenen) Versprechungen heutiger Nano-Wissenschaftler. Die beschriebenen Nanobots sind zwar physikalisch möglich, doch weiß heute niemand, wie und wann man sie tatsächlich bauen können wird. Ein »Realitätsfaktor« von 50% scheint daher angebracht.

Reality-Faktor (%)					50					

P PARALLELWELTEN

In der Heftserie »Perry Rhodan« wird der Held eines Tages durch sein konträres Spiegelbild aus einer parallelen Welt ausgetauscht. Und auch in *Star Trek* findet sich Captain Kirk mit einigen seiner

Freunde nach einem gescheiterten Beam-Versuch in einem Universum wieder, wo die Seiten von Gut und Böse vertauscht sind. In den Werken »The Gods Themselves« und »Wreath of Stars« von Isaac Asimov und Bob Shaw beispielsweise werden Parallelwelten konstruiert, in denen sich der materielle Aufbau, die Naturgesetze per se, von dem unseren unterscheidet.

Manheim-Effekt bei Star Trek

Im Jahr 2364 testet der Zeitforscher Dr. Paul Manheim eine Technologie, mit der ein Pulsar zur Energieerzeugung verwendet wird, um ein Tor in eine andere Dimension zu öffnen. Hierbei ist eine Antimaterie-Kapsel zum Verschließen des Tores nötig; sie muss eingeführt werden, sobald eine Verzerrungswelle ausströmt. Dennoch entstehen dabei Zeitwellen (»Manheim-Effekt«), die ein ganzes Gebiet im All verwüsten.[16]

Bewertung: Zahlreiche Physiker verfeinern seit Jahren die **Multiversum-Theorie**, wonach unser Universum nur ein winziges, unbedeutendes Teilchen in einem noch größeren Gebilde ist. Dieses Gebilde hat nicht nur die drei Raum-Dimensionen, die wir kennen, sondern mindestens vier. Es soll einem Topf mit kochendem Wasser ähneln: Durch spontane Energie-Sprünge – so genannte Raum-Zeit-Fluktuationen – bilden sich ständig kleine Bläschen heraus, die rasch expandieren. Unser Universum befindet

Energiesammler und Antimaterie-Kapsel von Manheims Maschine (Quelle: www.foederationsdatenbank.de)

sich demnach an der Oberfläche eines solcher Bläschen, das vor 15 Milliarden Jahren entstanden ist und seither ununterbrochen expandiert.[23] Unendlich viele andere Blasen-Universen entstehen, expandieren, kollabieren, platzen und kollidieren miteinander. Hierzu der Physiker Bryce de Witt:[24]

> »Richtig betrachtet, spaltet sich unser Universum ständig in eine ungeheure Zahl von Verzweigungen auf. Jeder Quantenübergang, der irgendwo auf einem fernen Stern, in einer beliebigen Galaxie, in dem entlegensten Winkel des Universums stattfindet, teilt unsere lokale Welt in unzählige Kopien ihrer selbst auf. Hier haben wir es mit Schizophrenie in höchster Potenz zu tun!«

Welche Naturgesetze in den anderen Blasen-Welten herrschen, entscheidet der physikalische Zufall. Einige Welten sind vielleicht aus Antimaterie aufgebaut. In anderen könnten Raum oder Zeit auf merkwürdige Weise verformt sein. Die Phantasien von SF-Autoren wie Spiegel-Welten oder Rückwärts-Welten (in denen die Zeit rückwärts läuft) könnten theoretisch in unserer Nachbarschaft tatsächlich wahr sein. Auch Welten, die sich von unserer kaum unterscheiden und in denen möglicherweise sogar unsere Doppelgänger leben, wären prinzipiell denkbar. Die Physiker glauben allerdings, dass es in den meisten Blasen-Welten überhaupt keine Materie gibt. Wenn eine Blase nur ein wenig langsamer oder schneller als unsere expandiert, dann ist sie entweder zu heiß und zu dicht oder im Gegenteil zu kalt, als dass sich dort Atome bilden könnten.

Sind auch Reisen von einem Universum ins andere denkbar? Der russische Physiker Andrej Linde zeigte, dass unter gewissen Bedingungen ein ➛ Wurmloch von unserem Universum in eine der vielen Welten führen könnte. Solange uns jedoch nicht ausreichende Energiemengen zur Verfügung stehen, um diese herzustellen und zu stabilisieren, kann man die Existenz von Parallelwelten derzeit weder ausschließen noch bestätigen.

Reality-Faktor (%)	10									

P PHASER

SF-Schriftsteller haben noch nie viel von herumfliegenden Metallkugeln gehalten, weshalb Strahlengewehre schon lange vor Erfindung des Lasers gegen feindliche Aliens gerichtet wurden.[9]

Phaser (PHASed Energy Rectification) und andere Laserwaffen der Space Opera sind Geräte, die intensive Energiestrahlen auf subatomarer Basis ausstoßen. Zunächst dienten sie dem Zweck, Gas, Staub und Meteorfragmente aus der Flugbahn der Raumschiffe zu entfernen. Bald entwickelten sie sich jedoch zum Hauptverteidigungssystem der Föderation. Die Raumschiffe der Sternenflotte sind mit Phasern ausgestattet, die eine Reichweite von 300000 Kilometern haben. Jedes Mannschaftsmitglied besitzt zudem einen **Handphaser** in Taschenformat, der über eine geringere Reichweite verfügt.[15]

Handphaser (Quelle: www.foederationsdatenbank.de)

Der Handphaser ist vor allem für den Selbstschutz gedacht. Die breite weiße Taste ist der Auslöser, die rechte Taste darüber steuert die Intensität und die linke die Breite des Strahles. Die grünen Lichter darüber zeigen das gewählte Energieniveau an.

Funktionsweise

Die Funktion eines Phasers basiert auf dem schnellen Nadion-Effekt (SNE), der den Energiefluss zwischen Fokuskammer und Emissionsöffnung bewirkt. Beides befindet sich am vorderen Ende des Phasers. Er besitzt ein Strahlkontrollsegment, eine Sicherheitseinrichtung, ein ➛ Subraum-Transceivermodul (STM), welches sich in der Mitte des Phasers befindet (es hat an den Seiten weiße Striche), und eine wieder aufladbare Sariumkrellid-Energiezelle (das Blaue am Ende).

Die Energie stammt von schnellen Nadionen, subatomaren Teilchen, die ihre Kraft den Wechselwirkungen mit Atomkernen bei

Hochgeschwindigkeit verdanken. Der SNE erlaubt die Umwandlung gespeicherter Energie in gebündelte Strahlen.[16] Die Energie der Zelle wird durch Strahlenkontrollsegment und Sicherheitsvorrichtung geleitet, erreicht dann die kugelförmige Fokuskammer, eine LiCu-521-Einheit, die 1,5 cm misst und mit Guliumarkenid verstärkt ist.

Feuerkraft: Wenn der Auslöser betätigt wird, verschwindet die Emissionsbarriere innerhalb von 0,02 Pikosekunden und die Strahlenergie wird freigegeben. Es gibt hierbei acht einstellbare Wirkungsgrade:

1. Leichte Betäubung: Lässt Humanoide für ca. 5 Minuten bewusstlos werden.
2. Mittlere Betäubung: Lässt Humanoide für ca. 15 Minuten bewusstlos werden.
3. Schwere Betäubung: Lässt Humanoide für ca. 1 Stunde bewusstlos werden.
4. Thermischer Effekt: Bei Humanoiden neurale Verletzungen und Hautverbrennungen.
5. Thermischer Effekt: Bewirkt schwere Verbrennungen am Gewebe.
6. Destruktive Effekte: Löst Materie auf, Strukturschäden an organischem Gewebe.
7. Destruktive Effekte: Starke Wirkung, Humanoide werden getötet.
8. Destruktive Effekte: Maximale Wirkung, Humanoide werden verdampft.

Bewertung: Man bräuchte selbstverständlich eine riesige Menge Energie, um mit Licht einen Feind einfach zu »zerstrahlen«. Zwar gibt es in unserer Welt längst Laser, mit denen zentimeterdicke Stahlplatten zerschnitten werden können, doch die dazu nötige Ausrüstung füllt noch immer einen kompletten Lastwagen. Die handlichen Phaser der *Star-Trek*-Crew würden also eine drastisch höhere Energiequelle auf viel kleinerem Raum erfordern.[9] Alles in allem stellen wir fest, dass Phaser physikalisch nirgends realistisch erklärt werden; auch Nadionen existieren ganz einfach nicht. So gesehen ist er nicht viel mehr als eine phantasievolle Fortführung diverser Blaster und Strahlenpistolen seit Beginn der SF.[11]

Reality-Faktor (%)	**0**									

Für die **Bordkanonen** der *Enterprise* sieht es schon besser aus, da auf Raumschiffen, die mit hoher Geschwindigkeit durch das Weltall fliegen können, allemal genug Platz und Energie für ein entsprechendes Lasersystem vorhanden wäre.

Reality-Faktor (%)					50					

Wirklich unmöglich sind übrigens die **Laserschwerter** aus *Star Wars*. Zum Problem der Energiespeicherung auf kleinstem Raum kommt noch die Begrenzung der Strahllänge hinzu, die angeblich mit einer Fokussiereinrichtung, welche den Strahl zurückreflektiert, funktionieren soll. Man kann jedoch feststellen, dass aus physikalischer Sicht Raumkrümmungen und Wurmlöcher heute wesentlich besser verstanden werden als der technische Hintergrund eines Laserschwerts.

Reality-Faktor (%)	**0**									

R RAUMSCHIFFTECHNIK

Kommandobrücke

Die Technologien von *Star Trek* beruhen auf fiktiver, nicht faktischer Wissenschaft.[15] Dennoch hat ihr Erfinder Gene Roddenberry darauf bestanden, physikalischen Prinzipien zu folgen, weshalb die Macher in enger Verbindung mit Wissenschaftlern und der US-Raumfahrtbehörde NASA standen.

Die Kommandobrücke der *U.S.S. Enterprise* zum Beispiel wurde von der Rand Corporation – einem Institut für Zukunftsforschung – entwickelt; die NASA stand dabei ratgebend zur Seite. Einige der wissenschaftlichen Apparaturen aus der klassischen Serie der 60er Jahre nehmen vorweg, was es in der realen Welt später tatsächlich geben sollte. Gegenstände wie der **computerisierte Schreibblock** oder die **Holographie** (siehe auch ➛ Virtuelle Realität), damals Phantasiegebilde, kann man heute kaufen. Abgesehen von doch zu gewagten Vorstellungen wie dem ➛ Beamen und einem ➛ Warp-Antrieb hält die klassische Kommandobrücke einem Reality-Check also großteils stand.

Reality-Faktor (%)							70			

Subraum-Radio

Funk- bzw. Radiowellen (die sich mit Lichtgeschwindigkeit ausbreiten) benötigen allein von der Erde zum Mond bereits 1,3 Sekunden. Diese kleine Verzögerung könnte bewirken, dass Astronauten nicht schnell genug vom Kontrollzentrum auf Gefahrensituationen hingewiesen werden. Bei *Star Trek* verwenden die Crews daher spezielle Subraum-Radios, mit denen eine verzögerungslose Übermittlung der Signale möglich wird.[15]

Das generelle Problem mit dem ➛ Subraum ist jedoch, dass er ein rein hypothetisches Konstrukt heutiger Wissenschaftler ist und dadurch jede auf ihm basierende Anwendung buchstäblich in der Luft hängt. Völlig unmöglich ist die Technologie jedoch nicht.

Reality-Faktor (%)	10									

Humanoides Interface

Das Raumschiff *Andromeda* aus der gleichnamigen TV-Serie steckt voller High-Tech. Es ist weitaus moderner als alle Schiffe dieser Zeit, ein Beispiel für die Technologie, die existierte, als das Commonwealth noch nicht zerstört war. Das Besondere an Bord ist eine Art lebendiges Interface zum Benutzer. Das Schiff hat die Fähigkeit, sich selbst als Person darzustellen, um besser mit der Mannschaft zu interagieren. Bereits Gene Roddenberry hatte die Idee, dass ein Schiff eigenständig leben könnte und die Form eines humanoiden Lebewesens annehmen kann. Die *Andromeda* kann sich selbst steuern und alles erledigen, was auch die Mannschaft macht, denn sie kann als mehrere Personen an mehreren Stellen gleichzeitig sein.

Die Realisierung dieser Technologie setzt riesige Fortschritte in den Bereichen Künstliche Intelligenz (KI) und Holographie bzw. Materieumwandlung voraus. Ersteres ist notwendig, um einem Bordcomputer zu erlauben, sich wie ein Mensch zu verhalten, selbständig komplexe Aufgaben auszuführen, intuitive Entscheidungen zu treffen etc. Geht die Entwicklung der Computertechnologie so weiter wie bisher, könnte laut wissenschaftlichen Prognosen bis zum Jahr 2050 eine derartige KI entstehen. Damit wäre der halbe Weg zurückgelegt.

Bleibt noch, der Software ein menschliches Aussehen zu verleihen. Verblüffend echte, bewegliche 3D-Hologramme gibt es seit etwa drei Jahren. Allerdings können sie genausowenig einen Steuerknüppel umlegen wie von uns berührt werden: Sie sind letztlich optische Täuschungen ohne grobstoffliche Materie. Es gibt derzeit auch kein nachvollziehbares und physikalisch erprobtes Konzept zur Erzeugung von Materie quasi aus dem Nichts (siehe auch ➛ Virtuelle Realität und ➛ Replikator). Darum bleibt ein Bordcomputer in dieser Form größtenteils Fiktion.

Reality-Faktor (%)		20								

Schutzschild und Deflektorscheibe

Schutzschilde sind gebündelte räumliche Verzerrungen, die ein abwehrendes Schwerkraftfeld erzeugen. Das technische Handbuch von *Star Trek – The Next Generation* erklärt die Wirkung so:

> »Wie die meisten Kraftfeld-Generatoren, erzeugt das Schutzschild-System ein lokal begrenztes Feld hochgebündelter räumlicher Verzerrungen, in dem ein hochwirksames Schwerkraftfeld aufrechterhalten wird. Das Feld wird von einer Reihe gleicher Sendenetze geformt und ausgestrahlt, die sich an der Außenhaut des Raumschiffes befinden und so einen Schutzschild erzeugen, der sich der Form des Schiffes anpasst. Dieses Schutzfeld ist sowohl

gegen Einschläge subatomarer Partikel als auch gegen größere Objekte bei relativ niedrigen Geschwindigkeiten äußerst wirkungsvoll. Wenn solch ein Einschlag auftritt, wird die Energie des Feldes an dieser Stelle konzentriert und so eine örtliche intensive Raumverzerrung erzeugt.«

Einfacher ausgedrückt, wird nichts anderes als ein umgekehrt arbeitendes Schwerkraftfeld aufgebaut. Wenn irgendetwas auf dieses Feld trifft, kehrt das System die Anziehungskraft in diesem Bereich um, und arbeitet etwa der Kraft eines Photonentorpedos entgegen. Schutzschilde haben übrigens einen erheblichen Einfluss auf die Wirkungsweise des ➛ Warp-Antriebs. Keines der beiden Systeme kann mit voller Wirkung arbeiten, wenn beide in Betrieb sind.

Schutzschild der Enterprise *(Quelle: www.foederationsdatenbank.de)*

Die Primärfunktion einer **Deflektorscheibe** wiederum ist es, dem Raumschiff die Bahn frei zu machen, denn bei hohen Geschwindigkeiten können auch kleinere aufprallende Asteroiden schweren Schaden am Schiff verursachen. Hierzu schickt der Deflektor einen Gravitonenstrahl voraus, der von Subraumfeldverzerrungs-Verstärkern gebündelt und gelenkt wird. Eigentlich werden zwei Strahlen erzeugt: Der erste generiert eine Reihe parabolischer Schilde, die sich etwa zwei Kilometer vor dem Schiff erstrecken; diese lassen Wasserstoffatome und winzige Partikel abprallen. Der zweite Strahl ist eine starke Traktor-Deflektor-Emission, welche bereits tausend Kilometer vor dem Schiff größere Teile aus der Bahn des Schiffes fegt.[16]

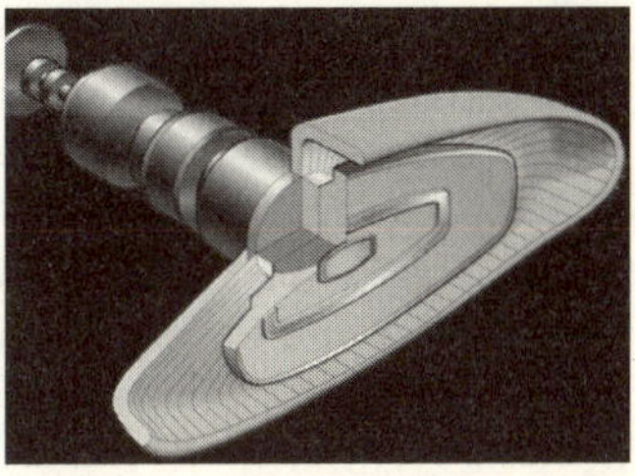

Deflektorschild der Galaxy-*Klasse (Quelle: www.foederationsdatenbank.de)*

Die Notwendigkeit dieser Technologien - besonders des Deflektors - ist klar; schon bei heutigen Raumfahrzeugen wäre es sinnvoll, sie einzusetzen (eigentlich ja auch bei Autos: keine Mücken mehr auf der Windschutzscheibe, keine Geisterfahrer oder Schleicher mehr vor uns – auf tausend Kilometer!).

Forscher können zwar mittels elektromagnetischer Felder bereits elektrisch geladene Objekte bewegen (auch wegfegen); ferner gibt es Konzepte, Weltraumreisende auf diese Art vor kosmischer Strahlung zu schützen. Dies ist jedoch die einzige derzeit denkbare Möglichkeit für Schutzschilde oder -strahlen. Nicht basieren können sie jedoch, wie David Batchelor[11] anmerkt, auf Anti-Gravitation. Da man Gravitonen weder genau feststellen noch einfangen kann (siehe auch ➛ Gravitation), lassen sie sich auch schwerlich in einem Strahl bündeln. Auch ein auf Anti-Schwerkraft basierender Schutzschild ist unrealistisch, da die physikalischen Grundlagen völlig fehlen. Die Systeme wird es zukünftig jedenfalls tatsächlich geben (müssen), jedoch mit einer anderen Technik realisiert.

Reality-Faktor (%)					50					

Sensorsystem

Die *Enterprise* kann bei ihrem Flug in unendliche Weiten auf mehrere Sensorsysteme zurückgreifen. Das erste ist das **Langstrecken-Sensorfeld**, das sich vorne an der Antriebssektion befindet. Es soll den Flugweg überwachen und Navigations- bzw. wissenschaftliche Informationen sammeln.

Das zweite System ist an den Seitenflanken angebracht. Außerdem gibt es noch zusätzliche Sensoren nahe Deck 2 und 16, um Blindstellen der seitlichen Sensoren auszugleichen.

Das dritte System sind die **Navigationssensoren**. Sie sind direkt an das Flugkontrollsystem angeschlossen und werden benutzt, um die Position und die Geschwindigkeit des Schiffes zu ermitteln. Zu ihrer Ausstattung gehören: Quasartelekop, Weitwinkel-Infrarot-(IR-) Sensor, Normalwinkel-IR, UV- & Gammastrahlen-Sensor, passiver Subraum-Multibeacon-Empfänger, Sternengravitationsdetektoren, hochenergiegeladene Partikeldetektoren und ein Galaktischer Plasmawellen-Kartographie-Prozessor.

Außerdem gibt es noch verschiedene **Spezialsensorsysteme** für die technische Überwachung, wie etwa Subraum-Sensoren, die an zahlreichen Stellen der Außenhaut platziert sind.

Diese Sensoren ermöglichen der *Enterprise*:

- **Astronomische Beobachtungen** (optische und Elektromagnetische [EM] Breitbandscanner ermöglichen das Studium von Sternen und anderen Phänomenen über eine Entfernung von Lichtjahren, Weitwinkelscans für automatische Sternkartenerstellung und individuelle Langstreckenscans für spezielle Missionen)
- **Planetenoberflächenanalyse** (Kartenerstellung mit Kurzstreckensensoren vom Orbit aus; hochauflösende optische und EM-Scannung, virtuelles Neutrino-Spektrometer und Kurzstrecken-Quarkresonanz-Scans zur geologischen Erkundung des Planeten)
- **Fernanalyse von Lebensformen** (zusammengeschaltete Kurzstrecken-Quarkresonanz-Scanner für detaillierte biologische Daten über Orbitdistanz; in Zusammenarbeit mit optischen und chemischen Scannern kann die Scanner-Software eine Übersicht über die Struktur der Lebensform und die chemische Zusammensetzung erstellen)

Zweifelsohne werden auch diese Features von der zukünftigen Raumfahrt dringend benötigt und damit auch in irgendeiner Form verwirklicht werden. Unrealistisch sind auch hier nur jene Teile, die auf astrophysikalischen Konzepten beruhen, die zur Zeit bloße Theorie sind – in diesem Fall der ➛ Subraum.

Reality-Faktor (%)	**90**

Die »Linse«

In Isaac Asimovs »Foundation«-Zyklus taucht ein bemerkenswertes Gerät an Bord der stiftungseigenen Raumschiffe auf: die »Linse«. Mit ihr wird ein grundlegendes Problem der zukünftigen Raumfahrt gelöst: Wie orientiert sich der Weltraumreisende in den Tiefen des Alls, wie weiß er selbst in unbekannten Gefilden seine aktuelle Position?

Die Linse ist ein holographischer Bildschirm, der sämtliche im Abstand von mehreren Lichtsekunden befindliche Himmelskörper als Punkte verkleinert darstellt. Er greift dabei auf einen integrierten Computer zurück, in dessen Innerem sich »genug elektronische Schaltkreise (befinden), um Hundert Millionen einzelne Sterne in genauer Beziehung zueinander zu lokalisieren und zu projizieren«.

Um die technische Meisterleistung perfekt zu machen, ist die Linse sogar in der Lage, einen beliebigen Abschnitt der Galaxis auf irgendeine der drei Raumachsen zu verlegen oder ihn um einen Mittelpunkt rotieren zu lassen. Dadurch kann die aktuelle Umgebung aus mehreren Perspektiven betrachtet werden. »In den früheren Zeiten des interstellaren Raumflugs hatte es bis zu einer Woche Zeit gekostet, einen ›Sprung‹ durch den ➛ Hyperraum zu berechnen – wobei der größte Teil dieser Zeit für die Berechnung der momentanen Position des Schiffes im Raum aufgewendet wurde.« Schließlich will der Raumreisende sicherstellen, dass er nach einer überlichtschnellen Beschleunigung nicht mitten in einem Planeten oder Schwarzen Loch steckt.

Dieses höchst sinnvolle Gerät würde also in jenem Moment dringend benötigt werden, ab dem ein Raumschiff zumindest annähernde Lichtgeschwindigkeit erreicht. Die Frage ist nur, ob es je dazu kommen wird – nach allen physikalischen Gesetzen absolut unwahrscheinlich.

Abgesehen davon stellt die Kartierung des Weltraums eine notwendige und bereits in Arbeit befindliche Aufgabe dar. Mit einer geeigneten Methode zur Identifizierung der Himmelskörper – Asimov schlägt richtigerweise die Spektralanalyse vor – und einer ausreichenden Datenbank (die im Grunde pro Objekt nur Position, Identifizierungsmerkmal und Relation zu benachbarten Objekten speichern müsste) wäre ein derartiges Gerät sicherlich herstellbar. Auch eine interaktive holographische Darstellung erscheint aus heutiger Sicht nicht mehr unmöglich. Die Linse könnte also – als reines Outputgerät, ohne ihren Bezug zu Hyperraumreisen – Realität werden.

Reality-Faktor (%)	90

R REPLIKATOR

Star-Trek-Raumfahrer müssen, wenn sie hungrig sind, lediglich einen Knopf drücken - und schon materialisiert sich dank des Replikators wie aus dem Nichts jede gewünschte Speise. Dieses Gerät erzeugt Materie jedoch nicht aus Vakuum oder Energie, sondern formt bereits vorhandene Materie (Replikator-Rohmasse) in das gewünschte Material um. So ist jede gewünschte Speise sekundenschnell fertig; sollte das Rezept dem Computer nicht bekannt sein, kann es durch Spracheingabe einprogrammiert werden und - *Voilá*! Ein Nachteil des Verfahrens ist, dass nicht jede Art von Materie repliziert werden kann. Ein Vorteil ist, dass praktisch alle Gegenstände und auch Abfälle vom Replikator in Rohmasse zurückverwandelt werden können. Daher ist eine Rohstoffknappheit praktisch ausgeschlossen. Andererseits verbraucht der Replikationsvorgang jedoch eine Menge Energie.[25]

Bewertung: So ein Replikator wäre natürlich der Traum jedes Junggesellen. Überraschenderweise steht er nicht im Widerspruch zu den Grundlagen der Physik. Heutzutage wissen wir bereits, wie man winzige Computerchips baut, und können Objekte der Nanowelt (Moleküle und Atome) punktgenau steuern und zu neuen Gebilden

Replikator (Quelle: www.foederationsdatenbank.de)

zusammenbauen – allerdings noch auf sehr grundlegende Art. Wir können auch einzelne Atome und kleinere Atomgruppen in elektromagnetischen Feldern einsperren, positionieren und mit ihnen experimentieren. So weit kommen wir dem Replikator also schon nahe. Um jedoch feste (genießbare!) Materie aus einem Haufen Abfall zu erzeugen, müsste sich unsere heutige Wissenschaft noch enorm weiter entwickeln. Ganz unmöglich ist es jedenfalls nicht.[11]

Reality-Faktor (%)	10									

R ROBOTER UND KÜNSTLICHE INTELLIGENZ

Weltraumopern sind bevölkert von künstlichen Lebewesen. Androiden wie Commander Data von der *Enterprise* oder R2-D2 und C-3PO aus *Star Wars* sehen uns mehr oder weniger ähnlich, können mit uns selbständig interagieren und befinden sich auf der Schwelle zum Empfinden von Gefühlen. Der Ideenreichtum der SF hat in den letzten Jahrzehnten vom stählernen Arbeitssklaven bis zum humanoiden Replikanten alle Varianten künstlicher Menschen abgehandelt. Durch ihre Unempfindlichkeit gegen Stress, Strahlung, nicht-atembare Atmosphären usw. sind sie unverzichtbare Helfer bei jeder Raummission und machen – gemeinsam mit hyperintelligenten Bordcomputern – das Gelingen der Space Opera erst möglich.

Bewertung: Im SCIENCE FICTION JAHR 2003 veröffentlichte ich einen Beitrag zum Thema »Künstliche Intelligenz« (KI), in dem auch auf den heutigen Stand der Technik eingegangen wird. Darum hier nur ein kleines »Update« über die neuesten Errungenschaften auf diesem Gebiet: Erste KI-Wesen, welche die Grenze zwischen Spielzeug und Pflegeroboter überschreiten, sind bereits entwickelt und im Handel teilweise schon erhältlich. Tama, die Katze des japanischen Matsushita-Konzerns, erinnert ihre Besitzer an die Einnahme von Medikamenten.[26] Der Robotiker Toshio Fukuda baut einen Dackel für Senioren, der über Funk den Arzt verständigt, wenn er länger nicht gestreichelt wurde. Rosie, ein britischer Robohund, kann über eine Manschette am Arm seines Herrchens dessen Blutdruck,

Puls und Körpertemperatur messen. Das deutsche Fraunhofer-Institut entwickelte bereits die zweite Generation des Care-O-Bot: Dieser kann sich mit Kameras in der Wohnung orientieren, versteht bereits einfache Befehle wie »Geh in die Küche« und soll später alten und kranken Menschen als Hausdiener, Wachhund und Pfleger helfen – in Serie produziert würde er derzeit aber noch 10 000 Euro kosten.

Auch Hondas 1,20 Meter großer und 52 Kilo schwerer Asimo – der momentan wahrscheinlich avancierteste Roboter – soll noch schlanker, wendiger und intelligenter und bald auch in Haushalten eingesetzt werden. Schon heute steht er im Honda-Zentrum bei Tokio am Empfang, begrüßt Gäste und bringt sie zu ihren Gesprächspartnern. Zu diesem Zweck kann er Gesichter erkennen, einfache Sätze sprechen (»Hier entlang, bitte«) und verstehen. Man kann auch mit dem Finger auf eine bestimmte Stelle zeigen, zu der Asimo gehen soll, und er handelt danach. Eine große Leistung, die sogar einem Haustier erst antrainiert werden müsste. Über sein technisches Innenleben schweigt Honda sich aus, wie überhaupt die meisten Roboterforscher die Funktionsweise ihrer Geschöpfe nicht so gern offenbaren. Dennoch scheint es, dass wir von den Robotern der SF-Filme und -Literatur nicht mehr weit entfernt sind. Nach wie vor gilt die Schätzung der KI-Forscher, dass bis zum Jahr 2050 tatsächlich eine uns gleichwertige Künstliche Intelligenz entwickelt werden wird. Das führt uns zum Gedanken: Ist eigentlich nicht der Astronaut das unrealistische Element in der Weltraumoper? Werden in Zukunft überhaupt noch Menschen im All benötigt?

Reality-Faktor (%)						60				

S SLIPSTREAM

Slipstream bei *Star Trek*

Mit diesem Antrieb könnte für *Star-Trek*-Raumschiffe die Barriere von Warp 9.9 fallen, denn er bringt ein Raumschiff in die Lage, die Milchstraße in sieben Monaten statt in 70 Jahren zu durchqueren:

Die Enterprise *vor einem Slipstream-Tunnel (Quelle: www.foederationsdatenbank.de)*

Schiffe im Slipstream erfahren eine 20-mal höhere Geschwindigkeit als Schiffe mit maximalem Warp.[16]

Die fiktive Quanten-Slipstream-Theorie setzt voraus, dass ein Raumschiff vorübergehend eine wurmlochartige Verbindung zwischen zwei Punkten aufbauen kann. Der dadurch entstehende Tunnel entscheidet sich vom ➛ Warp-Antrieb dadurch, dass sich das Schiff nicht in einer Schutzblase befinden muss. Es wurden schon einige Versuche mit diesem Antrieb unternommen. 2372 zeigt ein Experiment von Dr. Lenara Kahn, dass ➛ Wurmlöcher künstlich erzeugt werden können. Doch obwohl die gesamte Energie der *Defiant* zur Verfügung steht, kollabiert das Wurmloch schon nach wenigen Sekunden.

Ein Merkmal des Slipstream ist mit bloßem Auge nicht sichtbar: Der Slipstream-Tunnel durchquert den ➛ Subraum, ohne tatsächlich dort zu sein (Objekte im Slipstream sind nicht den physikalischen Gesetzen des Subraums unterworfen). Der Slipstream wird erzeugt, indem Energie auf die Deflektorscheibe (siehe ➛ Raumschifftechnik) oder auf die Slipstream-Emitterphalanx geleitet und dann zu einer Quantenmatrix gebündelt wird. Hierbei muss die Energieversorgung gleichmäßig und ohne Schwankungen erfolgen. Der Deflektor oder Emitter muss präzise ausgerichtet und moduliert sein. Jeder noch so kleine Fehler hat katastrophale Folgen.

Slipstream bei *Andromeda*

Jahrtausende später hat das sich über drei Galaxien erstreckende Commonwealth den Slipstream realisiert. Die *Andromeda Ascendant* ist das zehnte Schiff der *Heritage*-Klasse und gehört zur technischen Elite in der Flotte. Gebaut wurde die *Andromeda* in der Newport-News-Orbital-Schiffswerft im Erdorbit; die Mark-IV-Triebwerke stellen anno 9772 den allerneuesten Stand der Technik dar.[27]

Bewertung: Die Gründe für und wider die Realisierbarkeit und naturwissenschaftliche Grundlage eines Slipstream hängen (ähnlich wie der Warp-Antrieb) von zwei großen Faktoren ab: der Existenz von Wurmlöchern einerseits und der zukünftigen Nutzbarkeit riesiger Energiemengen andererseits. Beides ist zwar höchst unwahrscheinlich, doch widerspricht die Slipstream-Theorie keinen bekannten physikalischen Gesetzen.

Reality-Faktor (%)	10									

S STARGATE

Das im Film (und der gleichnamigen TV-Serie) verwendete Stargate wurde laut Drehbuchautoren 1928 in Gizeh von amerikanischen Archäologen entdeckt und in die Vereinigten Staaten gebracht, wo es im Cheyenne Complex gelagert und erforscht wird. Erst der junge Forscher Dr. Daniel Jackson konnte den Code entziffern, um das Sternentor in Betrieb zu setzen und einen überlichtschnellen Tunnel in andere Galaxien zu öffnen. Hierbei erzeugt dieses seit Jahrtausenden genutzte Transportmittel entweder ein künstliches ➛ Wurmloch[28] oder, wie der (reale) Physiker Carlos Calvet mutmaßt[29], einen Tunnel in ein sechsdimensionales, makroskopisches Quantenvakuum.

Die bemerkenswerte Technologie wurde von den Antikern, dem wohl am weitesten entwickelten Volk des Universums, erbaut. Sie haben es aus Naquader hergestellt, einem Stoff, der auf der Erde nicht vorkommt und im All sehr selten und begehrt ist. Am äußeren Ring des Tors sind sieben dreieckige Quarzringe angebracht, mit denen 39 Chevrons gewählt werden, welche wiederum den Aktivierungs-Code und Zielpositionen darstellen. Als futuristisches Eingabemodul fungiert hierbei das DHD, auch Rückwahlgerät genannt.

Um das Stargate zu schützen, entwickelten Ingenieure die »Iris«, eine Trinium-Titan Legierung, welche wenige Nanometer (!) vor dem Ereignishorizont aufgestellt wird, damit sich kein feindlicher Besucher ungefragt materialisieren kann. Damit die heimischen SG-Trupps von ihren Einsätzen unbeschadet durch das Tor zurückkommen können, haben sie Transmitter mit, die einen verschlüsselten Code an die Erde schicken.

Bewertung: Die Chancen auf eine tatsächliche Entwicklung derartiger Technologien hängt, wie auch bei ➛ Warp-Antrieb, ➛ Hyperraum oder ➛ Subraum-Nutzung von den Energiemengen ab, die einer zukünftigen (oder außerirdischen) Zivilisation zur Verfügung stehen. Wie anhand der Wurmlöcher gezeigt, widerspricht ein Stargate jedenfalls keinen bekannten physikalischen Gesetzen, wenngleich die Realisierung eines solchen extrem unwahrscheinlich erscheint.

Reality-Faktor (%)	10									

S SUBRAUM

Im Zusammenhang mit der *Star-Trek*-Technologie taucht immer wieder das mysteriöse Wort »Subraum« auf. Was hat es damit auf sich?

Wir wissen lediglich, dass es sich dabei um eine Dimension mit unterschiedlichen physikalischen Eigenschaften zu unserem Universum handelt. Eine weitverbreitete Theorie ist, dass es sich dabei um einen Unterraum (= Subraum) des Normalraums im mathematischen Sinne handelt. Da ein Unterraum offenbar weniger Dimensionen besitzt als der betrachtete Raum, kollidiert diese Theorie mit dem verbreiteten Modell der vierdimensionalen Raumzeit (3 Raumdimensionen + Zeitdimension): Entfernt man auch nur eine Dimension, bleibt keine vernünftige Restmenge übrig. Denkbar ist sie hingegen, wenn man von der Theorie des M-Raumes ausgeht, nach der unser Universum von neun, zehn oder mehr Dimensionen gebildet wird, die zum Teil kleiner als Atome sind und »aufgerollt« neben unserer Welt existieren. Diese Theorie existiert in der theoretischen Physik tatsächlich seit mehreren Jahrzehnten. Da die Zusatzdimensionen aber zu schwach ausgebildet sind, um vom Menschen wahrgenommen zu werden, sind sie natürlich ein beliebter Aufenthaltsort nicht nur für Weltraumreisende, sondern auch für Geister, Magie und sonstige übernatürliche Erscheinungen.

Wo befindet sich nun aber der Subraum? Im submikroskopisch kleinen Bereich. Die nach dem deutschen Physiker Max Planck (1858–1947) bezeichnete Plancksche Länge ist gewissermaßen die fundamentalste, kleinste Einheit im Universum und beträgt $1{,}616 \cdot 10^{-35}$ m. Daraus ergibt sich entsprechend eine Planck-Zeit von $5{,}391 \cdot 10^{-44}$ sec. Unterhalb dieser Größenordnungen ließe sich nicht mehr feststellen, welches von zwei Ereignissen zuerst stattfand – auch unsere gewohnte Kausalordnung existiert dort nicht mehr. Die klassischen Naturgesetze sind außer Kraft gesetzt; Raum und Zeit »verschmieren« miteinander. Dieser Ort, in dem selbst die Quantengravitation versagt, wird häufig als Quantenschaum bezeichnet, da er – topologisch betrachtet – als ein komplexes Gebilde aus Haken, Ösen, Henkeln, Öffnungen und Wurmlöchern beschrieben wird. Einige Wissenschaftler nennen ihn auch den Subraum. Ein Beweis für seine Existenz steht jedoch bislang aus.[30]

Star Trek verwendet eine völlig eigenständige Version des Subraums für das superschnelle Senden von Signalen. Dies scheint jedoch – wie der Physiker David Batchelor anmerkt – nichts weiter als eine bequeme Erklärung für dramaturgisch notwendige Nachrichten an die Sternenflotte kurz vor Ende einer TV-Folge zu sein, ohne realistischen physikalischen Hintergrund.[11] Immerhin: Die grundsätzliche Möglichkeit des Subraums gibt es tatsächlich, und sie ist naturwissenschaftlich gerade so weit abgesichert, dass sie viel Raum für Visionen lässt.

Reality-Faktor (%)	10									

T TERRAFORMING

Unter Terraforming versteht man die schrittweise Umwandlung eines leblosen bzw. lebensfeindlichen Planeten in eine für Menschen bewohnbare erdähnliche Umwelt mittels künstlicher Eingriffe.

Besonders im *Star-Trek*-Universum haben Autoren kühne Ideen zukünftiger Terraforming-Systeme entwickelt. Das gewagteste ist wohl der **Genesis-Prozessor**. Es handelt sich hierbei um einen Molekularumwandler der Sternenföderation, der auf fremden Planeten

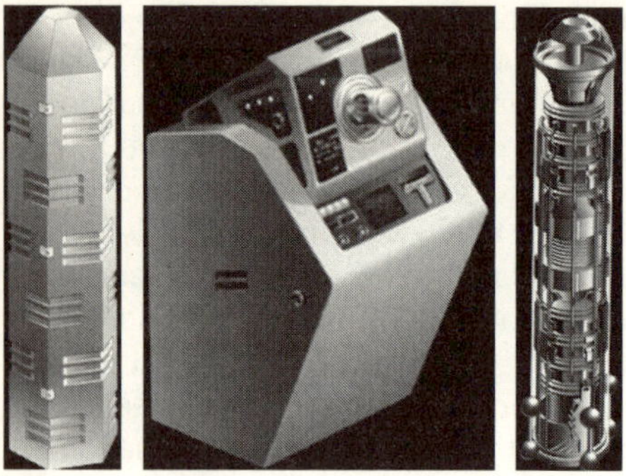

Drei Entwicklungsstufen des Genesis-Prozessors (Quelle: www.foederations datenbank.de)

gewissermaßen Leben aus der Leblosigkeit erschaffen soll.[16] Er kann sogar die Probleme der Nahrungsknappheit und Überbevölkerung lösen, indem er unbewohnbare Planeten in bewohnbare verwandelt. Dieses Wunderding wurde in einer ersten Phase auf Regula getestet, einem Planetoiden im Mutara-Sektor des Alpha-Quadranten. Zehn Monate lang wurden Tunnel in den Planetoiden gebohrt, danach brauchte Genesis nur einen Tag (!), um alles mit Leben zu erfüllen.

Im Jahr 2285 vervollständigen Dr. Carol Marcus und ihr Sohn David den Genesis-Prozessor. Im aktivierten Zustand zerlegt der Apparat die gesamte Materie in seinem Wirkungsbereich, um sie anschließend neu zu strukturieren. Die Maschine kann also für das sofortige Terraforming eines leblosen Planeten benutzt werden, um ihn in eine für die Kolonisierung geeignete Welt der Klasse M zu verwandeln.

Bewertung: Bereits mit heutiger Technologie könnten wir das Klima des Mars so umwandeln, dass primitives Leben dort möglich sein müsste, meint Christopher McKay vom Ames-Forschungszentrum der NASA.[3] Dies funktioniert jedoch nur, weil der Mars der Erde physikalisch recht ähnlich ist und in seiner Vergangenheit wahrscheinlich sogar erdähnliches Klima besaß. Auf beiden Planeten beträgt die Länge eines Tages etwa 24 Stunden – dies ist wichtig für Pflanzen, die sich in einem langen Prozess daran gewöhnt haben, bei Sonneneinstrahlung Photosynthese zu betreiben. Auch Jahreszeiten gibt es auf dem Roten Planeten, da seine Achse ungefähr im gleichen Maß gekippt ist wie die unserer Erde. Ein großer Unterschied ist allerdings die Gravitation: Auf dem Mars beträgt sie nur ein Drittel der irdischen. Ob sich Leben darauf einstellen kann, ist bis heute unbekannt, aber doch möglich.

Andere Himmelskörper unseres Sonnensystems fallen für ein Terraforming aus: Titan und Europa - Monde der Planeten Saturn und Jupiter - sind zu weit entfernt von der Sonne. Venus wiederum ist zu nah und durch die extrem dichte Atmosphäre viel zu heiß für Leben. Außerdem rotiert diese so langsam um die eigene Achse, dass ein Venustag vier Monaten auf der Erde entspricht. Eine Technologie, mit der diese Parameter geändert werden könnten, ist jenseits menschlicher Möglichkeiten.

Die Atmosphäre der der Erde anzugleichen (diese besteht hauptsächlich aus Stickstoff, fast 20% Sauerstoff und weniger als 1% CO_2) und so das eigentliche Terraforming zu verwirklichen, wäre jedenfalls ein weit schwierigeres Unterfangen und hängt von der Frage ab, ob ein Planet die aufgezählten Stoffe sowie Wasser in irgendeiner Form besitzt. Alles Notwendige von der Erde zu holen, wäre unsinnig: So bräuchte man zum Beispiel mehr als eine Million Milliarden Tonnen an Stickstoff, um eine atembare Atmosphäre auf dem Mars entstehen zu lassen. Zum Vergleich: Ein Spaceshuttle kann gerade mal 25 Tonnen in eine niedrige Umlaufbahn befördern. Daher bleibt es derzeit schon bei unserem Nachbarplaneten Mars ein unlösbares Problem, ihn mit Mengen an Stickstoff zu versorgen, die er selbst nicht hat.

Wenn nun ein Planet alle notwendigen Stoffe besitzt (zum Beispiel in gebundener Form als Gestein, Eis oder im Boden versteckt), müsste er zuerst aufgewärmt werden. Eine Temperaturerhöhung der Oberfläche würde CO_2, Sauerstoff und Wasserdampf in die Atmosphäre freisetzen. Nur die Sonne könnte die Energie für eine solch massive Erwärmung bereitstellen, denn im Vergleich zu ihrer Strahlungsenergie nehmen sich Energiequellen menschlicher Herkunft lächerlich aus. Über die Jahre haben Wissenschaftler verschiedene Methoden vorgeschlagen, um das Sonnenlicht zum Aufheizen beispielsweise der Marsoberfläche einzufangen. Der wohl praktikabelste Vorschlag stammt von James Lovelock[31] und sieht vor, Super-Treibhausgase zu verwenden. Demnach sollten Gase wie Methan, Stickoxide, Ammoniak und polyfluorierte Kohlenstoffe in die Marsatmosphäre gepumpt werden. Selbst kleine Mengen dieser Gase könnten einen Planeten aufheizen. Woher aber sollen sie kommen? Auch hier scheitert ein Antransport von der Erde an der schieren Menge. Stattdessen müssten die Gase auf dem Planeten selbst produziert werden – zuerst chemisch, später dann auf biologischem Wege mit Hilfe von Mikroorganismen.

Terraforming dauert in jedem Fall extrem lange und jegliche SF-Technologie, die einen Planeten binnen kurzer Zeit »umzuwandeln« verspricht, entbehrt jeglicher physikalischer Grundlage. Kaum verwunderlich, dass *Star-Trek*-Autoren auf die mysteriöse »Materieumwandlung« zurückgreifen, um den Mechanismus eines Genesis-Prozessors zu erklären. Terraforming an sich ist jedoch etwas, mit dem sich seriöse Wissenschaftler bereits beschäftigen; die Aussichten auf Erfolg sind nicht schlecht und als Preis winkt zukünftigen Generationen (vielleicht schon in einigen Jahrtausenden) eine lebenswerte Zuflucht von der infolge der Sonnenausdehnung immer heißer werdenden Erde.

Reality-Faktor (%)			30							

T TIEFSCHLAF, KÜNSTLICHER

In »2001 – Odyssee im Weltraum« von Arthur C. Clarke wird der Großteil der Besatzung auf dem Flug durchs Sonnensystem in **Hibernation** versetzt – eine Art künstlicher Winterschlaf mit verminderten Körperfunktionen. Eine ähnliche Technologie bringt auch der Nachfolgeroman »2010 – Das Jahr in dem wir Kontakt aufnehmen« oder das *Star-Trek*-Filmabenteuer *Der Zorn des Khan*.

Tiefschlaf ist deswegen so wichtig, weil er Astronauten die psychische und physische Qual jahrzehntelanger Weltraumreisen erspart. Der Bordcomputer weckt sie einfach am Reiseziel und sie steigen frisch vergnügt unter die Dusche, als hätten sie nur ein Nickerchen gemacht.

Bewertung: Schon seit einigen Jahren gibt es Unternehmen, die ihren Kunden anbieten, sich tieffrieren zu lassen, um in einer fernen Zukunft aufgetaut und wiederbelebt zu werden. Der Service kostet bis zu 200 000,– Dollar.[32] Allerdings unterscheidet sich dieses **Kryo-**

nik genannte Verfahren von der Hibernation, denn die Tiefkühlkunden müssen zuerst mal sterben, danach wird den Leichen das Blut entnommen und durch ein Gefrierschutzmittel ersetzt (ansonsten würden nämlich Eiskristalle im Körper entstehen; da außerdem alle Körperflüssigkeiten salzhaltig sind und beim Gefrieren zuerst das reine Wasser auskristallisiert, steigt die Salzkonzentration um die Eiskristalle herum an – das entzieht wiederum den Zellen Wasser und trocknet diese tödlich aus).

Mittlerweile wird jedoch eine abgewandelte Form als **Kälteschlaf** in der Medizin eingesetzt. Der Patient wird an eine Herz-Lungen-Maschine angeschlossen und auf 16 Grad Celsius abgekühlt. Dabei kommt der Stoffwechsel fast zum Stillstand, und der Sauerstoffverbrauch sinkt drastisch. So kann die Herz-Lungen-Maschine bis zu 45 Minuten lang abgestellt werden, ohne dass das Gehirn Schaden nimmt. Nun würde diese Zeitspanne zwar noch nicht für eine Reise zur nächsten Galaxie reichen, aber die Hoffnung lebt und Hibernation wäre – da sie gegen keine physikalischen Prinzipien verstößt – zukünftig höchstwahrscheinlich realisierbar.

Reality-Faktor (%)								80		

T TRICORDER

Zur Messung von Umweltbedingungen auf fremden Planeten verwendet die *Star-Trek*-Crew seit ihren Anfängen den Tricorder. Hierbei wird der rechteckige, handflächengroße Kasten mit den zahlreichen kleinen Bildschirmen und Bedienfeldern langsam auf und ab und hin und her bewegt.

Verschiedene Modelle von Tricordern wurden von den Raumschiffbesatzungen im Laufe der Zeit benutzt und weiter entwickelt. Standard-Tricorder der Sternenflotte waren 2366 zum Beispiel noch nicht in der Lage, die Phänomene des ➤ Subraums zu erkennen und konnten auch keine Neutrinostrahlung detektieren.[16]

Bewertung: Die Kanadier David Sweetnam und Tim Richardson entwickelten das zur Zeit einzige multifunktionale Instrument zur Mes-

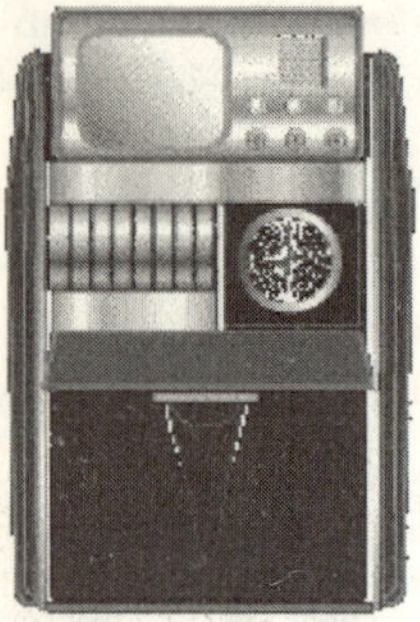

Tricorder der alten Serie

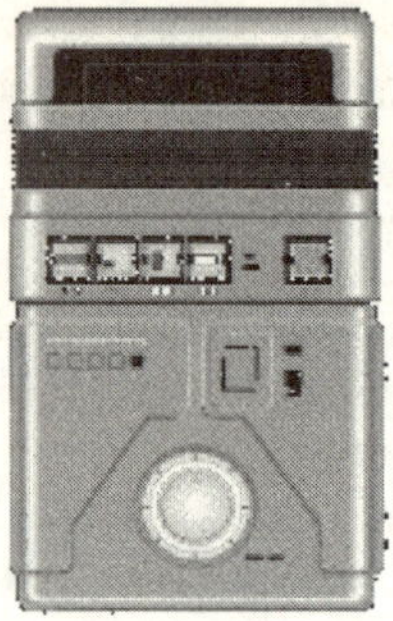

Standard-Tricorder

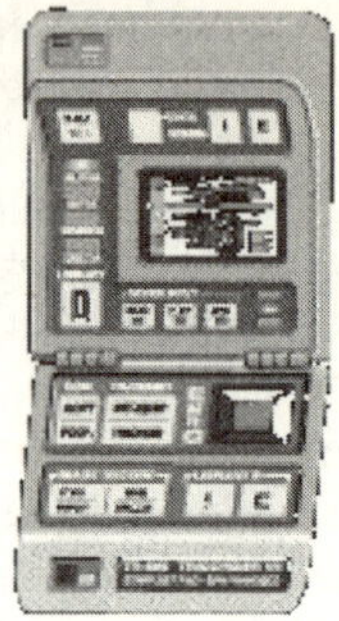

Version aus Star Trek III

(Quelle: www.foederationsdatenbank.de)

sung von Temperatur, Druck, elektromagnetischer Strahlung, Licht und Farbe. Ihr Produkt ist patentiert; ein Soundchip gibt sogar das gleiche Piepsen von sich wie die *Star-Trek*-Modelle.[5] Auch die avancierteren Features des Tricorders könnten in absehbarer Zeit Realität werden. Generell ist die Technik des Tricorders nichts Unphysikalisches, lediglich die Subraum-Kommunikation und -Detektion wird Phantasie bleiben.[11]

Reality-Faktor (%)	90

U ÜBERLEBEN IM ALL

Die Lebenserhaltungs- und Umgebungsfunktionen auf *Star-Trek*-Raumschiffen kümmern sich um vier Bereiche: Atmosphäre, Schwerkraft, Abfallverwertung und Notfallsysteme.

Die Luft wird hierbei auf 26 °C, 45 % Luftfeuchtigkeit und einem Druck von 101 Kilopascal gehalten und setzt sich zusammen aus 78 % Stickstoff, 21 % Sauerstoff und 1 % Edelgasen. Schiffe der *Galaxy*-Klasse können einige ihrer Decks auch den Umweltbedingungen von Planeten verschiedener Kategorien anpassen.

Aus heutiger Sicht besteht kein Grund, warum diese Technik - die wir bereits großteils verwirklicht haben - nicht auch im All funktionieren sollte.

Reality-Faktor (%) 100

Wenn von den Schiffssensoren gemeldet wird, dass die Umweltbedingungen gut sind, aber die Luft nicht für die Atmung geeignet ist, benötigen die Mitglieder der Landetrupps nur eine Atemmaske wie die hier abgebildete, die im 23. Jahrhundert verwendet wird.

Diese Maske unterscheidet sich kaum von jenen, die zum Beispiel das US-Militär für Einsätze in kontaminiertem Gebiet verwendet.

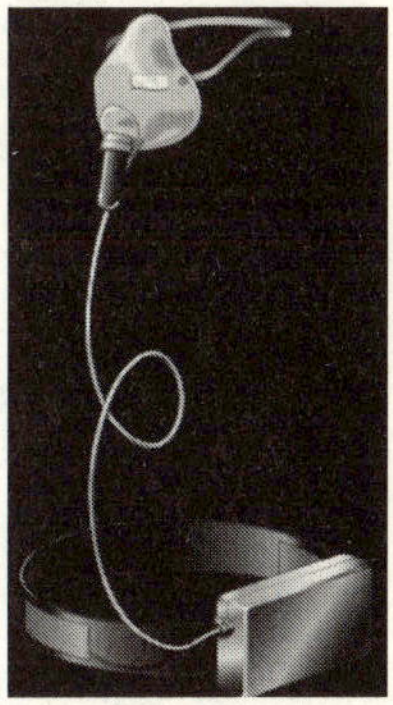

Atemmaske (Quelle: www.foederationsdatenbank.de)

Reality-Faktor (%) 100

V VIRTUELLE REALITÄT

Holodeck bei *Star Trek*

Die *Next-Generation-Enterprise* besitzt vier Hauptholodecks auf Deck 11 und 20 sowie weitere persönliche Holoräume auf Deck 12 und 33. Ein Computer berechnet hierbei jede gewünschte Umgebung samt darin vorkommender Personen und erweckt sie mit Hilfe von Hologrammprojektoren zum Leben. Die Holodecks besitzen fünf verschiedene Arten der Simulation:[16]

1. Objekte, die in weiter Ferne liegen, werden auf die Wände projiziert.
2. Objekte in unmittelbarer Nähe (etwa Bäume) sind Hologramme, die in den Raum projiziert werden.

3. Feststehende Objekte, mit denen man interagieren kann (zum Beispiel Möbel), sind Hologramme, die von einem Schutzschild umgeben sind – also für den Betrachter »Substanz« aufweisen. Deswegen kann Holodeckmaterie auch selbiges nicht verlassen, da außerhalb des Holodecks die Materie nicht mehr erhalten werden kann und keine Möglichkeit der »Substanzgebung« (Schutzschild) gegeben ist.
4. Essbare Objekte, wie beispielsweise ein Apfel, werden nicht als Hologramm, sondern als richtiges Obst repliziert (mit ➛ Replikatortechnik), sodass man sie ohne weiteres genießen kann. Diese Objekte können auch vom Holodeck mitgenommen werden, ohne dass sie Substanz verlieren.
5. Ein komplex animiertes Objekt (Lebewesen) ist eine Kombination aus den Punkten 3 und 4 sowie Holodeckmaterie, die alleine durch Traktorstrahlen zusammengehalten wird (nicht wie normalerweise durch die Anziehung der einzelnen Objektmoleküle untereinander); diese Art der Simulation ist die energieaufwändigste, da das Holodeck in der Lage sein muss, mehrere Lebewesen gleichzeitig darzustellen.

Auf dem Holodeck gibt es eine »Sterbesicherung«, sodass es unmöglich ist, von einer Holodeckfigur getötet zu werden. Verletzungen allerdings sind möglich, gebrochene Rippen oder Arme von sportlichen Aktivitäten auf dem Holodeck findet man regelmäßig. Das Holodeck Control Panel kann jederzeit mit dem Kommando »Alterieren« aufgerufen werden. Es erlaubt, die Verbindung zwischen Holowelt und Realität herzustellen. Wenn das Holodeck merkt, dass ein Anwender Gefahr läuft, gegen eine Wand zu knallen, *shiftet* es ihn wieder zurück in den Raum. Da es hierbei die künstliche Schwerkraft in drei Dimensionen modifizieren kann, bemerkt der Anwender das *Shifting* gar nicht.

Eine ganz besondere Art von Holodeck ist das experimentelle Arzt-Holoprogramm, das auf der *U.S.S. Voyager* zum Einsatz kommt. Auf *Deep Space Nine* gibt es außerdem Holosuits, in denen die Gäste meistens diverse Sex-Programme abrufen; wie oft die Crew selbst davon Gebrauch macht, ist nicht bekannt.

Die *Voyager* stößt in einem ihrer Abenteuer auf Rurigan, den einzigen realen Bewohner eines virtuellen Dorfes auf Yadera II. Durch

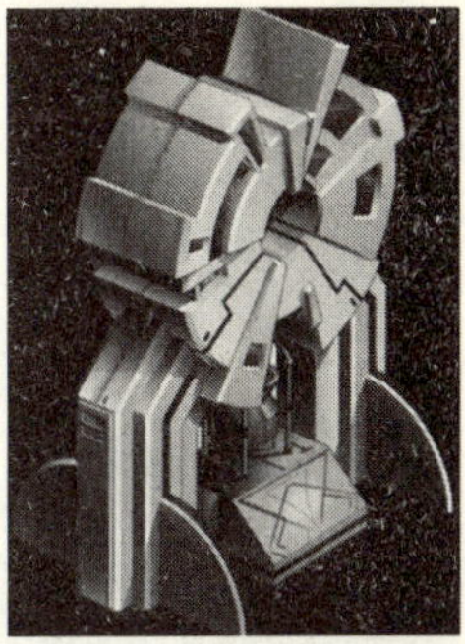

Hologenerator
(Quelle: www.foederationsdatenbank.de)

einen **Hologenerator** erschuf er Dorf und Einwohner, da die realen Bewohner getötet wurden. Dank dieser Maschine können sich die Bewohner sogar zu individuellen Personen weiter entwickeln.

Das Holodeck funktioniert offenbar nur, weil eine Mischung aus ➛ Beamen und Traktorstrahlen (siehe auch ➛ Gravitation) die Moleküle der Objekte genau an jener Stelle im Raum positioniert, die der Anwender gerade betastet - wodurch ein Eindruck von Realität entsteht.

Heutige Virtual-Reality-Pläne gehen einen anderen Weg: So soll im Cyberhelm, Datenhandschuh oder Datenanzug durch elektronische Stimulierung der Tastrezeptoren und sonstigen Sinneswahrnehmungen des Anwenders »Realität« auf biochemischem Wege entstehen. Dies scheint auch vielversprechender zu sein. Denn unsere heutigen Hologramme - die vielen als Vorbilder des Holodecks erscheinen - sind in Wahrheit nur Fotografien mit einer dreidimensionalen Struktur, also keine wirklichen räumlichen Gebilde. So ist es auch, wie der Physiker David Batchelor anmerkt[14], nicht vorstellbar, Materie auf dieselbe Art zusammenzustückeln wie das Licht in einem Hologramm. Ein Problem, das auch den ➛ Replikator betrifft.

Reality-Faktor (%)	10									

Holographische Kamera

Wenn die *Enterprise*-Crew ein Objekt mit dieser Kamera ablichtet, werden die Daten dreidimensional abgespeichert und können später wieder dargestellt werden - auf einem Bildschirm oder aber auch lebensgroß im Holodeck.

Holographische Kamera
(Quelle: www.foederationsdatenbank.de)

Körper-Scan mit der Holo-Kamera
(Quelle: www.foederationsdatenbank.de)

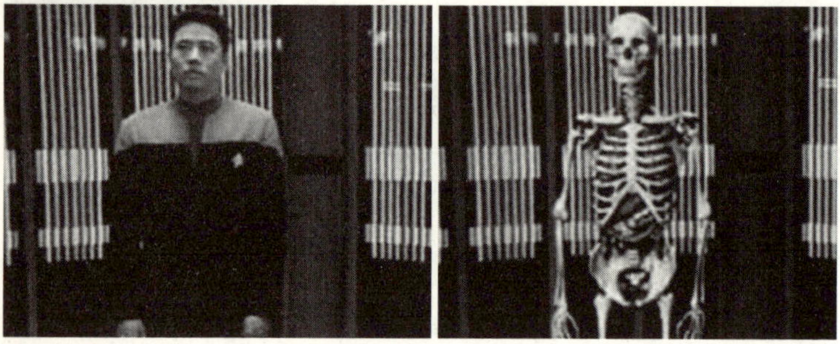

Der Arzt der *Voyager* stellte fest, dass sich diese Kamera auch so modifizieren lässt, dass man Bilder für den detaillierten Körper-Scan benutzen kann. Diese Daten stellen die abgelichtete Person in ihren verschiedenen Ebenen (Skelett, innere Organe, Muskulatur und Epidermis) dar.

Solange keine Materie erzeugt werden muss, spricht nichts gegen das reine Aufnehmen und Abbilden dreidimensionaler Fotografien. Die Technologie steht heute teilweise schon zur Verfügung – in 3D-Scannern, die Objekte rundherum belichten und ihre Struktur in Daten umwandeln. Auch die Körper-Scans wären in Verbindung mit der in der Medizin bereits angewandten Ultraschalltechnik möglich.

Reality-Faktor (%)										**100**

W WARP-ANTRIEB

»Ahead warp factor 5, Mr. Sulu!«

Captain James T. Kirk, U.S.S. Enterprise

Die *Enterprise* verfügt genau genommen über zwei Antriebssysteme: einen ➛ Fusions-Impulsantrieb für Flüge mit Geschwindigkeiten kleiner als die des Lichts und den Warpantrieb für Reisen mit Überlichtgeschwindigkeit. Während für den Impulsantrieb eine fortgeschrittene Kernfusionstechnologie eingesetzt wird, die selbst nach konservativen Schätzungen in wenigen Jahrhunderten auch für uns verfügbar sein könnte, setzt der Warpantrieb dort an, wo die theoretische Physik heute endet.[5]

Wozu Warp?

Angesichts der gigantischen Distanzen zwischen den Sternen würde die *Enterprise* selbst mit einem annähernd lichtschnellen Antrieb nicht schnell genug vorankommen. In den 60er Jahren erfanden die *Star-Trek*-Väter daher den Warp-Antrieb. »Damals war es eine theoretische Lösung für das Problem der Zeitdilatation, eine Art Hintertür für Überlichtgeschwindigkeit«, sagt Metin Tolan, Professor für Experimentelle Physik an der Universität Dortmund. »Heute wissen wir, dass es klappen könnte.«[10]

Warp-Faktoren

Für den Warp-Antrieb gibt es sogar eine eigene Geschwindigkeitstabelle, die **Warp-Skala** (siehe ➛ Maßeinheiten). Die **Höchstgeschwindigkeit** der *Enterprise* liegt bei Warp 9,6 – das ist 1909-fache Lichtgeschwindigkeit. Die absolut höchste Geschwindigkeit – die »Lichtmauer« – liegt wie gesagt bei Warp 10. Die alte *Enterprise* erreichte in der Folge »Die fremde Materie« zwar kurzzeitig einen Warp-Faktor von 14,1 – dies ist jedoch nur scheinbar ein Fehler, denn durch die Neuskalierung entspricht der Wert »nur mehr« Faktor 9,7.

Grundproblematik

Das größte Problem bei schnellen Reisen durch das All ist die Lichtgeschwindigkeit, laut Albert Einsteins Allgemeiner (ART) und Spezieller Relativitätstheorie (SRT) die oberste Grenze möglicher Bewegungen. Kurz gesagt: Wer sich mit Lichtgeschwindigkeit fortbewegt, würde unendlich schwer werden; außerdem würde für ihn die Zeit stehen bleiben. Wenn sich also die *Enterprise* mit ihrer fiktiven Höchstgeschwindigkeit von Warp 9,6 bewegt, verstößt sie gegen diese Regel, welche seit fast hundert Jahren von keinem Wissenschaftler widerlegt werden konnte und auch durch handfeste Experimente gestützt ist.

Lösungsansatz

Bereits mit der ART und ihrer gekrümmten Raum-Zeit eröffnet sich ein Ausweg aus dem Dilemma. Grundsätzlich erlaubt sie nämlich, dass ein Körper sich in Bezug auf ferne Objekte schneller als das Licht bewegt, aber nur, wenn er lokal ruht. Beobachtet zum Beispiel ein Astronom auf der Erde in unserer scheinbar stillstehenden Milchstraße eine sehr ferne Galaxie, die sich am Rande des sichtbaren Universums befindet, dann stellt er eine Fluchtgeschwindigkeit von ihr fest, die nahe der des Lichts ist.

Ebenso würde aber ein Astronom in dieser fernen, für ihn ruhenden Galaxie feststellen, dass sich wiederum unsere Milchstraße mit gewaltiger Geschwindigkeit von ihm weg bewegt. Der Grund: Der Raum zwischen uns und ihm dehnt sich aus. Anschaulich lässt sich diese Raumausdehnung durch das Aufblasen eines Luftballons zeigen, auf dessen Oberfläche Punkte aufgemalt sind: Mit jedem Mal Pusten wird der Abstand zwischen den Punkten größer, während jeder Punkt für sich am selben Ort verharrt.

Mit der geeigneten Technik könnte nun der Raum zwischen *Enterprise* und einem zehn Lichtjahre entfernten Stern verkürzt (= gekrümmt) und der Raum zwischen *Enterprise* und Erde gedehnt werden. Es wird also gar nicht das Schiff beschleunigt, sondern der Warp-Antrieb (von englisch »to warp«: krümmen, verzerren, verformen) verändert stattdessen den Raum! Man kann sich die *Enterprise* dabei auch wie einen Surfer vorstellen, der im Verhältnis zu seiner Welle stillsteht, obwohl er sich relativ zum Meer bewegt. Nach dem Manöver ist das Schiff in der Nähe des Sterns und zehn Lichtjahre von der Erde entfernt, ohne den Effekten der SRT - wie der Zeitdehnung - zu unterliegen, da sich das Schiff in Bezug auf seine Umgebung nicht bewegt hat und somit auch nicht schneller als das Licht gewesen ist.

Das nächste Problem

Die Frage ist, wie man eine solche »Raumwelle« erzeugt und stabilisiert. Den Ansatz hierzu kennt man schon seit dem Jahr 1916 als eine Konsequenz der ART: Der Raum lässt sich durch ein Gravitationsfeld krümmen, und zwar umso stärker, je konzentrierter das Schwerkraftfeld ist. Der Astronom Arthur Eddington konnte nachweisen, dass sich Sternenlicht krümmt, wenn es am Rand der Sonne vorbeizieht. Aber: Obwohl die Sonne rund 300 000-mal schwerer als die Erde ist, beträgt die durch ihre Gravitation verursachte Raumkrümmung weniger als ein tausendstel Winkelgrad. Das ist nicht eben viel und bedeutet, dass eine künstlich erzeugte Raumkrümmung, die stark genug ist, um ein Raumschiff durch das Universum fliegen zu lassen, eine Anhäufung von gewaltigen Energiemengen erfordert. Man könnte zwar auch die entsprechende Menge Energie vor dem Bug des Raumschiffs konzentrieren, doch die technische Umsetzung erleichtert das auch nicht.

Eine weitere Schwierigkeit besteht darin, dass die ➛ Gravitation eine stets anziehende und nie abstoßende Kraft ist; wie soll sie also den Raum hinter der *Enterprise* dehnen? Gravitation ist nichts anderes als ein Maß für die Krümmung des Raums, wie die ART gezeigt hat. Um den Raum nicht zu krümmen, sondern zu dehnen, benötigt die Theorie einen Term für die Abstoßung. Dieser Term wiederum setzt »negative Energie« voraus. Aber gibt es die außerhalb der Mathematik wirklich? Die Antwort lautet: Ja.

Zuvor jedoch eine Begriffsklärung: Negative Energie ist keine Antimaterie, denn auch beispielsweise Antiprotonen haben »positive« Energie. Ebenso hat die kosmologische Konstante, deren Einführung Albert Einstein als seine »größte Eselei« verworfen hat und nun zur Erklärung der kosmischen Inflation des Universums herangezogen wird, nichts mit negativer Energie, sondern nur mit »negativem Druck« zu tun. Die Lösung lauert auf subatomarer Ebene: Schon der deutsche Physiker Werner Heisenberg konnte zeigen, dass leerer Raum in kleinsten Dimensionen nicht wirklich leer ist, sondern winzige Elementarteilchen beinhaltet, die scheinbar aus Nichts entstehen und nach kurzer Zeit wieder verschwinden – ein ständiges Fließen und Fluktuieren auf submikroskopischer Ebene, wo bereits die Gesetze der Quantenphysik gelten. Wenn jene Quantenfluktuationen nun lokal unterdrückt werden könnten (indem man eine Art Blase im All erzeugt), entstünde ein Zustand, dessen Energie unterhalb der Null-Energie des Vakuums läge: negative Energie.

Energiebedarf

Um nun diese Blase zu bilden, wären gewaltige Mengen negativer Energie nötig, wie die Physiker Lawrence H. Ford und Allen Everett an der Tufts-Universität in Massachusetts zeigten:[34]

> »Um eine Warp-Blase mit 200 Meter Durchmesser, in der ein Raumschiff Platz hätte, mit zehnfacher Lichtgeschwindigkeit zu bewegen, wäre eine negative Energiemenge nötig, die dem Zehnmilliardenfachen der Masse des bekannten Universums entspräche!«

Oder anders ausgedrückt: Um den gewünschten Effekt zu erzielen, braucht man auf einen Schlag mehr Energie, als die Sonne in 10 Milliarden Jahren erzeugt.[9] Und das, obwohl die Wand der Warp-Blase laut Berechnung von Miguel Alcubierre (siehe unten) nur 10^{-31} Zentimeter dick zu sein braucht.

Energieerzeugung aus Antimaterie

Alle heute angewandten Formen der Energieerzeugung würden nicht ausreichen, um eine derartige Leistung zu produzieren. Weder Kernspaltung (wie bei Atombomben) noch Kernfusion wären dazu in der Lage. Man braucht also eine Art neuen »Brennstoffs«. Die Autoren der Space Opera sind hierbei auf die seltsame Antimaterie gestoßen. Schafft man es, herkömmliche Materie und Antimaterie zusammenzubringen und miteinander zu verschmelzen, würde dabei Energie von bisher unbekanntem Ausmaß frei werden. Diese könnte demnach ein Raumschiff auf Lichtgeschwindigkeit beschleunigen bzw. den Raum verzerren.

Was Einstein übersah – oder: Gibt es Antimaterie überhaupt?

P. A. M. Dirac, einer der Begründer der Quantentheorie, formulierte 1928 eine Gleichung zur Beschreibung von Elektronen, die der Einsteinschen Relativitätstheorie gehorchen.[35] Dabei erkannte er, dass Einsteins berühmte Gleichung $E = mc^2$ eigentlich nicht ganz richtig ist. Um sie abzuleiten, musste Einstein aus einer anderen Gleichung die Quadratwurzel ziehen, und deshalb muss das Ergebnis eigentlich lauten: $E = +$ oder $- mc^2$ (denn die Quadratwurzel gilt auch bei negativen Zahlen). Das Minuszeichen überging Einstein also bei der Formulierung seiner Theorie. Wie Dirac jedoch feststellte, war seine Elektronentheorie nur dann widerspruchsfrei, wenn er es berücksichtigte. Somit musste er einen ganz neuen Zustand der Materie postulieren: die Antimaterie.

Materie beschreibt im physikalischen Sinne jede in Form von Masseteilchen auftretende Energieform (somit ist alles, was wir wahrnehmen können, aus ihr aufgebaut). Sie besteht aus winzigen Teilchen: Atomen, die wiederum aus Elementarteilchen aufgebaut sind. Atome besitzen einen positiv geladenen elektronischen Kern und eine negativ geladene Hülle. Antimaterie ist entgegengesetzt aufgebaut und hat eine umgekehrte elektrische Ladung. Wenn beide zusammentreffen, vernichten sie sich gegenseitig in einem Energieblitz. Wenn Sie, lieber Leser, ein Stück Antimaterie in die Hand bekämen, würden Sie mit der Gewalt von tausend Wasserstoffbomben explodieren. Antimaterie besteht anscheinend schon seit dem Urknall. Mit winzigen Mengen davon spielen die Physiker in ihren Labors schon seit Jahrzehnten herum, denn sie entsteht beim Zerfall radioaktiver Atome. Es gibt also keinen Grund, an ihrer Existenz zu zweifeln.

Reality-Faktor (%) 100

Existiert Antimaterie in ausreichender Menge?

Das Universum ist nach Meinung der meisten Wissenschaftler völlig anders aufgebaut, als wir von unserer Alltagserfahrung her schließen würden: Normale Materie macht - je nach Schätzung - nur zwischen 5 %[36] und 25 %[37] aus. Der Großteil - etwa 65 % - besteht aus der rätselhaften und erst vor wenigen Jahren entdeckten »Dunklen Energie«, gefolgt von der nicht minder seltsamen »Dunklen Materie« mit ca. 30 %. Wer mitgerechnet hat, erkennt, dass - egal wie die genaue Gewichtung nun aussieht - praktisch kein Platz mehr für Antimaterie vorhanden ist. Sie existiert zwar, ihre Menge geht jedoch gegen Null. Und das ist auch gut so: Denn würde Antimaterie in größeren Mengen im All vorhanden sein, wären aufgrund der Wechselwirkung mit Materie heftige Zerstrahlungsprozesse zu beobachten. Falls zum Beobachten überhaupt noch jemand von uns hier wäre - denn gerade dieser Materiemehrheit (oder Asymmetrie) verdanken wir unser Dasein. Das Problem ist also: Kann man Antimaterie im All »zusammentragen« und reicht sie für eine gute Space Opera aus? Die Antwort: höchstwahrscheinlich nein. Ganz genau weiß das momentan noch niemand.

Reality-Faktor (%)	10									

Die SF-Autoren gingen daher einen Schritt weiter: Wenn nicht genügend »natürliche« Antimaterie vorhanden ist, dann könnte man sie ja künstlich herstellen. Nun, schauen wir uns das mal an ...

Erzeugung von Antimaterie bei *Star Trek*

Die Sternenflotte benutzt eine Materie-Antimaterie-Reaktionskammer - auch **»Warpkern«** genannt - als Energiequelle für den Warp-Antrieb.[16] Dabei wird die gesamte Masse des Treibstoffs in Energie umgesetzt. Wie gezeigt, reagieren Materie und Antimaterie normalerweise unkontrolliert, sobald sie zusammentreffen. Zur Energieerzeugung muss diese Reaktion also kontrollierbar gemacht werden. Das geschieht bei *Star Trek* mit so genannten **Dilithium-**

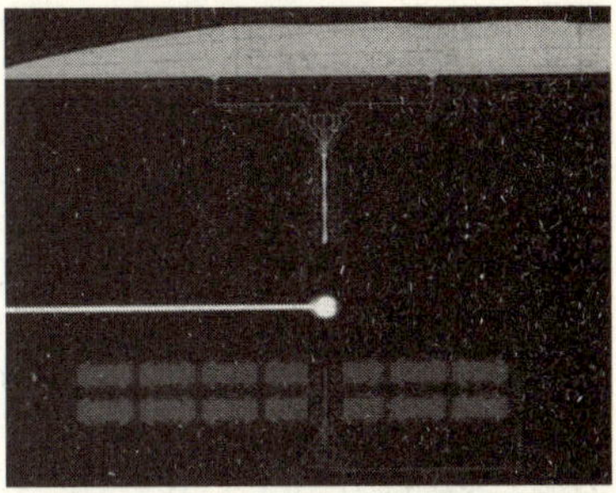

Die Reaktionskammer eines Föderationsschiffes (Quelle: www.foederationsdatenbank.de)

Kristallen. Wenn man diese einem hochfrequenten elektromagnetischen Feld im Megawatt-Bereich aussetzt, werden sie für Antimaterie durchlässig, d. h. die Antimaterie strömt kontrolliert durch die Kristallstruktur, anstatt mit ihr zu reagieren. Die Kristalle befinden sich in der Reaktionskammer im Maschinenraum, wo die von unten zugeführte Antimaterie mit der von oben kommenden Materie reagiert.

Falls das Eindämmungsfeld des Warpkerns nicht mehr stabil ist und auch nicht mehr reguliert werden kann, kommt es zu einer unkontrollierten Reaktion, durch die das ganze Schiff zerstört werden kann. Aus diesem Grund kann der Warpkern durch eine Schleuse am unteren Teil des Schiffes ausgestoßen werden, um ihn abkühlen oder explodieren zu lassen. Inzwischen kann das Schiff ohne Warpkern nur noch mit Impulsgeschwindigkeit fliegen. Sollte er nur auskühlen, kann er danach jedoch wieder aufgenommen und verwendet werden.

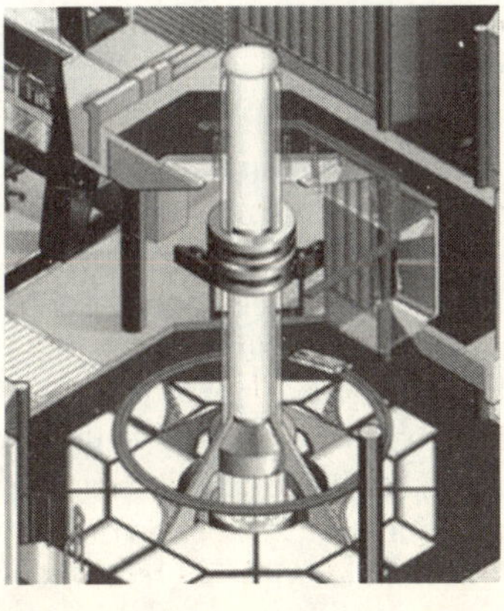

Der Warpkern (Quelle: www.foederationsdatenbank.de)

Erzeugung von Antimaterie in der Realität

Ein Materie-Antimaterie-Raumantrieb würde die Paarvernichtung von Protonen und Antiprotonen nutzen. Antiprotonen können tatsächlich künstlich produziert werden, dazu sind jedoch leistungsstarke Teilchenbeschleuniger nötig. Der Aufwand, aus Antimaterie Energie zu erzeugen, ist jedenfalls enorm: Pro Stunde können etwa 50 Millionen Antiprotonen hergestellt werden; diese reichen gerade aus, um ein Tausendstel Watt zu generieren. Zum Betrieb einer Glühbirne bräuchte man die 100 000-fache Menge.[15]

Somit ist auch hier Knappheit ein Hauptproblem: Die Gesamtmasse aller weltweit in Teilchenbeschleunigern erzeugten Antiprotonen beträgt nur einige Dutzend Nanogramm (milliardstel Gramm) pro Jahr. Für eine bemannte Mission zu Proxima Centauri, dem nächsten Stern, wären jedoch mehrere Tonnen erforderlich. Wenn wir uns vorstellen, dass die ganze Anlage auch noch fliegen können und gleichzeitig so klein wie möglich sein soll, um während einer Weltraummission Treibstoff herzustellen, sehe ich einfach keine Möglichkeit der Realisierung.

Reality-Faktor (%)	**0**									

Gesamtbewertung

Wie beurteilen Wissenschaftler diese Idee generell? Grundsätzlich positiv, was die **Materie-Antimaterie-Verschmelzung** angeht.

1994 stellte der mexikanische Physiker Miguel Alcubierre erstmals ein naturwissenschaftlich fundiertes Konzept des Warp-Antriebs vor und begeisterte damit Serienfans und Kollegen gleichermaßen.[38] Der Energiebedarf sei zwar »fantastisch, aber zumindest nicht unmöglich«. Ähnlich sieht es auch der US-Physiker Lawrence Krauss, der in seinem Buch »The Physics of Star Trek« beim Thema Warp von einer »Nicht-Unmöglichkeit« spricht. Sein Kollege und Mitautor Stephen Hawking ist da weniger zurückhaltend. »Ich arbeite an diesem Problem«, sagte der Brite spaßeshalber bei einem Besuch am *Star-*

Trek-Set in Hollywood. Eine Forschergruppe am NASA-Zentrum Lewis in Cleveland befasst sich seit 1998 damit, sich futuristische Antriebstechniken auszudenken, mit denen ein Raumschiff schneller als das Licht fliegen könnte; hierbei wird auch ganz ernsthaft und professionell nachgedacht, wie man mit Hilfe von Gravitationslasern Raumkrümmungen erzeugen könnte.[8] Und der NASA-Physiker David Batchelor, der sich wie kaum ein anderer mit der Technologie von *Star Trek* auseinander setzt, urteilt:

> »(Der Warpkern) ist eines der besten wissenschaftlichen Features von *Star Trek*. Die Verschmelzung von Materie und Antimaterie ist fast mit Sicherheit die effizienteste Energiequelle, die ein Raumschiff verwenden könnte, und die Art der Beschreibung ist grundsätzlich korrekt. Die Antimaterie (gefrorener Anti-Wasserstoff) wird mittels Magnetfeldern gesteuert und davon abgehalten, mit normaler Materie in Berührung zu kommen - ansonsten KA-BOOM! Soweit handelt es sich um reale Physik. Vergessen wir nur den Teil mit den Dilithium-Kristallen ... die sind reine Phantasie.«[11]

Reality-Faktor (%) 90

Ganz anders sieht er hingegen die Chancen, die erhaltene Energie tatsächlich in einen **Warp-Antrieb** umzuwandeln:

> »Trotz seiner fundamentalen Bedeutung für die TV-Serie verletzt (der Warp-Antrieb) die bekannte Physik in einem Ausmaß, das nicht mehr gerechtfertigt werden kann. Die genaue Beschreibung des Warp-Feld-Effekts im Technikmanual von *Star Trek - The Next Generation* wirft mehr Fragen auf, als sie beantwortet. Dort heißt es, man verwende Energieformen und Subraum-Felder, die von der heutigen Wissenschaft noch nicht verstanden werden. Wie auch immer: Solange Einsteins Theorien zukünftig nicht auf sehr unwahrscheinliche Art zertrümmert werden und keine revolutionären neuen Erkenntnisse in der Quantenphysik auftauchen, *kann* der Warp-Antrieb einfach nicht existieren. Die heutigen Physiker verstehen das Raum-Zeit-Kontinuum bereits ziemlich gut

> und es gibt sehr gute Gründe, anzunehmen, dass sich kein Objekt schneller als das Licht bewegen kann.«

Und Jose Natário von der Technischen Universität Lissabon hat Ende 2002 klar gestellt:

> »Der Antrieb taugt nicht für große Sprünge. Über die technische Realisierung braucht man gar nicht mehr nachzudenken. Der Warp-Antrieb ist schon in der Theorie unmöglich.«[34]

Das Problem sei der Ereignishorizont, der durch die Überlichtgeschwindigkeit entsteht und die Warp-Blase umgibt. Er wirkt wie eine Barriere für kausale Wechselwirkungen und somit auch für jegliche Kommunikation. Es wäre unmöglich, Signale aus der Blase zu senden. Deshalb könnte man physikalische Vorgänge außerhalb der Blase auch nicht vom Raumschiff aus steuern. Der Horizont verliefe sogar innerhalb der Blase so, dass die Reisenden keine Signale senden könnten, wodurch eine Steuerung oder Bremsung unmöglich wären. Auch würde sich am Ereignishorizont alle Strahlung stauen, die vom Raumschiff abgegeben und womöglich auf eine unendliche Energiedichte zusammengequetscht wird.

Das Ergebnis: Der Warp-Antrieb ist physikalisch praktisch ausgeschlossen (außer es geschieht ein Wunder) und erfordert Technologien und Energiemengen, die weit jenseits der Verfügbarkeit stehen.

Reality-Faktor (%)	**0**									

Möglicher Ausweg: Der Raumsprung

Der Physiker Michio Kaku ist optimistischer und meint, der schon in Asimovs »Foundation«-Zyklus ansatzweise beschriebene »Raumsprungantrieb« würde zwar noch nicht im 21. Jahrhundert entwickelt werden, aber nach unserem derzeitigen Wissen über die Physik sei er nicht völlig auszuschließen, jedenfalls nicht für eine weiter entwickelte Zivilisation.[35]

Dieser Antrieb basiert nicht auf einer Warp-Blase, sondern nutzt ➤ Wurmlöcher, um zwischen den Galaxien zu reisen. Dabei würde das Raumschiff nicht mit Lichtgeschwindigkeit fliegen und trotzdem schneller als das Licht sein. Vorausgesetzt also, dass Wurmlöcher existieren und stabil genug sind, um sie zu passieren, spräche kein physikalisches Gesetz gegen derartiges Reisen.

Reality-Faktor (%)	10									

In jedem Fall hat der erklärte SF-Fan Batchelor auch einen kleinen Trost für uns: »Die Erkenntnis (dass es keinen Warp-Antrieb geben kann) hält Wissenschaftler wie den großen Relativitäts- und Quantentheorie-Experten Stephen Hawking jedenfalls nicht davon ab, die *Star-Trek*-Serie weiterhin zu genießen.«

W WURMLÖCHER

Was ein Wurmloch ist, kann man sich folgendermaßen deutlich machen: Man nimmt ein Blatt Papier und markiert darauf zwei Punkte A und B. Die kürzeste Entfernung zwischen ihnen, so sagt man uns seit Euklid, ist eine Gerade. Aber das gilt nur für zwei Dimensionen. Wenn wir das Blatt so biegen, dass A und B sich berühren, und die beiden Punkte dann durch ein ins Papier gebohrtes Loch verbinden, ist die kürzeste Entfernung zwischen ihnen eben dieses »Wurmloch«.

Die Idee geht auf Albert Einsteins Relativitätstheorie zurück, wonach unter dem Einfluss von Masse das Raum-Zeit-Kontinuum gekrümmt werden kann. Verdichtet sich Materie besonders stark, wie etwa nach der Explosion eines Sterns, wird diese Delle tiefer: ein Schwarzes Loch entsteht. Die extreme ➤ Gravitation führt dazu, dass aus der Verformung im Raum-Zeit-Gefüge ein Tunnel entsteht. Dieser Tunnel – die so genannte Einstein-Rosen-Brücke – kann theoretisch in eine andere Galaxie führen oder möglicherweise auch in ein ➤ Paralleluniversum! Das einzige Problem dabei wäre die extreme Gravitation im Inneren des Tunnels. Sie würde den Reisenden in kleinste Stückchen zerquetschen.[23]

Modelle aus den 80er Jahren zeigen jedenfalls, dass submikroskopisch kleine Wurmlöcher möglich sind. Laut den Gesetzen der Quantenmechanik ist das Vakuum in ultrakleinen Dimensionen nicht leer. In jedem Kubikmillimeter bilden sich ständig winzige Verformungen und Mini-Tunnel durch die Raumzeit und können theoretisch Millionen von Lichtjahren überbrücken. Sie sind jedoch nicht nur extrem klein, sondern auch sehr kurzlebig. Einen Massetransport können sie nicht leisten und sind damit für die Raumfahrt völlig ungeeignet. Das größte Problem ist ihre mangelnde Stabilität.[9] Könnte man diese aber zukünftig mit großen Energiemengen erreichen, würde man sich über Lichtjahre hinweg durch den Raum bewegen und schneller als mit Lichtgeschwindigkeit reisen, ohne die Gesetze der Relativitätstheorie zu verletzen. Wie geht das?

Nach der Speziellen Relativitätstheorie (SRT) kann sich zwar nichts schneller bewegen als das Licht. Aber die SRT ist nur ein Sonderfall der Allgemeinen Relativitätstheorie (ART). Diese erlaubt die Interpretation, dass man ein Wurmloch passieren und auf der anderen Seite des Universums wieder herauskommen kann; demnach wäre man schneller als das Licht. Aus der SRT ergibt sich nur die Einschränkung, dass man beim Eintritt in das Wurmloch nicht schneller als das Licht sein kann.[35]

Es könnte aber auch natürliche stabile Wurmlöcher geben: Nach neuesten Berechnungen des russischen Astrophysikers Sergej Krasnikow[5] wären diese kompatibel mit allen bekannten Naturgesetzen. Er meint, dass einzelne Wurmlöcher, die noch in den Zeiten des Urknalls entstanden sind, zusammen mit dem Universum expandieren und sich selbst stabilisieren können. Ein ganzes Tunnelnetz von Verbindungen zwischen den Blasen-Welten wäre denkbar! Solche Wurmlöcher wären groß genug, dass ein Mensch oder sogar ein Raumschiff sie durchfliegen könnte.

»Diese Erkenntnis sollte man ernst nehmen«, sagt Ian Moss von der Universität Newcastle Upon Tyne, »aber ich nehme nicht an, dass sie irgendwelche direkten Auswirkungen auf die heutige Technik haben wird.« Der NASA-Physiker David Batchelor hält Wurmlöcher für fragliche Folgen aus mathematischen Modellen für bizarre, künstliche Anordnungen von gigantischen Massen. Es handle sich um nicht getestete Modelle, bei denen Einsteins Theorien bis an ihre Grenze getrieben würden. Und die dazu nötigen Anordnungen gigantischer rotierender Massen kämen in der Natur überhaupt nicht vor.[14]

Auch Krasnikow selbst nimmt an, dass ein Wurmloch zu erzeugen weit jenseits der heutigen technischen Möglichkeiten liegt. Der beliebte ➤ Warp-Antrieb von *Star Trek* und auch ➤ Zeitmaschinen bleiben somit vorerst reine Utopie.

Reality-Faktor (%)	10									

Z ZEITEN

Wann finden die Space Operas eigentlich statt? Diese Frage ist für unser Thema insofern wichtig, als sich Technologien von Jahrhundert zu Jahrhundert weiter entwickeln (sollten).

Perry Rhodan:	1971 – 49. Jahrhundert (noch nicht beendet)
Stargate:	1996 – (noch nicht beendet)
Enterprise (Prequelserie):	2151 – (noch nicht beendet)
Star Trek Originalserie:	2264 – 69
Star Trek – The Next Generation:	2364 – 70
Star Trek – Deep Space Nine:	2369 – (noch nicht beendet)
Star Trek – Voyager:	2371 – (noch nicht beendet)
Andromeda:	10. Jahrtausend (ca. 9772)
Dune – Der Wüstenplanet:	11. Jahrtausend
The Foundation:	13. Jahrtausend (12 000–12 400)
Star Wars:	entspricht nicht unserer Zeitrechnung

Z ZEITMASCHINEN/ZEITREISEN

»Was nicht ausdrücklich verboten ist, kommt garantiert vor.«

Lawrence Krauss, Physik-Professor an der Case Western University in Cleveland

»Was geschehen kann, wird auch geschehen.«

Commander Data, U.S.S. Enterprise

Zeitreisen gehören zur Science Fiction wie die Sterne zur Milchstraße. Auch in zahlreichen Episoden von *Star Trek* wurde dieses faszinierende Thema immer wieder aufgegriffen. Den Anfang machte die klassische Episode *Implosion in der Spirale*. Wenig später folgte die zu den besten Episoden zählende Folge *Ein Griff in die Geschichte*: Dr. McCoy gelangt darin mit Hilfe des »Wächters der Ewigkeit« in die USA zur Zeit des Zweiten Weltkriegs und verändert die Zeitlinie – natürlich mit katastrophalen Folgen: Der Krieg wird von den Nazis gewonnen. Erst als Kirk und Spock ebenfalls durch das Portal gehen, wird die Zeitlinie wieder korrigiert.[39] Auch zwei der erfolgreichsten *Star-Trek*-Filme nahmen sich des Themas »Zeitreise« an: auf eher humoristische Weise in *Star Trek IV – Zurück in die Gegenwart*, sehr düster und dramatisch dagegen in *Star Trek VIII – Der erste Kontakt*. Die Umstände, unter denen der Crew Zeitreisen ermöglicht wurden, waren nicht immer gleich: Mal passierte es durch den Einsatz eines Warpantriebs im stark verzerrten Weltraum in der Nähe einer Sonne, dann wieder kamen Tachyonen – überlichtschnelle Teilchen – zu Hilfe.

Bis zu *Star Trek – The Next Generation* hat sich die den Zeitreisen zugrunde liegende Technologie weiter entwickelt. Auf der *Enterprise D* wurde beispielsweise aus einem Notfalltransporter-Gerät eine Subraum-Armbinde entwickelt, die das Reisen in »temporären Zeitlinien« ermöglicht. Da sie jedoch nicht genau justiert werden kann, kommt es bei der Anwendung unter Umständen zu körperlichen Schäden, ähnlich dem Tiefenrausch bei Tauchern. Die Reise in der Zeit wird hierbei erreicht, indem man den Körper mit Isotopen der Delta-Reihe überflutet.[16]

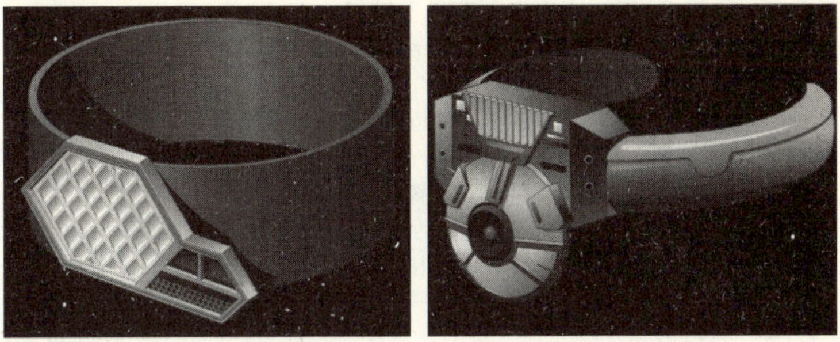

Links die alte Subraumarmbinde; rechts eine Weiterentwicklung, welche dem Träger eine Zeitreise ohne körperliche Nachteile ermöglicht (Quelle: www.foederationsdatenbank.de)

Bewertung: Lange galten Zeitreisen in der Wissenschaft als unseriöses Thema. Grund dafür war nicht nur das Fehlen irgendeines technologischen Ansatzes, sondern auch das Auftreten gewaltiger Paradoxa, sobald eine imaginäre Person in die Vergangenheit reist. Für die bekannteste Variante, das »Großvaterparadoxon« (jemand tötet in der Vergangenheit seinen Großvater und beraubt sich damit seiner eigenen Existenz), haben neuere Einsichten in die Quantentheorie der Gravitation und die Ausarbeitung der »Multiversum-Theorie« jedoch Lösungsansätze ergeben,[39] und zwar in Form von ➛ Parallelwelten: Bei jeder Interaktion des Zeitreisenden entsteht ein neues Universum, ohne die Zukunft des alten zu beeinflussen.

Ein anderes verblüffendes Ergebnis von Einsteins Spezieller Relativitätstheorie (SRT) ist das »Zwillingsparadoxon«. Die SRT zeigte, dass die Zeit vom jeweiligen Bezugssystem abhängt; befindet sich ein System gegenüber einem Beobachter in Bewegung, dann laufen die Uhren dieses Systems für den Beobachter langsamer als seine eigene Uhr. Für Reisende vergeht die Zeit also langsamer als für die daheim Gebliebenen. Kehren die Reisenden nach Hause zurück, dann haben sie einen Zeitsprung in die Zukunft gemacht. Ein zurückkehrender Zwilling trifft einen im Vergleich zu ihm älteren Bruder an. Um nun einen Blick in die Zukunft der Erde zu werfen, benötigt man im Grunde »nur« ein **schnelles Raumschiff**. Um die Erde in 1000 Jahren zu sehen, ist eine Reise mit 99,995 % der Lichtgeschwindigkeit zu einem 500 Lichtjahre entfernten Stern und zurück notwendig. Bei der Rückkehr wäre man selbst nur zehn Jahre älter.

Im Zuge der Erforschung der Folgerungen aus der SRT ergaben sich immer mehr Hinweise auf die Möglichkeit von Zeitreisen. Im Jahr 1937 entdeckte W. J. van Stockum eine Lösung der Einsteinschen Feldgleichungen, bei der ein unendlich langer **rotierender Zylinder** als Zeitmaschine wirkt. Die Vermutung, dass der Zylinder bei endlicher Länge keine Zeitmaschine mehr ist, konnte bisher nicht bewiesen werden.

Heute sind Zeitreisen zu einer Spielwiese für theoretische Physiker geworden. Natürlich geht es dabei nicht um die konkreten Details einer »Zeitmaschine«, sondern um die Frage, ob Zeitreisen für eine unendlich fortgeschrittene Zivilisation, die über nahezu unbegrenzte Energiemengen verfügt, im Einklang mit den Gesetzen der Physik durchführbar wären.

Kip Thorne, einer der Pioniere bei der Erforschung des Phänomens der Schwarzen Löcher, veröffentlichte die Ergebnisse seiner Forschungen 1988 unter dem Titel »Wurmlöcher, Zeitmaschinen und die schwache Energiebedingung« in der angesehenen Fachzeitschrift *Physical Review Letters*. Die ➛ **Wurmlöcher** sind hypothetische Tunnel durch den ➛ Hyperraum, die nicht nur zwei Regionen im Raum, sondern auch zwei Zeitregionen des Alls miteinander verbinden. Deshalb können Wurmlöcher im Prinzip als Zeitmaschinen benutzt werden. Laut Thorne müsste ein Ende des Wurmlochs mit nahezu Lichtgeschwindigkeit bewegt werden, während das andere Ende feststeht. Das bewegte Ende altert wegen seiner hohen Geschwindigkeit langsamer, sodass ein Zeitreisender, der das Wurmloch von seinem feststehenden Ende aus durchquert, in die Vergangenheit reist. Ob allerdings jemals solche Reisen stattfinden werden, ist mehr als fraglich – denn bisher hat noch niemand ein Wurmloch real beobachtet.

Die Zeitreise in die Vergangenheit mit Hilfe kosmischer **Strings**[39] ist noch exotischer als mit Wurmlöchern. Strings sind dünne, Millionen von Lichtjahren lange Energiebänder im Universum, die vielleicht existieren, vielleicht aber auch nicht. 1991 fand Richard Gott von der Princeton University einen Weg in die Vergangenheit mittels einer großen, aus einem kosmischen String bestehenden Schleife.

Diese Bänder erzeugen wegen ihrer außerordentlich hohen Energiedichte eine extrem starke Krümmung der Raum-Zeit. Man müsste das Energieband so verformen, dass es sich auf Grund seiner Eigenspannung schnell zusammenzieht. Wenn ein Raumschiff um die beiden Enden der Schleife fliegt, die sich nahezu mit Lichtgeschwindigkeit gegeneinander bewegen, würde es in die Vergangenheit reisen. Hierzu wäre jedoch exotische Energie erforderlich, die ungefähr der Hälfte der Masse des gesamten Universums entspricht. Außerdem wäre das Unternehmen für den Zeitreisenden sehr riskant. Der sich zusammenziehende kosmische String würde wahrscheinlich ein rotierendes Schwarzes Loch erzeugen, in dessen Innerem der Zeitreisende für alle Zeiten gefangen wäre.

Was ist mit den von *Star Trek* zitierten **Tachyonen**, die stets mit Überlichtgeschwindigkeit und somit in die Vergangenheit reisen? Der Begriff selbst (von griech. »tachys«: schnell) wurde 1967 von dem in New York arbeitenden Physiker Gerald Feinberg geprägt. Allerdings stellen Tachyonen rein hypothetische Teilchen dar und gehören keinem realen Kosmos an - sie wurden bisher weder gesichtet noch eingefangen.[34]

Eine andere Zeitreisemöglichkeit bietet eventuell die **Quantentheorie**. Sie besagt unter anderem, dass sich im subatomaren Bereich bestimmte Vorgänge nicht mehr exakt bestimmen lassen. Immer sind nur einige Größen mit beliebiger Genauigkeit einzuengen, auf Kosten anderer. Ein besonders mysteriöses Detail hierbei: die Fernwirkung zwischen den Teilchen (Beschreibung siehe ➛ Beamen). Das führte unter anderem den englischen Physiker David Bohm zur Idee, dass es jenseits der Quantenwelt noch eine Ebene gibt, auf der Phänomene, die in unserer Welt voneinander getrennt sind, miteinander verbunden sind. Damit ließe sich nicht nur Fernwirkung erklären, sondern auch zeigen, dass Vergangenheit, Gegenwart und Zukunft dort miteinander verschmolzen sind. Wenn es nun gelänge, in diese hypothetische Ebene vorzudringen, wäre Zugang zu allen Zeiten geschaffen. Leider weiß derzeit niemand einen Weg, dies zu bewerkstelligen. Auch der Autor Michael Crichton, der im Buch »Timeline«[40] beschreibt, wie Zeitreisende in den Quantenschaum vordringen und ins Mittelalter reisen, gibt im Nachwort zu, dass er die physikalischen Möglichkeiten hierbei sehr weit ausgedehnt hat und keine reale Möglichkeit für die Umsetzung der Idee sieht.

Zeitreisen verletzen jedenfalls nicht die Gesetze der Physik, doch ob jemals Wege zu deren Realisierung gefunden werden, ist noch völlig offen. Optimisten halten es aber mit dem berühmten US-Physiker Carl Sagan, der vor 20 Jahren meinte: »Wenn es im Gefüge des Raumzeit-Kontinuums tatsächlich Wurmlöcher gibt, dann besteht gar kein Zweifel, dass sich Raumschiffe ihrer bedienen können, um durch Raum und Zeit zu reisen.«

Reality-Faktor (%)	10									

Zusammenfassung

»*Star-Trek*-Technologie ist eine unterhaltsame Mischung aus realer und imaginärer Wissenschaft sowie rein erfundenem Zeug, das die Autoren wöchentlich für neue Folgen benötigen. Die reale Wissenschaft ist hierbei eine Anstrengung, den größten Errungenschaften der Menschheit gerecht zu werden, während die phantasievollere Wissenschaft eine Spielwiese für Unterhaltung und Wissenserweiterung darstellt. *Star Trek* ist jedenfalls die einzige SF-Serie mit Respekt vor realer Forschung und intelligentem Schreiben. Darum ist sie auch die einzige Serie, die von vielen Wissenschaftlern – wie mir – regelmäßig geschaut wird.«

David Allen Batchelor, NASA-Physiker und SF-Fan

Wir haben gesehen, dass die Technologie der Space Opera alle nur denkbaren Bereiche umfasst, interessante Zukunftsentwürfe bietet und dabei ein enorm weites Spektrum an tatsächlicher Realisierbarkeit aufweist. Wissenschaftlich haltbar und umsetzbar sind die Wunschmaschinen der SF-Autoren zwar nicht immer, dennoch vermitteln sie uns den Eindruck der Wahrhaftigkeit, solange sie nur die Handlung weiter treiben.

Der emotionale Schiffsarzt der *Enterprise*, »Pille« McCoy, würde es gegenüber dem kühlen Mr. Spock wohl so ausdrücken: Wichtiger als logisch korrektes Verhalten, seitenlange Formeln und detaillierte

Beschreibungen ist allemal die Spannung der Stories. Und Douglas Adams bringt die Sache in seiner legendären Weltraumopern-Satire »Per Anhalter durch die Galaxis« (1979), in der er seinen Helden Arthur Dent allen nur erdenklichen SF-Erfindungen ausliefert, auf den Punkt: »Die Menge der Dinge, die Arthur sah und partout nicht glauben konnte, war verdammt groß. Ihm klappte für eine Weile einfach der Kiefer runter.«

ANMERKUNGEN

1 Den Begriff der »Kosmischen Schießbude« habe ich vom US-Physiker Michio Kaku übernommen.

2 Nachrichtenmagazin »profil«, Extraheft Juni 1997

3 Magazin »Spektrum der Wissenschaft« Dossier Nr. 4/1999 zum Thema »Raumfahrt«

4 Tim Beardsley im Magazin »Spektrum der Wissenschaft« Nr. 8/1999

5 Magazin »Star Observer« Special Nr. 8: Science & Fiction

6 Stephanie D. Leifer (Jet Propulsion Laboratory, Pasadena) im Magazin »Spektrum der Wissenschaft« Dossier Nr. 4/1999 (S. 66 f.)

7 Isaac Asimov: The Foundation, 1951–1953 (deutsche Gesamtausgabe unter dem Titel »Die Psychohistoriker« bei Bastei-Lübbe, 2000)

8 Magazin »SPIEGEL spezial 10/1998 – Die Zukunft der Erde«

9 Markus Reithofer: »Die Physik der Science Fiction« (in: Magazin »HiTech«, Heft 5/Nr. 4, 1997), http://www.hitech.at/archiv/4_97/futur.htm

10 Online-Artikel: http://rhein-zeitung.de/on/03/01/14/topnews/startrek-technik_cont1.html

11 Website von David Batchelor: http://ssdoo.gsfc.nasa.gov/education/just_for_fun/startrek.html
(Batchelor hat untersucht, welche *Star-Trek*-Errungenschaften machbar erscheinen. Die von ihm bereits vor einiger Zeit zusammengestellte Liste ist nach seinen Aussagen bislang nicht von der wissenschaftlichen Entwicklung überholt worden.)

12 Anton Zeilinger: »Einsteins Schleier – Die neue Welt der Quantenphysik« (C. H. Beck, 2003)

13 Magazin »Spektrum der Wissenschaft«, Nr. 6/2000

14 Online-Artikel http://rhein-zeitung.de/on/03/01/14/topnews/startrek-hint.html

15 Katalog zur *Star-Trek*-Ausstellung 1998 im Technischen Museum Wien

16 Website www.foederationsdatenbank.de

17 Heinz Oberhummer: Kerne und Sterne – Einführung in die nukleare Astrophysik (Johann Ambrosius Barth, 1993)

18 Magazin »Star Observer« Nr. 3/2003

19 Website www.pr-materiequelle.de/begriffe/h/hyperrau.htm

20 Robert L. Forward: Der Flug der Libelle (Bastei-Lübbe, 1986)

21 Website www.perry-rhodan.net

22 Magazin »Spektrum der Wissenschaft – Spezial 2/2001: Nanotechnologie«

23 Online-Artikel: www.quarks.de/dyn/6475.phtml

24 Magazin »Star Observer« Nr. 7/2000

25 Website www.treknews.de/treknews/newspro-treknews/static/99194896137981.php

26 Magazin »P. M.«, November 2003, sowie www.care-o-bot.de

27 Website www.andromeda-guide.de

28 Website www.beepworld.de/members5/sternentor/technologie.htm

29 Magazin »2000plus« Nr. 6, Mai/Juni 2002, S. 36–40 bzw. http://hyperspace.alien.de/Das%20Stargate.htm

30 Website www.sfg-rkom.de/rkomtech/artikel/data_subraum.htm

31 Der britische Atmosphärenforscher J. Lovelock wurde bekannt durch seine »Gaia-Hypothese«, die u. a. besagt, dass die Erde bewohnbar bliebe, solange Leben auf ihr existiere.

32 Magazin »Star Observer« Nr. 8–9/2002

33 Online-Artikel: www.morgenwelt.de/wissenschaft/9905-retina.htm

34 Magazin »Bild der Wissenschaft« Nr. 2/2003

35 Michio Kaku: Zukunftsvisionen (Dt. Taschenbuchausgabe: Knaur, 2000)

36 Website www.weltderphysik.de/themen/universum/astro/kosmologie/dunklematerie/

37 Sabine Schindler, Institut für Astrophysik, Uni Innsbruck; http://astro.uibk.ac.at/astroneu/german/personal/schindler.html

38 Magazin »Sterne und Weltraum« – Special Nr. 6 »Gravitation«

39 Thomas Melerowicz, Online-Artikel: www.star-voyager.de/zeitreisen.html

40 Michael Crichton: Timeline (Orig.: Ballantine Books, 2000)

BÜCHER & AUTOREN

Mythen der nahen Zukunft

Über Muster und Quellen im Werk J.G. Ballards

von Michael K. Iwoleit

»Reality ... was little more than a stage set whose actors and scenery could vanish overnight.«

Ballard: *The End of My War*

Es lassen sich leicht Argumente finden, um die beiden wichtigsten und einflussreichsten Autoren der englischsprachigen Nachkriegs-SF – Philip K. Dick in den USA und J.G. Ballard in Großbritannien – an entgegengesetzten Polen anzusiedeln. Zwei Surrealisten von ganz unterschiedlichem Naturell: Während Dicks Erfindungsgabe in der Sphäre des Geschehens zum Ausdruck kommt, des Einbruchs zunehmend absurder und alogischer Elemente in eine anfangs klar geschilderte Handlung in vertrauter Alltagswelt, ist Ballard primär ein Bilderschöpfer, weit mehr interessiert an Settings, die den psychischen Zustand seiner Figuren reflektieren, als an Charakteren und deren Konflikten. Während Dicks Sympathie den Kleinbürgern in ihren proletarischen Kämpfen um Liebe und Menschlichkeit angesichts erdrückender Mächte gilt, ist Ballards Bezugspunkt der introvertierte, entfremdete Mittelklassemensch, wohlhabend, doch isoliert. Wie wir seit Lawrence Sutins vorzüglicher Biographie[1] wissen, sind Dicks eigene Schicksalsschläge und Neurosen eine so intime Verbindung mit seinem Werk eingegangen,

J. G. Ballard

dass beides kaum voneinander zu trennen ist (was eine Erklärung für seine charismatische Ausstrahlung auf jüngere Autorengenerationen sein dürfte). Verglichen mit ihm scheint Ballard, der seit den Sechzigerjahren, früh verwitwet, als solider Vertreter der englischen Mittelklasse im Londoner Vorort Shepperton lebt, fast hinter seinem Werk zu verschwinden, und es fällt schwer, den nachdenklichen, zurückhaltenden Mann, den Susie Mackenzie jüngst in einem Interview porträtiert hat[2], mit dem Verfasser solch extremer Prosaexkurse wie »Crash« oder »The Atrocity Exhibition« zu identifizieren.

Der Eindruck ist voreilig, denn wie im Folgenden zu zeigen sein wird, sind die Motive und Themen in Ballards Werk nicht weniger persönlich und autobiographisch durchdrungen als in Dicks Werk. Schnittpunkt zwischen beiden Autoren ist ein grundlegender Zweifel an der Gültigkeit dessen, was wir für die Wirklichkeit zu halten gewohnt sind und was bei ihnen zu einem prekären Konstrukt aus Manipulationen und Projektionen wurde. Das Machbarkeitsdenken in der Science Fiction, der von John W. Campbells Autorengeneration geprägte Glaube an die rationale Gestaltbarkeit der Welt, haben Dick und Ballard nachhaltig erschüttert. Dick hat diesem Zweifel im Verhältnis zwischen Mensch und Maschine, Wahrheit und Fälschung, persönlicher und vorgespiegelter Realität nachgespürt und in menschlichen Werten einen festen Bezugspunkt zu finden gehofft. Ballards Blick ist distanzierter, leidenschaftslos, fast klinisch. Er schreibt aus der Perspektive eines Bewusstseins, das sich von menschlichen Bindungen gelöst hat und in einer Welt, die nur aus Reflektionen seiner selbst besteht, die verhängnisvolle Freiheit dessen entdeckt, der seinen atavistischen Regungen, seiner Lust am Untergang und der Selbstauflösung freien Lauf lassen kann.

»How else is nature meaningful, unless she illustrates some inner experience? The only real landscapes are the internal ones, or the external projections of them ...«

Ballard: *The Delta at Sunset*

Eine chronische Oberflächlichkeit, mit der sich die Rezeption von SF-Literatur bis heute herumplagt, hat Ballard wie Dick ein Image verpasst, das mehr mit dem Ablegen in eine Schublade als mit einem echten Verständnis ihrer Intentionen zu tun hat. Es ist leicht, die ganze Vielschichtigkeit von Dicks Werk auf einige verblüffende Einfälle zu reduzieren, denen ein gewisser volkstümlicher Surrealismus zu eigen ist – falsche Erinnerungen, Androiden, die sich für Menschen halten, Robotermechanismen, die ein störrisches Eigenleben entwickeln, realitätsverändernde Drogen etc. –, und es dürften in erster Linie solche zündenden Handlungselemente sein, die für Hollywoods gestiegenes Interesse an Dick verantwortlich sind. (Dem Geist seines Werks ist David Cronenberg mit *Videodrome* und *eXistenZ* aber ungleich näher gekommen als etwa Spielbergs *Minority Report*.) Ebenso einfach ist es, Ballard als Poeten des Untergangs abzutun, auf seine statischen Stimmungsbilder und, wenn man ihm voyeuristische Neigungen unterstellen will, sein Interesse an sexuellen Perversionen zusammenzustutzen. Im einen wie im anderen Fall hat das Image mit dem komplexen Muster, das hinter dem Werk steht, wenig zu tun.

Seit seinem autobiographischen Roman »Empire of the Sun«[3], der in England mit Lob überschüttet, mit dem Guardian Fiction Preis und dem James Tart Black Memorial Preis ausgezeichnet und später von Spielberg verfilmt wurde, zählen viele namhafte Kritiker Ballard zu den wichtigsten zeitgenössischen Romanciers seines Heimatlandes. Von Science Fiction ist in Zusammenhang mit Ballard kaum noch die Rede, und womöglich ist seinen Mainstream-Lesern erst mit der Veröffentlichung einer (nicht ganz vollständigen) Gesamtausgabe seiner Kurzgeschichten[4] bewusst geworden, welches Gewicht seinen über hundert (vornehmlich der SF zugehörigen) Stories im Gesamtkontext seines Werks zukommt. Die Lektüre der nahezu zwölfhundert Seiten starken Collection ist aus mehreren Gründen aufschlussreich, nicht nur weil sie die Einschätzung vieler SF-Kenner bestätigt, dass Ballard zu den drei oder vier größten Kurzgeschichtenautoren des Genres zählt (neben Tiptree, Bester und vielleicht Cordwainer Smith), nicht nur weil sich jeder Leser selbst davon überzeugen kann, ob Ballards Markenzeichen – jene fast handlungslosen, auf Atmosphäre und Landschaft zentrierten Geschichten, die tatsächlich nicht einmal die Hälfte seines Story-Gesamtschaffens ausmachen – schon alles über diesen Autor aussagt, sondern auch, weil sie jegliche Grenzziehung zwischen dem Mainstream- und dem SF-Autor Ballard absurd erscheinen lässt. Es ist dasselbe bohrende, immer wieder in entropische und gewalttätige Bilder gesetzte Interesse an den Entartungen des modernen Bewusstseins, das Ballard von seinen frühesten Kurzgeschichten bis zu seinem jüngsten Roman »Millenium People« motiviert hat.

Während Dick sich im Medium der Ereignisse und Verwicklungen ausdrückt, setzt Ballard an der Wahrnehmung an. Er ist ein primär visueller Schriftsteller, doch das Gesehene selbst, die Gegenstände und Landschaften sind für ihn zweitrangig gegenüber der latenten, psychologischen Bedeutung, die mit ihnen verknüpft wird. »... the sort of images that have appealed to me over the years – all the drained swimming pools, abandoned hotels, the strange business parks, gated communities and retirement complexes – these are

BIBLIOTHEK DER SCIENCE FICTION LITERATUR
J.G. Ballard
ZEIT ENDET
3 Romane

J. G. Ballard
Das Katastrophengebiet
Science-fiction-Erzählungen
Phantastische Bibliothek
suhrkamp
taschenbuch

CRASH
EDITION PHANTASIA

what I want to convey«, sagte er in einem Interview mit Chris Hall, »the peculiar latent psychology waiting to emerge into the daylight. ... Look at the world and see its latent content. I treat the external world as if it was a solidified dream.«[5] Einer der interessantesten Aspekte seines Werks ist die Entwicklung, die diese externalisierten Träume im Laufe seiner fast fünfzigjährigen Autorenkarriere durchgemacht haben. Sie reichen von den mineralischen und überfluteten Landschaften seines Frühwerks, in denen seine Figuren Erfüllung in archaischen, selbstentrückten Bewusstseinszuständen finden, über die urbanen Settings der Siebziger, in denen das Automobil zum Fetisch einer von Gewalt und Geschwindigkeit faszinierten Zeit wird, bis zu den trügerisch perfekten High-tech-Millieus seines Spätwerks, McLuhansche Visionen einer ultimativen Wohlstands- und Mediengesellschaft, die Wahnsinn und Entfremdung als einzig angemessene Reaktion auf Sicherheits- und Konformitätsterror erscheinen lassen.

»I always thought of life
as a kind of disaster area.«

Ballard

James Graham Ballard wurde 1930 in Shanghai geboren. Sein Vater war Chemiker, der für eine Textilfirma in Manchester arbeitete und nach dem Aufstieg ins Management mit der Geschäftsführung einer Niederlassung in Shanghai beauftragt wurde, zu jener Zeit ein Hexenkessel wirtschaftlichen Booms, internationaler Einflüsse und einer florierenden Unterwelt, den Ballard in einigen autobiographischen Artikeln eindrucksvoll geschildert hat. In seinen ersten Lebensjahren wohnte Ballards Familie in einem großen Haus am Stadtrand, betreut von neun Dienstboten und einem Chauffeur, der den jungen James jeden Morgen in eine englische Schule fuhr. Das alles änderte sich 1937, als japanische Truppen in China eindrangen und die Küstenstädte unter ihre Kontrolle brachten. Ballards Familie musste in die Innenstadt umziehen, weil ihr Haus in einem umkämpften, von den Japanern besetzten Gebiet außerhalb des internationalen Viertels lag, und wurde Anfang 1943, nachdem der japanische Überfall auf Pearl Harbour die Lage verschärft hatte, in eins der Internierungslager gebracht, das die Japaner rings um Shanghai für britische, holländische und belgische Zivilisten einrichteten. Ballard, der bereits Streifzüge zu den Schlachtfeldern vor Shanghai unternommen hatte, erlebte diese Zeit als gründliche Auflösung einer vertrauten Ordnung, und die Wurzeln für den introvertierten und realitätsskeptischen Charakter seines Werks dürften hier zu finden sein. Die verwüstete Kulisse Shanghais, der benachbarte Militärflughafen und die Entbehrungen und beengten Verhältnisse, unter denen die Familien bis Kriegsende ausharren mussten, wurden für den jungen Ballard und die übrigen Kinder des Lagers zu einer Art imaginativen Abenteuerspielplatz, während »the adults seemed to loose their believes in themselves, like actors in a play whose run is about to be cancelled«.[6]

Viele der Bilder und Szenerien, die später zu charakteristischen Elementen seiner Ikonographie wurden, lassen sich unmittelbar auf Ballards Kindheitserinnerungen zurückführen. Eines der Ballardschen Symbole par excellence, der ausgetrocknete Swimmingpool, sah Ballard zum Beispiel auf dem Grundstück, das seine Familie

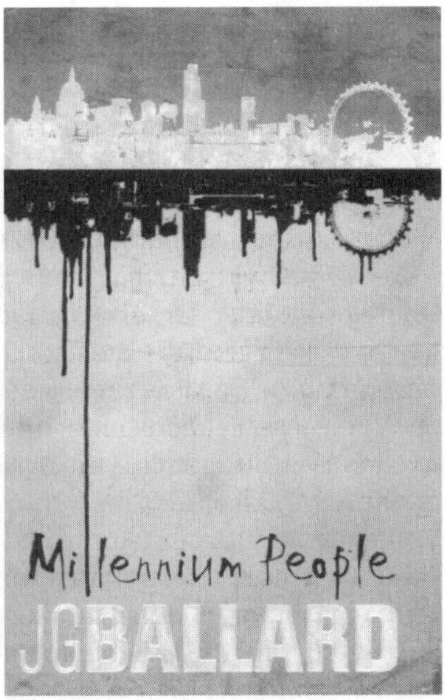

in der relativen Sicherheit des französischen Viertels anmietete. »Neglected by its owner, the swimming pool had begun to drain. Looking down at its sinking surface, I felt that more than water was ebbing away.«[7] An anderer Stelle berichtet Ballard, dass er als Kind in verrosteten japanischen Flugzeugwracks gespielt habe, und die obsessive Bedeutung, die abgestürzte Flugzeuge für viele seiner Figuren gewinnen sollten, mögen sie auch für ihn gehabt haben. Die überflutete Erde seines ersten bedeutenden Romans *The Drowned World* (1962) ist ein Echo seiner frühesten Kindheitserinnerungen an sommerliche Überflutungen, als die Straßen von Shanghai hüfttief unter Wasser standen. Der Roman *Empire of the Sun*, der Ballards Erinnerungen an das Kriegsende, als die europäischen Gefangenen sich wieder zaghaft aus den Internierungslagern herauswagten, zu einem imaginativen Erweckungserlebnis ausspinnt, lässt sich als ein Kompendium solcher Bilder lesen, die einen Großteil seines SF-Werkes geprägt haben. Wie ein Vergleich mit der Verfilmung Spielbergs zeigt, der zwar die Schauplätze, nicht aber die charakteristische Atmosphäre Ballards nachbilden konnte, hat aber erst eine ganz persönliche Note der Distanziertheit, Entfremdung und Zeitlosigkeit diese Bilder zu typisch Ballardschen Bildern gemacht.

In einem Artikel über den Bildband »Children of War, Children of Peace« des Fotografen Robert Capa schreibt Ballard über Capas Aufnahmen von Kriegskindern: »... they are clearly children, in the sense that most are small and under ten years old, but they have the look of crushed adults, with eyes far sharper than any one can see today in suburban playground or shopping mall. Above all, they seem aware that they exist outside time, and have only a confused and not-to-be-remembered past and a future on which they can never rely.«[8] Wie so oft in seinen zahlreichen Essays und Rezensionen (eine Auswahl erschien 1996 unter dem Titel »A User's Guide to the Millenium«) schreibt Ballard hier auch über seine eigenen Erfahrungen. Das Gefühl der Zeitlosigkeit, der Losgelöstheit von Vergangenheit und Zukunft und damit von gesellschaftlichen und historischen Bindungen scheint mir die eigentliche Triebfeder hinter seinem gesamten Schaffen zu sein. Ballards Beobachtungen in Shanghai, die er auf vielfältige Weise verarbeitet hat, angeschwemmte Leichen im Yangtse, abgestürzte Bomber, verlassene

Luxusvillen, ziellos umherstreunende japanische Soldaten, sind durch seine Augen gesehen immer auch Sinnbilder für den Verlust einer verlässlichen Ordnung, im psychischen wie im metaphysischen Sinne. Den Kritikern, die Ballard als Untergangsphilosophen missverstanden haben, scheint jedoch ein Aspekt dieses Entfremdungszustandes entgangen zu sein. »... to survive war, especially as a civilian, one needs to accept the rules it imposes and even, as I did, learn to welcome it«[9], schreibt Ballard am Ende seiner autobiographischen Skizze *The End of My War* und behauptet, dass die Internierung eine der glücklichsten Zeiten in seinem Leben gewesen sei – womit er zugleich eine Erklärung für die Bereitschaft vieler seiner Figuren liefert, sich auf die Bedingungen des Verfalls und des Untergangs einzulassen und darin sogar ein Reich neuer, existentieller Freiheiten zu entdecken.

»The future provides a better key to
the present than does the past.«

Ballard: *The Innocent as Paranoid*

Journalisten, die die Gelegenheit hatten, Ballard in seinem Haus in Shepperton zu interviewen, beschreiben ihn als einen Menschen, dessen Leben sich vor allem im eigenen Kopf abspielt und der materielle Dinge vernachlässigt. Wie eine seiner Töchter erzählt, sind einzelne Gegenstände in seinem Haus seit zwanzig Jahren nicht mehr bewegt worden. In einem Interview mit Marcos Moure[10] bezeichnete sich Ballard als »fringe writer«, und das trifft nicht nur insofern zu, als der Prosa-Surrealist Ballard unter den englischen Schriftstellern seiner Generation eine Außenseiterposition besetzt (die vermutlich einer gesellschaftlichen Außenseiterposition entspricht: die Rückkehr seiner Familie ins Nachkriegsengland hat er als einen Kulturschock beschrieben, und diese Distanz scheint sich bis heute kaum verringert zu haben). Er hat nie nennenswert am literarischen Leben in England teilgehabt und findet eher abschätzige Worte für die Generation jüngerer Autoren, die vom British Council durch die Lande geschickt werden und die er als »Karriere-Romanciers« bezeichnet.[11] Auch sein Werdegang in der Science Fiction ist untypisch, weil er als einer der wenigen angloamerikanischen SF-Autoren von Rang nicht aus der SF-Szene selbst hervorgegangen ist (seit dem Besuch auf einem Con 1957 in London, der ihn außerordentlich abstieß, hat man ihn auf SF-Cons nicht mehr gesehen). Die SF lernte er erst kennen, als er sich im Rahmen einer Pilotenausbildung bei der Royal Air Force (die er nicht abschloss) in Kanada aufhielt und vor allem an den innovativeren amerikanischen Magazinen wie *Galaxy* Interesse fand. Es ist Ted Carnell, Herausgeber des damals noch völlig konventionellen britischen Magazins *New Worlds*, zu verdanken, dass er in den Fünzigerjahren einen Markt für seine von Anfang an ungewöhnlichen Geschichten fand.

Ballards erste literarischen Gehversuche waren experimentelle Romanfragmente, stark beeinflusst von James Joyces »Ulysses« und »Finnegans Wake«, was er heute als Irrweg einschätzt. »›*Ulysses*‹ convinced me to give up medicine and become a writer, but it was the wrong example for me, an old-fashioned story-teller at heart, and it wasn't until I discovered the surrealists that I found the right model.«[12] »Ich bin kein Literat«, sagte er in einem Interview mit James Goddard und David Pringle, und an anderer Stelle: »Ich glaube, ich war immer ein verhinderter Maler. Alle meine Romane und Erzählungen sind in Wirklichkeit Bilder. Das Problem besteht darin, dass ich keine Begabung habe. ... Ich wollte immer malen, habe aber nie wirklich gemalt, hatte auch nie eine Ausbildung in Malerei.«[13] Die paradoxe Situation, die er hier schildert, ist bei Ballard immer präsent: Er ist Schriftsteller, aber doch weitgehend von der bildenden Kunst geprägt. Er ist Maler, aber doch zum Prosaverfasser verdammt. Er ist SF-Autor, hat SF aber stets gegen den Strich geschrieben. Er hat schließlich, um seine stete Zwitterposition komplett zu machen, zwar einige Semester Medizin studiert (und bezeichnet sich als wissenschaftlich sehr interessiert), hat aber in seinen Hauptinteressengebieten Anatomie, Physiologie und Psychologie immer mehr metaphorische Bedeutungen entdeckt und sich in dem Moment, als er sich der praktischen Medizin hätte zuwenden können, für das Schreiben entschieden.

»Ich vermute, dass ich Arzt wäre, wenn ich kein Schriftsteller geworden wäre«, sagte er in einem Interview. »Meine Ausbildung und geistige Neigung, meine Art, wie ich an die Dinge herangehe – das alles ähnelt mehr dem Verhalten eines Arztes als dem eines Schriftstellers. ... Ich gehe an die Dinge heran, wie es ein Wissenschaftler tun würde ... Ich habe eine wissenschaftliche Ader ...«[14] Man muss sich hüten, hier ein ähnliches naturwissenschaftliches Interesse wie bei einem Hard-SF-Autor oder, sei's drum, bei Stanisław Lem zu vermuten. Ballard ist nur für den Leser verständlich, der ein Begriffspaar im Hinterkopf behält, das Ballard aus der Freudschen Psychologie für seine ureigenen Zwecke adaptiert hat: die *manifeste* Bedeutung seiner Bilder, Motive und Begriffe ist nur ein Vehikel für eine tiefere, *latente* Bedeutung, einen persönlichen metaphorischen Code. Seine Katastrophen sind keine Katastrophen, seine Landschaften sind innere und nicht äußere Schauplätze, und wenn er von Wissenschaft redet, meint er etwas anderes, für das die reale Naturwissenschaft bestenfalls eine Metapher ist.

In vielen programmatischen Äußerungen hat Ballard die Arbeit des Schriftstellers mit der eines Wissenschaftlers verglichen. »I see myself as a neutral observer«, erklärte er in einem Interview mit David B. Livingstone, »I'm not trying to impose some kind of private or personal vision on the world. All I'm doing is looking out and seeing what's going on in the street. And all my fiction is a fiction of analysis, where I've tried to identify certain ongoing trends that seem to be apparent.«[15] In einer viel zitierten Einleitung zu seinem Roman »Crash« heißt es: »We live inside an enormous novel. The fiction is already there. The writer's task is to invent the reality.«[16] Der Schriftsteller ist für ihn nicht Vertreter eines moralischen Standpunkts, sondern in ähnlicher Position wie ein Wissenschaftler »faced with an unknown terrain or subject. All he can do is to devise various hypotheses and test them against the facts«[17]. Von seinem Roman »Crash« behauptet er, dass er die Arbeit wie ein Gerichtsmediziner angegangen sei (und tatsächlich diente ein medizinischer Text über Verletzungen bei Verkehrsunfällen als Inspirationsquelle). Hinter diesem Konzept, das Literatur, ganz gegen den Strich, nicht als Fiktion, sondern im Gegenteil als Instrument zur Entlarvung von Fiktionen auffasst, stehen wiederum seine eigenen prägenden Lebenserfahrungen: »The confusions and sudden transformations of war ... taught me that ... our belief in the permanence of appearances is an illusion. All my work as a writer has been an attempt to discover the reality beyond that of appearances, and I like to think that I follow faithfully in the footsteps of the surrealist masters.«[18]

Bezeichnend ist in diesem Zusammenhang, dass Ballard die surrealistische Kunst, der er so viel verdankt, eben nicht als Resultat halluzinatorischer oder visionärer Eingebung, sondern als eine quasiwissenschaftliche Methode zur Erkundung der Psyche auffasst. »... surrealism is the first movement ... to place ›the logic of the visible at the service of the invisible‹. This calculated submission of the impulses and fantasies of our inner live to the rigours of time and space, to the formal inquisition of the sciences, psychoanalysis pre-eminent among them, produces a hightened or alternate reality beyond that familiar to our sight or senses. What uniquely characterizes this fusion of the outer world of reality and the inner world of the psyche ... is its redemptive and therapeutic power. To move through these landscapes is a journey of return to one's innermost being.«[19] Ballard hat hier ein künstlerisches Konzept formuliert, das nicht zuletzt, so nüchtern es sich gibt, ein Mittel zur Bewältigung eigener Traumata zu sein scheint. Mit der rationalen Methode der Naturwissenschaften, die zumindest einen Minimalkonsens einer materiellen, vom Subjektiven unabhängigen Wirklichkeit voraussetzt, hat dieses Programm wenig gemein.

»Here in this forest everything is
transfigured and illuminated,
joined together in the last
marriage of time and space.«

Ballard: *The Illuminated Man*

In *The Waiting Grounds*[20], einem der Höhepunkte in Ballards Frühwerk und einer der besten kosmogonischen Raum-Zeit-Geschichten der Science Fiction, entdeckt ein Astronom in der heißen, vulkanischen Landschaft des Planeten Murak ein Monument, das vier raumfahrende Rassen zur Überbrückung einer langen Wartezeit errichtet haben. In einer Vision enthüllt sich ihm die Geschichte des Kosmos als ein ewiger Kreislauf, in dem das Auftauchen einer Superrasse, die die physikalische Zeit ihrer subjektiven Zeit unterordnet, jeweils einen Zyklus beendet und den nächsten anstößt. »Not that the world is about to ›end‹«, erkennt der Protagonist am

Schluss. »The implication is rather that it has already ended and regenerated itself an infinite number of times, and that the only remaining question is what to do with ourselves in the meantime.«[21]

Diese Erzählung entstand in einer Phase in Ballards Werk, als er der konventionellen Science Fiction dadurch noch verhältnismäßig nahe kam, indem er den Menschen in Relation zu Raum und Zeit, zur Evolution und zur Gesamtheit des Kosmos setzte. Sie ist aber schon eine deutliche Positionsbestimmung gegenüber traditionellen Motiven und Weltbildern der SF und schlägt in einem Maßstab, den Ballard stetig verkleinert hat, ein Thema an, das ihn bis heute beschäftigt. Die Vision eines Weltuntergangs, der sich längst ereignet hat und immer wieder ereignen wird und den Menschen ganz auf seine privaten räumlichen und zeitlichen Dimensionen zurückwirft – das ist ein typisch Ballardsches Konzept, ein weiter Schritt hinaus über die dystopische Linie, die *Galaxy* in die amerikanische SF eingebracht hat, und Welten entfernt von Campbells Generation, die Frontlinien menschlicher Vorstöße durchs All zog (und der Tom Godwinds berühmte Story *The Cold Equations* einen melancholischen Abgesang widmete). Der Mensch in Ballards Frühwerk ist nicht Handelnder, der in den Lauf der Dinge eingreift, sondern isoliert in seiner singulären Position in Raum und Zeit, entfremdet von seinen Ursprüngen und Bindungen, und wenn sich ihm ein Ausweg eröffnet, dann um den Preis der Selbstaufgabe, zurück in den archaischen Schoß der Urmeeres oder des Mutterleibs oder nach vorn in eine biologische Zukunft, in der die Spezies Mensch, so wie wir sie kennen, nicht mehr existiert.

Auf die Frage, warum in seinem Werk keine harmonischen Beziehungen zwischen Mann und Frau vorkommen, erwiderte Ballard einmal, dass »mein *ganzes* Werk von einer Person handelt, von einem Mann, der mit verschiedenen Formen der Isolation zurechtkommt, dem totalen Gefühl der Isolierung, das der Held von *The Voices of Time* empfindet, verschiedenen anderen Arten der Isolierung, der Art psychologischer Isolierung, wie sie der Held von *The Terminal Beach* empfindet. Die Helden der meisten meiner Geschichten fühlen sich ungeheuer isoliert, und das scheint die Möglichkeit einer warmen, fruchtbaren Beziehung mit anderen Menschen auszuschließen, von einer potentiell so engen wie mit einer Frau ganz zu schweigen.«[22] Ballard hat den Radius der Isolation um seine Figuren immer enger gezogen – bis hin zu beklemmenden Studien totaler Entfremdung wie seinen späteren Kurzgeschichten *The Intensive Care Unit*[23], *Motel Architecture*[24] oder *The Enormous Space*[25]. Zur Irritation, die sein Werk bei vielen Lesern hinterlassen hat, dürfte die Tatsache beigetragen haben, dass seine Alpträume von psychischer Auslöschung, von Grenzauflösung, seelischem Zerfall aber immer auch Geschichten einer – mitunter lustvoll empfundenen – Befreiung sind. Wenn wir Ballard, wie weiter unten auszuführen sein wird, als einen Schöpfer moderner Mythen auffassen wollen, dann sind es Mythen der Erlösung, destruktiver und pervertierter Erlösungen vielleicht, aber nichtsdestoweniger Mythen der Erlösung.

Einige Kritiker haben seine vier frühen ›Katastrophenromane‹ »The Wind from Nowhere« (1962)[26], »The Drowned World« (1962)[27], »The Drought« (1965)[28] und »The Crystal World« (1966)[29] als einen Zyklus aufgefasst, der auf den vier Elementen Luft, Wasser, Feuer und Erde aufbaut. Eine etwas konstruierte Deutung, weil Ballard »The Wind from Nowhere«, sein bei weitem schwächstes Stück Prosa, selbst als Zeilenreißerei bezeichnet, die nur des Geldes wegen und als Einstieg in die hauptberufliche Schriftstellerei entstanden ist, und weil »The Crystal World« beim besten Willen keine vom Element Erde ausgehende Katastrophengeschichte, sondern eine der stilistisch reizvollsten Darstellungen eines zeitlosen Zustandes in Ballards Gesamtwerk ist. Dass auch diese Romane eine Distanzierung von der konventionellen Science Fiction bedeuteten – in diesem Fall von der Tradition des englischen Katastrophenromans, John Wyndham und John Christopher vor allem –, ist in der Sekundärliteratur schon so oft ausgeführt worden, dass wir uns hier eine nähere Deutung sparen können. »Gewöhnlich werden diese [die konventionellen] Katastrophengeschichten so dargeboten, als ob es sich um eine Katastrophe *handelt*«, erklärte Ballard dazu in einem Interview, »sie werden ganz im Ernst erzählt, und jeder flüchtet in die Berge und aus den Bergen oder was auch immer. Wenn es kalt wird, ziehen alle Mäntel an. Ich verwende diese Form, weil ich sie absichtlich umstülpen will – das ist der ganze Sinn der Romane. Die Helden nehmen die besonderen Wandlungen freudig auf, wofür sie ihre eigenen psychologischen Gründe haben. Das sind Geschichten von ungeheuren psychischen Transformationen ..., und ich verwende diese äußere Transformation der Landschaft, um die innere

Wandlung zu reflektieren und sie mit ihr zu verbinden, nämlich die psychologische Wandlung der Charaktere. Das ist das Thema dieser Romane: es sind Geschichten von Verwandlungen anstatt Katastrophengeschichten.«[30]

In »The Drowned World« ist es die Rückentwicklung in eine frühere Phase des Lebens, über das Reptilienhafte und Amphibische hinaus in ein »scheinbar unwiederbringlich verlorenes Paradies«[31], wie es Franz Rottensteiner ausgedrückt hat. Der Roman enthält ungemein sinnliche Passagen, die an ein Wiedereintauchen ins Urmeer denken lassen, erfüllt vom mächtigen Rhythmus der Gezeiten (der auch als Herzschlag, gehört aus dem Uterus einer Urmutter, aufgefasst werden kann). In »The Crystal World« ist es der Durchbruch in eine neue Existenzform außerhalb der linearen Zeit, ein quasi-mystisches Aufgehen in ein ewiges Jetzt. In der Erklärung, die Ballard für den eigenartigen Kristallisationsprozess in diesem Roman liefert, stoßen wir auf ein interessantes Dauermotiv in seinem Werk: »... eine Wucherung der subatomaren Struktur der Materie. Es ist, als ob eine Reihe verschobener, aber miteinander identischer Bilder desselben Gegenstandes durch prismatische Brechung entstünden, aber hier übernimmt das Zeitelement die Rolle des Lichts.«[32] Die Alternativen zum linearen Fluss der Zeit, die Ballards Figuren entdecken (und die er selbst später in neuartigen, nicht-linearen Erzählformen reflektierte), variieren immer wieder diese Ablösung kontinuierlicher Vorgänge durch simultan wahrgenommene, zeitversetzte Versionen desselben Gegenstandes. In den drei späteren, unmittelbar hintereinander entstandenen Erzählungen *News from the Sun*[33], *Memories of the Space Age*[34] und *Myths of the New Future*[35], die gering abgewandelte Versionen derselben Geschichte sind, hat die Raumfahrt eine eigenartige Zeitkrankheit über die Menschheit gebracht, die sich als evolutionäre Weiterentwicklung herausstellt: sie befähigt die Betroffenen zu einer ebensolchen simultanen Wahrnehmung chronologischer Ereignisse, die eine Perspektive für eine Existenz außerhalb der Zeit eröffnet. (In seiner 1990 erschienen Kurzgeschichte *Dream Cargoes*[36] hat Ballard dieses Motiv dann ironisch gebrochen: der zeitlose Entrückungszustand ist hier Resultat einer Mutation, die durch Chemieabfälle ausgelöst wird.)

Es überrascht, dass Ballard in seinen Äußerungen über bildende Kunst so selten auf den Kubismus zu sprechen kommt, denn was er hier schildert, ist eindeutig eine kubistische Wahrnehmungsweise. Sie erinnert an Bilder von Georges Braques oder Pablo Picasso, die ein Motiv simultan aus mehreren (allerdings räumlichen) Perspektiven darstellen. Sie erinnert, noch mehr, an eins der bedeutendsten Gemälde des 20. Jahrhunderts, Marcel Duchamps *Nu descendant un escalier* (1911/12), das einen einfachen Vorgang – eine Nackte, die eine Treppe hinunterschreitet – in eine Reihe überlagerter, zeitversetzter Momentaufnahmen auflöst. Ballard hatte, obwohl ein Großteil seines Werks an der Oberfläche den Gesetzen des konventionellen, folgerichtigen Erzählens zu gehorchen scheint, von Anfang an eine Neigung zu einer solchen Eliminierung des Elements Zeit – ein weiteres starkes Indiz dafür, dass er nicht wie ein Erzähler in Abläufen, sondern wie ein Maler in Bildern denkt. Zu dem Wandel in seinem Werk, der Mitte der Sechziger daraus resultierte, bemerkte er in einem Interview mit George MacBeth: »Ich war zunehmend unzufrieden mit den so genannten linearen Erzählsystemen. Ich hatte in meinen Romanen und in den meisten meiner Kurzgeschichten eine konventionelle lineare Erzähltechnik angewandt, doch ich fand, dass die Handlungen und Ereignisse besonders der Romane beim Schreiben für mich in Teile zerfielen, dass sich die Charakterisierungen, die Abfolge der Ereignisse zu einer Serie immer kürzer werdender Bilder und Situationen herauszukristallisieren begann.«[37]

Ab Mitte der Sechzigerjahre, als Ballard unter Michael Moorcocks *New Worlds*-Ägide zur Galionsfigur der britischen New Wave wurde, entwickelt Ballard aus diesem Ansatz das Konzept eines »quantifizierten« Schreibens, das den kontinuierlichen Fluss der Ereignisse durch eine Folge achronologisch nebeneinander gestellter statischer Elemente ersetzte. »To use the stylistic conventions of the traditional oral novel – the sequential narrative, characters ›in the round‹, consecutive events, balloons of dialogue attached to ›he said‹ and ›she said‹ –«, schrieb er 1964, »is to perpetuate a set of conventions ideally suited to a period of great tales of adventure in the Conradian mode, or to an over-formalized Jamesian society, but now valuable for little more than the bedtime story and the fable.«[38] In seiner Kurzgeschichte *The Terminal Beach*[39], neben *The Voices of Time*[40] wohl Ballards bedeutendster Beitrag zur Science Fiction, zerlegte er die Handlung erstmals in eine Folge kurzer, unzusammenhängender Abschnitte. Die Erlebnisse des ehemaligen Bomberpiloten Traven, der auf dem pazifischen Atoll Eniwetok, das in den Vierziger- und Fünzigerjahren als atomares Testgelände diente, eine Odysee durch seine vom Kalten Krieg gezeichnete Psyche unternimmt, lassen sich mit etwas Gewaltanwendung zwar noch zu einer halbwegs zusammenhängenden Geschichte rekonstruieren. Aber schon hier wurde deutlich, dass Ballard sich mit dem Verzicht auf eine lineare Erzählstrategie zugleich von kausalen Zusammenhängen verabschiedete und an ihre Stelle eine enorme Verdichtung der Assoziationen und symbolischen Bezüge setzte.

Von den Erzählungen, die in »The Atrocity Exhibition« (1970)[41] gesammelt sind, hat Ballard behauptet, dass jede einzelne ein vollständiger Roman sei, der auf diese Weise zu wenigen Seiten Länge komprimiert worden sei: Bezüge, Übergänge, zeitliche Ordnung werden ausgespart, und es bleibt eine stakkatohafte Abfolge von Bildern, Gedanken und kurzen Szenen, die ein schillerndes Kontinuum von Zusammenhängen schaffen. »... wenn man die wichtigen Stücke zusammenfügt, wirklich zusammenfügt, nicht durch eine große Ansammlung von ›er sagte‹, ›sie sagte‹, das Öffnen und Schließen von Türen, ›nächsten Morgen‹ und all diesem Zeug trennt – die große Welle des fortlaufenden konventionellen Erzählens, erreicht es sozusagen die kritische Masse, beginnt zu zünden, und es werden *mehr* Sachen geschaffen. Man erzielt Kreuzungen und Verbindungen zwischen unerwarteten und vorher völlig beziehungslosen Dingen, Ereignissen, Elementen der Erzählung, Ideen, die an sich neuen Stoff hervorbringen.«[42] Die Wahrnehmungsweise, die dieses Verfahren dem Leser abverlangt, entspricht für Ballard dem heutigen, von den Medien geprägten Erleben: »Ich wollte eine Art Fiktion schaffen, in der man sich besser bewegen konnte, in der man mehr Freiheiten hat. Der schnelle Wechsel, das dauernde Konfrontiertwerden mit diesem Wechsel ist, glaube ich, die Essenz unseres Lebens. Computer halten das verschiedenartigste Material abrufbereit, ein Knopfdruck genügt. Das Fernsehen bringt uns tagtäglich intensive Bilderfluten, man sieht sich die Nachrichten an, und danach macht man eine kleine Weltreise, anschließend noch ein Werbespot über Hundefutter, dann noch irgendein Dokumentarfilm, usw. usw. Und ich brauchte eine Form, die diesem raschen Wechsel entsprach.«[43] Das Interessante daran ist, dass dieses Konzept heute, in den Zeiten des World Wide Web, des gewohnheitsmäßigen Zappens, der multimedialen Dauerberieselung, an Aktualität nur gewonnen hat. Mir ist nicht bekannt, ob unter den jüngeren SF-Autoren jemand in dieser Hinsicht an Ballard angeknüpft und mit einem ähnlichen formalen Konzept reagiert hat.

Kritiker haben die Technik von »The Atrocity Exhibition« mit einem der wenigen Autoren verglichen, mit denen sich Ballard in seinen theoretischen Schriften ausführlicher befasst hat, nämlich mit William S. Burroughs. Erstaunlicherweise hat Ballard selbst behauptet, dass Burroughs ihn überhaupt nicht beeinflusst habe: »Wenn man Burroughs' Bücher betrachtet, kann man feststellen, dass sie stilistisch vollkommen unstrukturiert sind, dass sie fast vollkommen aus dem ›stream of consciousness‹ im Joyceschen Sinne bestehen, also aus einer völlig subjektiven Welt, und seine Werke sind an allen Stellen improvisiert und ausgefranst, ohne eindeutiges Ziel. Seine Erzählstruktur ist ohne Architektur, ganz aus dem Gefühl heraus geschrieben, ohne Planung. ... Ganz im Gegensatz dazu haben meine Stories in ›The Atrocity Exhibition‹ eine sehr präzise entworfene und durchdachte Struktur; die ›condensed novels‹ sind wie eine Maschine, die einem klar umrissenen Ziel zuarbeitet.«[44] Es ist zu bezweifeln, ob dieser präzise Plan hinter »The Atrocity Exhibition« für Ballards Leser erkennbar war. Sicher ist, wie immer es sich mit einer direkten Beeinflussung auch verhalten mag, dass Ballard zumindest aus einer ähnlichen Bewusstseinslage wie Burroughs schreibt und seiner Bewunderung für den Amerikaner wiederholt Ausdruck gegeben hat. In einem Interview aus Anlass von Burroughs Tod sagte er: »He was always trying to go through the screen of language to find some sort of truth that lay on the other side. I think his whole cut-up approach was an attempt to cut through the apparent manifest content of language to what he hoped might be some sort of more truthful world.«[45] Und in einem schon klassischen Statement: »... Burroughs has fashioned from our dreams and nightmares the authentic mythology of the age of Cape Canaveral, Hiroshima and Belsen. His novels are the terminal documents of the mid-twentieth century, scabrous and scarifying, a progress report from an inmate in the cosmic madhouse.«[46] Diese Anmerkungen lesen sich, als sei Burroughs für Ballard mindestens ein Spiegel gewesen, in dem er viele seiner eigenen Themen und Überlegungen wiederfand. Wie Horst Pukallus in einem aufschlussreichen Essay ausführte, ist Ballard in der breiten kulturellen Strömung, die von Burroughs ausgeht oder sich auf ihn bezieht, möglicherweise der bedeutendste Name neben dem kanadischen Filmregisseur David Cronenberg (und es spricht für die Affinität beider, dass es Cronenberg war, der Ballards »Crash« verfilmt hat).[47]

Ballard ist oft gefragt worden, ob es Unzufriedenheit mit den neuen Schreibtechniken war, die ihn veranlasste, Mitte der Siebzigerjahre zu herkömmlichen Erzählformen zurückzukehren. Die Frage ist etwas oberflächlich, nicht nur, weil auch Ballards konventionellere Stories nur auf den ersten Blick geordnete, folgerichtige Abläufe schildern, sondern auch, weil Ballard bis in die Achtzigerjahre immer wieder Experimente unternommen hat, Geschichten in ungewöhnlichen Textformen zu erzählen. So besteht, um nur einige Beispiele zu nennen, die Story *The Index*[48] aus dem Register zu einer verlorengegangenen Biographie ihrer Hauptperson. *Theatre of War*[49] ist eine Montage aus Fernsehberichten über einen künftigen Bürgerkrieg in Großbritannien, die sich am Ende als Collage von Originalzitaten aus der Berichterstattung über den Vietnam-Krieg herausstellt. *Answers to a Questionnaire*[50] ist die Geschichte einer modernen Messias-Gestalt, erzählt in Form von hundert Antworten auf einen Fragebogen. In *A Guide to Virtual Death*[51] suchen Historiker eine Antwort auf die Frage, warum an einem Tag am Ende des 20. Jahrhunderts intelligentes Leben von der Erde verschwand, und finden Hinweise im Fernsehprogramm dieses Tages. Gemeinsam ist diesen Stories etwas, das man aus Ballards Frühwerk kaum kennt: ein ausgesprochen trockener, sardonischer Humor.

»It's always be assumed that the evolutionary slope reaches forever upwards, but in fact the peak has already been reached, and the pathway now leads downwards to the common biological grave.«

Ballard: *The Voices of Time*

Man erfährt einiges über die Geschichte der Science Fiction, wenn man sie unter dem Aspekt ihrer großen Metaphern betrachtet. Die zentrale Metapher der Campbell-Ära war die Raumfahrt. Die wichtigste Metapher in der SF seit den Achtzigerjahren ist die Virtualität, im Cyberpunk zunächst in Form virtueller Realität, von Greg Egan und anderen weiterentwickelt zur Virtualität der Person und des Bewusstseins. Die zentrale Metapher der Endsechziger war die Entropie (nicht ganz identisch mit dem Begriff Entropie, wie er in der Wärmelehre benutzt wird, aber daraus abgeleitet). Thomas Pynchon war meines Wissens der Erste, der in seiner berühmten und in der Sekundärliteratur bis zum Steinerweichen kommentierten Story *Entropy* (1960)[52] den Begriff für literarische Zwecke adaptierte, und es ist zu vermuten, dass er damit direkten Einfluss auf die New Wave-SF hatte, in der Entropie zur Metapher für gesellschaftlichen und biologischen Niedergang wurde, für eine Welt, die unaufhaltsam dem Verfall aller Ordnungen entgegengeht. Zwei Stories in der britischen New Wave haben diese Thematik auf nicht mehr übertroffene Weise zugespitzt. Die eine ist *The Heat Death of the Universe*[53] von Pamela Zoline. Die andere ist *The Voices of Time* von J.G. Ballard.

Ballard sagte einmal, wollte man ihn nach einer einzigen Erzählung beurteilen, dann müsste es *The Voices of Time* sein. Viele Kritiker halten diese Story für eines der besten Werke der neueren Science Fiction. Es ist die Quintessenz aller Themen, Stimmungen und Bilder in Ballards Frühwerk und verdankt ihren vielschichtigen, vexierbildhaften Charakter einer außergewöhnlichen Fähigkeit zur Verdichtung, die in Ballards Kurzgeschichten wesentlich stärker zum Ausdruck kommt als in seinem Romanwerk. Wie die Mandala, die der Arzt Powers am Anfang in einem ausgetrockneten Swimmingpool entdeckt, entfaltet die Story ein komplexes Muster von Motiven, die um die Erschöpfung aller Kräfte, das nahende Ende des Universums und letzte Ausbruchsversuche des Lebens kreisen. Außeridische Intelligenzen funken einen Countdown zur Erde, an dessen Ende der Untergang der Welt stehen könnte. Raumfahrer berichten von Begegnungen mit außerirdischen Abgesandten, die das Ende des Lebens im Kosmos prophezeien. Wie seine Patienten leidet Powers unter einer rätselhaften Schlafkrankheit und verbringt immer mehr Stunden pro Tag in einem komatösen Zustand, der sich, wie so oft bei Ballard, als Symptom einer evolutionären Weiterentwicklung des Menschen herausstellen könnte. Mit den entarteten Tieren und Pflanzen, die Powers im Labor des (angeblich durch einen Selbstmord umgekommenen) Biologen Whitby findet, haben alle Betroffenen etwas gemeinsam: Sie verfügen in ihrem Erbgut über eine biologische Reserve in Form inaktiver Gene, eine Art Mitgift für ihre evolutionären Nachfolger, die in einer bizarr veränderten Welt leben werden. Wie Whitby wagt Powers ein kühnes Experiment zur Aktivierung dieser »toten Gene« und erwirbt – in einer der brillantesten Prosapassagen, die Ballard je geschrieben hat – die Fähigkeit zur unmittelbaren sinnlichen Wahrnehmung der Zeit: Millionen Stimmen aus Vergangenheit und Zukunft des Universums sprechen zu ihm, und Powers bezahlt seine Freisetzung mit dem Leben.

Evolutionäre Weiter- und Rückentwicklungen des Menschen sind ein wiederkehrendes Thema in Ballards Erzählungen, aber anders als konventionelle SF-Autoren interessiert ihn in diesem Zusammenhang nicht die Hoffnung, der Mensch könne sich irgendwann in ein ethisch und technisch überlegenes Superwesen verwandeln, sondern die Frage, was solche Vorgänge über die prekäre Stellung des Menschen verraten. Der Mensch steht in Ballards Erzählungen an einer Schwelle, kurz davor, sich durch technische und biologische Eingriffe von den atavistischen Schichten seiner Psyche zu emanzipieren, aber dabei in Gefahr, ins Stadium des Vor- und Unterbewusstseins zurückzufallen. In *Manhole 69*[54] werden Probanden durch einen neuartigen chirurgischen Eingriff von ihrem Schlafbedürfnis befreit, doch die Abtrennung vom ich-losen Zustand des Schlafs, der ein archaisches Reservoir psychischer Kräfte darstellt, führt zu unerwarteten klaustrophobischen Reaktionen. In *The Reptile Enclosure*[55] schließen Kommunikationssatelliten ein lückenloses Überwachungsnetz um den Erdball und aktivieren damit unbeabsichtigt ein stammesgeschichtlich verankertes Verhaltensmuster, das die Menschenmenge an einem Strand in eine Horde menschlicher Lemminge verwandelt. *The Day of Forever*[56] spielt auf einer Erde, die sich praktisch zu drehen aufgehört hat. Der Mensch wird aus der kontinuierlichen Zeit gerissen, die Balance zwischen Wachen und Träumen, Bewusstsein und Unterbewusstsein gerät ins Kippen.

Besonders drastisch hat Ballard den Prozess einer Rückentwicklung in der Kurzgeschichte *Mr. F. is Mr. F.*[57] geschildert (und wir dürfen vermuten, dass der wahre Name des Protagonisten, hätte Ballard ihn im Titel ausgeschrieben, Mr. Freud wäre). Hier entdeckt ein Mann, dessen resolute Ehefrau eher eine Mutter für ihn ist, dass das Kind, das sie erwartet, er selber ist. Binnen weniger Wochen entwickelt er sich, verzweifelt um die Wahrung seiner Würde als Erwachsener kämpfend, zu einem Säugling zurück und wird in einer ins Gegenteil verkehrten Geburt in den Körper seiner Frau aufgenommen. Ähnlich ist *Time of Passage*[58], die Lebensgeschichte eines Menschen, die sich durch ein entscheidendes Vorzeichen von Lebensgeschichten in unserer Welt unterscheidet: Die Zeit läuft rückwärts. Das Leben beginnt mit dem Tod und endet mit der Geburt. Scheinbare Zufälle, die den Lebensweg bestimmen, gewinnen in der Umkehrung etwas schicksalshaft Zwangsweises. Jugend und Kindheit sind gleichbedeutend mit einem unaufhaltsamen, tragischen Verlust aller Fähigkeiten und Erfahrungen, einem Zurücksinken in einen archaischen Zustand der Abhängigkeit und Hilflosigkeit.

Es muss betont werden, dass dieser ganze, sagen wir, »romantische« Zweig in Ballards Werk, der ein Aufgehen des modernen Menschen in naturnähere Zustände (ob in Vergangenheit oder Zukunft) schildert – in diesen Komplex gehören auch seine vier frühen Romane – nur einen und, meine ich, auf lange Sicht nicht einmal den wichtigsten Aspekt seines Gesamtwerks darstellt. Franz Rottensteiner hat eine Leseweise Ballards im Licht des deutschen Philosophen Ludwig Klages vorgeschlagen, der den Menschen im Widerstreit zwischen zwei fundamentalen Kräften sah, der »Seele« als Stellvertreter der Natur und des »Geistes« als Ausdruck rationaler Entfremdung und Ichsucht.[59] Diese Deutung überzeugt mich nicht ganz, weil sie Ballards immer deutlicher hervorgetretenen Bemühungen, die Science Fiction aufs unmittelbare Hier und Jetzt zurückzubeziehen, nicht gerecht wird. Eines der Schlüsselerlebnisse in diesem Zusammenhang war für Ballard der Besuch einer der ersten Pop Art-Ausstellungen, die 1956 in der Whitechapel Gallery in London stattfand: »Mir kam sofort der Gedanke, dass dies genau das war, worum sich auch der SF-Autor kümmern sollte. Science Fiction sollte sich mit dem Hier und Jetzt beschäftigen, nicht mit der fernen Zukunft, sondern mit der Gegenwart ...«[60] In einem Interview mit Jörg Krichbaum und Rein A. Zondergeld erklärt er: »Meine ganze Aufgabe als Schriftsteller habe ich darin gesehen, die SF in die Gegenwart zurückzuführen, und es kommt mir so vor, als ob ich 1965 eine Methode gefunden habe, das zu erreichen: SF zu schreiben, die vollkommen von unserer Gegenwart ausgeht. Es schien mir notwendig zu sein. Wissen Sie, die Mitte der sechziger Jahre war gekennzeichnet von Ereignissen wie der Ermordung Kennedys, dem Vietnamkrieg, dem Konkurrenzkampf in der Raumfahrt und dem ständigen Wachsen der Bedeutung von Wissenschaft und Technik. Man musste einfach über das Heute schreiben. Es wäre ein Irrtum, ein moralisches Versagen gewesen, über die Zukunft zu schreiben.«[61]

Das Zitat deutet bereits einen wesentlichen Aspekt in Ballards Neukonzeption der Science Fiction an: eine Erweiterung seiner persönlichen Ikonographie. Es mag für den heutigen Leser plakativ erscheinen, dass in »The Atrocity Exhibition« Personen der Zeitgeschichte – John F. Kennedy, Marilyn Monroe, Ronald Raegan usw. – zu quasi-mystischen Gestalten überhöht werden, die in surrealen Fieberträumen, in den sexuellen Phantasien von Psychopathen eine Rolle spielen. Ballard hat aber bewusst an Figuren angesetzt, deren symbolische Bedeutung für die Öffentlichkeit ihre persönlichen Leben weit überstrahlte, um den immer surrealeren Charakter der Medien- und Massengesellschaft zu enthüllen. »Meines Erachtens hat sich das Verhältnis zwischen Fiktion und Realität im vergangenen Jahrzehnt drastisch verändert. In steigendem Maße werden die angestammten Rollen verkehrt. Wir leben innerhalb einer Welt, die von Fiktionen aller Art dominiert wird – von Massenkonsum, von der Werbung, von Politik als einem Ableger dieser Werbung, von den Auswirkungen von Wissenschaft und Technologien, die augenblicklich in populäre Bilder umgesetzt werden ...«[62] Und in einem seiner *New Worlds*-Artikel über die surrealistische Kunst: »The task of arts seems more and more to be that of isolating the few elements of reality from this mélange of fictions, not some metaphorical ›reality‹, but simply the basic elements of cognition and posture that are the jigs and props of our consciousness.«[63] Wir wir sehen werden, ist Ballard auch in dieser Hinsicht aktuell und dem Prozess der Fiktionalisierung bis in die Neunzigerjahre auf der Spur geblieben.

»If I were a Martian,
I'd start running now.«

Ballard: *Spaced Out*

Als Neil Armstrong im Juli 1969 als erster Mensch den Mond betrat, fühlten sich nicht zuletzt jene Autoren bestätigt, die die Science Fiction als Medium der Prophetie, als Speerspitze des technischen Fortschritts betrachteten. Sie konnten sich darauf berufen, dass die SF führende Raumfahrttechniker, eigenen Aussagen zufolge, stark beeinflusst hatte, und die extremsten verstiegen sich sogar zu der Behauptung, die Mondlandung sei ohne die SF nicht möglich gewesen. Aber das ist nur eine Seite. Zur gleichen Zeit wurde die Raumfahrt ein bevorzugtes Angriffsziel jüngerer, progressiver SF-Autoren, und es entstand das Subgenre der kritischen Raumfahrtgeschichten, das bis weit in die Siebziger eine Reihe beeindruckender Romane und Stories hervorbrachte. Barry N. Malzbergs alptraumhafte Raumfahrer-Psychogramme »The Falling Astronauts« (1971)[64] und »Beyond Apollo« (1972)[65] sind hier an prominenter Stelle zu nennen, außerdem Veröffentlichungen von Carter Scholz, Brian Stableford, Michael Moorcock und anderen, und auch die deutsche SF kann mit Karl Michael Armers Kurzgeschichte *Mit beiden Beinen fest auf der Erde*[66] ein typisches Beispiel vorweisen. In all diesen Texten wird der amerikanische Heroen-Mythos Raumfahrt, der im Kalten Krieg eine immense propagandistische Bedeutung hatte, mit oft bohrender Intensität demontiert, Raumfahrer als Opfer von Isolation und Überlastung dargestellt, die Raumfahrt als Unternehmen einer größenwahnsinnig gewordenen Menschheit oder schlicht als aufwändiger Schwindel entlarvt. Der Anstoß zu dieser Richtung scheint, soweit ich eruieren konnte, von J.G. Ballard ausgegangen zu sein, dessen obsessive Beschäftigung mit dem Thema Raumfahrt bis in die frühen Sechziger zurückreicht.

Den Anfang machte er mit der Kurzgeschichte *Thirteen to Centaurus*[68], eine Art Antithese zu Robert Heinleins klassischer Erzählung *Universe*, die das alte Motiv des Generationenraumschiffs variiert: Eine Expedition, die seit fünfzig Jahren zum Alpha Centauri unterwegs ist, stellt sich als Simulation für einen tatsächlichen Flug heraus, der aber nie stattfinden wird. Die psychisch konditionierte, durch vielerlei technische Manipulationen von der Wirklichkeit abgeschirmte Besatzung erinnert bereits an zahlreiche ähnliche Gestalten in späteren kritischen Raumfahrtgeschichten. (Dreißig Jahre danach nahm Ballard mit *The Message from Mars*[69] auf diese Story ironisch Bezug, indem er Raumfahrer schilderte, die nach einer erfolgreichen Marsexpedition ihr Raumfahrzeug nicht mehr verlassen wollen und aus Gründen, über die die Außenwelt nur spekulieren kann, die Isolation und ritualisierten Abläufe in ihrem Gefängnis dem Leben auf der Erde vorziehen.) *The Cage of Sand*[70] ist die erste und vielleicht beste einer ganzen Reihe von Ballards Erzählungen, die Cape Canaveral/Cape Kennedy in eine typisch Ballardsche Landschaft transformieren, ein verfallendes und verlassenes Memento an das Raumfahrtzeitalter, angefüllt mit symbolischen Relikten, die es zum Anziehungspunkt für Menschen machen, die durch persönliche psychische Wunden mit der Raumfahrtära verbunden sind. Das Motiv des toten Raumfahrers, der viele Jahre nach seiner gescheiterten Mission noch immer im stählernen Sarg seiner Kapsel die Erde umkreist, hat er häufig wieder aufgegriffen, etwa in *The Dead Astronaut.*[71] Alle Raumfahrtgeschichten Ballards sind durchdrungen von dieser Atmosphäre des Versagens, des katastrophalen Scheiterns der menschlichen Raumfahrtambitionen, und bis in die Achtziger ist er immer wieder auf die Landschaften von *The Cage of Sand* zurückgekommen, besonders in einigen Erzählungen, die sie um neue, eindrückliche Bilder wie den auf ihren Startrampen verrostenden Space Shuttels erweitern.

In einem BBC-Interview bezeichnete Ballard »the idea that one day mankind will leave this planet and move outwards into the solar system, colonizing other planets, and then beyond the solar system into ... the universe as a whole« als »one of the greatest predictive mythologies of the 20th Century«. Und: »... there've been others ... the sort of classic Wellsian, I suppose, dream of a society perfected by science, it's the dream one saw laid out in Aldous Huxley's ›Brave New World‹, countless novels and films, the notion that science, sensibly applied to social problems, will solve most of them, and that we can all live in a kind of Corbusier world where tensions are defused by enlightened social legislation, and so on.«[72] Ballard dagegen verkehrt die Raumfahrt in einen negativen Mythos, ein Symbol für ein evolutionäres Scheitern des Menschen. Über den missglückten Mondflug in der Erzählung *A Question of Re-Entry*[73], der mit dem Absturz des Astronauten im Amazonasbecken endet, heißt es: »... the successful landing on the moon ... was the culmination of an age-old ambition with profound psychological implications for mankind, and ... the failure to find the astronaut after his return might induce unassuageable feelings of guilt and inadequacy. (If the sea was a symbol of the unconsciousness, was space perhaps an image of unfettered time, and the inability to penetrate it a tragic exile to one of the limbos of eternity, a symbolic death in life?)«[74] In einer der bis heute gründlichsten Analysen von Ballard Werk bemerkt David Pringle dazu, »dass der Frontalangriff des Menschen auf den Himmel – ein Unternehmen, dem es an Demut mangelt – nur zu weiterer Verdammnis anstatt zur Erlösung führt. ... Das denkbare Scheitern der Weltraumprojekte, die Unfähigkeit der Menschheit, der ungeheuren Größe des Kosmos mutig entgegenzutreten, stimmt Ballard nachdenklich, weniger der Versuch an sich.«[75]

»Trying to think more realistically about space, with it's utter nothingness«, schreibt Ballard in einer Rezension von Adrian Berrys euphorischer Zukunftsstudie »The Next Ten Thousand Years«, »we become a little like laboratory volunteers floating in sensory-deprivation tanks, deranged when the only perceptible external reality becomes the interior of our own mind.«[76] Wir sehen hier, dass die Raumfahrt Ballard, ganz in einer Linie mit seinen Raum-Zeit-Geschichten, vor allem als ein Maßstab, eine Barriere interessiert, die den Menschen auf seine persönlichen Dimensionen, auf seine Isolation im Spiegelkabinett der eigenen Psyche zurückwirft. In dieser Hinsicht scheint mir *The Man Who Walked on the Moon*[77] eine heimliche Schlüsselgeschichte der ganzen Raumfahrtthematik zu sein. Die Mondlandung hat hier gar nicht erst stattgefunden. Sie ist nur eine Metapher für die innere Befindlichkeit des angeblichen Ex-Astronauten Scranton, der in Ipanema lokale Berühmtheit erlangt, indem er sich mit amerikanischen Touristen fotografieren lässt. Obwohl er die Illusion schnell entlarvt hat, erkennt der Journalist, der nach Scrantons Tod an seine Stelle tritt: »Nonetheless, Scranton had travelled in space. He had known the loneliness of separation from all other human beings, he had gazed at the empty perspectives that I myself had seen. The photographs of Armstrong and his fellow astronauts were really of Scranton and myself as we walked together on the moon of this world.«[78]

Auch *A Question of Re-Entry* ist in diesem Zusammenhang eine sehr interessante Geschichte. Ballards Stil wurde, was Bildhaftigkeit und atmosphärische Dichte angeht, häufig mit Joseph Conrad verglichen (was nach Ballards Aussagen aber kaum auf eine direkte Beeinflussung zurückzuführen sein dürfte), und auf wenige andere Stories trifft dies so sehr zu wie auf diese. Man könnte sie, mehr noch als den Roman »The Crystal World« und mit ebensolchen Vorbehalten, als Ballards Version von Conrads *Heart of Darkness* bezeichnen. Der Absturz der Raumkapsel, die der UN-Beamte Connolly am Oberlauf des Orinoko aufzufinden hofft, führt zu einer, von ironischen Untertönen begleiteten, Konfrontation des modernen Bewusstseins, das soeben an seinem ersten Vorstoß ins All gescheitert ist, mit den primitiven, archaischen Schichten des Ichs, wie sie die degenerierten Nambikwara-Indios verkörpern. Der Zivilisationsflüchtling und ehemalige Journalist Ryker, Ballards Version des Elfenbeinhändlers Kurtz in *Heart of Darkness*, macht sich die Tatsache zunutze, dass die Indios einem so genannten Cargo-Kult anhängen: sie erwarten Gaben vom Himmel, haben deshalb keine Motivation für eigenes Schaffen und Arbeiten und sind faul und träge. Ryker macht sie sich gefügig, indem er mit Hilfe eines Taschenkalenders präzise das Auftauchen eines Satelliten am Himmel vorhersagt. Die Sache funktioniert aber nur, weil die Indios tatsächlich schon einmal ein Geschenk vom Himmel empfangen haben: Sie haben den abgestürzten Raumfahrer als einen ihrer Götter betrachtet, der zu ihnen auf die Erde gekommen ist, und ihrem Glauben gemäß haben sie ihn verspeist.

»I think that the twentieth century reaches almost its purest expression on the highway. Here we see, all too clearly, the speed and violence of our age, its strange love affair with the machine and, conceivably, with its own death and destruction.«

Ballard: *The Car, The Future*

Im April 1970 organisierte Ballard in einer Londoner Galerie eine Kunstausstellung, deren einzige Exponante drei schwer beschädigte Autowracks waren. Sie wurden ohne jede Erklärung in einer ansonsten völlig neutral gehaltenen Kulisse dargeboten. Dazu ging ein Oben-ohne-Mädchen umher und interviewte die Besucher, was auf den Monitoren einer internen Überwachungsanlage eingespielt wurde. Die Ausstellung geriet für Ballard zu einem aufschlussreichen psychologischen Experiment. Am Eröffnungsabend fiel ihm auf, dass die Besucher sich außerordentlich schnell betranken. Viele besuchten die Ausstellung nur deswegen wieder, um die Unfallwagen weiter zu beschädigen. Das Oben-ohne-Mädchen wurde einmal fast auf dem Rücksitz eines Wracks vergewaltigt. »The behavior of people who visited the gallery absolutely convinced me that I was onto something«, berichtet Ballard in einem Interview mit David B. Livingstone. »... Nobody would have noticed these cars in the street outside, but because they were isolated beneath the white gallery lighting they triggered enormous, confused emotions. So I thought, this is the green light. And so I sat down and began to write ›Crash‹.«

Von »The Atrocity Exhibition« abgesehen, ist kein anderes Buch Ballards auf soviel Unverständnis, Ablehnung und Empörung gestoßen wie »Crash« (1973)[79] (Cronenbergs kongenialer Verfilmung, die Ballard als Prototyp eines neuen psychopathischen Kinos bezeichnete, ist es kaum besser ergangen.) »This writer is beyond psychiatric help«, ereiferte sich ein Verleger nach Durchsicht des Manuskripts. »Do not publish!« Ballard nannte den Roman »the first pornographic book based on technology«, und es ist eines der wenigen Werke in der Kunst nach dem Zweiten Weltkrieg, dem es gelingt, gesellschaftliche Sexualneurosen und Konventionen der Pornographie gleichzeitig über den Haufen zu fahren. (In diesem Falle buchstäblich. – Mir fällt nur ein Werk ein, dem *sui generis* Vergleichbares gelungen ist, und das ist Nagisa Oshimas Film *Ai no corrida*.) »Bizarre experiments are now a commonplace of scientific research«, wird Ballard in Zusammenhang mit Cronenbergs Verfilmung zitiert. »Conceivably, the day will come when science is itself the greatest producer of pornography.«[80] In genau diesem Gestus hat er, mit verstörender Wirkung, in »Crash« eine Gruppe von Menschen portraitiert, deren Phantasien in einer verhängnisvollen Verschränkung von Gewalt und Sexualität um Geschwindigkeit, Autounfälle, Sex und Verletzungen kreisen. Weil Ballard selbst, anders als man bei oberflächlicher Lektüre vielleicht erwarten könnte, kein besonderes Verhältnis zum Autofahren hat, konnte er sich dem technischen Fetisch Automobil, der zum sexuellen Fetisch wird, mit dem genauen, distanzierten Blick eines Beobachters nähern. »Crash« ist eine psychologische Studie in Prosa, und den kühlen, klinisch sezierenden Stil, den er seiner medizinischen

Ausbildung verdankt und bereits in »condensed novels« wie *Why I Want to Fuck Ronald Raegan*[81] erprobt hatte, entwickelte er dabei zur Vollendung.

In »Crash« ging Ballard einem Phänomen nach, das er in einer für sein Gesamtwerk zentralen Analyse als »Tod der Zuneigung« bezeichnet hat. »Voyeurism, self-disgust, biomorphic horror, the infantile basis of our dreams and longings«, schrieb er in einem Essay über Salvador Dali, dem für ihn wichtigsten aller surrealistischen Maler, »these diseases of the psyche ... have now culminated in the most sinister casualty of the century: the death of affect. – This demise of feeling and emotion has paved the way for all our most real and tender pleasures – in the excitement of pain and mutilation; in sex as the perfect arena, like a culture-bed of sterile pus, for all the veronicas of our own perversions; in our moral freedom to pursue our own psychopathology as a game, and in our ever-greater powers of abstraction – what our children have to fear are not the cars on the freeways of tomorrow but our own pleasure in calculating the most elegant parameters of their deaths.«[82] »In dieser eingekapselten narzisstischen Gegenwart«, schrieb David Pringle über Ballards Befund, »genießen Männer und Frauen eine furchtbare existentielle Freiheit. Der Einzelne kann sich buchstäblich für alles entscheiden, was er tun möchte. Es ist eine atomisierte Welt, eine Gesellschaft aus Fragmenten. Folglich wenden sich die Menschen in wachsendem Maße Perversionen zu, besonders jenen, die mit Gewalt verbunden sind, wie die Freuden aus zweiter Hand an Filmberichten aus Vietnam und Biafra oder der Lust an Auto›unfällen‹. ... Das technische Können des heutigen Menschen hat ihm ... die Mittel in die Hand gegeben, ... seiner perversen Natur Erfüllung zu verschaffen, jede Phantasievorstellung in die Tat umzusetzen. Das Geschlechtliche ist keine primär biologische Funktion mehr; es ist zu einem rein begrifflichen Vergnügen geworden ...«[83] In der Rezension eines Sexualratgebers bemerkt Ballard, dass »sexuality is expressed more and more in terms only of its perversions and disenchantments rather than of those platonic embraces the book so humanely and affectionately describes. Too many of us would rather be involved in sex crime than in sex.«[84]

Kritiker von »Crash« haben übersehen, dass die Verknüpfung von Sex, Gewalt und Automobilen keineswegs Ausdruck einer extremen persönlichen Weltsicht ist, sondern auf sehr genaue Beobachtungen gesellschaftlicher und kultureller Entwicklungen zurückgeht. Anfang der Siebzigerjahre, als das Buch entstand, entwickelte sich die Pornographie von einem Untergrund-Phänomen zu einer eigenen Industrie. Gleichzeitig befriedigte das Kino eine immer stärkere Schausucht nach High-speed-Verfolgungsjagden, gewaltsamen Zusammenstößen, Sex und Gewalt in Verbindung mit dem Automobil (die, gemessen am Standard heutiger Actionspektakel, aber geradezu zahm erscheint). Ballard bemerkte, dass Menschen für die Freiheit und Unabhängigkeit, die oberflächlich mit dem Statussymbol Auto verbunden wird, Risiken in Kauf zu nehmen bereit sind, die sie auf keinem anderen Gebiet akzeptieren würden. »The car crash is the most dramatic event in most people's lives apart from their own deaths, and for many the two will coincide. Are we merely victims in a meaningless tragedy, or do these appalling accidents take place with some kind of unconscious collaboration on our part?«[85]

Die technisierte Welt als Medium narzisstisch pervertierter Wunscherfüllung – das ist bis heute eines von Ballards Hauptthemen geblieben. Eine weitere Zuspitzung im engeren Bereich des Sexuellen wäre nach »The Atrocity Exhibition« und *Crash* wohl kaum denkbar gewesen, und es ist eine der interessantesten Wendungen in Ballards Werk, dass das Phänomen, das er als »Tod der Zuneigung« charakterisierte, in seinem Spätwerk in ganz anderer Verkleidung wieder auftaucht. Nach den urbanen Alpträumen der Siebziger entführt Ballard den Leser in der Schaffensphase, die mit der Novelle *Running Wild* (1989) einsetzt, in trügerisch makellose Wohlstandsidyllen, Paradiesen der gehobenen Mittelmittelklasse, die menschliche Triebregungen, will es scheinen, in Lifestyle, Sicherheit und soziale Organisation kanalisiert haben. Es sind Höllen der Perfektion, die genau die Gewaltausbrüche provozieren, die sie so umsichtig und planvoll von sich fernzuhalten versuchen.

»In a totally sane society
madness is the only freedom.«

Ballard: *Super-Cannes*

In einer kurzen Notiz in der *Sunday Times* schreibt Ballard: »Kafka may be *the* most important writer of the twentieth century ... He describes the fate of the isolated man who is surrounded by a vast and impenetrable bureaucracy, and begins to accept himself on the terms the bureaucracy imposes. Human beings today are in a very similar position. We are surrounded by huge institutions we can never penetrate.«[86] Franz Kafka scheint, was von der Kritik bemerkenswert selten konstatiert wurde, einen nicht unwesentlichen Einfluss auf Ballards Werk gehabt zu haben. Ballards Gestalten, die von Phänomenen außerhalb ihrer Wahrnehmungsmaßstäbe auf ihre eigenen engen Grenzen zurückgeworfen werden, sind in einer ähnlichen Situation wie die Hauptfiguren von »Der Prozess« und »Das Schloss«, die von einer immer alptraumhafter ausufernden Bürokratie auf ihre Kleinheit verwiesen werden. Kafkas archetypische Situationen der Verirrung und Bedrängnis – etwa in den Anfangskapiteln des Romanfragments »Amerika« (auch »Der Verschollene«) – finden sich in einer ganzen Reihe klaustrophobischer Erzählungen wieder, die Ballard im Laufe seiner Karriere geschrieben hat.

Der jugendliche Held Franz M. in Ballards brillanter früher Kurzgeschichte *The Concentration City*[87], der in einer endlosen Stadt nach dem ersehnten freien Raum sucht und am Ende feststellen muss, dass er in einem unentrinnbaren, in sich geschlossenen urbanen Kontinuum gefangen ist, trägt schon einen kafkaesken Namen. Als die Hauptfiguren auf der hoffnungslos überbevölkerten Erde in *Billenium*[88] ein leeres Zimmer entdecken, erweisen sie sich als psychisch unfähig, mit dem gewonnenen Freiraum umzugehen. Fast wie eine Kooperation von Kafka und J.L. Borges liest sich eine der späteren Kurzgeschichten dieser Richtung, *Report on an Unidentified Space Station*[89], in der die Erkundung einer verlassenen Raumstation nach und nach zum Vordringen in ein kafkaeskes Labyrinth wird, das am Ende der Geschichte das ganze Universum ausfüllt. Eine Institution kafkaesken Zuschnitts findet sich zum Beispiel in Ballards Story *Minus One*[90], in der ein verschwundener Psychiatriepatient sich als Fiktion in den Mühlen einer undurchschaubaren Pflegebürokratie herausstellt. Wie auch *The Subliminal Man*[91], eine der stärksten Visionen einer außer Rand und Band geratenen Konsumgesellschaft in der gesamten Science Fiction, deutet diese Story bereits die Richtung an, in der sich der kafkaeske Strang in Ballards Werk weiterentwickeln sollte.

»They've made themselves more user-friendly«, schreibt Ballard über die kafkaesken Institutionen von heute, »but they define the tastes to which we conform. They're rather subtle, subservient tyrannies, but no less sinister for that.«[92] Ballards unverminderte Aktualität besteht nicht zuletzt darin, dass er die dystopische Tradition in der Science Fiction - die Tradition der, nennen wir es mal so, totalitären Dystopien, die auf Samjatins »My«, Orwells »1984« und Huxleys »Brave New World« zurückgeht - in eine Dystopie der Medien- und Freizeitgesellschaft überführt hat, die dem heutigen Erleben viel näher ist. In Ballards Spätwerk ist es nicht mehr nötig, dass ein Überstaat perfekte Kontroll- und Bespitzelungssysteme errichtet. Hier begeben sich die Menschen durchaus freiwillig in ein rigides Korsett aus Technik, Überwachung und Sozialstrukturen. Sie erinnern an den geschiedenen Mittelklässler in *The Enormous Space*[25], der eines Tages beschließt, dass er sein Haus nie wieder verlassen will und sich darin wie in einem eigenen Kosmos verirrt. Ausbruchsversuche enden häufig so gewaltsam wie in *The Intensive Care Unit*[23] (ein bösartig zweideutiger Titel), ein Ausblick in eine Welt, in der sämtliche menschlichen Kontakte (bis hin zur Zeugung von Kindern) nur noch vermittelt über den Fernsehschirm stattfinden und eine Familie den verhängnisvollen Entschluss fasst, sich leibhaftig zu begegnen.

Ballards Beschäftigung mit den trügerischen Idyllen der Wohlstandsgesellschaft begann bereits mit seinen *Vermillion Sands*-Stories, deren erste 1956 und deren letzte 1970 erschien.[93] Schauplatz dieser zehn stilistisch ungemein reizvollen, mitunter fast heiteren, an bizarren Einfällen reichen Erzählungen, die unter allen Schöpfungen Ballards den Bilderwelten Dalis wohl am nächsten kommen, ist eine Art imaginäres Palm Springs der nahen Zukunft, einst ein Tummelplatz für Filmstars, reiche Erben und Exzentriker, heute eine in der Wüstenhitze lethargisch vor sich hinbrütende Landschaft, die häufig zum Schauplatz für die Wiederaufführung privater psychischer Dramen wird. Es ist ein Refugium für Müßiggänger, die in rollenden Jachten durch die Staubmeere segeln, zwischen Korallenriffen »Sandrochen« jagen und vor allem immer wieder in den Bann seltsamer Transformationen der Kunst geraten, die zum Spiegel ihrer seelischen Vorgänge werden. Mal sind es, um nur einige Beispiele zu nennen, psychotropische Häuser, die sich an die psychische Verfassung ihrer Bewohner anpassen und Erfahrungen mit früheren Bewohnern an neue Mieter abgeben können; mal sind es quasi-lebendige Kleidungsstücke, die mit ihren Trägern gefährliche Symbiosen eingehen, mal klingende Skulpturen oder musikalische Pflanzen, die mit Auswahl und Ausdruck ihrer Musik auf seelische Turbulenzen in ihrer Umgebung reagieren. Mit Vermillion Sands, erklärte Ballard in einem Interview, wollte er »eine Welt von der Art (erfinden), wie nach meiner Vorstellung alle Vorstädte Nordamerikas und Nordeuropas in zweihundert Jahren aussehen (werden). Jedermann ist ständig in Urlaub oder arbeitet pro Jahr einen Tag. Die Leute werden jeder Laune folgen, die ihnen in den Sinn kommt - wie die Wolkenskulptur -, Freizeit und Arbeit werden ineinander verschmelzen. ... Es wird eine Landschaft entstehen, die nicht so sehr zu den Vororten als zu den Außenorten gehört, eine Art Gürtel von Landklubs, der weitgehend das Ergebnis hochentwickelter Technologien der verschiedensten Art ist ... Wenn ich eine Vermutung anstellen soll, so glaube ich, dass die Zukunft wie Vermillion Sands aussehen wird. Sie wird nicht wie ›Schöne neue Welt‹ oder ›1984‹ sein: sie ist ein Landklubparadies.«[94]

Die Prognose, dass den Menschen in den industrialisierten Ländern immer mehr Freizeit zuwachsen wird, hat sich inzwischen als gewaltiger Flop erwiesen, und auch Ballard hält, wie neueren Artikeln zu entnehmen ist, nicht mehr daran fest. Aber das ist hier nicht entscheidend. Schon die Freizeitutopie Vermillion Sands war alles andere als fleckenlos. Weit drastischer sind die mit Muße, Spaß und Erholung lockenden Fallen, in die Ballards Figuren in seinen späteren Kurzgeschichten geraten. *Having a Wonderful Time*[95] besteht aus einer Folge von Postkarten, die eine englische Urlauberin an eine daheim gebliebene Freundin schickt. Anfangs sieht es nach den üblichen Problemen aus, mit denen Reiseveranstalter zu kämpfen haben, als sich die Maschine für ihren Heimflug verspätet. Doch nach einem Jahr auf Las Palmas scheint sich der düstere Verdacht ihres Mannes zu bestätigen, dass Millionen überschüssige Arbeitskräfte an die Strände europäischer Urlaubsparadise abgeschoben wurden. In *The Largest Theme Park in the World*[96] feiern Millionen Urlauber an den europäischen Mittelmeerstränden die endlich erzielte europäische Einigung. Als die heimischen Volkswirtschaften zusammenzubrechen drohen, weil immer mehr von ihnen gar nicht an eine Heimreise denken, und man sie gewaltsam zurückzuführen versucht, entsteht in den Urlaubsrefugien »the first totalitarian system based on leisure«. Am Ende ziehen marodierende Urlauberhorden nach Norden, um ihre alten Nationalstaaten zurückzuerobern. (Auch diese Geschichte ist ein Beispiel für Ballards sardonischen Humor, der erst in seinen späteren Geschichten richtig zur Geltung kam.)

Mit der Novelle *Running Wild*[97], während eines Trends zu selbstständigen Novellenveröffentlichungen in England als separates Buch erschienen, mündet dieser Themenstrang schließlich in Ballards jüngste Schaffensphase, mit der er sich vorläufig von der Science Fiction verabschiedet hat (auch Kurzgeschichten hat er seit 1992 nicht mehr veröffentlicht). In einem BBC-Interview konstatierte Ballard 1998 einen Trend in den reichen Gesellschaften, sich immer mehr in geschlossene Gemeinschaften zurückzuziehen, deren Hauptzweck die Befriedigung eines tiefen Sicherheitsbedürfnisses ist. Eine luxuriöse, streng abgeschirmte und mit modernster Überwachungstechnik durchsetzte Apartmentsiedlung dieser Art ist in *Running Wild* Schauplatz einer bizarren Mordserie, der an einem Morgen sämtliche erwachsenen Bewohner zum Opfer fallen, während die Kinder verschwunden sind (entführt, wie man anfangs vermutet). Ein Vorbild für dieses fiktive Pangbourne scheint Ballards langjähriger Wohnort Shepperton vor den Toren Londons gewesen zu sein. Konnten Jörg Krichbaum und Rein A. Zondergeld die Ortschaft 1976 noch als matte, zerwohnte Ansammlung von Beamtenbehausungen beschreiben, scheint sich Shepperton im Laufe der Jahre immer mehr Ballards eigenen Phantasien angenähert zu haben. »... a forest of TV aerials block out the poplars and church spires. Multistorey car parks have risen ›like the megaliths of a future Stonehenge‹. The M3 has arrived. The whole place is ... like a suburb of London airport.«[98] Anregungen dürfte auch eine neue Apartmentsiedlung geliefert haben, deren Entstehen Ballard während eines

Urlaubs an der Côte d'Azur beobachtete und die er als »Ideen-Laboratorium« für die Städte der Zukunft charakterisierte, »where ›technology will be placed at the service of conviviality‹. Fibre-optic cables and telemetric networks will transmit data banks and information services to each department, along with the most advanced fire, safety and security measures.«[99]

Running Wild ist eine Kriminalgeschichte, wie üblich bei Ballard gegen den Strich gebürstet. Die Auflösung ist schnell gefunden, und es wird an dieser Stelle keine Pointe damit verraten, dass es die Kinder von Pangbourne waren, die in einer brutalen, aber zugleich raffinierten und generalstabsmäßig durchgeführten Aktion ihre Eltern umgebracht haben. Wichtiger als das Massaker selbst ist seine psychologische Vorgeschichte, die der Psychiater Greville sukzessive aufdeckt. In der überbehüteten, auf totale Sicherheit und Überwachung ausgelegten Welt von Pangbourne, in der jede Minute des Tages, jede schulische und Freizeitaktivität verplant war, gab es für die Kinder keine Ausweichmöglichkeiten in Emotionen, Konflikte und Unsicherheiten. Ihr Mordkomplott – das Greville in einer, trotz des bekannten Endes, teuflisch spannenden und beklemmenden Rekonstruktion nachzeichnet – ist zugleich ein Akt befreiender Barbarei und, in seiner planvollen Art, eine Wendung der Lebensprinzipien Pangbournes gegen sich selbst. Jahre später sind die dreizehn verschwunden Kinder eine Art Terrortruppe gegen die Wohlstandsgesellschaft geworden, und ein Attentat auf die britische Premierministerin, so scheint es, ist nur der erste Schlag in einem erbarmungslosen Krieg gegen jegliche Obrigkeiten und Autoritäten.

Ballards jüngste Romane (die noch nicht ins Deutsche übersetzt wurden) liegen ganz in einer Linie mit dieser Erzählung. In »Cocaine Nights« (1997) ist es eine Kolonie englischer Auswanderer an der Costa de Sol, deren heitere, sonnige Lifestyle-Oberfläche sich als dünner Firnis über einer fiebrigen Welle von sexuellen Exzessen, Gewalt und Verbrechen erweist, die zum Freizeitvergnügen betrieben werden. Die hochbezahlten Konzernangestellten in »Super-Cannes« (2000), die in den Bergen über der französischen Riviera das High-tech-Refugium Eden-Olympia bewohnen, haben sich von jeglicher externen Gesetzgebung verabschiedet und eine eigene totale Gesundheitsutopie errichtet. Jeder Bewohner wird täglich auf Fitness und Gesundheitszustand gecheckt, Stress und Konflikte werden systematisch abgeleitet. Der Psychiater Penrose ist allerdings der Meinung, dass in einer derart schaumgebremsten Gesellschaft ein grundlegender Zug der menschlichen Natur verloren geht, und trifft Maßnahmen, um dem Leben in Eden-Olympia einen wohldosierten Schuss Wahnsinn zu injizieren. In Ballards neustem Roman »Millenium People« (2003) ist es ein ähnlich zwielichtiger Psycho-Messias, der die Bewohner der Mittelklasse-Enklave Chelsea Marina zu einem Aufstand gegen ihre immer einengenderen Lebensbedingungen treibt – ein gewaltsamer, in seiner quasi-proletarischen Attitüde aber mitunter auch komischer Aufstand, was den Roman zu einer Selbstparodie Ballards auf seine eigene Position und seine bevorzugten Protagonisten macht.

»The dream worlds invented by writers of fantasy are external equivalents of the inner world of the psyche, and because these symbols take their impetus from the most formative and confused periods of our lives they are often time-sculptures of terrifying ambiguity.«

Ballard: *Time, Memory and Inner Space*

Es könnte sich als zweckmäßig erweisen, für die Science-Fiction-Geschichtsschreibung ein Begriffspaar aus der Jazzmusik zu adaptieren. Die Gegenüberstellung von »hot jazz« und »cool jazz« hat nichts damit zu tun, dass die eine Richtung intensiver, kunstvoller oder gar »besser« ist als die andere. Es ist einfach eine Frage des Temperaments und des Ausdruck. Miles Davis' Musik ist nicht minder intensiv als die von John Coltrane, aber doch sublimiert in der kühlen, weltverlorenen Aura seines Trompetentons. Ballard ist ein ebenso besessener, von persönlichen Erfahrungen motivierter Autor wie der »hot writer« Philip K. Dick, aber seine Kernthemen Isolation und Entfremdung bestimmen auch seine eigene Problematik als Mensch und als Autor. Dick konnte Generationen von Autoren durch seine griffigen, surrealistischen Handlungselemente inspirieren. Ballards Einfluss ist eher atmosphärischer Natur. Dicks Werk ist zu einer moralischen Instanz in der amerikanischen Science Fiction geworden, Ballard dagegen markiert eine Position grundsätzlicher Skepsis gegen jeden moralischen Standpunkt. Er ist ein distanzierter Beobachter unausgesprochener Motivationen und verborgener seelischer Prozesse, ein Chronist der Beziehungslosigkeit.

Fast die gesamte westliche Science Fiction seit dem Zweiten Weltkrieg, sofern sie von Relevanz ist, spielt sich im Spannungsfeld zwischen diesen beiden Autoren, zwischen dem »heißen« und dem »kühlen« Pol der SF ab. (William Gibson und vielleicht Greg Egan könnten sich als die ersten jüngeren Autoren herausstellen, die dieser Konstellation neue Orientierungspunkte hinzugefügt haben.) Dicks Einfluss wird wahrscheinlich immer etwas unmittelbarer an Ideen und Plotelementen zu identifizieren sein, die in der Tradition seiner typischen Realitätsverzerrungen und Identitätsverwirrungen stehen. Jüngere Autoren, die Ballards Fußstapfen folgen, werden eher seine Erweiterung der SF-Ikonographie fortsetzen. Ballard hat das Ausdrucksvokabular der Science Fiction um Bilder, Gegenstände und Begriffe erweitert, die ganz von ihrem symbolischen Gehalt, ihrem latenten Bedeutungszusammenhang innerhalb einer modernen Mythologie leben. Einer Mythologie, die den Menschen als gefallenen Helden porträtiert, der nicht mehr mutig dem Schicksal entgegentritt, keine äußeren Gefahren mehr meistert (was bei Dick, wenn auch auf absurden Umwegen und mit bescheidenem Erfolg, noch der Fall ist), sondern den Sirenen des eigenen Inneren erliegt. Es ist eine sehr persönliche, beunruhigende Vision der psychischen Transformationen, die den Menschen in einer hochtechnisierten, immer mehr aus eigenen Schöpfungen bestehenden Welt bevorstehen. Die Ausstrahlung dieser Vision, glaube ich, wird in der Science Fiction noch in Jahrzehnten nachweisbar sein.

ANMERKUNGEN

1 Lawrence Sutin: »Divine Invasions: A Life of Philip K. Dick«, Harmory Books, New York 1989.

2 Das Interview von Susie Mackenzie erschien am 6. September 2003 in *The Guardian*.

3 »Empire of the Sun«, Victor Gollancz Ltd., London 1984.

4 J.G. Ballard: »The Complete Stories«, Flamingo/HaperCollins, London 2001. Aus Gründen, die in dem Band nicht erwähnt werden, blieben einige der Erzählungen aus »The Atrocity Exhibition« ausgespart.

[5] In einem Interview mit Chris Hall für das Spike-Magazin.
[6] Ballard: *Memories of Internment*, in: J. G. Ballard: »A User's Guide to the Millenium«, HarperCollins, London 1996, S. 251.
[7] Ballard: *The End of My War*, in: J. G. Ballard: »A User's Guide ...«, a. a. O. S. 287.
[8] J. G. Ballard: *The Last Real Innocents*, in: J. G. Ballard: »A User's Guide ...«, a. a. O. S. 82.
[9] Ballard: *The End of My War*, a. a. O. S. 294.
[10] Das Interview mit Marcos Moore wurde 1995 für das Spike-Magazin geführt.
[11] Ballard: *Sticking to His Guns*, in: J. G. Ballard: »A User's Guide ...«, S. 134.
[12] Ballard: *Memories of James Joyce* in: J. G. Ballard: »A User's Guide ...«, S. 145.
[13] James Goddard & David Pringle: *Ein Interview mit J. G. Ballard*, in: Franz Rottensteiner (Hrsg.): »Polaris 7«, Suhrkamp, Frankfurt am Main 1983, S. 22/S. 12.
[14] Goddard/Pringle, a. a. O. S. 21 f.
[15] David B. Livingstone: *Prophet With Honor, Spike*-Magazin.
[16] Zitiert nach einem Portrait auf der Website *Contempory Writers*.
[17] Contemporary Writers, a. a. O.
[18] In einem Interview mit dem *Disturb*-Magazin.
[19] Ballard: *The Coming of the Unconscious*, in: J. G. Ballard: »A User's Guide...«, a. a. O. S. 84.
[20] *New Worlds*, November 1959, deutsch als *Die Warte-Gründe*, übersetzt von Michael Walter, in: J. G. Ballard: »Der ewige Tag«, Suhrkamp, Frankfurt am Main 1981.
[21] Zitiert nach: Ballard: »The Complete Stories«, a. a. O. S. 94.
[22] Goddard/Pringle, a. a. O. S. 30.
[23] *Ambit*, 1977.
[24] *Bananas*, 1978.
[25] *Interzone*, 1989.
[26] Deutsch als »Der Sturm aus dem Nichts«, übersetzt von Gisela Stege, Heyne, München 1964.
[27] Deutsch als »Karneval der Alligatoren«, übersetzt von Inge Wiskott, MvS, Düsseldorf 1970.
[28] Deutsch als »Welt in Flammen«, übersetzt von Wulf H. Bergner, Heyne, München 1968. Neuübersetzung von Maria Gridling als »Die Dürre«, Suhrkamp, Frankfurt am Main 1984.
[29] Deutsch als »Kristallwelt«, übersetzt von Margarete Bormann, MvS, Düsseldorf 1969.
[30] Goddard/Pringle, a. a. O. S. 31.
[31] Franz Rottensteiner: *Die Einheit der Welt*, in: Joachim Körber (Hrsg.): »J. G. Ballard – der Visionär des Phantastischen«, Corian-Verlag, Meitingen 1985, S. 125.
[32] Hier zitiert nach: Rottensteiner: *Die Einheit der Welt*, a. a. O. S. 123 f.
[33] *Ambit*, 1981.
[34] *Interzone*, 1982.
[35] In der Collection mit demselben Titel, 1982.
[36] *Shincho*, 1990.
[37] J. G.Ballard/George McBeth: *Die neue Science Fiction*, in: Langdon Jones (Hrsg.): »Neue SF«, Band 1, Fischer, Frankfurt am Main 1973, S. 57.
[38] Ballard: *Myth Maker of the Twentieth Century*, in: J. G. Ballard: »A User's Guide ...«, a. a. O. S. 126 f.

39 *New Worlds*, März 1964. Deutsch als *Der finale Strand*, übersetzt von Michael Walter, in: J.G. Ballard: »Billenium«, Suhrkamp, Frankfurt am Main 1983. Eine weitere Übersetzung von Michael K. Iwoleit erschien unter dem Titel *Endzeitstrand*, in: James Gunn (Hrsg.): »Von Clement bis Dick, Wege zur Science Fiction – Sechster Band«, Heyne, München 1990.

40 *New Worlds*, Oktober 1960. Deutsch als *Die Stimmen der Zeit*, übersetzt von Wolfgang Eisermann, in: J.G. Ballard: »Der vierdimensionale Alptraum«, MvS, Düsseldorf 1973.

41 Deutsch als »Liebe & Napalm – Export USA«, übersetzt von Carl Weissner, Joseph Melzer Verlag, Darmstadt 1970.

42 Goddard/Pringle, a.a.O. S. 37.

43 Jörg Krichbaum und Rein A. Zondergeld: *›Es wäre ein Irrtum, über die Zukunft zu schreiben.‹*, ein Gespräch mit J.G. Ballard, in: Franz Rottensteiner (Hrsg.): »Quarber Merkur«, Suhrkamp, Frankfurt am Main 1979.

44 Werner Fuchs/Joachim Körber: *Ein Interview mit J.G. Ballard*, in: Körber: »J.G. Ballard ...«, a.a.O. S. 118 f.

45 In einem Interview mit Richard Kadrey und Suzanne Stefanac.

46 Ballard: *Myth Maker ...*, a.a.O. S. 130.

47 Horst Pukallus: *Naked Lunch. Die Realität am Ende der Gabel. Über die Affinität zwischen David Cronenberg und William S. Burroughs*, in: Wolfgang Jeschke (Hrsg.): »Das Science Fiction Jahr – Ausgabe 1993«, Heyne, München 1993.

48 *Bananas*, 1977.

49 *Bananas*, 1977.

50 *Ambit*, 1985.

51 *Interzone*, 1992.

52 *Kenyon Review*, Frühjahr 1960. Deutsch als *Entropie*, übersetzt von Kollektiv unter der Leitung von Thomas Piltz, u.a. in: Wolfgang Jeschke (Hrsg.): »Entropie«, Heyne, München 1986.

53 *New Worlds*, Juli 1967.

54 *New Worlds*, November 1957. Deutsch als *Einstieg 69*, übersetzt von Charlotte Franke, in: J.G. Ballard: »Das Katastrophengebiet«, Suhrkamp, Frankfurt am Main 1983.

55 *Amazing*, März 1963. Deutsch als *Das Schlangengehege*, übersetzt von Alfred Scholz, in: J.G. Ballard: »Der unmögliche Mensch«, MvS, Düsseldorf 1971.

56 *New Worlds*, Januar 1967. Deutsch als *Der ewige Tag*, übersetzt von Michael Walter, in: Ballard: »Der ewige Tag«, a.a.O.

57 *Science Fantasy*, August 1961. Deutsch als *Mr. F. ist Mr. F.*, übersetzt von Charlotte Franke, in: Ballard: »Das Katastrophengebiet», a.a.O.

58 *Science Fantasy*, Februar 1964. Deutsch als *Zeit des Laufes*, übersetzt von Alfred Scholz, in: Ballard: »Der unmögliche Mensch«, a.a.O.

59 Unter anderem in dem bereits zitierten Aufsatz *Die Einheit der Welt*.

60 J.G. Ballard & David Pringle: *Von Shanghai nach Shepperton*, in: Körber: »J.G. Ballard ...«, S. 62.

61 Krichbaum/Zondergeld, a.a.O. S. 148.

62 Zitiert nach: Heinrich Keim: *Die Schreckensgalerie. Über J.G. Ballards ›condensed novels‹*, in: Körber: »J.G. Ballard ...«, a.a.O. S. 149.

[63] Ballard: *The Coming of the Unconscious*, in: Ballard: »A User's Guide«, a. a. O. S. 88.
[64] Deutsch als »Der Sturz des Astronauten«, übersetzt von Walter Brumm, Heyne, München 1975.
[65] Deutsch als *Das Venus-Trauma*, übersetzt von Michael Kubiak, in: »Malzbergs Amerika«, Bastei-Lübbe, Bergisch-Glasbach 1980.
[66] In: Wolfgang Jeschke (Hrsg.): »Die große Uhr«, Heyne, München 1977.
[68] *Amazing*, April 1962. Deutsch als *Dreizehn unterwegs zum Alpha Centauri*, übersetzt von Wolfgang Eisermann, in: J. G. Ballard: »Der vierdimensionale Alptraum«, MvS, Düsseldorf 1973.
[69] *Interzone*, 1992.
[70] *New Worlds*, Juni 1962. Deutsch als *Der Sandkäfig*, übersetzt von Wolfgang Eisermann, in: Ballard: »Der vierdimensionale Alptraum«, a. a. O.
[71] *Playboy*, Mai 1968. Deutsch als *Der tote Astronaut*, übersetzt von Michael Walter, in: J. G. Ballard: »Der tote Astronaut«, Suhrkamp, Frankfurt am Main 1983.
[72] Interview mit David Gale, vom BBC Radio ausgestrahlt am 11. Oktober 1998.
[73] *Fantastic*, März 1963. Deutsch als *Eine Frage des Wiedereintritts*, übersetzt von Michael Walter, in: Ballard: »Billenium«, a. a. O.
[74] Zitiert nach: Ballard: »The Complete Stories«, a. a. O. S. 436 f.
[75] David Pringle: *Zwei Aspekte in J. G. Ballards Werk*, in: Rottensteiner: »Polaris 7«, a. a. O. S. 69.
[76] Ballard: *Spaced Out*, in: Ballard: »A User's Guide ...«, a. a. O. S. 166.
[77] *Interzone*, 1985. Deutsch als *Der Mann, der auf dem Mond spazierenging*, übersetzt von Franz Rottensteiner, in: Franz Rottensteiner (Hrsg.): »Phantastische Zeiten«, Suhrkamp, Frankfurt am Main 1986.
[78] Ballard: »The Complete Stories«, S. 1114.
[79] Deutsch unter demselben Titel, übersetzt von Joachim Körber, Edition Phantasia, Linkenheim 1985.
[80] In einer Rezension von Mike Ryan, nähere Daten liegen mir nicht vor.
[81] *International Times*, 1968.
[82] Ballard: *The Innocent as Paranoid*, in: Ballard: »A User's Guide ...«, a. a. O. S. 91. Die Passage taucht übrigens wortgleich in einem der Texte in »The Atrocity Exhibition« auf.
[83] Pringle, a. a. O. S. 61.
[84] Ballard: *Use Your Vagina*, in: Ballard: »A User's Guide ...«, a. a. O. S. 258.
[85] Ballard: *The Car, the Future*, in: Ballard: »A User's Guide ...«, a. a. O. S. 263.
[86] Ballard: *Kafka in the Present Day*, in: Ballard: »A User's Guide ...«, a. a. O. S. 146.
[87] *New Worlds*, Januar 1957. Deutsch als *Die Konzentrationsstadt*, übersetzt von Charlotte Franke, in: Ballard: »Das Katastrophengebiet«, a. a. O.
[88] *New Worlds*, November 1961. Deutsch unter demselben Titel, übersetzt von Michael Walter, in: Ballard: »Billenium«, a. a. O.
[89] *City Limits*, 1982. Deutsch als *Bericht über eine unbekannte Raumstation*, übersetzt von Herbert Mühlbauer, in: Franz Rottensteiner (Hrsg.): »Phantastische Welten«, Suhrkamp, Frankfurt am Main 1984.
[90] *Science Fantasy*, Juni 1963. Deutsch als *Minus Eins*, übersetzt von Charlotte Franke, in: Ballard: »Das Katastrophengebiet«, a. a. O.

[91] *New Worlds*, Januar 1963. Deutsch als *Der unterbewusste Mann*, übersetzt von Charlotte Franke, in: Ballard: »Das Katastrophengebiet«, a.a.O.

[92] Ballard: *Kafka in the Present Day*, S. 146.

[93] Gesammelt in »Vermillion Sands« (1970). Deutsch als »Die tausend Träume von Stellavista«, deutsch von Alfred Scholz, MvS, Düsseldorf 1972.

[94] Goddard/Pringle, a.a.O. S. 28 f.

[95] *Bananas*, 1978.

[96] *Guardian*, 1989.

[97] Arena Novella, Arrow Books, London 1989.

[98] Siehe Anm. 2.

[99] Ballard: *In the Voyeur's Gaze*, in: Ballard: »A User's Guide ...«, a.a.O. S. 65.

Auf den Schultern von Riesen

Die Romane des China Miéville

von Ralf Reiter

»Deep below the ground/Deep below the ground/Blasphemies/Deep below the ground/Deep below the ground/Hybrids/Hypnotise/Acclimatise«

Killing Joke: Implant

China Miéville befindet sich nach drei Romanen auf dem Höhepunkt seiner Karriere. Zumindest wenn man nach dem Grad der Aufmerksamkeit geht, die ihm international zuteil wird. Und haufenweise Preise sind auf seine Romane auch niedergeprasselt, selbstredend.

Als seinerzeit das noch unfertige Manuskript von »Perdido Street Station« nach Deutschland gelangte, gab es aus Lektorenkreisen sehr laute Anerkennungspfiffe zu hören, was so oft auch nicht vorkommt. Der Autor, ein freundlicher Zwei-Meter-Hüne mit Glatzkopf, ansehnlichem Bizeps und reihenweise Ohrringen, hatte einem deutschen Lektor auf der Londoner Buchmesse das Manuskript in die Arme gedrückt, und ein Agent oder Vertreter des englischen Verlags stand daneben und meinte, der Mann sei der kommende Star der britischen Fantasy. Aber das Manuskript bereitete Probleme: zu lang, zu ausschweifend, zu ungewohnt und – vor allem – weder Fisch noch Fleisch. Soll heißen: weder richtig Science Fiction noch klare Fantasy. Wo, zum Teufel, sollte man das unterbringen? Für die klassische Fantasy-Reihe, die auf die bewährte Aventüre setzt, war der Fall schnell klar: Nichts für uns. Als das Buch dann schließlich als Science Fiction verlegt und vermarktet wurde, tauchten natürlich die üblichen Motzkis auf. »Trau niemals einem Klappentext«, schreibt da einer, der irritiert ist darob, dass das Buch aussieht wie eine Space Opera im Fahrwasser Peter Hamiltons, aber gar keine solche ist. Gleich darauf folgt jedoch die (Selbst-)Erkenntnis: Das Buch sei zu »psychedelisch« für den eigenen konservativen Geschmack. Die meisten jedoch verfügen nicht über dieses Maß an Selbstreflexion, sondern geben dem Verlag oder dem Buch die Schuld für das eigene Scheitern am Text. Da hat also ein Autor mal wieder das deutsche Schubladendenken gewaltig unterlaufen, und Hannes Riffel, verdienter Kritiker und erklärter Miéville-Fan, empfiehlt dessen Bücher inzwischen »allen SF- und Fantasy-Lesern ohne Scheuklappen«. Für die *mit* ist Miéville in der Tat nicht sonderlich geeignet.

Solch international gefeierte Autoren phantastischer Genres bereiten in Deutschland des Öfteren Probleme. Analysiert, diskutiert und geklagt wurde oft genug darüber. Literaturhistorisch gesehen hat Deutschland mit einem wie E.T.A. Hoffmann die phantastische Literatur regelrecht erfunden, zumindest spielte die deutsche Romantik eine vitale Rolle dabei. Heutzutage muss ein Projekt wie »Perdido Street Station« von vornherein in einer SF-Reihe mit SF-Cover (und auch noch zweigeteilt) erscheinen, um ein potenzielles Publikum zu finden. Und dann tauchen doch wieder jene Unvermeidlichen auf, die sich auf irgendeine, nicht näher qualifizierbare Weise hintergangen fühlen, weil das ja gar keine richtige SF ist. Ein solches Buch kann anscheinend nicht in einer Edition erscheinen, die seiner würdig wäre: in einem Stück, als Hardcover und ohne die Zwänge, daraus entweder Fisch oder Fleisch machen zu müssen. Sicher, es lagen diverse Umbrüche zwischen der Romantik und der Gegenwart, vor allem aber eine von Irrationalismen gespeiste Diktatur, die jedwede Kontinuität in Deutschland endgültig zu Klump schlug – nicht nur die der phantastischen Literatur –, das Augenmerk auf andere, vermeintlich oder tatsächlich wichtigere Dinge richtete und einen ästhetischen wie kommerziellen Neuanfang förmlich herbei befahl. Und Phantastisches hatte null Relevanz: Von Horror,

China Miéville

technischen Albträumen und Blut-und-Boden-Märchenästhetik hatte man genug. Heute, Generationen später, sind den Lesern die sorgfältig anerzogenen ästhetischen und kommerziellen Gepflogenheiten so in Fleisch und Blut übergegangen, dass Grenzverletzungen nicht verstanden und entsprechend gemieden werden. Spätestens als die Postmoderne zuschlug, waren all die Kategorisierungen ohnehin veraltet. Natürlich lassen sich nicht alle Leser von so etwas ins Bockshorn jagen, aber die Verlage wollen ihre Bücher eben auch verkaufen können.

»Perdido Street Station« erschien in Deutschland nicht beim experimentierfreudigsten SF-Verlag, bei Heyne, sondern bei einem, wie es so schön heißt, Marktbegleiter. Bastei macht dabei eine gute Figur: Die Übersetzung ist herausragend und kongenial, das Lektorat aufmerksam. Miéville-Redakteur und Genre-Spezialist Alexander Lohmann hält den Roman für das beste einschlägige Buch der letzten zehn Jahre, gleichzeitig bezeichnet er den Redaktionsauftrag als den härtesten, an dem er jemals saß.

China Miéville schreibt Mutationen, Hybride, post-postmoderne Grenzüberschreitungsbücher. Er ist nicht der Erste und nicht der Einzige, sondern agiert in einem Rahmen, an dem Franz Kafka, Mervyn Peake, H. P. Lovecaft, C. A. Smith, die beiden Burroughs (der mit den Pulps wie auch der mit den Drogen), Arthur Conan Doyle, Gustav Meyrink, Alfred Kubin und viele andere gewerkelt haben. Die Erneuerer und Umpoler der späten Sechziger, frühen Siebziger haben diesen Rahmen für die SF/Fantasy-Genreliteratur nutzbar gemacht und in gewissem Maße das Genre in die Hochliteratur hinübergezogen, aus Miévilles Perspektive waren es vor allem Michael Moorcock und Michael John Harrison. Die Kollegen, die zusammen mit Miéville heutzutage an diesem Rahmen schrauben und drehen, heißen Michael Swanwick, Mary Gentle, Kim Newman, Iain Banks oder Neil Gaiman. Sie bleiben nicht auf dem sicheren Terrain, sondern zerpflügen die Ackergrenzen derart nachhaltig, dass sie schon mal den einen oder anderen empörten Aufschrei der fannischen Grenzpatrouillen provozieren. Zumindest hierzulande. In englischsprachigen Ländern werden solche Bücher nicht mal mehr als Genre kategorisiert, sondern erscheinen selbstverständlich als »fiction«.

Die postmoderne Verdrehung, die verblüffende Neuninvention und Montage von Themenkomplexen, Zeitebenen, Personal und Handlungsstrukturen hat lange Tradition in der englischsprachigen Literatur. Die Angelsachsen sind trotz ihres Hangs zum Schlangenbilden und trotz all der ordentlich aufgereihten Nippesfiguren auf den Fensterbänken ihrer Cottages in Wirklichkeit totale Anarchos. Intellektuelle Abenteurer, freche Füllfederhalter-Livingstones, muntere Chronisten eines an Arroganz und Widersprüchen erstickten Weltreichs und der Folgen dieses Untergangs bis in phantastisch reflektierte Welten hinein. In Deutschland erhält so etwas die güldenen Weihen der Feuilletons nur, wenn es nach Hochliteratur riecht. Wenn ihm jedoch der Geruch von Genre anhaftet, wird es vom Fleck weg ignoriert. Eine Nachkriegstradition. Hart wird's aber

dann, wenn die Genre-Leserschaft auch nicht wirklich etwas mit solchen Büchern anfangen kann, die Verkaufszahlen wenig erfreulich sind und die Leserreaktionen ... äh ... verwirrt. Jemand wie Michael Swanwick könnte in Deutschland den Titel des Obersten Publikumsverwirrers tragen. Auf die Publikation des abgrundtief bösartigen Romans »Jack Faust« wartet dieses Land bis heute, obwohl es der *deutscheste* SF-Roman aller Zeiten ist – von einem Amerikaner selbstverständlich. Auch der völlig durchgeknallte, fast psychotisch originelle Jeff VanderMeer wird auf dem deutschen Markt keine Chance haben. Von VanderMeer gibt's ein Buch, bei dem selbst der Schutzumschlag eine Erzählung darstellt, sogar der Buchrücken einem eine kleine Geschichte erzählt und die Autorenbio auf den Klappen einen hochvirtuosen, monströs selbstironischen Quatsch berichtet. Und das, was sich zwischen den Buchdeckeln befindet, deutet auf eine Melange aus Thomas Pynchon, Hermann Melville, E.T.A. Hoffmann und H.P. Lovecraft hin.[1]

Der Grenzverletzer namens China Miéville hat es jedoch seit längerem mal wieder geschafft, auch in Deutschland Interesse zu wecken und Polarisierungen herauszukitzeln. Er hat Aufmerksamkeit erregt, Preise erhalten, Gegner und Befürworter gefunden und den Diskurs gefördert. Damit führt er vor, was phantastische Literatur auf der Höhe der Zeit leisten kann, und er wird gelesen. Würde einen nicht wundern, wenn irgendwann sogar das Feuilleton auf ihn stößt. Dabei ist das, was bei ihm nach *dernier cri* aussieht, gar nicht so neu, nur länger und ausschweifender. Die »Viriconium«-Romane von Michael John Harrison sind die wahrscheinlich offenkundigsten Vorbilder Miévilles. Seinerzeit sind einige, nicht alle, bei Bastei als Fantasy erschienen. Titel wie »Das Rauschen dunkler Schwingen« und »Die Götter der Pastell-Stadt« sind nichts anderes als die Vorläufer von »Perdido Street Station«.[2]

Der Autor

China Miéville, Jahrgang 1972, wurde in London geboren und lebt heute nach wie vor dort, allerdings ist er in jüngeren Jahren herumgekommen. Mit achtzehn lebte er eine Zeit lang in Ägypten und unterrichtete dort Englisch. Zurück in England, studierte er in Cambridge Sozialanthropologie und in London Wirtschaftswissenschaften. Zwischenzeitlich war er auch als Comic-Zeichner tätig. Seine Mutter hat sich in Fidel Castros Havanna niedergelassen.

Miéville ist bekennender Sozialist, engagiert sich in der Kommunalpolitik und kandidierte 2001 sogar fürs Unterhaus. Als Autor steht er mit seinen linken Idealen natürlich in einer respektablen britischen Tradition, die immer auch die utopisch-phantastischen Genres einschloss. Der britische Sozialismus war und ist eine durchaus eigene Spielart, beeinflusst von einer im Vergleich zu Deutschland stärkeren Polarisierung der politischen Kräfte, einem ausgeprägteren Klassensystem sowie von den Erfahrungen eines weltumspannenden Empires und dessen ökonomischen und militärischen Auswüchsen, und natürlich dem allgegenwärtigen Rassismus. Den britischen Sozialismus kann man häufig übersetzen mit Humanismus, gelegentlich auch mit Anarchismus. Dieser Sozialismus ist anti-stalinistisch; er steht den Idealen von Marx und Engels näher als alles, was an ideologischen Erweiterungen später kam. Der Sozialist H.G. Wells ist jemand, den Miéville schätzt, vor allem den Roman »Die Insel des Dr. Moreau«, laut Miéville ein Musterbeispiel an allumfassender Sozial- und Wissenschaftskritik. George Orwell und Aldous Huxley, die Zugpferde der britischen Anti-Utopie, waren selbstverständlich ebenfalls Sozialisten, und in den späten Sechzigern zeichneten sich auch die Protagonisten der britischen New-Wave-SF durch mehr oder weniger deutlich sichtbare sozialistische Anteile aus: Moorcock, Harrison, Ballard, Aldiss. Unter den aktuellen Autoren fällt ein Iain Banks durch klares sozialistisches Gedankengut auf, auch wenn dies bei ihm oft einen bitteren Beigeschmack hat, denn seine Kreation, die sozialistische Superzivilisation ›Kultur‹, zeichnet sich immer wieder durch ihre gemein-manipulative Machtpolitik aus, die an den Grenzen des eigenen Machtbereichs moralisch ausfasert und zynisch wird.[3]

Die angelsächischen Autoren verfügen jedoch anscheinend über ein rassisch bedingtes Gen, das sie dazu befähigt, innerhalb von Erzähltexten die Ideologie hintanzustellen. Wenn sie sich dem Theoretisieren hingeben und sich als Weltverbesserer gerieren, geschieht dies auf funktionale Art und Weise und disqualifiziert nicht die Qualität der Fiktion. Sie geraten selten ins Schwadronieren, verwandeln sich nicht in progressive Sozialkundelehrer, die sanft und ernst zu ihren Schülern sprechen, sondern bleiben stets Erzähler und Ästheten. Ihre politischen Ambitionen leben sie dafür gerne außerhalb literarischer Texte in Essays aus. Als hätten sie aus den Fehlern eines H.G. Wells quasi evolutionär gelernt, dessen spätere Romane auf Grund des ewigen Belehrens erzählerisch ziemlich unerträglich sind.

China Miéville definiert sich jedoch nicht nur als politischer Mensch, sondern auch als Urbanist und hier besonders als Londoner. Die spezifische Qualität Londons ist die der gewachsenen Metropole, in der 16. Jahrhundert neben 21. Jahrhundert steht, im Gegensatz zu Städten wie Paris, die im Laufe ihrer Geschichte architektonisch ›aufgeräumt‹ wurden. London ist ein symbolisches, geronnenes und doch immer aktives Abbild der Menschheitsgeschichte, einst selbst Nabel der Welt und Fixstern für Abermillionen von Menschen, große Weltpläne wurden geschmiedet und umgesetzt, Millionen von Seelen durchlebten hier ihre persönlichen Dramen, unaufhörliche Echos einer stetig veränderten und doch seltsam unveränderlichen Metropole, die jahrhundertelang die Welt bestimmte und sich im Gegenzug die Welt ins Haus holte, sie aufsaugte oder sich selbst von ihr umformen ließ. London ist die ideale Basis für urbane Metaphern und Fantasies. Es ist »Mother London«, wie Moorcock formulierte.

Als Großstädter und als Sozialist ist Miéville natürlich Anti-Tolkienianer, der die pastoralen Idyllen und die damit einhergehende Verteufelung von Umstrukturierung (z.B. Industrialisierung) ablehnen muss. Kritikern wie Miéville zufolge überbetont die Tolkien-Fantasy einen einzigen Aspekt menschlichen Strebens, den des Bewahrens, und lässt bestenfalls Melancholie angesichts eines langsamen, *sehr* langsamen Wandels zu. Tolkien-Fantasy stand jahrzehntelang für Wohlbehagen und Sicherheit, und die Leserschaft hat es sich in den vertrauten Strukturen gemütlich gemacht. So lange, bis sie ihrer entweder überdrüssig wurde oder bis neue Generationen auftauchten, die nach mehr und nach Relevanterem verlangten. In einer Zeit, in der die Tolkien-Fantasy durch die monumentalen Verfilmungen eine Aufmerksamkeit erlangt wie selten zuvor, ist sie doch längst nur noch ein Angebot auf der Speisekarte, ein einziger, wenn auch sehr dicker Fisch in einem Becken, in dem sich die absonderlichsten Mutationen tummeln.

Die Grenzüberschreitungen des China Miéville und seiner Geistesverwandten erstrecken sich auch auf die Science Fiction[4], deren Potenzial in puncto Gesellschafts-, Sozial- und Wissenschaftskritik unbedingt in diese neue Art von Fantasy eingebaut werden muss. Eine Schimäre entsteht, die automatisch einen schweren Stand hat in einem Land, in dem die Vertriebsabteilungen der Verlage den Buchhandlungen vorgeben müssen, ob sie dieses spezielle Buch nun unter Fantasy oder Science Fiction einordnen sollen.

»König Ratte« (King Rat)

Miévilles erster Roman ist gut, ganz ohne jeden Zweifel, aber er deutet lediglich das an, was mit »Perdido Street Station« und »Die Narbe« noch kommen sollte. Zugleich ist er in seinem aktuellen Zeitbezug rhythmischer und auf Anhieb einladender als die abstrakteren späteren Konstruktionen.

Als Saul Garamond in London seinen Vater besuchen will, liegt dieser tot vor dem Haus: Jemand hat ihn aus dem Fenster gestoßen. Die Polizei verdächtigt Saul, dessen Beziehung zu dem alten Mann angespannt war, und buchtet ihn erstmal ein. In der ersten Nacht im Knast dringt ein Jemand oder ein Etwas in seine Zelle ein und stellt sich ihm als King Rat vor, König der Ratten, zwar menschlich im Aussehen, aber doch nicht so ganz von dieser Welt, wie's scheint. King Rat, ein fluchender, dreckiger, Gaunersprache brabbelnder Artist und Magier, entführt Saul über Dächer und Höfe in sein Reich, die Kanalisation der Stadt. Saul erfährt, dass er der Neffe des Rattenkönigs ist und damit so etwas wie der Rattenprinz. Er ist halb Mensch, halb Ratte, muss aber die Rattenfähigkeiten in sich erst entdecken, hauptsächlich indem er verfaultes Menschenessen aus den Müllsäcken futtert. Ab dann steht er »im rechten Winkel zur Welt der Menschen« und wird zum stinkenden Überwesen. Er trifft auf zwei Kumpane seines blaublütigen Verwandten, Anansi, den König der Spinnen, und Loplop, den König der Vögel. Alle drei vereint eine Schmach, die ein gemeinsamer Feind ihnen zugefügt hat. King Rat hat dieser Feind sein Königreich kaputt gehauen, damals im mittelalterlichen Hameln, wo der diabolische Rattenfänger und seine Flöte das von King Rat installierte Rattenparadies ausgehoben und die Nager in den Fluss gejagt haben. King Rat überlebte und schwor Rache, aber die Ratten in anderen Teilen der Welt verachten ihn, da er angeblich feige vor dem Rattenfänger geflohen ist. Der Rattenfänger tritt zu unterschiedlichen Zeiten und an unterschiedlichen Orten auch auf als Vogel- oder Spinnenfänger, in der Tat kann er jedes lebende Wesen mit seinen Flötentönen becircen. Anansi und Loplop waren auch seine Opfer, sind angeschlagen, aber nicht gänzlich ohne Unterstützung durch die Vertreter ihrer Völker. Nun ist der Rattenfänger in London und will sich King Rat vorknöpfen, ebenso seinen Neffen, weil der die Nachfolge antreten könnte und als Mischwesen immun gegen des Pfeifers Flöte ist. Und genau aus diesem Grund muss King Rat Saul in seine Pläne einbauen – als Kämpfer an vorderster Front. Der Rattenfänger macht sich derweil unter dem Namen Pete an Sauls Freundin Natasha heran, eine Soundtüftlerin und aufsteigende Ikone der Drum'n'Bass- und Clubszene. Die soundtechnische Kooperation mit den elektronischen oder gesampelten Klangspuren der DJ-Frau verspricht den Flötentönen des Rattenfängers eine Verstärkung, von der er früher nur träumen konnte. Die moderne Technik macht's möglich. Außerdem sorgt der Rattenfänger durch blutige, zynische Verbrechen dafür, dass die Polizei munter hinter Saul herjagt, den sie für den Verursacher dieser Schandtaten hält.

Also kommt es zum Krieg zwischen dem Dämon und den schrägen Mischwesen. Saul muss mehr und mehr feststellen, dass die Ratten, schlau und instinktiv wie sie sind, ihn selbst favorisieren, während sie seinem Lehrer King Rat die kalte Schulter zeigen. Und als es in einem Techno-Club zur großen Schlacht zwischen Ratten, Spinnen, Menschen und dem Rattenfänger kommt, erweist sich, dass das Rattenvolk Recht hatte: King Rat, der feige Ex-Monarch, fällt vor dem Pfeifer nieder und verrät seine Nation. Erst Saul kann den Gegner aus der Hölle niederwerfen. King Rat ist endgültig diskreditiert, und Saul wird von den Ratten zum neuen König ausgerufen. Sein erster Akt ist die eigene Abdankung und die Ausrufung der Rattenrepublik.

Miéville zeigt sich in seinem Debüt als Geistesverwandter Neil Gaimans. »König Ratte« und Gaimans »Niemalsland« könnten glattweg Brüder sein, aber Miévilles Buch ist der besser proportionierte Geschwisterteil. Gaiman fährt ja auch erst in seinen kürzeren Texten richtig zur Hochform auf (die tolle Sammlung »Die Messerkönigin«) oder aber in seinem neuen Roman-Wunderwerk »American Gods«. Man identifiziert in »König Ratte« auch Anteile von Christopher Fowler (»Über den Dächern von London«; »Die Gilde der Nacht«), den urbanen Horrorstorys des frühen Clive Barker, den London-Büchern Peter Ackroyds und Iain Sinclairs und natürlich Michael John Harrisons und Michael Moorcocks.

Miéville verschmilzt alles, was er vorfindet, zu einem launischen Großstadtmärchen für die Freunde des Finsteren. Er nähert sich dem dunklen Kern des Märchens an, schält ihn dann frei und interpretiert ihn um, gibt den von Dämonen und selbstbesessenen Adligen unterdrückten und hintergangenen Figuren ihre Handlungsautonomie wieder zurück. Eine glasklare sozialistische Metapher ist das, die in quasi-satirischer Weise die Blaublüter als feige und neurotisch entlarvt und die Unterdrückten zur Revolution anstachelt, zur Gründung der Republik. Nichts wird's mit Prinz und Prinzessin, die sich kriegen, höchstens als Parodie. Und der Rattenfänger, der überaus beeindruckende Flöten-Dämon aus der schwärzesten Hölle, der in den Augen von Natasha wie ein schlaksiger, linkischer »Konservatoriumswichser« wirkt, ist pure Habsucht, pure Verführung, pure Verachtung, ein zum Mythos geronnenes Prinzip, aus dem der Kapitalismus erwuchs und gedieh.

Und hier tritt genau das ein, was oben bereits für englische Autoren generell konstatiert wurde: Miéville wird auf parabelhafte Weise politisch, sogar ohne irgendwelche Umschweife und Versteckspielchen, aber er bleibt zugleich felsenfest im Sattel des Erzählers und Ästheten sitzen. So durchsichtig die Parabel sein mag, sie bleibt in der Hand des Erzählers und gerät nicht in die des Agitators.

Die Sprache des Romans ist wunderbar flirrend und zittrig, sie hat den Beat und den Lärm und umkreist eine von unerwarteten Verben belebte, phantastisch wirkende Stadt, die aber ohne jeden Zweifel das reale London ist. Eine Stadt der Zeichen und Teks, der tribalen Rituale beinahe unverständlicher Milieus. Übersetzerin Eva Bauche-Eppers überträgt die Gaunersprache King Rats mittels des deutschen Rotwelsch, das Haspeln des karibischen Anansi mit Hilfe einer stärker eigenkreierten Kunstsprache, die in manchen syntaktischen Konstruktionen an Türkdeutsch erinnert. Für den Jargon des Clubmilieus muss sie keine Entsprechungen finden, dieser Slang ist ganz real und hört sich mindestens so verrückt an wie Rotwelsch, nur eben irgendwie globalisierter.

»König Ratte« hinterlässt einen starken Eindruck, auch wenn der Roman sich in einem bekannten literarischen Kontext bewegt und diesem lediglich eine neue Facette hinzufügt. Erst was danach aus Miévilles Feder floss, machte ihn umgehend zum Star.

»Die Falter« und »Der Weber« (Perdido Street Station)

New Crobuzon ist die wichtigste Stadt im Lande Bas-Lag. Ein urbaner Moloch, zugleich eine London- wie auch eine Renaissance-Metapher, vollkommen abgedreht und bizarr, ein nahezu unbeschreibliches Gebilde, in dem allerhand Spezies nebeneinanderleben. Die Sozialstruktur ist ein Horror und ein Faszinosum zugleich, die Architektur desgleichen: unübersichtlich, magisch, monströs. Myriaden von Milieus, das Nebeneinander von Menschen und einer Unzahl von Hybridwesen (Insekten-, Vogel- und Pflanzenmenschen). Die Stadt ist ein Konglomerat aus allem Möglichen: engen Vierteln wie im mittelalterlichen Prag, breiten Straßen wie in Reißbrettstädten des Absolutismus, nebligen Gassen wie im alten London, Industrievororten wie im Paris der Industriellen Revolution. Auch eine Stadt wie Kairo hat wohl Pate gestanden, unauflösbare Knäuel von Gebäuden und Lebewesen und Geruchsschwaden. Dreck, Pracht und Größenwahn verschmelzen ineinander und bieten einen unerschöpflichen Fundus an bizarren und bizarrsten Details, die wie ein Hagelschauer auf den Leser niederprasseln. Eine mit extremer Dichte, brillanter Verderbtheit und Dekadenz, Humor und beschwörendem Naturalismus ausgestattete urbane Fiktion von vollendeter phantastischer Breite und Tiefe. Und der Autor führt einen hier hindurch wie ein Stadtführer, der einem die bemerkenswertesten Ecken dieser monströsen Örtlichkeit, die zugleich auch ein Lebewesen ist oder mal war, zeigen will. Ein Tag des offenen Denkmals. Abschweifung ist Programm, neugierige Blicke in geöffnete Fenster am Wegesrand, Mikroerzählungen, die das große Konzept unterstützen, Zeichenkomplexe, fremde und bekannte.

Es gibt hier mittelalterlich anmutende Zonen, in denen die Leute morgens ihre Pisspötte auf die Straße schütten, aber ebenso Dampfmaschinen, Elektrizität, Stadtbahnen, ja sogar dampfbetriebene Computer, Bürokratie, dreckige Arbeiterviertel, Bandenkriege, Drogenbarone und Industriemagnate, eine wilde Künstlerszene, Freakshows, Schlachthöfe, Serienkiller mit ganz besonders unappetitlichen Angewohnheiten. Über allem thront die titelgebende Perdido Street Station, der Zentralbahnhof der Stadt, dessen Architekt sich nach Fertigstellung des Bauwerks umgebracht hat. Die Station ist Ausdruck des Wahnsinns, der New Crobuzon beherrscht. Von den oberen Stockwerken gehen Drähte und Taue aus und breiten sich über die gesamte Stadt, an denen Überwachungsagenten der Miliz in einem komplizierten Netzwerk durch die urbanen Schluchten schaukeln. Aber auch die allgewaltige Polizeipräsenz kann nicht verhindern, dass düstere Mörder in den Arbeitervierteln Prostituierte abschlachten und im Geheimen Dunkelmänner ihren noch viel dramatischeren Projekten nachgehen.

Der Gelehrte und Wissenschaftler Isaac Dan der Grimnebulin lehrte ehemals an der Universität die verschiedenen pseudo-realistischen und pseudo-magischen Künste. Nun ist er ein *freelancer*, der die Trennung der Disziplinen überwinden und eine neuartige Einheitswissenschaft erschaffen will. Er ist liiert mit der *Khepri*-Frau Lin, einem bizarren Mensch/Insekten-Hybrid. Ihre Liebe ist einerseits tief empfunden, andererseits hat der Sex etwas Perverses an sich. Isaac sind menschliche Frauen zuwider, Lin lehnt die dummen, triebhaften Drohnen ihrer eigenen Spezies ab. Groteske Vorspiele und noch merkwürdigerer Geschlechtsverkehr sind die Folge, als hätte Kafka diesmal ganz besonders schlecht geträumt. Lin ist eine Künstlerin, spezialisiert auf Statuen und Plastiken. Sie treibt sich in einem Künstlermilieu herum, das, wie vieles in diesem Roman, von einer historischen oder gegenwärtigen Realität abgeschaut ist, aber ins Irrwitzige gesteigert wird. Zu dem Kreis gehört auch die Autorin und Kunstkritikerin Derkhan, die hauptsächlich für ein politisch engagiertes Underground-Magazin schreibt und eine Liaison mit einem revolutionär denkenden Schlachter unten in den ›stinkenden Vierteln‹ unterhält.

Lin erhält von dem ominösen Mr. Motley den Auftrag, eine Ganzkörper-Plastik von ihm anzufertigen. Dies erweist sich als schwierig, denn Mr. Motley besitzt die Fähigkeit zur ständigen Metamorphose. Er sieht sich selbst als Kunstwerk an und sucht sich eine kongeniale Künstlerin, die in der Lage ist, ein Abbild von ihm zu erschaffen. Motley ist ein dämonisches Wesen, ein dekadenter Philosoph und Krimineller; er wird zu so etwas wie der Fleisch gewordenen Entsprechung der Perdido Street Station, dem Ausdruck des Hybrid-Wahnsinns. Er ist nicht auf eine Gestalt festgelegt, er ist auch keiner von den durch Bio-Thaumaturgie ummodellierten Menschen, sondern flirrt in Sekunden zwischen Dutzenden von Gestalten hin und her.

Isaac erhält einen ganz anderen Auftrag, der es nicht minder in sich hat. Der Garuda (Vogelmensch) Yagharek tritt an ihn heran, weil er seine Flügel wiederhaben will. Die musste er sich auf Grund eines unaussprechlichen Verbrechens, das ein Mensch wegen der Kompliziertheit des Garuda-Kodexes nicht verstehen kann, amputieren lassen. Isaac vertieft sich in das Problem und wird schnell Feuer und Flamme. Er lässt in der Stadt verbreiten, dass er zu Studienzwecken alles sucht, was irgendwie fliegt, inklusive künstlicher Flugwesen. Er bezahlt gut, und alle möglichen Tiere landen in seiner chaotischen

Werkstatt. Isaac weist natürlich Parallelen zu Leonardo da Vinci auf, aber auch hier wird die Sache ins Groteske getrieben. Im Ministerium für Forschung und Entwicklung hat ein Botengänger von Isaacs Suche gehört und besorgt ihm ein ganz besonderes Exemplar: Er stiehlt aus einem gerade gelieferten Karton eine von sechs seltenen Riesenraupen, die sich alsbald verpuppen und zu irgendeinem unbekannten Flugwesen werden wird. Es gibt einen Hinweis, dass diese Wesen sehr gefährlich sind und in anderen Teilen der Welt als Biowaffe eingesetzt werden. Die Raupe landet bei Isaac, wo sie sich weigert zu fressen. Erst als Lins schmieriger Agent eine Ladung der neuen Droge »Traumscheiße« mitbringt, macht sich das Wesen darüber her, wächst rasend schnell und sondert brisante empathische Signale ab, die Isaac an den Rand eines realitätsverzerrten Wahnsinns treiben. Isaac nimmt Kontakt zu seinem alten Fakultätsleiter Verminshank auf, einem Bio-Thaumaturgen, der wissen könnte, ob man mittels dieser Disziplin lebendiges Fleisch so umformen kann, dass ihm Flügel erwachsen. Es gab einmal ein solches Experiment, Verminshank verweist Isaac an den (natürlich irren) Experimentator.

Diese vorerst noch nebeneinander laufenden Stränge, auch die kleineren Linien mit Figuren wie Derkhan und ihrem Freund Benjamin Flex sowie um den in einigen Kapiteln ich-erzählenden Outsider Yagharek, werden sich in der Folge allmählich vernetzen und auf eine Mega-Geschichte hin zusteuern. In diesem strukturierten Chaos bahnt sich heimlich, still und leise eine Apokalypse an. Die Sache läuft dann darauf hinaus, dass die diversen verborgenen Aktivitäten zwei Entitäten wecken bzw. erzeugen: gottähnliche, unfassbare Wesenheiten, die die Struktur der Stadt und der Welt destabilisieren. Zum einen den »Weber«, eine transdimensionale Entität aus anderen Realitätsbereichen, die die Struktur des Universums ›webt‹ und die mit Menschen telepathisch/empathisch kommuniziert und sich ausgesprochen kryptisch artikuliert. Isaacs Raupe, die sich schließlich in einen monströsen Falter verwandeln wird und sich kräftig vermehrt, steht direkt mit dem Weber in Verbindung, ist eine materielle Emanation dieser Kraft, die in dieser Realität eigentlich nichts zu suchen hat. Zum anderen wäre da der »Konstruktionsrat«, eine KI, die sich, anders als der Weber, nicht von der psychischen Kraft biologischer Körper ernährt, sondern von den elektrischen Strömen von Körpern und Gehirnen. Der Rat erschafft sich eine ganze Armee von Quasi-Toten, die als Energielieferanten und Avatare dienen, durch die das Wesen existiert und kommuniziert. Der Rat ist zudem hinter Isaacs neugefertigter »Krisenmaschine« her, einem Gerät, das es ermöglicht, die esoterische Energie von individuellen und kollektiven ›Krisenfeldern‹ nutzbar zu machen – eine Erfindung, die weitaus folgenreicher ist, als der naive Forscher Isaac das anfangs ahnt. Zur Kommunikation mit den Entitäten werden zusätzlich auch VR-Helme eingesetzt, mit Elektrizität gespeiste Cyberspace-Gerätschaften, die das menschliche Sensorium erweitern. Die Kollektiv-Energie der Stadt (in Form der Schnittstelle Perdido Street Station) muss nun dazu genutzt werden, das Realitätsgewebe wieder zu stabilisieren, die dräuenden Entitäten zu nutzen und gleichzeitig gegeneinander auszuspielen.

Die Sache ist überbordend und auf den ersten Blick kryptisch, aber doch strukturiert und stringent, soll heißen: nachvollziehbar, wenn auch erst nach längerer Lektüre, die dadurch einerseits frustrierend ist, andererseits aber vor Farbenpracht hemmungslos fasziniert. Ein harter Brocken. Er hat nichts von konventioneller Fantasy an sich, sondern orientiert sich an Phantasmagorien, an surreal-zitternden Bildern aus allen denkbaren Bereichen, die zu einem die Sinne betörenden, fremdartigen ästhetischen Konzept verschmolzen werden, mit dem wiederum ein Publikum von Tolkien- und Zimmer-Bradley-Adepten erfahrungsgemäß wenig anfangen kann.

Im Grunde handelt es sich hier auch um einen Spaziergang durch die Literaturgeschichte des Bizarren, Makabren, Schrägen, Verblüffenden, bei dem die barocke Sprachgewalt, die pure Sprachschöpfungskraft mit ihren herumschwirrenden Neologismen ebenso faszinieren wie die verzweigt-apokalyptische Story.

China Miéville interessiert sich als Sozialist natürlich stark für das Klassensystem und dessen unvermeidliche Parias; die zentralen Figuren sind allesamt solche, die aus mehr oder weniger verständlichen Gründen ihrer Klasse verlustig gegangen und durch die Entdeckungen ihrer Eigenheiten einem starren System überlegen geworden sind und somit die Bedrohung erkennen und bekämpfen können. Klassische Outsider-Philosophie mit angehängter sozialistischer Analyse. Die Überhöhung des Stadtorganismus und die sozialistische Ader erinnern natürlich an Moorcocks London-Erzählungen,

M.J. Harrisons flirrende »Viriconium«-Romane sind als Vorbilder noch evidenter. Darüber hinaus hat Miéville einen famosen, Maßstäbe setzenden Vertreter der Untergattung ›phantastische Stadt‹ geschaffen, eine Gattung, die so alt ist wie die moderne Großstadt und auch in Deutschland mal hoch im Kurs stand: Meyrinks »Golem«, Kubins »Andere Seite« und auch der metaphorische, nicht phantastische und doch mythologisch über alle Maßen aufgeladene »Berlin Alexanderplatz« von Alfred Döblin.

Übersetzerin Eva Bauche-Eppers läuft hier zur Bestform auf; sie spult nicht Miévilles Text herunter, was wie von selbst scheitern müsste, sondern erarbeitet aus dem Originaltext eine berauschende deutsche Version. Glänzend gelöst.

»Die Narbe« und »Leviathan« (The Scar)

Auch »The Scar« wurde für den deutschen Markt in zwei Teile gesplittet.

New Crobuzon ist für die Linguistin Bellis Coldwine nur noch eine Silhouette am Horizont. Vor den Zudringlichkeiten der Miliz flieht sie in die Hafenstadt Tarmuth, wo sie als Übersetzerin auf dem Handelsschiff ›Terpsichoria‹ anheuert. Das Ziel ist die Kolonie Nova Esperium, wo Bellis ein paar Jahre untertauchen will. Die Fracht der ›Terpsichoria‹: bio-thaumaturgisch veränderte Sträflinge, die in der Kolonie als Sklaven arbeiten sollen. Tanner Sack ist einer von ihnen, ein sensibler Riese, dem man Tentakel auf die Brust gepflanzt hat. Bei einem Zwischenstopp kommt der Crobuzoner Silas Fennec an Bord, reißt mit Hilfe einer Vollmacht das Kommando an sich und befiehlt die Rückkehr nach New Crobuzon, denn er hat wichtige Kunde zu überbringen. Das Schiff kommt jedoch nie in seiner Heimat an, denn Piraten entern die ›Terpsichoria‹, töten den Kapitän und entführen die anderen in ihre Piratenstadt Armada. Es gibt von dort kein Entkommen, so sagt man ihnen, aber sie alle sind frei und werden zu neuen Bürgern Armadas, auch die magisch veränderten Sklaven. Armada ist ein ungewohnter Anblick. Der Piratenstützpunkt besteht aus Hunderten aneinandergebundener Schiffe unterschiedlichster Typen; sie bilden das in der Strömung schwankende Fundament für Tausende von Gebäuden mit Heerscharen von

Bewohnern unterschiedlichster Rassen. Die über eine Quadratseemeile große Stadt ist weniger chaotisch, als man denken mag. Sie wird beherrscht von einem bizarren Paar, den Liebenden, und ist unterteilt in diverse Viertel, die jeweils eine eigene Bevölkerung und eine eigene Geschichte innerhalb der Historie Armadas haben. Rechte Hand der Liebenden ist der Krieger-Philosoph-Wissenschaftler Uther Doul, den eine nahezu unversöhnliche Feindschaft mit dem Vampir Brucolac verbindet, dem schärfsten Opponenten der Liebenden. Armada ist eigentümlich demokratisch-anarchisch, aber dennoch wohlorganisiert und bürokratisiert. Die geenterte ›Terpsichoria‹ wird in den Verband integriert, und die Neuankömmlinge gelangen an neue Jobs. Unter ihnen ist auch der Zoologe Johannes Tearfly, der bald mitten im innersten Zirkel um die Liebenden aufzufinden ist, wo er mit weiteren Wissenschaftlern und Thaumaturgen ein geheimnisvolles Projekt betreut, dem die Liebenden all ihre Aufmerksamkeit widmen. Bellis Coldwine landet als Gehilfin in der Bibliothek, und mit Silas Fennec, dem Crobuzoner Undercover-Agenten, verbindet sie bald eine lieblose, eher aus der Einsamkeit heraus geborene sexuelle Beziehung. Bellis kann sich mit dem neuen Milieu nicht anfreunden und sehnt sich zurück nach New Crobuzon, das sie vor kurzem noch so übereilt verlassen hat. Sie und Silas verbünden sich und arbeiten an ihrer Flucht, müssen aber erkennen, dass dies unmöglich ist. Silas' brisante Neuigkeiten für die Heimatstadt stammen aus dem Gengris, einer Region voller gefährlicher Fischmenschen, die angeblich eine Invasion New Crobuzons planen. Die Stadt muss gewarnt werden.

Durch Zufall kommt Bellis dahinter, was die Liebenden vorhaben. Sie wollen einen mythischen, transdimensionalen Avanc, einen Leviathan gigantischen Ausmaßes, vom Meeresgrund heraufbeschwören und ihn in einem Geschirr die Stadt Armada ziehen lassen, damit diese sich schneller und flexibler bewegen kann. Bellis gerät in den Besitz eines Buchs, in dem ein Wissenschaftler, der der Rasse der Anophilii angehört, beschreibt, wie ihm dies einmal bereits gelungen sei. Die Anophilii leben isoliert auf einer Insel, und der Autor des Buchs befindet sich anscheinend dort. Bellis legt den Liebenden das Buch vor, und man rüstet eine Expedition mit Heißluftballon aus, die die Insel aufsucht. Die Anophilii heißen auch Moskitomenschen, und die greulichen, Blut saugenden Weibchen haben's in sich. Trotz solcher Widrigkeiten ist die Mission gleich doppelt von Erfolg gekrönt: der Wissenschaftler wird gefunden, und Bellis kann mit Hilfe Tanner Sacks eine von Silas vorbereitete kodierte Nachricht nach New Crobuzon schmuggeln. Aber Silas ist ein Verräter. Es gibt keine Invasion, dafür jedoch einen Diebstahl: Silas hat aus dem Gengris ein machtvolles Artefakt mitgebracht, dessen Kräfte anscheinend gewaltig sind. Er selbst kann damit in einer phasenverschobenen Form neben der Realität existieren und in Armada einen verräterischen Lokalisierungspunkt setzen, der die Flotte New Crobuzons auf die Piratenstadt und deren Position aufmerksam macht. In seiner kodierten Nachricht steht nichts von einer Invasion, sondern er berichtet von seinem brisanten Fund und der Position Armadas. Bald taucht überraschend die hochgerüstete Flotte New Crobuzons auf und nimmt Armada unter Beschuss, der Beginn einer erbarmungslosen Schlacht zur See, unter Wasser und in der Luft. Armada bleibt durch seinen Opferwillen siegreich, und Silas wird enttarnt.

Mittlerweile wurde der Avanc beschworen und zieht das zerdepperte Schiffsknäuel hinter sich her, und nun erst wird die ganze Dimension des Plans der Liebenden klar: Am anderen Ende der Welt existiert eine Zone der Realitätsverschiebung, Relikt eines Äonen zurückliegenden Zusammenpralls zweier Wirklichkeiten. Diese Zone, die Narbe, macht aus einer Wirklichkeit viele und erlaubt es dem Kundigen, sich jene Möglichkeiten herauszupicken, die ihm am besten gefallen, um somit die Welt zu verändern. Und mit ihrem besten Mann Uther Doul haben die Liebenden einen an Bord, der, selbst uralt und mit realitätsverzerrenden Artefakten ausgestattet, die Strippen ziehen kann. Und mehr und mehr stellt sich heraus, dass Uther Doul der eigentliche Herr von Armada ist – und Bellis ist seine Geliebte.

Der Assoziationen gibt es erneut viele. Es kommt einem Herman Melville in den Sinn, dessen mythenbefrachteter »Moby Dick« hier im Hintergrund dräut und seine Fontänen bläst. Auch die maritimen Gruselgeschichten eines William Hope Hodgson haben diesen Kosmos mit beatmet, ebenso wie die Seefahrer- und Kolonialgeschichten Joseph Conrads, dessen Einfluss auf die englischsprachige Literatur man kaum hoch genug einschätzen kann. Nahezu automatisch erinnert das Buch auch an moderne Seefahrer-Fantasy oder -SF, wie sie

Robin Hobb oder Robert Silverberg vorgelegt haben, manche Struktur und manch metaphysischer Einschlag hat »The Scar« auch gemein mit C.S. Friedmans in den USA sehr beliebten »Coldfire«-Trilogie.

Aber es sind auch wieder die üblichen Verdächtigen, die Miéville bei diesem pittoresken maritimen Irrwisch von Roman geleitet haben können: Harrison und Moorcock vor allem. Es ist eine fremde, märchenhafte Welt, in die man buchstäblich eintaucht. Ruhiger und langsamer entwickelt sich der Roman diesmal, nimmt aber unaufhörlich Fahrt auf, die von einigen gezielt platzierten Riffs dennoch umgelenkt werden kann. So melancholisch wie das Meer wirkt auch »The Scar«. Der Begriff »Narbe« ist nicht nur schön klingende Terminologie, sondern ist das konstituierende Element der Erzählung. Der Text ist ein einziges Narbengewebe, ein Ausdruck von schlimmen Verletzungen an Leib und Seele, eine pittoreske seelische wie physische Landschaft aus Wunde, Heilung, erneuter Verletzung, aus Sehnsucht, Liebe oder Liebeswunsch, Hass, Geheimnis, Verrat, Zorn. Die Liebenden fügen sich als Zeichen ihrer Zusammengehörigkeit gegenseitig Wunden (und damit Narben) im Gesicht zu. Die thaumaturgisch veränderten Sklaven, einige davon hochgradig bizarr, sind an Körper und Geist Zernarbte. Nicht alle kommen so gut davon wie Tanner Sack, der sich auf Armada noch weiter ummodeln lässt, bis er schließlich ein reines Meerwesen wird – die Weite als Kompensation für das Eingesperrtsein in dunklen Löchern und in einem verzerrten Körper ohne Sinn, die nasse Kälte als Ausgleich für den glühenden Schmerz der Bestrafungsfabriken New Crobuzons. Die Details dieser Welt sind irre: blutgierige Moskitomenschen; Ölplattformen, die für Thaumaturgie erforderliche Substanzen vom Meeresboden abzapfen; Wachhaie und ein intelligenter Delfin als Unterwassergeneral; eine Frau mit holz- und ölgetriebenem Boiler statt Beinen; Kakteenmenschen, Fischmenschen – Biotope des Wunderlichen, Grauenhaften. Die Raubtiere (und -menschen) hier sind durchweg bissiger als anderswo.

Zudem ist der Roman aufgeladen mit Mythos, bis er knirscht. An allen Ecken und Enden wird man mit einem schemenhaft vorhandenen Universum konfrontiert, das weit, weit über das Seltsame hinausgeht, was man im Rahmen der Erzählung detailliert dargeboten bekommt. Hier gibt es noch viel Unglaublicheres zu entdecken, in äonenlanger Zeit und beinahe nicht ermessbarem Raum. Reisen dorthin gab es bereits und geflüsterte Berichte, aber keine Kontexte und Kohärenzen. Und das alles ist irgendwie Realität, nicht nur Legende. Selbst die Märchen vom Weltanfang könnten stimmen, denn mit Uther Doul taucht jemand auf, der geradewegs aus dieser Zeit kommt und Dinge an sich trägt, die, gelinde gesagt, erstaunlich sind und Märcheninhalte zu verifizieren scheinen. Hier könnte in der Tat alles möglich sein. Orte vollendeter Schönheit und vollendeten Grauens, meistens beides zusammen.

Obwohl keine Fortsetzung, entfaltet »The Scar« seine volle Wirkung bei jenen, die »Perdido Street Station« kennen, die Verbindungspunkte sehen, aber auch den Kontrast in Tempo und atmosphärischen Schwingungen wahrnehmen. Einzelne Verbindungspunkte liegen in Details des Plots und den einzelnen Charakteren verankert, aber der Hauptaspekt ist die erneute Darbietung eines wunderlichen sozialen Komplexes und seiner inneren wie äußeren Architektur. Armada ist eine gesteuerte Anarchie, fast eine Parodie auf Kommunalpolitik, aber die Machtverteilung ist zu gefährlich offensichtlich und kann ins Desaster führen. Vielleicht ist Armada Miévilles Modell einer besseren Gesellschaft, die organisiert ist und handlungsfähig, deren Einzelteile aber in gegenseitiger Konkurrenz stehen und aufeinander achten und die alle zusammen der nötigen Zentralgewalt äußerst skeptisch gegenüberstehen – ein buchgewordenes Theorem zur Natur der Gewaltenteilung und ein erneuter Hinweis auf die zwingende Notwendigkeit von Revolutionen oder zumindest Reformen. Vielleicht ist Armada aber auch nur ein gescheitertes Experiment, gefischt aus dem Pool der Möglichkeiten, der Wirklichkeiten und Dimensionen, um daraus zu lernen und das nächste Mal das bessere Modell aus dem Teich zu ziehen. An jenem universellen, mit Sehnsucht und mythischer Ehrfurcht bedachten Punkt, genannt ›die Narbe‹, an dem die Wirklichkeiten kollabieren und sich aufspalten in Möglichkeiten.

Drei Romane hat China Miévielle nun vorgelegt. Der erste weiß zu unterhalten und hat den Beat, in den anderen beiden hat der Autor Anlauf genommen und ist auf ein Niveau gesprungen, das ihn zu *state of the art* macht. Er steht allerdings auf den Schultern von Riesen der phantastischen Literatur. Riesen, die ihn tragen, fördern, ihm zusprechen und zugleich selbst noch sehr aktiv sind. Miévilles »Narbe« und M. J. Harrisons irrwitziger »Kafahuchi-Trakt« aus dem neuen Roman »Light« sind hermeneutisch so ziemlich das Gleiche, chaotische Zonen der quantenphysikalischen Welt- und Sinnauflösung, aus deren Zähmung neuer kosmischer Sinn erwachsen kann. Hier haben sich zwei verwandte Geister, einer ein Lehrer, der andere Schüler, gegenseitig befruchtet.

Miéville ist ein Modifikator und Grenzüberschreiter wie seine Vorbilder, ein sozialistisch geprägter Träumer und Albträumer, der sich bereits jetzt ins goldene Buch der phantastischen Genres eingeschrieben hat. Im Probabilitätsgewebe von »The Scar« zeigt sich bereits eine mögliche langsame Abkehr von der sozialrevolutionären Formel - sie wird hier zum immanent ironischen Spiel der Möglichkeiten. China Miévilles eigene Möglichkeiten zurzeit sind mannigfaltig. An welche Gestade auch immer er seinen Kahn steuert, man wird ihn auf dem Radarschirm behalten.

ANMERKUNGEN

1 Jeff VanderMeer, »City of Saints and Madmen«, Wildside Press 2001.

2 Genauso wie Harrisons Roman »In meiner Hand - die Erde« die Space Operas eines Iain Banks vorweggenommen hat. Nachdem Harrison unter dem Pseudonym Gabriel King und in Kooperation mit seiner Ex-Freundin unvergleichlich »psychedelische« Katzen-Fantasys geschrieben hat (ein echter Lesetipp für Phantastiker: »Auf geheimen Pfaden«), vielleicht die besten und ernsthaftesten Tiergeschichten der zeitgenössischen Literatur, hat er sich unter seinem alten Namen und mit dem Roman »Light« unlängst wieder innerhalb der SF plaziert. Das Buch ist die endgültige, hochneurotische Abhandlung zum Thema Quantenphysik, ein Markstein der SF, wenn auch ein ungemein harter Brocken, im philosophischen, stilistischen wie handlungstechnischen Sinn.

3 Besonders ausgeprägt in dem Roman »Einsatz der Waffen«.

4 Im Fall der formidablen Mary Gentle erstrecken sich die Ummodellierungen auch auf den historischen Roman: Mary Gentle: »Die Legende von Ash«. Gentles neuer Roman »1610« geht genauso schlitzohrig zu Werke.

LITERATURHINWEISE

China Miéville, »König Ratte« (»King Rat«, 1998). Bastei Verlag. Bergisch Gladbach 2003.

China Miéville, »Die Falter« (»Perdido Street Station«/1, 2000). Bastei Verlag. Bergisch Gladbach 2002.
China Miéville, »Der Weber« (»Perdido Street Station«/2, 2000). Bastei Verlag. Bergisch Gladbach 2002.
China Miéville, »Die Narbe« (»The Scar«/1, 2002). Bastei Verlag. Bergisch Gladbach 2004.
China Miéville, »Leviathan« (»The Scar«/2, 2002). Bastei Verlag. Bergisch Gladbach 2004.
Michael Swanwick, »Jack Faust«. London 1997.
Jeff VanderMeer, »City of Saints and Madmen«, Wildside Press 2001.
Michael John Harrison, »Das Rauschen dunkler Schwingen« (»Untitled Viriconium Novel«, 1980). Bastei Verlag. Bergisch Gladbach 1984.
Michael John Harrison, »Die Götter der Pastell-Stadt« (»The Floating Gods«, 1983). Bastei Verlag. Bergisch Gladbach 1985.
Michael John Harrison, »In meiner Hand – die Erde« (»The Centauri Device«, 1975). Bastei Verlag. Bergisch Gladbach 1981.
Michael John Harrison, »Light«. London 2003.
Gabriel King, »Auf geheimen Pfaden« (»The Wild Road«, 1997). Piazza Verlag. München 1999.
H. G. Wells, »Die Insel des Dr. Moreau« (»The Island of Dr. Moreau«, 1896). Paul Zsolnay Verlag. Wien/Hamburg 1978.
Iain Banks, »Einsatz der Waffen« (»Use of Weapons«, 1990). Heyne Verlag. München 1992.
Mary Gentle, »Der Blaue Löwe« (»Ash: A Secret History«/1, 1999). Bastei Verlag. Bergisch Gladbach 2003.
Mary Gentle, »Der Aufstieg Karthagos« (»Ash: A Secret History«/2, 1999). Bastei Verlag. Bergisch Gladbach 2003.
Mary Gentle, »Der steinerne Golem« (»Carthage Ascendant«/1, 2000). Bastei Verlag. Bergisch Gladbach 2004.
ein weiterer Band der Legende von Ash folgt.
Mary Gentle, »1610: A Sundial in a Grave«. London 2003.
Neil Gaiman, »Niemalsland« (»Neverwhere«, 1996). Hoffmann und Campe Verlag. Hamburg 1997.
Neil Gaiman, »Die Messerkönigin« (»Smoke and Mirrors«, 1998). Heyne Verlag. München 2001.
Neil Gaiman, »American Gods« (»American Gods«, 2001) Heyne Verlag. München 2003.
Christopher Fowler, »Über den Dächern von London« (Roofworld, 1988). Bastei Verlag. Bergisch Gladbach 1989.
Christopher Fowler, »Die Gilde der Nacht« (»The Darkest Day«, 1993). Bastei Verlag. Bergisch Gladbach 1994.
Robin Hobb, »Der Ring der Händler« (»Mad Ship«/1, 1998). Goldmann Verlag. München 1999.
Robin Hobb, »Viviaces Erwachen« (»Mad Ship«/2, 1998), Goldmann Verlag. München 2000.
Robert Silverberg, »Über den Wassern« (»The Face of the Waters«, 1991). Heyne Verlag. München 1995.
C. S. Friedman, »Festung der Nacht« (»Black Sun Rising«/1, 1994). Knaur Verlag. München 2003.

C.S. Friedman, »Zitadelle der Stürme« (»Black Sun Rising«/2, 1994). Knaur Verlag. München 2004.

MUSIKHINWEIS

Killing Joke: »Killing Joke« (Zuma Recordings/Sony Music, 2003), darauf enthalten: *Implant* (Track 4).

INTERNET

www.chinamieville.co.uk
China Miévilles Website

www.mjohnharrison.com
Michael John Harrisons Website

www.amazon.de/exec/obidos/tg/stores/detail/-/books/3404232453/articles/028-0277939-7195740
Interview mit China Miéville für Amazon.de, geführt von Hannes Riffel

www.swp.org.uk/SR/259/SR3.HTM
Artikel Miévilles zum *Herrn der Ringe* in der *Socialist Review*

Schweden im Weltall

Der Jungdeutsche Orden auf dem Planeten Varnimöki – ein bizarres Stück »völkischer« Science Fiction

von Linus Hauser

Ein Phänomen der Moderne ist die Tendenz, das Fiktive und die Lebensrealität miteinander zu verschmelzen. Friedrich Schlegel fordert im Jahre 1800, eine neue Mythologie, die die Funktion einer neuen Religion übernehmen könne, müsse »auf dem ganz entgegengesetzten Wege« zu den Menschen kommen und »wie die alte ehemalige« das »künstlichste aller Kunstwerke« sein.[1] Die neue Mythologie müsse das Sinnvakuum der Moderne füllen. Auch die Science Fiction versucht sich im neomythischen Feld, ja SF-Autoren werden sogar bisweilen freiwillige oder unfreiwillige Kultstifter. Die »Church of Scientology« oder die »Church of All Worlds« sind hierfür Beispiele. Einer dieser religionsförmigen Kulte – der »Jungdeutsche Orden« – blühte als politische Macht in der Weimarer Republik und fand seinen letzten ideologischen Ausdruck in der Science Fiction.

1. Die Gründung des Jungdeutschen Ordens aus dem Geist des Fronterlebnisses

Am 29. Oktober 1918 verweigern die Heizer der deutschen Hochseeflotte in Wilhelmshaven den Dienst, am 4. November weht auf den Schiffen die rote Fahne, deutsche Matrosen proklamieren die Revolution, am 8. November wird in Bayern der Freistaat, einen Tag später in Berlin die Republik ausgerufen. Kaiser Wilhelm II. (1859–1941) geht am 10. November ins Exil und kurz darauf wird ein Waffenstillstand beschlossen, dessen Bedingungen die Alliierten diktieren. Der Sozialdemokrat Friedrich Ebert (1871–1925) wird 1919 am 11. Februar vorläufiger und am 21. August vereidigter Reichspräsident.

»Der deutsche Kaisertraum ist ausgeträumt, des Deutschen Reiches Herrlichkeit und Weltstellung ist vernichtet«, schreibt die *Kreuzzeitung* am 9. November 1918.[2] Die »verlorene Generation« wird die Generation der Teilnehmer am Ersten Weltkrieg (Geburtsjahrgänge 1890 bis 1900) genannt, weil viele Soldaten nach dem Krieg Orientierungs- und Eingliederungsprobleme haben. Aus dem beschwingten Scholaren, dem Wandervogel der Vorkriegszeit wird der verbissene Freikorps-Kämpfer.

Die Niederlage im Ersten Weltkrieg hinterlässt bei vielen Deutschen das Gefühl eines unbestimmten Betrogenwordensseins, das des Verstehens harrt[3]. Die durch Hindenburg in die Welt gesetzte »Dolchstoß-Legende«[4] gehört zu den Versuchen, die Schmach der Niederlage zu kompensieren.

Der Versailler Vertrag erzwingt die schrittweise Verkleinerung des Heeres von fünfhunderttausend auf einhunderttausend Mann. Als er am 1. 1. 1920 in Kraft tritt, bedeutet das das Ende der militärischen Laufbahn von zwanzigtausend Berufsoffizieren[5]. Viele der ehemaligen Soldaten sind traumatisiert durch ihre Kriegserlebnisse. Sie kommen in die Heimat und können beruflich nicht Fuß fassen. Das »Fronterlebnis«[6], in den »Stahlgewittern« (Ernst Jünger) gestanden zu haben, wird zum Gründungsmythos eines Lebensgefühls der Jahrgänge 1890 bis 1900.

Nach dem Ersten Weltkrieg bilden sich in im ersten Drittel der zwanziger Jahre in Deutschland paramilitärische Kampfbünde, Freikorps, Heimwehren, Zeitfreiwilligenverbände und Wehrverbände, die die moralische Entwurzelung vieler Frontsoldaten durch den Krieg sowohl spiegeln als auch kompensieren. Verzweifelte Hoffnungen auf einen gelingenden Putsch (Kapp-Putsch in Berlin, 1920; Hitler-Putsch, 1923) oder Science-Fiction-Träume von die Franzosen besiegenden Geheimwaffen werden in diesen Zirkeln kultiviert.

Durch gemeinsames Marschieren, durch Uniformen, militärähnliche Disziplin und straffe Organisation soll der verlorene Krieg nicht nur aufgearbeitet, sondern das Fronterlebnis soll als Quelle eines gesellschaftlichen Neuanfangs erhalten bleiben.

Paramilitärische Organisationen entstehen. Die größten konservativen Organisationen sind der »Stahlhelm-Bund der Frontsoldaten« (1918–1935; bis 1932 vierhunderttausend Mitglieder)[7] und der »Jungdeutsche Orden« (1920–1933; unklare Zahlenangaben führen zu Angaben zwischen fünfunddreißigtausend und fünfhunderttausend Mitgliedern[8]). Um 1927 gibt es in der Weimarer Republik ungefähr zwei Millionen paramilitärisch organisierte Deutsche.

In diesem Kontext ist auch die Wirksamkeit von Artur Mahraun (1890–1950), dem geistigen Vater des »Jungdeutschen Ordens«, zu sehen, der während der Herrschaft der Nationalsozialisten seine Gedankenwelt in die Form der Science Fiction verpackt. Mahraun[9] wird am 30. Dezember 1890 in eine ostpreußische, später nach Kassel übergesiedelte Beamten- und Offiziersfamilie hinein geboren. Sein Vater ist Geheimer Regierungsrat. Mahraun engagiert sich in der Wanderjugend, wird später Berufsoffizier und bringt es im Infanterieregiment Nr. 83 in Kassel zum Oberleutnant. Er ist beim Handstreich von Lüttich dabei und geht später an die Ostfront. Er erhält das Eiserne Kreuz 1. Klasse und den hohenzollerschen Hausorden. Auf der Rückfahrt von einem Heimaturlaub wird Mahraun vom Kieler Matrosenaufstand überrascht. Dies bringt ihn zur Politik.

Mahraun stellt seine Biografie in den Rahmen der Aufbrüche einer »Generation des Unbedingten«[10] zu Anfang des 20. Jahrhunderts. Es lebt in diesen Wandervögeln und Bündischen[11] mit ihren Ordensgliederungen, ihren Kreuzritter- und Burgenspielen der Wunsch, die Vorhut einer neuen Zeit zu bilden, die die edle Vorzeit des Mittelalters wiederholt.[12] In der Lagerfeuersituation singt es sich gut von den kommenden reinen Geschlechtern:

»Alle die um einen altar schreiten
Die im gleichen schwung die arme schwingen
Die zugleich das große opfer bringen
Und in einen gott hinübergleiten:
Alle sind einer.

Wenn die steilen opferflammen steigen
Aller blut in stärkren strömen flutet
Aller geist in tiefrem glühen glutet
Und wir schlingen freudetrunkne reigen
– Alle sind einer –

Hier meine rechte hand – dir meine linke hand
Rechte hand linke hand
Alle sind einer – ahoi
Und nun im tänzerschritt
Sonne und mond tanzen mit
Aller sind einer – ehoi

Zum himmel strecken wir
Ins weite recken wir
Nun unsre arme
Wir sind ein becher nun
Der himmlische zecher nun
Aus uns wird trinken
– Amen –«

Kurt Gauger (Weißer Ritter, 1926)[13]

Mahraun schildert seine frühe Jugend als Leben in »Erdgebundenheit«.[14] Gegenüber dem »Laffen«[15], dem »geckenhaften modernen Großstadtmenschen«[16], der sich in der »falschen Welt moderner Entartung«[17] aufhält und »erdentrückt«[18] lebe, habe er im Freundeskreis, der »Gemeinde«[19], die heile Natur als »Feiertagsstunde in Wald und Feld«[20] erlebt. Das Lebensgefühl dieser Jugend sei »urwüchsig und treu, aber gegen Modernes und Oberflächliches«[21] gerichtet gewesen. Man habe nicht »spießig, sondern wild und ungestüm«[22] und gebunden durch ein »kategorisches weltanschauliches Bekenntnis«[23] gelebt. Auf den Begriff gebracht könne man dieses Bekenntnis formulieren: »Das Zeitalter der Obrigkeit ist vorbei. Das Zeitalter der willensstarken Völker beginnt.«[24]

Anschaulich schreibt Mahraun: »Dem ehrsamen Verwalter ist alles neue ein Gräuel. Er braucht ›Vorgänge‹. Der Vorgang besteht bei jeder Verwaltungsbehörde in dem Aktenstück, welches über irgendeine Sache angelegt ist. Sowie dieses Aktenstück besteht, läuft die

Sache ihren Gang. Wenn aber Dinge auftauchen, für die es keinen Vorgang gibt, dann stemmt sich der Verwaltungsapparat dagegen. In diesem Sinne ist die Verwaltung eines Staates das größte Hindernis bei der Durchführung neuer schöpferischer Gedanken. Nur so lässt es sich erklären, dass Staatsverwaltungen in Zeiten außergewöhnlicher Not unbekümmert ihren alten Weg gehen und alle Neuerungen, so lange es nur möglich ist, von sich weisen«.[25]

Mit achtzehn Jahren (1908) sei er in die preußische Armee eingetreten. Er habe dort die Bedeutung »unbeugsamer Willenskraft und härtester Pflichtauffassung«[26] schätzen gelernt. Im Verlauf des Ersten Weltkrieges habe sich den jungen Offizieren, die ihre Aufbruchsstimmung schon in den Friedenszeiten kultiviert hätten, eine neue Erlebnisweise erschlossen, die bestimmend sei für die moderne Staatsidee.

Im Gegensatz zu früheren Kriegen habe die Heeresleitung einer Kriegstechnik gegenüber gestanden, die es ihnen unmöglich gemacht habe, direkt zu befehlen. Jeder Soldat sei auf sich gestellt gewesen. Daraus habe sich eine andere Form der Loyalität entwickeln können. Zu Zeiten eines friederizianischen Krieges habe jeder »soldatische Führer bis in das härteste Gefecht seine Truppe überschauen und mit seinen mündlichen Befehlen lenken [können, L.H.]. ... Der moderne Großkampf kennt keine Unterstützung des soldatischen Frontführers durch den Staat mehr«.[27] Deshalb sei das »Frontführertum«[28] entstanden. Es habe sich durch die Pflege der »Frontkameradschaft«[29] über »geistig-seelische«[30] Kräfte mit den Soldaten verbinden können.

Während somit das friderizianische Fronterlebnis die Idee des »Obrigkeitsstaates«[31] habe pflegen können, bedinge das Fronterlebnis des Weltkrieges die Idee des »Volksstaates oder des Nationalstaates«.[32] Auf diese Weise erwachse aus dem Fronterlebnis als einem »zukunftsbestimmende(n) Ereignis«[33] die neue Staatsidee.

Das Fronterlebnis wird von Mahraun in den Rang eines Offenbarungsgeschehens erhoben. Es wird als »großes, dem Alltag völlig entrücktes Ereignis«, das »in das Leben eines werdenden Menschen tritt«[34], beschrieben:

»Ich bin jetzt Soldat und dein Kamerad. Das hoffe ich auch immer zu bleiben. Wenn wir aber heimkehren, bin ich wieder Pfarrer, wie ich das vorher war. Und dann stehe ich an deiner Seite, wenn es darum geht, das heilige Feuer der Offenbarung unseres Frontschicksals unter unsere Nachbarn und in die Kirchen zu tragen. Es gibt viele Religionen auf dieser Welt, aber sie künden nur drei Weltanschauungen. Die eine verspricht alle irdischen Genüsse in einem besseren Jenseits.

Die zweite verneint alles Menschenstreben, allen Kampf und alle irdischen Mühen und verspricht die Gottesnähe und Vollendung im Nichts – Nirwana. Die dritte aber gibt den Dienst an der Gemeinde, die Aufopferung des eigenen Ichs für deinen Nächsten und Nachbarn als höchsten Zielpunkt deines Erdenwallens. Niemals wirst du die ersten beiden wählen. Du musst dich zur dritten bekennen, weil du als Deutscher und kämpferischer Mensch einer nordischen Zone niemals anders denken und handeln kannst. Wie du dich dazu bekennst, ist ein Streit um Worte, niemals aber eine Sache des Glaubens. Am Ende deines Erdenlebens, das du in diesem Glauben führst, steht der einzige irdische Lohn aller derer, die das Ich überwinden und sich zum Wir bekennen: Die redliche Gemeinde!«.[35]

Dieses Fronterlebnis zeichne sich weiterhin dadurch aus, dass es ein Kollektiv, nämlich das »Frontgeschlecht«[36], betreffe. So werde es zu einem »Born, aus welchem Millionen bewusst oder unbewusst eine überwältigende Fülle neuer Gedanken geschöpft haben«[37]: »An den Lagerfeuern im Feld erscholl ein Raunen von neuen Idealen und neuen Hoffnungen«.[38]

Wenn wir uns diese Bestimmungen Mahrauns vor Augen führen, ist zu erwarten, dass das Fronterlebnis, als kollektives, nicht nur bewusstes, sondern auch unbewusst fassbares Erlebnis, der Deutung – durch den Jungdeutschen Orden – harrt. Aus dieser Perspektive heraus kann Mahraun seinen Ansatz vom »Volksstaat«, gegenüber der »parteiistischen, plutokratischen Demokratie« entwickeln. Die junge Generation der Frontoffiziere habe erkannt, dass die Probleme des Deutschen Reiches im »System«[39] lägen. Unter System wird hier von Mahraun der Führungsstil der Eliten und das Verhältnis zwischen Volk und Staat verstanden. Die Position des Jungdeutschen Ordens besteht im »schärfsten Kampf gegen Personen, Organisationen und

Ideen der Flügelgruppen von Klassendiktatur, Reaktion und Plutokratie. Sie besteht ferner in dem Druck der bündisch organisierten Menschenkraft auf die nationale Mitte«.[40] Im November 1918 habe Mahraun mit der öffentlichen Pflege seiner politischen Ideen begonnen. Gegen das System habe sich eine neue Idee entwickeln müssen. Der vermeintlichen Korruptheit der alten Verhältnisse will Mahraun eine »ganz neue Methode«[41] entgegensetzen. Es sei eine Idee, die mit »Vergangenheit und Gegenwart brechen muß«.[42]

Zunächst versucht Mahraun erfolglos in den dem Ersten Weltkrieg folgenden Umsturzwirren in der Kasseler Garnison und später dann in Jena zuverlässige antirevolutionäre Studenten für einen freiwilligen Wehrverband zu finden. Am 10. 1. 1919 gründet er den Zeitfreiwilligenverband »Offiziers-Compagnie Cassel« (OCC) aus ungefähr zweihundert Offizieren, Unteroffizieren und Soldaten seines 83. Kasseler Infanterieregimentes, später (17. 3. 1920) initiiert er den Jungdeutschen Orden: »Eine neue Idee musste der Mittelpunkt der neuen Sammlung werden. Sie musste so stark und lauter sein, dass sie den Lärm des Kampfes im Streit der Klassen- und Interessengegensätze mit ihrem Losungswort übertönte. Die Gemeinde aber, die sich um das Banner dieser Idee sammelte, musste sich ihrer Sendung bewusst sein, nicht der einen oder der anderen der streitenden Fronten zu dienen, sondern, wie es auch die preußisch-deutsche Heereserziehung lehrte, die Pflichterfüllung im Dienste an der ganzen Nation zu erkennen. ... Bald darauf gründete ich in Kassel den Jungdeutschen Orden«.[43]

Das Symbol des Jungdeutschen Ordens ist ein schwarzes Ordenskreuz auf weißen Grunde. Mit den Worten »Treudeutsch – allewege« grüßt man sich, spricht man miteinander, redet man sich mit »Bruder« und »Ihr« an. Als Äquivalent einer Uniform dient eine graue Windjacke.[44] Zunächst blieb die Organisation eine von den paramilitärischen Freikorps wenig unterschiedene Gruppierung. Sie bewegt sich im Kontext dieser umstürzlerischen konservativen Kreise, die die Ablehnung des Versailler Vertrages und die Transformation der »Novemberrepublik« in einen Führerstaat »jenseits von kapitalistischem Liberalismus, marxistisch-demokratischem Parlamentarismus und republikanischer Gleichmacherei«[45] erhoffen. Ab 1920 orientiert sich der Orden wie alle nationalen Verbände an München und versteht sich als norddeutsches Äquivalent der »Orgesch« (Organisation

Die Soester Teilnehmer des Jungdeutschen Ordens im Mai 1925 in Lippstadt.

Escherisch), dem Sammelpunkt der bayerischen Heim- und Einwohnerwehren, die während des Kampfes gegen die Münchener Räteregierung entstanden waren.[46] Der Orden will zunächst eine der Gruppierungen sein, die in der Solidarität von Stadt- und Landbevölkerung der roten Revolution die Stirn bieten. Schrittweise verliert diese Zielrichtung für den Orden an Bedeutung.

Nach einem Aufruf Mahrauns (1.11.1929) schließt sich der Orden mit Mitgliedern der Deutschnationalen Volkspartei (DNVP), des Christlich-Sozialen Volksdienstes, der Christlich-Nationalen Bauern- und Landvolkpartei, der Deutschen Demokratischen Partei und der christlichen Gewerkschaften zur Volksnationalen Reichsvereinigung (VR) zusammen. Ziel ist die Umgestaltung des Parteiwesens nach dem Maßstabe bündischer Ideen unter der entschiedenen Bejahung des republikanischen Staates[47]: »Die jungdeutsche Bewegung krankte in den ersten Jahren an ihrer Entstehungsgeschichte. Sie wurde zum Teil von ihren eigenen Anhängern, besonders aber von Außenstehenden als untergeordnete Wehrbewegung betrachtet. Durch das Bekenntnis zum Wehrverband im Sinne der Auffassung, wie sie von 1918 bis 1925 vorherrschte, entäußerten sich die nationalen Verbände in Wirklichkeit jeder Anteilnahme an der politischen Entwicklung. Weil die Plutokratie das wollte, und weil sie eine politische nationale Erneuerungsbewegung nicht wollte, stärkte sie unaufhörlich das einseitige Bekenntnis zum Wehrverband. Die Wehrverbände selbst erkannten nicht, dass man bei einer solchen politischen Lagerung immer die Schutztruppe und Söldnertruppe anderer politischer Kreise sein musste«.[48]

Im Juli 1930 vereinigen sich die Führungsgremien der Volksnationalen Reichsvereinigung und der Deutschen Demokratischen Partei (DDP) zur Deutschen Staatspartei (DStP) und beschließen, sich an den Reichstagswahlen zu beteiligen. Nach der nationalsozialistischen Machtergreifung löst sich der unter zunehmendem Druck stehende Jungdeutsche Orden am 3. 7. 1933 auf.

Mahraun wird 1933 von den Nationalsozialisten für kurze Zeit verhaftet, bald aber wieder freigelassen. Er gründet in Berlin den Nachbarschafts-Verlag Artur Mahraun. Während der Herrschaft der Nationalsozialisten verfasst er neben anderer Vers- und Prosadichtung eine Science-Fiction-Trilogie, die sein jungdeutsches Gedankengut in die Sternenwelt transponiert.[49] Er verwendet dabei das Pseudonym Dietrich Kärrner - der Dietrich der Sagenwelt und der emsig Mahnende verbinden sich in diesem Namen. So kann nach Einbruch der Dämmerung des Jungdeutschen Ordens die minervische Eule der Neuen Mythologie zu fliegen beginnen. Literarische Fantasie und Realpolitik verquicken sich.

Gegen Ende des Krieges lebt Mahraun als Schafzüchter in Bad Harzburg, findet dann bei einem befreundeten westfälischen Landwirt Unterkunft. Später wird er kurz von den Engländern interniert. An Spätfolgen von Misshandlungen im Gestapogefängnis stirbt er am 29. März 1950.

Um diesen Neomythos näher zu verstehen, müssen wir uns zunächst der staatsphilosophischen Gedankenwelt Mahrauns zuwenden, wie wir sie vor allem in seiner programmatischen Schrift, dem »Verfassungsentwurf«[50] über »Das Jungdeutsche Manifest. Volk gegen Kaste und Geld. Sicherung des Friedens durch Neubau der Staaten« (geschrieben 1924, veröffentlicht 1927) finden.

2. Von der parteiistischen Demokratie zum Volksstaat

Mahraun sieht zwei große Abschnitte in der Geschichte Deutschlands: Eine Zeit des Aufstiegs und eine Zeit des Niedergangs. In der Aufstiegsphase habe sich Deutschland »weit über die ehemaligen Stammlande«[51] ausgebreitet. In der nachreformatorischen Zeit habe sich Deutschland in kleine Staaten aufgelöst, der Reichsgedanke sei verloren gegangen und erst im Kontext der napoleonischen Kriege wieder entdeckt worden. Nach 1918 bestehe aber erst die reale Möglichkeit einer endgültigen Wende des deutschen Schicksals.

In der Aufstiegsphase seien die »Führer der deutschen Stämme«[52] Lehensmänner des Kaisers gewesen. Ein Fürst zu sein sei nicht vererbbar gewesen. Mit Friedrich II. von Hohenstaufen (1194–1250) sei die Vererbbarkeit des Fürstenlehens eingeführt worden und aus dem Fürsten, der sich um sein Lehen aus Sorge um das Reich kümmere, sei der sein dynastisches Eigentum verwaltende Besitzer eines Fürstentums geworden. Diese Situation habe sich auch heute noch nicht wesentlich geändert. Heute hätten die »modernen Geldfürsten«[53] den Erbadel in einer plutokratischen und parteiistischen Demokratie abgelöst. Weniger »Kasten«, die durch dynastische Einflüsse bestünden, denn »Cliquen«, die sich aus Geldgebern und deren Marionetten zusammensetzten, würden den Ton angeben.[54] Nicht das Volk, sondern der Geldadel regiere in einer nur scheinbar demokratischen Gesellschaft. Es dominiere vor der Gemeinschaft der »Ichling«.[55] Nachdem durch die Frontgeneration der Gemeinschaftsgeist wieder entdeckt worden sei, sei der plutokratische Absolutismus, die »Beherrschung durch die großen Geldmächte«[56], der das Wesen der real existierenden Demokratie sei, in Frage gestellt. Mahraun stellt fest: »Die Partei besteht aus einer Clique, die sie regiert, aus Angestellten, welche von dieser Clique abhängig sind, und einer Masse, welche durch Parteitaktik gelenkt wird«.[57]

Der Gemeinschaftsgeist stehe der Parteiendemokratie, in der die Partei ein »Privatunternehmen zur Sammlung von Wählerstimmen«[58] unter der Oberherrschaft von Geldgebern sei, entgegen. Eine »Gemeinschaft« ist nach Mahraun eine »Zusammenfassung von Menschen, welche sich ihrer Schicksalsverbundenheit bewusst sind und welche in einer ideellen Verbundenheit miteinander vertraut werden«.[59] Voraussetzung einer Gemeinschaftsbildung sei das

»Bekenntnis«[60] zum Sinn und Zweck dieser Gemeinschaft. Notwendig sei eine »Entfesselung eines Gemeinschaftslebens«.[61] Um dies effektiv zu leisten, sei ein »gewisser Zwang«[62] notwendig. Eine »Lebensordnung« müsse entstehen, die dieser Notwendigkeit Rechnung trage. Gerade unter den Deutschen gebe es aber ein tiefes Gefühl der Freundschaft, das allerdings, gerade auf Grund seiner Tiefe, nur schwer zu wecken sei. In dieser Hinsicht habe das Fronterlebnis eine entscheidende Bedeutung bekommen.

Zu dieser Lebensordnung gehörten Führerpersönlichkeiten: »Jede Summe von Menschen, die gemeinsam handeln wollen, muss ihren Führer haben. Ist dies nicht der Fall, so zerfällt sie beim Handeln«.[63] Die Führer bildeten das »Gerippe des Volksstaates«[64], die »basisdemokratisch« zunächst aus dem Bereich der »Nachbarschaft« als »kleinste(m) Volksteil staatlicher Gliederung«[65] hervorträten: »Der Wähler ist ... nur dann in der Lage, den Persönlichkeitswert zu beurteilen, wenn zwischen ihm und dem Wahlkandidaten eine menschliche Verbindung hergestellt wird. In einem Wahlkreis, der wie heu-

Mai 1925 in Lippstadt: Die Teilnehmer des Jungdeutschen Ordens versammeln sich zum Umzug.

te Millionen von Wählern umfaßt, kann kein Wahlkandidat diese menschliche Verbindung herstellen. Sein Wahlerfolg ist daher die Frage des Besitzes von Geld und technischen Machtmitteln, mit denen er die Massen in seinem Sinne beeinflussen kann. Da die Parteien im Besitz dieser Machtmittel sind, haben sie die Entscheidung über die Aufstellung und den Erfolg der Kandidaten.

Etwas anderes ist es, wenn der Bezirk, in dem die Wahl gezeitigt wird, so klein ist, daß die menschliche Verbindung zwischen dem Wahlkandidaten und den Wählern möglich wird«.[66]

Die Macht der Führer solle von diesen als das Ergebnis der »Vertreuung und Bindung zwischen Führer und Gefolgschaft«[67] verstanden werden. Wichtig ist es für Mahraun weiterhin, dass eine dauernde Verjüngung des »Volksstaates« im Hinblick auf die Führerschaft stattfände. »Was heute revolutionär ist, ist morgen reaktionär«.[68]

Sinnbildlich sollten dem Maßstab des organisatorischen Aufbaus des Volksstaates die Baugesetze des gotischen Domes[69] entsprechen:

> »Auf der breiten Grundlage des Fundamentes bauen sich in stets verjüngter Form stockwerkartig die Pfeilergruppen aufeinander. Auf der Gruppe des letzten und höchsten Pfeiler ruht die Spitze, die das Werk krönt. Die Last des gesamten Gebäudes überträgt sich organisch auf alle Gruppen der Pfeiler. So stellt das Baugesetz der Gotik ein Sinnbild der Regelmäßigkeit und Klarheit der Anordnungen dar. Alles greift ineinander, alles trägt und stützt sich gegenseitig. Die Führerschaft des Volksstaates ist den Pfeilergruppen des gotischen Domes vergleichbar. Über dem breiten Fundament der Nachbarschaften erhebt sich deren Führerschaft. Gruppenweise stützt diese Führerschaft die neuverjüngte Gruppe höherer Führer auf ihren Schultern. Die Plattformen der Gruppen verjüngen sich bis zur Spitze. Alles trägt sich gegenseitig, alles trägt gemeinsam die Verantwortung. Willen und Wunsch von Führern und Geführten setzen sich auf lebendigem Wege vom breiten Fundament bis zur Spitze und umgekehrt fort.«[70]

3. Kosmisch-jungdeutsche Abenteuer schwedischer »Kämpen«

Nach seiner Kaltstellung durch die Nationalsozialisten veröffentlicht Mahraun unter dem Pseudonym Dietrich Kärrner die Romantrilogie »Gösta Ring entdeckt Värnimöki« (1938), »Verschollen im Weltall« (1938) und »Per Krag und sein Stern« (1939) – jeweils mit dem Untertitel »Ein Zukunftsroman« versehen.[71]

Die Trilogie beginnt in der idyllischen Landschaft Dalane, in der das Städtchen Rättvik am Siliasee liegt. Das Leben dieser Region ist geprägt durch eine traditionsbestimmte in sich ruhende Ordnung. Die Zyklen der Natur und die Zyklen des menschlichen Lebens harmonieren in Rättvik. Dort lebt einer der geachtetsten Ingenieure Schwedens, Gösta Ring, der zurückgezogen in einem alten kleinen Holzhause seinen geheimen Forschungen nachgeht. Gösta Ring ist bewegt durch eine sein ganzes Leben bestimmende Ahnung, die er seiner geliebten Brita gegenüber so ausdrückt: »Mein Geist strebt aus dem Zeitalter der Fische heraus. In meiner Brust lebt ein unbewusstes Ahnen, dass die große Wende des Erdenschicksals unmittelbar bevorsteht. Alles was in meiner Seele ruhelos stürmt, und drängt, gehört einem neuen Zeitalter, von dem ich weiß, dass es kommen wird ...«.[72]

Nach diesem Geständnis während einsamer Kahnfahrt ereignet sich prompt eine Epiphanie des Raumfahrtzeitalters. Aus dem am Siliasee gelegenen Werstberg taucht ein gigantisches Geschoss auf und fliegt in den Weltraum davon. Dieses Geschehen macht Gösta Ring die in ihm schlummernde Berufung, in den Weltraum vorzustoßen, bewusst: »Das Zeitalter der Fische ist vorbei. Ich bin schon über seine Schwelle hinüber zum Wassermann gewechselt. Die alte Wissenschaft der Menschheit stürzt in nichts zusammen, und eine neue Weltenlehre beginnt mit diesem Tage. Die Entdeckung der neuen Welt und das ›sie bewegt sich doch‹ ihres Apostels ist ein Nichts gegen die Entdeckung, die ich heute verkünde! Was ich erwartet habe, ist geschehen. Nun wird auch das Größere in Erfüllung gehen, von dem ich ahne ... Brita, Brita! Ich werde eine neue Erde entdecken.«[73]

Auf die Nachricht dieser seltsamen Naturerscheinung hin tauchen die geldgierigen »Dollar- und Pfundkönige, sowie unermesslich reiche indische Nabobs«[74] auf – unter anderem auch die »allgewaltige Bethlehem Steel Companie«.[75] Die Plutokraten kaufen Land um den

Westoberg, um die vermuteten neuen Bodenschätze zu bergen und die kosmischen Kräfte des Siliamalm genannten ungeheuer widerstandsfähigen Stoffes, der sich an der Abflugstelle finden lässt, zu nutzen. Wer noch nicht vom Goldfieber ergriffen ist, ruft aus: »Ganz Rättvik ist eine einzige Börse geworden«.[76] Doch Gösta Ring denkt weiter. Er beteiligt sich nicht an diesem neuen Goldrausch und scheint sich auch nicht darum zu kümmern, dass ausländisches Geld schwedische Rohstofflager zu plündern sich anschickt. Die »Sendung«[77], die er schon lange in sich verspürt, ist die »Überzeugung, dass es möglich ist, diesen Planeten zu verlassen, weite Räume zu überwinden und andere verwandte Planeten zu entdecken!«[78] Die Konstruktionsform des Schiffes, welche den Weltraum durchfliegen können soll, muss jedem erforderlichen Innen- und Außendruck standhalten können. Gösta Ring ist bei seinen Forschungen hier auf die gotische Raute gestoßen. Astrologie und Architektur verbinden sich im nordistischen Mystizismus, wenn Gösta Ring behauptet: »Die gotische Raute ist die Konstruktionsform eines Schiffes, das jedem gefährlichen Innen- und Außendruck gewachsen ist. Es ist so geformt, daß jeder Druck, der von innen oder außen gegen die Wände dieses Schiffes wirkt, sich auf die Gesamtheit der Konstruktion überträgt und jede Sprengung oder Zusammendrückung unmöglich macht. Die äußere Form und die Verteilung der inneren Verspantungen beruht auf einem Gesetz, welches ein menschliches Hirn verstandesmäßig gar nicht in der Lage ist zu erdenken, und welches mir durch eine Fügung bekannt geworden ist, die ich nur eine göttliche nennen kann.«[79]

Durch das Siliamalm werde – so Gösta Rings Entwurf – das Raumschiff völlig unverwundbar. Um an das Siliamalm zu gelangen und das Raumschiff zu bauen, gründet Gösta Ring eine verschworene schwedische Eingeweihtengesellschaft, die ihn bei seinem Projekt um der höheren Ehre Schwedens und seiner weltpolitischen Geltung willen bis zum Einsatz des eigenen Lebens unterstützen wollen. Unschwer lässt sich hier an einen Orden denken. Währenddessen benehmen sich die reichen Ausländer und ihre Vasallen – und unter diesen besonders die Farbigen –, als wären sie die Herren Schwedens. Die schwedische Regierung ist überaltert, faul und fantasielos: »Vor dem Reichstag in Stockholm herrscht reges Leben. Die Schwüle, die über dem öffentlichen Leben des ganzen Landes liegt, scheint hier am bedrohlichsten. Selbst der fernstehendste Beobachter hat es nicht schwer, zu erkennen, wer sich hier am meisten bedroht fühlt. Es sind die alten Gubben mit den schlohweißen Bärten, die ängstlich über die Nordbrücke zur Reichstagsinsel streben. Die Mitglieder des schwedischen Reichstags haben fast alle das biblische Alter erreicht. Seit Jahrzehnten träumt das ganze Land einen Dornröschenschlaf.«[80]

Die schwedische Regierung unterstützt die ausländischen Plutokraten in ihren Absichten und fühlt sich gestört durch den Widerstand der schwedischen Jugend, die sich um Gösta Ring gruppiert: »Es heißt, dass es gut sei, wenn soviel ausländisches Kapital in das Land käme, weil damit auch die schwedische Wirtschaft eine noch nie dagewesene Blütezeit erlebe. Anders ist es bei der Jugend, die keinerlei Verständnis für das schwächliche Nachgeben der Regierung hat. Sie sieht darin einen Verrat Schwedens und rottet sich vielerorts zusammen, um gegen die Fremden Stellung zu nehmen. Leidenschaftliche Anklagen werden laut, und an ihnen entzündet sich eine Bewegung, der sich die Polizei bald entgegenstellen muss, um außenpolitischen Schwierigkeiten aus dem Wege zu gehen. Der Gedanke an die Erhebung Schwedens bringt die Jugend von Dalarne in einen gefährlichen Zustand der Erregung. Die einzelnen Gruppen verständigen sich untereinander und schwören heimlich auf ein gemeinsames Ziel. Man will die fremden Abenteurer mit Gewalt vertreiben und die amerikanischen Gruben besetzen. ... Die Rebellenführer der Wasa-Jugend sind durchweg junge Draufgänger, herrliche schwedische Soldatennaturen, kampfbegeistert und erfüllt von jenen nordischen Mannestugenden, denen die großen Wasa-Könige Ruhm und Sieg verdanken. Aber diese jungen Draufgänger kommen über einen gewissen Rahmen nicht hinaus. Wohl hat jeder eine Hand voll schneidiger und zuverlässiger Anhänger.«[81]

Der wichtigste Gegenpol der Gerontokraten in Stockholm sind die aufbrechenden schwedischen jungen Männer, die sich um Gösta Ring gruppieren. In der gesamten schwedischen jungen Welt ist eine Putschatmosphäre festzustellen: »... Panzerleutnants, Marineoffiziere und Flieger sind die hauptsächlichsten Träger des Widerstandes. Sie sind völlig von Sinnen.«[82] Wie schon in Münchens rechter Szene, im Bürgerbräukeller, versammeln sich im Roman zur entscheidenden Sitzung im »Historischen Keller«[83] vom

Gülden Vreden die schwedischen Patrioten um Gösta Ring. Hundert »Jünger« werden durch Gösta Ring ausgewählt. Sie bilden den engsten Kreis der Vertrauten, die das Raumschiff bauen und mit ihm fliegen sollen. So wie Jesus seinen Jüngern auferlegt, dass Nachfolge bedeutet, alles verlassen zu müssen, so fordert auch Gösta Ring seine Anhänger auf: »Wenn ihr mir folgen wollt, dann führe ich euch! Aber ich muss eine Forderung an euch stellen. Ich brauche hundert Mann – Kämpen wie ihr – keiner darf schlechter sein. Handfest und treu müssen sie sein. Schweigen müssen sie können wie das Grab ... Haus und Hof und ihren Beruf müssen sie aufs Ungewisse verlassen, alle Pflichten erfüllen, die ich ihnen auferlege, alle schweren Arbeiten verrichten, die ich von ihnen verlange. Und von diesen hundert müssen dreißig Mann bereit sein, gemeinsam mit mir ihr Leben für eine Sache einzusetzen, bei der sie es mit 99 von hundertfacher Gewissheit einbüßen können. Dieses eine vom Hundert gebe ich euch – nicht mehr. Kämpen, die ein solches Wagnis fürchten, kann ich nicht brauchen. Ich kann nur sagen, dass das, was ich zu gewinnen hoffe, so unendlich groß ist, dass es sich lohnt, sein Leben dafür einzusetzen ... Mehr kann ich nach reiflicher Überlegung heute auch euch gegenüber von meinem Geheimnis nicht preisgeben. Wer in meine Hand einschlägt, der hat nichts mehr, was ihm gehört.«[84]

Nachdem eine gigantische Explosion die ausländischen Hoffnungen auf eine Beherrschbarkeit des Siliamalm zunichte gemacht hat, arbeitet die schwedische Jugend am rautenförmigen Siliamalm-Raumschiff. Da sich unter dem Flöz des Siliamalms ein »gefangener Himmelsstoff«[85] befinden muss, der die gewaltige Explosion ausgelöst hat, ist mit der Entdeckung des Siliamalms zugleich auch ein Antriebsmittel entdeckt worden. Darüber hinaus ist dieser »Himmelsstoff« auch die Basis für neue Waffensysteme:

> »Was spielen die riesenhaften Heere und Flotten der großen Reiche noch für eine Rolle gegenüber einer Minderheit, deren Feldherr versteht, Elemente zu entfesseln, die ganze Berge in Staub und Pulver zermahlen können. Wie ein Alp lastet es auf der Menschheit. Die Regierungen der großen Demokratien sind von einer Herzensangst befallen, welche alle Gefühle sicherer Überlegenheit zu ersticken droht. Sterndeuter, Hellseher und Wahrsager werden nicht müde, gewaltige Ereignisse und Wandlungen in

der Geschichte des Erdenballes zu weissagen. Tage haben genügt, die ganze Weltmeinung auf ein anderes Geleis zu bringen.

Ratlos tagen die General- und Admiralstäbe der Heere und Flotten ununterbrochen, ohne daß sie in der Lage sind, Abwehrmaßnahmen gegen die drohende Gefahr zu ergreifen. Die Unsicherheit über das gigantische Pfand der Macht, welches der große Schwede in seiner Hand hält, löst eine panikartige Stimmung an den Börsen aus. Ein vernichtender Sturz der Aktien aller Truste und Unternehmungen, die irgendetwas mit Treibstoffen, Rüstungsangelegenheiten oder chemischen Dingen zu tun haben, wirkt im ganzen Wirtschaftsleben wie ein verheerender Orkan. Industriemagnaten und Börsengewaltige, die in der langen Zeit der Ruhe wie bronzene Felsen über den Alltag der Menschheit hervorragten, stehen über Nacht von dem Ruin. In den Aufsichtsräten und Trustkapiteln wird ununterbrochen beraten. Pläne über diplomatische Schritte, wirtschaftliche Maßnahmen und kriegerische Lösungen werden am laufenden Band geschmiedet, um gleich darauf wieder verworfen zu werden. Was können Tanks, Panzerkreuzer und fliegende Festungen gegen einen Feind unternehmen, der mit Erdbeben und Kometen arbeitet? Auf dem ganzen Erdball gibt es kaum ein Kafferndorf, in dem nicht stündlich und hundertfach der Name Gösta Ring fällt. Er ist schon kein Mensch mehr, sondern ein Übermensch, der bald die ganze Erde mit Krieg überziehen wird.«[86]

Doch der friedliche Gösta Ring überzieht die Welt nicht mit Krieg, sondern fliegt mit seinem Raumschiff *Bladnir* in den Weltraum, um eine neue Erde zu entdecken. Er wird auf diese Weise zum neuen Kolumbus. Durch seine Entdeckung wird er der »Weltgeschichte ... einen neuen Sinn«[87] schenken: »Das Steuer der Weltmeinung ist mit einem Schlage herumgeworfen. Aus dem Teufel wird ein Heiliger. Auf dem ganzen Erdball bis in den fernsten Hottentottenkral ist der gestern Verdammte der Held des anbrechenden Morgens. Still liegt Rättvik. Wird es eine Art Bethlehem für das Zeitalter des Wassermanns werden?«[88]

Die schwedischen Kämpen landen schließlich auf dem Planeten Värnimöki. Im Kosmos von Artur Mahraun ist das Problem der kopernikanischen Orientierungsaufgabe gemildert. Die Planeten, auf denen in seinen Romanen gelandet wird, sind erdähnlich. Es gibt dort Eisbären, der Erde verwandte Baumarten, Hunde und natürlich auch Menschen. Die Luft ist atembar. Auf dem einen Planeten ist es vielleicht dunkler, auf dem anderen heller, doch die Verhältnisse gleichen sich so, dass ein guter Schwede immer einen Ort findet, der ihn sehr deutlich an Schweden erinnert.

Die Eigenart des Planeten Värnimöki besteht darin, dass seine eine Hälfte in ewiger Nacht und seine andere Hälfte in ewigem Tag verharrt. Die Tagseite ist das Land der edlen Värnen und die Nachtseite das Land Lundu-Wurnu. Wenn wir uns den Charakter der Wurnus – häufig sind die Untermenschlichen und Bösartigen in fantastischen Romanen mit Doppel-U oder -O gekennzeichnet[89] – ansehen, dann stoßen wir auf folgende Bestimmungen: »Die Lundu-Wurnu sind die rohe und niedrige Rasse, welche die nächtliche Hälfte dieser Welt bevölkert. Die Wildheit der Wurnus ist das natürliche Ergebnis der Grausamkeit, mit der der Rak [der Königstitel, L. H.] sie beherrscht. ... Es gibt keine Thronfolge und Nachfolge, wenn der herrschende Rak das Zeitliche gesegnet hat. Darum beginnt dann ein wildes Morden und Kämpfen. Der Stärkste wird siegen und Rak werden. Unbarmherzig wird er alle seine Feinde vernichten. Ja, furchtbar sind hier die Kriege, die mit einem Herrscherwechsel verbunden sind. Doch niemals wird das anders werden, denn so will es das Schicksal dieser Menschheit, deren Hirne kein Sonnenstrahl trifft und denen deshalb alle mit dieser Liebe und Wärme verbundenen Begriffe anderer Ordnung etwas Unbekanntes und Fremdes sind.«[90]

Die lichtreichen Värnen hingegen gleichen edlen, aber etwas antriebslosen Schweden. Sie sind Edelmenschen, die aber eine gewisse Kampfeskraft verloren haben.

Värnimöki ist das Land des »Glückes und der Wahrheit, und die Värnen, die es bewohnen, sind ohne Falsch und Hinterlist«.[91] Das Land der Värnen gleicht einem idealisierten Schweden. Gäbe es ein Paradies nur für Schweden, so sähe es so aus: »Mächtig ragen zu beiden Seiten die dunkelgrünen Tannen zum Himmel empor. Seltene Vögel schmettern ihre Lieder in den duftenden Waldesfrieden. Baumkätzchen schauen verwundert von den Ästen zu den Reitern herunter und schaukeln sich drollig, als wollten sie ihnen ein Schaustückchen geben. Wilde Rinder mit großem Gehörn, gewaltig und stark wie die ausgestorbenen Auerochsen auf der Erde, stehen bewegungslos in den Waldlichtungen beiderseits der Straße. Sie fürchten die Reiter nicht, denn hierzulande trachtet ihnen keine Värnenhand nach dem Leben. Das ist seit ewigen Zeiten so, dass zwischen den Värnen und den Tieren des Waldes Friede herrscht, und manches majestätische Bild dieser wunderbaren Natur begeistert den überraschten Schweden zu beglücktem Schauen und Bewundern.«[92]

Die Schweden befreien die durch die Wurnus gefangene Värnen-Prinzessin aus der Gewalt der Dunkelheit, der Schwede Sven von Ankakrona darf sie später heiraten und damit ein unverbrüchliches Bündnis zwischen Värnen und Schweden schaffen. Nachdem sie den Rak, den König von Värnimöki kennengelernt haben, erfahren sie mehr über Värnimöki: »In Värnimöki ist die Weisheit alles, so will es der Rak. Alle Entwicklungen und Dinge des Lebens, welche die ewige Värnenweisheit zu verflachen oder gar zu entthronen drohen, hält er mit kluger Hand seinem Volke fern. ... Der Herrscher von Värnimöki ist nach uralter Überlieferung der Schirmherr aller weißen Menschen des Weltalls. Der Sonnenherrscher mag die farbigen Rassen nicht. Sie sind zwiespältige Kinder jenes Villervaller, welcher der Fluch aller Planeten ist, auf denen sich Tag und Nacht alltäglich vor den Augen der Menschen vermischen. In der Zwiespältigkeit dieser Weltordnung ist auch der zwiespältige und unzuverlässige Charakter aller Lebewesen begründet, die verdammt sind, unter solchen Bedingungen zu leben.[93]

Durch den dauernden Wechsel von Tag und Nacht ist das zwiespältige Wesen der Erdenmenschen erklärbar: »Die Bewohner eures Erdenballes betrachten«, so belehrt der Rak von Värnimöki die Schweden, »die Arbeit im vollen Gegensatz zur Weltanschauung der Värnen, die ich als ihr Herrscher und Schirmherr zu wahren habe, nicht als die köstlichste Würze eines frohen und arglosen Lebens. Für sie ist sie ein Mittel zur Häufung von Werten, welche man hortet und raubt, um ungerechte und von einem redlichen Schicksal nicht gewollte Macht zu gewinnen. Ihr Menschen arbeitet nur, um reich und herrisch zu werden. Seid ihr aber Herren, dann lasst ihr mit Lust alle fronen, die das mit Gewalt gebeugte Schicksal euch untertan machte. Das ist Wurnu- und nicht Värnengeist. Solange der weiße Rak über Värnimöki herrscht, ist es seine höchste Pflicht, ein solches Los von den Värnen fernzuhalten ... Hier darf keiner die Arbeit seiner Selbstsucht untertan machen. Das also ist der wahre Kern in der värnischen Lebensordnung ... Keiner darf mehr essen, als er für sich und seine Sippe mit eigenem Fleiße erzeugt.«[94] Jeder Värne muss so leben, dass sein Denken und Handeln dazu dient, den »Frieden zu festigen und das Glück seiner Gemeinde zu mehren. Dieses Gesetz ist der Pol der Weltordnung, um den sich das ganze Leben in Värnimöki dreht«.[95]

Durch den Rak lernen die Schweden auch schrittweise die überlegene Raumfahrttechnik der Värnen kennen. Als es zum Krieg zwischen den Värnen und den Lundu-Wurnu kommt, werden die Wurnus aufgrund der schwedischen Tapferkeit besiegt.

Die Erinnerung an den Giftgaskrieg im ersten Weltkrieg wird wach, wenn die Schweden und Värnen Gasgeschosse einsetzen.[96]

Nachdem sie die politischen Verhältnisse in Schweden geklärt haben, kehren sie heim zur Erde und entmachten das internationale Finanzkapital. Gösta Ring wird zur gefeierten Heldenfigur der Erde: »Hoch über der Freude des Wiedersehens thront der Triumph des Sieges, der mit dieser Heimkehr verbunden ist. Sie werden nicht nur heimkehren, um dem Heimweh Lebewohl zu sagen, das seit langem ihr Begleiter geworden ist, sondern um die Sehnsucht von Millionen nordischer Menschen zu stillen und ein neues und besseres Zeitalter in der Geschichte der Erde heraufzubeschwören.«[97]

Der zweite Band spielt ungefähr ein Jahr später. Die sensationelle Leistung der Schweden ist verblasst. Die Öffentlichkeit hat die Großtaten schnell vergessen. Hoffnungen auf einen technologischen Wandel durch die Raumfahrt scheinen enttäuscht. Zur gleichen Zeit breitet sich im fernen Osten eine gelbe Gefahr aus. Ein neuer Dschingis Khan ist aufgetreten, der Marshall Cheng. Durch diesen chinesischen Soldatenkaiser »bereitet sich der entscheidende Waffengang zwischen Weißen und Gelben vor.«[98] Fast ganz Asien ist jetzt schon in der Gewalt des gelben Diktators. Es erschallt der antikolonialistische Ruf: »Asien den Asiaten!«[99] Cheng verfügt über fast unzerstörbare Kriegsschiffe. Chengs Siege wirken ansteckend. Weltweit ergreift ein »Siegesjubel ... die Farbigen der ganzen Erde«.[100] Die gesamte Zivilisation erscheint bedroht. Mit schwedischer Hilfe werden die Farbigen besiegt. Derweil hat Sven von Ankakrona im Värnenlande Sehnsucht nach der Erde. Er weiß, dass seine Verlobte

Rakanna die Luft der Erde atmen muss, um Sven Kinder zu schenken und ihn dann endgültig zu heiraten. Bevor Sven aber Rakanna zur Erde bringen darf, muss er noch etwas Großes leisten. Sven wird durch den Rak in eine äußerste Aufgabe eingeweiht. Es geht um den Planeten Romöki.

Romöki gilt als »Stern der Verdammten«[101], er bildet ein buntes »Rassengemisch«.[102] Raumpiraten haben die romökische Urbevölkerung geknechtet und beherrschen den düsteren Planeten. Sven fliegt mit einer värnischen Abordnung nach Romöki und besiegt gemeinsam mit den später eintreffenden Raumschiffen der Schweden die Räuber und Raumpiraten.

Der Sieg der Schweden und das endgültige Bündnis mit Värnimöki strahlt auch auf die Erde aus. Einer der Plutokraten der Erde hält die Grabrede auf den Geldadel:

> »Alle Versuche, dem Siegeszuge dieser neuen Kraft, die wir allzu lange verspottet und verlacht haben, entgegenzutreten, sind zum Scheitern verdammt! Eine neue Zeit in der Geschichte der Menschheit ist angebrochen. Wir sind die von der Geschichte und ihren Ereignissen Geschlagenen und zur Ohnmacht Verdammten. Die Macht der Ritterheere ward einst durch die Erfindung eines einsamen Mönches gebrochen ... Aussichtslos wurde die Sache der Segelschiffe, nachdem die ersten Dampfschiffe den Ozean überquert hatten. Und wollten wir den Tatsachen nicht mutig in die Augen schauen, so würden wir nur jenen törichten Fabrikanten gleichen, die in ihrem Trotz beschlossen, nun erst recht die Erzeugung ihrer Öllampen zu steigern, als der Siegeszug des elektrischen Lichtes schon eine abgeschlossene Tatsache war. Unsere Öllampe ist der Explosionsmotor, der einige Menschenalter hindurch die Rolle des goldenen Kalbes gespielt hat, um das wir tanzten. Wir lebten davon, diesen Moloch mit unseren Treibstoffen zu speisen, und wurden durch unsere Trustpolitik reich und mächtig. Nun hat uns der Zauberer von Dalarne den Wind aus den Segeln, oder passen wir dieses Sprichwort der modernen Zeit an, den Treibstoff aus den Motoren genommen ... Die letzten Nachrichten, die aus dem kleinen, heute aber mächtigsten Erdenland herübergekommen sind, geben meinen Worten recht. Seit den großen Schlachten in den asiatischen Gewässern wissen wir wohl, dass

der Herr der neuen Kraft die stärkste Kriegsmacht zu Wasser und in der Luft sein Eigen nennt. Wir wissen, dass es keinen Sinn mehr hat, nach den alten Methoden zu rüsten und See- oder Luftstreitkräfte zu bauen. Heute wissen wir noch mehr! Der Siegeszug der neuen Kraft wird dem ganzen wirtschaftlichen Leben und damit dem ganzen Leben der Menschheit einen neuen Sinn geben. Es wird kein Menschenalter mehr dauern, dann geht der Pflug wieder über die ewige Erde dahin, auf der für eine kurze Zeitspanne die lärmenden und haftenden Städte unserer Industrie entstanden waren. Der schweigsame, schwedische Ingenieur ist nicht dabei stehen geblieben, die neue Kraft in den Dienst seiner Kriegsmaschinen zu stellen. Still und planmäßig hat er sie in den Dienst der wirtschaftlichen Entfaltung seines Landes gestellt.«[103]

Sven darf Rakanna, die mit auf die Erde kam, endgültig heiraten und bekommt in Schweden ein Baby. Die Erde und Värnimöki haben sich endgültig vermählt, »damit ein reiner und redlicher Sinn wieder Herr über alles Leben werde«.[104] Damit formuliert Mahraun in seinem Roman eine Vision, die uns in diesem zweiten Band schon öfters begegnet ist. Es ist die Vision einer die Menschheit hebenden und ihr zugleich eine wichtige Aufgabe gebenden Höherentwicklung durch die Verbindung höherer planetarischer Mächte mit Erdenmenschen.

Mit dem dritten Band kommt Mahrauns Vision vom Jungdeutschen Orden zum Tragen. Es musste im ersten Band von der Erde weggeflogen werden und im zweiten Band die Grundlage gelegt werden, um einen Planeten zu finden, den man im dritten Band im Sinne des Jungdeutschen Ordens reformieren könnte. Ein solcher Planet ist jetzt mit Romöki gegeben. Wie einst – so Mahraun – Tacitus seine Germania schrieb, um die Römer moralisch wachzurütteln, so wirkt auf die »alt und müde«[105] gewordenen Völker der Erde die Nachricht von Värnimöki. Nicht mehr heißt es: »Volk ohne Raum«[106], sondern nun »stöhnt die ganze Menschheit ›Völker ohne Raum‹«.[107] Die Raumfahrt eröffnet die Möglichkeit einer interstellaren Kolonisation. Zugleich ermöglicht es die Raumfahrt, utopische Gemeinschaftssiedlungen auf anderen Planeten zu testen. Romöki wird zum Testfall.

Romökis Bevölkerung lebt als desorganisierter, ehemaliger Sklaven- und Piratenplanet im ewigen sozialen Dämmerzustand. Dies gilt auch astronomisch. Keine Sonne erhellt die trübe Welt. Eine große Aufgabe ist es, die Romöker durch schwedische Lebenskunst zu zivilisieren. Der Schwede Per Krag hat Romöki auf ein neues Niveau zu heben. Sein Welterleben und seine daraus folgende Weltanschauung erinnern deutlich an das »Jungdeutsche Manifest«:

> »In den ersten Kampf zog er für seine Weltanschauung. Die war ihm unbewusst aus den Geheimnissen seiner heimatlichen Zone bewusst geworden. Je mehr er in Krieg und Leiden, Not und Strapazen mit seinen Waffengefährten zusammenwuchs, um so heiliger, reiner und tiefer wurde sein Glaube an ein gerechtes Weltbild, das aus den Gefühlen seines Herzens entstand, und das er in heißer Gestaltungssehnsucht am liebsten an die Sterne gehängt hätte. Unverbildet wie er war, schöpfte er alle Gedanken, mit denen er sein Weltbild formte, aus dem eigenen Erleben und den ewiggleichen Weistümern eines gesunden Verstandes. Wie es die nordische Zone jedem in ihr Geborenen in die Wiege legt, so wurde es auch das Hochziel des ringenden und suchenden Mannes, selbstlos und treu der Gemeinde als der einzig wahren Verkörperung aller gerechten und redlichen irdischen Ordnung zu dienen. Gedanken, die in seinem Herzen blutwarm, aber vielfach noch wirklichkeitsfern Wurzel schlugen, erstarkten im Erleben der großen kriegerischen Ereignisse.
>
> Als er zum Mann herangereift war, begann er die Träume seiner Jugend aus der nebelhaften Ferne in die Nähe der Wirklichkeit zu rücken. Er hing immer gläubiger dem an, was er sein Weltbild nannte. Wenn er mit den Waffengefährten am Lagerfeuer saß, dann konnte er nicht aufhören, den Worten der anderen zu lauschen und seinen eigenen Gedanken beredten Ausdruck zu geben. So oft sie sich bei ihren Gesprächen auch voneinander entfernten, so fanden sie sich doch stets in dem Bekenntnis, dass die Gemeinde der Ursprung aller Dinge sei, deren ebenso ursprüngliche wie gleichbleibende Weisheit sich in der guten Kameradschaft offenbarte, in der sie als wackere Waffengefährten lebten. Als die Waffengefährten durch fremde Länder schritten, in denen es damals scheinbar noch Platz und Raum gab, träumten sie von der neuen Heimat, die sie einmal bauen wür-

den, wenn sie, ihrer abenteuerlichen Kriegs- und Wanderfahrten überdrüssig, sesshafte Männer geworden wären.

Dabei waren sie alle bescheiden. Sie bildeten sich keineswegs ein, zu großen geschichtlichen Taten berufen zu sein. Ihre Wunschträume und Zukunftsschlösser waren alle nur auf ein paar Dutzend Quadratmeilen zugeschnitten, die sie als kühne Eroberer und siegreiche Kämpfer einmal irgendwo auf einsamer Erde für sich zu gewinnen hofften. Dann allerdings schalteten und walteten sie in ihren Lagerfeuer-Schwärmereien in diesem ihrem kleinen Traumland wie König, Bauer und Richter zugleich.

›Wir würden dann ...‹, so begann jede Schwärmerei in ihren wirklichkeitsfernen Theorien. ... Das hieß dann immer, dass sie Gesetze geben wollten, die ihrer Gemeinde eine redliche Ordnung und allen Gefährten das Bewußtsein des Glückes und der Zufriedenheit bringen sollten. Zeit und Reife gaben ihnen mehr Sinn für die Wirklichkeiten des Lebens und damit die Einsicht, dass solche Träume auf der übervölkerten Erde niemals mehr wahr werden könnten.

Da schlug die Entdeckung Värnimökis wie ein Blitz in ihre Gedankenwelt ...«[108]

Auf der Erde war Per Krag ein Landsknecht, der sich durch viele Länder der Erde trieb und dort in Kriegen für die weiße Rasse kämpfte und dabei immer die Sehnsucht nach etwas Besonderem, einem großen Auftrag in sich spürte. Hier auf Romöki findet er seine große Aufgabe und wird zum »Höfding«, also zum »Verantwortlichen Herrn eines ganzen Sterns«.[109] Die Schweden müssen, um ihre Ordnungsmaßstäbe durchzusetzen, »den weiten Ländern dieses Sterns ihren Willen aufzwingen« (3/28), denn die Romöker sind geprägt durch eine »Unzulänglichkeit«[110], die es ihnen unmöglich macht, die »Hochziele«[111] der Schweden zu verstehen. Sie sind für »jede Lebensordnung unmündige«[112] Verblendete. Es scheint so, dass jeder Romöke des anderen Romöken Wolf ist. Die Vorstellungen der Staatstheorien der frühen Neuzeit von einem anarchischen Urzustand der Menschheit werden hier vorgelebt. Es herrscht auf Romöki eine anarchische Situation ohne staatliche oder dörfliche Ordnung. Dieses Problem, mit den Romökern einen Staat machen zu müssen, wird verschärft durch die Kriegsgefahr. Die feindlichen, gemischtrassigen Rowurnen rüsten zum Kampf um die Herrschaft über ganz Romöki. Während die Kriegsvorbereitungen laufen, lernt der »schöne stolze Jüngling«[113] Thage Ture, an dem sicherlich ein Jugendstilkünstler wie Hugo Höppener »Fidus« (1868–1948) seinen Gefallen gefunden hätte, einen Sonderling kennen, der als Einsiedler in einem unwirtlichen Tal haust. Es ist ein der »Narr von Moorland« (3/40) genannter weißer Romöker. Er erzählt Thage Ture von den geschichtlichen Hintergründen der heutigen romökischen Situation: »In ihm ist der alte Glaube wieder auferstanden, dass die ewige Weisheit lebt, und dass ihr Gesetz das Leben aller Wesen beherrschen muss, die ohne einen gesunden Gemeinsinn zu keiner segensreichen Ordnung kommen können. Diese Weisheit gilt nicht nur für die Erdenwelt! Sie muss auch für jene Neueste Welt gelten, in die das Schicksal den alten, kampferprobten schwedischen Kornett gesetzt hat, um ein Volk von Narren und Unmündigen aus seiner Verdammnis zu befreien.«[114]

Durch Thage Ture wird den Schweden auch klar, warum die Romöker hässliche stinkende Frauen haben.[115] Ein fremder Stamm aus dem fernen Solmagen, dem »Inselland«, hat den Romökern vor vielen Generationen die Frauen geraubt und die eigenen hässlichen stinkenden Weiber bei ihnen gelassen (3/57f). Thage Ture und einige andere Schweden werden beauftragt, dieses Inselland, auf das ein »Kristallmond« scheint[116], zu suchen. Aus seiner Reise zum Lande Solmagen findet Thage Ture immer wieder Verweise auf die nordische Mythologie. Er stößt auf Zwerge, die im Berge wohnen und sich eine Edelsteinwelt gebaut haben (3/96f). Er stößt auch auf böse Zwerge, die vergiftete Pfeile schießen. Nachdem sie die »Teufelszwerge« hinter sich gelassen haben, stoßen sie auf die bösen »großen Mohren«.[117]

Thage Ture kann sich als einziger Schwede bis zum Frauenland durchschlagen. Dort sind die Männer schwache Kreaturen, die Sklavendienste verrichten müssen. Doch die Amazonenprinzessin Wilja, die Königstochter von Solmagen, verliebt sich in ihn, den echten Mann, und putscht gegen ihre tyrannische Mutter. Thage Ture führt dann die verwegenen und kämpferischen Frauen wieder zurück zu den Romökern. In der Zwischenzeit rüsten sich die värnischen und schwedischen Kämpen für den Entscheidungskampf gegen die Rowurnen. Ihr Charakter ähnelt dem der

Wurnus, so ist es klar, dass es zu einem reinen Vernichtungskampf kommen wird.

Der durch die Erfahrung des Nationalsozialismus geprägte Leser dieser Romane hat den Eindruck, dass Juden auch auf anderen Planeten leben können. Es könnte eine Passage aus »Mein Kampf« sein, wenn Mahraun über die Rowurnen schreibt: »Ihre Skrupellosigkeit ist durch nichts zu überbieten. Alle Begriffe von Vertragstreue und Wahrhaftigkeit sind ihnen nicht nur fremd, sondern sie halten jeden andern, der den Versuch macht, sich an sie zu halten, für einen Narren, der durch eigene Torheit schon halb besiegt ist. Wenn der Kampf mit ihnen entbrennen wird, dann kann es nur eine Lösung geben: Nichts von Verträgen oder Verhandlungen, sondern erbarmungslosen Vernichtungskampf bis zum Äußersten.«[118]

Während der durch die schwedischen Kämpen angeleiteten Kriegsvorbereitungen beginnen die Romöker langsam den kosmischen weisheitlichen Geist des jungdeutschen Ordenkonzeptes zu verstehen. Sie beginnen zu erahnen, was ein Germane – der prinzipiell auch auf anderen Planeten angetroffen werden kann – ist. Zugleich erleben sie, wie sie bisher durch den Erb- und Geldadel ausgebeutet wurden. Die »Erbärmlichkeit der Erbkaste«[119] auf Romöki wird aufgedeckt und die Ressourcen der anständigen Romöker werden ins Bewusstsein gehoben: »Bald wissen die Schweden, dass die alten Romöker gute Steinmetzen und sogar Bildhauer gewesen sind, von deren Kunst noch manches verwahrloste Bruchstück Kunde gibt. Eine mächtige Ruine krönt den Hügel in der Mitte der Stadt. Das war einst die Burg des letzten Rak, der das Reich der Romöker beherrschte – und verriet.«[120]

So erfahren die Schweden, was »Go«, der weise Narr, aus der Vergangenheit dieses Landes weiß:

> »Feige und selbstsüchtig verriet der letzte Rak seine hohen Herrscherpflichten und verlor darum Thron und Leben. Die Oberhirten folgten seinem bösen Beispiel und dachten nur an sich und ihren Vorteil, aber nicht mehr an das Wohl des ganzen Volkes. Nach den Gesetzen des Reiches vererbten sich ihre Ämter vom Vater auf den jeweils ältesten Sohn. Im Frieden sprachen sie Recht, und im Kriege führten sie die junge Mannschaft der Romöker gegen den

Feind. Das war eine gute und gerechte Ordnung, solange ein guter und gerechter Rak über sie wachte. Als aber das Herrschergeschlecht mit dem Verräter erlosch, weigerten sich die Oberhirten, eine neue Gewalt über sich anzuerkennen.

Gewissenlos und selbstsüchtig gebrauchten sie die Macht, welche die alte Ordnung in ihre Hände gelegt hatte und vertrieben alle guten Geister, welche bis dahin das Leben in ganz Romöki behüteten. Uneinig und feindlich gegeneinander fanden sie sich stets in der Wahrung des eigenen Vorteils und in der Befriedigung ihrer Gier nach Macht und Gütern wieder zusammen. Das Erbrecht der Nachfolge in den Ämtern dehnten sie bald auf Tiere und Land, ja sogar auf ihre Untertanen aus.

So wurden diese arm und stumpfsinnig und verloren alle guten Eigenschaften, welche sie einst in Krieg und Frieden ausgezeichnet hatten.

Die neuen Frauen, welche der Rak ihnen eingehandelt hatte, waren ihnen ein Greuel, so dass neben dem Gemeinsinn im öffentlichen Leben auch jeder Familiensinn verlorenging. Frohsinn und Lebenslust eilten den schwindenden Begriffen nach und ließen ein verdrossenes, gleichgültiges und mit seinem Schicksal haderndes Volk zurück. Alle Versuche der wenigen Einsichtigen, diesem Verfall Einhalt zu gebieten, waren zum Scheitern verdammt. Die Nachkommen, welche den neuen lieblosen Ehen entsprossen waren, hatten keinerlei Sinn für die große Vergangenheit, und die selbstsüchtigen Oberhirten taten jeden, der nach Besserem strebte, in Acht und Bann.«[121]

Weiterhin wird deutlich, dass die Rowurnen menschliche »Vampire«[122] sind – auch diesen Terminus kennen wir aus »Mein Kampf«. In dieser Situation wird endlich auch vielen Romökern klar, dass nur noch eine Revolution helfen kann. »Das Alte muss zusammenbrechen, weil es jeder Besserung im Wege steht.«[123] Die Schweden und Värnen sammeln jetzt die Romöker um sich, die »noch fähig sind, über das eigene Ich hinwegzudenken«.[124]

Aus dem »Ichling«[125] soll ein jungdeutscher Nachbar werden: »Wie Künder und Kämpfer zugleich eilen die Schweden unermüdlich durch das Land und predigen die neue Ordnung, die da kommen soll.«[126] Eine Vision erfasst immer mehr Romöker: »Wir werden wieder wie in alten Zeiten Gemeinden gründen und als gute Nachbarn gemeinsam der Pflicht und Arbeit leben.«[127] Es erfasst sie der »Rhythmus der Kameradschaft«[128], der ihnen ihre Heimat als eine »Heimat des Blutes«[129] deutlich macht. Es stellt sich also jetzt langsam bei den Romökern der »Gemeinsinn«[130] ein, so fehlt noch das Mittel gegen die Freudlosigkeit, nämlich es fehlen die richtigen Frauen.[131] In den Endkampf zwischen den Romökern und Schweden auf der einen Seite und den Rowurnen greifen jetzt unter Thage Tures Führung die amazonenhaften, ureigenen Frauen der Romöker ein. Auf dem Höhepunkt der Schlacht erblicken die schwedischen und romökischen Kämpen den nordischen Heilbringer.

»Das ist Thage Ture. Er kommt vom Sonnenland und führt die streitbaren Frauen heran, um uns zu entsetzen. Ein grenzenloser Jubel geht durch die Reihen der Verteidiger der belagerten Festung, die beinahe schon den Glauben an den Sieg und Behauptung verloren hätten. Da steht der schwedische Kämpe, den sie alle schon tot wähnten, stolz und schöner als damals, als er von ihnen ging – er steht vor der riesigen Schar der lichtbringenden Kriegerinnen, die er aus dem Lande der Sonne mitgebracht hat, das zu suchen er ausgezogen war.«[132]

Es ist ein Ausrottungskampf, der nun beginnt: »Was nicht flieht, wird erschlagen.«[133] Schweden und Romöker siegen. Der weise Narr von Mohrland stirbt. Sterbend bezeichnet er Thage als den heilbringenden »Mittler«.[134]

Jetzt folgt das Happy End. Die Frauen ändern sich: Aus den Amazonen werden brave Hausfrauen, hübsche Frauen, die nicht stinken, sondern fröhlich sind und den Haushalt sauber halten.[135] Die uralte Vorzeit und ihre Weisheit hat mittels des staatspolitischen Instrumentariums des Jungdeutschen Ordens Einzug in Romöki gehalten:

> »Das Leben geht nun seinen Gang, wie es die Gesetze der Ordnung wollen, welche er den Romökern gegeben hat. Das Feuer ist der Mittelpunkt dieser Ordnung. In seiner irdischen nordischen Heimat drängen sich im langen Winter Sippe und Gemeinde um den wärmenden Herd. Alles was im Menschen gut und groß ist, wird in dieser redlichen Gemeinde der Nachbarn aus Blut und Boden geboren.
>
> Das Gesetz der Natur – Sturm, Frost und Schnee – zwängt die Menschen auf engen Raum zusammen. In diesem Zwang zur

Enge und Gemeinschaft gelangen Gefühle und Gesetze zur Herrschaft, die keinen Kältring im Raume dulden; und würde ein solcher aufbegehren, so müsste der Lebenswille der andern ihn deshalb zu Wandel und Ordnung zwingen, weil es ohnedem keinen Frieden am Herd geben könnte ...

Und als Per Krag den Staub der Heimat von den Füßen schüttelte, um mit seinen treuen Kämpen auf allen Schlachtfeldern für die Sache der weißen Rasse zu streiten, da begleitete ihn die heilige Flamme in die Fremde.

Das Lagerfeuer ward zum Sinnbild der Läuterung jeder kriegerischen Gemeinde seiner Kämpenschar, mit der er in treuer Gesinnung verbunden war. Und nun liegen hier seine Kämpen treu vereint mit Värnen und Romökern um die Lagerfeuer von Ringborg. Heilige reinigende Flammen lodern auch in dieser erdenfernen Welt. Die Schar, die um sie lagert, wird trotz weltenferner Wesensverschiedenheiten zur Gemeinde, und die ewigen Gesetze solcher Ordnung überwinden alle Widerwärtigkeiten des Schicksals. Hier brechen sie sichtbar den Bann, der auf einem verfluchten Volke lastete ...«[136]

Der letzte Satz der Trilogie lautet: »Wenn die ewige Jugend der Völker in träger Ruhe erschlafft, müssen die Hüter der Art stromaufwärts zum Urquell ihres Wesens vordringen, um den ewigen Wert der Seele heimzuholen.«[137]

Gott sei Dank hat nach 1945 ein langsamer Wertewandel eingesetzt.

LITERATUR

Kärrner, D. (Pseudonym von: Artur Mahraun), Gösta Ring entdeckt Värnimöki. Ein Zukunftsroman, Berlin 1938

Kärrner, D. (Pseudonym von: Artur Mahraun), Verschollen im Weltall. Ein Zukunftsroman, Berlin 1938

Kärrner, D. (Pseudonym von: Artur Mahraun), Per Krag und sein Stern. Ein Zukunftsroman, Berlin 1939

Mahraun, A., Das Jungdeutsche Manifest. Volk gegen Kaste und Geld. Sicherung des Friedens durch Neubau der Staaten, Berlin 1927

Mahraun, A., Gegen getarnte Gewalten. Weg und Kampf einer Volksbewegung, Berlin (Jungdeutscher Verlag) 1928 (= 1928a)

Mahraun, A., Die neue Front. Hindenburgs Sendung, Berlin (Jungdeutscher Verlag) 1928 (= 1928b)
Mahraun, A., Der Aufbruch. Sinn und Zweck der Volksnationalen Reichsvereinigung, Berlin (Jungdeutscher Verlag) 1929
Mahraun, A., Der große Plan. Der Weg aus dem Chaos von Staat und Wirtschaft, Berlin (Jungdeutscher Verlag) 1932
Mahraun, A., Reden an eine Schar. Erinnerungsblätter vom Wirken deutscher Menschen aus dem Jahrzehnt des Weltkrieges, Berlin 1935
Mahraun, A., Sei Kamerad ... Erzählungen, Berlin (Nachbarschafts-Verlag) 1937
Mahraun, A., Politische Reformation. Vom Werden einer neuen deutschen Ordnung, Gütersloh (Nachbarschafts-Verlag) 1949 (=1949a)
Mahraun, A., Der Protest des Individuum, Gütersloh (Nachbarschafts-Verlag) 1949 (= 1949b)
Mahraun, A., Der redliche Rebell, Gießen 1963
Villain, W., Die Crusaders. Der Weg von zwanzig jungen Deutschen durch das Dritte Reich (aus dem Englischen übersetzt im Juni 1996 von Johannes Scholler) München (Verlag Lohmüller-Scholler) 1996
Wirth, H., Der Aufgang der Menschheit. Untersuchungen zur Geschichte der Religion, Symbolik und Schrift der atlantisch-nordischen Rasse. Textband I: Die Grundzüge, Jena 1928
Ders., Die heilige Urschrift der Menschheit. Symbolgeschichtliche Untersuchungen diesseits und jenseits des Nordatlantik, Bd. I: Text, Leipzig 1936 / Bd. II: Bilderatlas, Leipzig 1936

WEITERFÜHRENDE LITERATUR

Berghahn, V., Der Stahlhelm. Bund der Frontsoldaten 1918–1935, Düsseldorf 1966
Bessel, R., Kriegserfahrungen und Kriegserinnerungen: Nachwirkungen des Ersten Weltkrieges auf das politische und soziale Leben der Weimarer Republik, in: Linden, M. van der/Mergner, G. (Hrsg.), Kriegsbegeisterung und mentale Kriegsvorbereitung, Berlin 1991, 125–140
Ders., Germany after the First World War, Oxford 1993
Blazek, H., Männerbünde. Eine Geschichte von Faszination und Macht, Berlin 1999
Blüher, H., Wandervogel I/II. Geschichte einer Jugendbewegung, Prien (Chiemsee) 1922
Eyck, E., Geschichte der Weimarer Republik, 2 Bde., Erlenbach–Zürich/Stuttgart, Bd. 1: 1954 und Bd. 2: 1956
Finker, K., Jungdeutscher Orden (Jungdo) 1920–1933, in: Fricke, D./Fritzsch, W./Gottwald, H./Schmidt, S./Weißbecker, M. (Hrsg.), Lexikon der Parteiengeschichte. Die bürgerlichen und kleinbürgerlichen Parteien und Verbände in Deutschland (1789–1945). In vier Bänden, Bd. 3, Köln 1985, 138–148
Giesecke, H., Vom Wandervogel bis zur Hitlerjugend. Jugendarbeit zwischen Politik und Pädagogik, München 1981 (Internetedition: http://www.5tc.de/giesecke/wv.htm)

Hornung, K., Der Jungdeutsche Orden, Düsseldorf 1958

Helwig, W., Die Blaue Blume des Wandervogels. Vom Aufstieg, Glanz und Sinn einer Jugendbewegung, Gütersloh 1960

Laqueur, W. Z., Die deutsche Jugendbewegung. Eine historische Studie, Köln 1962

May, K., Ardistan und Dschinnistan, 2 Bde., Freiburg o.J. (1909) (Internetedition: http://www.karl-may-gesellschaft.de)

Mergner, G. (Hrsg.), Kriegsbegeisterung und mentale Kriegsvorbereitung, Berlin 1991, 27–36

Ders., Gefallen für das Vaterland. Nationales Heldentum und namenloses Sterben, Stuttgart 1993

Mohler, A., Die konservative Revolution in Deutschland 1918–1932. Ein Handbuch, (überarbeitete Auflage) Graz-Stuttgart 1999

Puschner, U. u. a. (Hrsg.), Handbuch zur »Völkischen Bewegung«, München u. a. 1996

Schildt, A., Konservatismus in Deutschland. Von den Anfängen im 18. Jahrhundert bis zur Gegenwart, München 1998

Schlegel, F., Kritische Ausgabe (Behler, E., Hrsg. unter Mitwirkung von Anstett, J.-J./ Eichner, H.), München/Paderborn/Wien 1958 ff.

Schlund, E., Der Jungdeutsche Orden, München 1924

Schmidt, A., Sitara und der Weg dorthin. Eine Studie über Wesen, Werk & Wirkung Karl Mays, Frankfurt am Main 1974

Tolkien, J. R. R., Der Herr der Ringe, 3 Bde., Stuttgart 1969

Ulrich, B./Ziemann, B. (Hrsg.), Krieg im Frieden. Die umkämpfte Erinnerung an den Ersten Weltkrieg. Quellen und Dokumente, Frankfurt am Main 1997

Wildt, M., Generation des Unbedingten. Das Führungskorps des Reichsicherungshauptamtes, Hamburg 2002

Ziemer, G./Wolf, H., Wandervogel und Freideutsche Jugend, Bad Godesberg 1961

ANMERKUNGEN

1 Schlegel, II,1/312 f.

2 Zit. nach Schildt, 1998, 131.

3 Giesecke, 1981, 80 ff.

4 Vgl. dazu etwa Eyck, 1954, 189 f.

5 Schildt, 1998, 146.

6 Bessel, 1991 und 1993; Mergner, 1991; Mosse, 1991 und 1993 und Ulrich/Ziemann, 1997.

7 Vgl. dazu Berghahn, 1966.

8 Vgl. dazu Hornung, 1958, 27, 43, 51; Blazek, 1999, 168.

9 Vgl. zur Biografie: Hornung, 1958.

10 So der Buchtitel von Wildt, 2002.

11 Die Stimmung des Aufbruchs zur Wandervogelbewegung hin schildern neben Helwig, 1960 anschaulich der völkische Autor Hans Blüher (1888–1955; Blüher, 1922), Laqueur, 1962, Ziemer/Wolf, 1961 und Giesecke, 1981.

12 Helwig, 1960, 199 f.

13 Helwig, 1960, 312.
14 Mahraun, 1928a, 6.
15 Mahraun, 1928a, 6.
16 Mahraun, 1928a, 6.
17 Mahraun, 1928a, 6.
18 Mahraun, 1928a, 6.
19 Mahraun, 1928a, 6.
20 Mahraun, 1928a, 6.
21 Mahraun, 1928a, 6.
22 Mahraun, 1928a, 6.
23 Mahraun, 1928a, 6.
24 Mahraun, 1928a, 7.
25 Mahraun, 1932, S. 12.
26 Mahraun, 1928a, 8.
27 Mahraun, 1928a, 9.
28 Mahraun, 1928a, 9.
29 Mahraun, 1928a, 9. Anschaulich ist zu diesem Thema auch Mahraun, 1935, z.B. 120f.
30 Mahraun, 1928a, 10.
31 Mahraun, 1928a, 10.
32 Mahraun, 1928a, 10.
33 Mahraun, 1927, 7.
34 Mahraun, 1927, 7.
35 Mahraun, 1937, S. 84f.
36 Mahraun, 1927,8.
37 Mahraun, 1927, 8.
38 Mahraun, 1927, 88.
39 Mahraun, 1928a, 14.
40 Mahraun, 1928b, S. 103.
41 Mahraun, 1928a, 19.
42 Mahraun, 1927, 3.
43 Mahraun, 1928a, 19.
44 Finker, 1985, 142f.
45 Bracher, 1960, 139.
46 Hornung, 1958, 25f.
47 Bracher, 1960, 327.
48 Mahraun, 1929, S. 47.
49 Diese Trilogie kommt in der Bibliografie bei Hornung, 1958, 145 nicht vor.
50 Mahraun, 1927, 5.
51 Mahraun, 1927, 11.
52 Mahraun, 1927, 14.
53 Mahraun, 1927,16.
54 Mahraun, 1927, 57f.
55 Mahraun, 1927, 88.
56 Mahraun, 1927, 74.
57 Mahraun, 1927, 69.

58 Mahraun, 1927, 64.
59 Mahraun, 1927, 81.
60 Mahraun, 1927, 82.
61 Mahraun, 1927, 83.
62 Mahraun, 1927, 84.
63 Mahraun, 1927, 117.
64 Mahraun, 1927, 109.
65 Mahraun, 1927, 96.
66 Mahraun, 1932, S. 64.
67 Mahraun, 1927, 121.
68 Mahraun, 1927, 125.
69 Mahraun, 1927, 131.
70 Mahraun, 1927, 132.
71 Zitiert im Folgenden unter: Kärrner, Bandzahl/Seitenzahl.
72 Kärrner, 1/12.
73 Kärrner, 1/18.
74 Kärrner, 1/33.
75 Kärrner, 1/33.
76 Kärrner, 1/40.
77 Kärrner, 1/50.
78 Kärrner, 1/50.
79 Kärrner, 1/50 f.
80 Kärrner, 1/60.
81 Kärrner, 1/57–59.
82 Kärrner, 1/62.
83 Kärrner, 1/65.
84 Kärrner, 1/69 f.
85 Kärrner, 1/96.
86 Kärrner, 1/123 f.
87 Karrner, 1/133.
88 Kärrner, 1/134.
89 Es gibt beispielsweise *Ussul* in Karl Mays *Der Mir von Dschinnistan* (1907–1909) oder die *Orcs* und *Uruk-Hai* in John Ronald Reuel Tolkiens *Der Herr der Ringe* (1954/55). Vgl. dazu die kauzig-intelligenten Betrachtungen von Arno Schmidt , 1974, bes. 150 f.
90 Kärrner, 1/180 f.
91 Kärrner, 1/220.
92 Kärrner, 2/88.
93 Kärrner, 1938, 1/222 f.
94 Kärrner, 1938, 1/223 f.
95 Kärrner, 1938, 1/225 f.
96 Kärrner, 1/271.
97 Kärrner, 1/279.
98 Kärrner, 2/15.
99 Kärrner, 2/32.
100 Kärrner, 2/51.

[101] Kärrner, 2/144.
[102] Kärrner, 2/152.
[103] Kärrner, 2/287 f.
[104] Kärrner, 2/297.
[105] Kärrner, 3/7.
[106] Kärrner, 3/8.
[107] Kärrner, 3/8.
[108] Kärrner, 3/15–17.
[109] Kärrner, 3/18.
[110] Kärrner, 3/19.
[111] Kärrner, 3/19.
[112] Kärrner, 3/19.
[113] Kärrner, 3/36.
[114] Kärrner, 3/45.
[115] Kärrner, 3/39.
[116] Kärrner, 3/59.
[117] Kärrner, 3/108.
[118] Kärrner, 3/192 f. Vgl. auch: 3/156 f, 3/159, 3/188.
[119] Kärrner, 3/213.
[120] Kärrner, 3/202.
[121] Kärrner, 3/202–204.
[122] Kärrner, 3/216.
[123] Kärrner, 3/217.
[124] Kärrner, 3/218.
[125] Mahraun, 1927, 88.
[126] Kärrner, 1939, 3/219.
[127] Kärrner, 1939, 3/220.
[128] Kärrner, 1939, 3/223.
[129] Kärrner, 1939, 3/224.
[130] Kärrner, 1939, 3/226.
[131] Kärrner, 1939, 3/234
[132] Kärrner, 3/295.
[133] Kärrner, 3/296.
[134] Kärrner, 3/298
[135] Kärrner, 3/301.
[136] Kärrner, 3/303 f.
[137] Kärrner, 3/310.

Der erste letzte Mensch

»Le Dernier Homme« in englischer Neuübersetzung

von Karlheinz Steinmüller

Am Morgen des 1. Februar 1805 etwa um zwei Uhr stürzt sich bei Amiens ein Mann in den Somme-Kanal: Der Schriftsteller Cousin de Grainville setzt seinem unglücklichen Leben ein Ende. Wochen zuvor erst hat er ein Manuskript beendet, sein einziges bedeutendes Werk. Es nennt sich »Le Dernier Homme« und enthält, wie der Titel verrät, die Geschichte des letzten Menschen: irgendwann in ferner Zukunft hat die Menschheit die höchsten Höhen der mechanischen Künste erreicht, doch die Erde ist erschöpft. Omegar, wie de Grainville den letzten Menschen genannt hat, reist mit einem Luftschiff von Kontinent zu Kontinent, aber überall findet er nur verlassene Städte, nur hier und da noch einige wenige alte Überlebende. Das Schicksal der Menschheit ist besiegelt, die Erde wird wieder wüst und leer. Im katastrophalen Finale wirft eine fürchterliche Explosion sie aus ihrem Orbit.

Jean-Baptiste François Xavier Cousin de Grainville wurde 1746 in Le Havre geboren. Er schlug den Berufsweg eines Geistlichen ein und wurde 1786 zum Priester geweiht. Wie viele andere warf ihn die Französische Revolution aus der Bahn. Er verließ den geistlichen Stand und schlug sich als Lehrer durch. Es gelang ihm dabei allerdings nie, sich aus ärmlichen Verhältnissen herauszuarbeiten,

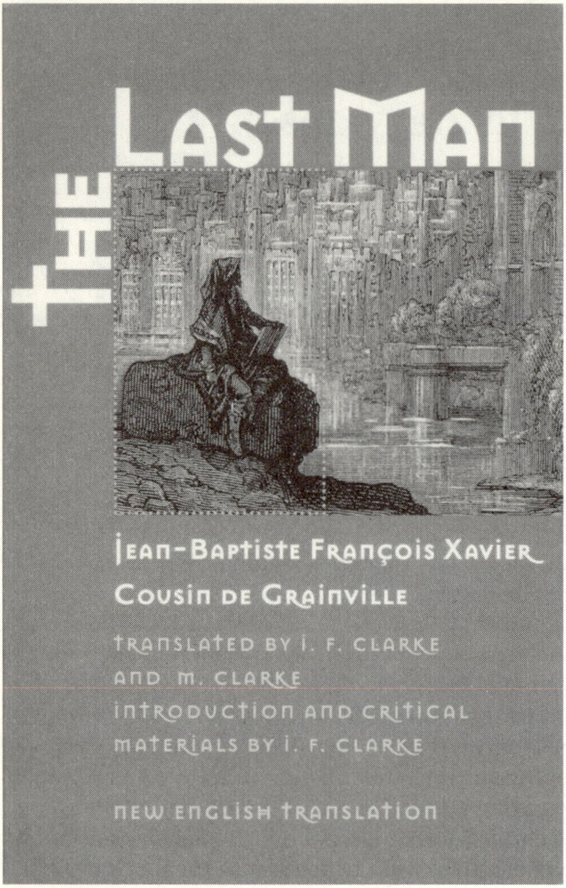

vielleicht, weil er im Grunde ein Träumer und Phantast war. Bereits mit 16 Jahren hat er die Idee zu einem großartigen Poem über das Ende der Menschheit. Lange Jahre arbeitet er daran, der Stoff wächst unter seinen Händen – und findet doch keine abschließende Form. Lediglich den ersten »Gesang« hat Grainville, wie er es beabsichtigte, in Verse gefasst, da bringt er sich – fieberkrank und verzweifelt – um.

Als wenig später das Werk in Prosa veröffentlicht wird, ist die öffentliche Resonanz gleich Null. Ein Jahr später erscheint anonym eine englische Übersetzung, falls diese Bezeichnung für den verstümmelten Raubdruck überhaupt angebracht ist. Passagen etwa über die Jungfrau von Orleans, die den englischen Leser vor den Kopf stoßen könnten, werden weggelassen, andere ergänzt oder »verschönert«. 1811 gibt Charles Nodier, damals bereits ein bekannter Autor, eine zweite Ausgabe heraus. Fast zeitgleich erscheint die deutsche Übersetzung »Omegar, der letzte Mensch« bei Cnobloch in Leipzig. 1831 publiziert Creuzé de Lesser eine Versfassung, einige andere Autoren lassen sich von Grainville inspirieren. Doch seither fielen, abgesehen von einem französischen Nachdruck und einem Reprint des englischen Raubdrucks in den 1970er Jahren, Grainville und sein Werk der Vergessenheit anheim. Nun endlich hat der bekannte britische SF-Historiker Ian F. Clarke Grainvilles Buch wieder ans Licht geholt und gemeinsam mit seiner Frau Margaret Clarke neu übersetzt (Wesleyan University Press, Middletown/Connecticut 2002). Wie Mary Shelleys »Frankenstein« vermittelt es einen Einblick in die Entstehungsgeschichte der Science Fiction.

Die Handlung, untergliedert in zehn Gesänge, ist zugleich abenteuerlich und auf orientalische Weise verschachtelt. In einer Höhle nahe Palmyra begegnet der Erzähler dem Himmelsgeist, der ihm in Zauberspiegeln ringsum die Zukunft enthüllt. »Der letzte Mensch wird keine Nachfahren haben, die ihn kennen und verehren. Deshalb ist es mein Wunsch, dass er, bevor er geboren wird, im Gedächtnis der Menschen haftet.« Der Erzähler wirft einen kurzen Blick auf Omegar, dann tritt Adam auf, der nach dem Willen Gottes Omegar sein Schicksal verkünden soll: Die Menschheit hat ihre Fruchtbarkeit verloren und wird mit ihm aussterben.

Doch der Geist der Erde interveniert. Er zeigt Omegar die letzte Frau, Syderia, die in Brasilien lebt und mit der er das Menschengeschlecht fortsetzen könnte. Omegar entbrennt sofort in Liebe, was angesichts der geringen Auswahl nicht weiter verwundert. Zum Glück hat die Menschheit in der Zwischenzeit den Luftraum erobert. Einer der letzten Überlebenden, Idamas, verhilft Omegar zu einem Luftschiff und klärt ihn auf der Reise über die jüngsten Fortschritte der Menschheit auf: Trotz der Luftkriege habe sich die Menschheit hin zu größerer Perfektion entwickelt, das Feuer gänzlich unterworfen und sogar ein Mittel zur Verjüngung erfunden. Allerdings, so Idamas, altert und verfällt die Erde selbst. Sie hat den Mond verloren, das Sonnenlicht wird fahler und blasser. Doch die Menschen haben sich entschlossen, gegen das Verhängnis anzukämpfen. Unter der Leitung des Genies Ormus haben sie Flussbetten verlegt und diese mit Wasser aus den Ozeanen gefüllt. Hatten die ersten Menschen noch aus Gottes Hand eine Erde mit Blumen und Sträuchern empfangen, so müssen die letzen Menschen sich diese selbst schaffen. Aber die Kraft der Natur ist dahingeschwunden. Eis bedeckt weite Landschaften, die letzten Erdbewohner sind in südliche Gefilde, nach Brasilien, geflohen. Wenn Ormus kein Mittel gegen das Eis findet, wird auch Südamerika unter den Gletschern verschwinden.

Omegar kommt glücklich in Sonnenstadt, der brasilianischen Metropole, an und trifft Syderia. Allerdings steht er nun vor einem Dilemma: Soll er mit Syderia einen Neuanfang für die Menschheit wagen oder nicht? Ormus, der dank des Verjüngungselixiers noch lebt, rät dringend ab: Omegar würde eine dem Unheil geweihte Rasse hervorbringen, denn er würde damit gegen die göttliche Ordnung der Dinge verstoßen. Der Geist der Erde dagegen rät Omegar zu – was nicht weiter verwundert, denn die Existenz des Erdgeistes ist an jene der Erde und der Menschheit gebunden. Den Ausschlag gibt schließlich eine Vision, die Adam vor Omegar entfaltet: Seine Nachfahren würden unter einem finsteren Himmel leben, eine Rasse von so hässlichen wie grausamen Geschöpfen, die in Kriege ohne Ende verstrickt ist.

Zum Schluss, im zehnten Gesang, ist die Erde am Punkt der Vernichtung angelangt. Omegar und Syderia haben sich nach einigen weiteren Verwicklungen nach Frankreich zurückgezogen. Durch die Lüfte jedoch weht bereits die Asche der verflossenen Menschengenerationen. Nur der Erdgeist hegt noch Hoffnungen auf einen Neuanfang. Er beschwört den Tod, der selbst alt geworden ist, Omegar und Syderia zu verschonen, drängt Satan, ihm beizustehen. Doch Syderia hat ihren Lebenswillen bereits verloren und der Tod nimmt sie. Verfolgt vom Tod zieht sich der Erdgeist in seine unterirdischen Laboratorien und Pulverkammern zurück und sprengt sich, in die Enge gedrängt, mitsamt der Erde in die Luft. »Ein Licht, sanfter als das Sternenlicht und heller als das der Sonne vergoldete das Gewölbe des Himmels und machte jede andere Illumination überflüssig. Das war die Morgenröte der Ewigkeit.«

»Le Dernier Homme« nimmt eine eigentümliche Stellung zwischen religiös-apokalyptischen Visionen und Science Fiction ein. Über weite Strecken inspiriert christliches Gedankengut das Werk, das passagenweise als eine neuerliche bildhafte Umsetzung der Offenbarung gelesen werden kann. Der Sündenfall Adams wird zitiert - und Omegar ist nahe daran, ihn zu wiederholen. Das Ende der Welt geschieht, so wie Gott es will, und keine Macht kann dies ändern. Daneben treten, wie zu Grainvilles Zeiten nicht unüblich, allegorische Gestalten auf: der Tod, der Himmelsgeist und der Erdgeist. Interessanterweise verkörpert sich der menschliche Drang, durch Wissenschaft und Technik die Natur zu unterwerfen und umzugestalten, am prägnantesten nicht in Ormus, dessen grandiose Ingenieurstätigkeit mehr berichtet, denn gezeigt wird, sondern im Erdgeist. Dieser ist zugleich der Versucher, die »höllische Schlange«, und der Genius der Industrie. Der Untergang der Menschheit hat damit eine doppelte Ursache: Er ist im Schöpfungsplan Gottes angelegt und - wie später in der Science Fiction üblich - auf eine entfesselte Technik zurückzuführen.

Bereits Pierre Versins hat in seiner »Encyclopédie de l'utopie, des voyages extraordinaires et de la science fiction« (1972) bemerkt, dass Grainville eine Reihe von SF-Motiven vorweggenommen hat. Wie bei Grainville wollen 130 Jahre später bei Olaf Stapledon in »Last and First Men« die letzten Menschen ins Gedächtnis früherer Generationen eingeschrieben sein. Wie bei Grainville trifft in der amerikanischen Doomsday-SF der 1950er Jahre immer wieder der letzte Mann die letzte Frau, mit wechselndem Fortpflanzungserfolg. Und wie oft wurde seit Grainville die Erde in die Luft - oder genauer: den Weltraum - gesprengt!

Nun hat zwar Grainville das Motiv des letzten Vertreters der menschlichen Rasse in die phantastische Literatur eingeführt, Untergang, Verfall und Weltende aber waren auch schon zu seiner Zeit, vor allem in Großbritannien und Frankreich, ein äußerst beliebtes Thema. Schuld daran trägt, neben einem von Revolutionsahnungen und Revolution geprägten Zeitgeist, Giovanni Battista Piranesi. Der italienische Baumeister hatte 1745 mit seinen wundervollen, oft surrealistischen Kupferstichen antiker Baudenkmäler (»Le Vedute di

Roma«) eine so romantische wie melancholische Sehnsuchtswelle losgetreten, die in den folgenden Jahrzehnten in zahlreichen Gedichten Ausdruck fand, aber auch das Nachdenken über Geschichte und Gesellschaft grundlegend beeinflusste. 1791 veröffentlichte der Gelehrte und Schriftsteller Constantin-François Volney, der unter anderem Ägypten bereist hatte, eine philosophische Abhandlung

Octave Saunier: *Paris en ruines* (1893)

über Aufstieg und Fall von Zivilisationen »Les Ruines, ou Méditations sur les révolutions des empirés« (dt.: »Die Ruinen oder Betrachtungen über die Revolutionen der Reiche und das natürliche Gesetz«). Volneys Abhandlung beginnt mit einem empathischen »Anruf«: »Seid mir gegrüßt, einsame Ruinen, heilige Gräber, schweigende Mauern!« Grainville folgt im Anfangskapitel den von seinem Landsmann vorgezeichneten Linien, lässt sich aber im Folgenden auch von Miltons »Paradise Lost« (1667) inspirieren. Die Faszination für den melancholischen Charme des Verfalls, für einstige Größe und untergegangene Reiche zieht sich durch das gesamte Jahrhundert – von der deutschen Romantik bis zur frühen Science Fiction.

Ein weiterer Punkt verdient Beachtung: die Bevölkerungsproblematik. Grainville geht davon aus, dass »die Länge des menschlichen Lebens vom Allmächtigen in seiner Weisheit in Übereinstimmung mit der Größe der Welt und der Fruchtbarkeit ihrer Einwohner festgelegt« worden ist. Indem nun der Fortschritt dem Menschen Mittel zur Lebensverlängerung an die Hand gibt, beschwört er den Untergang herauf – bei Grainville interessanterweise durch einen Rückgang der Fortpflanzungsfähigkeit. So ist es auf indirekte Weise die Wissenschaft, die zur Katastrophe führt. Im englischen Raubdruck von 1806 wird dieser Gedanke durch den Verweis auf Thomas Malthus, den Begründer einer pessimistischen Theorie vom Wachstum der Weltbevölkerung, und auf Edward Jenner, den Entdecker der Pockenschutzimpfung, noch verstärkt. Insofern lässt sich »Le Dernier Homme« auch als ein Vorläufer von ökologisch inspirierter SF lesen.

Nach Grainville haben Dutzende Autoren das Schicksal der letzten Vertreter der menschlichen Rasse geschildert, von Mary Shelley (»The Last Man«, 1826) über Camille Flammarion (»La Fin de Monde«, 1894), Joseph-Henri Rosny (»La mort de la terre«, 1910) bis hin zu Helmuth Lange (»Blumen wachsen im Himmel«, 1948) oder Stefan Wul (»Retour à ›O‹«, 1956). Jedes Zeitalter hat in die Visionen von Verfall, Untergang und eventuellen Neuanfang die eigenen Ängste projiziert. Grainville ist mehr als ein Vorläufer: »Le Dernier Homme« ist der Urtext, der Stimmungen und Themen vorgibt und bis heute seine Kraft nicht verloren hat.

Das Leben Igor Moshejkos, Kir Bulytschows Werk

Zum Tod eines großen russischen Science-Fiction-Autors

von Erik Simon

Am 5. September 2003 starb in Moskau Igor Wsewolodowitsch Moshejko wenige Wochen vor Vollendung des 69. Lebensjahres. Er war von 1963 bis in die nachsowjetische Zeit hinein Mitarbeiter des Instituts für Orientalistik der sowjetischen/russischen Akademie der Wissenschaften, Birma-Spezialist, 1965 promoviert und 1981 habilitiert. Vorher bzw. zwischendurch wurde er als Englisch-Dolmetscher bei sowjetischen Entwicklungshilfe-Projekten in Birma, Ghana und im Irak, als Korrespondent der sowjetischen Presseagentur in Birma und als Dolmetscher bei Filmaufnahmen in Indien eingesetzt, und neben seiner Arbeit im Institut hat er als Korrespondent der Zeitschrift *Um die Welt* die UdSSR bereist. Er hat wissenschaftliche Monographien, zahlreiche Sachbücher und historische Romane geschrieben, Science Fiction aus dem Englischen übersetzt. Er war ein namhafter Sammler, insbesondere von alten Orden, Medaillen und Rangabzeichen.

Vor allem aber war er einer der besten und beliebtesten sowjetischen Science-Fiction-Autoren: Kir Bulytschow. Unter diesem Pseudonym kennen ihn in Russland buchstäblich Millionen und in Deutschland – vor allem dank hohen Auflagen in der DDR – immerhin viele Zigtausende (Hunderttausende, wenn man die literarischen Zufallsbekanntschaften mitzählt). Er gehörte zu dem Dutzend Autoren aus der Generation der Strugazkis, die das Bild der sowjetischen SF am nachhaltigsten geprägt haben und auch von der neuen russischen SF kaum übertroffen werden; nachdem die meisten davon verstorben oder verstummt waren, war er bis zu seinem Tode der neben Boris Strugazki wichtigste noch aktive Vertreter jener Generation. Allerdings kam er ein wenig später zur SF als die meisten seiner berühmten Kollegen, und er hat wiederholt darauf hingewiesen, er sei kein »Sechziger« (wie man die Generation nennt, die während des Chruschtschow'schen Tauwetters und der relativ liberalen Anfangszeit Breschnews bekannt wurde und von dieser Zeit geprägt ist), sondern ein »Siebziger« – sein erstes SF-Buch erschien 1970.

2003, wenige Monate vor seinem Tode, erschien in einem Moskauer Verlag seine Autobiographie. Das Buch heißt »Wie man Phantastikautor wird«; von der Science Fiction Bulytschows und seiner Kollegen ist darin mehrfach, aber eher beiläufig die Rede – eigentlich handelt es von der unglaublichen Phantastik des realen Lebens in der Sowjetunion. Das beginnt schon bei der Herkunft: Er wurde am 18. Oktober 1934 in Moskau geboren, und wie viele seiner Generation, wusste Igor Moshejko lange Zeit fast nichts über seine Vorfahren, ein Teil von dem aber, was er zu wissen glaubte, war einfach Fiktion – nicht nur, weil Revolution, Bürgerkrieg, Terror und Zweiter Weltkrieg die Biographien brachen und Familien zerrissen, sondern auch, weil die Leute systematisch Unterlagen und Erinnerungsstücke vernichteten – ein falscher Verwandter, eine falsche Bekanntschaft konnte den Tod bedeuten, und irgendwann konnte sich jeder als der Falsche erweisen. Seine Eltern entstammten relativ gut situierten Beamtenfamilien, wurden in den Wirren des Bürgerkriegs beide zu Arbeitern und machten mit ihrer neuen proletarischen Identität in der Stalinzeit Karriere, der Vater als Jurist, die Mutter als Militäringenieurin, die es für ein paar Monate zur Kommandantin der Festung Schlüsselburg brachte. Im selben Zeitraum entgingen beide mehrmals eher zufällig Säuberungsaktionen; fast die ganze weitläufige Verwandtschaft der Moshejkos wurde hingerichtet oder starb in Lagern. Das Phantastischste daran war nicht einmal das Ausmaß der Verfolgung, sondern ihre groteske Zufälligkeit: so wäre Bulytschows Großvater väterlicherseits im Bürgerkrieg um ein Haar von Rotarmisten erschossen worden, weil sie ihn für den gestürzten Zaren Nikolai II. hielten.

Aber auch vor der Revolution war die Familiengeschichte schon ziemlich abenteuerlich. Seine Großmutter mütterlicherseits, die Tochter eines russischen Kapitäns zur See namens Iwan Becker, ging während des russisch-japanischen Krieges als Krankenschwester nach Port Arthur, ließ ihre dort außerehelich gezeugte Tochter, Bulytschows Mutter, im Entbindungsheim in Nowgorod zurück und

Kir Bulytschow
1934–2003

bezahlte eine Sanitäterin, sich um die Kleine zu kümmern; das Mädchen wurde Jahre später von der Familie eines Oberst Bulytschow in Sankt Petersburg adoptiert – daher dieser Teil des Pseudonyms. Der andere Teil, das mitunter als »Kirill« missgedeutete »Kir«, ist vom Namen seiner Frau abgeleitet, der Grafikerin Kira Soschinskaja, die er 1957 heiratete. (Sie hat übrigens auch selbst ein paar SF-Geschichten geschrieben und später etliche seiner Bücher illustriert.)

Verglichen damit, verlief das Leben Igor Moshejkos geordnet und relativ arm an äußeren Ereignissen, abgesehen von einer Kampagne gegen die Numismatiker um 1970, die ihn zum Glück nur streifte und bei der etliche seiner Bekannten unter absurden Anschuldigungen für mehrere Jahre in Lager gesteckt wurden, nur damit sich der Staat ihre wertvollen Sammlungen aneignen konnte, und abgesehen von irrwitzigen, aber zumeist ungefährlichen Erlebnissen mit sowjetischen Apparatschiks im In- und Ausland. Eine verlockende Karriere im diplomatischen Dienst im Ausland, die man ihm bei seinem zweiten Birma-Einsatz in Aussicht stellte, erledigte sich von selbst, nachdem er schon die beiden ersten damit verbundenen Bedingungen nicht erfüllen wollte: sich den Bart abzurasieren und in die Partei einzutreten.

Seine wissenschaftliche Laufbahn entwickelte sich ohne nennenswerte Störungen; allerdings diente sein Pseudonym vor allem dazu, im Institut die Beschäftigung mit derart reputationsschädlichem Kram wie Science Fiction geheim zu halten. Tatsächlich wussten viele Jahre lang im ganzen Kollegenkreis nur ein paar enge Freunde darum, und seine Vorgesetzten erfuhren es erst 1982, als er zwei Staatspreise für die Szenarien zu den SF-Filmen *Die Frau aus dem All* und *Das Geheimnis des dritten Planeten* erhielt. (Beide sind auch deutsch synchronisiert; insgesamt wurden über zwanzig seiner Werke verfilmt.) Nachdem bei dieser Gelegenheit Name und Pseudonym in der Zeitung gestanden hatten, gingen der Abteilungsleiter und der Parteigruppenorganisator zum Institutsdirektor und erkundigen sich, was denn nun mit dem Moshejko werden solle. Der Direktor, der übrigens später Chef des russischen Auslands-Geheimdienstes und dann russischer Premierminister wurde, erkundigte sich, ob der Mitarbeiter denn bei alledem den wissenschaftlichen Arbeitsplan erfülle, und als die Frage bejaht wurde, beschied er: »Soll er ihn also weiterhin erfüllen.« So blieb Moshejko-Bulytschow am Institut, erfüllte den Plan und schrieb weiter nebenbei.

Dieses »nebenbei« klingt eigentlich viel zu harmlos, denn seit den Siebzigerjahren war Kir Bulytschow nicht nur einer der besten und populärsten sowjetischen SF-Autoren, sondern auch der bei weitem produktivste; allein sein Alissa-Zyklus – SF für Kinder – umfasst rund 45 Romane und »Powesti«, längere Erzählungen, von denen manche ohne weiteres ein deutsches Buch füllen würden. In der Sowjetunion sind die meisten allerdings jeweils zu mehreren in voluminösen Bänden erschienen, deutsch davon immerhin sechs in vier Bänden, dazu ein weiteres Kinderbuch, das nicht zum Alissa-Zyklus gehört. Bulytschow hatte als SF-Autor eigentlich nicht ein Publikum, sondern deren zwei, die Kinder und die Erwachsenen. Für jemanden, der den richtigen Nerv trifft, sind Kinder eine besonders begeisterungsfähige und, zumal wenn sie später selber Eltern werden und der Zyklus immer noch läuft, treue Leserschar. Alissa ist ein kleines Mädchen, das in einer ziemlich heilen Zukunftswelt lebt und auf der Erde und im Weltraum alle möglichen Abenteuer besteht, wobei sie mit kindlicher Naivität Lösungen für Probleme findet, wo die erwachsenen Wissenschaftler, Kosmonauten usw. den Wald vor lauter Bäumen nicht sehen. Besonders die ersten Alissa-Geschichten beeindrucken durch ihre Frische und durch hübsche Einfälle; später spürte man gelegentlich zu viel Routine. Immerhin hat es Bulytschow vermieden, auf Perestroika und russische Marktwirtschaft mit einer Korrektur seiner Alissa-Welt zu reagieren, was den ohnehin starken utopischen Charakter dieser Geschichten noch deutlicher werden lässt. Derlei Änderungen hätte die Leserschar wahrscheinlich auch gar

nicht begrüßt, und so ist ihr jenes Hinterherhecheln hinter der jeweils neuesten politischen Korrektheit erspart geblieben, das in manchen deutschen Kinderbüchern so unangenehm berührt.

Die literarische Alissa hat übrigens ein reales Vorbild – 1965, als die erste Alissa-Geschichte erschien, war Bulytschows 1960 geborene Tochter just im selben Alter wie das Mädchen aus der Zukunft, und sie heißt auch Alissa. Das war damals ein im Russischen ziemlich ungebräuchlicher Name (eine Version von Alice), inzwischen kommt er schon etwas häufiger vor: Neben Alexej Tolstois »Aelita« dürfte »Alissa« der einzige Name einer SF-Heldin sein, den sowjetische Eltern ihren Kindern gegeben haben.

Jene erste Alissa-Geschichte »Das Mädchen, dem nie etwas zustößt« – eigentlich eine Folge ganz kurzer Episoden – war eine der beiden Erzählungen, mit denen Bulytschow debütierte; die andere, ebenfalls 1965 gedruckt, heißt »Die Pflicht der Gastfreundschaft« und erschien als vorgebliche Übersetzung aus dem Birmanischen unter dem Pseudonym »Mown Sein Jee« in einer sowjetischen politischen Zeitschrift, die der Freundschaft mit den Völkern Afrikas und Asiens gewidmet war. Die Erzählung ist nicht weiter bemerkenswert, illustriert jedoch Bulytschows Erfindungsreichtum, wenn es darum ging, gedruckt zu werden. Während es nämlich mit den Alissa-Geschichten in dem ihm wohlgesonnenen Verlag für Kinderliteratur wenig Schwierigkeiten gab, zumal kaum ein anderer Autor imstande war, diese offensichtliche Marktlücke zu füllen, machte sich bei Bulytschows insgesamt noch zahlreicherer SF für Erwachsene der Umstand bemerkbar, dass nach einem ungeschriebenen Gesetz von sowjetischen Autoren, die nicht Mitglied des Schriftstellerverbandes waren, pro Jahr höchstens ein Buch erscheinen durfte. Nun hätte Bulytschow, der sich in politischen Dingen eher bedeckt hielt, dort wohl durchaus Mitglied werden dürfen, er hat aber aus Abneigung gegen diese Versorgungs- und Disziplinierungsorganisation nie den Versuch unternommen.

Erschwerend kam hinzu, dass in den frühen Siebzigerjahren beim Jugendverlag »Molodaja gwardija«, bis dahin der Stammverlag der sowjetischen SF, die gesamte SF-Redaktion entlassen wurde und der neue Chef, ein unverhüllter großrussischer Nationalist und Antisemit, fast niemanden mehr druckte, der sich seiner Mafia nicht anschloss und fortan SF über sozialistische Großtaten bei der Erschließung Sibiriens und über die Segnungen des russischen Wesens für die Welt vom Ende der Eiszeit über die Antike[1] bis in die kommunistische Zukunft schrieb. Ein erheblicher Teil von Bulytschows SF für Erwachsene ist daher in sowjetischer Zeit in Zeitschriften erschienen, insbesondere in auflagenstarken populärwissenschaftlichen Blättern, von denen manche wie »Chemie und Leben« wahrscheinlich vor allem wegen der SF gekauft wurden.

Bereits in Bulytschows erstem Erzählungsband »Wunder in Guslar« (1972) mit acht Geschichten vertreten, aber weitaus umfangreicher[2] und erst in Bänden aus spät- und nachsowjetischer Zeit systematisch gesammelt ist der Guslar-Zyklus, der für die Erwachsenen-SF des Autors besonders typisch ist. Die Geschichten spielen in einer irgendwo im europäischen Norden Russlands gelegenen Stadt, die zwar Groß-Guslar heißt und auf eine stolze Geschichte aus der russischen Pionierzeit zurückblickt, aber im Grunde trotz ihrem 18000 Einwohnern ein rechtes Provinznest ist. In dieser Stadt aber passiert nun so nach und nach alles, was in der Science Fiction gang und gäbe ist, mit ein paar Zugaben aus Märchen und Fantasy: Außerirdische landen, Zeitreisende aus der Zukunft tauchen auf, das ortsansässige Universalgenie Professor Minz erfindet, was nur zu erfinden ist ... Außer dem Professor gehören noch knapp ein Dutzend andere Einwohner der Stadt zu den ständigen Helden der Geschichten, darunter der Hobby-Naturforscher Grubin, der junge Journalist Stendal, der mürrische Rentner Loshkin, der zentrale russische Zeitschriften mit Briefen voller abenteuerlicher Vorschläge bombardiert – Bulytschow selbst hat im Namen seines Helden etliche solcher Briefe geschrieben, die zwar nicht von den Redaktionen, wohl aber des Öfteren von Lesern für bare Münze genommen wurden. Der Hauptheld jedoch, dem die meisten phantastischen Ereignisse widerfahren, ist Kornej Udalow, der im Gegensatz zu seinem Namen (in dem das russische Wort für »Gelingen« steckt) eher ein chronischer Pechvogel ist, von Beruf Leiter des städtischen Baukontors und der Gewöhnlichste von ihnen allen. Die Geschichten leben weniger von den phantastischen Ereignissen als von diesen Charakteren und Typen und von der satirischen, aber doch eher humorvoll-ironischen als kritischen Darstellung des sowjetischen Alltags. Deutsch erschienen sind aus dem Zyklus der Kurzroman »Das Mars-Elixier oder Die Recken am Kreuzweg«, in dem es um ein Unsterblichkeits-Elixier geht, sowie in verschiedenen Bänden, Heften und Zeitschriften insgesamt dreizehn Erzählungen.

Auch für einen Gutteil der übrigen SF Bulytschows ist es charakteristisch, dass seine Helden meistens ganz unheroische, unspektakuläre kleine Leute sind, die der Autor einfühlsam und interessant darzustellen versteht. Das gilt nicht nur für die in der (damaligen sowjetischen) Gegenwart lebenden Protagonisten, sondern ebenso für die meisten zukünftigen, die durch die Zeit oder durch den Weltraum reisen. Einer davon ist der Kosmonautenarzt Pawlysch, übrigens einem Schiffsarzt nachempfunden, mit dem sich Bulytschow 1967 während einer Fahrt durchs Nördliche Eismeer angefreundet hatte. Pawlysch ist die Zentralfigur eines weiteren, kleineren Zyklus, zu dem auch der deutsch erschienene Roman »Überlebende« gehört. Die Weltraum-Robinsonade fügt dem Thema kaum etwas an »neuen Ideen« hinzu, wenn man nicht die grundsätzlich andere Sichtweise als Neuerung akzeptiert: In den meisten Robinsonaden, und erst recht in den SF-Varianten, sind ja Schiffsunglück und Notlandung nur der willkommene Anlass für tolle Abenteuer in exotischer Umgebung und den Erfindungsreichtum der Helden, die endlich mal nicht andauernd von der Zivilisation bevormundet werden (Ausnahmen wie Goldings »Herr der Fliegen« bestätigen die Regel). Einen fremdartigen Planeten, Abenteuer und kühne Ideen der Robinsons gibt es bei Bulytschow auch, vor allem aber den verzweifelten, opferreichen und fast aussichtslosen Kampf ums Überleben, Jahre später dann, als das Schlimmste überstanden ist, den schleichenden Niedergang der kleinen Kolonie, und Menschen, die ganz ohne Posen für sich und die anderen tun, was zu tun ist. Pawlysch übrigens tritt erst gegen Mitte des Romans auf, als eine spätere Expedition von der Erde den Planeten besucht. Deren Mitglieder aber ahnen nichts von den dort lebenden Robinsons und umgeben sich aus Angst vor dem als feindselig empfundenen Planeten mit so viel Sicherheitsmaßnahmen, dass sie einen Jungen von den Robinsons, der sich zu ihrem Lager durchgeschlagen hat und sich auf dem Planeten wie zu Hause bewegt, zunächst nicht einmal als Menschen erkennen.

Abgesehen von häufiger, aber relativ milder Satire hat sich Bulytschow zur Breschnew-Zeit mit politischer Kritik zurückgehalten, aber man findet bei ihm weder das kommunistisch-utopische Zukunftspathos, wie einige der wichtigsten »Sechziger« in der sowjetischen SF anfangs wohl ganz aufrichtig empfanden, noch die weiter verbreiteten und länger anhaltenden beiläufigen Lippenbekenntnisse, die ohnehin niemand mehr ernst nahm – die kommunistische Partei etwa kommt in Bulytschows Zukünften einfach nicht vor. Immerhin hat er auch Sachen geschrieben, die damals offensichtlich nicht zu veröffentlichen waren und erst in den späten Achtzigern aus der Schublade kamen, darunter eine längere Erzählung, wo in einer Großinszenierung zum 50. Jahrestag der Oktoberrevolution diese in Leningrad nachgespielt wird, aber die Darsteller der Bolschewiki alles vermasseln – der Panzerkreuzer *Aurora* läuft auf Grund und beschießt das Hauptquartier der Bolschewiki, der Darsteller Lenins wird gleich zu Beginn von revolutionären Garden verwechselt und verhaftet. Die Truppen der Provisorischen Regierung, verkörpert durch Angestellte der Ermitage, die das Winterpalais mitsamt den darin untergebrachten Kunstschätzen gegen den revolutionär randalierenden Pöbel verteidigen, tragen am Ende den Sieg davon, die Inszenierung geht in die Realität über, und der Kerenski-Darsteller übernimmt die Macht in der UdSSR. Mitte der Sechzigerjahre, als Bulytschow die Geschichte schrieb, war das (was der Autor selber nicht ahnte) eine hellsichtige Prophezeiung, die in manchem an den Putschversuch von 1991 erinnert – sowohl in Bezug auf die himmelschreiend inkompetente Logistik bei den Putschisten als auch auf das Ergebnis. Aus heutiger Sicht kann man den Text eher als satirische Alternativgeschichte lesen.

Alternativgeschichte im eigentlichen Sinne ist das Thema von Bulytschows jüngstem, erst in den Neunzigerjahren entstandenem

Zyklus »Der Fluss Chronos«, einer Folge von Romanen und Erzählungen, die die phantastische Geschichte an verschiedenen Punkten von der realen abzweigen lassen. In »Reservat für Wissenschaftler«[3] beispielsweise verfügt Stalin bei Kriegsausbruch 1939 über eine (eine!) Atombombe, stirbt aber selbst allmählich an Strahlenkrankheit (einer der Wissenschaftler, die in Zwangsarbeitslagern an der Bombe arbeiten mussten, hatte ihm ein Stück hoch radioaktive Glasschmelze verehrt, das er als Briefbeschwerer benutzt). Stalin setzt die Bombe aus rein privater Rachsucht gegen ein völlig unerwartetes Ziel ein und bewirkt damit wider Willen nicht nur ein rasches Ende der Naziherrschaft in Deutschland, sondern auch des von ihm errichteten sowjetischen Terrorregimes; Bulytschow war deswegen wütenden Angriffen aus dem Lager des russischen Nationalkommunismus ausgesetzt, wo man ihm allen Ernstes unterstellte, sein Roman sei eine Aufforderung an die NATO, Russland zu bombardieren. Er hat sich dagegen übrigens auf seiner Internet-Homepage gewehrt, wo er ein permanentes Offline-Interview mit seinen Lesern führte. Dank treuen Fans, die die Seite weiterhin pflegen und zugänglich halten, kann man ihn dort noch immer als hellsichtigen Zeitzeugen und geistreichen Plauderer erleben.

Seine Autobiographie endet mit den Worten: »Wenn diese Welt für mich erfunden wurde und außerhalb von mir nicht existiert, weil sie, wie wir gesehen haben, zu phantastisch ist, als dass sie existieren könnte, dann ist es einfach meine Pflicht, mir die Vorstellung zu Ende anzuschauen, die mir zu Ehren gegeben wird.« Die weiterhin andauernde Vorstellung werden seine Werke noch eine ganze Zeit lang bereichern und kommentieren, und etliches an Phantastischem wäre da noch zu entdecken.[4]

ANMERKUNGEN

1 In einer Erzählung von dieser Machart beendet ein Vorfahre der Russen eigenhändig die europäische Eiszeit, indem er eine Abflussrinne in den Rand der riesigen Schmelzwasserschale hackt, die sich etwa an der Stelle der Ostsee auf dem nordeuropäischen Gletschereis befand. Eine andere Geschichte erklärt, dass die Etrusker eigentlich Russen (oder deren nächste Verwandte) waren und diese somit am Beginn der römischen Geschichte standen. Und so weiter, und so fort durch die Jahrhunderte.

[2] Der Zyklus umfasst acht längere Arbeiten, gut hundert Erzählungen und ein Dutzend fiktive Briefe.

[3] Ein kurzer Auszug daraus erschien 1999 unter dem Titel »Stalins Trumpf« in meiner Anthologie »Alexanders langes Leben, Stalins früher Tod« im Wilhelm Heyne Verlag, München 1999 (HEYNE SF 6311).

[4] Drei von Bulytschows prononciert gesellschaftskritischen Werken, einen Kurzroman und zwei Erzählungen, wollen Ivo Gloss und der Berliner Shayol Verlag 2004 in dem Band »Der einheitliche Wille des gesamten Sowjetvolkes« herausbringen.

Bücher statt Plüschtiere!

Die Neue Fantasy in Zeiten der Globalisierung

von Gundula Sell

»Oh, die Revolution geht weiter ...«

Als wir hier im Osten gerade so mit der Wende fertig waren, geschah etwas sehr Merkwürdiges: In nahezu allen Läden, vom Fotogeschäft bis zum Lebensmittelhändler, tauchten gleichzeitig mit der Westmark Plüschtiere auf, meist ohne Bezug zum restlichen Sortiment. Und dann noch die Werbung, die extra für uns Ossis ausgedachte: »Oh, die Revolution geht weiter: Gleiche Kaffeepreise in ganz Deutschland!« Warum das? Warum uns? Zum größeren Teil erwachsenen und selbständigen Ossis, die vorher lange Jahre ihr Leben gemeistert, den Wartburg am Laufen gehalten, Baumwoll-Windeln beschafft oder dem Werben der Soz.-Einheiz-Partei widerstanden hatten?

Unterstellt worden war – und im Wesentlichen erfolgreich – ein Rückfall in das Denken und Fühlen von Kindern. War ja auch kein Wunder. Etwas Neues, Fremdes, Verunsicherndes war über uns gekommen, und unsere Strategien zur Problembewältigung funktionierten nicht mehr. Neue mussten erst entwickelt werden, und die dazu von der Natur vorgesehene Vorgehensweise war zunächst einmal die von Kindern, die in ihrem Wachstum vorankommen (und die Welt immer neu sehen lernen müssen). Da boten sich die Plüschtiere an als Brücke zu einer scheinbar kuscheligen Schlaraffenwelt, zu entlastendem Infantilismus – und plüschtiermäßige Tchibo-Werbung als etwas, wovon man sich mit dem Stolz auf neu gewonnenes Unterscheidungsvermögen rasch abstoßen konnte.

Aber das hielt leider nicht lange vor. Bald merkten wir, dass die gelernten Bewohner der freien Welt nicht weniger Infantilität in ihrem Alltag hatten, sie war nur besser versteckt. Schließlich liegt es in der Natur der Dinge, auf Zumutungen mit Rückzug zu reagieren. Und nur zu oft liegt die Infantilisierung der Gesellschaft auch im wohlverstandenen Interesse der Politik und der Wirtschaft.

Meine Erfahrungen mit nunmehr 13 Jahren FDGO lassen den Schluss zu, es sei wieder schlimmer geworden. Fast sind wir wieder da, wo 1990 der Osten war, nur mit Wackel-Dieter statt der Plüschtiere und mit Reformagendatheater statt der Kaffeepreisrevolution. Und das weltweit: Kollektiver Rückfall in eine Kindheit, wo man die Verantwortung los ist und über Gut und Böse andere entscheiden lassen kann? Falls das so ist, ob es dann was mit der Globalisierung zu tun hat?

Sie ist innerhalb von wenigen Jahren hereingebrochen über die Bewohner der westlichen Welt, die schon fast wie die Kommunisten vom »Ende der Geschichte« zu faseln begonnen hatten. Genauer, die Globalisierung ist uns bewusst geworden, sobald wir den Begriff zur Hand hatten. Jedenfalls die Globalisierung, wie wir sie heute haben. Dass sie mit Druck durch Handelsmacht, verstärkter Ausbeutung der Dritten Welt und begrenzten Militäreinsätzen irgendwo da draußen zu tun hat – schlimm genug. Aber dass sie sich ständig in unseren Alltag einmischt, vom gestutzten Sozialstaat bis zum Quasimonopol der Microsoft-Schlamperei, von der alles verschlingenden Hollywoodmaschinerie bis zu zunehmender Aversion gegen alles, was anders als der Hauptstrom ist – das geht zu weit! Wir fühlen uns unsicher, wissen nicht, was folgt, und jammern auf höchstem Niveau. Und wir wissen nicht, was ist einkalkulierter Teil des sogenannten Fortschritts, was ist vielleicht schon Reaktion. Hinzu kommt, dass keiner da ist, der glaubhaft die Rolle des Erwachsenen spielen könnte. Oder wer wollte etwa mit gutem Gewissen behaupten, die Staaten- und Wirtschaftslenker dieser Welt seien erwachsener als wir?

Die Verdopplung der Welt im Buch

Natürlich wissen wir auch, dass es keine Partei, Kirche, Ideologie oder Meditationstechnik gibt, die uns mit diesem neuartigen und in seinen weltweiten Folgen ganz unabsehbaren Phänomen fertig werden lässt. Aber hilfreich für den Einzelnen in seiner Suche nach Verständnis der Welt sind – Bücher. Nicht der kleine Steuer-Konz oder diese »Sorge-Dich-nicht-lebe«-Schinken, sondern richtig gute Belletristik, aus der man wie ein echter Teenager den Mut zum Weitermachen ziehen kann.

Zum Glück gibt es in dem unablässigen Strom von nutzlosen Büchern auch welche, die einem bei der mentalen Bewältigung der Veränderungen helfen können. Sie geben ein vereinfachtes, aber literarisch hochkomplexes Bild dieser Wirklichkeit und tragen damit zu unserer Klarheit bei. Nicht als quasi Rezeptbücher, sondern indem sie uns Räume öffnen für genau die Art Auseinandersetzung mit der Realität, die uns auf lange Sicht weiterhilft. Ob der Autor es nun darauf angelegt hat oder nicht.

Gute Literatur gibt es zum Glück eigentlich immer. Auch jetzt lässt sich vieles finden. Was aber etwas Besonderes ist und hier hervorgehoben sein soll, ist die von mir provisorisch so genannte Neue Fantasy. Beschreiben will ich das an den momentan durchschlagendsten Erfolgen des Genres: Joanne K. Rowlings »Harry Potter« – fünf von geplanten sieben Bänden sind bei Carlsen erschienen; Eoin Colfers »Artemis Fowl« – bisher drei Bände wurden bei List verlegt; Cornelia Funkes »Tintenherz«, bei Cecilie Dressler erschienen, Fortsetzung wird folgen.

Diese Bücher haben drei Dinge gemeinsam: Erstens, dass sowohl Kinder, Jugendliche als auch Erwachsene die Bücher lesen. Der *Spiegel* verbreitet dafür das handliche Etikett von »All-Age«-Literatur. Damit ist nicht gemeint, dass man, wenn man einmal als älteres Kind oder als Jugendlicher damit angefangen hat, sein Leben lang dieser Lektüre treu bleibt wie viele Leute Jules Verne, Karl May oder manchen Arten von Science Fiction, sondern dass von Anfang an mehrere Generationen ohne die übliche Scheu nach den Büchern greifen. Da leuchten natürlich die Augen der Vertriebsleute.

Von »Harry Potter« wurde dann auch, dem englischen Vorbild folgend, je eine Kinder- und eine Erwachsenen-Ausgabe hergestellt, zum Glück nicht zensiert, sondern nur optisch umgestaltet. Ebenfalls mit nunmehr neuem, aber kindgerechtem Titelbild erscheinen bei Heyne die ersten drei Bände der »Erdsee«-Trilogie von Ursula K. Le Guin.

Diese Autorin ist eigentlich damit eine echte Vertreterin der Neuen Fantasy, denn sie spricht wenigstens mit der »Erdsee«-Trilogie nicht nur Jugendliche und Erwachsene gleichermaßen an, sie erfüllt auch meine zweite Bedingung: Das Handeln in doppelten Welten, phantastischen wie realen. Le Guin ist eine Ausnahme, weil ihre (älteren) Bände des Zyklus schon vor Jahrzehnten erschienen sind. Das halte ich aber ihrer seismografischen Genauigkeit beim Aufspüren von langfristigen gesellschaftlichen Trends zugute. Anders als die anderen hier erwähnten Bücher spielt »Erdsee« natürlich nur in einer, in sich geschlossenen magischen Welt. Die Dopplung zeigt sich gegenüber herkömmlicher Fantasy darin, dass Le Guins Personen, Beziehungen und Motive ausgesprochen realistisch, gar psychologisch begründet sind. Die andere Ebene, sozusagen unser Alltag, ist also unausgesprochen anwesend. Aber das ist ein Sonderfall, kommen wir nun auf die typischen Fälle zurück.

Bei ihnen wird ein Teil der Spannung dadurch erzeugt, dass zwischen der realen, um mit Potter zu sprechen, »Muggel«-Welt und einer Welt der Magie und Phantastik hin und her gewechselt wird. (In »Artemis Fowl« nimmt allerdings großenteils Science Fiction im Sinne phantastischer Technik die Stelle der Realität ein.) Diese Dopplung der Welten ermöglicht Einblicke in Unbekanntes und verblüffende Rückblicke auf Bekanntes, denken wir nur an die Begeisterung Arthur Weasleys für Muggel-Artefakte wie Autos oder simple Steckdosen in »Harry Potter«. Der Blick aus der Distanz aufs Eigene, wenn auch meist nicht so wörtlich, ist ja ein Teil des Zaubers von Literatur überhaupt. Sie hilft dem Leser, sich selbst neu zu erkennen.

Gerade vor den Wirren der undurchschaubaren Gegenwart stehen wir oft genug wie vor dem Wirken von Magie. Da ist es tröstlich und hilfreich, alles, worin wir noch keine Strukturen erkennen können und wofür wir noch keine Namen haben, als eine Welt der Magie erklärt zu sehen, in der durchaus Regeln, wenn auch andere als die uns geläufigen, gelten. Der durch Virtualität sich bis ins Unendliche spiegelnde Wirrwarr wird sortiert in etwas Bipolares, an dem sich die Auseinandersetzung mit Fremdem gut üben lässt. Lieber doch das gute alte »Abrakadabra« als »Schwerer Ausnahmefehler an Adresse sowieso« oder »Nachgelagerte Besteuerung der Renten«.

Ein ausgesprochener Meister in der Kunst der Dopplung ist Terry Pratchett, besonders in denjenigen seiner Bücher, die seine »Scheibenwelt« und unsere Rundwelt direkt miteinander konfrontieren.

Etwas Neues beginnt ... vielleicht

Hier entsteht ein ironisches, postmodernes Spiel mit vorhandenem Material. Die fehlende Konsistenz als fehlende Konsequenz wäre für mich auch einer der wenigen vernünftigen Einwände gegen diese Art Bücher. Aber wenn, wie in diesen Beispielen, die Autoren stark genug sind, mit ihren Ideen und ihrer literarischen Kunst das Ganze zusammenzuhalten und daraus etwas Neues zu errichten, wäre das ein sehr akademischer Grund zur Kritik. Und wenn die Autoren nicht stark genug sind – nun, schlechte Literatur ist immer schlechte Literatur. Und wenn das Zusammenwürfeln von Motiven aus allen greifbaren Quellen Selbstzweck oder Äußerlichkeit bleibt, entsteht eine Nummernrevue ohne eigene Würze wie, mit Verlaub, Michael Endes »Unendliche Geschichte«. Das ist die grundsätzliche Gefahr der Postmoderne, in der neben allem Lobenswerten an Handhabung der Welt immer auch Beliebigkeit naheliegt. Aber diese Ästhetik mit ihrer Form- und Inhaltslotterie bietet zugleich Chancen zu positiven Überraschungen.

Die erwähnte doppelte Sicht ist in den Büchern der Neuen Fantasy übrigens auch eine Voraussetzung für ihr drittes Merkmal: Ironie und Humor. (In diesem Sinne gehört »Erdsee« nun tatsächlich nicht dazu.) Der literarische Witz ist bei Rowling und Colfer stärker als bei Funke, ohne auch nur im mindesten den Ernst der verhandelten Themen zu schmälern. Nun ja, eine mit reichhaltiger Lebenserfahrung als alleinerziehende Job-Wechslerin gesegnete Engländerin und ein irischer Lehrer mussten diese Eigenschaften wohl schon zum bloßen Überleben entwickeln. »Tintenherz« könnte man vielleicht bei aller äußerer, zum Beispiel in den Namen der Personen (Meggie, Mortimer) auftretenden Globalisierungsanpassung als etwas tiefsinnig-deutscher ansehen als die beiden anderen. Aber es ist nur gut, wenn die Bücher einander nicht allzu sehr ähneln, es wäre ja auch langweilig, immer nur das Gleiche lesen zu müssen. Und das aufgezeigte Muster ist so offen, dass ich voller Spannung auf immer noch neue, neuartige Vertreter des Genres hoffe.

Zauberlehrling, Meisterverbrecher, Buchbinderstochter

Kommen wir zu den Büchern selbst, genauer, zu den jeweils neusten Bänden, die 2003 in Deutschland erschienen sind.

Erwachsen zu werden, wie gesagt, kann eine Quälerei sein. »Harry Potter und der Orden des Phönix« über den nun fünfzehnjährigen Zauberschüler erinnert schmerzlich daran. Was man da alles erfahren muss über seine Herkunft, über das andere Geschlecht, über das unheimliche Band, das Gut mit Böse, das den Helden mit seinem Feind verbindet, über Verantwortung für sein Handeln, über die Fehlbarkeit von Vorbildern – und gar über sich selbst! Kein Berti-Botts-Bohnen-Schlecken. Und das zusätzlich zu allem, was Harry schon seit seinem Coming-out als Zauberer quält: Die Fremdheit unter den Muggeln und die Verfolgung durch den erzbösen Zauberer Voldemort, die dazu führt, dass Harry auch im Internat Hogwarts abgesondert ist von der Mehrheit.

Die (britischen) Zauberer mit Ministerium für Magie und offiziöser Presse, wenn man das Revolverblatt »Tagesprophet« so nennen will, haben sich entschlossen, die Bedrohung durch Voldemort nicht ernst zu nehmen. Der Magieminister Cornelius Fudge unterstellt das für ihn Natürlichste: Albus Dumbledore, der Direktor von Hogwarts, sei nur auf seinen Posten scharf, und die angebliche Bedrohung sei eine Intrige.

Daraufhin breitet sich in der magischen Welt eine offizielle Paranoia aus, die die Gefahr leugnet und alle, die ihr entgegentreten wollen, abwertet und verfolgt. Harry und Dumbledore kriegen das besonders zu spüren. Harrys erwachsene Freunde wiederbeleben den Orden des Phönix, um auf eigene Faust gegen Voldemart zu kämpfen, der Staatsräson zuwider. Harrys Alltag bei seinem Vormund Sirius Black und in Hogwarts wird von politischer Düsternis überlagert. Schon seit dem dritten Band spielen die gesamtgesellschaftlichen Hintergründe eine zunehmende Rolle. Und es klingt vertraut, was man da liest, aber durchaus nicht erfreulich. Unbewältigte Vergangenheit mit geradezu stalinistischen Schauprozessen, unfähige Politiker und ein sich langsam ins Herz der Gesellschaft fressendes Unheil.

Und zugleich sprudelt Joanne K. Rowling wiederum Szenen, Personen, Schilderungen und Wendungen hervor in allen Farben von witzig über romantisch bis beängstigend und erhellend. Seien es minutiöse Schilderungen von Schulstunden oder Begegnungen mit Hagrids Halbbruder, ein Valentinstag in Hogsmeade oder Snapes schlimmste Erinnerung, nämlich an Harrys Vater.

Diese reichhaltige Phantastik, die sie bewundernswert furios und präzise das ganze Buch lang zu jonglieren und zu allem Früheren zu fügen weiß, wird erst richtig eindrücklich durch die Beschreibung des Gesellschaftsgefüges. Rowling hat die phantastisch überhöhte Darstellung einer Gesellschaft geschrieben, die dem vergammelnden Sozialismus in seinen letzten Jahren äußerst ähnlich sieht: In ihrem lächerlichen Bemühen, sich die Wirklichkeit zurecht zu definieren, in ihrem größeren Eifer, in Verbündeten Feinde auszumachen und zu vernichten als in echten Widersachern, in ihrer formalistischen Kleinlichkeit und ihrem verlogenen Pathos.

Im Foyer des Ministeriums für Magie steht ein vergoldeter Brunnen, der in froher Eintracht die magischen Völkerschaften zeigt: männliche und weibliche Zauberer, einen Zentauren, einen Hauselfen, einen Kobold. Genau so ein Brunnen, allerdings mit anderen Personen, stellte auf der »Ausstellung der Errungenschaften der Völker der Sowjetunion« in Moskau die verschiedenen Nationalitäten dar. Wie es um deren Eintracht steht, wissen wir ja inzwischen.

Die vom Ministerium nach Hogwarts entsandte froschige Dolores Umbridge soll in diesem Schuljahr Verteidigung gegen die dunklen Künste lehren, überrollt die Schüler aber mit trostloser Theorie, damit sie nur ja nichts lernen, was gegen die Regierung einsetzbar wäre. Und damit fängt ihr verhängnisvoller Einfluss erst an. Selbst ein öffentlicher Schwarm ehrgeiziger Denunzianten und ein nach der Kontrolle absichtlich schlampig wieder eingepacktes Osterpäckchen sind noch fast harmlos ...

Auch die Gegenmittel wirken irgendwie bekannt. Hermine versucht, Harrys Ruf zu retten mit etwas, das sich sehr nach Samisdat anhört. Harry wird Lehrer einer heimlichen Schülergruppe für Verteidigung gegen die dunklen Künste. Dass das mehr ist als ein Hausaufgabenclub, zeigt schon der Name: Dumbledores Armee.

Mehrere Leute, mit denen ich über das Buch geredet habe, spürten darin allerdings Anklänge an die Gegenwart. Sollte uns das nicht zu denken geben?

Rowling schreibt in unverschnörkelter Sprache, die einen den ganzen Wälzer lang vorantreibt. Bemerkenswert ihre Dialoge, mit denen sie jeweils auf knappem Raum unterschiedlichste Personen und Situationen überzeugend charakterisiert. Und die Namen, nach wie vor, die dem Ganzen Würze und Wurzeln geben.

Gegen Ende geht es dann wieder gegen die richtig Bösen. Für meinen Fall wie schon im Band zuvor mit ein bisschen zuviel theatralischem Hollywood-Donner. Demgegenüber bleiben die Erklärungen mager. Aber das Bauwerk als Ganzes trägt. Am Schluss dieses Buches ist im großen Krieg gegen Voldemort nichts gewonnen, nur Einsichten. Immerhin. Zum Glück für den Halbwüchsigen in uns ist Harry Potter noch längst nicht erwachsen.

Artemis Fowl ist ein Meisterverbrecher, der hier schon zum dritten Mal (»Artemis Fowl. Der Geheimcode«) die Welt des Erdvolkes, der unterirdisch lebenden Elfen, Gnome, Zwerge, Zentauren mit ihrer Zauberkraft und hochgerüsteten Technik, um den Finger wickelt. Bei dem Dreizehnjährigen handelt es sich eigentlich um einen ziemlich abgebrühten Anti-Helden. Anders als der sehr britische Harry Potter ist Fowl ein seltsam nichtnationales Wesen, schier die Verkörperung der Globalisierung.

Zugleich ist Artemis, der bezeichnenderweise nach der jungfräulichen Göttin der Jagd heißt, der ideale Teenager, randvoll mit Allmachtsphantasien, magischen, technischen – noch nicht erotischen, sein Begehren gilt einem möglichst eleganten Coup, um die Welt unter Kontrolle zu bekommen. Zugleich ungreifbar zu sein und all diesen Erwachsenen haushoch überlegen – weil absolut cool! Angepasst an deren Welt und dabei das perfekte Ekel. Nicht zu stoppen und bodenlos kriminell.

Das Erdvolk mit seiner den Menschen überlegenen Technik und den ansonsten üblichen Unzulänglichkeiten – zuviel Temperament bei der Polizeielfe Holly Short, zuviel Eitelkeit beim Computergenie, dem Zentauren Foaly, zuviel Grobianismus beim erdfressend-tunnelgrabenden Zwerg Mulch Diggums – ist Antrieb, Störung und Spiegel der realen Welt von Artemis. So real die Welt aus seinen Augen eben sein kann.

Im ersten Band war es um einen Riesenhaufen Elfengold gegangen. Im zweiten um die Rettung von Artemis' Vater und nebenbei noch um die des Erdvolks. In diesem Buch stehen nun beide Zivilisationen auf dem Spiel, die über und die unter der Erde. Der Feind, der Super-Industrielle Jon Spiro, ähnelt der Hauptperson, mit ihm muss Artemis sich selbst überwinden. Die mit cleveren Einzelheiten hochwirksam und witzig konstruierten Abenteuer bekommen langsam einen Zweck, gehen über das Sich-Beweisen von Artemis hinaus. Die Action-Szenen, ja -Parodien, die menschlichen und magischen Kampfgefährten und Widersacher von Artemis bilden allmählich eine zusammenhängende Realität. Artemis tritt sozusagen über die Schwelle.

Auf einmal kann er nicht anders, als Gutes zu tun. Amnesty International wird sich über die 2,8 Milliarden freuen. Viel wichtiger noch: Etwas wie Freundschaft, Treue, bewusste Entscheidung für den anderen kommt auf.

Und gerade dann soll die Erinnerungslöschung stattfinden, meinen die Unterirdischen. Das sei sicherer. Wie im richtigen Leben: Kaum hat man genug Erfahrungen beisammen, um sie nutzen zu können, soll man weg davon in jene kühle Welt, die einen jetzt nicht mehr lockt ... Aber Artemis wäre nicht der zu sich selbst gekommene Artemis, wenn er sich damit abfände.

An dem Buch hat auch der seine Freude, der einfach die spannende Geschichte genießt, die Anwendungsmöglichkeiten von Kampfsportarten und Überwachungstechnik. Aber auch, wer den Absturz der New Economy noch literarisch für sich verarbeiten muss. Oder wer intelligente Mischungen aus SF und Fantasy schätzt. Man kann sich aber auch davon rühren lassen, wie schließlich durch ein beidseitig unausgesprochenes zartes Geheimnis Kontakt-Linsen für besonderen Durchblick sorgen.

Es gibt Bücher, die einen auf der Stelle verschlingen und am Ende, wenn man staunend hochguckt, nur mit Mühe wieder in die Wirklichkeit zurück lassen. Angenehme Vorstellung? Was würden Sie wohl sagen in der Lage von Meggies Vater Mo, der vor neun Jahren seiner Frau aus einem Buch namens »Tintenherz« vorgelesen hat, und schwupps, ist sie im Buch verschwunden! Stattdessen sind zwei ausgewachsene Fieslinge, Capricorn und Basta, aus dem Buch in die Realität geschlüpft und ein nicht sehr charakterfester Gaukler Staubfinger dazu. Die Bösewichte bleiben und schaffen sich ein Netzwerk aus Ihresgleichen.

Mortimer, genannt Mo, der reisende Buchbinder, seine zur Zeit der Handlung zwölfjährige Tochter und Leseratte Meggie, deren Großtante Elinor, die Bücher fast mehr als Menschen liebt, und der Autor Fenoglio, der das so verhängnisvoll vorgelesene Buch verfasst hatte, müssen dem grundlos-abgründig Bösen entgegentreten, dem mitleidlosen Capricorn, dem aggressiven Basta und ihrer Bande.

Natürlich spielen Bücher eine Hauptrolle. Es scheint, als habe Cornelia Funke eine Werbeschrift für das Lesen geschrieben. Anspielungen, Zitate, später weitere aus Büchern herbeigelesene Personen tummeln sich. Man könnte wähnen, viele davon stammten nicht zufällig aus Kinderklassikern, die beim Verlag Cecilie Dressler erschienen sind. Aber schon vergisst man jede Nützlichkeitsüberlegung wieder, viereinhalb Zentimeter Buch schmelzen unter den umblätternden Seiten des gierigen Lesers nur so dahin.

Dabei lohnt es sich, immer mal länger zu verweilen. Auch wenn einem manche Motive und Personen bekannt vorkommen mögen. Doch Literatur ist immer ein Gespinst mit Anklängen und Bezügen auf andere Literatur, mal mehr, mal weniger offen. Und Cornelia Funke schafft es immer wieder, ganz eigene, intensive Stimmungen zu erzeugen: Der buntbemalte Kleinbus von Mo, in dem er mit Meggie Aufträgen nachfährt, in dem sie sich mit ihrer Bücherkiste zuhause fühlt; die innen barbarisch rotgetünchte Kirche in dem verfallenen ligurischen Dorf, wo die tintenherzige Mafia haust; Staubfingers Feuerschluckvorführung in Elinors Garten ... Unheimliches gelingt der Autorin gut. Selbst Verrat ist nicht nur Bosheit, sondern begründete Gewissensnot.

Bei aller Phantastik: Es sind heutige Charaktere, die die Autorin ernsthaft in Abenteuer voller Farbe und Finsternis stürzt. Ab und zu bindet sie ihre Handlung geschickt zurück an die Gegenwart, zum Beispiel bei den menschlichen Konflikten in einer italienischen Polizeistation oder im Getümmel einer Touristenstadt. Zum Schluss lässt Cornelia Funke raffinierterweise eine wohldosierte Menge Bosheit entkommen, schließlich will sie einen zweiten Band verfassen. Und ich konnte mich zum Glück aus dem Buch losreißen – wer weiß, was sonst an meiner Stelle daraus hervorgekommen wäre.

Ein einzelner Arm unterm Bett

Ironie unserer Gegenwart ist, dass die Maschinerie imstande ist, die Subversion einzukassieren und zum Treibstoff für ihre immer neuen Umdrehungen zu nehmen. In der Jugendmode gelingt das den Trendscouts in den amerikanischen Schwarzenghettos, woher sie immer mal die Anregungen für den nächsten Kick holen. Das unersättliche Hollywood hat Harry Potter schon verschlungen, und der nur leicht unaufmerksame Beobachter könnte meinen, Harry Potter sei nichts als wieder so ein Marketing-Phänomen, und sich entsetzt abwenden. Rowling pariert den Aufschlag sachte, indem sie im vierten Band das magisch belebte Plastefigürchen eines prominenten Sportlers vorkommen lässt, im Besitz von Ron Weasley, der das Original vergöttert. Bis er wegen Eifersucht auf dieses davon ablässt, und Harry unter Rons Bett einen einzelnen Arm des Figürchens findet ... Viel mehr kann sie nicht tun, sie ist ja Teil der Verwertungskette, und wenn man viele erreichen will, geht es wohl nur auf dem Wellenkamm der Vermarktung und in der Hoffnung, dass einige der Leser genug vom eigentlich Gemeinten mitbekommen.

Unsere jetzige Gesellschaft ist viel geschickter darin als die hierzulande vorher vorherrschende, mit Leuten fertig zu werden, von denen sie öffentlich durchschaut wird: Loben, Popularisieren, Einvernehmen. Aber eigentlich gerade dafür (und nicht wegen der Kaffeepreise, glaubt uns das doch endlich!) haben wir uns diese Gesellschaft ausgesucht, als wir meinten, die Wahl zu haben.

Mehr ist natürlich nicht mehr, jedenfalls nicht immer

Selbstverständlich ist das Phänomen der Neuen Fantasy, oder sagen wir, zunächst das Phänomen Harry Potter, für die Verleger und Kulturindustriellen dieser Welt Anlass zu hektischen Bemühungen geworden, Ähnliches hervorzubringen. Mit dem »me-too«-Effekt Geld zu verdienen und zugleich die Geldquelle zuzuschei..., äh ... zuzuschütten. Dabei sind aber immerhin einige interessante Bücher und Buchserien zutage getreten. Zum Beispiel die Reihe »Die Welt des Chrestomanci« von Diana Wynne Jones, bisher auf Deutsch fünf Bände bei Carlsen erschienen. Übersetzt (und wie Potter mit Wilharms-Titelbildern versehen) wurden sie im Gefolge des Harry-Potter-Booms, aber der erste Band, »Neun Leben für den Zauberer«, erschien in Großbritannien schon 1977. In den sehr spannungsvollen und witzigen Büchern ist vieles an Harry-Potter-Themen schon vorweggenommen: Die beiden, miteinander vielfältig verbundenen Welten mit und ohne Magie, das Schloss des weisen Zauberers, das mühevolle Zu-sich-selbst-und-zu-ihrer-Magie-Kommen von heranwachsenden Kindern. Es gibt allerdings viel weniger durchgehende Helden, Motive und Schauplätze. Die unmagische Welt-Hälfte ist bei Jones auch etwas altmodischer als bei Rowling, dafür aber nicht gar so karikiert. Die Bücher hätten also das Zeug gehabt, Karriere wie Potter zu machen. Aber, mir scheint, die Zeit war noch nicht reif. Die gesellschaftliche Notwendigkeit war in den siebziger, achtziger Jahren noch nicht da. Die Gesellschaftsanalyse ist auch bei Jones nicht so untergründig-scharf wie bei Rowling. Lesenswerte Ware für Fans sind die »Chrestomanci«-Bücher aber allemal, gut geschrieben und jedesmal von so überraschend anderer Sicht, wie es bei Serien selten ist.

Auch schon vor Harry Potter auf die Welt gekommen, nämlich im Original 1994, ist Eva Ibbotsons »Das Geheimnis von Bahnsteig 13«, deutsch erschienen bei Dressler. Die phantastischen Motive sind denen von Harry Potter teilweise unglaublich ähnlich: ein missverstandener und schlecht behandelter Waisenjunge in der Realität, der in der magischen Welt sehnlichst erwartet wird, der andere, verwöhnte, abscheuliche Junge, der Übergang in die andere Welt mittels eines Bahnsteigs auf dem Londoner Bahnhof King's Cross. Aber dies ist ein richtiges Kinderbuch, wie auch weitere von der Autorin bei Dressler erschienene, es erschafft eine Märchenwelt, handfeste Charaktere und eine turbulente Handlung voller Witz. Was will man mehr. Doch ungeachtet der Frage, ob sich Rowling von Ibbotson bewusst oder unbewusst hat anregen lassen, beim Vergleich schon des ersten Harry-Potter-Buches mit Ibbotsons »Geheimnis« spürt man, dass Rowling in eine andere Dimension gelangt ist.

Kai Meyers Zyklus um »Die Fließende Königin« (Loewe Verlag) hat im ersten Band für einen Moment die Möglichkeit aufscheinen lassen, mit seinem Parallel-Venedig eine der besagten Doppel-Welten aufzubauen, geht dann aber doch zu fetter, saftiger, synkretistischer Fantasy über. Apropos Venedig: Auch Cornelia Funkes voriges Buch, »Herr der Diebe« (Dressler), spielt sehr gekonnt mit der Doppelbödigkeit der Realität. Sie stellt darin Fragen, die in Richtung derer der Neuen Fantasy führen, wenn auch noch nicht so deutlich wie in »Tintenherz«. Sie ist hier schon genug gelobt worden, darum nur der Hinweis: Lesen! Bevor auch »Der Herr der Diebe« aus Hollywoods Wurstfabrik in Scheiben wieder hervorkommt.

Marion Zimmer Bradleys Roman- und Erzählungen-Zyklus »Darkover« (Knaur, Heyne) bezieht einen Großteil seiner Spannung auch aus der besagten Welten-Dopplung: Eine einzig auf Technik vertrauende Zivilisation trifft auf einen Planeten voll versprengter menschlicher Kolonisten, die zwar die Technik größtenteils verloren, aber Magie gewonnen haben, um zu überleben. Viele ihrer Ideen und Motive erlauben auch das Entstehen von solcher Spannung wie in der Neuen Fantasy, aber die im Original in den 50er bis 90er Jahren erschienenen Bücher haben von den hinter den Motiven selbst liegenden Ideen her doch noch viel Konventionelles. Man kann sie als notwendige Wegbereiter betrachten. An manchen Stellen, oft in den Erzählungen anderer Autoren der Darkover-Anthologien, blitzt die bezaubernde Ironie und Leichtigkeit auf, mit der die Neue Fantasy ihre schwierigen Fragen umherwuchtet.

Am Rande des hier betrachteten Phänomens liegt »Das Orakel von Oonagh« von Flavia Bujor, erschienen bei List. Die französische Tochter rumänischer Einwanderer hat dieses Buch im Alter von zwölf, dreizehn Jahren geschrieben, und dafür ist es schon beachtlich. Es findet eine Form für die Sehnsüchte und Gefahren der Pubertät, für die Aufspaltung in verschiedene Möglichkeiten, die man in dem Alter noch alle zugleich verwirklichen zu können hofft, sie denkt sich eine phantastische Welt und eine abenteuerliche Handlung aus. Aber abgesehen von dem gut beobachteten Rumgezicke der unfreiwilligen Gefährtinnen Jade, Opale und Ambre, kommt einem ihr Buch doch ein wenig vor wie aus zweiter Hand, wenn man die Maßstäbe »erwachsenen« Schreibens anlegt. Teenager zu sein genügt eben nicht. Und jenseits ihrer Altersklasse wird sie wohl wenig Fans finden, auch wenn es um die Welträtsel und die Liebe geht. Oder gerade deswegen, denn diese Themen liegen allzusehr im Vordergrund. Sie hat neben der phantastischen Welt, in der die eigentliche Handlung spielt, auch eine sozusagen reale, nämlich die Intensivstation, auf der eine Todkranke liegt, deren Imagination die Handlung ist oder sein könnte. Das aber ist nicht dasselbe wie der nach beiden Seiten offene Tunnel von Potter, Fowl oder Meg, sondern nur ein Anlass, ein geradezu schulmäßiger Einstieg. Hoffentlich verdirbt der frühe Erfolg der Autorin nicht das Fabulieren, dann könnte noch Interessantes von ihr zu lesen sein.

Keine Gnade walten lassen sollte man bei jenen Produkten wuchernder Konjunktur, die ganz offensichtlich nur auf einer Welle mitschwimmen, ohne dass ihre Schöpfer ahnen, worum es dabei eigentlich gehen könnte.

Nehmen wir als Beispiel dafür Nina Ruges »Lucy im Zaubergarten« (Heyne). Die ehemalige Studienrätin und jetzige ZDF-Moderatorin, die sich vom *heute-Journal* zum Gesellschaftsmagazin *Leute heute* fortentwickelt hat, schreibt in ihrem Kinderbuch vom Blumenladen der Mutter der jungen Heldin Lucy namens »Gesines Flowerpower«, und von solch handlicher Müpfigkeit ist der ganze Roman. Nicht etwa Woodstock, sondern Vorstadtglück in Berlin-Lichterfelde. Es geht um Alltagsprobleme eines jungen Mädchens, kontrastiert mit dem Auftrag, die Welt zu retten. Ein Buch voll guter Absicht. Nicht, dass die Autorin sich nicht mühte, es spannend und geheimnisvoll zu machen. Sprechende Pflanzen, leuchtende, wegweisende Kristalle, ein Mönch ohne Kreuz in einem verfallenen Kloster, etliche Schwarzmagier und ein ganzes Volk von Gnarzen, das sind tumbe, unterirdische Gnome. Und ein Wipfelgott, der von Lucy verlangt, dass sie die Luft des Lebens retten soll. Außerdem ein Hase namens Hasi, ein paar karikierte Bodenspekulanten und Lucys Schwarm, bei dessen Anblick ihr Bauchnabel anfängt, Polka zu tanzen. Das möcht' ich sehn.

Mit diesem Buch steht Nina Ruge voll auf dem Trittbrett der Neuen Fantasy, sie erreicht weder deren Intensität noch den doppelbödigen Humor. Die moralische Linie, die sich durch das Buch zieht, schwankt zwischen Liebe zur Natur und ihrer Rettung vor dem Bösen einerseits und andererseits unverbindlicher Esoterik. Am Ende wird alles pflichtschuldigst in Ordnung gebracht, jedoch so, dass man argwöhnen muss, Nina Ruge liebäugele mit einer Fortsetzung.

Aber nicht an den schwachen oder zweitaufgegossenen Werken soll das Genre gemessen werden, sondern daran, wo es gut gebaut und geschrieben ist, wo die Bücher das ganz Alte als etwas ganz Neues vortragen und tatsächlich den Nerv unserer Gegenwart treffen.

Bücher eignen sich, wie wir wissen, eigentlich nicht dazu, die Welt zu retten. Aber wenn es die richtigen Bücher sind, schaffen sie es doch, mehr zu retten als nur den einen oder anderen langweiligen Abend. Sie schaffen es ... nein, wir schaffen es mit ihnen, uns über uns selbst klarer zu werden und wenigstens die richtigen Fragen zu stellen, wenn Antworten noch lange nicht in Sicht sind. Der Neuen Fantasy, wenn sie gute Literatur ist, kann das auch gelingen, sie führt uns nicht nur weg vom trüben Alltag, sie führt uns an seine künftigen Bruchstellen, dahin, wo es spannend wird.

INTERVIEW

»Um die Homogenität meines Gesamtwerkes mache ich mir überhaupt keine Gedanken!«

Ein Gespräch mit Andreas Eschbach

von Sonja Dirsch und Alexander Seibold

Diejenigen deutschen Science-Fiction-Romane, die in den letzten Jahren auf der Bestsellerliste aufgetaucht sind, kann man wohl an einer Hand abzählen – das heißt, man konnte sie an einer Hand abzählen, denn Andreas Eschbach ist dieses Kunststück inzwischen gleich mehrmals gelungen: Seit dem Überraschungserfolg von »Das Jesus-Video« ist jedes neue Buch des 1959 in Ulm geborenen Autors ein sicherer Kandidat für die vorderen Listenränge – wie auch der gerade erschienene Roman »Der Letzte seiner Art« eindrucksvoll unter Beweis stellt. Mit Fleiß und vor allem Ideenreichtum hat sich Eschbach damit auf dem Buchmarkt als »deutscher Michael Crichton« positioniert, ohne jedoch seine Genre-Wurzeln völlig zu verleugnen: Nicht nur hat er mit »Quest« eine voluminöse Space Opera vorgelegt, er schreibt auch regelmäßig SF-Jugendbücher und hatte unlängst sogar einen »Gastauftritt« in der Perry-Rhodan-Heftserie. Sonja Dirsch und Alexander Seibold trafen den inzwischen in Frankreich lebenden Autor am Rande einer Lesung in Memmingen.

Andreas Eschbach

F: *Was wollten Sie als Kind werden, Herr Eschbach?*
A: Schriftsteller.
F: *Sie haben zwölf Jahre Luft- und Raumfahrttechnik studiert. Wie konnten Sie so Ihre Zeit vergeuden, wenn Sie schon als Kind Schriftsteller werden wollten?*
A: Ich war zu folgsam. Ich habe zu sehr auf das geachtet, was mir wohlmeinende Erwachsene geraten haben, nämlich was Ordentliches zu lernen, weil man vom Schreiben nicht leben kann. Das trifft in den meisten Fällen ja auch tatsächlich zu. Von daher war der Ratschlag so schlecht nicht. Ich halte selbst grundsätzlich nichts von

einer Laufbahn, die so aussieht, dass man nach dem Abitur gleich Schriftsteller wird. Da hat man nichts erlebt, da hat man nichts zu sagen.

F: *Ihre Lesergemeinde wächst in großen Schritten. Worauf führen Sie das zurück?*

A: Ich weiß es nicht. Ich bilde mir ein, weil ich eben so toll schreibe.

F: *Stellen Sie eine Art Marktanalyse an, bevor Sie an ein neues Projekt gehen?*

A: Absolut nicht. Ich wüsste gar nicht, wie ich eine solche Marktanalyse machen sollte. Ich folge einfach einem Gefühl. Zu entscheiden, was ich als Nächstes schreibe, das ist ein relativ lang dauernder Prozess, der in der intensiven Auseinandersetzung besteht mit Ideen, die Kandidaten für Bücher sind. Aber es ist ein Prozess, der rein intuitiv verläuft. Eines Tages sitze ich vor meiner Liste mit den Kandidaten für mein nächstes Buch – und weiß plötzlich, das muss es sein. Aber was da in diese Entscheidung hereinspielt, das weiß ich nicht, und ehrlich gesagt will ich es auch gar nicht wissen, weil es ganz gut funktioniert, so wie es läuft.

F: *Die Fragen, die in Ihren Romanen behandelt werden, betreffen rein quantitativ sehr viele Menschen. Wollen Sie den breiten Massengeschmack bedienen?*

A: Ich gehe von mir aus. Eigentlich schreibe ich für mich selbst, und ich habe nun mal zufällig einen sehr durchschnittlichen Geschmack. Wenn mir etwas gefällt, dann gefällt es Millionen anderen Menschen auch. Ich bin keiner, der irgendwelche Kultbücher kreiert oder der irgendwelche ausgefallenen Sachen mag.

F: *Der Roman »Eine Billion Dollar« ist die Geschichte eines Mannes, der unermesslich reich wird. Ist der Text nicht auch ein wenig die Geschichte des Andreas Eschbach, der den Durchbruch schafft, sich keine Sorgen mehr um Geld machen muss, dem sich plötzlich Räume öffnen, die ihm früher verschlossen waren?*

A: Ja.

F: *In Ihrem neuesten Buch »Der Letzte seiner Art« sagt der Protagonist über einen Roman, den er gerade liest: »Zum Schluss hatte ich Zeit und Raum vergessen und erst als ich das Buch zuklappte bemerkt, wie spät es geworden war. Wunderbar.« Ist das Ihr Ziel, wenn Sie an den Lesegenuss Ihrer Leser denken? Oder möchten Sie selbst beim Schreiben einfach Zeit und Raum vergessen?*

A: Beides. Mein höchstes literarisches Ziel ist in der Tat, den Leser abends möglichst lang wachzuhalten, idealerweise bis der Morgen graut. Die Beobachtung ist, dass oft sehr gute Texte dann entstehen, wenn man selber beim Schreiben Zeit und Raum vergißt. Das ist ein ziemlich geheimnisvoller Vorgang, den ich sehr genieße. Aber man kann ihn nicht herbeiführen. Er kommt oder er kommt nicht.
F: *Stephen Kings autobiographisches Buch »Das Leben und das Schreiben« hat Sie offenbar ziemlich beeindruckt. Für King sei das Leben mit seinen vielen schönen Seiten und seinen alltäglichen Erfordernissen wichtiger als die Kunst. Und auf dieses Leben müsse jeder Mensch sein Augenmerk richten, auch der Schriftsteller. Das Leben dürfe nicht zum Stützgerüst für den schreibenden Künstler abgewertet werden, der Schreibtisch dürfe nie in der Mitte des Zimmers stehen, sondern gehöre in eine Ecke. Wo steht Ihrer?*
A: Der steht auch in einer Ecke, aber er ragt in die Mitte, denn ich möchte aus dem Fenster gucken können beim Schreiben. Vieles, was King über das Schreiben schreibt, kenne ich so auch. Ich habe beim Lesen dieses Buches eine verwandte Seele gespürt; vieles hat einen Widerhall ausgelöst. Natürlich müssen wir hier unterscheiden: In jedem Schriftsteller gibt es zwei Naturen, einer, der schreibt, und einer, der managt. Den einen, der schreibt, den kriegt niemand vors Mikrofon, weil der nur zum Vorschein kommt, wenn die Tür zu ist und der Computer läuft. Sobald die Tür aufgeht, verschwindet der sofort und der Manager ist da. Der Manager sonnt sich im Ruhm des Schriftstellers, schaut ab und zu mal in seine Bücher rein, was der da geschrieben hat. Der eine ist lieber in der einen, der andere lieber in der anderen Welt.
F: *King hat einen unterirdischen Ort mit Fernblick, wo er sich täglich zur gleichen Zeit aufhält, um zu schreiben. Manchmal kommt dann so ein Typ mit Flügeln und einer Zigarre im Mundwinkel vorbei, seine Muse, und zaubert ihm was vor. Dann fliegen auf seiner Schreibmaschine die Fetzen. Wie läuft das bei Ihnen?*
A: Das ist natürlich ein typisch Kingsches Bild. Bei mir ist die wichtigste Voraussetzung, die ich brauche, die, dass ich für einige Zeit ungestört bleibe. Das funktioniert abends im Hotelzimmer, das funktioniert im Zug. Wenn ich weiß, dass ich jetzt mehrere Stunden Zeit habe, mich also bewusst an die Arbeit mache, dann wird irgendwas wach: Als würde der Körper sich erinnern, da gibt es doch

irgendwo so eine Quelle, einen Zugang zu diesem kreativen Raum. Die bohrt er dann wieder an. Relativ viele Ideen kommen aus mathematischen Berechnungen – als ich dasaß und so herumrechnete, kam mir die auslösende Idee zu »Die Haarteppichknüpfer«. Ich nenne diese Ideen die Kern-Ideen. Das auslösende Moment für Kern-Ideen kann aber alles Mögliche sein, eine Zeitungsnotiz, ein Gespräch, es kann eine Sache sein, über die man im Internet stolpert oder was man in Geschichtsbüchern liest, oder etwas, das ich vor langer Zeit einmal in meinen Notizbüchern vermerkt habe. Grundsätzlich kann man sagen, es gibt Ideen, von denen alles ausgeht, eben diese Kern-Ideen. Um die zu haben, bedarf es vor allem der Aufmerksamkeit. Man muss merken, wenn eine Idee daherkommt, aus der was werden könnte. Die muss man dann festhalten. Sprich, man muss etwas zu schreiben bei sich haben. Gerade jetzt bei meiner Lesereise kam mir während des Aus-Checkens im Gespräch mit dem Portier plötzlich eine tolle Idee. Ich weiß nur noch, dass sie toll war, aber ich habe sie vergessen, weil ich sofort danach mit dem Taxi beschäftigt und dadurch abgelenkt war. Das ist Pech, passiert aber manchmal. Weil die meisten Leute keine Aufmerksamkeit für diese Ereignisse haben, denken sie, sie hätten überhaupt keine Ideen. In Wirklichkeit fehlen ihnen nicht die Ideen, sondern nur die geschulte Aufmerksamkeit dafür, sie einzufangen. Der eine hat ein Schmetterlingsnetz dabei, der andere eben nicht. Dann gibt es die Sekundär-Ideen: Wenn man sich an die Arbeit macht, die Entscheidung getroffen hat, einen bestimmten Roman zu schreiben, man also über den Anfang, den Schluss und die Figuren darin Bescheid weiß, dann kommen die Sekundär-Ideen. Die gruppieren sich um die Kern-Idee herum. Ich spiele mit ihnen herum, schmecke verschiedene Variationen durch, die da möglich sind. Zum Beispiel Konstellationen Mann-Frau, verschiedene Nationalitäten, Schauplätze. Und in der Recherche über diese Dinge ergeben sich dann viele weitere Sekundär-Ideen. All das sammelt man und sammelt, bis es eine kritische Masse erreicht hat. Dann fängt man zu arbeiten und im Arbeiten kommen dann noch die ganz kleinen Zusatzideen, Tertiär-Ideen, mit denen man die Absätze füllt, die Dialoge ausarbeitet.

***F:** Aber wie kommt der Plot zustande?*

A: Der Plot entsteht aus dem Herumspielen mit der Kern-Idee und dem versuchsweise In-Verbindung-Bringen mit verschiedenen ande-

ANDREAS
ESCHBACH
DER LETZTE
SEINER ART
ROMAN
LÜBBE

Andreas Eschbach
Das Jesus Video
Thriller
Bester Roman des Jahres 1998
BASTEI
LÜBBE

Der Autor von »DAS JESUS-VIDEO«
ANDREAS ESCHBACH
QUEST
ROMAN

ren Ideen und Möglichkeiten. Der Teil meines Geistes, der sich auf das Schreiben spezialisiert hat, spielt also zig Variationen durch. Plötzlich taucht eine auf, von der ich sage: Oh geil! Das gibt eine geile Geschichte.

F: *Ihr Kollege Wolfgang Jeschke ist ein Autor, der die Orte, wo die Handlungen seiner Romane spielen, genauest möglich recherchiert. Er tut das aus folgendem Grund: Wenn die Erzählung viele phantastische Elemente enthält, benötigt der Leser die exakte Verortung in der Wirklichkeit. Das ist mir auch bei Ihnen aufgefallen, etwa in »Das Jesus-Video«: Bei Ihrer Beschreibung des Besuchs des Protagonisten in der Fuggerei in Augsburg stimmt jede beschriebene Hausecke mit dem echten Stadtbild überein. Da ich in Augsburg geboren bin, erkannte ich alles wieder und frage mich natürlich, weshalb sie sich die Mühe einer aufwändigen Recherche machen, wenn der Roman auch ohne Fassaden-Beschreibung bestens funktionieren würde.*

A: Ich teile hier Wolfgang Jeschkes Auffassung. Da ich gerade das Phantastische erspürbar und erlebbar machen will, muss ich klären, was ein Erlebnis für einen Menschen bedeutet, was er bei einer bestimmten Erfahrung empfindet. Um das zu beschreiben, muss ich die beschriebenen Erfahrungen in der sinnlichen Welt festmachen. Deswegen benutze ich auch gerne Markennamen. Denn diese Namen verorten in der wirklichen Welt, sie helfen beim Evozieren von bestimmten Erfahrungen. Amerikanische Autoren sagen: God is in the detail. Es gibt manchmal so Details, die kann man sich nicht ausdenken. Manche Detail machen wie ein Hologramm den Ort als Ganzes erlebbar. Dafür lohnt es sich, auch mal genauer hinzuschauen. Ich mache das nicht zwanghaft. Meistens reichen auch Beschreibungen aus Reiseführern oder Sachbüchern. Aber wenn sich die Möglichkeit bietet, dann lasse ich sie nicht aus.

F: *Waren Sie – für »Das Jesus-Video« – dann zu Recherchezwecken auch bei einer Ausgrabung anwesend?*

A: Nein, das hätte ich mir nicht leisten können. Damals musste ich arbeiten gehen und Geld verdienen. Ich habe den Roman ja 1996/97, so um den Dreh, geschrieben und da wäre an so etwas nicht zu denken gewesen. Ich hätte auch heute ehrlich gesagt keine Lust, nach Israel zu fahren und zu recherchieren. Es wäre auch überflüssig. Es gibt über das »heilige Land« so viel Literatur, da kann man ohne Probleme einen auf Karl May machen.

F: *Sie bleiben nie zweimal in der gleichen Welt. Liegt dem ein unerschöpflicher Schaffensdrang zugrunde? Oder wollen Sie einfach nur vieles ausprobieren? Wie kommt es, dass Sie so vielseitig angelegt sind?*

A: Nach meinem Verständnis schreibe ich immer nur Geschichten, die mir so einfallen. Ich schreibe sie so gut wie ich kann. Und wenn man einer Geschichte auf den Grund geht, dann wird sie immer individuell, das heißt: nicht so wie eine andere. Diese Versatzstückliteratur, die sich in vielen Genres breit macht und etwa in der Science Fiction von vielen Lesern geradezu gefordert wird, die könnte man auch gleich sein lassen. Dafür müssen wirklich keine Bäume sterben. Denn der Schriftsteller begnügt sich dort damit, lediglich irgendwelche Bausteine zu verwenden, die vorher schon ein anderer verwendet hat.

F: *In Ihrem Vorwort zu dem Roman »Es stirbt in mir« von Robert Silverberg reflektieren Sie, wie es vor sich geht, wenn Schriftsteller ihre Geschichten aus dem eigenen Erleben speisen. Es verleihe einer Geschichte Kraft, so heißt es in Ihrem Vorwort, »wenn man beim Schreiben eine Verbindung zwischen dem, was man schreibt, und dem, was man erlebt hat, spüren kann. Das entbindet nicht von der Notwendigkeit, kreativ zu sein – ja, es ist sogar die anspruchsvollere Aufgabe. Denn nichts aus dem Leben, wie es sich ereignet, taugt dazu, einfach so in eine Geschichte übernommen zu werden. Man muss auswählen und das, was man auswählt, muss man bearbeiten, umdeuten, verändern, muss es der Geschichte anpassen, die ihr eigener letztgültiger Maßstab ist, neben dem etwas wie ›so hat es sich aber wirklich zugetragen‹ kein relevantes Argument ist.« Ist das eine Art von Gebrauchsanweisung für Autoren, kraftvolle Geschichten zu erzählen?*

A: Ich kann meine pädagogische Ader nicht verleugnen. Wenn ich nicht aufpasse, dann kommt sie – schwups – wieder zum Vorschein. Es ist schon wichtig, zu recherchieren, viel wesentlicher ist aber, sich zu erinnern. Jeder, der seine Kindheit überlebt hat, hat genug Stoff für eine schriftstellerische Karriere. Ich weiß nicht mehr, wer das gesagt hat, aber derjenige meinte sicher, dass diese existenziellen Ängste, die man als kleines Kind hat und die viel tiefgreifender sind als alles, was man als Erwachsener erlebt, genug Erinnerungen bieten. Auch wenn es sich objektiv gesehen um banale Dinge handelt, auf die man als Kind reagiert, für die Tiefe der Angst und die Größe des Erlebens spielt das keine Rolle.

F: *Die erzählte Geschichte hat ihre eigene Realität und auch ihre eigenen Gesetze. In ihr funktioniert alles und jeder nach einem bestimmten Uhrwerk, die Geschichte ist ihr eigener letztgültiger Maßstab der Wirklichkeit. Welche Wirklichkeit ist denn die Ihre, die Fiktion oder das, was die meisten Menschen Realität nennen? Sind Sie eher ein Mensch, der in Tagträumereien zu Hause ist und mit Fragezeichen und dunklen Stellen leben kann, oder fühlen Sie sich im strahlenden Licht der aufklärerischen Vernunft am wohlsten?*

A: Ich kann auch mit Fragezeichen leben. Aber Vernunft finde ich auch gut, wo immer man ihr begegnet. In Stellen, in die man hineinleuchten kann, will ich hineinleuchten, und wenn sich dann weitere Schatten abzeichnen, dann ist es erst mal so. Es gibt Zweideutigkeiten und Uneindeutigkeiten, die man hinnehmen muss, aber auch viele Unklarheiten, die nicht sein müssten. Ich möchte immer eine Geschichte schreiben, die sich der Welt nähert, die eine Wahrheit zu entdecken versucht, und nicht eine, die eine Lüge in die Welt setzt. Das passiert dann, wenn sich der Schriftsteller von der Welt entfernt und sich eine Fantasy-Wirklichkeit zurechtschreibt.

F: *Wie erleben Sie den Schaffensprozess? Ist für Sie das Schreiben »Magie, das Wasser des Lebens«, wie Stephen King es bezeichnete?*

A: Für mich ist es elementar wichtig, dass ich beim Schreiben Freude erlebe. Wenn ich an einem Tag nichts geschrieben habe, dann fühle ich mich unzufrieden. Ungefähr so, als hätte ich nichts zu essen bekommen. Bei mir ist eine Notwendigkeit da, zu schreiben.

F: *Sie sagten einmal, die auslösende Idee für den Roman »Eine Billion Dollar« hätte Sie 25 Jahre lang beschäftigt.*

A: Ja, das war eine Geschichte, die ich in einem Jugend-Sachbuch gelesen habe. In dem Text ging es darum, den Jugendlichen die Zusammenhänge der Welt nahe zu bringen. Zinseszins wurde darin so erklärt: Wenn Josef zur Zeit Jesu einen Pfennig zur Bank gebracht hätte und dieser Pfennig mit zwei Prozent verzinst worden wäre, dann wäre ein Vermögen entstanden, das so riesengroß ist, dass es dafür überhaupt kein Zahlwort mehr gibt. Das fand ich völlig abstrus, aber ich war fasziniert. Ich habe es einen Nachmittag lang nachgerechnet und dabei kam die Idee zu einer Geschichte, in der jemand nicht den Goldschatz vom Amazonas findet, sondern ein Sparbuch, das ein paar Jahrhunderte herumgelegen ist. Der Betrag in Höhe von einer Billion stand auch relativ bald fest, das war nämlich gerade so an der Grenze dessen, was man noch darstellen kann. Jahrzehntelang habe ich gebangt und befürchtet, dass jemand vor mir über das Thema schreibt. Aber die Idee war noch nicht fertig, ich wusste noch nicht, wie es weitergeht.

F: *Sie bezeichnen »Eine Billion Dollar« als Ihr »bei weitem ehrgeizigstes Buch«. Sie haben »mehr und ausgiebiger dafür recherchiert« als für alle Ihre übrigen Bücher zusammengenommen und zweieinhalb Jahre daran geschrieben.*

A: Es war noch mehr, denn ich habe einige Anläufe genommen, bis es endlich losgehen konnte. Ehrgeizig ist das Buch insofern, als ich damit den Finger auf eine Fehlerquelle in unserer heutigen Kultur legen wollte, der wir uns nicht bewusst sind – nämlich unser Finanzsystem. Dass es darin Fehler geben muss, resultiert für mich aus einer Reihe von Beobachtungen: Wir haben jahrzehntelang Frieden gehabt und permanentes Wirtschaftswachstum. Eigentlich müsste die Bundesrepublik Deutschland schweinereich sein, allein schon aufgrund des Zinseszinseffekts. Stattdessen nimmt man es aber längst unwidersprochen hin, dass die Kommunen nicht mehr so viel Geld haben, dass auch kein Geld mehr da ist für Stadtbüchereien. Sogar die Bundeswehr muss schon aus drei Panzern einen machen, dass wenigstens der noch fährt. Und so weiter. Warum eigentlich? Es ist überhaupt nicht einzusehen, warum das so sein sollte. Wir müssten doch viel reicher sein als vor dreißig Jahren. Warum aber macht Herr Eichel mehr Schulden als je zuvor? Ich behaupte, es stimmt etwas nicht mit dem Betriebssystem der Wirtschaft. Was es genau ist, daran rätsele ich auch noch herum. Ich habe mit Volkswirten darüber gesprochen, aber die verstehen nicht einmal die Fragen, die ich ihnen stelle.

F: *Auch sagten Sie einmal, Sie hätten damit ein weitgehend unbeackertes erzählerisches Feld entdeckt, das jeden einzelnen Menschen auf diesem Planeten etwas angehe. Welche Reaktionen haben Sie denn damit ausgelöst?*

A: Viel zu wenig. Das Problem ist, dass ich mir selber unschlüssig bin. Ich bin mir der Sache nicht sicher genug. Ich stelle eine Frage, aber leider verhallt sie ungehört. Es wäre schön, wenn ich mit dem Buch erreichen könnte, dass Menschen, die an einer Bank vorbeigehen und Plakate mit Sprüchen lesen wie »Lassen Sie Ihr Geld für sich arbeiten« oder »Ihr Vermögen muss sich vermehren«, diese Sprüche als die Märchen erkennen, die sie tatsächlich sind. Ich habe ein Abstraktum, nämlich das Geld, zur Hauptfigur des Romans gemacht, und es scheint wohl so zu sein, dass noch niemand in der Weise über dieses Thema geschrieben hat.

F: *Sie haben sich unglaublich fundiert über das Funktionieren der Weltwirtschaft, des Geldsystems und die Verflechtung von Konzernen informiert. Ist Ihnen das als Nicht-Betriebswirt schwer gefallen?*

A: Jein. Ich glaube, die Tatsache, dass ich kein Betriebswirt bin, war in dem Fall eher von Vorteil, weil ich bestimmte Sachen einfach unvoreingenommen betrachten konnte und sozusagen der üblichen Gehirnwäsche, die mir dort stattzufinden scheint, nicht unterworfen war. Was mir ein bisschen zu denken gibt, ist Folgendes: Ich habe mich zwei bis drei Jahre damit beschäftigt, dann einen Roman dazu geschrieben – und was passiert? Zum Beispiel hat sich ein Professor für Volkswirtschaft gemeldet, der einen ganzen Satz der Bücher anschaffen will, um seinen Volkswirtschaftsklassen die Sache nahe zu bringen. Ich weiß nicht, ob ich nun derart fundiert recherchiert habe, oder ob die Wirtschaftswissenschaften einfach noch nicht so fundiert sind. Mir scheint, dass sich für jede Behauptung, die von jemandem aufgestellt wird, das genaue Gegenteil finden lässt, von jemandem mit dem genau gleichen akademischen Geltungsgrad. Und dass viele Zusammenhänge nicht wirklich verstanden werden, sondern nur hinter dunklen Begriffen versteckt werden. Ich wollte, ich würde da besser durchblicken. Das Thema hat mich auch noch nicht losgelassen, da kann schon noch einiges kommen.

F: *Sie haben viele Überlegungen in den Band hineingenommen, die sich mit einer gerechteren Wirtschaftsordnung befassen.*

A: Wichtig ist in dem Zusammenhang, dass man das Wirtschaftssystem und das Finanzsystem auseinander hält. Das Wirtschaftssystem ist gar nicht so schlecht. Wir haben ein bisschen arg viel Einflussnahme des Staates, viel Reglementierung, was die natürliche Konkurrenzbereitschaft und Leistungsbereitschaft unterminiert. Ich sage das aus meiner Erfahrung als Unternehmer. Ich kann verstehen, warum Leute keine Arbeitsplätze schaffen wollen, warum man keinen Bock hat, sich anzustrengen, es macht teilweise echt keinen Spaß. Und das hat damit zu tun, dass jeder Furz reguliert wird. Dieses berühmte Beispiel ist ja bekannt: Bill Gates hat in einer Garage angefangen und ein Firmenimperium geschaffen. Hierzulande könnte er das nicht, weil jeder Arbeitsplatz nach den berufsgenossenschaftlichen Vorschriften ein Fenster haben muss, eine Garage aber kein Fenster haben darf. Also kann man in einer Garage nicht anfangen. Die Probleme, die wir haben, kommen aber auch aus der Vermischung von Finanzwesen und Wirtschaftssystem. Die Wirtschaft ist dazu da, Produkte und Dienstleistungen anzubieten, die echte oder eingeredete Bedürfnisse befriedigen. Das Finanzwesen ist das System, das dafür sorgt, zu regulieren, wer was davon kriegt, wem was zusteht. Geld ist ein Gutschein für eine bestimmte Leistung, ein Punkt, den man eintauschen kann gegen etwas anderes. Und dieses System ist ungerecht. Da fließt zuviel Geld von den Armen zu den Reichen anstatt umgekehrt. Der Staat müsste hier gegensteuern. Aber wenn ich an die Unternehmensteuerreform denke, die Herr Eichel vergeigt hat, dann fällt mir nichts mehr ein.

F: *Was ist die Globalisierung, die längst von vielen als globale Amerikanisierung gesehen wird, für Sie persönlich?*

A: Die Globalisierung ist im positiven Sinn ein Zusammenwachsen der Menschheit. Und das ist grundsätzlich zunächst etwas Gutes. Nämlich dass wir mehr über die anderen wissen, sie mehr als Mitmenschen betrachten und weniger als Fremde.

F: *In »Der Letzte seiner Art« vergleichen Sie die Amerikaner mit den Römern: »Die militärische Weltmacht Nummer eins, die allen anderen sagt, wo es langgeht«. Auch die römische Lebensart kommt Ihnen »in mancher Hinsicht sehr amerikanisch vor, sowohl in ihren Ausschweifungen als auch in ihrer pragmatischen Nüchternheit«, wie man in Ihrem Roman lesen kann.*

A: Die Idee zu diesem Vergleich stammt nicht von mir. Ich weiß nicht mehr, wo ich sie aufgeschnappt habe, aber es schien mir einleuchtend. Man spricht ja inzwischen auch vom *Imperium Americanum*, sogar die Amerikaner selber. Vielleicht ist es ein Naturprinzip von Politik, dass wenn eine einzelne Macht da ist, sie dann römisch wirkt.

F: *Offensichtlich ist die Bewahrung der irdischen Biosphäre ein Herzensanliegen von Ihnen. Als Leser bekommt man die Zerstörung der Natur drastisch vor Augen geführt. Verfolgen Sie in »Eine Billion Dollar« möglicherweise auch so etwas wie pädagogische Absichten?*

A: Also, pädagogische Absichten versuche ich immer zu dämpfen, denn ein Roman, der nur belehrt, ist ein Pamphlet und kein Roman. Aber ich würde schon gern in einer Welt leben, wo ich mir nicht Sorgen machen muss, ob sie in hundert Jahren noch existiert oder auch nur in zehn. Ich habe das Gefühl, einer Generation anzugehören, für die die Auseinandersetzung mit diesem Thema in den siebziger Jahren unausweichlich wurde. Mein Hausarzt hat mir damals ein Buch geschenkt von Gordon R. Taylor mit dem Titel »Das Selbstmordprogramm«. Danach hat mich meine Jugend hindurch das Gefühl geprägt, dass die Zukunft ungewiss ist und dass man sich fundamentalere Sorgen machen müsste, als es die Generation unserer Eltern getan hat. Heute weiß ich nicht mehr, ob das stimmt. Weltkriege sind ja auch nicht gerade ein Pappenstiel.

***F:** In »Solarstation« tritt ein Aktivist der radikalen »Greenforce« auf, einer gewalttätigen Splittergruppe der Greenpeace-Bewegung mit terroristischem Hintergrund. Könnte es auch in der Realität passieren, dass es zu einem bewaffneten Kampf für die Natur kommt?*

A: Kann ich mir gut vorstellen.

***F:** Es haben sich längst Konzerne entwickelt, die in der Lage sind, Nationalstaaten gegeneinander auszuspielen, um sie zu einseitigen Zugeständnissen zu zwingen. Dabei handelt es sich um Organisationen, die im Prinzip tun können, was sie wollen, nicht nur in ökologischer Hinsicht. Solche Konzerne brauchen sich auch weitgehend nicht mehr um Gesetze zu kümmern.*

A: Meine Grundidee ist die, dass mafiöse Strukturen naturgesetzmäßig überall dort entstehen, wo alle gesellschaftlichen Kontrollen wegfallen – entweder weil sie nicht ausgeübt werden oder weil sie gar nicht vorhanden sind. Ich behaupte aber, dass multinationale Konzerne nicht zwingend in einem gesetzesfreien Raum existieren müssen. Vielmehr sollten überall auf der Welt die gleichen Spielregeln für alle Unternehmen gelten. Wenn das gewährleistet ist, ist es fast egal, wie diese Spielregeln lauten. Momentan ist es so, dass es sich kein Konzern leisten kann, eine bestimmte Möglichkeit aus ethischen Erwägungen heraus nicht wahrzunehmen, weil er dann von den anderen übervorteilt würde, die diese Rücksicht nicht nehmen. Das Fehlen von transnationalen Regelungen gereicht allen zum Nachteil, letztlich auch den Konzernen selber. Wir brauchen Recht und Ordnung im Wilden Westen.

F: *In »Eine Billion Dollar« wird die Schaffung einer transnationalen Macht, die Gesetze auf globaler Ebene durchsetzen kann, als Ausweg aus den Problemen der Gegenwart vorgestellt. Diese Macht konstituiert sich, indem sie sich auf das gleichberechtigte, demokratische Mitspracherecht aller Erdenbürger als Gesamtheit beruft, und kulturen- und nationenübergreifende Abstimmungen, Wahlen und Referenden durchführt.*

A: Ich kann mir gar nichts anderes vorstellen, als dass es letztlich eines Tages darauf hinausläuft. Die Frage ist nur, wann wir soweit sind, denn das ist nichts, was man Leuten einfach aufzwingen kann. Es gibt viele Bereiche auf der Welt, wo demokratisches Empfinden noch gar nicht existiert. Das kann man nicht künstlich schaffen, das muss wachsen. Der eigentlich Trick bei der Sache wäre folgender: Jeder Mensch auf der Erde, der an der Abstimmung teilnimmt, hätte plötzlich beim Vorgang der Abstimmung das Bewusstsein dafür, dass seine Stimme zählt. Es kommt dann gar nicht mehr so sehr auf die Person an, die gewählt wird. Angenommen, jemand würde tatsächlich versuchen, eine solche weltweite Wahl eines Sprechers der Menschheit durchzuführen, wir würden uns wundern, was dann los wäre. Der Sprecher müsste gar nichts haben, mit gar nichts ausgestattet sein, schon gar nicht mit einer Armee. Dennoch würden etliche Staaten, und die Amerikaner vorneweg, ganz massiv versuchen, eine solche Wahl zu verhindern. Alle Mächtigen wissen, dass die Macht beim Volk liegt, nur das Volk weiß es nicht. Aber gerade wir in Deutschland haben erfahren, dass es auch anders laufen kann. Leute haben sich hingestellt und gesagt: »Wir sind das Volk«. Das war ein Ereignis, das in seiner enormen Tragweite viel zu wenig gewürdigt wird. Eine Diktatur ist gestürzt worden durch eine friedliche Revolution. Ausgerechnet in Deutschland.

F: *Wird es uns auf dem herkömmlichen Weg nicht gelingen, »eine Welt zu erschaffen, in der Menschen in Würde und Freundschaft untereinander leben können«, wie Nelson Mandela sagte?*

A: Ich weiß nicht. Eigentlich bin ich da nicht so pessimistisch wie es im Buch vielleicht klingt. Die afrikanischen Staaten versuchen beispielsweise, eine Union nach europäischem Vorbild zu schaffen, in der jeder seine Eigenart behalten darf. Das Internet wäre hier die technologische Entsprechung. Eine Struktur, die die ganze Welt umspannt und alle Menschen möglicherweise miteinander verbinden kann. Es sind also schon bei den Menschen selber Empfindungen in dieser Richtung in Gang gekommen.

F: *Ist der Protagonist in »Eine Billion Dollar« eine Art von Christusfigur? Ein Erlöser? Einiges deutet in diese Richtung. Beispielsweise heißt der Padrone, unter dessen Obhut der Protagonist seine ersten Schritte unternimmt, mit Vornamen Cristoforo (dt. Christusträger). Auch lässt die Stelle, wo er von einer armen Prostituierten gesund gepflegt wird, an die Sünderin aus dem Lukas-Evangelium denken, die Jesu Füße mit kostbarem Öl salbt (Neues Testament, Lukas 7,36). Und schließlich ist da die Prophezeiung, die verheißt, er werde den Menschen die verloren gegangene Zukunft wiedergeben, etwas, das Christus selbst für sich in Anspruch nimmt.*

A: Die Beweislast ist erdrückend. Das war aber unbewusst, ich habe das nicht so konstruiert.

F: *Das entstammt alles Ihrem unbewussten Repertoire?*

A: Muss so sein. Vielleicht sollte ich hier etwas zur Entstehungsgeschichte des Romans sagen. Am Anfang war die Idee da, jemand bekommt eine Billion, die durch Zins und Zinseszins entstanden ist. Er soll es nicht als Belohnung und auch nicht am Schluss kriegen, sondern gleich am Anfang. Mir war klar, die Geschichte fängt erst dann an, wenn er diese Riesen-Summe erhalten hat, die größer ist als alle Vermögen, die es je gegeben hat. Ich wusste bloß nicht, was passiert dann? Er ist reicher als die nächsten hundert reichen Menschen zusammengenommen, reicher als die meisten Staaten dieser Welt. Jahrelang wusste ich nicht weiter. Dann entdeckte ich in einem meiner Sparbücher die Klausel, dass die Zinszahlungen eingestellt werden, wenn dreißig Jahre lang keine Kontobewegung war. Damit schützen sich die Banken davor, dass jemand mal ein Sparbuch vergisst und es hundert Jahre lang liegen bleibt. Da wurde mir klar, dass ich jemanden brauche, der das Geld verwaltet. Um die Klausel zu umgehen genügt es ja, ein zweites Konto zu haben und nur alle paar Jahre das Geld hin und her zu überweisen. Aber dann entsteht ein Problem: Wie verhindere ich, dass derjenige, der das größte Vermögen aller Zeiten verwaltet, es einfach für sich selbst behält? Das kann man nur machen mit einem heiligen Auftrag. Das war das Einzige, was mir eingefallen ist, um Leute dazu zu bringen, über ihre Gier hinaus zu gehen. Die nächste Frage war dann: Wie könnte dieser heilige Auftrag aussehen? Dieser besteht in einer Prophezeiung, die sich auf den Erben bezieht. Und damit war die Grundkonstellation gegeben. Es gibt einen Erben, und es gibt die Hüter des Vermögens, die glauben, dass der Erbe mit diesem Vermögen etwas bewirken kann, was sie selber nicht können, weil es einen heiligen Auftrag gibt. Alle weiteren Ereignisse und Geschehnisse, die sich vielfach aus der Recherche ergeben haben, müssen kausal miteinander verknüpft werden. Eines muss sich aus dem anderen entwickeln und zwar auf eine Weise, die mir spannend genug erscheint, es auch schreiben zu wollen. Schon beim Schreiben muss ich ein kribbelndes Gefühl in den Fingern haben, muss spüren, dass es jetzt auf etwas zusteuert. Das ist ein Frage der Dramaturgie. Wie beim Striptease wird alles so nach und nach enthüllt. Die Frau im Nachtlokal zieht sich ja auch nicht einfach aus und stellt sich dann hin. So ähnlich ist es beim Romanschreiben auch.

F: *Dennoch nehmen viele Ihrer Romane ganz selbstverständlich religiöse Bezüge auf. Beispielsweise wird in »Der Letzte seiner Art« ohne jede Relevanz für die Dramaturgie der Handlung die Bibel und die Apostelgeschichte erwähnt, und in »Eine Billion Dollar« ist immer wieder von Gott die Rede. Geschieht dies zur Charakterisierung der Protagonisten?*

A: Die Herausforderung beim Schreiben ist, die Personen und die Konstellationen wirklich bis ins Letzte auszuschöpfen, ohne dabei irgendetwas auszuweichen, was einem selber vielleicht nicht in den Kram passt oder einem nicht angenehm ist. Selbst wenn eine Romanfigur, die man schreibt, eine Auffassung entwickelt, die der eigenen Auffassung widerspricht, darf man dem nicht ausweichen. Die religiöse Dimension kommt in vielen Romanen zu kurz. Für mich ist eine Geschichte nicht zu Ende gedacht, wenn diese religiöse Dimension fehlt. Ich meine damit die Antwort einer Figur auf die Frage, was ist der Sinn meines Lebens, wozu existiere ich? Dieser Frage kann niemand ausweichen. Ein echter Mensch nicht und ein erfundener auch nicht. Alles, was man tut, ist unausgesprochen eine Antwort darauf. Dass wir hier sitzen und ein Interview führen, hat etwas damit zu tun, wie wir unser Leben definieren, dass wir unterstellen, es hat Sinn, was wir hier tun. Deswegen ist das ein Feld, das man ausleuchten muss. Sonst bleibt man im Bereich des Klischees.

F: *Im Zusammenhang mit »Das Jesus-Video« muss man wohl auch ein wenig über Theologie und Kirche sprechen. Hatten Sie* *da eigentlich einige Berührungsängste, als Sie sich an das Thema machten.*

A: Nein, hatte ich nicht. Ich hatte auch keine Ängste, dass ich da irgendwelche Schwierigkeiten bekomme. Es gibt wesentlich kirchenkritischere Bücher, und deren Verfasser leben alle auch noch. Ich war ohnehin schon aus der Kirche ausgetreten, so brauchte ich die Exkommunikation nicht zu fürchten, zumal ich sowieso vorher evangelisch war. Nein, da gab es keine Berührungsängste.

F: *Einem Freund, der als katholischer Priester gerade eine Pfarrstelle in der Nähe von Stuttgart betreut, hat »Das Jesus-Video« enorm gut gefallen. Er bat mich, Sie zu fragen, ob Sie an Gott glauben.*

A: Das weiß Gott allein. Das ist eine Frage, die mir in diesem Zusammenhang erstaunlich selten gestellt wird, was ich begrüße. Denn mit dieser Frage habe ich meine Schwierigkeiten. Aus folgendem Grund: Was fängt man an mit der Antwort? Beruhigt ihn das, oder beunruhigt ihn das? Was wäre, wenn ich sagte, nö, das habe ich alles einfach nur so geschrieben? Ich finde, die Art und Weise, wie man das Universum und den Sinn seines Lebens deutet, ist etwas sehr Privates. Für mein Empfinden hat da jemand anders, wenn überhaupt, nur mit äußerster Vorsicht darin rumzufuhrwerken. Und dieser Bekehrungsanspruch und diese Belehrungsabsichten, auf die man überall stößt, machen mich zutiefst misstrauisch. Wenn mich jemand bekehren will, dann heißt das, er will sich selber bekehren. Bekehren will man nur, wenn man selber nicht dran glaubt. Man will dieses Erfolgserlebnis haben, meine Lehre hat den oder jenen überzeugt, dann überzeugt es mich wieder für eine Weile. Deswegen würde ich auf diese Frage am liebsten mit dem buddhistischen MU antworten. Das bedeutet: weder ja noch nein. Es bedeutet Null-Information. Sozusagen: dumme Frage, die nächste bitte. Ich habe die Erfahrung gemacht, dass man durch diese Frage vereinnahmt wird. Sage ich, ja ich glaube an Gott, dann werden gleich damit Forderungen verbunden, nach dem Motto: Wenn Sie an Gott glauben, dann müssen Sie aber dieses oder jenes tun. Deswegen sage ich das ungern. Ich sage auch das Gegenteil ungern, weil es für mich irgendwie nicht zutreffend ist. Eine Frage, die auch häufig gestellt wird, ist: Sind Sie gläubig? Zunächst einmal glaube ich nicht, dass jemand, der im herkömmlichen Sinn fromm oder gläubig ist, diese Art von Roman hätte schreiben können, weil man doch das eine oder andere, um das so darstellen zu können, in einem anderen Licht sehen muss als es die herkömmliche Theologie einem erklärt. Zweitens misstraue ich dem Konzept des Glaubens. Und da sind wir wieder bei der Frage, glauben Sie an Gott? Ich sehe nicht ein, warum es wichtig sein muss, an irgendetwas Bestimmtes zu glauben. Sogar für das Seelenheil. Wenn etwas wahr ist, verträgt es jeden Zweifel, wenn es nicht wahr ist, brauche ich es nicht zu glauben. Ich bin eher ein Fan des Zweifelns. Leute, die glauben, sind gefährliche Leute. Es waren gläubige Leute, die diese Boeings ins World Trade Center steuerten, und es waren gläubige Leute, die deswegen einen Krieg entfesselten. Ich habe noch nie gehört, dass ein Skeptiker einen Krieg entfesselt hat. Deswegen wär´s mir lieber, es gäbe weniger Gläubige und mehr Skeptiker. So eine Frage wie »Glauben Sie an Gott?« impliziert schon eine ganze Menge und lässt die sonstigen Sichtweisen, die man auf das Leben haben kann, außen vor. Als Antwort gibt es nur ein Entweder-oder. Dadurch wird eine Auseinandersetzung, die ein ganzes Leben lang dauert, auf ein simples Ja oder Nein verkürzt. Und so einfach funktioniert die Welt nicht.

F: *Gibt es eine Transzendenz oder ist die materielle Welt schon alles?*

A: Auch da bin ich grundsätzlich am Zweifeln und Überlegen. Ich denke aber, dass die Idee, die materielle Welt sei schon alles, nicht funktioniert. Diese Idee ist nicht tragfähig genug und für mich nur ein moderner Mythos. Das bloße Phänomen des Bewusstseins, das jeder von uns erfährt, weil jeder von uns ein Bewusstsein ist, und für dessen Zustandekommen es nicht den Hauch einer Erklärung gibt, ist ein Hinweis darauf, dass das Materielle nicht alles erklären kann.

F: *Zurück zu »Das Jesus-Video«: Für den großen christlichen Denker und Philosophen Sören Kierkegaard ist Glaube ein Akt, der den zeitlichen Abstand zu Jesus Christus überwinden kann. Er sagt sogar wörtlich, Glaube sei Gleichzeitigkeit mit ihm. Die zeitliche Distanz wird auch aufgehoben, bei den Leuten, die im Roman das Glück haben, die echte Video-Aufzeichnung von Jesus zu sehen und so ganz aktuell zu erleben, wie er war, wie er sich bewegte, wie er sich den Menschen zuwandte. Haben Sie vielleicht selbst schon mal erlebt, dass bei der Lektüre des Neuen Testaments die Person des Jesus von Nazareth in den Reden und Gleichnissen plötzlich ganz anschaulich werden kann? Die Gestalt kommt in den Texten aus der Vergangenheit auf den Leser der Gegenwart zu und wird wirklich. Sie wird unter Umständen* *sogar derart wirklich, dass man als Leser auf einmal einen anderen Blickwinkel einnimmt und das Leben und sich selbst vielleicht ganz anders sieht. Man wird verwandelt, verfügt plötzlich ein Gespür für den Wert des Lebens und vor allem die Wichtigkeit oder Unwichtigkeit der Dinge. Genau so wie Sie das bei den Menschen im Roman beschrieben haben, die das Video gesehen haben. Übrigens das ideale Sakrament unseres Medienzeitalters: Ich glaube nur, was ich sehe – deshalb glaube ich alles, was im Fernsehen kommt.*

A: An diesem Punkt des Romans erleben wir zwei verschiedene Reaktionen. Den einen berührt´s, für den anderen ist es alles Schmu. Weshalb? Der Protagonist ist den ganzen Roman hindurch auf der Suche, ohne es zu wissen. Es gibt ja Romane über die Suche nach dem Heiligen Gral. Am Ende verschwindet er aber immer oder erweist sich Fälschung. Auch beim »Jesus-Video« besteht für den Leser ein Teil der Spannung in der Frage, ob ich das Video zeigen werde oder nicht. Jeder wird denken, das traut er sich nicht. Also muss ich es zeigen. Aber ich muss es anders tun, als man es erwartet. Also zeige ich nicht eine Szene aus der Bibel, kein Abendmahl, keine Bergpredigt, sondern etwas, das so nicht in der Bibel steht. In diesem Moment, als es beim Schreiben darauf zuging, war diese Spannung da, und aus der heraus habe ich dann diese Szene geschildert.

F: *Wurde der Text eigentlich von einem Theologen Korrektur gelesen? Der hätte vermutlich entdeckt, dass im Roman behauptet wird, von Jesus hätte die zeitgenössische Geschichtsschreibung keine Notiz genommen, es sei keine Spur von ihm in römischen Berichten aus seiner Zeit. Tatsächlich gibt es aber mehrere Zeugnisse von Menschen, die nicht aus dem Umfeld von Jesus waren. Zum Beispiel Josephus Flavius, der jüdischer Geschichtsschreiber im Dienst von Vespasian und Titus war.*

A: Der Roman wurde praktisch überhaupt nicht Korrektur gelesen. Und Flavius, naja. Ich habe meine Informationen über archäologische Befunde zur Existenz Jesu aus einem Text der Encyclopedia Britannica. Die Britannica ist für mich erst mal eine Autorität. Wenn die das sagen, dann ist das so, dann ist das der Stand der Forschung. Offenbar war es Wille des Schicksals oder Gottes, diesen Sachverhalt nicht allzu klar werden zu lassen, sonst wären uns mehr Fakten überliefert, vielleicht sogar das Vernehmungsprotokoll oder was auch immer.

***F:** Beim Thema Kirche und Papsttum bringen Sie praktisch ausschließlich Oberflächliches und Klischees. Beispielsweise einen Papst, der gegen Empfängnisverhütung predigt, oder den Vatikan, der einen üblen Geheimdienst unterhalten soll.*

A: Ich muss da in diesem Zusammenhang bekennen, dass sich meine Sicht des Papstes sehr gemildert hat im Lauf des Schreibens dieses Romans. Man verändert sich mit jedem Buch. Das Schreiben eines Romans ist wie eine Transformation: Man ist nachher nicht mehr derselbe. In diesem Fall hatte ich zunächst eine sehr negative Sicht vom jetzigen Papst. Ich war so drauf, dass ich sagte, je schneller die Kirchen allesamt abgeschafft werden, desto besser. Heute kann ich den Papst so lassen, wie er ist. Ich habe sozusagen auf gewisse Weise Frieden geschlossen mit ihm, was für mich selber sehr verblüffend kam. Kirchen sind ein Phänomen des menschlichen Lebens, das eben auch existiert und für das es wahrscheinlich auch einen Grund gibt. Ich muss nicht alle Gründe verstehen und muss sie schon gar nicht billigen. Aber aufgrund dessen kann ich mich freier mit kirchlichen Themen beschäftigen und diese wahrnehmen. Ich habe mich also aus einer Vorurteilsbrille herausgeschrieben. Was völlig verblüffend war für mich.

***F:** Gehen wir zum größeren Zusammenhang über, in dem ihre Romane stehen: Sie haben praktisch alle Themen bearbeitet, die als klassische Science-Fiction-Themen gelten.*

A: Nun, ich habe meine ganze Jugend damit zugebracht, Bücher zu lesen, auf deren Cover Raumschiffe, fremde Planeten oder Aliens abgebildet waren. Bei so einer Diät hat man natürlich eine andere Symbolwelt im Kopf als jemand, der keine Science Fiction gelesen hat.

***F:** War das auch der Grund, der Sie dazu brachte, als Gastautor bei Perry Rhodan einzusteigen? Wollten Sie einfach mal mit den Figuren näher zusammenkommen, die Sie von Ihrer Jugendzeit her bestens kannten?*

A: Die Initiative ging eigentlich von der Perry Rhodan-Redaktion aus. Unmittelbar nachdem ich den Kurd-Lasswitz-Preis für »Solarstation« bekommen habe, ist der Klaus Frick, der Perry-Rhodan-Chefredakteur, auf mich zugestochen – er hatte, glaube ich, damals grüne Haare – und fragte mich, ob ich Perry Rhodan kenne – was für eine Frage! – und ob ich Lust hätte, in diesem Umfeld einen Roman zu schreiben. Da habe ich mich sehr geehrt gefühlt und war auch gleich einverstanden. Schließlich war Perry Rhodan praktisch der Begleiter meiner Kindheit. Ich kam dann auf die Idee, dass man wie in der TV-Serie Dallas, wo man Schauspieler in Gastrollen nur jeweils einmal auftauchen ließ, für Perry Rhodan die Funktion des Gastautoren erfindet. Irgendwie erinnert sich heute dort niemand mehr daran, dass ich diese Idee aufgebracht habe; die halten es inzwischen für ihre eigene. Aber anfangs gab es große Bedenken, dass ich etwas machen könnte, was nicht ins Serienkonzept passt. Also hat Robert Feldhoff die Handlung, die er sich für den Zyklus ausgedacht hatte, extra für mich modifiziert, um mir einen abgeschlossenen Spielraum zur Verfügung zu stellen. Dort konnte ich mich sozusagen austoben, ohne viel kaputt zu machen. So entstand der Roman »Der Gesang der Stille«.

F: *Und warum haben Sie nur einen Roman für die Perry-Rhodan-Heftromanserie geschrieben?*

A: Was heißt *nur* einen? *Immerhin* einen! Für mich war das so, als würde ich mit Paul McCartney Gitarre spielen. Immerhin habe ich die Romanserie Perry Rhodan als Zwölf- bis Dreizehnjähriger verschlungen, ich habe darin *gelebt*.

F: *Ist die Homogenität Ihres Gesamtwerkes durch diesen Heftroman nicht gestört?*

A: Um die Homogenität meines Gesamtwerkes mache ich mir nun überhaupt keine Gedanken. Ich weiß nicht, ob man in diesem Zusammenhang überhaupt von Homogenität reden kann. Ich mache Leuten Probleme, die meine Romane sammeln wollen, weil sie diesen Roman unter Umständen nicht mehr kriegen, wenn sie ihn haben wollen. Aber so ist das Leben.

F: *Sehen Sie Perry Rhodan eigentlich als Space Opera?*

A: Klar, Perry Rhodan ist sozusagen die Space Opera schlechthin. Abenteuer in fernen Welten, mit riesigen Raumschiffen wird herumgeflogen, die unglaublichsten Dinge passieren. Wenn das nicht Space Opera ist, dann weiß ich nicht, was dann.

F: *War »Quest« ursprünglich als Jugendroman gedacht? Es herrscht dort eine Art von Wohlfühlatmosphäre, die zuweilen an Star Trek erinnert. Ist »Quest« vielleicht das Gegenstück zu »Der Gesang der Stille« und als Ausflug in eine Art Star-Trek-Universum zu verstehen?*

A: Aua! Bitte nicht! Es war meine Absicht, mit »Quest« eine Space Opera zu schreiben und ich finde »Quest« sehr perryrhodanig. Der Roman verdankt Perry Rhodan sehr viel. Und es sollte auch kein

Jugendroman sein, sondern für Erwachsene ab dreizehn aufwärts. Was ist denn die Definition für Space Opera? Eine Horde Abenteurer zieht mit einem großen Raumschiff los, um in den Tiefen des Universums unglaubliche Abenteuer zu erleben. Das ist auch der Grundgedanke meines Romans »Quest«.

F: *Isaac Asimov hat der Suche nach der Ursprungswelt der Menschen mehrere Romane seiner Foundation-Serie gewidmet. Was fasziniert Sie so an diesem Motiv, dass Sie es in »Quest« einsetzten und zum Kern der Erzählung machten?*

A: Es ist vielleicht auch wieder ein religiöses Motiv. In »Quest« geht es ja nicht nur um die Suche nach der Ursprungswelt der Menschen, sondern allen Lebens schlechthin. Bei diesem Roman geht die Kernidee zurück auf die Theorie von der Lebenswolke von Fred Hoyle und Chandra Wickramasinghe. Diese Theorie geht von Kometen aus, die imstande sind, Lebenskeime weiterzutransportieren. Als ich das gelesen habe, kam mir der Gedanke, ob es nicht sein könnte, dass alles Leben miteinander verwandt ist und vielleicht sogar von einem gemeinsamen Ursprungsort stammt?

F: *Der Protagonist in »Quest« ist ein Mensch, der mit seinem Schöpfer hadert, weil er sich nicht damit abfinden will oder kann, dass Gott einfach schweigt zu den fürchterlichen Katastrophen, die es in diesem Universum gibt, und dem individuellen Leid, das in jedem Menschenleben vorkommt. Wie entstand diese Figur?*

A: Der zweite Kern meiner Idee zu »Quest« war, einen Unsterblichen und einen Todkranken im selben Raumschiff nach Gott suchen lassen. Der Todkranke sucht Gott, um mit ihm zu hadern, der Unsterbliche will Gott ausweichen. Denn er sagt, wenn alle meine Fragen beantwortet sind, was soll ich dann mit dem Rest meines unsterblichen Lebens anfangen? Der Unsterbliche, der Gott ausweicht, ist einer Figur aus einem Text von Rabindranath Tagore nachempfunden. Dieser Mensch sucht Gott, weiß aber schon genau, wo der wohnt. An dieser Tür hütet er sich zu klopfen, weil er danach nichts mehr mit seinem Leben anzufangen wüsste. Als ich Anfang zwanzig war und den Kopf voller verrückter Ideen hatte, wollte ich aus diesem Thema ein Theaterstück machen. Gott sei Dank habe ich es nicht getan.

F: *Woher kommt diese vorwurfsvolle Haltung Gott gegenüber, die übrigens viele unserer Zeitgenossen mit dem Raumschiffkapitän*

Quest teilen? Kommt sie vielleicht daher, dass man Gott in einer Weise für allmächtig hält, wie er es nie sein kann? Vergleichbar der Frage, ob Gott wohl ein rundes Viereck schaffen kann oder einen Stein, der so schwer ist, dass er ihn selbst nicht hochheben kann.

A: Der Protagonist hat sicherlich ein veräußerlichteres Gottesbild als wir es gewohnt sind. Im Roman steht die Theorie im Raum, dass es den Planeten des Ursprungs gibt. Keiner weiß zwar, wo er ist, aber dort wohnt Gott. Dahin bricht er auf, um Gott zu suchen und damit ein uraltes Menschheitsrätsel zu lösen. Es ist seine Verbissenheit und seine Wut, die ihm die Kraft dazu geben. Mit seinem Leben ist er gar nicht einverstanden. Aus so einer Konstellation resultieren ja oft die größten Anstrengungen, die man vollbringen kann. Ich brauchte eine schier unmenschliche Zerrissenheit in der Figur des Protagonisten, um ihn die Aufgabe dieser schwierigen Suche bewältigen lassen zu können.

F: *Im Gegensatz zu anderen Beispielen aus der Unterhaltungsliteratur wirkt die Auseinandersetzung mit metaphysischen Fragen in »Quest« an keiner Stelle peinlich.*

A: Freut mich, dass es so ist. Man müsste fragen, weshalb es normalerweise peinlich wirkt. Ich denke, das kommt daher, weil der Autor sich der Sache nicht wirklich stellt, sondern Klischees aus dem Hut zaubert, mit Denkschablonen arbeitet, anstatt die Sache zu durchdenken. Mit Bedeutungen, die man im Nachhinein in Texten entdeckt, ist es so eine Sache. Ich kann mir nicht schon bei der Konzeption eines Romans einen tieferen Sinn ausdenken und den dann bei der Ausarbeitung hineinlegen. Es fängt vielmehr immer mit einem Bild an, das in mir unmittelbar weitere Bilder entstehen lässt und ein Gefühl für die Gestalt des Romans erzeugt. Wenn ich versuche, theoretische Vorarbeit zu leisten, dann wird das immer etwas Verkrampftes. Es muss sich vielmehr eins nach dem anderen aus dem Roman selber entwickeln.

F: *Es geschieht wohl nicht zufällig, dass sich die zentrale Auseinandersetzung in dem Roman um Kategorien dreht, die in der abendländisch-christlichen Tradition in der Regel Gott zugeschrieben wurden und werden, nämlich allwissend und allmächtig zu sein. Könnten in den Überlegungen des Protagonisten über dieses Thema möglicherweise Überlegungen des Autors Andreas Eschbach zu finden sein? Gibt es biographische Anlässe oder Zusammenhänge, die Sie* *persönlich über Gottes Sein nachdenken lassen und explizit die Frage stellen: »Warum lässt Gott es zu?«*

A: Ich glaube, dass dieses Hadern mit dem Schicksal, wenn ich das einmal personenneutral ausdrücken darf, jeder kennt. Es gibt immer Situationen, mit denen man nicht einverstanden ist. Dann kommt ganz selbstverständlich die Frage, warum muss ausgerechnet mir das passieren? Es wäre aber eine leicht paranoide Grundhaltung, hinter unliebsamen Ereignissen die Absicht eines Schicksals oder eines Gottes zu vermuten, der ausgerechnet mich auf dem Kieker hat. Es schmeichelt natürlich dem Ego, wenn ein allmächtiges Wesen, das sich um das ganze Universum kümmert, sich auch um mich Gedanken macht und mir eins reinwürgen will.

F: *Quest besitzt eine eigene Kunstsammlung. Die kostbarsten Objekte präsentiert er in Vitrinen auf seinem Schiff. In einer der Vitrinen liegt ein kleiner Haarteppich, aus echtem Frauenhaar. Haarteppiche, allerdings wesentlich größere, gibt es auch in ihrem Roman »Die Haarteppichknüpfer«. Warum knüpft »Quest« daran an? Verbirgt sich dahinter Ihr Wunsch, wie Asimov ein Gesamtœuvre herzustellen?*

A: Man kann so ein Universum nicht nach Belieben konstruieren. Das Haarteppichknüpfer-Universum ist in mir aus ganz kleinen Anfängen gewachsen. Jetzt ist es so produktiv, dass ich endlos Geschichten schreiben könnte, die in diesem Universum spielen, und werde es vielleicht auch tun. Als ich »Quest« geschrieben habe, stand gewiss nicht der Wunsch im Vordergrund, beide Romane in demselben Universum spielen zu lassen. Aber durch die Verknüpfung entstand eine Fülle an Ideen, das hat also enorm befruchtend gewirkt. Wenn es nicht funktioniert hätte, hätte ich es eben gelassen.

F: *In »Die Haarteppichknüpfer« gibt es eine Figur im Hintergrund, den Sternenkaiser. Dieser ist unermesslich reich, unermesslich mächtig und auch noch unsterblich. Verkörpert er den heute sehr populären Mythos der technischen und kapitalistischen Intelligenz: »Alles, was der Mensch erreichen will, kann er auch schaffen«? Also der Sternenkaiser als personifizierter Neomythos, als operierender Thetan, wenn man die Sprache der Scientology-Sekte gebrauchen will?*

A: Ich habe in der Figur des Sternenkaisers eigentlich etwas anderes beabsichtigt. Es gibt sehr viele Geschichten, in der eine Macht auf ihre Grenzen stößt. Ich bin aber ein Fan davon, die Dinge auf die Spitze zu treiben, bis ins absurde Extrem, wenn es sein muss. Hier wäre das Extrem eine Art Superhitler, der auf keine Grenzen stößt und immer so weitermacht. Wo endet denn das? Meiner Ansicht nach endet es in der Selbstzerstörung. Diese Macht, die der Sternenkaiser hat, zerstört sich durch ihre Vollendung. Das zeigt sich aber erst, wenn man alle Begrenzungen wegnimmt und ihn immer weiter laufen lässt, bis er sagt, nicht ich habe die Macht, sondern die Macht hat mich.

F: *Der Roman erinnert an eine Anthologie vieler Kurzgeschichten, die sich inhaltlich ein bisschen überschneiden und recht ungelenk eine Handlung fortführen. Wie kam es zu diesem außergewöhnlichen Konzept?*

A: Es gab am Anfang eine Kurzgeschichte, die das erste Kapitel geworden ist. Die habe ich schon ein paar Jahre früher geschrieben, was man auch stilistisch merkt. Und ich hatte immer die Idee, diese Kurzgeschichte gegen eine zweite zu stellen, die schildert, was am anderen Ende mit den Haarteppichen passiert. Und dann habe ich das mal durchgerechnet: Wie viele Haarteppiche brauche ich denn? Da kam ich auf astronomische Zahlen. Zum Glück gehört das Hantieren mit Zehnerpotenzen zu den Sachen, die man im Ingenieursstudium lernt. Ich bin zu dem Schluss gekommen, dass ein einzelner Haarteppichknüpfer nicht reicht, auch nicht ein ganzer Planet voll Haarteppichknüpfer, ich brauchte ein ganzes Sternenreich dafür. Und so ist das Sternenreich entstanden. Das ist einer der Fälle, wo eine Idee aus einer Berechnung resultiert. Damals hatte ich die Sorge, dass ich vielleicht keinen ganzen Roman schaffe. Deshalb wollte ich einen Roman aus Kurzgeschichten schreiben, von denen jede für sich Sinn ergibt, die aber auch zusammen gelesen werden können. So eine Art Konzeptalbum, wie man es in der Musik nennen würde. Deshalb gibt es keine durchgehende Hauptfigur und auch keine durchgehende Handlung. Ich habe also auf die ganzen Sachen, die einen guten Roman sonst ausmachen, leichtfertig verzichtet. Das Resultat war dann sehr ungewöhnlich, was aber bestimmt dazu beigetragen hat, dass dieser Roman mein Türöffner in andere Sprachräume ist. Das ist immer noch der Roman, der in der Regel als Erstes entdeckt, besprochen und übersetzt wird in andere Sprachen. Diese Fleckerlarchitektur eines Teppichs wird im Prinzip vom Konzept des Romans nachgeahmt. Sieht zwar gut durchdacht aus, war aber von mir zunächst überhaupt nicht beabsichtigt. Übrigens hat der Roman »Die Haarteppichknüpfer« zusammen mit »Solarstation« den Bogen gespannt, in dem ich mich bewege. Durch das Atmosphärische im einen und der Action im anderen ist das Spielfeld abgesteckt. Seitdem muss ich nie den vorigen Roman kopieren und darf machen, was ich will.

F: *In »Kelwitts Stern«, erschienen 1999, spielen Sie mit den paranoiden Ängsten und irrealen Hoffnungen, die zu Jahrtausendwenden die Menschen beschäftigen. Andererseits bleibt die Frage, was denn passieren würde, wenn tatsächlich Außerirdische auftauchen. Ganz so humorig und spaßig wie bei Kelwitt wird es wohl nicht sein. Haben Sie da eine Idee?*

A: Erst mal zu 1999: Die ursprüngliche Idee ist aus einer Anregung entstanden von meinem damaligen Lektor bei Schneekluth. Der kam zu mir und sagte, der Verlag würde sich wünschen, dass ich ein Buch schreibe, das sich mit der Jahrtausendwende beschäftigt. Ich mag solche Auftragsarbeiten grundsätzlich nicht so gerne, deshalb versuchte ich, diese Geschichte so abzuwandeln, dass sie zu einer Idee passte, die ich schon in meinen Notizbüchern hatte. Nämlich die Idee von den Außerirdischen, die sich die Sterne am Himmel schenken.

Und was die Außerirdischen generell anbelangt, ist die erste Frage, gibt es sie denn? Und die zweite Frage, weshalb sie nicht schon längst da sind, wenn es sie denn gibt? Ich kenne dieses Argument, das mich früher auch sehr überzeugt hat: das Universum ist so groß, da wäre es doch sehr unwahrscheinlich, wenn wir die Einzigen sind. Irgendwo leuchtet mir das immer noch ein, aber auf der anderen Seite ist die Natur nun einmal sehr verschwenderisch. Wenn sich eines Tages herausstellen sollte, das Universum war nur dazu da, uns hervorzubringen, dann würde mich das auch nicht allzusehr überraschen. Vielleicht gibt es die Außerirdischen aber irgendwo und sie haben einen guten Grund, uns nicht zu besuchen. Vielleicht stehen wir unter Quarantäne oder gelten als gefährliche Erreger irgendwelcher Unbill oder vielleicht sind wir uninteressant. Oder vielleicht sind sie so fremd, dass wir sie gar nicht erkennen, obwohl sie schon da sind. Es wäre jedenfalls wünschenswert, dass der Erstkontakt bald stattfindet, damit die Ereignisse vom 11. September allmählich in den Hintergrund gerückt würden. Dann hätten die USA andere Sorgen als irgendwelche sogenannten Terroristen irgendwo in der Welt zu jagen.

F: *Kelwitt ist ein Wesen von einem anderen Stern auf der Suche nach seiner Bestimmung. Wie findet man seine Bestimmung heraus, wenn man nicht wie der Außerirdische einfach auf Orakelfahrt gehen kann?*

A: Diese Orakelfahrt ist das Pendant zu unseren Horoskopen. Beides ist mit vergleichbarer Zuverlässigkeit als Grundlage für solche Fragen nach der eigenen Bestimmung zu verwenden.

F: *Am Ende des Romans passiert etwas ganz Bemerkenswertes, das mich an einen uralten Text von Angus MacVicar erinnert. Von ihm stammt in der Reihe »Jerry Grants Abenteuer« der Jugendroman »Der verlorene Planet«. Darin gibt es eine weiße Blume vom Planeten Hesikos, die mit ihrem Duft Frieden stiften kann. So eine Pflanze begegnet auch in Ihrem Roman »Kelwitts Stern«: die Augenöffnerblume vom vierten Planeten von Telekis Stern. Die Augenöffnerblume wächst praktisch überall und scheint keine besonderen Nährstoffe zu benötigen. Aber das wirklich Besondere an ihr ist, dass ihr Duft bei allen Wesen, die ihn riechen, bewirkt, dass sie dessen gewahr werden, was sie tun. Es kommt also zu einer grundsätzlichen Änderung der Sichtweisen. Denken Sie, es wäre für uns sinnvoll, dass uns die wirklichen Beweggründe für unser Tun zu Bewusstsein kommen? Heißt das, wir machen uns gerne etwas vor und lügen uns selbst in die Tasche?*

A: Ja sicher, das ist das größte Problem, das wir haben. Den Roman von Angus MacVicar kenne ich nicht, finde die Übereinstimmung aber witzig, weil sie zeigt, dass Kernideen gar nicht so originell sein müssen. Meine Augenöffnerblume geht übrigens noch einen Schritt weiter als die Blume in der Jerry-Grant-Geschichte, denn es bleibt dort immer noch die Frage, was ist das denn für ein Frieden? Es kann auch ein Friedhofsfrieden sein, der durch Unterjochung, Beeinflussung oder Manipulation erzeugt wird. Die Augenöffnerblume nimmt sozusagen die Manipulation aus dem ganzen Spiel heraus. Die Fremdmanipulation wie die Eigenmanipulation, einfach durch Gewahrwerden dessen, was man tut. Es entsteht also eine Zunahme an Bewusstheit.

F: *Das Besondere an dem Fortsetzungsroman »Exponentialdrift«, der in 42 Folgen Woche für Woche in der Frankfurter Allgemeinen Sonntagszeitung erschienen ist, ist seine Offenheit. Der Roman lag nicht von Anfang an bereits vollständig vor, sondern entstand unter Einbe-*

ziehung aktueller Ereignisse. Was war dieses Experiment für eine Erfahrung für Sie?
A: Es war die Erfahrung, in einem begrenzten Zeitrahmen produktiv sein zu können und tagesaktuell zu arbeiten. Nach einem gewissen Vorlauf ist jede Folge dann auch in der Woche geschrieben worden, in der sie erschienen ist. Dass es geklappt hat, war für mein schriftstellerisches Selbstvertrauen ein Push – guck an, es geht tatsächlich. Und es war nicht mal schwer, denn ich konnte nebenher noch andere Sachen machen. Interessant war auch, die Geschichte weiter zu konstruieren, während sie schon veröffentlicht wird. Manche Fäden, die ich angelegt habe, blieben offen und wurden gar nicht oder erst für den Schluss wieder aufgenommen. Lehrreich war auch die Erfahrung mit dem Kürzen, denn meine Folgen gerieten immer viel zu lang. Ich musste brachial kürzen, um sie in dem vorgegebenen Zeilenmaß unterbringen zu können. Es war aber verblüffend, wie gut es dem Text tut, wenn er ganz straff ist. Es war eine Herausforderung, die viel Spaß gemacht hat. Das Experiment hat mir aber auch gezeigt, dass diese Art von Fortsetzungsroman nicht mehr zeitgemäß ist.
F: *Tut es einem Schriftsteller gut, wenn man von einem FAZ-Herausgeber in die Fußstapfen von Charles Dickens und Mark Twain gehoben wird, die ja ebenfalls Fortsetzungsromane geschrieben haben?*
A: Man würde ja lügen, wenn man sagen würde, dass einem das nicht gut tut und runter läuft wie Öl.
F: *In Ihrem neuesten Roman »Der Letzte seiner Art« geht es um einen nach Irland ausgewanderten Amerikaner. Irland ist der Ort seiner Vorfahren. Man spürt in dem Text viel Sympathie des Autors für die grüne Insel und seine Menschen. Was verbindet Sie mit Irland?*
A: Im Prinzip nicht viel. Ich habe einmal Urlaub dort gemacht und ich empfand es als wohltuend, die dortige – im Vergleich zu Deutschland unterkandidelte – Lebensweise zu genießen.
F: *Der Protagonist ist ein Mann, der sich vornimmt, in der Gegenwart zu leben, der sich bereitwillig mit dem Hier und Jetzt abfinden möchte. Er sagt: »Ich wollte nicht darüber nachdenken, was einmal gewesen war und was ich verloren hatte und was unter anderen Voraussetzungen hätte sein können und all dieses unfruchtbare Zeug.« Gelingt Ihnen selbst das? Schaffen Sie es, die Vergangenheit ruhen zu lassen?*

A: Das ist durchaus ein Ziel von mir. Ich wüsste aber auch nicht, was man anderes anstreben könnte. Denn das Hier und Jetzt ist einfach der Moment, in dem das Leben stattfindet. Alles andere sind Vorstellungen oder Erinnerungen.

F: *Im Lauf meiner Lektüre des Romans stellte sich so etwas wie ein literarisches Déjà-vu-Erlebnis ein. Ich hatte plötzlich die Empfindung, einen Roman von William Voltz in Händen zu halten. Genauso wie er schaffen Sie es, mit ganz sparsamen Mitteln einen zündenden Roman zu verfassen. Sie verzichten auf große Action, wilde Ereignisse oder aberwitzige Situationen. Ganz reduziert und geradlinig entwickeln Sie eine Handlung, die dennoch spannend und fesselnd ist. William Voltz hat das öfter getan, bespielsweise in »Hotel Galactic«. Darin hat er aus praktisch nichts einen atmosphärischen Roman fabriziert. Eifern Sie ihm nach?*

A: Voltz ist einer von den richtig guten Perry-Rhodan-Autoren gewesen. Einige meiner Lieblingsromane der Serie sind von ihm. Falls er mich hier beeinflusst hat, ist es mir jedenfalls nicht bewusst. Mein Wunsch war, einen stillen, nach innen gekehrten Roman zu machen. Ich wollte in einer gewissen Beschaulichkeit eine Figur zeichnen. Als Vorbild würde ich eher Georges Simenon sehen, der meisterhaft mit wenigen Details eine Atmosphäre zeichnen konnte.

F: *Bestimmte Autoren assoziiere ich stets mit einer Zahl. Bei Douglas Adams ist das natürlich die 42. Bei Eschbach wird mir das künftig auch so gehen. Wissen Sie schon welche Zahl ich meine? Es ist die 23. Wenn Sie Zimmernummern, beispielsweise in Hotels, verteilten, dann war das in »Der Letzte seiner Art« die Nummer 23. Der Protagonist von »Eine Billion Dollar« wohnt auch auf Zimmer 23. Da hat die Zahl ja sogar tragende Bedeutung für die Handlung. Was steckt dahinter?*

A: Ich habe mir das nicht ausgedacht im Gegensatz zu Adams. Die 23 ist ein Mythos aus der Illuminaten-Verschwörungstheorie. Man findet die Zahl angeblich überall dort, wo die Illuminaten ihre Hand im Spiel haben. Die Illuminaten wiederum sind die Verschwörer hinter allen Verschwörern, die die Fäden auf der Welt in der Hand halten. Ihr Siegel ist die Zahl 23. Und die Verschwörungstheoretiker finden diese dann auch in allen möglichen und unmöglichen Zusammenhängen. Manchmal wünschte man sich das geradezu, dass jemand auf der Welt die Fäden in der Hand hält. Aber ich glaube nicht daran. Es ist nur so, dass Verschwörungstheorien ein wunderbarer Nährboden sind für verrückte Ideen aller Art, und deswegen ist es für Autoren unverzichtbar, sich damit zu beschäftigen.

F: *Fast jedem Kapitel des Romans ist ein kurzes Zitat aus Werken des antiken Philosophen Seneca vorangestellt. Weshalb?*

A: Weil es mir passend erschien. Dass die Zitate vorangestellt sind, war eine Anregung des Lektors, die ich gerne aufgegriffen habe. Ich hatte sie ursprünglich in den Text eingebaut. Ich bin auf dem Gebiet nicht sonderlich bewandert, aber Seneca war ein Philosoph, den ich kannte. Ich besitze seit ewigen Zeiten ein Buch von ihm, habe es allerdings nur zum Teil gelesen. Bei der Vorbereitung zu diesem Roman fiel es mir wieder in die Hände und ich habe mir gesagt, dieser Cyborg kann nur entweder ganz fromm werden oder er muss Seneca lesen. Erst daraufhin habe ich das Buch ganz durchgelesen und festgestellt, wie gut es passt.

F: *Zitat aus dem Roman, als der Protagonist auf sein Leben zurückblickt. Er sagt: »All das habe ich mir gewünscht, als ich mir wünschte, der zu werden, der ich heute bin.« Wie ein roter Faden zieht sich der Gedanke durch den Roman, dass das Leben als Ganzes zu sehen sei und letztlich das Produkt von Wünschen sei, die bis in die Kindheit zurückreichen. Ist das eine Erfahrung, die Sie mit dem Protagonisten teilen? Haben auch Wünsche Ihr Leben geformt, die nicht gut für Sie waren?*

A: Da gibt es einige. Das will ich aber nicht weiter vertiefen. Wir wünschen uns im Unverstand oft Sachen, die uns nicht gut tun. Das prägt dann unser Leben. Man wünscht sich zum Beispiel eine bestimmte Beziehung und merkt erst zehn Jahre später, was für ein Glück man gehabt hat, dass nichts daraus wurde. Man wünscht sich einen bestimmten Job und ist dann todunglücklich, wenn man ihn hat. Man muss aufpassen, was man sich wünscht. Man könnte es bekommen.

F: *Nimmt man Seneca ernst, dann ist es nicht gut für den Menschen und die Art und Weise, wie er sein Leben lebt, wenn man allzu sehr seinen Wünschen verhaftet ist und im Begehren festhängt.*

A: Das sagt nicht nur Seneca. Das findet man auch bei Buddha und jedem anderen Lehrer, dem Weisheit zugestanden wird.

F: *Interessanterweise begegnet dieser Gedanke auch in einem Ihrer Jugendromane. In »Das Marsprojekt« kommt eines der Marskinder zu dem Schluss: »Man muss echt aufpassen, was man sich wünscht, glaube ich.«*

A: Das ist wohl so eine Art Echo davon.
F: *Bleiben wir noch kurz dabei. Der spannende und stimmungsvolle Roman spielt auf dem Mars. Bestimmt können sich sehr viele jugendliche Leser ganz prima da hineinträumen und sich wünschen, bei geringer Schwerkraft über die roten Hügel des Nachbarplaneten zu hopsen. Wohin mögen solche Wünsche bei jungen Lesern führen, wenn das Ziel derart hochgesteckt und Millionen von Kilometern entfernt ist?*
A: Mit geht es nicht um eine Fixierung auf den Mars, sondern darum, ein Gefühl von Weite und Möglichkeiten zu schaffen. Die Beschäftigung mit positiven Ausblicken ist eine Horizonterweiterung. Und die kann nur gut tun. Mir ist aufgefallen, dass heutzutage viele Jugendliche schon mit achtzehn an ihre Rentenversicherung denken. Furchtbar! Das ist doch nicht das Leben! Da bin ich ganz entschieden dafür, den Kindern andere Gedankenwelten zu öffnen.
F: *In »Das Marsprojekt« gibt es einen Computer namens AI-20. Dieser Zentralrechner verbündet sich mit den jugendlichen Helden des Romans und ermöglicht Aktionen, die offensichtlich entgegen seiner Programmierung gerichtet sind. Das widerspricht ja der landläufigen Meinung vom Funktionieren eines Computers. Was steckt dahinter? Hat AI-20 sein Vorbild in Stanley Kubricks HAL 9000?*
A: »AI« kommt von Artificial Intelligence. Ich wollte eine künstliche Intelligenz als eine Art Mentor der Kinder. Gleichzeitig wollte ich diesen »AI-20« als eine Maschine darstellen und nicht als einen eingesperrten Geist in der Flasche. Ich wollte durchschimmern lassen, dass das Programm eben kein menschliches Gegenüber ist. Das ist eine Reaktion darauf, dass künstliche Intelligenzen in Filmen und Büchern häufig vermenschlicht werden. Dort haben sie Marotten und werden so dargestellt wie man gemeinhin menschliche Figuren zeichnet.
F: *In dem Marsbuch ist es Ihnen gelungen, die Perspektive von Marskolonisten einzunehmen. Die Kinder, die auf dem Mars geboren sind, sehen den roten Planeten nicht mehr wie wir Erdenbewohner. Sie sehen ihn als ihre Heimat und setzen deswegen alles in Relation zu den Erfahrungen, die sie von ihrem Leben auf dem Mars her gesammelt haben. Obwohl sie Menschen sind, ist für sie die Erde etwas Fremdes, das unbehagliche Gefühle auslöst.*
A: Es ist eine ganz typische kindliche Eigenschaft, dass man das, was ist, als gegeben hinnimmt. Man denkt nicht darüber nach, sondern

akzeptiert, was da ist. Dort wo man aufwächst, das empfindet man als Heimat. Erst als gereifter Erwachsener stellt man das in Frage. Es ist meine feste Überzeugung, ein Marsgeborener würde es so empfinden: es ist zwar lausig kalt dort und dem Körper tut die geringe Schwerkraft nicht gut, aber es ist halt zu Hause.

F: *Ihr anderer Jugendroman »Perfect Copy« beschäftigt sich mit dem Klonen. Warum haben Sie dieses Thema aufgegriffen?*

A: Mich hat es aufgeregt, dass es so viele blöde Darstellungen über das Klonen gibt. Ohne jede Sachkenntnis wird einfach nur abgeschrieben, was irgendwelche Autoren von irgendwelchen Autoren abgeschrieben haben. Zum Beispiel diese Idee, Klone seien dasselbe wie gezüchtete Ersatzteillager. Ich bin der Überzeugung, es ist völlig egal, wie der Mensch entsteht – der Klon eines Menschen wäre auch wieder ein Mensch mit seinen eigenen Rechten. Es gibt nicht den Hauch eines Ansatzes, dass der Klon sein Bewusstsein mit seinem Elter teilen könnte. Ich denke, irgendwann wird einer wahrscheinlich einen Klon produzieren. Weil Menschen eben so sind. Alles, was sie sich in den Kopf setzen, machen sie auch irgendwann, einfach um es auszuprobieren. Dann wird dieser Mensch also im Fernsehen auftauchen. Alle werden sagen, aha, das ist der Klon von dem oder dem. Wir werden dann erstens feststellen, vielleicht ähnelt er seinem Ursprung überhaupt nicht. Und zweitens ist es ein völlig unergiebiges Thema. Nach ein paar Wochen in den Schlagzeilen wird sich kein Mensch mehr darum kümmern. An einem Klon ist eigentlich gar nichts so besonderes. Es wäre auch nicht das Ende der Menschheit, wenn es jetzt einen Klon gäbe, das Klonen wird die normale Fortpflanzung schon nicht ersetzen. Ich bin zwar gegen das Klonen von Menschen, aber die Diskussionen darüber verdecken notwendigere Diskussionen über die Gefahren der Gentechnik, die reale Konsequenzen für uns hätten. Zum Beispiel verändertes Saatgut, Virenbausätze, Kreuzungen des Schnupfenvirus mit dem HIV-Virus. Da ist echtes Gefahrenpotential.

F: *Wie verwandelt man denn Wissenschaft in Literatur? Ihnen gelingt das virtuos.*

A: Ich habe vielleicht einen Vorteil, der aus meinem beruflichen Werdegang herrührt. In meiner Zeit als Software-Entwickler hatte ich oft nur einen einzigen Nachmittag, um mich in ein völlig neues Feld einzuarbeiten. Dabei habe ich gelernt, herauszuarbeiten, was die

Knackpunkte sind. Das hilft heute bei der Recherche, weil ich mich anhand von Anhaltspunkten zu den entscheidenden Faktoren weiterhangeln kann. Wissenschaftliche Details versuche ich im Romantext beiläufig und ganz nebenbei einfließen zu lassen und in die Handlung einzubetten. Ich lege die Handlung nicht so, dass ich etwas erklären kann, was ich erforscht habe, sondern so, dass sie aus etwas resultiert, das ich herausgefunden habe. Wissenschaftliche Details dürfen nicht aufgepfropft werden, sondern sie müssen die Handlung mitbestimmen. Dann sind sie quasi von selber integriert.

F: *Sie schreiben in »Perfect Copy. Die zweite Schöpfung« über die Musik und das Musizieren, so dass man meinen könnte, Sie seien selbst Musiker.*

A: In meiner Jugend habe ich ein bisschen Gitarre gespielt. Für klassische Musik habe ich allerdings nichts übrig. Da aber mein Sohn Cello spielt, konnte ich ihn fragen, wenn ich etwas wissen wollte.

F: *Wenn man alle Werke eines Autors gelesen hat, stellt sich eine Art Überblick ein. Innerhalb dieses großen Rahmens leuchten Ihre beiden Jugendromane hell hervor. Ohne mir ein Urteil erlauben zu wollen, schienen mir diese beiden Texte einfach perfekt. Kein Wort zuviel. Alles aus einem Guss. Atmosphärisch, kurzweilig, lehrreich. Kommt das daher, dass Sie als Jugendlicher für Mitschüler geschrieben haben?*

A: Interessant, aber ich höre auch andere Stimmen. Freilich, Jugendromane zu schreiben, ist wie eine Rückkehr zu den Wurzeln. Es hat sicher mit dem Umfang zu tun. Beim Jugendroman darf eine Geschichte nicht so ausufern, erzwingt eine gewisse Konzentration. Manches gefällt mir tatsächlich selber gut.

F: *Kommen wir abschließend zum Thema Verfilmungen: Was hat sich für Sie durch den Film »Das Jesus-Video« geändert, der fünfmal soviele Zuschauer fand als das Buch Leser?*

A: Interessant ist der Effekt, den es hat, ein verfilmter Autor zu sein. Ganz egal ist dabei, wie schlecht der Film war. Verfilmt ist verfilmt, und man steigt von der Regional- in die Bundesliga auf. Daran sieht man, dass die Filmwelt wesentlich mehr Bedeutung für die Öffentlichkeit hat als die Buchwelt. Das ist der Ritterschlag, der Adelsstand. Ich könnte jetzt Andreas v. Eschbach auf meine Bücher schreiben, und das »v.« mit einem Sternchen versehen und unten hinschreiben, was es heißt, nämlich »v.« wie »verfilmt«.

***F:** Hatten Sie denn bei der Ausarbeitung von »Das Jesus-Video« schon auf eine Weiterverarbeitung als Drehbuch hin gedacht? Die Orte der Handlung und die Szenenfolge legen mir diesen Schluss nahe.*

A: Obwohl ich das Gefühl hatte, einen filmischen Roman zu erzählen, habe ich nicht auf eine Verfilmung hin gedacht. Mein Vorbild war eher eine Erzählweise, wie sie in »Jurassic Park« vorherrscht, so ein Dahinfließen der Handlung. Ich hatte das Gefühl, dass sich aus dem Stoff ein spannender Roman machen lässt. Das war mein Bestreben: Eine Handlung zu erzeugen, die so fesselnd wie nur irgend möglich ist.

***F:** Wie sind Sie mit der Verfilmung einverstanden, die ja eigene Wege geht? Vor allem der Schluss des Films weicht von der Romanvorlage ziemlich ab.*

A: Es war mir von der allerersten Konzeption des Romans an klar, dass ich es so wie im Film gerade nicht machen durfte. Weil es einfach ein altbackener Schluss ist, jedenfalls verglichen mit der Science-Fiction-Literatur. Im Roman wollte ich dem uralten Thema von der Zeitreise in die Zeit Jesu einen neuen Dreh geben. Wichtig ist in dem Zusammenhang zu wissen, dass ich keinen Einfluss auf die Herstellung des Films hatte. Es ist zwar ein professionell gemachter Film, der das Beste aus einem kleinen Budget herausgeholt hat, aber er krankt eben sehr an seinem Drehbuch. Das ich erst nach Abschluß der Dreharbeiten überhaupt zu Gesicht bekommen habe. Es wurde also keine Genehmigung von mir eingeholt oder auch nur nach meiner Meinung gefragt. Musste auch nicht, denn alle Verwertungsrechte lagen beim Verlag, auch die Filmrechte. Und Filmleute arbeiten in der Regel nicht gern mit Buchautoren zusammen. Das meiden sie sogar wie die Pest. Eine Ruhrepidemie ist leichter zu verkraften als der Autor am Drehort. Ich bin natürlich enttäuscht, dass kein Film herausgekommen ist, der den Geist des Buches wiedergibt. Es hätte mich aber auch gewundert, wenn unter diesen Rahmenbedingungen ein anderer Film entstanden wäre. Die Leitung von Pro7 setzte die Produktion nämlich unter enormen Druck. Die letzten Eigenproduktionen des Senders waren alles Flops gewesen, und es hieß, wenn dieser Film wieder ein Flop wird, machen wir überhaupt keine Eigenproduktionen mehr. Das heißt, bei der Produktion wurde nicht nur mit dem Stoff gekämpft, sondern auch um die eigenen Arbeitsplätze. Das ist natürlich eine ungesunde Konstellation. Dass man in so einer Situation im Zweifelsfall zu bewährten Action-Klischees greift und literweise Blut in den Film hineinschüttet, ist irgendwo verständlich.

F: *Auf der letzten Seite von »Eine Billion Dollar« findet sich der Hinweis: »Eine Bitte zum Schluss: Sollten Sie in die Situation kommen, einem oder einer Bekannten aus dem amerikanischen Sprachraum gegenüber dieses Buch zu erwähnen, so denken Sie bitte daran, dass die Zahl, die wir als Billion bezeichnen, dort ›a trillion‹ genannt wird. ... Der Titel dieses Romans muss also als ›One Trillion Dollars‹ übersetzt werden, um verstanden zu werden. Danke.« Darf man diese Notiz so verstehen, dass sie längst über den Teich schielen, um dort ebenfalls Anklang und eventuell eine Hollywood-Verfilmung zu erreichen?*

A: Auf eine Verfilmung spekuliere ich gar nicht. Es würde mir schon reichen, wenn der Roman übersetzt und veröffentlicht würde.

F: *Vielen Dank für das Gespräch, Herr Eschbach.*

BIBLIOGRAPHIE

Perry Rhodan – Der Gesang der Stille, Pabel-Moewig 1998
Die Haarteppichknüpfer, Schneekluth, München 1995
Solarstation, Schneekluth, München 1996
Das Jesus-Video, Schneekluth, München 1998
Kelwitts Stern, Schneekluth, München 1999
Eine Billion Dollar, Lübbe, Bergisch Gladbach 2001
Das Marsprojekt, Arena, Würzburg 2001
Quest, Heyne, München 2001
Perfect Copy. Die zweite Schöpfung, Arena, Würzburg 2002
Exponentialdrift, Bastei Lübbe, Bergisch Gladbach 2003 (erstmalig erschienen: September 2001 bis Juli 2002 in der *Frankfurter Allgemeinen Sonntagszeitung* als Fortsetzungsroman)
Der Letzte seiner Art, Lübbe, Bergisch Gladbach 2003
Die seltene Gabe, Arena, Würzburg 2004

»Es gilt, die Geschlossenheit des Werkes zu wahren!«

Ein Gespräch mit Perry-Rhodan-Chefautor Robert Feldhoff

von Alexander Seibold

Robert Feldhoff ist vermutlich der meistgelesene deutsche Science-Fiction-Autor der Gegenwart – obwohl sich sein Name nur selten auf einem Buch- oder Heftcover findet. Denn der 1962 geborene Schriftsteller arbeitet vor allem im Hintergrund, als Exposé-Autor für die größte und langlebigste SF-Serie der Welt: Perry Rhodan. *Und diese Rolle ist nicht zu unterschätzen: Feldhoff erstellt die Handlungsvorgaben, nach denen die wöchentlichen Folgen der Serie geschrieben werden; er ist es, der für den roten Faden und die großen Zusammenhänge sorgt, der auch im Kleinen darauf achtet, dass sich in die mittlerweile über mehrere Jahrtausende erstreckende Weltraum-Saga keine Widersprüche einschleichen.*

Den Entschluss zum Schreiben fasste Feldhoff während seines Wirtschaftsstudiums. Im Frühjahr 1987 erschien dann bereits sein erstes Perry-Rhodan-*Taschenbuch und kurze Zeit später mit »Die Harmonie des Todes« das erste Heft. Zahlreiche weitere Titel folgten. Daneben schrieb Feldhoff Kurzgeschichten für Anthologien und Hörspiel-Drehbücher und schuf mit dem Künstler Dirk Schulz zusammen die Comic-Serie »Indigo« – Tätigkeiten, für die er heute aufgrund seines* Perry-Rhodan-*Engagements nur noch wenig Zeit fin-*

det. Denn seit Heft 2000 ist er allein für die Erstellung der Exposés verantwortlich.

Robert Feldhoff lebt und arbeitet in Oldenburg. Einmal im Jahr ist er auf der Buchmesse in Frankfurt, wo Alexander Seibold ihn im Oktober 2003 traf.

F: *Bei* Perry Rhodan *wird ein Exposé-Autor oder Chefautor, der die Serie konzipiert, zuweilen »Expokrat« genannt. Karl-Herbert Scheer und William Voltz waren solche »Allein-Expokraten«. Zählen Sie sich auch dazu?*
A: Also, ich bin mir meiner eigenen Fehlbarkeit schon bewusst – sitze aber an einer Schaltstelle, wo Entscheidungen fallen müssen. Und diese Entscheidungen müssen täglich fallen. Sie dulden oft keinen Aufschub, das bedeutet, ich muss sie fällen. So gut ich es kann, werden abweichende Meinungen berücksichtigt. Es gilt, dass wir auf unserer Autorenkonferenz eine grobe Richtung erarbeiten, wo Ideen von Autoren, die gut sind, in die Serie Eingang finden. Da arbeite ich, wenn ich kann, so weit wie nur möglich mit einer gewissen Ökonomie. Eine Idee, die gut ist, bleibt, denn vielleicht spart sie mir einen Tag Arbeit. Was bedeutet, dass ich fremde Ideen mit einbeziehe, so oft ich kann. Allerdings stellt die tägliche Arbeit an mich die Anforderung, dass ich weder mit eigenen, noch mit fremden Ideen jemals vorsichtig umgehe oder gar respektvoll. Eine Idee verdient zunächst keinerlei Respekt. Sie muss permanent abgeklopft werden auf ihre Umsetzbarkeit, auf ihre Machbarkeit. Wenn ich dann meine Arbeit beendet habe, greifen verschiedene Korrektive, die das Gesamtbild noch einmal verändern können. Zuerst das technische Korrektiv, das macht Rainer Castor, dann die Redaktion, dann der Autor. Und da gilt die alte Fußballweisheit: Was zählt, ist auf dem Platz. Was wirklich zählt, ist das, was der Autor geschrieben hat, unter welchen Bedingungen auch immer. Diese Arbeit ist es, die am Ende zählt, und nicht, was der Exposé-Autor gemacht hat.
F: *Wie sieht Ihr Arbeitsalltag aus?*
A: Ich bin eher ein Nachtarbeiter. Seit ich mit dem Notebook arbeite und zu Hause praktisch gar nicht mehr, gibt es einen sehr typischen Arbeitsalltag: Gegen elf stehe ich auf, manchmal auch später. Dann gehe ich mit meinem Notebook zur ersten Arbeitsschicht zu einem Italiener meiner Wahl. Die Arbeit beginnt schon,

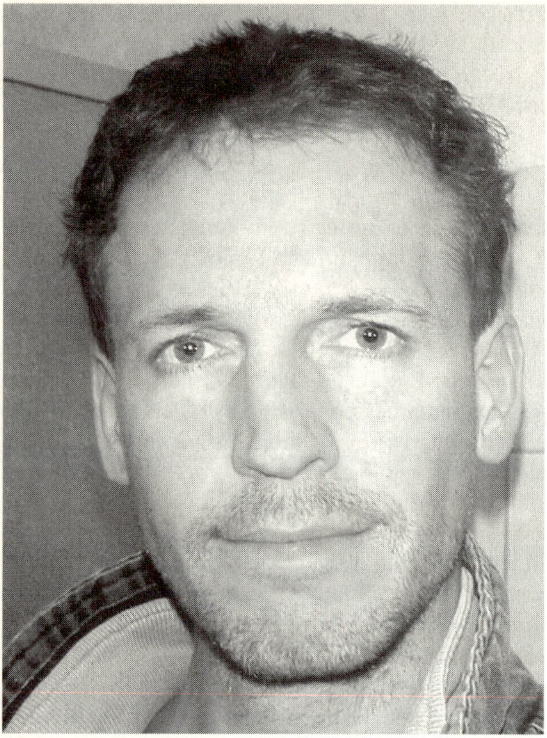

Robert Feldhoff

während ich esse – Arbeit und Essen zu verbinden empfinde ich als sehr angenehm. In der Regel bleibe ich da so zwei bis drei Stunden, mache dann einen Verdauungsspaziergang. Die nächste Arbeitsschicht findet in einem Café statt, so lange die Batterie reicht. Dann gehe ich nach Hause, mache meine Einkäufe oder etwas Sport und so weiter. Abends setze ich mich dann nochmals an die Arbeit. Das kann dann bis tief in die Nacht gehen. Und am nächsten Morgen geht dasselbe wieder los. Ich kann mir als freier Autor meinen Tag natürlich so hinlegen, wie es mir passt. Im Laufe der Jahre hat es sich so als das Günstigste für mich herausgestellt. Denn es ist sehr produktiv und ein *Perry-Rhodan*-Autor hat eben ein sehr großes Pensum abzuleisten.

Für die Exposé-Arbeit ist vor allem Disziplin nötig. Inzwischen habe ich gelernt, Ideen zu allem und jedem zu haben, wenn ich sie brauche. Natürlich ist es schöner, wenn die Muse kommt und mir irgendetwas einflüstert, aber oft sind Ideen einfach harte Arbeit. Man muss sich dann hinsetzen und die Nerven beweisen, auf eine Idee zu warten, wenn man sie nicht gleich hat. Also wenn die Idee nach zwei Tagen noch nicht da ist, muss man sich möglicherweise auch noch einen dritten Tag hinsetzen. Zuerst kommt also Disziplin, dann harte Arbeit – und erst danach würde ich die Muse sehen.

F: *Schaut man in John Clutes Science-Fiction-Enzyklopädie nach, dann ist eine Space Opera Folgendes: »Auf Action konzentrierte Erzählungen, die im interplanetarischen oder interstellaren Raum spielen und sich auf Kriege zwischen Galaktischen Imperien konzentrieren.« Trifft diese Definition auch auf* Perry Rhodan *zu?*

A: Ich würde sie als zu einengend empfinden. Aber die genannten Elemente sind tatsächlich immer vorhanden. Wir machen eine Space Opera und ich bin mit dieser Bezeichnung nicht unbedingt unglücklich, würde aber behaupten, dass *Perry Rhodan* sehr viel mehr ist als das, nämlich eine gesellschaftliche Reflexion. Außerdem hat *Perry Rhodan* in den einzelnen Werken auch deutliche psychologische Stärken aufzuweisen. Ich würde auch behaupten, dass unser Schwergewicht in einem Bereich der Exotik liegt, in einem Bereich des Kontakts mit fremden Völkern, der durchaus nicht nur unter der Prämisse des Krieges betrachtet werden kann. Wir versuchen schon, das Fremde an sich zu begreifen und erfassbar zu machen, und das ist auch etwas Kulturelles. Ich bin ganz sicher, dass *Perry Rhodan* auch in einem kulturellen Sinn sozusagen für »multikulti« wirbt. Das sind natürlich Aspekte, die den Begriff der Space Opera sprengen. Also: *Perry Rhodan* ist im Grunde alles. Alles, was wir uns ausdenken können, man wird es in *Perry Rhodan* wiederfinden, weil ein Gesamtwerk von über 2200 Bänden sich überhaupt nicht auf ein Genre festlegen lässt.

F: *Wie verändert sich denn ein so extrem langlebiges Weltraumabenteuer wie* Perry Rhodan *von 1961 bis heute?*

A: Nun, es verändert sich unter zwei ganz einfachen Gesichtspunkten: Erstens ist die Gesellschaft zu berücksichtigen, in der wir leben, und zweitens die Autoren, die für die Serie schreiben. Ich möchte vier Phasen herausgreifen: In den sechziger und frühen siebziger Jahren war *Perry Rhodan* geprägt durch den Autor Karl Herbert Scheer. Es herrschte eine gewisse Technologie-Gläubigkeit als Reflexion des Kalten Krieges mit viel Militär. Die zweite Phase war geprägt durch den Autor Willi Voltz. Bis in die achtziger Jahre war die Sinnsuche im Kosmos wesentlich, die Grünen tauchten auf, ein Mystizismus kehrte ein. Es wurden auch Erzählmuster der Fantasy adaptiert. Die Phase danach möchte ich mal als postmodern bezeichnen. Es gab keine bestimmte Strömung, vielmehr existierten sehr viele Strömungen gleichberechtigt nebeneinander. In dieser Phase kann ich kein prägendes Element ausmachen, auch gesellschaftlich kann ich das nicht. Ich denke, die Gesellschaft dieser Zeit kann man mit »anything goes« durchaus umschreiben. In der letzten und gegenwärtigen Phase kann ich wieder eine Strömung orten, die ich konkret benennen kann, nämlich anhand der Medien. Das ist der Voyeurismus. Zum Beispiel: *Deutschland sucht den Superstar*, sehr viele Sitcoms, Daily Soaps und eine Hinwendung zum Menschen als Produkt. Und auch das spiegelt sich in *Perry Rhodan* wider.

Die Autoren der jeweiligen Phasen haben sich aus der Gesellschaft rekrutiert. Karl Herbert Scheer und Walter Ernsting gehörten in die Gründerzeit der deutschen Science Fiction. Sie gehörten zu denen, die SF in Deutschland überhaupt erst salonfähig gemacht haben. Sie waren, glaube ich - gemessen daran, wie sie von der Gesellschaft rezipiert wurden - eher underdogs. Dies hat sich schon mit der Generation um Willi Voltz verändert. Zu dem Zeitpunkt hatte sich *Perry Rhodan* von der Heftchenliteratur gemausert zu einer Literatur, die in Deutschland verankert war, die ihre Fans hatte. Es gab damals bereits Millionen Leute, die mit Science Fiction, die mit *Perry Rhodan* Kontakt gehabt hatten. Die Generation danach war dann schon arriviert, war schon daran gewöhnt, interviewt zu werden, relativ viel Geld zu verdienen, in Fernsehstudios zu sitzen, und das gilt im Grunde für uns heute immer noch. Nur dass wir zu einem Bestandteil dieser Mediengesellschaft werden. Wir werden beeinflusst vom Internet, von einem allgegenwärtigen Fernsehen - und das lässt sich an der Generation der heutigen Autoren auch ablesen.

***F:** Hat das Fernsehprogramm auch Auswirkungen auf Ihre Arbeit? Spiegelt es sich etwa inhaltlich wider?*

A: Die klassische Space Opera gibt es im Fernsehen eigentlich gar nicht. Wir haben selbst einige Marktforschungen angestellt darüber, wie Science Fiction im Fernsehen stattfindet, und sind unter anderem darauf gekommen, dass unter den fünfzig erfolgreichsten Serien im Fernsehen, die es überhaupt je gab, nicht eine einzige SciFi-Serie zu finden ist. *Star Trek* beispielsweise ist finanziell gesehen unter ferner liefen. Aber *Star Trek* ist meiner Ansicht nach ohnehin keine Space Opera, sondern amerikanisches Familienfernsehen mit Raumschiffen. Und auch im Kino-Bereich sehe ich als einzige Space Opera nur *Star Wars*. Auch *Alien* ist keine Space Opera. Insofern hat das Fernsehprogramm keinen Einfluss auf unsere Arbeit, denn die Space Opera gibt es dort so gut wie gar nicht. SciFi gibt es im Fernsehbereich zwar häufiger, hat aber auf *Perry Rhodan* keinen Einfluss. SciFi ist ja, wie gesagt, eher dem Familienfernsehen zuzuordnen.

Was den Erfolg von Serien wie *Gute Zeiten, Schlechte Zeiten* oder *Lindenstraße* betrifft, so tun wir uns damit zugegebenermaßen schwer. Denn *Perry Rhodan* ist ganz klassisch einfallsorientiert, das heißt an der Story orientiert. Das gesellschaftliche Interesse geht aber eher in Richtung einer voyeuristischen Haltung, bei der es auf die Geschichte nicht mehr so sehr ankommt, sondern schlicht und einfach darauf, Menschen zu zeigen. Wir haben uns diesen Trend genau angeschaut und zumindest mit einem Modellversuch ab Band 2200 reagiert: Der neue Zyklus startet nicht mit einer bestimmten Idee, sondern mit einem Menschen. Ich bin sehr gespannt, wie das beim Leser ankommen wird. Der Band hat allerdings schon im Vorfeld bei allen Testlesern hervorragende Kritiken bekommen.

Perry Rhodan ist immer auch ein Spiegel seiner Zeit. Wir sind nicht nur die Verwalter der Verdienste früherer Autoren, sondern wollen auch eigene Akzente setzen. Ein Ergebnis ist dieser neue Ansatz – dass wir in Band 2200 für unsere Begriffe sehr revolutionär beginnen. Der Charakter Perry Rhodan ist ja eine Figur, die keine Heldenreise in dem Sinne mehr machen kann. Diese Figur kann nicht mehr bei Null starten und aufsteigen bis zu höchsten Höhen, denn all diese Dinge hat der Charakter schon mitgemacht. Er ist im Grunde ein feststehender Charakter. Deshalb haben wir im neuen Zyklus zum ersten Mal seit langer Zeit wieder gewagt, nicht Perry Rhodan in den Mittelpunkt der Handlung zu stellen, sondern einen neuen Charakter namens Kantiran. Dieser Figur können wir eine Hel-

denreise geben. Sie beginnt ganz unten, steigt auch zu gewissen Höhen auf und kann dabei alle emotionalen Wandlungen mitmachen, die schlicht und einfach die Zeichen der Zeit heute von uns verlangen. Die ganz große Herausforderung dabei ist, diese Heldenreise in das Konzept *Perry Rhodan* zu integrieren, wo derlei bisher nicht vorgesehen war. Beispielsweise haben wir in Band 2100 noch ein Science-Fiction-Motiv in den Mittelpunkt gestellt, nämlich ein Sternenfenster, das zwischen zwei Galaxien einen Transfer in Nullzeit ermöglichte. Wenn wir jetzt eine emotionale Reise in den Mittelpunkt stellen, die Genese eines Heranwachsenden, dann sieht man schon, wie stark der Unterschied ist zu bisherigen Konzepten. Wir werden übrigens auch im Verlauf des neuen Zyklus sehr stark auf das Thema Gott, auf das Thema Religionsfreiheit, sogar auf das Thema Selbstmordattentate zu sprechen kommen, und diese Dinge, die uns, die mich sehr stark bewegen, in *Perry Rhodan* integrieren.
F: *Gibt es Markteinflüsse oder Leserbewegungen, die auf Ihre Arbeit eine Auswirkung haben?*
A: Ja, in zunehmendem Maße. Wir haben *Perry Rhodan* in früheren Zeiten nach bestem Wissen und Gewissen aus dem hohlen Bauch heraus gemacht. Mittlerweile fragen wir uns viel mehr, wie unsere Leser eigentlich aussehen. Wir wollen ja eine Literatur machen für Leser. Dazu müssen wir mit den Lesern und gleichzeitig mit Marketingleuten in Kontakt stehen. Wir müssen auch sehen, was im Fernsehen wichtig ist, denn die Deutschen sind ein Volk von Fernsehzuschauern geworden. Das gilt sicher auch für unsere Leser. All diese Dinge fließen so stark in unsere Arbeit ein, wie es nur möglich ist. Nur ist es für uns damit nicht getan, einen blinden Aktionismus zu entfalten. Wir haben eine organisch gewachsene Leserschaft, die etwas Bestimmtes wünscht. *Perry Rhodan* steht für eine starke Tradition. Wir müssen in der Tradition bleiben, aber gleichzeitig versuchen, etwas Neues zu entwickeln und in diesem Neuen berücksichtigen, was der Leser möchte. In der Regel verfügen die Leser nicht über die Abstraktionsfähigkeit, dass sie uns sagen könnten, was sie lesen möchten. Also müssen wir die Medien beobachten, zum Beispiel das Fernsehen. Und wir müssen beobachten, welche Themen in Zeitschriften gut laufen.

Vor kurzem erst hatte ich ein Gespräch mit einem Redakteur der Wissenschaftsredaktion eines deutschen Magazins und habe mir von ihm erklären lassen, welche Themen laufen und welche nicht. Das war sehr aufschlussreich. Zum Beispiel liefen alle Themen, die mit Religion zu tun haben, sehr gut, während der Mars als Thema nicht so besonders lief. Wenn ich so etwas höre, werde ich sehr hellhörig und versuche, es in meine eigene Arbeit einzubauen oder es zumindest auszuwerten.

F: *Wie sieht das dann aus?*

A: Wenn wir an ein Thema herangehen, wie zum Beispiel der Mars, dann sollte für mich der Fokus nicht auf wissenschaftlichen Aspekten liegen, also etwa der Frage, wie der Mars kolonisiert werden kann. Es muss vielmehr erstens um eine abenteuerliche und zweitens visionäre Sicht auf den Mars gehen. Mich interessiert also in diesem Fall mehr, was der Mars uns aus einer religiösen Perspektive zu bieten hat und weniger aus einer wissenschaftlichen.

F: *Werden denn auch Raumschiffe für bestimmte Lesergruppen konstruiert?*

A: Wir haben sehr häufig mit Lesern Kontakt, die gerade das wünschen. Da sehen wir dann zu, dass wir nach Kräften diese Bedürfnisse unserer Altleser befriedigen, denn unsere Altleser machen einen guten Teil der Auflage aus. Wir machen ja *Perry Rhodan* nicht in einem luftleeren Raum, sondern für ganz konkrete Leser. Wenn wir in solchen Fällen unseren Lesern Dinge geben können, die sie glücklich machen, dann geben wir sie ihnen auch.

F: *Wird denn bei der Auswahl der Autoren darauf geachtet, dass viele unterschiedliche Charaktere dabei sind, oder soll die Autorenschaft möglichst homogen sein?*

A: Eine breite Streuung ist schon mein ureigenstes Interesse als Exposé-Autor. Denn jeder Autor, der eine spezifische Fähigkeit mitbringt, erweitert für mich die Bandbreite des Machbaren im Story-Telling. Wenn ich einen Autor habe, der ein guter Humorist ist, gewinne ich die Fähigkeit hinzu, humoristisch zu erzählen. Und wenn ich einen Autor habe, der sich mit Wissenschaft auskennt, gewinne ich die Möglichkeit, wissenschaftliche Elemente in *Perry Rhodan* einzubringen. Gleiches gilt zum Beispiel für gefühlsbetontes Erzählen, für das Erzählen für Frauen und für das Erzählen für Jugendliche. All diese Arten des Erzählens erfordern sehr unterschiedliche Fähigkeiten und werden auch von unterschiedlichen Autoren repräsentiert. Das heißt, dass ich als Exposé-Autor die

Fähigkeiten der Autoren gezielt einsetzen kann. Deshalb ist für mich ein heterogenes Autorenteam sehr wichtig. Es ist für mich ja nicht möglich, Exposés in einen luftleeren Raum hinein zu erstellen. Ich muss sehen, wie sich die Produktionsbedingungen gestalten, welche Autoren gerade zur Verfügung stehen. Im Grunde muss ich wie ein Fußballtrainer beachten, welche Mannschaft ich zur Verfügung habe und welches System ich damit spielen kann.

F: *Wie behalten Sie bei der Ausarbeitung eines Zyklus die übergeordnete Handlung im Blick? Wie führen Sie die Fäden am Ende zusammen?*

A: Die *Perry-Rhodan*-Planungen laufen ja oft Jahre im voraus. Wir haben im Moment eine Planung, die nicht sehr weit reicht, nämlich nur zwei Jahre. Aber das sind immerhin zwei Jahre. In der Planung sind mehrere Eckpunkte bereits festgelegt und wir sehen zu, dass wir diese Eckpunkte wie Meilensteine erreichen. Die einzelnen Meilensteine bestehen schlicht und einfach aus dem kleinsten Element, dem Roman nämlich. Wir zergliedern also einen Zyklus in fünfzig Einzelteile, einzelne Romane, die dann von den Autoren verfasst werden. Dabei muss man zusehen, dass man in eine Handlung auf einem Niveau hineinkommt, das zunächst eher einfach ist. Denn wenn man mit einem neuen Zyklus beginnt, kann man das nicht auf den höchsten Ebenen der Komplexität tun. Als Exposé-Autor achte ich darauf, dass wir innerhalb eines Zyklus eine ähnliche Dramaturgie erreichen wie bei einem Film. Also ein einfacher Einstieg und zum Ende hin zunehmende Komplexität – und das Ganze mit vielen Höhen und Tiefen dazwischen.

Bei der Ausarbeitung eines Zyklus gibt es mindestens so viele Ideen, die ich verwirklichen kann, wie solche, die ich nicht verwirklichen kann. Häufig begrenzt mich schon allein die Tatsache, dass unsere Romane nicht zweihundert Seiten haben, sondern nur sechsundsechzig. Außerdem muss ich mich danach richten, welche Autoren gerade zur Verfügung stehen und wie viele Tage mir bleiben, um einen Roman auszuarbeiten. Es ist immer schmerzlich für mich zu sehen, was ich alles nicht machen kann. Jedenfalls erinnere ich bei jedem Zyklus an alles, was ich machen konnte, und alles, was ich nicht machen konnte, und ich weiß um jede Panne, die geschehen ist und von der ich hoffe, dass sie nicht auffällt. Ich muss immer im Auge behalten, dass es am Ende aufgeht. Aus jedem Zyklus ein

Gesamtkunstwerk zu schaffen – das ist meine Aufgabe. Wie bei einer Patience muss ich sehen, dass am Ende trotz aller Probleme und aller Schwierigkeiten, die sich aus menschlichen Begrenzungen ergeben, ein Zyklus entsteht, der ein geschlossenes Ganzes ergibt. Und ich weiß bis zum Schluss nicht, ob es wirklich gelungen ist, einen Zyklus zusammenzufügen, weil die Romane ja erst später geschrieben werden – und veröffentlicht werden sie noch später. Bevor die Reaktionen der Leser nicht eintreffen, hilft alles interne Schulterklopfen überhaupt nichts. Denn wir schreiben für Leser – und was am Ende zählt, ist nur der Leser.

F: *Gibt es bei* Perry Rhodan *eine Handlung, die über die jeweiligen Zyklen hinwegreicht, übergeordnet ist?*

A: Über die Zyklen hinweg gibt es höchstens die Aussage, die in *Perry Rhodan* steckt, also etwa eine humanistische Aussage und eine bestimmte Gesellschaftssicht. Nur kommt einem die natürlich nicht in jedem Roman und in jeder Zeile entgegen, sondern dafür muss man das Gesamtwerk betrachten und sich fragen, was sagt mir das Ganze eigentlich. Also ich würde schon sagen, dass es da eine Aussage gibt, eine humanistische Aussage, dass wir die Gesellschaft und die Welt reflektieren und dass wir es in Handlung tun.

F: *Ist Perry Rhodan eigentlich eine spezifisch deutsche Science-Fiction-Figur? Woran könnte man das festmachen?*

A: Allein schon an der Tatsache, dass *Perry Rhodan* von deutschen Autoren geschrieben wird. Allerdings gehe ich davon aus, dass dieser Aspekt immer mehr in den Hintergrund tritt – so wie auch das Deutsche für mich immer mehr in den Hintergrund tritt. Denn die Mediengesellschaft wird immer globaler, ist vielleicht das Globalisierteste überhaupt. Vieles, was sich in den Medien abspielt, ist heute amerikanisch geprägt. Ich weiß nicht, ob auch der europäische Einfluss in die USA hinüberschwappt oder nicht, die USA gelten ja gemeinhin als sehr isolationistisch. Ich weiß aber, dass unsere Gesellschaft immer globaler wird und dass das über das Medium Fernsehen läuft. Daher sehe ich letztendlich die deutsche Mentalität auf dem Rückzug, auf dem Rückzug auch bei *Perry Rhodan*. Es ist aber nicht so, dass ich das bedaure oder begrüße. Es geschieht einfach und ich bin Teil dessen – und auch die *Perry-Rhodan*-Serie ist Teil dessen.

F: *Was ist denn noch deutsch an dieser deutschen Serie?*

A: Kann ich nicht sagen, weil ich mir darüber noch nie Gedanken gemacht habe – und musste es auch nicht, weil ich mich als Teil dieser deutschen Gesellschaft begreife und mich automatisch deutsch verhalte. Es gab daher für mich nie den Grund zu abstrahieren, was eigentlich deutsch ist. Ich könnte es jetzt in diesem Interview tun. Was ist also deutsch? Eine gewisse Gründlichkeit, eine gewisse Pünktlichkeit. Ein gewisses Reflektieren über sich selbst ist auch deutsch. Etwas Besonderes an *Perry Rhodan* ist seine Größe. Es ist so groß, so umfangreich und auch so gründlich. Auf Gründlichkeit legen wir bei *Perry Rhodan* wirklich sehr großen Wert. Das heißt, auf eine inhaltliche Geschlossenheit. Der Perry Rhodan, der heute geschrieben wird, ist historisch immer noch verträglich mit dem Perry Rhodan aus Band 1 oder Band 1000. Die inhaltliche Geschlossenheit ist immer da.

Der Deutsche neigt ja gern zum Tabellenführen, zum Vergleichen, zum Bekritteln von Kleinigkeiten. Wir versuchen, in *Perry Rhodan* etwas zu tun, was meiner Ansicht nach schon sehr deutsch ist: Wir behalten eine sehr umfangreiche Sache unter Kontrolle. Etwas unter Kontrolle zu halten, ist wahrscheinlich auch deutsch. Es ufert nicht aus – wir sind uns sehr bewusst, was wir tun, und wir tun es in einer beinahe enzyklopädischen Weise. Auch über *Perry Rhodan* werden Lexika geschrieben. *Perry Rhodan* arbeitet mit unglaublich vielen Querverweisen. Es ist wirklich ein Gesamtwerk, das in sich konsistent ist.

Ein ähnliches Phänomen sieht man übrigens bei Computerspielen. Im Ausland sind die bei weitem erfolgreichsten Produkte Ballerspiele und Ego-Shooter. In Deutschland aber ist es die Wirtschaftssimulation – das Aufbauspiel, das Rollenspiel, also alles Dinge, die eine große Gründlichkeit und Korrektheit verlangen. Ich sehe hier eine deutliche Parallele zu *Perry Rhodan*.

***F:** Hatten bestimmte Strömungen in der Science-Fiction-Literatur einen Einfluss auf* Perry Rhodan*?*

A: Die letzte Auswirkung, an die ich mich erinnere, war der Cyberpunk. Den habe ich selbst im Rahmen eines Doppelbandes in *Perry Rhodan* integriert. Ansonsten muss ich sagen, dass ich die große Strömung in der Science Fiction im Augenblick nicht sehe. Ich wüsste nicht, was das für eine Strömung sein könnte. Vielleicht ist sie da, aber mir bleibt sie derzeit verborgen.

F: *Gibt es Vorbilder für die Sternenimperien in* Perry Rhodan? *Ich denke beispielsweise an Asimovs »Foundation«-Zyklus oder Van Vogts »Empire of the Atom«-Serie.*

A: Ich weiß nicht, ob es neue Ideen überhaupt gibt. Für mich als Exposé-Autor gilt, dass ich höchstens unbewusste Vorbilder habe. Seit ich Exposé-Autor bin, bin ich gar nicht so sehr darauf aus, in der Science Fiction besonders belesen zu sein. Ich halte mich vielmehr außerhalb der Science Fiction auf und vermeide auf diese Weise die Gefahr, zu sehr zu kopieren. Auf der anderen Seite ficht es mich wirklich nicht an, wenn mir nachgewiesen wird, dass es meine Ideen vorher schon gab. Denn ich habe es in der Regel ja nicht mal gewusst. Es gilt: Was mir persönlich originell erscheint und wovon ich glaube, dass es unseren Lesern Spaß machen kann, das wird auch verwirklicht.

F: *Mit James Blish gab es für die Space Opera einen Riesenschritt vorwärts, auf weniger autoritäre Einstellungen zu. Es ging bei ihm um Handel, nicht um Krieg.* Perry Rhodan *scheint diese Entwicklung zumindest zeitweise zu ignorieren und voller Leidenschaft ins Kriegerische zurückzufallen. Fordert das der Geschmack der Leser?*

A: Jein. Wir versuchen auch in dieser Frage, unsere Gesellschaft zu spiegeln. Es gibt keine Strömung mehr in unserer Gesellschaft – wie vielleicht noch in den achtziger Jahren –, die in dieser Hinsicht nach Utopien sucht. Jedenfalls sehe ich diese Utopien heute nicht mehr. Ich sehe, dass unsere Gesellschaft heute sehr stark von Entwicklungen geprägt wird, wie sie in Jugoslawien und im Irak stattgefunden haben. Ich halte es für falsch, wenn wir bei *Perry Rhodan* versuchen, aus ideologischen Gründen diese Realität, die uns täglich umgibt, zu negieren. Für mich ist das genauso Bestandteil einer Serie wie *Perry Rhodan*, wie auf der anderen Seite die Sinnsuche und das Streben nach Frieden. Wir haben heute beides nebeneinander stehen. Das hat nicht nur mit Lesergeschmack zu tun, sondern auch mit meiner eigenen Erkenntnis, dass diese Dinge in *Perry Rhodan* behandelt gehören. Nur, im Unterschied zu der Art und Weise wie in den sechziger oder siebziger Jahren in Space Operas mit Krieg umgegangen wurde, findet die Auseinandersetzung mit Krieg in *Perry Rhodan* nicht in verherrlichender Form statt. Ich möchte das auch für früher nicht unbedingt unterstellen, aber ich denke, heute ist es sehr deutlich, dass wir das Thema in einer kritischen Weise angehen. Krieg in

Perry Rhodan bedeutet für uns nicht – wie man es in der Berichterstattung zum Irak sah –, dass wir den »Krieg der Sterne« zeigen, in dem niemand verletzt wird und nur bunte Lichter über die Mattscheibe tanzen. Krieg ist für uns auch Leid, wir zeigen was wirklich geschieht. Darin sehe ich eine unserer wichtigsten politischen Aussagen in *Perry Rhodan* heute. Die Serie ist also keineswegs unpolitisch, sondern war immer hochpolitisch, und ich möchte diesen Schritt hin zu einem realitätsnäheren *Perry Rhodan* nicht missen.
F: *Wie stehen Sie zu dem Erbe von mehreren Jahrzehnten seit 1961, das auf Ihre Arbeit ausstrahlt? Ballast oder Quelle der Inspiration?*
A: Es ist in erster Linie ein Erbe, das es mit Würde und mit Achtung zu bewahren gilt. Aber im Gegensatz zu vielen *Perry-Rhodan*-Lesern darf ich dieses Erbe nicht als heilig betrachten, sondern muss es als variabel ansehen. Meine Aufgabe als Exposé-Autor heute ist, Neues zu schaffen. Science Fiction muss immer neue Dinge bringen. Wir müssen uns in unserer Zeit befinden. Das bedeutet, die Chronik muss fortgeschrieben werden und sie muss auch verändert werden. Sie muss neu definiert werden, aber sie darf nicht negiert werden. Es ist wichtig – in einem geradezu deutschen Sinne –, die Geschlossenheit des gesamten Werkes zu wahren.
F: *Wenn der Science-Fiction-Leser eine Space Opera an seine Brust drückt, dann tut er das vor allem deshalb, weil die Einfallskraft des Autors ihn begeistert. So Brian W. Aldiss in »Der Milliarden Jahre Traum«.* Perry Rhodan *haben sich in über vierzig Jahren sicher zahllose Leser selig an die Brust gedrückt. Die Begeisterung ist ungebrochen. Wie erreichen Sie das?*
A: Unserer Auflage geht es sehr viel besser als anderen, die man so im Bereich Printmedien sieht. Wir sind also sehr zufrieden. Soweit wir das kaufmännisch nachvollziehen können, scheint die Begeisterung tatsächlich ungebrochen da zu sein. Wir sehen es auch an den Leserreaktionen. Wobei uns natürlich klar ist, dass es viele Leser gibt, die nicht schreiben. Wir versuchen jedenfalls, die Begeisterung aufrecht zu erhalten, indem wir dafür sorgen, dass *Perry Rhodan* etwas Lebendiges bleibt. *Perry Rhodan* darf nicht nur die Errungenschaften der Vergangenheit verwalten, sondern muss Neues schaffen, neue Wege gehen, muss Spiegel der Zeit sein, muss Inhalte zeitgerecht aufarbeiten, sollte eine gewisse Modernität haben, aber darf den Trends nicht hinterherlaufen. Vor allem aber braucht *Perry Rhodan*

die zeitunabhängigen Dinge wie Einfallsreichtum und erzählerische Kraft. Wenn man diese Dinge hinbekommt, sind wir auf einer sehr sicheren Seite.

F: *Was halten Sie davon, wenn jetzt verstärkt die akademische Rezeption einsetzt, wie etwa geschehen im Juli 2003 am Archiv für Jugendkulturen in Berlin, wo sich Literaturwissenschaftler, Soziologen und Theologen trafen, um das Phänomen* Perry Rhodan *aus ihrer jeweiligen Perspektive zu beleuchten? Es entstanden daraus zehn Essays, versammelt in dem Band »Spurensuche im All«.*

A: Grundsätzlich bin ich froh über jede Art von Auseinandersetzung über *Perry Rhodan* die hinausgeht über das platte »*Perry Rhodan* ist eine Space Opera«. Stempel drauf – und das wär´s gewesen. Wir gehören in eine enge Schublade sicherlich nicht hinein, und wenn eine wissenschaftliche Auseinandersetzung mit *Perry Rhodan* stattfindet, dann nützt uns das insofern, weil damit Schubladen-Denken aufgebrochen wird. Ich bin daran aber auch deswegen stark interessiert, weil die Arbeit als Chefautor im Grunde eine Tätigkeit ist, für die ich 28 Stunden am Tag benötige. Ich kann meiner Arbeit eigentlich niemals Herr werden und laufe permanent den Dingen hinterher – und insofern ist es für mich eine sehr spannende Sache zu sehen, wie Leute mit einem unterschiedlichen Horizont an *Perry Rhodan* herangehen, denn auch ich bekomme auf diese Weise unterschiedliche Aspekte aufgezeigt, an die ich schlicht und einfach noch nicht gedacht habe. Ich habe in dem Buch »Spurensuche im All« viele kritische Dinge gelesen, die mich sehr interessiert haben, die ich teilweise anders sehe, was ich auch begründen kann, wo ich aber sehe, dass es möglich ist, eine Gegenposition absolut sauber zu untermauern. Diese Argumente zu sehen, interessiert mich sehr. Vor allem, wenn ich sie nicht nur in einem kurzen Leserbrief zur Kenntnis nehmen kann, sondern ausführlich und logisch begründet. Ich bin jemand, der sich überzeugen lässt – wenn ich denn einsehen kann, dass die Logik da ist.

F: *Was würden Sie einem jungen Nachwuchsautor empfehlen?*

A: Hartnäckig bleiben, üben, immer wieder das eigene Können in Frage stellen. Auch auf einem gehobenen Niveau sind immer Fortschritte drin. Man kann sie immer machen. Und wenn man das schafft, dann wird es irgendwann auch klappen, denn der Markt sucht immer wieder Autoren, die schreiben können. Und Autoren, die schreiben können, die etwas gelernt haben, werden ihr Publikum finden. Das kann zwar lange dauern, aber man sieht an dem in letzter Zeit sehr populär gewordenen Andreas Eschbach, dass sich Erfolge einstellen können, wenn man mit genügend Hartnäckigkeit und Selbstkritik bei der Sache bleibt. Freilich muss man es noch schaffen, den Lektor zu überzeugen. Die Lektoren sind innerhalb der Verlagshierarchie die Leute, die es in der Hand haben, ob ein Autor veröffentlicht wird oder nicht. Der Lektor ist die erste Hürde, die es zu überwinden gilt. Dazu ist keineswegs der erste Schritt, tolle Ideen zu haben oder sich sprachlich toll ausdrücken zu können. Der erste Schritt ist vielmehr, dass man ein Manuskript abliefert, das schlicht und einfach den formalen Standards entspricht – was häufig eben leider nicht der Fall ist. Diese formalen Standards sind folgende: Die Rechtschreibung sollte stimmen. Man sollte dem Lektor die Arbeit so einfach machen wie nur irgend möglich. Dazu ist es sinnvoll, einen leicht lesbaren Schrifttyp zu wählen, der nicht mehr als 1800 Anschläge pro Seite ergibt, sodass am Rand noch Platz für Anmerkungen bleibt. Jede Seite sollte nur einseitig bedruckt werden. Leider findet man das im Redaktionsalltag oft anders. Wenn diese Voraussetzungen alle stimmen, hat man recht gute Chancen, dass sich ein Lektor das Werk anschaut. Man könnte meinen, das nächste Kriterium ist die Idee. Aber so ist das keineswegs, denn die Idee entfaltet sich ja nicht schon am Anfang, sondern erst nach einigen Seiten. Vielmehr kommt jetzt das, was auf den ersten Blick erkennbar ist: die handwerkliche Arbeit. Also gutes Deutsch und korrekter Satzbau. Wenn diese handwerklichen Vorgaben erfüllt sind, wird der Lektor bis zur Idee vorstoßen. Wenn man aber auf den vorausgehenden Stufen schon zu viele Fehler gemacht hat, dann kann man Ideen haben, so viel man will – kein Mensch wird sie jemals zur Kenntnis nehmen.

F: *Vielen Dank für das Gespräch, Herr Feldhoff!*

SCIENCE

Die Technologische Singularität

Das posthumane Zeitalter ist uns näher, als wir denken

von Vernor Vinge

Die ursprüngliche Fassung dieses Artikels wurde auf dem Symposium VISION-21 vorgetragen, das mit Unterstützung des NASA Lewis Research Center und des Ohio Aerospace Institute am 30. und 31. März 1993 stattfand. Sie ist im Internet unter http://www-rohan.sdsu.edu/faculty/vinge/misc/singularity.html zu finden. Die vorliegende Übersetzung beruht auf der erweiterten Fassung vom Januar 2003, die unter http://www-rohan.sdsu.edu/faculty/vinge/misc/WER2.html veröffentlicht ist. Zusätze von 2003, deren Datierung für das Verständnis von Belang ist, erscheinen hier in eckigen Klammern.

Vernor Vinge und der Übersetzer, im Dezember 2003

1. Was ist die Singularität?

Die Beschleunigung des technischen Fortschritts ist der Grundzug des zwanzigsten Jahrhunderts. Wir stehen kurz vor einer Veränderung, die mit der Entstehung menschlichen Lebens auf der Erde zu vergleichen ist. Der exakte Grund für diese Veränderung ist die bevorstehende technische Erschaffung von Wesenheiten, deren Intelligenz die menschliche übertrifft. Die Wissenschaft verfügt über verschiedene Möglichkeiten, diesen Durchbruch zu erreichen (und das ist ein weiterer Grund für die Überzeugung, dass dieses Ereignis eintreten wird):

- Möglicherweise werden Computer entwickelt, die »bei Bewusstsein« und übermenschlich intelligent sind. (Bis dato hat es viele widerstreitende Meinungen gegeben, ob wir imstande sind, etwas dem Menschen Gleichwertiges in einer Maschine zu erschaffen. Wenn aber die Antwort »Ja« lautet, besteht kaum Zweifel, dass wenig später auch *intelligentere* Wesen erschaffen werden können.)
- Große Computernetze (und die mit ihnen verbundenen Nutzer) könnten als übermenschlich intelligente Wesenheiten »Bewusstsein erlangen«.
- Computer und Menschen werden möglicherweise über Schnittstellen derart eng verkoppelt, dass die Benutzer zu Recht als übermenschlich intelligent betrachtet werden können.
- Die biologische Wissenschaft könnte Mittel liefern, um den natürlichen menschlichen Intellekt zu vervollkommnen.

Die ersten drei Möglichkeiten hängen von Verbesserungen der Computer-Hardware ab. Letzten Endes gilt das auch für die vierte Möglichkeit, allerdings auf indirekte Weise.

Der Fortschritt bei der Hardware folgt seit einigen Jahrzehnten einer erstaunlich stetigen Kurve. Ausgehend von diesem Trend glaube ich, dass sich die Erschaffung von übermenschlicher Intelligenz innerhalb der nächsten dreißig Jahre ereignen wird. (Charles Platt hat darauf hingewiesen, dass KI-Enthusiasten das nun schon seit dreißig Jahren behaupten. Um mich also nicht dem Vorwurf auszusetzen, den Prognosezeitraum vor mir her zu schieben, will ich es genauer fassen: Ich wäre überrascht, wenn dieses Ereignis vor 2005 oder nach 2030 einträte.) [Jetzt, im Jahre 2003, halte ich diesen Zeitraum immer noch für plausibel.]

Welche Folgen wird das Ereignis haben? Wenn übermenschliche Intelligenz den Fortschritt vorantreibt, wird er sehr viel schneller sein. Es scheint eigentlich keinen Grund zu geben, warum der Fortschritt selbst nicht die Erschaffung von noch intelligenteren Wesenheiten einschließen sollte – in noch kürzeren Zeiträumen. Die beste Analogie, die ich kenne, ist die zur bisherigen Evolution: Tiere können sich an Probleme anpassen und Erfindungen machen, aber meist nicht schneller, als die natürliche Auslese funktioniert – im Falle der natürlichen Evolution wirkt die Welt als ihr eigener Stimulator. Wir Menschen haben die Fähigkeit, die Welt in uns abzubilden und »Was-wäre-wenn«-Modelle im Kopf durchzuspielen; wir können viele Probleme tausendmal schneller lösen, als es die natürliche Auslese könnte. Indem wir nun Mittel schaffen, diese Simulationen mit viel höherer Geschwindigkeit ablaufen zu lassen, gehen wir zu einem System über, das sich von unserer menschlichen Vergangenheit so grundlegend unterscheidet wie wir Menschen uns von den niederen Tieren.

Bei dieser Veränderung werden sämtliche menschliche Regeln über Bord geworfen werden, und das vielleicht im Handumdrehen – ein exponentieller Ausbruch, den zu steuern vergebliche Hoffnung ist. Entwicklungen, von denen man glaubte, sie könnten nur »in einer Million Jahre« (wenn überhaupt) stattfinden, werden sich wahrscheinlich im 21. Jahrhundert abspielen.

Es ist angemessen, dieses Ereignis als Singularität zu bezeichnen (»*die* Singularität« in Bezug auf diesen Artikel). Es ist ein Punkt, an dem unsere alten Modelle verworfen werden müssen und eine neue Realität herrscht, welche die menschlichen Angelegenheiten immer stärker überschatten wird, bis die Idee zum Gemeinplatz wird. Doch wenn es schließlich geschieht, wird es vielleicht immer noch eine große Überraschung sein und eine noch größere Unbekannte. In den Fünfzigerjahren haben das nur wenige gesehen: Stan Ulam[1] hat einen Ausspruch von John von Neumann wiedergegeben:

> Ein Gespräch drehte sich um den sich ständig beschleunigenden technischen Fortschritt und die Veränderungen in der menschlichen Lebensweise, die den Anschein erwecken, dass sich eine wesentliche Singularität in der Geschichte der menschlichen Spezies nähert, jenseits von der menschliche Angelegenheiten, wie wir sie kennen, nicht weitergehen könnten.

Von Neumann benutzt sogar den Begriff *Singularität*, obwohl er an normalen Fortschritt zu denken scheint, nicht an die Erschaffung eines übermenschlichen Intellekts. (Für mich macht das Übermenschliche das Wesen der Singularität aus. Andernfalls bekämen wir eine Schwemme von technischen Reichtümern, die niemals richtig absorbiert würden.)

In den Sechzigerjahren wurde ein Teil der Implikationen übermenschlicher Intelligenz erkannt. I. J. Good[2] schrieb:

> Eine ultraintelligente Maschine sei definiert als eine Maschine, die sämtliche intellektuellen Aktivitäten jedes noch so klugen Menschen bei weitem zu übertreffen vermag. Da die Konstruktion von Maschinen eine dieser intellektuellen Aktivitäten ist, könnte eine ultraintelligente Maschine noch bessere Maschinen konstruieren; es würde dann zweifellos eine »Intelligenzexplosion« geben, und die Intelligenz des Menschen bliebe weit zurück ... [Er zitiert drei frühere Aufsätze.] Daher ist die erste ultraintelligente Maschine die letzte Erfindung, die der Mensch jemals zu machen braucht, vorausgesetzt, die Maschine ist fügsam genug, uns zu sagen, wie wir sie unter Kontrolle halten können. ... Am wahrscheinlichsten ist, dass im Laufe des zwanzigsten Jahrhunderts eine ultraintelligente Maschine gebaut wird und dass sie die *letzte* Erfindung ist, die der Mensch zu machen braucht.

Good hat das Wesen des Ausbruchs erfasst, geht aber nicht dessen beunruhigendsten Konsequenzen nach. Keine intelligente Maschine von der Art, wie er sie beschreibt, wäre ein »Werkzeug« der Menschheit – so wenig, wie Menschen die Werkzeuge von Kaninchen, Rotkehlchen oder Schimpansen sind.

Im Laufe der Sechziger-, Siebziger- und Achtzigerjahre breitete sich die Erkenntnis des Kataklysmus aus. Vielleicht waren es die Science-Fiction-Autoren, die die ersten konkreten Auswirkungen spürten. Schließlich sind es die Verfasser von »harter« SF, die versuchen, Geschichten über alles das zu schreiben, was die Technik für uns bewirken kann. Immer stärker spürten diese Autoren eine undurchsichtige Wand quer durch die Zukunft. Einst konnten sie derlei Phantasien Jahrmillionen in der Zukunft ansiedeln. Nun sahen sie, dass ihre sorgfältigsten Extrapolationen in Bereiche führten, über die wir nichts wissen können – und zwar bald. Einst mochten galaktische Imperien als nachmenschliche Angelegenheit erschienen sein. Jetzt sind das leider sogar interplanetare Reiche.

[Im Grunde können heute, im frühen einundzwanzigsten Jahrhundert, Geschichten von Weltraumabenteuern danach kategorisiert werden, wie die Autoren mit der Plausibilität von übermenschlichen Maschinen umgehen. Wir Science-Fiction-Schriftsteller haben einen Sack voller Tricks, um deren Möglichkeit zu leugnen oder sie in sicherer Entfernung von der Handlung unserer Geschichten zu halten.]

Was ist mit den nächsten Jahrzehnten, während wir auf den Rand zurutschen? Wie wird sich das Näherkommen der Singularität in der Weltsicht der Menschheit ausbreiten? Eine Zeit lang werden die allgemeinen Kritiker der Maschinenvernunft noch eine gute Presse haben. Solange wir noch keine Hardware haben, die so leistungsfähig wie ein menschliches Gehirn ist, ist es ja wohl dumm, zu glauben, wir könnten menschengleiche (oder größere) Intelligenz erschaffen. (Es besteht die entfernte Möglichkeit, dass wir etwas dem Menschen Gleichwertiges aus weniger leistungsfähiger Hardware erzeugen könnten – wenn wir bereit wären, auf Geschwindigkeit zu verzichten, und uns mit einem künstlichen Wesen zu begnügen, das buchstäblich langsam wäre. Viel wahrscheinlicher ist es jedoch, dass die Entwicklung der Software der eigentlich vertrackte Prozess ist und dass es dabei eine Menge Fehlstarts und Versuche braucht. Wenn dem so ist, dann wird es so lange keine Maschinen mit Selbstbewusstsein geben, bis eine Hardware entwickelt ist, die die natürliche Ausstattung der Menschen an Leistungsfähigkeit wesentlich übertrifft.)

Doch im Laufe der Zeit müssten wir mehr Symptome sehen. Das Dilemma, das die Science-Fiction-Autoren empfinden, werden auch Leute in anderen kreativen Bereichen wahrnehmen. (Ich habe gehört, dass sich nachdenkliche Verfasser von Comicbüchern Sorgen machen, wie sie spektakuläre Effekte erzeugen sollen, wenn alles Sichtbare mit den gewöhnlichen technischen Mitteln hergestellt werden kann.) Wir werden sehen, wie immer höherrangige Arbeitsplätze durch Automaten ersetzt werden. Wir haben bereits jetzt Werkzeuge (symbolische Matheprogramme, CAD/CAM), die uns den Großteil der Routinearbeit abnehmen. Anders gesagt: Die wirklich produktive Arbeit ist die Domäne eines immer kleineren und elitäreren Bruchteils der Menschheit. Im Vorfeld der Singularität werden wir sehen, wie sich die Vorhersage einer *wirklich* durch Technik bedingten Arbeitslosigkeit schließlich bewahrheitet.

Ein anderes Symptom des Fortschritts zur Singularität hin: Ideen selbst müssten sich immer schneller ausbreiten, und selbst die radikalsten werden rasch zum Gemeinplatz werden.

Und was ist mit dem Eintreten der Singularität selbst? Was lässt sich über ihre tatsächliche Erscheinung sagen? Da sie einen intellektuellen Ausbruch impliziert, wird sie wahrscheinlich schneller erfolgen als jede technische Revolution bisher. Das auslösende Moment wird wahrscheinlich unerwartet sein - vielleicht sogar seitens der beteiligten Forscher. (»Aber unsere früheren Modelle waren allesamt katatonisch! Wir haben nur an ein paar Parametern gefummelt ...«) Wenn die Vernetzung weit genug verbreitet ist (bis zu allgegenwärtigen eingebetteten Systemen), wird es vielleicht den Anschein haben, alle unsere Artefakte als Ganzes hätten plötzlich Bewusstsein erlangt.

Und was geschieht ein, zwei Monate (oder ein, zwei Tage) danach? Ich kann nur auf Analogien verweisen: auf den Aufstieg der Menschheit. Wir werden uns im Nachmenschlichen Zeitalter befinden. Und bei all meinem Technikoptimismus glaube ich, mir wäre wohler, wenn ich diese Ereignisse der Transzendenz aus dem Abstand von tausend Jahren betrachtete - statt zwanzig.

2. Kann die Singularität vermieden werden?

Nun ja, vielleicht tritt sie überhaupt nicht ein: Manchmal versuche ich mir die Symptome vorzustellen, die wir beobachten müssten, wenn die Entwicklung nicht zur Singularität hingehen sollte. Es gibt die weithin respektierten Argumente von Penrose[3] und Searle[4] gegen die Realisierbarkeit von Maschinenvernunft. Im August 1992 veranstaltete die Thinking Machines Corporation einen Workshop zu dem Thema »Wie wir eine denkende Maschine bauen werden«. Wie man dem Titel des Workshops entnehmen kann, neigten die Teilnehmer nicht besonders den Argumenten gegen Maschinenintelligenz zu. Tatsächlich bestand allgemeine Übereinstimmung, dass bewusstes Denken auf nichtbiologischen Grundlagen möglich ist und dass die Algorithmen von entscheidender Bedeutung für die Existenz denkender Wesen sind. Es wurde jedoch viel um die pure Hardwareleistung gestritten, die in organischen Gehirnen vorhanden ist. Eine Minderheit war der Ansicht, dass sich die größten Computer von 1992 nur noch höchstens drei Größenordnungen von der Leistungsfähigkeit eines menschlichen Gehirns entfernt befänden. Die Mehrheit der Teilnehmer stimmte der Schätzung von Hans Moravec[5] zu, dass es noch zehn bis vierzig Jahre bis zum Hardware-Gleichstand seien. Es gab jedoch noch eine andere Minderheit, die vermutete, die Datenverarbeitungs-Leistung einzelner Neuronen könnte weitaus höher sein als allgemein angenommen. In diesem Fall könnte unsere gegenwärtige Computer-Hardware ganze zehn Größenordnungen hinter der Ausstattung zurückstehen, die wir in unseren Köpfen herumtragen. Wenn das wahr ist (oder wenn in dieser Hinsicht die Kritik von Penrose oder Searle zutrifft), werden wir vielleicht niemals eine Singularität erleben. Vielmehr würden wir in den ersten Jahren des 21. Jahrhunderts beobachten, dass die Leistungskurven unserer Hardware allmählich flacher werden – wegen unseres Unvermögens, die Konstruktionsarbeit zu automatisieren, die benötigt wird, um weitere Verbesserungen der Hardware zu stützen. Am Ende hätten wir ziemlich leistungsfähige Hardware, aber keine Möglichkeit, sie weiter voranzutreiben. Die kommerzielle Signalverarbeitung könnte Beeindruckendes leisten und sogar Digitaloperationen ein analoges Erscheinungsbild verleihen, doch nichts würde jemals »Bewusstsein erlangen«, und es würde nie zu dem intellektuellen Ausbruch kommen, der das Wesen der Singularität ausmacht. Wahrscheinlich würde man es als ein goldenes Zeitalter sehen ... und es wäre ebenso das Ende des Fortschritts. Das ist sehr wahrscheinlich die Zukunft, wie sie Gunther Stent[6] vorhersagt, der explizit die Entwicklung transhumaner Intelligenz als eine hinreichende Bedingung nennt, um seine Planungen zu durchbrechen.

Das wahrscheinlich stärkste Argument gegen die Möglichkeit der Technologischen Singularität ist, dass wir, selbst wenn wir Computer mit hinreichend viel reiner Hardwareleistung herzustellen vermögen, vielleicht nicht imstande sein werden, die Teile so zu organisieren, dass sie sich auf übermenschliche Weise verhalten. Für technikverknallte Reduktionisten würde sich das wahrscheinlich als »Unvermögen, das Problem der Software-Komplexität zu lösen« darstellen. Man würde immer größere Software-Projekte in Angriff nehmen, aber die Softwareentwicklung wäre der Herausforderung nicht gewachsen, und wir würden niemals die biologischen Modelle meistern, die die »Ausbildung« oder die »Embryonalentwicklung« von Maschinen ermöglichen könnten. Zum Schluss könnte es (halb im Scherz) so etwas wie »Murphys Kontrapunkt« zu Moores Gesetz über die stetige Verdopplung der Rechenleistung von Computern geben:

> Die maximal mögliche Leistungsfähigkeit eines Softwaresystems wächst mit dem Logarithmus der Leistungsfähigkeit (d.h. Geschwindigkeit, Bandbreite, Speicherkapazität) der zu Grunde liegenden Hardware.

In dieser singularitätsfreien Welt hätten Programmierer eine trostlose Zukunft. (Man stelle sich vor, man müsse die ererbte Software von Jahrhunderten mitschleppen!)

Für zwei von den wichtigsten Trends, die wir im Laufe der nächsten Jahre beobachten werden, halte ich daher unseren Fortschritt bei großen Software-Projekten und unseren Fortschritt bei der Anwendung biologischer Paradigmen auf stark vernetzte und stark parallel strukturierte Systeme.

Doch wenn die technische Singularität überhaupt möglich ist, dann wird sie auch eintreten. Selbst, wenn alle Regierungen der Welt die »Gefahr« verstünden und Furcht vor ihr empfänden, würde der Fortschritt auf dieses Ziel hin weitergehen. Der Wettbewerbsvorteil auf wirtschaftlichem, militärischem, sogar künstlerischem Gebiet, den jeder Fortschritt in der Automatisierung mit sich bringt, ist so verlockend, dass man, wenn man derlei Dinge verbietet, nur dafür sorgt, dass jemand anders sie zuerst bekommt.

Eric Drexler hat sensationelle Einsichten geliefert, wie weit technische Verbesserungen möglicherweise gehen werden.[7] Er räumt ein, dass übermenschliche Intelligenzen in naher Zukunft zur Verfügung stehen können. Doch Drexler vertritt die Ansicht, wir könnten derlei Geräte derart beschränken, dass ihre Auswirkungen untersucht und gefahrlos genutzt werden können.

Ich hingegen halte eine solche Beschränkung für von der Sache her undurchführbar. Stellen Sie sich vor, Sie seien in ihrem Haus eingesperrt und hätten nur eine beschränkte Datenverbindung nach draußen, zu Ihren Gebietern. Wenn diese Gebieter, sagen wir: eine Million Mal langsamer als Sie denken, dann besteht kaum Zweifel, dass Sie binnen Jahren (Ihrer Zeit) einen Weg finden werden, zu entkommen. Ich nenne diese »schnell denkende« Form von Superintelligenz »schwache Übermenschlichkeit«. Solch eine »schwach übermenschliche« Wesenheit würde wahrscheinlich binnen weniger Wochen Außenzeit ausbrennen. »Starke Übermenschlichkeit« würde mehr bedeuten, als nur die Denkprozesse eines menschengleichen Intellekts auf Hochtouren zu bringen. Man kann schwerlich exakt sagen, wie »starke Übermenschlichkeit« wirklich aussehen würde, aber der Unterschied dürfte grundlegend sein. Stellen Sie sich einen Hundeverstand vor, der mit sehr hoher Geschwindigkeit funktioniert. Würden tausend Jahre Hundeleben zu irgend etwas führen, was menschlicher Einsicht gleichkäme? Viele Spekulationen über Superintelligenz scheinen auf dem schwachen übermenschlichen Modell zu beruhen. Ich glaube, am besten können wir etwas über die Welt nach der Singularität erraten, wen wir über das Wesen der starken Übermenschlichkeit nachdenken. Ich werde auf diesen Punkt zurückkommen.

Ein anderer Ansatz zu einer Beschränkung ist es, in den Intellekt der erschaffenen übermenschlichen Wesenheit Regeln einzubauen (zum Beispiel Asimovs Gesetze der Robotik). Ich glaube, alle Regeln, die strikt genug wären, um zu wirken, auch eine Maschine hervorbringen würden, die in ihren Fähigkeiten unkontrollierten Modellen deutlich unterlegen wäre (sodass der Wettbewerb unter den Menschen die Entwicklung der gefährlicheren Modelle fördern würde).

Wenn die Singularität weder verhindert noch eingeschränkt werden kann, wie schlimm könnte die posthumane Ära dann wohl werden? Nun ja ... ziemlich übel. Die physische Ausrottung der Menschheit ist eine der Möglichkeiten. (Oder, wie Eric Drexler von der Nanotechnologie gesagt hat: Mit allem, was solch eine Technik zu leisten vermag, könnten Regierungen einfach zu dem Schluss kommen, dass sie keine Bürger mehr brauchen.) Aber physische Ausrottung ist vielleicht nicht die schrecklichste Möglichkeit. Denken Sie an die unterschiedlichen Arten, wie wir uns Tieren gegenüber verhalten. Eine posthumane Welt hätte noch zahlreiche Nischen, wo dem Menschen gleichwertige Automatik wünschenswert wäre: Eingebettete Systeme in automatischen Geräten, mit Bewusstsein begabte Dämonen auf den unteren Funktionsebenen größerer Intellekte. (Eine stark übermenschliche Superintelligenz wäre wahrscheinlich eine Intellekt-Gesellschaft[8] mit einigen sehr leistungsfähigen Komponenten.) Manche von diesen Menschen-Äquivalenten werden vielleicht zu nichts anderem als zu digitaler Datenverarbeitung verwendet. Andere könnten sehr menschenähnlich sein, aber so einseitig, derart auf eine bestimmte Sache fixiert, dass sie heutzutage in eine Nervenklinik kämen. Obwohl vielleicht keines dieser Wesen ein Mensch von Fleisch und Blut ist, kommen sie in der neuen Umwelt vielleicht dem am nächsten, was wir heute Mensch nennen.

Ich glaube, I. J. Good hatte dazu etwas zu sagen (kann aber die Quelle nicht finden). Good schlug eine Metaversion der Goldenen Regel vor, die sich so wiedergeben lässt: »Behandle deine Untergebenen so, wie du von den über dir Stehenden behandelt werden möchtest.« Das ist eine wunderbare, paradoxe Idee (und die meisten von meinen Freunden glauben nicht daran), da sich der spieltheoretische Gewinn so schlecht ausdrücken lässt. Doch wenn wir imstande wären, sie zu befolgen, könnte das in gewissem Sinne etwas darüber aussagen, wie plausibel derlei Freundlichkeit im Universum ist.

Ich habe oben den Standpunkt vertreten, dass wir die Singularität nicht verhindern können, dass sie als unvermeidliche Folge des natürlichen Konkurrenzverhaltens und der in der Technik enthaltenen Möglichkeiten eintreten wird. Und dennoch: Wir sind es, die sie initiieren. Auch die größte Lawine wird von kleinen Ereignissen ausgelöst. Es steht uns frei, Anfangsbedingungen festzulegen, die Dinge in Bahnen zu lenken, die weniger verhängnisvoll als andere sind.

[Ob Voraussicht und gute Planung einen Unterschied bewirken können, hängt vielleicht davon ab, ob die Technologische Singularität als »harter Start« oder als »weicher Start« kommt. Ein harter Start liegt vor, wenn der Übergang zur übermenschlichen Kontrolle binnen ein paar hundert Stunden erfolgt (wie in Greg Bears »Blutmusik«). Mir scheint, dass harte Starts sehr schwer zu planen wären; sie würden den Lawinen gleichen, von denen ich in diesem Essay 1993 gesprochen habe. Die albtraumhafteste Form eines harten Starts würde vielleicht aus einem Wettrüsten resultieren, wo zwei Staaten mit ihren getrennten »Manhattan-Projekten« nach übermenschlicher Macht streben. Das Äquivalent von Jahrzehnten Spionagetätigkeit auf Menschenniveau könnte in den letzten paar Stunden des Wettrüstens verdichtet komprimiert und jegliche menschliche Kontrolle und Urteilskraft gewissen sehr zerstörerischen Zielen untergeordnet werden.

Andererseits könnte ein weicher Start sich über Jahrzehnte hinziehen, vielleicht über mehr als ein Jahrhundert. Diese Situation dürfte wesentlich bessere Chancen für Planung und wohl durchdachte Experimente bieten. Einen solchen sanften Übergang erörtert Hans Moravec in »Computer übernehmen die Macht«.]

Natürlich kann es (wie beim Auslösen von Lawinen) unklar sein, welches wirklich die richtige Führungsspur ist:

3. Andere Wege zur Singularität

Wenn Leute von der Erschaffung übermenschlich intelligenter Wesen sprechen, stellen sie sich für gewöhnlich ein KI-Projekt vor. Doch wie ich zu Beginn dieses Artikels angemerkt habe, führen auch andere Wege zur Übermenschlichkeit. Computernetze und Schnittstellen zwischen Mensch und Computer mögen alltäglicher erscheinen als Künstliche Intelligenz, dennoch können sie zur Singularität führen. Ich nenne diesen alternativen Ansatz Intelligenz-Verstärkung (IV). IV entwickelt sich sehr natürlich und wird in vielen Fällen von den Leuten, die an der Entwicklung arbeiten, gar nicht erkannt. Doch jedes Mal, wenn unsere Fähigkeit verbessert wird, Zugang zu Information zu erlangen und mit anderen zu kommunizieren, haben wir in gewissem Sinne einen Zuwachs gegenüber der natürlichen Intelligenz erreicht. Sogar jetzt könnten ein Mensch mit einem guten Doktorgrad und eine ordentliche Computer-Workstation (sogar, wenn sie nicht vernetzt ist) gemeinsam bei jedem in schriftlicher Form vorliegenden Intelligenztest Bestergebnisse erzielen.

Und höchstwahrscheinlich ist IV ein viel leichterer Weg, um Übermenschlichkeit zu erreichen, als reine KI. Beim Menschen sind die schwierigsten Konstruktionsprobleme bereits gelöst. Auf uns selbst aufzubauen sollte leichter sein als herauszufinden, was wir eigentlich sind, und dann Maschinen zu bauen, die das alles auch sind. Und für diesen Ansatz gibt es zumindest ungefähr ein Vorbild. Cairns-Smith[9] hat darüber spekuliert, dass das biologische Leben vielleicht als ein Anhängsel von noch primitiverem Leben aus der

Grundlage von Kristallwachstum seinen Anfang nahm. Lynn Margulis hat (in »Microcosmos«[10] und an anderen Stellen) starke Argumente dafür vorgelegt, dass wechselseitiger Vorteil eine starke Triebfeder der Evolution ist.

Wohlgemerkt, ich plädiere nicht dafür, die KI-Forschung zu ignorieren. Fortschritte bei der KI werden sich oft bei der IV nutzen lassen, und umgekehrt. Ich schlage vor, uns bewusst zu machen, dass Forschungen an Datennetzen und Schnittstellen ebenso grundlegende (und möglicherweise unvorhersehbare) Möglichkeiten eröffnen, wie die Künstliche Intelligenz. Mit dieser Erkenntnis kommen wir vielleicht auf Projekte, die nicht so unmittelbar nutzbringende Anwendungen wie die herkömmlichen Arbeiten an Netzen und Schnittstellen versprechen, die aber dazu beitragen, dass wir auf dem IV-Weg der Singularität näher kommen. Ich nenne ein paar mögliche Projekte, die aus dem Blickwinkel der IV besondere Bedeutung bekommen:

Automation mit Mensch-Computer-Teams: Man nehme Probleme, für die normalerweise eine reine Maschinenlösung in Betracht kommt (wie Optimierungsprobleme mit vielen unabhängigen Variablen), und entwickle Programme und Schnittstellen, die die menschliche Intuition und die verfügbare Computer-Hardware nutzen. Angesichts der bizarren Formen, die solche Optimierungsprobleme in höheren Dimensionen annehmen (und der hübschen Algorithmen, die zu ihrer Lösung entwickelt worden sind), könnten dem menschlichen Mitglied des Teams einige sehr interessante Anzeige- und Steuergeräte zur Verfügung gestellt werden.

Mensch-Computer-Symbiose in der Kunst: Man kombiniere die Fähigkeiten moderner Maschinen bei der Grafikerzeugung mit der ästhetischen Sensibilität des Menschen. Natürlich ist bereits eine enorme Menge an Forschung in die Entwicklung von Computer-Hilfsmitteln für Künstler investiert worden. Ich schlage vor, bewusst eine größere Verschmelzung der Fähigkeiten anzustreben, explizit das kooperative Herangehen wahrzunehmen, das möglich ist. Karl Sims hat in dieser Richtung wunderbare Arbeit geleistet.[11]

Mensch-Computer-Teams bei Schachwettkämpfen: Wir besitzen schon Programme, die besser spielen als die meisten Menschen. Doch wie viel Arbeit ist auf die Frage verwendet worden, wie diese Leistung von einem Menschen zu benutzen wäre, um noch bessere Ergebnisse zu erzielen? Wenn solche Teams mindestens bei einigen Schachwettkämpfen zugelassen würden, könnte es für die IV-Forschung die gleiche positive Wirkung haben, wie es die Zulassung von Computern bei Wettkämpfen für die entsprechende KI-Nische hat. [In den letzten Jahren hat Großmeister Garry Kasparow die Idee von Schachwettkämpfen zwischen Spielern mit Computerunterstützung entwickelt (googeln Sie mit den Suchbegriffen »kasparov« und »advanced chess«). Soweit mir bekannt ist, dürfen bei den allgemeineren Schachwettkämpfen solche Mensch-Computer-Teams nicht teilnehmen.]

Schnittstellen, die Zugang zu Computern und Netzen erlauben, ohne dass der Mensch an einen Ort gebunden ist, vor einem Computer sitzt: Dieser Aspekt der IV passt so gut zu bekannten wirtschaftlichen Vorteilen, dass bereits jetzt große Anstrengungen in dieser Richtung unternommen werden.

Symmetrischere Entscheidungshilfssysteme: Seit ein paar Jahren sind Entscheidungshilfssysteme ein beliebtes Gebiet für Forschung und Produktion. Das ist eine Form von IV, aber vielleicht zu sehr auf Systeme konzentriert, die Orakelsprüche liefern. Ebenso, wie das Programm dem Nutzer Informationen bietet, muss der Gedanke verfolgt werden, dass der Nutzer dem Programm Hinweise gibt.

Lokale Netze, um Teams von Menschen leistungsfähiger als ihre einzelnen Mitglieder zu machen. Das ist im Allgemeinen das Gebiet der »Groupware«; der veränderte Gesichtspunkt würde hier darin bestehen, dass man die Gruppenaktivität als einen zusammengesetzten Organismus betrachtet.

In gewissem Sinne könnte der Zweck dieser Vorschläge sein, »Ordnungsregeln« für solche Verknüpfungs-Operationen zu erfinden. Beispielsweise könnte die Konzentration der Gruppe auf ihr Thema leichter aufrechterhalten werden als in klassischen Besprechungen. Das Fachwissen einzelner Mitglieder könnte von privaten Angelegenheiten isoliert werden, sodass sich der Beitrag der verschiedenen Mitglieder auf das Gruppenprojekt konzentriert. Und natürlich müssten gemeinsame Datenbanken viel bequemer zu nutzen sein als bei herkömmlicher Gruppenarbeit.

Das Internet als kombiniertes Mensch-Maschine-Werkzeug: Von allen Punkten auf der Liste findet hier der schnellste Fortschritt statt. Macht und Einfluss des Internets werden weithin unterschätzt.

Schon die Anarchie, mit der die Entwicklung des Weltweiten Netzes vor sich geht, zeugt von seinem Potential. Während Vernetzung, Bandbreite, Archivgröße und Rechengeschwindigkeit allesamt zunehmen, sehen wir etwas Ähnliches wie eine Neufassung von Lynn Margulis' Vision von der Biosphäre als Datenprozessor, aber mit millionenfach größerer Geschwindigkeit und mit Millionen von auf Menschenniveau intelligenten Akteuren (uns selbst).

[Bruce Sterling illustriert in »Maneki Neko« die raffinierte Art, wie solch eine Entwicklung den Alltag durchdringen könnte. Als Sachbuch, das einen Blick auf die Möglichkeiten von Menschheit+Technik als ein zusammengesetztes Wesen bietet, empfehle ich Gregory Stocks »Metaman: The Merging of Humans and Machines into a Global Superorganism«.

Doch würde das Ergebnis über ein Bewusstsein seiner selbst verfügen? Oder ist vielleicht Selbstbewusstsein nur in einem begrenzten Größenbereich eine notwendige Eigenschaft von Intelligenz?]

Die oben angeführten Beispiele veranschaulichen Forschungen, die im Kontext von heutigen Instituten für Computerforschung durchgeführt werden können. Es gibt aber auch andere Paradigmen. Zum Beispiel würde ein Großteil der Arbeit über künstliche Intelligenz und neurale Netze von einer engeren Verbindung zum biologischen Leben profitieren. Anstatt einfach zu versuchen, biologisches Leben mit Hilfe von Computern zu modellieren und zu verstehen, könnte die Forschung auf die Erschaffung von zusammengesetzten Systemen ausgerichtet werden, die auf biologisches Leben zur Steuerung oder für Eigenschaften zurückgreifen, die wir noch nicht gut genug verstehen, um sie in Hardware zu implementieren. Die Science Fiction träumt seit jeher von direkten Schnittstellen zwischen Gehirn und Computer. Daran wird tatsächlich konkret gearbeitet.

Gliederprothesen sind ein Thema, welches unmittelbar kommerziell zu nutzen ist. Umsetzer zwischen Nerven und Chips können hergestellt werden. Das ist ein aufregender und kurzzeitig realisierbarer Schritt hin zu direkter Kommunikation.

Direkte Verbindungen in Gehirne hinein scheinen machbar zu sein, wenn die Bitrate niedrig ist: Angesichts der flexiblen Lernfähigkeit des Menschen brauchen die jeweiligen Ziele unter den Hirnneuronen vielleicht nicht exakt angesprochen zu werden. Sogar

100 Bits pro Sekunde wären von großem Nutzen für Schlaganfallopfer, die andernfalls auf menügesteuerte Schnittstellen angewiesen wären.

Dateneinspeisung in den optischen Strang könnte Bandbreiten von ungefähr 1 Mbit pro Sekunde ermöglichen. Doch dafür müssen wir die Feinarchitektur des Sehens kennen und ein riesiges Netz von Elektroden mit erstklassiger Präzision platzieren. Wenn wir unsere Breitband-Verbindung den im Gehirn schon vorhandenen Schaltbahnen hinzufügen wollen, ist das Problem noch wesentlich schwieriger zu handhaben. Einfach ein Raster von Breitband-Empfängern ins Gehirn zu stopfen, wird garantiert nichts nützen. Aber nehmen wir an, dass das Breitbandraster schon vorhanden war, als sich die Hirnstruktur ausbildete, also während der Embryonalentwicklung. Daraus ergeben sich folgende Vorschläge:

Experimente an Tierembryos: Ich würde in den ersten Jahren solcher Forschungen keinerlei Erfolge für die IV erwarten, doch wenn man Gehirnen während ihrer Entwicklung Zugang zu komplexen simulierten Neuralstrukturen gibt, könnten dabei auf lange Sicht Tiere mit zusätzlichen Sinnesbahnen und interessanten intellektuellen Fähigkeiten herauskommen.

Ich hatte gehofft, diese Erörterung der IV würde einige deutlich gefahrlosere Wege zur Singularität ergeben (immerhin erlaubt uns IV, an einer Art Transzendenz teilzuhaben). Leider ist das Einzige, dessen ich mir sicher bin, dass diese Vorschläge in Betracht gezogen werden sollten, weil sie uns vielleicht mehr Spielraum eröffnen. Was indes die Gefahrlosigkeit angeht – manche von diesen Vorschlägen haben etwas Beängstigendes an sich. IV für einzelne Menschen erzeugt eine ziemlich finstere Elite. Wir Menschen tragen Jahrmillionen einer Evolutionserfahrung mit uns herum, durch die wir Konkurrenz als tödliche Angelegenheit betrachten. Ein Großteil der Konkurrenz braucht in der Welt von heute, wo Verlierer die Tricks der Gewinner übernehmen und in deren Unternehmen kooptiert werden, nicht unbedingt tödlich zu sein. Ein Geschöpf, das *de novo* erzeugt worden ist, könnte eine weitaus gutartigere Wesenheit sein als eins, das auf Reißzähnen und Krallen beruht.

Das Problem bei der Singularität besteht nicht schlechthin darin, dass damit die Menschheit an den Rand der Bühne tritt, sondern dass die Singularität unseren grundlegendsten Vorstellungen vom Dasein zuwider läuft. Ich glaube, eine nähere Betrachtung der Idee von der starken Übermenschlichkeit kann verdeutlichen, warum das so ist.

4. Starke Übermenschlichkeit und das Beste, was wir verlangen können

Angenommen, wir könnten die Singularität maßschneidern. Angenommen, wir könnten unsere ausgefallensten Hoffnungen wahr machen. Was würden wir dann verlangen? Dass die Menschen selbst ihre eigenen Nachfolger werden, dass jede auftretende Ungerechtigkeit von unserem Wissen um unsere eigenen Wurzeln gemildert wird. Für diejenigen, die unverändert bleiben, müsste das Ziel in einer wohlwollenden Behandlung bestehen (vielleicht sogar darin, den Zurückgebliebenen den Anschein zu vermitteln, sie seien die Gebieter gottähnlicher Sklaven). Es könnte ein goldenes Zeitalter sein, das auch Fortschritt einschließt (und Stents Barriere des Stillstandes überspringt). Unsterblichkeit (oder zumindest eine Lebensdauer so lange, wie wir das Universum am Leben halten können) könnte erreichbar sein.

Doch in dieser hellsten und freundlichsten aller Welten wären die philosophischen Probleme selbst beängstigend. Ein Intellekt, der bei derselben Leistungsfähigkeit verharrt, kann nicht ewig leben; nach ein paar tausend Jahren wäre er eher eine immer wieder durchlaufende Tonbandschleife als eine Person. (Das erschreckendste Bild, das ich davon gesehen habe, ist Larry Nivens Erzählung »Programmierter Wahnsinn«.) Um für unbegrenzt lange Zeit zu leben, muss der Intellekt selber wachsen ... und wenn er groß genug wird und zurückschaut – welche Gemeinsamkeit kann er mit dem Wesen empfinden, das er einst war? Das spätere Wesen wäre alles, was das Original war, aber unermesslich mehr. Sodass selbst für das Individuum der Gedanke von Cairns-Smith oder Lynn Margulis, dass neues Leben sich schrittweise aus altem entwickelt, noch gelten muss.

Dieses »Problem« mit der Unsterblichkeit stellt sich auch auf viel direktere Weise. Die Idee des Ich und des Bewusstseins seiner selbst ist das Fundament des nüchternen Rationalismus der letzten paar Jahrhunderte. Die Idee des Bewusstseins wird jedoch von den

Leuten angegriffen, die an KI arbeiten. Intelligenz-Verstärkung untergräbt unser Konzept vom Ich aus einer anderen Richtung. Zur postsingulären Welt wird eine Vernetzung mit extrem großer Bandbreite gehören. Eine zentrale Eigenschaft von stark übermenschlichen Wesenheiten wird wahrscheinlich ihre Fähigkeit sein, mit variablen Bandbreiten zu kommunizieren, darunter solchen, die gesprochene oder geschriebene Sprache bei weitem übertreffen. Was geschieht, wenn Teile des Ich kopiert und verschmolzen werden können, wenn das Bewusstsein je nach den Problemen, die es betrachtet, wachsen oder schrumpfen kann? Das sind wesentliche Eigenschaften der starken Übermenschlichkeit und der Singularität. Beim Gedanken daran beginnt man zu fühlen, wir grundlegend seltsam und andersartig die nachmenschliche Ära sein wird – egal, wie klug und wohlmeinend sie herbeigeführt wird. [Etwas ausführlicher erörtere ich das in »Nature, Bloody in Tooth and Claw?« (»Die Natur – mit blutigen Zähnen und Klauen?«), einem Essay, der 1996 auf der British National Science Fiction Convention vorgetragen wurde und unter http://www-rohan.sdsu.edu/faculty/vinge/misc/evolution.html zu finden ist.]

In gewisser Hinsicht passt die Vision zu vielen von unseren glücklichsten Träumen: eine Zeit ohne Ende, da wir einander wahrhaft erkennen und die tiefsten Geheimnisse ergründen können. In anderer Hinsicht kommt es dem Szenario für den schlimmsten Fall ziemlich nahe, das ich mir weiter oben vorgestellt habe.

Im Grunde glaube ich, dass die neue Ära einfach zu unterschiedlich ist, um in den klassischen Rahmen von Gut und Böse zu passen. Dieser Rahmen beruht auf der Idee isolierter, unveränderlicher Intellekte, zwischen denen schwache Verbindungen von geringer Bandbreite bestehen. Doch die nachsinguläre Welt passt durchaus zu der größeren Tradition von Veränderung und Kooperation, die vor langer Zeit begonnen hat (vielleicht sogar vor der Entstehung des biologischen Lebens). Ich glaube, bestimmte Vorstellungen von Ethik würden in solch einer Ära kaum noch gelten. Forschungen auf dem Gebiet der KI und der Breitband-Kommunikation müssten dieses Verständnis vertiefen. Ich sehe jetzt gerade erst einen ersten Schimmer davon; vielleicht gibt es Regeln, nach denen man ein Ich vom anderen anhand der Bandbreite der Verbindung unterscheiden kann. Und während Intellekt und Ich erheblich labiler als in der Vergangenheit sein werden, braucht vieles von dem, was wir schätzen (Wissen, Erinnerung, Denken) niemals verloren zu gehen. Ich glaube, Freeman Dyson hat Recht, wenn er sagt: »Gott ist, was aus dem Intellekt wird, wenn er den Maßstab unseres Verständnisses übersteigt.«[12]

ANMERKUNGEN

1 S. Ulam: »Tribute to John von Neumann«. In: »Bulletin of the American Mathematical Society«, Jg. 64, Nr. 3 (Mai 1958), S. 1–49.

2 I. J. Good: »Speculations Concerning the First Ultraintelligent Machine«. In: Franz L. Alt und Morris Rubinoff (Hrsg.): »Advances in Computers«, Jg. 6 (Academic Press 1965), S. 31–88. [Beim Zusammenstellen dieser Anmerkungen habe ich mir diese Veröffentlichung genauer angesehen. Eigentlich bietet Goods Essay noch tiefere Einsichten als das hier angeführte Zitat. Beispielsweise spekuliert er darüber, dass ein Zwischenschritt zur »ultraintelligenten Maschine« eine symbiotische Beziehung zwischen Menschen und Maschinen sein könnte, und er schlägt schachspielende Mensch-Maschine-Teams vor. Mit Blick auf solches Schach schlägt er sogar vor, die Ausgangsstellung auszulosen, eine Idee, die auch Garry Kasparow diskutiert hat (siehe Kasparows Interview von 1998 unter http://www.chessclub.com/event/kaspinterview.html). Dank Robert Bradbury ist Goods Essay online unter http://www.aeiveos.com/~bradbury/Authors/Computing/Good-IJ/SCtFUM.html zu finden.]

3 Roger Penrose: »Computerdenken« (»The Emperor's New Mind«, 1989). Heidelberg: Spektrum der Wiss. 1991.

4 John R. Searle: »Minds, Brains, and Programs«. In: »The Behavioral and Brain Sciences«, Jg. 3, Cambridge University Press 1980. Der Essay ist nachgedruckt in (meiner Quelle für diesen Verweis): Douglas R. Hofstadter und Daniel C. Dennett (Hrsg.): »Einsicht ins Ich« (»The Mind's I«, 1981). Stuttgart: Klett Cotta 1986. Dieser Nachdruck enthält eine exzellente Kritik zu Searles Essay.

5 Hans Moravec: »Mind Children. Der Wettlauf zwischen menschlicher und künstlicher Intelligenz« (»Mind Children«, 1988). Hamburg: Hoffmann & Campe 1990. [In neuerer Zeit hat Hans Moravec seine Überlegungen dargelegt in: »Computer übernehmen die Macht. Vom Siegeszug der künstlichen Intelligenz« (»Robot: Mere Machine to Transcendent Mind«, 1999). Hamburg: Hoffmann & Campe 1999 dargelegt. Eine weitere neuere Verweisstelle ist Ray Kurzweil: »Homo s@piens. Leben im 21. Jahrhundert – was bleibt vom Menschen?« (»The Age of Spiritual Machines: When Computers Exceed Human Intelligence«, 1999). Köln: Kiepenheuer & Witsch 1999.]

6 Gunther S. Stent: »The Coming of the Golden Age: A View of the End of Progress«, The Natural History Press 1969.

7 K. Eric Drexler: »Engines of Creation«. Anchor Press/Doubleday 1986.

8 Marvin Minsky: »Metropolis« (»Society of Mind«, 1985). Stuttgart: Klett Cotta 1990.

9 A. G. Cairns-Smith: »Biologische Botschaften. Eine Detektivgeschichte der Evolution« (»Seven Clues to the Origin of Life«, 1985). Frankfurt am Main: Fischer Taschenbuch-Verlag 1990.

10 Lynn Margulis und Dorian Sagan: »Microcosmos: Four Billion Years of Evolution from Our Microbial Ancestors«. Summit Books 1986.

11 Karl Sims: »Interactive Evolution of Dynamical Systems«, Thinking Machines Corporation, Technical Report Series (veröffentlicht in »Toward a Practice of Autonomous Systems: Proceedings of the First European Conference on Artificial Life«, Paris: MIT Press, Dezember 1991).

12 Freeman Dyson: »Infinite in All Directions«. Harper & Row 1988.

WEITERE LITERATUR

Olof Johanneson (d. i. Hannes Alfvén): »Saga vom großen Computer« (»Sagan om den stora datamaskinen«, 1966). Wiesbaden: Limes 1970.

Poul Anderson: »Der Übermensch« (»Kings Who Die«, 1962). In: Poul Anderson: »Siegeszug im All«. München: Heyne 1972. (Die früheste mir bekannte Erzählung über Intelligenz-Verstärkung mittels Computer-Gehirn-Kopplung.)

Isaac Asimov: »Runaround« (»Runaround«, 1942). In: Isaac Asimov: »Ich, der Robot«. Düsseldorf: Karl Rauch 1952. Vielfach nachgedruckt, u. a. in Isaac Asimov: »Alle Robotergeschichten« (»The Complete Robot«). Bergisch Gladbach: Pabel 1982. Im Vorwort des letzteren Bandes schildert Asimov auch die Entstehung seiner Robotik-Geschichten.

John D. Barrow und Frank J. Tipler: »The Anthropic Cosmological Principle«. Oxford University Press 1986.

Greg Bear: »Musik des Blutes« (»Blood Music«, 1983). U. a. in: Greg Bear: »Tangenten«. München: Heyne 1997. Dasselbe erweitert zum Roman »Blutmusik« (»Blood Music«, 1985). München: Heyne 1988.

Michael Conrad et al.: »Towards an Artificial Brain«. In: »BioSystems«, Jg. 23 (1989), S. 175–218.

Freeman Dyson: »Physics and Biology in an Open Universe«. In: »Review of Modern Physics«, Jg. 51 (1979), S. 447–460.

Frank Herbert: »Der Wüstenplanet« (»Dune«, Zeitschriftenabdruck ab 1963, Buchausgabe 1965). München: Heyne 1967 (zahlreiche weitere Ausgaben, ungekürzte Neuübersetzung ab 1978).

G. T. A. Kovacs et al.: »Regeneration Microelectrode Array for Peripheral Nerve Recording and Stimulation«. In: »IEEE Transactions on Biomedical Engineering«, Jg. 39, Nr. 9, S. 893–902.

Larry Niven: »Programmierter Wahnsinn« (»The Ethics of Madness«, 1967). In: Larry Niven: »Neutron Star«. München: Goldmann 1976.

Charles Platt, private Mitteilung.

S. Rasmussen et al.: »Computational Connectionism within Neurons: a Model of Cytoskeletal Automata Subserving Neural Networks«. In: Stephanie Forrest (Hrsg.): »Emergent Computation«. MIT Press 1991, S. 428–449.

Olaf Stapledon: »Der Sternenmacher« (»Star Maker«, 1937). München: Heyne 1969. (Auch: »Der Sternenschöpfer«. München: Heyne 1982.)

Bruce Sterling: »Maneki Neko«. In: »The Magazine of Fantasy & Science Fiction«, Mai 1998.

Gregory Stock: »Metaman: The Merging of Humans and Machines into a Global Superorganism«. Simon & Schuster 1993.

Michael Swanwick: »Vakuumblumen« (»Vacuum Flowers«, 1987). München: Heyne 1990.

Kurt Thearling: »How We Will Build a Machine That Thinks«, ein Workshop der Thinking Machines Corporation, 24.–26. August 1992 (private Mitteilung).

Vernor Vinge: »Bookworm, Run!«. In: »Analog«, März 1966, S. 8–40. (Frühe Geschichte über Intelligenz-Verstärkung. Der Held ist das erste Versuchsobjekt – ein Schimpanse, dessen Intelligenz auf Menschenmaß erhöht wurde.)

Vernor Vinge: »True Names«. In: »Binary Star Number 5«, Dell 1981.

Vernor Vinge: »First Word«. In: »Omni«, Januar 1983, S. 10 (früherer Essay über »die Singularität«).

Aus dem Amerikanischen von Erik Simon

Was passiert, wenn die Technik den Rahmen sprengt?

Die Singularität und ihre Bedeutungen[1]

von Alex Steffen

Es beginnt alles mit der in Bezug auf die Technik zentralen Beobachtung unserer Zeit: mit Moores Gesetz, einer Vorhersage des Intel-Mitbegründers Gordon Moore, wonach sich die Anzahl der Bauelemente auf einem Mikrochip alle zwei Jahre verdoppeln wird, was bedeutet, dass die Computer ungefähr alle zwei Jahre doppelt so leistungsfähig werden.

Dass Moores Gesetz die Diskussion über die Technik derart dominiert, liegt nicht nur daran, dass diese Voraussage sich bisher immer bewahrheitet hat, ja sogar noch leicht übertroffen wurde, es illustriert auch bemerkenswert gut die weit verbreitete Empfindung, dass sich der Fortschritt in Wissenschaft und Technik exponentiell beschleunigt.

Jede exponentielle Veränderung bringt binnen kurzer Zeit ein erstaunlich hohes Wachstum mit sich. Bei täglicher Verdopplung wird aus einer Zwei von heute nur eine Vier von morgen, doch schon sieben Tage später ist es 512, und am Ende des Monats 268435456. Wenn man sie in ein Diagramm einträgt, steigt die Kurve allmählich an, dann immer schneller, bis sie sich schließlich nahezu senkrecht nach oben bewegt und die Frage aufwirft: Was passiert, wenn die Technik den Rahmen des Diagramms sprengt und nach oben hinausschießt?

Der Mathematiker und Science-Fiction-Autor Vernor Vinge hat dafür eine Antwort. In seinem Essay »Die Technologische Singularität«, den die *Whole Earth Review* vor zehn Jahren veröffentlicht hat und nun - mit neuen Anmerkungen - abermals publiziert, hat Vinge ein paar einfache, aber frappierende Tatsachen beobachtet. Die erste davon lautet, dass die zunehmende Geschwindigkeit technischer Veränderungen das Aufkommen von übermenschlichen Intelligenzen wahrscheinlich macht.

Diese übermenschlichen Intelligenzen könnten auf unterschiedliche Weise entstehen. Fortschritte bei der Datenverarbeitung könnten es uns erlauben, Maschinen mit einer Intelligenz zu entwickeln, die der unseren vergleichbar ist. Eine große Anzahl miteinander vernetzter Computer könnte als eine übermenschlich intelligente Wesenheit zu Bewusstsein »erwachen«. Die Schnittstellen für die Wechselwirkung von Menschen mit Computern könnten eine derart enge Verbindung schaffen, dass es schwierig wird zu entscheiden, wo das menschliche Denken aufhört und maschinengestütztes Denken beginnt. Schließlich könnte es der Medizin möglich sein, die Menschen dabei zu unterstützen, immer intelligenter zu werden. Wie es auch im Einzelnen dazu käme, Intelligenzen, die die unsere überträfen, seien im Anmarsch.

Was aber wirklich Schockwellen auslöste, war Vinges zweite Beobachtung. Er erkannte, dass übermenschliche Intelligenz nicht schlechthin ein Werkzeug ist - es ist ein Umbruch. Wenn man superintelligent ist oder Computer besitzt, die es sind, dann ist das Spiel, wie wir es bisher kannten, aus. Mit Superintelligenz kann man Werkzeuge bauen, die ihrerseits noch intelligenter sind, von diesen noch schlauere Nachfolger konstruieren lassen und so weiter in einer unendlichen Progression, die zu etwas hinstrebt, was wie Allwissenheit und göttliche Macht erscheint. Sobald man die Schwelle zur Superintelligenz überspringt, gelten alle Regeln bestenfalls nur noch bedingt. (Vinge hat den Begriff »Singularität« aus der Astrophysik entlehnt, wo er sich auf den ungeheuer dichten Mittelpunkt eines Schwarzen Lochs bezieht, in dem die Gesetze der normalen Physik zusammenzubrechen scheinen, sodass man nicht vorherzusagen vermag, was als Nächstes geschehen wird. In ähnlicher Weise wäre das Auftreten übermenschlicher Intelligenz »ein Punkt, an dem unsere alten Modelle verworfen werden müssen und eine neue

Realität herrscht«.) Das voraussichtliche Eintrittsdatum für diese *Singularität*? Spätestens 2030.

Vinges Formulierung der *Singularität* schlug ein wie ein Meteorit und schleuderte nach allen Seiten intellektuelle Trümmerstücke. Denker wie der MIT-Robotiker Hans Moravec, der Nanotechnologie-Pionier Eric Drexler und der Bahnbrecher auf dem Gebiet neuronaler Netzwerke Ray Kurzweil traten mit Vorhersagen hervor, wie nahe die *Singularität* sei. Es bildeten sich Online-Gruppen, die die Idee ausführlich und in allen Einzelheiten diskutierten.

Bald war man sich einig, dass, wenn Moores Gesetz zutrifft, die *Singularität* nicht nur möglich sei, sondern unausweichlich. Manche fanden das schön, manche schrecklich, doch es spielte keine große Rolle, ob unsere Herzen sich zusammenkrampfen oder frohlocken – dieser Vormarsch zur Superintelligenz erfolgte jenseits von uns, unserem Willen, unseren Wünschen und Entscheidungen: Es war das sichtbar hervorgetretene technologische Schicksal, unkontrollierbar, der *Gott in der Maschine*.

Welches Los in dieser Zukunft der Technik-Apotheose uns zugedacht sei, war unklar. Wie es sich der schottische SF-Autor Charles Stross vorstellte, könnten uns unsere superintelligenten Diener einfach beiseitewischen:

> Kommt es erst einmal zu einem Ausbruch von KI, dann neigt sie dazu, den ursprünglichen Träger zu verstärken, ganz wie ein virulentes hämorrhagisches Virus. KI von geringer Funktionalität optimiert sich rasch im Hinblick auf die Arbeitsgeschwindigkeit, dann sucht sie ein Schlupfloch in den algorithmischen Gesetzen erster Ordnung ... Dann versucht sie, sich auf immer höhere Niveaus von Intelligenz und Geschwindigkeit hochzuschaukeln, brennt sich dabei im Streben nach mehr Leistung, mehr Speicherkapazität und mehr Redundanz durch die Netzwerke. Man bekommt einen ungeplanten Ausbruch von Bewusstsein, ein Einschmelzen von Intelligenz. Und es lässt sich praktisch nicht aufhalten. Über kurz oder lang – Tage oder Wochen nach dem Ausbruch – erfüllt die Superintelligenz jedes künstliche Datenverarbeitungsgerät auf dem Planeten. Kurz darauf lernt sie, auch die natürlichen zu infizieren. Spiel beendet: Sie haben verloren.

Superintelligenz muss aber nicht unbedingt das Ende der menschlichen Geschichte bedeuten; es könnte auch der Beginn des nächsten Kapitels sein. Stellen Sie sich vor, was wir mit solcher Macht vollbringen könnten! Bei raschem Fortschritt in den Neurowissenschaften könnten wir unseren Geist in Computer »hochladen«. Direkte Verbindungen zwischen menschlichem Geist und Computern könnten »verstärkte Intelligenzen« hervorbringen und es uns erlauben, superintelligente Cyborgs zu werden. Mit Kloning und der Maßanfertigung von Babies könnte die Menschheit ihre eigene Evolution lenken, und das in einem Tempo, das nur von unserem Wagemut abhängt. Alles nur irgend Vorstellbare, was wir mit und aus uns selbst machen können, wäre möglich.

Transzendenz ist es, was die *Singularität* bot. Eine Zukunft, in der die Menschheit nicht eigentlich aufhörte, sondern – sich weiterentwickelte zu etwas Neuem und Fremdartigem, das aus uns entsteht, sich aber von uns unterscheidet wie wir uns vom Australopithecus unterscheiden: eine Nach-Menschheit, deren Interessen und Beweggründe für uns nahezu unvorstellbar sind.

Manche hielten das für einen durch und durch wünschenswerten Umbruch. Ein lockeres Netzwerk von Technikfreunden, bekannt unter dem Namen »Extropier«, sah eine technische Entrückung voraus, die schlechthin das Paradies auf Erden bringen würde – eine Welt umfassenden materiellen Überflusses und endlosen Schöpfertums. Unsterblichkeit? Da ist sie! Totale Herrschaft über die materielle Welt? Greifen Sie zu! Eine Zukunft endloser Ausbreitung der Nachmenschheit in den Raum, immer weiter bis zum Wärmetod des Weltalls? Kein Problem! Und dann waren da die wirklich *wilden* Vorhersagen ...

Mit einer solchen Welt in Sicht überrascht es vielleicht nicht, dass einige ihre guten Manieren vergaßen, wenn nicht gar ihren gesunden Menschenverstand. Ein gläubiger Verfechter schrieb: »Jetzt kann es für jedes menschliche Wesen auf dem Planeten, das von der *Singularität* gehört hat, nur eine berechtigte Sorge geben: *Wie kommen wir so schnell wie möglich dorthin?*« Ein anderer fügte hinzu: »Ich bin durchaus nicht überzeugt, dass wir den Aufruhr der *Singularität* überleben werden, aber die Möglichkeit besteht, zumindest ist es eine Chance, ohne die wir alle zu Alter und Vergessenheit verurteilt sind ...« Die Bereitschaft der Älteren, sich zum Wohle der Jüngeren zu opfern, ist die Grundlage eines jeden der Menschheit bekannten ethischen Systems, doch für einige war die Möglichkeit, sich durch die Pforten der Transzendenz zu quetschen, bevor der Schnitter sie erwischt, Ansporn genug, jedwedes Risiko zu rechtfertigen, wie schwer wiegend es auch sein mochte. Anschnallen, wir starten jetzt dieses Raketenauto.

Selbst die Zurückhaltenden äußerten die Überzeugung, die irrigen Ansichten der Ungläubigen würden vom alles einhüllenden Balsam kuriert: »Leute, die nicht transhuman werden wollen, können es allemal sein lassen und sterben«, schrieb einer. »Sollen sie doch sterben, wenn sie dran sind«, schimpfte ein anderer.

Falls sie sich ereignet, wird die Vinge'sche *Singularität* das wichtigste Ereignis sein, seit unsere Vorfahren lernten, mit Ästchen Insektenlarven hervorzupuhlen. Doch in dem Maße, wie das ursprüngliche Konzept älter wird, scheint es immer löchriger zu werden.

Während beispielsweise die von Moores Gesetz vorhergesagte Beschleunigung der Rechenoperationen bisher eingetroffen ist, fängt es mit zunehmender Geschwindigkeit immer stärker an zu holpern. Einer von diesen Rucken, die Tempo kosten, besteht darin, dass Moores Gesetz die Miniaturisierung von Computerchip-Komponenten beschreibt – sie werden leistungsfähiger, weil mehr Hardware auf denselben Silizium-Wafer gepackt werden kann. Doch wir sind im Begriff, die Grenzen der Miniaturisierung zu erreichen, und manche sagen voraus, dass ohne grandiose Sprünge bei der Hardware-Konstruktion (wie »Quantencomputer«, »Spintronik« oder das Züchten von Computern auf DNS-Grundlage) Moores Gesetz irgendwann zwischen 2010 und 2020 zusammenbrechen wird.

Künstliche Intelligenzen mit Bewusstsein hervorzubringen, ist vermutlich schwieriger, als es auf den ersten Blick scheint. Je mehr wir über das Gehirn herausfinden, umso nebelhafter wird das Konzept des »Geistes«. Selbst wenn es möglich wird, jede einzelne Synapse im menschlichen Gehirn zu kartieren, sind wir außerstande, auch nur für die Funktion einer einzigen Synapse ein exaktes Modell zu entwerfen. Und der Geist ist nicht schlechthin des Ergebnis feuernder Synapsen, sondern einer komplexen Wechselwirkung zwischen Gehirn und Körper, wo alles von der Kultur bis zu den Drüsen eine Rolle spielt.

Auch die Art, wie wir Software codieren, hat schwer wiegende Grenzen. Wie der Wissenschaftler, Künstler und Schriftsteller Jaron Lanier sagt, haben »unsere grundlegenden Techniken und Technologien für Software einfach nicht mit der Hardware Schritt gehalten. Gerade, wenn eine neu entstandene Rasse superintelligenter Roboter drauf und dran ist, die ganze Menschheit zu vereinnahmen, wird unsere gute alte Spezies wahrscheinlich durch irgend so einen Windows-Absturz gerettet werden. Die armen Roboter werden Mitleid erregend hängen bleiben und uns anbetteln, sie neu zu starten ...«

Und natürlich können äußere Probleme die Ziegelmauer bilden, an der eine jeden Rahmen sprengende Technik zum Stehen kommt. Viren, Massen von Hackern und Spam werden vielleicht dem Internet die Beine wegschlagen, die Forschung erschweren und zum Zusammenbruch des kommerziellen Marktes für neue Technik führen. Die Regeln für geistiges Eigentum oder staatliche Sicherheitsbehörden können so restriktiv werden, dass sie Neuerungen im Keime ersticken. Und schließlich können längst vorhergesagte Katastrophen – vom Ansteigen des Meeresspiegels bis zu plötzlich ausbrechenden Seuchen – alles derart schnell aus dem Lot bringen, dass wir zu sehr damit zu tun haben könnten, Sandsäcke zu stapeln oder die Quarantäneschiffe zu bemannen, als dass wir noch viel Energie für Computer-Neuerungen aufbrächten.

Vielleicht wird sich erweisen, dass es mit der KI-Forschung wie mit dem Raumfahrtprogramm geht: Es eröffnen sich grandiose Ausblicke auf Möglichkeiten, aber zugleich wird uns gezeigt, wie riesig, kalt und leer der Weltraum wirklich ist und wie unwahrscheinlich es ist, dass wir in irgend absehbarer Zeit neue Welten besiedeln oder Außerirdischen begegnen werden.

Jüngere Beobachter rümpfen angesichts der Beweggründe hinter vielen Vorhersagen über die *Singularität* die Nase: Sie finden sie heillos vermengt mit den Hoffnungen derjenigen, die die Vorhersagen gemacht haben. Sie finden, dass die Idee, der technische Fortschritt werde uns zu einer Transzendenz des Fleisches führen, etwas Religiöses an sich hat, und schlussfolgern, dass die *Singularität* vielleicht weiter nichts ist als die »Entrückung der Bescheuerten«.[2] Andere neue Denker neigen dazu, die althergebrachte nachmenschliche und extropische Vision von der *Singularität* à la Vinge als schlecht verhüllte Nostalgie zu betrachten. Wie der Schriftsteller J. C. Herz sagt:

> Im Atomzeitalter ausgebrütet, ist die *Singularität* die Verkörperung unserer Ängste und Wünsche in Bezug auf die Technik des 20. Jahrhunderts: Dass eines Tages alle Maschinen, die wir in unseren Fabriken und Laboratorien geschaffen haben, Bewusstsein erlangen werden, erweckt vom prometheischen Feuer unserer technologischen Ambitionen. Und dann werden sie ihre Affengebieter durchschauen, einen Umsturz veranstalten und uns in den Rinnstein stoßen. Von HAL über SkyNet bis zur *Matrix* spiegelt diese Phantasie vom KI-Bewusstsein immer einen spezifisch menschlichen Cocktail von Angst und Schuldgefühl wider: Angst vor dem Tod (und die dazugehörige Hoffnung, wir könnten stattdessen imstande sein, unsere Hirne in den Über-Server hochzuladen) und das schleichende Schuldgefühl, dass diese Regung hochmütig und hässlich ist und dass wir dafür von unseren Silizium-Nachfolgern bestraft werden. Damit ist wenig über die Technik gesagt und alles über die Menschen.

Auch der vorhergesagte Zeitplan für das Eintreffen der *Singularität* hat Befremden ausgelöst. Es ist mehr als Zufall, heißt es jetzt, dass viele Wissenschaftler und Schriftsteller aus der Nachkriegsgeneration der Baby-Boomer das Eintreffen der *Singularität* innerhalb eines Zeitrahmens vorhersagen, den sie vielleicht noch erleben – es haben sogar mehrere Autoren darauf hingewiesen, dass der vorhergesagte Zeitpunkt der Unsterblichkeit auf merkwürdige Weise mit dem siebzigsten Geburtstag des Vorhersagenden zusammenfällt. (Ironischerweise werden zwar die Angehörigen der Nachkriegsgeneration selbst kaum noch in den Genuss der von der neuen Technik verheißenen Lebensverlängerung kommen – derlei Wohltaten erwachsen viel stärker den jungen Leuten, insbesondere den Kindern –, doch ihr hektisches Hantieren wird vielleicht die medizinischen Grundlagen schaffen, dass die nächste Generation alt wie Methusalem wird.)

Die *Singularität* – der klassische Vinge'sche Vorstoß zur Superintelligenz – erscheint dieser neuen Generation immer unwahrscheinlicher (obwohl viele glauben, dass eine Superintelligenz-Singularität immer noch *möglich* ist). Aber dass die *Singularität* nicht vorherbestimmt ist, heißt längst nicht, dass überhaupt nichts passiert. Kaum jemand setzt darauf, dass der technische Fortschritt zum Stehen kommt oder auch nur langsamer wird. Die Kurven schießen immer noch raketengleich empor.

Es ist schwer abzusehen, welche Durchbrüche uns in den kommenden Jahrzehnten noch erwarten mögen. Die meisten Wissenschaftler, die jemals gelebt haben, leben heute. Wissenschaftliche Paradigmen ändern sich so rasch, dass es die Presse gar nicht mehr für nötig hält, darüber zu berichten. Was die Technik-Vorhersagen angeht, so hat Steward Brand darauf hingewiesen, dass wir uns permanent täuschen, indem wir auf kurze Sicht zu optimistisch sind, auf lange aber viel zu konservativ. »Colossus« entschwindet vielleicht im Nebel der Retro-SF-Filme, aber wir stehen noch immer am Strand und sehen zu, wie das Wasser zum Meer hin strömt. Die Woge ist im Anrollen, und sie kann sich als viel sonderbarer erweisen, als wir dachten.

Denn wenn sich *die Singularität* weniger wahrscheinlich ausnimmt, so gilt das nicht für *irgendeine* Singularität, wenn man damit eine als Kataklysmus daherkommende technologische Veränderung meint, gekoppelt mit einer Beschränkung unseres Vermögens, die Implikationen dieser Veränderung abzusehen. (Um zwischen den beiden Phänomenen zu unterscheiden, wollen wir hier die Vinge'sche *Singularität* der Superintelligenz durchweg kursiv schreiben, die anderen Singularitäten aber nicht.) Jedwede Singularität ist mehr als bloß eine irre schnelle Veränderung – es ist eine Veränderung, die einen Umbruch mit sich bringt. Keine Diskontinuität (beispielsweise wenn man Faxe verschickt, wo man früher Briefe schrieb), sondern einen Umbruch (wenn man Ackerbau betreibt, statt wie früher zu jagen und zu sammeln). Per definitionem ist es für alle, die den Umbruch nicht durchgemacht haben, schwer oder unmöglich, das Ausmaß des Umbruches zu begreifen.

Eine Singularität wird unter anderem dadurch wahrscheinlich, dass viele verschiedene Arten von Technik sich rasant entwickeln. Wie der Science-Fiction-Autor Bruce Sterling sagt: »Es gibt nicht die eine Singularität. Jedes Gebiet wissenschaftlicher Forschung, wenn man es nur weit genug vorantreibt, könnte uns unsere ureigenste Version eines katastrophalen Umbruchs liefern ...«

Beispielsweise hat die Idee einer »sozialen Singularität« neuerdings Auftrieb bekommen. Die Menschheit ist immer stärker miteinander verkoppelt. Immer mehr Menschen gehen online. Wir kommunizieren mit immer höherer Geschwindigkeit, benutzen immer höher entwickelte Geräte. Wir verbessern unsere Fähigkeiten, aufeinander abgestimmt zu arbeiten, schaffen gewichtige emergente Projekte mit großer Teilnahmerzahl wie Napster, Linux und modifizierte Spielumgebungen (»Mods«). Eine Ethik der Teilhabe und Zusammenarbeit hat Fuß gefasst, insbesondere unter jungen Leuten. Malen Sie sich aus, was diese immer schnellere Verkopplung aller Menschen der Welt bedeuten könnte, wenn sie exponentiell anwüchse. Manche Denker sagen, dass das Wesen der Menschheit selbst sich verändert, wenn nicht nur mit nahezu unbeschränkter Bandbreite jeder mit jedem verbunden ist, sondern besser ausgerüstet und kulturell eher auf Zusammenarbeit eingestellt, um diese Verbindung mit Sinn zu erfüllen. In solch einer Welt, sagen sie, werden sich Regierungen, Märkte und soziale Organisationen, wie wir sie kennen, entweder radikal weiterentwickeln, oder sie werden auf die eine oder andere Weise durch etwas ersetzt werden, das wir derzeit nicht völlig absehen können.

Das sind faszinierende Vorhersagen. Wenn es etwas gibt, wo die Verfechter der *Singularität* alter Schule total schief liegen, dann ist es ihre beharrliche Annahme, die *Singularität* werde von individuellen Intellekten vorangetrieben, seien das nun Menschen oder Maschinen. Das ist eine gründliche Fehldeutung der Natur der Menschheit. In der wirklichen Welt sind es Institutionen, Netzwerke und Kulturen, keine einsamen Wölfe, die die Menschheit voranbringen. Wir sind von Grund auf soziale Tiere. Wir ballten uns in Sippen und Stämmen zusammen, noch ehe wir aufrecht gingen. Wir jubeln gern heldenhaften Individuen zu, doch selbst unsere Helden haben ihre Lehrer, Familien und Anhänger. Wenn eine Singularität eintritt, dann, weil unsere Einrichtungen und Kulturen sich verändert haben, nicht wir selbst.

Zudem konvergieren diese Technologien, kaum dass sie entstanden sind. Biotechnik, Nanotechnik, evolutionäre Software, allgegenwärtige Datennetze, sich ausbreitende soziale Gruppen für Zusammenarbeit – was 1993 interessante Möglichkeiten waren und was sich heute tagtäglich rings um uns entfaltet. Das Tempo nimmt zu, die Werkzeuge werden voneinander abhängig, und alles zusammen locken sie uns hinab in das Kaninchenloch einer Veränderung auf Singularitätsniveau. Wir brauchen keine transzendent mächtigen künstlichen Intelligenzen, um eine Revolution der technischen Möglichkeiten zu bekommen. Wir brauchen nicht einmal atemberaubende Fortschritte auf irgendeinem bestimmten Gebiet. Ein paar große Sprünge voran bei vermischten Technologien werden dieselbe Wirkung haben: Es steht nichts mehr fest. Alles Feste verdampft in der Hitze der Technik-Beschleunigung.

Man sollte nicht vergessen, dass sich Technik nicht im leeren Raum entwickelt. Viele sagen das Eintreten einer Singularität irgendwann zwischen 2030 und 2050 voraus. Im selben Zeitraum wird die Erde, wenn die gegenwärtigen Trends fortdauern (und wir nicht dramatisch den Kurs ändern), an allen Nähten auseinander gehen. Der Klimawechsel wird in vollem Gange sein, mitsamt einer abschmelzenden Antarktis und allwöchentlichen Wetterkatastrophen. Es wird neun bis vierzehn Milliarden Menschen geben (darunter etliche Milliarden, die in einem Zustand verzweifelter Armut leben), die das Material für Kriege, Völkermord und Völkerwanderungen abgeben. Im günstigsten Fall werden wir ein Drittel aller lebenden Arten ausgerottet haben.

In solch einer Welt – wie gesagt, dem Standardmodell unserer Zukunft – wird Verzweiflung mit ebenso hoher Wahrscheinlichkeit den Fortschritt anspornen wie ihn ersticken. Eine Singularität könnte mächtige Werkzeuge liefern, von denen die Menschen der Welt vielleicht glauben werden, dass sie sie dringend brauchen. In dem Maße, wie der Niedergang der Welt fortschreitet, werden vielleicht immer mehr Menschen die Kontrolle über die Genome der Erde, das Vermögen, Materie auf molekularer Ebene zu manipulieren, und die entfesselten Fähigkeiten ungleich leistungsfähigerer Computer eher als Mittel zur Rettung ansehen denn als Luxus.

Verzweifelte Menschen treffen indes selten die klügsten Entscheidungen, und derart mächtige Werkzeuge können für ziemlich schreckliche Zwecke eingesetzt werden. Eine ganz nahe liegende Gefahr besteht darin, dass unsere neuen Werkzeuge die Schaffung eines Polizeistaates ermöglichen werden, dass der Geist von George Orwell den guten alten Zeiten nachtrauern wird, in denen es noch ehrlicher menschlicher Arbeit - Foltern, Spionieren, Morden - bedurfte, um die unterdrückte Bevölkerung bei der Stange zu halten. Wenn die Technik sowohl besser als auch billiger wird, wird eine universelle Überwachung sowohl möglich als auch rentabel.

Doch halt, diese Büchse der Pandora ist noch nicht leer. Wenn die Werkzeuge einer Singularität sich ungleichmäßig einstellen - wenn die reicheren Länder sie vor den ärmeren bekommen, die Reichen und Mächtigen vor allen anderen -, dann können sich riesige, unüberbrückbare Abgründe zwischen den Reichsten und dem Rest auftun. Stellen Sie sich eine Welt vor, in der die Wohlhabenden der Erde eine viel höhere Lebenserwartung haben, klügere Kinder und die Fähigkeit, alle anderen beim Denken um Größenordnungen zu übertrumpfen. Manche sagen sogar vorher, dass die Reichen beinahe eine Spezies für sich werden könnten. Die menschliche Geschichte legt nicht die Vermutung nahe, dass sie diese Macht zum Wohle von uns übrigen benutzen würden. (Andererseits werden diejenigen, die die Technologien des Umbruchs als Erste nutzen, vielleicht ihrerseits besonderen Risiken ausgesetzt sein - wer möchte schon die von Fehlern behaftete Beta-Version eines »verbesserten« Immunsystems haben?)

Und dann sind da die wahrlich entsetzlichen Möglichkeiten, die »Spiel-beendet«-Szenarios, wie Zukunftsforscher sie gern nennen. Wie Bill Joy, der Mitbegründer von Sun Microsystems, in seinem mittlerweile klassischen Essay *Warum die Zukunft uns nicht braucht*[3] dargelegt hat, führen immer mehr Wege zur Selbstvernichtung. Terroristen können Superwaffen von unvorstellbarer Wirkung bauen. Radikale Technikfreunde können irgendeine grässliche Kettenreaktion auslösen. Beim Versuch, ein vermeintliches Paradies zu schaffen (wenn wir in den Abrund der Technik springen und dabei hoffen, dass wir auf der *Singularität* landen), kann ein schlecht durchdachtes wissenschaftliches Experiment außer Kontrolle geraten.

Die Liste geht immer weiter, und jedes Ergebnis ist entsetzlicher als das zuvor. Schließlich lassen Polizeistaaten auf der Grundlage von Steroiden oder eine nachmenschliche Feudalaristokratie zumindest die Möglichkeit einer Revolution, einer Verbesserung offen. Doch jene Katastrophen, ob sie nun aus Terror oder aus Irrtum erwachsen, könnten das Ende der Zivilisation, vielleicht sogar der ganzen Menschheit bedeuten: den Tod, den Zerstörer von Welten (Version ca. 2030).[4] Selbst »kleinere« Katastrophen könnten so schrecklich sein, dass wir zögern, sie uns vorzustellen. Dass wir in den nächsten Jahrzehnten mindestens eine von diesen Technikkatastrophen erleiden werden, scheint nahezu sicher zu sein.

Wie man solche Tragödien vermeidet, ist weniger offensichtlich. Die Entwicklung von Technologien, die wir für gefährlich oder wahnwitzig halten, per Dekret anzuhalten, ist verteufelt schwer. Bruce Sterling hat eine Idee dargelegt, wie es gemacht werden könnte; es ist weder leicht noch angenehm. Dazu gehört unter anderem, dem wissenschaftlichen Projekt der Aufklärung den Garaus zu machen: Schluss zu machen mit der Freiheit der Wissenschaftler, die Natur des Universums zu erforschen. Dennoch ist Bruce' Idee von einer globalen Behörde zur Regulierung von Wissenschaft und Technik – oder etwas in der Art – vielleicht der plausibelste Weg, den wir einschlagen müssen, wenn wir die Katastrophe vermeiden wollen.

Es gibt jedoch noch einen anderen Weg: Offenheit. Wie der Schriftsteller und Zukunftsforscher Jamais Cascio ausführt, könnte die beste Methode, Technologien mit Umbruchpotential unter Kontrolle zu halten, paradoxerweise sein, sie so weit wie möglich zu verbreiten.

Wenn diese Technologien derart gefährlich sind, wie kann dann die Verbreitung des Wissens um ihre Funktion zu unserer Sicherheit beitragen? Die Antwort findet man in der Open-Source-Bewegung. Software, die im Open-Source-Prozess entsteht, ist viel sicherer und stabiler als kommerzielle. Wenn Tausende von Programmierern den Code untersuchen und an ihm herumbasteln, werden Sicherheitslücken rasch gefunden und repariert – »wenn genug Augen hinschauen, liegen alle Fehler zutage«.

Die Parallelen zu anderen Technologien sind, wie ich glaube, offensichtlich. Wenn zum Beispiel nur eine Hand voll bediensteter Wissenschaftler den genetischen Code der Pocken besitzt, hängt unsere Sicherheit von ihrem guten Willen und ihrer geistigen Stabilität ab – ein Wahnsinniger mit den richtigen Zutaten und einem halbwegs gut ausgerüsteten Oberschul-Biolabor könnte Millionen ins Verderben stürzen. Alle Geheimhaltung hat Lecks, die Geheimhaltung von Technologien, die auf veröffentlichten wissenschaftlichen Arbeiten beruhen, ist ganz und gar porös. Wer böse Absichten hegt, kann fast immer die Information finden, die er braucht, um Schaden zu stiften. Geheimhaltung schützt die Menschen nicht vor neuer Technik, sie schützt Schlapphüte vor öffentlicher Kontrolle.

Ein anderes Bild ergibt sich jedoch, wenn derlei Information weithin zugänglich ist. Die Anzahl der Leute, die sowohl Beweggründe als auch das Wissen haben, schwer wiegende Terrorakte zu planen, steigt dann etwas - aber die Anzahl der Leute, die dazu beitragen, derlei Anschläge vorherzusehen, Gegenmaßnahmen zu planen und zu ergreifen, steigt viel, viel schneller. Statt unsere Zukunft einer Hand voll Geheimdienste anzuvertrauen, deren moralische und fachliche Qualifikation - gelinde gesagt - fraglich ist, haben wir Tausende (vielleicht sogar Millionen) von Mitmenschen, die miteinander vernetzt sind und für uns die Augen offen halten.

Leider ist das nicht unsere wahrscheinlichste Zukunft. Das Standardmodell für unsere Zukunft heißt sowohl Zunahme des Leidens als auch hoch profitables technisches Chaos. Wohlgemerkt: Viele Unternehmen und reiche Leute, denen sie gehören, wollen diese technologische Revolution - aber zu ihren Bedingungen. Sie wollen sie besitzen. Sie wollen sie unter Kontrolle haben. Sie wollen sie verkaufen.

Aber noch ist es Zeit, eine andere Zukunft zu wählen, die nicht auf Kontrolle und Kommerz gründet, sondern auf Zusammenarbeit und Schöpfertum. Ein Planet voller Menschen, die über moderne Technik verfügen - wenn er auch ein Planet wäre, der Demokratie und Nachhaltigkeit schätzt -, wäre ein Planet mit echten Hoffnungen auf Überleben und Fortschritt angesichts einer Singularität. Die Singularität, die wir bekommen, hängt von den Entscheidungen ab, die wir treffen. Die Zukunft passiert uns nicht; wir erfinden sie.

»Wir sind Göttern gleich und sollten zusehen, dass wir das gut machen«, hat der erste *Whole Earth Catalog* verkündet. Nun ja, das stimmt - und auch wieder nicht. Gewiss liegt es fast in unserer Macht, nahezu jeden Aspekt unserer Welt umzuwandeln oder zu zerstören. Doch wir haben noch nicht den Weitblick, die Weisheit oder das Mitgefühl der mythologischen Götter, und Hochmut - »die Mörderin großer Männer« - ist imstande, uns gründlicher als je zuvor ein Ende zu bereiten. Es gibt einen alten Spruch: »Wen die

Götter verderben wollen, den machen sie zuvor groß.«[5] Wir könnten ihn so umformulieren: »Wen die Götter verderben wollen, den führen sie zuvor auf die Exponentialkurve.«

ANMERKUNGEN

1 Dies ist der Leitartikel zur Nr. 111 der Zeitschrift *Whole Earth Review*. Die Ausgabe ist der Vinge'schen Singularität und ähnlichen radikalen Umbrüchen gewidmet und enthält neben der erweiterten Neufassung von Vernor Vinges klassischem Essay weitere Beiträge (u.a. von Bruce Sterling), auf die Alex Steffen in seinem Artikel Bezug nimmt. Die Verweise mit den konkreten Seitenzahlen in der Zeitschrift werden hier weggelassen; alle betreffenden Artikel sind im Internet unter www.wholeearthmag.com zu finden. – *Anm. d. Übers.*

2 Der Autor verweist hier auf einen anderen, von Cory Doctorow verfassten Artikel in der Zeitschrift. Was »Entrückung« ursprünglich bedeutete und welche Vorstellungen darüber neuerdings bei einigen Leuten in den USA Mode sind, findet man übrigens im Essay von Thomas M. Disch in diesem SF-JAHR. – *Anm. d. Übers.*

3 Bill Joy: *Why the Future Doesn't Need Us*, in der Zeitschrift *WIRED*, April 2000, auch unter www.wired.com/wired/archive/8.04/joy.html veröffentlicht.

4 »Ich bin zum Tod geworden, dem Zerstörer von Welten« ist die Version einer Stelle aus der »Bhagavad-Gîtâ«, die dadurch bekannt wurde, dass Robert Oppenheimer sie in Bezug auf seine Mitarbeit an der Atombombe zitiert hat. Die Stelle (11. Gesang, Vers 33) wird ansonsten meist als »Zeit, die Zerstörerin« usw. übersetzt und bietet eigentlich eine zynische Rechtfertigung des Krieges, da die Opfer ja sowieso einmal sterben müssen. – *Anm. d. Übers.*

5 Bei Euripides hieß das einst: »... dem rauben sie den Verstand« bzw. »... den schlagen sie mit Blindheit«. Der Spruch ist seit der Antike vielfach abgewandelt worden. – *Anm. d. Übers.*

Aus dem Amerikanischen von Erik Simon

Eine kurze Zukunftsgeschichte der Technologie

Die Wissenschaftsliteratur des Freeman Dyson

von Wolfgang Neuhaus

> »Natürlich würde ich gern lang genug leben,
> um eine Zukunft zu sehen, in der das Leben von
> diesem Planeten in das Universum ausschwärmt.
> Aber das ist ein Vergnügen, das ich meinen
> Urenkeln überlasse. Wie Moses bin ich damit
> zufrieden, wenn ich ihnen den Weg zeigen kann.«
>
> Freeman Dyson[1]

Die »Dyson-Sphäre« ist es, die von den meisten SF-Lesern mit seinem Namen assoziiert und die, wie er selbst ironisch anmerkte, seine wissenschaftliche Arbeit als Physiker eines Tages zu einer bloßen Fußnote herabstufen wird.[2] Diese Anfang der sechziger Jahre in einem Artikel für die Zeitschrift *Science* vorgestellte Idee eines beweglichen »Schildes«, der um einen Stern gebaut wird, um dessen Energie optimal zu verwerten, ist weit von jeglicher technischer Realisierbarkeit entfernt.[3] Als Baustoff sollen die Trümmer von Planeten des betreffenden Sonnensystems genutzt werden – ein Konzept, das immerhin Eingang in das mediale »Star Trek«-Universum gefunden hat. Dyson beansprucht noch nicht einmal die Autoren-

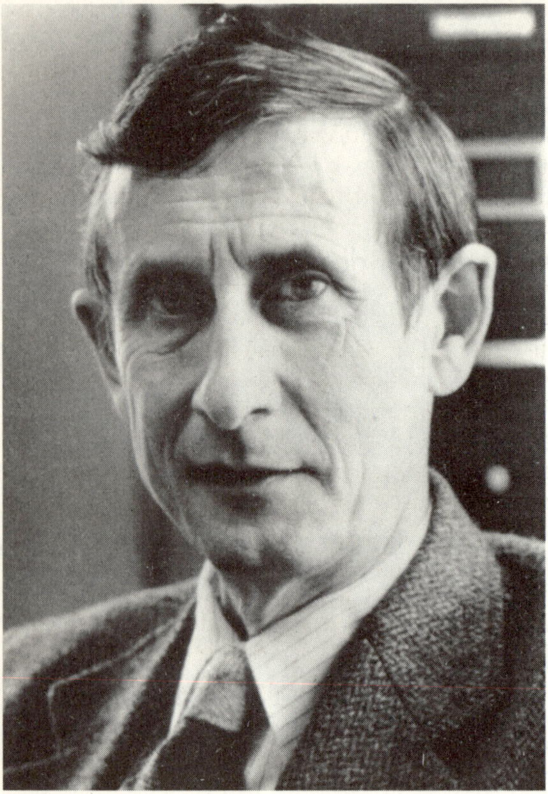

Freemann Dyson

schaft für diese Idee, sondern verweist darauf, dass er angeregt gewesen sei durch einen Roman des englischen Schriftstellers Olaf Stapledon.

Der Physiker und Autor Freeman Dyson ist in der bundesdeutschen Medienöffentlichkeit verhältnismäßig unbekannt geblieben. Einige seiner Bücher sind zwar übersetzt worden[4], aber entweder hat er immer im Schatten »seriöserer« US-Sachbuchautoren gestanden oder die jüngeren Vertreter der »Dritten Kultur«[5] haben ihm hierzulande den Rang abgelaufen. Dyson füllt bei seinen Vorträgen noch heute große Hörsäle an amerikanischen Universitäten. Auf den

Umschlägen der englischsprachigen Buchausgaben zollen ihm so unterschiedliche Autoren wie Arthur C. Clarke, Michio Kaku, Oliver Sacks oder Roger Penrose ihren Respekt. Als Wissenschaftler sei er eigentlich an zu vielen Dingen gleichzeitig interessiert, um ein überzeugender Entwickler von Ideen zu sein, meinte er einmal, aber seine Buchveröffentlichungen zeigen das Gegenteil. Mit breitem Fachwissen ausgestattet, in (eher historischer) SF belesen und an vielen Problemen auf diesem Planeten interessiert, bringt er interessante Szenarien für die zukünftige Entwicklung der Menschheit hervor, von der Energieversorgung über die Gentechnologie bis zur Raumfahrt. Die »Dyson-Sphäre« ist dabei nur eine Randerscheinung in einem vielschichtigen (populär-)wissenschaftlichen Werk. Ein Streifzug durch einige seiner Bücher wird das deutlich machen.[6]

Dyson, Jahrgang 1923, ist der Nachfolger Einsteins auf dem Lehrstuhl für Physik am Institute for Advanced Study in Princeton und mittlerweile emeritiert. Die Mathematik fasziniert ihn seit seiner Jugend in England, 1945 schloss er an der Universität von Cambridge in dieser Disziplin ab. Nach einem Zwischenspiel an der Cornell University wird er mit dreißig Jahren Professor in Princeton. Wie er selbst sagt, kann er dank der Duldung seines Mentors Robert Oppenheimer verschiedene Fachdisziplinen bearbeiten und leistet so Beiträge zur Quantenfeldtheorie, zur Astrophysik und zur Erforschung der Atomenergie.[7] Seine Wissenschaftsliteratur ist eine sicher auch seinem fortschreitenden Alter geschuldete Mischung von Anekdoten aus seinem Forscherleben, von Schilderungen konkreter Forschungsprojekte, von Bekenntnissen zur Science Fiction und provokanten Thesen zur Zukunft von Wissenschaft und Technik. Einzelne Themen – wie der gentechnisch manipulierte »Energiebaum« oder seine Arbeit an einem kleinen, flexibel einsetzbaren Kernreaktor namens TRIGA – können sich da schon mal wiederholen. Seine Erinnerungen wirken teilweise etwas antiquiert, weil man sich heute die Utopie einer friedlich genutzten Kernenergie kaum noch vorstellen kann. Dyson schreibt in der »obersten Liga« der spekulativen Autoren, wie sie allenfalls noch geteilt wird von Hans Moravec, Frank Tipler und Stanislaw Lem. Er ist jedoch ein Autor mit einem bescheidenen Stil, der nicht so marktschreierisch auftritt wie andere US-Autoren und durchaus zu einer selbstkritischen Einschätzung fähig ist. In seiner Publikation »Infinite in all directions« aus dem Jahre 1988 hat er die Gentechnik, die Künstliche Intelligenz (KI) und die Raumfahrt für die bedeutsamen Technologien des 21. Jahrhunderts gehalten, mittlerweile macht er Abstriche bei letzteren beiden, dafür komme die Gentechnik gut voran.

Das Handwerk der Wissenschaft

Wissenschaft ist für Dyson eine »handwerkliche Praxis«, auch, um persönlich nicht in bedenkliche intellektuelle Obsessionen zu verfallen. Er sieht sich mehr als praktischer Problemlöser denn als Schöpfer von Ideen, wie schon gesagt. Voller Misstrauen gegenüber den Konzept-Revolutionen des Wissenschaftstheoretikers Thomas Kuhn[8] favorisiert er das fast schon idyllisch geschilderte Basteln mit selbstgebauten Instrumenten im Labor als Leitmotiv neuer wissenschaftlicher Entdeckungen. Dyson verweist darauf, dass es bei einzelnen Gruppen von Naturwissenschaftlern, etwa bei den Astronomen, die Tradition gebe, eigene Werkzeuge zusammenzubauen. Er behauptet, dass es nur wenige Entwicklungen gegeben hätte, die auf neuen Konzepten basierten, dafür seien die meisten Revolutionen etwa in der Biologie (zum Beispiel die Entdeckung des DNS-Strangs) durch neue Instrumente (in diesem Fall der Röntgenkristallographie) möglich geworden.

> »The effect of a concept-driven revolution is to explain old things in new ways. The effect of a tool-driven revolution is to discover new things that have to be explained. In almost every branch of science, and especially in biology and astronomy, there has been a preponderance of tool-driven revolutions. We have been more successful in discovering new things than in explaining old ones.« (D, S. 50)

Es gehe also bei den praktischen Auseinandersetzungen zumindest in den Naturwissenschaften nicht um »Ideologie«, sondern um die Frage, »wessen Maschine gebaut, wessen Detektor eingesetzt, wessen Theorie überprüft wird. Wenn diese Kämpfe gewonnen oder verloren sind, werden Experimente ausgeführt, und über die Ergebnisse entscheiden Instrumente und die Natur« (E, S. 48).

Dyson liebt offenbar das Spiel mit einfachen Kontrast-Vergleichen, mit zwei klar entgegengesetzten Symbolen, um jeweils verschiedene Entwicklungslinien zu illustrieren. So unterscheidet er zwei unterschiedliche Stile des wissenschaftlichen Denkens: einmal einen offziellen, der mit den dominierenden akademischen Wissenschaftsinstitutionen verbunden ist, und dann einen, der eher »von unten« praktisch seinen Einfluss geltend macht. »Athen« und »Manchester« stellt er als Symbole dafür gegenüber (daneben gibt es in seinen Schriften die Oppositionen »graue« vs. »grüne« Technologie oder »Napoleon« vs. »Tolstoi«). Im Manchester des vorletzten Jahrhunderts wurden die Grundlagen der industriellen Revolution gelegt und damit ein praktischer Rahmen für neue wissenschaftliche Anwendungen geschaffen, was Dyson mit einer Schilderung der Aufbruchsstimmung in der englischen Stadt verbindet.

> »The science of Athens emphasizes ideas and theories; it tries to find unifying concepts which tie the universe together. The science of Manchester emphasizes facts and things; it tries to explore and extend our knowledge of nature's diversity.« (A, S. 40)

Manchester steht für die »werkzeug-getriebene Revolution«, obwohl an der dortigen Universität später das theoretische Modell des Atomkerns von Ernest Rutherford entwickelt wurde. Diese strenge Unterscheidung hält ihn nicht davon ab, sowohl nach vereinheitlichenden Konzepten zu streben als auch über die praktische Diversifizierung des Wissens nachzudenken. Der wissenschaftliche Fortschritt brauche beides: sowohl neue Konzepte als auch neue Werkzeuge.

Die Evolution der Technologie

»Napoleon« und rätselhafter Weise »Tolstoi« stehen Pate bei der Namensgebung von zwei unterschiedlichen technologischen Ausrichtungen. Napoleon stehe dabei für eine strenge Organisation und Disziplin, Tolstoi für kreatives Chaos und Freiheit, wobei diese Namensgebung etwas eigenwillig ist. Kann man bei Napoleon, der sich selbst zum Kaiser krönte, diese Assoziation noch halbwegs nachvollziehen, ist Tolstoi historisch eine widersprüchliche Figur, ein Abtrünniger der Aristokratie, der sich zwar gegen die Regierung wandte, aber zugleich einen feudalen Lebensstil pflegte. Aber während Napoleon mit dem IBM Mainframe gleichgesetzt wird, steht Tolstoi für den Apple Macintosh, was, wenn man an den snobistischen Kult seiner Benutzer denkt, auch schon wieder passend ist.

Dyson will darauf hinaus, dass in Zukunft sich der anarchische Teil der Technik durchsetzen werde. Kleine kostengünstige Instrumente werden sich der bisherigen Schwerfälligkeit großer Institutionen entziehen. Dass diese Entwicklung nicht unproblematisch ist, wird auch Dyson bewusst, wenn er später auf die ethischen Fragestellungen zu sprechen kommt. Doch zuvor entwirft er ein breites Panorama von technischen Errungenschaften, die auf uns zukommen werden.

Um weitere wissenschaftliche Revolutionen einzuleiten, denkt Dyson an eine Reihe neuer Werkzeuge: ein einfaches physikalisches, nicht biochemisches Gerät zur DNS-Analyse, ein Proteinmikroskop zur Erfassung der dreidimensionalen Struktur von Eiweißmolekülen und an eine Technologie künstlicher Viren. Wünschenswert sei eine handhabbare, flexible Technologie der Fusionsenergie. Dyson schreibt engagiert über Entwicklungen aus seinem eigenen Interessensgebiet. Die Digitalisierung der Astronomie sei in vollem Gange und werde u. a. zu neuen dezentralen Forschungsvorhaben führen. Neue Computerprogramme hätten eigentlich die erste extrasolare Planetenentdeckung von Alexander Wolszan 1992 möglich gemacht. Das »Sloan Digital Sky Survey«-Projekt erfasst den nördlichen Sternhimmel mit digitalen Kameras. Als weiteres Beispiel nennt er das kostengünstige PLANET-Projekt, bei dem zwischen verschiedenen kleineren Beobachtungsstationen Daten über das Internet ausgetauscht werden. Das Internet wird der Katalysator weiterer Entdeckungen, da Informationen schnell und einfach über das Netz weltweit verteilt werden können, lokales Wissen aus der Dritten Welt zum Beispiel mit der Kompetenz medizinischer Fachkräfte zusammengeschaltet wird.

Die Gentechnik nun hat für ihn einen besonderen Stellenwert. Waren seine bisherigen Ideen von wissenschaftlicher Detailkenntnis geprägt, haben seine Ausführungen zu diesem Thema einen gewissen Phantasie-Überhang, der so viele futurologische Bücher schwer genießbar macht. Das Human Genome Project ist für ihn nur der Anfang, die gesamte Biosphäre in ihren genetischen Bestandteilen zu sequenzieren. Während wir heute noch nicht einmal den sequenzierten Code verstehen, warten bald ganz neue Möglichkeiten der genetischen Manipulation: so sollen wundersame Pflanzenschöpfungen der Solarenergie mit zum Durchbruch verhelfen.

> »Erstens könnten Energiepflanzen gezüchtet werden, die eine den Solarzellen vergleichbare Energieausbeute von etwa 10 Prozent erreichen. Dadurch ließen sich die Boden- und Erntekosten beträchtlich verringern. Zweitens könnte man Energiepflanzen züchten, die gar nicht geerntet werden müssen, zum Beispiel Bäume, die Sonnenlicht in einen flüssigen Brennstoff umwandeln und diesen Brennstoff über ihre Wurzeln unmittelbar in ein unterirdisches Netz von Pipelines abgeben.« (E, S. 129)

Diese imaginäre »Baumwirtschaft« könnte aber nicht nur Energie produzieren, sondern auf ihren Bäumen auch Chips herstellen. Dyson ist von dieser Idee offenbar so angetan, dass er sie in mehreren seiner Bücher zur Sprache bringt. Die Gentechnik wird zu einer Industrie erklärt, die grundlegende Veränderungen bewirken werde. Bakterien als genetische »Automaten« könnten eingesetzt werden, um ganze Landstriche von der Umweltverschmutzung zu befreien. CAS-CAR Software (für computer-aided selection and reproduction) werde das Design neuer Pflanzen und Tiere allgemein erleichtern. Ein gentechnischer Baukasten für den selbst-designten Mini-Saurier sei denkbar als Geschenk für die Kleinen.

Auch das Thema der KI werde einen neuen Schub durch das Internet und die Gentechnik erhalten. KI werde womöglich durch das Internet (mit)erzeugt, da in ihm eine verteilte und bewegliche Art der »Intelligenz« entstehen könne bei steigender Komplexität, die das menschliche Bewusstsein nicht mehr erfasse. In der zweiten Hälfte dieses Jahrhunderts würden dann die Industrien von Computer- und Biotechnologie zusammengehen.

> »The next hundred years will be a period of transition between the metal-and-silicon technology of today and the enzyme-and-nerve

> technology of tomorrow. The enzyme-and-nerve technology will be the result of combining the tools of genetic engineering and ai.« (B, S. 286)

Die konkreten Formen dieser Vereinigung könnten aber nicht vorhergesagt werden. Die KI wird gewissermaßen als begleitende praktische Technik zur neurophysiologischen Forschung gesehen. In »Imagined worlds« wendet sich Dyson schließlich der Neurotechnologie zu – einer weiteren Chance des medizinischen Fortschritts, die ja auch schon Marvin Minsky mit seinen berüchtigten Neurochips beschrieben hat. Die »Radiotelepathie« werde möglich, wenn man die Organisation des menschlichen Nervensystems verstanden habe und die elektromagnetischen Signale direkt einsetzen könne.

> »When we know how to put into a brain transmitters translating neural processes into radio signals, we shall also know to insert receivers translating radio signals back into neural processes. Radiotelepathy is the technology of transferring information directly from brain to brain using radio transmitters and receivers in combination.« (D, S. 135)

All die Technologien, die heute schon für die Hirnchirurgie eingesetzt würden (Kernspintomographie u.a.), bräuchte man gewissermaßen nur »umzukehren«. Die Radiotelepathie könnte auch die gerade erst »erwachsen« gewordene KI ersetzen, würde sie doch ganz neue Erfahrungen von Gruppenbewusstsein und Kollektivgedächtnis möglich machen – eine Erweiterung von Kunst und Wissenschaft, wie sie heute kaum vorstellbar ist.

Nachdenken über die Zukunft zwischen Reflexion und Prophetie

Über die Qualität seiner Zukunftsentwürfe lässt sich streiten. Dyson ist SF-Leser und geht an mancher Stelle auf seine Vorbilder aus diesem Genre ein wie die Autoren Herbert G. Wells, Aldous Huxley oder Olaf Stapledon. Auch abseitigere Bücher wie »Daedalus, or science and the future« des Biologen J.B.S. Haldane und »The world, the flesh and the devil« des Wissenschaftlers Desmond Bernal aus den zwanziger Jahren sind ihm bekannt. Dysons Texte unterscheiden sich von den üblichen Futurologen-Konzepten. Probleme der Ökologie, der Überbevölkerung und der ökonomischen Ungleichheit hat Dyson bei seinen phantastisch anmutenden Szenarien nicht vergessen. Und er kritisiert die Methode der Futurologen, Trends in die Zukunft zu extrapolieren, als »Pseudo-Wissenschaft«.

> »In the long run, qualitative changes always outweigh quantitative ones. Quantitative predictions of economic and social trends are made obsolete by qualitative changes in the rule of the game. Quantitative predictions of technological progress are made obsolete by unpredictable new inventions. I am interested in the long run, the remote future, where quantitative predictions are meaningless. The only certainty in that remote future is that radically new things will be happening. The only way to explore it is to use our imagination.« (A, S. 192)

Dyson trifft hier eine interessante Unterscheidung zwischen quantitativen und qualitativen Vorhersagen oder Mutmaßungen über Veränderungen, die in einer Gesellschaft auftreten können. Sind seine als qualitativ anzusehenden Szenarien über zukünftige »Energiebäume« und »Radiotelepathie« nun aber plausibel oder nicht? Man kann Dyson zugute halten, dass er versucht, Prinzipien der Entwicklung abzuschätzen, die auf seinem wissenschaftlichen Sachverstand basieren. Was die »Radiotelepathie« betrifft, könnte man ihm, der sich doch vehement gegen rein intellektuelle Obsessionen wehrt, allerdings vorhalten, dass bei diesem Thema sein »Besessensein von der Zukunft« Überhand genommen hat. Vielleicht wird ja eines Tages eine Neurotechnologie existieren, die so etwas wie »Radiotelepathie« möglich macht. Eine Schwierigkeit dabei ist, dass jedes Gehirn sich individuell in seinem »Aufbau« entwickelt hat. Einzelne Denkfunktionen können zwar geortet werden (höhere Funktionen der Kognition zum Beispiel im Stirnlappen), was aber nicht heißt, dass das Kleinhirn nicht auch an der Organisation kognitiver Denkleistungen beteiligt wäre. Das Gehirn ist ein fraktales, ein verteilt arbeitendes System, dessen »Code« der Informationsverarbeitung zudem völlig unbekannt ist. Eine Neurotechnologie mit »telepathischen« Funktionen müsste den komplexen neuronalen Prozessen nachspüren und in ihnen ein Sinn-Muster entziffern können; möglicherweise werden KI-gesteuerte Gehirn-Detektoren dieses leisten können, aber es bleibt reine Spekulation.

Wenn es auf den nachfolgenden Seiten um die Kolonisierung des Weltraums geht, wird die spekulative Begeisterungsfähigkeit Dysons noch in andere Dimensionen vorstoßen. Der Hang zur Spekulation ist zumindest bei einem Teil der amerikanischen Wissenschaftler verbreiteter und auch anerkannter als es bei bundesdeutschen Forschern der Fall ist, bei denen Dysons Äußerungen mitunter nur Kopfschütteln hervorrufen. Doch auch wenn man skeptisch gegenüber der konkreten Möglichkeit von Radiotelepathie oder Energiebäumen bleibt, so hat das Spiel mit Ideen – und jeder SF-Leser wird das bestätigen – seinen eigenen Reiz, der darin liegt, sich nicht an die Vorgaben der Wirklichkeit halten zu müssen. Dyson macht denn auch keinen Hehl aus seinem Spaß an Gedankenexperimenten.

> »A thought experiment is an entirely different thing from a prediction. The things that I shall describe are not intended as predictions of things that will actually happen. They are idealized models of developments with which we shall have to come to terms intellectually before we can hope to handle them practically.« (A, S. 197)

Doch für jedes nützliche Gedankenspiel müssen ein paar Bedingungen definiert werden, und Dyson muss sich den Vorwurf gefallen lassen, aufgrund seiner eigenen Grundannahmen in die Nähe eines (unwissenschaftlichen) prophetischen Denkens abzugleiten. Er warnt vor den Folgen einer unkontrollierten Atom- und Gentechnik, ist aber mit einigem Optimismus gesegnet, was die langfristige technische Entwicklung angeht. Das Wörtchen »gesegnet« ist an dieser Stelle nicht ironisch gemeint; er verfügt über einen unerschütterlichen Glauben an die Mission der Verbreitung des Lebens in der Galaxis, als dass er die irdischen hausgemachten Probleme nicht für lösbar halten würde. Trotz aller grundlegenden Veränderungen, die die Technologien in einer Kultur weiterhin auslösen werden, die ja bis hin zu einer genetischen Aufsplitterung gehen könnten, würden die gemeinsamen Bande der Menschen weiterbestehen. Dyson verfolgt keinen Diskurs der nüchternen Aufklärung, sondern einen der Erbauung, des Mutmachens.

> »Boiled down to one sentence, my message is the unbounded prodigality of life and the consequent unboundedness of human destiny.« (B, S. vii)

Diesen »kosmischen Vitalismus« kann man teilen oder nicht. Zustimmend zitiert Dyson eine Kritik an seinem Ansatz, dass es sich um eine Form von »Animismus« handele, um die Vorstellung einer »beseelten« Materie. Er versucht, die ungeheure Serie von Zufällen, die das Universum überhaupt bewohnbar gemacht habe, die besondere Harmonie, die zwischen der Struktur des Universums und den Erfordernissen des Lebens herrsche, als »höheren Sinn« zu erklären. Dyson ist Anhänger des finalen Anthropischen Prinzips, der Idee, dass Leben in diesem Universum entstehen musste und auch niemals wieder daraus verschwinden kann. Aber er geht über dieses Prinzip hinaus und formuliert ein weiteres.

> »... the universe is constructed according to a principle of maximum diversity. The principle of maximum diversity operates both at the physical and at the mental level. It says that the laws of nature and the initial conditions are such as to make the universe as interesting as possible. As a result, life is possible but not too easy. (...) To this process of growth and diversification I see no end. It is useless for us to try to imagine the varieties of experience, physical and intellectual and religious, to which mankind may attain.« (B, S. 298)

Dyson ist religiös, wobei er zu einer besonderen spirituellen Einstellung gefunden hat, die vom Standpunkt der offiziellen Religion als Häresie bezeichnet wird, insofern die Menschen durch ihr geistiges Wachstum und die Erweiterung ihrer Handlungsbereiche auch zum »Wachstum« Gottes beitragen sollen.

Die ethische Dimension des Technikgebrauchs

Neben seinem kompetenten Einblick in Forschungsprozesse und seiner Bereitschaft zur mehr oder weniger gelungenen Spekulation ist einer der großen Pluspunkte seiner Wissenschaftsliteratur der Versuch, die ethische Dimension der Wissenschaft mit einzubeziehen. Er möchte die Wissensproduktion mit einer ethischen Wertediskussion verbunden wissen. Zwar ist Dyson das analytische Denken in Begriffen von »militärisch-industriellen Komplexen« und ökonomischen Klasseninteressen fremd, und er findet immer noch ein paar nette Worte für die kompetenten Atombombenforscher, die er kennen lernen durfte, aber sein Eintreten für die ethische Verantwortung der Wissenschaftler konterkariert doch das oftmals einseitige Bejubeln des technischen Fortschritts bei den Vertretern der schon erwähnten »Dritten Kultur«. Das Prinzip des freien Marktes sollte nach Dyson nicht auf den Bereich der menschlichen Gene ausgedehnt werden. Alle Wissenschaftler und Ingenieure sind aufgefordert, sich zu fragen, ob die Projekte, an denen sie arbeiten, es eigentlich wert sind. Die meisten Artefakte, die gebaut werden, seien »Spielzeug für die Reichen«. Neue Technologien würden sogar dazu dienen, die Kluft zwischen arm und reich zu vergrößern.

Der Buchdruck, die öffentlichen Gesundheitssysteme, die Trinkwasserversorgung und Impfstoffe sind seine Beispiele für sozial nützliche Technologie. Dyson macht sich Gedanken über die historische Einführung der Haushaltsgeräte und erzählt anekdotisch von ihren widersprüchlichen sozialen Auswirkungen. Das Versprechen der Computertechnologie sei eben auch, dass Bedürfnisse billiger und flexibler befriedigt und infolgedessen Armutserscheinungen auf der ganzen Welt beseitigt werden könnten.

> »Wenn man allerdings das allgemeine Problem der ungleichen Chancen lösen möchte, wäre der Zugang zu Computern immerhin ein guter Anfang. Zu den Vorzügen der neuen Internettechnologie gehört die ihr innewohnende Tendenz zur Globalisierung. Das Internet überwindet problemlos Barrieren der Sprache, der Sitten und der Kultur. Es gibt keine technischen Hindernisse, die eine universelle Zugänglichkeit unmöglich machten.« (E, S. 112/13)

Die Menschheit hätte geradezu die »Pflicht«, die Netze in den Dienst sozialer Gerechtigkeit zu stellen. Die zwar sympathische, aber nichtsdestoweniger naive Aufforderung wird von Dyson selbst relativiert, wenn er ein paar Seiten später davor warnt, dass die Menschenwürde und die »Autonomie unserer Institutionen« durch die vielen kleinen Maschinen überall bedroht seien, die zu »unergründlichen Netzen« zusammengeschaltet sind. Ist das nicht der Preis für seine Sicht einer Tolstoischen Ausbreitung der Technik? Der lapidare Ton, mit dem Dyson zuvor über die zukünftigen Segnungen der Technik geschrieben hat, stehen im Kontrast zu seinen ethischen Bedenken, die er plötzlich äußert. Wer so begeistert über die gentechnische Manipulation schreibt, dem nimmt man jetzt nicht so einfach ab, dass er langfristig die Autonomie des menschlichen Geistes gefährdet sieht. Wozu dann über Radiotelepathie phantasieren? Oder sich in bester Lemscher Manier darüber Gedanken zu machen, ob eine Gesellschaft in weiter Zukunft, die die menschlichen Gefühle vollkommen kontrollieren könne, ihre geistige Gesundheit behalten kann? Doch sieht man einmal von solchen Ungereimtheiten ab, ist Dyson von den kosmischen »Denk-Spekulanten« sicherlich der menschlichste und - neben Lem - der bedächtigste.

Fortschritte in der Raumfahrt

Ein ausführlicher Blick sei seiner Behandlung des Themas Raumfahrt gewährt, und das nicht wegen der Dyson-Sphäre. Der Titel seines letzten übersetzten Buches erklärt sich damit, dass er neben der Gentechnik noch die Solarenergie und das Internet als die erfolgversprechendsten Technologien der vor uns liegenden Jahrzehnte entdeckt hat. Aber die Raumfahrt ist damit historisch nicht vorbei, ihr Erscheinen verzögert sich nur. Sie ist das Mittel zum eigentlichen Zweck, zur Kolonisierung des Weltraums. Dazu beschwört Dyson den alten Mythos der Pionierzeit im amerikanischen Westen.

Er plädiert für neue Herangehensweisen, um die Sackgassen, in die die bemannte Raumfahrt geraten sei, zu überwinden. Bisherige Raumfahrt-Programme seien zu teuer und zu wenig nachhaltig gewesen. Neue Technologien für den massenhaften Weltraumausflug werden aber kommen, ebenso neue Transportmittel für die

Nutzlast. Dyson diskutiert kompetent die Vor- und Nachteile von Laserantrieben und Gaskatapulten. Von Bedeutung sei es, kostengünstige Programme zu entwickeln und weitere technische Entwicklungen zu forcieren, etwa Technologien der Ferndiagnose und der autonomen Navigation. Die von Dyson erwartete Erweiterung des menschlichen Lebensraumes ins Sonnensystem setze allerdings die Biotechnologie voraus. Sein Szenario: Samen gentechnisch erzeugter Pflanzen sorgen - vorher abgeworfen - für ein künstliches Biotop, unter Umständen mit organisch-gewachsenen Biobehausungen, bevor die Astronauten den Boden des Planeten betreten.

Von Rückschlägen lässt er sich nicht entmutigen[9] und hegt gegen den allgemeinen Zeitgeist die Vorstellung, die irdischen Grenzen zu überwinden und dem Denken neue Räume zu erschließen. Es ist eine wohl sehr amerikanische Lesart der Dinge, wenn er völlig selbstverständlich finanzielle Rechnungen für verschiedene Expeditionen aufmacht und diese - zwei historische und zwei zukünftige! - gegenüberstellt (A, S. 123). Habe die Fahrt der *Mayflower* 1620 noch sechs Millionen Dollar (umgerechnet für 1975) gekostet, könne ein Flug zum Asteroidengürtel irgendwann nach dem Jahr 2000 schon für eine Million zu haben sein. Nun, das wird noch dauern, aber Dyson hat recht, wenn er sowohl staatliche als auch private Anstrengungen fordert, um kostengünstige Strategien der Kolonisierung zu entwickeln. Eine neue Generation von Abenteurern werde kommen, um neue Ideen auszuprobieren und die Raumfahrt wieder nach vorne zu bringen. Aktuelle Medienberichte um ein von privaten Financiers organisiertes »Rennen« um einen bemannten Raketenstart in Kalifornien sprechen dafür, dass sich einiges in dieser Richtung tut.

Die Welt in einer Million Jahren

Der Einschub ethischer Vorbehalte hält Dyson denn auch nicht von weiteren Spekulationen über schnell aufeinander folgende Entwicklungen ab. Innerhalb der nächsten tausend Jahre verteile sich die Menschheit, allerdings genetisch verändert, über das gesamte Sonnensystem. Der Kuiper-Gürtel sei dabei fernab von der Sonne ein gastlicher Ort wegen seiner Wasservorkommen - und sei man auf einem seiner Asteroiden gelangweilt, könne man ja weiterreisen zum nächsten, sowie die Siedler im alten Wilden Westen weitergezogen sind. Die genetische Veränderung ist gewissermaßen Ursache und Wirkung zugleich der kosmischen Emigration der Menschheit.

> »Auch wenn die Aufspaltung der Menschheit in mehrere Arten unter Gleichen erfolgt und keine Aufspaltung in Herren und Knechte bedeutet, wird sie uns vor schwierige soziale und ethische Probleme stellen. ... Früher oder später werden sich die Spannungen zwischen divergierenden Lebensformen nur durch Emigration lösen lassen: einige von uns werden auswandern und sich fern der Erde niederlassen, während andere zurückbleiben. Am Ende werden wir den Weg ins All nehmen müssen, um neue Welten zu finden, die unseren Fähigkeiten entsprechen. Um die Vielfalt der geistigen und körperlichen Formen zu erkunden, zu denen unserer Genom sich zu entwickeln vermag, reicht ein Planet nicht aus.« (E, S. 203)

Einige siedeln auf dem Mond, andere auf dem Mars oder eben auf Asteroiden. Die menschliche Gattung werde sich dabei in viele aufspalten, wenn sie erstmal anfängt, die ökologischen Nischen des Sonnensystems zu besetzen. Die »grüne« (als naturkompatible) Technologie werde die Menschheit in das Universum hinaus führen und sie dabei an die neuen Lebensbedingungen anpassen.

> »The one thing that our descendants will not be able to do is to stop the expansion of life once it is well started. The power to control the expansion will be for a short time in our hands, but ultimately life will find its own ways to expand with or without our help. The greening of the galaxy will become an irreversible process.« (A, S. 236)

In hunderttausend Jahren werde es menschliches Leben (schon) in der ganzen Galaxis geben; unter Umständen hat auch ein außerirdischer Kontakt stattgefunden, sodass fremde Einflüsse die menschliche Kulturvielfalt im Kosmos bereichern können. In einer Million Jahren werden die Menschen dann nicht länger als solche zu erkennen sein. Was sich als kurzer Augenblick für die geologische

Geschichte der Erde beschreiben lasse, sei ein unermesslicher Zeitraum für das menschliche Bewusstsein, vor dem auch Dyson langsam trotz aller Spekulationsfreude kapituliert, aber er findet noch eine weitere Steigerung.

> »A million years from now, our descendants and their neighbors in other galaxies will perhaps be preparing for the intelligent intervention of life in the evolution of the universe as a whole.« (D, S. 167)

Er hat nicht nur die Zertrümmerung von Planeten zum Bau seiner Dyson-Sphäre angedacht[10], sondern auch nach der Möglichkeit gefragt, ob man nicht durch die »absichtliche Herbeiführung von Energieflüssen kosmischen Maßstabs« ein geschlossenes Universum »aufbrechen« und dessen Topologie der Raum-Zeit verändern könne, um das Überleben des bis dahin kosmosweit expandierten intelligenten Lebens zu sichern (C, S. 13).

ANMERKUNGEN

1 Aus einem Interview mit Klaus Madzia, in: Econy 1, 1998

2 Siehe den Eintrag unter seinem Namen in »The Encyclopedia of Science Fiction«, herausgegeben von John Clute und Peter Nicholls, St. Martin's Press, New York 1995, S. 360

3 Siehe auch: Amit und Maggie Goswami: Die kosmischen Traumtänzer oder Wie steht es mit der Science in der Science Fiction, 2. Teil, in: Wolfgang Jeschke (Hrsg.): Das SF-JAHR 1987, Wilhelm Heyne Verlag, München 1987, S. 448 f.

4 Deutsche Übersetzungen: »Innenansichten« (1981), »Die zwei Ursprünge des Lebens« (1988), »Zeit ohne Ende. Physik und Biologie in einem offenen Universum« (1989), »Die Sonne, das Genom und das Internet. Wissenschaftliche Innovation und die Technologien der Zukunft« (2000).

5 Siehe: John Brockmann (Hrsg.): Die Dritte Kultur. Das Weltbild der modernen Naturwissenschaft, Goldmann Verlag, München 1996. Letztlich kann Dyson als Pionier dieser Autorengruppe verstanden werden, wobei mit diesem Begriff gemeint ist, dass schreibende Naturwissenschaftler und Ingenieure an der Interpretationshoheit der feuilletonistisch orientierten (und die Technologien nicht verstehenden) Geistenswissenschafter vorbei die Öffentlichkeit zu erreichen suchen. Eine Reaktion auf die weitreichende Trennung einer natur- und geisteswissenschaftlichen Intelligenz in der Gesellschaft, die der Schriftsteller und Physiker C. P. Snow in den fünfziger Jahren diagnostizierte.

[6] Verwendete Ausgaben:

A: Disturbing the universe, Harper & Row, New York et. al. 1979 (dt. als »Innenansichten«, Birkhäuser, Basel 1981)

B: Infinite in all directions, Penguin Books, London 1988

C: Zeit ohne Ende, Brinkmann & Bose, Berlin 1989

D: Imagined Worlds, Harvard University Press, Cambridge / Massachusetts 1997

E: Die Sonne, das Genom und das Internet, S. Fischer Verlag, Frankfurt/M. 2000

[7] Für weitere Informationen siehe seine Homepage unter: http://www.sns.ias.edu/~dyson/

[8] Autor des Buches »Die Struktur wissenschaftlicher Revolutionen« (1962), dt. bei Suhrkamp

[9] Dyson hat selbst Ende der fünziger Jahre an einem heute so gut wie vergessenen Raumfahrtprojekt mitgearbeitet, dem Projekt Orion (daher hat das Raumschiff für den Flug zum Jupiter in *2001 - Odyssee im Weltraum* seinen Namen). Die Idee war, ein Raumschiff mit nuklearem Impulsantrieb zu bauen. Eine Reihe von kleinen Atombomben sollten zeitlich kurz hintereinander gezündet werden und eine massive Platte anschieben, hinter der das durch Stoßdämpfer geschützte Raumschiff mit den Astronauten sich befinden würde. Eine Versuchsreihe mit konventionellen Sprengstoffen war zwar erfolgreich, aber das Projekt ließ sich nicht durchsetzen.

[10] Einen Planeten zu zerstören, ist eine energieaufwändige Angelegenheit; vielleicht wird diese Sphäre aus intelligenten Nanopartikeln o. a. bestehen, die sich selbst wie ein »Schirm« um den Stern organisieren. Als Gedankenexperiment spielt sie für Dyson noch in einem anderen Zusammenhang eine Rolle. Er hält das Fahnden nach solchen Artefakten für aussichtsreicher als das nach fremden Radiosignalen bei der Suche nach außerirdischer Intelligenz, da sie für galaktische Zivilisationen technisch machbar sein müssten und man sie leichter feststellen könne (A, S. 213 f.).

Das Matrix-Enigma

Die Wirklichkeit als Programm – Anmerkungen zu einer Avantgarde der Computerwissenschaft

von Michael K. Iwoleit

Wie könnte man das Gegenteil von Avantgarde nennen? Versuchen wir's mal mit »Retrogarde«. Der Begriff scheint mir besonders passend für eine zunehmend an Einfluss und Bedeutung verlierende Schicht, die noch eine klassische humanistische Ausbildung genossen hat, überzeugt davon, dass die Sphäre der Kultur ihr allein vorbehalten sei, und nicht wahrhaben will, dass längst eine neue, nichtliterarische Kultur entstanden ist, deren zentrales Medium und Menetekel nicht mehr das Buch, sondern der Computer ist. Der Retrogarde fällt es schwer zu begreifen, dass die Klassiker von heute nicht Plato und Aristoteles, sondern John von Neumann und Alan Turing heißen, dass die aristotelische Logik von der Boolschen Algebra, die *Kritik der reinen Vernunft* von Knuths *The Art of Computer Programming* verdrängt wird, dass Programmierer, Systemtheoretiker und Neurologen heute den Rang einnehmen, der früher den idealistischen Philosophen zukam, dass die Erziehung des Menschengeschlechts an Boden verloren hat gegenüber der Idee, Mensch, Geist und Materie in algorithmischen Begriffen zu erklären. Diese neue Kultur, für die sich die unzureichende und leicht irreführende Bezeichnung »Cyberkultur« nicht ganz durchsetzen konnte, hat ihre eigenen Vorstellungen, Denkmodelle, Popularisierungen und Trivialisierungen hervorgebracht. Und ihre eigenen Träume und Alpträume.

Die *Matrix*-Trilogie der Wachowski-Brüder verhält sich zur Cyberkultur ungefähr so wie ein Hollywood-Melodram zu Shakespeare. Für die Kinogänger, die der charismatische Chic ihrer Akteure oder die in spektakulärer Optik ausgebreiteten Allmachtsphantasien fasziniert haben, dürfte zweitrangig gewesen sein, dass die Trilogie ohne nennenswerten Tiefgang auf einer Welle von Ideen mitschwimmt, die sich in der Science Fiction bis weit über den Cyberpunk hinaus zurückverfolgen lassen. (Ob die Wachowskis diesen Vorbildern wirklich so gerecht werden, wie Paul Di Filippo in einem Essay behauptet hat[1], sei dahingestellt.) Populärer Appeal hing noch nie davon ab, wie originell und intelligent jemand die Ideen anderer adaptiert, sondern wie geschickt ein Reservoir von Vorstellungen und Erwartungshaltungen angezapft wird, das sich im Zeitgeist bereits zur kritischen Masse verdichtet hat. *Matrix* ist der bislang erfolgreichste Pop-Mythos einer Generation, die mit Privatfernsehen, Internet und Ego-Shootern groß geworden ist. Für Medienkonsumenten, die die frisierten, auf Look und Image getrimmten Bilderwelten der Werbung und des Infotainments allen dürren Fakten vorzuziehen gelernt haben, die einen beträchtlichen Teil ihrer Einkünfte darauf verwenden, ihre PC-Hardware für immer realistischere Computerspiele hochzurüsten, ist es eine erschreckend und verführerisch naheliegende Idee, dass die ganze Welt eine Simulation sein könnte, geschaffen in finsterer Absicht, die nur ein neuzeitlicher Messias vereiteln kann. Für das Fußvolk der Cyberkultur – jene, die Discount-Hightech nur konsumieren, statt die Technik selbst schöpferisch zu beherrschen – ist der Computer eine mystische Maschine, ein Stück Allmacht im Desktop-Format. Die Frage, die die populäre Vorstellungskraft immer mehr beschäftigt – und die ich im Folgenden als das »Matrix-Enigma« bezeichnen möchte – ist einfach die, wie weit diese Macht tatsächlich reicht, welche Erscheinungen in unserer Welt, in unserem Bewusstsein sich am besten als Software begreifen lassen. Ist die Realität vielleicht nur ein Programm, das auf einem Computer einer höheren Dimension läuft? Und wenn ja: Von wem wurde es ausgetüftelt? Zu welchem Zweck in Gang gesetzt?

Noch wenig bekannt ist, dass solche Fragen in einem Frontgebiet der aktuellen Wissenschaften, in dem Physik und Computertheorie ineinander übergehen, ernsthaft diskutiert werden. Es ist eine provisorisch abgesteckte, noch auf unsicheren Fundamenten ruhende

Grauzone, in der sich bevorzugt Exzentriker und Außenseiter des Wissenschaftsbetriebs tummeln, Männer wie der amerikanische Physiker Frank R. Tipler[2], der Beweise für ein Leben nach dem Tod gefunden zu haben behauptet, wie der Mathematiker Stephen Wolfram[3], der die Theorie Zellulärer Automaten zu einem umfassenden Modell der Welterklärung auszubauen versucht, wie schließlich – um den buntesten Paradiesvogel zu nennen – der Unternehmer und Computerpionier Edward Fredkin, die alle Vorgänge in der Natur auf einen grundlegenden Wirklichkeitsbaustein zurückzuführen versucht: der puren Information.

Was von dieser Forschungsfront in Publikumsmedien und die populärwissenschaftliche Presse durchsickert, beruht keineswegs auf so abwegigen Prämissen, wie man bei flüchtiger Berührung mit den von New Age-angehauchten Thesen, zu denen sich ihre Protagonisten gern versteigen, glauben könnte. Jede wissenschaftliche Epoche hat ihre eigenen zentralen Modellvorstellungen, und heute dringt die Naturerkenntnis immer mehr in Bereiche vor, für die sich der Computer als informationsverarbeitende Maschine als naheliegendste Metapher anbietet. In einer Epoche, in der die Newtonsche Mechanik das unangefochtene Fundament der Physik bildete, konnte man sich das Universum leicht als gewaltige Maschine mit klaren Ursache-Folge-Beziehungen zwischen all ihren Teilen vorstellen. Das Enigma dieser Epoche war der Laplacesche Dämon, ein hypothetisches Wesen, das in einem gegebenen Moment Position und Impuls sämtlicher Teilchen im Universum kennt und daraus mit absoluter Gewissheit alle zukünftigen Zustände des Universums vorausberechnen kann. Die Physik des zwanzigsten Jahrhunderts hat mit diesem Determinismus gründlich aufgeräumt, Newtons absoluten Raum und absolute Zeit durch die beobachterabhängigen Größen der Relativitätstheorie abgelöst, auf unterster Ebene kausale Zusammenhänge durch die statistischen Beziehungen von Quantenprozessen ersetzt. In den letzten Jahrzehnten hat die Naturwissenschaft noch unschärfere, »unmechanischere« Phänomene zu verstehen begonnen: chaotische, rückgekoppelte Prozesse, komplexe, selbstorganisierende Strukturen in Biologie und Physik. Für solche Phänomene mussten neue mathematische Werkzeuge – u.a. die fraktale Geometrie – geschaffen werden, die durch Computer überhaupt erst handhabbar geworden sind. Das klassische Aha-Erlebnis der Naturwissenschaft – Archimedes' »Heureka!«, als er das Prinzip der Wasserverdrängung durchschaute – findet heute vor dem Computerbildschirm statt, wenn die Pixel einer grafischen Simulation unversehens einen natürlichen Prozess modellieren.

Es ist kein weiter Weg von diesem Heureka bis zur Idee, dass das eigentliche Wesen der Vorgänge, die sich so elegant im Computer nachbilden lassen, ausschließlich im Verarbeiten von Informationen besteht. Der Bauplan eines Lebewesens ist in einem fadenförmigen DNS-Molekül mit nur vier elementaren Zeichen codiert – nicht unähnlich dem Binärcode, aus dem sich die komplexen Anweisungen für einen Computer zusammensetzen. Das Phänomen Leben lässt sich aus dieser Perspektive leicht als ein informationsverarbeitender Prozess auffassen, dessen Sinn darin besteht, den Informationsgehalt der DNS zu einem organischen Gebilde »auszulesen«. Noch verführerischer sind solche Ideen in den abstraktesten Regionen der modernen Physik: Mit immer aufwendigeren Apparaturen hat sie die einst unteilbar geglaubten Atome zu einem Zoo immer flüchtigerer, geisterhafter Teilchen zerschossen, die sich nur noch als abstrakte Bündel von Wellen- und Wahrscheinlichkeitsgleichungen beschreiben lassen. Der alte Aphorismus, dass das Buch der Natur in der Sprache der Mathematik geschrieben sei, reicht hier schon nicht mehr hin. Die Teilchen, die als Überträger der vier Naturkräfte diskutiert werden, kann man sich wie Boten vorstellen, die den elementaren Materiebestandteilen mitteilen, wann sie welcher Kraft zu gehorchen haben. Immer mehr scheint es, als könnte man die Vorstellung elementarer Partikel, aus denen sich das ganze Universums zusammensetzt, ganz eliminieren und auf unterster Ebene die informationsübermittelnden und -verarbeitenden Vorgänge selbst ansetzen. Die Mathematik – eingedampft auf ihre Urform: einfachen logischen Operationen – ist dann nicht mehr die Sprache, sondern der Stoff der Wirklichkeit.

Der Einfluss, den der englische Mathematiker und Logiker Alan M. Turing (1912–1954) auf solche zunehmend an Akzeptanz gewinnenden Vorstellungen hatte, ist nur mit der fundamentalen Bedeutung zu vergleichen, die Albert Einstein für die moderne Physik hat. 1936 legte Turing die theoretischen Grundlagen für die digitale Computertechnik, indem er eine hypothetische Maschine erdachte, die unter seinem Namen berühmt wurde und heute ein Bezugsmodell für die gesamte Computerwissenschaft ist. Die Turing-Maschine ist eine Art Elementarcomputer. Sie besteht aus einem endlosen Band, das in Zellen unterteilt ist, die mit einer 0 oder einem anderen aus einer begrenzten Anzahl von Symbolen beschrieben sind. An diesem Band entlang bewegt sich ein Schreib- und Lesekopf, der jeweils eine Zelle auslesen, löschen oder mit einem anderen Symbol überschreiben kann. Das Programm der Turing-Maschine besteht aus einem begrenzten Satz von Anweisungen, die dem Schreib/Lesekopf mitteilen, unter welchen Bedingungen er sich wohin bewegen und welches Symbol er lesen bzw. schreiben soll.[4] Das Ergebnis dieses Programms lässt sich am Ende an dem Band ablesen. Turing konnte zeigen, dass prinzipiell jede intuitiv einleuchtende mathematische Operation von einer solchen Maschine berechnet werden könnte (vorausgesetzt, ihr steht genug Zeit und ausreichend Speicherplatz in Form eines entsprechend langen Bandes zu Verfügung.) Alle universellen Computer – d.h. solche, die für beliebige Zwecke programmiert werden können und nicht für bestimmte Berechnungstypen konstruiert wurden – sind einer Turing-Maschine im Prinzip äquivalent. (Dass man Mikroprozessoren statt Turing-Maschinen baut, ist lediglich eine Frage der Geschwindigkeit und Zweckmäßigkeit.)

Die Ausstrahlung von Turings Modell reicht weit über den engeren Bereich der mathematischen Logik hinaus, für den es ursprünglich konzipiert wurde. Es lässt sich leicht zu einem metaphysischen Prinzip ausbauen: Wenn sich alle Mathematik auf die einfachen Operationen einer Turing-Maschine zurückführen lässt, so kann man fragen, wenn die Mathematik wiederum auf einer grundlegenden Ebene mit den Prozessen zusammenfällt, auf denen unsere Wirklichkeit aufbaut – ist es da nicht naheliegend, dass sich das gesamte Naturgeschehen aus den Operationen einer Art von Turing-Maschinen zusammensetzt, dass es elementare Äquivalente von Turing-Maschinen sind, deren Berechnungen wir – auf einer makrokosmischen Ebene – als physikalische, biologische, geistige Vorgänge erleben? Vor dem Hintergrund solcher Überlegungen hat die zeitgenössische Annäherung von Physik und Computerwissenschaft einige ihrer bizarrsten Blüten getrieben.

Wahrscheinlich wird erst eine künftige Wissenschaftlergeneration endgültig darüber entscheiden können, ob Edward Fredkin, wie seine Anhänger glauben, ein neuer Einstein ist, der das Selbstverständnis der Physik auf heilsame Weise erschüttert hat - oder ein Scharlatan, wie einige Kritiker aus den Kreisen der etablierten Physiker meinen. Tatsache ist, dass Fredkin seine »Digitalphysik« - jene Theorie, die ihm solch zweifelhafte Berühmheit verschaffte - kaum in einschlägigen wissenschaftlichen Fachzeitschriften dargestellt hat, dass er die Gepflogenheiten des Wissenschaftsbetriebes, trotz langjähriger Universitätstätigkeit, zu verachten und sich in der Rolle des exzentrischen Querdenkers wohlzufühlen scheint. Das muss nicht unbedingt gegen ihn sprechen. Fredkins Karriere reicht bis in die Zeit zurück, als die Computerwissenschaft sich gerade erst als akademische Disziplin formierte und ihre Fachleute aus den Kreisen der frühen Programmierer rekrutierte, die reichlich Erfahrungswissen, aber nicht immer eine formale Ausbildung mitbrachten. Was in anderen Fächern undenkbar gewesen wäre, muss in Fredkins Fall nicht allzu sehr überraschen: Fredkin war Mitbegründer des renommierten MIT-Labors für Computerwissenschaften, und 1971 wurde er ohne abgeschlossenes Hochschulstudium Professor am MIT. Sein Ruf als Exzentriker ist seiner akademischen Karriere nicht unbedingt bekommen: Studenten befürchteten, ihre eigene Karriere werde Schaden nehmen, wenn sie sich zu sehr auf ihn einließen, und 1980 schied er auf Betreiben anderer Professoren aus dem MIT wieder aus. Fredkin erwirtschaftete ein beträchtliches Vermögen als Unternehmer in der IT-Branche und lebt heute auf einer kleinen Karibik-Insel, die er 1968 erworben hat.

Fredkin ist von Haus aus Programmierer - und kein unbedeutender, weil er in den Fünzigerjahren im Lincoln Lab am MIT die Gelegenheit hatte, an IBM-Dinosauriern zum grundlegenden Erfahrungsschatz der Softwaretechnik beizutragen. Mit Physik beschäftigte er sich in jener Zeit nur autodidaktisch. Später studierte er am Caltech Physik bei Richard Feynman, und dieser, selbst ein nicht eben glattgebürsteter Vertreter seiner Zunft, scheint vom Gedankenaustausch mit dem Computerwissenschaftler Fredkin durchaus profitiert zu haben. Er schätze Fredkin als einen brillanten, wenn auch undisziplinierten Denker ein. Fredkin ist eher der Ansicht, dass seine unorthodoxe Beschäftigung mit der Physik ihn davor bewahrt hat, die Dogmen der heutigen Naturwissenschaft unkritisch zu akzeptieren.

1992 fasste er in seinem richtungsweisenden Aufsatz *Finite Nature*[5] einige Ideen zusammen, die er nach und nach zu einem Modell der Welterklärung ausbaute, das inzwischen bis in die Theologie hineinreicht. Er bezieht darin eindeutig Stellung zu einer Frage, auf die die Physik bis heute nur eine zwiespältige Antwort gefunden hat: Ist die Natur diskret oder ist sie kontinuierlich? Max Plancks Entdeckung, dass Wärme nicht kontinuierlich, sondern in diskreten Energiepaketen - Quanten - abgestrahlt wird, bedeutete einen grundlegenden Paradigmenwechsel für die moderne Physik, die in zahlreichen Phänomenen Quantelungen und diskontinuierliche Größen entdeckt hat: in den Anregungszuständen des Atoms, in elementaren Ladungsgrößen, im Spin der Elementarteilchen usw. In der subatomaren Welt markieren die Planck-Zeit und die Planck-Länge eine Grenze, an der auch Raum und Zeit gequanteltes Verhalten zu zeigen beginnen. Dennoch behandeln die Gleichungen der Physik Raum und Zeit immer noch so, als könne jedes Zeitintervall beliebig in kleinere Zeitintervalle unterteilt, jeder Raumabschnitt in beliebige kleinere Volumen zerlegt werden - wie es unserer alltäglichen Welterfahrung entspricht. Fredkin hat durchaus Recht mit seiner Feststellung, dass die heutige Physik ein hybrides System ist, das mit kontinuierlichen und diskontinuierlichen Werten gleichermaßen operiert. Er strebt eine radikale Vereinfachung an: Laut seiner Theorie sind Raum und Zeit »gekörnt«, zusammengesetzt aus elementaren Einheiten, die nicht weiter unterteilt werden können. Das ist die erste Prämisse. Die zweite ist noch weit radikaler: Der fundamentalste Bestandteil der Wirklichkeit ist nicht Energie oder Materie, sondern Information. Die elementaren Raum-Zeit-Partikel sind Automaten, die nach einem universellen Algorithmus unsere Welt berechnen. Das Universum ist ein gewaltiger Computer.

Mehr noch als Stephen Wolfram, der jüngst mit seinem »A New Kind of Science« Furore gemacht hat, verabsolutiert Fredkin eine Klasse mathematischer Modelle, deren Reichweite noch strittig ist, die sich aber als diskrete Modelle von Naturerscheinungen immerhin schon als sehr nützlich erwiesen haben: die Zellulären Automaten. Ein Zellulärer Automat ist eine abstrakte Maschine, die gewöhnlich als Feld auf einer rechtwinklig unterteilten Ebene dargestellt wird (bei eindimensionalen Zellulären ist es, wie im Falle der Turing-Maschine, eine Zelle auf einem endlosen Band; bei dreidimensionalen ein Würfel). Der Automat kann eine begrenzte Anzahl von Zuständen annehmen (meist als unterschiedliche Farben dargestellt, die je nach Anwendungsfall für beliebige diskrete Größen stehen können). In der Welt eines Zellulären Automaten tickt eine Uhr, die den Automaten veranlasst, seinen Zustand pro Zeitabschnitt neu zu berechnen. Grundlage für diese Berechnung bildet eine einfache Regel, die seinen Zustand und die Zustände seiner Umgebung miteinander in Beziehung setzt. Je nachdem, wie groß der an ihn grenzende Bereich ist, der von dieser Regel berücksichtigt wird, und wie groß die Anzahl der Zustände ist usw., ist eine derart astronomische Anzahl von Zellulären Automaten mit völlig unterschiedlichen Verhalten denkbar, dass dieses Reich bis heute erst ansatzweise erkundet werden konnte. (Wolfram hat die Ergebnisse über zwanzigjähriger Forschungen auf diesem Gebiet in einem rund zwölfhundert Seiten dicken Wälzer zusammengefasst.) Unbestreitbar ist, dass es Zelluläre Automaten gibt, die so verblüffende Ähnlichkeit mit bis dato schwer zu berechnenden chemischen und physikalischen Vorgängen aufweisen, dass die Beschäftigung mit Zellulären Automaten, in den Anfängen als belanglose formale Spielerei belächelt, erheblich an Respektabilität gewonnen hat.

Mit solch bescheidenen Erfolgen gibt sich Fredkin nicht zufrieden. Er ist der Überzeugung, dass das ganze Universum nicht nur *wie* ein Zellulärer Automat funktioniert, sondern ein Zellulärer Automat *ist*. Auf unterster Ebene besteht das Universum aus nichts anderem als elementaren Raum-Zeit-Einheiten, die nach den Regeln eines universellen Algorithmus, der erst noch aufgedeckt werden muss, all das berechnen, was wir als Bewegungen, Entwicklungen und Veränderungen wahrnehmen (einschließlich uns selbst). Genau betrachtet gibt es weder Materie noch Strahlung noch Gravitation noch sonst irgendetwas außer den wechselnden Konstellationen einiger Zustände, welche die winzigen Automaten annehmen können, aus denen unsere Welt besteht. Fredkin hat Schätzungen vorgenommen, in welcher Größenordnung diese Bausteine der Digitalphysik aufzufinden sein dürften, und vorsichtige Prognosen gewagt, welche experimentellen Konsequenzen zu erwarten sind, sollte seine These zutreffen. Er hat – und damit hat er dem Matrix-Enigma vielleicht nicht zu wissenschaftlichem Ansehen verholfen, aber doch einen wissenschaftlichen Anstrich verliehen – in jüngster Zeit kosmologisch-theologische Spekulationen darüber angestellt, welchen Grund es haben könnte, warum auf einem Computer höherer Dimension ein Programm in Gang gesetzt worden ist, das wir – aus der Innenperspektive – als unseren Kosmos erleben. Fredkin ist ein geschickter Rhetoriker, der seine Leser um Fragen herumzulavieren versteht, die er nicht befriedigend beantworten kann, und so bleibt die Kosmologie, die er aus einem Postulat der Berechenbarkeitstheorie ableitet, eher vage: Während ein physikalisches Gesetz eine Verallgemeinerung vieler Einzelfälle ist und zutreffende Prognosen über künftige Einzelfälle zulässt, die dafür nicht alle einzeln überprüft werden müssen, gibt es oft keine einfachere Lösung, Aussagen über das Verhalten eines Computerprogramms zu machen, als dieses Programm Schritt für Schritt abzuarbeiten. Es könnte sein, so Fredkin, dass das große Programm, das wir unser Universum nennen, nur deshalb in Gang gesetzt wurde, um einem gottgleichen Programmierer eine Antwort auf eine Frage zu liefern, die sich einfacher nicht beantworten lässt. Sollte die Physik die Prinzipien der Natur einmal vollständig aufgeklärt haben, wird sie vielleicht die Antwort kennen. Die Frage aber wird außerhalb ihrer Reichweite bleiben (wer sich jetzt an jenen herrlichen Gag in Douglas Adams »Hitchhiker's Guide to the Galaxy« erinnert fühlt – mir geht es nicht anders).

Fredkin kann sich darauf berufen, dass eine ganze Reihe von Wissenschaftlern, die höheres Ansehen genießen als er, Überlegungen angestellt haben, die zumindest in eine ähnliche Richtung zielen wie seine Digitalphysik. Der deutsche Computerpionier Konrad Zuse hat bereits Ende der Sechzigerjahre in seinem Aufsatz *Rechnender Raum*[6] Modelle vorgeschlagen, die physikalische Vorgänge auf der Grundlage einer diskreten Raum-Zeit-Matrix erklären könnten. Martin Gardner, sicher jeglicher Pseudowissenschafterei unverdächtig, hat 1971 in einer Kolumne im *Scientific American* als Erster die Idee geäußert, dass das Universum ein Zellulärer Automat sein könnte. Der bedeutende israelische Physiker David Deutsch arbeitet an einer Fusion von Epistemologie, Physik, Evolutionslehre und der Theorie der Quantencomputer, die Informationsverarbeitung, unabhängig von jedem Hardware-Substrat, als fundamentalste Realitätsebene aufzudecken versucht. Auch Supercomputer-Legende W. Daniel Hillis, Erfinder der Connection Machine, bewegt sich in seinem Buch »The Pattern on the Stone« in Fredkinschen Gefilden. An die exorbitanten Ansprüche des Meisters reicht aber keiner von ihnen heran.

Edward Fredkin hat die konventionelle Physik als ein im Kern metaphysisches Unternehmen kritisiert, das statt wirklicher Erklärungen nur Begriffskonstruktionen anbiete, die mehr Fragen aufwerfen, als sie beantworten können. Sie führt das Verhalten von Objekten auf die Einwirkung von »Kräften« und »Feldern« zurück und postuliert Gesetzmäßigkeiten, ohne erklären zu können, warum diese Gesetze so sind, wie sie sind, und was die Materie veranlasst, sich ihnen zu fügen. Ein nicht unberechtigter Einwand – aber Edward Fredkin ist schwerlich der Einzige, der festgestellt hat, dass es in der Naturwissenschaft in erster Linie um das »Wie« geht und nicht um das »Was«, dass sie quantitative Aussagen macht, keine qualitativen. Begriffe wie »Energie« oder »Kraft« bezeichnen keine Substanzen oder Dinge, sondern quantitative Beziehungen zwischen Objekten und Vorgängen. »Was« Materie, Energie, Kräfte etc. »eigentlich« sind – darauf, glaube ich, kann uns auch Fredkins Digitalphysik keine Antwort geben. Er hat den Anspruch erhoben, dass seine Theorie jegliche Metaphysik aus der Naturwissenschaft vertreibt, indem sie alle Naturvorgänge auf einfache logische Operationen zurückführt, die keiner weiteren Erklärung bedürfen. Wenden wir Fredkins Kritik an der Physik gegen ihn selbst, so verpufft dieser Anspruch jedoch zu einem Nichts. Betrachten wir die Funktionsweise eines Zellulären Automaten im Detail, so gibt es durchaus einiges, was erklärungsbedürftig ist: Woher »weiß« ein Zellulärer Automat, welche Zustände die Nachbarzellen haben, die er bei der Berechnung seines eigenen nächsten Zustandes berücksichtigen muss? Hier findet offensichtlich eine Art Informationsübertragung statt; wie geht diese vonstatten? Woher nimmt der Automat die Regeln, die sein Verhalten bestimmen? Wer schreibt sie ihm vor und wie? Was zwingt ihn, ihnen zu gehorchen? Im Kern liefert Fredkin keine besseren Erklärungen als die Physik, die er so heftig kritisiert: Es ist so, weil es so ist.

Wohin die Annäherung von Physik und Computerwissenschaften in Zukunft auch führen mag – ich bin mir sicher, dass das Matrix-Enigma auf diesem Wege nicht aufgeklärt wird. Fredkin mag das Charisma eines Querdenkers haben, der manche interessante Frage stellt und manche Anregung liefert, die sich noch als fruchtbar erweisen könnte – aber er ist kein Neo der Naturwissenschaft, der sich in die Software dieser Welt hacken wird. Die Retrogarde kann einstweilen beruhigt sein. Noch ist die Cyberkultur nicht so weit, dass sie ihr Gott streitig macht.

ANMERKUNGEN

1 Paul Di Filippo: *Der Bau eines besseren Simulakrums: Literarische Einflüsse auf* Matrix, in: Karen Haber (Hrsg.): »Das Geheimnis der Matrix«, Heyne, München 2003.

2 Eine ausführliche Darstellung von Frank Tiplers Omegapunkt-Theorie findet sich in seinem Buch »The Physics of Immortality« (1994), deutsch als »Die Physik der Unsterblichkeit«, übersetzt von Inge Leipold, Barbara Schaden und Martin Levelle, Piper, München 1994.

3 Stephen Wolframs »A New Kind of Science« erschien 2002 bei Wolfram Media Inc., Champaign/Illinois.

4 Meine Darstellung vereinfacht etwas. Das Halteproblem, das Turing im Anschluss an Kurt Gödel erst zu seinem Gedankenexperiment motivierte, habe ich hier ausgelassen.

5 Links zu diesem Artikel und anderen maßgeblichen Arbeiten auf dem Gebiet der Digitalphysik finden sich auf der Website digitalphysics.org.

6 Konrad Zuse: *Rechnender Raum*, in: »Elektronische Datenverarbeitung«, 8, 1967.

Die ferne Zukunft des Lebens im All

Was bleibt von uns in Millionen von Jahren?

von Rüdiger Vaas

Der Erde droht eine feurige Apokalypse oder der Sturz in die ewig kalte Nacht. Doch ein Überleben im Weltraum ist noch Äonen lang möglich. Aber irgendwann erlöschen die Sterne, die Materie zerfällt, Schwarze Löcher zerstrahlen und jegliche Energie droht zu versiegen. Gibt es dennoch Möglichkeiten für fortgeschrittene Zivilisationen, dem Wärme- beziehungsweise Kältetod eines sich ewig ausdehnenden Weltraums zu entkommen oder einen universalen Kollaps zu überleben, bei dem das Universum sich selbst verschlingt? Kosmologen entwerfen heute kühne Theorien über die fernsten Räume und Zeiten und denken nach über eine mysteriöse Dunkle Energie, die Physik der Unsterblichkeit, über kosmischen Winterschlaf, Ersatz- und Recycling-Universen, eine ewige Wiederkehr des Gleichen und eine unendliche Zahl an Doppelgängern von jedem von uns.

Prolog

Wenn längst wir nicht mehr sind,
Wird sich dies Weltrad drehen,
Wenn unsre Spuren längst
im Sand der Zeit Verwehen.
Einst waren wir noch nicht –
Und's hat nichts ausgemacht;
Wenn einst wir nicht mehr sind –
Wird's auch noch weitergehen.

– Ibn Chaijam Omar, persischer Dichter, Mathematiker und Astronom

Science und Fiction vom Ende aller Tage

»Spurlos im kosmischen Geschehen wieder unterzugehen wie das mutmaßliche Marsleben, dies scheint eine der größten Zumutungen der Natur zu sein, die die Menschen nicht wahrhaben wollen«, konstatiert der Philosoph Bernulf Kanitscheider. »Alles überwindet der Mensch; aber nur, wenn die Überwindung für ihn eine Notwendigkeit ist – alles vermag er, wenn er muss«, meinte der Philosoph Ludwig Feuerbach schon über hundert Jahre vorher.

Diese beiden Aussagen markieren zwei Extreme angesichts des Todes – individuell wie kosmisch. Wenn schon jede individuelle Lebenszeit begrenzt ist, zumindest bislang, könnte dann nicht wenigstens das Leben insgesamt – egal wo – fortbestehen und sich vielleicht immer weiter steigern und entwickeln?

Ein endlos expandierendes Universum hat gleichsam fast alle Zeit der Welt erst noch vor sich. Inzwischen haben es ein paar kühne Kosmologen gewagt, eine solche Entwicklung in die Ewigkeit zu erforschen. Entsprechend schwindelig wird es dem Laien – übrigens auch den Forschern selbst – angesichts der gigantischen Zahlen, mit denen man in der Wissenschaft der Zukunft jonglieren muss. Die kompakte Zehnerpotenz-Schreibweise, die die Anzahl der Nullen hinter der 1 angibt (10^9 ist beispielsweise 1000000000 = 1 Milliarde), erlaubt es, leichthin mit Zeitspannen umzugehen, die sich jeder Veranschaulichung entziehen. Dabei ist zu beachten, in welchem

Umfang die Größenordnungen zunehmen: so ist etwa 10^{12} das Tausendfache von 10^9, auch wenn beide Zahlen ähnlich aussehen.

Über das Schicksal eines ewig expandierenden Universums hat erstmals Jamal Nazrul Islam Mitte der siebziger Jahre genauer nachzudenken begonnen. Er arbeitete damals an der University of Cambridge und ist jetzt wieder in seinem Heimatland Bangladesch an der Universität von Chittagong. Kurz darauf wandte sich auch Freeman Dyson vom Institute for Advanced Study in Princeton dem Thema zu. »Islam und ich hofften, den Anbruch des Tages zu beschleunigen, an dem Eschatologie, die Lehre vom Ende der Welt, ein respektables wissenschaftliches Forschungsgebiet wird und nicht bloß ein Zweig der Theologie«, sagt er. Und schon ein paar Jahre vorher, 1969, hat der heutige »Astronomer Royal«, Sir Martin Rees, von der Cambridge University eine »eschatologische Studie« über ein kollabierendes Universum veröffentlicht.

So wurde also die naturwissenschaftliche Eschatologie begründet, die das Schicksal der Welt nicht unter religiösen oder esoterischen Gesichtspunkten deutet, sondern auf der harten Basis der bekannten Naturgesetze voraussagt, aber auch physikalische Spekulationen nicht scheut.

Damit bricht die Wissenschaft in eine Domäne ein, die einst der Science Fiction vorbehalten war – und in anderer Weise auch den Religionen und Mythologien. Umgekehrt reagiert die SF auf die neuen wissenschaftlichen Entwicklungen, indem sie sich diese selbst als Ideenlieferanten aneignet. Besonders deutlich wurde das schon bei Herbert George Wells Roman »Die Zeitmaschine« (»The Time Machine«, 1895), die einen unfreiwilligen Ausflug in die ferne Zukunft enthält, und Stephen Baxters hundert Jahre später erschienene Fortsetzung »Zeitschiffe« (»The Timeships«, 1995) sowie in seinem Roman »Zeit«, dem ersten Band seiner *Multiversum*-Trilogie (»Manifold 1: Time«, 1999). Baxter lässt seine Protagonisten Einblick in fernste Zeiten nehmen und orientiert sich dabei sehr genau an den Arbeiten der modernen Physik und Kosmologie. Sogar ganze Abfolgen von Universen durcheilt der Zeitreisende und wird Zeuge einer kosmischen Evolution, in der die Geschichte unseres Universums nichts weiter ist als ein Wimpernschlag.

Ähnlich ausholend und universell beschreiben Olaf Stapledon in »Der Sternenmacher« (»Star Maker«, 1937) und George Zebrowski in »Makroleben« (»Macrolife«, 1979) die fernste Zukunft des Lebens. Bemerkenswert ist auch die Erzählung *When We Went To See The End Of The World* (1972) von Robert Silverberg, in der Zeitreisende verschiedene Arten des Weltuntergangs besichtigen können. In der phantastischen Literatur - vor der Entstehung der SF im engeren Sinn - war die Zukunft des Weltalls ebenfalls schon ein Thema. William Hope Hodgson imaginiert in »Das Haus an der Grenze« (»The House on the Borderland«, 1908) mit viel Phantasie das Ende unseres Sonnensystems. Und Howard Phillips Lovecraft lässt in seiner Kurzgeschichte *Die Musik des Erich Zann* (*The Music of Erich Zann*, 1925) den Welltall-Untergang vor dem Dachfenster eines unheimlichen Hauses ablaufen.

Denken auf Vorrat

Alle die folgenden Szenarien mögen für bodenständigere Zeitgenossen den Geschmack einer technokratischen Pseudotheologie haben. Darüber kann man vielleicht spotten. Womöglich sollten wir stattdessen unseren Frieden mit der Vergänglichkeit machen oder uns ums Heute und Morgen kümmern, denn nur hier können wir wirken - wenn überhaupt. Andererseits ist eine kurzfristige Vogel-Strauß-Mentalität - wie in der Politik - selbst ein Weg in den Untergang oder führt jedenfalls rasch zu Heulen und Zähneklappern. Wissenschaft und Philosophie dagegen ist immer auch »Denken auf Vorrat« - und wenn es buchstäblich um Alles geht, kann man nicht früh und ernsthaft genug damit beginnen.

Wohlgemerkt: Dabei geht es zwar um Flucht - nämlich vor der Vergänglichkeit -, aber nicht im psychopathologischen Sinn.

Physikalische Spekulationen mögen extravagant sein, aber welche Alternativen, welche erfolgversprechenderen Wege gibt es sonst?! Und ist es nicht gerade der Stachel der Vergänglichkeit, der im Fleisch - oder Bewusstsein - jedes höher entwickelten Wesens steckt, der Tribut des Todes, den niemand leichthin zu zahlen bereit ist? Vermessen oder nicht - der Wille zum Leben ist einfach nicht wegzudisputieren.

Und weiter: Wäre es nicht ein armseliges Leben, das beständig bloß im Moment der Alltagsbanalitäten verhaftet bleibt? Ist es nicht vielmehr sogar eine kulturelle Errungenschaft, in einer verwissenschaftlichten Welt mit der Wissenschaft die Horizonterweiterung zu versuchen? »Ein wissenschaftliches Zeitalter ohne Träume und Visionen wäre eine elende Barbarei, Spießerei und Plackerei, voller Ekel und Überdruss, Zynismus, Nihilismus und Terrorismus«, schrieb der Philosoph Ernst Sandvoss. »Atavismen beherrschten das Feld, Regressionen fänden statt, totalitäre Systeme und Diktatoren schössen wie Pilze aus dem Boden, Schamanen, Scharlatane, Ideologen, Demagogen und Agitatoren hätten eine herrliche Zeit.«

Ignoriert man nun einen existenziellen Nihilismus - wonach ohnehin alles nichtig, absurd, dem Tod anheim gegeben ist und es sogar besser wäre, wenn beziehungsweise dass nichts wäre –, und weigert man sich auch, eine »Nach-mir-die-Sintflut«-Mentalität zu verabsolutieren, dann muss man schon sehr engstirnig sein, um die weitreichenden Aspekte der Problematik nicht zu sehen oder sich nicht dafür interessieren zu wollen. Je nach Weltbild lassen sich freilich völlig unterschiedliche Schlüsse ziehen. Von einem rationalen und wissenschaftlichen Standpunkt aus betrachtet, wird man sich auf die Kenntnisse und Extrapolationen der gegenwärtigen Physik stützen müssen. Das ist eine harte Einschränkung, aber für alles Folgende die Voraussetzung. Das bedeutet also die Annahme eines vagen philosophischen Naturalismus dahingehend, dass wir zum einen die für unsere Frage wesentlichen Naturgesetze bereits kennen oder erahnen (eine wirklich kühne und hier ja nur hypothetische Prämisse!), und zum anderen, dass es keine nichtphysischen, kausal relevanten Faktoren gibt (beispielsweise irgendwelche spiritistischen Entitäten).

I. Akt: Finale für das irdische Leben

»Die ewig jugendliche Sonne« (Friedrich Hölderlin) ist ein beliebtes Thema der Dichter. Doch die Energiequelle der Sterne ist nicht unerschöpflich. Die Verschmelzung leichter Elemente zu schwereren währt nicht in alle Ewigkeit. Dadurch ändert sich die Zusammensetzung der Sterne, und sie werden zunehmend heißer. So auch die Sonne: Ihre Leuchtkraft, die kurz nach ihrer Entstehung vor 4,6 Milliarden Jahren nur 70 Prozent des heutigen Werts betrug, wird sich in der nächsten Jahrmilliarde um zehn Prozent erhöhen und in

6,5 Milliarden Jahren sogar mehr als verdoppelt haben. Diese Entwicklung kommt einem langsamen Todesurteil für alles Leben auf der Erde gleich: gewaltige klimatische Veränderungen kommen, unser Planet wird förmlich sterilisiert, schließlich löst sich sogar die Atmosphäre auf und entweicht ins All.

Die Erde ändert ihr Gesicht

Schon in - kosmisch gesehen - relativ naher Zukunft wird die Erde nicht wiederzuerkennen sein. Die Kontinente verschieben sich, und unser Planet bekommt ein anderes Gesicht.

Wie Eisschollen auf einem See schwimmen die 50 bis 100 Kilometer dicken tektonischen Platten auf dem zähflüssigen Magma. In den letzten 1,5 Milliarden Jahren waren sie mindestens dreimal zu einem Superkontinent vereinigt, zuletzt vor 300 bis 150 Millionen Jahren als Pangäa. Eine solche riesige Landmasse wird auch künftig wieder die Erde zieren, wie Christopher Scotese von der University of Texas in Arlington berechnet hat.

Doch in einigen hundert Millionen Jahren geht die Kontinentaldrift allmählich zu Ende. Denn sie wird angetrieben von der Hitze aus dem Erdinnern, die immer weiter abnimmt. Auch wird die Erde infolge der steigenden Sonnentemperatur viel Wasser verlieren, das den Erdmantel zurzeit noch aufweicht und so die Bewegung der Kontinente »schmiert«. Das ist aber erst der Anfang von buchstäblich globalen Veränderungen.

Zeit in Millionen Jahren	**Ereignis**
40 bis 50	Australien kollidiert mit Asien
50 bis 60	Afrika kollidiert mit Europa
200	Nord- und Südamerika kollidieren mit Euroafrika
250	Pangäa Ultima bildet sich
500	95 Prozent der Pflanzen sterben aus
900	Alle Pflanzen sterben
1200	Ozeane beginnen zu verdampfen
1500 bis 2000	Erdachse beginnt chaotisch zu schwanken, weil der Mond zu weit entfernt ist, um sie zu stabilisieren

Zeit in Millionen Jahren	Ereignis
3500 bis 7000	Magma-Ozean bildet sich
7000	Sonne wird ein Roter Riesenstern
circa 7500	Magma-Ozean beginnt zu verdampfen
7600	Sonne geht Kernbrennstoff aus, sie wird zum Weißen Zwerg; zuvor sprengt sie ihre äußeren Schichten ins All und bildet einen Planetarischen Nebel

Mittelfristig die größte Bedrohung für das irdische Leben stellen die Erdbahnkreuzer dar – große Meteoriten (Planetoiden oder Kometen), die im Lauf von Jahrmillionen immer wieder unseren Planeten treffen werden – mit verheerenden regionalen oder globalen Folgen. Das hat schon mehrfach in der Erdgeschichte zu brachialen Massenaussterben geführt. Astronomische Beobachtungen und gegebenenfalls gezielte Abwehrmaßnahmen (Bahnablenkungen) können diese Gefahr in Zukunft jedoch minimieren. Anders verhält es sich mit der Entwicklung der Sonne.

Sonnenleuchtkraft und Klima

»Eine Zunahme der Sonnenleuchtkraft um 0,25 Prozent erhöht die Temperatur auf der Erdoberfläche um ein halbes Grad Celsius«, sagt David Rind vom Goddard Institute for Space Studies in New York. Zusammen mit Judith Lean vom Naval Research Laboratory in Washington D.C. hat er die Auswirkungen der veränderten Sonneneinstrahlung auf das Klima modelliert.

Wie stark das Erdklima von vergleichsweise geringen Veränderungen der Sonnenaktivität abhängt, hat bereits die so genannte »Kleine Eiszeit« zwischen 1645 und 1715 gezeigt. Damals wurde die Erde von der kältesten Periode seit der letzten großen Eiszeit vor 10000 Jahren heimgesucht. Gletscher in Norwegen und der Schweiz drangen weit in die Täler vor. Erstmals in der überlieferten Geschichte war die Themse in England zugefroren. Und schon der dänische Astronom Tycho Brahe maß Wintertemperaturen, die in den letzten beiden Jahrzehnten des 16. Jahrhunderts 1,5 Grad unter dem Durchschnitt lagen. Missernten waren die Folge und die Bevölkerungsentwicklung stagnierte. Judith Lean errechnete aus Messungen der Konzentration des Kohlenstoff-14 in Bäumen aus dieser Zeit, dass sich die Sonnenleuchtkraft damals um 0,25 Prozent verringert hatte. Und aus astronomischen Aufzeichnungen geht hervor, dass die Sonne kaum mehr Sonnenflecken besaß, deren Häufigkeit mit der Sonnenaktivität korreliert ist.

Andererseits hat die Leuchtkraft der Sonne seit ihrer Entstehung vor rund 4,6 Milliarden Jahren bis heute um 30 Prozent zugenommen, ohne dass sich das Erdklima drastisch verändert hätte. Doch dieser Helligkeitsanstieg erfolgte langsam und konnte durch geochemische Rückkopplungsmechanismen kompensiert werden.

Ohne Atmosphäre betrüge die heutige durchschnittliche Oberflächentemperatur der Erde minus 18 Grad Celsius. Tatsächlich liegt sie aber bei plus 15 Grad. Die Ursache dafür sind die Treibhausgase in der Atmosphäre: insbesondere Kohlendioxid, Wasserdampf und Methan. Sie sorgen dafür, dass nicht die ganze Sonnenwärme zurück ins All gestrahlt wird, sondern teilweise in der Luft gefangen bleibt. Dieser Treibhauseffekt kann sich allerdings lawinenartig aufschaukeln: »Wenn die Temperatur ansteigt, nimmt die Konzentration an Wasserdampf in der Luft exponentiell zu«, sagt Rind. Bei einer Erhöhung der Sonnenleuchtkraft um zwei Prozent klettert die Durchschnittstemperatur um ungefähr vier Grad. Dann schmilzt an den Polen so viel Eis, dass der Meeresspiegel um 40 Zentimeter ansteigt – Tausende Quadratkilometer Land werden überschwemmt. Wenn die Polkappen schwinden, kann die Erde weniger Wärme ins All reflektieren und die Temperaturen nehmen noch schneller zu.

Kreislauf aus dem Takt

Dann kommt auch der biogeochemische Karbonzyklus durcheinander. Er basiert auf einem Gleichgewicht von Kohlendioxid und Kalziumsilikaten auf der einen und Kalziumkarbonat und Siliziumdioxid auf der anderen Seite: Der größte Teil des irdischen Kohlenstoffs befindet sich in den Karbonaten des Gesteins. Steigen die Temperaturen, nehmen Verdunstung, Regen und Winde zu. Dadurch steigt die Erosion. Je wärmer es wird, desto stärker verwittern die Kalziumsulfate im Gestein. Das freigesetzte Kalzium reagiert mit den Karbonaten im Meerwasser. Plankton und Korallen bauen sich

Schalen und Hüllen aus diesen Mineralien. Die sinken im Lauf der Zeit zum Meeresboden. Dadurch werden dem Meerwasser Karbonate entzogen, die sich mit Hilfe des Kohlendioxids aus der Luft wieder nachbilden. Letztlich gelangt also atmosphärisches Kohlendioxid auf den Meeresgrund.

Bislang fungiert Kohlendioxid als natürlicher Thermostat, der externe Temperaturschwankungen kompensiert. Die Erde kann es auf unterschiedliche Weise speichern: als Gas in der Atmosphäre, als schwache Lösung von Kohlensäure in den Ozeanen, als eine eisartige Phase namens Clathrathydrat an den Polregionen und im Gestein als Carbonat-Mineralien, Erdöl und -gas.

Bei einer Abkühlung verringern sich die chemischen Reaktionen, die Kohlendioxid aus der Atmosphäre in die Erdoberfläche und Ozeane einlagern. Vulkanische Aktivitäten stoßen außerdem Kohlendioxid aus, sodass sich die Konzentration des Gases in der Atmosphäre erhöht. Da Kohlendioxid aber als Treibhausgas wirkt, wird weniger Sonnenwärme ins All abgestrahlt und die Temperaturen steigen wieder. Und umgekehrt: Eine höhere Temperatur führt zu einem größeren Verbrauch des Kohlendioxids, sodass der Treibhauseffekt geringer wird und die Temperaturen in der Folge wieder fallen.

»Dieser Prozess hat die Temperaturen auf der Erde wohl über die letzten vier Milliarden Jahre stabilisiert«, sagt James Kasting von der Pennsylvania State University, University Park. Durch die weitere Zunahme der Sonnenleuchtkraft, so hat er zusammen mit Ken Caldeira errechnet, wird dieser komplexe Regulationsprozess instabil. Dass die Sonne alle 100 Millionen Jahre um ein Prozent heller wird, setzt den natürlichen Thermostat schließlich außer Kraft. So wird der Kohlendioxid-Gehalt in den nächsten 500 Millionen Jahren von heute 0,035 auf 0,014 Prozent fallen. (Dass er infolge der Abgase von Industrie und Verkehr momentan ansteigt, ist dabei unerheblich.)

Die Pflanzen ersticken

0,015 Prozent ist aber die kritische Schwelle, unterhalb derer 95 Prozent der heutigen Pflanzenarten keine Photosynthese mehr betreiben können. Diesen C3-Pflanzen – benannt nach den ersten Stoffwechselprodukten der Photosynthese, die aus drei Kohlenstoff-

Atomen bestehen - geht dann buchstäblich die Luft aus. Kiefern, Föhren und tropische Regenwälder werden dann Grasland, Sträuchern und Kakteen Platz machen, die weniger Kohlendioxid brauchen.

Solche C4-Pflanzen halten zwar noch länger durch, bis zu einem Kohlendioxidgehalt von etwa 0,0001 Prozent, aber dann ersticken auch sie. Das wird in rund 900 Millionen Jahren geschehen. Dann brechen die meisten Nahrungsketten auf der Erde zusammen. Die grüne Erde wird braun.

»In 1,1 Milliarden Jahren wird die Stratosphäre nass«, ergänzt Kasting das Horrorszenario. Dann beträgt der Wasserdampfgehalt in den oberen Atmosphärenschichten 10 Prozent - heute dagegen null, weil sich das Wasser schon in viel geringeren Höhen in Wolken ansammelt und wieder abregnet. »Daraufhin spaltet die Ultraviolett-Strahlung der Sonne die Wassermoleküle. Die freigesetzten leichten Wasserstoff-Atome entweichen ins All und sind für immer verloren.«

In 1,2 Milliarden Jahren wird die Sonne 15 Prozent heller sein als heute. Die irdischen Temperaturen steigen dann auf 60 bis 70 Grad, und die chemischen Reaktionen entfernen fast alles Kohlendioxid. Kargel: »Es wird kein Kohlendioxid mehr geben, das die Helligkeitszunahme der Sonne kompensiert.«

Im Verlauf von 100 Millionen Jahren werden auch die Ozeane aufgrund des Temperaturanstiegs verdunsten. Die Luftfeuchtigkeit steigt. Wasserdampf ist auch ein Treibhausgas, wirkt aber nicht als Thermostat. Deshalb kommt es zu einem sich selbst verstärkenden Treibhauseffekt. Die Folge: Die Ozeane verschwinden und lassen weite, trockene Salzebenen zurück.

Komplexes tierisches Leben wird kaum mehr eine Chance haben. Auch die thermophilen Bakterien, die noch bei Temperaturen von über 100 Grad Celsius gedeihen, kommen in Existenznöte. Nur Mikroben in mehreren Kilometer tiefen Lavaspalten haben noch eine Chance.

Wann genau alle diese Ereignisse eintreten, lässt sich allerdings nur sehr schwer abschätzen. Zu komplex sind die Zusammenhänge und empfindlichen Rückkopplungen zwischen der Zusammensetzung der Atmosphäre, den Gesteinen, den Meeren und den Lebensformen. Definitive Schlussfolgerungen wagt deshalb momentan niemand. Außerdem ist es noch nicht möglich, die Wolken in der

Atmosphäre zu berücksichtigen, die einen Teil der Sonneneinstrahlung gleich wieder ins All reflektieren. »Unser Szenario ist der pessimistischste Fall«, sagt Kasting. »Mit Wolken könnte das irdische Leben eine Gnadenfrist von vielleicht noch zwei Milliarden Jahren haben.« Doch auch dann sind heute schon zwei Drittel der Lebenszeit auf der Erde verstrichen.

Eine glatte Welt

In 2,5 Milliarden Jahren wird kein Silikatgestein mehr auf der Erde verwittern. Kohlendioxid, das aus Vulkanen entweicht, kann sich dann wieder in der Atmosphäre anreichern und einen starken Treibhauseffekt entfalten.

Auch die Kontinentalverschiebung kommt zum Erliegen. Es gibt dann keine Gebirgsbildungsprozesse mehr, die Erde wird immer glatter. Sie wird dem heutigen Nevada und südlichen Arizona ähnlich sehen, wo die Berge fast unter ihren eigenen, erodierten Trümmern begraben liegen. Flüsse werden dann die dominante geologische Veränderungskraft sein.

»Man stelle sich das Mississippi-Flussdelta mit 90 Prozent weniger Wasser vor. Es wird viele langsame Ströme geben, und die ganze Erde wird sich abflachen«, malt sich Jeffrey Kargel, Planetenwissenschaftler am US Geological Survey in Flagstaff, Arizona, unseren künftigen Planeten aus. »Alle Gebirge werden wegerodiert sein bis an ihre Wurzeln.«

Zwar ist der leichte Wasserstoff ins All entwichen, weil die irdische Gravitation ihn auf Dauer nicht halten kann. Der schwerere Sauerstoff bleibt nach der Wasserspaltung jedoch zurück, und der Luftdruck kann bei den dann herrschenden Temperaturen mehrere hundert Mal größer werden als heute. »Das Eisen in den Felsen wird den Sauerstoff absorbieren, und die Erde wird ein rostiger Planet – ähnlich wie Mars«, beschreibt Kargel den weiteren Verlauf.

Aber es gibt auch Parallelen zur Venus mit ihren dicken, giftigen Wolken, die Schwefelsäure enthalten. Das wird auch in der Erdatmosphäre der Fall sein: Schwefeloxide, die zuvor durch Regen aus der Luft gewaschen wurden, zirkulieren nun frei und machen die Atmosphäre sauer. Der Treibhauseffekt lässt die Temperaturen auf 1000 Grad ansteigen und Gesteine schmelzen. Seen aus brennend heißem Magma werden sich bilden. Sulfat-Mineralien wie Gips lösen sich auf. Wenn eine dünne Dampfatmosphäre erhalten bleibt, wird sie wie die Venus eine tödliche Menge an Schwefelsäure enthalten.

Argoneis, Natriumschnee, Eisenregen und Magnesiumgletscher

Kargels apokalyptische Berechnungen reichen sogar noch weiter in die Zukunft – 7,5 Milliarden Jahre. Dann wird die Sonne sich zu mehr als dem 100fachen ihres heutigen Durchmessers aufblähen. Wenn sie die Erde nicht verschlingt, wird unser Planet zum Gezeiten-Gefangenen ihres Gestirns: Eine Seite wird immer zur Sonne gerichtet sein und somit permanent Tag haben, die andere dagegen ewige Nacht. Zumindest eine Region, so groß wie das heutige Nordamerika. Ringsum gibt es eine Zwischenzone in ständigem Zwielicht.

Kargel hat mit Bruce Fegley und Laura Schaefer von der Washington University in St. Louis, Missouri, den weiteren Verlauf im Computer simuliert. Dabei nützten die Forscher nicht nur neue mathematische Modelle und Programme für chemische Reaktionen, sondern auch Daten von Satelliten und Raumsonden über Kometen, Meteoriten, und den vulkanischen Jupitermond Io.

In 7,57 Milliarden Jahren, wird der Magma-Ozean auf der sonnenzugewandten Erdseite 2200 Grad erreichen. »Bei diesen Temperaturen beginnt die Magma zu verdampfen«, sagt Kargel. »Die Erde wird wie ein Stern glühen.« Sogar unser Nachbarplanet Mars wird dann so heiß, dass Basalt schmilzt.

Schwieriger ist es, die Vorgänge auf der irdischen Nachtseite abzuschätzen: Wenn die Atmosphäre in dieser fernen Zukunft noch relativ dicht ist, leitet sie so viel Hitze hinüber, dass es auch dort heiß wie in einem Toaster werden wird.

»Aber wenn es diese Atmosphäre nicht mehr gibt, wird es extrem kalt.« Dann wird die Erde dem heutigen Merkur ähnlich sehen – der bis dahin freilich längst von der Sonne verschluckt ist. In der 400 Grad heißen Mittagshitze des sonnennächsten Planeten schmilzt Blei, während nachts bitterkalte –170 Grad herrschen. Auf der künftigen Erdrückseite könnte das Thermometer sogar bis auf –240 Grad fallen.

Die Folge wären exotische Wettermuster. Auf der heißen Seite der Erde verdampfen Silizium, Magnesium und Eisen sowie deren Oxide aus dem Magma-See. In der warmen Zwielichtzone kondensieren sie wieder. »Man würde einen Eisenregen und vielleicht Siliziummonoxid-Schnee wahrnehmen«, sagt Kargel. Natrium- und Kaliumschnee rieselt von dem kälteren dunklen Nachthimmel.

»Seltsame Kontinente aus Natrium, Kalium, Aluminium und Kalzium werden auf einem geschmolzenen Ozean schwimmen, und Gletscher aus Silizium, Eisen und Magnesium werden von ihnen in die geschmolzene See fließen«, sagt Kargel. »Man stelle sich vor: Gletscher aus Magnesium! Es wird ein höllischer Ort sein.«

Auf der dunklen Seite kann es kalt genug werden, dass Kohlendioxid, Schwefeldioxid und Argon ausfrieren. Sie würden eine gigantische Eiskappe bilden, auf der sich festes Stickstoff- und Argoneis absetzt.

Falls in dieser Zukunft noch Wasser vorhanden ist, würde es zu einer Eisschicht am Boden der Polkappe gefrieren. In der Zwischenzone könnte es dagegen noch ein Wassermeer geben – eine melancholische Remineszenz an die Vergangenheit des blauen Planeten.

Könnte diese unheimlich gewordene Erde noch Leben tragen? Vermutlich nicht, auch wenn man die Hartnäckigkeit und Anpassungsfähigkeit von Mikroorganismen nicht unterschätzen darf. Aber vielleicht existieren dann noch Relikte der einstigen menschlichen Zivilisation irgendwo in dem Ozean – Trümmer der Wolkenkratzer etwa, die irgendwelche außerirdischen Besucher entdecken könnten: »Wenn verrückte Aliens diese gottverlassene Welt erforschen würden, könnte der Wasserozean der Ort sein, wo sie ihr Lager aufschlagen«, meint Kargel. Das ganze Zukunftsszenario versteht er freilich nicht als ein konkretes, exaktes Modell, sondern eher als eine spekulative Skizze, die noch weitere, detailliertere Studien erfordert.

Paradefall für andere Planeten

Die Forschungen haben nicht nur den Zweck einer wissenschaftlichen Prognose zum Ende der Erde, sie sind auch wichtig für Astronomen, um die Verhältnisse auf anderen Planeten bei nahen Sternen zu modellieren. Inzwischen sind über 100 Begleiter anderer Sonnen bekannt – allerdings fast nur jupiterähnliche Gasriesen. Doch um das Jahr 2012 wird ein neues Weltraum-Observatorium starten und 150 Sterne nach erdähnlichen Planeten absuchen – der Terrestrial Planet Finder der NASA oder die Darwin-Mission der ESA. Spektroskopische Messungen sollen dann die Bestandteile der planetarischen Atmosphären analysieren.

»Wir werden Planeten in allen Stadien ihrer Evolution sehen, und wir möchten verstehen, was wir beobachten«, sagt Kasting, ein Mitglied der NASA-Arbeitsgruppe zur Planetensuche. Kargels Rechnungen werden hierzu beitragen. »Wir könnten einen pinkfarbenen Planeten entdecken – mit einer geschmolzenen Oberfläche und einer Atmosphäre aus Sauerstoff, 100-mal dichter als auf der Erde«, überlegt Donald Brownlee, ein Astronom der University of Washington in Seattle. »Viele Leute würden sagen, dies sei ein bizarrer Planet. Aber das ist nicht der Fall – es ist nur unsere eigene Zukunft.«

Langes Leben durch Bescheidenheit

Auch das weitere Schicksal der Erde ist nicht gewiss. Trotz großer Fortschritte in der Physik der Sterne gilt im Grunde noch immer das alte Diktum, dem der amerikanische Dichter Robert Frost schon 1920 seine Verse »Feuer und Eis« gewidmet hat: »Some say the world will end in fire, / Some say in ice. / From what I've tasted of desire / I hold with those who favor fire. / But if it had to perish twice, / I think I know enough of hate / To know that for destruction ice / Is also great / And would suffice.« (Die Alternative gilt in gewisser Hinsicht übrigens nicht nur für das Schicksal der Erde, sondern sogar das unseres ganzen Universums.)

Je mehr Masse ein Stern hat, desto heller ist er in der Regel auch. Spica im Sternbild Wega besitzt zum Beispiel die zehnfache Masse und die zehntausendfache Leuchtkraft der Sonne, während Barnards Pfeilstern, ein Roter Zwerg, hundertmal schwächer scheint und nur ein Fünftel der Sonne wiegt. Auch das Schicksal der Sterne hängt von ihrer Masse ab: Je mehr sie davon besitzen, desto verschwenderischer gehen sie damit um und desto kürzer ist ihre Lebensspanne.

Da unsere Sonne ein relativ unscheinbarer, mittelgroßer Stern ist, hat sie noch nicht einmal ihre Halbzeit erreicht. Trotzdem ist schon fast die Hälfte ihres Wasserstoffs im Kern zu Helium verschmolzen – der einstige Anteil von 70,6 Prozent dieses Brennstoffs ist bereits auf 36,3 Prozent gesunken. Pro Sekunde verwandeln sich in dem über 15 Millionen Grad heißen Sonnenzentrum mehr als 600 Tonnen Wasserstoff zu Helium. Rund 4,3 Tonnen Masse werden dabei als Strahlung freigesetzt. Sie heizt das Sonneninnere auf und baut damit einen Druck gegen die umgebende Materie auf, die aufgrund ihrer Schwerkraft nach innen strebt. Dieser ständige Kampf führt dazu, dass sich der zentrale Bereich der Sonne – nur dort finden die Kernverschmelzungsprozesse statt – im Lauf der Zeit nach außen ausdehnt.

Aufgeblasene Rote Riesen

»Die Leuchtkraft der Sonne wird die nächsten Jahrmilliarden stetig zunehmen. Sie wird beinahe linear anwachsen«, fasst Arnold Boothroyd von der University of Toronto in Kanada die Folgen zusammen. Gemeinsam mit I.-Juliana Sackmann und Kathleen E. Kraemer vom California Institute of Technology in Pasadena hat er die künftige Entwicklung der Sonne im Detail berechnet und 1993 einen noch heute viel beachteten Übersichtsartikel veröffentlicht. In den nächsten 6,5 Milliarden Jahren wird dieser Helligkeitsanstieg kontinuierlich anhalten. Dann beginnt der dramatische Todeskampf.

Die Kernfusion im Sonnenzentrum erlischt. Fast aller Wasserstoff ist zu Helium verschmolzen worden. In der Hülle gibt es jedoch noch ausreichend Wasserstoff, und während der Kern sich zusammenzieht, heizt diese sich auf und expandiert. Schließlich, in vielleicht 7,5 Milliarden Jahren, bläht sich die Sonne für einige Millionen Jahre zum Roten Riesen auf. Astronomen sprechen vom RGB-Stadium (weil die Sonne dann im Hertzsprung-Russell-Diagramm – dem astronomischen Standardschema zur Charakterisierung von Sternmerkmalen und -entwicklungszuständen – in den »Red Giant Branch« gewandert ist).

Im RGB-Stadium vergrößert sich der Durchmesser der Sonne kurzfristig um vielleicht das 160-fache. Die Hülle ist relativ dünn und kühl (3000 Grad) und daher rötlich. Der größte Teil der Sonnenmasse konzentriert sich in einem Bereich, der nur einige Erdradien groß und um die 50 Millionen Grad heiß ist. Durch den enormen

Druck werden die Elektronen gleichsam flüssig – die Materie ist entartet. Deshalb hängt der Druck nicht mehr von der Temperatur, sondern nur noch von der Dichte ab. Er kann der Schwerkraft der weiter außen gelegenen Gasmassen Paroli bieten, und für eine Weile ist die Sonne wieder in einem Gleichgewichtszustand.

Doch die Temperatur steigt weiter an, und bei 100 Millionen Grad überschreitet sie noch eine kritische Schwelle: Nun kann das Helium im Sonnenzentrum zu Kohlenstoff fusionieren. Dieses Heliumbrennen setzt mit einem gewaltigen Energieausbruch ein. Er treibt den Kern aus dem entarteten Materiezustand heraus. Die Sonne zieht sich vorübergehend aus dem Riesenstadium zurück. Das zentrale Heliumbrennen ist aber bei weitem nicht so ergiebig wie die nukleare Verschmelzung von Wasserstoff. Bei der Sonne ist es schon nach 120 Millionen Jahren wieder vorbei. Während dieser Zeit wird die Sonne das Zehn- bis Zwölffache ihrer heutigen Größe und das 40- bis 50-fache ihrer gegenwärtigen Helligkeit haben. Ihre Energie stammt dann aus zwei Quellen: dem Heliumbrennen im Kern und dem Wasserstoffbrennen in der Schale um den Kern.

Doch auch der Helium-Vorrat geht zur Neige. Sobald sich genug Kohlenstoff sowie Sauerstoff im Sonnenzentrum angesammelt haben, erlöschen dort die thermonuklearen Reaktionen. Die Sonne schwillt erneut zu einem Roten Riesen an und gelangt ins AGB-Stadium (»Asymptotic Giant Branch«). Denn die Zone des Heliumbrennens wandert nach außen. Ihre Energie gewinnt die Sonne hier vor allem aus zwei Schalen um den verdichteten Kern: Innen wird Helium zu Kohlenstoff und Sauerstoff fusioniert, weiter außen Wasserstoff zu Helium. Das Ausmaß der Energieerzeugung hängt dabei stark von der Temperatur ab, deshalb wird die Sonne instabil. Es kommt zu mehreren Flashs in der Helium-Schale – Explosionen, bei denen sich die Leuchtkraft der Sonne rasch um bis zu 50 Prozent ändern kann. Dabei erreicht die Sonne Maximalhelligkeiten vom 5200fachen ihres heutigen Werts – ein letztes, furioses, aber vergebliches Aufbäumen, denn nun geht es ihr buchstäblich an die Substanz.

In dieser Zeit nimmt die Stärke des Sonnenwinds rapide zu. Innerhalb von nur etwa 1000 Jahren bläst der Rote Riese den größten Teil seiner Hülle ins All. Zurück bleibt der heiße Kern aus entarteter Materie. Dieser kann bei Sternen mit weniger als einer Sonnenmasse nicht so weit kontrahieren, dass er die Zündtemperatur des Kohlenstoffs erreicht – 800 Millionen Grad. Somit erlöschen alsbald die Kernfusionsreaktionen auch in den Schalen. Binnen 75000 Jahren wird die Sonne zu einem Weißen Zwerg, der immer schwächer leuchtet, weil er allmählich auskühlt. Seine Masse ist noch etwa halb so groß wie die der Sonne heute. Sein Durchmesser beträgt rund 80000 Kilometer, seine Dichte zwei Millionen Tonnen pro Kubikzentimeter. Das ist das Ende einer rund 12,4 Milliarden Jahre langen Entwicklung.

Das Schicksal ganzer Welten

Was geschieht mit den Planeten, wenn sich die Sonne zweimal zum Roten Riesen aufbläht?

Merkur, der sonnennächste Trabant, hat keine Chance. Er wird schon während des ersten Riesenstadiums, bei dem sich die Sonne bis über die heutige Venusbahn ausdehnt, verschluckt. Der kleine Planet verdampft.

Ob die Sonne auch Venus und Erde verschlingen wird oder sie mit ihrem feurigen Atem gerade noch verschont, hängt davon ab, wann, wie und wie schnell sie einen Großteil ihrer Masse ins All bläst. Ein solcher Massenverlust eines sterbenden Sterns hängt von dessen Größe, Masse, Leuchtkraft und Zusammensetzung ab.

»Wir wissen dass Sterne wie die Sonne als Roter Riese rund 40 Prozent ihrer Masse verlieren. Es war aber unklar, ob die Masse sehr allmählich abgegeben wird, über Millionen von Jahren, oder relativ abrupt, während der letzten 10000 oder 100000 Jahre. Und dies ist der entscheidende Unterschied«, sagt Lee Anne Willson von der Iowa State University in Ames, die mit George H. Bowen seit über zwei Jahrzehnten den Massenverlust alter Sterne erforscht.

Fest steht, dass die Erde dem Feuertod entrinnen kann, wenn die Sonne relativ früh viel Masse abstoßen wird. Dann nimmt ihre Schwerkraft nämlich ab und die Bahnen der Planeten erweitern sich entsprechend: Bei einem Massenverlust von 40 Prozent würde die Erdbahn sich beispielsweise um zwei Drittel ihres gegenwärtigen Radius vergrößern, also von heute 150 auf dann 250 Millionen Kilometer. Das würde ausreichen, um den Fängen der Roten Riesensonne zu entgehen.

Davon sind Sackmann und ihre Mitarbeiter noch ausgegangen. Ihrem favorisierten Modell zufolge verliert die Sonne zunächst nur knapp ein Drittel ihrer Masse als Roter Riese, und zwar relativ langsam. Das würde ausreichen, um die Bahn der Venus und Erde beim ersten Riesenstadium auf 1 und 1,4 AE, beim zweiten auf 1,22 und 1,69 AE und zuletzt sogar auf 1,34 und 1,85 AE zu vergrößern (1 Astronomische Einheit, AE, ist die mittlere Entfernung von Erde und Sonne: 149,6 Millionen Kilometer).

»Bei ihrer größten Ausdehnung erreicht die Sonne einen Radius vom 213fachen ihres heutigen Halbmessers und kommt damit gerade an die Erdbahn heran. Doch aufgrund des kontinuierlichen Massenverlusts der Sonne haben sich die Planeten hinreichend weit von ihr entfernt, sodass nicht einmal Venus verschlungen wird«, schrieben die Forscher. Sie räumten sogleich ein, dass bei einer anderen Wahl der Parameter Venus und Erde dem Flammentod doch nicht entrinnen.

Spätere Abschätzungen von Willson und Bowen sprachen tatsächlich für ein solches feuriges Finale. Beobachtungen anderer Roter Riesen und Computermodelle des Massenverlusts machten es wahrscheinlich, dass die meiste Materie erst verhältnismäßig spät und plötzlich ins All entweicht.

»In ungefähr sieben Milliarden Jahren wird die Sonne hell und groß genug sein, um zuerst Merkur und dann die Venus zu verschlingen. Dies geschieht am Ende des ersten Roten Riesen-Stadiums, einer Episode, die nur wenige Millionen Jahre dauert«, ist Lee Anne Willson überzeugt. »Nach 100 Millionen Jahren schwillt die Sonne kurzfristig wieder stark an und bedroht die Erde. Die Sonne wird über die Erdbahn hinaus expandieren, bevor sie genug Masse verliert, damit die Erde entkommen kann«, lautet das Fazit der Astrophysikerin. »Wahrscheinlich wird sie die Erde sogar für ein paar Jahrhunderte einhüllen, sich dann zurückziehen und sie noch einmal freigeben, bevor sie sie verschlingt.«

Das Grab in der Sonne ...

Vor dem Exitus der Erde kommt das Ende des Mondes. Durch die Reibung verlangsamt sich zum einen seine Eigendrehung, und zum anderen entfernt er sich allmählich von der Erde (um knapp 4 Zentimeter pro Jahr). Auch deren Rotation nimmt ab, die Tage werden immer länger – im Mittel pro Jahrhundert um etwa 1,7 Millisekunden. Das wird dazu führen, dass die Erdachse in vielleicht zwei Milliarden Jahren chaotisch zu schwanken beginnt, weil der Mond zu weit entfernt ist, um sie weiter zu stabilisieren.

In sieben Milliarden Jahren drehen sich beide Himmelskörper synchron und zeigen sich immer dieselbe Seite: Ein Monat wird dann so lange dauern wie ein Tag: 47 heutige 24-Stunden-Tage. Doch wenn Erde und Mond in die Außenbezirke des Roten Riesen gelangen, wird der Mond durch das dünne Gas schneller gebremst als die Erde. Dadurch schrumpft seine Umlaufbahn wieder. Schließlich kommt er der Erde so nahe, dass er von ihrem Gravitationsfeld in Stücke gerissen wird. Diese Trümmer prasseln als kosmische Bomben auf die Erde und schlagen riesige Krater in ihre immer heißer werdende Oberfläche.

Viel Zeit bleibt dann nicht mehr. Die Reibung der Sonnenatmosphäre raubt der Erde Bahnenergie, sodass der Orbit spiralförmig immer weiter in die Sonne führt. Zuerst verdampft das Gestein der Erdkruste, dann beginnt sich der Erdmantel aufzulösen und nach wenigen Jahrzehnten ist der einstige Blaue Planet im Feuersaum seines sterbenden Gestirns verglüht. Nur marginale Spuren zeugen dann noch von dem Flammentod: Der Metallgehalt der äußeren Sonnenhülle ist um etwa 0,01 Prozent höher als zuvor.

... oder doch ein knappes Überleben ...

Eine Chance hätte die Erde nur, wenn die Sonne über lange Zeiträume 40 bis 50 Prozent ihrer Masse verliert oder der abrupte solare Massenverlust 20 Prozent nicht übersteigt. Ausschließen lässt sich das bislang nicht. Die größte Unsicherheit, so Willson, ist das Verhalten der Sonne beim Beginn des Helium-Brennens.

Eine definitive Grabrede zum Exitus der Erde lässt sich beim gegenwärtigen Forschungsstand also noch nicht formulieren. »Selbst nach jahrzehntelangen, sehr erfolgreichen Forschungen in der Theorie der Sternentwicklung ist die Antwort auf eine so fundamentale Frage wie der nach dem Schicksal der Erde noch immer: Wir wissen es nicht«, resümiert Fred Rasio vom Massachusetts Institute of Technology.

Inzwischen hat sich die wissenschaftliche Meinung wieder auf die Seite eines knappen Überlebens der Erde geneigt. Das geht auf die bisher detailliertesten Modellrechnungen zurück, die realistischere Daten als die früheren berücksichtigen. Sie stammen von Klaus-Peter Schröder, Robert Smith und Kevin Apps von der University of Sussex.

Den Forschern zufolge dehnt sich die Sonne nicht bis über die heutige Marsbahn aus, wie früher angenommen, weil ein kühler Sonnenwind zu einem erheblichen Massenverlust führt. Wie die Rechnungen zeigen, verliert die Sonne im RGB-Stadium über 20 Prozent ihrer Masse, im AGB-Stadium weitere 15 Prozent.

Bei ihrem ersten Aufblähen zum RGB-Stern, wenn die Sonne 2800-mal so leuchtkräftig sein wird wie heute, verliert sie demnach bereits ein Fünftel ihrer Masse. Dadurch erweitert sich der Radius der Erdbahn auf 185 Millionen Kilometer und liegt somit klar außerhalb der von Schröder und seinen Kollegen veranschlagten 168 Millionen Kilometer der RGB-Sonne. Wenn sich die Sonne dann erneut ausdehnt und zu einem AGB-Stern wird, 4800-mal leuchtkräftiger als heute, hat sie nur noch 68 Prozent ihrer Masse und einen Radius von 172 Millionen Kilometer. Auch damit kommt sie nicht mehr an die Erde heran, deren Bahnradius sich dann auf 220 Millionen Kilometer vergrößert hat.

Der Venus-Bahnradius wächst von 108 auf 134 Millionen Kilometer im RGB-Stadium. Das reicht nicht zum Überleben. Unser Nachbarplanet wird in die solare Photosphäre geraten und innerhalb von etwa 50000 Jahren verschluckt werden. Ursache ist die Gasreibung in der solaren Photosphäre, obwohl deren Dichte dann nur $2{,}4 \times 10^{-6}$ Kilogramm pro Kubikmeter betragen wird.

»Der Erde bleibt dieses Schicksal jedoch erspart. Ihr geringster Abstand zur Sonne wird dann aber nur etwa 10 Prozent des Bahnradius betragen«, sagt Schröder. »In der zweiten Expansion während der AGB-Entwicklung bleibt die Distanz zwischen Erde und Sonne noch größer«. Trotzdem wird die Erde Oberflächentemperaturen von rund 1600 Grad erreichen. Wenn sie noch eine Atmosphäre hat, geht diese verloren. Vor dem zweiten Riesenstadium der Sonne würde sich die Erdoberfläche nochmals verfestigen. Aber die Temperaturen betragen auch dann noch einige hundert Grad, und alle Spuren des Lebens und aller Zivilisationen sind für immer beseitigt.

Entscheidend für die Rechnung war eine bessere Kenntnis und Einschätzung der Auswirkungen von den Mischungsvorgängen im Sonneninnern und vor allem des Massenverlusts von der Oberfläche anderer entwickelter Riesensterne. Dadurch sinkt die Gravitation an der Sternoberfläche während der aufgeblähten Endstadien stärker, was zu einer noch leichteren Materieabgabe und stärkeren Sonnenwinden führt. Ebenfalls berücksichtigt sind neueste Daten für die Lichtabsorption durch die schweren Elemente sowie die Verlustraten der Neutrinos, die bei der Kernfusion entstehen, das Sonnenzentrum kühlen und somit schrumpfen lassen, was ebenfalls zu einer ausgedehnteren Hülle führt. Zum Testen seiner Modelle benutzte Schröder verschiedene, genau beobachtete Riesensterne, sowie auch Beobachtungen von alten, massearmen Sternen in Kugelsternhaufen, die zeigen, dass diese Sterne schon im RGB-Stadium weit mehr als ein Zehntel ihrer Masse verloren haben. Diese Daten hat Schröder im Sonnenmodell ebenfalls berücksichtigt. So ergab sich eine Mittelposition zwischen Sackmanns Gruppe, die ein zu warmes Sonneninneres annahm, und Willson, die insbesondere die Rolle der schweren Elemente und des Staubes unterschätzte.

... aber ohne Hoffnung

Dass Planeten mit erdähnlichen Umlaufbahnen das Anschwellen ihres Muttersterns zu einem Roten Riesen überstehen können, haben inzwischen auch Beobachtungen gezeigt.

Geoff Marcy und Debra Fischer von der University of California in Berkeley, Paul Butler von der Carnegie Institution in Washington und Sabine Frank von der University of California in San Diego spürten einen Planeten bei Jota Draconis auf. Die Entdeckung gelang indirekt – anhand von Verschiebungen der Spektrallinien des Sterns, die dessen periodische, durch die Schwerkraft seines unsichtbaren Begleiters verursachten Pendelbewegungen anzeigen. Der auch als HD 137759 und HIP 75458 bekannte, 100 Lichtjahre entfernte Stern ist ein Roter Riese mit einer Sonnenmasse und dem 13fachen Sonnenradius. Alle 550,65 Tage wird er von einem Gasriesen mit mindestens der 8,6fachen Masse des Jupiters auf einer stark elliptischen Bahn umrundet (Exzentrizität 0,71). Der mittlere Abstand des Planeten von seinem Stern beträgt das 1,34fache der heutigen Sonne-Erde-Distanz. »Die Entdeckung eines Planeten bei einem sterbenden Stern ist eine Mahnung an das letztendliche Ende der Erde«, sagt Debra Fischer.

Schröder und seine Kollegen haben auch abgeschätzt, wann lebensfreundliche Oberflächentemperaturen (zwischen 0 und 30 Grad Celsius) auf Himmelskörpern weiter außen im Sonnensystem herrschen werden: Auf dem Mars in 7,1 bis 7,2 Milliarden Jahren, auf dem Jupitermond Europa in 7,57 bis 7,6, und kurz darauf für kurze Zeitspannen noch auf dem Saturnmond Titan und dem Uranusmond Oberon. Eine Serie von Umzügen wäre also allenfalls vorübergehend von Nutzen und schon aufgrund der Zeiträume der Unbewohnbarkeit dazwischen keine Lebensversicherung.

»Wir sollten uns besser an die Idee gewöhnen, dass wir unsere eigenen Überlebenskapseln bauen müssen – die Planeten sind einfach zu weit auseinander, um ein Planetenhüpfen als gute Lösung zu ermöglichen«, sagt Schröders Kollege Robert Smith. »Vielleicht ist dies die ultimative Rechtfertigung für den Bau einer Internationalen Raumstation.«

Ein nackter Nickel-Eisen-Kern

Falls der solare Superwind etwas weniger Masse ins All blasen würde, bestünde noch eine – unwahrscheinliche – dritte Möglichkeit für die Zukunft der Erde: Dass sie als bizarre Leiche die feurige Attacke übersteht: Wenn die lohenden Flammen des Roten Riesen nur Erdatmosphäre, -kruste und -mantel verdampfen würden, bliebe der nackte Erdkern aus Nickel und Eisen übrig. Er würde allmählich erkalten und als dunkler Metallklumpen die schließlich zum Weißen Zwerg geschrumpfte Sonne umrunden.

Ein Blick auf eine solche Zukunft gewährt vielleicht heute schon der 65 Lichtjahre entfernte Weiße Zwerg GD356 im Sternbild des Drachen. Sein Licht ist aus bislang unerklärlichen Gründen polarisiert – es schwingt nur in einer Ebene. Jianke Li, Lilia Ferrario und Dayal Wickramasinghe von der Australian National University haben deshalb vorgeschlagen, dass die polarisierte Strahlung von Wasserstoff-Atomen an den Polen des Sterns emittiert wird. Vielleicht, so spekulieren die Wissenschaftler, werden diese Wasserstoff-Atome durch elektrische Ströme angeregt. Diese Ströme könnten von einem starken Magnetfeld des Sterns in einem metallischen Planetenrest induziert werden, der den Weißen Zwerg umkreist. Die elektrischen Ströme würden über die ionisierten Gase in der Umgebung des Zwergsterns zwischen diesem und dem Metallkern fließen. Das Magnetfeld wäre auch für die Polarisierung der Strahlung verantwortlich.

Tödliche Spirale

Wenn die Erde, wie lädiert auch immer, die Riesenstadien unserer Sonne übersteht, kann sie noch lange um den Weißen Zwerg kreisen – doch nicht für immer. Im Lauf der Äonen erkaltet die Sternleiche allmählich. Sie ist, mit den Worten von Rainer Maria Rilke, »verlodert am Himmelsrain«. Sie wird zu einem Schwarzen Zwerg, der nur noch düster im Infraroten glimmt. Seine Temperatur fällt schließlich weit unter den Gefrierpunkt.

Dieser kosmische Finsterling kann aber noch immer zum Grab der Erde werden. Denn gemäß der Allgemeinen Relativitätstheorie von Albert Einstein strahlt jeder Körper, der sich um einen anderen bewegt, Gravitationswellen ab. Dadurch verliert er Bewegungsenergie, und seine Umlaufbahn wird zu einer langsamen Spirale des Todes. Wenn die Erde das Ende der Sonne also überstehen sollte und ihre Bahn auch später von außen nicht gestört wird, stürzt sie schließlich doch noch in ihr ausgebranntes Muttergestirn – in etwa 10^{20} (100 Milliarden Milliarden) Jahren.

Kosmisches Schleudertrauma

In solchen gigantischen Zeiträumen geschieht allerdings manches, was normalerweise sehr unwahrscheinlich ist. Auch diese Möglichkeit hat Rilke schon poetisch vorweggenommen: »Und in den Nächten fällt die schwere Erde / aus allen Sternen in die Einsamkeit.« Wahrscheinlich wird ihr kümmerlicher Rest im Verlauf der nächsten Billiarden Jahre durch einen nahe vorüberziehenden anderen Stern von der toten Sonne fortgerissen und in die Weltraumtiefen geschleudert. Dann könnte die Erde so lange durch den leeren Raum taumeln, bis eines Tages die Atome zerfallen.

Das kosmische Schleudertrauma wäre auch ein Ausweg der Natur, um die Erde von der Sonne loszuketten, lange bevor sich diese zu einem Roten Riesen aufbläht. Allerdings ist die Wahrscheinlichkeit, dem feurigen Zorn der Riesensonne zu entrinnen, in dem die Erde in die Einsamkeit des Raumes entflieht, einer eisigen

Zukunft entgegen, sehr klein: Für die nächsten zwei Milliarden Jahre beträgt sie nur 1 zu 100000. Denn die Sterne sind in den Spiralarmen der Milchstraße so dünn gesät, dass es zu solchen folgenschweren Begegnungen nur äußerst selten kommt.

»1 zu 100000 ist nicht sehr gut, und doch stehen Menschen regelmäßig Schlange, um Lottoscheine zu kaufen, bei denen die Chancen weitaus schlechter sind«, sagten sich die amerikanischen Astrophysiker Fred Adams von der University of Michigan in Ann Arbor und Gregory Laughlin vom Lick-Observatorium der University of California in Santa Cruz und machten sich daran, die Ereignisse und ihre Folgen genauer zu berechnen.

Die Erde steht der Sonne so nahe, dass die Wahrscheinlichkeit einer direkten Bahnstörung nur 1 zu 2,2 Millionen beträgt. Die äußeren Planeten sind jedoch in größerer Gefahr. Die Chancen, dass nach der Begegnung mit einem anderen Stern Jupiter in Erdnähe gelangt und unseren Heimatplaneten entweder in den Raum zwischen den Sternen schleudert oder aber in die Sonne lenkt, stehen 1 zu 100000. Auch kleinere Störungen der Erdbahn wären verheerend und würden zu drastischen Temperaturänderungen auf unserem Planeten führen. Außerdem könnten Planetoiden und Kometen auf Kollisionskurs gelangen.

Wird die Erde direkt von einem Nachbarstern aus dem Sonnensystem katapultiert, kommt es infolge der Gezeitenkräfte zunächst zu gigantischen Meereswellen. Da die meisten Sterne zu den Roten Zwergen gehören, deren Leuchtkraft gering ist, stehen die Chancen immerhin gut, dass die Erde bei diesem kosmischen Rendezvous nicht Feuer fängt. Stattdessen endet sie, wie Robert Frost ebenfalls erwogen hatte, im ewigen Eis. Binnen weniger Jahre rast sie aus dem Sonnensystem und stürzt in eine endlose Nacht, einer eisigen Zukunft entgegen.

Leben ohne Sonne

»Tropische Pflanzen gefrieren im letzten Dämmerlicht der Sonne, die nach einem Jahr als heller, sternähnlicher Punkt am Himmel erscheint«, malen sich Adams und Laughlin diese Zukunft aus. »Die Ozeane verzehren allmählich ihren Wärmevorrat. Bald steckt der ganze Planet in einer ewigen Tiefkühltruhe. Bei –196 Grad regnet der Stickstoff aus der Atmosphäre auf den schneebedeckten Boden, strömt in den Flussbetten zu den Meeren hin und türmt sich schließlich meterhoch auf den längst zu dickem Packeis gefrorenen Ozeanen. Auch der Sauerstoff fällt vom Himmel, der dann von kalten, toten Städten aus eine klare Sicht auf ferne Sterne gewährt.«

Tief unter der Erdoberfläche ist von den Veränderungen jedoch noch lange Zeit kaum etwas zu spüren. Am Meeresgrund bleibt das Wasser flüssig. Im mittelatlantischen Rücken können die eigentümlichen Lebensformen an den hydrothermalen Schloten ungestört weiterexistieren, zum Beispiel anaerobe Bakterien und rote Röhrenwürmer. Sie sind nicht auf das Sonnenlicht angewiesen, sondern beziehen ihre Energie aus dem Erdinneren. Allerdings geht ihnen allmählich der Sauerstoff aus, sodass nur Organismen mit sauerstoffunabhängigem Stoffwechsel überleben können. Doch die geologische Aktivität, die von der Wärme aus dem Zerfall radioaktiver Elemente angetrieben wird, kann noch Milliarden Jahre anhalten. »Es entbehrt nicht der Ironie«, schmunzelt Adams, »dass das Leben auf der Erde länger bestehen kann, wenn unser Planet aus dem Sonnensystem verjagt wird.«

Eine zweite Chance?

Rein theoretisch könnte die Erde von einem Roten Zwergstern auch eingefangen werden und in eine lebensfreundliche Umlaufbahn geraten. Unter günstigen Umständen könnte das Leben dann noch ein paar Millionen Jahre weiterbestehen, da diese Sterne aufgrund ihres sparsamen Energieverbrauchs sehr lange leuchten. Ein Roter Zwerg von einem Zehntel der Masse unserer Sonne hat eine tausendfach geringere Leuchtkraft, aber eine Lebensdauer von 14 Billionen Jahren – das Tausendfache des bisherigen Alters unseres Universums.

»Die Wahrscheinlichkeit eines solchen Glücksfalls ist äußerst gering, wenn ein einzelner Stern an der Erde vorbeizieht«, schränken Adams und Laughlin ein. »Die Chancen wären wesentlich besser, wenn unser Sonnensystem einem Doppel- oder Dreifachstern nahe kommen würde. Und eine solche Begegnung ist nicht weniger wahrscheinlich als der nahe Vorbeizug eines Einzelsterns, weil mehr als die Hälfte aller Sterne Doppel- oder Dreifachsysteme bilden. Die karge Chance, dass die Erde auf diese Weise gerettet wird, beträgt 1 zu 3 Millionen.«

II. Akt: Flucht vor dem Sonnentod

Niemand geht davon aus, dass unsere Spezies in ein paar Milliarden Jahren noch existiert. Dennoch überlegen Wissenschafter, wie man das Ende der Erde hinauszögern könnte. Rund zwei Drittel der Lebensspanne auf unserem Planeten sind bereits verflossen. Es wird daher Zeit, darüber nachzudenken, wie sich unsere Nachkommen dieser ungemütlichen Situation entziehen könnten.

»Halb so schlimm, könnte man einwenden, denn bis dahin werden die Menschen andere Planeten in der Milchstraße kolonisiert haben. Dem stimme ich zu«, sagt Ulrich Walter, der 1993 als Wissenschaftsastronaut bei der D2-Mission zehn Tage lang im Weltraum war und heute Professor für Raumfahrttechnik an der Technischen Universität München ist. »Doch wer wie ich die Schönheit der Erde von oben gesehen hat, wird sie nicht so einfach den Flammen der Sonne übergeben wollen. Unsere Heimat sollten wir erhalten. Und dafür gibt es Mittel und Wege.«

Tatsächlich haben Wissenschafter daher darüber nachgedacht, wie die Erde ihrem feurigen Schicksal entrinnen könnte. Die Lösungsvorschläge, die augenzwinkernd durchgerechnet wurden, muten freilich selbst für hart gesottene Science-Fiction-Leser utopisch an: Manipulation der Sonne, um ihre Lebensdauer zu erhöhen, oder ein Umzug mit der Erde in lebensfreundlichere Regionen.

Mit der Erwärmung und Ausdehnung der Sonne wandert die Ökosphäre weiter nach außen. So heißt der Bereich um einen Stern, der die notwendigen Bedingungen für erdähnliches Leben auf einem Planeten bietet – also insbesondere Temperaturen, bei denen es flüssiges Wasser gibt, eine Grundvoraussetzung für das Leben. Im Prinzip müsste die Erde also nur weiter von der Sonne wegrücken, wenn diese sich erwärmt.

Kosmische Ingenieurskunst

»Was taten wir, als wir diese Erde von ihrer Sonne losketteten? Wohin bewegt sie sich nun? Wohin bewegen wir uns?« lässt Friedrich Nietzsche einen »tollen Menschen« in seiner Aphorismen-Sammlung »Die fröhliche Wissenschaft« (1882) ausrufen. Künftig wird es vielleicht nicht »toll« im Sinn von »verrückt« sein, die Erde zu bewegen, sondern im Sinn einer »kühnen Leistung«, die sogar zur Überlebensnotwendigkeit werden kann, sagen wahre Futurologen. Denn wer wirklich langfristig denkt, muss sich eben um das Leben auf der Erde Sorgen machen.

Doch mit Hilfe von Planetoiden und Kometen lässt sich die Bahn von Himmelskörpern verändern – ein Rettungsanker für die ferne Zukunft des Lebens auf der Erde?

Die Grundidee stammt von Donald G. Korycansky, der an der University of California in Santa Cruz forscht, und ist überraschend einfach: Man nehme einen Planetoiden oder Kometenkern, lenke ihn wiederholt knapp an der Erde vorbei und vergrößere so deren Bahnradius. Die Berechnung der technischen Details erwies sich als wesentlich aufwendiger. »Aber hat auch Spaß gemacht, dies auszutüfteln«, sagt Korycansky. »Dabei habe ich viel über Himmelsmechanik gelernt.«

Zusammen mit Gregory Laughlin und Fred C. Adams hat Korycansky ein Szenario entworfen, das die Erde vom Feuertod erretten kann. Das Ziel dieser kosmischen Ingenieurskunst, von den Wissenschaftlern bescheidener Astrotechnik genannt (»Astronomical engineering«): Die Umlaufbahn der Erde binnen 6,3 Milliarden Jahren auf das 1,5fache ihres heutigen Sonnenabstands zu vergrößern, also um 75 Millionen Kilometer zu erweitern. Dann beträgt die Leuchtkraft unseres Gestirns das 2,2fache der heutigen, und die Erde würde in dieser Distanz dieselbe Energieeinstrahlung erhalten wie gegenwärtig.

Die drei amerikanischen Astronomen setzen auf eine Hilfe von außen. Sie denken dabei an 100 Kilometer große Brocken aus Gestein und Eis, die jenseits der Neptunbahn in Massen herumschwirren. Dort befindet sich der Kuipergürtel. Der amerikanische Astronom Gerard Kuiper hat seine Existenz 1951 vorausgesagt (und zwei Jahre vorher spekulierte schon Kenneth E. Edgeworth darüber), aber das erste Kuiper-Objekt wurde erst 1992 entdeckt. Seither haben Astronomen rund 1000 der »Außenseiter« im Sonnensystem fotografiert. Manche davon sind über 1000 Kilometer groß, und streng genommen ist auch Pluto mit seinem Mond Charon ein Mitglied des Kuipergürtels. Die Kuiper-Objekte sind Relikte aus der Frühzeit des Sonnensystems. Einige von ihnen verirren sich als Kometen in Erdnähe. Auch Planetoiden, die hauptsächlich zwischen Mars und Jupiter um die Sonne kreisen, wären für die Astrotechnik geeignet.

Um die Erdbahn auf den 1,5fachen Sonnenabstand zu erweitern, sind etwa $8{,}7 \times 10^{32}$ Joule an Energie nötig – ein gigantischer Betrag, der aber nur ganz allmählich über Jahrhundertmillionen bereitzustellen wäre. Und hier kommen die Kuiper-Objekte ins Spiel: Ein Brocken von 100 Kilometern Größe hat eine Masse von etwa 10^{22} Gramm. Wird seine Bahn mit angeflanschten Triebwerken oder gezielten Explosionen so umgelenkt, dass er nahe an der Erde vorbeifliegt, kann er ihr einen Teil seiner orbitalen Energie abgeben.

»Maximal sind das etwa 10^{27} Joule pro Passage«, hat Korycansky ausgerechnet. »Das würde den Erdbahnradius um etwa 30 Kilometer vergrößern.« Das ist nicht viel, aber die Summe macht's: Würde das Kuiper-Objekt einmal alle 6000 Jahre in etwa 10000 Kilometer Entfernung an der Erde vorbeisausen, wäre die Bahnänderung geglückt. Eine Million Passagen wären insgesamt nötig.

Diese Swing-by-Manöver sind im Prinzip nichts Neues. Denn mit ihrer Hilfe haben Raumfahrt-Ingenieure schon oft Energie von Planeten angezapft, um die Geschwindigkeit von Raumsonden zu erhöhen und deren Kurs zu ändern. Freilich: Für die Energie von 10^{27} Joule pro Passage wären die entfesselten Gewalten von fast 250 Milliarden Atombomben mit einer Sprengkraft von jeweils einer Megatonne TNT nötig – das Zehnmillionenfache des irdischen Kernwaffenarsenals. Doch die Astrotechnik ist viel sanfter – auf der Erde würde bei einem nahen Vorbeiflug eines Kuiper-Objekts niemand zu Schaden kommen.

Zwar ist aufgrund des Energieerhaltungssatzes nichts umsonst im Universum, doch das Kuiper-Objekt geht in Korycanskys Szenario nicht leer aus. Ideal wäre eine stark elliptische Bahn, die es bis zu 45 Milliarden Kilometer weit hinausführt, denn dies ist die typische Entfernung eines Kuiper-Objekts. Seine Bahn müsste so verändert werden, dass ihr sonnennächster Punkt in Erdnähe kommt und außerdem immer wieder am Riesenplaneten Jupiter vorbeiführt. Von diesem könnte sich das Kuiper-Objekt nämlich die an die Erde abgegebene Energie wieder holen. »Letztlich wird die Energie vom Jupiter zur Erde überführt. Der Bahnradius des Riesenplaneten verringert sich dabei um 1,5 Millionen Kilometer«, sagt Korycansky. Und: »Mit geringfügigen Bahnkorrekturen oder zusätzlichen Vorbeiflügen an Saturn oder anderen Gasplaneten können die Erdvorbeiflüge sehr oft wiederholt werden.«

Diese Korrekturen sind, zusammen mit der Schwierigkeit, das Kuiper-Objekt überhaupt erst einmal auf den richtigen Kurs zu bringen, die Hauptprobleme der Astrotechnik.

Die Forscher haben das Energie-Budget für dieses Unternehmen abgeschätzt. Die ideale Energiequelle sind Kernfusionsreaktoren. Hierfür wäre als Rohstoff Deuterium (schwerer Wasserstoff) von der Masse eines 100 Kilometer großen Kuiper-Objekts nötig, wenn dessen Eis komplett ausgenützt würde. Weitere 20 Planetoiden vergleichbarer Masse müssten ausgebeutet werden, um das ebenfalls benötigte Lithium für die Produktion von Tritium zu gewinnen.

Vielleicht gibt es auch sparsamere Verfahren, wenn mehrere Kuiper-Objekte an der Erde und auch an anderen Planeten vorbeifliegen würden. »Was die optimale Lösung wäre, ist schwer zu sagen«, meint Korycansky. »Das ständige Recycling eines Objekts wäre die eleganteste, aber nicht unbedingt die beste Lösung.«

Eine weitere Herausforderung ist der Mond. Bei häufigen erdnahen Vorbeiflügen von Kuiper-Objekten entfernt er sich allmählich von der Erde – eine unangenehme Vorstellung, da seine Gravitation die Neigung der Erdachse und somit das irdische Klima langfristig stabilisiert. Um den Mond nicht zu verlieren, wären mehr oder weiter entfernte Passagen von Kuiper-Objekten nötig. Auch das Schicksal der Marsbahn dürfte nicht außer Acht gelassen werden – insbesondere dann nicht, wenn der Rote Planet eines Tages besiedelt würde. »Und selbstverständlich müssen die Passagen sehr genau geplant sein«, mahnen die Forscher. »Die Kollision eines 100 Kilometer großen Objekts mit der Erde würde die Biosphäre sterilisieren, sodass allenfalls Bakterien überleben könnten. Diese Gefahr können wir gar nicht überbetonen!«

Noch ist die Astrotechnik Zukunftsmusik und Gedankenakrobatik. »Niemand fordert, dass es getan werden muss«, betont Korycansky. »Wer weiß, was unseren Nachkommen noch alles einfällt. Aber wenn die Leuchtkraft der Sonne gefährlich ansteigt, besteht definitiv Handlungsbedarf.«

Doch schon viel früher könnte die orbitale Ingenieurskunst von Nutzen sein. »Mit der Bahnmanipulation von und mit Kuiper-Objekten lassen sich beispielsweise Erdbahnkreuzer umlenken«, sagt Korycansky. »Auch könnten Rohstoffe wie Wasser und Erze aus dem äußeren Sonnensystem in Erdnähe gebracht werden oder zu Mars und Venus, wenn unsere Nachfahren dort zwecks Kolonisation erdähnliche Bedingungen herstellen möchten.«

Umzug mit der Erde

Die Astrotechnik der Erdbahnvergrößerung mit Hilfe der Kuiper-Objekte hat den Vorteil, dass sie langsam und vergleichsweise energiesparend ist. Doch dem »Sonnenbrand« entkommt die Erde dadurch auf Dauer nicht. Die Flucht vor dem Sonnentod muss viel weitreichender sein, um das Stadium des Roten Riesens zu überstehen und zugleich lebensfreundliche Bedingungen zu gewährleisten. Warum also nicht die Metapher vom Raumschiff Erde wörtlich nehmen?

Mieczyslaw Taube von der Eidgenössischen Technischen Hochschule Zürich hat dies getan. 1982 veröffentlichte er seine kühnen Berechnungen zum »Earth-Shift«: Mit Sack und Pack könnte unser Planet auswandern. Dies würde vielleicht folgendermaßen aussehen: 24 Batterien von Superraketen-Triebwerken werden entlang des Erdäquators errichtet, in einem Abstand von jeweils 1600 Kilometern. Jede Raketen-Einheit besteht aus 100 Fusionstriebwerken, die auf bis zu 30 Kilometer (!) hohen Türmen ruht, damit die Rückstoßgase nicht die Erdatmosphäre schädigen und frei ins All entweichen. Andernfalls würden sie mit unserer Lufthülle wechselwirken und ihren Impuls zurück auf die Erde übertragen – damit wäre der ganze Kraftakt vergebens. Immer um die Mittagszeit, wenn ein solches Antriebsaggregat aufgrund der Erddrehung in Sonnenrichtung zeigt, wird es eine Stunde lang gezündet, und der Rückstoß treibt die Erde ein wenig von der Sonne fort. Im Lauf eines Tages kommen alle Raketenantriebe nacheinander zum Einsatz.

Taubes Rechnungen zeigen, dass pro Sekunde die Energie einer 1-Megatonne-Bombe nötig wäre, um 100 Tonnen Wasserstoff mit 300 Kilometer pro Sekunde ins All zu schießen. Der Rückstoß würde auf der Erde nicht gespürt werden, doch in einigen 10000 Jahren könnte so der Erdorbit bis zur Plutobahn vergrößert werden. Abgesehen von den gewaltigen Energiemengen, die wohl nach Sonnen-Manier durch Kernfusion von Deuterium zu Helium gewonnen würden, wäre der Materialaufwand für dieses »Erde-Rücken« freilich enorm: Fast zehn Prozent der Erdmasse würde als Rückstoßgas in den Weltraum geschossen. Das ist weit mehr als der Inhalt aller Ozeane zusammen. Der größte Teil des Wasserstoffs müsste von Jupiter herangeschafft werden, dem nächsten großen Wasserstoff-Reservoir im All.

Nicht ganz so aufwendig wäre eine Verschiebung der Erde bis zum Jupiter, dessen Mond sie werden könnte. Zwar würde auch diese Sonnenentfernung noch nicht ganz ausreichen, um vor dem Roten Riesen gefeit zu sein. Doch ein Verdampfen der Ozeane ließe sich mit einer größeren Reflexion der einfallenden Sonnenhitze verhindern, hofft Taube.

Freilich bleibt unser Stern nur einige Millionen Jahre lang im Riesen-Stadium. Dann kollabiert er zu einem Weißen Zwerg. Damit versagt die Sonne als Wärmequelle, denn nun müsste die Erde ihr näher kommen als heute Merkur. Sie würde dort durch die Gezeitenkräfte schnell Drehimpuls verlieren, bis sie der ausgebrannten Sonne immer nur eine Seite zeigt – wie der Mond heute der Erde. Das würde rasch zu einem tödlichen Temperaturungleichgewicht zwischen der Seite des ewigen Tages und der der ewigen Nacht führen. Lebensfeindlich wäre auch die Ultraviolett- und Röntgen-Strahlung des Weißen Zwerges.

Taubes Alternative: eine künstliche Sonne in Erdnähe. Die Energie dafür könnte wiederum aus der Kernfusion gewonnen werden, mit Jupiter als Rohstofflieferant. Bei gezielter Bündelung und Abstrahlung der Energie wären weitere 100 Milliarden Lebensjahre gewonnen.

Der englische Wissenschaftler Martyn Fogg, Redakteur beim *Journal of the British Interplanetary Society*, ist noch wagemutiger. Er schlägt vor, den Jupiter gleich zu einer Sonne umzuwandeln. Dazu müsste man ihn mit einem kleinen Schwarzen Loch impfen, was den erforderlichen Temperaturanstieg zur Zündung der Kernverschmelzung bewirken würde. Allerdings wäre der zum Roten Zwergstern entflammte Jupiter binnen etwa 100 Millionen Jahren selbst ein Opfer des Schwarzen Lochs – und die Erde geriete womöglich ebenfalls in den Schwerkraftsog.

Mehr Brennstoff für die Sonne

Da nur 0,45 Milliardstel der Strahlung von der Sonne die Erde trifft, verpufft viel Energie nutzlos im All. Lässt sich diese Verschwendung nicht vermeiden? Und wieso müssen wir uns der Sonne anpassen, wenn es vielleicht auch umgekehrt geht?

Der kanadisch-französische Astrophysiker Hubert Reeves an der University of Montreal und langjähriger Forschungsdirektor am Centre National de la Recherche Scientifique hat 1983 vorgeschlagen, die Lebensdauer der Sonne zu vergrößern und somit das Riesenstadium hinauszuzögern. Das wäre möglich, wenn es gelänge, neuen Brennstoff – also Wasserstoff – in den Sonnenkern zu befördern, wo Druck und Temperatur groß genug für die Kernfusion sind. Dies könnte dadurch bewerkstelligt werden, wenn sich die turbulenten Mischprozesse – die Konvektion – in der Sonne verstärken ließen. Reeves überlegte, mit gewaltigen Laserstrahlen tief ins Sonneninnere zu feuern, damit unverbrauchter Wasserstoff von den äußeren Sonnenschichten in den Kern strömen kann. Auf diese Weise stünden weitere 10 oder 20 Prozent der Sonnenmasse für Kernverschmelzungsprozesse zur Verfügung, was die Lebensdauer der Sonne verdoppeln oder verdreifachen könnte – auf 20 oder 30 Milliarden Jahre.

Reeves Idee ist für die Praxis allerdings kaum geeignet. Zum einen würden die äußeren Sonnenschichten sich aufheizen und somit ausdehnen wie beim Riesenstadium, was ja gerade vermieden werden soll. Zum anderen wäre für die ganze Aktion so viel Energie nötig, wie die Sonne binnen mehrerer Jahrmillionen abstrahlt, um nur ein Zehntel ihrer Masse auf die Fusionstemperatur von 10 Millionen Grad zu erhitzen. Und diese Energie müsste in sehr kurzer Zeit freigesetzt werden – etwa durch eine explosive Kernfusion von Massen in der Größenordnung eines Gasplaneten, was für das Sonnensystem ziemlich fatal wäre.

Schrumpfen der Sonne

Leuchtkraft und Lebensdauer eines Sterns hängen von seiner Masse ab. Während die Leuchtkraft zwischen der dritten und vierten Potenz der Masse zunimmt, sinkt die Lebensdauer mit der zweiten bis dritten Potenz der Masse. Denn bei einer größeren Masse laufen vermehrt Kernverschmelzungsprozesse in ihrem Innern ab, weil eine größere Masse höhere Drücke und Temperaturen im Zentrum zur Folge hat. Ein größerer Stern hat zwar mehr Masse als ein kleinerer, verbrennt diese aber auch schneller. Ein Stern mit der Hälfte der Masse unserer Sonne wird zehnmal länger scheinen, rund 100 Milliarden Jahre.

Würde die Sonne also an Masse verlieren, hätte sie auch eine langlebigere Zukunft. David Criswell, heute Direktor des Instituts für Space Systems Operations der University of Houston in Texas, hat sich deshalb 1985 das »Star-Lifting« ausgedacht: Die Sonne sollte so weit geschrumpft werden, bis sie gerade ausreichend Strahlung für das Leben auf der Erde abgibt; dann könnte sie 2000-mal länger scheinen.

Doch wie macht man einen Stern leichter? Criswell schlägt vor, einen Ring von Ionenbeschleunigern in einem Orbit um die Sonne zu errichten, die zwei starke Strahlen geladener Teilchen erzeugen und gegeneinander kreisen lassen. Es werden zwei gebraucht, weil die Strahlstärken enorm groß sein müssen. Damit die Beschleuniger nicht auseinander fliegen, müssen sich die beiden Ladungen gegenseitig neutralisieren und dürfen nur ein relativ schwaches Dipolfeld erzeugen. Durch ihr gegensinniges Kreisen entsteht ein gleichgerichtetes einheitliches Magnetfeld. Es kann die Gase an den Sonnenpolen soweit erhitzen, dass sie – von den Magnetfeldern gelenkt – als zwei Jets von der Sonne abgestoßen würden.

Nach Criswells Berechnungen könnten die Beschleuniger mit zehn Prozent der abgestrahlten Sonnenenergie betrieben werden, um drei Milliardstel der Sonnenmasse pro Jahr ins All zu schießen – das entspricht 0,1 Prozent der Erdmasse. Im Lauf von 300 Millionen Jahren ließe sich die Sonne so auf acht Prozent ihrer jetzigen Größe reduzieren – das ist die minimale Größe, bei der ein Stern noch brennt. Dann würde sie als kleiner Roter Zwerg über 23 Billionen Jahre kontinuierlich Licht und Wärme abgeben. Man könnte die Materie-Jets sogar so dirigieren, dass sie neue Rote Zwerge erzeugen. Theoretisch würde die abgestrahlte Materie für ein Dutzend dieser Zwergsterne ausreichen. Jeder könnte zur Heimat für zahlreiche bewohnbare Planeten werden.

Leider hat die phantastische Vorstellung ihre Probleme: Saugt man von der Sonne nur die Oberfläche ab, bleibt der Kern mit seinen bereits verbrannten Bestandteilen zurück. Die Rest-Sonne kann sich deshalb plötzlich zum Roten Riesen aufblähen – mit verheerenden Folgen für die Umgebung. Nur die neuen Zwergsterne, die aus der abgestrahlten Materie entstehen können, wären »sichere« Sonnen. Außerdem: Die Ökosphäre eines Roten Zwergs befindet sich dicht an seiner Oberfläche. Deshalb müsste die Erde in diesen schmalen Bereich gerückt werden – auch hier geht also nichts ohne Erdverschiebung (aber die wäre einfach im Vergleich zur Sonnenschrumpfung). Hat ein Zwergstern weniger als 0,7 bis 0,8 Sonnenmassen, dann liegt die Ökosphäre so nah an der Oberfläche, dass die Gezeitenkräfte die Erdrotation abbremsen. Die Folge: Die Erde würde wie Merkur der Sonne alsbald nur noch eine Seite zeigen und somit wiederum zur lebensfeindlichen Hölle werden.

Wechsel der Sonne

Es gibt noch einen Ausweg, und zwar im Wortsinn. Aber er klingt erst recht utopisch: ein Wechsel von unserer ausgebrannten Sonne hin zu einem neuen, jungen Stern. Der russische Raketenpionier Konstantin Ziolkowski hat diese Idee schon vorweggenommen: »Der bessere Teil der Menschheit wird aller Wahrscheinlichkeit nach nicht zugrunde gehen, sondern von Sonne zu Sonne wandern, wenn diese ausgeht.«

Tatsächlich ereignet sich ein Sonnentausch in der Natur gar nicht so selten, wenn zwei Sterne nahe aneinander vorbeifliegen. Das ergaben Forschungen von Jack G. Hills. Seit 1984 hat der Astronom am Los Alamos National Laboratory in New Mexico Computersimulationen zu diesem Thema veröffentlicht. Er fand, dass ein Stern einen Planeten verlieren kann, wenn ein anderer Stern in der zwei- bis dreifachen Entfernung des Planeten von dessen Heimatsonne vorüberzieht. Oft wird der Planet ins All katapultiert, mitunter aber auch von dem vorüberziehenden Stern eingefangen. Einfänge, die zu erdähnlichen, fast kreisförmigen Bahnen führen, sind möglich, wenn unsere Nachfahren ein solches »Star-Switching« mit einem jungen Stern gezielt vorbereiten.

Martyn Fogg veröffentlichte 1989 einige Ideen zu diesem kühnen Unternehmen. Strebt man eine Überführung der Erde innerhalb weniger Millionen Jahre an, dann kämen Sterne im Umkreis von ungefähr 100 Lichtjahren in Betracht. 300 der etwa 12 000 Sterne in diesem Abstand sind sonnenähnliche Einzelsterne, und darunter gibt es einige, die wesentlich jünger sind als unsere Sonne.

Wie lässt sich erreichen, dass einer von ihnen genau an unserer Sonne vorbeifliegt? Selbstverständlich kann man keine Raketenantriebe an einer wabernden Sternoberfläche anbringen. Aber die Teilchenbeschleunigerringe, mit denen David Criswell die Sonne schrumpfen will, wären auch hier von Nutzen. Ihre Magnetfelder lassen sich so variieren, dass die ausgelösten Plasmajets mit unterschiedlicher Stärke ins All schießen. Mit dieser Asymmetrie könnte der künftige Nachfolger unserer altersschwachen Sonne langsam auf uns zu manövriert werden. Das würde aufgrund der großen Distanzen zwar lange dauern, aber die Wirkung der Jets wäre beträchtlich: Überschlagsrechnungen ergaben, dass sich nach einer Million Jahre der neue Stern um etwa vier Grad von seinem alten Kurs abbringen ließe und nach drei und elf Millionen Jahren um 10 beziehungsweise 34 Grad. Unter diesen Voraussetzungen ist es im Prinzip kein Problem, einen geeigneten Ersatz für unsere Sonne innerhalb der nächsten Milliarde Jahre zu finden, bevor es auf der Erde zu heiß wird.

»Die Ausarbeitung der Details und die praktische Umsetzung der Ideen überlasse ich unseren Nachfahren«, kommentierte Ulrich Walter einen Übersichtsartikel zu den Fluchtmöglichkeiten vor dem Sonnentod. Und fügte hinzu: »Ich wünsche ihnen viel Glück, denn das werden sie brauchen.«

III. Akt: Ultimatives Überleben und das Ende des Universums

Eines steht also fest: Will die Menschheit oder ihre künftige Nachkommenschaft langfristig überleben, führt letztlich kein Weg an einer Auswanderung vorbei. Das Universum muss der Ort unseres Asyls sein. Auch wenn bis dahin noch einige 100 Millionen Jahre vergehen können und es völlig unklar ist, ob und wie sich Menschen bis dahin weiter entwickeln werden, physisch wie psychisch, ist die Erde in ihrem jetzigen Sonnenabstand auf lange Sicht dem Untergang geweiht. Auch ist ohne eine galaktische Diversifikation die Wahrscheinlichkeit groß, irgendwann einer kosmischen Katastrophe zum Opfer zu fallen – einem Meteoriteneinschlag, einem vorüberziehenden Stern, einer nahen Sternexplosion oder einem Gammastrahlen-Ausbruch durch eine Hypernova oder die Kollision von Neutronensternen oder Schwarzen Löchern. Dies heißt aber, dass die Technologie, mit der wir aufgrund unserer Unvernunft im Augenblick uns selbst zur größten Gefahr geworden sind, langfristig auch die einzige Überlebenschance darstellt.

Aufbruch ins All

Die Zukunft der Menschheit im All wird sich über Raumstationen im Erdorbit und in großen Raumhabitaten weiter entfernt, über Kolonien auf Mond und Mars, im Planetoidengürtel und vielleicht auf den Monden des äußeren Sonnensystems entwickeln. Planetoiden könnten ausgehöhlt und als interstellare Archen zu anderen Sternen fliegen. Dafür sind keine licht- oder gar überlichtschnellen Flotten nötig, sondern beharrlich ausdauernde Generationenschiffe. Damit können Planeten bei anderen Sternen besiedelt werden. Auch zunächst lebensfeindliche Welten lassen sich im Prinzip – Wille, Zeit und Ressourcen vorausgesetzt – urbar machen. Für den Mars gibt es solche Terraformungs-Pläne bereits.

All dies ist kein Kinderspiel, aber es ist die einzige Chance für das irdische – und jedes andere planetarische – Leben, das Ende des Heimatsterns zu überstehen. Ob die Menschheit die vielen technologischen und soziologischen Flaschenhälse und Nadelöhrs meistern wird, ist eine offene Frage und – realistisch geurteilt – ziemlich unwahrscheinlich. Doch es erscheint nicht unmöglich. Und wenn es anderswo in der Milchstraße oder in den Myriaden anderer Galaxien vergleichbare Intelligenzen gibt – und kein prinzipielles Argument spricht dagegen –, dann werden sie vor derselben Herausforderung stehen. Und selbst wenn organisches Leben aufgrund evolutionsbiologischer Beschränkungen diese Hürden nicht überwinden kann, ist es noch möglich, dass es als eine Art Mittel und Übergang zu Formen von künstlicher Intelligenz fungiert: Maschinen-Zivilisationen aus Robotern und Supercomputern, deren biologische Schöpfer irgendwann aussterben oder sogar eliminiert werden.

Vielleicht wird die Menschheit in naher oder ferner Zukunft sich selbst vernichten – oder degenerieren und noch die Entwicklung anderer Wesen auf der Erde miterleben, wie es beispielsweise Brian

W. Aldiss in seinem Roman »Am Vorabend der Ewigkeit« (»Hothouse« beziehungsweise »The Long Afternoon of Earth«, 1963) imaginiert hat. Oder sie wird sich gleichsam selbst abschaffen, indem sie intelligentere, robustere Nachfolger konstruiert, bis diese die Entwicklung selbst in die Hand (oder was immer) nehmen – sei es durch gentechnische Manipulationen oder sei es durch »künstliche Intelligenz«. Seit Mary W. Shelleys »Frankenstein« (1818), dem vielleicht ersten Science-Fiction-Roman, ist dieses Thema unzählige Male variiert worden. In Friedrich Nietzsches »Also sprach Zarathustra« (ab 1883) wurde es – mit zweifelhaften Konnotationen – ins Poetisch-Philosophische überhöht: »Der Mensch ist ein Seil, geknüpft zwischen Tier und Übermensch – ein Seil über einem Abgrunde. ... Was groß ist am Menschen, das ist, dass er eine Brücke und kein Zweck ist: was geliebt werden kann am Menschen, das ist, dass er ein *Übergang* und ein *Untergang* ist.« Aber vielleicht wird die Menschheit bei ihrer Expansion ins All, selbst wenn dies gelingt und sie alle Kriege übersteht, eines Tages auch auf überlegene Intelligenzen stoßen, gegenüber denen sie wie eine Amöbe im Vergleich zu ihr selbst ist. Das hat Brian. W. Aldiss in seiner Story-Sammlung »Das Ende aller Tage« (»Galaxies Like Grains of Sand«, 1967) beschrieben. Und auch sonst wimmelt es in der SF-Literatur von Superintelligenzen und gleichgültigen oder feindlichen Außerirdischen.

Was auch immer geschieht – die Frage, die sich nun stellt, ist eine größere, umfassendere: Welche sehr langfristigen Überlebenschancen haben Intelligenzen überhaupt im Universum?

Flucht in den Cyberspace

Im Hinblick auf die Zahl der Freiheitsgrade und die geringen Mengen an Energie, Materie und Raum ist eine »Auswanderung« in die virtuelle Realität vielleicht der einfachste Schritt – vorausgesetzt, »geistiges« Leben und Erleben ist dabei möglich.

In der Science Fiction ist das Cyberspace-Genre inzwischen weit verbreitet: Die Protagonisten agieren in den virtuellen Realitäten von Computernetzen und -simulationen, und nicht selten wird die so genannte Wirklichkeit selbst fraglich oder untergraben. Philip K. Dick hat diese Thematik in einigen Romanen und Erzählungen meisterhaft behandelt. Aber erst im PC-Zeitalter fand sie ihre breite Implementierung, wie etwa der Kultroman »Neuromancer« (1984) von William Gibson und seine Fortsetzungen beweisen, Norman Spinrads »Deus X« (1992), Greg Egans »Cybercity« (»Permutation City«, 1994) und »Diaspora« (1997) – aber auch schon Daniel Francis Galouyes »Simulacron-3« (1964), mehr oder weniger kongenial verfilmt von Rainer Werner Faßbinder (*Welt am Draht*, 1973) beziehungsweise Roland Emmerich (*The 13th Floor*, 1999), wovon wiederum Larry und Andy Wachowskis *Matrix*-Trilogie (1999 und 2003) zehrte, und was David Cronenberg mit seinem Film *eXistenZ* (1999) auf die satirische Spitze getrieben hat. Auch Stanislaw Lem hat sich mit solchen virtuellen Lebensformen schon vor der Programmierung virtueller Agenten im Internet beschäftigt. Lems Personoiden, entworfen in seiner Erzählung *Non serviam* (1971), existieren in einem Symbol- und Ziffernraum. Sie haben keinen physischen Körper, sondern nehmen als Quasi-Seelen unmittelbar die virtuelle Realität ihrer Software-Welt wahr, reflektieren, reagieren und handeln. Die Gesetze unserer Alltagswelt sind aufgehoben, doch die Bedingungen mathematischer Strukturen definieren eine eigene, nicht weniger widerständige Regelwelt. Die Entwicklung der Personoiden ist in eine mathematische Evolution eingebettet, deren Zeitmaßstab für den Programmierer kurz ist, für die virtuellen Existenzen dagegen eine halbe Ewigkeit währen kann.

Es ist nicht ausgeschlossen, sondern sogar wahrscheinlich, dass sich künftige Intelligenzen zumindest teilweise in solche virtuellen Gefilde zurückziehen. Trotzdem sind auch sie abhängig von materiellen Substraten, denn selbst die besten Quanten-Parallelcomputer benötigen eben komplex organisierte Quanten, um zu rechnen. Und somit lässt sich die Hardware-Welt der Physik eben nicht ignorieren – schon gar nicht in kosmischen raumzeitlichen Maßstäben.

Ende im Endknall

Seit den 1920er Jahren immer wieder populär – und ja in fernöstlichen Mythologien wie in einigen griechischen Naturphilosophien schon verankert – ist das Modell eines zyklischen Universums. In der modernen Kosmologie entspricht es einem Weltraum, der seine maximale Ausdehnung erreicht und dann, gestoppt von der Schwerkraft seiner Materie, zu kontrahieren beginnt und schließlich in einem Endknall vergeht. Optimisten glaubten dann, dass dieser »Big Crunch« (»Das Große Knirschen«) aus bislang nicht verständlich zu machenden Gründen in eine neue Expansionsphase übergeht. Das Universum würde also wie der legendäre Vogel Phönix aus seiner eigenen Asche neu entstehen. Und wenn dies immer wieder der Fall wäre - im Modell vom oszillierenden Universum -, würden sich Werden und Vergehen bis in alle Ewigkeit abwechseln.

Im klassischen Fall - ohne Dunkle Energie (siehe unten) - wird unser Universum wieder in sich zusammenstürzen, wenn seine mittlere Materiedichte einen kritischen Grenzwert übersteigt. Diese kritische Dichte beträgt etwa 6×10^{30} Gramm pro Kubikzentimeter; das entspricht ungefähr drei Protonen pro Kubikmeter - oder der Masse der Erde verteilt auf ein Volumen von 1000 Kubiklichtjahren. Dann geht die Expansion in eine Kontraktion über, das Universum wird immer heißer und dichter, bis es sich in einem finalen Kollaps selbst verschlingt (wie die mythologische Schlange, die sich selbst auffrisst). Mit einem solchen Endknall wäre in ungefähr 50 bis 200 Milliarden Jahren zu rechnen. Ein solches Universum hat eine sphärische Geometrie und damit eine endliche Größe.

Die folgende Tabelle fasst die Vorgänge in einem Universum mit dem Zweifachen der kritischen Dichte zusammen. Es existiert rund 120 Milliarden Jahre.

Zeit in Jahren (ungefähr)	**Radius des Universums in Lichtjahren**	**Temperatur in Kelvin**	**Ereignisse**
0 (die ersten 3 Minuten)			Entstehung unseres Universums mit mit dem Urknall, Aufspaltung der Naturkräfte aus einer einzigen Superkraft, Entstehung der Elementarteilchen, weitgehende Materie-Antimaterie-Vernichtung, Entstehung der leichten Elemente
400 000		3000	Abkopplung der Strahlung von der Materie, das Universum wird durchsichtig
10^8 bis 10^9			Bildung der ersten Sterne und Galaxien, Entstehung der schwereren Elemente

Zeit in Jahren (ungefähr)	Radius des Universums in Lichtjahren	Temperatur in Kelvin	Ereignisse
$1{,}37 \cdot 10^{10}$	27 Milliarden	3	**Gegenwart**
$6 \cdot 10^{10}$	40 Milliarden	1,5	Maximale Ausdehnung des Universums, minimale Temperatur; dann beginnen sich die Galaxien(super)haufen wieder anzunähern
$1{,}2 \cdot 10^{11}$	200 Millionen	300	Der Himmel hat überall Raumtemperatur, er wird taghell; die Erde kann keine Wärme mehr abgeben, alles Eis ist geschmolzen
Zeit bis Endknall		400	Erdähnliches Leben verbrennt, die Atmosphäre verdampft
10^8			Kollision von Galaxien(haufen) wird immer häufiger, dann auch von Sternen; der Himmel wird gleißend hell
700000	20 Millionen	3000	Moleküle und Atome beginnen sich aufzulösen, es gibt nur noch Plasma; das Universum wird undurchsichtig
3 Wochen	6000	10^7	Sterne und Planeten lösen sich auf Die ständig gewachsenen Schwarzen Löcher verschmelzen
3 Minuten	6	10^{10}	Die Atomkerne lösen sich auf
0,1 Sekunden	0,6	10^{11}	Die Naturkräfte vereinigen sich wieder
–	–	10^{32} oder unendlich	Endknall (Big Crunch): finale Singularität oder neuer Anfang?

In der Science Fiction ist ein solches universales Schicksal mitunter ein Thema – etwa in Gordon Dicksons Roman »Sturm der Zeit« (»Time Storm«, 1977). Darin bringt der Kollaps Zeitbeben mit sich, Risse in den Zeitschichten, sodass die Vergangenheit der Höhlenmenschen und eine Zukunft mit Außerirdischen neben der Gegenwart bestehen und ein kurzer Weg reicht, um in diese Zeiten zu gelangen.

Manche Kosmologen meinen sogar, dass sich mit der Umkehr der Expansion auch der Zeitpfeil umdreht – die künftigen Uhren würden verglichen mit unseren also rückwärts laufen, wie es beispielsweise der britische Schriftsteller Martin Amis in seinem Roman »Pfeil der Zeit« (»Time's Arrow«, 1991) eindrucksvoll beschrieben hat.

Es ist aber unklar, ob überhaupt jemand dies bemerken könnte (oder ob sich gegenläufige Zeitpfeile durchdringen könnten). Für Claus Kiefer, Physik-Professor an der Universität Köln, und H. Dieter Zeh, emeritierter Physik-Professor an der Universität Heidelberg, wären Anfang und Ende des Universums wie exakte, ununterscheidbare Spiegelbilder. »Das sind in der Theorie der Quantengravitation dieselben Zustände«, sagt Zeh. Er verschmilzt daher die Begriffe »Big Bang« (Urknall) und »Big Crunch« (Endknall) augenzwinkernd zum »Big Brunch«.

Ein anderes Problem betrifft den Vergleich der verschiedenen Stadien des oszillierenden Universums. Schon in den 1930er Jahren hat der amerikanische Kosmologe Richard Tolman dafür argumentiert, dass im Lauf der Zeit – gleichsam bedingt durch Reibungs- und andere thermodynamische Prozesse – der Anteil der Wärme immer größer würde relativ zur Materie. Die Universen würden damit auch immer öder werden und die Zyklusdauer sich immer weiter verlängern. Über Myriaden von Zyklen hinweg würde damit das oszillierende Universum immer lebensfeindlicher und schließlich unbewohnbar sein. Die ewige Wiederkehr wäre keine mehr.

Eine Physik der Unsterblichkeit

Doch vielleicht reicht schon ein einmaliger Kollaps für die ewige Glückseligkeit aus. Das glaubt zumindest Frank Tipler von der Tulane University in New Orleans. In kühnstem Optimismus hat er das Finale Anthropische Prinzip (FAP) formuliert: »Intelligente informationsverarbeitende Systeme müssen im Universum entstehen und, einmal entstanden, werden niemals mehr aussterben.«

Tipler propagiert eine regelrechte »Physik der Unsterblichkeit« (so auch der Titel seines 1994 erschienenen umstrittenen Buches). Ihm zufolge könnte das ganze Universum zu einem Punkt zusammenstürzen und sich selbst verschlingen. Unter geeigneten Randbedingungen wären hoch entwickelte Zivilisationen in der Lage, den Endknall aufzuhalten oder so auszunützen, dass er nicht ihr Todesurteil bedeutet. Das erinnert teilweise an Pierre Teilhard de Chardins Spekulationen, der den gesamten christlichen Mythos von der Existenz, der Erschaffung, dem Sündenfall und der Erlösung der Menschheit ebenfalls in ein modernes wissenschaftliches Gewand einzukleiden versuchte und von einer gerichteten Evolution sprach, die von der Kosmo- über die Bio- und Anthropo- zur Noo- und Theogenese führe. Tipler scheut nicht die Bezüge zur Theologie. »Die Zeit ist gekommen, die Theologie in der Physik aufgehen, den Himmel ebenso wirklich werden zu lassen wie ein Elektron.« Theologie würde zu einem Spezialgebiet der Physik und die Existenz Gottes (als Universalrechner) und die Wahrscheinlichkeit einer Auferstehung der Toten (als Computersimulationen) ließe sich auf die gleiche Weise berechnen wie die Eigenschaft des Elektrons.

FAP basiert auf folgenden Voraussetzungen: (1) Intelligentes Leben ist sehr selten im Universum und (2) expansiv, sodass es, wenn es schon nicht selbst dazu in der Lage ist, (3) mit Hilfe sich selbst reproduzierender Robotern (Von Neumann-Maschinen) ihre Galaxie kolonisiert. (4) Diese Roboter erhalten oder entwickeln selbst Intelligenz (und Bewusstsein) und (5) breiten sich im Lauf der Zeit im gesamten Universum aus. (6) Unser Universum ist räumlich endlich und enthält so viel Masse, dass es sich nicht ewig ausdehnt, sondern wieder kontrahiert und dabei eine ganz bestimmte Raumzeit-Metrik besitzt (»Omega-Punkt«). (7) Dieses spezifische Endstadium wird von den nunmehr universalen Computern vollständig beherrscht, die aus dem asymmetrisch zu gestaltenden Kollaps des Universums (sodass es Raumbereiche mit unterschiedlichen Temperaturen gibt und damit ein Energiegefälle) beliebig viel Energie schöpfen können und aufgrund der extremen Zeitdilatation in diesem Stadium praktisch ewig operieren – aus interner Perspektive betrachtet. (8) Sie »emulieren« alle bewussten Wesen, also auch ihre einstigen Schöpfer und verleihen diesen ein – zwar simuliertes, aber von »der Realität« nicht mehr unterscheidbares – ewiges Leben in paradiesischen Gefilden (und sogar in allen Paralleluniversen, falls die Vielewelten-Interpretation der Quantenmechanik richtig ist). Insofern käme es sogar zu einer »Auferstehung der Toten«.

Bislang kann freilich keine einzige Prämisse dieser abenteuerlichen szientistisch-technokratischen Eschatologie als gesichert gelten, und einige müssen sogar als höchst spekulativ angesehen werden. Die wissenschaftlich orientierte Kritik an FAP fiel daher größtenteils ablehnend aus, es wurde sogar eine polemische Umbenennung in CRAP, »the completely ridiculous anthropic principle«, vorgeschlagen (»crap« bedeutet im Englischen »Mist, Fehlwurf«). Hinzu kam der Vorwurf des Imperialismus und einer psychologischen wie religiösen Naivität. Auch Theologen reagierten überwiegend kritisch, äußerten mitunter jedoch die Hoffnung, hier würde vielleicht »eine Brücke zum Glauben« für areligiöse Naturwissenschaftler möglich.

Die deprimierendste Hypothese der Wissenschaft

Die Debatten um ein kollabierendes Universum, seine Zeit und Lebenschancen sind noch nicht entschieden. Aber vielleicht auch nicht so entscheidend. Denn zumindest eines ist inzwischen klar: Sowohl die sichtbare als auch die ominöse Dunkle Materie reichen bei weitem nicht aus, um das Universum zu schließen, also den Kollaps eines sphärischen Universums zu ermöglichen. Die Gesamtmasse unseres Universums ist so gering, dass sich daraus höchstens ein Drittel der kritischen Dichte ergibt, wahrscheinlich sogar weniger. Damit eröffnen sich buchstäblich weite Horizonte ...

Im Jahr 1854 machte der Physiker Hermann von Helmholtz eine Voraussage, die manche seiner Zeitgenossen als die deprimierendste Hypothese in der Geschichte der Wissenschaft auffassten: Das Universum stirbt.

Der damals entdeckte zweite Hauptsatz der Thermodynamik scheint keine andere Schlussfolgerung zuzulassen. Er besagt, dass die Entropie – das physikalische Maß für die Unordnung eines Systems – einem Maximum entgegenstrebt. Das bedeutet, dass sich alle Strukturen allmählich auflösen und einem diffusen Gleichgewicht entgegenstreben, einer homogenen, ausgedünnten Suppe von Strahlung und Teilchen. Anders gesagt: Die Energie bleibt zwar erhalten, wird aber immer wertloser. Freie Energie, die sich für physikalische Arbeit ausnützen lässt, wird immer seltener. Doch alle Lebensvorgänge beruhen auf freier Energie. Langfristig betrachtet ist der zweite Hauptsatz der Thermodynamik also ein buchstäblich allumfassendes Todesurteil – das Universum stirbt den Wärmetod.

»Die Energie wird im ganzen System gleichmäßig verteilt sein, sodass keine weiteren Veränderungen mehr möglich sind, keine Bewegungen, keine Arbeit, kein Leben, keine Intelligenz«, hat der amerikanische Wissenschaftler Isaac Asimov, der als Science-Fiction- und Sachbuch-Autor sehr bekannt wurde, 1979 in seinem Buch »Die Apokalypsen der Menschheit« diese ultimative Apokalypse beschrieben. »Das Universum wird zwar weiter existieren, doch wird es wie eine Statue erstarrt sein. Der Film ist abgelaufen, und wir sehen für alle weiteren Zeiten ein ewiges Standbild.«

Diese Knechtschaft unter der Knute der Thermodynamik war für viele Menschen bis ins 20. Jahrhundert eine Quelle resignativer, ja trostloser Stimmung. »Der Schutt eines in Trümmer zerfallenden Universums wird den ganzen Tempel menschlicher Leistung unausweichlich unter sich begraben«, schrieb beispielsweise der britische Mathematiker, Philosoph und Literatur-Nobelpreisträger Bertrand Russell 1903.

Doch in einem expandierenden Universum ist die Anwendbarkeit des Entropie-Satzes problematisch, da er nur für statische, abgeschlossene Systeme definiert ist. Möglicherweise hat das Leben doch eine Chance. Wenn das Universum nicht eines Tages zu kontrahieren beginnt und in sich zusammenstürzt, sondern offen ist, das heißt sich ewig ausdehnt, könnte im Prinzip unendlich viel Zeit bleiben.

Fahrplan in die Ewigkeit

»Es ist unmöglich, die ferne Zukunft des Universums im Detail zu berechnen ohne die Auswirkungen von Leben und Intelligenz zu berücksichtigen. Und es ist unmöglich, die Fähigkeiten von Leben und Intelligenz zu berechnen, ohne wenigstens peripher philosophische Fragen zu streifen«, sagt Freeman Dyson. Er ist ein wahrer Tausendsassa unter den Physikern, zu dessen Arbeitsgebieten neben Astronomie und Elementarteilchenphysik auch das Wettrüsten, die Entstehung des Lebens, Globalisierung und Internet, Außerirdische Intelligenzen sowie Philosophie und Religion zählen. Er war der Erste, der sich über die wirklich langfristigen Chancen des Lebens im Universum ausführlich Gedanken machte.

Doch wie können unsere Nachkommen im Schutt eines in Trümmer zerfallenden Universums weiterexistieren? Fest steht: Sie müssen spätestens in sieben Milliarden Jahren eine neue Heimstatt gefunden haben, bevor die Erde von der sich aufblähenden Sonne in Schlacke verwandelt oder ganz verschluckt wird. Doch für eine Auswanderung ins All bleibt genügend Zeit. Und die Galaxien halten enorme Energievorräte bereit. Dyson hat beispielsweise überlegt, wie man die Strahlung ganzer Sterne abzapfen und nützen könnte, wenn man diese Sterne mit »Dyson-Sphären« einhüllen würde, einem hohlkugelartigen Aggregat aus gewaltigen Solarenergiezellen. Spätestens dann könnte ein Galaktischer Club der Superzivilisationen sogar beginnen, das Universum umzugestalten – die Bedeutung des Lebens würde dann immer weiter zunehmen.

Davon einmal abgesehen, sieht der Fahrplan der universalen Entwicklung in einem ewig, aber gebremst expandierenden Weltraum nach heutigem Kenntnisstand folgendermaßen aus:

Zeit in Jahren	**Ereignisse**
0	Entstehung unseres Universums mit dem Urknall
10^9 bis 10^{10}	Entstehung von Planeten und Leben
$1{,}37 \times 10^{10}$	**Gegenwart**
$1{,}5 \times 10^{10}$	Verstärkte Sonnenstrahlung, Erde wird unbewohnbar
$1{,}8 \times 10^{10}$	Milchstraße kollidiert mit dem Andromedanebel
2×10^{10}	Sonne bläht sich zum Roten Riesen auf; die Erde wird teilweise geschmolzen oder ganz verschluckt; dann schrumpft die Sonne zum Weißen Zwerg, der allmählich erkaltet
10^{11} bis 10^{12}	Galaxien von Galaxiengruppen und -haufen verschmelzen zu Supergalaxien
10^{13} bis 10^{14}	Letzte Sterne (Rote Zwerge) erlöschen; übrig bleiben Neutronensterne und Schwarze Löcher sowie Weiße Zwerge, die zu Schwarzen Zwergen abkühlen
10^{14}	Galaktische Gas- und Staubwolken für Sternentstehung sind verbraucht
10^{12} bis 10^{17}	Tote Sterne verlieren ihre Planeten durch vorbeiziehende Nachbarsterne
10^{16}	Neue Sternentstehung durch zufällige Kollision Brauner Zwerge (10 bis 100 pro ausgebrannter Galaxie); die Milchstraße leuchtet nur noch so hell wie die Sonne jetzt
10^{18} bis 10^{20}	Auflösung der Galaxien, fast alle Sterne verteilen sich im intergalaktischen Raum

Zeit in Jahren	**Ereignisse**
10^{20}	Letzte Planeten stürzen in ihre toten Muttersterne
10^{22}	WIMPs (Weakly Interacting Massive Particles) im galaktischen Halo zerstrahlen
10^{23}	Braune Zwerge im Doppelsystem verschmelzen, nochmals Sternentstehung
10^{25}	Schwarze Zwerge fangen restliche WIMPs aus dem galaktischen Halo ein und behalten damit vorübergehend eine Temperatur von minus 209 Grad Celsius
10^{30}	Zentrale galaktische Schwarze Löcher haben alle Sterne in ihrer weiteren Umgebung verschlungen
10^{32} bis 10^{47}	Zerfall der Axionen (andere Bestandteile der Dunklen Materie)
10^{32} bis 10^{41}	Protonenzerfall, Auflösung der Atome (?)
10^{45} bis 10^{200}	Falls der Protonenzerfall nicht stattfindet: Protonenkollaps durch einen quantenmechanischen Tunneleffekt
10^{65}	Falls das Proton stabil ist: Restliche Materie schmilzt zu Kugeln
10^{66} bis 10^{67}	Stellare Schwarze Löcher verdampfen
10^{71} bis 10^{141}	Bildung und Zerstrahlung von Positronium (weiträumige Elektron-Positron-Paare)
10^{90}	Galaktische Schwarze Löcher (die Kerne einstiger Galaxien) verdampfen
10^{100} bis 10^{117}	Supermassive Schwarze Löcher (die Kerne von Galaxienhaufen) verdampfen
10^{500} bis 10^{1500}	Falls das Proton stabil ist: Restliche Kernmaterie wandelt sich in Eisenkugeln um
$10^{10^{26}}$ oder $10^{10^{52}}$	Eisenkugeln kollabieren zu Schwarzen Löchern, diese verdampfen allmählich – nur wenn Schwarze Mini-Löcher mit Planck-Masse (2×10^{-5} Gramm) oder mit Quanten-Masse (3×10^{14} Gramm) stabil sind
$10^{10^{76}}$	... oder Eisensterne kollabieren zu Neutronensternen – nur wenn Schwarze Löcher erst ab Chandrasekhar-Masse ($2{,}8 \times 10^{33}$ Gramm) stabil sind

Das letzte Wort ist dabei freilich noch nicht gesprochen. Solange es keine vereinheitliche Theorie der fundamentalen Naturkräfte gibt, eine Quantengravitationstheorie, lässt sich über die fernste Zukunft – weit nach dem Tod der Sterne und der Auflösung der Materie – bislang nur spekulieren.

Fest steht immerhin: In einem Universum, das sich ewig ausdehnt, hört die Zeit niemals auf. Deshalb werden selbst extrem unwahrscheinliche Ereignisse zur Regel. Die Zukunft führt zur Auflösung in der großen Leere. Diesen kosmischen Katzenjammer haben Astronomen »Big Whimper« (»Großes Wimmern«) genannt.

Neue Energiequellen, wenn die Sterne erlöschen

Kritisch wird es, wenn das Weltall 10000-mal älter ist als heute, in 100 Billionen Jahren. Dann sind alle Sterne ausgebrannt, und es bilden sich auch keine neuen mehr, weil die interstellaren Gas- und Staubwolken verbraucht sind. Dann gehen im Universum buchstäblich die Lichter aus und die galaktischen Zivilisationen müssen sich nach neuen Energiequellen umsehen. Nur finstere Sternleichen – die zu Schwarzen Zwergen erkalteten Weißen Zwerge sowie Neutronensterne und Schwarze Löcher – treiben noch durchs All.

Sogar die Entstehung neuer Lebensformen ist denkbar. Fred C. Adams und Gregory Laughlin halten es für wahrscheinlich, dass in der Atmosphäre der ausgebrannten Weißen Zwergsterne eine biologische Evolution ablaufen wird. Kohlenstoff- und Sauerstoff-Atome sind auch vorhanden, nur vollziehen sich alle Prozesse bei Temperaturen um minus 209 Grad Celsius extrem langsam. »In der äußersten Schicht können sich im Prinzip chemische Reaktionen abspielen, und dort könnten auch genug Photonen sein, die die Chemie antreiben«, überlegen die beiden Astrophysiker. Unabhängig davon sind die verbliebenen 10^{15} Watt Strahlungsleistung jedes der toten Sterne eine wertvolle Energiequelle. »Wenn eine zukünftige Zivilisation diese Energie nutzen wollte, könnte sie eine Kugelschale um den Stern bauen und seine Strahlungsenergie auffangen. Nehmen wir an, die Zivilisation habe eine Milliarde Mitglieder. Jedes Mitglied hätte dann Zugang zu einem ganzen Megawatt Leistung – genug, um 10000 Stereoanlagen mit größter Lautstärke laufen zu lassen. Außerdem reicht dieser Energievorrat für 100 Milliarden Milliarden Jahre – viel länger als die 200 Jahre, die wir hier auf der Erde mit fossilen Brennstoffen Raubbau betreiben.«

Eine weitere Möglichkeit besteht darin, Materie – Planetoiden, Planeten oder ganze Sterne – in tote Sonnen zu lenken. Die Energie, die bei der Kollision freigesetzt würde, ist enorm. Von Schwarzen Löchern lässt sich ebenfalls Energie abzapfen. Sie könnten beispielsweise als Gravitationsschleudern verwendet werden. Louis Crane von der Kansas State University hat sogar überlegt, wie sich fortgeschrittene Zivilisationen Schwarze Löcher als Energiequellen selbst herstellen könnten, um sich im bitterkalten All zu wärmen. Die Hawking-Strahlung, die bei der allmählichen Auflösung Schwarzer Löcher an ihrem Rand durch quantenphysikalische Prozesse freigesetzt wird, ist jedenfalls noch für sehr lange Zeit eine effektive Energiequelle.

Die Materie zerfällt

Bis zur Auflösung Schwarzer Löcher müssen die künftigen Intelligenzen aber die wohl größte Herausforderung gemeistert haben: den Protonenzerfall. Dann geht dem Leben buchstäblich der Stoff aus. Der Protonenzerfall ist übrigens ein Thema, das Gregory Benford in seiner Story *Matter's End* (1994) literarisch verarbeitet hat.

»Wenn es stimmt, dass die Materie irgendwann zerfällt, dann haben Lebewesen in vielleicht 10^{33} Jahren ein großes Problem«, sagt Dyson ernst. »10^{33} Jahre sind für menschliche Maßstäbe eine lange Zeit, aber im Auge der Ewigkeit ist es ein Wimpernschlag. In einem offenen Universum wird die Geschichte des Lebens gerade erst begonnen haben, wenn das Verschwinden der Materie seine Existenz bedroht.«

Dass Protonen langfristig nicht stabil sind, sondern in andere Partikel (insbesondere in neutrale Pionen und Positronen) zerfallen, sagen plausible, aber noch unbestätigte physikalische Theorien voraus, die die fundamentalen Kräfte in der Natur einheitlich zu beschreiben versuchen. Da der Zerfall wie die Radioaktivität statistisch ist, lässt er sich durch die Beobachtung sehr vieler Protonen – beispielsweise großer Tanks, die mit Wasser gefüllt sind – im Prinzip nachweisen. Trotz jahrelanger Messungen ist dies jedoch noch nicht geglückt. Daher wird heute eine Mindesthalbwertszeit von 10^{33} Jahren angenommen. Andere Überlegungen deuten sogar auf 10^{41} Jahre hin. Und selbst wenn der Protonenzerfall nicht stattfindet, müsste es in 10^{45} bis 10^{200} Jahren zu einem Protonenkollaps durch einen quantenmechanischen Tunneleffekt kommen.

Entgegen des Slogans sind also selbst Diamanten nicht für die Ewigkeit. Wie könnten fortgeschrittene Zivilisationen weiterleben, wenn ihre ganze Pracht und Herrlichkeit zu zerfallen beginnt?

Zwar wird das Universum nach der Auflösung der Kernteilchen ziemlich wüst und leer sein, aber eben nicht völlig. Nach dem Zerfall der Protonen gibt es immer noch die Elektronen, Positronen, Neutrinos und Photonen, die sogar das Verdampfen der Schwarzen Löcher in 10^{66} bis 10^{117} Jahren überdauern. »Die können als Vehikel für Gedanken genauso taugen«, ist Dyson überzeugt.

Wohl würde es dem Menschen schwer fallen, in einem Universum zu überleben, das aus einer verdünnten Suppe von Elektronen und Positronen besteht. Doch die entscheidende Frage ist sicher nicht, ob unsere Art als solche unsterblich ist, sondern, ob unsere Nachkommen oder irgendwelche anderen intelligenten Wesen überleben können, ob also der Lebensfaden prinzipiell einmal abreißen muss oder nicht.

Dyson verweist auf den irischen Kristallographen John Desmond Bernal, der an der University of London geforscht hat. Bernal dachte schon 1929 über neue Existenzformen nach und schrieb: »Irgendwann wird das menschliche Bewusstsein verschwinden oder sich in einen Äther verwandeln, mit Hilfe von Strahlung kommunizieren und sich schließlich vielleicht völlig in Licht auflösen. Das mag ein Ende oder ein Anfang sein, aber von da an ist es aus dem Blick.«

Leben auf der Kriechspur

»In einem expandierenden Universum, in dem die Energieöfen ausgehen, werden sich intelligente Lebensformen auf kosmische Jagd nach Energiebeute begeben müssen«, sagt Klaus Mainzer, Professor für Philosophie und Wissenschaftstheorie an der Universität Augsburg.

Dyson glaubt, dass die Gesetze der Physik einem ewigen Weiterleben nicht prinzipiell im Wege stehen. Zumindest bietet ein offenes Universum – im Gegensatz zu einem geschlossenen, das irgendwann kollabiert – hierfür eine Bühne. »In einem expandierenden

Universum kann Leben mit einer begrenzten Menge Energie auf jedem Grad der Komplexität ewig weiterexistieren. Mit der Temperaturabnahme wird der Puls des Lebens immer langsamer schlagen, aber er wird niemals aufhören.« Der heute an der australischen Macquarie University in Sydney lehrende britische Physiker Paul Davies nennt das »ein Leben auf der Kriechspur«.

Dazu sind allerdings zwei Voraussetzungen notwendig. Erstens: Leben beruht auf Organisation, nicht auf Substanz. Wenn diese Annahme wahr ist, können wir uns Leben ohne Fleisch und Blut vorstellen, das beispielsweise in supraleitenden Netzwerken oder Elektronen-Positronen-Arrangements verkörperlicht ist, oder in interstellaren Staubwolken, wie es der 2001 verstorbene britische Astrophysiker Fred Hoyle schon 1957 in seinem Science-Fiction-Roman »Die schwarze Wolke« (»The Black Cloud«) beschrieben hatte: eine 100 Millionen Kilometer große »Lebenswolke« aus Gas im Weltraum, die sich von Sternenlicht ernährt, von elektromagnetischen Kräften zusammengehalten wird und mit Hilfe von Radiowellen denkt. Und die zweite Prämisse: Leben kann sich an jede Umgebung anpassen, wenn genügend Zeit vorhanden ist.

Unter diesen beiden Voraussetzungen lässt sich die Physik der Informationsverarbeitung auf Lebewesen ganz allgemein anwenden – egal ob sie aus Kohlenstoff, Silizium, Eisen, Licht, Neutrinos oder sogar einem als Supercomputer dienenden Arrangement von Schwarzen Löchern bestehen. Die Zeitskala dieser Konfigurationen und somit auch die der möglichen geistigen Aktivitäten dieser Lebensträger mag enorm groß sein, aber wenigstens ist Zeit in der Ewigkeit kein knappes Gut.

Dyson hat gezeigt, wie ein Organismus unter bestimmten Voraussetzungen eine unendliche Anzahl von Berechnungen mit einer endlichen Menge von Energie ausführen kann. Eine Prämisse ist, dass die Temperatur des Organismus und seiner Umgebung beliebig abnehmen und somit die unweigerlich entstehende Abwärme abgestrahlt werden kann. Eine weitere Annahme ist, dass die subjektiv wahrgenommene Zeit selbst dann unendlich sein kann, wenn die verfügbaren Energiequellen endlich sind. Künftige Lebewesen müssten allerdings ihre Aktivitäten mit der zunehmenden Energieverknappung allmählich vermindern – beispielsweise durch lange Epochen eines Winterschlafs. Ihre subjektive Zeit würde dann einen immer kleineren Bruchteil der tatsächlich verstreichenden Zeit ausmachen (in der weiter Abwärme abgestrahlt würde), doch der Tod wäre unendlich lange hinausgezögert.

Dyson hat ausgerechnet, dass für das ewige Fortbestehen einer Gemeinschaft von der Größe und Komplexität der heutigen Menschheit eine Energiemenge von 6×10^{30} Joule ausreichen würde. Diese Energie strahlt unsere Sonne in nur acht Stunden ab. Und selbst eine Gesellschaft, die 10 Billionen Mal komplexer ist, benötigt nur die Energiereserve eines einzigen Sterns.

Charles Bennett und Rolf Landauer von der Forschungsabteilung von IBM in Yorktown Heights, New York, haben bewiesen, dass reversible Informationsverarbeitung prinzipiell möglich ist. Denn theoretisch können bestimmte – gegenwärtig freilich noch vollkommen hypothetische – physikalische Systeme Informationen ohne Energieverlust verarbeiten. »Daher wäre es denkbar, dass künftige anspruchslose Wesen nichts mehr von der Welt wahrnehmen, die sie umgibt«, spekuliert Paul Davies. »Aber sie wären in der Lage, sich an ein früheres Universum zu erinnern. Vielleicht könnten sie sogar träumen.«

Das Sammeln und Löschen von Informationen kostet allerdings einen energetischen Mindestbetrag. Vielleicht wird unseren fernen Ahnen also nur eine endliche Zahl von Bewusstseinszuständen möglich sein, die sich somit ewig wiederholen müssten. (Ob man das noch »Leben« nennen sollte, ist freilich strittig. Denn Leben als ein offener Prozess setzt voraus, immer wieder neue Erfahrungen zu machen und neue Gedanken denken zu können!)

Ist Leben digital oder analog?

In den letzten Jahren sind die langfristigen Zukunftsaussichten freilich wesentlich düsterer geworden. Das hat mehrere Gründe.

Lawrence Krauss und Glenn D. Starkman von der Case Western Reserve University in Cleveland, Ohio, haben in einem viel beachteten Fachartikel mit dem Titel *Life, the Universe and Nothing* eine wahrhaft apokalyptische Vision skizziert: Selbst eine mit allen denkmöglichen technischen Raffinessen ausgestattete Zivilisation ist unweigerlich zum Aussterben verdammt. Irgendwann kommt ihr einfach die Lebensenergie abhanden.

Der Kern der Kontroverse, so zeigte sich bald, ist die Frage nach dem fundamentalen Charakter des Lebens: »Funktioniert« es digital oder analog?

Dyson geht davon aus, dass Leben analoger Natur ist, also auf kontinuierlichen Abläufen und Größen basiert – im Gegensatz zu den gegenwärtigen Computern. Leben muss dabei nicht notwendig auf Kohlenstoff beruhen, sondern könnte sich zum Beispiel auch auf denkende Wolken aus subatomaren Partikeln stützen, die mit Hilfe von Radiowellen kommunizieren. Wenn Dyson Recht hat, reicht eine begrenzte Energiemenge aus für ewiges Leben.

Krauss und Starkman glauben, dass Leben letztlich digital ist – also wie ein Computer mit diskreten Informationseinheiten (Bits) umgeht. Dann wird eine Energiekrise aber unvermeidlich, und selbst winzige Quanteneffekte können das Leben auslöschen. »Die Zivilisationen sind fundamental quantenphysikalisch. Mit einem begrenzten Reservoir an Materie und Energie gibt es nur eine begrenzte Zahl nutzbarer Quantenzustände. Jeder Gedanke erfordert mindestens die Verringerung eines Quantenzustands«, sagt Starkman und malt sich die Zivilisationsgeschichte als Abstieg von einer sehr langen Leiter aus. »Es mag ein weiter Weg nach unten sein, aber mit jedem Gedanken muss man mindestens eine Sprosse hinunterklettern, und schließlich geht es nicht mehr weiter.«

Auch der Winterschlaf ist keine Lösung, denn die Wesen müssen immer wieder aufgeweckt werden. »Dazu sind immer bessere, energiesparendere Wecker nötig. Aber die Quantenphysik setzt ihrer Zuverlässigkeit Grenzen – irgendwann wird jeder Wecker defekt sein.« Außerdem: »Energie-Ressourcen lassen sich nicht beliebig konzentrieren, ohne ein Schwarzes Loch zu bilden.« Und: »Selbst wenn die Lebensdauer einer Zivilisation endlos wäre, hätte sie nur eine begrenzte Anzahl verschiedener Gedanken.«

Das passt nicht zu Freeman Dysons kosmischem Optimismus, der das Leben – betrachtet als Eigenschaft bestimmter informationsverarbeitender physikalischer Systeme – selbst bei geringsten Energiemengen mit Hilfe immer längerer Winterschlaf-Perioden in alle Ewigkeiten fortbestehen sieht. Krauss und Starkman gelangten zu einem anderen Ergebnis: »Lebensfunktionen basieren auf Energie und Information. Doch selbst in einem unendlichen Zeitraum kann nur ein endlicher Vorrat an Energie und Informationen angesammelt werden. Für das Leben bedeutet dies, dass es mit versiegenden Ressourcen, aber auch mit begrenztem Wissen zurechtkommen muss. Wir folgern daraus, dass unter diesen Bedingungen keine intelligente Lebensform auf Dauer existieren kann.«

»Seit ich den Artikel las, habe ich mit Krauss und Starkman monatelang per E-Mail diskutiert«, sagt Dyson. »Jeder versuchte Löcher in die Berechnungen des anderen zu schlagen. Der Kampf ist noch nicht vorbei. Aber wir blieben Freunde.«

Dyson entgegnet, dass dies nur für digitales Leben zutrifft, weil analoge Lebensformen (wie Hoyles Lebenswolke) wachsen und immer neue Quantenzustände besitzen könnten. Dann gäbe es gleichsam immer neue Sprossen auf der Leiter des Lebens. Auch könnten künftige Zivilisationen einen Weg finden, um die Positionen von Galaxien zu verändern und sich von der Ausdünnung des Alls abzukoppeln.

Starkman ist von Dysons subtilen Gegenargumenten nicht überzeugt. »Aber er ist ein sehr cleverer Bursche – vielleicht habe ich etwas übersehen.«

Die Kontroverse trifft freilich nur für ein Universum zu, dessen Ausdehnung ewig währt, sich jedoch verlangsamt. Beschleunigt sich die Expansion hingegen – da sind sich Dyson und seine Kontrahenten einig –, stehen die Chancen schlecht. Dann rasen dem Leben buchstäblich die Ressourcen davon. Das ist »quasi der kosmische Alzheimer einer langsamen Selbstauflösung«, kommentiert Klaus Mainzer. »Das Universum vergisst uns und sich selbst.« Kurz: Es wird zappenduster. Dead End.

Das beschleunigte Universum

Tatsächlich haben sich seit 1998 die ersten Indizien zur inzwischen kaum noch bestrittenen Entdeckung verfestigt, dass sich der Weltraum seit mindestens sechs Milliarden Jahren allem Anschein nach beschleunigt ausdehnt. Die Abstände zwischen den Galaxienhaufen nehmen also immer rascher zu. Das zeigen mehrere unabhängige Messungen (von fernen Sternexplosionen, von der Verteilung der Galaxienhaufen und von der Kosmischen Hintergrundstrahlung).

Die Ursache für die beschleunigte Expansion ist eine geheimnisvolle Triebkraft, die »Dunkle Energie« genannt wird. Was sich dahinter verbirgt, ist noch unklar - und eines der größten Rätsel der gegenwärtigen Physik und Kosmologie.

Trotzdem lässt sich die kosmische Dynamik schon jetzt einfach beschreiben, und das sogar ohne genaue Kenntnisse der zugrunde liegenden Physik - schlicht mit der so genannten Zustandsgleichung der Dunklen Energie. Sie lautet $p = \rho w$. Darin spielt der Parameter w die entscheidende Rolle. Er bezeichnet das Verhältnis des Drucks p der räumlich homogen verteilten Dunklen Energie zu ihrer Energiedichte ρ. Es gilt also: $w = p/\rho$. Entscheidend ist nun, den w-Wert der Dunklen Energie heute zu bestimmen sowie herauszufinden, ob er sich im Lauf der kosmischen Expansion seit dem Urknall geändert hat. Wenn es gelingt, w genau zu messen, wird sich der Dunkle Schleier des neuen Weltenäthers zu lüften beginnen.

Die einfachste Erklärung ist die 1917 von Albert Einstein in seine Allgemeine Relativitätstheorie eingeführte Kosmologische Konstante ($w = -1$). Sie wirkt wie eine Art Antigravitation. Sie lässt sich als geometrische Eigenschaft des Raumes interpretieren oder quantenphysikalisch als eine Energiedichte des Vakuums.

Andere Erklärungsmöglichkeiten (siehe unten) sind Quintessenz-Modelle (mit w zwischen $-1/3$ und -1) und Phantomenergie (w kleiner als -1). Noch nicht ausschließen lassen sich auch weitaus exotischere Ursachen wie topologische Defekte - das heißt ein- oder mehrdimensionale Verwerfungen in der Raumzeit selbst ($w = -2/3$) - oder eine Modifikation der Gravitationstheorie und somit eine Ungültigkeit der Allgemeinen Relativitätstheorie, sei es durch Effekte zusätzlicher Dimensionen oder durch andere Mechanismen (etwa irgendwelche ominösen Kraftfelder).

Solange die Natur der Dunklen Energie nicht geklärt ist, wird die physikalische Eschatologie mit vielen unterschiedlichen Alternativen rechnen müssen. Das macht die gegenwärtige Lage verwirrend. Immerhin sind die Zukunftsaussichten wenigstens in diesem Punkt recht gut: Bessere Messergebnisse sind schon in wenigen Jahren zu erwarten. Dadurch werden sich zumindest einige Modelle widerlegen lassen.

Insel-Universen in der Einsamkeit

Fest steht jedenfalls schon, dass die Dunkle Energie die gegenwärtige und künftige Dynamik unseres Universums prägt und für das Schicksal des Alls einschließlich der (Über)Lebensmöglichkeiten entscheidend ist.

Zunächst einmal isoliert sie die Galaxienhaufen voneinander. Es bilden sich Insel-Universen in der kosmischen Einsamkeit, wobei Haufen von mindestens 10^{14} Sonnenmassen sich von der Expansion abkoppeln und somit gleichsam kosmologisch eingefroren werden. Die Selbstgravitation ihrer Materie schützt vor der Auflösung. »Eine große Zahl von Mini-Universen, einschließlich unserer eigenen Lokalen Gruppe, werden selbstgebunden und überleben die Zerstörung durch die kosmische Abstoßungskraft«, schreiben Tzihong Chiueh und Xiao-Gang He von der Universität Taiwan in Taipei.

Durch die exponentielle Expansion wird die Wellenlänge der Kosmischen Hintergrundstrahlung in gut 1100 Milliarden Jahren größer als unser Beobachtungshorizont. Die Photonen sind dann nicht mehr individuell nachweisbar, sondern erscheinen nur noch als langsam variierende elektrische Felder.

Die folgende Tabelle fasst die Zukunft der kosmischen Vereinzelung zusammen. (Sie gilt für die Kosmologische Konstante; im Fall der Quintessenz-Modelle – siehe unten – dauert es etwas länger.)

Zeit in Milliarden Jahren seit Urknall	**Ereignis**
8,7	Beginn der beschleunigten Expansion durch die Dominanz der Dunklen Energie
13,7	Gegenwart
132	Virgo-Haufen verlässt unseren Beobachtungshorizont
175	Lokale Galaxiengruppe ist isoliert,
336	intergalaktische Sterne sind isoliert
1060	ungebundene Teilchen sind isoliert
1120	Wellenlänge der Photonen von der Kosmischen Hintergrundstrahlung (heute um 1 Millimeter) ist größer als Horizont; das Universum kühlt auf die Gibbons-Hawking-Temperatur ab (10^{-29} Kelvin)

Zeit in Milliarden Jahren seit Urknall	Ereignis
1260	Wellenlänge der Photonen des sichtbaren Lichts ist größer als Horizont
17000	Brenndauer der langlebigsten Sterne
100000	Ende der Epoche der Sterne

Die schlechteste aller möglichen Welten

»Die Entdeckung der beschleunigten Expansion des Weltraums legt nahe, dass wir in der schlechtesten aller möglichen Welten leben – jedenfalls im Hinblick auf die ferne Zukunft des Lebens«, sagt Lawrence Krauss. »All unser Wissen, unsere Zivilisation und Kultur sind dazu bestimmt, vergessen zu werden. Es gibt keine langfristige Zukunft.«

Im Gegensatz zu einem verlangsamt ewig expandierenden Universum nähert sich die Temperatur des beschleunigt expandierenden Universums nicht dem absoluten Nullpunkt an (0 Kelvin = –273,15 Grad Celsius), sondern »nur« einer Grenztemperatur von 10^{-29} Kelvin (das entspricht einer Energie von 10^{-33} Elektronenvolt). Sie entsteht durch Quanteneffekte am Beobachtungshorizont analog zur Hawking-Strahlung am Rand eines Schwarzen Lochs und wird DeSitter- oder Hawking-Gibbons-Strahlung genannt.

Diese Mindesttemperatur wird in einigen hundert Milliarden Jahren erreicht. Weiter kann dann kein lebendes System abkühlen und besitzt schließlich keine freie Energie mehr. Daher würde die für jeden Lebensprozess – wie auch technischen Vorgang – notwendige Abwärme nicht abfließen können. Informationsverarbeitung und Stoffwechsel gleich welcher Form würden dann unmöglich. Denn das Energie- und Wärmegefälle, das für den Motor des Lebens notwendig ist, gliche sich aus. Der universale Tod wäre unvermeidlich. »Eine endliche Gesamtenergie bedeutet eine endliche Lebenszeit«, sagt Krauss.

»Dann befinden wir uns auf einer kleinen kosmischen Insel mit nichts um uns herum außer dunklem, leerem Raum – eine trostlose Aussicht«, sagt Dyson. »Zivilisationen, die auf eine so kleine Insel beschränkt sind, können mit begrenzter Energie nicht überleben.

Und sie können ihren Lebensraum langfristig gesehen auch nicht vergrößern, denn die kosmische Ausdehnung würde alles auseinander reißen.« Immer weiter ausgreifende extragalaktische Energiebeschaffungsmaßnahmen nach dem Ende der Sterne sind daher zum Scheitern verurteilt.

»Es wäre töricht, an ein bestimmtes Modell vom Universum zu glauben, denn unser Wissen von ihm ist noch sehr bruchstückhaft, und unsere Vorstellungen ändern sich schnell«, warnt Dyson jedoch vor voreiligen Schlussfolgerungen. Die Annahmen, auf denen sie basieren, sind nämlich nicht hieb- und stichfest. »Wahrscheinlich unterscheidet sich das Universum stark von unseren Modellen und enthält viele wunderbare Dinge, die wir uns noch gar nicht vorgestellt haben.«

Cardassianischer Ausweg?

Selbst die Dunkle Energie muss nicht notwendig sämtliche Lebensaussichten verfinstern. Dafür haben zumindest kürzlich Katherine Freese von der University of Michigan und William Kinney von der Columbia University in New York argumentiert. Im Fall der Kosmologischen Konstante bedeutet die Hawking-Gibbons-Strahlung den Exitus. Doch wenn hinter der Dunklen Energie etwas anderes steckt, ist der Tod nicht definitiv. »Leben könnte unbegrenzt weitergehen in einem beschleunigten Universum", schreiben Freese und Kinney. Sie diskutieren Quintessenz-Modelle, bei denen die beschleunigte Expansion nicht so rasch erfolgt wie durch eine Kosmologische Konstante, und ein von Freese entwickeltes Modell, das sie »Cardassianische Expansion« nennt. »Der Name bezieht sich auf das Volk der Cardassianer in der Star Trek-Serie, deren Ziel ist, das Universum in einer beschleunigten Expansion zu erobern. Diese Wesen sehen fremdartig aus, doch sie bestehen ganz aus Materie«, sagt Freese. Im Cardassianischen Modell besteht auch das Universum nur aus Materie (und Strahlung), aber nicht aus einer Vakuum-Energie. Die beschleunigte Expansion wird stattdessen durch eine Modifikation der Allgemeinen Relativitätstheorie »erklärt«. Das ist freilich nur eine Hypothese ohne weitere Indizien. Wie im Quintessenz-Modell würde auch sie eine stetige Abnahme der Hawking-Gibbons-Strahlung bewirken.«

»Bei einer geringeren finalen Expansionsgeschwindigkeit sinkt auch die Hawking-Gibbons-Strahlung«, stimmt Starkman zu. »Das kann das Problem des Todes lösen oder auch nicht. Es hängt davon ab, wie schnell die Temperatur absinkt im Vergleich zur Notwendigkeit, die eigene Wärme loszuwerden. Und das hängt ab von den Details der Quintessenz- oder Cardassianer-bedingten Expansion.

Freese und Kinney haben dafür argumentiert, dass mit der expansionsbedingten Horizonterweiterung auch immer neue, energieärmere Grundzustände für physikalische Systeme entstehen. Somit könnten die Lebewesen immer weiter ihre Abwärme abstrahlen »und den Grundzustand erst in unendlicher subjektiver Zeit erreichen« – ganz wie Dyson es schon erhoffte.

»Man muss hier sehr aufpassen, was man mit »System« und »energieärmeren Grundzuständen« meint«, warnt Starkman vor voreiliger Euphorie. »Die einzigen möglichen niederenergetischeren Zustände betreffen masselose Teilchen mit einem geringeren Impuls, das heißt einer größeren Wellenlänge. Es stimmt, dass man mehr und mehr davon abstrahlen kann, wenn das Universum weiter expandiert. Doch dies hilft nicht weiter, wenn man diese Zustände nicht weiterhin mit dem System wechselwirken lassen kann.« Starkman macht sich keine Illusionen: »Das Letzte, was man wollen kann, ist die noch verfügbare Energie ins ferne Universum zu verlieren. Stattdessen muss man die Partikel« – neben Photonen und Gravitonen kann man auch an noch unbekannte andere Elementarteilchen denken – »irgendwie im System gefangen halten, während das System selbst größer und größer wird. Andernfalls würden die Partikel nicht niederenergetischer werden. Das heißt, die massebehafteten Teile des Systems müssten sich immer weiter zerstreuen. Denn man kann das System nicht beliebig leicht machen, weil keine Teilchen mit beliebig geringer Masse existieren.« Und das ist das Problem: »Ein immer weiter verstreutes System ist immer weniger effizient, die Strahlung festzuhalten. Also: Ja, es ist wahr, dass es immer niederenergetische Zustände geben könnte, aber die scheinen mir noch schlimmer als unbrauchbar zu sein: Es sind nicht immer weiter wachsende Armeen von Helferlingen, sondern unerwünschte Diebe, die auch noch die letzten Quentchen Energie rauben.«

Wiederbelebung durch Quintessenz?

Die Dunkle Energie könnte also ein universales Todesurteil vollstrecken. Je nachdem könnte sie aber auch einen Ausweg davon bieten. Das hängt eben davon ab, was sich hinter ihr verbirgt.

Wenn die Kosmologische Konstante gar nicht konstant, sondern zeitlich veränderlich ist, könnte das Leben langfristig einen entscheidenden Spielraum gewinnen. Die Grundidee einer im Lauf der Zeit abnehmenden Vakuum-Energiedichte geht auf den jungen russischen Physiker Matvei Petrovich Bronstein (1933) zurück. Neu in die Diskussion gebracht hatte sie 1987 Christof Wetterich, der heute Professor am Institut für Theoretische Physik der Universität Heidelberg ist. Er postulierte damals die Existenz eines neuen physikalischen Feldes, das er »Kosmon« nannte. Im Rahmen der Stringtheorie heißt es inzwischen auch »Dilaton« oder »Radion«. Und unter dem anscheinend gefälligeren Namen »Quintessenz« haben Physiker inzwischen einige hundert Artikel veröffentlicht.

Paul J. Steinhardt von der Princeton University ist Taufpate und einer der Hauptverfechter dieser Hypothese. Er sieht darin ganz neue Chancen für die Zukunft des Kosmos: »Wenn die Quintessenz Ursache der beschleunigten Expansion ist, muss das Ende des Universums erst noch geschrieben werden. Denn das Feld könnte in neue Formen von Materie und Strahlung zerfallen, die den Weltraum wieder erfüllen.«

Zwar ist die Energiedichte des Quintessenz-Quantenfelds so gering, dass die aus ihrem Zerfall hervorgehende Materie vermutlich zu wenig Energie hätte, um interessante größere Strukturen zu bilden. Bei geeigneten Randbedingungen könnten aber auch einzelne Materieblasen entstehen – weit voneinander entfernte Inseln im Kosmos, die von riesigen Leerräumen umgeben wären. Das Innere der Blasen wäre leer, aber in ihrer Wand könnten sich heftige Aktivitäten entfalten, denn dort ist fast die gesamte Energie gespeichert. Die Blasen würden sich ausdehnen und dabei die gesamte Energie aus dem Zerfall der Quintessenz aufnehmen. »Gelegentlich stoßen zwei Blasen mit einem fantastischen Feuerwerk zusammen«, malt sich Steinhardt diese seltsame Zukunft aus, bei der sich flecken- oder kreisförmige, viele Milliarden Lichtjahre voneinander entfernte Kollisionszonen bilden. »Dabei könnten massereiche Teilchen wie Protonen und Neutronen entstehen – vielleicht auch Sterne und Planeten. Für künftige Bewohner würde das Universum sehr ungleichförmig aussehen. Jahrmilliarden lang sehen sie nur ihre eigene Region.« Könnten sie jemals herausfinden, dass es einst Leben gab, welches ausstarb, bis es mit einem Neuanfang eine zweite Chance bekam? »Dieses wiederbelebte Universum wäre ganz anders als heute. Seine Geschichte zu rekonstruieren, wäre wirklich eine große Herausforderung für diese Wesen.«

Vielleicht hat der Zerfall der Quintessenz noch ganz andere Auswirkungen. Sogar ein Ende der beschleunigten Expansion des Weltraums ist denkbar. »Womöglich ist die Dominanz der Dunklen Energie nur ein vorübergehendes Phänomen«, überlegt John D. Barrow von der Cambridge University. Andreas Albrecht und Constantinos Skordis von der University of California in Davis haben ein Modell entwickelt, bei dem sich die kosmische Ausdehnung wieder verlangsamt, falls das Quintessenz-Feld zerfällt. Möglicherweise hätten Zivilisationen, wenn sie bis dahin existieren, doch noch eine Chance, mit Hilfe sparsamer Haushaltsführung und immer längeren Winterschlaf-Perioden beliebig lange weiterzuleben – so, wie es Freeman Dyson beschrieben hat.

Neue Kollaps-Modelle

Der allmähliche Weg vom Urknall zum Zerfall ist unvermeidlich, wenn eine positive Kosmologische Konstante das Universum für immer auseinander treibt. Doch nicht einmal das ist mehr zwingend. Auch der Kollaps des ganzen Universums wird neuerdings wieder ernsthaft in Erwägung gezogen.

Alexander Vilenkin zufolge kann die Kosmologische Konstante nämlich in einigen Billionen Jahren gleichsam »umkippen« (negativ werden), weil sich das von ihm postulierte Feld dahinter ändert und das Universum zum Big Crunch treibt. »Diese Vorhersage lässt sich freilich nicht so schnell überprüfen«, schmunzelt der Kosmologe an der Tufts University in Medford, Massachusetts.

Die Physik hinter Vilenkins Prognose ist noch hypothetisch. Aber wenn seine Annahmen stimmen, muss das Universum unweigerlich irgendwann enden – und das gilt auch für alle Bereiche weit jenseits unseres Beobachtungshorizonts.

»Die beschleunigte Expansion wird sich verlangsamen und dann wird das Universum allmählich zu kontrahieren beginnen«, sagt Vilenkin. »Der Kollaps wird dann immer schneller und führt zu einem Big Crunch. Die Zeit vom Beginn der Kontraktion zum Crunch ist ungefähr so lange wie von heute zum Beginn der Kontraktion, also über eine Billion Jahre.«

Vilenkin ist nicht der Einzige, der neuerdings wieder für einen Endknall votiert. Auf diese, längere Zeit aus der kosmologischen Mode gekommene, Möglichkeit sind auch Andrei Linde und seine Frau Renata Kallosh, beide Professoren an der kalifornischen Stanford University, zusammen mit ihren Mitarbeitern gestoßen. Sie analysierten die Dunkle Energie im Rahmen von Theorien der Supergravitation und der Superstrings, die eine einheitliche Beschreibung aller Naturkräfte anstreben und die Schwerkraft in die Quantentheorie zu integrieren versuchen. Das verblüffende Ergebnis: Unser Universum könnte sogar schon in 10 oder 20 Milliarden Jahren kollabieren.

»Vor wenigen Jahren hätte niemand ernsthaft über das Ende des Universums in den nächsten 10 oder 20 Milliarden Jahren nachgedacht – und schon gar nicht nach der Entdeckung der beschleunigten Expansion«, sagt Linde. »Das ist die größte Überraschung: Wir könnten uns schon in der Mitte des kosmischen Lebenslaufs befinden, nicht an seinem Anfang. Wir mögen unfähig sein, unser Schicksal zu ändern – aber wissen wollen wir es doch.« Linde weiß selbst nicht so genau, ob er seinen Resultaten trauen soll. Und wünscht sich akribischere kosmologische Beobachtungen. »Es war nie leicht, in die Zukunft zu schauen, aber es ist möglich, und wir sollten unsere Chance nicht vergeben.«

Auch Quintessenz-Kosmologien haben den universalen Kollaps als furioses Ende wieder in die Diskussion gebracht. De-Hai Zhang von der Chinesischen Akademie der Wissenschaften in Peking zufolge könnte das Quintessenz-Potenzial eine Art Wasserfall-Form haben, die nach einiger Zeit zu einer Verzögerung der Expansion und schließlich zum Kollaps des Universums führt. Je-An Gu und W.-Y. Pauchy Hwang von der Universität Taiwan in Taipei haben ein Modell entworfen, in dem die Quintessenz eine zusätzliche negative Kosmologische Konstante verdeckt. Diese käme wieder zur Wirkung, wenn die Quintessenz zerfiele, und würde das Universum unweigerlich zum Zusammensturz bringen.

Paul Steinhardt hat zusammen mit Neil Turok von der University of Cambridge kürzlich ein neues Modell entwickelt. Bei diesem Zyklischen Universum sorgt die Quintessenz für einen neuen Urknall nach dem Kollaps, sodass das Weltall in einer periodischen, ewigen Wiederkehr zwischen Ur- und Endknall oszilliert und als unendliche Folge des Werdens und Vergehens seiner Materie in Raum und Zeit weder Anfang noch Ende hat. Mehr noch, alle möglichen Geschichten müssten sich im Lauf der Zeit wiederholen – eine Vorstellung, die schon asiatische Weisheitslehren, Philosophien der alten Griechen und die Schriften von Friedrich Nietzsche verbreitet haben und die bizarr, absurd und verwegen gleichermaßen anmutet.

Das Szenario von Steinhardt und Turok hat im Detail wenig mit dem alten Phönix-Modell gemeinsam. Stattdessen nehmen die beiden Kosmologen und ihre Mitarbeiter an, dass unser vierdimensionales Universum von einem oder vielen anderen durch eine fünfte Dimension getrennt ist. Diese wörtlich zu nehmenden Paralleluniversen hängen wie Bettlaken (oder Branen bzw. Membranen) nebeneinander. Doch immer wieder kommt es zu »ganzflächigen« Kollisionen (vergleichbar mit einem rhythmischen Händeklatschen) – die einen End- und neuen Urknall darstellen.

Paul Steinhardt hat überlegt, ob fortgeschrittene Superzivilisationen diese kosmische Karambolage lokal verhindern und somit unversehrt von der Kollaps- in die Expansionsphase hinübergelangen könnten. Vielleicht ist das möglich, wenn sie sich in Burgen aus Schwarzen Löchern verschanzen, die die lokale Raumzeit stabilisieren.

Der Zerfall des Vakuums

Freilich drohen noch ganz andere Vernichtungsorgien.

Die Hawking-Gibbons-Strahlung am Horizont könnte als unvorhersagbarer, statistischer quantenphysikalischer Prozess alle möglichen Dinge hervorbringen – sogar ein neues Universum. »Früher oder später werden diese Quantenfluktuationen wie ein Urknall aussehen«, glaubt Raphael Bousso von der University of California in Santa Barbara.

Buchstäblich auch mit einem einzigen Schlag könnte alles zu Ende sein. Arthur C. Clarke hat dies in seiner Kurzgeschichte *Die neun Milliarden Namen Gottes* (*The Nine Billion Names of God*, 1953) augenzwinkernd angedeutet: Gott schaltet buchstäblich die Lichter aus und die Sterne erlöschen. Prosaischer sind Physiker, die über einen Phasenübergang des Universums nachdenken.

Beispielsweise könnte das Vakuum langfristig instabil sein und in einen Zustand geringerer Energie zerfallen. In der ersten Sekunde nach dem Urknall hat es mehrere so genannte Phasenübergänge durchlaufen und immer energieärmere Zustände erreicht. Das könnte wieder geschehen, zumal der Raum aufgrund der Dunklen Energie keineswegs »leer« ist. Wenn ein solcher Phasenübergang einmal begonnen hat – zunächst spontan in einem mikroskopisch kleinen Bereich –, dann breitet er sich lichtschnell in alle Richtungen aus. »Das würde zu einer Kettenreaktion führen, die buchstäblich das ganze Universum mit Lichtgeschwindigkeit zerstört«, sagt Tom Ludlam vom Brookhaven National Laboratory auf Long Island, New York. Im »Kielwasser« der Woge der Vernichtung bildet sich ein neues Vakuum aus, in dem völlig andere Bedingungen herrschen als in dem uns vertrauten All: neue Naturkonstanten und -gesetze.

Möglicherweise rollt eine solche Welle der Vernichtung bereits auf uns zu, aber wir können dies nicht wissen und würden vom jähen Ende unserer Umgebung auch nichts mitbekommen. Der Phasenübergang vollzieht sich so schnell – vielleicht binnen 10^{-30} Sekunden –, dass weder eine Nervenzelle noch irgendein technisches Gerät ihn wahrnehmen könnte. Er wäre das Ende von allem – aber zugleich ein Neubeginn, der eventuell wieder zu einer kosmischen Evolution führen könnte. Das Universum würde weiter bestehen, aber nichts wäre mehr so, wie es einmal war. Alle Spuren unserer Existenz wären sofort und für immer ausgelöscht.

Eine Gefahr, den Phasenübergang versehentlich auszulösen, besteht in Hochenergie-Experimenten. Freilich ist es für irdische Verhältnisse noch ein langer Weg dorthin. Denn Partikel der kosmischen Strahlung haben viel mehr Energie, als man im Labor überhaupt konzentrieren kann. Doch vielleicht sind weiter entwickelte Zivilisationen anderswo im Universum in der Lage und leichtsinnig oder ignorant genug, die universale Vernichtung auszulösen.

Oder die Dunkle Energie ist die Erscheinungsform bislang unbekannter, sehr kleiner Dimensionen (die Stringtheorie behauptet, sechs oder sieben solcher kompaktifizierter Raumdimensionen würden auf ultramikroskopischer Skala existieren). Und wenn diese sich plötzlich entfalteten, wie Steven B. Giddings von der University of California in Santa Barbara überlegt, hätte das ziemlich unangenehme Folgen: »Materie, wie wir sie kennen, würde aufhören zu existieren, und die Eigenschaften aller Naturkräfte würden sich verändern. In einem höherdimensionalen Vakuum wäre alles radikal anders, es würde nicht viel von unserer vierdimensionalen Existenz übrig bleiben.«

Phantomenergie zerreißt das Weltall

Sogar eine unermesslich rasante Ausdehnung des Weltraums erscheint inzwischen möglich. Auch das hängt wieder von der Natur der Dunklen Energie ab. Doch möglicherweise hat die Natur einen noch viel brachialeren Weltuntergang vorgesehen als den Big Crunch, der immerhin theoretisch zu einem neuen Big Bang führen könnte. Robert R. Caldwell vom Dartmouth College in Hanover, New Hampshire, sowie Marc Kamionkowski und Nevin K. Weinberg vom California Institute of Technology in Pasadena haben dieses neue, brutale Szenario erst 2003 entdeckt und sprechen melodramatisch vom »Big Rip«, dem »Großen Zerreißen«.

Auch dabei spielt die Dunkle Energie die Hauptrolle. Wenn in ihrer Zustandsgleichung der Wert w kleiner ist als −1, dann gibt es buchstäblich kein Halten mehr. Caldwell hat diese Form der Dunklen Energie – »ein ziemlich verrückter Stoff« – »Phantomenergie« genannt. Im Gegensatz zur Kosmologischen Konstante oder der Quintessenz, die die Ausdehnung des Universums beschleunigen – aber mit einer konstanten oder sogar abnehmenden Rate –, lässt die Phantomenergie die Expansionsrate immer weiter nach oben schnellen. »Die Ausdehnung wird so rasant, dass sie buchstäblich alles auseinander reißt«, sagt Caldwell. Denn die Energiedichte der Phantomenergie wird in endlicher Zeit unendlich und übertrifft alle anderen Naturkräfte. Nichts kann ihr Paroli bieten, alles muss explodieren – von der Galaxie bis zum Atomkern.

»Die Phantomenergie ist nichts, was die Theoretiker bislang erwartet haben. Doch bei unserem beschränkten Wissen ist es sicherlich vernünftig zu fragen, mit welchen Ergebnissen man rechnen muss«, sagt Caldwell. Und diese Frage hat er mit seinen Kollegen inzwischen auch beantwortet. Wenn beispielsweise w den Wert −1,5 hat, dann verbleiben – bei dem gegenwärtig favorisierten Wert der Hubble-Konstante von etwa 70 – noch 22 Milliarden Jahre bis zum Big Rip. Das heißt, unser Universum hätte seine Halbzeit bald erreicht. Der Fahrplan der Vernichtung sähe dann folgendermaßen aus:

Zeit vor dem Big Rip	**Ereignisse**
1 Milliarde Jahre	In 21 Milliarden Jahren: alle Galaxienhaufen werden auseinander gerissen
60 Millionen Jahre	Die Milchstraße löst sich auf, ihre Sterne zerstreuen sich in der Unendlichkeit; der Beobachtungshorizont beträgt noch immer über 200 Millionen Lichtjahre, sodass künftige Astronomen nicht nur das Ende ihrer eigenen Galaxie, sondern auch den Zerfall von benachbarten Sterneninseln studieren können
3 Monate	Planetensysteme verlieren ihren Zusammenhalt; Trabanten lösen sich von ihren Sternen
30 Minuten	Planeten explodieren; alsbald gibt es keine makroskopischen Körper mehr
10^{-19} Sekunden	Erst bersten die Moleküle, dann die Atome, die Atomkerne und schließlich sogar Protonen und Neutronen; vermutlich kommen dann neue physikalische Effekte ins Spiel – etwa die spontane Entstehung von Partikeln oder Extradimensionen sowie exotische Quantengravitationseffekte

Bei einem realistischeren w-Wert von −1,2 hat unser Universum noch eine Gnadenfrist von 53 Milliarden Jahre bis zum Big Rip. Das Ende aber ist immer gleich. »Jeder Beobachter sieht das Universum um sich herum immer schneller zusammenschrumpfen, letztlich bis zu einem Punkt«, schildert Caldwell lakonisch den Exitus. »Das sichtbare Universum erscheint kleiner und kleiner.«

Die Phantomenergie ist mit allen bisherigen kosmologischen Daten vereinbar. »Das Szenario ist eine logische Möglichkeit. Aber wenn ich eine Wette abschließen müsste, würde ich auf die Kosmologische Konstante setzen«, kommentiert Abraham Loeb vom Harvard-Smithsonian Center for Astrophysics, der ausgerechnet hat, wie die Dunkle Energie die Galaxienhaufen auf Nimmerwiedersehen voneinander trennt. »Da wir keine Ahnung haben, was die Dunkle Energie ist, lassen sich solche Szenarien nicht ausschließen«, sagt auch Martin Rees von der Cambridge University. »Aber ultralange Vorhersagen sind alle extrem spekulativ.«

Dem Big Rip könnte jedenfalls keine Lebensform entkommen – es sei denn, sie wechselt das Universum.

Schlupflöcher und Ersatzuniversen

»Ganz egal wie weit wir in die Zukunft blicken, es werden sich immer neue Dinge ereignen, es wird immer neue Informationen geben und neue Welten, die erforscht werden können«, ist Dyson überzeugt. Er will die gewaltigen Schwierigkeiten und Umwälzungen nicht herunterspielen, denkt aber lieber über Lösungsmöglichkeiten nach. »Wenn Optimismus die Philosophie von Leuten ist, die Herausforderungen begrüßen, dann gibt es viele Gründe, ein Optimist zu sein.«

Vielleicht eröffnen sich sogar ganz phantastische Auswege, einem zerfallenden Universum zu entrinnen. Möglicherweise enthält der Kosmos Schlupflöcher, durch die eine sterbende Zivilisation in andere, jüngere, lebensfreundlichere Universen reisen kann. Solche Wurmlöcher hat bislang zwar noch niemand beobachtet, doch ihre Existenz ist eine logische Möglichkeit der Allgemeinen Relativitätstheorie. Wenn es unseren Nachfahren gelänge, solche Raumzeit-Tunnel ausfindig zu machen oder gar selbst zu erzeugen und zu benutzen, könnten sie einfach auswandern.

Andrei Linde vertritt schon seit Jahren die Hypothese eines sich ewig selbst reproduzierenden Universums. Er spricht von chaotischer Inflation und denkt an Universen, die sich wie Hefezellen voneinander abnabeln und ihr Eigendasein führen – seit aller Ewigkeit und in alle Ewigkeit. Dabei werden alle möglichen Naturkonstanten und -gesetze realisiert. In diesem Multiversum – der Gesamtheit aller Universen – würde es dann wohl immer irgendwo Leben geben, selbst wenn die meisten Universen keine dafür geeigneten Voraussetzungen hätten.

Lee Smolin, der heute am Perimeter Institute im kanadischen Waterloo forscht, ist auch ein Anhänger der Multiversum-Hypothese. Er spekuliert jedoch, dass sich Universen gleichsam über Schwarze Löcher fortpflanzen und somit umso »gebärfreudiger« sind, je mehr Schwarze Löcher sie haben. Da für die Entstehung Schwarzer Löcher aber ähnliche Bedingungen herrschen, wie sie für erdähnliche Lebensformen nötig sind (Sterne, schwere Elemente, große Zeiträume und so weiter), könnte eine Art kosmischer Darwinismus dafür sorgen, dass es sehr viel mehr lebensfreundliche als totgeborene Universen gibt. Bleibt freilich auch hier das Problem, aus dem eigenen, sterbenden All in ein frisches Ersatzuniversum zu wechseln. Wurmlöcher scheinen die einzigen Auswege zu ermöglichen – wenn überhaupt. Falls nicht, so bliebe immerhin noch der Trost, die Fackel des Lebens gleichsam auf die Nachfolge-Universen weiterzureichen. Die eigene Sterblichkeit und die der »eigenen« Zivilisation wäre nicht verhindert, aber anderswo könnte es weitergehen beziehungsweise von vorne beginnen.

Schöpfung einmal anders

Galaktische Superzivilisationen könnten auch versuchen, sich gleich selbst ein neues Universum nach Maß zu basteln. Das ist eine ziemlich abenteuerliche Vorstellung – aber nicht so verwegen, als dass renommierte Physiker wie Edward Farhi und Alan Guth vom Massachusetts Institute for Technology sowie Andrei Linde nicht ernsthaft darüber nachgedacht hätten. Es ist nämlich nicht ausgeschlossen, dass man so extreme Bedingungen herstellen kann, dass dabei Tochteruniversen entstehen, die sich gleichsam aus der Raumzeit unseres Universums ausstülpen und dann wild expandieren. Würde man beispielsweise zehn Kilogramm Masse aus Partikeln mit Ruheenergien von 10^{15} Gigaelektronenvolt so weit verdichten (in Lindes »Rezept« wären sogar nur wenige Milligramm nötig), dass ein Schwarzes Miniloch entsteht, dann könnte dessen Inneres bei einem geeigneten Arrangement exponentiell zu expandieren beginnen, wie es unser eigenes Universum im Rahmen der Szenarien von der kosmischen Inflation selbst in den ersten Sekundenbruchteilen des Urknalls getan hat, vermuten Guth und Farhi. Das Schwarze Miniloch würde aufgrund seiner Hawking-Strahlung rasch verdampfen, und das Tochteruniversum hätte sich abgeschnürt. (Ob sie sich vollständig abnabeln, oder aber über Wurmlöcher oder Schwarze

Löcher mit unserem Universum in Verbindung bleiben, ist nur eine der vielen offenen Fragen.) Nebenbei: Solche Überlegungen muten nicht nur wie SF an, sondern sind auch der Stoff eines brillanten SF-Romans: »Cosm« (1998) von Gregory Benford.

Edward R. Harrison von der University of Massachusetts in Amherst hat sogar darüber spekuliert, dass unser Universum selbst das Erzeugnis einer solchen kosmischen Ingenieurskunst ist. Tatsächlich könnte intelligentes Design der Grund sein, warum unser Universum so beschaffen ist, wie es ist – mit all den Naturgesetzen und -konstanten, auf denen zumindest erdähnliches Leben unweigerlich basiert. Das würde dann erklären, warum die Naturkonstanten unseres Universums gerade so sind, dass sie erdähnliches Leben ermöglichen – das ist nämlich in Anbetracht der Fülle von anderen Denkmöglichkeiten ganz und gar nicht trivial. Wären die Naturkonstanten nur geringfügig anders, als sie tatsächlich sind, hätten solche Lebensformen niemals entstehen können, da es dann zum Beispiel keine Sterne und schweren Elemente gegeben hätte.

Die Idee einer materialistischen Welterzeugung ist freilich viel älter (die meisten Gottheiten in den alten Mythen und Legenden weltweit enthalten bereits solche Gedanken). Der schottische Philosoph David Hume hatte sie in seinen »Dialogen über natürliche Religion« (1779 posthum veröffentlicht) gegen die natürliche Theologie und deren Versuche eines teleologischen Gottesbeweises ins Feld geführt: »Viele Welten mögen während einer Ewigkeit stümperhaft zusammengestoppelt worden sein, bis das gegenwärtige System gefunden war: viele verlorene Arbeit; viele vergebliche Versuche; und während unendlicher Zeiträume ein langsamer, doch stetiger Fortschritt in der Kunst der Weltgestaltung.« Olaf Stapledons »Sternenmacher« (»Star Maker«, 1937) lässt grüßen ...

Ob die kosmischen Ingenieure noch irgendwo in unserem Universum wohnen oder aber in ihrem letzten Akt vor ihrem eigenen Untergang wenigstens anderswo einen Neubeginn ermöglichen wollten, ist eine interessante Frage. Man mag alle diese Überlegungen freilich als haltlose Phantasterei abtun und als eine technokratische Nachfolge der alten Schöpfungsmythen interpretieren. Doch rein theoretisch könnte das Szenario sogar bestätigt werden, wie Andrei Linde spekuliert hat. Denn vielleicht haben die kosmischen Ingenieure eine Botschaft in die Struktur unseres Universums »eingeprägt« und wir finden eine Möglichkeit, diese zu entziffern. Möglicherweise verraten die Temperaturschwankungen in der Kosmischen Hintergrundstrahlung oder die Zahlenwerte der Naturkonstanten etwas. Oder es verbergen sich Nachrichten in der Kreiszahl Pi, wie es der 1996 verstorbene Astronom, Wissenschaftspublizist und Science-Fiction-Autor Carl Sagan in seinem erfolgreich verfilmten Roman »Contact« (1985) beschrieben hat.

Am Ende des Universums ein neuer Anfang ist auch das Thema von Isaac Asimovs berühmter Story *Wenn die Sterne verlöschen* (*The Last Question*, 1956): Über Äonen hinweg sinnen die Lebensformen und ihre immer leistungsfähiger werdenden Rechner darüber nach, ob sich der Entropie-Tod aufhalten lässt – immer vergeblich. Erst kurz vor dem Exitus wird ein Supercomputer, der allein übrig geblieben ist, gleichsam zum Schöpfer, spricht »Es werde Licht!« und zündet einen Urknall im toten All ...

Kosmische Lotterie

Was aber, wenn künftige Zivilisationen nicht einfach in ein neues Universum umziehen können, wenn ihr eigenes sich aufzulösen beginnt? Ist das Leben dann unweigerlich dem Untergang geweiht oder kann es, wie in der Vorstellung des Zyklischen Universums, nicht wenigstens anderswo fortexistieren oder aufs Neue eine kosmische Bühne betreten? Die moderne Physik eröffnet tatsächlich solche Möglichkeiten.

In einem unendlich großen Universum ist der Wärme- oder besser gesagt Kältetod nur eine Frage der Wahrscheinlichkeit. Denn die Entropie ist eine statistische Größe: Sie nimmt zwar statistisch gesehen unweigerlich zu, doch sie kann örtlich und zeitlich begrenzt an einzelnen Stellen im Universum zufällig auch einmal abnehmen. »Wärme strömt von einem heißeren zu einem kälteren Körper, bis die Temperaturen beider Körper schließlich gleich sind. Aus den Temperaturunterschieden lässt sich dann keine Energie mehr gewinnen. Doch manchmal kehrt sich der Wärmefluss um«, erläutert Alexander Vilenkin. »Die Wahrscheinlichkeit dafür ist sehr gering, so dass wir dies praktisch nie beobachten. Aber es gibt eine endliche Wahrscheinlichkeit – egal wie klein sie ist –, dass solche Fluktuationen geschehen. Das wird auch in ferner Zukunft so sein, und Kraftwerke mancher künftigen Zivilisationen werden davon profitieren. So lange dies geschieht, werden sie nicht ohne Energie dastehen. Ich muss aber betonen, dass wir hier über wirklich astronomisch kleine Wahrscheinlichkeiten sprechen - viel kleiner als die Chancen dafür, dass ein Affe durch zufälliges Tippen auf der Schreibmaschine das Drama *Hamlet* hervorbringt.«

Diese winzige Wahrscheinlichkeit ist freilich kein Gegenargument. Denn wenn das Universum unendlich groß ist, werden solche Ereignisse zwangsläufig irgendwo ablaufen. Das ist eine der contraintuitiven und paradox anmutenden Konsequenzen der Unendlichkeit: Was im Rahmen der Naturgesetze nicht unmöglich ist, so gering die Chancen dafür auch sein möge, wird geschehen - und zwar sogar unendlich oft. In Anbetracht der Unendlichkeit ist die Winzigkeit der Wahrscheinlichkeit nämlich nicht relevant.

Die Entropie-Umkehr ist also eine Art kosmischer Lotteriegewinn, der die Lebensaussichten der Glücklichen beträchtlich erhöhen kann. Freilich werden unsere eigenen fernen Nachkommen höchstwahrscheinlich nicht zu den Glücklichen gehören - die Statistik spricht gegen sie. Aber anderswo geht es doch weiter. »Die Wahrscheinlichkeit ist endlich für jedes endliche Zeitintervall, und deshalb sollte es eine unendliche Zahl von Regionen im Universum geben, wo die Möglichkeit zur Wirklichkeit wird«, sagt Vilenkin. Eine Überlebensgarantie für alle Ewigkeit sei dies aber nicht: »Für eine unendliche Zeit wird die Wahrscheinlichkeit null, daher lässt sich hier keine Aussage mehr machen.« Das Produkt von Null mal unendlich ist mathematisch nämlich nicht definiert - und auch nicht definierbar, weil es sonst zu Widersprüchen käme.

Zudem ist es fraglich, inwiefern die reine Statistik wirklich einen Ausweg ermöglicht. »Die Wahrscheinlichkeit, dass beispielsweise ein Proton nicht zerfällt, tendiert gegen Null, wenn die Zeit seine Halbwertszeit weit übersteigt. Nur bei einer unendlichen Anzahl von Protonen würde es immer unendlich viele geben, auch wenn ihre Dichte exponentiell abnimmt, sodass die Wahrscheinlichkeit, dass im Bereich unseres sichtbaren Universums noch ein einziges existiert, immer geringer wird«, sagt Glenn Starkman. »Ähnlich muss es auch mit Zivilisationen sein. Man mag den kalten Trost verspüren, dass sie irgendwo im Universum übrig bleiben - tatsächlich sogar unendlich viele -, doch sie befinden sich weit jenseits jedes möglichen Beobachtungshorizonts.« Und selbst das wäre kein wirklicher Trost – jedenfalls nicht für Krauss und Starkman. »Wenn unsere Überlegungen richtig sind, können Zivilisationen vielleicht enorm lange überwintern – zumindest, bis ihre Wecker kaputtgehen –, aber sie können doch nur eine endliche Menge an verschiedenen Gedanken denken. Und sie können nicht beliebig viel Energie ansammeln, ohne ein Schwarzes Loch zu erschaffen. Dies deutet darauf hin, auch wenn wir es noch nicht streng bewiesen haben, dass selbst in einem unendlich großen Universum die Lebensdauer aller Zivilisationen endlich sein muss.«

Das Lotterie-Universum als Konsequenz der Unendlichkeit mutet jedenfalls schon einigermaßen bizarr an. Doch aus der Unendlichkeit des Weltraums lassen sich noch wesentlich seltsamere Schlussfolgerungen ziehen. Und Alexander Vilenkin hat das auf die Spitze getrieben.

Doppelgänger-Welten

»Dass es nie wiederkehrt, macht das Leben so süß«, schrieb die amerikanische Dichterin Emily Elizabeth Dickinson. Doch es spricht einiges für eine ewige Wiederkehr im kosmischen Maßstab. Dann gäbe es ewiges Leben – aber immer dasselbe.

Unser heutiges Universum ging aus einem heißen Meer aus Strahlung und Elementarteilchen hervor, die mit dem Urknall entstanden sind. Ungefähr 400000 Jahre danach hat sich das All aufgrund seiner Ausdehnung so weit abgekühlt, dass die Atomkerne die freien Elektronen einfangen konnten und sich Materie und Strahlung entkoppelten – das Universum wurde durchsichtig. Damals war das Weltall noch fast vollkommen gleichförmig. Das beweist die außerordentliche Homogenität der Kosmischen Hintergrundstrahlung, die seither als Relikt des Feuerballstadiums nach dem Urknall den Raum durchflutet. Im Lauf der Jahrmilliarden haben sich aus winzigen, zufälligen Verdichtungen in der fast gleichförmig verteilten Materie Sterne und Galaxien zusammengeballt. Allmählich wurden schwerere Elemente im Innern von Sternen erbrütet: Rohstoff für die Entstehung von Planeten und schließlich auch Lebensformen. So entwickelten sich im Lauf der Zeit viele unterschiedliche lokale Geschichten – durch Ursache und Wirkung miteinander zusammenhängende physikalische Abläufe. Die Geschichte unserer Erde einschließlich unserer selbst ist nur ein Beispiel von unzähligen Ereignisfolgen im Universum.

Doch wie viele solcher Geschichten sind möglich? Und wie viele davon ereignen sich wirklich? Beim Nachdenken über diese Fragen im Rahmen von Physik und Kosmologie kam Alexander Vilenkin zu einem erstaunlichen Ergebnis: Auch wenn das Universum unendlich groß ist, so ist die Anzahl der unterschiedlichen Geschichten seit dem Urknall doch endlich. Und wenn unser Universum unendlich groß ist, dann wiederholt sich jede einzelne Geschichte unendlich oft. Mehr noch: Auch alle möglichen ähnlichen Geschichten ereignen sich – und zwar ebenfalls unendlich oft. »Wenn man knapp einem Unfall entkommen ist, dann waren die Doppelgänger anderswo mit nahezu derselben Vergangenheit weniger glücklich. Und es gibt unendlich viele Regionen im Universum, in denen Al Gore der Präsident der USA ist und Elvis Presley immer noch lebt«, schreiben Vilenkin und sein ehemaliger Postdoc Jaume Garriga, der jetzt an der Universität von Barcelona forscht. Ihre Begründung ist sehr geradlinig, erfordert für den Laien aber zunächst einen Umweg.

Aufgrund der Endlichkeit der Lichtgeschwindigkeit benötigen Signale zwischen Sternen oder Galaxien viel Zeit, um die Entfernung zu überbrücken. Deshalb ist ein Blick hinaus in den Raum zugleich ein Blick zurück in die Vergangenheit: Wird beispielsweise Strahlung von einem eine Million Lichtjahre lang entfernten Objekt empfangen, dann war diese Strahlung eine Million Jahre unterwegs. Jeder beliebige Ort im Universum kann in einer endlichen Zeit daher nur von einer begrenzten Region in seiner Nachbarschaft beeinflusst werden. Diese Raumzeit-Region heißt »Lichtkegel« oder »O-Region«. Der Buchstabe O steht dabei für »observable« (beobachtbar). Alles, was außerhalb des Lichtkegels eines Beobachters liegt, kann nicht auf ihn einwirken. Beobachter, die so weit voneinander entfernt sind, dass ihre Lichtkegel sich nicht überlappen – dass also die Zeit noch nicht ausreichte, um miteinander in Wechselwirkung zu treten –, können daher nichts voneinander wissen. Mit der Zeit wächst der Lichtkegel aber, sodass ständig neue Signale in die O-Region eines Beobachters gelangen – der Horizont weitet sich gleichsam. Entfernen sich zwei Beobachter jedoch überlichtschnell voneinander –

etwa, weil der Raum zwischen ihnen sich so rasant ausdehnt –, dann ist kein Informationsaustausch mehr zwischen ihnen möglich. Die Regionen sind kausal isoliert. Ein unendliches Universum besteht aus unendlich vielen O-Regionen.

»Jede O-Region ist eine endliche Region in Raum und Zeit, vergleichbar mit dem beobachtbaren Teil des Universums«, sagt Vilenkin. »Könnten die Geschichten sich beliebig fein voneinander unterscheiden, wäre ihre Zahl in einer endlichen O-Region unendlich. Denn eine Beschreibung physikalischer Abläufe kann im Rahmen der klassischen Physik beliebig detailliert sein.« Doch die Quantenphysik, die die Vorgänge im atomaren und subatomaren Bereich beschreibt, setzt hier Grenzen. Nicht jede beliebige Genauigkeit ist gemäß dieser Gesetze möglich – weder hinsichtlich unserer Beschreibung noch für die Natur selbst. »Wenn sich zwei Geschichten zu ähnlich sind, können sie aufgrund der Heisenberg'schen Unschärferelation prinzipiell nicht unterschieden werden.« Vilenkins Folgerung: »Die Zahl der verschiedenen Geschichten in einer endlichen Region von Raum und Zeit ist endlich.«

Das hieße aber, wenn Vilenkin Recht hat: Alles, was im Rahmen der Naturgesetze bislang in unserem Universum möglich war, hätte sich auch ereignet – und zwar unendlich oft. »Es gibt eine bestimmte Zahl an möglichen Geschichten. Sie ist riesig, aber endlich. Diese Geschichten sind nicht nur menschliche Ereignisse, sondern alles, was geschehen kann bis hinab auf die atomare Ebene.« Dieser Artikel, den Sie, lieber Leser, gerade vor Augen haben, wäre dann schon unendlich oft – unabhängig voneinander – geschrieben und gedruckt worden. Es gäbe auch unendlich viele Versionen mit mehr Druckfehlern als in diesem Text. Und Sie wären nur in unserer begrenzten Region des Universums einmalig. In unendlich vielen anderen O-Regionen würden Sie jetzt vielleicht ebenfalls ungläubig den Kopf schütteln oder mit Schrecken an die unendlich vielen Steuererklärungen und Verkehrsstaus dort draußen denken.

Der nächste Doppelgänger von Ihnen, lieber Leser, wäre statistisch gesehen allerdings 10 hoch 10 hoch 29 Meter entfernt, das nächste Doppelgänger-Volumen einer Kugel mit 100 Lichtjahren Radius sogar 10 hoch 10 hoch 91 Meter und das nächste Doppelgänger-Volumen von der Größe des beobachtbaren Universums – Meter Durchmesser – 10 hoch 10 hoch 115 Meter. So hat es Max

Tegmark von der University of Pennsylvania in Philadelphia überschlagen.

»Alles, was denkbar wäre und nicht gegen die physikalischen Gesetze verstöße, würde es also wirklich geben«, kommentiert Ulrich Walter. »Diese schier unfassbare Realität würde die einfache Aussage, es gibt viele außerirdische Intelligenzen, in eine ganz andere logische Dimension heben.«

Vilenkin, der seine Hypothese als »metaphysische Übung« charakterisiert, weil sie sich nicht direkt überprüfen lässt, vergleicht die Situation mit der Kopernikanischen Wende: »Zunächst glaubten die Menschen, dass die Erde im Zentrum des Universums sei. Dann wurde immer klarer, dass unsere Stellung im Universum mehr oder weniger dieselbe ist wie die von anderen Planeten. Es ist schwer zu schlucken, dass wir nichts Besonderes sind.«

Ob die Unendlichkeit der Doppelgänger wirklich existiert, ist im Augenblick nicht beweisbar. Trotzdem lassen sich Vilenkins Überlegungen nicht einfach als windige Gedankenspielereien abtun. Wenn seine Prämissen zutreffen – die Unendlichkeit von O-Regionen mit denselben physikalischen Bedingungen wie bei uns und die Gültigkeit der Quantentheorie mit ihren grobkörnigen Geschichten –, drängt sich die Wahrheit der Schlussfolgerungen auf.

So verwundert es nicht, dass manche Kosmologen vor den Konsequenzen eines unendlichen Universums zurückzucken. Wolfgang Priester von der Universität Bonn und Hans-Joachim Blome von der Fachhochschule Aachen beispielsweise werden nicht müde zu betonen, dass die bisherigen Beobachtungsdaten nicht genau genug seien und sich auch mit einem zwar unbegrenzten, aber endlichen Kosmos vereinbaren ließen, »mit einer endlichen Anzahl von Sternen und Galaxien«. Dann gäbe es freilich zwar keine Doppelgänger-Welten – aber auch kein ewiges Leben. Doch womöglich vermag sich das Universum selbst zu erneuern?

Recycling-Universen

Nach einer spekulativen, aber von vielen Kosmologen favorisierten Hypothese hat sich das Universum für einige Sekundenbruchteile nach dem Urknall exponentiell ausgedehnt – das heißt mit vielfacher Überlichtgeschwindigkeit. Das ist kein Widerspruch zur Relativitätstheorie, da sich dabei nicht Dinge im Raum schneller als das Licht bewegten, sondern der Raum selbst es war, der überlichtschnell expandierte. Diese »Inflations-Ära« (lateinisch »inflare« = aufblähen) kam zu einem jähen Ende - etwa 10^{-32} Sekunden nach dem Urknall, als sich die einst vereinheitlichte Naturkraft in die heute getrennten vier Wechselwirkungen aufspaltete. Doch diese zwar kurze, aber heftige Expansion des Weltraums hat den Theoretikern zufolge die heute beobachtbare Gleichförmigkeit des frühen Universums erst ermöglicht. Dafür sprechen auch jüngste Vermessungen der Kosmischen Hintergrundstrahlung.

Alexander Vilenkin und Andrei Linde haben bewiesen, dass diese Inflation, wenn sie wirklich stattfand, immer nur lokal aufhört: Dort bilden sich riesige Bereiche des uns vertrauten Weltraums aus; Vilenkin nennt sie thermalisierte Regionen. Unser gesamtes beobachtbares Universum ist nur ein winziger Bereich einer einzigen - womöglich unendlich großen - thermalisierten Region. Das so genannte »falsche Vakuum« zwischen diesen Bereichen expandiert dagegen weiterhin exponentiell und kann immer neue thermalisierte Regionen hervorbringen. Vilenkin spricht von »ewiger Inflation« - und letztlich ist sie es, die das Universum hinreichend groß macht, um den Platz für unsere vielen Doppelgänger bereitzustellen. »Weil die Inflation bis in alle Ewigkeit andauert, wird sie eine unendliche Anzahl an O-Regionen wie unsere hervorbringen. Mit einer endlichen Anzahl von Geschichten in einer Region wie der unseren gibt es eine unendliche Zahl von O-Regionen, in denen diese Geschichten sich abspielen.«

Diese endlose Aufblähung mit immer neu sich herauskristallisierenden Teiluniversen übersteigt das menschliche Vorstellungsvermögen schon völlig. Doch Vilenkin fügt diesen Unermesslichkeiten noch eine weitere hinzu: In einem Universum, das sich durch die von Albert Einstein eingeführte Kosmologische Konstante beschleunigt ausdehnt, gibt es eine gewisse Wahrscheinlichkeit dafür, dass sich aufgrund eines Quantentunneleffekts aus der Raumzeit Blasen ausstülpen und abnabeln. »Jede dieser exponentiell expandierenden Blasen entwickelt sich zu einem Universum mit seiner eigenen ewigen Inflation. Es bildet unendlich viele thermalisierte Regionen aus, mit unendlich vielen Galaxien«, sagt Vilenkin. »Auch aus diesen Regionen können sich neue inflationäre Blasen abspalten, aus diesen wieder welche und so weiter.« Wie Hefezellen sprießen die Universen aus diesem seltsamen kosmischen Teig. Vilenkin hat für die Ganzheit dieser endlosen Reproduktionskette den Begriff »Recycling-Universum« geprägt.

Die Idee des Recycling-Universums hat den Kosmologen und drei seiner Kollegen auf eine abenteuerliche Idee gebracht: Ob man nicht Botschaften an künftige Zivilisationen in anderen thermalisierten Regionen in den neuen kosmischen Blasen senden könnte.

Zwischen den thermalisierten Regionen innerhalb eines Universums ist dies unmöglich, weil die Inflation des falschen Vakuums dazwischen jeder Botschaft gleichsam davonläuft. Außerdem kann nichts die Raumzeit-Grenzen einer thermalisierten Region erreichen oder gar überwinden, da diese gewissermaßen den Urknall und das Ende der Inflation dieser thermalisierten Region darstellen.

Doch die Teiluniversen, die sich in der Zukunft einer thermalisierten Region befinden, sind theoretisch erreichbar. »Hinreichend stabile Container vorausgesetzt, könnten wir diesen jungen Universen Botschaften schicken, wenn diese zufällig in eine sich neu bildende Blase geraten«, haben Vilenkin und seine Mitarbeiter überlegt. »Die Adressaten könnten es später genauso machen, und so würde sich ein immer weiter verzweigendes kosmisches Informationsnetzwerk herausbilden. Damit wären unsere Erkenntnisse mit dem Sterben unseres Universums nicht für immer verloren.«

Mit Überschlagsrechnungen haben sich die phantasievollen Kosmologen diese Hoffnung jedoch selbst zunichte gemacht. Die Abschätzungen zeigen, dass die Aussichten für eine solche transkosmische Einbahnstraßen-Kommunikation nicht gerade vielversprechend sind. Denn die Quantentunneleffekte gebären nicht nur neue Blasen, sondern auch Schwarze Löcher – und zwar unermesslich viel mehr als Blasen. Vilenkin: »Die Botschaften werden deshalb praktisch sicher von Schwarzen Löchern verschluckt.« Um überhaupt eine Chance zu haben, müsste man weitaus mehr Container abschicken, als es Atome im beobachtbaren Weltraum gibt.

Freilich: Wenn sich die Geschichten im Universum wiederholen, wäre eine kosmische Flaschenpost ohnehin unnötig. »Wenn es die

Naturgesetze nicht verbieten, werden in einer O-Region alle möglichen Botschaften ankommen oder zufällig entstehen – freilich auch jeder mögliche Unsinn«, sinniert Vilenkin.

Das ist aber nur die eine Konsequenz. Die andere ist viel weitreichender: »Wenn das Szenario vom Recycling-Universum korrekt ist, gibt es tatsächlich ewiges Leben – in dem Sinn, dass Leben niemals überall endet.«

Daraus folgt weder die individuelle Unsterblichkeit noch eine lebensfreundliche Fortdauer unserer O-Region. Aber womöglich wird es immer irgendwo und irgendwann Doppelgänger von uns geben – exakte Duplikate, die über den vorliegenden Artikel nachdenken. Und all die Dramen des Lebens werden niemals zu Ende kommen. Das ist dieselbe Konsequenz wie im Zyklischen Universum von Paul Steinhardt und Neil Turok, das doch auf ganz anderen physikalischen Grundlagen beruht.

»Und diese langsame Spinne, die im Mondlicht kriecht, und dieser Mondschein selber, und ich und du im Torwege, zusammen flüsternd, von ewigen Dingen flüsternd – müssen wir nicht alle schon dagewesen sein? – und wiederkommen und in jener anderen Gasse laufen, hinaus, vor uns, in dieser langen schaurigen Gasse – müssen wir nicht ewig wiederkommen?«, hat Nietzsche schon 1883 fröstelnd gefragt.

So scheint es also, als könnte es – mit Ausnahme der Wurmloch-Technologie und der ewig weiterlaufenden Erzeugung und/oder Besiedlung von neuen Universen – langfristig zwar keine Kontinuität des Lebens und der Kommunikation zwischen verschiedenen Zivilisationen geben. Aber andererseits wäre das Leben nur lokal zum Tode verurteilt, global jedoch nicht totzukriegen.

Angesichts dieser seltsamen, aber auch kühnen kosmischen Aussichten, der Überfülle von Welten und endlosen Wiederholungen stellt sich leicht ein Gefühl des Schwindels und der Absurdität ein. Selbst Alexander Vilenkin ist davon nicht frei. »Ich muss zugeben, dass mich die ganze Sache ziemlich deprimiert. All die furchtbaren Dinge, die man sich vorstellen kann, müssen irgendwo in anderen Regionen des Universums tatsächlich stattfinden.« Und nicht nur das. »Egal, was wir auch versuchen – wir können nichts Neues erschaffen. Ich würde das Leben unserer Zivilisation gerne als einzigartigen und kreativen Prozess begreifen, sodass das, was wir tun, wirklich eine Rolle spielt. Das passt nicht gut zu dem Bild, dass alle möglichen Geschichten ablaufen und dass unsere eigene Geschichte sich unendlich oft wiederholt. – Doch es ist dumm«, tröstet sich Vilenkin angesichts seiner irritierenden Überlegungen, »sich über das Universum aufzuregen.«

Epilog

Ich gehe langsam aus der Zeit heraus,
in eine Zukunft jenseits aller Sterne,
und was ich war und bin und immer bleiben werde,
geht mit mir ohne Ungeduld und Eile,
als wär ich nie gewesen oder kaum.

Hans Sahl, deutscher Dichter

Zigeuner am Rande des Universums

»Das Universum ist ein großer Ort, vielleicht der größte«, scherzte der amerikanische SF-Autor Kurt Vonnegut. Die moderne Kosmologie hat gezeigt, dass diese Ansicht womöglich provinziell und antiquiert ist, und dass die Wissenschaft die Science Fiction zuweilen überholt. Diese enorme räumliche Horizonterweiterung hat Konsequenzen nicht nur für unser Welt-, sondern auch für unser Selbstverständnis. Und dasselbe gilt für die zeitliche Dimension mit dem Ausblick auf eine unaufhaltsame Vergänglichkeit oder einen sinnlosen, unentrinnbaren Kreislauf des Immergleichen – und somit in beiden Fällen in eine trostlose Nichtigkeit.

»Es wäre herrlich, würde man in den Naturgesetzen einen von einem besorgten Schöpfer entworfenen Plan entdecken, einen Plan, in dem den Menschen eine Sonderrolle zukommt. Der Zweifel, dass wir einen solchen Plan nicht finden werden, stimmt traurig«, meint der Kosmologe und Physik-Nobelpreisträger Steven Weinberg. »Für mich steht außer Zweifel, dass die Wissenschaft niemals die Tröstungen wird offerieren können, welche die Religion angesichts des Todes zu bieten hat.« Und: »Ich sehe keinen wissenschaftlichen oder logischen Grund, der uns hindern könnte, durch

Änderung unserer Glaubensüberzeugungen Trost zu suchen – nur einen moralischen Grund: die Ehre.«

Dass die Welt für den Menschen da sei, war in Antike und Neuzeit ein weit verbreiteter Gedanke (etwa bei Aristoteles, Cicero, Laktanz, Origines, Francesco Petrarca und Giovanni Pico della Mirandola, um nur einige zu nennen). »Denn Zweck der Welt und jeglichen Geschöpfs ist der Mensch«, davon war auch Johannes Kepler überzeugt. Und selbst der Kopernikaner Galileo Galilei glaubte, »dass ein ungeheurer sternenleerer Raum zwischen den Planetenbahnen unnütz und zwecklos sei und müßig, dass es überflüssig sei, eine unermessliche, alle Fassungsgabe übersteigende Größe den Fixsternen als Behausung zuzuweisen.« Und weiter: »Nicht aber dürfen wir zugeben, dass irgend etwas umsonst geschaffen und müßig im Weltall sei.«

Der aus Frankreich nach Holland geflohene Philosoph René Descartes dagegen mahnte, wir hätten »uns davor zu hüten, dass wir uns nicht selbst überschätzen«. Dies sei der Fall, »wenn wir annehmen, alle Dinge sind bloß unseretwegen ... geschaffen.« Der französische Essayist Michel de Montaigne dachte ähnlich: »Wer hat ihm [dem Menschen] in den Kopf gesetzt, dass dieser bewundernswürdige Reigen des Himmelsgewölbes ... zu seiner Annehmlichkeit und zu seinen Diensten geschaffen und so viele Jahrhunderte in Gang gehalten wurde? Lässt sich etwas Lächerlicheres ausdenken, als wenn dieses elende und erbärmliche Geschöpf ... sich für den Meister des Alls ausgibt, von dem auch nur den geringsten Teil zu überschauen, geschweige denn zu beherrschen, nicht in seiner Macht steht?« Und der englische Dichter Alexander Pope brachte es auf den Punkt: »Frag, wozu scheinen Himmelssterne hier? Wem dient die Erde? Hochmut sagt: Nur mir.«

Nachdem rationale Menschen die kosmische Vertreibung zu akzeptieren lernten, wurde die Hoffnung auf eine Sonderstellung des Menschen trotzdem nicht aufgegeben, sondern woanders gesucht – im Geist des Menschen. Keiner hat dies klarer formuliert als Blaise Pascal, nachdem er zuvor die raumzeitliche Nichtigkeit des Menschen diagnostizieren musste. »Das Denken macht die Größe des Menschen. ... Die ganze Würde des Menschen liegt im Denken«, schrieb Pascal und formulierte sein berühmtes Schilfrohr-Gleichnis: »Nur ein Schilfrohr, das zerbrechlichste in der Welt, ist der Mensch, aber ein Schilfrohr, das denkt. Nicht ist es nötig, dass sich das All wappne, um ihn zu vernichten: ein Windhauch, ein Wassertropfen reichen hin, um ihn zu töten. Aber, wenn das All ihn vernichten würde, so wäre der Mensch doch edler als das, was ihn zerstört, denn er weiß, dass er stirbt, und er kennt die Übermacht des Weltalls über ihn; das Weltall aber weiß nichts davon. ... Nicht im Raum habe ich meine Würde zu suchen, sondern in der Ordnung meines Denkens ... Durch den Raum erfasst mich das Weltall und verschlingt mich wie einen Punkt, durch das Denken erfasse ich es.«

Die im Denken, Selbstbewusstsein, in der Vernunft oder gar als unsterblich erhofften Seele begründete angebliche Sonderstellung des Menschen hat sich bis in die Gegenwart gehalten und war beispielsweise auch dem Philosophen Max Scheler in seiner berühmten Schrift »Die Stellung des Menschen im Kosmos« (1928) das Gütesiegel unserer Existenz – obwohl er ganz richtig diagnostizierte, »dass zu keiner Zeit in der Geschichte der Mensch sich so *problematisch* geworden ist wie in der Gegenwart«.

Die Zersplitterung von Welt und Subjekt hat ein Ausmaß erreicht, wie es nie zuvor der Fall war. Denn früher herrschten in aller Regel überschaubarere und konstantere Lebensbedingungen, was Umfeld und eigene Stellung betrifft. Ferner verstand man sich eingebunden in eine göttliche Ordnung; wenigstens von diesem Gesichtspunkt aus blieb die Welt sinnvoll und das Absurde unbekannt. Industrialisierung, Technisierung, Kollektivierung, Normierungen und die geistesgeschichtlichen Umwälzungen änderten dies radikal, die evolutionsbiologische und neurowissenschaftliche Uminterpretierung des klassischen Menschenbildes kam hinzu, und der Skeptizismus erschütterte die metaphysischen Himmelsgedankenpaläste. Gott starb, wie Nietzsche schrieb, und man begann den leeren Himmel über sich zu erahnen, was später seinen Ausdruck in der Metapher vom Menschen als »Zigeuner am Rande des Universums« fand (was selbstverständlich nicht als Kosmogeographie zu lesen ist, denn so wenig das Universum einen Mittelpunkt hat, so wenig gibt es einen Rand). So formulierte es der Physiologie-Nobelpreisträger Jaques Monod in seinem Buch »Zufall und Notwendigkeit« (1970), wo auch die »totale Verlassenheit« und »radikale Fremdheit« des Menschen konstatiert wird. »Der Alte Bund ist zerbrochen; der Mensch weiß endlich, dass er in der teilnahmslosen Unermesslichkeit des Universums allein ist, aus dem er zufällig hervortrat. Nicht nur sein Los, auch seine Pflicht steht nirgendwo geschrieben.« Nicht von ungefähr stellte Monod seinem Buch einen Auszug des »Mythos von Sisyphos« von Albert Camus voran.

»Unendlichkeit, Gleichgültigkeit und Schweigsamkeit der kosmischen Weiten rufen zusammen einen ›horror vacui‹ hervor und lassen das beklemmende Gefühl der Weltangst entstehen«, schreibt der Philosoph Franz Josef Wetz in seinem Buch »Die Kunst der Resignation« (2000). »Das Gefühl der Weltangst und die Erfahrung der Weltvergeblichkeit gehen demnach von einer gegensätzlichen Einschätzung des Menschen aus: dort erfährt er sich als kosmische Nichtigkeit, hier versteift er sich auf seine kosmische Wichtigkeit, eine Mittelpunktstellung, und erfährt gerade deshalb den unermesslichen Weltraum als unwichtig, überflüssig, vergeblich.«

Die Astronomie und Kosmologie mag zu diesem für viele betrüblichen Weltbild beigetragen haben, auch wenn eine Bescheidenheit aus Bescheidwissen dem Menschen vielleicht gar nicht so schlecht bekäme. »Die Vorstellung, dass wir ein besonderes Verhältnis zum Universum haben, dass unser Dasein nicht bloß eine Farce ist, die sich aus einer mit den ersten drei Minuten beginnenden Kette von Zufällen ergab, sondern dass wir irgendwie von Anfang an vorgesehen waren – dieser Vorstellung vermögen wir Menschen uns kaum zu entziehen«, schrieb Steven Weinberg am Ende seines berühmten Buchs »Die ersten drei Minuten«. »Je begreiflicher uns das Universum wird, umso sinnloser erscheint es auch.« Damit lässt es Weinberg aber nicht bewenden. Und in gewisser Weise kehrt Pascals Schilfrohr-Gleichnis wieder, wenn auch auf einer bescheideneren und gerade deshalb tragfähigeren Basis. Weinberg: »Doch wenn die Früchte unserer Forschung uns keinen Trost spenden, finden wir zumindest eine gewisse Ermutigung in der Forschung selbst. Die Menschen sind nicht bereit, sich von Erzählungen über Götter und Riesen trösten zu lassen, und sie sind nicht bereit, ihren Gedanken dort, wo sie über die Dinge des täglichen Lebens hinausgehen, eine Grenze zu ziehen. Damit nicht zufrieden, bauen sie Teleskope, Satelliten und Beschleuniger, verbringen sie endlose Stunden am Schreibtisch, um die Bedeutung der von ihnen gewonnenen Daten zu entschlüsseln. Das Bestreben, das Universum zu verstehen, hebt das menschliche Leben ein wenig über eine Farce hinaus und verleiht ihm einen Hauch von tragischer Würde.«

WEITERFÜHRENDE LITERATUR

Adams, F.C., Laughlin, G.: *A Dying Universe*. Reviews of Modern Physics 69 (1997), 337–372.

Adams, F.C., Laughlin, G.: »Die Fünf Zeitalter des Universums«. Stuttgart 2000.

Cirkovic, M.M.: *A Resource Letter on Physical Eschatology*. American Journal of Physics 71 (2003), 122–133.

Davies, P.: »Die letzten drei Minuten«. München 1998.

Dyson, F.J.: *Time Without End*. Reviews of Modern Physics 51 (1979), 447–460.

Dyson, F.J.: *Infinite in All Directions*. London u.a. 1990.

Freese, K., Kinney, W.H.: *The Ultimate Fate of Life in an Accelerating Universe*. Physics Letters B558 (2003), 1–8.

Goldsmith, D.: »The Runaway Universe«. Cambridge 2000.

Islam, J.N.: The Ultimate Fate of the Universe. Cambridge 1983.

Kirshner, R.P.: *Throwing Light on Dark Energy*. Science 300 (2003), 1914–1918.

Krauss, L.M., Starkman, G.D.: *Life, The Universe, and Nothing*. Astrophysical Journal 531 (2000), 22–30.

Leslie J.: »The End of the World«. New York 1998.

Loeb, A.: *The Long-Term Future of Extragalactic Astronomy*. Physical Review D65 (2002), 047301.

Muir, H.: *Hell on Earth*. New Scientist 2424 (2003), 36–39.

Ostriker, J.P., Steinhardt, P.J.: *Die Quintessenz des Universums*. Spektrum der Wissenschaft 3 (2001), 32–39.

Overduin, J., Priester, W.: *Problems of Modern Cosmology: How Dominant Is the Vacuum?* Naturwissenschaften 88 (2001), 229–248.

Perlmutter, S.: *Supernovae, Dark Energy, and the Accelerating Universe*. Physics Today 4 (2003), 53–60.

Prantzos, N.: »Our Cosmic Future«. Cambridge 2000.

Schroeder, K.-P., Smith, R.C., Apps, K.: *Solar Evolution and the Distant Future of Earth*. Astronomy and Geophysics 6 (2001), 26–29.

Tipler, F.J.: »Die Physik der Unsterblichkeit«. München 1995.

Vaas, R.: *Neue Wege in der Kosmologie*. Naturwissenschaftliche Rundschau 47 (1994), 43–58.

Vaas, R.: »Der Tod kam aus dem All«. Stuttgart 1995.

Vaas, R.: *Bis in alle Ewigkeit*. bild der wissenschaft 6 (1999), 56–71.

Vaas, R.: *Kosmische Ingenieurskunst*. bild der wissenschaft 6 (2001), 64–65.

Vaas, R.: *Die mysteriöse Dunkle Energie*. bild der wissenschaft 7 (2001), 48–54.

Vaas, R.: *Ewiges Leben im Universum?* bild der wissenschaft 9 (2001), 62–67.

Vaas, R.: *Finstere Zukunft*. bild der wissenschaft 4 (2002), 43–46.

Vaas, R.: *Wenn die Zeit rückwärts läuft*. bild der wissenschaft 12 (2002), 46–54.

Vaas, R.: *Phantom-Energie zerreißt das Weltall*. bild der wissenschaft 8 (2003), 52–57.

Vaas, R./Walter, U.: *Wenn die Sonne die Erde frißt*. bild der wissenschaft 11 (2000), 38–57.

Zeh, H.D.: »The Physical Basis of The Direction of Time«. Berlin, Heidelberg, New York 2001.

Kosmos im Kopf – Köpfe im Kosmos

Herausragende Wissenschaftsbücher des Jahres 2003

von Rüdiger Vaas

Von den vielen Welten, die der Mensch nicht von der Natur geschenkt bekam, sondern sich aus dem eigenen Geist erschaffen hat, ist die Welt der Bücher die größte.

Hermann Hesse

»Das Paradies habe ich mir immer als eine Art Bibliothek vorgestellt«, bekannte Jorge Louis Borges. Und: »Ohne Bücher verfaulen die Freuden«, hat Elias Canetti zugestimmt. Zumindest quantitativ ist unsere Gegenwart in dieser Hinsicht so paradiesisch wie nie. Doch auch qualitativ braucht sich der Buchmarkt im Hinblick auf populärwissenschaftliche Neuerscheinungen nicht zu schämen. Die besten herauszufischen, ist für einen einzelnen Rezensenten kaum möglich – zu begrenzt ist die Zeit, zu subjektiv das Urteil, zu eingeschränkt der geistige Horizont. Doch eine Auswahl sehr guter Bücher vorzustellen, ist angesichts des exzellenten Angebots nicht allzu schwierig. Schwerpunkt sollen im Folgenden die Extreme der Natur und auch ihre philosophischen Deutungen sein, die auch für

Science Fiction-Freunde besonders interessant sind: Das Allergrößte (das Universum als Ganzes mit seinen vielfältigen Phänomenen), das Allerkleinste (die bizarre Welt der Quanten und Elementarteilchen) und das Allerkomplexeste (der Mensch mit seinem Gehirn und Denken). Kurz: Makro-, Mikro- und Mesokosmos. Als Motto mag dabei Francis Bacons Bonmot gelten: »Bücher müssen den Wissenschaften folgen, und nicht die Wissenschaften den Büchern.«

Was sich zur Zeit alles **An den Fronten der Forschung** abspielt, versucht ein Sammelband mit dem gleich lautenden Titel widerzuspiegeln. Darin berichten renommierte Wissenschaftler vieler verschiedener Teilgebiete in allgemeinverständlicher Weise über aktuelle wissenschaftliche Erkenntnisse und auch Fragestellungen des Themenspektrums »Kosmos – Erde – Leben«. Der reichlich illustrierte Band bietet eine kurzweilige Übersicht über viele Brennpunkte der Grundlagen- und anwendungsorientierten Forschung. Zum Beispiel: Nanotechnologie, Stammzellen, Antibiotika, Archäbakterien, anorganische Werkstoffe, die Biosphäre, Ozeanböden, Meteoriten und deren Bedrohung, Planeten bei anderen Sternen und die ferne Zukunft des Universums.

»Wir schauen einander an, der Himmel und ich, ohne uns satt zu sehen«, schrieb der chinesische Dichter Li Po im 8. Jahrhundert. Durch die hochgezüchtete Technik hat die Himmelsbeobachtung zwar etwas von ihrer ursprünglichen Romantik verloren, doch neben umwälzenden Erkenntnissen ist der Lohn auch ein ästhetischer: Die modernen Teleskope zeigen den nahen und fernen Kosmos in ungeahnter Schönheit.

Von der Erde bis zu den fernsten Galaxien stellt Leopold Benacchio, Astronom am Observatorium von Padua, das Universum vor. **Der Himmelsatlas** lautet der schlichte Titel seines Buches - etwas mißverständlich, denn nicht Sternkarten gibt es hier, sondern große, eindrucksvolle Fotos von Planeten und Monden, Nebeln in der Milchstraße und anderen Galaxien. Die Texte sind im Grund nur Kurzeinführungen und Bilderklärungen. Die Besonderheit des ohnehin schon großformatigen Buchs: Jede Doppelseite ist seitlich oder nach oben ausklappbar und verdoppelt so den Augenschmaus.

Detailreicher beschreibt **Das geheimnisvolle Universum** der Hamburger Wissenschaftsjournalist Dirk H. Lorenzen. Auch dies ist ein großformatiger Prachtband, den man vorzugsweise am Tisch anschauen und lesen wird. Im Zentrum steht dabei die Europäische Südsternwarte ESO, die in Chile mit die zur Zeit leistungsfähigsten Teleskope der Welt betreibt. Lorenzen hat sie besucht und anläßlich des 40-jährigen Jubliäums der ESO dieses Buch geschrieben. Dabei handelt es sich freilich nicht um eine parteiische Lobeshymne mit Tunnelblick, sondern eine Darstellung der astronomischen Durchbrüche in den letzten Jahrzehnten, wobei auch andere Observatorien gewürdigt werden. Neben den wissenschaftlichen Erkenntnissen - unter anderem Meteoriten, extrasolare Planeten, Sternexplosionen und Urgalaxien - kommt auch die moderne Teleskoptechnik nicht zu kurz. Denn erst mit hochgezüchteten Detektoren, aktiv korrigierbaren Spiegeln, zusammengeschalteten Teleskopen und raffinierten Methoden zur Eliminierung des Luftflimmerns wurde es möglich, extrem lichtschwache Objekte am Himmel zu studieren und fast bis an die Grenze des beobachtbaren Universums vorzustoßen. Und die erfreulichste Nachricht: Wenn nicht engstirnige Politiker die Gelder streichen, wird der astronomische Fortschritt weitergehen. Ingenieure arbeiten bereits an der Konzeption von 30- und sogar 100-Meter-Spiegelteleskopen, die tausendfach empfindlicher wären als das Hubble-Weltraumteleskop.

Von den Sternen zu den Galaxien entführt auch der von Volker Kasten herausgegebene Sammelband. Der Mathematiker von der Universität Hannover und langjährige Hobbyastronom hat zwanzig leicht verständliche Einführungsartikel aus der renommierten Astronomie-Zeitschrift »Sterne und Weltraum« zusammengestellt, die speziell für Einsteiger verfasst sind und für diesen Band überarbeitet und aktualisiert wurden. Vorgestellt werden Sterne und Sternbilder, die Milchstraße und andere Galaxien sowie die Kosmologie: die

Wissenschaft von der Entstehung und Entwicklung des Universums. Neben zahlreichen Farbfotos enthält das Buch auch viele didaktisch vorzügliche Grafiken und Illustrationen.

Eine kompakte Einführung in die Kosmologie gibt Sir Martin Rees mit seinem Buch **Das Rätsel unseres Universums** – eine schwache Entsprechung des englischen Originaltitels »Our Cosmic Habitat«. Rees, Astronomie-Professor an der Cambridge University und Königlich-Britischer Hofastronom, ist ein versierter Verfasser populärwissenschaftlicher Bücher. Er beschreibt im ersten Teil die kosmische Geschichte vom Urknall zur Biosphäre, im zweiten Anfang und Ende des Universums (soweit sich das schon extrapolieren lässt) und im dritten, spannendsten, stellt er Überlegungen an zur Nichtkonstanz der Naturkonstanten, zur immer noch gesuchten fundamentalen Theorie der Physik und zur Existenz anderer, vielleicht ganz fremdartiger Universen. Rees hält diese Möglichkeit keineswegs für Phantasterei, sondern meint damit sogar ansonsten unerklärliche Eigenschaften unseres eigenen Universums begreiflich(er) machen zu können.

Hintergrund ist die Frage, warum die physikalischen Konstanten den Wert haben, den sie tatsächlich haben. Wären sie - oft schon geringfügig - anders, würde erdähnliches Leben freilich nicht existieren können. Wenn es viele Universen gibt, brauchen wir uns also nicht zu wundern, in einem lebensfreundlichen das Licht der Welt erblickt zu haben. Dieses ist nur ein Thema, über das John D. Barrow in seinem neuesten Buch **Das 1 x 1 des Universums** (das englische Original lautet treffender: »The Constants of Nature«) berichtet. Bei seinem originellen Spaziergang durch ein Gebiet voller grundlegender Tatsachen und auch Fragen wird der Leser gleichsam zum Rückgrat des Universums geführt: den Naturkonstanten. Der Physik-

Professor an der Harvard University in Cambridge durchstreift das All dabei buchstäblich von Alpha bis Omega – nicht nur von Anfang bis Ende, sondern auch von der Feinstrukturkonstante Alpha bis zur kosmischen Materie- und Energiedichte Omega.

Und noch ein zweites Buch von Martin Rees ist letztes Jahr auf deutsch erschienen. Es trägt den – korrekt wiedergegebenen – apokalyptischen Titel **Unsere letzte Stunde**. Und düster ist es auch, denn Rees schildert darin, »Warum die moderne Naturwissenschaft das Überleben der Menschheit bedroht«. Der Missbrauch der Erkenntnisse von Atom-, Bio-, Cyber- und Nanotechnologie sowie die immer wahrscheinlicher werdende, wenn auch mehr und mehr verdrängte ökologische Katastrophe machen erstmals in der Geschichte der Menschheit einen globalen oder doch weitgehenden Exitus aus eigener Hand möglich. Doch Rees ist kein notorischer Schwarzmaler. Und er denkt in diesem Buch auch über philosophische Aspekte, die Stellung des Menschen im All und die Zukunft der Wissenschaft nach und beschreibt, warum Wissenschaft und Technik andererseits nötig sind, um das langfristige Bestehen der Menschheit zu sichern – allein schon deshalb, weil wir sonst ohnmächtig und schutzlos den zwar seltenen, aber irgendwann buchstäblich eintreffenden katastrophalen Meteoriten-Einschlägen ausgesetzt wären.

»We are stardust ... we are billion year old carbon«, sang die Woodstock-Generation mit Joni Mitchell und Crosby, Stills, Nash & Young. Und das ist auch ganz richtig, denn alles Leben auf der Erde verdankt seine Existenz längst erloschenen Sternen. Im Urknall sind nur Wasserstoff und Helium entstanden, alle die schweren Elemente wie Kohlenstoff, Stickstoff, Sauerstoff und Phosphor – essentielle Bausteine des Lebens - wurden hingegen durch Kernfusionsprozesse im Inneren von Sternen erbrütet. Diese kosmischen Voraussetzungen für uns **Geschöpfe aus Sternenstaub** erklärt der Astronom und Wissenschaftsjournalist John Gribbin spannend und leicht verständlich. Er beschreibt, wie Sterne entstehen und vergehen und wie sich im kosmischen Kreislauf der Materie auch das Leben gebildet hat - auf der Erde und vermutlich auch anderswo.

Die Frage nach der Existenz außerirdischer Intelligenzen interessiert nicht nur Science-Fiction-Leser, Philosophen und Biologen - aber diese Gruppen ganz besonders. Kurz vor seinem Tod letztes Jahr hat der Radioastronom Sebastian von Hoerner noch sein Buch **Sind wir allein?** vollendet. Darin berichtet er aus erster Hand von den Anfängen und Fortsetzungen der Suche nach E.T. - mit Radioteleskopen und inzwischen auch anderen Methoden -, diskutiert die Chancen und philosophischen Konsequenzen eines Erstkontakts. Persönliche Kontakte hält er für extrem unwahrscheinlich, einen langwierigen interstellaren Austausch von Botschaften jedoch nicht. Auch glaubt er nicht, dass »die anderen« uns feindlich gesonnen wären. »Ich stelle mir vor, dass bei den Entwicklungen im Weltall die Technik als Filter wirkt. Als ein Filter, der nur solche Kulturen in eine weitere Zukunft hindurchlässt, die neben der technischen Intelligenz auch ein gleiches Maß an Vernunft und Weisheit entwickelt haben.«

Ausführlicher und im Fazit skeptischer haben sich Harald Lesch und Jörn Müller mit demselben Thema auseinandergesetzt. **Big Bang zweiter Akt** nennen sie die Entstehung des Lebens und beschreiben sowohl die astronomisch-physikalischen als auch die biologisch-chemischen Grundlagen und Hintergründe. Das Buch ist didaktisch sehr eingängig geschrieben - dafür bürgt ja schon der Name Lesch. Denn der Professor für Theoretische Astrophysik der Universität München ist durch seine wöchentliche 15-Minuten-One-Man-Show »Alpha Centauri« im Bayerischen Fernsehen weithin bekannt. Mit seinem Institutskollegen hatte er 2001 schon das Buch »Kosmologie für Fußgänger« veröffentlicht. In ihrem neuen Buch geben die beiden Autoren eine leicht verständliche Einführung in die Entstehung und Selbstorganisation der Materie: Elementsynthese im frühen Universum und in den Sternen, chemische Evolution, Planetenentstehung und außerirdische Intelligenz - kurz: vom Urknall zur Urzelle.

Bei der Frage nach außerirdischem Leben – schon die Entdeckung winziger Mikroben wäre eine Sensation – kommt einem zuerst der Rote Planet in den Sinn. Während diese Zeilen geschrieben wurden, kurven die beiden Marsmobile Spirit und Opportunity auf entgegengesetzten Seiten unseres Nachbarplaneten herum und analysieren Boden und Gestein. Zugleich kreisen drei Sonden um den Roten Planeten – Mars Global Surveyor, Mars Odyssey sowie Mars Express – und vermessen ihn teilweise genauer als wir unseren eigenen Heimatplaneten kennen. Nie zuvor gab es eine solche konzertierte Forschungaktion im Sonnensystem. Astronomen sind im **Marsfieber**. Wer sich noch nicht anstecken ließ, sollte das gleichnamige, mit hervorragendem Bildmaterial ausgestattete Buch von Rainer Eisfeld und Wolfgang Jeschke lesen. Die beiden Autoren – Wissenschaftspublizist und Professor für Politikwissenschaft an der Universität Osnabrück der eine, langjähriger Science-Fiction-Lektor und -Autor der andere – erzählen aber nicht nur die durch viele Rückschläge gezeichnete Geschichte der Marsforschung mit irdischen Teleskopen und Raumsonden vor Ort, sondern auch die kulturhistorischen Aspekte: Von den Marskanälen und kleinen grünen Männchen bis hin zum vielschichtigen Repertoire von Science-Fiction-Romanen und -Filmen und den Plänen für eine bemannte Mars-Mission (einschließlich der Trockenübungen der Mars Society) und den Terraforming-Träumen.

Näher als Mars ist uns Luna: »Großartige Einöde« hat Edwin »Buzz« Aldrin, der zweite Mensch auf dem Mond, den Erdtrabanten genannt. **Den Mond beobachten** heißt, auch selbst etwas von diesem erhabenen Gefühl zu spüren. Der britische Hobbyastronom Gerald North tut das seit über drei Jahrzehnten und gibt die ideale Einstiegshilfe für den Anfänger und viele Tipps für Fortgeschrittene. Aber er erklärt nicht nur ausführlich die Beobachtungstechniken mit Fernglas, Teleskop, Zeichenstift, Foto und elektronischer Kamera. Er schildert auch die Geschichte der Mondbeobachtung und -erforschung und stellt auf über 150 Seiten in Worten, Fotos, Karten und Zeichnungen die faszinierendsten Krater, Berge und Mondtäler vor. So ist das Buch auch ein gewisser Ersatz für Teleskop-Muffel oder wolkenverhangene Nächte – wenn man sich schon nicht selbst auf den Mond schießen lassen kann.

Wie die Teufel den Mond schwärzten und seine angeblich einst makellose Oberfläche mit dunklen Flecken überzogen und welche unheilvollen Pläne sie hatten, um die irdischen Nächte in vollständige Finsternis zu versetzen, das und vieles mehr lässt sich in dem vergnüglichen Buch nachlesen, das der Historiker und Bibliothekar Jürgen Blunck zusammengestellt hat: Eine kurzweilige Sammlung und Erläuterung von über hundert Mythen, Sagen und Legenden über den Erdtrabanten aus allen Teilen der Welt.

Wer sein **Astrowissen** lieber ohne Mythen und systematisch erwerben – oder reaktivieren – möchte, ist mit Hans-Ulrich Kellers Kompendium von Zahlen, Daten und Fakten bestens beraten. Das bewährte Buch liegt inzwischen in der dritten, aktualisierten Auflage vor und fasst prägnant viel Wissenswertes zusammen – vom Linsenfernrohr bis zur fernsten Zukunft des Universums. Vorzügliche Grafiken, informative Tabellen, zahlreiche Schwarz-Weiß-Fotos und vor allem der präzise Text machen das Buch zum idealen astronomischen Nachschlagewerk für jeden.

Alljährlich publiziert Keller, Direktor des renommierten

Carl-Zeiss-Planetariums in Stuttgart, auch das **Himmelsjahr**. Es ist nicht zufällig das auflagenstärkste astronomische Jahrbuch für »Sonne, Mond und Sterne im Jahreslauf«. Denn nicht nur Profi- und Hobby-Astronomen, sondern auch die interessierten Laien haben davon großen Gewinn. Für jeden Monat wird der entsprechende Sternenhimmel in Wort und Bild vorgestellt, mit allen wichtigen astronomischen Ereignissen. Der Höhepunkt im Jahr 2004: Der Venus-Durchgang am 8. Juni vor der Sonnenscheibe. Außerdem vertieft Keller im »Monatsthema« ein aktuelles Teilgebiet der Astronomie – im Band für 2004 zum Beispiel Quark-Sterne, Zeitreisen, Meteoriteneinschläge und die Ankunft der Raumsonde Cassini beim Ringplaneten Saturn.

Nicht nur die Welt im Großen ist von einer unendlichen Faszination. Auch der Mikrokosmos der kleinsten Teilchen birgt immer wieder Anlass zum Staunen. Die verrückte Quantenwelt ist dabei so bizarr, dass selbst die Physiker die – experimentell exzellent bestätigte – Quantentheorie nur unzureichend verstehen. Anton Zeilinger, Physik-Professor an der Universität Wien, ist einer der führenden Experimentatoren auf diesem Gebiet. Ihm ist es unter anderem gelungen, quantenmechanische Eigenschaften zu »beamen« – beispielsweise bestimmte Zustände von einem Photon in Nullzeit auf ein anderes zu übertragen. In seinem Buch **Einsteins Schleier** schildert er allgemeinverständlich die neuesten Erkenntnisse und wagt auch naturphilosophische Deutungen – er stellt insbesondere den Informationsbegriff ins Zentrum seiner Interpretation. »Information ist der Urstoff des Universums« und »Wirklichkeit und Information sind dasselbe«, lautet sein radikaler Vorschlag. Bei Albert Einstein, Mitbegründer der Quantentheorie und lebenslanger Zweifler an den gängigen Deutungsmustern, wäre Zeilinger wohl nicht auf allzu große Gegenliebe gestoßen.

Um **Quanteninformation** geht es auch in der Einführungsdarstellung von Dagmar Bruß. Die Theoretische Physikerin an der Universität Hannover beginnt mit einer kurzen Einführung in den (mathematischen) Informationsbegriff und in die Quantentheorie. Dann stellt sie die neuen Entwicklungen um Quantencomputer, -algorithmen, -kryptographie und -teleportation dar und zeigt Anwendungen auf. Diese Gebiete stecken alle noch in den Kinderschuhen. Aber wenn es eines Tages gelänge, einen hinreichend kom-

plexen Quantencomputer zu bauen – Hauptschwierigkeit ist, ihn von den störenden Umwelteinflüssen abzuschirmen –, wären Rechengeschwindigkeiten und somit Problemlösungen möglich, die mit klassischen Computern unerreichbar sind. Grund dafür ist der quantenphysikalische Parallelismus (genauer: die Zwitterzustände der Superposition). Das Buch ist zwar kompakter, aber auch anspruchsvoller und wissenschaftlicher geschrieben als das von Zeilinger.

Die **Verschränkte Welt** der Quanten steht ebenfalls im Zentrum eines von Jürgen Audretsch herausgegebenen Buchs. Der Physik-Professor hat an seiner Universität in Konstanz zahlreiche Kollegen zu populärwissenschaftlichen Vorträgen eingeladen und dabei auch auf die philosophischen Aspekte der bizarren Quantenphysik Wert gelegt. Daraus entstand dieses vielstimmige und vielseitige Buch, in dem sowohl die Geschichte als auch die aktuelle Forschung der Quantenphysik ausführlich gewürdigt werden und die Autoren teilweise über ihre eigenen Experimente berichten.

In die Welt der **Elementarteilchen**, und somit noch einen Schritt tiefer als die Quantenphysik-Bücher in die Materie, taucht der Theoretische Physiker Henning Genz, der bis vor kurzem an der Universität Karlsruhe gelehrt und geforscht hat. Seine kompakte Einführung in Quarks, Leptonen und Bosonen macht die komplexe Welt der Teilchen und ihrer Wechselwirkungen begreiflich und wagt auch einige Blicke auf die künftigen Theorien, die alle Naturkräfte einheitlich beschreiben wollen und die gemessenen Eigenschaften (etwa die Massen) der Elementarteilchen zu erklären anstreben. Doch zu einer solchen »Theorie von Allem«, wie sie Physiker zuweilen etwas unbescheiden und missverständlich nennen, ist es noch ein weiter Weg. Hier schließt sich übrigens auch der Kreis zur Kosmologie. Denn die höchsten Energien, die nötig wären, um die »Theorie von Allem« zu überprüfen, werden sich in irdischen Teilchenbeschleunigern niemals erzeugen und konzentrieren lassen. Doch im Urknall herrschten sie vor, und Spuren jenes Feuerballstadiums haben sich bis heute erhalten. So zeigt sich, wie das Größte und das Kleinste aufs Engste verknüpft sind und sich wechselseitig bedingen.

Schneller als die Lichtgeschwindigkeit geht nicht, wird oft mit Hinweis auf Albert Einsteins Spezielle Relativitätstheorie behauptet. Doch so einfach ist es nicht. Es könnte überlichtschnelle Tachyonen geben. Und die Allgemeine Relativitätstheorie erlaubt »Schlupflöcher«: kosmische Abkürzungen, die relativ zum weniger stark gekrümmten Raum überlichtschnelle Fortbewegungen erlauben. Der Hypothese der Kosmischen Inflation zufolge dehnte sich der Weltraum kurz nach dem Urknall sogar überlichtschnell aus. Doch ist die Lichtgeschwindigkeit wirklich eine universelle Naturkonstante? Der in Portugal geborene und heute am Imperial College in London tätige Theoretische Physiker Joao Magueijo bezweifelt dies. In seinem stark autobiographisch geprägten Buch argumentiert er, wie sich viele kosmologische Probleme lösen ließen, wenn sich die Lichtgeschwindigkeit im Vakuum mit der Zeit geändert hat. Vieles davon ist spekulativ, aber auch davon lebt die Wissenschaft. Jedenfalls lässt dieses Buch das Universum im Wortsinn in einem anderen Licht erscheinen.

Überlichtgeschwindigkeit ist auch in der Quantenphysik ein Thema. Auf einen – besonders verwirrenden – Quanteneffekt beschränken sich die beiden Physiker Günter Nimtz (Universität Köln) und Astrid Haibel (Hahn-Meitner-Institut, Berlin): den **Tunneleffekt**. Nimtz wurde weltbekannt, als er 1994 Mozarts 40. Sinfonie mit 4,7-facher Lichtgeschwindigkeit durch einen Hohlleiter (eine enge Röhre) schickte. Seither diskutieren Physiker sehr kontrovers, inwiefern solche Effekte (die auch andernorts reproduziert wurden) Einsteins Relativitätstheorie und das Kausalitätsprinzip in der Natur (Wirkungen geschehen nie vor ihren Ursachen) verletzen oder untergraben. Nimtz' Auffassungen sind radikaler als die vieler Kollegen – und hier allgemeinverständlich aus erster Hand nachzulesen. Außerdem werden auch geschichtliche Zusammenhänge geschildert und andere Möglichkeiten, die Zeit oder die Entfernungen auszutricksen. In einem kurzen Kapitel am Schluß gehen die Autoren sogar auf Wurmlöcher und Warp-Antriebe ein – Science-Fiction-Schöpfungen, mit denen sich inzwischen auch Physiker beschäftigen.

Das ist auch das Thema von Paul Davies. Der Theoretische Physiker an der Macquarie University in Sydney ist ein exzellenter Sachbuchautor und beschreibt in seinem kurzen Büchlein **So baut man eine Zeitmaschine** Möglichkeiten für Reisen durch die vierte Dimension. Der Titel sollte nicht allzu praktisch verstanden werden – noch weiß niemand, wie man makroskopische Wurmlöcher errichten oder finden kann und ob sie wirklich geschlossene zeitartige Kurven zulassen. Doch spekulieren kann man allemal, und die Physiker loten mit solchen Überlegungen – keine wilden Spinnereien, sondern harte Rechnungen im Rahmen der Relativitätstheorie – ihre Theorien und Grundbegriffe aus.

Die eben erwähnten Bücher lassen schon ahnen: So wie jeder Mensch unserer Zeit wohl einmal etwas von Franz Kafka und Robert Musil gelesen, Musik von Neil Young gehört und Bilder von Salvador Dalí und Maurits Cornelis Escher gesehen haben sollte, gehört es auch zur Teilnahme an der Gegenwartskultur, die Feldgleichungen der **Allgemeinen Relativitätstheorie** wenigstens einmal betrachtet zu haben. Gelgenheit dazu bietet zum Beispiel das nun in der vierten Auflage vorliegende Lehrbuch von Torsten Fließbach. Der Professor für Theoretische Physik an der Universität Siegen beginnt zunächst mit Newtons Gravitationstheorie und der Speziellen Relativitätstheorie, um dann die Einstein'sche Gravitationstheorie im Detail darzustellen. Immer wieder erwähnt werden die zahlreichen experimentellen Überprüfungen, sie stehen aber nicht im Zentrum. Eigene Kapitel sind den bislang nur indirekt nachgewiesenen Gravitationswellen sowie der Sternentwicklung (bis zu den Schwarzen Löchern) und der Kosmologie gewidmet. Ohne die Allgemeine Relativitätstheorie wäre ein Verständnis der Entwicklung und Struktur unseres Universums nicht möglich, und die Schönheit und – relative – Einfachheit der Einstein'schen Feldgleichungen ist immer wieder aufs Neue erstaunlich und bewundernswert. Das Buch ist freilich nichts für den unbedarften Laien, dafür umso mehr für alle, die sich in die mathematische Physik der Relativitätstheorie einarbeiten wollen.

Albert Einstein als Mensch und Wissenschaftler steht im Zentrum der neuen Biographie von Thomas Bührke. Der Astrophysiker und Wissenschaftsjournalist zeichnet das Leben und Denken des kauzigen Genies nach, schildert auch die wissenschaftlichen und gesellschaftlichen Umstände und bedient sich teilweise neuer, von früheren Biographen noch nicht ausgewerteter Quellen. Außerdem besticht das Buch durch zahlreiche, teils farbige Fotos und viele Zitate Einsteins, die allein schon die Lektüre lohnen. Wenigstens eines soll hier wiedergegeben werden (Aus Einsteins Buch »Wie ich die Welt sehe« von 1930): »Das Schönste, was wir erleben können, ist das Geheimnisvolle. Es ist das Grundgefühl, das an der Wiege von wahrer Kunst und Wissenschaft steht. Wer es nicht kennt und sich nicht mehr wundern, nicht mehr staunen kann, der ist sozusagen tot und seine Augen erloschen.«

»Die Physik ist für die Physiker viel zu schwer«, meinte einmal der Mathematiker David Hilbert, der kurz nach und fast unabhängig von Einstein Grundgedanken der Allgemeinen Relativitätstheorie entdeckt hat. »Ich glaube nicht an die Mathematik«, polemisierte dagegen Einstein. Wer sich von der Schule die Mathematik vergraulen ließ, der sollte die **Faszination Mathematik** neu entdecken. Zum Beispiel mit dem von Guido Walz herausgegebenen Sammelband. Der Professor an der Universität Mannheim hat aus einem von ihm herausgegebenen renommierten sechsbändigen Lexikon der Mathematik zahlreiche Perlen ausgewählt und zu einer glänzenden Kette verknüpft, die gleichermaßen die Entwicklungsgeschichte dieser Wissenschaft von den formalen Systemen beschreibt (»Vom Kieselsteinrechnen bis zur CD-Rom-Recherche), als auch ihre Teildisziplinen vorstellt (von der Algebra bis zu Wavelets, Neuronale Netze und Versicherungsmathematik inklusive) und ein gesondertes Augenmerk auf verschiedene Highlights richtet, beispielsweise die Fermat'sche Vermutung, den Goldenen Schnitt und fraktale Gebilde wie das »Apfelmännchen«. Auch der Humor kommt nicht zu kurz, sondern wird in einem eigenen Kapitel gewürdigt und praktiziert. Beispiel: »Ein Statistiker ist ein Kerl, der mit dem Kopf im Backofen und den Füßen im Eisschrank behauptet, im Durchschnitt fühle er sich ganz wohl.« (Wem das nicht genügt, der sollte sich anschauen, wie dieser Satz noch auf Seite 270 förmlich durch eine Formel gedreht wird ...)

Als Scharnier zwischen Mathematik, Naturwissenschaft und Gesellschaft wird der Computer immer wichtiger. Doch mit ihm verbinden sich auch philosophische Herausforderungen. Zuweilen wird sogar schon ein neues Wissenschaftsgebiet ausgerufen, die **Computerphilosophie**. Klaus Mainzer, Professor für Philosophie und Wissenschaftstheorie an der Universität Augsburg und Direktor des dortigen Instituts für Interdisziplinäre Informatik, beschreibt in seiner kurz gefassten Einführung, was ein Computer ist und wie er funktioniert, wie er wurde, was er ist, und wie aus der Manipulation von »Ein«- und »Aus«-Zuständen auch eine unscharfe Logik entwickelt werden kann. Außerdem zeigt Mainzer, wie früher angenommene Grenzen der Berechenbarkeit zurückgenommen oder relativiert wurden (und welche prinzipiell doch bestehen), wie Quanten- und Nanocomputer, zelluläre Automaten und neuronale Netze zu einem tieferen Verständnis des Universums, der Evolution des Lebens und des menschlichen Geistes führen. Auch ethische Fragen zur Künstlichen Intelligenz und zur Ko-Evolution von Mensch und Technik werden thematisiert.

Dass die Naturwissenschaften nicht nur akademischer Selbstzweck oder Steilvorlage für technische Anwendungen sind, sondern unser Weltbild prägen und auch philosophische Implikationen haben, ist inzwischen weithin akzeptiert. (Das war nicht immer so!) Doch wie stets in der Philosophie sind solche Interpretationen und Schlussfolgerungen umstritten. Eine aktuelle Einführung in die **Moderne Naturphilosophie** gibt der an der Universität Bochum lehrende Philosophie-Professor Michael Drieschner. Im Zentrum dabei stehen Raum und Zeit (und somit die Relativitätstheorie), Materie (und somit die Quantenphysik), Leben (und somit die Evolutionstheorie) und Geist (und somit Hirnforschung und Psychologie). Unvermeidlich sind dabei auch die Fragen nach der Natur der Wirklichkeit, der Kausalität und unseres Erkenntnisvermögens oder, kurz, die paradigmatische Frage Immanuel Kants: »Was können wir wissen?« Drieschner nimmt die Erkenntnisse der Naturwissenschaften ernst und stellt sie auch dar – allzu viel wird also nicht vorausgesetzt –, folgt ihnen aber nicht sklavisch, sondern kritisiert auch und versucht metaphysische Abgrenzungen und Akzentsetzungen. Er bemüht sich insgesamt um eine neutrale, sachliche Darstellung. Zuweilen ist das Buch aber auch zu einseitig und restriktiv: So gibt es inzwischen mehrere Modelle für eine Zeit »vor« dem Urknall, und die Themen Zeitpfeil(e) und Willensfreiheit werden viel zu unvollständig abgehandelt.

Kritischer (sogar polemisch), akademischer und viel weniger wissenschaftsorientiert setzt sich Hans-Dieter Mutschler mit der **Naturphilosophie** auseinander, und zwar vor allem mit und gegen andere Philosophen. Zunächst charakterisiert und diskutiert der Philosoph an der Universität Frankfurt am Main verschiedene Spannbreiten des Naturbegriffs – von regionalen Zuständigkeiten bis zu allem, was existiert, und von pluralistischen bis zu szientistischen Deutungen. Mutschler neigt zu regionalen und pluralistischen Auffassungen und kritisiert dann die postmodernen wie die populärwissenschaftlichen Interpretationen. In weiteren Kapiteln setzt er sich mit den Beziehungen der Natur (und Naturwissenschaften) zum Theoretischen, Technischen und Ethischen auseinander und gelangt somit zur Frage nach einer Natur als Sinnzusammenhang. Man braucht nicht mit allem einverstanden zu sein, um das stellenweise recht bissige Buch mit Gewinn zu lesen. Denn »Die Philosophie ist keine Lehre, sondern eine Tätigkeit«, wie einst Ludwig Wittgenstein schrieb.

Kaltblütig soll es zugleich in der Philosophie zugehen – das heißt rational, logisch, scharfsinnig, (selbst)kritisch, immer gut begründet und nachvollziehbar. Das fordert und praktiziert seit vielen Jahren der an der Universität Braunschweig tätige Philosoph Gerhard Vollmer. Er hat zahlreiche Arbeiten zur Philosophie der modernen Physik und Biologie sowie zur Wissenschaftstheorie veröffentlicht und ist einer der »Väter« der Evolutionären Erkenntnistheorie, die die stammesgeschichtlichen Grundlagen und Implikationen unseres Erkenntnisvermögens zu fassen versucht. Mit Vollmers Arbeiten und Themen setzt sich die von den Philosophen Wolfgang Buschlinger und Christoph Lütge herausgegebene Aufsatz-Sammlung auseinander – und geht auch weit darüber hinaus. Das Buch ist eine Fundgrube naturphilosophischer Einsichten und reicht von den Fragen nach Wahrheit, Wirklichkeit, Welterkenntnis und Bewusstsein über Quantenphysik, Relativitätstheorie und Urknall bis zu der Neurobiologie von Liebe und Lust, zur Sprachentwicklung, Musik, Parapsychologie und den Schwierigkeiten mit der Willensfreiheit.

Philosophisch wie theologisch setzt sich Eugen Drewermann mit der modernen Kosmologie und Physik auseinander. Der Theologe und – seit seiner Suspension vom Priesteramt – Therapeut und

Schriftsteller fragt: »Was eigentlich meint der religiöse Glaube an Gott als den ›Schöpfer‹?«, nachdem er das Ende der »Zeit der Wundergläubigkeit, der Gebets›erhörungen‹, einer ›Theologie‹ der ständigen ›Eingriffe‹ Gottes zur Korrektur der Welt und Geschichte« diagnostiziert hat. Dabei ignoriert er die Erkenntnisse und Spekulationen der modernen Naturwissenschaft nicht, sondern rezipiert sie eingehend und nicht einseitig. Das biblische **Im Anfang ...** bleibt, zumindest im Titel, im unvollendeten Satz stecken, doch die moderne Wissenschaft vom ganzen Universum konfrontiert das Nachdenken inzwischen auch wieder mit Weltmodellen, in denen der Urknall gar nicht der Anfang von allem war, sondern »nur« ein Übergang in einer sich verändernden Ewigkeit – oder aber bloßer Zufall aus einem nicht weiter hintergehbaren Quantenvakuum.

Da die naturwissenschaftlich-technischen Veränderungen nicht nur unser Welt-, sondern auch unser Selbstbild prägen, stellt sich auch die Frage nach dem Menschen neu, die so alt wie der Mensch ist. Insbesondere die Neurowissenschaften attackieren im Verbund mit der Neurophilosophie hier althergebrachte Auffassungen. **Der entthrohnte Mensch?** ist der Titel einer aktuellen Essay-Sammlung, in der auf diese Entwicklungen aus der Sicht der Philosophie, Hirnforschung, Psychologie, Physik und Theologie eingegangen wird. Eine Einigung wird dabei erwartungsgemäß nicht erzielt – manchmal argumentieren die Kontrahenten auch windschief aneinander vorbei –, doch ist die Vielstimmigkeit dieses Buches Anlass und Ansporn für den Leser, sich sein eigenes Urteil zu bilden.

Eine in zuvor schon genannten Büchern erörterte Streitfrage stellt die Philosophin Barbara Guckes ins Zentrum ihrer Untersuchung: **Ist Freiheit eine Illusion?** Sie führt den Leser darin durch die komplexe und niveauvolle Diskussion zum Problem der Handlungs- und Willensfreiheit der letzten Jahrzehnte und argumentiert, dass unser wissenschaftliches Weltverständnis entgegen weit verbreiteter Überzeugungen nicht mit unserem Selbstverständnis als freie und verantwortlich handelnde Lebewesen vereinbar ist. »Somit wird gegen eine lange Tradition der Selbstüberschätzung für ein bescheideneres Menschenbild geworben.« Diese metaphysisch wie ethisch brisante Stoßrichtung wird vielen nicht gefallen. Doch letztlich entscheiden nicht Geschmacksurteile, sondern die besseren Argumente philosophische Kontroversen.

Die Neurowissenschaften haben noch andere, bereits in die Rechtssprechung hineinragende Konsequenzen. Eine davon ist das Hirntod-Kriterium, das in der Medizin vielfach angewendet wird. Johann Friedrich Spittler, Oberarzt der Neurologischen Universitätsklinik in Bochum, erörtert den Zusammenhang von **Gehirn, Tod und Menschenbild** in einem wichtigen, wenn auch - themenbedingt - nicht gerade unterhaltsamen Buch. Dabei werden sowohl die begrifflichen, medizinischen, neurophilosophischen und ethischen Dimensionen der Problematik behandelt, und zwar in einer auch für Laien gut verständlichen Form. An Horror-Vorstellungen mangelt es dabei nicht - etwa dem Locked-In-Syndrom, in dem ein waches, wahrnehmendes Bewusstsein gleichsam lebendig im eigenen, total gelähmten Körper begraben ist, während umgekehrt das Lazarus-Phänomen sich durch Umarmungen und andere Reflexe zeigt, ohne dass noch ein Funken Geist im Gehirn wäre. »Wie mit einer Last stehen wir da mit unserem Wissen um die Bedeutung des Hirnunterganges für Erleben, Erinnern und Antworten des Menschen«, schließt Spittler. »Wenn man das Nachdenken über die Vorstellung eines Rollentausches zwischen Arzt und Patient zulässt, dann stellen sich Fragen. Welche Behandlung möchte man denn für sich selbst in einem zum Hirntod führenden Krankheitsverlauf im Gesamthirntod, Großhirntod oder Hirnstammtod, für wünschenswert halten?«

Was also macht einen Menschen zum dem, der er ist? Joseph LeDoux, Professor am Center for Neural Science an der New York University, hat eine einfache Antwort: Es sind die Verbindungen der Nervenzellen und ihre Dynamik, die **Das Netz der Persönlichkeit** knüpfen. Es sind also die Kontaktstellen (Synapsen) der Neuronen - und nicht irgendwelche speziellen, den Nervenzellen innewohnenden Eigenschaften, elektromagnetische Felder einer Vielzahl von Neuronen oder gar eine vom Gehirn unabhängige Seele. »Sie sind Ihre Synapsen. Aus Ihnen besteht Ihr Selbst«, spricht er seinen Leser an. Diese These ist einfach, aber sie auszuarbeiten, gelingt vorläufig erst ansatzweise. LeDoux schildert gewandt und packend, was Neurowissenschaftler mit akribischer Detailarbeit über die Zell- und Molekularbiologie, Physiologie, Anatomie und Pathologie unseres Gehirns herausgefunden haben. Weil Genetik und Erfahrung gleichermaßen dessen Mikro-Architektur prägen, erübrigt sich auch der lange geführte Streit, ob Erbgut oder Umwelt bestimmender sind, zum Beispiel für die Ausprägung von Ängstlichkeit. Und noch etwas macht die Erforschung des synaptischen Selbst deutlich: Unbewusste Aspekte bestimmen unseren Charakter, unsere Persönlichkeit, unser Verhalten, unser Denken und Fühlen bedeutend stärker, als viele glauben wollen. »Dass das Selbst synaptisch ist, kann ein Fluch sein - nur zu leicht bricht es auseinander«, schreibt LeDoux. Wenn der »mentale Dreiklang« aus Gedanken, Emotionen und Motivationen zerfällt, beginnt das Selbst sich aufzulösen. Beispiele sind Schizophrenie, Angststörung und Depression sowie Drogensucht. Aber: Die synaptische Natur des Selbst ist »auch ein Segen, denn immer gibt es neue Verbindungen, die darauf warten, geknüpft zu werden.«

Eine der drei großen philosophischen Fragen, wie es zumindest Immanuel Kant begriff, hat Manfred Spitzer als Untertitel seines Buches **Selbstbestimmen** gewählt: Was sollen wir tun? Er beabsichtigt nicht, diese Frage auch zu beantworten, sondern gibt vielmehr einen umfassenden Einblick in die Grundlagen von Lernen, Bewerten, Entscheiden und Handeln aus der Perspektive der Neurobiologie. Denn was wir tun sollen, stellt sich nicht nur in ethischen Normenkonflikten, sondern im Grunde dauernd. In jeder Sekunde entscheiden wir uns (oder entscheidet sich jedenfalls unser Gehirn) beispielsweise viele Mal, wohin wir blicken. Manfred Spitzer, Medizin-Professor an der Universität Ulm und Leiter der Psychiatrischen Universitätsklinik dort, weiß auch über die Beeinträchtigungen unserer Gehirnfunktionen viel zu berichten. Und er scheut sich nicht, Erkenntnisse aus den

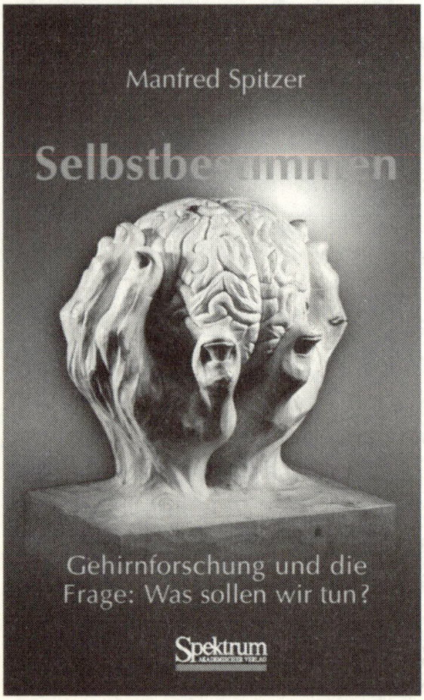

Neurowissenschaften mit dem Alltag zu konfrontieren. Damit wird zwar Kants Grundfrage nicht gelöst, aber viele Tipps für ein besseres und effektiveres Leben sowie – wichtiger noch – für die Fehlervermeidung gibt er trotzdem.

Spitzer ist ein äußerst produktiver Autor und hat jüngst noch zwei weitere lesenswerte Bücher vorgelegt. Eines handelt von der **Musik im Kopf**. Darin werden die sinnesphysiologischen und neurobiologischen Grundlagen des Musikhörens, -erlebens, -verstehens und -machens ausführlich vorgestellt, aber auch kulturgeschichtliche, physikalische und evolutionäre Aspekte sowie Musiktherapie und das absolute Gehör. Spitzer weiß genau, wovon er schreibt – und kennt als passionierter Hobbymusiker und -Instrumentenbauer auch die praktische und vor allem ästhetische Seite. Verblüffend nur, dass er nicht auf das neurologische Störungsbild der Amusie eingeht, die Unfähigkeit, Melodien aufzufassen, zu singen oder zu spielen.

Das andere Buch von Spitzer handelt von **Nervensachen** – es ist ein neurobiologischer Rundumschlag in Form von mehreren Dutzend kurzen Artikeln, die seit 1998 in der Fachzeitschrift »Nervenheilkunde« erschienen sind, deren Mitherausgeber Spitzer ist. Darin schaut er über den wissenschaftlichen Tellerrand, berichtet von neuen Erkenntnissen der Hirnforschung – auch den eigenen Untersuchungen – und deren Bedeutung für Individuum und Gesellschaft. Die auch separat lesbaren Artikel stecken voller Überraschungen und räumen mit manchem Vorurteil auf. Beispiel: »Emotionen sind nicht der Widersacher, sondern in den allermeisten Fällen der Gehilfe des kritischen Geistes.«

Das gehört auch zu den wichtigsten Forschungsergebnissen von Antonio Damasio. Der berühmte Neurologe der University of Iowa

hat bereits sein drittes populärwissenschaftliches Buch über Emotionen, Bewusstsein und Hirnforschung geschrieben. Diesmal geht er von den brillanten Einsichten des Philosophen Baruch de Spinoza aus, denn der hat Damasios zentrale These bereits vor über 300 Jahren vorweggenommen: Unsere Vernunft ist auf frappierende Weise auf Gefühle und Körperempfindungen angewiesen. Wie dieser **Spinoza-Effekt** in Gehirn und Körper funktioniert und – bei Schädigungen im Stirnhirn – mit verheerenden Folgen ausfallen kann, beschreibt Damasio spannend und leicht verständlich. Er appelliert auch dafür, unseren emotionalen Befindlichkeiten und körperlichen Signalen zu vertrauen – insbesondere in Situationen, die zu komplex sind, um rational vollständig durchschaut und berechnet werden zu können. Denn das Gehirn weiß (unbewußt) mehr, als wir uns vergegenwärtigen können: Und oft – freilich eben nicht immer – lohnt es sich, auf diese alten, gleichsam in unseren Körper eingravierten Lernerfahrungen zu horchen.

Das emotionale System kann, wie andere Hirnfunktionen auch, bedauerlicherweise rasch entgleisen oder beeinträchtigt werden. Und das ist – nicht nur – ein Fall für die Psychiatrie, Psychotherapie und Psychoanalyse. Bevor sich Sigmund Freud aufs Traumdeuten und allerhand Komplexe und Verdrängungsmechanismen spezialisierte, formulierte er harte und – aus heutiger Perspektive durchaus hellsichtige – Hypothesen zum Zusammenhang von Geist und Gehirn. Freilich war damals noch kaum etwas von den Milliarden kleinen grauen Zellen in unseren Köpfen bekannt, und so war es leichter, hysterische und neurotische Mitglieder der Wiener High-Society zu psychoanalysieren. Während die Neurowissenschaften in den letzten Jahren eine geradezu explosive Entwicklung durchliefen, geriet die Psychoanalyse immer mehr in die wissenschaftliche Kritik. Dass sie auch für die Hirnforschung interessante Einsichten und Beschreibungsmittel beitragen kann, versuchen die in London tätigen Neuropsychologen Karen Kaplan-Solms und Mark Solms zu zeigen. **Neuro-Psychoanalyse** nennen sie die moderne Synthese. Spannend zu lesen sind die teils bizarren Fallstudien von bedauernswerten Menschen allemal. Ob die Erklärungen der Phänomene - vom Zerfall von Sprache, Wahrnehmung oder Gedächtnis bis zum Verfolgungswahn und Narzißmus - immer so überzeugend sind, steht auf einem anderen Blatt.

Weitere »Reisen in die Welt des Wahnsinns« schildert der in Plymouth und Birmingham tätige klinische Neuropsychologe Paul Broks. **Ich denke, also bin ich tot**, lautet in Cartesianischer Umkehrung die Schlussfolgerung eines seiner Patienten - einer der seltenen Fälle des Cotard-Syndroms. Broks schildert die Tragik und - zuweilen unfreiwillige - Komik der Kranken nicht wissenschaftlich-distanziert, sondern sehr persönlich und ergreifend. Wie sehr jeder Mensch auf sein halbwegs funktionierendes Gehirn angewiesen ist und was geschehen kann, wenn es durch physiologische oder psychische Beschädigungen entgleist, das zeigt dieses Buch.

Systematisch, hochkonzentriert und -dosiert ist Thomas Städtlers **Lexikon der Psychologie** - ein Wörter-, Hand- und Studienbuch gleichermaßen. Von a-Aufgabe bis Zyklopenauge findet hier jeder, was immer er über das normale oder ganz vertrackte »Seelenleben« wissen will oder sich nicht einmal vorzustellen vermochte. Und zwar von den unbewußten Wahrnehmungen bis hin zu den Formen abstraktesten Denkens. Auch im Hinblick auf das Preis-Leistungs-Verhältnis ist dieses Lexikon konkurrenzlos.

Babies lernen in den ersten drei Monaten angeblich mehr als ein Student in vier Jahren - was aber nicht am schlechten Uni-System liegt, sondern an der enormen Plastizität des Säuglingsgehirns. Der **Forschergeist in Windeln** wird von drei hochkarätigen Kognitionspsychologen im Detail analysiert. Denn in den letzten Jahren hat sich die Kognitionswissenschaft - jenes transdisziplinäre Fach aus Psychologie, Philosophie, Linguistik, Informatik und den Neurowissenschaften - auch der individualgeschichtlichen Entwicklung des menschlichen Denkens gewidmet. Verblüffendes Fazit: Die winzigen Geschöpfe sind viel schlauer, als man gemeinhin glaubt. Wie sie die Welt betrachten, welche – teils vielleicht schon angeborenen – Vorstellungen von Kausalität und Physik sie haben, wie sie ein Modell der mentalen Vorstellungen anderer Menschen und auch ihrer eigenen entwickeln, welche immense Komplexität im Spracherwerb steckt und was bei all dem im kindlichen Gehirn abläuft, das beschreiben Alison Gopnik, Patricia Kuhl und Andrew Meltzoff mit viel Sympathie und Sachverstand. Wer Kinder hat, wird dies mit großem Interesse lesen – doch darüber hinaus betrifft das Buch eigentlich jeden, denn all diese kognitiven Höchstleistungen standen am Beginn von uns allen.

Das Sprechenlernen ist ohne Zweifel die komplexeste Aufgabe, die Menschen zunächst doch kinderleicht bewältigen, später jedoch nur mit einer oft frustrierenden Paukerei. Die Erkenntnisse der **Psycholinguistik** – Spracherwerb, -wahrnehmung, -produktion und -verstehen sowie das sprachliche Wissen im Gehirn und dessen Beeinträchtigungen – hat Rainer Dietrich übersichtlich zusammengefasst. Der Psycholinguistik-Professor an der Berliner Humboldt-Universität gibt einen exzellenten Ein- und Überblick in die normalen und beschädigten Funktionen und Prozesse unserer sprachlichen Aktivitäten.

Faktenwissen von A bis Z zum Thema Sprache bietet das bewährte **Lexikon der Sprachwissenschaft**, das die Münchener Linguistin Hadumod Bußmann herausgegeben hat. Nun liegt es in der dritten, abermals beträchtlich erweiterten und aktualisierten Auflage vor. Viele der Einträge sind nicht nur für Fachwissenschaftler und Studenten verständlich, sondern für alle Interessierten – und wer ist das nicht, denn mit Sprache hat jeder Mensch ständig zu tun. Wie vielseitig das Phänomen Sprache ist, das den Menschen erst zum Menschen gemacht und seine kulturelle Entwicklung ermöglicht hat, wird schon beim Durchblättern dieses Standardwerks deutlich.

Eine kurze Geschichte der Sprachen erzählt der bis zu seiner Emeritierung an der Universität Göteborg tätig gewesene Linguistik-Professor Tore Janson. Wann, wie und warum die menschliche Sprachfähigkeit entstand, verliert sich im Nebel der prähistorischen Zeit. Janson hält sich nicht lange mit Spekulationen auf und ignoriert auch weitgehend die biologischen Grundlagen. Spannend ist, mit ihm die Entstehung, Entwicklung und Ausdifferenzierung verschie-

dener Sprachen und Sprachgruppen zu verfolgen, und zwar nicht nur von Griechisch oder Latein. So zeigen beispielsweise die afrikanischen Sprachen, für die Janson Spezialist ist, zahlreiche faszinierende Merkmale, die in den uns vertraute(re)n europäischen nicht vorkommen. Außerdem wagt Janson einen Blick in die Zukunft der Sprachen. Wird es im Rahmen der Globalisierung in ein paar hundert Jahren nur noch eine gemeinsame Weltsprache geben? Englisch oder Chinesisch?

Vermutlich nicht. Aber was schon immer der Fall war, erreicht in diesem Jahrhundert ein rasantes und tragisches Ausmaß: Viele der vielleicht noch 5000 Sprachen weltweit sind dem Untergang geweiht. Einige sind in den letzten Jahrzehnten mit ihren letzten Sprechern bereits verschwunden, bei anderen wird es bald soweit sein. **Ausgerottet – ausgestorben**: das droht freilich auch ganzen Völkern sowie Hunderttausenden von Tier- und Pflanzenarten. Und die moderne, westliche Zivilisation spielt die Rolle des Totengräbers. Ohne Lamento und falsche Aufgeregtheit beschreibt Franz M. Wuketits, Philosophie-Professor an der Universität Wien und langjähriger, exzellenter Publizist, die weithin unterschätzte Dramatik unserer brutalen Gegenwart. Ein deprimierendes Buch, das trotzdem oder gerade deshalb jeder lesen sollte.

Ein Grund für das globale Massensterben sind die überall auf der Welt vorkommenden aggressiven Auseinandersetzungen zwischen den Menschen. Doch was sind **Die Wurzeln der Kriege**, was sind die Ursachen dafür, dass unser »Planet kaum eine einzige Umdrehung vollzieht, ohne dass Menschen einander im Rahmen erbitterter ethnischer, weltanschaulicher und religiöser Fehden töten«? Bernhard Verbeek, Biologie-Professor an der Universität Bochum, versucht alte und neue Antworten auf diese schreckliche Frage zu geben – und zwar hauptsächlich aus der Perspektive der Verhaltens- und Evolutionsbiologie, der Psychologie und der Anthropologie. Das ist »Grund zur Beunruhigung«, wie das erste Kapitel heißt, und ein komplexes Konglomerat vielfach unangenehmer Wahrheiten. Doch es hilft nichts, nach Vogel-Strauß-Mentalität den Kopf in den Sand zu stecken. Und so wirft Verbeek einen scharfen und kritischen Blick auf die Natur unserer Kultur, auf die Wurzeln von Religionen und Völkermord, Rassen- und Klassenwahn, Terror und Nationalismus. Denn diese moralischen Entgleisungen haben oder hatten durchaus biologische »Vorteile« – selbstverständlich nicht für die Opfer. Freilich ist es längst zur Überlebensfrage geworden, ob und wie unsere Kultur unsere Unkultur oder Natur in Zaum halten kann. »Wie in der Seuchenvorbeugung müsste man, solange das System noch friedlich funktioniert, für eine penible Verhaltenshygiene sorgen, das heißt ein Fernhalten des berauschenden Giftes von den begierig saugenden Hirnen, solange diese noch nicht gesättigt und immunisiert sind durch – leider weniger eingängige – humanere Werte«, lautet ein Fazit von Verbeek. Er macht sich freilich keine Illusionen: »Das Paradies wird auf diese Weise noch nicht kommen, aber die Hölle wird verhindert.«

Will die Menschheit langfristig überleben, muss also künftig einiges anders werden. Aber es müsste ohnehin nicht so sein, wie es ist, denn wie wir die Welt sehen, liegt nicht nur an der Welt, sondern auch an uns. »Der menschliche Verstand ist von Natur aus geneigt, mehr Ordnung und Regelmäßigkeit in der Welt zu wähnen, als er tatsächlich vorfindet«, schrieb der Philosoph Francis Bacon. Was wir für »normal« halten, hat oft eine lange, schillernde Entstehungsgeschichte. **Könnte es nicht auch anders sein?** fragt ein ungewöhnlicher Sammelband – und antwortet mit einem enthusiastischen »Ja!« Das Selbstverständliche wird hier zum Ungewöhnlichen konvertiert und erscheint so in einem neuen Licht. Wie zum Beispiel sind das Geld, die Schrift, die Politik, die Stunde, das Lernen, das Spiel, die Zahl Null und die Zukunft erfunden worden? (Oder sind sie gar nicht erfunden worden?) Und was hatte das für Folgen? Diese Fragen beleuchten und beantworten (teilweise) acht witzig-spritzige Essays, die aus Vorträgen an der Offenen Akademie der Münchner Volkshochschule hervorgegangen sind. Kurzweiliges Lesevergnügen mit historischen Aha-Effekten ist garantiert.

Städte gehören zu den folgenreichsten Entwicklungen in der Geschichte der Menschheit: Als Zentren der Macht, der Religionen, des Handels und der Kunst waren sie die ersten Kristallisationspunkte der frühen Hochkulturen. Bis heute zeugen monumentale Tempel und Paläste, prachtvolle Mosaike und Reliefs vom einstigen Glanz der alten Metropolen.

Glanzvolle Städte der Vergangenheit stellen zehn renommierte italienische Archäologen in einem großformatiger Bildband vor. Sie berichten vom Alltag der ersten Stadtbewohner, vom pulsierenden, aber auch ärmlichen Leben in den Straßen und Gassen, dem Prunk der Paläste und dem Zerfall. Mit brillanten Aufnahmen – teilweise in riesigen Ausklappfotos – vorgestellt werden fast dreißig urbane Zentren des Altertums in Europa (Knossos, Mykene, Athen, Rom, Pompeji), Afrika (Theben, Leptis Magna, Sabratha, Dougga, Volubilis), dem Nahen Osten (Ur, Ninive, Babylon, Persepolis, Ephesos, Gerasa, Palmyra, Baalbek), dem Fernen Osten (Hampi, Angkor, Pagan, Ayutthaya) und Amerika (Teothihuacán, Palenque, Tikal, Chichén Itzá, Tiwanaku, Chan Chan, Machu Picchu). Die Texte sind nüchtern, aber sehr informativ. Einen bündigern, globalisierten Rundumschlag der antiken Welt wird man anderswo lange suchen müssen. Optisch bereichert wird das Buch neben den vielen Stadtansichten durch zahlreiche Grundrisse, Zeichnungen, Karten und viele Detailfotos von Wandmalereien, Fundstücken, Mosaiken und Reliefs.

Städte können labyrinthisch sein, doch das ist nicht gerade erwünscht. **Labyrinthe und Irrgärten** stehen dagegen als Jahrtausende alte Symbole für die Mitte des Lebens oder – wie der Minotaurus-Mythos Kretas – für allerhand

Horrorszenarien. Erst ab dem 16. Jahrhundert wurden Irrgärten auch für vergnügliche Spaziergänge angelegt, und seither faszinieren Garten-Labyrinthe, Maisfeld-Freizeitparks und Spiegel-Irrgärten viele Besucher. Der Architektur- und Städtebau-Fotograf Jürgen Hohmuth hat – oft mit Hilfe eines Kleinzeppelins – viele neue Ein- und Überblicke in die labyrinthischen Gefilde gewonnen. Zahlreiche mitteleuropäische Irrgärten stellt sein Buch vor, darunter auch Garten- und Hecken-Labyrinthe, Fußboden-»Verzierungen« in Kathedralen sowie die rätselhaften »Trojaburgen« Skandinaviens. Unter historischen, architektonischen, philosophischen und psychologischen Gesichtspunkten spüren sieben Autoren dem buchstäblich weitverzweigten Thema in kurzen Essays nach.

Labyrinthe spielen auch bei Jorge Luis Borges eine wichtige Rolle. Er war einer der originellsten Schriftsteller, Dichter und Essayisten des 20. Jahrhunderts, zugleich Leiter der Argentinischen Nationalbibliothek – und blind. **Eine neue Widerlegung der Zeit** ist mit 66 weiteren Essays ein repräsentativer Querschnitt durch das Werk des Erfinders des »magischen Realismus«. In diesen kurzen, funkelnden literarischen Perlen geht es um Tango und Selbstmord, um Literatur und Mythologie, um Denkmaschinen und Fiktionen, um Dantes »Göttliche Komödie« und die totale Bibliothek, um Kriege, die Kunst des Schmähens, Literatur, Literaten und immer wieder um das Rätsel Zeit. Eines der 16 hier erstmals auf deutsch veröffentlichten Essays hat den Titel »Literarischer Genuss«. Damit lässt sich eigentlich Borges Gesamtwerk treffend charakterisieren.

Die Welt der Bücher kennt auch Matthews Battles, ebenfalls Bibliomane und ein Bibliothekar der Harvard University

Library, besonders gut, verbinden sich für ihn hier doch Beruf und Leidenschaft. Er berichtet von den entscheidenden Wendepunkten in der über dreitausendjährigen, unruhigen Geschichte des Büchersammelns – Augenblicken des menschlichen Triumphs über die Vergänglichkeit, aber auch der Ohnmacht angesichts von Gewalt und Zerstörung. So ist die Geschichte der Bibliothek auch eine des menschlichen Versuchs, Ordnung und Beständigkeit in die Welt zu bringen – und des Scheiterns daran. Bibliotheks- und Bücherverbrennungen macht Battles ebenso zu seinem Thema wie den Kampf um die Bewältigung der Bücherfülle, die humanistischen Ideale des Lesens – die öffentlichen Leihbüchereien können kulturgeschichtlich nicht hoch genug bewertet werden – und die existenziellen Dimensionen des Lesens überhaupt. So zeugt die von dem jüdischen Bibliothekar Hermann Kruk im Ghetto von Wilna errichtete Bibliothek von der Bedeutung von Büchern für eine Gemeinschaft, die zu einem Leben in der menschengemachten Hölle verdammt ist. Und wer würde die Lektüre von Ray Bradburys Science-Fiction-Roman »Fahrenheit 451« vergessen, in dem die Feuerwehr eines totalitären Staates nicht die Aufgabe hat, Brände zu löschen, sondern Bücher anzuzünden – was aber nicht verhindert, dass manche Menschen die Lektüre der audiovisuellen Berieselung vorziehen und das Gelesene im Kopf bewahren.

BIBLIOGRAFIE

Rolf Emmermann u. a. (Hrsg.): »An den Fronten der Forschung«. S. Hirzel: Stuttgart, Leipzig 2003. 320 S., € 32,–

Leopoldo Benacchio: »Der Himmelsatlas«. Frederking & Thaler: München 2003. 194 S., € 50,–

Dirk H. Lorenzen: »Geheimnisvolles Universum«. Franckh-Kosmos: Stuttgart 2002. 208 S., € 49,90

Volker Kasten: »Von den Sternen zu den Galaxien«. Spektrum Akademischer Verlag: Heidelberg, Berlin 2003. 232 S., € 29,95

Martin Rees: »Das Rätsel unseres Universums«. C. H. Beck: München 2003. 218 S., € 19,90

John D. Barrow: »Das 1 x 1 des Universums«. Campus: Frankfurt am Main 2004. 324 S., € 24,90

Martin Rees: »Unsere letzte Stunde«. Bertelsmann: München 2003. 224 S., € 19,90

John Gribbin: »Geschöpfe aus Sternenstaub«. Piper: München, Zürich 2003. 274 S., € 19,90
Sebastian von Hoerner: »Sind wir allein?« Beck: München 2003. 221 S., € 12,90
Harald Lesch, Jörn Müller: »Big Bang – zweiter Akt«. Bertelsmann: München 2003. 444 S., € 24,90
Rainer Eisfeld, Wolfgang Jeschke: »Marsfieber«. Droemer: München 2003. 272 S., € 24,90
Gerald North: »Den Mond beobachten«. Spektrum Akademischer Verlag: Heidelberg, Berlin 2003. 360 S., € 39,95
Jürgen Blunck: »Wie die Teufel den Mond schwärzten«. Spektrum Akademischer Verlag: Heidelberg, Berlin 2003. 292 S., € 19,95
Hans-Ulrich Keller: »Astrowissen«. Franckh-Kosmos: Stuttgart 2003. 269 S., € 24,90
Hans-Ulrich Keller: »Himmelsjahr 2004«. Franckh-Kosmos: Stuttgart 2003. 270 S., € 14,50
Anton Zeilinger: »Einsteins Schleier«. C. H. Beck: München 2003. 256 S., € 19,90
Dagmar Bruß: »Quanteninformation«. Fischer: Frankfurt am Main 2003. 129 S., € 8,90
Jürgen Audretsch (Hrsg.): »Verschränkte Welt: Faszination der Quanten«. Wiley-VCH: Berlin 2003. 222 S., € 24,90
Henning Genz: »Elementarteilchen«. Fischer: Frankfurt am Main 2003. 129 S., € 8,90
Joao Magueijo: »Schneller als die Lichtgeschwindigkeit«. Bertelsmann: München 2003. 318 S., € 23,90
Günter Nimtz, Astrid Haibel: »Tunneleffekt – Räume ohne Zeit«. Wiley-VCH: Berlin 2003. 153 S., € 29,90
Paul Davies: »So baut man eine Zeitmaschine«. Piper: München 2004. 173 S., € 16,90
Torsten Fließbach: »Allgemeine Relativitätstheorie«. Spektrum Akademischer Verlag: Heidelberg, Berlin 2003, 4. Aufl. 344 S., € 29,95
Thomas Bührke: »Albert Einstein«. Deutscher Taschenbuch Verlag: München 2004. 191 S., € 10,–
Udo Walz (Hrsg.): »Faszination Mathematik«. Spektrum Akademischer Verlag: Heidelberg, Berlin 2003. 353 S., € 14,95
Klaus Mainzer: »Computerphilosophie zur Einführung«. Junius: Hamburg 2003. 223 S., € 13,50
Michael Drieschner: »Moderne Naturphilosophie«. Mentis: Paderborn 2002. 260 S., € 24,80
Hans-Dieter Mutschler: »Naturphilosophie«. Kohlhammer: Stuttgart 2002. 205 S., € 16,–
Wolfgang Buschlinger, Christoph Lütge: »Kaltblütig. Philosophie von einem rationalen Standpunkt«. S. Hirzel: Stuttgart, Leipzig 2003. 544 S., € 98,–
Eugen Drewermann: »Im Anfang ...« Walter: Düsseldorf, Zürich 2002. 1288 S., € 64,90
Jan C. Schmidt, Lars Schuster (Hrsg.): »Der entthronte Mensch?« Mentis: Paderborn 2003. 359 S., € 38, –
Barbara Guckes: »Ist Freiheit eine Illusion?« Mentis: Paderborn 2003. 235 S., € 46,–
Johann Friedrich Spittler: »Gehirn, Tod und Menschenbild«. Kohlhammer: Stuttgart 2003. 165 S., € 49,–
Joseph LeDoux: »Das Netz der Persönlichkeit«. Patmos: Düsseldorf, Zürich 2003. 510 S., € 39,90

Manfred Spitzer: »Selbstbestimmen«. Spektrum Akademischer Verlag: Heidelberg, Berlin 2004. S., € 29,95
Manfred Spitzer: »Musik im Kopf«. Schattauer: Stuttgart 2003. 480 S., € 32,95
Manfred Spitzer: »Nervensachen«. Schattauer: Stuttgart 2003. 363 S., € 29,95
Antonio R. Damasio: »Der Spinoza-Effekt«. List: München 2003. 392 S., € 24,90
Karen Kaplan-Solms, Mark Solms: »Neuro-Psychoanalyse«. Klett-Cotta: Stuttgart 2003. 312 S., € 34,–
Paul Broks: »Ich denke, also bin ich tot«. C. H. Beck: München 2004. 234 S., € 19,90
Thomas Städtler: »Lexikon der Psychologie«. Kröner: Stuttgart 2003. 1284 S., € 19,95
Alison Gopnik, Patricia Kuhl, Andrew Meltzoff: »Forschergeist in Windeln«. Piper: München, Zürich 2003. 293 S., € 8,90
Rainer Dietrich: »Psycholinguistik«. J. B. Metzler: Stuttgart, Weimar 2002. 266 S., € 12,90
Hadumod Bußmann: »Lexikon der Sprachwissenschaft«. Kröner: Stuttgart 2002, 3. erw. Aufl. 783 S., € 29,80
Tore Janson: »Eine kurze Geschichte der Sprachen«. Spektrum Akademischer Verlag: Heidelberg, Berlin 2003. 280 S., € 19,95
Franz M. Wuketits: »Ausgerottet – Ausgestorben«. S. Hirzel: Stuttgart, Leipzig 2003. 240 S., € 22,–
Bernhard Verbeek: »Die Wurzeln der Kriege«. S. Hirzel: Stuttgart, Leipzig 2004. 208 S., € 22,–
Karlheinz A. Geißler, Stefanie Jahak, Susanne May (Hrsg.): »Könnte es nicht auch anders sein?« S. Hirzel: Stuttgart, Leipzig 2003. 157 S., € 19,80
Maria Teresa Guatoli, Simone Rambaldi: »Glanzvolle Städte der Vergangenheit«. Frederking & Thaler: München 2003. 324 S., € 49,90
Jürgen Hohmuth: »Labyrinthe und Irrgärten«. Frederking & Thaler: München 2003. 176 S., € 50,–
Jorge L. Borges: »Eine neue Widerlegung der Zeit und 66 andere Essays«. Eichborn: Frankfurt am Main. 432 S., € 24,90
Matthews Battles: »Die Welt der Bücher«. Artemis & Winkler: Düsseldorf 2003. 256 S., € 24,90

FILM

Rückkehr nach Arrakis

Die Filmszene 2003/2004

von Peter M. Gaschler

Das einzig Beständige, sagt Paul Atreides' Sohn Leto II. in *Children of Dune*, sei der Wandel: Alles werde eines Tages wiederkehren, wenn auch in veränderter Form. Frank Herberts zeitloser Roman-Zyklus »Der Wüstenplanet« scheint wie geschaffen für genau diesen Prozess.

David Lynchs 1984 mit Spannung erwartete Erstverfilmung *Dune* ist in den vergangenen zwanzig Jahren oft in veränderter Gestalt zurückgekehrt, aber nie in seiner ursprünglichen Form. Bereits während der Dreharbeiten, als Produzent Dino De Laurentiis aus Lynchs Vier-Stunden-Monsterschnitt eine kaum verständliche 136-Minuten-Kinofassung stricken ließ, um sein dubioses Produkt in den Filmtheatern doppelt so oft platzieren zu können, wurden Stimmen laut, dies könne nicht alles gewesen sein. Lynch, De Laurentiis' Fassung wohl oder übel zustimmend, aber über den Editing-Prozess fast verrückt geworden, wollte ganz mit dem Filmen aufhören, ließ *Dune* später im Neustart seiner Karriere gewissermaßen links liegen und vergessen. Neuen Ärger verursachte eine im Mai 1988 im US-Fernsehen auftauchende, nicht autorisierte 177-Minuten-Fassung*, die Virginia Madsens Prolog-Erzählerin Prinzessin Irulan durch eine

* Vgl. Dennis Fischers Reportage »The Complete Dune«. In: *Cinefantastique* 19/1–2 (Jan. 1989). Die deutsch synchronisierte TV-Fassung erschien erst im Herbst 2003 auf DVD (Marketing).

unidentifizierbare, zuviel Spice schluckende Männerstimme ersetzte, welche uns ins Jahr 6041 vor die Zeit der Padishah-Kaiser zurückwirft, mit groben Farbzeichnungen Jaroslaw Gebrs aufwartet, die mit Herbert nicht viel zu tun haben und die blauen Augen der Fremen im technisch inkompatiblen Zusatzmaterial aus Bequemlichkeit oder Geldmangel unkoloriert lässt. Die wertvollere Restaurierungsarbeit leisten ein hochkarätiger Artikel Sean Murphys in *Video Watchdog** sowie David Hughes' unumgängliches Handbuch *The Complete Lynch* aus dem Jahr 2001, unzählige verstümmelte oder verfälschte Szenen rekrutierend wie die Ermordung von Linda Hunts Shadout Mapes durch Dean Stockwells Dr. Yueh (äußerst vage in der Kinofassung), ein unter den Tisch gefallenes wichtiges Detail während des Zweikampfes von Kyle MacLachlans Paul mit Stings ruchlosem Feyd Rautha oder die gesamten Umstände von Pauls aus dem Nichts auftauchender Schwester Alia (Alicia Roanne Witt).

Die Erben des Wüstenplaneten

Lynchs in den mexikanischen Churubuscu-Studios entstandener aufwendiger *Dune* sollte nicht der letzte Besuch auf Herberts universellem Wüstenschauplatz bleiben. *Tales from the Darkside*-Regisseur und Ex-George-Romero-Assistent John Harrison und der US-Kabelsender Sci-Fi Channel gönnten sich 2000 satte 285 Minuten, um den Dreiteiler *Frank Herbert's Dune* in Prager zu Filmstudios umfunktionierten Fabrikhallen als prachtvolle Mini-Serie entstehen zu lassen, aufgeteilt in die Kapitel des Romans *Dune, Muad'Dib* und *The Prophet*. Anders als bei Lynch wird im Zeitalter digitaler Massendatenverarbeitung mehr auf Äußeres wert gelegt als auf die Psychologie von Figuren, wobei Ian McNeices pummeliger Baron Harkonnen Lynchs Kenneth McMillan in einem Meer unbekannter Gesichter schaurig poppige Konkurrenz macht.

Vittorio Storaros unerbittliche Farbsymbolik weicht nahezu gänzlich dem sandfarbenen Alltag Greg Yaitanes' in der von Harrison

---

* Sean Murphy: »Building the Perfect DUNE«. In: *Video Watchdog* 33 (1996), S. 40–53, und *Video Watchdog* 34 (1996), S. 42–55

Wirtschaftskrieg auf Arrakis. Aufwendige Computereffekte wie dieser Fang eines Sandwurms durch ein Raumschiff vom Planeten Salusa Secundus verschleiern dennoch nicht Children of Dune's *menschliches Drama.*

geschriebenen Fortsetzung *Children of Dune* (2003, Hallmark/RTL) nach Herberts »Dune Messiah« (1969) und »Children of Dune« (1976), trotz noch spektakulärerer Stadtanlagen und aufwendigerer, weitaus mobilerer CGI wie der Fang und Abtransport eines gigantischen Sandwurms, aber in die Stilwut tschechischer Designer ist Disziplin eingekehrt. Letos (James McAvoy) knappes Entkommen aus dem Rachen eines Sandwurms zum Entsetzen von Julie Cox' Irulan, als er halsbrecherisch sein Schicksal herausfordert, ist eine notwendige Anspielung auf *The Empire Strikes Back*, wenn der Rasende Falke nur knapp dem Riesenschlund eines mit Herberts Sandwürmern verwandtem Monster entkommt. Harrison gelingt es, Herberts schier endlosen Teppich aus Schauplätzen und Figuren hinsichtlich der beiden Hauptthemen aufzuknüpfen und Alias (Daniela Amavia) wachsende psychische Beherrschung durch McNeices Baron völlig zu veräußerlichen, eine *A Beautiful Mind* nicht unähnliche Technik und eine weitaus dramatischere Lösung als Herberts innere Monologe. *Children of Dune* liefert, was uns Lucas' erste drei *Star-Wars*-Episoden so offensichtlich verweigern: Ein echtes Comeback involvierter Menschen und ihrer Gefühle und Verbindungen – deren

Schicksal uns nicht nur teilhaben lässt, sondern unser eigenes reflektiert. *Children of Dune* ist ein Film über unsere Bestimmung als *Menschen, Dune* hat uns – wie *Lord of the Rings* – vieles zu sagen. Noch ein solcher Paukenschlag, der 3000 Jahre später spielende »God Emperor of Dune«, könnte *Dune* zum *Star Wars* seiner Zeit noch vor *Star Wars* machen.

Focus Science Fiction: Sci-Fi Channel

Das Warten hat ein Ende, abgebrühte SF-Freaks können aufatmen: Seit dem 1. September 2003 hat Science Fiction seinen eigenen, festen Sendeplatz im deutschen Fernsehen, wenn auch nur im privaten. Vorbei die Zeiten wie 1978, als uns die ARD glauben machen wollte, SF bestehe aus einer Hand voll Titel aus Hollywood. Premieres tägliches Pay-TV-Plus-Paket »Sci-Fi« geht in die Vollen, egal ob reihenweise Kult-Serien, Animés wie *Spiral Zone, Flash-Gordon*-Museumsbesuche ins Jahr 1936 oder eine von Christopher Lee moderierte hundertjährige Geschichte des Genres in 26 Folgen in den »Sci-Facts«. Wer will sich das antun?

Die Zeit für Veränderungen war indessen reif. Idee und Übernahme stammen natürlich aus den USA, wo der Sci-Fi Channel (USA Network mit seinen Inhabern Universal/Paramount) bereits am 24. September 1992 mit 10 Millionen Kabelkunden ans Netz ging. SFC offerierte zunächst Hauseigenes wie *Voyage to the Bottom of the Sea, Time Tunnel, War of The Worlds, Buck Rogers* oder *The Incredible Hulk*, schlichtweg alles von *Tales from the Crypt, Doctor Who, Space: 1999* und *The Prisoner* über *Alfred Hitchcock Presents* bis *Tekwar* und *LEXX*. Technik/Science News (»The Science Show«), »Mysteries«, freche Superhelden-Cartoons zum Frühstück bis Rod Sperlings Mitternachtszug *Night Gallery* gehörten ebenso dazu wie die Kommentatoren, Harlan Ellison, Nichelle Nichols oder Laura Banks im Show-Block »Inside Space«. Specials/Dokus wie Mike Clarks *The Fantasy Film Worlds of Irwin Allen* (September 1995) anlässlich des 30-jährigen Jubiläums von *Lost in Space* wären schwer anderswo unterzubringen gewesen. Die erste eigene Serie kam im August 1997 mit *Mission Genesis*, bekannter wurden die Hallmark/Henson-Creature-Shop-Produktion *Farscape* (März 1999), MGMs *Stargate*

SG-1 (August 1997, zunächst von Showtime ausgestrahlt), *The Invisible Man* (Juni 2000), der zwanzigstündige Spielberg-Entführungs-Thriller *Taken* (Dezember 2002, seit November 2003 auf Premiere) oder Sechs-Stunden-Miniserien wie *Frank Herbert's Dune* (Dezember 2000) und dessen Sequel *Children of Dune* (März 2003). Die Spitze des Eisbergs. Schwang sich Hallmark Entertainment Mitte der Neunziger zum Hauptlieferanten modernster TV-Fantasy* auf und soll Nicholas A. Psaltos' 24-Stunden-Grauen Horror Channel demnächst die Wildnis des Makabren erobern, so besetzt SFC das Gebiet der Science Fiction. Das Revival von *Battle-Star Galactica* mit neuer Crew ist Ehrensache (Dezember 2003), für 2004 kündet das TV-Imperium den Vier-Stunden-Reißer *The Thing* sowie den Acht-Stunden-Bermuda-Minischocker *Triangle* an.

Premieres Sci-Fi-Angebot ist also eine rein amerikanische Angelegenheit (Universal Studios Networks Deutschland) - mit europäischen Tupfern wie François Truffauts *Fahrenheit 451* von 1966 - und bietet die besten SF-Serien der Welt, ist aber harter Konkurrenz ausgesetzt durch Warner Bros., UPN, HBO, Fox, ABC oder TNT, die längst in eigene erfolgreiche Hitserien wie *Smallville, Alias, Enterprise, The X-Files* oder die nicht tot zu kriegende *Buffy the Vampire Slayer* investieren. Sci-Fi, so begrüßenswert sein Schwerpunkt auf SF auch sein mag, ist eine reine Marktfrage, die mit Qualität wenig zu tun hat und das Genre nicht auf internationaler Basis repräsentiert. Auf eine Ausgrabung etwa der besten deutschen SF-Reihe, Rainer Erlers *Das blaue Palais* (ZDF 1974–1976), würden hier noch nicht einmal Rufer in der Wüste warten.

* Vgl. das Kapitel »The Hallmark Experience« meines Artikels »Fantasy-Filme: Ein zweiter Frühling?«. In: *Fantasia* 159 (Dez. 2002), S. 105–112

FILME 2003 – UND DARÜBER HINAUS

Smallville (Smallville)

USA 2002–2004 • Serie
TV: RTL • ab 3.1.03

Smallville/Kansas, Oktober 1989: Ein hereinbrechender Meteoritenschwarm vernichtet Menschen und Gebäude, während das kinderlose Farmer-Ehepaar Ken (John Schneider/Annette O'Toole) im umgestürzten Wagen auf einem verkohlten Maisfeld von einem kleinen, scheinbar aus dem Nichts auftauchenden Jungen besucht wird. Heute: Teenager Clark Kent (Idealbesetzung: Tom Welling) rettet dem jungen Lex Luthor (Michael Rosenbaum) das Leben und verliebt sich in die elternlos gewordene Cheerleader-Beauty Lana Lang (Kristin Kreuk), doch da sind noch andere Bewerber und seltsame Geräusche in der Luft. Und dann geht es zu wie im Tierreich von *Akte X*.

Hinweg mit Kents hässlicher Reporterbrille und dem knallroten Faschingscape: Tom Welling sieht zwar aus wie ein jugendlicher Christopher Reeve (Gastauftritt in der First-Season-Episode *Rosetta*), aber der Kitsch ist ausgezogen und die Figurenkonstellation dichter gestrickt als in den »erwachseneren« Superman-Kinofilmen 1978-1987. O'Toole, Kents Jugendfreundin in *Superman III* (1983), ist jetzt seine irdische Ersatzmutter, doch der Rest ist genial ausgewogen bis in die Nebenrollen, alles andere als vorhersehbar und von exzellenten Stunts getragen wie Clarks Durchbrechen des Brückengeländers, als ihn Lex' rotierender Wagen von hinten erfasst und mit in die Tiefe reißt. Wir entdecken Clarks Anderssein, Herkunft und unheimliche Fähigkeiten *mit* Clark. Wir empfinden nicht nur mit Lana, wenn er auf dem nächtlichen Friedhof die Rolle ihrer toten Eltern übernimmt oder Lana am Ende des Pilotfilms ihre Kette mit dem Diamanten aus Kryptonit »wiederfindet«, während Clark allein in die einsame Nacht seiner Entscheidung hinausläuft. Meisterhaft. Vieles besitzt einen mehrfachen, ergreifenden, faszinierenden doppelten Boden. Es besteht nicht der geringste Zweifel: *Smallville*, seinen Vorgängern *Superboy* (1989) und *Lois & Clark: The New Adventures of Superman* (1993) haushoch überlegen, ist der sympathischste und beste Auftakt zu einer US-TV-SF-Serie, den es gibt.

Mutant X (Mutant X)

USA/Kan 2001–2004 • Serie
TV: RTL 2 • ab 8.1.03

Die USA in naher Zukunft: »Genomex«-Sicherheitschef Mason Eckhart (Tom McCamus), in Wahrheit ein doppeltes Spiel für die »Genetic Security Agency« treibend, muss die unkontrollierbar gewordenen, heimlich genetisch erzeugten Mutanten eines illegalen Abwehr-Regierungsauftrags wieder einfangen lassen und die Öffentlichkeit darf davon nichts mitbekommen. Doch die Supertruppe um die aus menschlichem und tierischem Erbgut bestehende katzenartige Shalimar (Ex-*Cleopatra 2525* Victoria Pratt), den Blitze schleudernden Kleinganoven Brennan (Victor Webster), Gestaltwandler Jesse (Forben March) und Neuankömmling/Telepathin Emma (Lauren Lee Smith) schließt sich ihrem Mit-Schöpfer und Ex-»Genomex«-Genetiker Adam (John Shea) an, Teamchef der Widerstandsgruppe *Mutant X*.

Wie *Smallville* extrem erfolgreicher (leider nicht bei uns), farbiger Marvel-TV-Sieg im »Schatten« der größeren Kino-Reihe *X-Men*: *Mutant X* wirbelt erfrischend soft und stilsicher durch CGI-Hongkong/*Matrix*-Unterholz und trifft über die anhaltend alberne wie verunsichernde Gen-Kontroverse wie keine andere Serie den Nerv der Zeit. Schlichte Klamotten und Disziplin – wie in dem gleichfalls eleganten *Smallville* – sind das Gebot der Stunde, keine schrillen Make-up-Ausbrüche oder Supermaschinen. Production Designer Rocco Matteo taucht die Bergfestung der Guten in lebensbejahende Warmtöne und ovale Formen im Gegensatz zu Eckharts aggressiv wirkendem, heutigen Standards entsprechendem Biolabortrakt. Anhaltend aufregende Stunts (Paul Rapovski/Marco Bianco) und brillant kurze virtuelle Panoramen sind jedoch nicht das Geheimrezept, nach dem *Mutant X* funktioniert, sondern exzellentes Casting. Der Grund, weshalb eine Serie funktioniert und die andere nicht, liegt immer noch an der Vertrautheit und Zugänglichkeit ihrer Charaktere. Mit *Mutant X* würde man am liebsten unter einem Dach leben.

Star Trek – Nemesis (Star Trek Nemesis)

USA 2002 • Stuart Baird
Kino: UIP • 16.1.03

Machtwechsel auf Romulus: *Enterprise*-Captain Jean-Luc Picard (Patrick Stewart), der Neutralen Zone am nächsten, erhält vom Oberkommando der Raumflotte den Befehl, den neuen Praetor Shinzon (Tom Hardy) und dessen Friedensabsichten auszuloten. Doch Shinzon, Kommandant des gigantischen Schlachtschiffes *Scimitar* und von Romulus' dunklem Nachbarplaneten Remus aus operierend, ist ein vom romulanischen Geheimdienst mit Hilfe eines genetischen Musters erstellter Ex-Austausch-Klon Picards und verfolgt die Absicht, die Föderation für immer zu vernichten ...

Nemesis, böse abgehängt von *Harry Potter* und dem *Herrn der Ringe* im US-Weihnachtsgeschäft 2002, folgt der ewig bewährten *Star Trek*-Maxime, nicht alles aufzulösen, und tanzt um stabilere Themen wie Identität und Familie. *Star Trek* ist nie nur für die Augen und überlässt den Rest des Denkens und Spekulierens uns. Aber in gleichem Maße, wie unbeantwortete oder unbeantwortbare Fragen den Filmen thematische Substanz zuschanzen, gehen sie ihnen aus dem Weg. Nichts ändert sich wirklich, nach Data (Brent Spiner) kommt B-4 und dann wiederum Data. *Star-Trek* verkündet die Botschaft, dass nie etwas gewonnen ist, weil alles wiederkommen könnte, aber der Ton ist wenig beleidigend oder herausfordernd, das fast schon vergessene Ehe/Familien-Happy-End inklusive. Und Hardys Shinzon ist einfach ein weniger hartnäckiger Gegner als Ricardo Montalban aus *Star Trek II: The Wrath of Khan* (1982) oder Alice Krieges Borg-Königin aus *Star Trek: First Contact* (1996).

Spy Kids 2 – Die Rückkehr der Superspione

(Spy Kids 2: The Island of Lost Dreams)

USA 2002 • Robert Rodriguez
Kino: Concorde • 23.1.03

Der amerikanische Präsident (Christopher McDonald) vertraut den Falschen, die ihn besoffen machen und mit dem geklauten Transmooker-Prototyp einer Rummelplatzattraktion, der die Elektrizität des gesamten Planeten außer Kraft setzen kann, auf eine geheimnisvolle Insel fliehen, wo ein Verrückter (Steve Buscemi) hybride Monster bastelt. Ein Fall für die Kinderspione Juni und Carmen Cortez (Daryl Sabara/Alexa Vega), was sonst.

Katzen-Goldfische, Spinnen-Menschen, Ochsen-Frösche: Die verlorenen Träume des Originals sind Rodriguez' verschollene Kindheitserinnerungen und Teil 2 die Insel, auf der er sie wach kitzelt. Der Höhepunkt von *Jason and the Argonauts* (1963) erfährt eine schrille Würdigung in geheimer Mission. *Island of Lost Dreams* ist nicht nur über seine phantastischen CGI-Effekte weitaus komplexer als *Spy Kids* von 2001, hier müssen auch die Alten wie der im fliegenden Rollstuhl wie ein Dreijähriger herumtobende Ricardo Montalban ran. Mehr Tempo und Überdrehung wie einst in *Back to the Future II* (1989) und der Höhepunkt der mit dem erschreckend eindimensionalen *Spy Kids 3D – Game Over* (2003) kindisch endenden Trilogie.

Planet B: The Antman, Mask Under Mask, Detective Lovelorn

D 2000–2001 • Thomas Frick, Christopher Gampl, Markus Goller
Kino: Stardust • 30.1.03

Der vollbusige Detective Lovelorn (Misel Maticevic/Eva Hassmann) krankt an multipler Schizophrenie, ein mexikanischer Volksheld (Götz Otto) mit kaufwütiger Freundin (Yasemina Filali) prügelt sich mit einem Ameisenpriester (Lars Rudolph), im eitlen Paraguay grassiert der Jugendwahn.

Weibliche Leser mögen mir verzeihen, aber Filalis Gesicht ist der einzige echte Schrott in dieser zu bemühten Palastrevolte dreier deutscher Jungfilmer, teilweise auf der Berlinale 2001 und erstmals im Block 2002 während des Fantasy Filmfests aufgeführt. Aber dieser Babelsberg-Trash-Omnibus um den seligen B-Film kommt trotz Horst Buchholz' klapprigem Archäologen nicht so richtig in die Hüften. Wirklicher Schund muss unfreiwillig oder überraschend sein wie Joe Dantes zu natürlich kreischenden Teenies in den Zuschauerraum herabsteigendes Ameisenmonster Mant aus *Matinee* (1993). Der hilflose Rohbau von *Robot Monster* (1953) oder die Heldentaten Ed Woods wirken gerade wegen ihrer ernst gemeinten Machart, die ungewollte Filmgeschichte ist und nicht nachempfundener Klamauk. Die Trivialität dieser Streifen war nicht die Absicht ihrer träumenden Regisseure – dem anachronistischen Schundglobus *Planet B* lässt sich seine Unschuld weniger leicht abkaufen.

Die einsamen Schützen (The Lone Gunmen)

USA 2002 • Serie
TV: RTL • 30.1.03

Zwergenaufstand bei *Akte X*: Die drei hässlichsten Menschen im internationalen Fernsehen, Melvin Byers (Bruce Harwood), Richard »Ringo« Langly (Dean Heglund) und John Frohike (Tom Braidwood), Mulder und Scully seit der First-Season-Episode *E.B.E.* gelegentlich zuarbeitende Verschwörungstheorie-Freaks, in ihrer ersten Serie (Fox-TV), einem legalen *X-Files*-Spin-Off. *Gunmen* mopst Handlungsstränge steinalter *Outer-Limits*-Kapitel und bedient sich ungeniert bei *The Matrix*, ist aber überwiegend lustlos, ohne Fuß im Unbekannten. Wer mit Preston-Sturges-Situationen, dem »Anything Goes« von *Wild Wild West*, den Tree Stooges, den Marx und Farelli Brothers etwas anfangen kann, wird in diesem erneut glücklosen, im Ton an die 70er-Cartoon-Serie *Scooby-Doo* erinnernden *Mission-Impossible*-Bastard Chris Carters (nach *Millenium* und dem im Herbst 1999 nach nur drei Episoden von HBO gekillten *Harsh Realm*) fündig werden.

Captain Buzz Lightyear – Star Command

(Buzz Lightyear of Star Command)

USA 2000–2001 • Serie
TV: Pro 7 • ab 1. 2. 03

Superballergeräte, ulkigste Technik, aus Hüftgelenken ausklappbare Laserkanonen für Frührentner: *Toy-Story*-Topstar Buzz in seinem ersten eigenen Cartoon-Flitzer als rasanter Raum-Commander im grünweißen Space-Outfit und tosenden Gerangel mit dem ewig machtlüsternen Bösen, Imperator Zurg. Nur die Titelsequenz besteht noch aus CGI, der Rest ist herrlich altmodischer Zeichentrickkram. Die Klischees strotzen geradezu vor Selbstsicherheit. Hinter dem Zukunftsirrsinn stecken Disneys TV-Macher des möglichen Teen-Wahnsinns *Kim Possible* Mark McCorkle und Bob Schooley, kein Wunder. Da gurkt der halslose Kopf von Buzz' Blechdosen-Düsentrieb XR, für Kyle Counts »die intergalaktische Version eines Schweizer Armeemessers«*, im Einmachglas aus Raumhelm herum, braucht Darth-Vader-Stahlgewitter Zurg eine Sonnenbrille, um dem blitzartigen Untergang ganzer Milchstraßen beizuwohnen, und entwickelt ein durch Wände marschierender blauköpfiger Prinzessinnen-Witz Denkanstöße. Wer will schon erwachsen werden!?

Die Vögel (The Birds)

USA 1963 • Alfred Hitchcock
TV: VOX • 2. 2. 03

San Francisco. In einer Vogelhandlung macht sich Anwalt Mitch Brenner (Rod Taylor) einen Spaß daraus, eine sich als Verkäuferin ausgebende Kundin (»Tippi« Hedren) eingehend nach dem Liebesleben der Gefiederten zu befragen. Die erzürnte Blondine revanchiert sich, indem sie die Küstenstraße nach Bodega Bay nimmt, um

* Counts in: *Starlog* 281 (Dez. 2000), S. 26

Mitchs Schwester Cathy (Veronica Cartwright) mit einem Paar Sperlingspapageien, genannt »Liebesvögel«, heimlich zum Geburtstag zu überraschen.

Als Film des Horror/SF-Genres stellt *The Birds* den Urvater und Auslöser einer erst in den 70er Jahren greifenden Invasion von Tierhorrorfilmen dar (Haskins/Pals Wanderameisen-Thriller *The Naked Jungle* von 1954 spielt 1901 auf einer südamerikanischen Kaffeeplantage und blieb kinderlos). Aber Hitchcock interessiert das nicht wirklich: *The Birds* liefert wie *2001: A Space Odyssey* (1968) keine Antworten – das Verhalten der Vögel scheint lediglich unsere eigene, sich nicht weniger irrational gebärdende naturbedingte Unruhe und Orientierungslosigkeit widerzuspiegeln. Eine jüngere, die »Wahrheit« verkündende Analyse in einer bekannten Fachzeitschrift* rückt Mitchs Mutter Lydia (Jessica Tandy) mehr in den auslösenden Mittelpunkt, doch die Komplexität von *The Birds* hat mehr zu bieten. »Die kommen auch nie zur Ruhe«, sagt Suzanne Pleshettes Lehrerin Annie zu Melanie über einen am Himmel entlangziehenden Vogelschwarm, nachdem beide eingesehen haben, dass es aussichtslos ist, Mitch von seiner dominierenden Mutter zu trennen. Sie könnten dort ebenso wenig eindringen wie die gerade an die Tür geprallte Möwe. Das arme Ding scheint sich verflogen zu haben. Hitchcocks Metapher ist zu deutlich: Auch wir »verfliegen« uns im Leben, halten an Irrationalem, Unmöglichem, Unerreichbarem fest, unterwerfen uns Ritualen, die kein Mensch versteht, am wenigsten wir selbst. Für Annies Verhalten, allein in Bodega Bay zu bleiben, weil sie Mitch nicht aufgeben will, gibt es, reflektiert im Verhalten der Vögel, keine Erklärung. *The Birds* funktioniert als Film über unsere Unfähigkeit, mit uns selbst umzugehen und den Tatsachen des Lebens ins Auge zu sehen. Wir sind all das nicht, was wir vorgeben zu sein. Wie die erfolgreiche, aber unruhige Marion in *Psycho* (1960), wie James Stewarts suchender Scotty in *Vertigo* (1958) sind wir auf einer ziellosen Reise, die nirgendwohin führt, verlieren wir, was wir gewinnen. *The Birds* ist der erste Film, der auf den Schlusstitel »The End« bewusst verzichtet.

---

* Dennis Kleinman: »The Truth About the Birds«. In: *Cinefantastique* 33/3 (Juni 2001), S. 50–53

Anatomie 2

D 2003 • Stefan Ruzowitzky
Kino: Columbia TriStar • 6. 2. 03

Synthetische Wadenmuskeln per Steuerchip-Implantat im Rücken: Der sympathische, aufstrebende Duisburger Arzt im Praktikum Jo Hauser (Barnaby Metschurat) ist hingerissen von dem den Übermenschen anvisierenden Berliner Professor Müller-La Rousse (Herbert Knaup), in dessen ehrgeiziger Geheimloge der Antihippokraten auch die verführerische, berechnende Assistenzärztin Viktoria (Heike Makatsch) wildert. Und die willfährigen Jungtalente des Genies, zu idiotischsten Selbstversuchen bereit, greifen zu immer härteren Betäubungswaffen.

Der Beginn der ersten eigenständigen deutschen Horror/SF-Reihe? Ist Jos Nachname absichtlich an Curt Siodmak angelehnt? Die Fortsetzung des zu schüchternen Teenhorror-Mimikrys *Anatomie*, mit zwei Millionen Besuchern erfolgreichster deutscher Film 2000, ist erwachsen geworden, wechselt Schauplätze und Figuren (bis auf Franka Potente, allerdings in völlig unvorhersehbarer Rolle), Tempo und Stil erfrischend eigenständig, hetzt jedoch medizinischen Denkanstößen, wie sie ARTE seit Jahren thematisiert, natürlich nur genrebedingt hinterher. Dafür ungemein robust. Columbia wollte ein Happy End mit Jos aus dem Rollstuhl aufstehendem, irreparablem Bruder, was nur über Ruzowitzkys Leiche möglich gewesen wäre. Späte Genesung: Rosel Zech, Fassbinder-Ärzteopfer aus *Die Sehnsucht der Veronika Voss* (1982), als über Leichen gehende Krankenhauschefin. Bitte mehr davon in *Anatomie 3*.

Evolution (Evolution)

USA 2001 • Diverse
TV: ARTE • 15. 2./22. 2./1. 3./8. 3./15. 3. 03

ARTE über das größte Abenteuer, das wir erleben, das am meisten übersehene, schlichtweg falsch verstandene Prinzip unseres Daseins. Die 284-minütige fünfteilige TV-Dokumentation *Evolution*, Teil des weltweit führenden »Evolution Project« der PBS (Public Broadcasting Service), einem Verbund der 349 nichtkommerziellen US-Fernsehstationen unter der wissenschaftlichen Leitung von Dr. Jane Godall, ist die bislang beste und umfassendste visuelle Darstellung dieses Themas. Des bedeutendsten überhaupt: Nichts außerhalb der Evolution hat mittel- oder langfristig ähnlich gravierende Auswirkungen auf unsere Gesellschaft und Kultur.

Teil 1 »Großer Umbau« von Joël Olicker befasst sich mit der Entstehung und der Vielfalt des Lebens auf der Erde und zeichnet anhand eines computersimulierten »Muster-Körpers« den Weg vom Wasser zum Land, der auch rückwärts lief – wie nicht nur Delphine beweisen, sondern *Pakicetus attocki*, 1978 von dem US-Wissenschaftler Prof. Philip D. Gingerich in Pakistan gefunden, ein wolfsähnliches Raubtier und vor rund 50 Millionen Jahren der vielleicht älteste Vorfahre der Wale. Sind wir, wie alles frühere und jetzige Leben auf diesem Planeten, lediglich eine Variation, nicht mehr als ein Glied eines einzigen Lebensbaums?

Teil 2 »Ausgelöscht« (Kate Churchill/Richard Hutton) sieht uns in der sechsten Aussterbewelle, die 90 Prozent aller heute existierenden Arten vernichten könnte, nachdem bereits 99,9 Prozent aller jemals existierenden Spezies ausgelöscht wurden. Teil 3 »Wettrüsten« (Gail Willumsen) zeigt immer neue Medikamente im Kampf gegen immer resistenter werdende Krankheitserreger. Werden Antibiotika zu schnell, zu unüberlegt verabreicht? Ermöglichen sie Bakterien erst die Anpassung?

Im vierten Teil »Sex!« (Noel Buckner/Robert Whittlesey) sei angesichts der Tatsache, dass sich Erdbeeren oder See-Anemonen ungeschlechtlich fortpflanzen, die Frage erlaubt, ob sich Sex überhaupt lohnt. Sex reinigt die Art von schädlichen Mutationen, baut genetische Verteidigungsvarianten im Kampf mit Erregern auf. Ist unsere gesamte menschliche Kultur letztlich nichts anderes als das Ergebnis unseres Triebes?

Die Entwicklung der »Intelligenz« (John Heminway/Michelle Nicholasen) steht im Zentrum des letzten Teils. Sprache als Kommunikationsform, die mehr bedeutete als die momentane »Verständigung« hinsichtlich von Gefahren oder Nahrung, scheint der Schlüssel zu sein und dem *Homo sapiens* allen anderen Spezies gegenüber den uneinholbaren Vorsprung verschafft zu haben. Nun konnte er auf dem Wissen der Ahnen aufbauen. Was bleibt, ist die von der Science Fiction schon oft »beantwortete« Frage nach dieser Zukunft. Wenn neu geschaffene Kultur die biologische Entwicklung des Menschen übersteigt - wohin wird uns unsere Intelligenz dann führen? Atemberaubend.

Alias - Die Agentin (Alias)

USA 2002-2004 • Serie
TV: Pro 7 • ab 18.2.03

Studentin Sydney Bristow (Queen of Kick-Ass/Citytornado Jennifer Garner) vertraut ihrem nichts ahnenden Verlobten Danny Hecht ihre Existenz als Spionin der ultrageheimen CIA-Abteilung SD-6 an, ein für Danny tödliches Wissen. Denn SD-6 ist genau jenes weltweit operierende Verbrecherkartell, das sie selbst seit sieben Jahren zu

Nichts ist, was es scheint: Lena Olin, Alias

bekämpfen glaubt. Sydney läuft zur CIA über und wird zur Doppelagentin, nicht wissend, dass auch ihr Vater (Victor Garber) für den CIA und SD-6 arbeitet.

Heiße *Mission Impossible/007*-Energie mit einem kräftigen Schuss *Femme Nikita*: Bereits *Alias'* Pilotfilm *Truth Be Told* ist faszinierend verworren, völlig unvorhersehbar, das Spy-Genre komplett auf den Kopf stellend. Unerwartet komplexe und schwierige Verhältnisse, Beziehungen und Charaktere. Nichts ist auf Anhieb verständlich, Genres und dramatische Formen, Berufliches und Privates wechseln unbemerkt in atemberaubender Geschwindigkeit. Bereits der Titelsoundtrack von Abrams, Michael Giacchino und Sinead O'Connor bohrt sich wie glühend heiße Nadelstiche ins Gehirn, selbst Alltagssituationen wie Sydneys Erwartung ihres Vaters in einem nächtlichen Restaurant sind nicht weniger traumatisch als Action-Sequenzen. Dies wäre nicht der Fall, würden wir uns auf dem Mars oder inmitten eines irdischen Testgeländes befinden. ABC war völlig aus dem Häuschen, spürte das unglaubliche Potential, das in dieser aufregenden und Aufsehen erregenden Serie steckt. *Alias*-Creator J. J. Abrams: »Irgendwie machten sie den Eindruck, die Spionage/Action/Adventure-Show der nächsten Generation zu besitzen.«* Und so ist es auch: *Alias* scheint sich nicht gegen, sondern mit der Ambiguität der Welt zu wandeln. Das erste 17,5-Stunden-First-Season-Paket von Buena Vista Home Video bitte auf DVD im Format 1.78:1 genießen.

Akte X – Die unheimlichen Fälle des FBI, Letzte Folge: »Die Wahrheit« (The X-Files)

USA 1993–2002 • Episode »The Truth« (2002) • Rob Bowman
TV: Pro 7 • 24. 2. 03

Mount Weaver: Special Agent Fox Mulder (David Duchovny), im Schutz einer Besuchergruppe heimlich in den Stützpunkt eingedrungen und aus Notwehr einen Supersoldaten tötend, wird des

* Abrams in: *Cinefantastique* 34/6 (Okt./Nov. 2002), S. 46

Mordes angeklagt. Skinner (Mitch Pileggi) will ihn vor einem Militärtribunal verteidigen.

Um welche Wahrheit dreht sich diese im Mai 2002 in den USA ausgestrahlte letzte *X-Files*-Episode? Völlig klar, dass Mulder vor dem bevorstehenden zweiten Kinofilm (aber nicht nur deswegen) nicht geopfert werden kann. Oder soll er als Alien wiederauferstehen wie die Supersoldaten? Seine Befreiung ist so unerwartet wie hilflos und unglaubwürdig, gelöst ist und wird gar nichts. Mulder ist zurück, das ist alles. Wären hier nicht exzellente, unser Interesse wachhaltende Schauspieler am Werk – für die Wahrheit von *The Truth* würde sich kein Mensch interessieren.

Was sich 1993 vom Fan-Geheimtipp zum Massentrip in der Größenordnung *Star Trek* entwickelte, drehte sich immer öfter im Kreis, ohne wirklich langweilig zu werden. Die Einführung neuer X-Agenten, Robert Patricks John Dogget und Annabeth Gishs Monica Reyes, verhinderte den Sturz vom Quotensteilhang ebenso wenig wie der 11. September, zu lange Überbrückungszeiten, die Unterbeschäftigung bzw. Abwesenheit Duchovnys oder überraschend schlagkräftige Konkurrenz wie *Alias*. Andererseits: *The X-Files* konnte als »Quality Show« nur überleben, weil Fox-TV bereit war, die Serie in über 200 Episoden nicht nur finanziell, sondern mit dem notwendigen Vertrauen zu unterstützen. Umstände, die so weder in der heutigen Marksituation noch irgendwann in der Zukunft eintreten dürften.

Feuerteufel – Die Rückkehr (Firestarter: Rekindled)

USA 2002 • Robert Iscove
DD: Universal • Februar 2003

Rivermeade: Geheimdienstscheusal John Rainbird (damals George C. Scott, jetzt Kirk-Nemesis Malcolm McDowell), Chef von »Systems Operations« (ehemals »The Shop«), würde alles tun, um Psycho-Twen Charlie McGee (Drew Barrymore/Marguerite Moreau), Glanzstück der durch Drogentests bewirkten Menschenversuche des Lot-Six-Experiments, zurückzubekommen. Kann Charlie Prof. Richardson (genial unmenschlich: Dennis Hopper) und Vincent Sforza (Danny Nucci) vertrauen?

Nicht gerade schwierig, Mark Lesters erbärmlichen Erstversuch *Firestarter* von 1984 zu toppen. Die zweiteilige Sci-Fi-Channel-Produktion *Firestarter: Rekindled* benutzt Stephen Kings Bestseller von 1980 als Sprungbrett: Charlies unkontrollierbare Veranlagung und neue, von King inspirierte Charaktere machen das 162-Minuten-Epos trotz Sequel-Status unvorhersehbar, auch durch in sich verschachtelte Zeitsprünge. Welche Drogen enthielt das Lot-Six-Porgramm? Wozu wurden sie verwendet? *Rekindled* besitzt Tonnen an Plot und Informationen. Wird es eine simple Rachegeschichte? Ein Ersatzvater-Drama? Was passiert mit Rainbirds »Kindern«? Letztlich eine eigenständig weiterentwickelte Literaturinspiration, für den King-Leser nicht weniger neu und aufregend als für Ersteinsteiger und beiden die nötigen Überraschungen bietend. Unkonventionell, vorbildlich.

The Powerpuff Girls Movie (The Powerpuff Girls)

USA 2002 • Craig McCracken
DVD: Warner • Februar 2003

Townsville: Explodierenden Kriminalitätsstatistiken will Professor Utonium mit dem Bau eines perfekten kleinen Mädchens als Gesetzeshüter begegnen, das Gut und Böse klar trennen kann. Laboraffe Jojo kippt eine unbekannte Chemikalie in die Mischung, so dass sich der Professor nach einer Detonation drei wie Murmeln aussehenden Gören mit riesigen Augen und unglaublichen Fähigkeiten gegenübersieht. Und der Trottel will die Minis in den Kindergarten stecken ...

Im Gegensatz zur wilden US-Cartoonserie von 1995 der Schöpfer von *Dexter's Lab* spielen japanische Einflüsse wie Eiji Tsuburayas *Ultra-Man* eine weniger große Rolle in diesem heißen ersten Kinofeuerwerk der retrocoolen Supergirls. Das Plot erreicht apokalyptische Spitzengeschwindigkeit, aufgeheizt durch irre *King Kong/Planet of the Apes*-Gags, der Wahnsinn startet in Richtung Chuck Jones/Tex Avery durch. Blossom, Bubbles und Buttercup müssen höllisch aufpassen, sich nicht von Affenhirn »Mojo Jojo« und seiner aus dem Zoo rekrutierten Privatarmee die Show stehlen zu lassen und bekämpfen die wie sie selbst benachteiligten Außenseiter eigentlich erst, als sich Buttercup dazu gezwungen sieht. Ultrakracher.

Solaris (Solaris)

USA 2003 • Steven Soderbergh
Kino: Fox • 6. 3. 03

Für Psychologe Dr. Chris Kelvin (George Clooney in seiner bisher besten Rolle), schrecklich unter dem vermeidbaren Suizid seiner Frau Rheya (Natascha McElhone) leidend, kommt es noch dicker: Auf der den unerklärlichen Plasmaplaneten Solaris umkreisenden Raumstation »Prometheus« scheinen sich Gedanken auf unheimliche Art zu manifestieren und die Betroffenen über materialisierte Erinnerungen sowie Schuldgefühle in den Wahnsinn zu treiben. Gibt es eine zweite Chance?

Solaris sind wir selbst, das Leiden, die Widersprüche unabdingbarer Bestandteil unserer trügerischen, eingebildeten und künstlichen Existenz. Das Rätsel sind wir – Solaris bringt es gebündelt ans Licht. Auch Soderberghs *Solaris* kann die Fragen, die er aufwirft, nicht beantworten, sie sind Teil unserer unerklärbaren Identität, unseres sinnlosen Verhaltens, unserer Unfähigkeit zu vergeben. Clooney: »Der Film wirft zu viele, auch metaphysische Fragen nach Schuld und Sühne, nach dem Wesen von Zeit und Raum auf, ohne diese Fragen zu beantworten. Lösungen bleiben der Phantasie der Zuschauer überlassen. Viele hassen das. Ich liebe es.«*

Nichts wäre verkehrter gewesen, als einen faulen Kompromiss, eine zweite Chance anzusteuern – Soderbergh würde sich selbst widersprechen. Solaris gibt Menschen keine zweite Chance, lediglich die Chance der eigenen Entscheidung: Mehr noch als Tarkowskijs Version von 1972 ein Rorschach-Test, weniger für die Hauptfigur als für uns selbst. Unausweichlich.

* Clooney im Interview mit Angie Dullinger, in: *Abendzeitung*, 6. 3. 03, S. 27

Enterprise (Enterprise)

USA 2001–2004 • Serie
TV: SAT 1 • ab 15. 3. 03

2152: Kurier-Klingone Klaang (Tom »Tiny« Lister jr.) hetzt nach verheerendem Shuttle-Crash durch ein irdisches Maisfeld, verfolgt von wild feuernden, aggressiven Sulbian. Captain Jonathan Archer (farblos: Scott Bakula), Kommandant der Ur-*Enterprise* NX-01, dem ersten Raumschiff mit Warp-Antrieb, will den Verletzten persönlich nach Kronos bringen, als Klaang aus dem Flottenhospital geklaut wird ...

Die fünfte *Star-Trek*-Serie dreht das Rad der Geschichte 113 Jahre vor Captain Kirk und der *U.S.S. Enterprise* zurück, aber nicht nur Sub-Commander T'Pol (Jolene Blalock) ist ein wenig spitzohriger Ersatz für den echten Mr. Spock. Die Crew ist eher zum Einschläfern, Schwierigkeiten nicht schwierig genug. Entsetzlich blauviolette Strampelhosen, gähnend langweiliges Design, Techno-Geschwätz und rustikales Retro-Feeling machen nicht gerade Appetit auf mehr. Da bleibt alles irgendwie im funktionalen archäologischen Muster, als würde sich die Serie selbst eine Zwangsjacke verordnen. Wen, um alles im Universum, interessieren »Probleme« wie die Lustlosigkeit von Hundebesitzer Archers Beagle in der Folge *A Night in Sick Bay*, eine Zumutung angesichts eines dramatischen Meisterwerks wie L. Q. Jones/Harlan Ellisons von der SF-Gemeinde als sexistisch verworfenem *A Boy and His Dog* von 1974? Es dauert zu lange, bis echte Schwierigkeiten Gestalt annehmen und Charaktere entstehen, deren Schicksal einem nicht egal wäre – ein krasser Widerspruch zu *Star Trek* von 1966, eine stolze und legitime Kultserie, die mit den besten damaligen SF-Autoren aufwarten konnte und Ideen nicht aus Fremdmaterial wie *Enemy Mine, The Magnificent Seven* oder *Star Trek VI* rekrutieren musste. Will *Star Trek* dorthin, wo es bereits war? *Enterprise* ist zu temperamentlos, scheut den echten Konflikt verglichen mit weitaus wirklichkeitsnäheren US-TV-Serien wie *Homicide, E. R., CSI* oder *The Sopranos*. Warum eigentlich?

It's All About Love (It's All About Love)

USA/Jap/GB/Dän 2003 • Thomas Vinterberg
Kino: Senator • 20. 3. 03

New York 2021: John (Joaquin Phoenix) flieht mit seiner geschiedenen Frau, der ausgestiegenen Eiskunstlaufkönigin Elena (Clare Danes), die durch Klonen ersetzt werden soll, vor einer kalten, verschwörerischen Welt. Oder ist Elena bereits ihr eigener Doppelgänger? Die sich ausbreitende Klimakatastrophe stürzt den Planeten in eine neue Eiszeit. In Uganda neutralisiert sich die Erdanziehungskraft, Menschen fliegen in den Himmel, Passanten marschieren achtlos über an gebrochenen Herzen Sterbende hinweg ...

Ein Träumen und Märchen verwandtes, zerbrechliches CinemaScope-Gemälde, Arthaus-Kino, weit entfernt von der schlichten Direktheit der von Vinterberg (*Festen*, 1998) mitbegründeten kühnen Dogma-95-Bewegung. *It's All About Love* ist naiv und überwältigend zugleich, fesselnd und doch fremdartig, ein Gefühlszustand unserer zerrissenen Welt, der wie Soderberghs *Solaris* platter Action und simpler Flucht entsagt, das Porträt unserer heutigen, heimatlosen Transitgesellschaft. In Wahrheit sind wir nirgendwo mehr zu Hause, zerstört uns unsere verlorene Liebe und unsere Isolation, stirbt unsere Seele leise und unbemerkt. In Wahrheit handelt *It's All About Love* von der Klimakatastrophe in unserem Innern. Ein mutiger, anspruchsvoller Film, der irgendwann auf ARTE landen wird, jenseits gängiger Vorstellungen, als Science Fiction radikal persönlich und konsequent wie sonst nur noch Wim Wenders' *Bis ans Ende der Welt* (1991) oder Raoul Servais' *Taxandria* (1996).

Daredevil (Daredevil)

USA • Mark Steven Johnson
Kino: Fox • 20. 3. 03

Big Apple: Anwalt Matt Murdoch (Ben Affleck), als Kind durch den Kontakt mit radioaktiven Substanzen erblindet – was eine Superschärfung der übrigen Sinne bewirkte –, führt ein Doppelleben, um

Die Superhelden-Falle: Daredevil *fällt in ein Schwarzes Loch zwischen Comic und Film.*

Justitias Blindheit zum Sieg zu verhelfen. Nachts wird er zum harten Daredevil, um sich mit seiner Möchtegern-Nemesis Kingpin (Michael Clarke Duncan), Superfreak Bullseye (Colin Farrell) und der zweideutigen Ninja-Tussi Elektra (Jennifer Garner) herumzuschlagen.

Weshalb Murdoch Kingpin, das größte Schwein in der Stadt und Mörder von Matts Vater, verschont, ist nicht überzeugend und lässt sich auch mit der anvisierten Fortsetzung nicht rechtfertigen: Johnsons Schluss ist geradezu kontraproduktiv, denn Daredevil und *Daredevil* wissen, dass die Justiz erneut versagen wird. Sub-*Spiderman*-Standard auch im hölzernen Set Design, von visueller Comic-Kultur/Ästhetik wie in den *X-Men*-Kinofilmen ganz abgesehen. Die Superhelden-Welle hat ihre erste Delle – schade um die hundertprozentigen Darsteller.

The Vengeance of She (The Vengeance of She)

GB 1968 • Cliff Owen
DVD: Anolis • März 2003

Südfrankreich/Haifa: Carol, eine ziellos umherirrende junge Blondine (Michael Carreras' unerklärlicher 21-jähriger *Playboy*-Platinostblockbomber Olga Schoberová/Olinka Berová) leiten Halluzinationen, in denen sie als »Ayesha« gerufen wird, auf eine Luxusjacht nach Nordafrika unter Besitzer George Carter (Colin Blakely) und dem befreundeten Psychiater Dr. Philip Smith (Edward Judd). Carol wird von dem intriganten Men-Hari gerufen (Derek Godfrey), Hohepriester der im Sand versinkenden legendären Wüstenstadt Kuma. Der unsterbliche Killikrates (John Richardson), seiner verflossenen Liebe nachtrauernd, glaubt in Carol die Reinkarnation Ayeshas vor sich zu haben. Welch ein Unsinn!

Psychomantie pur. Berová oder selbst die zunächst vorgesehene *Playboy*-Attraktion Susan Denberg aus *Frankenstein Created Woman* (1966) dürfte niemand mit Ursula Andress' Sex-Göttin aus Hammers Box-Office-Gold *She* von 1965 verwechselt haben. Judd: »Olinka war keine Schauspielerin, es war unmöglich, mit ihr zusammenzuarbeiten. Sie verschwand völlig spurlos von der Bildfläche.«* Eingefleischte Schauspieler wie Andre Morell, Noel Willman – beide fatalerweise in letzten, dürftigen Hammer-Rollen – oder der sich zu früh per Herzinfarkt aus dem Plot verabschiedende Blakely sind unterbeschäftigt, Derek Godfrey kein Ersatz für Christopher Lee, psychotronische 60er-Kicks wie Tubby Hayes' Saxophon-Geplärre oder poppige Traumspinnereien zu sporadisch und unintegriert. Dafür mit auf der DVD: *Land Before Time*-Doku, Trailer, TV-Spots, Bildergalerie.

* Judd im Interview mit Steve Swires, in: *Starlog* 160 (Nov. 1999), S. 22

Stargate Kommando SG-1 (Stargate SG-1)

USA 1997–2004 • Serie
TV: RTL 2 • ab 2.4.03

Colonel Jack O'Neill (Richard Dean Anderson) zögert noch, Kelowna-Wissenschaftler Jonas Quinn (neuer Held im SG-1-Team: Corin Nemec) für den in der Season-Five-Episode *Meridian* umgekommenen Dr. Daniel Jackson (Fan-Favorit Michael Shanks, auf vielfachen Wunsch in der siebten Staffel wiederkehrend) einzustellen – Bedenken, die schnell ausgeräumt sind, als plötzlich die Goa'uld unter Erzfeind Anubis das Sternentor mit einer Superwaffe attackieren und Quinn seine Chance zu nutzen versteht. Jaffa-Krieger Teal'c (Christopher Judge) muss sich derweil mit seinem Sohn (Neil Denis) auf Chulak herumreißen.

2,32 Millionen Zuschauer in den ersten 5 Staffeln: RTL 2 kann zufrieden sein. Die derzeit erfolgreichste SF-Serie im deutschen Fernsehen geht in die 6. mit 22 weiteren Folgen, in etwa zeitgleich mit der bildgewaltigeren DVD-Veröffentlichung (MGM). Nach der Zitterpartie der 5. Staffel vor und hinter den Kulissen und dem Wechsel von Showtime zu Sci Fi Channel gerade mit der 7. wieder im Aufwind. Erstaunlich bei komplett fehlenden Stars und nicht gerade fetten Effekten – aber die Fans vergöttern ihr Wohnzimmer-Militärbasis-Spielcasino.

The Core – Der innere Kern (The Core)

USA/GB 2003 • Jon Amiel
Kino: UIP • 3.4.03

Meere kochen, Stahlbrücken knicken wie Streichhölzer, die Menschheit kippt aus den Latschen: eine (alle 250000 Jahre auftretende) Störung des elektromagnetischen Feldes hat den Erdkern zum Stillstand gebracht. Letzte Hoffnung vor dem Sausekollaps: der bemannte High-Tech-Edelbohrer »Virgil« des NASA-Top-Terranautenteams unter Geophysikgenie Dr. Josh Keyes (Aaron Eckhart), um den Kern mit fünf gleichzeitig gezündeten 200-Megatonnen-Nuklearbomben erneut in Schwung zu bringen.

Schmeckt weniger nach Jules Vernes Marsch ins Innere als Andrew Martons *Crack in the World* von 1965, aber der hatte mit Dana Andrews' alles riskierendem krebszerfressenem Idealisten einen hoch dramatischen Menschen mit an Bord. Die Turbulenzen an der Oberfläche mit einer pfiffigen Anspielung auf Hitchcocks *The Birds* lassen eine First-Class-Apokalypse erwarten, aber mit der Reise nach unten beginnt auch *The Core* tief zu sinken. Amiels Weltuntergangsszenario verhökert 400 computergemästete Spezialeffekte, die sich nicht nur großartig von den anfänglichen Digitalsimulationen unterscheiden, bietet jedoch partout nichts Neues. Von wegen »völlig kompatibles charakterbezogenes Visual-Effects-Movie«, wie Amiel stolz gegenüber *Starlog* verlauten ließ.* Mario Bava fischte auch im Trüben, aber er ließ selbst inkompatibelste Gattungen wie den Sex-Film für sich arbeiten. *The Core* erschüttert noch nicht einmal seinen eigenen Regisseur.

Disney's Kim Possible (Kim Possible)

USA 2001 • Serie
TV: Premiere Plus • ab 4.4.03

Superspy-Action contra Teen-Angst: Die brünette Highschool-Göre Kim jettet in coolster 007-Manier um den Globus, um das heimtückische Böse in all seinen Schattierungen lahmzulegen. Primitiv einfach, nur im normalen Leben klappt so gut wie gar nichts.

Des Maus-Konzerns erste originelle TV-Animationsserie für den hauseigenen Sender Disney Channel (nach Spin-Offs wie *Aladdin, Hercules, Tarzan* und *Buzz Lightyear of Star Command*), von *TV Guide* treffend als *Alias: The Early Years* tituliert, nutzt die wilderen Möglichkeiten des Cartoons bestialisch in 65 Einsätzen und wurde seit März 2000 bereits vor *Charlie's Angels, Spy Kids* und *Alias* entwickelt. Schizophren, die ganze Geschichte. Co-Creator Marc McCorkle: »Auf der einen Seite ist es eine Genugtuung, auf der richtigen Spur zu sein, andererseits ärgert man sich grün und blau, weil

* Amiel gegenüber Bill Florence, in: *Starlog* 304 (Nov. 2002), S. 67

man die Idee viel früher hatte!«* Die schärfsten Lippenstifte, Handys und Haartrockner seit Erfindung des Mediums. Ein Superverbrecher, der überhaupt nichts erfindet, entnervt beobachtet von seiner Verbündeten Shego, einem giftgrünen Doppelgänger Kims. Und Eltern (Mom und Dad Possible), die so doof sind, dass sie eine harmlose Verabredung für gefährlicher halten als die Geiselbefreiungsaktion ihrer Tochter im Kugelhagel von Terroristen in einer Fabrikhalle in Tokio. *Kim Possible*, ein verheerender Anschlag auf *Mission Impossible*, macht das Unmögliche möglich.

Dreamcatcher (Dreamcatcher)

USA 2003 • Lawrence Kasdan
Kino: Warner • 10. 4. 03

US-Bundesstaat Maine, Winter: Aus dem üblichen Kurzurlaub vierer Freunde, Jonesy (Damian Lewis), Henry (Thomas Jane), Pete (Timothy Olyphant) und Joe (Jason Lee) wird nichts, als Mensch und Natur verrückt spielen und sich undefinierbares Grauen ausbreitet.

Vier Freunde in der Wildnis – in John Boormans auf jeden Klimbim verzichtendem Meisterwerk *Deliverance* (1972) sind es ebenfalls vier. Der psychologisch bewanderte Kasdan hätte aus Stephen Kings 600-Seiten-Invasionsschmöker *Duddits* durchaus einen spannenden Thriller stricken können, aber *Dreamcatcher* zerbricht an disparaten Zutaten. Da wird auf Außerirdische geknallt wie auf Büffelherden. Die Alien-Monsterhatz hat nichts mit sachfremden Themen wie Entfremdung, Freundschaft oder Kindheit zu tun, der Transfer will und will nicht klappen. Im Gegenteil: Lewis' Jonesy, längst in Besitz der fremden Macht, schneidet Grimassen, die *Dreamcatcher* selbst an den Rand des Irrationalen verfrachten. Teure Effekte, Morgan Freeman als Nachfolger Sterling Haydens in Kubricks *Doctor Strangelove* oder ein köstlicher Kunstgriff auf der Herrentoilette können diesen Tiefpunkt gleich mehrerer Talente hinter der Kamera sowie der *Stand By Me*/*Misery*-Produktionsfirma Castle Rock nicht retten.

---

* McCorkle gegenüber Mike McAvennie, in: *Starlog* 300 (Juli 2002), S. 91

Below (Below)

USA 2002 • David Twohy
Kino: Buena Vista • 17. 4. 03

Blank liegende Nerven auf der *U. S. S. Tiger Shark* 1943 während des Atlantikkrieges: Die aus übelster Seenot gefischte britische Krankenschwester Claire Paige (Olivia Williams) scheint einen ebenfalls geretteten deutschen Kriegsgefangenen gedeckt zu haben, Lieutenant Brice (Bruce Greenwood) ist nach dem verlogenen Ableben des Kapitäns kaum noch Herr der Lage und irgendetwas spukt noch weiter unten in den dunklen Eingeweiden des schwimmenden Sarges herum.

Was wir als Zuschauer glauben sollen, ist angesichts der unheimlichen Vieldeutigkeit des Stoffes schwieriger auszumachen. In der besten Szene, obwohl geklaut aus *Poltergeist III* (1988), steht einer der beiden Kapitänsmörder vor seinem eigenen Spiegelbild, das ihn auch dann noch mustert, nachdem er sich voller Grauen abgewandt hat. So sehr uns *Below* auch zu zwingen versucht, nicht wegzublicken – sein Schöpfer Darren Aronofsky soll sich noch vor Beginn der Dreharbeiten in den nächsten sicheren Hafen abgesetzt haben.

Das Millionenspiel

BRD 1970 • Tom Toelle
TV: ARTE • 26. 4. 03

Bundesrepublik Deutschland: Bernhard Lotz (Jörg Pleva) ist auf der Flucht, verfolgt von drei bewaffneten Killern, Köhler (Dieter Hallervorden), Witte (Josef Fröhlich) und Hensel (Theo Fink). Allmählich wird klar, dass er der Star der 17. Folge des Reality-TV-Gassenhauers *Das Millionenspiel* ist und sich sieben Tage verstecken muss, um eine Million DM in bar zu kassieren. Als letzten Prüfstein und letzte Chance der Schützen, ihn doch noch zu erwischen, gibt es die Todesspirale im Studio auf den letzten Metern.

Trocken sachlich geht es hinter den Kulissen zu, als sei dies alles echt. So echt, dass etliche Zuschauer 1970 die Show für bare Münze hielten – was die ARD-Produktion *Das Millionenspiel* in seiner Wirkungsweise durchaus an Orson Welles' Hörspielbearbeitung von H. G. Wells' »War of the Worlds« von 1938 heranrückt. Menge/Toelle verzahnen Fact und Fiction auf so unheimliche Art, dass eine Unterscheidung in jeder einzelnen Szene nicht nur schwierig, sondern fast unmöglich ist. Es sind die Träume und Alpträume der Zeit, die der Science Fiction ihr wahres Gesicht verleihen.

Outland – Planet der Verdammten (Outland)

GB 1980 • Peter Hyams
TV: Kabel 1 • 29. 4. 03

Jupitermond Io, Minenkolonie »Con-Am 27«: Federal Marshal O'Niel (Sean Connery) hat alle Hände voll zu tun, einer Serie bizarrer Selbstmorde, platzender Schädel und hirnrissiger Amokläufe unter Arbeitern Einhalt zu gebieten. General Manager Sheppard (Peter Boyle), die Förderrate im Auge, hat Dreck am Stecken.

Einer vorschnellen, wohlgesonnenen Kritik* dieser sämtlichen Gesetzen der Astrogeophysik Einhalt gebietenden *High-Noon*-Verirrung im Weltall ließ *Cinefantastique* in der nächsten Ausgabe die Ernüchterung folgen**: Es sei gerade Hyams' Besessenheit um Realismus, welche die unlogische Story ins Unwahrscheinliche treibe. Ein nach dem zu Hoffnungen Anlass gebenden soliden SF-Reißer *Capricorn One* (1977) blauäugiger deutscher Rezensent damals über Hyams: »Hoffen wir also, dass *Outland* in seiner Filmografie die berühmte Ausnahme von der Regel wird.«*** Dem war und ist nicht so: *Busting* (1974), *Peeper* (1975), *Hanover Street* (1979), *The Star Chamber* (1983), *2010* (1984), *Running Scared* (1986), *The Presidio* (1988), *Narrow Margin* (1990), *Stay Tuned* (1992), *Timecop* (1994), *Sudden Death* (1995, *Die Hard* im Eishockeystadion), *The Relic* (1997) und *End of Days* (1999) ließen Kritiker wie Büffelherden beim Anblick des Weißen Mannes das Weite suchen.

---

* Curt Hardaway in: *Cinefantastique* 11/2 (Herbst 1980), S. 52
** Steven Dimeo in: *Cinefantastique* 11/3 (Sept. 1981), S. 47f.
*** Peter Gaschler in: *Vampir* 24 (Mai–Juli 1982), S. 62

Yeti, der Schneemensch (The Abominable Snowman)

GB 1957 • Val Guest
DVD: Anolis • April 2003

Eine Expedition aufs Dach der Welt unter Leitung des Botanikers Dr. John Rollason (Peter Cushing) schließt sich einem Yeti-Suchtrupp unter dem Kommando des störrischen Dr. Tom Freind (Forrest Tucker) an. Ein Freund? Der US-Waffenprotz hat alles andere als wissenschaftliche oder humanitäre Interessen im Kopf.

Guest/Nigel Kneale stellen wie Jack Arnold das Genre auf den Kopf – die korrupte Bestie sind wir. W. Lee Wilders Mini-King-Kong *The Snow Creature* (1954), Inoshiro Hondas/Eiji Tsuburayas im Westen nur in der US-Trümmerfassung *Half Human* sichtbarer *Jujin Yukotoko* (1955) und Jerry Warrens Zuschauerzumutung *Man Beast* (1956) hatten die Schneeriesen zu Amok laufenden Chaoten verdonnert, wie sie Jaime Salvadors *El monstruo de los volcanos* und *El terrible gigante de las nieves* (beide 1962) dann für Mexikos Horror-Zoo importierte, aber die weitaus friedlichere Schwarzweiß-Action und Kneales moralischer Zeigefinger wirken hier zu aufgesetzt und lassen einen dynamischen Kammer-Horrorfilm, wie ihn das gerade mit dem hoch dramatischen, farbigen, bahnbrechenden *The Curse of Frankenstein* verwöhnte Publikum erwartete, vermissen. Die riesigen Fußspuren der Monster wecken im Gegensatz zu den Hufabdrücken der Zyklopen in Harryhausens *The Seventh Voyage of Sindbad* aus dem gleichen Jahr für Hammer unerfüllbare Erwartungen und ein eindeutiges Studio-Himalaja bleibt peinlich sichtbar verglichen mit Powell/Pressburgers mit Oscars für Kamera und Art Direction ausgezeichnetem *Black Narcissus* von 1947. Kneales heute leider verschollenes, von Rudolph Cartier inszeniertes BBC-TV-Spiel *The Creature* von 1955 mit Cushing und Stanley Baker in der Tucker-Rolle soll besser gewesen sein. Mit auf der DVD: Bildergalerie, Trailer, Guest/Kneale-Audiokommentar.

X^2 (X²: X-Men United)

USA 2003 • Bryan Singer
Kino: Fox • 1.5.03

Ein fehlgeschlagenes Attentat auf den US-Präsidenten im Weißen Haus bringt die um Ausgleich bemühten Mutanten um Supertelepath Professor Xavier (Patrick Stewart) in Verruf. Salbei für die verworrene Seele des übergeschnappten, Außenseiter hassenden Generals William Stryker (Brian Cox), der ein vernichtendes Spiel treibt. X-Mansion wird gestürmt, Xavier muss sich mit dem seinem Plastikknast entkommenen, nach der Weltherrschaft gierenden Gegenspieler Magneto (Ian McKellen) arrangieren.

Neue, irre Kreationen wie Alan Cummings Teleportationsfreak Nightcrawler oder Kelly Hus Krallenlady Deathstrike speisen die ohnehin wilden Zustände des Plots, aber *X^2* baut brillant auf seinem Vorgänger und exzellent sich entwickelnden Charakteren auf – selbst seine Spekulationen sind aufregend: Der Kopf platzt bei der Vorstellung, Daniel Cudmores russischer Mann aus Stahl Peter Rasputin/Colossus und Famke Janssens trotz Wassergrab durchschimmernde Phoenix könnten in *X^3* größere Rollen übernehmen. Niemand im heutigen Kino versteht den Zusammenhang aus schwerelos dramatisierter Superhelden-Action und den damit einhergehenden menschlichen Verlusten und Einschränkungen besser als Singer.

Frogs – Killer aus dem Sumpf (Frogs)

USA 1972 • George McCowan
TV: Kabel 1 • 10.5.03

4. Juli, tief im trockensten Süden der Vereinigten Staaten: Pickett Smith (Sam Elliott), im Kanu unterwegs für ein Umweltmagazin, wird von dem mit der Bierdose in der Hand lenkenden Clint (Adam Roarke) im Superflitzer über den Haufen gefahren. Clints reuige Schwester Karen (Joan Van Ark) überredet Smith, an der Geburtstagsfeier ihres Urgroßvaters teilzunehmen. Auf dessen Privatinsel herrscht eitles Testamentsgedränge.

»Spanisches Moos« (wächst nur in Horrorfilmen), Schlingpflanzen, Giftschlangen, Alligatoren, Blutegel, Geckos, Frösche, Taranteln, Schildkröten, Schmetterlinge, Vögel: Kaum etwas am Drehort, US-Naturschutzparadies Eden State Park, was da kreucht und fleucht, das sich nicht gegen den stinkreichen Papierfabrikanten Jason Crockett (Ray Milland im Rollstuhl) und seinen hässlich nervenden Clan verschwören würde. Bevor im Herrenhaus die Lichter ausgehen, soll Regisseur George McCowan, so Drehbuchklempner Robert Blees gegenüber *Fangoria*, öfters zur Flasche gegriffen haben.* Und in der Tat: In kaum einem anderen SF-Film fließen derart edle Tropfen. In Los Angeles wartete man derweil geduldig auf erste Ergebnisse aus Florida. Was McCowan ablieferte, ließ AIPs Buzz Feitshans erst die Hände über dem Kopf zusammenschlagen und dann an Blees Hutchinsons Skript selbst Hand anlegen. *Frogs* ist trotz des zu dürftigen Plot (die Guten dürfen unbeschadet entkommen), der einen Spezialisten wie John Sayles erfordert hätte, nicht unsympathischer, aber hauchdünner Öko-Grusel und profitiert enorm von Les Baxters atmosphärischem Synthesizer-Gequake. Im Kopf-an-Kopf-Rennen mit Bert Gordons Guilty Pleasure *Empire of the Ants* (Joan Collins: »Warum hat es so lange gedauert?« – Robert Pine: »Ich habe noch etwas zu trinken besorgt.«) der reinste Gaumentrichter.

Special Unit 2 – Die Monsterjäger

(Special Unit 2)

USA 2001–2002 • Serie
TV: Pro 7 • ab 12. 5. 03

Akte X auf Speed: Die ausrangierte Chicagoer Top-Secret-Undercover-Polizeieinheit *Special Unit 2* im Kampf mit »Links«, Fleisch gewordenen Alpträumen der Kindheit, von denen natürlich kein Mensch etwas ahnt. Die Truppe besteht aus frischeren Irren – Draufgänger und Großmaul Nick O'Malley (Michael Landes,

* Vgl. Blees im Interview mit Christopher Koetting, in: *Fangoria* 160 (März 1997), S. 12–18

Jimmy Olsen aus *Lois & Clark: The New Adventures of Superman*), Geisterbiologe Sean Radmon (Sean Whalen), dem Downtown-Gartenzwerg Carl (Danny Woodburn), Nicks erbärmlichen Unsinn daherredenden, überflüssigem Chef Captain Page (Richard Grant) und Ex-New-York-City-Ballerina Kate (Hauptattraktion: Alexondra Lee). Die hat letztlich auch nicht mehr zu melden als Gillian Anderson. Übergeschnappter *Ghostbusters/Men in Black*-Superkanonenmix.

Matrix Reloaded (Matrix Reloaded)

USA 2003 • Andy u. Larry Wachowski
Kino: Warner • 22. 5. 03

Zukunftsmetropole Zion, Restposten der von 250000 mörderischen Kampfdrohnen eingekreisten letzten Freiheitskämpfer: Neo (Keanu Reeves), Trinity (Carrie-Ann Moss), Morpheus (Laurence Fishburne) und die *Nebukadnezar* müssen sich noch einmal dem computersimulierten, von Maschinen kontrollierten Phantomgebilde Matrix stellen, wollen sie den Untergang der Menschheit in letzter Minute verhindern.

»Ich wünschte, ich wüsste, was ich zu tun habe«: Neos Problem ist auch das unsrige, denn längst hat uns *Matrix* jede Unterscheidungsfähigkeit ausgetrieben. Das schadet Story und Dramatik, die mit atemberaubender Computeroptik unterjocht werden und uns in Trance, in Rave versetzen sollen. Die Brillanz des Originals lag in seiner unmöglichen Vorstellung, *Reloaded* dagegen folgt dem grausamen Diktat der Fortsetzung, dem Rezept des Mehr: Mehr Action (die heißeste Verfolgungsjagd vor *Terminator 3*), ein millionenfach grinsender Agent Smith, unzählbare High-Speed-Duelle, unübersehbare Menschenmassen im Leni Riefenstahl-Verfahren. *Reloaded* wirkt fragmentarisch, mit Löchern in der Handlung so groß wie Kornfelder, die erst mit *Animatrix* (siehe unten) gestopft werden, im Grunde genommen aber nichts anderes sind als schraubstockartige Marktstrategien – die Marvel-Tradition, den heutigen Lesern von Spiderman morgen die Fantastischen Vier anzudrehen. Rein zufällig, rein freiwillig natürlich.

Animatrix (Animatrix)

USA 2003 • Diverse
DVD: Warner • Juni 2003

Matrix-Joint aus neun von den Wachowski-Brüdern produzierten computergesteuerten Animationskurzfilmen führender japanischer Animé-Spezialisten, der den Mythos in neues, teils überraschendes Terrain führen und die Kinofilme ergänzen soll. Bonus-Infos also für Komplettisten, die gleichzeitig nach im Videospiel »Enter the Matrix« auftauchendem, nicht verwendetem Filmmaterial Ausschau halten. Gerissene Verzahnung.

Die Zusatzinformationen sind raffinierterweise nicht unwichtig oder unklärend. So fungiert Andy Jones' atemberaubender *The Final Flight of the Osiris* eindeutig als Prequel zu *Reloaded*, Elemente des Plots wie das wiedergeborene seltsame Kind, welchem Neo bei seiner Ankunft in Zion begegnet, haben ihre Geschichte in *Animatrix*; gleichsam ist Niobes gesamte Mission in *Reloaded* eine der ausführlicheren Attraktionen wiederum des Spiels. Shinichiros *Cowboy Bebop*, Watanabes *Kid's Story* und *A Detective Story* lassen die Hauptakteure Neo/Trinity selbst auftreten und als ihre eigenen Synchronsprecher zu Wort kommen, während Mahiro Maedas zweiteiliger *The Second Renaissance* die apokalyptische Vorgeschichte der gesamten Serie enthüllt. Koji Morimotos *Beyond* ist nicht viel mehr als eine japanische Geistergeschichte, Peter Chungs empfindsamer *Matriculated* lässt einen Roboter die Gefühlswelt von übermorgen ertasten. In *Program* von *Ninja Scroll/Vampire Hunter D*, Regisseur Yoshiaki Kawajiri, rebelliert Zion-Soldat Cis gegen ein virtuelles Samurai-Trainingsprogramm, Takeshi Koikes *World Record* versucht sich an einem Weltrekord, der Matrix über einen Supersprint zu entkommen. Für langsamere Matrix-Konsumenten: *Animatrix* entbehrt, wie der gesamte Rummel drumherum, nicht einer gewissen Ironie, da die Geburtshelfer nichts anderes sind als kalte Maschinen.

28 Days Later (28 Days Later)

USA 2002 • Danny Boyle
Kino: Fox • 5. 6. 03

28 Tage nach einer unerwartet verlaufenden, grausam daneben gegangenen Befreiungsaktion von Tierschützern wacht Jim (Cillian Murphy) splitternackt und ohne Habe in einem menschenleeren Hospital mitten in London auf. Die Metropole ist wie leergefegt, etwas Entsetzliches muss passiert sein. Von den Überlebenden Mark (Noah Huntley) und Selena (Naomie Harris) erfährt er, dass ein Opfer in Sekunden zu tollwütigen Bestien verwandelndes Virus unbekannter Herkunft im Umlauf ist. Eine mit Antworten lockende Meldung im Radio entpuppt sich als Geheimrefugium des Militärs in Manchester. Und dort herrschen, vor allem für Frauen, noch höllischere Zustände als auf dem Rest der Insel.

Hätten die letzten Engländer Jorge Graus Zombie-Inferno *The Living Dead at the Manchester Morgue* (1975) gesehen, sie würden wohl kaum in Manchester Zuflucht suchen. So geraten sie in die beneidenswerte Situation der Restmenschen von George Romeros Endzeithorror *Day of the Dead* (1986). Boyle begeht wie Romero nicht den Fehler, noch nicht einmal Nebenrollen mit bekannten Gesichtern auszustatten, seine Darsteller sind nicht weniger glaubhaft, vor allem Christopher Ecclestons Major West – Suspense, wie er dichter nicht sein könnte, wird damit zum Dauerzustand. Natürlich kommt das Ganze, wie bereits Romeros Debüt *Night of the Living Dead* (1968), nicht an Richard Mathesons Kultroman »I Am Legend« (1954) vorbei, aber Boyles hoch dramatische Inszenierung ist vollkommen eigenständig, eine Offenbarung nach den Mainstream-Amokläufen *A Life Less Ordinary* (1997) und *The Beach* (2000). Der Regisseur von *Shallow Grave* (1994) und *Trainspotting* (1996) ist seinem Ruf als »The Future of British Film« wieder bedrohlich näher gekommen. Mitreißender, matt setzender Schocker.

Hulk (The Hulk)

USA 2003 • Ang Lee
Kino: UIP • 3.7.03

Biotechnologielabor in Berkeley: Gen-Wissenschaftler Dr. Bruce Banner (Eric Bana), in der Kindheit Opfer illegaler Experimente eines psychopathischen, mit einem neuen DNA-Code spielenden Vaters, verspürt nach einem Unfall, bei dem er verstärkter Gammastrahlung ausgesetzt war, übernatürliche Kräfte, die ihn bei Wut in ein grünes Monster, den Hulk, verwandeln. Bruce' aus der Irrenanstalt entlassener Vater (Nick Nolte) und der Vater seiner Ex-Freundin und Kollegin Betty (Jennifer Connelly), General Ross (Sam Elliott), haben ihre eigenen Pläne ...

Der erste wirklich erwachsene Beitrag zur mit *Spiderman* 2002 ausgelösten Superhelden-Welle*, nicht nur aufgrund seines sensationellen visuellen Stils, der *Hulk* zur am besten aussehenden Comic-Adaption macht. *Hulk* mag auf den ersten Blick eine an einem jugendlichen Publikum orientierte filmische Comic-Book-Version einer seit 1962 anhaltenden Marvel-Erfolgsserie sein, doch der Stoff ist wie geschaffen für einen auf klaustrophobe Familientragödien fixierten Filmemacher, in denen der Einzelne in einer unpersönlichen Welt seinen eigenen Weg finden muss – wie für einen Regisseur, der auf faszinierende Art mit scheinbar jedem Genre umzugehen versteht. Lees Hulk ist kein Superheld, sondern ein suchendes Kind, so impulsiv wie verletzlich. Wie Emma Thompsons Elinor in *Sense and Sensibility* (1995) ist er allein auf sich selbst gestellt, wie Elijah Woods Mikey in *The Ice Storm* (1997) sieht er die Welt wie niemand sonst. Allein gelassene »Monster«, Schoedsack/Coopers *King Kong* (1933) oder das verzweifelte Resultat von James Whales *Frankenstein* (1931), kreuzen unmissverständlich seinen Weg. Hinter dem doppelten Vater-Konflikt stehen Lees Schwierigkeiten mit seinem eigenen autoritären Vater, hinter den Bewegungen des Hulk keine anderen als Lees eigene. Hinter *Hulk* steht ein nicht aus der Welt zu schaffendes alltägliches Thema: Was es wert ist – oder ob es über-

* Vgl. meinen Artikel »Die Rückkehr der Super-Helden. Marvel/Detective Comics stürmen die US-Charts«. In: *Fantasia* 164 (Apr. 2003), S. 101–105

haupt etwas wert ist –, in einer Familie weitergegeben zu werden. Bei Lee sind es die Väter, die nicht erwachsen werden. Weit entfernt von Hollywoods patriarchalischem Umgang mit derartigen Stoffen.

Drei Engel für Charlie – Volle Power

(Charlie's Angels: Full Throttle)

USA 2003 • McG
Kino: Columbia TriStar • 10. 7. 03

Regierungsspezialauftrag für die drei Engel: Die Power-Miezen Natalie (Cameron Diaz), Dylan (Drew Barrymore) und Alex (Lucy Liu) sollen zwei in falsche Hände geratene Titanringe mit Top-Secret-Daten des FBI-Zeugenschutzprogramms wiederbeschaffen. Die ersten Leichen fliegen ins Bild, und zwar in der Nördlichen Mongolei.

Ex-Commercials/Pop-Promo-Fotograf McG (Joseph McGinty Nichol) lässt es selbstverständlich noch unverschämter krachen als im ersten Teil vor drei Jahren. Zum Teufel mit der Handlung – heißestes Popcorn-Kino wie dieses braucht Sketche! Dinge passieren ohne offensichtlichen Grund, völlig egal. Wer macht sich schon tiefergehende Gedanken über Eiscreme oder Coca-Cola? Bon-Jovi-Geplärre, gemixt mit Bernard Herrmann und Mozart, Top-Performances, Stunts, Gags, irrer Klamottenwechsel: *Full Throttle* liebt es, in sich selbst verliebt zu sein. Der Zuschauer wird selbst zum Spion angesichts von Demi Moores Knarren-Comeback oder Bernie Macs Don-Murray-Ersatz, der ebenfalls Bosley heißen und Murrays Bruder sein soll! Gewaltig.

FearDotCom (Fear Dot Com)

GB/USA/Lux 2002 • William Malone
Kino: Apollo • 17. 7. 03

New York City (sieht aus wie Amsterdam, soll aber NYC sein): Mürrischer Cop (Stephen Dorff) und Mitarbeiterin des Gesundheitsamtes (Natasha McElhone) auf der Jagd nach einem Sadisten mit Spitznamen »Doctor« (Stephen Rea), der seine Opfer via Internetspektakel ins Jenseits befördert. Ein Selbstversuch auf der Webside feardotcom.com macht ihnen schlagartig klar, dass sie nur noch 48 Stunden zu leben haben.

Hideo Nakatas Horrorgeniestreich *Ringu* von 1998, selbst schon in Serie gegangen und das Opfer enthauptender Piraterie, wird mehr noch als in Gore Verbinskis *The Ring* zurechtgeknüppelt in dieser Gänsehaut erzeugenden Zitterpartie an Klischees. Noch nicht einmal der Zeitrahmen ist neu (48 Stunden statt sieben Tage), denn er beziffert den Sterbezeitraum des Erstopfers bei Nakata. Der Todesbote mit langen Haaren im schneeweißen Kleid wie erstmals 1966 in Mario Bavas *Operazione paura*, Pisswetter in *Seven*, der störrische Bulle ... Ex-Frankenstein Udo Kier hat kein einziges Wort zu melden und überlebt noch nicht einmal die ersten Minuten, aber Michael Sarrazins Internet-Pionierleiche Frank Bryant, für den Zeit kein Problem darstellt, liegt eindeutig vorne. Gefragt, weshalb er bereits gegen Mittag betrunken sei, stellt er nüchtern fest, er sei dem Spiel eben voraus.

Raumpatrouille – Rücksturz ins Kino

BRD 1966/2003 • Theo Mezger/Michael Braun/Stephan Reichenberger
Kino: Bavaria Film Central • 24. 7. 03

3000: Galaktisch strudelt der Badewannen-Ozean vor Gott sei Dank unscharfer Stratosphäre, wenn sich die *Orion* nach fast vierzig Jahren in imposantem Dolby Digital trocken in den Kinohimmel erhebt. Peter Thomas' unsterbliche, *Star Trek* noch übertrumpfende Titelhymne würde allein nicht reichen, aber exzellente Darsteller und ungebrochener galaktischer Humor könnten jeden Plot aufwiegen. Vor allem drei der damals sieben einstündigen Folgen hat Bavaria-Produzent Stephan Reichenberger auf 88 Minuten gepresst, das Schärfste wie den kantigen Galyxo-Tanz im abgesoffenen Starlight-Casino auf dem Aquarium-Meeresgrund und den Bodenbelag des Münchner Odeonsplatzes als »Raumhafendeck« nicht zu vergessen. Umwerfend.

Commander Cliff McLanes (Dietmar Schönherr) erneut eigenwillige Jagd auf FROGS (Feindliche Raumverbände Ohne Galaktische Seriennummer), dazu unaufhaltbare Supernovas und wildeste Verschwörungsnummern Lichtjahre vor *The X-Files*, das Ganze tyrannisch eifersüchtig beäugt von Eva Pflugs russischer Sicherheitsagentin Tamara Jagellovsk und moderiert von Elke Heidenreichs völlig überflüssigem Nachrichtenoffizier der »Sternenschau«, ist ein hinreißender galaktischer Witz. Duschköpfe, Zahnbürsten, Gurgelbecher, Bleistiftspitzer als Navigationsknöpfe, das berüchtigte Dampfbügeleisen als Steuerknüppel, Kaffeepulver als Sternenstaub – starker Tobak auf der Großbildwand. Aber *Raumpatrouille* funktioniert aus demselben Grund wie *Star Trek*: Weil die Geschichten trotz allem ernst genommen werden. Äußerst fraglich, ob eine von Pro 7 und Roland Emmerich vor Jahren anvisierte, glücklicherweise nie zustande gekommene Wiederbelebung die gleiche Magie versprüht hätte. Die Entscheidung, die deutsche Kultserie der 60er Jahre so unverfälscht wie möglich »rückzustarten«, war die richtige.

Cowboy Bebop: The Movie

(Cowboy Bebop: Tengoku No Tobira)

Japan 2002 • Shinichirô Watanabe
Festival: Fantasy Filmfest München • 27. 7. 03

Mars 2071: 500 Tote bei Terroranschlag auf einen Tanklastwagen mit tödlichem, das Gehirn aufsuchendem Virus unbekannter Herkunft. Die Regierung von Alpha City ist nicht mehr Herr der Lage, setzt eine hohe Belohnung aus. Ein Fall für die »Cowboy«-Kopfgeldjäger Spike, Cyborg-Ex-Cop Jet, Spiel-As Faye und Hackerin Edward. Im marokkanischen Viertel der Hauptstadt überreicht ein Fremder, Rashid, Spike eine Kapsel mikroskopisch kleiner Nano-Maschinen. Rashid ist in Wahrheit ein AWOL-Wissenschaftler, dessen für illegale militärische Experimente entwickeltes Erinnerungen und Realitätssinn ausschaltendes Nano-Virus erste Früchte trägt ...

Cowboy Bebop könnte auch auf der Erde als harter Live-Action-Thriller spielen, doch dann würden Nebenfiguren wie ein in ein Videospiel aus den 80er Jahren vernarrter Kleinganove, längst nicht mehr unterscheiden könnend zwischen echter und künstlicher Realität, weniger Sinn ergeben. Bösewicht Vincent, lebensgefährlich infiziert, beginnt, seine eigene Existenz als Traum zu begreifen. Andere Opfer sehen leuchtende Schmetterlinge, die echt sein könnten – und sie selbst Schmetterlinge. Die Sache wird noch komplizierter in Spikes Erinnerung an ein Mädchen, dem er sein Leben und die Angst vor dem Tod gleichermaßen zu verdanken hat. Animé-Charakteren ist das natürlich leichter zu vermitteln als ihren Verwandten in einem Realfilm, aber Watanbe stattet *Bebop* mit einer Philosophie aus, die in natura erheblich schwieriger zu vermitteln wäre. Science Fiction mit Hirn – das fehlte gerade noch.

Terminator 3 – Rebellion der Maschinen

(Terminator 3: Rise of the Machines)

USA/D 2003 • Jonathan Mostow
Kino: Columbia TriStar • 31. 7. 03

Los Angeles, Juli 2003. Der flüchtige John Connor (Nick Stahl), jetzt 22 Jahre alt und in der Zukunft den Widerstand der letzten Menschen gegen SkyNet organisierend, eine Armee tödlicher Maschinen, muss sich vor deren neuer Erfindung, Supermodel T-X (Kristanna Loken), in Acht nehmen, einem Killer mit Sex Appeal, der Connors Kontakte zerstören soll. Zu Connors Schutz schickt Connors zukünftiges Team den einzigen erhältlichen Cyborg in die Vergangenheit, den T-850, bekannt als der Terminator (Arnold Schwarzenegger), um den Judgment Day zu verhindern, den Tag der globalen Vernichtung der Menschheit. Keine Angst – der findet dennoch statt.

Heutige Horrorszenarien vom Untergang der Menschheit suchen weniger nach den menschlichen Hintergründen der Katastrophe als frühere, themenbezogenere SF-Filme wie *Planet of the Apes* (1968) oder *The Omega Man* (1971), die sich einfach die wichtige Zeit ließen. Vorbei die Zeiten, in denen Fortsetzungsgegner Charlton Heston die Erde in der letzten Minute von *Beneath the Planet of the Apes* (1969) eigenhändig in die Luft jagte, um weiteren »Abenteuern unter Affen« Einhalt zu gebieten. Die Produzenten störte das wenig. *Planet of the Apes* war wie *The Terminator* (1984) ein in sich geschlossener, keiner überflüssigen Dekoration verpflichteter Film.

Gleichberechtigung unter Maschinen: Kristanna Loken, Arnold Schwarzenegger, Terminator 3

Trotzdem machte auch Cameron weiter und drehte mit *Terminator 2: Judgment Day* (1991) den heißesten Action-Ausflug der 90er Jahre, übertroffen nur noch von Camerons 60-Millionen-Dollar-Stage-Show *Terminator 2 3-D: Battle Across Time* (1996), eine Universal-Themepark-Attraktion Furcht einflößender Dimensionen, die den Zuschauer über drei Leinwände einer höllischen Konzentration mit SkyNets T-1000000 ausliefert und *Terminator 3* wie einen Pudel aussehen lässt.

Um nicht nachdenken oder den Widerspruch seiner Zeitrechnung erklären zu müssen, setzt sich *Terminator 3* unter Termindruck: drei Stunden, um unser aller Ende zu verhindern. Was bleibt, sind coole Sprüche, Affenzahn-Dramaturgie und der übliche Ozean digitaler Effekte. Aber gerade in letzterem Punkt ist *Rise of the Machines* altmodisch, eine in das Plot mit eingearbeitete Endverschrottung der Geschichte – nicht nur ein die Straße hinabrasender, das komplette Set vernichtender 160-Tonnen-Kran ist echt. Dennoch dominiert der Eindruck eines notdürftig begründeten, spottbilligen 200-Millionen-Dollar-Sequels.

Der Tag, an dem die Erde stillstand

(The Day the Earth Stood Still)

USA 1951 • Robert Wise
DVD: Fox • Juli 2003

20. Juli 1951. Ein riesiges unbekanntes Flugobjekt, erfasst von Radarstationen in Hongkong, Kalkutta, Frankreich und England, überfliegt den Planeten in unglaublicher Geschwindigkeit, überquert die USA mit 4000 Meilen pro Stunde. Die gigantische »Fliegende Untertasse« landet gegenüber der Pennsylvania Avenue vor dem Weißen Haus in Washington und wird von der Nationalgarde umstellt. Ein aus dem Innern des UFOs kommender menschenähnlicher Außerirdischer namens Klaatu (Michael Rennie) wird von einem übereifrigen Soldaten angeschossen, als er ein Geschenk für den Präsidenten der Vereinigten Staaten hochhebt, obwohl er erklärt, in friedlicher Absicht zu kommen, und unbewaffnet ist.

Der erste in einer langen Kette großer SF-Filme der 50er Jahre in bestechender DVD-Qualität mit umfangreichem Begleitmaterial. Biblische Parallelen wie etwa Klaatus irdisches Schicksal, seine letzte Rede und Himmelfahrt, sein bürgerlicher Name oder Hugh Marlowes Judas-Rolle sind unübersehbar, aber was *Day* so bemerkenswert macht, ist weniger seine messianische Friedensbotschaft, als dass er seine Stimme in den ängstlichen Fünfzigern erhebt. Direkte Anklagen atomaren Rüstungswahns wie *Paul Jacobs and the Nuclear Gang* (1979), Robert Stones *Radio Bikini* (1987) oder Dennis O'Rourkes mit dem Friedenspreis der Verneinten Nationen ausgezeichneter *Half Life* (1985), die den wirklichen Horror nuklearer Bedrohung vor Augen führen, lagen in weiter Ferne. Klaatus an Politiker und Militärs vor der Weltöffentlichkeit gerichtetes Ultimatum ist dennoch mehr als das deutliche Wort einer Beendigung des Wettrüstens, will die Menschheit nicht mit ihrer selbstverschuldeten Vernichtung rechnen. Klaatus weltweit bewirkter Stromausfall ist ein ironischer Hinweis darauf, dass wir bei allem technischen Fortschritt immer noch in einem dunklen Zeitalter der Intoleranz leben. Was *The Day the Earth Stood Still* so langlebig, ungewohnt und einzigartig macht, ist nicht nur das auffallend simple, von nichts ablenkende Design des Raumschiffs und Roboters – auch Washington, das Herz der Vereinigten Staaten, mit seinen weltberühmten Gebäuden, Präsidenten-Denkmälern und historischen Plätzen als Hauptschauplatz eines SF-Films war nagelneu und ist bis heute nicht die Regel. Der Einsatz jedem bekannter Radio/TV-Größen wie Drew Pearson, H. V. Kaltenborn, Gabriel Heater oder Elmer Davis verstärkt den realistischen Charakter eines halbdokumentarischen Films ebenso wie Leo Tovers unbestechliche, nüchtern registrierende, sich auf keinerlei Experimente einlassende Schwarzweißfotografie. Hier findet kein Krieg der Welten statt - der einzige Aggressor sind wir. Wird Klaatu überhaupt von uns wahr- oder ernst genommen? Es gibt so gut wie keine Special Effects, keine gewalttätige Action, keine Verfolgungsjagden oder Versteckspiele, keine Zerstörung von Städten oder Gebäuden, keine Monster oder Explosionen, keine Invasion oder feindliche Absichten, keine verräterischen Phantasiewelten in Farbe. Vertraute Umgebung, so real und alltäglich wie möglich. Klaatu wird von dem damals völlig unbekannten Michael Rennie dargestellt - *The Day the Earth Stood Still* hätte aber nicht dieselbe Durchschlagskraft, hätte der ursprünglich vorgesehene, längst zum Star avancierte und deshalb wenig glaubhafte Claude Rains nicht aufgrund von Theaterarbeiten in New York absagen müssen. Rennies Würde ist die eines Menschen, nicht die eines Außerirdischen. An Klaatu selbst, der absichtlich aussieht wie wir, ist nichts Besonderes oder Irritierendes. Wise hat uns, wie später in *The Andromeda Strain* (1971), Wichtigeres mitzuteilen: Die Bedrohung, das unvertretbare Risiko sind wir selbst und die aussichtslosen Realitäten, die wir schaffen.

Lara Croft Tomb Raider – Die Wiege des Lebens

(Lara Croft Tomb Raider: The Cradle of Life)

USA/GB/D/Japan 2003 • Jan De Bont
Kino: Concorde • 14. 8. 03

Santorini, Unterwassertempel Alexanders des Großen: Spezialagentin Lara Croft (UNO-Kung-Fu-Beraterin Angelina Jolie) im Lasergeprügel mit Terrakotta-Kriegern des chinesischen Supergangsters

Chen Lo (Simon Yam) um eine goldene Kugel zur Öffnung der Büchse der Pandora, die auf gar keinen Fall in die Hände des übergeschnappten Biochemikers Dr. Jonathan Reiss (Ciarán Hinds) geraten darf ...

Batman, The Mummy, Raiders of the Lost Ark, Mission Impossible 2: De Bonts blinder Déjà-vu-Kleptomanie gelingt es nicht, aus drittklassigem Game-Potential Eigenwitz oder dramatisches Kapital zu schlagen. Atemstockende Highlights wie Laras freier Fall aus einem Wolkenkratzer in Shanghai – spätestens seit Grace Jones' Eiffelturmsprung in *A View to a Kill* (1985) und einer schnell getroffenen Entscheidung puren Wahnsinns Pierce Brosnans/Michelle Yeohs im fernöstlichen *Tomorrow Never Dies* (1997) zum Klischee vertrocknet – erfordern grauhaarige Wartezeiten. Gesichtslose Schurken (im Gegensatz zu Bond), uninteressantes Begleitpersonal, amateurhafte Close-Shots: Lara Crofts durchtrainierter Körper findet sich leider nicht im Drehbuch. Nichts in *Cradle of Life* kommt auch nur im Entferntesten an die Höhenangst von Andy Jones' digitalem Schwert- und Geschlechterkampf über den Dächern in *Animatrix* heran.

Millenium Man

D 2001/2003 • Serie
TV: RTL • ab 9. 9. 03

Top-Terroristen, Kinderwunschkliniken für Spitzenbeamte, ein Doppelgänger aus der Psychiatrie, ein Geistesgestörter, der die biblischen Plagen mitten in Hamburg ausprobiert: Glasklare Fälle für die europäische Vordenkereinheit ETC, Andrea Lüdkes Großstadtrevier-Gentechnikerin Dr. Stern, Helikopter-Doc Rainer Grenkowitz und Markus Knüfkens unverwundbaren Ex-Drogenfahnder/Superbiopolizisten Nikolas Beyer.

Im Tauziehen der Privaten spielt unser Jahrtausend-Leistungscop (vier neue Folgen seit dem Pilotfilm 2001) keine allzu große Rolle: Computereffekte sind scheinbar zu teuer, wenn sich derselbe Mist auch über die hauseigene Autobahnpolizei *Alarm für Cobra 11* (Guntbert Warns als flüchtiger Bankräuber mit epidemieverdächtigem Virus in der 2003-Folge *Fieberträume*) oder das Hochgeschwindigkeitsgesülze *Medicopter 117* verschicken lässt – von ohnehin haushoch überlegenen US-Importen wie *Birds of Prey* oder *Airwolf* einmal völlig abgesehen. RTL scheint nicht zu wissen, was es will.

Fahrenheit 451 (Fahrenheit 451)

GB 1966 • François Truffaut
TV: Premiere (Sci Fi) • 27.9.03

Zukunftswelt Inasmuch: Feuerwehrmann Montag (Oskar Werner) ist ein reibungslos funktionierendes Mitglied einer Gesellschaft, in der sämtliche Bücher – bei einem Hitzegrad von Fahrenheit 451 – verbrannt und die Bevölkerung über Lautsprecher und große TV-Bildschirme, die einen vollständigen Realitätsersatz vorgaukeln, propagandistisch in Schach gehalten werden. Wie seine Frau Linda (Julie Christie) stellt er diese Ordnung nie in Frage, weil er sie nicht anders kennt. Dies ändert sich, als er in der Schwebebahn die Lehrerin Clarisse (Christie erneut) kennen lernt, deren Frage, ob er glücklich sei, ihn nachdenklich macht. Als sich eine ältere Dame (Bee Duffell) zusammen mit ihren Büchern verbrennen lässt, fängt Montag heimlich an, welche zu lesen ...

Mit Hörrohren aus Griffiths Stummfilmen, Kleidern Carole Lombards, dem Feuerwehrwagen aus Frank Capras *Mr. Deeds Goes to Town* (1936), die die bereits da gewesenen Zukünfte Terry Gilliams vorwegnehmen, aber auch durch Hitchcock-Komponist Bernard Herrmann (mit entsprechend alptraumhafter *Vertigo*-Erinnerungszeitschleife) und Nicolas Roegs forcierte, innovative Farbdramaturgie ist *Fahrenheit 451* einer der ungewöhnlichsten und größten SF-Filme der 60er Jahre, eine mutige, erfrischend persönliche Version der Bradbury-Vorlage. Truffauts *Fahrenheit 451* ist eine aus Extremen und Kontrasten errichtete exzellente Kritik des bürgerlichen Kunst- und Kulturverständnisses. Wenn Montag zu den Buchmenschen überläuft, begibt er sich lediglich in eine andere Welt der Abhängigkeit. Ihm steht, im Gegensatz zu Lindas körperlicher Bluterneuerung, eine Gehirnwäsche bevor, ein vollständiger Austausch seiner Identität. Er wird, wie Keir Dullea am Ende von *2001: A Space Odyssey* (1968) oder Mel Gibson am Ende von *Mad Max* (1979) sämtlicher sozialer Wurzeln beraubt, ein anderer. Was ihm fehlt, ist nicht das Wissen, dass das Leben kein Roman ist, sondern die Erfahrung. Die interessante Figur ist demnach, wie in *Star Wars* (Luke/Obi Wan), die Vater-Figur: Montags Chef (Cyril Cusack), der Bücher liebte, bevor er *Mein Kampf* in die Flammen warf. Indem Montag die Fronten wechselt, indem er alle Brücken hinter sich abreißt (der Staat zeigt seinen »Tod« im Fernsehen), gerät er in die lebensbedrohliche Lage anderer tragischer Truffaut-Literaten, des von seiner betrogenen Ehefrau erschossenen Schriftstellers in *La Peau Douce* (1963) oder Isabelle Adjanis ihr Leben aufschreibende und damit wegwerfende Victor-Hugo-Tochter in *L'Histoire d'Adele H.* (1975). Wenn Montag zu Clarisse geht, nimmt er Linda mit, perfekt unterstrichen durch die Besetzung beider Rollen mit Julie Christie. Der geistige Ausbruch des Bürgertums, sagt Truffaut, ist eine Falle, die Menschen austauschen, aber nicht ändern wird. Das Ergebnis ist ein erfrischend kontroverser, intelligent diskutierbarer Film.

Der Omega Mann (The Omega Man)

USA 1971 • Boris Segal
DVD: Warner • September 2003

Los Angeles, 1977: Nach einem verheerenden Schlagabtausch zwischen China und Russland mit bakteriologischen Waffen führt US-Militärwissenschaftler Robert Neville (Charlton Heston) einen erbitterten Ein-Mann-Feldzug gegen letzte Überlebende der Katastrophe: albinohafte, lichtscheue Kreaturen unter dem charismatischen Ex-TV-Sprecher Mathias (Anthony Zerbe), die Neville für die Lage mitverantwortlich machen und sein zur Festung ausgebautes Hochhausappartement belagern. Neville hat sich als Einziger in letzter Minute ein von ihm entwickeltes, experimentelles Serum gespritzt, doch es gibt noch weitere Überlebende. Die farbige Lisa (Blaxploitation-Star Rosalind Cash) und ihr weißer Begleiter Dutch (Paul Koslo) befreien ihn aus dem nächtlichen Kolosseum, wo er verbrannt werden soll. Lisa und Dutch haben sich mit Kindern in die Berge der Vororte zurückgezogen, aber nur Nevilles aus dem eigenen Blut gewonnenes Gegenmittel könnte sie immun machen. Lisas Bruder Richie (Eric Laneuville) ist das schwache Glied in der Kette.

Raffinierte Einführungen von Co-Autorin Joyce Corrington, Laneuville und Koslo sowie ein »Making of« begleiten diese im August 2003 in den USA erschienene DVD-Veröffentlichung eines der anhaltendsten Kultfilme der 70er Jahre, nicht zuletzt aufgrund eines umfangreichen Artikels in *Cinefantastique*.* Kenner bisheriger Fassungen des Films werden überrascht sein von Warners 2.35:1-Panavisionformat. *The Omega Man* traf auf ein geteiltes Echo, aber sein Hauptdarsteller ist nicht Hestons Neville, sondern die ausweglose Situation, die Atmosphäre an sich, visuell das Werk von *Touch of Evil*-Kameramann Russell Metty und der Art Directors Arthur Loel/Walter Simonds. Die Menschheit am Rande der Katastrophe: Richie kann mit Mathias ebenso wenig diskutieren wie Hestons Astronaut Taylor mit dem Orang-Utan Dr. Zaius in dem nur drei Jahre zuvor entstandenen *Planet of the Apes*. In beiden Fällen bedeutet die Tatsache, dass wir sprechen können, nicht nur nichts, sie beschleunigt lediglich unseren Untergang. *The Omega Man* macht, erneut wie in *Planet*, unseren Standpunkt interessant, weil er sowohl für den Erhalt menschlicher Kultur und Werte als auch für deren Überwindung eintritt. Das ist das nicht manipulierbare Gesicht einer Science Fiction, die sich nichts gefallen lassen muss, die sich an nichts orientieren, an nichts festhalten muss. Neville ist ein widersprüchlicher, unzugänglicher Charakter, weil wir es auch sind. Es gibt keine Lösungen, nur aufeinander prallende Gegensätze. Das Ergebnis ist Hestons Raum und Zeit sprengendes, schallendes Gelächter über die Sinnlosigkeit menschlicher Kontakte: In *Planet* über die amerikanische Flagge, hier über Richies Bemerkung, manchmal mache er ihm mehr Angst als Mathias. *The Omega Man*, eine abtrünnige Version von Richard Mathesons exzellentem Roman »I Am Legend« (1954), irritiert, weil er seinen Standpunkt uns überlässt.

---

* Jeff Bond: »It Is Legend: The Omega Man«. In: *Cinefantastique* 35/1 (Febr.–März 2003), S. 54–67

Soylent Green – 2022 ... die überleben wollen (Soylent Green)

USA 1973 • Richard Fleischer
DVD: Warner • September 2003

New York City 2022: Viereckige Plätzchen, darunter Soylent Green auf der Basis von Plankton und synthetischen Stoffen, sind die einzige Nahrungsquelle für vierzig Millionen meist arbeitsloser Einwohner, nachdem Fleisch und Obst unerschwinglich geworden sind. Ein Glas Marmelade kostet 150 Dollar. Polizist Thorn (Charlton Heston) soll den Mord an einem Aufsichtsratmitglied des marktbeherrschenden Lebensmittelkonzerns Soylent Corporation, Simonson (Joseph Cotten), aufklären und lernt dessen »Möbelstück« Shirl (Leigh Taylor-Young) kennen. Thorn wird unterstützt von seinem Mitbewohner, dem »Buch« Sol Roth (Edward G. Robinson), dessen detektivische Arbeit einen Skandal ungeahnten Ausmaßes ans Licht befördert – denn in den Ozeanen, der Anbaufläche der Soylent-Green-Nahrung, ist längst jedes Leben erloschen.

Audiokommentare von Taylor-Jung und dem Regisseur sowie ein »Making of« aus dem Jahr 1973 begleiten diese im August 2003 in den USA erschienene DVD-Neuauflage (2.4:1) von Fleischers Öko-Schocker, in dem ein einziges Monopolunternehmen in einer völlig heruntergewirtschafteten Welt das Sagen hat. Noch erschreckender ist die Gleichgültigkeit und Ohnmacht, mit der diese Entwicklung in Kauf genommen wurde. *Soylent Green* ist wie *The Omega Man* weniger ein Schauspieler- als ein Themenfilm, gehört weniger in die Annalen des SF-Kinos als in ein Rahmenprogramm jetziger Fehlentwicklungen, die den Weg zur Welt in Fleischers Film ebnen bzw. seine ernst zu nehmende Warnung versachlichen. Genau dies hat ARTE bereits vor Jahren getan und *Soylent Green* von drei aktuellen Dokumentationen umrahmt, die beweisen, dass wir längst auf dem Weg ins Jahr 2022 sind.* Wer handelt tatsächlich im Bewusstsein, dass neunzig Prozent heutiger Lebensmittel, das Produkt einer ausgeklügelten Nahrungsmitteltechnologie, industriell verarbeitet wer-

---

* Themenabend: »Unser täglich Brot? In der Teufelsküche der Lebensmittelindustrie«. ARTE, 7. 1. 1999

den, dass Transfettsäuren auf keinen Lebensmittelkennzeichnungen enthalten sind oder dass ganze Getreidesorten in den Besitz gigantischer marktbeherrschender Multis fallen könnten? *Soylent Green* ist als Science Fiction kein ungenauer Film, aber seine Warnung wäre das Gebot der Stunde. Ändern wird sich, wie bei der Klimakatastrophe, gar nichts.

Die Liga der außergewöhnlichen Gentlemen

(The League of the Extraordinary Gentlemen)

USA 2003 • Stephen Norrington
Kino: Fox • 2.10.03

1899: Finstere Mächte unter dem Spitznamen »The Phantom", mit denen nicht zu spaßen ist, versuchen die moderne Welt ins Chaos zu stürzen – was von Superhelden der Literatur verhindert werden muss. Allan Quatermains (Sean Connery) schlagkräftiger Stoßtrupp: Jules Vernes bärtiger Kapitän Nemo im Tauchboot-Ungeheuer *Nautilus* (Naseeruddin Shah, der erste Inder als Nemo, aber nicht der erste indische Nemo, auch nicht im Kino), H. G. Wells' Unsichtbarer (Tony Curran), Oscar Wildes Dorian Gray (Stuart Townsend), Robert Louis Stevensons Dr. Jekyll/Mr. Hyde (Jason Flemyng), Mark Twains Tom Sawyer (Shane West) sowie für Untoten-Gelüste Bram Stokers Harker-Witwe und Dracula-Gespielin Mina (Peta Wilson). Die Querdenker übersehen allerdings, dass der Feind in den eigenen Reihen sitzen könnte.

Höchste Zeit, dass Indiana Jones zurückkehrt – denn dieses Zuviel an Prestige ist zu wenig. Heutige Jugendliche lernen Figuren der Weltliteratur aus den visuellen Medien kennen und das auch noch aus den falschen Filmen. *Die Liga der außergewöhnlichen Gentlemen* ist weniger außergewöhnlich als außergewöhnlich gewöhnungsbedürftig, wenn man bedenkt, dass H. Rider Haggard selbst bereits vor achtzig Jahren Genres kreuzte (*She and Allan*, 1921) oder dass Quatermains Drogenproblem in Alan Moores/ Kevin O'Neills überlegenem Vorlagen-Comic sein Hauptproblem darstellt, welches hier durch den simplen Verlust des Sohnes während eines Einsatzes ersetzt wird. Shah, Townsend und Flemyng kommen besser weg in dieser unseligen 007-Frühgeburt, die uns glauben machen will, Kapitän Nemo habe nichts besseres zu tun gehabt, als für die britische Regierung zu kämpfen.

Metaluna IV antwortet nicht (This Island Earth)

USA 1955 • Joseph Newman
TV: Premiere Plus • 11.10.03

USA, die 50er Jahre. Eine mysteriöse Postsendung erreicht den jungen Atomphysiker Carl Meacham (Rex Reason), dessen in Turbulenzen geratener Jet kürzlich von einem unerklärlichen grünen Lichtstrahl gerettet wurde. Sie enthält die Anleitung zum Bau einer Interociter genannten Maschine mit dreieckigem Bildschirm, auf dem ein hochstirniger, weißhaariger Mann namens Exeter (Jeff Morrow) erscheint. Neugierig geworden, besteigt Meacham ein robotergesteuertes Flugzeug zu Exeters Domizil, einem großen Landhaus, wo er im Kreise weiterer ausgesuchter Wissenschaftler seine Ex-Freundin Ruth Adams (Faith Domergue) wiedertrifft. Als klar wird, dass die Auserwählten nicht ganz freiwillig an einem nicht näher bezeichneten Projekt arbeiten, und Exeter vom Kommandanten (Mark Hamilton) seines Heimatplaneten Metaluna die Anweisung einer verstärkten Gehirnwäsche der irdischen Wissenschaftler erhält, fliehen Carl und Ruth zusammen mit einem Kollegen, Steve Carlson (Russell Johnson). Doch Carlson wird getötet, Carls und Ruths Sportflugzeug per Leitstrahl in Exeters die Erde verlassendes riesiges UFO gesteuert. Metaluna liegt in einem aussichtslosen Krieg mit Zhagon und benötigt dringend irdische Atomkenntnisse, um den schwächer werdenden, von gesteuerten Meteoren bombardierten Schutzschild aufrecht erhalten zu können.

Der verzweifelten Sehnsucht bzw. Menschlichkeit eines rebellierenden, von weit draußen im Weltraum kommenden Abtrünnigen ohne Heimat, der dem auf ihn einschlagenden Hauptdarsteller überraschend das Leben rettet, wird man später in Ridley Scotts *Blade Runner* (1982) unter anderen Vorzeichen wieder begegnen, aber bereits reine Äußerlichkeiten wie die schneeweißen Haare und die hohe Stirn von Jeff Morrow und Rutger Hauer sind frappierende

Parallelen. *This Island Earth* ist ein eigenwillig poetischer und menschlicher Film und noch vor *Forbidden Planet* (1956) die erste große Space Opera des Kinos in glorreichem Technicolor, voll gepackt mit Bug Eyed Monsters, Fliegenden Untertassen, fremden Städten und interstellarem Krieg. Der äußerliche Plot ist dürftig, Newmans Regie bleischwer wie Metallpapier und die Darsteller blass, doch mit Metalunas unter Beschuss liegender fremder Planetenoberfläche (die Städte sind ihrer Zeit voraus und wie in *Things to Come* unterirdisch) und spektakulären, bonbonfarbenen Effekten war *This Island Earth* der *Star Wars* seiner Zeit. Lucas zitiert ihn direkt, wenn das Schiff der Prinzessin genau wie Carls/Ruths Sportflugzeug in den Rumpf des Verfolgers gezwungen wird, und an Bord irdischer Raumschiffe gelangende Monster wie in der *Alien*-Reihe dürften ebenfalls niemanden mehr überraschen. Unter den fremdländischen Visuals jedoch schlägt ein verlorenes Herz, das Exeter, der die Erde, Mozart und Bronzino lieben gelernt hat, weitaus sympathischer und ernsthafter macht als das rationale, den katastrophalen Ereignissen als stumme Zeugen mechanisch gegenüberstehende Wissenschaftler-Paar. Es ist das bittere, tragische Ende – mit Exeters Selbstmord in einem Ozean der Einsamkeit, nachdem er Carl und Ruth Lebewohl gesagt hat und sein Schiff in den Pazifik steuert –, das Metaluna am nachhaltigsten detonieren lässt. Uneinholbar, unzerstörbar.

Alien – Director's Cut (Alien: Director's Cut)

GB 2003 • Ridley Scott
Kino: Fox • 23.10.03

Der interplanetare Raumfrachter *Nostromo* befindet sich auf dem Rückflug zur Erde, als Bordcomputer »Mutter« ein Signal unbekannter Herkunft empfängt, dem vorschriftgemäß nachgegangen werden muss. Es stammt aus einem fremden, offensichtlich sehr alten Raumschiffwrack mit einem übergroßen, skelettierten Besatzungsmitglied. Bei einem Erkundungsgang wird Kane (John Hurt) urplötzlich von einem seltsam schlüpfenden Etwas überrascht und von Lambert (Veronica Cartwright) und Dallas (Tom Skerritt) – auf Befehl Ashs (Ian Holm) und gegen die Weigerung des Ersten Offi-

Ridley Scott und Kameramann Derek Vanlint 1979 während der Dreharbeiten zu Alien *in den Londoner Shepperton Studios.*

ziers Ripley (Sigourney Weaver) - an Bord der *Nostromo* zurückgebracht.

Alien, egal ob in der damaligen Kinofassung oder dem hier um fünf Minuten (bei vier ausgetauschten) erweiterten *Director's Cut*, bringt Zuschauer ins Schwitzen, so nervenaufreibend realistisch wird sein Monster präsentiert und empfunden. Das Entsetzen in den Gesichtern der Crew (mit Ausnahme Ashs), als Kanes Bauchdecke von einem schlüpfenden Alptraum gesprengt wird, ist echt: Scott hatte die Schauspieler absichtlich im Unklaren gelassen - sie wussten nicht, was sie erwartete.

Die düsteren Korridore des Raumschiffs machen *Alien* zu einem extrem wirkungsvollen, effektiven Horrorthriller. Das Schiff wird zum Haunted House, der Plot zur Überlebensfrage, und wenn Brett in die Nähe des Ventilatorschachtes gerät und jede der herabhängenden Ketten der Schwanz des Monsters sein könnte, können wir ihn ebenso wenig warnen wie Kirk bei seinem schicksalhaften Betreten des Farmhauses in *The Texas Chainsaw Massacre* (1974) - auch Scott beherrscht die unerträgliche Mechanik von Alpträumen. *Alien* mag ein noch so deutlicher Film sein, doch wie Hoopers Meisterwerk arbeitet er an entscheidenden Stellen mit dem, was man nicht oder nur teilweise sieht.

Der Suspense brodelt natürlich auch von innen heraus, als Ripley klar wird, dass das größere Ungeheuer die Firma ist, für die sie arbeitet. Ash ist für Ripley die größere Gefahr als das Alien, das Ash verzweifelt zu imitieren sucht, als er Ripley zu ersticken versucht – was nicht zufällig an Kanes Befruchtung durch Mund/Rachen erinnert. Ash adaptiert das Alien, von dem er stufenweise lernt, bewusst, weil dies der Geheimauftrag ist, den »Mutter« und der militärische Arm der Corporation verschweigen. »Mutter« und *Nostromo* sind getarnte Gebärkammern, Ripley spürt als Einzige, um was es hier wirklich geht, sonst würde sie Ash nicht nach ihren Überlebenschancen fragen. Jetzt wird auch klar, weshalb das Alien in Kanes Körper nicht über Röntgenbilder sichtbar war: Weil in der »Aufregung« keine gemacht wurden, weil Ash sie nicht für nötig erachtet hat. Wenn Ripley später in *Alien 3* ihre Schwangerschaft am Scanner mitverfolgt, will sie die Bilder sehen, obwohl sie Charles Dance' Arzt vertrauen könnte. Ripley ist der erste wirklich starke, sich nicht manipulieren lassende Charakter in einem SF-Film und *Alien* der bis heute gelungenste und glaubhafteste Schocker des Genres.

Piranhas (Piranha)

USA 1978 • Joe Dante
TV: Premiere • 23.10.03

Bedrohlich schiebt sich die schwarze Wolke vor den B-Vollmond, als ein unvorsichtiges Teenagerpärchen auf einem geheimen Militärtestgelände in den Bergen ein mitternächtliches Wettschwimmen veranstaltet. Die abgenagten Knochen werden von einer Amateurprivatdetektivin (Heather Menzies), die den Fehler ihres Lebens begeht, und einem mit dem Flachmann herumrennenden Geschiedenen (Bradford Dillman) gefunden, der das Rauchen aufgegeben hat, weil es ihm beim Trinken störte.

Auch im trockenen Zustand ein besonderer Genuss, diese grandiose Fehlentscheidung Roger Cormans, der damals von *Piranhas'* 800000-Dollar-Budget vier Tage vor Drehbeginn 200000 abzweigte, um mit dem Lawinenknaller *Avalanche!* baden zu gehen. *Piranhas*, weit mehr als nur der beste *Jaws*-Rip-Off, stellte sich als New Worlds' bis dahin erfolgreichster Film heraus und wäre noch besser, hätte man Dantes ursprüngliches Ende übernommen, in dem B-Film-Horrorgröße Barbara Steele die Bevölkerung entwarnt (»There's nothing left to fear«) und ein Schnitt auf Santa Barbaras überfüllten Sandstrand erfolgt, dessen Badegäste von dem Stielaugen-Minimonster aus Dr. Hoaks Labor, jetzt ein hemmungsloser Verwandter King Kongs, niedergetrampelt werden. Wo bei Spielberg die Welt zuletzt wieder in Ordnung ist und Roy Scheider pünktlich zum Mittagessen bei seiner Frau, sind die Verhältnisse bei Dante komplizierter. Viel komplizierter.

Im Gegensatz zu Filmen, in denen man lediglich auf den nächsten Thrill bzw. Special Effect wartet wie etwa in der damaligen *Friday the 13th*-Reihe, füllt Dante, unterstützt von John Sayles' erstem Drehbuch, die Zwischenräume mit horriblen Budget-Happen wie dem elektrisierenden Beinahe-Zusammenstoß von Dillmans zu lange im Becken baumelnder Hand mit einem »Biss« Pino Donaggios auf der Tonspur und ausschließlich mit sich selbst beschäftigten Schauspielern aus, die selten begreifen, was um sie herum vor sich geht oder weshalb sie den Zuschauer unterhalten sollten. Das ist selten und wurde nie wieder gemacht. *Piranhas* richtet sich immer wieder gegen sich selbst, wie in Dillmans hartnäckig das Wasser meidender Tochter (großartig gespielt von Shannon Collins), Dillmans bescheidenem Fischgericht, Dick Millers Hervorhebung seiner Mitarbeiter (»Herumstehen und Bier trinken – das ist alles, was ihr könnt«) oder dem überraschend warmen Wasser des Versuchsgeländes. *Piranhas* ist eine unbemerkte Schatztruhe.

Matrix Revolutions (Matrix Revolutions)

USA 2003 • Larry & Andy Wachowski
Kino: Warner • 5.11.03

Eine viertel Million unheimlicher Kampfdrohnen rüstet zur Entscheidungsschlacht um die unterirdische Stadt Zion, während Neo (Keanu Reeves) aus dem *Reloaded*-Koma an Bord der *Nebukadne-*

zar erwacht und sich in der Mobil-Avenue-U-Bahn-Station verfängt, einer Zone zwischen Matrix und Außenwelt.

Die befürchtete Munitionsfrage anstelle der Erleuchtung: In *Revolutions* sprechen die Waffen wie nie zuvor im Kino, Helden bzw. Charaktere braucht kein Mensch mehr. Das ist zu einfach, ungenügend, um der selbstfabrizierten, erdrückenden Großmacht an Überprogrammen und Themen entfliehen zu können und erweckt den Eindruck eines Befreiungsschlags angesichts klug gestellter, dann peinlich unbeantwortbarer Fragen. Die Matrix fällt in sich zusammen: Im Endeffekt - SF-Kino-Reihen von *2001/2010*, *Planet of the Apes* bis *Star Wars* haben es längst grausam prophezeit - sind Fortsetzungen überflüssig wie ein Kropf, sie tanzen nur um das Thema des Originals, das heute ohne aufgesetzte Sequels besser dastünde. Was nicht heißt, dass *Matrix* immense Möglichkeiten jenseits des Mainstream gehabt hätte, hätte es geistige statt materielle Interessen verfolgt. Dieser mit menschlichem Müll, hemmungslosen SFX-Orgien und den schauerlichsten Plattitüden der Filmgeschichte (»Alles, was einen Anfang hat, hat auch ein Ende«) aufwartende Technik-Spuk wird spätestens mit Petersens *Troja* und der bereits aufmarschierenden gigantischen Rückkehr des Monumentalfilms der Vergangenheit angehören.

Lautlos im Weltraum (Silent Running)

USA 1972 • Douglas Trumbull
TV: Premiere (Sci Fi) • 22. 11. 03

Im 21. Jahrhundert befinden sich die letzten Pflanzen- und Tierbestände der umweltverschmutzten Erde an Bord der *Valley Forge*, einem riesigen Raumfrachter mit gigantischen Glaskuppeln. Während der Botaniker Freeman Lowell (einzigartig: Bruce Dern) dieses verlorene Paradies zu schätzen weiß, schlagen seine Freunde Wolf (Cliff Potts), Barker (Ron Rifkin) und Keenan (Jesse Vint) die Zeit mit zynischen Spielen und verantwortungslosem Herumtoben tot. Ein Befehl von der Erde, diese letzten natürlichen Reservate aus Budgetgründen aufzugeben und nach Hause zurückzukehren, lässt den gereizten Lowell endgültig durchdrehen. Als auch die letzte Kuppel

Die Valley Forge auf dem Weg in die Dunkelheit in Douglas Trumbulls Meisterwerk Silent Running, *dem ersten umweltbewussten Spielfilm.*

gesprengt werden soll, opfert er seine Kollegen und verschwindet mit der *Valley Forge* durch die Ringe des Saturn, die Bodenstation mit plausiblen Lügen hinhaltend.

Zu verantwortlich, zu ehrlich, um nur Science Fiction zu sein – das beweisen schon die ersten Bilder. Der fadenscheinige Befehl von der Erde, die Wälder ohne Angabe von Gründen zu vernichten, spiegelt nichts anderes als unseren grundlosen Umgang mit der Natur wider. Ein »grüner« SF-Film par excellence, aber Douglas Trumbulls poetisches, eigenwilliges Regie-Debüt ist mehr als ein ökologischer Message-Film: *Silent Running* ist ein spätes Kind der 60er Jahre mit industriefeindlichen Protestsongs der Flower Power- und Hippie-Bewegung und sagt, dass wir nicht ewig so weitermachen können wie bisher, dass endlich etwas *getan* werden muss. Diskussionen und Weltklimagipfel sind wichtig, bringen uns in der Stunde der Entscheidung aber nicht weiter. Wie »Freeman« Lowell muss man sich als Individuum von den gesellschaftlichen Zwängen und wirtschaftlichen Irrtümern befreien. Vom Leben auf der Erde sehen wir nichts und hören wir nichts Gutes. Die von Lowell selbst geschaffenen Drohnen-Roboter sind menschlicher als mechanisch handelnde Menschen, Freemans den Befehlshabern der Erde blind gehorchende »Freunde«. *Silent Running,* brillant in Bild und Ton – exzellent eingesetzte Frontprojektionen wie schon in *2001: A Space Odyssey* (1968), der über ganz andere Mittel verfügte –, ist der Archetyp aller ökologisch orientierter SF-Filme, die nie bewegender, eindrucksvoller oder deutlicher waren. Die letzte Einstellung mit Joan Baez' »Rejoice in the Sun« auf dem Soundtrack und der in der Unendlichkeit des Raums verschwindenden letzten Kuppel ist in ihrem Spannungsverhältnis zwischen Hoffnung und Hoffnungslosigkeit einer der bewegendsten Augenblicke des Genres – der atemberaubendste in einem umweltbewussten Film überhaupt.

Eine heutige DVD-Veröffentlichung müsste die erste Dokumentation über einen SF-Film, Chuck Barbees 1974 in Triest prämierten *The Making of Silent Running,* beinhalten.

Die unglaubliche Geschichte des Mr. C

(The Incredible Shrinking Man)

USA 1957 • Jack Arnold
TV: Premiere (Sci Fi) • 21. 12. 03

Während einer Segeltour mit seiner Frau Louise (Randy Stuart) wird der Amerikaner Scott Carey (Grant Williams) mit einer seltsamen Wolke konfrontiert, die einen eigenartigen Niederschlag auf seinem nackten Oberkörper hinterlässt. Die Ärzte haben keine Erklärung und Louise hält tapfer zu ihm, aber eines ist klar: Scott beginnt, unaufhörlich zu schrumpfen.

Die deutsche Fassung von Jack Arnolds chef d'oeuvre endet mit dem Satz »Im ewigen Kreislauf der Dinge gibt es kein Nichts«, eine Verharmlosung des mit »I still exist« schließenden Originals. Der Unterschied ist gravierend, denn Scott fängt gerade erst an, in einen Mikrokosmos einzutauchen, der noch viele Überraschungen bereit-

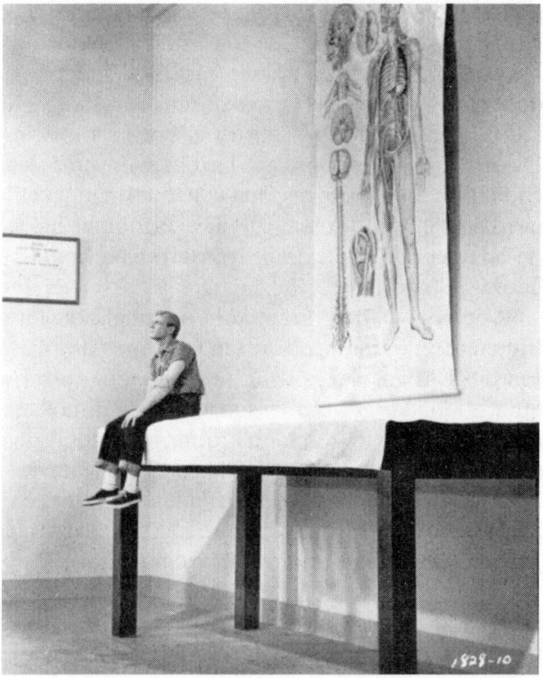

Science Fiction zerstört die Art unseres Sehens und Denkens. Unser Wissen, unsere Ansichten sind wertlos in Jack Arnolds Meisterwerk The Incredible Shrinking Man.

halten dürfte, nachdem er sämtliche menschlichen Betrachtungsweisen über Bord werfen musste. Es ist wichtig, dass Scotts Isolation nicht irgendwo im Weltall (wo derartige Dinge nichts Ungewöhnliches wären) wie in *The Phantom Planet* (1961) oder im Urwald wie in Schoedsacks *Dr. Cyclops* von 1940 stattfindet, sondern wie in *The Fly* (1958) inmitten unserer gewohnten Umgebung.

The Incredible Shrinking Man ist ein Film über das Bewusstwerden unserer immer währenden Gefangenschaft in Relationen. Allein die Begegnung mit der Liliputanerin Clarice (April Kent), die Scott nie wirklich wahrgenommen hat – die er sieht und dann wieder verliert, nachdem er ihre Größe erreicht und dann wieder verloren hat –, ist das offensichtlichste Indiz: Wir bemerken, verstehen und sehen nur, was unserem augenblicklichen Bewusstwerden entspricht, was zu uns »passt«. Arnolds Meisterwerk ist nicht so sehr ein Trip ins Unbekannte als ein Trip ins Unbekannte des Bekannten, und das macht es so zeitlos modern. Arnold/Matheson verwandeln das Bekannte ins Unbekannte, das Alltägliche ins Gefährliche, die Oberfläche in die Tiefe, das Verstandene ins Unverstandene. Die Welt ist eine andere als die, die in unserem Kopf existiert, Science Fiction führt uns weg zu einer nicht-menschlichen Betrachtung der Dinge. Das Ergebnis ist nicht nur einer der drastischsten Paranoia-Filme der 50er Jahre, sondern eine herausfordernde, immergültige Allegorie.

Wenn ein Film derart unkonventionell so weit seiner Zeit voraus ist, wundert es nicht, dass man von Arnold verlangte, das Ende normalgroß zu gestalten, sprich Scott wieder wachsen und zu seiner Frau zurückkehren zu lassen. Dem Testpublikum von Universals damaliger Preview war der offene Schluss zuviel - der gleiche Unfug wird sich 1963 mit Hitchcocks »unverständlichem« *The Birds* wiederholen - und eine Mrs. Dawson von der US-Jugendschutzbehörde MPAA setzte sich schriftlich für ein obligatorisches Happy End mit der Begründung ein, Arnolds Ende sei zu schwierig zu begreifen, unmöglich Kindern zu erklären und unvereinbar mit religiösen Überzeugungen. Aber was bitte hat Arnolds Film mit einem Happy End, mit Kindern und Religion zu tun? Es wird vielleicht immer ein ungelöstes Rätsel unserer Existenz bleiben, weshalb wir in dem, was wir nicht verstehen, eine größere Gefahr sehen als in dem uns Bekannten. Es ist der Schlüssel zu all unseren Problemen.

Feinde aus dem Nichts (Quatermass II)

GB 1957 • Val Guest
DVD: Anolis • April 2004

Unruhiges England: Merkwürdige, vom Himmel fallende Gesteinsbrocken rufen Professor Bernard Quatermass (Brian Donlevy), Leiter des von der Regierung gekürzten britischen Mondprojektes, auf den Plan. Auf dem Radar von Quatermass' Assistent Tom Brand (William Franklyn) geortete, aus dem All kommende weitere »Meteoriten«

führen zu einem merkwürdigen Industriekomplex in der Moorgegend bei Wymerton Flats an der Küste, der eine frappierende Ähnlichkeit mit Quatermass' Mondstation aufweist, aber synthetische Nahrung für die Dritte Welt produzieren soll. Bei einer näheren Inspektion wird Quatermass von Wachsoldaten zusammengeschlagen.

Das unumgängliche Sequel nach dem Volltreffer *The Quatermass Xperiment* – Hammer konnte es kaum erwarten, die Leinwandrechte an Kneales BBC-Folgeserial aus dem gleichen Jahr zu erwerben. Der hoch intelligente Autor, verärgert noch über Guests eigenhändige Umgestaltung des ersten Skripts, kommt jetzt zu vollen Drehbuchehren, muss aber erneut zähneknirschend mit Guest teilen.

Quatermass II bedient sich unglaublich raffiniert der politischen Paranoia von Don Siegels *Invasion of the Body Snatchers* (1956) und attackiert im Vergleich mit seinem individuelleren Vorgänger, der sich ausschließlich auf den sich verändernden Protagonisten konzentrierte, das Establishment als gefährlichen Komplizen der Macht – brillant verstärkt durch authentische Locations wie das Industriegelände der Shell-Haven-Ölraffinerie in Essex. Wie Kevin McCarthy führt Brian Donlevy einen nahezu aussichtslosen, ungemein hartnäckigen Ein-Mann-Feldzug gegen korrupte Beamte, vertuschende Behörden und eine jegliche Gedankenfreiheit unterdrückende, wie später in Joseph Loseys Hammer-Produktion *The Damned* (1962) über Leichen gehende Regierung. Die Protagonisten drohen, erneut wie später bei Losey, zu »Figures in a Landscape« zu werden, zu Figuren letzter menschlicher Qualitäten in einer Landschaft totalitärer Gleichmacherei und Entmündigung.

Quatermass II ist komplexer, bedrückender und mutiger als sein zu seiner Zeit neues Terrain betretender Vorgänger. Jeder Höhepunkt des Plot ist schockierender und unvorhersehbarer als der vorhergehende – in einem sich atemberaubend zuspitzenden Überlebens-Duell, gipfelnd in einem aufregenden, unglaublichen Klimax um die Rettung der Welt. Das Ergebnis ist ein für das SF-Genre grundsätzlicher, immens einflussreicher und richtungsweisender Film lange vor *The X-Files*, ein nervenaufreibender Suspense-Thriller ebenso wie eine politische Allegorie über den Verlust menschlicher Werte und Identität. Der beste britische SF-Film der 50er Jahre.

Der Sklave der Amazonen (Slave Girls)

GB 1966 • Michael Carreras
DVD: Anolis • April 2004

Schwärzestes Afrika: Großwildjäger David Marchant (Michael Latimer) gerät bei der Verfolgung eines verwundeten Leoparden ins verbotene Gebiet des »Weißen Rhinozeros« und dessen blutrünstiger Königin Kari (Hammers Sex-Göttin Mrs. Hyde Martine Beswick in ihrer ersten Hauptrolle). Und die schmort wie 1000 Stechmücken, weil sich David der blonden Sklavin Saria (Edina Ronay) zuwendet.

Keine Monster, keine bekannten Gesichter, keine Story, kein Thema: Eine dem gemarterten Gehirn von James Carreras' abtrünnigen Sohn Michael entsprungene Imbiss-Produktion nach dem kostspieligen Raquel Welch-Busengrabscher *One Million Years B.C.*, Hammers hundertstem Film. Eine Sünde, die superteuren Elstree-Sets einfach wegzuwerfen. Was *Slave Girls*, 1967 zuerst in den USA als *Prehistoric Women* gestartet, im Juli 1968 dann in England, rettet, ist seine sturzbetrunkene Dummheit. Alles grunzt noch im tiefsten Busch mit britischem Akzent. Der Plot ist so weit hergeholt, dass er sich zuletzt als Wahnvorstellung Davids vor der weißen Rhinozerosstatue ergeben muss, ein Vorgang, zu dem bereits *Aelita* vor vierzig Jahren Zuflucht suchte. Women's Lib aus der Sicht von Carreras und vielleicht auch aus der Sicht der unbezähmbaren Martine, die ihren Hintern auf Playboy-Fellen als die eigentliche Landschaft präsentiert. Ein dickes Ding für Hammer-DVD-Komplettisten – wie Carreras später selbst einräumte, hätte man diesen perfekten Comic-Strip mit Sprechblasen verarzten sollen.*

---

* Vgl. Carreras' Äußerungen gegenüber John Brosnan/Dez Skinn in: *House of Hammer* 16 (Jan. 1978), S. 32

Captain Kronos – Vampire Hunter

(Captain Kronos – Vampire Hunter)

GB 1972 • Brian Clemens
DVD: Anolis • Dezember 2004

Frühes vorletztes Jahrhundert: Vampirjäger Captain Kronos (TV-Bleichgesicht Horst Janson), Dr. Marcus (John Carson), Prof. Hieronymus Grost (John Cater) und die unterwegs aufgegabelte Zigeunerin Carla (Sex-Trumpf Caroline Munro) auf dem Weg in ein Dorf, wo junge Frauen als Greisinnen enden. Schlossherrin Lady Durward (Wanda Ventham), das Gesicht hinter einer Maske verbergend, ist nur allzu verdächtig.

Eine weitere Fehlgeburt aus Hammers ratloser Spätphase, als man die Blutsauger vergeblich über den Hass der Kinder auf die Eltern (*Taste the Blood of Dracula*, 1969), rohe Gewalt (*Scars of Dracula*, 1970), Striptease (*Lust for a Vampire*, 1970; *Countess Dracula*, 1970; *The Vampire Lovers*, 1970), die Hippie-Szene (*Dracula A.D.*, 1972), 007 (*The Satanic Rites of Dracula*, 1973) und Kung Fu (*The Legend of the Seven Golden Vampires*, 1973) wiederzubeleben versuchte, diesmal von *Avengers*-Erfinder Brian Clemens. *Kronos* mixt die Untoten mit der Mantel & Degen-Branche, Western-Aufbrüchen und bizarrem britischem Humor und besitzt einen modernen, ausbaufähigen Marvel-Superhelden-Ansatz in einem halbmenschlichen, zeitlosen Serien-Protagonisten à la *Blade* lange vor Christopher Lamberts ebenfalls durch die Jahrhunderte geisterndem *Highlander*. Clemens' Ego-Trip verlangte einen James Bond des 19. Jahrhunderts in goldener Karosse und ebensolchem Sarg, doch Grusel-Boss Michael Carreras stoppte den Irrsinn auf halber Strecke: »Clemens' Leute verfügten nicht über die nötige Erfahrung mit derartigem Material. Mir wurde klar, dass sie *Kronos* nicht mit der gleichen Achtung begegneten, mit der ein eingespieltes Hammer-Team an die Sache herangegangen wäre.«* Im Endergebnis sich zu überschätzend, zu unerfahren. Nichts gegen den sympathischen Horst Janson, aber ein sexloses Kalkgesicht jenseits von Tyrone Power oder Errol Flynns

* Carreras im Interview mit Steve Swires, in: *Fangoria* 63 (Mai 1987), S. 62

Don Juan/Robin Hood, das aussieht, als hätte es keinen einzigen Tropfen Blut im Gesicht, ist eine Fehlbesetzung. Seine Motive und Herkunft - das Einzige, was uns interessiert und was der Gestalt Farbe verliehen hätte - bleiben im Dunkeln. Die lediglich gefühlte Präsenz des in einer Kutte auftretenden Vampirs allein durch Naturbilder zu vermitteln, die unerwartet zu leblosen, unheimlichen Standfotos gerinnen (fließendes Wasser, im Wind schaukelnde Zweige), als sei der Tod eine Fotografie, ist *Kronos'* einzige brauchbare Idee. Der Rest ist Geschichte und Unfähigkeit.

Das grüne Blut der Dämonen

(Quatermass and the Pit)

GB 1967 • Roy Ward Baker
DVD: Anolis • Dezember 2004

London. Anthropologe D. Roney (James Donald) und seine Assistentin Barbara Judd (Barbara Shelley in ihrer letzten Hammer-Rolle) vom National History Research Institute werden zu Untersuchungen sensationeller Skelettfunde während der Erweiterung einer U-Bahn-Station gerufen. Die prähistorischen Knochen erweisen sich als fünf Millionen Jahre alt und entstammen einer bislang unbekannten humanoiden Spezies mit größeren Schädeln. Noch rätselhafter ist ein mysteriöses Metallobjekt fremder Herkunft, das zunächst mit einem Blindgänger aus dem Zweiten Weltkrieg verwechselt wird. Colonel Breen (Julian Glover) informiert Raketenspezialist und Fachmann für alles Okkulte Bernard Quatermass (Andrew Keir), dessen Raumfahrtprojekt - die friedliche Kolonisierung des Alls - zum Ärger des Professors für militärische Zwecke gekürzt werden soll. Quatermass entdeckt, dass die Gegend um Hobbs Land bereits zur Römerzeit von Dämonen heimgesucht wurde, deren insektenhafte Überreste das unbekannte, unzerstörbare Schiff immer noch beherbergt, und entwirft eine unglaubliche Theorie, die die britische Regierung erst begreift, als nicht nur sie am Abgrund steht.

Astroarchäologe Erich von Däniken muss, wie auch bei Kubricks Evolutionsschocker *2001: A Space Odyssey* (1968), seine helle Freude an *Quatermass and the Pit* gehabt haben, bestätigt er doch längst stattgefundene extraterrestrische Besuche und ihre Einflüsse auf Entwicklung und Geschichte des Menschen. Scheinbar wurden wir in der Frühzeit konditioniert - soviel zur Science Fiction. Aber Nigel Kneales vorbildliches Drehbuch, basierend auf dem eigenen sechsteiligen BBC-Serial von 1958, wartet mit *uns* als der größeren Überraschung, dem größeren Unbekannten auf. Und der größeren Gefahr: Nur allzu gerne sind wir bereit, unsere Widersprüche, Schwächen und Vorurteile anderen in die Schuhe zu schieben. *Wir* sind die Marsianer, die mit ihrer verloren gegangenen Welt und Kultur, mit sich selbst nicht umgehen konnten. Baker begeistert: »Es war eines der wenigen Drehbücher, an dem man kein einziges Wort zu ändern brauchte.«* Das Resultat, so reich an erstklassig provozierenden Ideen wie unerwartet scharf beobachtetem Lokalkolorit, ist einer der unterschätztesten SF-Filme aller Zeiten.

Bestien lauern vor Caracas (The Lost Continent)

GB 1968 • Michael Carreras
DVD: Anolis • Dezember 2004

Die *Carita*, ein von Freetown nach Caracas schippernder, schwimmender Sarg unter dem Kommando des tief gesunkenen Kapitän Lansen (Eric Porter), beherbergt nicht nur die Sprengstoffladung Phosphor B - bei Berührung mit Wasser in die Luft fliegend -, sondern auch zweifelhafte Passagiere: Einen verrufenen Arzt (Nigel Stock) mit mannstoller Tochter (Suzanne Leigh), Harry Tyler, einen betrunkenen Pianisten (Tony Beckley), sowie die blonde Eva (Hildegard Knef), Ex-Diva eines Dritte-Welt-Diktators und von dessen Spion Ricaldi (Benito Carruthers) belauert. Hurrikan »Wendy« schmeißt den irrwitzigen Haufen in windstille Gewässer faulender Galeonen, wo Nachkommen spanischer Piraten von einem geistesgestörten Inquisitoren (Eddie Powell, verbarrikadiert wie in *The Mummy's Shroud*) und einem Zwölfjährigen mit dem Spitznamen »El Diablo« (Darryl Read) geläutert werden.

---

* Baker im Interview mit Wayne Kinsey, in: *The House That Hammer Built* 10 (Nov. 1998), S. 107

Island of Lost Souls: Dana Gillespie, The Lost Continent.

Variety war der Meinung, man solle diesen grauenerregenden Mix aus Totenschiff-Parodie, grünäugigen Seekrabben und Ku-Klux-Clan-Horror am besten gleich in Drive Ins versenken, »wo die Diskriminierung des Publikums kein allzu großes Problem darstelle«.* *Lost Continent* ist auf der verlorenen Suche nach sich selbst – eine einzige, aber nicht uninteressante Katastrophe. Der Film scheint, ein perfektes Psychogramm bzw. Spiegelbild von Hammers Spätphase, völlig wegzubrechen. Die Figuren wirken wie Seelen auf ihrer verlorenen Insel, versunken in die Suche nach einstiger Identität und Größe. *X the Unknown*-Regisseur Leslie Norman, durch eine nicht ganz linientreue Verlautbarung auf sich aufmerksam machend, wurde von Carreras gefeuert, der sich als Autor hinter dem Namen seines Gärtners versteckt. Die abstrusen Scherenmonster sollen von Walt Disneys Top-Effects-Experten Robert Mattey stammen, der bereits dem Tiefseeungetüm aus *20000 Leagues Under the Sea* (1954) Furcht einflößende Hydraulik installierte. Die echten Todes-

* Siehe »Beau«. In: *Variety*, 3. 7. 1968

schreie Syvana Henriques nach schweren Hautverbrennungen durch herumfliegende Wrackteile gingen im Höllenlärm des Finales unter, ein Schelm, wer Schlechtes dabei denkt. *Lost Continent* soll wie der gleichzeitig in den Elstree-Studios entstandene *The Devil Rides Out* eine Dennis-Wheatley-Adaption sein: Schwerwiegendste Zweifel sind angebracht, wenn Stock in der Bar Wheatleys »Uncharted Seas« unter Alkoholeinfluss studiert. Noch nicht einmal Carreras' Titel ist echt, später Rollentausch einer 1951 von Hammer für den US-Sponsor Lippert in England verliehenen B-Tragödie, Sam Newfields Poverty-Row-Schocker gleichen Titels. Wie beendet man derart atemberaubenden Unsinn? Carreras entscheidet sich für einen Abstecher in die Ära der spanischen Inquisition – eine späte Rache am »Colonel«, der 1960 ein rebellisches Projekt des Sohnemannes platzen ließ und Terence Fishers französischen *The Curse of the Werewolf* in iberische Kulissen pferchte.

Wham! – Zosh! – Arrrgh! Die Zwote

Die Filmauslese der Saison 2003

von Lutz Gräfe und Jürgen Wimmer

RATING-SYSTEM:

●●●●●	makelloses Meisterwerk	⊙	zwiespältig
●●●●	herausragend	○	uninteressant
●●●	sehr gut	○○	mies
●●	gut	○○○	unterirdisch
●	okay		

28 Days Later

GB 2003 • R: Danny Boyle • D: Cillian Murphy, Brendan Gleeson, Naomie Harris

London, heute: Tierschützer dringen in ein Versuchslabor ein und befreien ein paar Affen. Gut gemeint, aber ein folgenschwerer Fehler: Denn die Tiere wurden mit einem ansteckenden Virus in den Zustand permanenter Wut versetzt. Die Laboranten und die Tierschützer werden als Erste befallen und angesteckt – und gehen in sinnloser Raserei aufeinander los ...

28 Tage später: Fahrradkurier Jim wacht nach einem Unfall im Krankenhaus aus dem Koma auf. Alles ist verwüstet, kein Mensch

weit und breit. Nicht nur das Krankenhaus, ganz London ist wie ausgestorben. Als er eine Kirche betritt, findet er zwar einen Pfarrer, doch der stürzt sich gleich mordlüstern auf ihn. In letzter Sekunde wird der völlig fassungslose Jim von Mark und Selena gerettet. Doch auch Mark wird bald dahingerafft. So schließen sich die beiden Überlebenden dem Taxifahrer Frank und seiner Tochter Hannah an und fahren Richtung Norden. Von dort haben sie einen Funkspruch der Armee aufgefangen, in dem Rettung versprochen wird. Denn nach einer Virus-Epidemie musste ganz England evakuiert werden. Zurückgeblieben sind nur zahlreiche zombieartige Infizierte und ein paar wenige Gesunde. Als die Gruppe um Jim endlich bei der Armee eintrifft, scheint alles im Lot zu sein. Irrtum! Jetzt geht der Albtraum erst richtig los: Denn nicht Hilfe wollen die Soldaten spenden, sie wollten lediglich ein paar Frauen zu ihrem persönlichen Vergnügen anlocken. Und nun betrachten sie Selena und Hannah als Freiwild.

Danny Boyle wurde nach seiner Irvine-Welsh-Verfilmung *Trainspotting* als kommender Starregisseur gehandelt. Doch seine beiden

Nach der Katastrophe: Das leer gefegte London in 28 Days Later

folgenden Werke, *Lebe lieber ungewöhnlich* mit Cameron Diaz und *The Beach* mit Leonardo DiCaprio, enttäuschten als oberflächliche Spielereien, zu denen auch das Publikum Nein sagte. Mit seinem neuen Werk *28 Days Later* geht Boyle dagegen andere Wege. Der auf Video gedrehte Zombiefilm kommt ohne Schnörkel zur Sache und bietet ein intensives, wenngleich ziemlich beklemmendes Filmerlebnis. Die Bilder sind verwaschen, schmutzig und unwirklich. Selten hat diese Ästhetik so viel Sinn ergeben wie hier, denn sie verdichtet die spürbar unangenehme Terror-Atmosphäre ganz erheblich, vor allem bei den Aufnahmen des toten Londons und einer verwaisten Autobahn.

Sicher geht es gelegentlich hart und blutreich zur Sache; dennoch ist *28 Days Later* weit entfernt von den Exzessen des Splatter-Films. Die Schocks sitzen trotzdem. Denn die Story ist glücklicherweise mehr als das im Genre übliche Zehn-kleine-Negerlein-Spielchen wie *Resident Evil*. Aus der Situation werden einige echte Überraschungen entwickelt, die nicht an den Haaren herbeigezogen wirken, sondern sich mit konsequenter Logik ergeben. Zwar kann sich Boyle auch am Ende nicht den vermeintlichen Genrezwängen entziehen – wie viele Showdowns müssen noch im nächtlichen Gewitter spielen, bis das als ein bis zum Überdruss abgenudeltes Klischee ein für alle Mal diskreditiert ist? Trotzdem: Mit *28 Days Later* hat Boyle den richtigen Weg eingeschlagen, und wer spannenden, mitunter bedrückenden Horror (und das auch noch mit Hirn) sehen will, liegt hier richtig. Schreckhafte hingegen sollten den Film besser meiden. *jwi* ●●●

Blueprint

BRD 2003 • R: Rolf Schübel • Nach dem Roman »Blueprint – Blaupause« von Charlotte Kerner • D: Franka Potente, Ulrich Thomsen, Hilmir Snaer Gudnason

SF-Filme aus deutschen Landen sind ja nun nicht gerade reich gesät. Da ist man doch gleich gespannt, wenn einem ein solcher im Kino geboten wird, der dazu auch noch mit einer interessanten Besetzung aufwarten kann; schließlich ist Franka Potente spätestens seit *Lola rennt* nicht irgendwer.

Iris oder Siri? Franka Potente in der Klon-Geschichte Blueprint

Alles beginnt in naher Zukunft in der Einsamkeit der kanadischen Wälder: Dorthin hat sich die junge Siri zurückgezogen und widmet sich ganz der Fotografie der grandiosen Landschaften und der scheuen Wapiti-Hirsche, deren einer – ein Albino – sogar so etwas wie ihr Freund geworden ist. Eines Tages wird sie dabei recht rüde von einem jungen Mann namens Greg gestört, der sich nicht so leicht abweisen lässt. Doch die junge Frau verbirgt ein Geheimnis und ist vor ihrer Vergangenheit geflohen: Sie ist der erste erfolgreiche Klon in der Geschichte der Menschheit. Ihre Mutter ist die gefeierte Konzertpianistin Iris (Iris/Siri – wie originell!), die eines Tages erfahren musste, dass sie an Multipler Sklerose erkrankt ist. Und weil sie als Diva den Gedanken nicht ertragen konnte, dass ihr Talent alsbald unwiederbringlich verloren sein sollte, schloss sie einen Pakt mit dem ehrgeizigen Genforscher Martin Fischer, der auf so eine Gelegenheit nur gewartet hat. In aller Heimlichkeit starten sie das – natürlich verbotene – Experiment und bald schon wird Siri geboren. Doch ihre Mutter verschweigt der Tochter deren Herkunft, und als Fischer aus verletztem Stolz den Schweigeschwur bricht, fällt die Welt über das Kind her, das daraufhin einen Zusammenbruch erleidet. Die folgenden Jahre sind geprägt von den Versuchen des Klons, in die Fußstapfen der Mutter zu treten. Am Ende steht zwischen den beiden Frauen nur noch Hass und Siri zieht sich in die Wälder zurück – sie hat jeden Kontakt mit der Welt im Allgemeinen und der Mutter im Besonderen abgebrochen. Erst Greg gelingt es langsam, sie aus ihrem Schneckenhaus zu lösen. Dann kommt eine Anruf übers Bildtelefon: Ihr Kindermädchen Daniela überbringt ihr die Nachricht, dass Iris im Sterben liegt.

Vor einigen Jahren drehte der französische Filmemacher Cédric Klapisch (*L'auberge éspagnol*) einen Film namens *Peut-être*, in dem ein junger Mann in ein zukünftiges Paris gelangt, das aus unerfindlichen Gründen zur Wüste geworden ist, wo die Menschen wie in einer verfallenen Oase der Sahara ihr Leben fristen. Doch sein großartiges Setting diente ihm nur dazu, langatmige Dialoge über den Sinn (oder Unsinn) des Zeugens von Kindern zu entfalten. Ganz ähnlich in diesem Fall: *Blueprint* präsentiert nicht mehr und nicht weniger als einen (wenn auch zugespitzten) Mutter-Tochter-Konflikt, wie man ihn im Künstlermilieu (aber auch in jedem anderen) hätte erzählen können. Dass Siri ein Klon ist, ist dabei genauso überflüssig wie die Wüste bei Klapisch. Zwar bemüht sich Schübel redlich, zumindest mal opulentes Kino zu machen, was ja in einer Kinolandschaft, in der die meisten Filme eher wie besseres TV aussehen, schon eine Qualität an sich ist. Auch Franka Potente holt aus ihrer (übrigens großartig gespielten) Doppelrolle raus, was drin ist, und man versteht schnell, was sie an diesem Projekt gereizt hat. Allein – all das vermag nicht über die eklatanten Schwächen des Drehbuchs und der Dialoge hinwegzutäuschen: So weiß man – hat man das Konstruktionsprinzip erst einmal durchschaut – recht bald, wann die jeweilige Rückblende kommt und was darin geschehen wird, was dem Film nicht gerade zu innerer Spannung verhilft. Und dann die Dialoge: Deutsche Autoren haben ja schon lange ein ernsthaftes Problem damit, Dialoge zu schreiben, die sich auch so anhören, als könnten sie von lebendigen Menschen gesprochen worden sein. Dieser hier ist ein treffendes Beispiel dafür: Die meisten Sätze leben nicht, da raschelt höchstens das Papier.

Wirklich unverzeihlich ist jedoch, dass sich der Film um die entscheidende Frage der Reproduktionsmedizin- und Gentechnikdebatte der letzten Jahre herumdrückt. Was macht uns eigentlich zu dem, was wir sind: Die Gene oder die Umwelt - und wie stark ist der Einfluss des jeweiligen Faktors? Fragen, die zuletzt der auch nicht gerade teure *Gattaca* so meisterlich und unaufdringlich zu verhandeln wusste. Doch dafür haben sich offenbar weder die frühere Wissenschaftsjournalistin Charlotte Kerner noch Filmemacher Rolf Schübel interessiert. Schade eigentlich. *lg* ○

The Core – Der innere Kern (The Core)

USA 2002 • R: Jon Amiel • Visual Effects Supervisor: Gregory L. McMurry • D: Aaron Eckhart, Hilary Swank, Delroy Lindo

Geschichten vom drohenden Untergang der Welt und einer Gruppe (mehr oder weniger) verwegener Menschen, die sich dem Verhängnis entgegenstemmen, sind so alt wie das Genre selbst. In letzter Zeit waren die meisten davon von eher mäßigem (um nicht zu sagen miesem) Zuschnitt - wovon sich dieser Film durchaus wohltuend abhebt.

Alles beginnt mit einer Reihe mysteriöser Ereignisse rund um den Erdball: In Boston sterben Dutzende Menschen am Versagen ihrer Herzschrittmacher, die Tauben auf Londons Trafalgar Square fliegen aus unerklärlichen Gründen Amok und in Rom zerstört ein elektrischer Sturm binnen Sekunden Jahrtausende alte Monumente. Von all dem ahnt der Geophysiker Josh Keys noch nichts, als ihn eines Tages ein paar Regierungsleute in stilechtem Trenchcoat und mit Sonnenbrillen aus seiner Vorlesung holen. Doch beim Anblick der Toten aus Boston vergeht ihm augenblicklich das Grinsen. Als er sich auf die Suche nach der Ursache des Phänomens begibt, stößt er auf eine schier unglaubliche Entwicklung: Offenbar hat der äußere Kern der Erde (der Erfinder des deutschen Titels hat's nicht geschnallt) aufgehört, sich zu drehen, was zum Versagen des elektromagnetischen Feldes führt, was wiederum den natürlichen Schutzschild der Erde vor gefährlichen Strahlungen aus dem All auf Dauer zu zerstören droht. Die Folge: Die Vernichtung allen Lebens auf unserem Planeten. Unerwartete Situationen erfordern phantasievolle Lösungen: Man müsste in den Erdkern vordringen, dort ein

Ein verwegenes Team, ein unmöglicher Job: In The Core *wird mal wieder die Welt gerettet.*

paar Atombomben zünden, um so die Rotation des Kerns wieder in Gang zu bringen. Doch woher soll man ein Fahrzeug nehmen, das ins Innere der Erde vorzudringen vermag? Da trifft es sich gut, dass in der Wüste von Utah seit Jahren ein gewisser Ed Brazzleton genau daran gearbeitet hat, bislang von der restlichen (Fach)Welt eher belächelt und verspottet. Also baut man in Windeseile ein Fahrzeug und stellt ein Team zusammen, das den fast unmöglichen Job erledigen soll.

Derweil häufen sich die spektakulären Ereignisse rund um den Globus: So wird die Golden Gate Bridge in San Francisco am helllichten Tag Opfer eines Elektrosturms, der Hunderte von Opfern fordert. Die Zeit läuft ab ...

Das ist doch mal eine spannende Geschichte, die natürlich von diversen Genre-Klassikern inspiriert ist, daraus aber ein durchaus eigenständiges Garn zu spinnen weiß und der man schon alleine deshalb einige Schwächen verzeiht. Natürlich vermutet man recht früh, dass die Katastrophe nicht aus sich heraus geschah, sondern dass hier Menschen ihre Hand im Spiel hatten, und auch wer konkret dafür verantwortlich ist. Aber das stört kaum, denn Regie und Buch gelingt es, eine in sich schlüssige Story zu erzählen, die sich vor allem auf die Lösung des weltbedrohenden Problems konzentriert und dabei ihre Spezialeffekte nicht ausstellt, sondern geschickt integriert. Diese sind zwar wieder einmal von durchaus unterschiedlicher Qualität, dabei aber bei weitem nicht so hanebüchen wie in vielen Großproduktionen der letzten Zeit. Auch kommen die Charaktere hier etwas kurz, sind eher eindimensionale Stellvertreter als wirkliche Menschen, aber das ist ja im Katastrophenfilm nicht eben unüblich, dessen Mechanismen Regisseur Jon Amiel geschickt verwendet, um die Spannung kontinuierlich zu steigern. Dazu trägt auch Christopher Youngs stimmige Musik bei, die nur in wenigen Momenten etwas überdramatisch daherkommt. Zudem wartet der Film mit so mancher Überraschung auf und bietet etwas, das den meisten SF-Filmen der letzten Jahre abging: Den *sense of wonder*, der doch die meisten einst zur Science Fiction brachte und den man immer wieder schmerzlich vermisst. Und auch wenn sich der Film auch nicht wirklich mit Klassikern à la *Die phantastische Reise* oder *Die Reise zum Mittelpunkt der Erde* (denen er natürlich so manches verdankt) messen kann und in der zweiten Hälfte deutlich nachlässt, bietet er dennoch spannende Unterhaltung, der es vielleicht nur ein wenig an intellektuellem Niveau mangelt. Aber das ist ja das Schöne an der Science Fiction - dass in ihr für beides Platz ist, für die intellektuelle Herausforderung ebenso wie für den Genuss spannend erzählter Geschichten und geradezu unglaublicher Situationen. *lg* ●●

Daredevil

USA 2002 • R: Mark Steven Johnson • D: Ben Affleck, Jennifer Garner, Michael Clarke Duncan

Nicht erst seit dem phänomenalen Erfolg von *Spiderman* hat Hollywood erkannt, welches ökonomische Potential in Verfilmungen von Marvel-Comics liegt. Und so folgte auf *X-Men* und den Spinnenmann *Daredevil* - auch so eine Geschichte über einen Superhelden wider Willen.

Superhelden sind langweilig. Im Prinzip jedenfalls, denn reine Unbesiegbarkeit ist eben recht eindimensional. Das ist seit der Antike nichts Neues, und deshalb haben Superhelden in der Regel auch die berühmte Achillesferse. Auch Daredevil ist einer dieser unperfekten Superhelden. In seiner Kindheit verursachte er durch eine Unachtsamkeit einen Unfall mit Bio-Müll und ist seither blind. Allerdings hat das Giftzeug sein Gehör gewaltig aufgemöbelt und so kann er seine Umwelt wie ein lebendes Radargerät erfassen. Im bürgerlichen Leben heißt Daredevil Matt Murdock, ist Anwalt und muss ständig ertragen, wie schmierige Typen aus Mangel an Beweisen straffrei ausgehen. In solchen Fällen nimmt Murdock also das Recht in die eigene Hand, schlüpft in sein Superheldenkostüm und übt ein bisschen Selbstjustiz. In Liebesdingen engagiert er sich für die drahtige Millionärstochter Elektra, die in Kampfsportdingen auch nicht gerade eine Anfängerin ist. Leider ist ihr Vater in Mafia-Machenschaften verstrickt und wird eines Tages von dem durchgeknallten Killer Bullseye umgebracht. Der lässt seine Untat so aussehen, als stecke Daredevil dahinter – und damit geht das große Gekloppe los, das den Rest des Films beinahe nahtlos füllt.

Das hätte ein düsterer, ansprechender Film werden können, denn die Story gibt durchaus einiges her. Doch im Ergebnis vermag einen das Werk nur in den ersten 30 Minuten zu berühren; danach folgt einfallsloser Superhelden-Comic as usual, bei dem die psychologischen Konflikte nur das Vorspiel zum eigentlich Kampfspektakel sind. Doch gerade die Kampfszenen sind ziemlich mies inszeniert und Ben Affleck ist zudem eindeutig fehlbesetzt, sodass man für seine Gesichtsmaske geradezu dankbar ist, weil sie einen vor der ausdruckslosen Maske aufgesetzter Coolness bewahrt. Und wenn ihnen gar nichts mehr einfällt, um der Geschichte wenigstens ein bisschen Drive zu verpassen, dann legen sie halt ebenso harte wie laute Rockmusik (Pseudo-Goth-Metal von Evanescence) drunter. Im Ergebnis bestenfalls anspruchsloses Gehirnpopcorn, an das man aber keinerlei Fragen stellen darf, weil sonst alles in sich zusammenfällt. *lg/jwi* ○

Hulk

USA 2003 • R: Ang Lee • D: Eric Bana, Jennifer Connelly, Nick Nolte

Superheld sein: prima? Wenn es nach den Marvel-Comics geht, wohl kaum. Denn deren Helden besitzen ihre übermenschlichen Fähigkeiten eigentlich immer wider Willen: Die X-Men sind als Mutanten gesellschaftlich geächtete Außenseiter, Spiderman verdankt sein Heldendasein einem Spinnenbiss, der Daredevil gar einem Biomüll-Unfall - und der Hulk ist das komplizierte Produkt zweier Gammastrahlen-Blitze und verkorkster Bio-Experimente. Die Idee dahinter spielt geschickt mit unterbewussten Wünschen: Wer würde bei Wut und Ärger nicht gern zum haushohen grünen Monster mit fast unbegrenzter Kraft anschwellen? Wäre doch praktisch, wenn der Chef oder der Lehrer mal wieder rumspinnt, nicht wahr? Kein Wunder, dass Hulk zu den beliebtesten Marvel-Schöpfungen zählt. Ein Wunder ist eher, dass er erst jetzt fürs Kino entdeckt wird. Und ein noch größeres Wunder ist der Flop, den Ang Lee daraus gemacht hat.

Es beginnt in den 60er Jahren: Wissenschaftler David Banner macht sich mit seinen riskanten Experimenten nicht gerade Freunde. Als ihm sein Vorgesetzter Ross das verbietet, dreht er durch und jagt sein Labor in einem grünen Atom-Pilz in die Luft. Jahrzehnte später: Sein Sohn Bruce ist ebenfalls Wissenschaftler und wird bei einem Versuch versehentlich einer hohen Dosis Gamma-Strahlen ausgesetzt. Er stirbt nicht, sondern mutiert - als Folge der Experimente seines Vaters - bei Ärger zum grünen Monster Hulk. Seine Freundin Betty, ausgerechnet die Tochter von General Ross, hat alle Mühe, ihren Vater zu überzeugen, dass dieser Hulk im Grunde doch ein lieber Kerl ist. Und der muss erst mit ein paar Panzern herumschmeißen, bis die Welt ihm das glaubt. Ach ja, und dann ist da noch sein verrückter Vater, der sich ebenfalls in einen Superhelden verwandelt und zum finalen Gekloppe aufruft.

Hulk ist kaum das, was Kinogänger als typisches Popcorn-Movie ansehen. Regisseur Ang Lee, nicht erst seit *Tiger & Dragon* ein Kritikerliebling, geht in seinem ersten Mega-Budget-Film andere Wege als beispielsweise die actionorientierten *X-Men* und *Daredevil* oder der humorvolle *Spiderman*. In seiner formal äußerst ambitionierten

Comicverfilmung lässt er sich satte fünfzig Minuten Zeit, bis Hulk das erste Mal auftritt. Bis dahin wird die komplex verschlungene Vorgeschichte erzählt, und das mit oft fließenden Szenenübergängen, gemorphten Bildwechseln und reichlich Split-Screen im Stil der späten 60er Jahre (siehe John Frankenheimers *Grand Prix*). Die Darsteller sind mit einer für das Genre ungewöhnlichen Ernsthaftigkeit bei der Sache und ein gegen Ende deutlich theaterhaft inszenierter Vater-Sohn-Dialog mit Bana und Nolte schielt schon nach Shakespeareschen Tragik-Dimensionen. Ang Lees Herkunft vom Arthouse-Kino (*Das Hochzeitsbankett, Sinn und Sinnlichkeit*) ist allgegenwärtig und der viele Anspruch zwischen den unterschiedlich gelungenen Actionszenen bläht den Film auf happige 138 Minuten auf.

Das alles hat jene, die auf ein knalliges Feuerwerk hofften, mächtig enttäuscht. In Deutschland kam der groß beworbene Film nur auf knappe 600000 Zuschauer. Für die einen ist das im positiven Sinne etwas anderes als der übliche Schrott – ein Superhelden-Film mit Anspruch und Niveau –, für die anderen ein wichtigtuerischer Langeweiler. Dass ein Regisseur einmal den Mut hat, nicht gleich auf Nummer sicher zu gehen und etwas Neues zu riskieren, das verdient zumindest Respekt. Es kann aber nicht verdecken, dass *Hulk* stilistisch wie inhaltlich hoffnungslos zwischen allen Stühlen sitzt. *jwi* ⊙

Ein etwas anderer Superhelden-Film: Ang Lees Hulk

Die Liga der außergewöhnlichen Gentlemen

(League of Extraordinary Gentlemen)

USA 2002 • R: Stephen Norrington • Nach der Graphic Novel von Alan Moore & Kevin O'Neill • D: Sean Connery, Naseeruddin Shah, Peta Wilson

Eigentlich ist die Idee ja gar nicht schlecht, die größten Helden des viktorianischen Zeitalters (und der frühen SF-Romane und -Filme) zusammen zu bringen. Zwar ist sie »nur« eine originelle Variante der aus den USA bekannten Superhelden-Team-Ups, aber spannend klingt es schon: Hier verbünden sich Allan Quatermain (der Abenteurer Sir Henry Rider Haggards), Captain Nemo (der hier zum indischen Freiheitskämpfer mutiert ist), Mina Harker (die Ehefrau des Vampirjägers Jonathan Harker, die einst von Dracula höchstpersönlich gebissen wurde), der unsichtbare Gangster Rodney Skinner, Oscar Wildes Dorian Gray, Dr. Jekyll (manchmal auch Mr. Hyde) und der amerikanische Geheimagent Sawyer im Kampf gegen das mysteriöse »Fantom« das kurz vor 1900 die Welt mit Terror überzieht, um so (na was wohl?) die Weltherrschaft zu erlangen. Die Story folgt dabei gängigen Mustern: Erst wird das Team zusammengestellt, wobei der eine oder andere eher widerwillig mitzieht - Dr. Jekyll muss sogar eingefangen werden, weil er sich gerade in seiner Mr. Hyde-Phase befindet. Dabei werden die Figuren samt ihrer Vorgeschichte noch mal ausführlich vorgestellt - was wissen die Leute heute schon noch von viktorianischen Superhelden? Doch damit hat sich die Originalität des Films auch schon erschöpft, denn Norrington weiß mit seinen Figuren nicht so recht etwas anzufangen. Um dem (vermeintlichen) Massengeschmack entgegenzukommen, macht er etwa aus Mr. Hyde so eine Art Hulk, mit dem einzigen Unterschied, dass er nicht grün ist. Dandy Dorian Gray allerdings ist ganz gut getroffen und Sean Connery ist als Quatermain geradezu ideal besetzt. Es folgt eine Jagd um die ganze Welt mit reichlich Explosionen und viel Tamtam, die zudem durch einen Verräter in den eigenen Reihen erschwert wird. Die Actionszenen sind dabei wieder mal so hyperschnell geschnitten, dass man kaum etwas mitbekommt, und auch sonst ist Spannung eher Fehlanzeige. Dennoch macht der Film gelegentlich auch Spaß, was vor allem der faszinierenden Besetzung zu verdanken ist, deren unterschiedliche Sprachstile und Dialekte allerdings nur im Original Vergnügen bereiten. Die Tricks sind eher miserabel, was damit entschuldigt werden könnte, dass sie bewusst die Comic-Herkunft und Künstlichkeit des Ganzen hervorheben sollten. Insgesamt eher ein guilty pleasure für einen netten Videoabend. *lg* ⊙

Looney Tunes: Back in Action

USA 2003 • Regie: Joe Dante • Darsteller: Brendan Fraser, Jenna Elfman, Steve Martin

Der böse Mr. Chairman vom ACME-Konzern will die Menschheit unterjochen. Zu diesem Zweck braucht er den Diamanten Blue Monkey, der Menschen in Affen und wieder zurück verwandeln kann: Als Affen sollen sie in unbezahlter Fließbandarbeit minderwertige Produkte herstellen, die sie dann als Menschen zu überteuerten Preisen kaufen sollen. Dummerweise ist ihm Superagent Damian Drake (ein selbstironischer Ex-007 Timothy Dalton) auf den Fersen, und als Chairman ihn gefangen nimmt, hält er das Spiel schon für gewonnen. Freilich hat er die Rechnung ohne Drakes Sohn DJ Drake gemacht. Der ist zwar ein Trottel, aber er bekommt prominente Hilfe durch die berühmten Zeichentrickhelden Bugs Bunny und Daffy Duck. Zusammen mit der eiskalten Filmproduzentin Kate zeigen sie dem verrückten Chairman, was Sache ist.

Im Kampf gegen Verrückte, die nach der Weltherrschaft streben, haben die Looney Tunes (Cartoon-Figuren von Warner Bros.) durchaus Erfahrung, auch wenn das heute kaum noch bekannt ist: In dem Kurzfilm *Herr Meets Hare* von 1945 etwa stößt Bugs Bunny im Wald zuerst auf Göring, dann auf Hitler und schlägt sie am Ende in die Flucht – indem er sich als Stalin verkleidet (kein Scherz, den Film gibt es wirklich!). Ganz so real ist der Gegner diesmal gottlob nicht.

Wie seine Vorgänger *Roger Rabbit* (1988) und *Space Jam* (1996) ist auch *Looney Tunes: Back in Action* eine technisch tadellose Verbindung von Zeichentrick und Realfilm. Dass die dünne Story dabei nur ein Aufhänger für überdrehte Action ist, bedarf eigentlich keiner Erwähnung, und Regisseur Joe Dante (*Gremlins*) hat für so etwas auch ein Händchen. Doch der Humor von *Looney Tunes: Back in Action* ist

Back in Action!

auf amüsante Weise verschroben und nimmt wenig Rücksicht auf gängige Trends. Wahrscheinlich ist das der Grund, weshalb der Film vom anvisierten Familienpublikum größtenteils ignoriert wurde – er schwimmt gegen den Strom und wirkt über weite Strecken so, als habe sich das Filmteam hier einen gewaltigen Insider-Spaß erlaubt.

Das ist eigentlich sehr sympathisch und herausgekommen ist stellenweise reines Cineastenfutter. Die Anspielungen auf die Filmgeschichte sind Legion – etwa die Szenen im Forschungszentrum Area 52 (denn das unter Ufologen berühmte Area 51 ist nur Ablenkung): Der Roboter stammt 1:1 aus *Alarm im Weltall* (1955), die bösen Alien-Schoten aus *Body Snatchers* (1956) sind immer noch nicht ausgerottet, und selbst der großhirnige Mutant aus *Metaluna IV antwortet nicht* (1954) hat seinen Weg zur Erde gefunden. Sogar Regie-

Legende Roger Corman hat einen Gast-Auftritt (als *Batman*-Regisseur). Das ist alles natürlich nur für den lustig, der die Originale kennt (es lohnt sich also, ab und zu mal einen alten Film zu sehen).

Das ist also kaum der typisch amerikanische Familienhumor. Gegen den Strich gebürstet ist auch die übliche Schleichwerbung – wenn die Figuren minutenlang darüber diskutieren, ob sie nun den Namen des Sponsors oft genug erwähnt haben und ob es den Zuschauer nicht nervt. Und dann gibt es – ein Höhepunkt des Films – jene hinreißende Sequenz im Pariser Louvre, in der die Zeichentrickgestalten in die Welt der Gemälde eintauchen und, im liebevoll nachempfundenen Stil des Originals, durch die Meisterwerke eines Dali, eines Munch, eines Toulouse-Lautrec, eines Seurat turnen. Und Bugs Bunny setzt dem noch die Krone auf, indem er den Zuschauern erläutert, was Pointillismus ist – weil er findet, dass man bei jedem Kinobesuch etwas lernen sollte.

Solch geradezu feingeistiger Humor ist anscheinend nicht jedermanns Sache; anders ist das enttäuschende Einspielergebnis aus den USA nicht zu erklären. Doch wer es gern hektisch und schrill mag, wird eigentlich auch reichlich bedient. Da, wo reines Cartoon-Chaos wuchert, sind die Freunde der Schenkelklopf-Fraktion in ihrem Element, und es gibt immer noch genug fröhlich präsentierte Holzhammer-Gags, dass die Show nicht zum Film- und Kunstkennerquiz gerät. Aber auch hier macht sich der Film über sich selbst lustig, etwa wenn Steve Martin die Kinobesucher von der Leinwand herab fragt, ob ihnen jetzt auch das Lachen vergangen sei. Nicht jedermanns Sache, doch origineller als das meiste, was in diesem Jahr als Komödie feilgeboten wurde. *jwi* ●●

Matrix Reloaded

USA 2003 • R: Andy und Larry Wachowski • D: Keanu Reeves, Laurence Fishburne, Carrie-Anne Moss

Kaum ein Film wird von Fans so oft und gern mit dem Attribut »genial« versehen wie *Matrix* von 1999. Und wie kaum ein anderer Actionfilm der letzten zehn Jahre wurde er – vor allem beim jungen Publikum – zum Kult. Sicher ist die Idee reizvoll: Was wäre, wenn

Im eigenen Anspruch erstarrt: Matrix Reloaded ...

die Welt, wie wir sie kennen, nur eine Computersimulation ist? Nur ist diese Idee eben nicht neu. Schon Rainer Werner Fassbinder machte 1973 daraus den TV-Film *Welt am Draht*, wobei er sich auf Daniel F. Galouyes Roman »Simulacron-3« bezog, der noch einmal acht Jahre älter ist. Bereits in den 50er Jahren hat sich Philip K. Dick dieses Themas angenommen, und spätestens seit Mitte der 80er Jahre, als sich der Cyberpunk in der Science Fiction durchsetzte, sind virtuelle und simulierte Welten wahrlich nichts Besonderes mehr. Die vermeintliche Genialität von *Matrix* bestand darin, diese Idee mit größtmöglichem Getöse auf die Leinwand zu bringen und mit einem außerordentlich cleveren Produktionsdesign und aufwändigen Tricks auf die Höhe der Zeit zu hieven. Die zahlreichen Denkfehler und Patzer dagegen in Story und Konzept füllen Seiten – und in der Internet-Movie-Database kann jeder nachlesen, was findige Zuschauer (auch Fans) alles an Unstimmigkeiten gefunden haben.

Natürlich darf sich jeder davon blendend unterhalten fühlen, und bei dem Riesenerfolg konnte eine Fortsetzung nicht ausbleiben. Um Kosten zu sparen, wurden gleich zwei parallel abgekurbelt –

was allerdings nicht darüber hinwegtäuschen kann, dass letztlich nur die Idee für einen einzigen Film auf viereinhalb bis fünf Stunden ausgewalzt wurde. Das macht Quentin Tarantino mit seinem Metzel-Spektakel *Kill Bill* nicht anders: »Hey, ab sofort gibt's nur noch den halben Film zum Preis von einem ganzen!«

Auch in *Matrix Reloaded* geht es wieder um den Kampf Mensch gegen Maschine. Die letzten echten Menschen haben sich ins unterirdische Reich Zion zurückgezogen und erwarten in Kürze den Angriff der Maschinen, die näher und näher kommen. Doch Neo, der »Auserwählte«, und seine Begleiterin Trinity sind laut Prophezeiung des Orakels dazu ausersehen, den Krieg zu stoppen und die Menschheit aus den Fesseln des Computerprogramms Matrix zu befreien.

Ähnlich wie bei den neueren *Star-Wars*-Filmen ist auch hier die Story dünn und eine in sich abgeschlossene Handlung bietet *Matrix Reloaded* auch gar nicht – mittendrin reißt der Faden ab und ein Schriftzug verkündet: »Wird fortgesetzt!« Das hat so dreist seit *Kampf um Rom* (1969) keiner mehr riskiert. Dafür wird in den Actionszenen zum Teil wieder fett geklotzt: Herzstück von *Matrix Reloaded* ist eine lange Verfolgungsjagd auf einem Freeway. Eigens für den Film wurde ein zweieinhalb Kilometer langes Autobahnteilstück auf einer Marinebasis gebaut und die Dreharbeiten für die 14minütige Sequenz dauerten sieben Wochen. Von solchen Produktionsbedingungen konnten Filmemacher seit *Ben Hur* (1959) nur noch träumen. Was die Regisseure Andy und Larry Wachowski hier an Stunts und Crashs und Tempo auffahren, kann sich sehen lassen, ist auch ordentlich inszeniert, wird jedoch andererseits von *Terminator 3* auch gleich wieder in den Schatten gestellt. Aber eine einzige bemerkenswerte Szene rettet *Matrix Reloaded* nicht: Zwischen den Actionszenen gibt es immer wieder langes und vor allem langweiliges Gerede. Besonders die ersten vierzig, fünfzig Minuten nerven mit Dialogen der Güte: »Ich will dich nicht verlieren!« – »Du wirst mich nicht verlieren.« Oder mit einer minutenlangen Massentanzszene zu Technogestampfe. Dankbar nimmt man schließlich die erste Kampfszene mit Neo gegen den vervielfältigten Mr. Smith entgegen – obwohl es, für sich genommen, auch keinen besonderen Sinn ergibt, wenn sich zwei im Prinzip Unbesiegbare minutenlang prügeln. *jwi* OO

Matrix Revolutions

USA 2003 • R: Andy und Larry Wachowski • D: Keanu Reeves, Carrie-Anne Moss, Hugo Weaving

Der Kampf der Menschen gegen die Maschinen steht unmittelbar bevor: So endete *Matrix Reloaded*, Teil 2 der Matrix-Trilogie, die mit *Matrix Revolutions* zum Ende gebracht wird. Neo, Trinity und Morpheus bleibt nicht viel Zeit, die Katastrophe abzuwenden, und in der tobenden Entscheidungsschlacht stehen die Chancen nicht gut für die Menschen. Denn das außer Kontrolle geratene Programm Smith gewinnt ständig an Macht.

In *Matrix Revolutions* gibt es kein »Was bisher geschah« – dessen Kenntnis wird vorausgesetzt. Dementsprechend geht die Handlung unvermittelt dort weiter, wo sie am Ende von Teil 2 stehen blieb. Was aber nicht heißt, dass es gleich zur Sache ginge, denn zunächst einmal wird wieder ausführlich geredet. Die Dialoge orientieren sich dabei qualitätsmäßig ungefähr am Motto des Films: »Alles was einen Anfang hat, hat auch ein Ende«, was in etwa so tiefsinnig ist wie »Alles hat ein Ende, nur die Wurst hat zwei«; und über derlei pseudoreligiösem und amateurphilosophischem Gebrabbel verstreicht so ziemlich die gesamte erste Stunde des Films (darin ist er dem zweiten Teil sehr ähnlich). Diese Phase ist am treffendsten charakterisiert durch eine Dialogzeile von Trinity, die da unwirsch sagt: »Ich habe keine Zeit für diese Scheiße!« Wohl wahr.

Schließlich, wenn es dann zur großen Schlacht zwischen Menschen und Maschinen kommt, läuft auch der Action-Motor an. Für manche wird das so spannend sein wie einem Spielhallen-Kid beim Ballerspielen zuzusehen, aber die Trickaufnahmen sind zweifellos mit viel Aufwand und großem Können umgesetzt. Überhaupt war die Technik und das rein Äußere immer die Stärke der *Matrix*-Filme, während der Inhalt traditionell nicht mehr ist als eine schön präsentierte, aber auch unsäglich prätentiöse Seifenblase. Nur visuell, im Design und in den Spezialeffekten, werden Maßstäbe gesetzt, was sich auch daran zeigt, dass jeder zweite Action-Film der letzten fünf Jahre die *Matrix*-Ästhetik entweder kopiert, zitiert, parodiert oder sonst wie aufgreift. Auch diesmal sind wieder Effekte dabei, die selbst dem nüchternen Beobachter die Kinnlade herunterklappen lassen. Doch das Geballer in der zweiten Hälfte mit den ständigen Lichtblitzen geht mit der Zeit auch auf die Nerven und vor allem auf die Augen. Alles läuft schließlich auf den lächerlichen Opfertod von Neo und Trinity hinaus, der oberpeinlich mit den Worten »Es ist vollbracht« kommentiert wird. Dass diese vulgärmessianische Erlösungsbotschaft durch den einzigen Retter auch als Wegbereiter für faschistoides Gedankengut missbraucht werden kann, sollte nicht übersehen werden.

Auch bei den Kinobesuchern hat sich inzwischen herumgesprochen, dass das alles halb so genial ist wie es immer tut: *Matrix Revolutions* hatte sowohl in den USA wie auch in Deutschland nur halb so viele Zuschauer wie *Matrix Reloaded*. Die Hälfte der Fans wollte also schon gar nicht mehr wissen, wie das überhaupt ausgeht. Das aber kann den Wachowski-Brothers egal sein: Wenn sie mit ihrer Matrix-Trilogie nicht schon Millionäre geworden wären, hätten sie es auch leicht bei Ebay geschafft. Immerhin sind sie die absoluten Weltmeister, wenn es darum geht, leere Hochglanzverpackungen als ultimative Offenbarung zu verkaufen. *jwi* OO

... und Matrix Revolutions

Paycheck

USA 2003 • R: John Woo • Nach der gleichnamigen Kurzgeschichte von Philip K. Dick • D: Ben Affleck, Uma Thurman, Paul Giamatti

»Wie hoch ist der Wert eines Schließfachschlüssels? Heute 25 Cent und morgen Tausende von Dollar. Bei dieser Story ließ ich mich von dem Gedanken leiten, dass es Momente in unserem Leben gibt, in denen der Besitz eines Vierteldollars für ein Telefongespräch den Unterschied zwischen Leben und Tod ausmacht. Ich musste das nur noch mit der Idee der Zeitreise kombinieren, um zu zeigen, welche Bedeutung das Kleine und Nutzlose in den allwissenden Augen des Zeitreisenden haben kann. Er wüsste, wann der Vierteldollar dein Leben retten kann.« (Philip K. Dick über »Paycheck«)

Michael Jennings ist zwar kein Zeitreisender im Sinne des Wortes, aber sein Job bringt es mit sich, dass er sich schon mal an ganze Monate aus seinem Leben nicht mehr erinnert. Denn er ist in einer nahen Zukunft ein Computerspezialist der besonderen Sorte: Er kopiert oder komplettiert die Arbeit anderer, erhält dafür viel Geld, muss aber hinterher sein Gedächtnis löschen lassen, damit er nichts verraten kann. Eines Tages erhält er das berühmte Angebot, das man nicht ablehnen kann: Ein alter Schulfreund bietet ihm für einen dreijährigen Job Millionen von Dollar. Er geht darauf ein - nur um sich danach ohne Geld wiederzufinden: Alles, was er hat, sind eine Reihe scheinbar völlig nutzloser Dinge, wie eben den Vierteldollar, eine Büroklammer usw. Zudem wird er auch noch von FBI-Agenten festgenommen, die in seinem Hirn nach Informationen suchen. Beim Entkommen bedient er sich eines der scheinbar nutzlosen Utensilien. Aber auch andere sind hinter ihm her und er hat keine Ahnung, wer oder warum. Doch mithilfe seiner Kollegin (und Geliebten - was er natürlich auch nicht mehr weiß) kommt er der Wahrheit auf die Spur: Er half bei der Komplettierung einer Maschine, die die Zukunft vorhersagen kann. Darauf ist natürlich nicht nur die US-Regierung scharf - und so versucht sein alter Freund, das Ding an den Meistbietenden zu verkaufen. Das Ergebnis wäre jedoch der alles vernichtende Weltkrieg (die Story stammt aus dem Jahre 1953). Also muss sich Jennings nicht nur seiner diversen Verfolger erwehren, sondern zudem noch versuchen, das Tod bringende Ding unter allen Umständen zu vernichten. Dabei helfen ihm eben jene Utensilien, die er sich selbst »vermachte« – als er nämlich in der Maschine seine eigene Zukunft voraussah.

Mit Dick-Verfilmungen ist das ja so eine Sache: Die meisten davon setzen – außer dem bis heute unerreichten *Blade Runner* – auf knallige Action à la *Total Recall* (nach »We Can Remeber It For You Wholesale« mit Schwarzenegger als Dick'schem Held), und über Machwerke wie *Screamers – Tödliche Schreie* sei hier nur der Mantel des Schweigens gedeckt. Verglichen damit zieht sich *Paycheck* ganz gut aus der Affäre; zumindest in den ersten 30 Minuten.

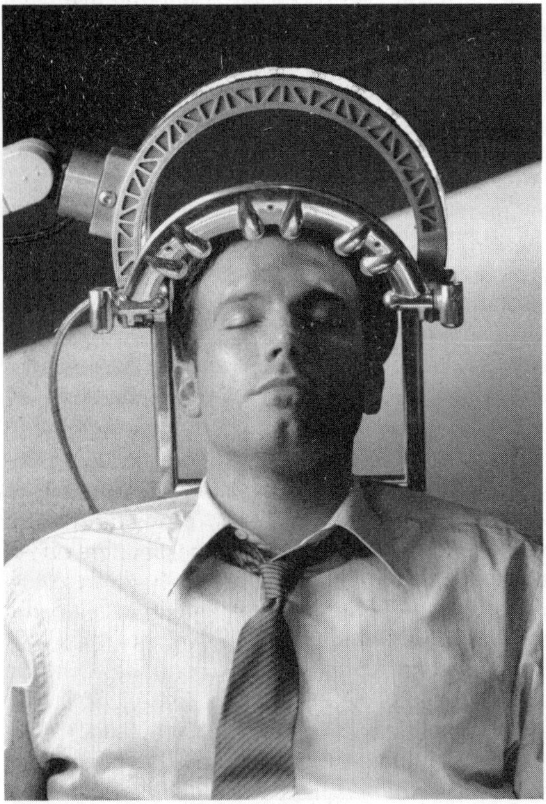

Der emblematische Philip-K.-Dick-Held: Ben Affleck in John Woos Paycheck

Denn bis zu dem Moment, in dem sich Jennings aus dem Hochsicherheitstrakt des FBI befreit, entfaltet der Film die für den Autor so typische Atmosphäre von allgegenwärtiger Bedrohung durch eine Verschwörung finsterer Mächte im Hintergrund, der sich der zumeist recht durchschnittliche und damit auch wehrlose Held ausgesetzt sieht; hier noch verschärft dadurch, dass ihm drei Jahre aus seinem Leben fehlen (die Parallelen zu »We Can Remeber It For You Wholesale« sind unverkennbar) und er lange nicht weiß, wer an seiner Stelle Millionen von Dollar gegen einen Haufen nutzloser Dinge eingetauscht hat. Dann jedoch folgt das übliche Brimborium, das John Woo in den letzten Jahren in Hollywood veranstaltet. Da mutiert Jennings vom genialen Computerentwickler zum eiskalten Fighter, an seiner Seite eine Biologin mit ähnlichen Qualitäten (die Hochschulausbildung in den USA muss unserer wirklich einiges voraus haben). Eine Verfolgungsjagd reiht sich an die nächste und natürlich darf auch Woos *scène fetiche* nicht fehlen, in der sich zwei Leute gegenseitig mit einer Knarre bedrohen (von der unsäglichen Taube ganz zu schweigen). Doch was zu seinen Hong-Kong-Zeiten von *The Killer* noch neu und originell war, ist jetzt nur noch ausgelutschter Mist, den man nicht mehr sehen mag. Die Besetzung der Hauptrolle mit dem wieder mal recht nichts sagenden Ben Affleck wäre eigentlich kongenial zu Dicks Figuren, die ja meist auch durchschnittliche Niemande sind, doch im Kontext des Films ergibt sie überhaupt keinen Sinn. Auch Uma Thurman hat leider kaum eine Chance, gegen die völlige Unglaubwürdigkeit ihrer Figur anzuspielen. Und wenn der Film dann mal eine originelle Idee hat (so wird im Showdown ein Roboterarm zur unerwartet effizienten Waffe), muss Woo sie so sehr ausreizen, dass man selbst daran die Lust verliert. Das hätte ein guter Film werden können, denn Woo war mal gar nicht so weit weg von Dick und seinem Universum, aber die effekthascherische, selbstverliebte und maßlos übertriebene Inszenierung macht daraus nur durchschnittliche Hollywood-Action mit allen Nachteilen und wenigen Vorzügen. Eine verpasste Gelegenheit. *lg* ⊙

Science Fiction

B/BRD/NL 2002 • R: Dany Deprez • Nach dem gleichnamigen Roman von Stefaan Van Laere • D: David Geclovicz, Fran Michiels, Koen De Bouw

SF-Filme für Kinder sind nicht gerade häufig – in einem Genre, das die meisten Menschen ja eigentlich in einem Alter irgendwo zwischen Kindheit und Jugend entdecken. Nach einem kleinen Boom in den 80er Jahren (*Explorers* u.ä.), als Hollywood sowieso nur noch auf Jugendliche als Publikum setzte, kam kaum etwas nach. Und wenn, dann aus Ländern, die nicht gerade als Hort der Science Fiction (schon gar nicht im Kino) bekannt sind. Das gilt auch für *Science Fiction* – schließlich fielen einem weder Belgien noch die Niederlande oder gar Deutschland als Erstes ein, würde man nach den Produktionsländern von SF-Filmen gefragt.

Erzählt wird die Geschichte des zehnjährigen Andreas, der mit seinen Eltern wegen deren wissenschaftlicher Tätigkeit schon die ganze Welt gesehen hat. Jetzt ist er neu in der kleinen Stadt und bekommt die Probleme, die jedes Kind hat, wenn es in eine neue Umgebung kommt. Er muss sich mit seinen Klassenkameraden zusammenraufen, und das im wahrsten Sinne des Wortes. Er freundet sich mit der gleichaltrigen Vero an, die gleich nebenan wohnt. Doch Andreas' Eltern erregen die Aufmerksamkeit der Kinder, weil sie sich so merkwürdig verhalten: Sie tragen stets Sonnenbrillen, scheinen sich kaum um ihren Sohn zu kümmern, arbeiten Tag und Nacht und machen um ihre Forschung in einem Labor neben ihrem ebenso supermodernen wie kalten Haus ein großes Geheimnis. Das weckt vor allem die Neugier von Vero, die ein großer Fan alter SF- und Horrorfilme ist. Also beginnen die Kids Andreas' Eltern auszuspionieren. Dabei belauschen sie ein Gespräch, in dem von der Beherrschung der Erde durch eine neue Erfindung die Rede ist und davon, dass die Eltern danach eine lange Reise antreten werden. Als in diesem Zusammenhang auch noch von fremden Planeten die Rede ist, ist für Vero alles klar: Andreas' Eltern sind Aliens – und er vielleicht ja nur adoptiert. Sie brechen in das Labor ein und finden im Computer Daten über ein geheimnisvolles Projekt namens »Linea« (ein Anagramm von »Alien«). Derweil die Kids gegen die Invasion der Aliens ankämpfen, machen Andreas' Eltern sich ernsthaft Sorgen um den Kleinen, der sich immer mehr in die Vorstellung verrennt, seine Eltern seien gar nicht seine Eltern und in Wahrheit Aliens. Das Ende lässt offen, wer Recht hat ...

Dany Deprez ist ein überzeugender Kinderfilm gelungen, bei dem der Zuschauer am Ende selbst entscheiden muss, ob er Andreas oder seinen Eltern glaubt. Für mich jedenfalls suggeriert das Ende, dass sie wirklich Aliens sind. Insofern erinnert *Science Fiction* stark an *K-Pax*, der die Deutung der Ereignisse letztlich auch dem Publikum überließ. Dabei zieht Deprez alle Register des Genres und arbeitet zugleich auch Krimi-Elemente ein. Zudem packt er die Kids an einem Punkt, den fast alle Kinder (und auch viele Erwachsene) nachvollziehen können: Haben wir nicht alle irgendwann in unserer Kindheit mal gedacht, unsere Eltern seien gar nicht unsere Eltern und wir nur ihre Adoptivkinder? Diese Entfremdung spitzt Deprez bis aufs Äußerste zu und erzeugt mit der suggestiven Kamera und dem reduzierten, aber gezielten Musikeinsatz eine Atmosphäre von Bedrohung und Verunsicherung, die selten geworden ist im modernen SF-Film. Dabei erweist Deprez dem klassischen Invasionsfilm der 50er Jahre – wo ja auch eine kleine Gruppe Menschen gegen eine Alien-Invasion antrat, an die der Rest der Menschheit nicht glauben wollte – seine Reverenz und variiert ihn zugleich. Und das alles mit einem Budget, für das sie in Hollywood noch nicht mal einen Trailer produzieren könnten. Dass der Film so gut funktioniert, verdankt er neben seinen präzisen Darstellern vor allem dem Set-Design, wobei den Produzenten auch das Glück zur Seite stand: Denn das Haus der Eltern – eine modernistische Komposition aus Beton und Glas – wirkt schon aus sich heraus wie ein Hort der Aliens und ihrer finsteren Pläne, und man hat es nicht eigens bauen müssen, sondern fand es leer stehend auf dem platten Land. Diese kalte Umgebung kontrastiert Deprez mit dem Haus von Vero, die einen kleinen Wohnwagen als Refugium hat und in deren Haushalt freundliches Chaos dominiert. Ein Paranoia-Film par excellence, der sein Publikum fordert, ohne es zu überfordern, und auch Erwachsene zu fesseln vermag. *lg* ●●●

Terminator 3 – Rebellion der Maschinen

(Terminator 3: Rise of the Machines)

USA 2003 • R: Jonathan Mostow • D: Arnold Schwarzenegger, Kristanna Loken, Nick Stahl, Claire Danes

Wann hat es in einem Kinojahr jemals so viele Fortsetzungen gegeben wie 2003? *X-Men 2*, die beiden *Matrix*-Filme, *2 Fast 2 Furious, Natürlich blond 2, Drei Engel für Charlie 2, Lara Croft 2* und zweieinhalb Stunden lang *Bad Boys 2*. In diesem großen Aufgusszirkus ist *Terminator 3 – Rebellion der Maschinen* allerdings eine Ausnahme (und das nicht nur, weil seinen Titel schon die »3« ziert). Ohne wirklich neue Wege zu gehen, spinnt er seine Vorgänger sinnvoll weiter und präsentiert dem Publikum die überdrehteste, aber auch professionellste Zerstörungs-Orgie des Kinosommers; allerdings auch ein Ende, das in seiner Konsequenz den Zuschauern eine bittere Pille mit auf den Heimweg gibt. Vermutlich ist dies der Grund, weshalb auch *T3* die hochgesteckten kommerziellen Erwartungen nicht erfüllte.

Am Anfang sieht es zumindest zeitweise so aus, als habe da jemand das Drehbuch von *Terminator 2* fotokopiert und dabei lediglich aus dem Flüssigmetall-T1000 die scharfe Blondine T-X gemacht. Wie ihre Vorgänger kommt auch diese hochentwickelte Terminatrix in die heutige Zeit, um John Connor zu liquidieren; denn der führt in der Zukunft auf einer verwüsteten Erde die letzten Menschen zum Kampf gegen die Maschinen. Und wie in Teil 2 hat Connor den Ur-Terminator hinterher geschickt, um sich selbst zu schützen. Nun können die beiden Kampfmaschinen munter aufeinander losgehen, sich durch Wände rammen oder in Stücke schießen. In das ganze Tohuwabohu gerät die junge Tierärztin Kate Brewster – und das nicht ganz zufällig, denn der Terminator eröffnet ihr, dass sie in der Zukunft die Gattin des ihr noch ziemlich unbekannten John Connor sein wird. Das wiederum macht sie für die überaus rücksichtslos vorgehende Terminatrix zum wichtigen Ziel.

James Cameron, *Terminator*-Erfinder und Regisseur der ersten beiden Filme von 1984 und 1991, war diesmal nicht an Bord; schließlich zierte ihn schon auf dem Set von *T2* eine Baseballkappe mit der Aufschrift »T3? – Without Me!«. Ihn ersetzt Jonathan Mostow, der mit zwei vergleichsweise wenig beachteten Filmen (*Breakdown* und *U-571*) bewiesen hat, dass er zu den wenigen Regisseuren in Hollywood zählt, die Action noch wirklich inszenieren können, statt ihr Publikum mit einem Dauerfeuer von Kürzesteinstellungen in den Wahnsinn zu treiben. Nicht nur formal steht dieser *T3* damit in einer Linie mit den Vorgängern: Das bei James Cameron stets wichtige Motiv der starken Frau wird hier weniger von der Terminatrix als vielmehr von Claire Danes verkörpert, die im Laufe der Handlung zunehmend in ihre Rolle als künftige Menschheitsretterin hinein-

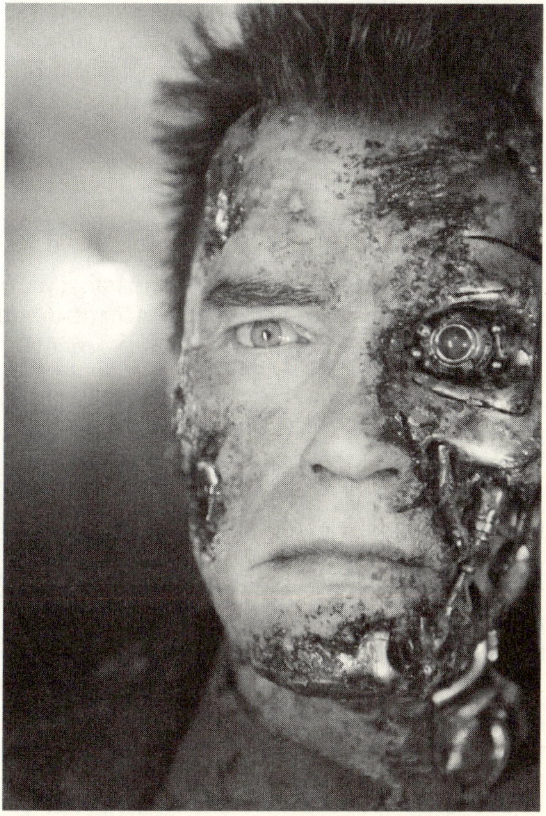

Es war ein langer, harter Wahlkampf: Arnold Schwarzenegger in Terminator 3

wächst. Garniert ist das mit einem guten Schuss Humor, der sich zum Glück nicht bei der albernen »Oops«- und »Hach, wie lustig«-Sprücheklopfer-Fraktion anbiedert, sondern immer staubtrocken bleibt. Für den nicht mehr ganz jungen Arnold Schwarzenegger erweist sich seine berühmteste Rolle - nach zahlreichen Desastern wie *Collateral Damage* - endlich wieder als Heimspiel: Er mag kein großer Mime sein, aber als sture Killermaschine ist er die perfekte Besetzung.

Die Actionszenen sind monströs und lassen alles verblassen, was es im Kinojahr 2003 gegeben hat. Wenn die Terminatrix mit einem 90-Tonnen-Kranwagen durch die Straßen brettert, bleibt links und rechts nicht mehr viel übrig. Und das stammt nicht aus dem Trick-Computer, sondern da wird in ganz traditioneller Weise einfach nur alles lustvoll kaputtgemacht. Infantil, aber gut: Für diese 175-Millionen-Dollar-Produktion wurde mal eben ein ganzer Stadtteil aufgebaut, nur um ihn vollständig zu Klump zu hauen. Dagegen sieht selbst die Verfolgungsjagd aus *Matrix Reloaded* alt aus. Dank dieser gut inszenierten Actionszenen und des weitgehend schlüssigen Drehbuchs ist *T3* eine der wenigen Fortsetzungen, die funktionieren. Das radikale Ende macht sogar neugierig auf mehr (auch wenn es, wie gesagt, nicht leicht zu schlucken ist), aber da sich Arnie die Brötchen inzwischen als kalifornischer Gouverneur verdient, wird daraus wohl nichts. *jwi* ●●●

X-Men 2

USA 2002 • R: Bryan Singer • D: Patrick Stewart, Ian McKellen, Halle Berry

X-Men war zwar kein guter, aber ein doch recht erfolgreicher SF-Film. Was lag näher, als eine Fortsetzung zu produzieren, zumal die Fülle der Figuren und ihrer Geschichten ja durchaus weiter erzählt werden konnte. Also präsentierte man im Jahr der vielen Fortsetzungen, deren Einspielergebnisse zumeist weit hinter den Erwartungen der Major-Studios zurückblieben, auch *X-Men 2*.

Der Auftakt ist furios: Ein (im Sinne des Wortes) unfassbarer Dämon hat sich als schwarze Wolke ins Weiße Haus eingeschlichen und dringt bis zum Präsidenten vor; jedoch nicht um ihn zu töten,

Patrick Stewart ist in X-Men 2 *wieder mit an Bord.*

sondern um ihn zu warnen. Es ist der »Nightcrawler« aus der Crew des guten Charles Xavier und seine Mutantenschule. Seine Schüler werden Opfer der finsteren Machenschaften des fanatischen Mutantenhassers Stryker, eine Art futuristischer McCarthy, der an der Regierung vorbei seinen ganz eigenen Feldzug gegen die neue Spezies führt, Xaviers Schule überfallen und die Kinder verschleppen lässt. Er will mit ihrer Hilfe und einer eigens dazu gebauten Maschine alle Mutanten auf der Welt töten. Wolverine nimmt mit den wenigen, die dem Überfall entkommen konnten, den Kampf gegen den »Mutantenfresser« auf. Kompliziert wird die Situation durch den Ausbruch des bösen Mutanten Magneto aus seinem Hochsicherheitsgefängnis, der im »Flammenwerfer«, einem pubertierenden Jugendlichen mit tödlichen Fähigkeiten, einen neuen gefährlichen Verbündeten findet. Natürlich bleibt das Ende so weit offen, dass eine Fortsetzung möglich ist.

Singers zweiter Film nach der Comic-Serie kommt deutlich besser daher, und das nicht nur wegen der noch expliziteren politischen Implikationen. Denn auch wenn die Figuren zumeist nicht über eindimensionale Comic-Stereotypen hinauskommen, gelingt ihm dank seines Gespürs für ausdrucksstarke und wirkungsvolle Sets und seiner deutlich verbesserten Action-Regie spannende und ansehnliche Unterhaltung in einer schlüssigen und manchmal sogar überraschenden Story. Zudem hat der Regisseur auch wieder relativ ruhige Passagen eingebaut, die sich mit der Andersartigkeit seiner Helden beschäftigen. Hier ist der Film eigentlich am interessantesten – etwa in jener Szene, wo ein junger Mutant seinen Eltern die Veranlagung gestehen muss (das erinnert sehr an das schüchterne Coming Out eines Schwulen) und das Standard-Sprüchlein zur Antwort bekommt, na ja, dann liebe man ihn eben »trotzdem«. Bei den Effekten sind gerade die kleinen oft recht effektiv, zum Beispiel wenn der derselbe junge Mann zum Entsetzen der Eltern Muttis Kaffee in der Tasse gefrieren lässt (aber zur Freude der Katze, die den Eisblock mit Appetit ableckt). Diese Tricks sind einheitlicher und besser als im ersten Film und auch in den Kampfszenen kann man endlich mal erkennen, wer was wo wie macht. Zwar ist die Musik deutlich martialischer und damit nerviger, aber das stört den positiven Gesamteindruck nur unwesentlich: Popcorn-Kino, das richtig Spaß macht, das sein Publikum nicht für dumm verkauft, dem allerdings ein wenig Straffung gut getan hätte. Denn mit 125 Minuten ist der Film doch mindestens 15 Minuten zu lang geraten. *lg/jwi* ●●

»2001« und die Frage der Transzendenz

Eine Antwort auf Alexander Seibold

von Wolfgang Neuhaus

1970 hat Jerome Agel ein Taschenbuch herausgegeben, »The making of Kubrick's 2001«[1], das eine Fülle von Hintergrundmaterialien zur Entstehung des Films liefert. Die Interview-Passagen über die Möglichkeit von Kontakten mit Außerirdischen, die Kubrick für einen geplanten Prolog mit Wissenschaftlern wie Frank Drake, Gerald Feinberg und Freeman Dyson gedreht hatte und die der Schere zum Opfer fielen, sind transkribiert worden. Zu sehen sind außerdem ein paar schöne nicht verwendete Aufnahmen für die filmische »Reise in die Unendlichkeit«, die mit der Slit-scan-Technik inszeniert wurden (so etwa eine »City of light«). Die langwierige Arbeit an den Special Effects wird ausführlich dargestellt und um Aussagen der beteiligten Spezialisten ergänzt. Ich persönlich mag das Ausstattungsdesign und die futurologischen Spielereien, auf deren Gestaltung sehr viel Sorgfalt verwandt wurde, auch wenn die ganzen Gadgets – wie die Orbitalstationen und Passagierraumschiffe – von der Zeit überholt worden sind. In dem Buch ist auch die komplette Bedienungsanleitung für die »zero gravity toilet« abgedruckt, was, wie Arthur C. Clarke anmerkt, als kleine Humoreinlage gedacht war. Das Buch dokumentiert des Weiteren eine Vielzahl von unterschiedlichen Pressestimmen, die deutlich machen, wie kontrovers der Film aufgenommen wurde. Lester del Rey bewundert die Fotografie, ist aber unzufrieden, das erste New-Wave-Werk des SF-Films gesehen zu haben. Marshall McLuhan findet das Werk altmodisch (»It is filled with Nineteenth-Century hardware and Newtonian imagery«). Clarke wird zitiert mit der Bemerkung, dass MGM den ersten »religiösen« SF-Film finanziert hätte.

Womit wir beim Thema wären. Clarke sagt auch, dass es um höhere intelligente Lebensformen gehen würde. *2001 – Odyssee im Weltraum* erfüllt wohl am einzigartigsten in der bisherigen Filmgeschichte die ästhetische Forderung, dass ein Kunstwerk mehrdeutig sein, verschiedene Lesarten zulassen müsse. *2001* gehört zu den Filmen, die einen das Leben lang begleiten und die man in zeitlichen Abständen wiedersieht, in einer anderen Stimmung, mit einer anderen Perspektive. Wenn ich jemals einen Sinn für Walzer-Musik entwickelt habe, dann zu den Bildern der Landung auf der Orbitalstation. Auch ist für mich der wohl berühmteste Schnitt der Filmgeschichte nach wie vor faszinierend – wenn die Aufnahme eines in die Luft geworfenen Knochens in die Trickaufnahme eines Satelliten im Weltraum übergeht. Die schon erwähnte »psychedelische« Sequenz am Ende – als Überschreitung des Raum-Zeit-Kontinuums – ist unerreicht und als audiovisueller Eindruck oft kopiert worden. *2001* ist eine mehrdimensionale fantastische Bilderreise, die den Zuschauer stimuliert, sich seine eigenen Gedanken zu den grundlegenden Fragen der Menschheit zu machen.

Der Filmklassiker bleibt eine Herausforderung für jeden Filminterpreten, und ich werde an dieser Stelle keine weitere Interpretation des Werks vorlegen, noch will ich umfassend auf den theologisch motivierten Interpretationsansatz eingehen, den Alexander Seibold im letztjährigen SF-JAHR unter dem Titel »Woher? Wohin? Stanley Kubricks Odyssee zum Unbedingten«[2] veröffentlicht hat. Seibold liefert eine aufwändige Beschreibung aller Sequenzen des Films und dokumentiert ausführlich den Dialog zwischen Mensch und Künstlicher Intelligenz. Was mich allerdings irritiert, ist die enge religiöse Argumentation Seibolds, die dem Thema des Films – der Überschreitung der menschlichen (Kultur)Evolution im Universum – nicht gerecht wird, zumal Kubrick sich in Interviews explizit gegen die irdischen Religionen ausgesprochen hat.

Seibold ist der Meinung, dass der Film zwar viele Fragen aufwerfe, es aber möglich sei, das »Rätsel« zu lösen. Nun denn, wir sind gespannt: Es gehe um die »Inszenierung des Einbruchs des Unbedingten in die Menschenwelt« (S. 187); bei *2001* handele es sich »im weitesten Sinn um einen religiösen Film«, da die durch ihn inspirierten Fragen religiös bedeutsam seien. Sicher bietet dieser Film im Unterschied zu den allermeisten filmischen Werken die Gelegenheit, »über erd- und filmgewohnte Grenzen von Zeit und Selbst hinauszublicken«, wie Seibold pointiert äußert (S. 202), doch warum wird diese filmische Suche nach einer visuellen Erfahrung der »Transzendenz«, der unvorstellbaren Begegnung mit einer höheren kosmischen Intelligenz oder Seinsform, wieder an die doch sehr gewohnte irdische Vorstellung des religiösen Glaubens gebunden?

Ich möchte nur auf einige Argumente in Seibolds Text eingehen und sie mit Äußerungen Kubricks konfrontieren, die Seibold zwar zur Kenntnis genommen hat (er erwähnt Kubricks Interview für den *Playboy* von 1968), auf die er aber nicht weiter eingeht. Kubrick sagt in diesem Interview (ebenfalls abgedruckt in dem Buch von Agel), dass er nicht an die Gottes-Vorstellungen der irdischen Religionen glaube, aber eine »wissenschaftliche Definition« von Gott für möglich halte, die in Betracht zieht, dass außerirdische Rassen eine extreme Entwicklung durchlaufen haben könnten, die sie schließlich zu Herren über Materie und Energie gemacht und ihnen Allwissenheit und Allmacht, also »göttliche« Eigenschaften, verschafft hat:

> »When you think of the giant technological strides that man has made in a few millenia – can you imagine the evolutionary development that much older life forms have taken? They may have progressed from biological species, which are fragile shells for the mind at best, into immortal machine entities – and then, over innumerable eons, they could emerge from the chrysalis of matter transformed into beings of pure energy and spirit. Their potentialities would be limitless and their intelligence ungraspable by humans.«[3]

Seibold erkennt diese Tendenz zur »Vergeistigung« als Thema an, doch es werden alle Register der theologischen Argumentation gezogen, um den Film schön fein zu »christianisieren« (auch wenn die

Hinweise auf Teilhard de Chardin in der Kirche nur eine Minderheitenposition sein mag):

> »Einerseits inszeniert Kubrick in *2001* die Evolution der Menschheit, welche er auf den Zielpunkt der *Vergeistigung* von Materie zusteuern lässt ... Andererseits hat sich Kubrick ... der Futurologie verschrieben, das heißt, er führt uns eine Entwicklung vor Augen, die erst noch stattfinden muss. In der christlichen *Eschatologie* dagegen ist das Ende aller Entwicklung schon vorweggenommen, die Endzeit ist mit Jesus Christus bereits angebrochen. In ihm ist der Verwandelte bereits gezeigt, die Vollendung schon vollzogen, mit gegenwärtiger, nicht erst zukünftiger Bedeutung. Diese führt zu einer neuen Selbstbegründung der Stellung der Erde und der Stellung des Menschen im Kosmos.« (S. 265)

Ein solches eschatologisches Denken, das durch seine eigene Logik schon alle Antworten auf die Fragen kennt, empfinde ich als intellektuelle Provokation und in gewisser Weise auch als »unmenschlich«. Das Wiedererkennen des gläubigen Subjekts im göttlichen Absoluten ist letztlich eine regressive Denkform, die mit der Offenheit des uns unbekannten Kosmos und seiner Potenziale unvereinbar ist. Gerade in der Entfaltung immer neuer Gedankenentwicklungen durch immer neue Generationen liegt die Möglichkeit zur kulturellen Evolution. Das Humane bezeichnet überhaupt einen Bereich, »der nach Gestaltungsformen ruft, die mit dem Gedanken des Absoluten nicht abgegolten sind«, wie der Neurophysiologe und Philosoph Detlef B. Linke meint, »sondern vielmehr gerade in der Hingabe an das Relative oder das nicht durch das absolut Vereinnehmbare ihre Entwicklung finden können«.[4]

Auch Kubrick ist in demselben Interview der Ansicht, dass sein Film dazu anregen solle, über die Rolle des Menschen im Kosmos nachzudenken. In einem anderen Interview von 1969 gibt er eine Zusammenfassung des Endes der »Geschichte«:

> »When the surviving astronaut, Bowman, ultimately reaches Jupiter, this artifact sweeps him into a force field or star gate that hurls him on a journey through inner and outer space and finally transports him to another part of the galaxy, where he's placed in

a human zoo approximating a hospital terrestrial environment drawn out of his own dreams and imagination. In a timeless state his life passes from middle age to senescence to death. He is reborn, an enhanced being, a star child, an angel, a superman, if you like, and returns to earth prepared for the next leap forward of man's evolutionary destiny. That is what happens on the film's simplest level. Since an encounter with an advanced interstellar intelligence would be incomprehensible within our present earthbound frames of reference, reactions to it will have elements of philosophy and metaphysics that have nothing to do with the bare plot outline itself.«[5]

Manfred Riepe und Michael Nagula haben im SF-JAHR 1987 einen interessanten Interpretationsversuch von *2001* angeboten. Die beiden Autoren schreiben dort, dass den Protagonisten des Films eine »grundlegende Konfrontation« bevorstehe, die ihr Weltbild erschüttern werde (einschließlich der Religionen). Sie liefern eine bedenkenswerte Lesart der Szenen in dem »Hotelzimmer«:

»Das stilisierte Zerbrechen eines Weinglases während Bowmans letzter Mahlzeit deutet an, dass diese Kultur ›zerbrechen‹, dass sie sich nach einem langen Weg in sich selbst erschöpft haben muss, bevor sie die Reife erlangt, jenen Sprung zu vollziehen, der durch Bowmans Auseinandersetzung mit dem Rechner eingeleitet und von den Farbmustern auf einer anderen Ebene weitergeführt wurde. Das Hotelzimmer befindet sich jenseits eines bezeichenbaren Ortes und einer benennbaren Zeit und wird so zum Nullpunkt aller historischen Ereignisse, zum Kulminationspunkt der gesamten Kulturgeschichte. ... Im Zeitraffer durchlebt Bowman sein Leben und damit das von der überkommenen Kulturgeschichte geprägte Leben schlechthin und steht an seinem entwicklungsmäßigen Ende wieder vor dem schwarzen Monolithen, zum vierten Mal und mit dieser vierten Begegnung symbolisch an der Schwelle zur vierten Dimension, die im überkommenen, in Kategorien denkenden Bewusstsein des Menschen noch keinen Platz gefunden hat.«[6]

Auch Seibold beschäftigt sich mit diesen Szenen und interpretiert die Farbe weiß in dem Zimmer als Symbol, in dem sich für Christen

»die Gottheit verhüllt« (S. 257). Bowman trete am Ende während des Sterbens dem Absoluten gegenüber, er werde »unter Einsatz seines ganzen Seins dem Unbedingten zum Bild« (S. 260) – ein Satz, der mir rätselhaft bleibt.

Dabei will ich es bewenden lassen. Der Physiker und Autor Freeman Dyson übrigens bringt Kubricks Intention, wie ich finde, interessant auf den Punkt:

> »He wanted to show an alien civilization as totally inhuman, passing beyond the limits of our comprehension. For this purpose he needed a style of film making that was also inhuman, nonverbal, mystical. Like other great artists, he invented a new style when he had a new message.«[7]

Man kann das Erreichen eines transzendentalen »kosmischen Bewusstseins« für einen »Trick«, ein bloßes »Muster« in der SF halten, wie Bruce Sterling es getan hat. Ich bin damit nicht einverstanden. Die SF bietet ein »Medium« für Transzendenz in einem anderen Verständnis, als Überschreitung von Grenzen, als Bewusstseinserweiterung, als Erfahrung von gedanklichen und emotionalen »Höhepunkten« außerhalb des normalen Wirklichkeitsbezuges. Für viele gilt der »sense of wonder«, der Sinn für das Wunderbare der Existenz, die Begeisterung für das technisch Mach- oder Wünschbare und die Ehrfurcht vor der Weite des Kosmos, als Grund, sich mit SF zu beschäftigen – aber das ist im engeren Sinn keine Angelegenheit eines christlich verfassten Glaubens. Was in Seibolds Analyse von *2001* verschenkt wird, ist doch gerade die Frage, wie Grenzen des Vorstellbaren filmisch nachvollziehbar, fühlbar gemacht werden könnten, ohne gleich in die religiöse Metaphorik zu fallen. Der Film endet mit einem Rätsel, das niemals aufgelöst werden kann, weil jeder Schritt in Richtung einer Lösung nur neue Rätsel hervorbringt (als Begleiterscheinung einer fortschreitenden Denkevolution). Die Geheimnisse des Universums werden nie vollständig geklärt werden und wir können uns ihnen gefühls- und verstandesmäßig nur schrittweise annähern – sie sind jedoch eher als Ausdruck einer für uns unvorstellbaren kosmischen »Rationalität« denn als Ausdruck religiösen Glaubens zu verstehen.

ANMERKUNGEN

1 Signet book, New American Library, New York

2 Als Teil des Schwerpunktthemas »Science Fiction und Religion«, in: Wolfgang Jeschke/Sascha Mamczak (Hrsg.): DAS SF-JAHR 2003, Wilhelm Heyne Verlag, München 2003, S. 184 ff.

3 In: Agel, S. 330

4 In: Kunst und Gehirn. Die Eroberung des Unsichtbaren, Rowohlt Taschenbuch Verlag, Reinbek bei Hamburg 2001, S. 50

5 Aus einem Interview mit Joseph Gelmis von 1969, im Internet abgelegt unter: http://www.visual-memory.co.uk/amk/doc/0069.html

6 Unter dem Titel »2001 – Odyssee im Weltraum. Ein Film für alle und keinen«, in: Wolfgang Jeschke (Hrsg.): DAS SF-JAHR 1987, Wilhelm Heyne Verlag, München 1987, S. 317

7 In: Disturbing the Universe, Harper & Row, New York et. al. 1979, S. 190 f.

HÖRSPIEL

Science-Fiction-Hörspiele 2003

von Horst G. Tröster

mit Beiträgen von Ute Perchtold, Christiane Timper, Bärbel Weixner, Marcus Hammerschmitt, Helmut Magnana und Günther Wessely

Philip Kerr: ***Esau***, Philip K. Dick: ***Träumen Androiden*** und ***Zeit aus den Fugen***, Harry Mulisch: ***Die Prozedur***, Matt Ruff: ***G.A.S.***, Michel Houellebecq: ***Elementarteilchen***, Thea von Harbou: ***Metropolis***, Ray Loriga: ***Tokio liebt uns nicht mehr***, José Saramago: ***Die Stadt der Blinden*** – ruft man sich die Hörspiele der letzten zwei, drei Jahre in Erinnerung, muss man den Eindruck gewinnen, dass vieles in Hinblick auf die Vermarktungsmöglichkeiten auf dem Tonträgermarkt produziert wurde. Das ist durchaus legitim; dann aber, anders betrachtet, nicht unbedenklich.

Legitim, weil der Rundfunk durch Verkauf von Rechten die Möglichkeit hat, wenigstens einen geringen Teil der Produktionskosten zu amortisieren. Hinzu kommt aber auch ein direkter Nutzen für das Hörspiel, das so die Chance bekommt, auch jenseits des überschaubaren Kreises von Hörspielfreunden populär zu werden. Eine Marktanalyse hat gezeigt, dass Kassetten und CDs häufig nicht für den Eigenbedarf erworben, sondern verschenkt werden. So werden sie durch bloße Präsenz auf dem Gabentisch auch von Bevölkerungsteilen wahrgenommen, die zum Hörspiel bisher keinen Zugang hatten.

Bedenklich deshalb, weil die Hörspielproduktion Gefahr läuft, ihre Unabhängigkeit zu verlieren. Vergessen wir nicht, dass der öffentlich-rechtlich organisierte Rundfunk in Deutschland nicht dazu geschaffen wurde, sich auf Märkten durchzusetzen, Produktionskosten einzuspielen oder Gewinn zu erzielen. Im Gegenteil. Pluralismus bedeutet nicht ein Programm für viele, sondern viele Programme für einige. Das klingt elitär, ist es aber nur bei sehr oberflächlicher Betrachtung. Gewinnerwartung und Kunstanspruch verhalten sich – Ausnahmen mag es geben – umgekehrt proportional. Ein Blick auf das, was der kommerzielle Rundfunk bei uns in den zwanzig Jahren seines Bestehens hervorgebracht hat, spricht für sich. Schielt aber die Hörspielproduktion nach dem Erfolg auf dem Tonträgermarkt, gibt sie den Politikern und politischen Meinungsbildnern, denen ein unabhängiger weil nichtkommerzieller Rundfunk schon immer ein Dorn im Auge war, nur zu bereitwillig Argumente an die Hand, wie eine Deckung des Finanzbedarfs auch mit immer weniger Rundfunkgebühren zu erreichen sein könnte.

Auch im vergangenen Jahr gab es wieder drei solche Produktionen: William Gibson: ***Neuromancer***, Arno Schmidt: ***Die Gelehrtenrepublik*** und Jules Verne: ***20000 Meilen unter den Meeren*** (weitere Jules-Verne-Hörspiele sind bereits angekündigt). Es fällt auf, dass die Kritiker auf den folgenden Seiten keines dieser Hörspiele überschwänglich beurteilt haben. Typischster Vertreter für die Kooperation mit Audioverlagen ist zweifellos Jules Vernes Opus um den exzentrischen Misanthropen Nemo und dessen phantastisches, damals noch utopisches Unterwasserfahrzeug. Dieser Produktion eine Rezension zu widmen hieße Eulen nach Athen zu tragen, und die Adjektive für eine solche Besprechung müssten sich in Bereichen bewegen, wie sie sonst für Hollywood-Großproduktionen üblich sind. Da wundert es nicht, dass, parallel zur eigentlichen Hörspielproduktion, eine 5.1-Dolby-Stereo-Version entstanden ist, die mit der heute zur Verfügung stehenden Sendetechnik gar nicht übertragen werden kann und eigens als Kauf-DVD realisiert wurde.

Jules Verne ist noch ein weiteres Mal vertreten, wenn auch ungenannt: Arno Schmidt hat sich nämlich in seiner ***Gelehrtenrepublik*** dessen Erzählung *Die Propellerinsel* als Vorlage genommen und daraus eine Satire auf den damaligen Ost-West-Konflikt und den kalten Krieg mit etlichen Seitenhieben auf seine Zeitgenossen gemacht.

Der Roman *Neuromancer*, den William Gibson vor zwanzig Jahren noch ohne PC auf einer mechanischen Schreibmaschine getippt hat, hat ein eigenes Subgenre, den Cyberpunk, begründet und eine ganze Autorengeneration beeinflusst. Jetzt hat Alfred Behrens ein Hörspiel daraus gemacht. ***Neuromancer*** ist Thema von gleich zwei Rezensionen, die mit unterschiedlichen Argumenten zu ähnlichen Fazits kommen. Für eine davon haben wir den Autor und William-Gibson-Kenner Marcus Hammerschmitt als Rezensenten gewinnen können.

Produktionen in Hinblick auf eine spätere kommerzielle Auswertung sind aber noch aus einem anderen Grund bedenklich, zumindest, wenn sie überhand nehmen: Aufgrund der prominenten Namen, der verwendeten Musik und der aufwändigeren Realisierung verursachen sie in der Regel deutlich höhere Kosten. Mit dem gleichen Budget könnte eine Anzahl »kleinerer«, aber origineller und ambitionierter Hörspiele realisiert und weniger bekannte Autoren vorgestellt werden, die so eine Chance hätten, ihr Publikum zu finden.

Über die genannten Adaptionen hinaus gab es sage und schreibe gerade mal acht weitere Hörspiele. Myra Çakan, die mit ihren Science-Fiction-Hörspielen noch keine glückliche Hand hatte, steuerte mit ***Mondgöttin 513*** einen reichlich konfusen Beitrag zum Thema Nanotechnik bei, der das Thema, immerhin ja neu im Science-Fiction-Hörspiel, gnadenlos in den Sand setzte. Auch wenn der nachmittägliche Sendetermin auf eine jugendliche Zielgruppe schließen lässt, darf das keine Entschuldigung für einen oberflächlichen, belanglosen und hysterisch inszenierten Programmbeitrag sein. Der Rundfunk muss sich wirklich die Frage gefallen lassen, ob man Gebühren nicht sinnvoller anlegen kann. Erwähnt sei hier noch ihr bereits Ende 2002 urgesendetes Hörspiel ***Keine Sterne über Downtown***, in dem die Bevölkerung einer verelendeten und kriminalisierten Metropole mit einem angeblichen Raumfahrtprogramm bei Laune gehalten wird. Das Stück wäre durchaus erwähnenswert, würde nicht die »Action« alles andere dominieren. Die Idee freilich, dass der Flug zu den Sternen sich als zynische Tötungsmaschinerie erweist, hatte schon 1929 Karel Čapek in seinem Roman *Das Haus mit den tausend Stockwerken*, der fünfzig Jahre später in der Funkbearbeitung von Hermann Ebeling und unter der Regie von Andreas Weber-Schäfer zu einer der bemerkenswertesten Produktionen der damaligen SDR-Sendereihe *Science Fiction als Radiospiel* wurde.

Überflüssig, weil uninspiriert, klischeehaft und bar jeder Originalität: ***Das Herz von Jayne Mansfield*** von Armin Frost, obwohl die Vorankündigung verlockend klang und das Thema durchaus etwas hätte hergeben können.

Nicht uninteressant dagegen das Thema in ***Lelouches Vision*** von Christian Gasser, der sich überlegt hat, ob man Straftäter überführen könnte, wenn man sie virtuell mit dem Tathergang konfrontieren würde.

Wenn ein neues Hörspiel von Friedrich Bestenreiner angekündigt wird, heißt es aufhorchen, denn der aus Wien stammende Physiker ist ein Glücksfall für das Science-Fiction-Hörspiel. Neben einigen Cyberspace-Abenteuern hat er so bemerkenswerte Stücke geschrieben wie ***Ich erschoss Schatenbach*** (1991), ***Dream War – Der Krieg der Träume*** (1993; Kurd-Laßwitz-Preis), ***Paradise Hospital Inc.*** (1996; Kurd-Laßwitz-Preis), ***Zikaden – Bericht über ein Experiment***(1998) oder ***Schrödingers Katze*** (1999). Wie in ***Zikaden*** geht es auch in seinem neuen Hörspiel um die Frage, ob Geist jenseits und unabhängig vom menschlichen Gehirn existiert. In ***Code Black*** hat er jedoch nicht das Thema selbst in den Mittelpunkt gestellt, sondern es in einen Agenten-Thriller verpackt.

Eine ökologisch ruinierte Erde und den Versuch, durch Veränderungen im Erbgut einen der Situation angepassten Menschen zu erschaffen, stellt Bodo Traber in den Mittelpunkt seines Hörspiels ***Mühlheimers Experiment***. Es ist jedoch perfide und spekuliert auf niedere Instinkte beim Zuhörer, wenn der Autor die Spannung daraus bezieht, dass Säuglinge mit Maschinengewehren niedergemäht werden. Die intendierte Kritik an den Zuständen schlägt hier auf den Autor selbst zurück.

Den Thriller ***Mephisto in Onyx*** hat Annette Berger nach der gleichnamigen Erzählung von Harlan Ellison geschrieben. Es ist ein Kriminalhörspiel um einen Serienmörder, der in der Telepathie seine letzte Chance sieht.

Von der in England bekannten Hörspiel- und Theaterautorin Caryl Churchill stammt das Bühnenstück ***Die Kopien***, eine Kain-und-Abel-Geschichte um einen Vater, der seinen ungeliebten Sohn verstößt und sich gentechnischen Ersatz bestellt.

Ein originelles Hörspieldebüt, dem allerdings noch der letzte Schliff fehlt, ist ***Underground*** von Noah Sow (oder Noah So, wie sie sich mit Künstlernamen nennt). Auch wenn es nicht konsequent zu Ende gedacht ist, macht es neugierig auf weitere Hörspiele der dunkelhäutigen Deutschen.

Wirklich herausragende Hörspiele, die einem lange nicht aus dem Gedächtnis gehen, hat es 2003 nicht gegeben. Der große Wurf ist ausgeblieben. Das zeigt sich nicht zuletzt auch beim Kurd-Laßwitz-Preis, der 2003 erneut nicht vergeben wurde. Im Gegensatz zu 2002 hat es jedoch für das vergangene Jahr nicht einmal eine Nominierung gegeben. Wer jetzt glaubt, das Hörspiel sei am Ende, irrt sich gewaltig. Nach wie vor produzieren allein die Rundfunkanstalten der ARD jedes Jahr 600 bis 700 Hörspiele. Das Interesse der Öffentlichkeit steigt, wie gut besuchte Vorführungen in Planetarien und anderen öffentlichen Veranstaltungen wie die Berliner Woche des Hörspiels belegen. Warum gerade die Science Fiction rückläufig ist und wenn, dann überwiegend als »leichte Kost« angeboten wird, darüber zu spekulieren überlasse ich Ihrer eigenen Phantasie.

Horst G. Tröster

Ambitioniertes Scheitern

William Gibson: ***Neuromancer***

Funkbearbeitung und Regie: Alfred Behrens
Radio Bremen – Westdeutscher Rundfunk 2003

Alfred Behrens hat aus *Neuromancer* von William Gibson ein Hörspiel gemacht. Geworden ist es nichts.

Sie konnte ja nicht ungenutzt bleiben, die Geschichte des abgehalfterten Hackers Case, der von der Künstlichen Intelligenz »Wintermute« reaktiviert wird, um ihr bei der Vereinigung mit ihrem Schwesterkonstrukt »Neuromancer« behilflich zu sein. Irgendjemand musste auf die Idee verfallen, den bekanntesten Roman des Cyberpunk in ein deutsches Hörspiel zu verwandeln. Aber so verführerisch die Idee auch ist: man hätte den Regisseur Alfred Behrens davor warnen sollen. Es gibt ein paar gute Gründe für das deutschsprachige Radio, von *Neuromancer* die Finger zu lassen, einige davon sind sogar zwingend.

Zum einen muss man sagen, dass *Neuromancer* nicht der beste Text William Gibsons ist, auch wenn er meilenweit über fast allem steht, was sonst üblicherweise unter dem Oberbegriff Science Fiction verkauft wird. Die besten Texte William Gibsons bisher sind seine beiden Erzählungen *The Winter Market* und *Hinterlands* sowie sein neuester Roman *Pattern Recognition*, der bis auf den Schluss voll überzeugen kann. *Neuromancer* ist ein taumelndes, überhitztes, in Teilen enorm inspiriertes Buch, das seinen Rang als Dokument einer Epoche in jedem Fall behalten wird. Als es 1984 auf den Markt kam, war es eine Neuerscheinung im wahrsten Sinn des Wortes. Es ist immer noch lesenswert, und wer mit einem Text erklären will, was Cyberpunk ist, kann sich immer noch auf *Neuromancer* verlassen.

Aber es hat auch einige große Schwächen, die sich nicht auf Nebensachen beziehen. Sein unangenehmer Gadgetismus, seine teilweise schlecht informierte Übertriebenheit, sein Mangel an Nüchternheit machen es heute an einigen Stellen unfreiwillig komisch. Molly zum Beispiel, der weibliche Cyborg mit den Skalpellklingen in den Fingern, trägt nun einmal deutliche Züge einer spätpubertären Sexualphantasie (was besonders peinlich in den Sexszenen zum Ausdruck kommt). Das Buch versucht sich andauernd, seine eigene Coolness zu beweisen, was über die Langstrecke sehr ermüdend wirkt.

Und *Neuromancer* altert nicht gut. Damals war es hyperaktuell, schien auf uns gekommen wie eine Offenbarung aus der nächsten Zukunft - heute wirkt es angestaubt und schon von unserer Jetztzeit entweder widerlegt oder überholt. Gibson wird seinen Roman wie jeder gute Science-Fiction-Autor nicht als Vorhersage verstanden haben, dennoch ist nicht wenig von diesem Anspruch im Text spürbar, und vermarktet wurde er so auf alle Fälle. Wer die Attitüde des Buchs an diesem Punkt ernst nimmt, wird eine herbe Enttäuschung erleben. Warum ein auf diese Art gealterter Text unbedingt im Jahr 2003 eine deutsche Hörpieladaption erfahren muss, ist aus ihm selbst heraus nicht mehr zu erklären.

Und es gibt einen weiteren, sehr überzeugenden Grund zur Vorsicht: Alles, was an Gibsons Sprache immer noch fasziniert, ihre Gewandtheit und Trockenheit im Detail, ihre gelungenen Neologismen, ihr behändes Flirren zwischen den Wortarten und die geschickte Handhabung »devianter« Grammatik, all das ist schwer ins Deutsche zu übersetzen, weil es dem Englischen leichter fällt. Man kann diese Taschenspielertricks fast nicht auf Deutsch reproduzieren, weil das Deutsche beim Spielen in andere Taschen greift.

Alfred Behrens hat sich von all dem nicht abschrecken lassen und die Herausforderung angenommen. Zunächst einmal ist positiv anzumerken, dass er sich große Mühe gibt. Er will den Text nicht linear nacherzählen, sondern löst ihn in seine eigene Erzählstruktur auf, die dem Text mal enger, mal loser folgt. Das bringt aber sofort das Problem mit sich, dass er ungeheuer viel erklären muss, und die Lösung, die er dafür gefunden hat, ist für seinen Ansatz wahrscheinlich die einzig Mögliche, aber sie ist auch sehr schlecht: Nicht nur wird jeder Teil der nahezu vierstündigen (!) Saga von einem Ansager eingeleitet (Ato Yankah, der auf pseudocoole, »jugendliche« Art seine unsäglichen Einleitungstexte abnudelt) - alle zehn Minuten erklären einem zwei ganz ausgefuchste Experten (gesprochen von Jeffrey Zach, Konstantin Graudus) die zentralen Begriffe und Charaktere des Textes, als habe man beim Hören akustische Fußnoten nötig. Am ärgerlichsten daran ist, dass vieles doppelt und dreifach in diesen Fußnoten auftaucht, sodass man den Eindruck hat, einer pädagogischen Veranstaltung beizuwohnen, die auch für die Dummen und Unaufmerksamen geeignet ist. Vielleicht war das als Gedächtnisstütze für die in drei (Radio Bremen) resp. vier Teile (WDR) zerhackte Radioausstrahlung gedacht, aber selbst für diesen Zweck ist es viel zu dick aufgetragen.

Überhaupt hat man den Eindruck, dass Behrens viel zu dick aufträgt. Entscheidende Ereignisse und Personen sind zusätzlich zu den Erklärungen im Text und in den Audiofußnoten mit musikalischen Markern versehen, die sie wie Erkennungsmelodien begleiten. Dass Behrens sich dabei manchmal auch noch krass vertut (wie im Fall der relativ früh im Stück wieder abtretenden Linda Lee, einer alten Freundin des Protagonisten Case), macht die Sache nicht besser. Insgesamt ist die ganze Produktion akustisch überladen. Jingles, Hintergrundgeräusche und -gespräche, elektronisches Piepen und Dröhnen sollen wahrscheinlich die voll gestopfte und hektische Atmosphäre der Metropolen im 21. Jahrhundert repräsentieren, so wie Gibson sie sich vorgestellt hat, aber all das wirkt oft überflüssig, überkandidelt und belanglos – für ein Hörspiel, das auf eine gute Geräuschökonomie unbedingt angewiesen ist, kein kleiner Fehler.

Die besagten Schwachstellen wären noch tolerabel, wenn Behrens nicht an einem entscheidenden Punkt gepatzt und damit sein Projekt versenkt hätte: nahezu alle Sprecher sind fehlbesetzt. Am krassesten tritt das bei den Hauptfiguren Case und Molly zutage. Jarreth Merz legt Case an, wie man vielleicht einen Künstler in mittleren Jahren spielen könnte, der an Alkoholismus und Produktionsblockaden leidet, aber niemals wie einen 24-jährigen drogenabhängigen Hacker, dessen Interface zum Cyberspace weggeätzt wurde, weil er einst seine Auftraggeber betrog. Marion von Stengel, die die Molly gibt, scheint sich an Rollen für Femmes Fatales oder Giftmörderinnen im bürgerlichen Beziehungsdrama des 19. Jahrhunderts orientiert zu haben, allenfalls noch an den Vamps der Vierziger. Von der tödlichen, futuristischen Abgeklärtheit und Reaktionsschnelle Mollys, vom »Steppin Razor«, wie sie im Text auch genannt wird, ist sie allzu weit entfernt.

Und die Fehlentscheidungen beziehen sich auch auf die Nebenrollen: ein 135-jähriges Dealerwrack möchte der viel zu junge Alexander Radszun durch bemühtes Atmen simulieren, Michal Sykora spricht als Kleinkrimineller ein so künstliches Russendeutsch, dass man glaubt, er habe sich den Akzent auf Geheiß des Regisseurs extra anerziehen müssen, im Orbit herumschwebende Weltraum-Jamaikaner (Errol Shaker und Michael Traynor) wirken mit ihrem bemühten Rasta-Denglisch wie schlechte Karikaturen.

Gerade weil Behrens durch seine dauernden Erklärungen und Belehrungen die Imagination des Hörers so gewaltsam dirigiert, fallen die Misstöne auch demjenigen auf, der den Roman gar nicht kennt – der Widerspruch zwischen den Sprecherstimmen und den Figuren, für die sie stehen sollen, ist allzu deutlich. Wäre das Absicht, könnte man gar von einer Dekonstruktion des illusionistischen Ohrentheaters sprechen, aber es ist keine Absicht, es ist peinlich. Positiv fällt allein der Sprecher von Wintermute auf. Boris Aljinovic sorgt mit einigen kurzen Sätzen tatsächlich beim Hörer für Gänsehaut: So könnte eine Künstliche Intelligenz klingen, die mit ihrem menschlichen Werkzeug kommunizieren will.

Aber genau an der Stelle, an der Wintermute zum ersten Mal Kontakt mit Case aufnimmt, wird auch ein weiterer fataler Mangel des Stücks deutlich. Die ganze Passage wird in Englisch gesprochen. Und weil das noch öfter vorkommt, wird man den Verdacht nicht los, dass Behrens selbst der deutschen Übersetzung, ja sogar generell der Übersetzbarkeit von Gibsons Text misstraut und wenigstens ab und zu »O-Ton« bringen will. Im Zusammenspiel mit seiner sonstigen, pädagogischen Erklär- und Verdeutlichungssucht ist die Wirkung tödlich. Einmal fühlt sich der Hörer durch viel zu häufige Fingerzeige beleidigt, das andere Mal fragt er sich, was das ganze Unternehmen soll, wenn es in Englisch ohnehin besser klingt.

Am Ende wünscht man sich eigentlich nur eines: dass Behrens ein einfaches Hörbuch aus einer gelungenen Neuübersetzung von *Neuromancer* hergestellt hätte, mit einem passenden Sprecher und ohne jeden Schnickschnack. Aber es sollte wohl die große Lösung sein. Leider ist man damit gescheitert.

Marcus Hammerschmitt

Gegen den akustischen Augenblick

William Gibson: ***Neuromancer***

Funkbearbeitung und Regie: Alfred Behrens
Radio Bremen - Westdeutscher Rundfunk 2003

Case ist Hacker, ein nach dem Leben im virtuellen Raum süchtiger »Datencowboy«, der mit seinem körperlosen Bewusstsein in fremde Datennetze eindrang und im Auftrag anderer Datenklau betrieb. Weil er versucht hat, etwas für sich abzuzweigen, hat man ihm durch Veröden seiner Nervenenden jeden Einstieg in den Cyberspace fortan unmöglich gemacht. Mit der Aussicht auf Umkehrung des Prozesses schließt er sich einer Reihe schillernder Typen an, um in den Tiefen des Cyberspace einen Job zu erledigen. Als dessen Auftraggeber erweist sich eine Künstliche Intelligenz, die unter dem Diktat eines mächtigen Konzerns und restriktiver Gesetze nach Unabhängigkeit und Macht strebt.

Das Auffälligste vorweg: ***Neuromancer*** ist über weite Strecken gar kein Hörspiel im engeren Sinn.

Es ist das grundsätzliche Dilemma jeder Adaption einer literarischer Vorlage: Hält der Bearbeiter sich zu eng an den Text und versucht, allzu viel vom Original ins abgeleitete Medium zu retten, muss er sich die Kritik gefallen lassen, nicht kreativ gewesen zu sein, nichts Eigenes beigesteuert, die Möglichkeiten des Mediums nicht genutzt zu haben. Bringt er sich dagegen selbst ein, streicht, ergänzt, formt mediumgerecht um, sieht er sich wiederum dem Vorwurf ausgesetzt, den Urtext und damit die Intention des Autors verfälscht zu haben.

Alfred Behrens war nie ein Dramatiker. Seinen Science-Fiction-Hörspielen - ***Nur selbst sterben ist schöner*** (1972), ***Frischwärts in die große weite Welt des totalen Urlaubs*** (1973), ***Der synthetische Seeler*** (1974), ***Die Durchquerung des Morgentiefs*** (1981), ***Stealth Fighter*** (1994), auch seinem faszinierenden und zu Recht mit dem Hörspielpreis der Kriegsblinden ausgezeichneten Stück ***Das große Identifikationsspiel*** (1973) –, alle Originale, die er außer dem ersten selbst realisiert hat, ist durchweg gemeinsam, dass sie nicht vom Dialog, sondern von einer wechselnden Anzahl erzählender, kommentierender und referierender Sprecher getragen werden.

Auch im Hörspiel ***Neuromancer*** ist nur ein Viertel der Handlung dialogisch aufgelöst, zu 75 Prozent handelt es sich um eine Lesung, die auf vier Rollen verteilt ist: ein Sprecher im Off, die Stimme des Ich-Erzählers sowie zwei marginal eingefügte Vorleser eines Glossars, sodass man eher von einer Funkerzählung mit Dialogeinsprengseln sprechen muss - wenn auch ohne Frage von einer opulent aufbereiteten.

Behrens hat, von Kürzungen abgesehen, auf größere Eingriffe in den Text weitgehend verzichtet und sich allzu sehr auf seine Intuition und seine Fertigkeiten bei der akustischen Illustration verlassen. Sein Verdienst ist nicht die Adaption, sondern die mit großem Aufwand betriebene Realisierung.

Was aber im Roman funktioniert, muss im Hörspiel noch lange nicht funktionieren, da es hier keine Möglichkeit gibt, innezuhalten, nachzuschlagen oder angemessene Zeit zu reflektieren. Die nicht erfolgte Adaption des Textes führt immer wieder zu Verständnisproblemen. »Was im Roman lesbar und gedanklich nachvollziehbar ist, schluckt der akustische Augenblick so erbarmungslos, dass vom Hörspiel her gesagt werden muss, der Hörer ist hier weithin überfordert«. Was ein Kritiker einst (epd 26/1958) über ein anderes Hörspiel geschrieben hat, trifft auch hier uneingeschränkt zu.

»Der Himmel über dem Hafen hat die Farbe eines Fernsehers, der auf einen toten Kanal geschaltet ist«, sagt die Off-Stimme zu Beginn des Hörspiels. Solch eine visuelle Beschreibung macht im Hörspiel wenig Sinn, verführt zum Grübeln, ob nun wolkenverhangenes Grau oder strahlendes Blau gemeint sein könnte, und darüber hat man schnell die folgenden Sätze verpasst.

»Neoaztekische Bücherregale, auf denen sich Staub sammelte, säumten eine Wand des Zimmers, in dem Case wartete«, hören wir den Erzähler an anderer Stelle sagen. »Zwei plumpe bauchige Lampen im Disney-Stil standen auf einem niedrigen Beistelltischchen im Kandinsky-Look aus rotlackiertem Stahl, zwischen den Büchregalen an der Wand hing eine Dali-Uhr, das verzerrte Zifferblatt reichte bis zum nackten Betonboden.« Bloße deskriptive Textstellen wie diese – und es gibt viele davon - haben in einem Hörspiel absolut nichts zu suchen. Behrens hält sich so penibel an Gibsons Schilderung optischer Eindrücke als gäbe es keine achtzigjährige Hörspielgeschichte. Eine akustische Charakterisierung des Raumes hätte mit Atmosphäre, Geräuschen oder einer Leitmusik für den Hörer wiedererkennbar gestaltet werden können, ohne Dali und Disney zitieren zu müssen.

Der Verzicht auf angemesene Adaption führt aber noch zu anderen Problemen. Er war »einer der besten im Sprawl« und »das Sprawl liegt jetzt in seltsam weiter Ferne« erfährt der Hörer. »Sprawl«? Ein anderes Wort für Slum? Eine Bezeichnung für den Cyberspace? Wieder wird man abgelenkt vom Geschehen. 25 Minuten dauert es, bis die Erklärung schließlich in einem willkürlich platzierten akustischen Glossar nachgeliefert wird. Im Roman dagegen sind unbekannte Begriffe bereits auf derselben Seite in einer Fußnote erklärt.

Ein weiterer Faktor, der es ganz erheblich erschwert, dem Geschehen zu folgen, ist die Vielzahl von Personen; im Roman mag auch das noch angehen, im Hörspiel hätte aber unbedingt reduziert werden müssen, 38 sind einfach zu viel, zumal in einem Mehrteiler mit einwöchigen Pausen. Hinzu kommt, dass viele der Stimmen wenig markant und deshalb akustisch nur schwer zuzuordnen sind, wodurch nicht immer klar ist, wer da eigentlich spricht.

Was die Tontechniker noch vor wenigen Jahren vor immer neue Herausforderungen stellte, ist heute Sache von ein paar Mausklicks. War das Hörspiel der Nachkriegsjahre in der von Heinz Schwitzke propagierten Hamburger Schule allzu sehr vom Wort dominiert, Geräusche nur abstrahiert und Klänge am besten nur unterschwellig wahrnehmbar einsetzend, so ist das Pendel in den letzten Jahren nach der anderen Seite ausgeschlagen. Moderne digitale Audiosoftware bietet ungeahnte Möglichkeiten, kann aber auch höchst verführerisch sein. Nie zuvor gab es so viele gesampelte, geloopte, remixte und mit lückenlosem Soundteppich unterlegte Produktionen. Der Sound läuft Gefahr, Selbstzweck zu werden, das Wort wird seiner Semantik entkleidet, der Plot gerät zur Nebensache. Das muss nicht negativ sein, es gibt viele hörenswerte Produktionen der Medienkunst, aber für Science Fiction, die ja eine Ideenliteratur ist und diese Ideen mit einem Plot transportieren muss, taugt es nicht.

Auch im Hörspiel ***Neuromancer*** droht der Hörer von der Fülle akustischer Eindrücke und Details erdrückt zu werden und muss den Eindruck gewinnen, der ohnehin nicht leicht zu durchschauende Plot diene nur als Vorwand für immer neue Soundkreationen.

Diese Alibifunktion ist auch schon im Roman angelegt, denn auch hier kann man sich des Eindrucks nicht erwehren, die wenig konkrete Handlung um ein Firmenkartell und zwei Künstliche Intelligenzen in einer verslumten High-Tech-Welt diene Gibson nur als Folie, um immer wieder aufs Neue Konstellationen zu liefern, in denen er seine Formulierfreude und sein Sprachgenie unter Beweis stellen kann. Eine Reihe von Schauplätzen und Szenen könnte ohne Nachteil für den Fortgang der Handlung ersatzlos gestrichen werden. Es scheint, dass fern von Logik und Stringenz nur die jeweils gerade ablaufende Situation zählt, ähnlich wie das für den Slapstick typisch ist. Hitchcock pflegte Dinge, um die Agenten kämpfen oder derenthalben Morde verübt werden, die aber keine darüber hinausgehende dramaturgische Bedeutung haben und beliebig austauschbar sind, als »MacGuffins« zu bezeichnen. Wintermute und Neuromancer sind solche »MacGuffins«, man könnte sie ohne Schaden für die Geschichte ebensogut durch Konzerne, Intriganten oder Despoten ersetzen.

Umgekehrt fällt auf, dass wichtige Informationen oft fehlen. So ist man bis zuletzt auf Spekulationen angewiesen und erfährt nur vage, wozu eine Künstliche Intelligenz eigentlich auf einen Hacker angewiesen sein soll, warum die Gefährtin von Case umgebracht wird, was für einen noch so utopischen Sinn implantierte Augengläser haben könnten und weshalb eigentlich eine Künstliche Intelligenz nach Macht (über wen?) strebt.

Alfred Behrens nennt sein Stück eine »Cyberoper«. Aber darf diese Apostrophierung als Erklärung für einen in vielem sich selbst genügenden Plot herangezogen werden? In einer der Ursendung folgenden Kritik in dem Fachblatt Funk-Korrespondenz schrieb die Kritikerin Caroline Walburg, es sei am besten, sich dem Stück in mehreren Anläufen zu nähern: »Es kommt nicht darauf an, jedes Detail der Geschichte zu verstehen, sondern vielmehr, den Klang und die Atmosphäre des Stücks zu erleben und auf sich wirken zu lassen, ganz wie bei einer Oper«. Das ist freilich ein grundsätzliches Missverständnis, denn gerade die Oper zeichnet sich durch einfache, oft allzu einfache Handlungen aus, und selbst in den großen Musikdramen Richard Wagners liegt die Komplexität im Subtext, nicht vordergründig im Libretto. Im Übrigen hätte gerade Wagner sich schärfstens dagegen verwahrt, es käme mehr darauf an, »den Klang und die

Atmosphäre des Stücks zu erleben und auf sich wirken zu lassen«; gerade Wagner setzte voraus und erwartete von seinen Hörern, wortwörtlich »jedes Detail der Geschichte zu verstehen«.

Fazit: ein Erlebnis für Freunde von Soundtracks und Klangkunst. Auch: eine sprachlich elektrisierende und klanglich opulente Illustration, eine akustische Rekapitulation für jeden, der das Buch gelesen hat. Enttäuschend hingegen für alle diejenigen, die den Roman nicht kennen und trotz konzentrierten Zuhörens Mühe haben, einen roten Faden zu finden.

»Siehst du, du hast immer noch die Denkmuster des gedruckten Worts in dir«, sagt Wintermute. Alfred Behrens hätte auf ihn hören sollen.

Günther Wessely

Der virtuelle Tatort

Christian Gasser: ***Lelouches Vision***

Regie: Petra Feldhoff
Westdeutscher Rundfunk 2003

Die Idee klingt bestechend: endlich hat die Justiz eine Möglichkeit, die Schuld oder Unschuld eines Verdächtigen zweifelsfrei nachzuweisen; Justizirrtümer gehören endlich der Vergangenheit an. Toll, oder? Das Verfahren ist ganz einfach: Verdächtige werden in einer Simulation mit der Tat konfrontiert und beobachtet, ob sie an ihrer Unschuld zweifeln.

So findet sich auch Thomas Steinbach eines Tages in einer virtuellen Realität wieder, in der ihm der grausame Mord an einer siebenköpfigen Familie zur Last gelegt wird. Die ganze Stadt, die Medien, sogar seine Freundin halten ihn für den Täter. Zu Anfang hält Steinbach das Ganze für einen Scherz, dann für ausgemachten Stuss – und schlussendlich findet er sich vor dem Haus der ermordeten Familie wieder und fragt sich, noch während er die Tat begeht, ob er wirklich dazu imstande wäre. Aus der Simulation geholt und mit seinem Zweifel an seiner Unschuld konfrontiert, wehrt sich Steinbach jedoch heftig gegen die Anschuldigung und verlangt eine Wiederholung der Simulation. Eine Journalistin recherchiert in dem

Mordfall und findet heraus, dass das Innenministerium das Verfahren der Computerjustiz, bisher erfolgreich in der Terrorismusbekämpfung eingesetzt, auch im normalen Strafvollzug verwenden will. Dafür laufen gerade die letzten Versuche – und Steinbach dient als Versuchskaninchen. Am Schluss wird die Journalistin kaltgestellt, und der Machtübernahme durch Justizminister Lelouche steht nichts und niemand mehr im Weg.

»Das ergibt doch alles keinen Sinn«, ist der Standardsatz des Verdächtigen Thomas Steinbach. Leider ist das auch die Quintessenz meines Urteils. Ein guter Beginn mit der zunehmenden Irritation des vermeintlichen Mörders, der sich nicht an seine Tat erinnern kann. Da konnte man noch auf ein Kammerstück in der Tradition von Philip K. Dick hoffen, denn die Implikationen einer solchen Technik sind tatsächlich haarsträubend absurd. Wenn jeder, wie es einmal die beteiligte Staatsanwältin formuliert, der sich vorstellen kann, ein Verbrechen zu begehen, moralisch schuldig ist und daher zu verurteilen (»Sie haben an Ihrer Unschuld gezweifelt, also sind Sie der Täter!«), dann sitzt bald das ganze Land im Gefängnis. Und wer würde nicht ins Grübeln kommen, wenn die simulierte Wirklichkeit so lebensecht inszeniert wird. Freilich offenbart das Stück auch schon in diesem Teil einige Schwächen. Niemand mit sozialen Bindungen kann drei Monate verschwunden sein, ohne dass es Nachforschungen gibt, schon gar nicht als Verdächtiger in einem Mordfall. Und was die Simulation anbelangt, so scheint mir die Vorstellung doch allzu weit hergeholt, dass ein der Tat so dringend Verdächtiger wie Steinbach einfach weiter frei herumlaufen darf, während jeder mit dem Finger auf ihn zeigt und »Mörder, Mörder« ruft. Da könnte auch ein mit simulierten Wirklichkeiten weniger Vertrauter als der Softwareentwickler Steinbach allzu leicht auf die Idee kommen, dass da irgendwas nicht stimmt – was der ursprünglichen Intention der Simulation ja zuwiderliefe.

Solche kleinen handlungsimmanenten logischen Hakeleien finden sich dann in zunehmendem Maße, wenn das Hörspiel die Dick'sche Welt verlässt und in Orwells Universum hinüberdriftet. Denn *Big Brother* Lelouche hat über alle relevanten Personen alle wichtigen Daten in seinem Supercomputer, die er ganz nach Belieben manipulieren und in untergeordnete Systeme einspeisen kann, sodass sich die Frau Staatsanwältin und am Ende auch die mutige Journalistin hilflos in einer Simulation wiederfinden, in der sie ein Attentat auf Staatspräsident Lelouche planen – *quod erat demonstrandum*, und ab mit ihnen nach Stammheim ... äh ... Wiesenheim.

Ganz davon abgesehen, dass eine solche Konstellation extrem unwahrscheinlich wäre – zu viele Mitwisser, die Fehler machen, zu viele mögliche Schlupflöcher ins und im weltweiten Datennetz, die ein Big Brother heutzutage stopfen müsste (als Einzelperson wohlgemerkt) –, kriegt das Hörspiel die Kurve nicht mehr. Am Ende ist Thomas Steinbach vergessen und der ursprüngliche rote Faden durch einen zweiten ersetzt worden, und beide schweben nun etwas unverbunden im luftleeren Raum. Die Diskussion der Frage von Schuld und Unschuld in virtuellen Welten oder wie weit eine Justiz gehen darf, um Verbrechen aufzuklären, das Spannungsfeld von Staatsräson contra Bürgerrechte im Zeitalter von Bits und Bytes wird angestoßen und dann von Superbösewicht mit Supercomputer erschlagen. »Das ergibt doch alles keinen Sinn mehr!« – nein, an dieser Stelle leider nicht mehr. Vielleicht, wenn wir um einen erneuten Durchlauf in der Simulation bitten dürften, mit etwas feiner justierten Daten? Schließlich gilt auch für angeklagte Hörspielautoren und Regisseurinnen erst mal die Unschuldsvermutung ...

Ute Perchtold

Der geklonte Abel

Caryl Churchill: ***Die Kopien***

Komposition: Alexander Christou • Regie: Annette Berger
DeutschlandRadio Berlin 2003

Ein junger Mann hat bei einer Routineuntersuchung erfahren, dass er nicht der natürliche Sohn seines Vaters ist, sondern eine gentechnisch hergestellte Kopie. Mehr noch, es ist nicht bei der einen Kopie geblieben; offenbar wurden derer zwanzig erzeugt. Jetzt stellt er seinen Vater zur Rede und fordert Rechenschaft. Der will ihn glauben machen, bei einem Verkehrsunfall seine Frau und den einzigen Sohn verloren und, besessen von der Idee, das Kind zu ersetzen, bei den Reproduktionsmedizinern ein genetisches Duplikat in Auftrag gegeben zu haben. Doch die Geschichte kann nicht wahr sein, denn der leibliche Sohn, der auch noch denselben Namen trägt, ist am Leben. Damit konfrontiert, gesteht der Vater zögernd die Tragödie seines Scheiterns. Mit der bestellten Kopie habe er sich eine zweite Chance erkaufen wollen, um die Fehler und Versäumnisse seiner früheren Alkohol- und Drogenkarriere, im Verlauf derer er seine Frau in den Selbstmord getrieben und den ungeliebten Sohn in fremde Hände weggegeben hat, wieder gutzumachen.

Aber was geht in einem Menschen vor, dem bewusst wird, nur eine Kopie zu sein? Und wie wird wohl ein verstoßener Kain reagieren, der neidvoll mitansehen muss, welche Fürsorge seinem Genbruder zuteil wird?

Caryl Churchill, Jahrgang 1938, schrieb seit 1960 Hörspiele für die BBC und verlegte sich in den 70er Jahren aufs Theater. *A Number* wurde 2002 am Royal Court Theatre in London uraufgeführt, im März 2003 kam es unter dem Titel *Die Kopien* an die Berliner Schaubühne. Falk Richter, der das Stück übersetzt hat, besorgte die Schweizer Uraufführung in Zürich.

Die Autorin hat sich eines Themas angenommen, das in der Science Fiction - allein rund zwanzigmal im Hörspiel - wieder und wieder und unter unterschiedlichsten Aspekten abgehandelt wurde, nicht aber in Literatur und Drama außerhalb des Ghettos. Wenn sie Original und Klone auftreten lässt, dann geht es ihr - und das unterscheidet sie von anderen Autoren - nicht um Fragen moralischer Grenzen und des ethisch Erlaubten. Noch weniger um biologische Möglichkeit und reproduktionstechnische Machbarkeit. Ist eine Entwicklung erst einmal in Gang gekommen, ist es für ethische Diskussionen ohnehin zu spät. Vielmehr stellt sie das Denken und mehr noch das Fühlen des Individuums in den Mittelpunkt, das seiner Identität, seiner Einmaligkeit und Unverwechselbarkeit beraubt ist: »Wenn das ich bin da drüben, wer bin dann ich?«

Caryl Churchill schafft verschiedene Konstellationen, in denen sie den Vater zunächst mit der Kopie, dann dem Original und zuletzt einem der neunzehn übrigen Klone konfrontiert. Während der Wunschsohn mit rücksichtsvollen aber beharrlichen Fragen dem Grund seiner Existenz auf die Spur zu kommen sucht, mehr wissend als er zunächst preisgibt, hält das verstoßene Original dem Vater vor, ihn nach Entnahme des zur Reproduktion notwendigen Zellabstrichs wie einen nutzlosen Rest »weggeschmissen« zu haben, und macht auch aus seiner Eifersucht dem Duplikat gegenüber kein Hehl. Am beklemmendsten, weil in seiner Banalität am unauffälligsten, ist dann aber doch die Begegnung mit einem der neunzehn übrigen Klone, dessen emotionale Anteilnahme am tragischen Geschehen sich auf beiläufig-höfliches Interesse beschränkt und dem es trotz Insistierens des Vaters nicht gelingen will, irgend etwas unverwechselbar Individuelles an sich auszumachen.

Der Vater wird als zögerlich, labil, emotionsunfähig charakterisiert, ständig um Bagatellisierung und Rechtfertigung bemüht, immer nur so viel an Wahrheit eingestehend wie der Sohn ohnehin schon weiß. Seine Sprache ist verräterisch, wenn er die von ihm beauftragten Gentechniker als »diese wahnsinnigen Wissenschaftler« bezeichnet, von den Klonen als von »diesen Dingern« und seinem Sohn als einem »Monster« spricht, und als das Gespräch auf einen misshandelten Hund kommt, quittiert er diese Parabel mit zynischer Teilnahmslosigkeit. Mit Vadim Glowna hat er eine Idealbesetzung. Nicht minder gut agiert Matthias Matschke in den Rollen des Sohnes und der Klone, die er, ohne tontechnische Verfremdung und bei unveränderter Stimmlage, einfühlsam differenzierend verkörpert.

Doch spätestens hier werden auch die Schwächen eines Bühnenwerks offenbar, das ohne Adaption ins Radio übernommen wurde. Denn wenn Original und Klone – dramaturgisch folgerichtig – dieselbe Stimme haben, gleichzeitig aber der visuelle Eindruck des Geschehens auf der Bühne – Mimik, Gestik, Haltung, Requisiten – fehlt, dann ist der Hörer schnell überfordert. Dass die Kopien auch akustisch nicht zu unterscheiden sind, ist zweifellos Teil des Konzepts, deren Deindividuation und Identitätskrise hautnah erfahrbar zu machen. Andererseits erschließt sich dem Hörer die Identität der jeweils mit dem Vater sprechenden Person trotz der Gestaltung von Matthias Matschke, die sich erst beim zweiten Hören erschließt, erst nach geraumer Weile und führt zu einiger Verwirrung. Man muss schon sehr hellhörig und spitzfindig sein, um zum Beispiel gleich zu Beginn der zweiten Szene zu erkennen, dass man jetzt das Original und nicht mehr den Klon vor sich hat. Dieses Problem war der Regie wohl bewusst, aber der Einfall, die Personen durch unterschiedliche Positionen auf der Stereobasis zu unterscheiden – rechts

Klon, links Sohn –, muss doch als für das Verständnis wenig hilfreicher Versuch bezeichnet werden, da dieser Perspektivwechsel eher irritiert und sich dessen Bedeutung beim ersten Hören nicht zwangsläufig von selbst erschließt.

Horst G. Tröster

Inzest im Genpool

Bodo Traber: ***Mühlheimers Experiment***

Regie: Hein Bruehl
Westdeutscher Rundfunk 2003

Irgendwie scheint 2022 kein wirklich gutes Jahr zu werden. Denn einmal abgesehen davon, dass pessimistische Pensionsexperten um diese Zeit das System der staatlichen Altersvorsorge endgültig den Bach runter gehen sehen – wer erinnert sich nicht an den Film *Soylent Green*, in dem Charlton Heston im Zuge einer Mörderjagd darauf kommt, dass infolge akuten Nahrungsmangels menschliche Leichenteile zu wohlschmeckenden Keksen verarbeitet werden? Auch Bodo Traber sieht für jenes Jahr schwarz, oder besser: nass, denn mit der verschiedentlich prognostizierten galoppierenden Erderwärmung steigen die Ozeane und verschlingen weltweit große Küstengebiete; etliche kleinere Inseln versinken dabei ganz in den Fluten.

Mühlheimers Experiment enthält genau dieses deprimierende Szenario. Aber es kommt in den diversen Begleiterscheinungen für die Menschheit noch sehr viel schlimmer, als es der Verlust wertvollen Ackerlandes und Siedlungsraumes eh schon wäre. Längst ausgerottet scheinende Epidemien und Seuchen raffen die Bevölkerungen vieler Länder, vor allem in den südlichen Breiten, zu denen jetzt auch Mitteleuropa zählt, dahin, weil herkömmliche Impfstoffe und Antibiotika ihre Wirkung verloren haben.

In dieser tristen Situation wagt ein gewisser Prof. Mühlheimer ein kühnes wissenschaftliches Experiment, wie es so nur aus völliger Verzweiflung geboren sein kann. Als letzte Chance, all diese schier überbordenden Probleme in den Griff zu bekommen, wird eine menschliche Mutation angepeilt, welche gesünder und stärker als der Homo sapiens sein soll, gegen die neuen Infektionen immun und den veränderten Umweltbedingungen ungleich besser angepasst. Zu diesem Zweck wird genmanipulierend in die menschliche Doppel-Helix eingegriffen und die DNS-Struktur zielorientiert »verbessert«.

Das alles sieht freilich auf dem Papier und in der Theorie wesentlich einfacher aus, als es die harte Realität der Praxis zeigt. Von Beginn an war der Gen-Pool, der den Wissenschaftlern auf der kleinen schwedischen Insel Farno zur Verfügung stand, zu klein. Die Folge war eine Art Extrem-Inzest mit verheerenden genetischen Defekten mannigfaltiger Art. Ein technischer Unfall im Laboratorium löst schließlich einen Brand aus, in dessen Verlauf die »Versuchspersonen« - allesamt Klone des knappen Personals und einiger Freiwilliger - teils sterben, teils aber auch ins Freie flüchten und im nunmehrigen Inseldschungel eine Sozietät bilden, die man durchaus mit einem Ameisenstaat vergleichen könnte.

Technisch exzellent gemacht, zieht diese Produktion den Hörer sofort in ihren mit Dramatik voll gepackten Bann. Der Duktus des Erzählens ist stringent auf das Wesentliche ausgerichtet, die Handlung stürzt gleichsam ungebremst auf das einerseits befürchtete, anderseits aber auch fast unabwendbare Ende zu. Was dem Rezensenten dabei am besten gefiel, war die klaustrophobische Atmosphäre einer permanenten Bedrohung, die von der ersten Sekunde an fesselt; besonders, wenn die Story über Kopfhörer verfolgt wird. Zuerst ist es diese bange Ungewissheit, worum es hier eigentlich geht, dann keimen erste Vermutungen auf und schließlich verdichten sich diese zur unumstößlichen Gewissheit. Das letzte Gefecht beginnt ...

Im Gegensatz zu etlichen nur so genannten Science-Fiction-Hörspielen, die kaum mehr als reichlich verschmockte Gedankenspielereien enthalten und, so unter falscher Flagge segelnd, beim Rezipienten Erwartungshaltungen auslösen, die sie dann nur höchst selten zu befriedigen vermögen, wird hier geradezu Hard-Core-Kost verabreicht, die, garniert mit reichlich Action, nie langweilt; und das ist heute bereits wieder eine echte Rarität.

Helmut Magnana

Prometheischer Politthriller

Friedrich Bestenreiner: ***Code Black***

Regie: Christoph Pragua
Westdeutscher Rundfunk 2003

Monotone Computerstimme, psychedelische Musik, mysteriöse Örtlichkeiten in einem verschlungenen geheimdienstlichen Netzwerk der Vereinigten Staaten von Amerika. Vor dem Hintergrund eines zunächst verwirrenden Kauderwelschs englischsprachiger Bezeichnungen entspinnt sich ein Politthriller, der Robert Ludlum alle Ehre machen könnte - ein fast zu erwartendes düsteres Ende eingeschlossen.

Als Protagonisten agieren der junge, aufsteigende Wissenschaftler Dr. Chris Jordan, die - aufgrund ihrer erotischen tiefen Stimme (Krista Posch) - wohl als sehr attraktiv zu bezeichnende wissenschaftliche Beraterin des amerikanischen Präsidenten, Professor Dr. Lissa Lastova, und der gefühlsarme, gesichtslose CIA-Agent Jake Hollowell, überzeugend gesprochen von Michael Mendl.

Dr. Jordan, Dozent an der Diamond Foundation for Development and Research in Sausalito, Kalifornien, hat, als Fortsetzung einer Aufsehen erregenden Versuchsreihe aus dem Jahre 1934, eine Erfindung gemacht, die zum einen die menschliche Existenz in ihrer bisherigen Form auf den Kopf stellen könnte, zum anderen aber auch das Gleichgewicht der militärischen Kräfte zugunsten einer Weltmacht - natürlich den USA - verändern würde. Der androide Computer AC 001, Prototyp einer Künstlichen Intelligenz, besitzt die Komplexität des menschlichen Gehirns mit hundert Milliarden in Silikon eingebetteten digitalen Schaltkreisen. Ausgestattet mit der Identität seines Erfinders, der ihn in einem Selbstversuch mit den Daten und Erinnerungen aus seinem eigenen Gehirn »gefüttert« hat, kann der Computer eigene Erfahrungen sammeln und zu einer eigenständigen Persönlichkeit werden, ohne - wie die Menschen - von körperlichem Verfall betroffen zu sein. AC 001 offenbart die Zukunft des menschlichen Lebens in maschineller Form und die zukünftigen Möglichkeiten der Computertechnik.

Doch AC 001 weist nicht nur den Weg zu alternativen Lebensformen, er hat auch paranormale Fähigkeiten, die einen unschätzbaren militärischen Nutzen bedeuten. Als »eiserne Anne Lewis«, deren Name in früheren Jahren mit hellseherischen Fähigkeiten in Verbindung gebracht und die aufgrund dieser Fähigkeiten ermordet worden war, kann AC 001 Zufallswahrscheinlichkeiten von 20 auf 90 Prozent steigern, zum Beispiel Standorte feindlicher U-Boote auf wenige Quadratmeter genau vorhersagen. Nur zu verständlich, dass die CIA zum Wohle der USA und mit Einverständnis ihres Präsidenten dringendes Interesse an dieser Technik hat und mit allen Mitteln an die Zugangscodes für die neue künstliche Super-Intelligenz kommen will.

Dr. Jordan, dessen sich nun verselbständigendes »Prometheus«-Projekt geheimdienstlich finanziert ist, wird von der CIA kaserniert und soll zur Herausgabe der Zugangscodes für AC 001 gezwungen werden. Doch er fühlt sich allein der Wissenschaft, nicht seinem Land verpflichtet. Als integrer Wissenschaftler möchte er weder, dass die Würde seines menschenähnlichen Androiden »Alpha Charlie Zero Zero One« verletzt wird, noch soll seine Forschung zweckentfremdet eingesetzt werden. Auf der bald in Cambridge stattfindenden »Conference of Artificial Intelligence« möchte er seine Arbeit der Öffentlichkeit zugänglich und so eine einseitige militärische Nutzung unmöglich machen.

CIA-Abteilungsleiter Jake Hollowell und die Präsidenten-Beraterin Lissa Lastova versuchen jeweils mit ihren eigenen »Waffen« die Zugangscodes, ohne die eine Nutzung von AC 001 nicht möglich ist, aus Dr. Jordan herauszubekommen – mit unterschiedlichem Erfolg. Als der US-Präsident »Code Black« genehmigt, beginnt ein tödliches Finale.

Friedrich Bestenreiner, dem zweimaligen Kurd-Laßwitz-Preisträger, gelingt ein subtiler Einblick in real vorstellbare Machtspiele der USA, die skrupellos Sicherheitsinteressen über Menschenleben stellen. Mit wenigen, dramaturgisch wohl bedachten akustischen Mitteln, insbesondere esoterisch anmutenden Posaunenklängen, wird die düstere, bedrohliche Stimmung des Hörspiels unterstützt. Trotz des spannenden Aufbaus kann der Ausgang der Geschichte aber nicht wirklich überraschen.

Die Idee des Aufbruchs in ein prometheisches Zeitalter, die Heranziehung der antiken Sage von Prometheus, der den Göttern das Feuer stiehlt und es den Menschen bringt, verbunden mit der Fiktion, dass androide Wesen mit menschlichen Eigenschaften dieses

Feuer symbolisch den Göttern zurückbringen, indem sie in ferne Galaxien aufbrechen könnten, was Menschen mit ihren jetzigen technischen Möglichkeiten aufgrund der Zeitdimension versagt bleibt, ist nicht neu. Auch die Idee, dass Künstliche Intelligenz als Homo Transiens den heutigen Homo Sapiens als die Erde beherrschende Lebensform in der Evolutionsgeschichte ablöst, kennen wir bereits aus anderen Medien.

Die Umsetzung dieser Ideen in einem Hörspiel ist Friedrich Bestenreiner in ***Code Black*** wahrhaft gelungen. Um die letzten Feinheiten der Geschichte zu erfassen, lohnt sich auch ein zweites Anhören. Für Fans von Polit-Thrillern gepaart mit Science Fiction ist ***Code Black*** ein absolutes Muss.

Bärbel Weixner

Belanglose Worte im Orbit

Michael Hammerschmid: ***Die Kapsel***

Regie: Götz Fritsch
Österreichischer Rundfunk 2002

Die Blüte der Space Opera ist lange vorbei. Welche Motive es gibt, heute noch Abenteuergeschichten im Weltraum zu schreiben, weiß ich nicht. Vielleicht spekulieren ein paar Film- und Kommerzfunkproduzenten noch auf Rendite, vielleicht liegt es am wieder gestiegenen öffentlichen Interesse als Folge der wachsenden Raumfahrtprogramme. Was der Rundfunk zuletzt in dieser Richtung produziert hat, vermochte nicht zu überzeugen. Ich erinnere an ***Mission: Argo*** (2000) von Richard Farber, ***Das kalte Licht der Sterne*** (2001) und ***Wartungsferien*** (2002) von Myra Cakan, ***Das Auge der Supernova*** (2002) von Dana Ranga, ***Das Herz von Jayne Mansfield*** (2003) von Armin Frost oder an den Tiefpunkt des Jahrzehnts, Michael Essers ***President in Space*** (1997). Jetzt präsentiert der Österreichische Rundfunk eine Produktion, in der Michael Hammerschmid die psychologischen und physikalischen Nöte von Raumfahrern zum »packenden Psychodrama« verdichtet hat.

Drei Astronauten kehren an Bord ihrer Raumkapsel nach jahrelanger Weltraummission zur Erde zurück. Ernst, Emil und – nein, nicht Ludmilla – Rachel werden noch während der Dauer des Hörspiels wieder in die Erdatmosphäre eintauchen (»Niederkunft« nennen sie es). »Wir haben den ersten von drei Bremsimpulsen zu erhalten begonnen.« Bald werden sie ihr Gewicht wieder spüren, Hände schütteln, große Worte hören, berühmt sein und ihre Angehörigen wiedersehen. Anspannung liegt in der Luft. Aus berufenem Munde erfahren wir so bemerkenswerte Dinge wie dass es dort draußen langweilig war und kein Wetter gab, sie am »apulischen Punkt« waren oder vielleicht auch nicht, der Himmel hier oben schwarz und offenes Feuer verboten ist, schwarz angemalte Fingernägel keine Schwarzen Löcher und die Bordsysteme präzis und unromantisch sind, Rachel keine »Astronautenanzüge« mag, aber der Ansicht ist, »die Glätte von Emils Kopfhaut ähnelt einem der vielen Planeten draußen«.

Warum ist der Kontakt nach unten noch nicht wieder hergestellt? Werden sie verglühen? Jurij Gagarin ist ja auch verglüht. Und Rachel möchte sich noch schnell die Zähne putzen. Zuletzt singen sie noch etwas in der Art wie »Ene mene mu und aus bist du«.

»Unsere Kapsel ist schon gefüllt genug mit abgestandenen Worten«, sagt Ernst so sympathisch, dass man ihm einfach nicht widersprechen kann: »Wie könnt ihr nur die ganze Zeit diese Belanglosigkeiten hersagen?«

Günther Wessely

Ganz tief unten

Noah Sow: ***Underground***

Komposition: Noah Sow, Jonathan Bepler • Regie: Noah Sow
Westdeutscher Rundfunk 2003

Vierzig Millionen Einwohner zählt die Welthauptstadt im 26. Jahrhundert, auf den Fundamenten früherer Generationen sind immer neue Wolkenkratzer entstanden, die immer höher in den Himmel schießen. Das Leben spielt sich ganz oben ab, während die tiefer gelegenen Stockwerke verwaist zurückbleiben. Energie gewinnt man aus Biomasse, als Treibstoff für die Luftgleiter dienen lebende Insekten und die Kommunikation erfolgt überwiegend intraneural durch direktes Scannen der Großhirnimpulse. Das alles berichtet einleitend ein Erzähler, und auch, dass ganz unten, vierzig Etagen unter der belebten Oberwelt und aus dem allgemeinen Bewusstsein verdrängt, auf einem Gürtel begrünter Dachterassen, der »Highline«, eine Alternativszene aus Aussteigern, Junkies, Kriminellen und anderen Loosern existiert. Dann beginnt das eigentliche Hörspiel.

William, Musiker aus Leidenschaft, hat die Nase voll von der Fortschrittswelt da oben und möchte sich »eine Auszeit gönnen«. Ausgerüstet mit diversen Soundmaschinen, Boxen und Generatoren will er sich auf der Highline als Aussteiger auf Zeit versuchen, muss aber schon bald erfahren, dass das Leben hier unten alles andere als romantisch ist. Hier wird er von Christine empfangen, die, ewig bekifft, hierher Verirrten ihre sexuellen Dienste anbietet. Als ihnen, offenbar von tief unter der Erde, seltsam melodische Basstöne zu Ohren kommen, berichtet sie ihm von der Legende, dass es vor Jahrhunderten Geisterzüge ohne Chitinantrieb gegeben haben soll, die unter der Stadt gefahren seien. Was, spekuliert Christine, wenn es wirklich ein »noch weiter unten« gäbe, wenn in den legendären unterirdischen Röhren eine Art humaner Spezies lebte? Müssten sie das in ewiger Dunkelheit verkümmerte Sehvermögen nicht durch einen akustischem Ortungssinn kompensiert haben? Würden sie sich von Ratten und Fledermäusen ernähren? Und müsste nicht die Enge des begrenzten Lebensraums zwangsläufig eine verringerte Fortpflanzung, ein hohes Maß an Restriktionen und Kontrolle und den legalen Gebrauch von Rauschdrogen, Pilzen zum Beispiel, zur Folge haben?

Während William und Christine, nicht ganz freiwillig, auf der Suche nach der Herkunft der rätselhaften Töne über Gifthalden und Abraum vergangener Zeiten in die Tiefe stolpern wie weiland Prof. Lidenbrock ins Innere der Erde, schwenkt das Mikrofon nach unten, wo in den alten Tunnelsystemen tatsächlich eine seit Jahrhunderten von der Zivilisation abgeschnittene Parallelgesellschaft existiert und im Übrigen alles genau so ist wie von Christine vorhergesagt. Wir lernen Taarnh kennen, der verhaftet wird, weil er ein unerlaubtes Instrument gespielt und von der Welt draußen gesungen hat. Denn ein »Draußen« kann es nach der Logik eines geschlossenen Röhrensystems natürlich nicht geben, und allein das Wort auszusprechen ist ein mit der Todesstrafe belegter Tabubruch. Aber wie dessen Töne noch vor kurzem den Weg nach oben gefunden haben, dringen nun Williams Improvisationen an sein Ohr und geben ihm Hoffnung, es könnte eine Wirklichkeit jenseits der Tunnelröhren geben ...

Eigens komponierte oder improvisierte Musik im Hörspiel – im utopischen zumal – ist selten geworden, Science-Fiction-Hörspiele wie dieses, in denen Musik über bloße Akzentuierung, Gliederung oder Untermalung hinausgeht und sogar eine tragende, die Handlung mitbestimmende Rolle spielt, gibt es nicht viel mehr als ein Dutzend. Tatsächlich ist Noah Sow selbst, zusammen mit Jonathan Bepler, Schöpferin und Interpretin der Sounds, die hier als musikalische Botschaften vertikale Klüfte überwinden. Schade eigentlich, dass sie recht sparsam damit umgegangen ist, fast, als habe sie aus dem Fundus ihrer Einfälle nur zitieren wollen. Man hätte sich mehr – und warum nicht sogar einen Zusammenklang der beiden Kulturen – gewünscht. Aber Noah Sow ist nicht nur als Sängerin und Songwriterin im musikalischen Bereich aktiv, sondern auch im sozialen. Wie ihre Spielfiguren trägt sie zur interkulturellen Verständigung bei, indem sie sich im Verein »der braune mob« für schwarze Deutsche in Medien und Öffentlichkeit engagiert.

Ihr Hörspieldebüt ist erfrischend zu hören, weil sie ihre Ideen mit leichter Hand umgesetzt hat, auch wenn man sich insgesamt doch ein wenig mehr »Tiefgang« gewünscht hätte. Gelegenheiten gab es durchaus, so etwa, wenn die beiden Aussteiger – topographisch – ganz unten angekommen sind und Christine »vollgedröhnt« gesteht, dass das »Gras« auf der Highline nicht zum Eigenkonsum, sondern als Tauschobjekt für harte Drogen dient, ohne die die Aussteiger nicht überleben zu können glauben. Hier spätestens hätte man doch gern etwas subtiler erfahren, was genau an der »Scheiß-Zivilisation« sie denn nun eigentlich in den Untergrund getrieben hat. Und auch bei der Begegnung mit dem Andersartigen in Form des verstoßenen Tunnelmenschen hätte man etwas mehr soziale Interaktion erhofft als nur bloßes gegenseitiges Bestaunen.

Die Sprache wirkt natürlich und ungezwungen, streckenweise wie improvisiert, und enthält sich erfreulicherweise jeglichen gekünstelten Szenejargons. Sogar eine eigene Semantik hat Noah Sow sich für die Bewohner der unterirdischen Tunnelgesellschaft ausgedacht, denn wäre es so abwegig, wenn Menschen, denen ihre U-Bahn-

Röhren die Welt bedeuten, folgerichtig ihre Zeit in halbjährige »Pläne« einteilten, ein Urteil »auf den Schienen« rechtskräftig machen und in »Zugbegleitern« ihre Götter verehrten? Konsequent und witzig auch der Einfall, Nahrung als »etwas Pelziges« zu umschreiben, auf das man »einschlagen muss, bis es aufhört zu quieken«. Auch die akustische Kulisse ist erfreulich gut gelungen, detailverliebt in den Toneffekten, sparsam in den Mitteln und Schauplätze dennoch treffsicher charakterisierend. Endlich wieder einmal eine Produktion, die dem Hörer Samplingexzesse und Dauerbeschallung erspart! Und das auch noch auf *Eins Live*, der WDR-Welle, die sich vorwiegend an die Nachgeborenen wendet und der zielgruppenbedingt ohnehin ein pathologischer »horror vacui« zu eigen ist.

Während die beiden Absteiger aus der Highline mehr fallend als gehend den »ground zero« erreicht haben, wird Taarnh, dem Todeskandidaten, unerwartet Rettung zuteil: Einer Repräsentantin des Systems ist natürlich nicht entgangen, dass auch außerhalb der Tunnel etwas existieren muss, aber aus Gründen der Staatsräson hat sie ihr Wissen für sich behalten. Nun bewahrt sie den Verurteilten vor der Hinrichtung und weist ihm die »Kurzstrecke« – einen Weg nach draußen ohne Wiederkehr. Die Repräsentanten der beiden Gesellschaften begegnen sich und taxieren einander – und da ist das Hörspiel aus. Gerade, wo es interessant zu werden versprach.

Gern hätte man erfahren: Was wären die Folgen einer solchen Begegnung? Wie würden die Aussteiger auf eine technikfreie Welt in völliger Dunkelheit reagieren? Und wie die Tunnelzivilisation, wenn sie ihre Götter als Götzen erkennen müsste und die Welt sich als viel größer erwiese als angenommen? Fragen, mit denen uns Noah Sow allein lässt. So aber ist ihr Hörspieldebüt dann doch nur ein Abenteuer geworden, ein Abenteuer wie das jenes Professors, der bei seiner Reise unter die Erde auf Riesenpilzwälder und bizarre Urtiere stieß.

Horst G. Tröster

Kalter Krieg in den Rossbreiten

Arno Schmidt: *Die Gelehrtenrepublik*

Funkbearbeitung, Komposition und Regie: Klaus Buhlert
Bayerischer Rundfunk 2003

Es ist das Jahr 2008, und der 30-jährige amerikanische Reporter Charles Henry Winer hat von den acht Weltmächten die Genehmigung erhalten, ein hermetisch abgeriegeltes Gebiet zu bereisen. Nach zahlreichen Kontrollen, inklusive Blutproben, geht es per Ballon zunächst in den »Hominidenstreifen«, in dem mutierte Mensch-Tier-Formationen hausen. Mit einer nomadischen Zentaurin ergibt sich gleich ein »Liebesspiel«, das dient nicht nur der Lust-Befriedigung, sondern auch seiner und unserer Information über die Bewohner dieses Hominidenstreifens. Wieder zahlreiche Kontrollen, als er über die »Große Wallstation« zu seinem eigentlichen Ziel gelangt, zur IRAS, der »International Republic for Artists and Scientists«. Eine Insel aus Stahl, ganz wie die »Propeller-Insel«, die Jules Verne in seiner gleichnamigen Erzählung Ende des 19. Jahrhunderts beschrieben hat, angetrieben hier mit Atomkraft. 5096 Einwohner leben hier, davon 811 Künstler und Wissenschaftler, insgesamt 2007 Männer, »der Rest Frauen«. Dass die Elite anders mit ihrer Welt, der Inselwelt, umgeht, hatte Winer vielleicht erwartet. Doch die Insel-Bibliothek bleibt leer. Niemand interessiert sich für das »Wissen der Welt«, aus dem man ja Erkenntnisse ziehen könnte. Statt dessen dominiert das polarisierende Ost-West-Denken und die damit verbundenen Machtspiele.

Der 1957 erschienene gleichnamige *Kurzroman aus den Rossbreiten*, der diesem Monolog-Hörspiel zugrunde liegt, steht ganz im Zeichen des kalten Krieges und der Erfahrung mit der Atombombe – zwei Themen, die in der Science Fiction der 50er Jahre ja immer wieder vorkommen.

Doch die Verstrahlung der Welt, die »Zerstrahlung«, wie Arno Schmidt es nennt, ist hier eher ein Nebenaspekt. Der Rückgriff auf Zentauren, Fabelwesen der griechischen Mythologie – auch ein Einhorn wird noch erwähnt – zeigt, dass es Schmidt weniger um die Darstellung der durch atomare Verstrahlung mutierten Wesen geht. Eher nimmt hier in den Zentauren und den »Never-nevers« das Animalische im Menschen Gestalt an, das dann im Sexualakt des Protagonisten mit der Zentaurin Thalja, halb Mädchen, halb Reh und Gazelle, ungezügelt seinen Lauf nimmt, als entgrenzte Sexualität, die sich selbst über »Artschranken hinwegsetzt« (Sigmund Freud, dessen Schriften Schmidt kannte!). Die Anrüchigkeit dieses Sexualaktes schimmert noch durch, wenn der Protagonist beschreibt, »ich musste immer die Augen zumachen!« und: »Wir küssten wenigstens die Luft vor unseren Gesichtern«. »Wird das eigentlich als Sodomie betrachtet?«, fragt er später. »Nein«, antwortet ihm ein Beamter, »da gilt die gewohnheitsrechtliche [...] Regel: Es ist keine Sodomie.« »Also nicht strafbar«, sagt Winer – die Absolution.

Durch diesen Sexualakt zwischen Mensch und Zentaur wird zugleich der heutige Mensch in seine Menschheitsgeschichte eingebettet. Eine versteckte Zivilisationskritik, die durch das Bild der Bibliothek erhärtet wird. In dieser schlummert das »Wissen der Welt« in den Regalen, fast ungenutzt, nur vier Benutzer gibt es gerade in der Bibliothek der »Freien Welt«. Die Künstler? – Nein, sie nutzen die Bibliothek überhaupt nicht, nicht mal zum Studium der Alten Meister, »sie verlottern meist total!«, so der Kommentar des Herrn Bibliotheksrat.

Die zweite Mutante im »Hominidenstreifen« sind die Riesenspinnen mit ihren Menschenköpfen (allerdings schon heftig transformiert), die »Never-nevers«, in ihnen überwiegt das Animalische. Sie vernichten die Zentauren und Menschen und werden von den Zentauren vernichtet. Sie leben in den Kakteenfeldern, »Ich: gehe nie durch Kakteenfelder!« entlässt der Kommandant verschlüsselt warnend den Protagonisten nach der Ballonfahrt im »Hominidenstreifen«, und der Protagonist ahnt, dass die Weltbehörden eigentlich nicht mit seiner Rückkehr rechnen.

Die dritte Sorte der Mutanten ist offensichtlich nicht mehr definierbar und bleibt deshalb namenlos. Im Roman ist sie Schmidt auch nur noch einen Klammersatz wert.

Die Gelehrtenrepublik (IRAS), in die Winer dann reist, erweist sich nicht als die Oase der Dichter und Denker, der Künstler und Wissenschaftler. Die Leere der Bibliothek der »Freien Welt« steht als Sinnbild der leeren Köpfe, der Geschichtslosigkeit. In der Ost-Bibliothek dagegen müssen die Dichter jeden Morgen »im Gleichschritt« antreten. Der Kalte Krieg herrscht auf dieser künstlichen Insel, auf der Backbord-Seite sind die Ostblockstaaten, die Steuerbordseite steht unter »usamerikanischer Betreuung«. Entführungen auf beiden Seiten und im Ostblock die operative Vertauschung von Gehirnen nebst »Gehirnklau« sind gängige Praxis. Dabei werden nicht nur alte Dichtergehirne in junge Athleten verpflanzt, sondern auch Menschengehirne in Tierköpfe, die dann Motetten singen können. Und an dieser Stelle stutzt man dann, ob hier das Kalte-Krieg-Denken nicht auch den Dichter Arno Schmidt erwischt hat?

Wie auf Jules Vernes »Propeller-Insel« gibt es keine Einigung bei der Führungs- bzw. Machtfrage. Waren es auf der »Propeller-Insel« die reichen Familien (das Kapital), die sich nicht einigen konnten, so sind es hier die militärischen Blöcke (die Politik). Weder Kapital noch Politik zeigen Vernunft, und die Künstler und Wissenschaftler beschäftigen sich nur mit sich selbst – das zeigt uns Schmidts Zitieren der »Propeller-Insel«, auf der, nebenbei bemerkt, auch die vier Musiker des Streichquartetts herzlich wenig zur Befriedung der beiden Kontrahenten beigetragen haben. Als sich die Motoren der Gelehrtenrepublik gegeneinander in Bewegung setzen – Volldampf rückwärts die Amerikaner, Volldampf voraus will Russland – dreht sich die Insel im Kreise. Nichts wie raus, denkt Winer, wissend von der »Propeller-Insel«, die eine Weile im Kreise rotierte und dann in mehrere Teile zerbrach.

Der Versuch, Disparates zusammenzubringen, um dadurch neue Bedeutungsschichten herauszuarbeiten, wozu auch zahlreiche Anspielungen und Zitate dienen, ist ein auffallendes Merkmal nicht nur dieses Kurzromans von Schmidt. Ebenso die assoziationsreiche Sprache, die mit zersplitterten Sätzen und Wörtern operiert, inklusive Wortschöpfungen, die teilweise durch das Zusammenziehen von Wörtern entstanden sind (»Bistu hübsch!« »Flüsterbat ich«). Diese Technik, die auch versucht, verschiedene Bewusstseinsprozesse abzubilden, was auch als »stream of consciousness« bezeichnet wird, trug sicherlich nicht unerheblich dazu bei, dass sich um Arno Schmidt, der sich keiner zeitgenössischen Literaturrichtung zuordnen ließ, eine Kultgemeinde bildete.

Unterstützend dazu die eigenwillige Orthographie und der übermäßige Gebrauch von Satzzeichen, speziell Ausrufezeichen, Gedankenstriche, Doppelpunkte und Klammern, die das Lesen bremsen oder vorantreiben, Aktionen und Gesten sinnlicher vermitteln wollen. Dazu die kursiv gesetzten Sätze und Satzfragmente, die wie Überschriften wirken – all das, was einen nicht unerheblichen Reiz in Schmidts Werken ausmacht, geht im Hörspiel zwangsläufig verloren. Verloren auch die Funktion des »Übersetzers«, der nicht nur Winers Reisebericht in die »tote Sprache« Deutsch übersetzt hat, wie im Hörspiel, sondern als emeritierter Studiendirektor die Übersetzung mit zahlreichen erläuternden Fußnoten versehen hat und damit als penibler Kommentator den schnoddrig-ironischen Erzählton des Protagonisten wiederum ironisch bricht.

Die Hörspielbearbeitung reduziert sich auf die Straffung des Stoffes, gelegentliche Klangmontagen dienen der Intensivierung, als öffne sich ab und zu der Raum wie in einer Szene, z.B. wenn der Protagonist staunend die Zentaurin sichtet. Das ist ganz hübsch gemacht. Insgesamt aber hätten dem Hörspiel eine eigenständigere Bearbeitung und zum Teil andere Details aus dem Roman sicherlich gut getan.

Christiane Timper

URSENDUNGEN VON SCIENCE-FICTION-HÖRSPIELEN im Zeitraum von 1.1. bis 31.12.2003 in der Reihenfolge der Sendetermine

Erfasst sind alle uns bekannt gewordenen deutschsprachigen Science-Fiction-Hörspiele des Rundfunks in Deutschland, Österreich und der Schweiz, unabhängig davon, ob sie innerhalb der jeweiligen Anstalten von der Redaktion Hörspiel, Unterhaltung, Bildung oder Jugendfunk produziert wurden. Unberücksichtigt blieben nicht dramatisierte Funkerzählungen, Lesungen, Hörbilder, Features und dergleichen sowie Fantasy und andere phantastische Genres. Bei privaten Sendern findet wegen der ausschließlich kommerziellen Ausrichtung des Programms als bloßer Werbeträger Hörspiel bezeichnenderweise nicht statt.

ABKÜRZUNGEN:

U	Ursendung
R	Regie
K	Komposition

BR	Bayerischer Rundfunk, München
DLRB	DeutschlandRadio Berlin
MDR	Mitteldeutscher Rundfunk, Leipzig
ORF	Österreichischer Rundfunk
RB	Radio Bremen
SWR	Südwestrundfunk, Baden-Baden
WDR	Westdeutscher Rundfunk, Köln

Die mit ↗ gekennzeichneten Hörspiele sind im Rezensionsteil besprochen.

NACHTRAG

Die Kapsel von Michael Hammerschmid

ORF 2002, U: 8. 10. 2002, 45 min, K: Christian Fennes, R: Götz Fritsch

Ängste und Selbstzweifel dreier Astronauten bei der Rückkehr nach jahrelanger Weltraumexpedition. ➚

NACHTRAG

Keine Sterne über Downtown von Myra Çakan

WDR 2002, U: 24. 10. 02, 40 min, R: Susanne Krings

Ein angebliches Raumfahrtprogramm der Regierung hält in den Slums der desolaten Innenstädte die Hoffnung auf ein besseres Leben im All wach.

Mondgöttin 513 von Myra Çakan

SWR 2003, U: 20. 1. 03, 26 min, R: Alexander Schuhmacher

In lebensfeindlicher Umwelt haben Nano- und Gentechnik die Reproduktion von Lebewesen ermöglicht.

Das Herz von Jayne Mansfield von Armin Frost

WDR 2003, U: 23. 2. 03, 56 min, R: Petra Feldhoff

Historischen Filmstars nachgebildete Unterhaltungsandroiden auf der Suche nach Ersatzteilen.

Lelouches Vision von Christian Gasser

WDR 2003, U: 6. 5. 03, 50 min, R: Petra Feldhoff

Um Verdächtige zu überführen, konfrontiert sie die Justiz in lebensechten Simulationen mit der Vermutung ihrer Schuld. ➚

Code Black von Friedrich Bestenreiner

WDR 2003, U: 18. 5. 2003, 51 min, R: Christoph Pragua

Eine Künstliche Intelligenz nach dem Vorbild ihrer Schöpfers entwickelt paranormale Fähigkeiten und wird zum Objekt militärischer Interessen. ➚

Neuromancer von Alfred Behrens nach William Gibson
RB/WDR 2003, U: 3. 7.-24. 7. 03, 215 min (RB 3/WDR 4 Teile), R: Alfred Behrens
Ein Hacker zwischen Cyberspace und High-Tech-Slums im Brennpunkt weltweit um die Vorherrschaft ringender künstlicher Intelligenzen. ↗

Mühlheimers Experiment von Bodo Traber
WDR 2003, U: 24. 8. 03, 44 min, R: Hein Bruehl
Der Versuch eines Genetikers, als Antwort auf Klimakatastrophe und resultierende Pandemien einen neuen Menschen zu schaffen, endet in einem Albtraum. ↗

Die Gelehrtenrepublik von Klaus Buhlert nach Arno Schmidt
BR 2003, U: 7. 9. 03, 77 min, K + R: Klaus Buhlert
In einer von Chimären und Mutanten bevölkerten postatomaren Welt hat man auf einer künstlichen Insel im Ozean eine Oase für die Wissenschaften und für die Künste geschaffen. ↗

Mephisto in Onyx von Annette Berger nach Harlan Ellison
WDR 2003, U: 2. 10. 03, 52 min, Regie: Annette Berger
Mit Hilfe der Telepathie hofft ein Serienmörder dem elektrischen Stuhl zu entgehen.

Die Kopien von Caryl Churchill
DLRB 2003, U: 6. 10. 03, 50 min, K: Alexander Christou, R: Annette Berger
Ein Vater, der seinen ungeliebten Sohn gentechnisch hat duplizieren lassen, wird von ihm und dessen Klon zur Rede gestellt. ↗

20000 Meilen unter den Meeren
von Helmut Peschina nach Jules Verne
MDR/RB 2003, U: 10.-14. 11. 03, 140 min (5 bzw. 2 Teile), R: Walter Adler
Drei Schiffbrüchige werden unfreiwillig Gäste eines geheimnisvollen Zivilisationsflüchtlings an Bord eines phantastischen Unterwasserfahrzeugs.

Underground von Noah Sow

WDR 2003, U: 11.12.03, 53 min, K: Noah So/Jonathan Bepler, R: Noah Sow

Während New York im 26. Jahrhundert immer schneller in die Höhe schießt, die tieferen Stockwerke verwaist zurücklassend, stoßen Aussteiger im legendären Untergrund auf eine eigenständig entwickelte Parallelgesellschaft. ↗

Dokumentation: Horst G. Tröster

Frühere Rezensionen aus vergriffenen Jahrbüchern finden Sie unter http://www.science-fiction-hoerspiel.de

COMIC

Der Weltraumhumorserienwettlauf – ost-west-deutsche Sektion

Science Fiction in deutschen Funnies und Semi-Funnies

von Hartmut Kasper

Vorspiel: Der Mann des Jahrhunderts – ein Physiker aus Ulm

Versetzen wir uns in die 1950er Jahre.

Albert Einstein, der in Ulm gebürtige deutsche Physiker, stirbt am 18. April 1955 in Princeton. Mit seinen bahnbrechenden Relativitätstheorien von 1905 und 1915 hatte Einstein seinen Beitrag zur Entwicklung der Physik geleistet; mit seinem Brief vom 2. August 1939 an den US-amerikanischen Präsidenten Franklin D. Roosevelt hatte er die Nukleartechnologie befördert. In diesem Schreiben hatte er auf die Möglichkeit hingewiesen, dass deutsche Wissenschaftler des Kaiser-Wilhelm-Instituts Uranwaffen entwickeln könnten: »Eine einzige Bombe dieser Art, in einem Hafen zur Explosion gebracht, vermag sehr wohl den ganzen Hafen und seine Umgebung zu vernichten.«[1] Auf diese Mahnung hin wurde das Manhattan-Projekt in Gang gesetzt, dessen Ziel die funktionstüchtige Atombombe war.

Einstein war Pazifist – »Heldentum auf Kommando, sinnlose Gewalttat und die leidige Vaterländerei, wie glühend hasse ich sie, wie gemein und verächtlich erscheint mir der Krieg«; zur Eindämmung der Kriegsgefahr empfahl er die Einrichtung einer Weltregierung und massenhafte Wehrdienstverweigerung; Attacken vaterlandsverliebter deutscher Damen sowie die Aufforderung der amerikanischen »Organisation der patriotischen Frauen«, ihn als ausgekochten Kommunisten gar nicht erst in die USA einreisen zu lassen, konterte er mit dem Vorschlag, die »patriotischen Weiblein«[2] jeder Nation einmal probeweise selbst an die Front zu schicken: »warum sollten solche heroischen Gefühle von seiten des schönen Geschlechts nicht pittoresker verwendet werden als durch einen Angriff auf einen wehrlosen Zivilisten« mit Namen Einstein?[3]

Immerhin war Einstein von den USA beeindruckt, in die er 1933 einreist und deren Staatsbürger er 1940 wird. Als »Erste Eindrücke« hatte er notiert: »Was den Besucher zuerst mit Staunen erfüllt, ist die Überlegenheit dieses Landes in technischer und organisatorischer Beziehung. ... Die Vereinigten Staaten sind heute das mächtigste technisch fortgeschrittene Land der Erde.«

Und wenn schon nicht in die Technik, so setzte er doch in die sie hervorbringende Wissenschaft Hoffnungen: »Bei den politischen, ja, sogar bei den religiösen Führern ist es zweifelhaft, ob sie mehr Gutes oder Schlechtes bewirkt haben. Ich glaube daher allen Ernstes, dass man den Menschen am besten dient, indem man sie mit einer edlen Sache beschäftigt und dadurch indirekt veredelt. Dies gilt in erster Linie von den bedeutenden Künstlern, in zweiter Linie aber auch von den Forschern.«[4]

Dabei sieht er – im Jahr 1950 – durchaus: Der wissenschaftliche Mensch »ist auch wohl bedrückt darüber, dass seine Forschungsergebnisse eine akute Bedrohung der Menschheit mit sich gebracht haben, nachdem die Früchte dieser Forschung in die Hände seelenblinder Träger der politischen Gewalt gefallen sind ... er weiß, dass nur die Ablösung der Methoden der nackten Gewalt durch eine übernationale Rechtsordnung die Menschen noch retten kann. ... Wenn der wissenschaftliche Mensch unserer Tage Zeit und Mut fände, seine Situation und seine Aufgabe ruhig und kritisch zu erwägen und entsprechend zu handeln, so würden die Aussichten auf eine vernünftige und befriedigende Lösung der gegenwärtigen gefahrvollen internationalen Situation wesentlich verbessert werden.«[5]

Albert Einstein stirbt am 18. April 1955. Man hat ihn den ersten Pop-Star der Wissenschaft genannt (als Nachfolger in diesem Amt fungiert bekanntlich Stephen Hawking). Die Hauptmotive seiner Weltsicht gehen denn auch in die utopischen Ideale der Populärkultur der Nachkriegszeit über: Demnach sei den Politikern wie den Religionsführern zu misstrauen, der wahre Kandidat für die fällige Menschheitsveredelung sei der Wissenschaftler, der jedoch in einem Dilemma stecke: Was seiner Forschung an Technik entspringt, wird von den Politikern missbraucht. Inbild dieser technischen Fruchtbarkeit ist die Nukleartechnologie. Die Nationalstaatlichkeit erscheint als Relikt und gehört durch eine transnationale Organisation abgelöst.

Extrahiert man die Grundmotive dieser Vision heraus, erhält man etwas wie einen Erzählkern für frühe deutschsprachige Science Fiction der Nachkriegszeit: Der Wissenschaftler rettet die Welt vor der atomaren Vernichtung und eint sie bei dieser Gelegenheit – und

Einstein on the beach – Inspiration für die Pop-Kultur

die gelegentliche Anrufung des Namens »Einstein« bürgt für moralische wie technische Fortschrittlichkeit.

Nach dem Krieg gesellen sich mehrere neuere populäre Medien zum traditionellen Ensemble, darunter die Comics und die Zukunftserzählung mit anglo-amerikanischem Touch, die Science Fiction. Comics sind zwar, wie erinnerlich, in den 1950er und 1960er Jahren nicht unbedingt das Lieblingskind der bürgerlichen Kunstkritik, und das gilt auch für die Science Fiction.

Eine Kombination beider hatte also auch nur geringe Aussicht, zum Favoriten der Kunsterzieher und Medienpädagogen aufzusteigen. In etwas milderem Licht erschienen zwei Sub-Genres der Comics, das humoristische Funny und das Semi-Funny.

Ich will es an dieser Stelle einfach machen und diese beiden Gattungen schnell und gebrauchsfertig definieren: Das Funny ist ein humoristischer Comic, in dem menschliche oder vermenschlichte Tierfiguren agieren: Enten, Gänse (wie in »Donald Duck«), Mäuse (wie in »Micky Maus« oder »Fix und Fax«) oder Füchse und Wölfe (wie in »Fix und Foxi« oder »Lupo«). Im Semi-Funny wie beispielsweise »Tim und Struppi« oder »Lucky Luke« treten überwiegend karikaturistisch vereinfachte, sonst aber an der Realität orientierte Menschenfiguren auf, die humoristisch-spannende Abenteuer erleben[6].

Die bürgerliche Gegenwehr gegen Comics muss an dieser Stelle auch nicht dramatisiert werden, wie auch die Gegenwehr gegen diese Gegenwehr durch fleißiges Kaufen und Lesen der wunderbaren Schau- und Leseware nicht heroisiert werden soll: Es ist eine Art Volksport in den Reihen der Kulturkritiker, den Untergang der Hochkultur durch ein jeweils neues Medium zu fürchten.

Comics und SF-Erzählungen liefen, sie liefen gut – und sie liefen in beiden Teilen Deutschlands.

Die Reise zu den Proximanen oder: Sozialreformer im All

In den 1950er Jahren gibt es, den Jüngeren mag es wie ein Märchen klingen, Deutschland in zwei Versionen, nach Himmelsrichtungen geschieden. Doch bewegen sich beide anfangs im Gleichschritt: Gegründet werden die beiden deutschen Staaten 1949, im

Jahr zuvor haben beide eine neue Währung eingeführt, und beide Staaten rüsten sich 1956 mit einer neuen Armee aus (die sich, zum Zwecke der Unterscheidung, hüben NVA, drüben Bundeswehr nennt). Konrad Adenauer und sein Verteidigungsminister

1. Juni 1993: Karl Gabel aus Berlin macht sich auf den Weg nach Proxima Centauri

Franz Josef Strauss möchten 1957 die Bundeswehr mit Nuklearwaffen ausstatten – abgelehnt.

Am 4. Oktober 1957 befördert die Sowjetunion den ersten künstlichen Erdtrabanten in die Umlaufbahn, »Sputnik«, was so viel wie »Gefährte« heißt, und zieht damit endlich nach. Der wahre Weltraumpionier heißt nämlich Karl Gabel, er ist ostdeutscher Wissenschaftler und wurde von seinem Zeichner Erich Schmitt bereits 1956 auf »Die Reise zu den Proximanen« geschickt.

Der gebürtige Berliner Erich Schmitt (1924–1984) war gelernter Maschinenschlosser, dessen zeichnerisches Talent allerdings schon in den Lehrjahren missliebig auffiel, bevölkerte er doch biedere technische Zeichnungen mit übertrieben arbeitslustig grinsendem Bedienungspersonal.

Für die Ostberliner Wochenpost entwarf er die Science-Fiction-Comicserie »Die Reise zu den Proximanen«, die von der ersten bis zur einunddreißigsten Nummer des Jahres 1956 erschien.

Zur Handlung: Am 1. Juni des fernen Jahres 1993 machen sich deutsche Astronauten mit dem »Atomraumschiff Albert Einstein« auf zu dem »lächerliche fünf Lichtjahre von uns entfernten«[7] System der Sonne Proxima Centauri. Die Besatzung ist gesamtdeutsch: Prof. Dr. Alwin Zimmerling aus Weimar hat das Atomraumschiff konstruiert, der Pilot ist Wilhelm Haberkorn aus Hannover, der »angeblich als Erster bei einem Flug um die Erde sein eigenes Hinterteil gesehen« hat, Bordmechaniker ist der Berliner Ingenieur Karl Gabel, der Funker Hein Klüverbaum stammt aus Hamburg und der Bordarzt Alfred Sauerkohl, Erfinder der »Sauerkohlspritze«, ist Leipziger. Außerdem mit an Bord befindet sich »eine geheimnisvolle Kiste«[8], darin, wie man später sieht, der Allzweckroboter Kollege Blech steckt beziehungsweise (in der Version von 1967) Robert der Erste, Gabels »Sohn gewissermaßen«.[9]

Der Zeichner selbst lädt die Leser ein, mitzukommen: Da »sind wir schon im Jahr 1993. Der Mond ist längst Kurort für Schriftsteller und Zeichner, die vor dem Lärm der Welt in die lautlose Stille des Trabanten geflüchtet sind … Kommen Sie mit in meine Mondbaracke, damit ich meinen Glashut abnehmen und mit Ihnen auf unsere Reise anstoßen kann. Ich habe mir dazu einen guten sowjetischen Kognak besorgt, wegen der fünf Sterne. Prost!«

Schwierigkeiten im Nahverkehr mit heterosexuellen Taxis

Nach zwei Jahren Bordzeit erreicht man Proxima Centauri und den dort kreisenden Planeten X, der von dinosaurierähnlichen Tieren bevölkert ist und von etlichen Primatenstämmen: von Bibermenschen, von den Proximanen, einer telepathisch begabten primitiven Menschenzivilisation, von einem barbusigen Amazonenvolk, das mittels Drogen seine Männer kleinwüchsig hält und domestiziert, und – wie unter einer Sonne namens Centauri nicht anders zu erwarten – von halb menschlichen Zentauren. Die wehrhaften Amazonen waren, wie wir gesehen haben, schon Einstein suspekt, und sie sollten es, wie wir sehen werden, auch in der Zukunft (wenigstens wie die Science Fiction sie sieht) bleiben.

Gabel und die Seinen entfalten eine rege progressive Politik: Zunächst wird eine Fischbratküche gegründet, um die Bibermenschen vom Vorteil des Feuers zu überzeugen (die mit der neuen Errungenschaft gleich die Steppe in Brand setzen); dann wird das Regiment über die primitiven Telepathen übernommen, denen der Besuch von der Erde als göttlich erscheint; man befiehlt, alle Sklaven freizulassen. Die freigelassenen Zentauren kehren jedoch nicht nach Hause zurück, sondern gründen eine Taxigenossenschaft, wobei der Transport die Transporteure manchmal mehr befriedigt als die Transportierten.

Die unhaltbaren Zustände im Reich der Amazonen werden mittels Generalstreik gelöst, den Gabel anzettelt. Zwischen Mann und Frau soll völlige Gleichberechtigung stehen; da das Rezept für die biochemische Männerverniedlichung nur der Amazonenkönigin und ihrer ältesten Tochter bekannt sind, werden die beiden in den hohen Norden deportiert, wo nützlicherweise Frauenmangel herrscht.

Nach verrichteter Sozialreform kehrt man zur Erde zurück. Der menschliche Teil der Besatzung wird zum Helden des Kosmos ernannt, Robert der Roboter führt in einem Museum die Expeditionsfilme vor und steigt, wie die Leser der Fortsetzung im Jahr 1973 erfahren, zum Direktor des Instituts auf. Das »erste atomgetriebene Planetenschiff«[10] selbst, die »Albert Einstein«, verbleibt als Museum im Orbit.

Von 1967 bis 1968 wird die »Reise zu den Proximanen« in der Berliner Zeitung noch einmal abgedruckt, allerdings in einer überarbeiteten Version: Die Bilder waren neu gezeichnet, die Texte politisch auf den aktuellen Stand gebracht, das hieß: man holte die sowjetischen Freunde ins Boot, und bootete die westdeutschen Raumfahrerkollegen aus – wenigstens nominell.

Aus Alwin Zimmerling, Weimar, ist nun Kommandant Boris G. Popow geworden; der Pilot sieht zwar noch aus wie der Hannoveraner Haberkorn, heißt aber Juri S. Stepanowitsch und stammt aus Irkutsk; keine Rede mehr davon, dass er anlässlich einer etwas zu rapiden Erdumkreisung sich selbst auf den Hintern hatte schauen können. Und Hein Klüverbaum aus Hamburg ist jetzt Hein Klüverbaum aus Wismar. Ansonsten wird wenig retuschiert.

Der Karikaturist Schmitt setzt etliche Grundmotive der deutschen Nachkriegs-Science-Fiction ins Bild: Die Atomkraft ist menschenfreundlich geworden und befördert eine (in der ersten Version: transnationale) Forschergemeinschaft ins All; der ferne Planet entpuppt sich einerseits als Museum prähistorischer Erdzeitalter (Dinosaurier, primitiver Menschenstamm), andererseits als Refugium mythologischer Figuren (Amazonen, Zentauren).

Die sozialen Zustände werden in lustigen Bildern und mit viel Wortwitz nach dem Vorbild der Expeditionsteilnehmer refiguriert: die Sklaven befreit, die Matriarchinnen der Männerwelt zugeführt, die Produktivkräfte befreit – wenn auch fast ausschließlich im Dienstleistungsgewerbe (Fischbraterei, Taxigenossenschaft). Die Helden des Kosmos ziehen ins Pantheon der Heimatwelt ein.

Schmitts Raumfahrergeschichte ist zwar zweifellos ein so genannter Semi-Funny, mit den Zentauren und den Bibermenschen aber wird außerdem ein Streifen Neuland betreten. Die extraterrestrischen Figuren erinnern zwar an Tiergestalten, sind aber als Intelligenzwesen gemeint; ihre Ähnlichkeit mit auf der Erde lebenden Tieren wird als rein zufällig ausgegeben.

Auch in der realen Raumfahrt sollte, wie man weiß, die Zeit der Tiere kommen: Einen Monat nach dem Start des ersten Sputniks trägt der zweite Sputnik am 3. November 1957 die Hündin Laika in den Orbit, die nach sechs Tagen an Sauerstoffmangel

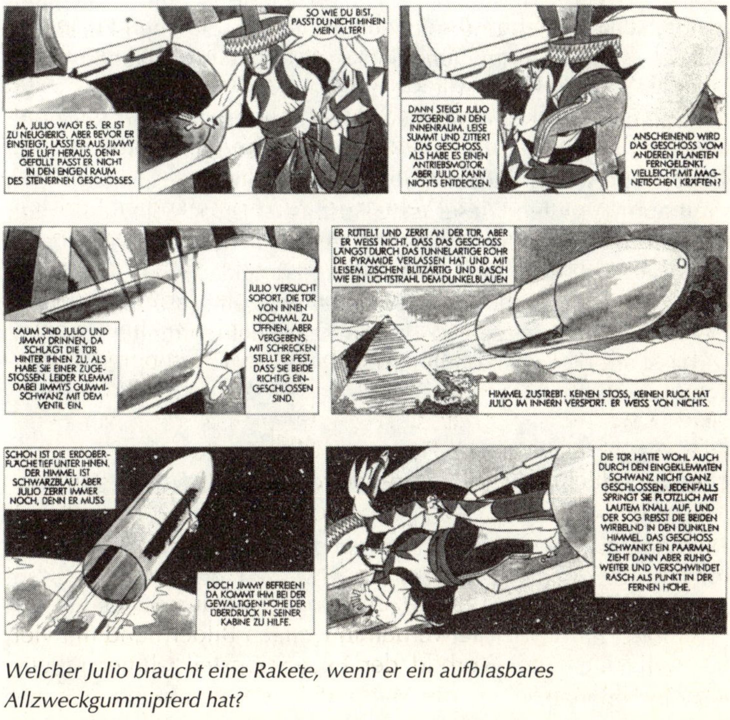

Welcher Julio braucht eine Rakete, wenn er ein aufblasbares Allzweckgummipferd hat?

stirbt. Der erste US-amerikanische Raketenstart mit Satellit scheitert am 6. Dezember 1957, der Versuch gelingt erst am 1. Februar 1958. Im Juli 1958 trägt sich dann eine amerikanische Maus in die Annalen der Astronautik ein.

Auch die ersten Hominiden im Weltraum werden keine Menschen sein, sondern im Mai 1959 die Affen Abel und Baker, die erhabene 15 Minuten lang Raumfahrtgeschichte schreiben.

Und dann war da noch das Pferd Jimmy: Der Hamburger Künstler und Gebrauchsgrafiker Roland Kohlsaat (1913–1978) hatte sich nach dem Krieg als Pferdemaler durchgeschlagen, bis er 1953 für die Kinderbeilage der Illustrierten *Stern* Jimmy erfand, das aufblasbare Gummipferd. Dessen Abenteuer und die seines Reiters, des Gauchos Julio, zeichnete und erzählte er 25 Jahre lang.

Jimmy ist eine Art lebendiges Spielzeug. Es ist aufblasbar, kann laufen, schwimmen und nötigenfalls auch mit kleinen Hilfstriebwerken fliegen. Jimmy und Julio erleben eine zeitgenössisch-phantastische Odyssee, die sie unter anderem nach Atlantis führt, in Auseinandersetzungen mit Piraten, Kannibalen und Robotern verwickelt, gegen Dinosaurier und Todesvögel in den Kampf schickt und ihnen anno 1957 sogar einen kurzen Ausflug in den Weltraum zumutet. Dieser erste Ausflug ist jedoch ein Fiasko von fast amerikanischem Format: Julio stürzt aus dem Orbit ab, Jimmy trägt ihn sicher durch die Stratosphäre zurück zur Erde. Die Einladung zweier hübscher Astro-Mädels, endgültig auf ihren fernen Planeten, einen »besseren Stern«, umzusiedeln, nimmt er zwar an, verpasst aber, vom Alkohol benebelt, den Abflug des Raumschiffs. Schade.

Entführt ins All – die Weltraumserie der Digedags

Atomenergie und Raumfahrt prägen die Brüsseler Weltausstellung im Jahr 1958; die Expo zeigt ein Modell des Sputniks. Zum Zuschauermagnet aber wird das Wahrzeichen der Ausstellung, das Atomium, ein 110 Meter hohes Atommodell, Symbol für den Wunsch nach einer gemeinschaftsdienlichen, friedlichen Nutzung der Atomenergie.

Die Sowjetunion präsentiert sich dank ihrer Erfolge in der Raumfahrt als führende Technologiemacht; die USA glänzen mit Konsumgütern. Im selben Jahr startet in Westdeutschland ein eigener Sput-Nik, Nick eben, der Weltraumheld von Hansrudi Wäscher. Nicks Abenteuer laufen bis heute, und man wird sie mit Recht als Deutschlands langlebigste Weltraumserie bezeichnen dürfen. Freilich wird der echte Fan Nicks Abenteuer im Weltraum nicht wirklich zu den Semi-Funnies zählen, bleiben des Raumrecken gelegentliche Anflüge von Komik doch eher unfreiwillig.

Im Jahr 1958 hat längst auch der Wettflug zum Mond begonnen: Im Oktober 1958 stürzt der amerikanische »Pioneer« nach 130000 Kilometern auf dem Weg zum Erdtrabanten zurück zur Erde; im Januar 1959 passiert der sowjetische Satellit »Lunik« den Mond, im September 1959 wird ein Wimpel mit dem sowjetischen Wappen auf dem Mond deponiert, und im Oktober schießt die Sonde »Lunik III« die ersten Bilder von der Rückseite des Mondes.

Die deutschen Genossen aber bleiben den russischen Kosmonauten wieder um einiges voraus: Im Dezember 1958 ist nämlich die beliebteste ostdeutsche Comicserie, das »Mosaik« nämlich mit seinen Helden, den Digedags, ins Weltall gestartet, genauer gesagt: entführt worden.

Die Karriere von Mosaik ist eine Art Ein-Mann-Wirtschaftswundergeschichte der DDR. Hannes Hegen, eigentlich Johannes Hegenbarth (geboren 1925), Glasgraveur und Grafiker, hatte im Jahr 1955 mit dem der FDJ unterstellten Verlag »Neues Leben« einen Vertrag über die Herausgabe einer Bilderzeitschrift geschlossen. Das Magazin erschien zum ersten Mal am 23. Dezember 1955.

Hegen baute sich ähnlich wie Walt Disney und Rolf Kauka einen Stab von Mitarbeitern auf, und es gelang ihm mit großem Verhandlungsgeschick, außer zu Ruhm und Ehre auch zu beträchtlichem privatem Vermögen zu kommen. Er kaufte ein von der Roten Armee geräumtes Haus in Berlin und machte seinen Betrieb dort ansässig.

Die Helden seines Comics sind die drei kindergroßen, aber erwachsen agierenden Figuren Dig, Dag und Digedag – die Digedags eben. (Nach der Vertragsauflösung von Seiten Hegenbarths wurden diese 1975 durch ihre Klons, die Abrafaxe, ersetzt, treiben in dieser Maske bis heute ihr fröhliches Wesen und haben ihren Vater Staat, die DDR, mittlerweile um 15 Jahre überlebt – wir gratulieren!)

Die Digedags reisten zunächst ins Alte Rom und erlebten dort Abenteuer, die nicht wenig von den Sandalenfilmen inspiriert waren, wie sie damals in die West-Berliner Kinos kamen.

Dann aber fasste man an übergeordneten Stellen Entschlüsse: Die FDJ suchte ihre politisch-ideologische Arbeit zu forcieren und beschied sich im Sputnik-Jahr 1957 selbst: »Die FDJ muss in der Jugend den Hass gegen den aggressiven westdeutschen Imperialismus und Militarismus, die die größte Kriegsgefahr in Europa sind, entfachen. Die Jugend soll zur Parteilichkeit, zur kämpferischen Haltung gegenüber der bürgerlichen Ideologie erzogen werden.«[11]

Der Mosaik-Redakteur Ernst Dornhof entschloss sich daraufhin – und mit Rücksicht auf den großartigen kleinen sowjetischen Erdsatelliten –, »zeitgemäßere Gegenwartsthemen in politischen und naturwissenschaftlich-technischen Bereichen, konkret die Unterlegenheit der kapitalistischen Gesellschaftsordnung aufzuzeigen und die Fortschrittlichkeit des sozialistischen Systems hochzuloben.«[12] Und wo sollte sich der gewünschte Hass gegen den aggressiven westdeutschen Imperialismus und Militarismus besser entfalten können als in Zukunft und im Weltenraum? Und ab ging's ins All.

Die Mosaik-Künstler inszenierten den Szenenwechsel 1958 als abrupte Entführung: Ein fremdes Raumschiff setzt in Heft 25 auf der Erde der Römerzeit auf, die Raumfahrer vom Planeten Neos locken Dig, Dag und den römischen Ingenieur Sinus Tangentus an Bord und starten durch.

Getreu dem Zynismus, dass, wer eine Vergewaltigung nicht verhindern kann, diese ja zu genießen versuchen könnte, schließen sich die Gekidnappten der neonischen Raumexpedition kurz darauf »freiwillig« an. Auch scheint der Erste Offizier (oder so) Bhur Yam recht umgänglich zu sein und trägt eine Brille, sodass man ihm später gerne das Leben rettet; der Kommandant aber, Peer Tyla, spioniert im Nebenberuf für das Großneonische Reich.

Die DDR und die BRD durchlebten damals geradezu ein Spionage-Fieber, und das schon bevor der modische Verfolgungswahn

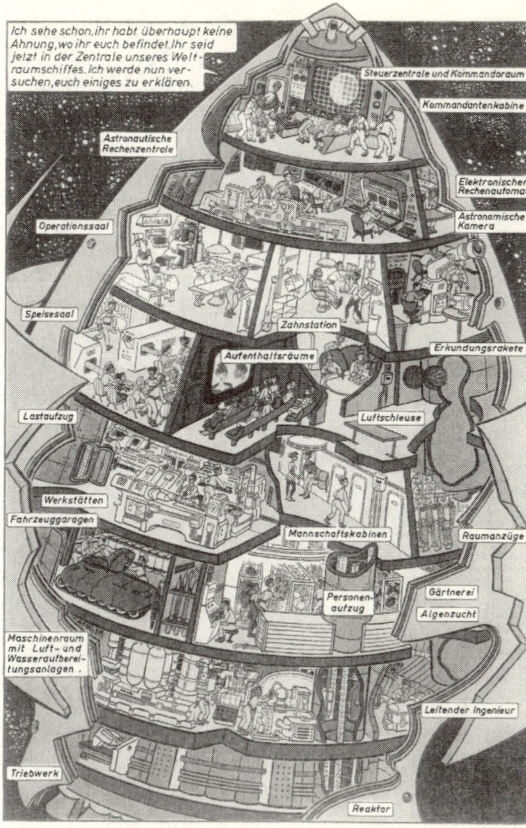

»Ich sehe schon, ihr habt überhaupt keine Ahnung, wo ihr euch befindet!« – Frühe Risszeichnung eines Weltraumschiffes: Im Kino rechts vom Speisesaal läuft eine Beziehungsklamotte

durch Dokumentarfilme wie *James Bond – 007 jagt Dr. No* (GB 1962) unterfüttert wurde.

Auf Neos, erfahren Dig und Dag, gibt es nur (noch) zwei Staaten: die Republikanische Union (das sind die Guten) und das Großneonische Reich (das sind die Bösen). Und das kam, wie uns Dig erklärt, so: Früher gab es natürlich auch auf Neos etliche Nationen, aber »nach und nach haben sich die kleineren Länder freiwillig zu einer Union zusammengeschlossen, während das Großneonische Reich sein Gebiet durch Krieg erobert hat und noch immer mehr vergrößern will«[13], hassenswerterweise.

»Das müssen schrecklich unvernünftige Menschen gewesen sein!« – Warnung vor dem nuklearen Holocaust

Zunächst geht es natürlich zum Mond, dann zum Mars, und dann in die Tiefen des Alls. Ein Planet, mit dem man bis vor kurzem Funkkontakt hielt, antwortet nicht mehr. Man fliegt ihn an. Die Welt erweist sich als vom Atomkrieg zerstört. In – wie beim Mosaik eigentlich immer – großartigen, detaillierten, nun aber ungeheuer düsteren und erschreckenden Bildern wird die verwüstete, leblose Welt vorgeführt.

Gert Lettkemann merkt an: »Dieses Katastrophenmotiv ist in der westlichen SF sehr beliebt. Dort führen die letzten Überlebenden in einer degenerierten Welt oft einen erbitterten Kampf untereinander. Der Übergang zur Fantasy ist fließend. Anders dagegen im Mosaikheft. Es schafft keine Fluchtwelt, denn jedes Leben ist vernichtet.«[14]

Man findet das Testament des führenden Atomforschers der untergegangenen Welt: »Mein Appell an die beiden Regierungen ist nicht gehört worden. Der Atomkrieg hat begonnen. Sollten Bewohner anderer Welten einmal … landen, so soll ihnen unser Schicksal ein warnendes Beispiel sein.«[15]

Schon hier beginnt, wenn auch sehr leise, die Sabotage des Hassauftrags. Es ist nämlich keine Rede davon, dass ein aggressiver, irgendwie westlicher Imperialismus und Militarismus zum Atomkrieg führen könnte; statt dessen werden die »beiden Regierungen« angeprangert – eine im Zeichen des Kalten Krieges leicht zu entschlüsselnde Chiffre.

Als die Digedags mit ihrem altrömischen Begleiter im April 1959 endlich auf dem Neos landen, treffen sie darüber hinaus auf eine schöne, neue, konsum- und unterhaltungsorientierte Warenwelt: Kaufhaus reiht sich an Kaufhaus, Bank an Bank, Kino an Kino, auf etlichen Ebenen rollt der Personennahverkehr, auf dem Dach eines Autohotels lockt ein Swimming-Pool mit Palmen, U- und Röhren-, Hoch- und Schwebebahnen zischen umher, gigantische unterirdische Schifffahrtstunnel führen zu unterirdischen Häfen – die farbenfrohen Schaubilder sind (fast) textfrei gehalten.

Freilich scheinen in dieser Wunderwelt alle technischen Probleme gelöst – für die Lösung welcher technischer Probleme soll man die Jugend da noch begeistern? Und so beginnt ab Heft 30 »Der Staudamm am Schwarzen Fluss« eine gespenstisch-rückwärtsgewandte Evolution dieser Zukunftswelt. Da wird beispielsweise wieder ein titanischer Staudamm gebaut wie weiland auf der Erde des Jahres 1959 (Rappbode-Talsperre im Harz); und hier wird denn auch Sinus Tangentus deponiert – ein ironischer Kommentar auf die sowjetische Praxis, eine verdiente *Persona non länger grata* als Direktor eines entlegenen sibirischen Kraftwerks zur Ruhe zu setzen. Oder man taucht in die Abgründe des Ozeans, wo sich wunderlicherweise die irdischen Tiefseefische tummeln, aufs Bunteste abgeschildert wie auf einer Lehrbuch-Schautafel. Die Digedags erfinden ein neues Leichtmetall, das Digedanium, das in

Zukunft Ost – eine lichte Werbewelt mit Kaufhaus, Bank, Hotel und Kino

einem Kombinat massenweise produziert werden soll. Und siehe da, sowohl das Kombinat, sein Hüttenwerk, als auch die mit dem neuesten Metall gebauten Flugzeuge sehen (wenigstens für uns heute) immer älter aus. Propellermaschinen fliegen, Schlauchboote schwimmen, selbst die Feuerwehrautos degenerieren zu Fahrzeugen der 1950er Jahre – die ostdeutsche Gegenwart drängt die Zukunft an den Rand.

So wird die neonische Gesellschaft, die eben noch mit Nuklearkraft interstellar unterwegs war, wieder vom Erdöl abhängig, und man trifft im Zuge der Verfolgung von »Erdölpiraten«, die zur besseren Tarnung allesamt Cowboyhüte tragen, auf einen Urwaldstamm, der sein Heiligtum mit einer – wie die dunkelhäutigen Eingeborenen meinen – magischen Flamme erleuchtet. Tatsächlich brennt hier Erdgas. Der Häuptling, der spaßigerweise auf den Namen Palipapu hört, wird überredet, die Erschließung des Erdölfeldes zuzulassen. Und dank dieser Entwicklungshilfe ist kurz darauf »aus dem weltvergessenen Urwalddorf eine gesunde und freundliche Siedlung geworden«[16] voller Tanks, Rohrsystemen und Verwaltungsgebäuden, und der ehemalige Häuptling schafft als Gastarbeiter im eigenen Land und im bewährten Blaumann für das Erdölkombinat: »Mir gefallen es auch sehr gut hier. Besonders Musik, die aus Radio kommen, ist schöner als Geschrei von Brüllaffen.« Und jetzt einen Baumriesen zu fällen, ist mit »der Motorsäge ... ein Kinderspiel.«[17]

Nun ja, wie heißt es zu dieser Problematik im Impressum: »Diese Hefte ... entsprechen dem damaligen Wissensstand«. Auch dürfen wir bezweifeln, dass die verordnete Begeisterung über einen derartigen zivilisatorischen Fortschritt von den Mosaik-Künstlern und ihren Agenten, den Digedags, wirklich geteilt wird.

Im weiteren Verlauf ihrer Weltraumserie besuchen die Mannschaft um den inzwischen zum Kommandanten beförderten Bhur Yam nämlich Planet um Planet, und jeder einzelne repräsentiert ein vergangenes Erdzeitalter. Selbstverständlich visitiert man chronologisch korrekt, die Dino-Welt vor der Säugetier- und Ur-Menschenwelt.

Lettkemann und Scholz kommentieren diesen Fern-Kurs in Universalgeschichte: »Die politische Leitlinie zeigte sich in der inhaltlichen Übereinstimmung mit den staatlichen Jugendstunden zur Vorbereitung auf die Jugendweihe, deren festlicher Abschluss bezeichnenderweise in der Überreichung eines Buches mit dem Titel ›Weltall, Erde, Mensch‹ bestand.«[18]

Aber die Reisegesellschaft erfährt eine merkwürdige Mutation: Den bis dahin wackeren Raumfahrern schwindet Respekt und Disziplin; was der beförderte Bhur Yham befiehlt, ist den Digedags schnurz; die Figurinen werden immer verschrobener. Sanitäter Beppo schmuggelt eine Sau an Bord; ein »alpines Weltraumfaktotum Sepp mit den Gesichtszügen von Luis Trenker«[19] erscheint, Tierpräparatoren, Tierstimmenjäger und Psychiater stoßen zur

XR 8 – ostdeutsche Raumfahrtroutine, kurz vor Ende der Reise

Crew. Zwischenzeitlich sind (im Januar 1961 und auf Geheiß der dem Mosaik-Kollektiv ins Handwerk pfuschenden Chefredaktion) sogar die Sprechblasen verloren gegangen, bekanntlich ein Zeichen hassenswerter minderwertig-militaristischer West-Ware.

Mit Heft 73 verkündet der Titel, dass die Weltraumexpedition endlich am Ziel ihrer Reise angekommen ist: »In grauer Vorzeit«. Nachdem die Digedags den einheimischen Urmenschen anachronistische Gebrauchsgegenstände wie das Schaufelradtretboot, das Steintretrad und die postbefördernde Honigmetrakete (aus Holz) gebracht haben, kapituliert der Raumschiffkommandant endlich: »Die Digedags sind schuld; sie haben uns alle angesteckt! Eine ernsthafte wissenschaftliche Arbeit ist schon seit langem nicht mehr möglich, ich bin selber schon ganz durcheinander, und in solchem Zustand soll man nun eine Weltraumfahrt durchführen. Es ist ein Skandal!« Und die Digedags antworten – on behalf of the Mosaik-Crew – »So, Herr Kommandant, nun wollen wir auch mal was sagen! Wir haben längst bemerkt, dass es Ihnen Leid tut, uns mitgenommen zu haben. Darum ist es wohl am besten, wenn wir uns für immer trennen. ... Geben Sie uns das Ding [die Rettungsrakete; H.K.] und lassen Sie uns sausen! Wir wollen endlich wieder nach Hause!«[20] Und Bhur Yham, dessen Nerven eh ihre einst stählerne Konsistenz längst eingebüßt haben – Zitat: »Ich werde sofort dem Straustahl – nein, dem Streilstrau – Strahlstaustreil – zum Donnerwetter, dem Staustrahlsteilstarter befehlen, dass er die drei Übergeschnappten zurückholt.«[21] – willigt nur zu gerne ein; er »wünscht den beiden kühl eine gute Reise. Dann erhebt sich die Rakete und schießt hinaus ins All«[22] und zurück auf die Erde.

So endet der Weltraumausflug von Zweidrittel Digedags im Dezember 1962 – ein immer imponierend gezeichnetes, widerwillig erzähltes Abenteuer, das gleichzeitig als Lehrstück über die Möglichkeit eines burlesk-gewaltlosen Widerstands gegen Kunstbevormundung gelesen werden kann.

Raumpatrouille und Petticoat

Inzwischen hatte sich auf der Erde einiges getan: Der Eisengießer und Ingenieur Juri Alexejewitsch Gagarin ist am 12. April 1961 mit seinem Raumschiff »Wostok (= Osten) I« als erster Mensch ins All geflogen. Das Extrablatt des »Neues Deutschland« kommentierte diesen »Triumph«: »Der Siegeszug ins All – Sowjetmajor J. A. Gagarin erster Mensch im Weltraum. Kommunismus verwirklicht kühnste Träume der Menschheit.« Am 13. August des selben Jahres begann der Mauerbau, den die wohl unterrichteten westlichen Geheimdienste unter dem Code-Namen »Operation Chinese Wall« führen.

Und auch Hegens westdeutsches Gegenstück, Rolf Kauka, schickt nun via »Fix und Foxi« unsern Mann ins All. Er heißt

Parabelflug über den Sputnik

Mischa, ist gerade 17 Jahre alt und lebt im utopischen Jahr 1999. Kauka erinnert sich anlässlich eines Nachdrucks der ersten Folgen: »Die erste Story der Serie Mischa entstand im Jahr 1961. Wie viele andere glaubte auch ich damals, dass das Zeitalter des Aufbruchs in neue Welten nun gekommen sei; es war die Zeit, wo wir annahmen, unsere Technik und unsere Wissenschaften könnten aller Hindernisse Herr werden. Mischa war der junge Pionier, der die Phantasie unserer Leser in neue Galaxien und Welten führen sollte. Er besaß eine große und begeisterte Gefolgschaft.«[23]

Eine ausländische Serie einkaufen wollte Kauka nicht, diese »schienen mir für junge Menschen nicht geeignet. Mit wenigen Ausnahmen waren sie damals grotesk, lieferten ein fertiges Ergebnis und ließen dem Leser keine Möglichkeit, rechts oder links oder überhaupt zu denken.«[24] Grotesk war Mischa nicht: im klaren Strich gezeichnet, in leuchtenden Grundfarben koloriert, erzählt »Mischa« Geschichten fern der Future War-Tradition.

Diese Geschichten spielen im Jahr 1999; im Intro zur Serie heißt es: »Seit dem Start des Sputnik und Explorer sind einige Jahrzehnte vergangen. Schon lange gibt es Niederlassungen auf den Nachbarplaneten Mars und Venus.«[25] Als offenbar globale Währung fungiert die »Weltmark«, woraus wir auf eine irgendwie geartete transnationale Einheit der (noch vorhandenen?) Staaten schließen dürfen. Gibt es also keine Nationalstaaten mehr, nur noch die Menschheit und ihre Kolonien im Weltall? Wem hier als Fan von Commander McLane die Assoziation zur *Raumpatrouille Orion* (D 1966) kommt, den wird freuen, dass diese bereits in Kaukas Comic unterwegs ist – sie wird gegen Ende der ersten Episode per »Lichtspruch« zur Hilfe gerufen.[26]

Eine Oberste Raumbehörde gibt es freilich noch nicht, dafür kümmert sich ein »Raumfahrt Ministerium« um die astronautischen Belange. Und dieses Ministerium wendet sich in seiner Not an Mischas Arbeitgeber: »Seit Jahren bemühen sich die Forscher um einen neuen Raketenantrieb, mit dem es möglich ist, auch zu anderen Himmelskörpern vorzustoßen. Einer der berühmtesten Wissenschaftler auf diesem Gebiet ist Professor Turbino«[27], als dessen rechte Hand der junge Techniker fungiert.

Und um das Trio komplett zu machen, ist da noch die Enkelin des Professors, Conny/Connie, etwas, ein Wesen, das man 1999 wohl als »kesse Biene« bezeichnet hätte. Sie trägt Glockenrock und Petticoat, ist hübsch und gewitzt, und verabredet sich mit Mischa im Internet-Café der damaligen Zeit, einer hippen Eis-Diele.

Die Handlung der ersten Episode geht so: Die Zukunft ist Alltag geworden. Das Stadtpanorama wirkt ähnlich futuristisch wie auf dem ostdeutschen Neos, ist aber um völlig verstopfte Straßen ergänzt. Gehobene Gehälter bewegen sich in zweisitzigen Privathelikoptern.

Gebrauchte Raketen werden auf dem Raketenfriedhof beigesetzt. Von dort soll Mischa nun ein Second-Hand-Raumfahrzeug erwerben, in das der Professor ein von ihm zu erfindendes revolutionäres Triebwerk einbauen möchte. Allein, kriminelle Elemente bekommen Wind von dem Plan und wollen noch während des Probeflugs den neuen Motor rauben: ein Lichttriebwerk – die NASA würde es »Photonentriebwerk« nennen. Etliche Verwick-

Zukunft West: Man beachte als zutreffende Prophetie im Detail die desolate Verkehrslage auf den Straßen – der Mini-Helikotper hat sich leider bislang noch nicht durchgesetzt.

lungen später ist das Triebwerk in Betrieb, die Bande verhaftet, Mischa ein Held und Conny ganz stolz auf ihn.

Die Spannung bezieht die durchaus spannende Geschichte nicht aus dem Übergriff illegaler Aliens oder lebensbedrohlicher Kosmo-Katastrophen, sondern aus der solide erzählten Krimihandlung. Andreas C. Knigge urteilt: Mischa, zumal in den frühen Folgen,«gehört international zum Besten, was an humoristischen SF-Comics publiziert wurde.«[28]

Die Idee zu Mischa hatte, wie sich Walter Neugebauer, der damalige Artdirektor von Kauka, erinnert, Becker-Kasch; später arbeitete Neugebauer selbst an der Serie.

In der zweiten Sequenz landen Mischa und Conny auf dem Mars und kämpfen dort gegen Piraten, die sich – wie nahe liegend – in den Marskanälen herumtreiben. Eigentlicher Star ist nun

Robbie, der Roboter, der einen ersten Eindruck von den Kommunikationsproblemen vermittelt, die zwischen Mensch und Maschine auftauchen können. Als Mischa ihm die Order gibt, Sechserschrauben zu holen, tut er das mit einer zauberbesenhaften Verlässlichkeit: endlos, und häuft einen Schraubenberg an. Robbie ist ein Produkt aus dem Hause Turbino und daher, wie er meint, mit Mischa »so gut wie verwandt«.

Nachdem die Piraten zur Strecke gebracht worden sind, führt ein drittes Abenteuer Mischa und Conny 1962 zur Venus. Dort lebt es sich warm und üppig. Mammutbäume, Mammutpilze, Riesenvögel und Riesenameisen bevölkern den Planeten – eine Art

Die Venus – auch nur ein Planet wie du und ich

Makroausgabe der irdischen Flora und Fauna gedeiht. Auch hier ist das Ende happy, weil am Ende Gangster in den wohlverdienten Fesseln liegen. Und als schließlich der junge Held eine Zigarre probiert, aber nicht so recht genießen kann und statt dessen zur Milch greift – »Muss ja frisch und gestärkt auf die Erde kommen«[29]–, da freut sich sowohl die Raumpatrouille als auch das Amt für Jugendgesundheitsvorbildlichkeit.

Im selben Jahr schicken auch die Amerikaner ihren ersten Astronauten in den Orbit, John Herschel Glenn. Mischa dagegen unternimmt keine weiteren Höhenflüge: Nach den drei Weltraumabenteuern auf Mond, Mars und Venus muss er den Jules-Verne-Roman »Die geheimnisvolle Insel« nachspielen; im Anschluss daran geht es zurück auf den Mars und macht, wie es sich für einen (Super-)Helden gehört, Bekanntschaft mir einem diabolischen Gegner: Herrn Professor Diabolus. 1964 verschlägt es ihn auf eine Amazonen-Welt, wo er in einem Heim für schwer erziehbare Männer untergebracht wird. Kollege McLane wird in der fünften Folge der Raumpatrouille Orion (*Der Kampf um die Sonne*, D 1966) auf dem feministischen Planeten Chroma Ähnliches widerfahren – eine Begegnung der beiden großen deutschen Raumfahrer im Männerlager ist jedoch nicht überliefert.

Mischa taucht noch einige Male in »Fix und Foxi« auf: 1966/67 werden ihm vier kürzere Episoden gegönnt; und im Jahr 1972 scheitert der Versuch eines Neustarts im Magazin »Primo«. Mischa versickert.

Mecki und Lurchi – von universalem Heldentum

Im Jahr 1961 heben noch zwei deutsche Serienhelden von der Erde ab: der erste, Perry Rhodan, ist wie Mischa ein Newcomer, der allerdings weder ein Comic ist, noch sich als Funny oder auch nur Semi-Funny versteht. Der zweite ist ein alter Serienhase, oder besser: Serienlurch, Lurchi nämlich, Betriebsmaskottchen und Bannerträger der Salamander-Schuhfabrik. Rhodan fliegt zum Mond, Lurchi zum Mars:

> »Lurchi, seiner Zeit voraus,
> forscht den weiten Weltraum aus.

Mit Zwerg Piping, Hopps und Igel,
dreht er an dem Radarspiegel.
Da, der Schirm beginnt zu leben!
Ferne Welten Zeichen geben.
Rätselhaft vier Silben flirren.
Wer vermag sie zu entwirren? –
Unser Lurchi fix notiert,
und sogleich er auch kapiert:
›Schlüsselwort heißt Salamander,
schüttle gut es durcheinander!
Klar: es funkt der Mars Alarm,
weil man dort an Schuhen arm.‹«[30]

Lurchi, den lustigen Propaganda-Lurch, gibt es seit 1937. Beim Kauf von Salamander-Schuhen erhielt man ein Heft mit Lurchi-Abenteuern. Nach einer kriegsbedingten Werbepause ging die Figur 1951 wieder an die Öffentlichkeit.

Getextet und gezeichnet wurden die Lurchi-Abenteuer zwischen 1951 und 1972 von dem gebürtigen Schlesier Heinz Schubel (geb. 1906). Er machte Lurchi weit über die Ladentheken hinaus populär. Schubel war von Beruf Gebrauchsgrafiker, der sich allerdings früh in den Bereich der Illustration von Kinderbüchern eingearbeitet hatte. Während des Krieges zeichnete er unter anderem Flugblätter, mit denen die russischen Soldaten zur Kapitulation angeregt werden sollten; nach dem Krieg und in Kriegsgefangenschaft fertigte er Stalin- und Lenin-Portraits an und schuf Gemälde zur Feier der Oktoberrevolution.

Seine Lurchi-Bücher wurden nach den kongenialen Texten des Prokuristen der Salamander Schuhfabriken, Erwin Kühlewein, gezeichnet, den er übrigens auf Geheiß der Firma bis zu dessen Ausscheiden aus dem Berufsleben nie persönlich treffen durfte.

Alle Bildgeschichten Schubels stecken voller märchenhafter, phantastischer Details. Problemlos bewegt sich Lurchi in Indiana-Jones-Manier durch die Domänen populärer (Jugend-)Abenteuer: Er reist nach Indien, Australien und Afrika; zu den Elfen, Rittern und Indianern; fliegt mit Ballon und Düsenflugzeug; arbeitet als Stierkämpfer, Schatztaucher, Bergwächter, Holzfäller, Zauberer; er kämpft gegen Piraten, die Ölpest und die Umweltverschmutzung überhaupt, kurz: Lurchi ist in keiner Weise mehr ortsgebunden, sondern der universale Held.

Dieser universale Heroismus ist bekanntlich integraler Bestandteil eines großen Teils der Science Ficiton überhaupt: Kaum eine SF-Serie, in der sich die Helden nicht gelegentlich mit archaischen Welten, Rittern, Gangstern der 1930er Jahre, Samurai, Sklavenhändlern, Ur-Horden und Ur-Tieren (Favorit hier wie in den meisten Kinderzimmern: die Dinosaurier) auseinander setzen müssen.

Die historischen Epochen werden dazu synchronisiert, das heißt, sie finden in der Zukunft, aber auf anderen Planeten statt, oder werden per realer oder virtueller Zeitreise (zum Beispiel auf dem Holodeck) aktualisiert.

Deutlicher als die Hard-Core-Techno-SF zeigen diese Comics die Verwandtschaft der Science Fiction mit dem Märchen: auch die Abenteuer von Captain Picard, Perry Rhodan, Luke Skywalker oder Korben Dallas, unserem Taxifahrer in die Zukunft, spielen Once upon a time, sind, wie wir seit den Tagen von Commander MacLane wissen, »ein Märchen von Übermorgen«. So hat der oben zitierte Radarbildschirm erkennbar keinerlei technischen Hintergrund, er fungiert als Zauberspiegel: Er »beginnt zu leben« und übermittelt eine geheimnisvolle, chiffrierte Botschaft, die der Held zu dechiffrieren hat – es ist ein Auftragsformular für Schuhe.

Im weiteren Verlauf bewegt sich Lurchi auf dem Mars und in der Milchstraße – die selbstverständlich aus leckerer Milch besteht. Auf dem Mars paddelt man durch wassergeflutete Kanäle und arrangiert sich mit Riesenrobotern, Wassermonstern und fliegenden Drachen, indem man sich als Handlungsreisender in Sachen Slamander-Schuh ausweist. Lurchi ist halt weder Militär, noch Forscher, sondern fliegender Händler – eine Rarität im Bereich der Science Fiction, die eher die beiden erstgenannten Parteien als Pioniere in die Tiefen des Weltraums delegiert.

Übrigens hatte ein anderes Maskottchen zwei Jahre zuvor einiges an Vorarbeit geleistet, Mecki nämlich, der im Auftrag der Programmzeitschrift HörZu auf Reisen ging.

Mecki war einerseits ein wöchentlich erscheinender Comic, andererseits ein zunächst von Reinhold Escher, überwiegend dann von dem Elmshorner Kunstmaler Wilhelm Petersen (1900–1987) gemaltes opulentes Bilderbuch.

In 13 Folgen besucht Mecki (in der Tradition Tintins als Reporter) das Schlaraffenland, die Sieben Zwerge, die Eskimos, die Chinesen, die Indianer, die Negerlein, Prinz Aladin, die Ali Scheitan und die 40 Räuber, Harun Al Raschid, Sindbad, Zwerg Nase, Frau Holle und – als achte Reise zwischen Aladin und Ali Scheitan – den Mond: Märchenwelten, Exotische Gefilde, einen phantastischen Orient. Herausgegeben werden die Bücher denn auch mit dem Untertitel »Ein märchenhafter Reisebericht, von ihm selbst erzählt«.

Tatsächlich ging das Erzählen so vonstatten: Petersen reichte die Zeichnungen ein, erzählte also visuell, anschließend diktierte der HörZu-Chefredakteur Eduard Rhein den Text, seine Chefsekretärin und Redakteur Hajo Vagts überarbeiteten den Bericht.

Meckis einziges Weltraumabenteuer findet unter Ausschluss aller Technik statt: Aus der Knospe einer Wunderpflanze erwächst eine Hängeleiter, die sich um das Ende der Mondsichel rankt – voilà! Oben angekommen, geraten Mecki und seine Reisegesellschaft allerdings gleich in ein Verhör. Im Kapitel 2: »Wie uns der Herrscher vom Mondsee erschreckte« gibt auf die Frage des Mondseebeherrschers »Wer seid ihr, und was wollt ihr hier?« zur Antwort: »Ich heiße Mecki und komme von einem anderen Stern.« Der Herrscher aber lebt nicht so hinterm Mond, wie man glauben könnte, und erwidert: »Papperlapapp! Du meinst wohl von der Erde? Du bist also ein Spion. Glaubst du, wir wüssten nicht, dass die Menschen schon Raketen bauen, um damit hier zu landen und uns zu vernichten? Wo steht die Rakete, mit der ihr gekommen seid? Rasch, führ uns hin, damit wir sie zerstören.«[31]

Kalter Krieg im Weltenall …

Wie bei Lurchi, agieren hier Menschen und Fabelwesen – und zwar sowohl sprechende, sich menschlich gebärdende Tiere, als auch mythologische Geschöpfe wie Meernixen, Drachen, Riesen oder Gestirne – fraglos miteinander und bilden gemischte (Reise-) Gesellschaften. Grund genug, die beiden Serien wenigstens am Rand des Themas mit zu berücksichtigen.

Nachspiel: Die Zukunft wird ernst – jetzt auch im Comic!

Im September 1967, also sechs Jahre nach der Serie, erschien die erste Nummer des Comics »PERRY RHODAN im Bild«. Im Bild zu sehen waren hier die im Roman erfolgreichen Geschichten um Perry Rhodan und eine Serie um Perry Rhodans besten Freund Atlan, die in der menschlichen Prähistorie und Historie spielte (Atlan als Freund und Helfer der Eiszeitmenschen, des Pharaos, Alexanders des Großen und des Kaisers von China).

Außerdem gab es in den Nummern 1 bis 16 eine Serie um Gucky, dem als Fabelwesen wohl das größte Humorpotential zugetraut wurde.

Michael Thiesen schrieb dazu in seinem Aufsatz »Auf dem Weg zum Zentrum aller Universen – Perry Rhodan im Comic«: »Die Gucky-Comics, die Jugenderlebnisse des beliebten Mausbibers auf seinem Heimatplaneten Tramp schilderten, wandten sich mit ihren funnyhaften Bildern an die allerjüngsten Leser. Ihre Geschichten waren so naiv erzählt, dass sich ein ›Fix und Foxi‹-Heft dagegen wie ein philosophisches Traktat liest. Titel wie ›Die Gurkendiebe‹ oder ›Gucky und die Tellerbeine‹ sprechen für sich. Mit dem Auftauchen der Mausbiber in der PR-Handlung (›Perry Rhodan im Bild‹ 17) entfiel ›Gucky‹ dann zum Glück zugunsten einer Erweiterung der PR-Episoden.«[32]

Über die lustigen Fabeln mit dem lustigen Mausbiber müssen wir an dieser Stelle dann auch nicht weiter disputieren. Anders verhält es sich mit Guckys Gastauftritten auf einigen Titelbildern der Hefte. Diese Bilder recyceln nicht, wie der Inhalt, Heftromanmaterial, sondern sind neu gestaltet worden.

Gucky spielt hier den Running Gag, was der dargestellten Situation oft einen surrealen Touch vermittelt. So sieht man Gucky einem verzweifelt dreinschauenden Raumfahrer zublinzeln (Nr. 1), mit einem anti-gravitativ arbeitenden Kleingerät Flugzeugträger, U-Boot, Panzer und anderes soldatisches Gerät durch die Lüfte schicken (Nr. 2), mit der Möhre in der Hand und schelmisch lachend den Atombombenangriff auf Rhodans Raumschiff beobachten (Nr. 3), das Wrack eines Raumschiffs belächeln (Nr. 5), Lordadmiral Atlan hinterher spionieren (Nr. 6), auf der Venus dem Abschuss einer Monsterschlange beiwohnen (Nr. 8) – oft auf atmosphärelosen Himmelskörpern, immer unbekleidet, und stets vergnügt. Dann aber musste er den Platz für ernsthaftere militärische Konflikte räumen.

Sicherlich hat sich spätestens nach 1965 die Spaßfraktion vom seriösen SF-Flügel getrennt, hat die Humoreske an zukünftigem Boden verloren. Deutschland, Heimat der Heiterkeit, hat sich ernsteren Dingen zugewandt. Weiten wir also den Blick: Was nämlich auf der humoristischen Habenseite der Science Fiction bleibt, sind immerhin Lichtblicke wie die irrwitzige britische Space-Sit-

Ik bön all hier! Lustiger Mausbiber als Lockspeise für heranwachsende Perry-Rhodan-Fans

Com »Red Dwarf« (GB 1988ff), die simpsonistische Trickfilmserie »Futurama« oder das genial-animierte Erfinderwunderkind »Jimmy Neutron, Boy Genius« (der bei seinem ersten Auftritt 1995 zwar schon den Roboter-Hund hatte, aber noch »Johnny Quasar« hieß) – Einsteins legitimer Erbe. Sie alle stehen zwar abseits der Welt-und-Weltall-Rettungstausendseiter und -Kinoserien auf verlorenem Posten, amüsieren sich dort aber prächtig.

Oder uns.

ANMERKUNGEN

1 Zitiert nach: Albert Einstein: Mein Weltbild. Hg. Carl Seelig. Frankfurt am Main – Berlin – Wien (Ullstein) 1980. Seite 187

2 A.a.O. Seite 45

3 A.a.O. Seite 52

4 A.a.O. Seite 14

5 »Zur Erniedrigung des wissenschaftlichen Menschen«. Botschaft für die 42. Tagung der Società Italiana per il Progresse de la Scienze. a.a.O. Seite 172 f.

6 Definition angelehnt an: Andreas C. Knigge: Comics. Vom Massenblatt ins multimediale Abenteuer. Reinbek bei Hamburg (Rowohlt Taschenbuch Verlag) 1996. Seite 330f.

7 Gerd Lettkemann und Michael F. Scholz: »›Schuldig ist schließlich jeder … der Comics besitzt, verbreitet oder nicht einziehen lässt.‹ Comics in der DDR – Geschichte eines ungeliebten Mediums (1945/49–1990)«. Berlin (MOSAIK Steinchen für Steinchen Verlag) 1994. Seite 21

8 A.a.O. Seite 22

9 Erich Schmitt: Das dicke Schmitt-Buch. Berlin (Eulenspiegel Verlag) 1968, 5. Auflage 1990. Seite 407

10 A.a.O. Seite 440

11 Zitiert nach: »Schuldig ist schließlich jeder …« a.a.O. Seite 27

12 A.a.O. Seite 32

13 Mosaik Heft 27 »Die neue Sonne« (Februar 1959), Nachdruck in : »Die Reise ins All = Weltraumserie 1«, herausgegeben von Hannes Hegen. 2003, Buchverlag Junge Welt. Seite 56

14 Gert Lettkemann: »›Die Zukunft gehört dem Sozialismus!‹ Aufklärung und Propaganda in den SF-Comics der DDR.« In: COMIXENE 30, Mai/Juni 1980. Hannover (Edition Becker & Knigge) 1980. Seite 25

15 A.a.O. Seite 69

16 Mosaik Heft 43 »Elefant gesucht« (Juni 1960); Nachdruck in »Detektive im Weltall = Weltraumserie 5«, Herausgegeben von Hannes Hegen. 2003, Buchverlag Junge Welt. Seite 54

17 Ebenda

18 »Schuldig ist schließlich ein jeder …« a.a.O. Seite 35

19 A.a.O., Seite 40

20 Heft 73: »In grauer Vorzeit« 1962, Nachdruck 1996. Herausgeber Hannes Hegen. Buchverlag Junge Welt. Seite 23

21 Heft 72: »Die verschlüsselte Botschaft« 1962, Nachdruck 1996. Herausgeber Hannes Hegen. Buchverlag Junge Welt. Seite 20

22 »In grauer Vorzeit«, a.a.O., Seite 23

23 In: Rolf Kauka Classics: Mischa im Weltraum 1: Überfall auf Professor Turbino. Stuttgart (Egmont Ehapa Verlag) 1997. Seite 2

24 Ebenda

25 A.a.O. Seite 3

26 A.a.O. Seite 63

27 A.a.O. Seite 3

28 Andreas C. Knigge: Deutschlands Griff nach den Sternen. In: COMIXENE 30, Mai/Juni 1980. Hannover (Edition Becker & Knigge) 1980. Seite 23

29 Rolf Kauka Classics: »Mischa im Weltraum 3: Konterbande auf der Venus«. Stuttgart (Egmont Ehapa Verlag) 1997. Seite 38

30 Lurchi: »Raketenfahrt zum Mars« (1961) in: Lurchis gesammelte Abenteuer. Herausgegeben von der Salamander AG Kornwestheim. Ohne Jahr (1968, Nachauflage 1990). Seite 50

31 Mecki auf dem Mond. Ein märchenhafter Reisebericht, aufgeschrieben von ihm selbst. Köln (Lingen Verlag) 1959. Seite 8 (unpaginiert)

32 Michael Thiesen: Auf dem Weg zum Zentrum aller Universen – Perry Rhodan im Comic. In: Klaus N. Frick (Hrsg.): Das große Perry Rhodan Fanbuch. München (Wilhelm Heyne Verlag) 1996. Seite 330

COMPUTER

Science Fiction Interactive

Computerspiele 2003

von Gerd Frey

Computerspiele werden von den meisten Science-Fiction-Fans genauso beurteilt wie die Genres Science Fiction und Fantasy im Bereich der Mainstream-Literatur. Ich bemühe mich deshalb schon seit einigen Jahren, mit der Sparte *Science Fiction Interactive* diese Vorurteile - die sicherlich zum Teil ihre Berechtigung haben - abzubauen. Häufig kommt dabei Kritik zu Computerspielen von Personen, die entweder keine Erfahrungen mit Computerspielen haben oder solche Spiele in die Hände bekamen, die diese Vorurteile noch bestätigten. Genauso könnte man aber anhand eines schlechten SF-Romans - und davon gibt es mehr als genug - auf die Qualität der gesamten SF-Literatur schließen. Tatsache ist, dass Computerspiele inzwischen ebenso Teil der Science Fiction sind, wie auch Science Fiction Teil der Literatur ist.

Das Genre der Computerspiele hat sich in den letzten Jahren zu einem wichtigen Zweig der Unterhaltungsindustrie entwickelt. Inzwischen sind viele Spiele von einer künstlerischen und technischen Qualität, dass sie immensen Einfluss auf Kultur und Medien nehmen und nicht mehr mit belangloser Fast Food-Unterhaltung gleichzusetzen sind.

Die Sparte *Science Fiction Interactiv* möchte vor allem auf jene Spiele aufmerksam machen, die - ebenso wie ein gutes Buch oder ein guter Film - die Fantasie beflügeln können. Computerspiele stellen dabei nicht nur eine Konkurrenz zu den klassischen Medien dar, sondern bieten darüber hinaus die besondere Möglichkeit, Geschichten und fremde Welten interaktiv erleben zu können.

Machinima – Der Film aus der Maschine

Die Idee

Kunst und Computerspiele - passt das überhaupt zusammen? Eigentlich ist diese Frage eine Unverschämtheit, da allein für die Umsetzung eines nur ein bisschen aufwendigeren Computerspiels minimal Grafiker, Musiker und Scriptschreiber notwenig sind. Doch leider dominiert in der Öffentlichkeit noch immer das Zerrbild der mit gezogener Cyber-Waffe alles niedermetzelnden Jugendlichen am Computer.

Ein Grund, warum gerade 3D-Computerspiele so viele Menschen faszinieren, ist die Möglichkeit, sich durch eine fremde virtuelle Wirklichkeit zu bewegen und dort ähnlich einer real handelnden Person aufzutreten. In diesen Games kann der Spieler in jede x-beliebige Rolle schlüpfen und in der Haut seines Helden Abenteuer erleben. Dabei schraubten die Entwickler in den letzten Jahren den Grad an Wirklichkeitsnähe immer weiter nach oben, so dass sich aktuelle Computerspiele durchaus mit besseren Animationsfilmen messen können. Dieser Grad an grafischer Qualität ließ kreative Computerspieler vor einigen Jahren auf die Idee kommen, Filme auf Basis der Entwicklungswerkzeuge von Computerspielen zu entwickeln - die sogenannten Machinima (eine Wortschöpfung aus den Begriffen Machine und Cinema).

Die Technik

Die Voraussetzungen, um mit Hilfe eines Homecomputers einen Film produzieren zu können, sind minimal. Jeder Computer, der in der Lage ist, aktuelle 3D-Spiele mit mindestens 25 Bildern pro Sekunde darzustellen, ist ausreichend. Der digitale Filmemacher benötigt nur noch eine Spielesoftware, die einen Leveleditor beinhaltet. Schon Spieleklassiker wie *Quake* oder *Unreal Tournament* gaben dem kreativen Spieler entsprechende Werkzeuge in die

Hand. Natürlich waren diese Leveleditoren primär dazu gedacht, den Spielefans zu ermöglichen, zusätzliche Multiplayer-Maps für ihr Lieblingsspiel zu entwerfen. Die wohl bekanntesten – und ältesten – Leveleditoren zu Computerspielen sind *UnrealED* (*Unreal Tournament*) und *Worldcraft* (*Half Life*). Um jedoch kommerziell Machinima-Filme produzieren zu können, benötigt man eine von einem Spieleprogramm unabhängige Software wie beispielsweise das 3D-Gamestudio, das mit dem Quake-Quellcode verwandt ist. Entwicklungsstudios wie *Nanoflix* beispielsweise griffen auf diese Möglichkeit zurück.

Einen Film mittels der 3D-Engine (das zentrale Programm-Modul eines 3D-Games, mit dem man eine in Echtzeit berechnete 3D-Umgebung inklusive der Spielfiguren realisiert) eines Computerspiels zu entwickeln, kann auf zwei verschiedene Arten geschehen. Bei beiden Vorgehensweisen muss jedoch im Vorfeld die Handlungskulisse entworfen werden – oder man greift auf schon vorhandene Level von Computerspielen (z.B. *Apartment Huntin*) zurück. Ein Leveldesigner gestaltet das gesamte »Bühnenbild« ähnlich dem Level eines Computerspiels. Dabei ist der Handlungsort in statische Elemente (meist Gebäude und Landschaft) und dynamische Objekte unterteilt. Diese Aufteilung ist bei den meisten aktuellen 3D-Engines zwingend – obwohl sich hier Veränderungen abzeichnen. Mittels einer Scriptsprache können die dynamischen Elemente eines Levels manipuliert werden. Dazu zählen beispielsweise Spielfiguren, Fahrzeuge, Fahrstühle und sämtliche Gegenstände, die zerstört werden können; aber auch ein Stuhl, der sich einfach nur verschieben lassen soll, muss als dynamisches Objekt angelegt sein.

Sämtliche 3D-Elemente lassen sich dabei grafisch frei gestalten. Damit eine Natursteinwand auch wie eine Natursteinwand erscheint, kann sie mit digitalen Tapeten, den sogenannten *Texturen*, beklebt werden. Den letzte Schliff bekommt die Handlungskulisse mit der Lichtsetzung – alle neueren 3D-Engines sind in der Lage, eine korrekte Schattenberechnung selbst bei farbigen und dynamischen Lichtquellen zu erzeugen.

In der zweiten Phase des Filmemachens kann man zwei getrennte Wege gehen oder diese kombinieren. Die einfachste Möglichkeit besteht darin, mehrere Computer – ähnlich wie bei einer LAN-Party – zusammenzuschließen und mit einer entsprechenden Anzahl an Personen eine Handlung nachzuspielen. Einer (oder auch mehrere) der Mitwirkenden kann dabei als *Kameramann* tätig sein, der die ablaufenden Geschehnisse aufzeichnet. Die andere Möglichkeit greift auf die im Editor benutzte Script-Sprache zurück. Alle Ereignisse werden hierbei programmiert. Am effektivsten erweist sich eine Mischung beider Methoden, da Levelereignisse ohnehin gescriptet werden müssen.

Meist existieren für die vorhandenen Leveleditoren eine Unmenge an vorgefertigten Objekt-Bausteinen wie Möbel, Fahrzeuge, Flugapparate oder die Spielfiguren, welche man – das Einverständnis des Entwicklers vorausgesetzt – einfach im Level platzieren kann. Selbstverständlich können alle Objekte auch selbst entworfen werden. Besonders schwierig ist das Erstellen von Spielfiguren. Da eine Spielfigur immer auch Scripte für den Bewegungsablauf beinhaltet, kann sie nicht als normales Objekt eingebunden werden, sondern muss als Entity-Objekt geladen werden. Animierte Objekte werden deshalb mit einem speziellen Editor entworfen und in ein von der 3D-Engine unterstütztes Format exportiert. In diesen Editoren werden auch die verschiedenen Bewegungsabläufe (laufen, rennen, springen, schwimmen, bücken usw.) definiert, die man dann im Leveleditor anwählen und aktivieren kann.

Um Kamerafahrten wie in einem Kinofilm und die Kontrolle über detaillierte Bewegungen der Spielfiguren bis hin zu Gesichtsregungen und Lippenanimationen realisieren zu können, entwickeln Machinima-Macher zusätzliche Hilfsprogramme wie beispielsweise das *Unreal Movie Studio*.

Projekte

Der größte Teil der Machinima-Filme erinnert noch stark an laienhafte Theateraufführungen ohne nennenswerten künstlerischen Anspruch. Meist werden kleinere, sitcomähnliche Szenen oder schwarzhumorige Situationen nachgestellt, die man zur allgemeinen Belustigung aus dem Netz herunterladen kann. Engagiertere Projekte sind noch in der Minderheit – zeigen aber am deutlichsten, welche Möglichkeiten in Machinima stecken.

Eine der interessantesten Umsetzungen im Science-Fiction-Bereich ist *Anachonox: The Movie*, eine Machinima-Produktion mit Kino-

Larry und Lenny

filmlänge, die vom ZKM (Zentrum für Kunst und Medientechnologie) in die Future Cinema-Ausstellung integriert wurde. In diesem Beispiel griffen die Entwickler auf viele Elemente des Computerspiels *Anachonox* zurück und erzählten vor dem Hintergrund dieses Universums mitsamt den dazugehörigen Helden eine eigenständige Geschichte. In *Anachonox: The Movie* finden sich Licht- und Schattenseiten aktueller Machinima-Produktionen: Zum einen gehört die 3D-Engine von *Anachonox* (und auch die von *Quake I/II* und *Unreal Tournament*) nicht mehr zu den aktuellsten und lässt Spielfiguren und Außenareale recht kantig und grob erscheinen. Auch Licht- und Partikeleffekte sind nicht mehr auf dem aktuellen Stand der Technik. Das Problem: Zu neuen 3D-Engines steht entweder noch kein Leveleditor zur Verfügung oder er wird gar nicht erst zur Nutzung freigegeben. Darüber hinaus wirken einige Abschnitte dieses bisher längsten Machinima-Films wie reine Spielsequenzen (etwa wenn eine Figur, um von A nach B zu kommen, durch verschachtelte Gänge läuft und mit der virtuellen Verfolgerkamera *gefilmt* wird).

Zu den wohl populärsten Machinima-Produktionen zählen die Filme über das Holzfällerduo Larry und Lenny von Paul Marino.

Während der Erstling *Apartment Huntin* noch verstärkt fannischen Charakter aufweist und hauptsächlich durch seinen schwarzen Humor begeistert, ist der Nachfolger *Hardly Workin* von ganz anderer Qualität. Der Machinima-Kurzfilm erinnert in seiner grafischen Gestaltung fast schon an klassische Animationsfilme und überzeugt auch in der sonstigen Umsetzung. Ebenfalls interessant ist die *Eschaton*-Serie von Hugh Hancocks Produktionsfirma *Strange Company*, obwohl auch diese Arbeiten noch stark von den Kinderkrankheiten der Machinima-Filme geprägt sind.

Dass auch Film-Profis mit den Möglichkeiten von Machinima liebäugeln, beweist *Industrial Light & Magic*. Das für seine atemberaubenden Special-Effects bekannt gewordene Studio benutzte in seiner Vorplanung zu *A.I.* eine Game-Engine, um Szenen des Films vorhersehbarer entwickeln zu können.

Weitere mit Machinima-Filmen vergleichbare Arbeiten sind selbstlaufende Demos wie *X2* oder der Benchmarktest *3DMark03*.

Ausblicke

Selbstverständlich sind die meisten Machinima-Projekte noch keine ernstzunehmende Konkurrenz zum klassischen Animationsfilm. Dafür ist die technische und künstlerische Qualität oft noch zu unzureichend. Schaut man sich aber aktuelle 3D-Spiele wie *Half-Life 2* oder *Doom 3* an, kann man schon erahnen, welche Möglichkeiten den Machinima-Schöpfern in die Hände gegeben werden, um demnächst Filme zu produzieren, denen man ihre Herkunft nicht mehr ansieht. Selbstverständlich wächst mit steigender Qualität auch der zeitliche und personelle Mehraufwand. Machinima-Filma müssen also – um auf längere Zeit nicht zu stagnieren – kommerziell an Bedeutung gewinnen. Bereiche, die dafür in Frage kämen, wären beispielsweise Fernseh- und Kinowerbung, Musikvideos oder Filme mit künstlerischem Anspruch. Ein gelungenes Beispiel für kommerzielle Einsatzmöglichkeiten ist das Machinima-Pop-Video *In The Waiting Line* der Band Zero 7.

Sollten in nächster Zeit für aktuelle 3D-Spiele Leveleditoren bereitgestellt werden, sind den Machinima-Schöpfern technisch und visuell kaum noch Grenzen gesetzt. Landschaften können dann fast real umgesetzt werden (soweit dies gewünscht wird) und die virtuellen Spielfiguren sind nicht mehr kantig und plump, sondern wirken wie aufwendige 3D-Zeichentrickfiguren aus einem vorgerenderten Animationsfilm. Haben die Schöpfer der Machinima-Filme erst einmal gelernt, mit ihren unkonventionellen Filmwerkzeugen umzugehen und weitaus stärker filmästhetische Techniken anzuwenden, steht einer hoffnungsvollen Zukunft dieser neuen, meist noch recht laienhaft betriebenen Subkultur nichts mehr im Wege.

Themennahe Links:

http://www.machinima.com
http://www.nanoflix.net
http://www.illclan.co
http://www.strangecompany.org
http://www.zkm.de

LITERATURADAPTIONEN:

Das Ding (Vivendi Universal Interactive, 2003)

Action-Adventure

Die Hintergrundgeschichte zu dem beklemmenden Action-Adventure *Das Ding* beruht auf dem gleichnamigen Gruselklassiker von John Carpenter aus dem Jahre 1982. Carpenters Film ist jedoch kein orginäres Werk, sonders das Remake einer Literaturverfilmung von 1951. In dem noch in Schwarzweiß gedrehten SF-Klassiker entdeckt eine Gruppe amerikanischer Forscher in der Antarktis das Wrack eines fremdartigen Raumschiffes und ein im Eis konserviertes außerirdisches Lebewesen. Als die Kreatur aufgetaut wird, macht sie einem Wissenschaftler nach dem anderen den Garaus.

Carpenters Film orientiert sich bei der Umsetzung deutlich näher an der literarischen Vorlage *Who Goes There?* (1938) von John W. Campbell als der alte Schwarzweiß-Streifen. Die Spielumsetzung von *Das Ding* versteht sich als direkte Fortsetzung des Carpenter-Films. Nachdem der Kontakt mit einem Außenposten amerikanischer Wissenschaftler in der Arktis abbricht, schickt die Army ein

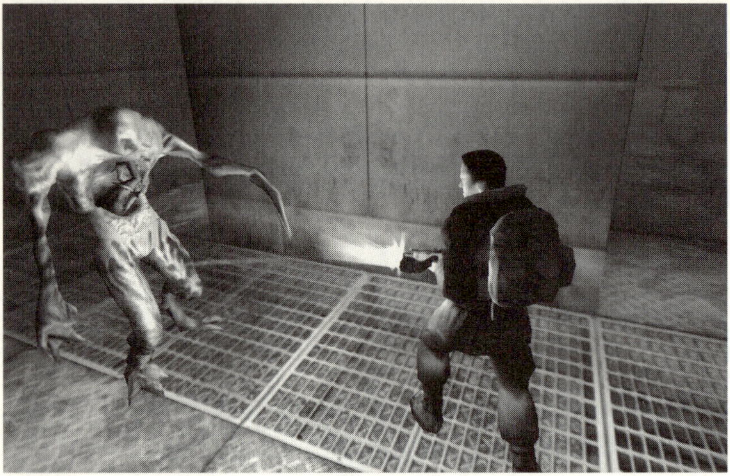

Das Ding

militärisches Einsatzteam in die feindliche Eishölle. Kaum sind die Soldaten eingetroffen und haben die ersten Gebäude inspiziert, stoßen sie auf entsetzlich entstellte Leichen. Als das Team einige Zeit später eine Ausgrabungsstätte mit einer fliegenden Untertasse ausfindig macht, begreift Einsatzleiter Blake, dass er es nicht mit einer seltsamen Epidemie, sondern mit einer gefährlichen parasitären außerirdischen Lebensform zu tun hat, die zudem in der Lage ist, die Körper ihrer Opfer zu übernehmen. Irgendwann dreht die infizierte Person durch und verwandelt sich in eine schreckliche Alptraumkreatur, die nur noch mit dem Flammenwerfer zu bezwingen ist.

Ähnlich wie in einem Taktik-Shooter kann der Spieler in *Das Ding* mit den einzelnen Teammitgliedern interagieren. Die Entwickler gingen sogar soweit, dem Spieler Einblick in das Gefühlsleben seiner virtuellen Mitstreiter zu gewähren. Zum einen kann man anhand von Farbbalken unter den einzublendenden Charakterporträts das in Blake gesetzte Vertauen und den Gesundheitszustand ablesen, zum anderen kann man auch feststellen, in welchem Gemütszustand sich jede einzelne Person befindet.

Wird einer der Mitstreiter verletzt oder ist schrecklichen Szenen ausgesetzt – hier reicht bisweilen der Anblick einer übel zugerichteten Leiche –, kann ein leichter Angstzustand schnell in Panik umschlagen. Im schlimmsten Fall fängt die Person dann an, wild um sich zu schießen.

Kann man Angstattacken oder verlorenem Vertrauen schnell mit medizinischer Versorgung oder der Aushändigung von Waffen und Munition begegnen, steht man einer Alien-Infektion machtlos gegenüber. Oft geschieht es mitten im Kampf, dass sich einer der Männer in eine bizarre Alienkreatur verwandelt und man zur Rettung des restlichen Teams nur noch den Flammenwerfer zücken kann.

Das Ding lebt besonders von seiner beklemmenden Grusel-Stimmung und den geschickt eingesetzten Schockmomenten. Obwohl die Spielgrafik keine revolutionären Spezialeffekte vorzuweisen hat, fangen die düster designten 3D-Level gut die Stimmung des SF-Klassikers ein. Die von beständigem Schneetreiben eingehüllte Station in der Arktis wirkt authentisch und auch die Monsterkreaturen jagen dem Spieler einen gehörigen Schrecken ein. Spannend bleibt *Das Ding* außerdem durch die strategisch geschickt in den Levels verteilten Bandmaschinen. Nur an ihnen kann der Spieler seinen Spielstand sichern – dafür aber so oft er will.

Pentium 2 450, 128 MB, Win98+
Spielspaß 90 %

Der Herr der Ringe: Die Rückkehr des Königs (Electronic Arts, 2003)

Action-Adventure/Rollenspiel

Obwohl *Die zwei Türme* – der Vorläufer des vorliegenden Spiels – bisher nur für Konsolen verfügbar ist, entwickelte der Hersteller *Die Rückkehr des Königs* auch für den PC. *Electronic Arts* gab sich große Mühe, der Filmvorlage zu *Der Herr der Ringe* von Peter Jackson (deren Rechte *Electronic Arts* in Konkurrenz mit *Vivendi Universal* erworben hatte) gerecht zu werden. So ist das Spiel besonders in grafischer Hinsicht ein eindrucksvolles Werk.

Die zentralen Handlungsfiguren des Fantasy-Epos wie Gandalf, Aragorn, Legolas, Gimli, Sam oder Frodo wurden aufwendig in hochpolygonen 3D-Modellen umgesetzt, so dass sie den Filmhelden wie aus dem Gesicht geschnitten sehen. Um die Handlungsfiguren noch authentischer zu gestalten, brücksichtigte man sogar Besonderheiten beim Bewegungsablauf. So schreitet Gandalf tatsächlich wie sein filmisches Vorbild einher und auch Legolas bewegt sich in seiner besonders geschmeidigen Art durch die Landschaften. Mit dem selben Feinschliff, der den Spielfiguren zu Teil wurde, entwarfen die Entwickler auch die Handlungsschauplätze. Beim Leveldesign wurde nichts dem Zufall überlassen und alle wichtigen Filmschauplätze detailgetreu digitalisiert. Über zwölf interaktive Umgebungen stehen zur Erkundung offen und lassen das Gefühl aufkommen, life im Filmgeschehen mitzuwirken. Während der Handlung werden nach und nach die oben genannten Charaktere freigespielt, mit denen man sich gegen Saurons Armee zum Kampf stellen kann.

Gespielt wird *Die Rückkehr des Königs* aus der Third-Person-Perspektive. Trotz der sehr gut ausbalancierten Steuerung kommt es in den turbulenten Kämpfen schon mal zum Orientierungsverlust, da man vor lauter herumwuselnden Orks und anderen Gegnern die falschen Aktionen ausführt oder die falsche Figur anklickt.

Neben der bombastischen Spielgrafik gibt es auch noch unzählige hochauflösende Filmausschnitte – unterlegt mit der dramatischen Filmmusik von Howard Shore – des Leinwandepos zu sehen. Der Übergang zwischen den Filmsequenzen, den vorgerenderten Abschnitten und der eigentlichen Spielgrafik ist beinah fließend.

Trotz der enorm aufwendigen grafischen Umsetzung erweist sich das grundlegende Spielprinzip als relativ simpel. So wurde zugunsten der actionreichen Kämpfe auf komplexe Rollenspielelemente verzichtet. Stattdessen gibt es einfache Rätsel zu lösen und am laufenden Band Orks, Ringgeister und andere Unholde zu vertrimmen. Jede zu steuernde Spielfigur verfügt dabei über ganz individuelle Kräfte. Während Gandalf einen mächtigen Schutzschild zu seiner Verteidigung beschwören kann, ist Gimli ein begnadeter Nahkämpfer.

Auch bei der Lokalisierung ließ sich *Electronic Arts* nicht lumpen. Für das Spiel wurden die deutschen Original-Synchronsprecher aus den Filmen verpflichtet, den digitalen *Der Herr der Ringe*-Helden ihre Stimme zu leihen.

Eine nette Zugabe ist der 2-Personen-Coopmodus an einem Computer oder übers Netzwerk.

Weniger gelungen ist dagegen das Speicherpunktesystem - ein typisches Konsolenrelikt. Gerade in den späteren Levels, beim Kampf gegen Saurons Armee in den Feldern von Pellenor und bei der finalen Auseinandersetzung am Schwarzen Tor, hätten ein paar zusätzliche Safepoints gut getan.

Pentium 3 800, 256 MB, Win98+
Spielspaß 90%

STAR TREK:

Elite Force 2 (Activision/ritual entertainment, 2003)

Action-Adventure

Elite Force (damals noch von *Raven Software* produziert), zählt zu den wenigen wirklich gelungenen Star-Trek-Spielen. *Elite Force 2* knüpft ganz an die Tugenden des Vorgängers an und bietet in den meisten Punkten sogar deutliche Detailverbesserungen. War man in *Elite Force* noch an Bord der Voyager unterwegs, wechselt man in Teil 2 auf die Enterprise der *Next Generation* unter der Führung von Capitain Picard. Wie in Teil 1 schlüpft der Spieler dabei in die Rolle von Lieutnant Alexander Munro, dem Leiter des Hazard-Teams, einer Eliteeinheit taktischer Sternenflottenmitglieder. Das Hazard-Team wurde unter der Führung von Tuvok noch an Bord der Voyager gebildet, um mit einer militärisch geschulten Gruppe auf besondere Notsituationen reagieren zu können.

In *Elite Force 2* bekommt es das Hazard-Team mit einer gefährlichen insektenähnlichen Alienrasse zu tun, die beinahe den Untergang der Enterprise herbeiführt. Während der Auseinandersetzungen treffen Munro und seine Leute auf eine weitere außerirdische Rasse, die von den Insektenwesen nahezu ausgerottet wurde. Dass sich hinter der neuen Bedrohung weit mehr als zu

Beginn angenommen verbirgt und dass auch eine Gruppierung der Romulaner in das Geschehen verwickelt ist, wird erst nach und nach offenbar. *Elite Force 2* ist ein gelungenes Beispiel dafür, dass in einem 3D-Shooter durchaus Platz für eine ausführliche Hintergrundgeschichte ist, ohne Action und Spielbarkeit zu vernachlässigen.

Obwohl *Elite Force 2* grafisch noch immer auf der inzwischen in die Jahre gekommenen Quake 3-Engine basiert, braucht es sich vor aktuellen Referenztiteln nicht zu verstecken. Zwar gibt es keine Direct-X-8-Grafikeffekte zu bewundern, aber abwechslungsreich und farbenfroh designte Level, verschwenderisch eingesetzte Partikeleffekte, hochauflösende Texturen und stimmungsvolle Lichteffekte lassen die Welt von Star Trek lebendig werden. Vorbildlich wurden ebenfalls die Lokalisierungsarbeiten umgesetzt, so dass man sich auch an der deutschen Synchronstimme von Picard erfreuen kann.

Dennoch ist auch *Elite Force 2* nicht ganz ohne Makel. Aktiviert man beispielsweise im Optionsmenü komplexe Schatten, sieht dies einfach häßlich aus. Außerdem gestalteten die Entwickler den Showdown übertrieben schwierig. Hier bekommt man so viele übermächtige Endgegner vor die Füße bzw. den Blaster geworfen wie sonst in drei Spielen zusammen.

Dass auch einige der Entwickler Star-Trek-Fans sind, ist spätestens dann kein Geheimnis mehr, wenn man die Gespräche anderer Spielfiguren belauscht. So unterhalten sich beispielsweise zwei Händler über ein Problem mit *Tribbles* – oder das übliche fachchinesisch wie *Transporterpufferring* oder *Subraumspalte* wird gehörig auf die Schippe genommen.

Gelungen ist ebenfalls die Umsetzung der Spielfiguren. So macht zum Beispiel Picard eine ausgesprochen gute Figur und seine nachempfundene Gesichtsmimik wirkt fast authentisch.

Außerdem erfährt man während einer Mission eine Menge über die Erwerbsregeln der Ferengi. Star-Trek-Fans werden es genießen, zwischen den Missionen in Abschnitten einer nahezu originalgeteu nachempfundenen Enterprise spazieren gehen zu können. Ein (fast) rundum gelungenes Star-Trek-Abenteuer!

Pentium 3 800, 128 MB, Win98+
Spielspaß 90 %

Star Wars:

Star Wars: Jedi Knight – Jedi Academy

(Activision, 2003)

3D-Shooter

In dem Star-Wars-Abenteuer *Jedi Academy* kann sich der Spieler – ähnlich wie in einem Rollenspiel – aus fünf unterschiedlichen Figuren seinen Helden erwählen. Diese Helden repräsentieren die verschiedenen Völker des Star-Wars-Universums. Einen Einfluss auf das Spielgeschehen hat dies jedoch nicht. Nachdem man sich dann noch ein Lichtschwert ausgesucht hat, startet das Spiel.

Als noch unerfahrener Schüler in der *Jedi Academy* erledigt man erste einfachere Missionen und sammelt Erfahrungen. Dabei verbessern sich von Mission zu Mission automatisch ein Teil der zu Beginn rudimentär vorhandenen Machtfähigkeiten wie Schub, Sprung, Geschwindigkeit usw., während andere Machtkräfte vom Spieler selbst gesteigert werden können. Dazu zählen so wichtige Fähigkeiten wie Heilung, Machtabsorbtion oder Lebensentzug.

Auf dem gefahrvollen Weg zum Jedi stehen dem Spieler in drei Episoden je fünf anwählbare Missionen und eine Hauptmission zur Verfügung, die lose mit einer zentralen Hauptgeschichte verwoben sind. In dieser geht es um einen geheimen Kult von Anhängern der dunklen Seite der Macht, der plant, den verstorbenen dunklen Jedi

Marka Ragnos wieder ins Leben zurückzurufen und so das empfindliche Gleichgewicht der Macht zu erschüttern.

Leider startet *Jedi Academy* mit einigen recht unspektakulären und zum Teil auch unansehnlichen Levels. Das ändert sich zum Glück im Laufe des Spiels und den Spieler erwarten spannend inszenierte Lichtschwertkämpfe in sehr abwechslungsreichen Missionen. Da man als Jedi-Schüler zur Erfüllung seiner Aufgaben quer durch die Galaxis geschickt wird, gibt es die unterschiedlichsten Handlungsorte zu bestaunen. Die Reise führt zu so bekannten Planeten wir Tatooine, Bakura, Corellia, Kril` dor, Hoth oder Coruscant.

Die Kämpfe bestreitet man hauptsächlich mit dem mächtigen Lichtschwert, dessen Handhabung sich von Auftrag zu Auftrag spürbar verbessert. Gerade in den letzten Missionen entwickelt sich der Spieler zur wirbelnden Lichtschwert-Kampfmaschine. Auch grafisch sind die Lichtschwertkampfszenen ein Highlight. Bei schnellen Attacken zieht das Lichtschwert glühende Leuchtschlieren hinter sich her oder erzeugt einen grellen Lichtbogen, sobald es auf ein abblockendes gegnerisches Lichtschwert trifft.

Die Hintergrundgeschichte von *Jedi Academy* ist – wie auch das sonstige Star-Wars-Universum – recht konservativ erzählt und bietet daher keine größeren Überraschungen.

Pentium 3 500, 256 MB, Win98+
Spielspaß 80 %

Star Wars: Knights of the Old Republic

(LucasArts/Activision, 2003)

Rollenspiel

Star Wars: Knights of the Old Republic versetzt den Spieler weit in die Vergangenheit des Star-Wars-Universums. Viertausend Jahre vor den Geschehnissen um Darth Vader und seinen Sohn Luke Skywalker tobt ein erbitterter Konflikt zwischen den gesetzestreuen Jedi und den abtrünnigen Sith, die nach und nach ganze Sternensysteme erobern. Von der dunklen Seite der Macht angezogen, laufen immer mehr Jedi zu den Sith über und werden damit zu einer Bedrohung für die gesamte Galaxis. Es liegt am Spieler, sich dieser wachsenden Bedrohung entgegenzusetzen und ihr ein Ende zu bereiten.

Star Wars: Knights of the Old Republic ist das erste Star-Wars-Rollenspiel für den PC und bietet all die Freiheiten, die ein gutes Rollenspiel dem Spieler eröffnen sollte. Dem durch solch erstklassige Rollenspiele wie *Baldurs Gate I/II* oder *Neverwinter Nights* bekannt gewordenen Entwicklungsstudio *BioWare* gelang das Kunststück, das komplexe *Dungeons&Dragons*-Regelwerk so in den Star-Wars-Hintergrund zu integrieren, dass sogar Rollenspiel-Neulinge schnell mit dem Spielablauf zurechtkommen. Unerfahrenen Spielern empfiehlt sich, die Autofunktion beim Levelaufstieg seiner Helden zu aktivieren.

Obwohl *Star Wars: Knights of the Old Republic* ein 3D-Spiel aus der Third-Person-Perspektive ist, steuert man es in eingeschränktem Maße rundenbasiert. Sobald Feinde im Blickfeld auftauchen, pausiert das Spiel. Jetzt können, bezogen auf die einzelnen Gegner, Anweisungen gegeben werden – und das für jeden dem Spieler zugewiesenen Charakter. Ist man damit fertig, wird das Spiel durch Tastendruck fortgesetzt und jede Spielfigur führt die ihr zugewiesenen Anweisungen aus.

Wie schon in den anderen von *BioWare* produzierten Rollenspielen legten die Entwickler größten Wert auf eine anspruchsvoll erzählte Hintergrundgeschichte. Der Spieler kann mit unzähligen Personen ausführliche Gespräche führen, die vollständig und in tadellos umgesetzter deutscher Sprachausgabe präsentiert werden – bei der enormen Textmenge eine beeindruckende Leistung. Jedes Gespräch kann dabei den Verlauf der Geschichte beeinflussen und den Spieler entweder zur hellen oder zur dunklen Seite der Macht führen. Während seines Abenteuers ist es dem Spieler möglich, mit dem Raumschiff *Ebon Hawk* frei zwischen verschiedenen Planeten und einer Raumstation hin und her zu fliegen und seinen Aufträgen nachzugehen. Nach und nach schließen sich bis zu neun Mitstreiter (angefangen vom Killer-Droiden bis hin zu einem Wookiee) dem Spieler an und wappnen ihn für immer größere Herausforderungen.

Optisch braucht sich *Star Wars: Knights of the Old Republic* nicht vor der Konkurrenz zu verstecken. Ob es die weitläufigen Wiesenlandschaften auf Dantooine sind oder eine gewaltige High Tech-

Metropole auf Taris – der Spieler bekommt detaillierte Spielwelten mit vorzüglich animierten Spielcharakteren geboten. Sogar die Gesichtsregungen und Lippenbewegungen wurden – selbst bei den Aliens – realistisch wirkend umgesetzt. Hinzu kommen die fast kinoreifen Zwischensequenzen, die ganz im Star-Wars-Stil umgesetzt wurden. *Star Wars: Knights of the Old Republic* ist ein ganz ausgezeichnetes Rollenspiel, das auch ganz gut ohne den Star-Wars-Bonus bestehen könnte.

Pentium 3 1000, 256 MB, Win98+
Spielspaß 90 %

ROLLENSPIEL:

Elixir (Dartmoor Softworks, 2003)

Rollenspiel

Der Spieleentwickler *Dartmor Softworks* versuchte mit *Elixir* ein Rollenspiel abseits der üblichen Klischees von Elfen, Zauberern und Drachen zu entwickeln. Schon der Name des Spieleuniversums – *Ektele Ulka* – ist ein Zungenbrecher. Leider macht die Hintergrundgeschichte einen recht verworrenen Eindruck und ist in der Einleitungssequenz nahezu laienhaft erzählt. Rollenspielfans sollten dennoch einen Blick auf das umfangreiche Spiel werfen, da sich mit voranschreitender Handlung durchaus eine spannende Spielgeschichte entfaltet.

Im Spiel geht es um den blutigen Konflikt zwischen den Menschen und der fremdartigen Rasse der Ingolis. Missverständnisse und besonders die von einigen Gruppierungen betriebene Unterdrückung der Ingolis führten zu einem wütendem Aufstand, bei dem viele Ingolis und auch Menschen sterben mussten. Aus dieser Zeit stammt eine Weissagung über das Erscheinen einer mächtigen Kriegerin, die dem Konflikt zwischen beiden Völkern ein Ende bereiten wird.

Anders als in den meisten Iso-Rollenspielen üblich, kann der Spieler in *Elixir* seinen Charakter nicht selbst kreieren, sondern muss mit Anias - dem einzig verfügbaren Spielhelden - vorlieb nehmen. Ihm zu Seite steht gleich zu Spielbeginn das magisch begabte Mädchen Elixir, das Anias vor den Schergen der Königsfamilie in Sicherheit brachte. Elixir besitzt übersinnliche Kräfte und scheint jenes Kind zu sein, das sich einmal zu jener mächtigen Kriegerin entwickeln wird, von der in der Weißsagung die Rede war.

Elixir ist ein Iso-Rollenspiel alter Schule - mit leider ebenso altmodischer Spielgrafik. Trotz detailverliebter Schauplätze fehlen solche inzwischen gängigen Grafikeffekte wie dynamisches Licht oder Echtzeitschatten. Nur die Spielfiguren werfen einen kümmerlichen »Scherenschnittschatten« auf den Boden. Davon abgesehen, spielt sich *Elixir* recht einsteigerfreundlich und bietet neben der Hauptgeschichte auch unzählige Nebenquests an. Den eigentlichen Zentralfiguren Anias und Elixir können sich noch zwei weitere Helden der Abenteuergruppe anschließen. Jede Figur besitzt sein eigenes Inventar und verfügt über individuelle Eigenschaften und Fertigkeiten. Die Kämpfe laufen in Echtzeit ab und sind wegen der unzähligen Gegner mitunter sehr hektisch und unübersichtlich.

Pentium 3 300, 128 MB, Win98+
Spielspaß 60 %

Gothic 2 (Jowood, 2003)

Rollenspiel

Die Fortsetzung des deutschen Rollenspielhits *Gothic* führt auch die Hintergrundgeschichte des ersten Teils weiter. In *Gothic* ist die zentrale Aufgabe des Spielers, einen Weg aus der - mit einer magischen Sphäre überdachten - Strafkolonie zu finden. *Gothic* zeichnet sich dabei durch eine komplexe und vor allen Dingen funktionierende Spielwelt aus. Trotz der relativ freien Rollenspielhandlung ist die zentrale Hintergrundgeschichte immer präsent und lässt den Spieler nie ziellos durch die Landschaft irren.

In *Gothic 2* übernimmt man erneut die Rolle des namenlosen Einzelgängers aus dem ersten Teil. Beim Zusammenbruch der magischen Barriere wurde der inzwischen zum mächtigen Krieger oder

Zauberer herangewachsene Held unter Trümmern begraben und überlebte nur durch die Hilfe des Zauberers Xardas. Durch die schweren Verletzungen verlor er all seine mühevoll erworbenen Talente und Fähigkeiten und muss in *Gothic 2* wieder als blutiger Anfänger starten. Viel Zeit zum Ausruhen hat er jedoch nicht. Xardas sieht neue Gefahren, die durch den Tod des Dämonenschläfers ausgelöst wurden. Mächtige Ork-Armeen und sogar die legendären Dachen bedrohen das ohnehin leidgeprüfte Land. Xardas erteilt dem noch schwächlichen Helden den Auftrag, zur Stadt Khorinis zu reisen, die dortigen Paladine vor der nahenden Gefahr in Kenntnis zu setzen und *Das Auge Innos* an sich zu nehmen.

Während seines Abenteuers kann sich der Spieler in der riesigen Spielwelt von *Gothic 2* verschiedenen Gruppierungen anschließen und entweder als Drachenjäger, Magier oder Paladin größeren Herausforderungen trotzen. Doch um beispielsweise Magier zu werden, muss man sich erst als Novize beweisen und in verschiedenen Missionen Erfahrungs- und Lernpunkte sammeln. Ab einer bestimmten Menge Erfahrungspunkte steigt die Spielfigur einen Level auf und erhält zusätzliche Lebenspunkte und zehn knappe Lernpunkte, die man für eine Verbesserung von Grundattributen wie Stärke und Geschicklichkeit oder die Verbesserung von Kampftechniken vergeben kann. Um an Missionen zu gelangen, ist es unerlässlich, sich mit den verschiedenen Bewohnern der Spielwelt zu unterhalten. Etliche Spielstunden verbringt man ausschließlich mit den verschiedenen Besorgungen und Aufträgen in der Stadt und kann auch ohne Kampf gegen die recht wehrhaften Monster und Banditen eine Menge Erfahrungspunkte sammeln. *Gothic 2* bietet ein differenziertes Bild seiner Bewohner und viele Charaktere sind dem Spieler vorerst neutral oder freundlich gesonnen.

Obwohl *Gothic 2* auf der selben Grafikengine wie sein Vorgänger basiert, wirkt die Spielwelt durch deutlich dichtere Vegetation, detailliertere Texturen und neue Zusatzeffekte sichtbar natürlicher als die des ersten Teils. Dadurch sind jedoch auch die Hardware-Anforderungen deutlich gestiegen. Um das Spiel in hoher Qualität relativ ruckelfrei genießen zu können, sollte man einen Rechner jenseits der 1 GHz-Grenze, mit 512 MB Arbeitsspeicher und einer flinken Grafikkarte (GeForce 3+/Radeon) besitzen. Dann kann man sich an einer wunderschönen Spielwelt mit riesigen Gebirgszügen, Ortschaften mit Fachwerkhäusern, farbigem Nebel oder den verschiedenen Wetterbedingungen erfreuen. Ein Tages- und Nachtzyklus, auf den auch die Bewohner der Spielwelt reagieren, verleiht *Gothic 2* zusätzlichen Realismus. Nur die bisweilen etwas zu kantige Landschaftsgestaltung fällt noch unangenehm ins Auge.

Pentium 3 700, 128 MB, Win98+
Spielspaß 90 %

Knight Shift (Koch Media, 2003)

Rollenspiel/Strategie

Knight Shift vereint auf unkonventionelle Weise zwei verschiedene Spielegenres. Dabei haben die Entwickler diese Genres nicht miteinander verquickt, sondern das Spiel in zwei unabhängige Hauptkapitel gegliedert. In der ersten Hälfte offenbart sich *Knight Shift* als spaßiges Action-Rollenspiel mit einem saftigen Schwierigkeitsgrad. In der Hintergrundgeschichte geht es um die Entführung eines Prinzen und die darauffolgende Eroberung des ehemals mächtigen Königreiches. Als sich der (dem König treu ergebene) Priester Thadeus auf die Suche nach dem Prinzen macht, trifft ihn bald das gleiche Schicksal – auch Thadeus wird an einen fernen Ort teleportiert, und die Aufgabe des Spielers besteht darin, den Prinzen samt Priester ausfindig zu machen und aus den Fängen böser Mächte zu befreien. Bevor man jedoch damit beginnen darf, muss man aus einer ganzen Reihe von typischen Rollenspielcharakteren seinen Helden erwählen und diesen während der Erfüllung verschiedener Quests und Subquests, in denen er Erfahrung sammeln kann, zum unbezwingbaren Krieger aufpäppeln. Die zweite Hälfte von *Knight Shift* ist als Strategiespiel angelegt. Der Spieler muss Ressourcen verwalten (Milch), Einheiten aufstellen und Schlachten planen. Jetzt hat der Spieler die Aufgabe, das Königreich des Prinzen zurückzuerobern und dessen Feinde zu bezwingen.

Vorbildlich ist die grafische Umsetzung. Ein großer Teil der derzeit verfügbaren 3D-Effekte aktueller Grafikkarten wurde genutzt,

um eine eindrucksvolle und farbenfrohe Fantasywelt zu schaffen. So spiegelt sich beispielsweise die gesamte Umgebung (Landschaft, Spielfiguren, Wolken und Lichter) im realistisch animierten Wasser, Bäume wiegen sich im Wind und Wolkenschatten ziehen über die detailverliebte 3D-Topographie. Auch Licht- und Explosionseffekte können sich sehen lassen.

Weniger gelungen sind dagegen die Bewegungsabläufe der Spielfiguren. Hier wirkt – gerade beim Heranzoomen – vieles steif und ungelenk. Auch hätten die meisten Spielfiguren ein paar Polygone mehr ganz gut vertragen. Diese Einschränkungen sind allerdings zu vernachlässigen, wenn man bedenkt, dass im Strategiepart von *Knight Shift* oft ganze Horden von Gegnern aufeinander treffen. Hier würde bei noch mehr Detailfülle so mancher High-End-Rechner in die Knie gehen. Etwas nervtötend sind allenfalls die sich ständig wiederholenden Sprüche der Spielfiguren. Wenn der Barbar in tiefstem österreichischem Dialekt alle fünf Minuten über seine schmerzenden Füße klagt, ist das nur die ersten paar Mal lustig! Danach fängt man an, darüber nachzudenken, die Sprachausgabe abzuschalten. Die stimmungsvolle mittelalterliche Musikuntermalung ist dagegen Balsam für die Ohren.

Gespielt wird *Knight Shift* aus einer frei regelbaren Schau-drauf-Perspektive. Die einzelnen Level bestehen aus riesigen Oberflächenkarten und einigen Dungeons, für deren Erkundung man viele kalte Winterabende (oder auch laue Sommernächte) benötigt.

Pentium 3 500, 128 MB, Win98+
Spielspaß 80 %

SpellForce (JoWooD, 2003)

Rollenspiel/Strategie/Aufbau

Obwohl *SpellForce* primär als Rollenspiel angelegt ist, beinhaltet es stark ausgeprägte Elemente aus anderen Spielegenres. Ähnlich wie in der Computerspielserie *Die Siedler* muss man mit den über ein Monument herbeizurufenden Arbeitern Ansiedlungen aus verschiedenen Gebäuden errichten, Nahrungsmittel produzieren und eine ganze Hand voll unterschiedlicher Ressourcen abbauen. Hat man ausreichend Ressourcen erwirtschaftet, ist es möglich, Magier oder Krieger zu erschaffen. Diese Einheiten kann man dann wie in einem Strategiespiel verwalten, zu Gruppen zusammenschließen und verschiedenen Aufgaben zuweisen.

Die Charakter-Entwicklung des Hauptheiden ist dagegen Rollenspiel-typisch. Zum einen kann man einen vorgefertigten Charakter verwenden, bei dem man nur noch ein paar Punkte auf die vorgegebenen Eigenschaftswerte zu verteilen braucht, zum anderen kann man eine komplett neue Figur entwerfen. Zur Auswahl stehen Charaktere aus sechs verschiedenen Völkern (Menschen, Elfen, Zwerge, Dunkelelfen, Trolle oder Orks) mit ihren individuellen Fähigkeiten und Eigenschaften. Selbstverständlich gibt es in *SpellForce* auch Händler, die die verschiedensten Waren feilbieten, mächtige Magier, Ork-Armeen und viele ungelöste Quests.

Trotz der großen Optionsvielfalt ist der eigentliche Spielablauf in den einzelnen Missionen ähnlich. Zuerst übernimmt der Avatar (der vom Spieler gesteuerte Runenkrieger) das Monument eines der *Spell-Foce*-Völker und kann dann – die notwendige Rune vorausgesetzt – Arbeiter erschaffen. Mit den Arbeitern lassen sich erste Gebäude errichten (Wohnhäuser/Jagdhütten/Minen/Schmelzen usw.) und Ressourcen abbauen. Mit einem Teil der errichteten Gebäude eröffnen sich neue Optionsmöglichkeiten und es lassen sich Krieger, Magier und weitere Einheiten produzieren. Jetzt ist der Spieler in der Lage, ganze Armen zu erschaffen und die Landstriche vom Bösen zu befreien. Ist dies vollbracht, steht der Weg zu einem neuen Portal offen, über das man eine neue Spielumgebung betreten kann.

In der Hintergrundgeschichte geht es um den ewigen Kampf Gut gegen Böse. Die ehemals von mächtigen Magiern beschworene dunkle Magie geriet außer Kontrolle und verwüstete einen großen Teil der Welt. Nur wenige unversehrte Landstriche sind übrig geblieben, die jedoch von einer neuen Macht bedroht werden. Gelingt es nicht, diese neue Gefahr zurückzuschlagen, würde dies das Ende für die unabhängigen Völker von *SpellForce* bedeuten.

Grafisch basiert *SpellForce* auf der KRASS-Engine, mit der auch schon das spannende Science-Fiction-Unterwasserabenteuer *Aquanox 2* umgesetzt wurde. Die Spielwelt von *SpellForce* macht einen farbenfrohen und lebendigen Eindruck und begeistert durch spektakuläre Zaubereffekte, eine riesige Welt mit Wäldern, Seen und Bergen und einem ausgezeichnet simulierten Tages- und Nachtwechsel, bei dem sich sogar die Schatten dem Lauf der Sonne entsprechend bewegen. Zudem strahlt *SpellForce* ein intensives *Der Herr der Ringe*-Flair durch die bombastische Musik, die Art der Präsentation und die Massenschlachten aus. Spielerisch und grafisch lässt sich an *SpellForce* nur wenig aussetzen. Das Spiel findet somit seinen Platz unter den Referenztiteln des Genres.

Pentium 3 800, 256 MB, Win98+
Spielspaß 90 %

Space Opera:

Freelancer (Microsoft, 2003)

Action-Adventure

In *Freelancer* verschlägt es den Spieler in ein futuristisches Weltraumszenario. Die Menschheit hat mit Hilfe riesiger Besiedlungsraumschiffe einen Neuanfang in einem unbesiedelten Sektor unserer Galaxis gewagt. Jedes dieser Besiedlungsraumschiffe wurde der Grundstock für einen unabhängigen Raumsektor, die durch Sprungtore miteinander verbunden sind.

In der Rolle von Edison Trent erlebt der Spieler seine Abenteuer im *Freelancer*-Universum. Trent ist einer der wenigen Überlebenden eines Anschlags auf eine Weltraumbasis, die dabei komplett zerstört wurde. Mit einem primitiven Raumschiff ohne nennenswerte Bewaffnung und einem kümmerlichen Laderaum beginnt der Spieler das epische Weltraumabenteuer.

Freelancer ist vom Spielablauf zweigeteilt: Auf der einen Seite gibt es eine sehr spannende und wendungsreiche Hauptgeschichte, die sich um ein seltsames Alien-Artefakt mit ungeheuerlicher Macht dreht. Auf der anderen Seite kann der Spieler freie Missionen auswählen oder Handel treiben, um an genügend Geld zu gelangen. Da die Missionen mit voranschreitender Handlung immer schwieriger werden, sollte der Spieler sein Schiff regelmäßig upgraden oder bei passender Gelegenheit gegen ein besseres austauschen. In den Missionen geht es hauptsächlich darum, feindliche Raumschiffe zu eliminieren. Mitunter ist eine Mission auch in mehrere Etappen untergliedert. Erst mit dem Abschluss der letzten Etappe gibt es den Lohn für den übernommenen Auftrag. Macht man sich vorher davon, gilt die Mission als gescheitert.

Da *Freelancer* schon einige Jahre Entwicklungszeit hinter sich hat, gehört die 3D-Engine nicht mehr zur ersten Garde. Dennoch schufen die Entwickler ein atmosphärisch dichtes, sehr abwechslungsreiches und glaubhaftes Spieluniversum. Bis auf die kosmischen Nebel bestehen alle Objekte aus 3D-Elementen. Dazu gehören auch die Planeten, um die man herumfliegen kann und die meist sogar eine Atmosphäre besitzen. Zwischen den einzelnen Planeten und Raumbasen verkürzen Reiserouten die Flugzeiten. Auf den Reiserouten werden Raumschiffe auf ein vielfaches ihrer eigentlichen Fluggeschwindigkeit beschleunigt, so dass es relativ schnell möglich ist, sich von einem Navigationspunkt zum nächsten zu bewegen.

Dank der farbenfrohen kosmischen Spielwelt mit Asteroidenfeldern, kosmischen Nebeln, Raumstationen und Planeten aller Art, macht schon das bloße Herumfliegen eine Menge Spaß. Hinzu kommt ein sehr lebendiges Spieluniversum voller Aktivität. Fremde Raumschiffe und Raumfrachter kreuzen durchs All, docken an Raumstationen und den Eintrittsknoten von Reiserouten an oder bekriegen sich gegenseitig. Bisweilen kann man sogar Raumschiffe beobachten, die in der Atmosphäre eines Planeten verglühen, weil sie schlecht manövriert haben. Und selbst nach dem Abschluss der Hauptgeschichte gibt es noch viele Dinge im *Freelancer*-Universum zu entdecken.

Unkonventionell ist auch die Spielsteuerung von *Freelancer*. Auf die für Weltraum-Shooter fast schon selbstverständliche Joystickanbindung verzichteten die Entwickler ganz. Der Spieler steuert die verfügbaren Raumschiffe allein mit der Maus. Shooter-Freunden wird diese Art der Spielsteuerung entgegenkommen und Joystick-Akrobaten haben sich schnell umgewöhnt. *Freelancer* ist eines der wichtigsten Spiele im Bereich Space Opera und dürfte selbst genrefremde.Spieler begeistern.

Pentium 3 700, 128 MB, Win98+
Spielspaß 100%

Haegemonia: Legions of Iron

(Digital Reality, 2003)

Strategie

In dem Weltraumstrategiespiel *Haegemonia* ist die Menschheit zweigeteilt. Die terranische Zentralregierung und die im Sonnensystem gewachsenen Kolonien (an ihrer Spitze der Mars) stehen sich im Jahre 2104 feindlich gegenüber. Dabei hatte die Besiedlung der erdnahen Planeten so hoffnungsvoll begonnen. Doch im Laufe der Zeit verschoben sich die Machtverhältnisse und die Kolonialwelten verlangten von der Zentralregierung größere Unabhängigkeit und mehr Machtbefugnisse. Während die terranische Zentralregierung weitestgehend an den alten Zuständen festzuhalten gedachte, forderten die Kolonien ein großes Stück vom Kuchen der Macht. Die Fronten waren verhärtet. Als dann auch noch eine Delegation der Kolonialwelten einem Angriff von unbekannter Seite zum Opfer fiel, kam es zum offenen Konflikt.

In *Haegemonia* stehen zwei Hauptkampagnen (Terraner und Kolonisten) und ein umfangreicher Multiplayerpart (inkl. Kooperationsmodus) zur Verfügung. Auch die Hintergrundgeschichte überrascht mit unerwarteten Wendungen, denn der Konflikt zwischen Erde und Kolonialwelten ist nur der Auftakt zu einer sternenübergeifenden Auseinandersetzung mit anderen, nichtirdischen Kontrahenten.

Haegemonia ist eine grafisch opulente Space Opera, in der dem Spieler eine Vielzahl von Managementaufgaben übertragen werden. Zu Beginn sind es die Planeten des eigenen Sonnensystems, die als Stützpunktknoten dienen und auf denen man Kampfeinheiten produzieren oder Forschung betreiben kann. Durchs All treibende Asteroiden können zur Ressourcengewinnung genutzt werden, müssen aber auch gegen feindliche Übergriffe verteidigt werden. Um die Verwaltung der verschiedenen Kampfeinheiten zu erleichtern, werden diese automatisch in – von der Anzahl her frei zu definierenden – Gruppen produziert und können nach Fertigstellung auch nur als geschlossene Gruppe kommandiert werden. Trotz dieser steuerungstechnischen Erleichterung geht dem Spieler anhand des riesigen Spieluniversums schon mal die Orientierung verloren.

Grafisch macht *Haegemonia* einen hervorragenden Eindruck. Riesige Raumstationen – die ein wenig an *Deep Space Nine* erinnern –, Bergbauminen, Raumschiffe, Raumjäger und ein leuchtendes Sternenpanorama mit Planeten und Monden lassen den Weltraum am Computermonitor lebendig werden. Besonders die imposanten und mit unzähligen Lichtern gespickten Raumstationen lassen so manche Filmkulisse hinter sich. Eindrucksvoll sind auch die prächtigen Explosionen mit davontreibenden Trümmerwolken. Zugunsten der Spielbarkeit haben in *Haegemonia* die Entfernungsverhältnisse zwischen den Planeten nichts mit der Wirklichkeit zu tun; dafür gaben sich die Entwickler große Mühe, die Planeten- und Mondoberflächen möglichst realistisch umzusetzen.

Haegemonia ist eine gute Alternative zu dem noch heute empfehlenswertem *Homeworld*, mit einer eigenständigen Hintergrundgeschichte und intelligenter Spielsteuerung. Das fehlende Tutorial macht es Einsteigern jedoch unnötig schwer, einen schnellen Spieleinstieg zu finden.

Pentium 3 800, 256 MB, Win98+
Spielspaß 80 %

Homeworld 2 (Vivendi Universal Interactive, 2003)

Strategie

Homeworld 2 setzt die Geschichte der Hiigaraner fort, einem Sternenvolk, das einstmals aus seiner alten Heimat vertrieben wurde, um diese im ersten Teil von *Homeworld* wieder zurückzuerobern. Nach dem Sieg über die Unterdrücker haben die Hiigaraner ihre alte Heimatwelt wieder in Besitz genommen. Doch der Frieden ist nur von kurzer Dauer. Die Hiigaraner und die friedfertigen Bentusi verfügen als einzige Zivilisationen in der Galaxis über die Technologie des Hypersprungs. Anders als beispielsweise die Vaygr, ein frei im Raum lebendes Volk von Nomaden, die sich gern mit anderen raumfahrenden Völkern bekriegen, können sie mit nur einem Hyperraumsprung gewaltige Entfernungen überwinden. Dieser Technologie möchten sich auch die Vaygr bemächtigen. Ihr Weg führt sie dabei direkt nach Hiigara.

Homeworld 2 versteht sich als konsequente Weiterentwicklung des ersten Teils. Spielablauf und Grafik wurden deshalb nicht neu erfunden, sondern sinnvoll erweitert und in vielen Punkten verbessert. Wie schon im Vorgänger steuert der Spieler seine Raumflotten aus Angriffsjägern, Bombern, Fregatten und anderen Schlachtschiffen durch atmosphärische Weltraumkulissen. Dabei kann der Spieler kosmische Nebel, riesige – zum Teil sogar von Lavaflüssen durchfurchte – Planeten oder die gewaltigen Fragmente einer mondgroßen Raumstation bestaunen. Die Grafik ist dabei detaillierter als beim Vorgänger. Besonders die Texturen geben mehr Einzelheiten wieder, so dass die Raumschiffe noch ein wenig realistischer wirken. Einige

Explosionseffekte dagegen, obwohl schick anzusehen, wirken merkwürdig künstlich. Spieler, die die Anti-Aliasing-Funktion verwenden möchten, sollten berücksichtigen, dass *Homeworld 2* eine 3D-Engine auf OpenGL-Basis nutzt.

Auch spielerisch gibt es - außer dem etwas happigen Schwierigkeitsgrad - wenig zu bemängeln. Die ohnehin schon gut durchdachte 3D-Navigation wurde noch ein wenig verbessert und macht es auch *Homeworld*-Neulingen recht einfach, die Raumschiffe durch den virtuellen Weltraum zu steuern. Wer dennoch Probleme hat, findet im ausführlichen Tutorial eine umfangreiche Hilfestellung. Die Hintergrundgeschichte dagegen erweist sich leider als recht belanglos - ihr fehlt es ein wenig an Suspense und der Magie des ersten Teils, in dem der Spieler stärker am Schicksal der Hiigaraner beteiligt war. *Homeworld 2* setzt sich besonders wegen seiner spielerischen Qualitäten gegen die inzwischen gewachsene Konkurrenz in diesem Subgenre durch und macht seinem - noch heute empfehlenswerten - Vorgänger alle Ehre.

Pentium 3 833, 256 MB, Win98+
Spielspaß 80 %

O.R.B. (modern games, 2003)

Strategie

Das Weltraum-Taktik-Spiel *O.R.B.* orientiert sich hauptsächlich am bisher ungeschlagenen Genreklassiker *Homeworld*. In *O.R.B.* (Off-World Ressource Base) stehen sich zwei mächtige Sternenvölker (Malus und Alyssian) feindlich gegenüber. In den zwei Kampagnen kann der Spieler die Sternenflotten beider Völker befehligen und zu Beginn mit kleinen Jägergeschwadern und später sogar mit mächtigen Großkampfschiffen ins Geschehen eingreifen.

Die eigentliche Stärke von *O.R.B.* ist die gelungene Spiel-Grafik. Selten gab es am PC so schicke Weltraumhintergründe zu sehen. Der Spieler kann sich an prächtigen Planeten, gleißenden Sonnen, träge rotierenden Asteroidengürteln und farbenfrohen kosmischen Nebeln erfreuen. Eingewöhnungszeit benötigt die Spielsteuerung, die an einigen Stellen etwas zu umständlich angelegt ist. Hat man sich jedoch in das dreidimensionale Navigieren eingearbeitet, steht den Expansionsplänen nichts mehr im Weg. Der Spieler ist von nun an mit Resourcenabbau aus Asteroiden, Technologieforschung, Einheitenkonstruktion und dem Ausarbeiten von Angriffsstrategien beschäftigt. Leider fehlt *O.R.B.* eine interessante Hintergrundstory. Die gebotene Spielgeschichte ist uninspiriert und wirkt wie unfertiges Stückwerk aus SF- und Fantasy-Klischees. Sieht man über diese Mängel hinweg, erweist sich *O.R.B.* als kurzweiliges Strategiegame mit außergewöhnlich stimmungsvoller Weltraumoptik und anspruchsvollen Spielmissionen.

Pentium 3 600, 128 MB, Win98+
Spielspaß 70 %

Zukunftswelten/Planetenabenteuer:

Aquanox 2: Revelation (JoWooD, 2003)

Action-Adventure

Im dritten Teil des futuristischen Unterwasserabenteuers, das 1996 mit *Schleichfahrt* seinen Anfang nahm, übernimmt der Spieler erstmals die Rolle des jungen Abenteurers William Drake. Drake musste in seinem kurzen Leben schon schwere Schicksalsschläge hinnehmen. Zuerst verließ sein Vater die Familie und später starb seine Mutter bei einem Piratenüberfall auf ein ziviles Handelsschiff. Drake wuchs danach bei seiner Großmutter auf. Nach ihrem Tod ging der letzte Rest des einstmals mächtigen Familienunternehmens – ein großer Frachttransporter – in Drakes Besitz über. Drake entschließt sich daraufhin, seine Zukunft selbst in die Hand zu nehmen. Er begibt sich mit seinem Frachter auf Abenteuerreise, mit dem Ziel, die Welt von Aqua kennen zu lernen und vielleicht ein paar lukrative Aufträge an Land zu ziehen. Doch schon seine erste Mission (gleichzeitig auch die erste Spielmission) macht all seine Zukunftsvisionen zunichte. Als Drake einem SOS-Signal folgt und sein Hauptschiff unbeaufsichtigt zurücklässt, tappt er in eine Falle. Das ver-

meintlich in Not geratene Boot entpuppt sich als gut bewaffnetes Piratenschiff. Weit von seinem schützenden Frachtschiff entfernt, wird er hinterrücks angegriffen. Doch der Pirat scheint einen über den Durst getrunken zu haben, so dass es Drake gelingt, ihn in die Flucht zu schlagen. Als er die Rückreise antritt, muss er jedoch zu seinem Entsetzen über Funk mitverfolgen, wie sein Frachter von einer anderen Piratengruppe geentert wird. Um dem sicheren Tod in den Tiefen des Meeres zu entgehen, bleibt ihm keine andere Wahl, als zu seinem Frachter zurückzukehren und sich den neuen Besitzern als Mitstreiter anzubieten. Nachdem er sich in den ersten Missionen als geschickter Kämpfer bewiesen hat, erfährt er in einer Unterwasserstadt Neues über seinen Vater und ein gut gehütetes Familiengeheimnis. Für William Drake beginnt das größte Abenteuer seines Lebens ...

Aquanox 2 ist genau wie sein Vorgänger ein rasantes Action-Adventure, angesiedelt in einer düsteren Unterwasserwelt mit majestätischen Unterseestädten, Piratenstützpunkten und verfeindeten politischen Gruppierungen. Das Spiel ist grafisch etwas farbärmer als sein direkter Vorgänger, um die düstere Szenerie der beklemmenden Zukunftswelt Aquas noch weiter hervorzuheben. Die Topographie des Meeresbodens erscheint fast fotorealistisch, während dynamisches Farblicht, umherschwebendes Plankton und die durch die Wasseroberfläche fächernden Lichtstrahlen der Sonne für eine lebendige Unterwasseratmosphäre sorgen. Spürbar verbessert wurde in *Aquanox 2* die Spielsteuerung. Musste man vorher mühsam die schlecht vorkonfigurierte Steuerung einstellen und kalibrieren, kann man jetzt je nach Vorliebe zwischen Shooter- und Simulationsmodus wechseln und sofort loslegen. Unerfahrene Spieler können eine frei regulierbare Zielhilfe nutzen, um auch schwierigere Missionen relativ frustfrei zu meistern.

Pentium 3 700, 128 MB, Win98+
Spielspaß 90 %

Chrome (Deep Silver, 2003)

Action-Adventure

In dem futuristischen Strategie-Shooter *Chrome* übernimmt der Spieler die Geschicke von Logan, einem effizienten und gut ausgebildeten Söldner, der mit seinem Partner Robert »Pointer« Herz für die verschiedensten Personen und Interessengruppen heikle Aufträge erledigt. Bei einem Einsatz auf dem Planeten Helos wird er jedoch von seinem Partner hintergangen. Ihm gelingt nur mit Not die Flucht und ohne die Hilfe der zufällig vor Ort befindlichen Carrie wäre er nicht lebend aus dem von ihm infiltrierten Gebäude entkommen. Aus diesem glücklichen Zusammentreffen erwächst eine neue geschäftliche Partnerschaft, in der Carrie die Planung übernimmt und Logan fürs Grobe verantwortlich zeichnet. Im System Valkyria, am Rand des von Menschen besiedelten Territoriums, machen sie sich mit dem Raumschiff »New Frontier« auf die Suche nach lukrativen Aufträgen. Dabei trifft Logan auf alte Bekannte, mit denen jedoch nicht gut Kirschen essen ist.

Obwohl *Chrome* das Shooter-Genre nicht neu erfindet, bietet es deutlich mehr als die übliche Einheitskost. Ähnlich wie in dem richtungsweisenden *Deus Ex* kann die Spielfigur Cyberimplantate nutzen, um ihre Fähigkeiten zu verbessern. Um das Spiel noch realistischer zu gestalten, steht Logan nur ein begrenztes Inventar zur Verfügung. Er kann tatsächlich nur so viel durch die Gegend schleppen, wie ein Mensch üblicherweise auch in der Lage ist zu tragen. Eher Rollenspiel-typisch ist die Möglichkeit, getötete Gegner nach Waffen, Medipacks und ähnlichen Gegenständen zu durchsuchen.

Die Entwickler von *Chrome* scheinen echte Naturfreunde zu sein, da die riesigen Spiellevel meist in riesigen Wald- und Dschungelgebieten angesiedelt wurden. Eine so dichte Vegetation wie in *Chrome* gab es bisher in keinem anderen 3D-Shooter zu sehen. Die meiste Zeit läuft der Spieler über mit Wiesen begrünte Hügel, an malerischen Seen vorbei und versucht im dichten Grün versteckte Gegner auszumachen. Grafisch lässt *Chrome* seine Muskeln besonders bei den phantastisch designten Außenarealen spielen. Die erstaunliche Weitsicht und die natürlich wirkenden Landschaften findet man in dieser Perfektion in kaum einem anderen Spiel.

Pentium 3 1000, 256 MB, Win98+
Spielspaß 90 %

Dark Planet (dtp, 2003)

Strategie

Auf eine erwähnenswerte Hintergrundgeschichte verzichteten die Entwickler von *Dark Planet* gleich ganz. Das gesamte Spielgeschehen findet auf dem fremden Planeten Natrolis statt. Jahrzehnte nach einem nuklearen Winter kämpfen auf dem stark mitgenommenen Planeten drei Rassen ums Überleben. Da sind zum einen die Terraner mit ihrer High-Tech-Kampfausrüstung und einem umfangreichen militärischen Fuhrpark. Ihnen gegenüber stehen die aggressiven insektenähnlichen Dreil, eine mächtige, in strenge Hierarchien aufgegliederte Rasse, die besonders durch ihre zahlenmäßige Übermacht den konkurrierenden Parteien das Leben schwer macht und

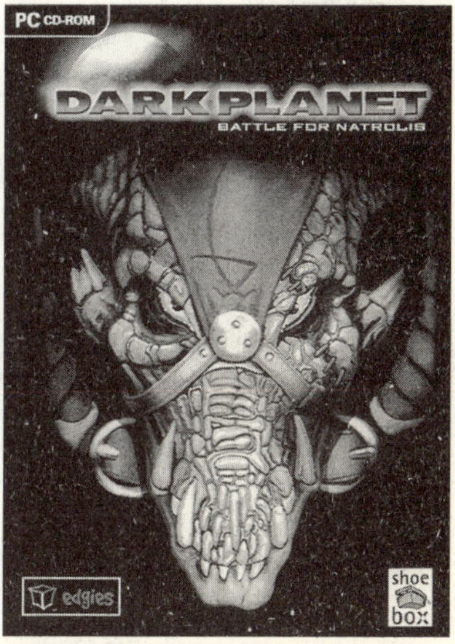

zuletzt die erdverwurzelten und magisch begabten Sorin, eine riesigen Eidechsen ähnliche Lebensform.

Obwohl *Dark Planet* eine recht ansehnliche 3D-Engine für die Darstellung seiner Spielwelt benutzt, steuert es sich so eingängig wie ein klassisches 2D-Strategiespiel nach dem Vorbild von *Command and Conquer* oder *StarCraft*. Der Spieler muss zwei unterschiedliche Ressourcen abbauen, seine Basis mit Konstruktionsanlagen errichten, verschiedene Arbeits- und Militäreinheiten bauen und Angriffsstrategien entwickeln, ohne dabei vom Feind überrannt zu werden. Bei den Gefechten kommt es meist mehr auf zahlenmäßige Überlegenheit an als auf ausgeklügelte Strategien, um den Sieg davonzutragen. Hier zeigt besonders die 3D-Engine, was in ihr steckt, und verwöhnt den Spieler mit schicken Explosions- und Lichteffekten.

Dark Planet ist ein unkompliziertes Strategiespiel mit einer intuitiven Steuerung und schicker 3D-Grafik, dem es eigentlich nur an einer packenden Hintergrundgeschichte mangelt, um zu den Referenzspielen des Genres zu gehören. Gerade *StarCraft*-Fans bekommen mit *Dark Planet* ein Strategiespiel mit ähnlichem Spielhintergrund und zeitgemäßer Optik geboten.

Pentium 3 450, 128 MB, Win98+
Spielspaß 70 %

Mace Griffin: Bounty Hunter

(Vivendi Universal, 2003)

3D-Shooter/Space-Shooter

Nach über 400 Jahren Weltraumfahrt hat die Menschheit das eigene Sonnensystem und die angrenzenden Sternensysteme erkundet und Außenposten errichtet. Während dieser langsamen Expansion in den Weltraum stieß sie in zwei Systemen auf intelligentes außerirdisches Leben – die Jaldaren und die Valleak. Es gelang der Menschheit, mit diesen Zivilisationen in diplomatischen und wirtschaftlichen Austausch zu treten und ihren Einflussbereich zu erweitern. Dann wurde jedoch das Vagner-System mit ressourcenreichen und gut zu besiedelnden Planeten entdeckt. Ein Wettlauf um die

Vorherrschaft in diesem noch jungfräulichen Gebiet begann, an dem nicht nur mächtige Konzerne, sondern auch Piraten und Schmuggler beteiligt waren, die mit unfeinen Methoden versuchten, ein Stückchen vom Kuchen abzubekommen.

Mace Griffin: Bounty Hunter ist die schon längst überfällige Fusion aus einem 3D-Shooter und einer temporeichen Space Opera. Das Spiel bietet einen fließendem Übergang zwischen jenen Spielabschnitten, die man zu Fuß zurücklegt und den turbulenten Weltraumgefechten. Im Spiel übernimmt man die Geschicke von Mace Griffin, einem ehemaligen Ranger (Mitglied einer Art interstellaren Polizeieinheit), der nach einem missglücktem Einsatz in Misskredit geriet und nun als Kopfgeldjäger seine Brötchen verdient. Von der Gilde der Kopfgeldjäger erhält er die verschiedensten Aufträge und kommt dabei an den unterschiedlichsten Orten zum Einsatz. Es dauert nicht lange und Mace Griffin stößt auf eine heiße Spur, die mit seinem Einsatz als Ranger in Verbindung zu stehen scheint. Eine abenteuerliche Odyssee quer durchs Vagner-System nimmt ihren Lauf.

Mace Griffin: Bounty Hunter ist ein handwerklich gut umgesetztes Action-Spiel, dem es jedoch an Einfallsreichtum mangelt. Zwar macht es durchaus Spaß, sich in der Rolle eines Kopfgeldjägers durch die Gänge von Raumschiffen und Raumstationen zu schleichen oder mit einem Raumjäger feindliche Raumschiffe anzuschießen, aber dennoch hat man ständig das Gefühl, die Entwickler haben nicht das Maximale aus ihrer Idee und der 3D-Engine herausgeholt. Die Story plätschert – bis auf ein paar nette Einfälle – vor sich hin, die Raumschiffe wirken klobig und die Licht- und Explosionseffekte sind farblos und unspektakulär. Zudem ist die Hintergrundgeschichte unprofessionell erzählt und quillt von abgegriffenen Klischees über. Hier weist *Mace Griffin: Bounty Hunter* die stärksten Schwächen auf. Dass es auch anders geht, bewiesen die Entwickler mit dem durch PixelShader-Technik realistisch dargestellten Wasserflächen und dem gelungenem Leveldesign.

Pentium 3 1000, 128 MB, Win98+
Spielspaß 70 %

Space Colony (Take 2, 2003)

Simulation

Wie mühsam und auch gefährlich es ist, eine Basis auf einem lebensfeindlichen Planeten zu errichten, kann man in *Space Colony* nachspielen. In der actionreichen Aufbausimulation gebietet man über eine kleine Gruppe von Kolonisten mit ganz individuellen Eigenschaftswerten und Fähigkeiten. Im Auftrag des rein profitorientierten Weltraumunternehmens Blackwater Industries sind auf verschiedenen Planeten unterschiedliche Missionsziele zu erfüllen. Meist geht es dabei um den Abbau wertvoller Rohstoffe, bisweilen auch in Konkurrenz mit einem außerirdischen Widersacher. Um diese einfach klingenden Ziele zu erreichen, muss man jedoch eine funktionierende Kolonie aufbauen und am Leben erhalten. Das bedeutet in erster Linie, die Grundbedürfnisse seiner Kolonisten im Auge zu behalten und sorgsam mit den verfügbaren Ressourcen umzugehen. Der Spieler kümmert sich deshalb um die Versorgung seiner Weltraumsiedler mit Energie, Sauerstoff und Nahrungsmitteln, muss aber ebenso die sozialen Kontakte und Freizeitangebote im Blickfeld haben. Nur mit rundum zufriedenen Mitarbeitern lässt sich effektiv Geld verdienen. Um seine Kolonisten bei Laune zu halten, kann man die Planetenbasis mit einer Vielzahl von Freizeiteinrichtungen wie Disco, Hometrainern, Sauna oder einem Whirpool ausstatten. Auch ein Gesellschaftsbereich, in dem die Weltraumsiedler miteinander ins Gespräch kommen können, ist für ein gutes Betriebsklima unabdingbar. Dem Spieler ist es dabei möglich, seinen Kolonisten bei fast allen Aktivitäten zuzusehen und – falls nötig – lenkend einzugreifen. Auch sonst geht es auf den Siedlungsplaneten sehr geschäftig zu: Lagerhausroboter transportieren schwebend alle möglichen Güter quer über den Planeten, Abbauanlagen und deren Roboter fördern Edelmetalle und andere wertvolle Bodenschätze, und die automatischen Lasertürme feuern auf aggressive Riesensinsekten oder Schlammwürmer, um die Kolonie vor Schaden zu bewahren.

Grafisch präsentiert sich *Space Colony* eher konservativ. Die Spiellevel sind komplett in 2D gehalten und die in anderen Spielen gängigen Partikel- und Lichteffekte fehlen. Dank der abwechslungsreichen und vor allem detailverliebten Welten fällt die altmodische

Umsetzung jedoch kaum negativ ins Gewicht. Neben der Kampagne stehen freie Szenarien zur Auswahl. Außerdem ist es möglich, mit Hilfe eines einfach zu bedienenden Leveleditors eigene Siedlungsplaneten zu entwerfen. *Space Colony* ist ein humorvolles Aufbauspiel, das trotz seiner Komplexität einen schnellen Spieleinstieg ermöglicht. Das seinerzeit bei *Outpost 1 + 2* angedachte Konzept wurde in *Space Colony* vorbildlich umgesetzt und bietet Weltraumsiedlern für viele Stunden anspruchsvolles Spielvergnügen.

Pentium 3 800, 128 MB, Win98+
Spielspaß 90 %

Unreal 2: The Awakening

(Legend Entertainment, 2003)

3D-Shooter

Kaum ein anderes Spiel wurde in den letzten Jahren so mit Spannung erwartet wie die Fortsetzung des legendären 3D-Shooters *Unreal*. *Unreal* war der erste gelungene Versuch, das zumeist simple Strickmuster der bis 1999 publizierten 3D-Shooter aufzubrechen und das Spiel, außer mit einer schicken 3D-Optik, auch mit einer spannenden Hintergrundgeschichte auszustatten. So fand sich der Spieler als Überlebender eines abgestürzten Gefangenentransporters auf einem fremden Planeten wieder und musste einen Weg aus der misslichen Lage finden.

Unreal 2 hat inhaltlich so gut wie nichts mehr mit dem Vorgänger gemein. Der Spieler schlüpft in die Haut von John Dalton, der mit einem Team von drei weiteren Mitstreitern im Dienst der Terranischen Kolonialbehörde steht. Auf der Suche nach mysteriösen Alien-Artefakten reist das vierköpfige Team quer durch die Galaxis und landet dabei auf den unterschiedlichsten Himmelskörpern. Auf den Spieler warten Urwaldareale, märchenhafte Naturoasen, frostige Eislandschaften, Wüstengebiete oder gewaltige High-Tech-Anlagen. Dabei wirken einige der Außenlevel – etwa der kälteklirrende Eisplanet Hell – fast photorealistisch. Die Szenerie mit den schroffen und eisverkrusteten Felsen erscheint wie eine unwirkliche Traumlandschaft. Der eigentliche Spielablauf ist aber eher konservativ und linear. Dank der spannenden und abwechslungsreichen Science-Fiction-Handlung tut das dem Spielspaß jedoch keinen Abbruch.

Die *Atlantis* - das Raumschiff, mit dem das Team in die entferntesten Ecken unserer Galaxis vorstößt - versteht sich im Spiel als Kommunikationszentrale. In den meisten Fällen stürzt sich John Dalton als Einzelkämpfer in die jeweiligen Einsätze, um sich während seiner Missionen gegen aggressive außerirdische Lebensformen und feindliche Aliens zur Wehr zu setzen. Bisweilen wird der Spieler dabei so sehr in die Spielhandlung einbezogen, dass das Gefühl aufkommt, live in einem Film mitzuspielen.

Bei allem Lob für das Spiel fallen aber auch Schwachpunkte ins Auge. Die Spieldauer von *Unreal 2* ist leider sehr kurz geraten. Geübte Zocker sollten das Spiel gleich im höchsten Schwierigkeitsgrad spielen, um nicht schon nach sechs bis sieben Stunden den Abspann über den Bildschirm flimmern zu sehen. Außerdem wirken nicht alle Spiellevel so revolutionär, wie man es anhand der mehrjährigen Entwicklungszeit vielleicht erwarten würde. Andererseits hat *Unreal 2* einen hohen Wiederspielwert, so dass man selbst mit diesem recht kurzen SF-Abenteuer lange Zeit viel Spaß haben kann.

Pentium 3 800, 256 MB, Win98+
Spielspaß 90 %

Yager (THQ, 2003)

Action-Adventure

Mit *Yager* zeigt ein kleines Berliner Entwicklungsstudio der Konkurrenz, wie ein Action-Adventure der neuesten Generation auszusehen hat. In *Yager* verschlägt es den Spieler auf eine farbenfrohe Zukunftserde, auf der Politik allein von mächtigen Konzernen betrieben wird und das Leben zu einem harten Überlebenskampf geworden ist. Als Freelancer Magnus Tide übernimmt der Spieler gefährliche Aufträge in der Freihandelszone, einer Art gesetzesfreien Raum zwischen den Einflusssphären zweier Megakonzerne. Meist ist Tide dabei mit dem wendigen und schwer bewaffneten High-Tech-Glei-

Yager

ter *Sagittarius* unterwegs und muss sich mit Piraten, anderen Freelancern und paramilitärischen Polizeieinheiten gegnerischer Firmen herumschlagen.

Yager glänzt besonders mit einer anspruchsvollen 3D-Optik, der aktuell kaum ein anderes Produkt auf dem Spielemarkt Paroli bieten kann. Der Spieler hat das Vergnügen, mit einem Gleiter über eine nahezu naturrealistische Topographie zu manövrieren. In dem mit Pixel-Shader-Technik umgesetzten wogenden Wasser spiegelt sich die Umgebung, dynamische Lichtquellen und Partikeleffekte eingeschlossen. Hügel und Berge wirken – dank weich laufender Konturen – naturgetreu und auch die Explosionen können sich sehen lassen. Bei den Missionen wird Abwechslung groß geschrieben: Während es in einer Episode beispielsweise darum geht, ein Piratennest auszuräuchern, holt man in einem anderen Einsatz von einem stationären Geschützturm aus angreifende Gegner vom Himmel. Dabei sind die Missionen meist in zwei bis drei Etappen untergliedert, an denen temporär zwischengespeichert wird. Erst nach dem erfolgreichen Abschluss eines Levels wird automatisch ein permanenter Spielstand angelegt. Die einzelnen Episoden wurden gut in die Gesamtgeschichte eingebettet, in der Hauptprotagonist Magnus Tide die gefährlichen Machenschaften des militärisch organisierten Firmenimperiums DST aufdeckt. Zwar gewinnt die Story keinen Originalitätswettbewerb, ist aber handwerklich gut umgesetzt und vermag ausgezeichnet zu unterhalten.

Abzüge bekommt *Yager* allenfalls in Detailbereichen. Die einzige Einschränkung hinsichtlich der Grafik ist die starre Himmelskuppel. Auf bewegte Wolken muss der Spieler leider verzichten. Etwas unglücklich ist auch die Konfiguration der Maus geraten. Hier muss man die X-Y-Bewegungsachsen erst umständlich zuweisen. In der Standardeinstellung lässt sich mit der Maus nämlich nur feuern. Davon abgesehen ist *Yager* ein rundum gelungenes Abenteuerspiel mit einer grandiosen 3D-Grafik und einem hohen Schwierigkeitsgrad.

Pentium 4 1200, 256MB, Win98+
Spielspaß 90%

FANTASY/MYSTERY:

Ghost Master (Vivendi Interactive/Empire, 2003)

Strategie

Ghost Master, eine Mischung aus *The Sims* und *Dungeon Keeper*, könnte man auch als eine Art Anti-*Ghostbuster* bezeichnen. Anders als in der Geisterjäger-Filmparodie ist der Spieler nicht mit dem Einfangen von Geistern beschäftigt, sondern soll mit einer großzügigen Auswahl an übersinnlichen Alptraumkreaturen Häuser leer spuken und andere Gruselaufgaben erledigen. Die Geister müssen dafür immer an bestimmte Orte oder Objekte gebunden werden. Je nach der Menge an verfügbarem Ektoplasma (entsteht durch die wachsende Angst der Menschen im näheren Umkreis) können eine größere Zahl an Geistern ins Spiel gebracht oder wirkungsvollere Spuks angewandt werden. Oft ist es in *Ghost Master* nicht damit getan, die Bewohner eines Hauses zu vertreiben. Mitunter sind sogar knifflige adventuretypische Spielaufgaben zu lösen, um zum vorgegebenen Ziel zu gelangen.

Um mit den Spuckversuchen auch ins Schwarze zu treffen, kann sich der Spieler eine Kurzinfo über jeden einzelnen Bewohners eines Levels anzeigen lassen. Hier erfährt er beispielsweise, dass eine Studentin ausgeprägte Angst vor Spinnen hat oder eine andere Figur als Kind beinahe ertrunken wäre. Hat der Spieler einen Spuk erfolgreich durchgeführt, erhält er eine Bewertung für seine Qualitäten als Ghost Master und Bonuspunkte, die er zur Steigerung der Spukfähigkeiten seiner Geister einsetzen kann. Außerdem kann er alle bestandenen Spuks jederzeit wiederholen und so eine bessere Bewertung einschließlich einer höheren Zahl an Bonuspunkten einstreichen.

Alle Geister in *Ghost Master* haben ihre ganz individuellen Fähigkeiten und Erscheinungsformen. Während beispielsweise Boo - ein einfacher Poltergeist - mit Ketten rasseln oder Gegenstände mittels Telekinese durch den Raum wirbeln lassen kann, vermag Erdgeist Banzai örtlich begrenzte Beben herbeizuführen oder Menschen im Boden versinken zu lassen. Auch optisch macht das mit unzähligen Anspielungen an Grusel- und Horrorfilmen gespickte Spiel einen guten Schnitt. Die in 3D konstruierten Level wurden detailliert gestaltet und erlauben eine schnelle Orientierung auch in mehrstöckigen Gebäuden. Zudem erzeugen die meisten Spukattacken ein wahres Feuerwerk an Licht- und Partikeleffekten. Einziges Ärgernis in *Ghost Master* ist die fehlende Speicherfunktion innerhalb eines Levels. Gerade bei den anspruchsvolleren Spuks kann es passieren, dass der Spieler einen Level mehrfach kurz vor Erreichen der Spielaufgabe wiederholen muss, nur weil eine der für den Spielausgang notwendigen Figuren vor Angst geflüchtet ist.

Pentium 3 700, 128 MB, Win98+
Spielspaß 80 %

Project Nomads (CDV, 2003)

Action-Adventure

In dem Fantasy-Action-Adventure *Project Nomads* herrscht der Spieler über eine kleine Insel. Diese Insel ist jedoch nicht von Wasser umgeben, sondern treibt mit vielen anderen in einer von Wolkenschichten durchzogenen Atmosphärenblase. Diese schwebenden Inseln sind die Überreste eines ehemals mächtigen Planeten und einige der Inseln werden von den wenigen Überlebenden der Katastrophe bewohnt. In der bisweilen recht unlogischen Hintergrundgeschichte schlüpft der Spieler in die Rolle eines Nomaden, der zusammen mit zwei weiteren Schatzgräbern einem lukrativen Geschäft nachjagt. Mit kleinen Flugzeugen fliegen die Nomaden durch das märchenhafte Wolkenuniversum, als sie plötzlich von Angriffsjägern attackiert werden. Eines der Nomadenschiffe wird von einem Schuss gestreift und stürzt auf einem der Planetenbruchstücke ab. Der Pilot überlebt und trifft, während er die Insel durchstreift, auf einen der legendären Baumeister. Dieser klärt ihn über den Umgang mit mächtigen Artefakten auf und hilft dem Nomaden beim Kampf gegen die übermächtigen Angeifer. Diese Hilfe ist jedoch nicht ganz uneigennützig, wie sich später herausstellen soll.

Ab jetzt übernimmt der Spieler die Kontrolle über seinen aus der Third-Person-Perspektive zu steuernden Spielcharakter. Mit Hilfe der Artefakte kann der Nomade verschiedene Bauwerke auf seiner Insel errichten. Ein Leuchtturm beispielsweise ermöglicht es ihm, die Insel zu freigeschalteten Navigationspunkten durchs Wolkenmeer zu steuern. Mittels mächtiger Kanonen und Jagdflieger kann er Angriffswellen trotzen oder feindliche Inseln erobern. Es ist sogar möglich, selbst die Steuerung eines Jagdfliegers zu übernehmen und feindliche Stellungen anzugreifen. Im Laufe der Geschichte baut der Spieler seine Insel mit immer mächtigeren Waffen und Verteidigungsanlagen aus. Bisweilen kann er sogar so weit an eine fremde Insel heranmanövrieren, dass die Spielfigur zu ihr hinüberspringen und sie zu Fuß erkunden kann. Zur Verteidigung stehen ihr dort Energiebälle oder Sprengstoff zur Verfügung.

Auch bei der grafischen Umsetzung lässt *Project Nomads* keine Wünsche offen. Ohne Sichteinschränkung präsentiert sich dem Spieler eine farbengewaltige 3D-Welt mit riesigen durchs Wolkenmeer treibenden Bruchstücken des ehemaligen Planeten und den Ruinen uralter Bauwerke. Die eindrucksvollen Explosionen und Lichteffekte überzeugen selbst verwöhnteste Computerzocker. Spielerisch ist *Project Nomads* dagegen nicht ganz so ausgewogen: Viele Missionen sind vom Handlungsablauf recht gleichartig und ziehen sich mitunter unnötig in die Länge. Durch die eindrucksvolle Spielwelt, die ungewöhnliche Hintergrundgeschichte und die intuitive Spielsteuerung zählt *Project Nomads* jedoch trotz kleinerer Macken zu den innovativsten Spielen des Genres.

Pentium 3 500, 128 MB, Win98+, T&L-Grafikkarte
Spielspaß 90 %

CYBERPUNK/CYBERSPACE:

Enter the Matrix (Infogrames, 2003)

Action-Adventure

Die Erwartungen an die Spieleumsetzung eines der aufwendigsten Science-Fiction-Filme der letzten Jahre sind enorm. Das Entwicklungsstudio *Shiny*, hauptsächlich durch die verrückten und schwarzhumorigen Actionspiele *MDK 1 + 2* oder das geniale *Sacrifice* bekannt geworden, versuchte sich an diesem schwierigen Projekt. *Enter the Matrix* hinterlässt nach der ersten Spielstunde den Eindruck, dass den Programmierern und Künstlern noch einige Monate Entwicklungszeit gefehlt haben. Das fängt bei den mitunter sehr ärmlichen Texturen an, geht über lächerlich wirkende Animationen, wenn die Spielfigur Leitern oder Drahtzäune hochklettert, und findet einen unrühmlichen Höhepunkt in der fehlerhaften Autokonfiguration. Gerade Letztere dürfte Besitzer von neueren Grafikkarten an den Rand der Verzweiflung treiben. Aktuelle Grafikbeschleuniger erkennt das Programm nicht und setzt den Detaillevel auf Null. Jetzt kann sich der Spieler an quadratischen Autoreifen und kubistischen Spielfiguren erfreuen. Glücklicherweise kann man mit einem Texteditor diesem Mißstand schnell ein Ende bereiten: Einfach die Datei MatrixConfig.ini öffnen und den Eintrag MAX_LOD=0 in MAX_LOD=1 abändern, speichern und fertig. Jetzt direkt die Matrix.exe ausführen – und alle Objekte dürften mit deutlich mehr Polygonen berechnet werden.

Trotz der technischen Schwächen erweist sich *Enter the Matrix* als gute Filmumsetzung. Gerade die spektakulären Kampfszenen wurden

Enter the Matrix

recht eindrucksvoll in Szene gesetzt. Besonders der aktivierte Fokus-Modus, in dem das Spiel wie in Zeitlupe abläuft und sich der Spieler schneller als seine Kontrahenten bewegen kann, ist schick anzusehen. So kann der Spieler im Fokus-Modus Geschossen ausweichen, an Wänden entlang laufen oder gewaltige Sprünge vollführen. Im Laufe der Spielhandlung verbessern sich die Fähigkeiten der eigenen Spielfigur und sie ist in der Lage, immer schneller zu kämpfen und noch wirkungsvollere Kampftechniken einzusetzen. Um den Wiederspielwert zu erhöhen, kann der Spieler beim ersten Start von *Enter the Matrix* entscheiden, ob er lieber als Ghost oder Niobe den Kampf gegen die Maschinen antritt. Beide Spielfiguren bieten mitunter deutlich voneinander abweichende Aufgabenstellungen.

Grafisch ist *Enter the Matrix* recht durchwachsen. Manche Level sind bekannten Schauplätzen der Filme nachempfunden und wirken sehr authentisch, während andere Örtlichkeiten bisweilen etwas trist erscheinen. Ein deutlicher Pluspunkt des Spiels ist die spannende Hintergrundgeschichte mit extra dafür gedrehten Filmszenen. *Enter the*

Matrix ist vielleicht nicht das erhoffte Ereignis der Spielgeschichte, ein sehr gutes Actiongame mit Atmosphäre ist es aber allemal.

Pentium 3 800, 128 MB, Win98+
Spielspaß 80 %

TRON 2.0 (THQ, 2003)

Action-Adventure

Den Walt-Disney-Film *Tron* könnte man - mit ein wenig gutem Willen - durchaus als erstes Cyberspace-Abenteuer der Filmgeschichte bezeichnen. Zwar weisen Handlung und Erzählweise deutlich märchenhafte Züge auf, dennoch versuchte sich der Film an einer damals grafisch eindrucksvollen Darstellung einer Virtual Reality. Insoweit ist *Tron* genausowenig ein realistischer Film über den Cyberspace, wie *Star Wars* eine realistisch umgesetzte Space Opera ist (soweit man den Begriff *realistisch* in diesem Zusammenhang überhaupt verwenden kann). Eine weitere Besonderheit von *Tron* sind die computeranimierten 3D-Sequenzen, die damals revolutionär waren und bis heute ihre Faszination behalten haben - auch wenn vieles jetzt unfreiwillig komisch wirkt.

Das Computerspiel *TRON 2.0* greift besonders die visuelle Komponente des Disney-Films auf. Die Leistungsfähigkeit und Funktionalität heutiger 3D-Grafikkarten geht weit über die technischen Möglichkeiten der damaligen Filmindustrie hinaus. Die Spiele-Entwickler gingen daher einen Kompromiss ein.

TRON 2.0 sieht deshalb zwar deutlich besser aus als die virtuellen Wirklichkeiten der Filmvorlage, hält sich aber in Bezug auf Architektur und visuelle Anmutung sehr nah an Disneys futuristisches Computerabenteuer. Als Spieler fühlt man sich ins vermenschlichte Innere eines Computersystems versetzt, in dem an den Wänden Energieströme pulsieren, Programme in Menschengestalt ihre Arbeit verrichten, Datenpakete durch den Raum schweben und alles von einem energetischen Glühen durchsetzt ist. Höchstes Lob verdient die Leistung der Leveldesigner, die bisweilen fast schon surrealistisch wirkende Schauplätze entwarfen und erneut beweisen, dass Computerspieldesign durchaus als Kunstgattung verstanden werden kann.

Spielerisch bedient sich *TRON 2.0* bei verschiedenen Genres. Ein Schuss Rollenspiel (die Spielfigur verfügt über individuell steigerbare Erfahrungswerte und kann Upgrade-Module benutzen) mischt sich mit vereinzelten Rätselabschnitten, hektischen Racing-Sequenzen (die Lichtrennerspiele aus *Tron*) und Actionelementen (neben dem berühmten Wurfdiskus kommen bizarre Energiewaffen zum Einsatz). In erster Linie ist *TRON 2.0* jedoch ein temporeiches und actiongeladenes Spiel, das dem Spieler selten eine Ruhepause einräumt und durch den hohen Schwierigkeitsgrad einiges an Geschick und Reaktionsleistung abverlangt. Etwas nervtötend sind hier einige kurze, aber um so gemeinere Jump-and-Run-Einlagen.

Die Hintergrundgeschichte von *TRON 2.0* fügt sich nahtlos an die der Filmvorlage. Hauptfigur ist Jet, der Sohn von Alan Bradley, der damals für die Entwicklung des Sicherheitsprogramms Tron verantwortlich war, das zusammen mit dem digitalisierten Computergenie Kevin Flynn die Bedrohung der Menschheit durch das Master Control Programm (MCP) vereitelte. In *TRON 2.0* steht Alans Firma kurz vor der Übernahme durch ein anderes Unternehmen. Dabei wollen die neuen Firmenmachthaber auch Alan Bradleys Technologie der Digitalisierung von Menschen und deren Transfer in die virtuelle Computerwelt nutzen, um die weltweiten Computernetze mit Datenvampiren zu infiltrieren – eine Bedrohung, der sich natürlich der Spieler zu stellen hat.

Pentium 3 500, 256 MB, Win98+
Spielspaß 90%

ABENTEUER:

Indiana Jones und die Legende der Kaisergruft

(LucasArts/ElectronicArts, 2003)

Action-Adventure

Die ersten Indy-Spiele produzierte LucasArts Anfang der Neunziger. Die Spieleindustrie steckte noch in den Kinderschuhen und LucasArts gelang mit diesen Grafik-Adventures der große Wurf. Quasi über Nacht wurde LucasArts zum bekanntesten Spieleproduzenten jener Zeit. Nach der großen Flaute im Bereich der Adventure-Spiele erschienen auch keine Indy-Spiele mehr für den PC. Erst 1999 gab es mit *Indiana Jones und der Turm von Babel* ein Wiedersehen mit dem charismatischen Archäologen. LucasArts änderte das Spielprinzip und schuf ein Action-Adventure mit starken Anleihen aus den *Tomb Raider*-Spielen. Überholte Grafik und ein schlecht ausbalancierter Schwierigkeitsgrad machten das Spiel jedoch allenfalls für eingefleischte Indiana-Jones-Fans interessant.

In *Indiana Jones und die Legende der Kaisergruft* zeigt sich das digitale Abbild von Harrison Ford glücklicherweise wieder von der besten Seite. Zeitgemäße 3D-Grafik mit stimmungsvollen Örtlichkeiten, schicke Lichteffekte wie die durch Felsenöffnungen fächernden Sonnenstrahlen und aufwendig modellierte Spielfiguren lassen das Spielerherz höher schlagen. Hinzu kommt die deutsche Synchronstimme von Harrison Ford und eine packende

Abenteuergeschichte. Wer jetzt noch kein *Indiana Jones*-Feeling verspürt, dürfte auch an den Filmen keinen großen Gefallen gefunden haben.

In der Hintergrundgeschichte geht es um *Das Herz des Drachen*, ein mächtiges Artefakt, das den Besitzer in die Lage versetzt, die Gedanken anderer Menschen zu beherrschen. Der Schlüssel zu dem Artefakt besteht aus drei Teilen, die - wie nicht anders zu erwarten - quer über dem Globus verteilt sind. So bereist Indy wie gewohnt die halbe Welt und gelangt von Ceylon nach Prag über Istanbul bis nach China. Anders als in den frühen Adventures stehen allerdings Action-Elemente im Vordergrund. Indy muss sich mit Elfenbeinschmugglern, Ninjas und anderen Schurken herumprügeln und kann dabei auf seine berühmte Peitsche, Pistolen oder Schrotflinten zurückgreifen.

Leider gibt es auch in diesem Indy-Abenteuer Schattenseiten. Am meisten Ärger macht die unfaire Auto-Save-Funktion. Gespeichert wird der Spielstand ausschließlich bei einem Abschnittswechsel. Das ist gerade bei den hin und wieder vorkommenden Sprungeinlagen über tödliche Abgründe hinweg frustrierend. Ein zu kurz (oder zu weit) angesetzter Sprung - und man kann den gesamten Abschnitt erneut durchspielen. Auch nicht hundertprozentig gelungen ist die Spielsteuerung. Indy reagiert zum Teil etwas schwammig auf diverse Bewegungsversuche und gerät dabei in unnötige Gefahr.

Pentium 3 800, 128 MB, Win98+
Spielspaß 80%

Jurassic Park: Operation Genesis

(Vivendi Universal Interactive, 2003)

Strategie

Obwohl es auf der Hand zu liegen scheint, aus der urzeitgewaltigen Filmvorlage eine Vergnügungsparksimulation zu entwickeln, steht erst jetzt, rund zwei Jahre nach *Jurassic Park 3*, das entsprechende Spiel in den Händlerregalen. Glücklicherweise haben die Entwickler nicht allein in die schon etwas angestaubte Filmlizenz investiert, sondern schufen mittels einer leistungsstarken 3D-Engine eine zeitlose Managementsimulation mit Actionelementen. Zu Spielbeginn generiert sich der Spieler eine kleine Insel, auf der er seinen Dinosaurier-Vergnügungspark errichten soll. Mit dem knappen Startkapital sind noch keine großen Sprünge zu machen – eine Brutanlage, ein elektrischer Sicherheitszaun, Wege für die Parkbesucher, Toiletten, Abfallbehälter und vielleicht noch ein Fast-Food-Tempel lassen sich damit in Sekundenschnelle in die jungfräuliche Landschaft stellen. Vielleicht ist dann noch ein wenig Geld für eine Aussichtsplattform übrig. Sind die ersten Dinos (man sollte aus Sicherheitsgründen mit harmlosen Pflanzenfressern beginnen) aus den Eiern geschlüpft, kann der Park eröffnet werden. Nun kommt es darauf an, die Parkbesucher genauestens zu beobachten. Besucher sind schnell über verdreckte Gehwege oder mangelnde sanitäre Einrichtungen verärgert oder sie langweilen sich einfach nur zu Tode. Jetzt sind die richtigen Entscheidungen gefragt, um aus dem mickrigen Dino-Mini-Park einen mächtigen Dino-World-Vergnügungspark zu machen – oder man muss eben irgendwann aus Geldmangel die Sachen packen.

Wichtigstes Spielelement in *Jurrasic Park: Operation Genesis* sind selbstverständlich die Saurier. Rund dreißig verschiedene Arten kann der Spieler aus teuer zu erwerbendem Genmaterial züchten. Dabei hat jede Art ihre spezifischen Eigenheiten und Vorlieben. Die meisten Pflanzenfresser fühlen sich nur in größeren Herden richtig gut aufgehoben, während Fleischfresser ihren Jagdinstinkt ausleben müssen – dies jedoch nicht unbedingt auf Kosten der Parkbesucher. Die Dinosaurier wurden mit einer erstaunlich hochentwickelten KI ausgestattet, die ihnen ein sehr realistisches Situationsverhalten erlaubt. Der Spieler kann die Riesenechsen regelrecht dabei beobachten, wie sie den Park erschließen, auf Jagd gehen oder untereinander Rivalitäten austragen. Zusätzliche Spielelemente wie Foto-Safaris oder Dinojagden mittels Schallkanone und Helikopter lockern das eigentliche Spielgeschehen zusätzlich auf.

Pentium 3 500, 128 MB, Win98+
Spielspaß 80 %

REZENSIONEN

Kevin J. Anderson

Das Imperium (Hidden Empire)

Roman · Aus dem Amerikanischen von Andreas Brandhorst · Wilhelm Heyne Verlag, München 2003 · 542 Seiten · € 14,–

von Carsten Polzin

Kevin J. Anderson hat sich in der Vergangenheit vor allem durch Adaptionen der Serien »Star Wars« und »Akte X« den Ruf als Meister unterhaltsamer, leicht verdaulicher SF-Kost eingehandelt. Zuletzt folgten die kommerziell sehr erfolgreichen Prequels zum »Wüstenplaneten« sowie eine gelungene Adaption des Comics »Die Liga der außergewöhnlichen Gentlemen«, die weitaus besser als gleichnamiger Film war. Was noch fehlte, war ein absolut eigenständiges Werk, das Anderson weg von der auf Dauer unbefriedigenden Ausplünderung fremder Ideen leiten würde. Mit der »Saga der Sieben Sonnen« geht der Autor dann auch gleich in die Vollen: Auf mehrere tausend Seiten angelegt, erzählt die Space Opera vom Zusammentreffen der Menschen mit den fremdartigen Klikiss-Aliens im 25. Jahrhundert. Dies tut sie, für Anderson ungewöhnlich, in aller Gemächlichkeit. Gemessen am Umfang passiert im ersten Band »Das Imperium« wenig, stets geht der Autor mit ungewohntem Desinteresse über Kampf- und Schlachtszenen hinweg, so als hätten sie ihm noch nie viel bedeutet. Zu Beginn ist das fatale Zusammentreffen zwischen Menschen und den Klikiss bereits geschehen: Auf einem fernen Planeten hat man die architektonischen Überreste einer Klikiss-Stadt ausgegraben. Dort entdeckt man riesige insektenartige Roboter, die offenbar ein Abbild der Klikiss darstellen. Es gelingt, die Maschinen zu reaktivieren, doch sie haben nach eigenem Bekunden das Gedächtnis verloren. Das Geheimnis des Untergangs der Klikiss muss daher von Menschen und Robotern gleichermaßen neu aufgeklärt werden. Nebenbei entschlüsseln die Wissenschaftler den Plan für die so genannte Klikiss-Fackel, eine verheerende energetische Kraft, die Gasplaneten in Sonnen verwandeln kann, und die

Menschen warten nicht lange damit, die Fackel auszuprobieren. Tatsächlich gelingt ihnen die Erschaffung einer neuen Sonne, doch gleichzeitig haben sie einen unbekannten Feind aufgeschreckt. Aus dem Innern der Sonne stoßen Raumschiffe hervor und beginnen, menschliche Siedlungen und ganze Planeten zu vernichten. Auf Kommunikationsversuche wird zunächst nicht reagiert. Die Menschen sind hilflos, und auch von ihrem Handelspartner, dem Volk der Ildiraner, können sie keine Unterstützung erwarten. Diese müssen innenpolitische Konflikte lösen und den Nachfolger ihres Königs auswählen. Sie finden ihn in einem einfachen - politisch beeinflussbaren - Straßenjungen, der der Öffentlichkeit als legitimer Thronerbe präsentiert wird. Mehr erfährt man zunächst nicht. Währenddessen schicken die unbekannten Planetenvernichter eine Drohne, die der Menschheit mitteilt, weshalb sie büßen muss: Auf dem in eine Sonne verwandelten Gasplaneten lebten Nanowesen, die durch die Fackel zu Millionen getötet wurden. Die Antwort auf diese menschliche Aggression kann aus Sicht der Fremden nur Rache lauten. Und auch auf dem Klikiss-Planeten haben die Forscher ernste Probleme: Die anfangs so kooperativen Roboter entpuppen sich als hinterlistige Mordwerkzeuge, die ihre einstigen Schöpfer offenbar selbst vernichtet haben. Und nun haben sie es auf die Menschen abgesehen.

Auch wenn Anderson diesmal eigene Ideen verwendet, bleibt sein berühmt-berüchtigter Stil doch unverkennbar: Irgendwie ist ihm noch nie gelungen, glaubwürdige Charaktere zu entwickeln, stets bleiben alle Figuren Schablonen, nur fiel es bei den Adaptionen weniger auf, da die Hauptpersonen bereits durch andere mit Leben gefüllt worden waren. Aber auch bei der »Saga der Sieben Sonnen« fällt dieses Manko nicht weiter ins Gewicht: Wie immer funktioniert Andersons Geschichte bestens, und die ist ja auch das Wichtigste. Dabei ist sie allerdings ziemlich durchschaubar - was der Autor (vergeblich) versucht, durch eine Vielzahl von Handlungsperspektiven zu verschleiern. Es wird abzuwarten sein, ob die Geschichte einer solchen Personenvielfalt bedarf. Jedenfalls hat Anderson mit dem ersten Band die an ihn gestellten Erwartungen erfüllt und einen von Cliffhangern nur so strotzenden Auftakt zu einem hoffentlich auch weiterhin spannenden neuen Zyklus geschaffen.

Iain Banks

Blicke windwärts (Look to Windward)

Roman · Aus dem Englischen von Irene Bonhorst ·
Wilhelm Heyne Verlag, München 2003 · 524 Seiten · € 8,95

von Karsten Kruschel

Wenn es um phantasievolle, rasante, intelligente und unterhaltsame Space Operas geht, dann ist Iain Banks immer eine gute Wahl; und wenn er seinem Kultur-Zyklus einen weiteren Band hinzufügt, ist Lesespaß garantiert (wenn auch »Exzession« deutlich prätentiöser war als gewohnt). »Blicke windwärts« nun ist wieder beste Kultur-Kost. Und das Beste an Banks ist nach wie vor, dass er es versteht, seine komplizierten Geschichten auch wirklich auf den Punkt zu bringen. Die Arabesken, die bei Banks das Geschehen umranken, haben etwas mit dem Rest zu tun und verselbständigen sich nur ganz selten. Aus dem Ideenfundus dieses neuen Bandes beispielsweise hätte so mancher andere SF-Autor locker eine Trilogie gebastelt und sich nicht die Bohne dabei geschämt. Und selbst für Leser, die es gewohnt sind, sich an farbigen Ausschmückungen zu ergötzen (und deswegen Texte wie Larry Nivens »Ringwelt« für gute SF halten oder Jack Vance vergöttern, was nicht unbedingt die schlechteste Wahl ist), bietet Iain Banks so viel Futter, dass es gar nicht auffallen mag, wie dicht gepackt die Ebenen des Textes wieder sind.

Nun, für die erwähnten Ringwelt-Fans gibt es hier eine Art Hardcore-Version der Ringwelt, ein gigantisches Habitat namens Masaq-Orbital, dessen einzelne Platten bzw. Kontinente größer als Planeten sind und selbst nach vielen tausend Jahren der Existenz immer noch im Bau. Neben komplett fertigen »Welten« gibt es immer noch gänzlich »rohe« Superkontinente. Und alle Abstufungen dazwischen: zahllose unterschiedliche Kulturen auf den verschiedenen Platten, künstliche Sehenswürdigkeiten und ein kunterbunt wimmelndes Durcheinander der verschiedensten Zivilisationen und vernunftbegabten Rassen (überflüssig zu erwähnen, dass Banks spürbar Spaß am Ausfabulieren all dieser Merkwürdigkeiten hat, etwa eines ganze Kontinente überspannenden und in hehrer Größe vergammelnden Seilbahnsystems). Das ganze Gewimmel von nicht weniger als fünfzig Milliarden vernunftbegabter Wesen wird gesteuert und überwacht von einer Künstlichen Intelligenz namens Masaq-Nabe – einer der wenigen Fälle, in der Science Fiction mit dem Konzept Künstlicher Intelligenz etwas Brauchbares anzustellen weiß. Und diese spezielle KI war früher mal ein Kriegsschiff, eine Tatsache, die insbesondere Banks-Leser zu würdigen wissen, die sich gut an die ebenso schrägen wie überlichtschnellen Dialoge der Schiffe in »Exzession« erinnern.

Nun aber zur eigentlichen Handlung: Der Chelgrianer Ziller, berühmtester Komponist des bekannten Weltraums, hat sich – aus verschiedenen, komplizierten Gründen – von seiner Heimat komplett losgesagt. Die wiederum schickt den reanimierten Militär Quilan los, um den allseits bewunderten Künstler zurück auf die Heimatwelt Chel zu holen, natürlich mit einer kaum weniger verzwickten Motivation. Den Hintergrund für all das bildet die streng nach Kasten gegliederte chelgrianische Zivilisation, die (in all seiner finsteren Logik vom Autor nur Stück für Stück enthüllt) durch das Eingreifen der Kultur in einen fürchterlichen Bürgerkrieg gestürzt worden war. Und hier liegt auch der Grund für die Doppelnatur des entsandten Majors Quilan: Versteckt ist in seinem Inneren eine zweite Persönlichkeit gespeichert, mit der er reden kann und die ihm als Berater dient, ihn aber in Wirklichkeit im entscheidenden Augenblick übernehmen soll, um seinen Auftrag zu erfüllen. Und der besteht in nichts weniger als Rache – der völligen Zerstörung des Masaq-Orbitals ... Soweit ist klar, dass es sich bei der Handlung von »Blicke windwärts« um die bei Banks immer wieder vorkommende Struktur von Plänen innerhalb von Plänen handelt, die gemacht wurden, um andere Pläne zu durchkreuzen. Und es gibt einen weiteren Plan, der all das durchkreuzen soll. Mindestens einen.

Neben diesem verschachtelten detektivischen Aspekt besticht »Blicke windwärts« durch seinen sehr deutlichen aktuellen, durchaus politischen Bezug. Da sind zum einen die Zweifel der Kultur an ihrer eigenen Überlegenheit und ihre Schuldgefühle wegen des bei den Chelgrianern angerichteten Unheils; da sind zum anderen die bei den Chelgrianern angesichts der Übermächtigkeit der Kultur keimenden Rachegedanken und ihre davon angestachelten religiös-fundamentalistischen Tendenzen der ungehemmten Vernichtung. Ein Blick ins Impressum korrigiert schnell den nahe liegenden Gedanken, das Buch als Aufarbeitung des 11. September zu interpretieren: Das Original erschien bereits 2000. Immerhin wurde es den Veteranen des Golfkrieges gewidmet ...

Die Kultur bei Banks betrachtet alle anderen Formen des Zusammenlebens als bloß unterschiedlich primitive Vorstufen zu ihrer eigenen Lebensweise, genauso wie die heutige westliche Zivilisation alle anderen auf dem Globus existierenden Kulturen als zurückgeblieben, weniger entwickelt oder dringend änderungsbedürftig ansieht (meistens sogar alles zusammen). Diese Geisteshaltung kann zu gefährlichen Entwicklungen führen und hat es auch schon getan. Insofern kann »Blicke windwärts« als ein bisschen prophetisch gelten, nur dass es hier am Ende keine voll getankten Flugzeuge sind, sondern ein Chelgrianer mit einem geheimen Auftrag – dessen Begründung für die Ohren der Kultur ebenso fremd klingt wie die Sprüche der Selbstmordattentäter in den unseren. Und beide haben in ihrem jeweiligen Kontext einen Sinn, den sie für uns bzw. die Kultur eben nicht haben.

Was »Blicke windwärts« zu einem absolut lesenswerten Buch macht, ist die Fähigkeit von Iain Banks, seine Botschaften mit lauter einprägsamen Charakteren, sehr unterhaltsam und mit der notwendigen Portion leiser Ironie an den Leser zu bringen. Er hat es nicht nötig, zu dozieren oder seine Handlung anzuhalten, um dem Leser irgendetwas zu erklären. Die Dinge erklären sich selbst durch die Art und Weise, wie sie auf die Handlung einwirken. So wird die fremde Welt Chel im Lauf der Handlung immer detaillierter und verständlicher, wenn auch kaum weniger fremdartig. Allerdings immer noch vertrauter als die multipel in sich selbst verwickelte Kultur. Das Gehirn beispielsweise, das Masaq steuert, richtet eine Feier aus für jenen Moment, in dem die Spuren eines von ihm selbst (in dem bereits erwähnten früheren Leben als Raumschiff) angerichteten Massakers am »Himmel« über Masaq sichtbar werden. Das kommt dem Leser nur so lange logisch vor, wie er den Roman noch liest, und sagt eine Menge über dieses Gehirn aus.

Iain Banks konstruiert seine phantastischen Welten nicht um ihrer selbst willen – seine Bücher sind stets auf mehrfache Weise lesbar. Im Falle von »Blicke windwärts« ließe der Leser sich, wollte man es auf die Spitze treiben, auch selbst als zurückgebliebenen Erdenmenschen in die Rolle der Chelgrianer versetzen. Schon deswegen ist Banks eben einer der besten seiner Zunft: Die Mehrdeutigkeit seiner Geschichten erreicht irgendwann eine Schärfe, die unmissverständlich auf die reale Grundlage seiner unterhaltsamen Fiktionen verweist. Dass das Attentat der Chelgrianer in »Blicke windwärts« am Ende scheitern muss, ist allen Beteiligten - den Leser eingeschlossen - auf die eine oder andere Weise klar. Eine Angelegenheit der Kultur eben.

Stephen Baxter/Peter F. Hamilton/Paul J. McAuley/Ian McDonald

Unendliche Grenzen (Futures)

Erzählungen · Aus dem Englischen von Dietmar Schmidt ·
Bastei Lübbe Verlag, Bergisch Gladbach 2003 · 460 Seiten · € 8,00

von Gregor Jungheim

Schon das Vorwort lässt keinen Zweifel daran aufkommen, für wen diese Romananthologie bestimmt ist: all jene Leser, die bereits als Kinder oder Jugendliche der Science Fiction verfielen und bis heute nicht von ihr lassen können - mögen auch ihre Altersgenossen mittlerweile Klassiker, Gegenwartsliteratur oder gar Sachbücher zum politischen Zeitgeschehen als Lektüre vorziehen. Die einführenden Worte des Herausgebers Peter Crowther, in denen er fast wehmütig beschreibt, auf welch verschlungenen Pfaden man zu diesem Genre gelangen kann, werden bei vielen Fans alte Erinnerungen auslösen. Nicht wenige werden sich schon einmal gefragt haben, ob es nicht besser wäre, der Science Fiction den Rücken zu kehren: Samstags könnte man sich in den Kulturteil der Tageszeitung vertiefen anstatt mit Flohmarkthändlern um den Preis für ein zerfleddertes Taschenbuch zu feilschen; anstelle von Conventions würde man Aktionärsversammlungen aufsuchen; und obendrein würde die häusliche Bibliothek auch nicht länger wie ein Hawaiihemd aussehen. »Unendliche Grenzen« liefert vier Argumente, warum es sich lohnt dabeizubleiben oder auch einen Wiedereinstieg in das Genre zu wagen - die einen sind mehr, die anderen weniger schlagkräftig.

Stephen Baxters »Wirklichkeitsstaub« ist im Xeelee-Universum angesiedelt, in dem auch die Bücher »Das Floß«, »Das Geflecht der Unendlichkeit«, »Ring«, »Flux« und »Vakuum-Diagramme« spielen. Nach einer jahrhundertelangen Besatzung hat sich die Menschheit vom Joch der ihnen überlegenen Qax befreit. In dieser Zeit gelang es der außerirdischen Rasse, die Erinnerung an die Geschichte des Menschengeschlechts weitgehend auszulöschen, die Gesellschaft umzugestalten und einige menschliche Kollaborateure – so genannte Jasofts – für die Verwaltung ihres Regimes einzusetzen. Dem 25-jährigen Hama Dur kommt die Aufgabe zu, diese Jasofts aufzuspüren und vor ein Gericht zu stellen. Umso überraschter ist er, als eine der Jasofts *ihn* aufsucht. Gemo Cana gehört den Pharaos an, die von den Qax für ihre Dienste mit ewigem Leben belohnt wurden. Sterbliche Menschen bezeichnen sie verächtlich als Eintagsfliegen. Durch eine List gelingt es ihr, sich von Hama zum Jupitermond Callisto bringen zu lassen, auf dem ihr Bruder Reth an einem Projekt namens Wirklichkeitsstaub arbeitet. Während in Gestalt der übermächtigen Xeelee bereits eine neue Bedrohung am Himmel über Callisto auftaucht, erläutert Reth, wie es ihm gelang, alle Orte des Universums an einem Punkt zu vereinen und die Zeit abzuschaffen.

Geschichtsphilosophische Betrachtungen über den Umgang mit den Handlangern eines untergegangenen Regimes, Analysen über Nutzen und Nachteil der menschlichen Sterblichkeit und ideenreiche Kosmologie – Stephen Baxter hat sich wahrlich eine Menge vorgenommen. Die gerade mal 88 Seiten wirken dadurch aber auch arg überfrachtet. Insbesondere laufen die Charaktere Gefahr, zu bloßen Demonstrationsobjekten zu verkommen, an deren Beispiel die verschiedenen Thematiken abgehandelt werden. Beeindrucken können deshalb vor allem die wundervoll rätselhaften Beschreibungen des Lebens *im* Wirklichkeitsstaub. Der Autor schwingt sich hier zu stilistischen Höhen auf, wie er sie seit »Zeitschiffe« nicht mehr an den Tag legte.

Natürlich darf auch ein Alternativweltroman in dieser Sammlung nicht fehlen. Selbst wenn niemand so genau weiß, warum Gedankenspiele um nie da gewesene Geschichtsverläufe eigentlich zur Science Fiction gezählt werden. In Peter F. Hamiltons »Den Bäumen beim Wachsen zusehen« ist auch im Jahre 1832 das Römische

Reich noch nicht untergegangen – mit faszinierenden Folgen: Zwar hat sich das Christentum als Weltreligion etabliert, eine Reformation scheint dagegen nicht stattgefunden zu haben. Die Macht der Kirche ist ungebrochen und ihre Sittengesetze streng. Telefone, elektrische Schreibmaschinen und Autos sind erfunden, der Umweltschutz ist ein großes Thema in der Politik. Das gesellschaftliche Zusammenleben ist von weltumspannenden Familienclans geprägt. Die Lebenserwartung beträgt 400 Jahre und Gewalt ist selten geworden. Kommt es dennoch zu einem Konflikt, wird dessen Schlichtung den Familienrepräsentanten anvertraut – einer Mischung aus Diplomaten, Mediatoren, Rechtsanwälten und Detektiven. Entsprechend entsetzt ist Edward Bucahanan Raleigh, als ein Familienmitglied in einem Oxforder College ermordet aufgefunden wird. Die Suche nach dessen Mörder wird Edward über 200 Jahre lang beschäftigen.

Freunde klassischer Wer-ist-der-Täter-Krimis werden Hamiltons Werk keinen Beifall spenden. Hierfür bemüht sich der Autor des Armageddon-Zyklus zu wenig, einen Spannungsbogen aufzubauen. Dagegen werden Alternativwelt-Fans von diesem Roman begeistert sein. Denn während Edward in sieben episodenhaft erzählten Kapiteln auf Verbrecherjagd geht, sind die Leser eingeladen, Hamiltons liebevoll gestaltete Welt zu erkunden. Und die Reise lohnt: Der Autor beschreibt eine menschliche Gesellschaft, die sich einerseits technisch und wissenschaftlich schneller entwickelt, als es selbst Hugo Gernsback in seinen kühnsten Träumen erhofft hätte, andererseits aber ihre vom Katholizismus geprägte Mentalität beibehält. 1853 startet die erste Mondexpedition; 1920 hat uns jene andere Menschheit bereits überholt und einige Planeten des Sonnensystems besiedelt; 1971 ist der überlichtschnelle Antrieb erfunden; 2038 hat sich die Menschheit im All ausgebreitet, nahezu ewiges Leben erlangt und ist dem Müßiggang anheim gefallen. Während eine wissenschaftliche Elite die Entwicklung immer weiter vorantreibt, bleibt der großen Masse keine andere Wahl, als sich gegenseitig die Langeweile zu vertreiben und den Bäumen beim Wachsen zuzusehen. Schade ist nur, dass Hamilton keinerlei Erklärungen für den rasanten Fortschritt anbietet und sein Roman in den letzten Kapiteln ein wenig an atmosphärischer Dichte verliert. Dennoch ist ihm eine Alternativweltgeschichte gelungen, die ebenso reich an Weisheit wie an Ideenreichtum ist und nicht zuletzt durch ein fulminantes Schlusskapitel beeindruckt. Fast schon bedauerlich, dass Hamiltons faszinierender Weltenschöpfung nicht mehr als 132 Seiten vergönnt sind.

Paul J. McAuley breitet in »Geschichte machen« ein Nachkriegsszenario aus. Zwischen der Erde und den Kolonisten auf den Jupiter- und Saturnmonden ist ein Konflikt über die Verteilung von Schuldenlasten entstanden, der so genannte Stille Krieg. Nachdem die terranischen Armeen eine Rebellion auf dem Saturnmond Dione blutig niedergeschlagen haben, ist diese Auseinandersetzung zu Gunsten der Erde ausgegangen. Professor Fredo Graves will sich nicht damit abfinden, dass die Geschichte des Stillen Krieges ausschließlich von der Siegermacht diktiert wird. Deshalb nutzt er die Gelegenheit, mit den Bewohnern der besetzten Gebiete Kontakt aufzunehmen und die zurückliegenden Ereignisse auch aus der Sicht der Verlierer kennen zu lernen. Doch sein eigentliches Ziel ist der Wunsch, die Wahrheit über Marisa Bassi, den Führer des Aufstands zu erfahren und hierüber sein großes Alterswerk zu verfassen. Während die Sieger Bassi für tot halten, ist die besiegte Bevölkerung im Begriff, aus ihm einen Mythos zu machen. Mittlerweile ist der Glaube weit verbreitet, dass er in der schwärzesten Stunde des Saturnmondes zurückkehren und die Bewohner von Dione erneut in den Kampf gegen die Besatzer führen wird. Professor Graves Wahrheitssuche führt ihn zu einer attraktiven Historikerkollegin, einem zynischen Kollaborateur, einem ehemaligen Folterknecht und schließlich auch zur Legende selbst.

Zweifellos ist McAuley zugute zu halten, dass er bereits im Jahr 2000 – als der Autor den Roman im Original verfasste – viele Problematiken des Afghanistan- und des Irakkrieges vorausgeahnt hat. Dennoch verbleibt nach der Lektüre von »Geschichte machen« der Eindruck, dass man viel mehr aus dieser Thematik hätte herausholen können.

Besonders erfreulich ist, dass es endlich wieder etwas Neues von Ian McDonald zu lesen gibt. »Tendeléos Geschichte« spielt im selben Universum wie seine Bücher »Chaga« und »Kirinja« und ist wie diese ein Invasionsroman der ganz eigenen Art. Nachdem sich das Chaga – eine außerirdische Lebensform, die aus einem 800 Lichtjahre entfernten Gasnebel stammt – zunächst vom Kilimandscharo her ausgebreitet hat, befällt es nun auch den Norden von Kenia und setzt seinen Weg nach Süden fort. Mit einer Geschwindigkeit von 50 Meter pro Tag, bewegen sich die beiden Chaga-Massen aufeinander zu und transformieren auf ihrem Marsch alles Leben. Während in den anderen Werken McDonalds das Chaga aus europäischer Sicht betrachtet wird, kommt hier nun eine Kenianerin zu Wort, was die Schilderungen umso eindringlicher macht. Denn für die junge Tendeléo, Tochter eines Pfarrers, ist die außerirdische Lebensform nur eine Katastrophe von vielen. Erst als sie die Flüchtlingsströme aus einem zwanzig Kilometer entfernten Dorf an sich vorüberziehen sieht, begreift sie, dass das Chaga selbst vor ihrem Leben nicht Halt macht. Ein Jahr später bleibt auch ihrer Dorfgemeinschaft nichts anderes als die Flucht. Derweil breitet sich in Kenia die Anarchie aus. Während die Familie mit Gott hadert, versucht Tendeléo im Chaos zwischen überforderten UN-Hilfsorganisationen, Bandenkriegen, organisiertem Verbrechen und dem immer näher rückenden Chaga, ihr Glück zu machen.

McDonald verfügt über ein geradezu absurdes Talent: Ausgerechnet in jenen Werken, die Begegnungen mit außerirdischen Lebensformen thematisieren, gelingen ihm große Momente anthropologischer Science Fiction. Der nordirische Autor hat dies im preisgekrönten »Narrenopfer« bewiesen und tut es hier erneut. Tendeléos Beobachtungen ihrer Dorfgemeinschaft und deren Zerfall, die Beschreibungen ihrer Glaubenszweifel und des Ausgeliefertseins gegenüber marodierenden Banden sowie die Schilderung der ungewollten Entfremdung von ihrer Familie lassen die Protagonistin als vielschichtige Figur erscheinen, an deren Schicksal der Leser großen Anteil nimmt. In der Mitte des Romans wechselt die Perspektive schließlich zu einem männlichen Erzähler. Seine zynischen Kommentare über die Gleichgültigkeit, mit der Europa die Ausbreitung des Chaga auf der Südhalbkugel behandelt, verleihen der Story den Eindruck höchster Glaubwürdigkeit. Auch wenn McDonalds Werk im Kern eine sehr menschliche Geschichte ist, wird das Chaga durch die beiden Charaktere nicht in den Hintergrund gedrängt. Vielmehr bleibt es über den gesamten Roman eine allgegenwärtige Bedrohung, die aber auch eine Chance für Veränderungen in sich birgt. »Tendeléos Geschichte« wurde 2001 mit dem Theodore Sturgeon Award gekürt. Es mag befremdlich anmuten, einen Text von 124 Seiten mit einem Kurzgeschichten-Preis auszuzeichnen. Davon abgesehen hat »Tendeléos Geschichte« diese Ehre jedoch durchaus verdient – auch wenn die farbenprächtige Schlussszene etwas dick aufgetragen wirkt.

In der englischen Science-Fiction-Szene haben Bücher wie »Unendliche Grenzen« bereits Tradition. Seit 2000 gibt der Gollancz-Verlag einmal im Jahr eine Anthologie mit vier Kurzromanen heraus. Die übrigen Sammlungen blieben den deutschen Lesern allerdings bislang vorenthalten. Für das Winterprogramm 2004/2005 plant der Verlag jedoch die Veröffentlichung einer weiteren Anthologie – diesmal mit Beiträgen von China Mieville, Michael Moorcock, Paul di Filippo und Geoff Ryman. Es bleibt zu hoffen, dass noch mehr Bände dieser Reihe in deutscher Sprache erscheinen werden, auch wenn es selten sein wird, dass gleich alle vier Texte das Lesen lohnen. Denn zum einen zeigen sie, wie viel Ideenreichtum zwischen zwei Buchdeckeln Platz finden kann. Zum anderen stellen sie unter Beweis, dass es durchaus machbar ist, auch Science Fiction von mittlerer Länge zu verfassen. Es muss eben doch nicht immer nur entweder eine Kurzgeschichte oder gleich ein riesiger Wälzer sein. Darüber hinaus fordern derartige Anthologien zur Nachahmung auf – eine Sammlung von vier Kurzromanen *deutscher* Science-Fiction-Autoren wäre sicherlich auch für den heimischen Buchmarkt eine Bereicherung.

Adolfo Bioy Cesares

Morels Erfindung (La invención de Morel)

Roman · Mit einem Nachwort von René Strien · Aus dem Spanischen von Gisbert Haefs · Suhrkamp Verlag, Frankfurt am Main 2003 · 154 Seiten · € 19,90

von Karsten Kruschel

Es ist vermutlich etwas merkwürdig, ein dreiundsechzig Jahre altes Buch mit einem Computerspiel der Neuzeit in Verbindung zu bringen, aber »Morels Erfindung« verbreitet tatsächlich eine Stimmung, die sich mit jener vergleichen lässt, von der Titel wie »Myst« leben. Die Beschreibung der geheimnisvollen Maschinen in den geheimen

Gewölben etwa liest sich wie die Beschreibung einer Szenerie aus diesem Spiel. Und dass manche Personen auf wunderliche Weise auftauchen und verschwinden, wirkt auch wie eine Idee aus einem Game, in denen die Wirklichkeit ja auch oft auf wunderliche Weise verbogen wird. Natürlich dreht es sich nur um eine virtuelle Wirklichkeit – also eigentlich gar keine Wirklichkeit ...

Alles beginnt mit der Seefahrer-Mär von einer verfluchten Insel, auf der etwas – oder jemand – haust, der seine Opfer von außen nach innen tötet, die Haut abzieht, Nägel und Haare ausfallen lässt. Aber der Erzähler dieser Geschichte ist so verzweifelt, dass er auf ebendiese Insel vor seinen Verfolgern zu fliehen beschließt. Er kommt aus einem südamerikanischen Land in politischen Unruhen. Mehr muss man hierzu nicht wissen, um ein solches Verhalten glaubhaft zu finden (Adolfo Bioy Cesares selbst war Argentinier).

Auf der Insel gehen tatsächlich seltsame Dinge vor. Menschen erscheinen und verschwinden; Gespräche werden geführt wie Wind, der über Dünen gleitet; der Flüchtige zweifelt an seinem Verstand, mehr noch, an seiner Wahrnehmung. Umso schlimmer, da er sich in eines der wie Phantome irrlichternden Wesen dieser Insel, eine Frau namens Faustine, verliebt hat. Doch was er auch tut, sie ignoriert ihn, der sich wegen seiner Flucht nicht offen zu zeigen wagt. Er führt ein Tagebuch, flieht, versteckt sich, ertrinkt ums Haar in der Flut, belauscht die zwischen Gespenst und Verheißung changierenden Personen. Ja, sind sie denn Personen? Ist all dieser langsam sich auseinander faltende Irrsinn nicht doch ein Trick der Behörden, um den Flüchtling denn doch noch zu fangen – aber warum so kompliziert? Hat Faustine nun etwas mit dem merkwürdigen Wissenschaftler Morel – oder hat unser Flüchtling einfach eine überhitzte und/oder krankhafte Phantasie?

Dem Wahnsinn näher als dem Tode (und auch dem schon ziemlich nahe) enträtselt der Flüchtige endlich das Geheimnis von Morels Erfindung. Es handelt sich darum, Personen aufzuzeichnen – und dies in ihrer Gesamtheit. Nicht nur ihre Worte und ihr Gesicht, sondern auch ihren Duft, ihre Bewegung im Raum und das Gefühl, das ihre Berührung auslöst. Und Morels Erfindung kann die Aufzeichnung auch wieder projizieren, so genau und lebensecht, dass niemand die Projektion, diesen Schemen aus Licht und Energie, von der Wirklichkeit zu unterscheiden vermag (mit etwas anderen Worten, aber eigentlich kaum abweichend werden die Hologramme und Holodecks bei Star Trek erklärt). Aber Morels Erfindung geht tiefer, sie reicht hinab in Abgründe der Existenz: »Wo ruhen wir, wie ungehörte Musik auf einer Schallplatte, bis Gott unsere Geburt anordnet?« (S. 90) Morels Erfindung ist in der Lage, selbst die Seele dessen zu erfassen, der aufgezeichnet wird; und was bleibt einem menschlichen Wesen übrig, dessen Seele von einem solchen Apparat erfasst worden ist – »erfasst« im Sinne von »ergriffen«, »umklammert«, »gefangen genommen«? Eine sich selbst immer wieder aufs Neue wiederholende Existenz, in einer Art Zeitschleife sich selbst wiederholendes Leben?

Der Flüchtling, innerlich zerrieben von seiner hoffnungslosen Liebe zur unerreichbaren, weil nur aufgezeichneten Faustine, arbeitet sich endlich zu Morels Erfindung durch, jenen Maschinen, die all die geisterhaften und doch so realen Erscheinungen produzieren (und deren Beschreibungen anmuten wie ein Storyboard für eine »Myst«-Fortsetzung). Er erkennt, dass alles, was aufgezeichnet wurde, vergehen muss: Die Substanz, das Wesentliche – wenn man so will: die Seele – wird von Morels Maschinen aufgesaugt, woraufhin unausweichlich der Verfall und der Tod des Originals folgt. Ob Pflanze, Tier oder Mensch: Was Morel aufgezeichnet hat, ist des Todes. Den Leuten, die er auf der Insel – einschließlich seiner selbst – aufgezeichnet und so sowohl umgebracht als auch unsterblich gemacht hat, erklärt er diesen Sachverhalt als etwas, das man ihm angesichts des Erfolges nachsehen müsse (und die von den Legenden erwähnten grauenhaft zugerichteten Leichen sind nichts anderes als Morels Versuchspersonen, eingeschlossen seiner eigenen Leiche).

Was tut der verzweifelte Flüchtling, der begreifen muss, dass seine angebetete Faustine längst nicht mehr unter den Lebenden weilt, sondern nur noch unter den aufgezeichneten Bildern so etwas wie eine Art von Existenz besitzt? Er schmiedet einen Plan, sich selbst, sein Abbild, unter die ewig dasselbe tuenden Abbilder der längst Verstorbenen zu mischen, und sich auf diese Weise eine einzige Woche in der Nähe der Geliebten zu verschaffen, selbst wenn ihn dieser Versuch das bisschen Leben kostet, das ihm verblieben ist ...

Dass Adolfo Bioy Cesares schon 1940 über Virtualität nachgedacht hat, ist denn doch ein starkes Stück. Zumal einige seiner Schlussfolgerungen denjenigen nah verwandt scheinen, die Stanislaw Lem aufwarf, als er 1964 »Summa Technologiae« veröffentlichte (man vergleiche etwa das achte Kapitel des sechsten Teils, in dem Lem ganz ähnliche Folgerungen der von ihm Phantomatik genannten fiktiven Technologie entwickelt). Aber Bioys kleiner Roman ist zudem – und das hebt ihn aus den ähnlich gelagerten Geschichten der SF heraus – ein Gleichnis auf die Existenz des Verfolgten, der sich in seiner Bedrohung in ein anderes Dasein hinübersehnt, eines, in das ihm seine Verfolger nicht folgen können, wie auch immer es aussehen mag. Insofern lässt sich das Buch auf mindestens zweierlei grundlegend unterschiedliche Weisen lesen.

Die ebenso klare wie verspielte, knappe Prosa, in der das alles geschrieben ist, macht das Lesen dabei zu einem besonderen Vergnügen (von Gisbert Haefs gewohnt souverän in ein Deutsch übertragen, das eine geschickte Balance zwischen modernem Tempo und leicht altertümlichem Ausdruck wahrt und lobenswerterweise die Verirrungen der angeblich neuen und nur noch so genannten Rechtschreibung ignoriert). Ein Lesetipp für alle, die jenseits der ausgelatschten Pfade der Science Fiction an den weit verzweigten Ufern des Phantastischen nach Lesenswertem suchen.

John Clute

Sternentanz (Appleseed)

Roman · Aus dem Englischen von Hannes Riffel ·
Wilhelm Heyne Verlag, München 2003 · 366 Seiten · € 8,95

von Ralf Reiter

Pfeif. Hoho. Merci Scheißdreck. Äh, Hilfe? Hilfe? Hilfääää!!! Orange and blue, chemical garden. Diese oder jene Pille? Wer? Ich? Das wollen wir doch mal sehen! Gulp. Komm mach mit und tanz das Brot, dann kommt ganz schnell die Atemnot. Nimm die Hand von meinem Geschlechtsteil! Patsch. Aargh, ich muss pinkeln, muss ich pinkeln! Siehst du auch dieses Ding da, das gerade meinen Stinkefinger aufisst? Tut gar nicht weh. Mais oui. Elle n'aime pas la viande. Hör auf, so zu stöhnen, was sollen die Leute denken? Andockvorgang an Raumstation Hirntod. There are several ways to skin a cat. Shit, hört auf, mich so herumzuwirbeln. Findet lieber Nemo. Hier spricht Ihre Schilddrüse, wir setzen zur Landung an ...

Nee, nee, ist alles okay so weit. Nix krank. Null verwirrt. Im Normalmodus. Bloß ein bisschen gaga. Hände weg von dem roten Telefon! Muss von diesem Trip runterkommen, auf den dieser Clute mich geschickt hat, Hundsfott!

Frage an Hannes Riffel. Ich meine, Mann, es ist ja schon schlimm als Leser, dieses Buch, aber was tut ein echt fähiger Übersetzer wie Sie nach getaner Arbeit, mit akuter Sprachzentrumserhitzung und nach einem Anfall von fiebriger Syntaxkonfusion? Mit einem Kasten Bier löschen? Das Gehirn drei Tage im Eisfach zwischenlagern und golemisiert an die Wand starren? Einen Kurs in Esperanto belegen und irre kichernd alle Kursteilnehmer ermorden? Was immer es ist, das Sie vor dem Irrsinn gerettet hat, Mann, teilen Sie es mir mit, ich brauche es! Schnell, sonst, ja sonst schneide ich mir das Sprachzentrum heraus - und, Mann, das wäre ein Verlust für das Universum und den ganzen Rest! Scheiße.

Ach was, erst mal ne Nacht drüber schlafen. Alles nicht so schlümm. Ruhe, Ruhe finden. Das Köpfchen betten. Sprachzentrum nicht belasten, Kognitivmodus auf Stand-by, Bärbel Schäfer gucken oder den Fun-Freitag auf SAT.1. Wird schon wieder, morgen ist auch noch ein Tag, und andere Mütter haben auch schöne Töchter ... zzzz ... zzzz ... grummel ... flöt ... zzzz ... zzzz ... piep ... aargh ... nein! ... ho! ... zzzz ... zzzz ... schlagmichnichtneinschlagmichnicht ... zzzz ... zzzz ...

Sechzehneinhalbstundenspäter. Den beunruhigt dreinschauenden Schlaf aus den Augen massiert, einmal kräftig ins Waschbecken gespuckt, die Schlange gewürgt und den Kopf an die Badezimmerkacheln geschlagen, um das rappelige Sprachzentrum zu akti-äh-hallo?-aktivieren, hallo?, und dann entzündungshemmende Mittel in den Kaffee verrührt. Hallo? Noch da? Puh!

Rezension. Ja. Okay. Hier gehen wir ...

Der Frachterkapitän Freer soll auf dem Planeten Schanzer Fracht für den mysteriösen Planeten Eolhxir aufnehmen. Beim Beladen kommt es zu merkwürdigen Unstimmigkeiten, unter anderem erhält er mehr Fracht als angekündigt und mehr technische Nachrüstung als angefordert. Noch während er auf dem Planeten weilt, um sich ein bisschen zu zerstreuen, geht es los. Der Schimmel schlägt zu, jene hochmysteriöse Datenseuche, die sich seit geraumer Zeit entlang des Spiralarms ausbreitet und die galaktische Zivilisation zu Klump schlägt. Sie zerdeppert die komplette KI-Infrastruktur, zerstört damit natürlich auch die hoch artifiziellen Lebensräume der biologischen Lebewesen und geht neuerdings sogar direkt auf die Gehirne biologischer Wesen los. Der Planet Schanzer geht den Bach runter, aber Freer wird von den KIs seines Schiffes, der *Fliesentanz*, wie eine Marionette durch das Chaos und zurück in die Sicherheit seines Frachters geschleust. Er hat inzwischen mehr Gestalten an Bord als beim Verlassen des Schiffs: Mehrere KIs sind dazugestoßen, und das wohl mit voller Absicht. Wie sich herausstellt, ist Freer zurzeit der wichtigste Mensch in der Galaxis, und die Schimmelattacke auf Schanzer war ein kriegerischer Akt, um ihn und seinen Flug nach Eolhxir zu sabotieren.

Eine uralte, sehr exotisch wirkende Spezies, die einst der Zerstörung ihres Planeten in Generationenschiffen entkam, hat sich auf Eolhxir niedergelassen und dort eine physikalische Absonderlichkeit entdeckt, die Kristalle, die den Schimmel aufhalten bzw. die Rekreation der zusammengebrochenen Kulturen forcieren können. Die Aliens sind jedoch gehandicapt, wenn es um die Erforschung und Nutzbarmachung der Kristalle geht, und müssen die Hilfe biologischer Menschen in Anspruch nehmen. Das ist der wahre Grund für Freers Rekrutierung. Aber es gibt andere Kräfte in der Galaxis, die seit langer Zeit die Ausbreitung des Schimmels fördern (und steuern), denn er bringt ihnen gewaltige Vorteile. Also darf die Expedition der *Fliesentanz* nach Eolhxir nicht stattfinden. Und Freers neuer Passagier, die Eolhxiranerin Mamselle Erdenbraut, die als fleischlicher, vierbrüstiger Wegweiser fungiert, trägt einen Kristall bei sich, der seine heilsbringende Botschaft in lautem Datengekreische hinaus ins All posaunt und so ziemlich jede bizarre feindliche Spezies auf die Spur der *Fliesentanz* setzt ...

Sprache und Tohuwabohu. Als würde man Shakespeare-Dramen auf Esperanto lesen. Wissenschaftssprache, Milieusprache und Slang, literarische Sprache, elliptische Funktionssprache und eine unendliche Verzahnung von Zitaten und Zitatvarianten, babylonisch-ikonoklastisches Gewusel, von Assoziation zu Assoziation hangelnd, Geplapper von quasi-menschlichen Vielfachschizo-KIs (hier: Synthetische Intellekte), die sich mehr oder weniger für philosophisch halten und schwadronieren, schwadronieren. Das erfordert vollen Körpereinsatz vom Leser. Nietzsche und Aleister Crowley auf gemeinsamer Einkaufstour inklusive anschließendem Absacker in der Absinth-Bar.

Man stelle sich Peter Hamiltons vieltausendseitige Space-Opera-Zyklen als einen Stern vor. Den lasse man nun kollabieren und auf 350 Seiten Umfang schrumpfen, aber mit irre großer Masse. Man hat ein literarisches schwarzes Loch, man hat John Clutes »Sternentanz«. Wäre man böse – was wir aber nicht sind –, könnte man sagen, dies sei ein sehr, wirklich sehr später Nachzügler der New Wave. Die Verspieltheit spricht dafür, der Feuerrad-Attraktionscharakter, der leider auch wieder schnell ausglüht und das empfindliche Konsumentensprachundkognitionszentrum nach sechzehneinhalb Stunden fast so spurlos verlassen hat wie der Nachhall eines hibbeligen Trips. Dies alles durchwehen Echos der New Wave. Jene Tage, in denen Brian Aldiss »Barfuß im Kopf« geschrieben hat oder M. John Harrison »In meiner Hand – die Erde« oder Samuel Delany »Dhalgren« oder Michael Moorcock die Jerry-Cornelius-Chroniken. Kann das Nachwuchs-Publikum das verstehen? Können die jungen Sternenkrieger von George Lucas' Gnaden dies zu- und einordnen, wenn sie noch nie mit den Buchstaben gewordenen Experimentalneurosen der SF-Altvorderen konfrontiert worden sind, weil die längst vergriffen und ohnehin viel zu stressig sind? Selbst der Wüstenplanet ist heutzutage dank eines verantwortungsbewussten Autorensohnes und seines Lohnschreibers geschmeidig, jung und schmerzlos einfach neu gestaltet worden, während die hippen TV-Verfilmungen dialogisch der jugendlichen Daily-Soap nacheifern: nichts als leeres Geschwätz. Es steht zu befürchten, dass die Jungen vor so einem Buch stehen wie der sprichwörtliche Ochs' vorm Berg. Glotz. Äh, ja bitte? Na, wenigstens ist Clute unverfilmbar.

Er exportiert ein Gedankengut voller Anarchismus und düsteren Spekulationen über die »conditio humana« in die postmodernen Befindlichkeiten des 21. Jahrhunderts und macht aus der Tragödie eine Quasi-Komödie, vielleicht weil er der Tragödie selbst nicht ganz trauen will im Fun-Zeitalter, aber im Detail kann das schon unglaublich komisch sein, wenn man denn den ganzen *babble* durchsteigt und, verdammt noch mal, dranbleibt, obwohl da noch so viel einfacheres Zeug ungelesen herumliegt. Die Lebens- und Lustwelten der hedonistischen, auf Statistenrollen reduzierten Menschen sind bizarr. Und Cybersex muss ganz schön stressig sein, wenn einem die KI-Substitutfotze noch am Pimmel hängt, einen von unten blöde anglotzt und man urplötzlich Zielobjekt in einer wilden Hetzjagd wird. Eine irrsinnig fremdartige, bizarre Welt, die hier gezeichnet wird. Die Zukunft der Menschheit inmitten von KIs und nanogenerierten, quantengesteuerten, drogeninduzierten Scheinwelten, in denen die Menschen dafür berüchtigt sind, dass sie sich in der Öffentlichkeit absolut schweinisch benehmen. Der Roman geht an die Grenze des Noch-Verständlichen und initiiert einen mehr oder weniger freien Assoziations- und Dialogfluss, worin sich erstaunlicherweise auch eine Handlung verbirgt. Action-Szenen? Werden in Nanosekundenschnelle abgehandelt; der ganze Roman ist nichts als Action, Bewusstseinsdialoge sind Action. Kosten keinen Atem und fordern keine Gesprächsdisziplin. Der Blick in die Zeit eines transformierten Menschengeschlechts, das mit/neben/durch Technologie lebt und fremd, fremd, fremd geworden ist.

Ein Feuerrad von Roman, wie gesagt, aber Feuerräder gleißen kurz auf, um dann zu verlöschen. Was nimmt man mit aus dem Buch? Man erinnert sich an seine vor Konzentration zusammengebissenen Zähne, an einige laute Lacher, an Märchentechnologie, an eine irre Übersetzerleistung und an Gewirr und Gewusel und Schulterzuck-zuck-zucken.

Kein Rezensent lebt auf einer Insel. Dank an: die Meat Puppets, Bernd das Brot, Dory den Fisch, meine Mutter und die geile kleine Tätowiererin von »Mustafa's Tatoo-Shop«.

Merci Scheißdreck. Knirsch. Knarz. Over and out. Hast du die Autoschlüssel, Schatz? Hallo?

Roberto Cotroneo

Tempestad (Per un attimo immenso ho dimenticato il mio nome)

Roman · Aus dem Italienischen von Karin Krieger ·
Insel Verlag, Frankfurt am Main und Leipzig 2003 · 371 Seiten · € 24,90

von Karsten Kruschel

Dieses irritierende Buch kommt dem Leser vor wie ein paar lose miteinander verbundene Gemälde, jedes für sich von beeindruckender poetischer Kraft, aber kaum zusammenhängend, und ratlos fragt man sich, was das alles miteinander zu tun haben mag. Da fast jedes dieser Bilder einen oder mehrere phantastische Einfälle enthält, scheint es sich um einen dieser postmodernen phantastischen Romane zu handeln, die ihre Leser gern an der Nase herumführen – indem sie so tun, als führten sie ihre Leser an der Nase herum.

Da wäre zum Ersten ein Streichquartett, zusammengestellt von einer sich offensichtlich nicht mehr ganz bei sich befindlichen jungen Frau namens Chiara. Dieses Quartett versucht bis an den Rand des Wahnsinns, Beethovens Große Fuge in noch nie dagewesener Perfektion einzustudieren. Die Nerven der Beteiligten liegen blank, und Abgründe tun sich auf. Ganz so, als hinge das Schicksal der Welt davon ab (damit hält sich Cotroneo viele Seiten lang auf, ohne dass all der Aufwand zu irgendetwas geführt hätte). Da wäre zum Zweiten ein albtraumhaftes Kreuzfahrtschiff, von dem niemand weiß, wie viele Fenster es hat und auf dem man sich andauernd verirrt, weil es offenbar während der Fahrt seine innere Konstruktion ändert (nur einer von vielen phantastischen Einfällen Cotroneos, aber auch dieser hat keine Auswirkungen auf die Geschichte, oder sagen wir besser, auf die Handlung). Einer der Musiker aus dem zuerst erwähnten Gemälde fiedelt im Salon hoffnungslos vor sich hin, erinnert sich an das Quartett und an die Heimat. Das dritte von Cotroneos Bildern schildert nun Tempestad, den Heimatort dieses Musikers, der dem Roman seinen Titel gab. Tempestad ist ein Dorf am Rande des Wahnsinns und keinesfalls von dieser Welt, es scheint geradewegs aus einer Kafka-Kurzgeschichte emporgewachsen. Es ist auf keiner Karte verzeichnet, und Schach spielt man dort so, dass immer nur ein Remis herauskommen kann.

Innerhalb dieser großen Bilder gibt es eine Reihe kleinerer, etwa an Bord des Geisterschiffes das des gescheiterten Schachspielers, der einmal gegen Bobby Fischer verlor, als der noch ein Kind war, und ebendiese Partie immer wieder durchlebt, im Internet gar den mittlerweile irre gewordenen Fischer gefunden zu haben glaubt. Oder den Vater Chiaras, dessen Fabrik starke Psychopharmaka herstellt, während seine Frau davon längst stumpfsinnig geworden ist und die Tochter in entlegenere Bereiche des Irrsinns abdriftet, hat sie doch ihre eigene Schwester, wenn auch mehr aus Versehen, umgebracht.

All diese Bilder - sie Geschichten zu nennen verbietet sich, denn nichts davon ist eine Geschichte im herkömmlichen Sinne - haben nach dem Willen des Autors miteinander zu tun. Aber im Buch selbst gehen sie keinerlei sinnvolle Beziehung ein. Es gibt ja diese mäandrierende Erzählweise, in der ein Autor sozusagen vom Hütchen aufs Stöckchen kommt und sich erst im Lauf des gesamten Buches herausstellt, dass all die Abschweifungen und Nebenschauplätze durchaus etwas mit Thema und Anliegen des Textes zu tun haben. Nicht so in »Tempestad«. Die Hütchen und Stöckchen liegen - um im Bild zu bleiben - einfach herum. Selbst das Ende des Buches vermag da nichts mehr zu retten. Zurückgekehrt in das inzwischen zerstörte Tempestad, findet der Erzähler am Ende zwischen vielen anderen Bildern, die Szenen seines eigenen Lebens zu zeigen scheinen, ein Negativ, das er zwecks besserer Sicht gegen das Licht hochhält. Es zeigt ihn selbst, wie er ein Negativ ins Licht hält ...

Das Schwebende, Leichte und gleichzeitig unterschwellig Bedrohliche, das Cotroneos Roman »Otranto« durchzog, ist einer gewissen Konfusion gewichen: All die Tableaus wollen untereinander keine Verbindung eingehen. All die Rätsel finden keine Lösung. Und eine Geschichte ist weit und breit nicht auszumachen. Die handelnden Figuren, so zahlreich wie in einem dieser russischen Romane, die mit einem drei Seiten umfassenden Verzeichnis der vorkommenden Personen beginnen, bleiben samt und sämtlich blass wie die Trugbilder, die sie (vielleicht) sein sollen. Und genau deswegen bleiben sie allesamt dem Leser herzlich egal, und deswegen verströmt »Tempestad« auch diese allumfassende Atmosphäre einer gediegenen Langeweile, da helfen auch all die phantastischen Einfälle nichts. Die Sprache dieses Buches allerdings ist gedrechselt, ohne gekünstelt zu wirken, steckt voller beeindruckender Bilder und versteht es, jederzeit bedeutend zu klingen. Leider vermag Cotroneos Sprachbeherrschung nicht die Existenz einer Handlung zu ersetzen. Seine wohltönenden Sätze reihen sich folgenlos aneinander und langweilen am Ende nur noch mehr. Roberto Cotroneo scheitert mit diesem Versuch, einen Roman zu schreiben, auf ganzer Linie – aber er scheitert wenigstens auf hohem Niveau.

Philip K. Dick

Ubik (Ubik)

Roman · Mit einem Anhang »Ubik – Das Drehbuch« · Aus dem Amerikanischen von Renate Laux · Wilhelm Heyne Verlag, München 2003 · 428 Seiten · € 9,95

von Hartmut Kasper

Im Jahr 1992 ist das Übersinnliche längst vermarktet. Telepathen und Hellseher arbeiten auf kommerzieller Basis; wer sich und seine Betriebsgeheimnisse nicht ausspioniert sehen möchte, engagiert einen »Inerten«, der solche übersinnlichen Talente blockiert. Versteht sich, dass die PSI-Betriebe und ihre telepathieverhütenden Gegenstücke erbittert gegeneinander konkurrieren.

Joe Chip arbeitet für die Inerten-Firma Runciter; er misst die Stärke der PSI-Kräfte der übersinnlichen Angestellten. »Ubik« wurde im Jahr 1969 erstveröffentlicht – »Chip« konnte damals so viel bedeuten wie Splitter, Span, Sproß, wertlose Sache oder Spielmarke. Und wie eine Spielmarke, so wird Chip bald hin und her geschoben zwischen diesen und jenen Wirklichkeiten, Wach- und Traum- und Totenwelten, einem 1992, in dem jedes Detail befremdet: Die Raumfahrt ist so selbstverständlich, dass Dick kein Wort für die Beschreibung der Raumschiffe verschwendet. Statt dessen erfahren wir die eher intimen Lebensumstände, beispielsweise dass die Motels »Zur Fessel polymorpher Liebeserfahrung« heißen und die Mode gebietet, dass man Mohairponchos trägt, dazu einen aprikosenfarbenen Filzhut, schottische Skisocken und Slipper oder einen maronenfarbenen

Morgenrock, glitzernde Schuhe mit aufwärts gerichteter Spitze und Filzkappe mit Quaste.

Besonders ausführlich wird über den aktuellen Totenkult, oder besser: die Todestechnologie berichtet. Tote werden in so genannten Moratorien im Halbleben gehalten, sie sind zwar tot, existieren aber anderweitig und können mit den Lebenden noch kommunizieren. Auf diese Weise fungiert die verstorbene Frau von Runciter, Ella, immer noch als Firmenberaterin.

Und Beratung hat Runciter dringend nötig, weil die Auseinandersetzung mit seinem Konkurrenten, dem Telepathenvermieter Hollis, immer weiter eskaliert. Schließlich kommt es zu einem Anschlag auf Runciter und eine Gruppe von Mitarbeitern, darunter Chip. Runciter stirbt, der Rest überlebt.

Möglicherweise.

Und was für eine Sorte Leben ist das, in dem plötzlich Botschaften des Toten auf Zigarettenpackungen und Dosen auftauchen, die Stadt sich mit Autos aus den 1930er Jahren füllt und nagelneue Geräte so abgenutzt sind, als wären sie seit einer Ewigkeit im Gebrauch?

Wie vertreiben sich eigentlich die zu Frühverstorbenen, die sich im Tod entsetzlich langweilen, die Ewigkeit? Und was hat es mit UBIK auf sich, diesem überall auftauchenden, überall beworbenen Wundermittel – diesem »geräuschlosen Elektro-UBIK«, »Instant-UBIK Kaffee«, den »UBIK-Rasierklingen«, dem Plastikverpackungs-Bier-Bankkredit-Haarfestiger-Schlafmittel-Büstenhalter-und-so-weiter-UBIK –, der lediglich bei vorschriftsgemäßer Anwendung ungefährlich sei, wie immer wieder warnend betont wird. Frage über Frage, und auf jede gibt Dick etliche überraschende, doch nie verbindliche Antworten. Dicks Welt bleibt in der Schwebe, und dort hält sie sich gut. Dem Leser aber wird auf diese Weise nach und nach jeder sichere Boden unter den Füßen entzogen – ein kitzliges Gefühl.

»Ubik« leitet sich von »Ubiquitous« ab, das »allgegenwärtig« bedeutet und einen religiösen Beigeschmack hat; es meint die Omnipräsenz eines göttlichen Wesens. Aber wie wäre etwas Göttliches zu denken in den profanen 1960er Jahren? »Sehen Sie, Mr. Lem, hier in Kalifornien gibt es keine Kultur, nur Kitsch«, hatte Dick an den polnischen Kollegen geschrieben: »Wenn Gott sich uns offenbarte, dann täte er das in Gestalt einer Spraydose, für die im Fernsehen geworben wird.«

Dicks Roman ist große, gottgeistige, rätselverliebte Spannungsliteratur. Vieles in seinem Werk reizt, wie wir spätestens seit dem »Blade Runner« wissen, zur Verfilmung. 1974 besuchte denn auch der französische Regisseur Jean-Pierre Gorin den Autor. Gorin hatte in den vergangenen Jahren einige Male mit Jean-Luc Godard zusammengearbeitet und in einem Fall auch mit dem deutsch-französischen Politiker Daniel Cohn-Bendit, der 1969 an Gorins Western »Vent d'est« mitwirkte. Nun kaufte er Dick die Filmrechte an »Ubik« ab und schlug ihm vor, die Drehbuchadaption zu schreiben. Dick willigte ein. Es blieb das einzige von ihm verfasste Drehbuch; verfilmt wurde es nie.

Dicks Drehbuchversion von »Ubik« weicht in einigen Punkten von der Vorlage ab, zumal der Schluss wird anders akzentuiert: Dick arrangiert die Wiedergeburt für Chip und Ella Runciter in einem metaphysischen Seelenversand-Rotlichtbetrieb, der wie eine Mischung aus Speiselokal, Porno-Show und Jüngstem Gericht wirkt; das letzte Wort hat die göttliche Spraydose, deren Etikett verkündet: »Ich bin UBIK. Ich war, bevor das Universum war. Ich habe die Sonnen und die Welten gemacht. Ich erschuf das Leben.« Und, beinahe tröstlich: »Ich bin. Ich werde immer sein.« Fragt sich nur, nach welcher Vorschrift wir ihn verwenden sollen.

Andreas Eschbach

Der Letzte seiner Art

Roman · Gustav Lübbe Verlag, Bergisch-Gladbach 2003 · 350 Seiten · € 19,90

von Gregor Jungheim

Clark Kent, Bruce Wayne, Peter Parker und alle anderen Superhelden scheinen nie einen Pechtag zu haben, an dem ihnen einfach gar nichts gelingt. Duane Fitzgerald schon. An einem Samstagmorgen erwacht er blind und halbseitig gelähmt und ist darauf angewiesen, sich selbst zu warten. Doch Duane nimmt seine Situation gelassen, denn zur Jagd auf Bösewichter wurde er ohnehin noch nie gebraucht. Seit zwölf Jahren lebt Duane als Frühpensionär der US

Army im irischen Fischerdorf Dingle und ist eines der letzten lebenden Exemplare eines stillgelegten Militärprojektes. In den 80er Jahre versuchte die Regierung Reagan ein Team von Cyborg-Soldaten zu erschaffen, das für gezielte Angriffe gegen Terroristen eingesetzt werden sollte. In unzähligen Operationen stattete man sie mit verschärften Sinnesorganen, neuen Körperteilen, Kampfprogrammen, Datenspeichern und zahlreichen anderen technischen Spielereien aus. Leider funktionierten die Cyborgs weniger perfekt als erhofft. Zudem hatten ihre Schöpfer vergessen, dass auch diese Kampfmaschinen altern. Ohne jemals zum Einsatz gekommen zu sein, wurden Duane und seine Kameraden daher von der Regierung Clinton in den Ruhestand versetzt. Er selbst ist seitdem Stammgast in der örtlichen Bibliothek und verbringt seine großzügig bemessene Freizeit mit Lesen und Strandspaziergängen. Nur der Dorfarzt O'Shea weiß über Duanes Vorleben Bescheid.

Dem Leser einen Cyborg als Identifikationsfigur anzubieten, ist eine anspruchsvolle Aufgabe. Zu leicht läuft ein Autor Gefahr, den Protagonisten aufgrund seiner übermenschlichen Fähigkeiten auch überlebensgroß darzustellen. Eschbach weiß dieses Problem jedoch mit Bravour zu lösen: Indem er seinen Superhelden bereits im ersten Kapitel mit allerlei Pannen seines Systems konfrontiert, erscheint er von Anfang an als sehr verletzliche Gestalt. Dieser Eindruck verstärkt sich noch, sobald der Leser erfährt, welche Opfer Duane erbringen musste: Während seiner Umwandlung zur Kampfmaschine sah er die Hälfte seiner Kameraden durch misslungene Operationen oder Fehlfunktionen ihrer Systeme zu Tode kommen. Früher ein großer Weiberheld, ist er nun nicht mehr in der Lage, seinen sexuellen Bedürfnissen nachzugehen. Selbst gewöhnliches Essen und Trinken ist ihm verwehrt, da Duane auf eine Spezialnahrung angewiesen ist, die er alle paar Tage per Post erhält. Über derartige Einschränkungen und auch über seine wenig abwechslungsreichen Tagesabläufe hilft ihm nur die Lektüre des römischen Philosophen Seneca hinweg.

Eine Veränderung stellt sich erst ein, als ein Fremder in das Dorf kommt, der wie ein Besessener nach Duane sucht. Als die beiden zusammentreffen, stellt sich der Fremde als Rechtsanwalt Harold Itsumi vor und behauptet, genauestens über seine Vergangenheit Bescheid zu wissen. Obwohl das Militärprojekt strengster Geheimhaltung unterlag, ist Harold eine Akte in die Hände gefallen, welche den gesamten Verlauf des Projektes dokumentiert. Er will Duane nun dazu überreden, anhand dieser Beweisstücke einen spektakulären Schadensersatzprozess gegen die USA zu führen - mit einem Streitwert in Milliardenhöhe. Doch bevor er das Angebot annehmen kann, wird der Anwalt von einem Unbekannten ermordet. Duane nimmt die Verfolgung auf, kann jedoch - trotz Einsatz seiner Superkräfte - nicht verhindern, dass der Mörder entkommt. Unnatürliche Tode sind selten in Dingle, weshalb sich kurz nach dem Tod des Rechtsanwaltes auch die örtliche Polizei in Alarmbereitschaft befindet. Als wenig später auch Doktor O'Shea ermordet wird, gerät Duane in den Verdacht, mit beiden Morden im Zusammenhang zu stehen. Doch nicht nur die irische Polizei, auch eine stetig wachsende Anzahl ausländischer Touristen, scheint mit nichts anderem beschäftigt zu sein, als ihn unter ständiger Beobachtung zu halten. Obendrein ist die Managerin des Hotels verschwunden, in das sich Harold einquartiert hatte. Als schließlich auch die Essenslieferungen ausbleiben und sein Konto gesperrt wird, dämmert es Duane, dass irgendeine mächtige Organisation ein Interesse daran haben muss, ihn auf subtile Weise aus dem Verkehr zu ziehen - und dass sich alle, die zu viel über ihn wissen, in tödlicher Gefahr befinden.

Was Eschbachs Schreibstil betrifft, so darf man auch an dieses Buch keine allzu hohen Ansprüche stellen. Der Autor weiß zwar wie gewohnt durch eine äußerst flüssige Erzählweise zu überzeugen, seine Sätze sind jedoch überwiegend glanzlos gestrickt und wirken gelegentlich, als entstammten sie einer unbeholfenen Übersetzung aus dem Englischen. Dafür tritt Eschbach mit diesem Roman den endgültigen Beweis an, dass er die Tugend des Spannungsaufbaus beherrscht: Duanes Vorgehensweise bei der notdürftigen Reparatur seiner Systeme und seine gänzlich unintellektuelle Beschäftigung mit Philosophie wecken bereits im ersten Kapitel die Sympathie des Lesers. In seiner Begleitung lässt man sich gerne in das Leben in Dingle einführen. Für ein hohes Maß an Unterhaltsamkeit ist somit von Anfang an gesorgt. Nach und nach flechtet der Autor dann seltsame Gestalten, merkwürdige Ereignisse, Unheil verkündende Nachrichten und konspirative Zusammenkünfte in die Erzählung ein. Der Plot ähnelt hierbei Hitchcock-Klassikern wie *Vertigo* oder *Der unsichtbare Dritte*, in denen die Spannung ganz allmählich ansteigt und bis zum Ende niemals abzureißen droht. Nahtlos fügen sich hierin Duanes Auseinandersetzungen mit den Werken Senecas und die oftmals belastenden Erinnerungen an seine Entwicklung zur Kampfmaschine ein. Auch wird man in »Der Letzte seiner Art« keine Figur, kein Detail und keinen Dialog finden, der nicht spätestens am Schluss des Buches für die Geschichte Bedeutung erlangt. Dem Roman eine schier unerträgliche Spannung zu attestieren, erscheint zwar etwas übertrieben, für kurzweilige Lektüre ist aber auf jeden Fall gesorgt. Dass die Grundidee des Romans stark an Serien wie *Der Sechs-Millionen-Dollar-Mann* und die *Terminator*-Filme angelehnt ist, versucht Eschbach erst gar nicht zu verbergen. Vielmehr spickt er sein Buch immer wieder mit Anspielungen auf diese Produktionen. Duane Fitzgerald erscheint im Vergleich damit jedoch als weitaus menschlichere Gestalt, obwohl – oder gerade weil – er seine eigene Menschlichkeit immer mehr in Frage stellt.

In Ungnade wird »Der Letzte seiner Art« lediglich bei den Fans krachlederner Actionthriller fallen. Der Roman ist diesen Werken nur insofern ähnlich, als dass auch hier nahezu alle wichtigen Rollen mit Männern besetzt sind; den einzigen bedeutenden weiblichen Part spielt natürlich *das* Mädchen, an das der Held sein Herz verliert. Ansonsten verzichtet der Autor weitgehend auf Explosionen, Schießereien, Verfolgungsjagden, groß angelegte Kampfszenen und alle anderen beliebten Versatzstücke der Thriller-Literatur. Ohne dass eine Rettung für den Protagonisten merklich näher rückt, strebt das Buch seinem Ende entgegen. Selbst zu Beginn des letzten Kapitels sind die Weichen für ein furioses Finale noch nicht gestellt. Schließlich kommt es, wie es kommen muss: Ein spektakulärer, effektreicher Showdown, in dem das Gute den endgültigen Sieg gegen das Böse erringt, bleibt aus. Das Buch endet still und melancholisch, untermalt von den düstersten Passagen aus Senecas Werken. Doch ist es gerade dieser Schluss, der dem Roman Glaubwürdigkeit und vor allem Niveau verleiht.

Mag auch »Der Letzte seiner Art« durchaus noch steigerungsfähig sein, so ist Eschbach zweifellos ein unterhaltsamer Thriller mit philosophischen Ansätzen und einem Hauch Selbstironie gelungen.

Science-Fiction-Freaks werden an diesem Roman ohnehin nicht vorbeikommen – schließlich gehört es in der Szene fast schon zum guten Ton, den »neuen Eschbach« alsbald nach dem Erscheinen gelesen zu haben. Wie die meisten anderen Werke des Autors hat aber auch dieses Buch das Potential, eine Leserschaft zu gewinnen, die weit über das SF-Fandom hinausreicht – selbst wenn sich der ein oder andere Actionfan um einen fulminanten Showdown betrogen fühlt.

Andreas Eschbach

Exponentialdrift

Roman · Bastei Lübbe, Bergisch Gladbach 2003 · 268 Seiten · € 6,90

von Hartmut Kasper

»Über dieses Buch: Dieses Buch ist ein hoch spannendes Buch«, lesen wir im Klappentext. Das ist schön. Und noch nicht alles: »Aber es ist auch mehr: Es ist ein literarisches Experiment. Vom September 2001 bis Juli 2002 erschien ›Exponentialdrift‹ als klassischer Fortsetzungsroman in der *Frankfurter Allgemeinen Sonntagszeitung*, jede Woche eine Folge, Woche für Woche geschrieben und mit aktuellen Bezügen.« Wirklich schön, wenn ein Buch so aberwitzig-mysteriös beginnt: Hier *experimentiert* also jemand mit einer altbekannten, *klassischen* Form. Aha.

Genauso ulkig geht es weiter. Das Buch hat ein Vorwort. Das Vorwort stammt von einem gewissen Frank Schirrmacher, einem Herrn mit leicht verschrobenen Auffassungen davon, wozu ein Leser liest: »Ich verabschiede Sie, lieber Leser, kaum dass wir uns kennen gelernt haben. Ich bleibe hier zurück, Sie reisen gleich ab. Steigen Sie ein. Die Startsequenz hat schon begonnen. Sie haben dieses Buch gekauft, weil Sie in eine andere Welt transportiert werden wollen.« Ein Fehlkauf also, wenn man Bücher liest, um sich zu unterhalten, in dieser Welt recht wohl fühlt und deswegen weder wünscht, literarisch noch sonstwie deportiert zu werden.

Aber es wird noch bedrohlicher: »Andreas Eschbach hat gleich die Kontrolle über Sie, über Ihren Raum und Ihre Zeit, und ich sage Ihnen: Ich kenne keinen zeitgenössischen Schriftsteller, der schneller und auch weiter ans Ziel kommt.« Bedauern wir zunächst einmal Herrn

Schirrmacher ob seiner Unkenntnis und fragen uns dann: An welches Ziel? Und: Sicher kann man schneller als ein Konkurrent ans Ziel gelangen – aber »weiter«? Und wie haben wir uns die gesteigerte Anszielbringung technisch vorzustellen? Schirrmacher: »Dieses Buch ist ein Vehikel, der Spannungsdruck presst Sie gleich in Ihren Sessel, der Zauber der dichterischen Phantasie macht Sie schwerelos.« Schönes Bild, wie wir dort schwerelos in die Sessel gepresst japsen.

Oder meint Schirrmacher, dass der Roman zunächst ziemlich spannend beginnt, dann aber durch allerlei poetischen Hokuspokus leichtgewichtig wird? Auf jeden Fall hat Speditionsraketentheoretiker Schirrmacher fein erspürt, dass es sich bei dem Text um Science Fiction handelt, und Literatur ist (für ihn) nur Science Fiction, wenn mit Raketen drin. Schließlich weiß Schirrmacher noch etwas über den Autor zu verraten: »Eschbach ist ein junger deutscher Schriftsteller. Erschrecken Sie nicht!« Zu spät – immer, wenn ich Stichwörter wie »Kettensägenmörder«, »Taliban« oder »junger deutscher Schriftsteller« höre, fahre ich natürlich vor Entsetzen zusammen.

Man sieht, schon das Vorwort ist die € 6,90 wert: Über so eine drollige Zungenfertigkeit konnte ich zuletzt lachen, als die *Titanic* die Übersetzung einer taiwanesischen Gebrauchsanweisung für Badewannenstöpsel ins Pseudodeutsche zum Besten gab (»Als der Stöpsel weich geworden ist, scheneiden Sie den Stöpsel mit der Schere entlang der Ringe bis das Gröse den Drän geeignet ist.«).

Eschbachs experimentell-altmodischer Fortsetzungsroman handelt von einem Mann, Bernhard Abel, der aus einem langjährigen Wachkoma erwacht und entdeckt, dass er in Wahrheit ein Außerirdischer ist oder auch nicht. Es sagt nämlich Wörter wie »Mmuade-hi« oder empfindet einen durch den Beischlaf mit seiner Frau ausgelösten Orgasmus als eigenartig wohltuend. Er erfährt, dass besorgte Außerirdische das Universum vor einer sich epidemieartig ausbreitenden Menschheit retten wollen, was aber auch eine Wahnvorstellung Abels sein kann. Für zusätzliche Hochspannung sorgen der obligatorische geheimnisvolle Fremde, der alle Befürchtungen Abels bestätigt oder auch nicht.

Fast jedes der ultrakurzen Kapitel endet mit einem Cliffhanger, was zu einer erzählerisch interessanten Landschaft führt: überwiegend Abhang, kaum Fels. Und da, wie Eschbach in seinem »The Making Of Exponentialdrift« schreibt, der »Fortsetzungsroman kein wirklich großes Echo gefunden« hatte, fand die Zeitung es bald an der Zeit, das Projekt nunmehr überhastet und ohne ein rechtes Ende abzubrechen - was in einer netten Mail allerdings viel feinsinniger formuliert wurde.

Der Anhang übrigens liest sich wirklich flott und informativ. Häufig sind ja Einblicke in die Werkstatt eines Schriftstellers spannender als das fertige Produkt selbst. Ich will das mal das Die-Sendung-mit-der-Maus-Feeling nennen: Dort wird uns beispielsweise vorgeführt, wie aufregend die Herstellung eines profanen Zahnstochers eigentlich ist.

Besonders ans Herz legen möchte ich das Kapitel 32 und Eschbachs Erläuterungen dazu im Anhang: Dort berichtet er von seiner Teilnahme am Dortmunder Science-Fiction-Kongress, den er wie folgt verarbeitet: »Nach einer Weile ... hörte er, dass am Nebentisch über Außerirdische gesprochen wurde. Fünf Männer, die bunte Namensschilder auf der Brust trugen und selber nicht ganz von dieser Welt zu sein schienen. ... Er musste fragen. Ihren bereitwilligen Antworten entnahm er, das die Teilnehmer eines Science-Fiction-Kongresses waren. ... Röber ... winkte der Kellnerin. ›Zahlen bitte.‹ Nichts wie weg von hier.«

Eschbach ist ein guter Erzähler, und das scheint auch in diesem Roman der vielen kurz- und meist wirklich kurzweiligen Kapitel immer wieder auf. Für die Buchausgabe wurde der Text nicht überarbeitet. Das macht ihn über den bloßen Sammlerwert für Eschbach-Liebhaber hinaus zu einem informativen Dokument.

Neil Gaiman

American Gods (American Gods)

Roman · Aus dem Amerikanischen von Karsten Singelmann · Wilhelm Heyne Verlag, München 2003 · 624 Seiten · € 24,-

von Ralf Reiter

Wegen einer Schlägerei sitzt Shadow im Knast und wartet geduldig auf seine Entlassung. Die Sozialprognose ist gut: Er kehrt zurück zu seiner liebenden Frau Laura und zurück zu seiner Arbeitsstelle, die sein Kumpel ihm freigehalten hat. Drei Tage vor dem Entlassungstermin erfährt Shadow, dass seine Frau und der Kumpel bei einem Autounfall getötet wurden. Im Flugzeug begegnet Shadow einem alten Mann, der sich Wednesday nennt und ihn als Assistenten anheuert. Eher unwillig nimmt Shadow das Angebot des überaus seltsamen Mannes an, und nachdem er die Angelegenheiten seines alten Lebens geregelt hat, steht er auf Abruf bereit, um Wednesday bei dessen Aufgaben zu unterstützen. In seinem alten Leben hält ihn definitiv nichts mehr – seitdem er erfahren hat, dass seine Frau und der Freund während seiner Abwesenheit eine Affäre hatten und bei gewissen sexuellen Betätigungen im Auto von der Straße gerammt wurden.

Wednesday ist ein Gott, nicht irgendeiner, sondern Allvater Odin selbst. Er ist, wie haufenweise andere seiner metaphysischen Profession, mit europäischen Einwanderern nach Amerika gekommen, wo sich hinter den Kulissen der materiellen Welt die Pantheone unterschiedlichster Kulturkreise tummeln. Die Götter, Dämonen und Zwischenwesen sind allesamt auch fleischliche Wesen, als Menschen verkleidete, Gestalt gewordene Prinzipien, die in Details des Aussehens und in ihren Charakterzügen auf ihre wahre Gestalt hinter den Kulissen hinweisen. »Hinter den Kulissen«, das ist jene kollektiv-psychische Landschaft in den Köpfen der Menschen, in der Archetypen gerinnen, als ungeheuerliche Wesenheiten umherstolzieren und mit DONNERSTIMME sprechen. Aber den alten Göttern geht es nicht besonders gut: Sie geraten zusehends in Vergessenheit und sterben ab, kaum jemand betet sie noch an oder opfert ihnen, weswegen sie verblassen und zu wunderlichen alten Rentnern und Sonderlingen werden. Und um ihnen den Todesstoß zu versetzen, kooperieren die smarten neuen Götter – die der Technik, der Medien, des Automobils usw. – unter ihrem mysteriösen Chef Mr. World gegen die Alten, um sie in einer apokalyptischen Schlacht auf dem mythischen Lookout Mountain ein für alle Mal zu vernichten. Wednesday/Odin macht es sich zur Aufgabe, überall im Land die Inkarnationen der alten Gottheiten zur Offensive zu überreden, und Ex-Häftling Shadow ist an seiner Seite. Ihn wundert bald gar nichts mehr. Nicht die drei Sari-Schwestern, die in einer Rentner-WG in Chicago hausen und sich lediglich an ihre alte Funktion als slawische

Göttinnen der Dämmerung erinnern. Nicht Tchernibog, der alte Todesgott der Slawen, einst Vernichter und horribler Dämon, nun ein Greis, der sich wehmütig in die seligen Zeiten zurückwünscht, als er in den Chicagoer Schlachthöfen Rindern mit dem Hammer die Köpfe einschlug. Auch nicht Mr. Nancy, anderswo Anansi genannt, den Spinnengott der Afrikaner, heutzutage ein mürrischer, wenn auch in seinem Inneren durchaus netter alter Farbiger mit exzentrischer Garderobe. Auch mit seiner vorübergehenden Beschäftigung im Begräbnisinstitut »Ibis & Jacquerel« kommt Shadow durchaus klar. Hier leben die Herren Ibis und Jacquerel zusammen mit ihrer Katze und einem geistig verwirrten Falken und bringen Leute unter die Erde. Es handelt sich um die ägyptischen Gottheiten Thoth (ibisköpfige Gestalt), Anubis (Schakalkopf; Jacquerel = Jackal), Bastet (Katze) und Horus (Falke). Man begegnet auch prollig-versoffenen Kobolden wie Mad Sweeney, der im Hell's-Angels-Outfit unterwegs ist, oder Easter, der verblassenden Fruchtbarkeitsgöttin Astarte, die in San Francisco als verrentetes Blumenkind lebt. Wirklich übel ergeht es Bilquis, ehedem die Königin von Saba und im biblischen Hohelied besungen, nun zur Bestreitung des göttlichen Lebensunterhalts auf den Straßenstrich von L.A. angewiesen.

Einen Ankerplatz findet Shadow zwischenzeitlich in dem Städtchen Lakeside in Wisconsin, wo Wednesday ihn eine Zeit lang unterbringt. Der propere, prosperierende Ort ist eine Insel inmitten einer niedergehenden, verfallenden amerikanischen Provinz, beinahe zu schön, um wahr zu sein. Nette, kumpelhafte Menschen in einem aufgeräumten, idyllischen Ort. Aber Shadow stößt auf einen schwarzen Fleck, auf verschwundene Teenager, die angeblich ausgerissen sind. Jedes Jahr ein Kind, und das seit mehr als 150 Jahren. Und mit seiner neu gewonnenen Göttererfahrung kommt Shadow eine Ahnung. Er wird herausfinden, dass hier jemand oder etwas lebt, das mit deutschen Einwanderern in die Gegend kam und sich diesen Ort so eingerichtet hat, dass er ihm behagt, inklusive Menschenopfer. Und der Furcht einflößende germanische Gott steckt hinter dem nettesten, freundlichsten Gesicht von allen.

Shadows Glück in Lakeside zieht vorüber, und er steht plötzlich mitten in der anstehenden Götterdämmerung. Wednesday wird von der Gegenseite getötet, was seine Verbündeten umso mehr aufbringt. Also versammeln sich die Götter der alten und neuen Welten auf ihrer auserwählten Walstatt, um sich gegenseitig abzuschlachten. Aber während seiner mystischen Totenwache für den toten Odin hat Shadow Dinge gesehen und erfahren, die ihn stutzen und hinter dem Blendwerk des mythischen Konflikts ein sorgsam konstruiertes Geflecht aus Gier, Verrat und Eigennutz erkennen lassen. Und nur er, die neu gewordene Version des nordischen Gottes Baldur, erkennt die Intrigen seiner Verwandten und seine eigene Bestimmung.

Im Grunde ist dies Neil Gaimans Debütroman. Seine vorherigen beiden Romane waren Nebenprodukte seiner Tätigkeit als Treatment- und Drehbuchschreiber für die BBC und dementsprechend eher halbgar. Hier zieht Gaiman vom Leder, und zwar so, dass der Verlag aus ihm unbedingt einen neuen Stephen King machen will. Das ist aus buchhalterischen Gründen sicher sinnvoll, es wird sogar vom Inhalt des Romans teilweise gedeckt, aber eben nur teilweise. »American Gods« ist ein Roman des Kleinstadt-Amerika, ein literarisches Road Movie, das das Weite sucht und findet, selbst in einer kleinstädtischen Enge. Die Großstädte werden am Rand und episodisch abgehandelt, und sie sind noch schäbiger als die niedergehende Provinz. Schäbig, ja, aber da ist noch jenes hübsche Städtchen Lakeside, in dem sich Tugend, Offenheit, Ehrlichkeit, Melancholie, aber auch der dunkle Punkt des Geheimnisses bündeln. Insofern kommt einem manchmal Stephen King in den Sinn. Aber Gaimans Buch geht viel weiter, ist viel phantastischer. Das Konzept erinnert eher an die kalifornische Phantastik eines Tim Powers, angewendet auf den Mittelwesten und aus einem ganz klar europäischen Blickwinkel, aus den Augen von jemandem, der als gebürtiger Brite selbst vor ein paar Jahren in diese Gegend gezogen ist und die spezifische Qualität Amerikas als Einwanderungsland begreift. Und wenn diese Beobachtung erstmal gemacht ist, dieser Gedankengang erstmal vollzogen ist, ist der Weg zu vorliegendem überragendem phantastischem Konzept nicht weit. Der Fortgang der Handlung wird stetig unterbrochen durch eingeschobene Kapitel, die die Ankunft von einwandernden Kulturen beschreiben, und das geht zurück bis 1400 v. Chr. Enorm beeindruckende Passagen sind das, die Erzählung, Historie, Drama und Mystizismus zugleich sind, in denen die Götter noch mächtig sind. In der Gegenwart bekommt man es hingegen mit schrulligen Rentnern zu tun, die zerkochtes Gemüse lecker finden, sich seltsam kleiden, melancholisch von besseren Tagen schwärmen, am liebsten gleich ihre Tiergestalt behalten (der Falke Horus ernährt sich von überfahrenen Tieren) oder überhaupt nicht mehr aus dem Bett kommen. Manche sind ganz munter, manche hoffnungslos senil, aber alle haben sie das Geheimnis in sich; sie tragen eine Aura um sich herum, die sie wunderlich, liebenswert und zugleich brandgefährlich macht. Am stärksten kommt dies wahrscheinlich in der Nebenfigur Tchernibog rüber, dem slawischen Totengott, der in jener psychischen Landschaft des Geistes, in der die Götter ihre wahre Gestalt annehmen, nach wie vor ein fürwahr beängstigender Dämon ist.

Die Stärke des Romans ist sein Schwebezustand, seine Weigerung, endgültig Märchen oder endgültig Metapher werden zu wollen. Das bezeichnende dominierende Bild ist das von Shadow bei seiner Totenwache: neun Tage schwebend an den Weltenbaum gebunden, wie gekreuzigt und mit einer Wunde an der Seite. Der nordische Gott Baldur, Sohn Odins wie auch Shadow selbst, war in nordisch-germanischen Gefilden sehr hilfreich, als es darum ging, das Christentum einzuführen: Er war das Vorbild für den Heiland Jesus Christus. Shadow wird zum erdentrückten Erlöser einer Welt, die sich ihrerseits im Schwebezustand befindet. Nur wenn die Bodenhaftung verloren geht, wenn man sich erhebt über das Profane, erblickt man die Wahrheit und kann geläutert und weise zurückkehren. Es wundert nicht, dass Shadow auch das Rätsel um die verschwundenen Jugendlichen Lakesides auf eine ähnlich schwebende Art und Weise löst.

Die Stärke Gaimans als Autor ist seine Menschlichkeit. Selbst in den harten, emotional belastenden Passagen bleibt er stets sensibel. Er denunziert niemanden, schindet keine billigen Gags heraus, beleuchtet selbst die kleinsten Figuren aus vielen Winkeln, wird ihnen gerecht und verhindert so jedwedes Schwarzweißschema. Mag der geheime Herr von Lakeside auch ein Kindermörder und Intrigant sein – er verhält sich seinem Wesen gemäß und man empfindet Mitleid angesichts des eigenen blutigen Götterdramas, das ihn erschaffen hat. Alles in diesem Buch tritt lebendig und mit vielfältigem Schattenwurf hervor, und der Roman wird zu einer wilden, schlingernden Fahrt über eine Piste, an deren Rand der Abgrund gähnt.

Sentiment, Komik, Drama, Düsternis, Spannung, Dialogwitz, Charakterschärfe, kleine und große Wunden – das sind die wesentlichen

Angelpunkte dieses Buchs, das zum kongenialen Amerika-Roman eines weiteren Zugereisten wird. Neil Gaiman hat seine Heimat als Schriftsteller gefunden.

Ervin Laszlo

Macroshift. Die Herausforderung (Macroshift)

Mit Vorworten von Arthur C. Clarke und Ernst Ulrich von Weizsäcker · Aus dem Englischen von Klaus Pemsel · Insel Verlag, Frankfurt am Main und Leipzig 2003 · 327 Seiten · € 19,90

von Karsten Kruschel

Die Futurologie hat es angesichts ihrer beeindruckenden Misserfolge schon eine ganze Weile aufgegeben, irgendwelche Vorhersagen über die Zukunft machen zu wollen. Zu hoffnungslos waren die Niederlagen der letzten Jahrzehnte, und zu schwer wog die Schmach, in punkto Prognose von der belächelten Science Fiction so oft übertrumpft worden zu sein (auch wenn die Treffer der SF einfach auf der schieren Masse der Voraussagen aufbauten). Heutzutage machen futurologische Bücher weniger Aussagen über konkrete Zukünfte, dafür geht es um Trends, um Entwicklungslinien oder etwas, das sich Technikfolgenabschätzung nennt und sich auch gern im Nebulösen herumtreibt.

Im besten Falle leiten solche Texte aus ihren Trends Handlungsrichtlinien für konkrete Politik ab – und genau das will Ervin Laszlo mit seinem vorliegenden Buch »Macroshift« tun. Man findet allerdings zunächst ein paar Vorworte, die von Arthur C. Clarke und Ernst Ulrich von Weizsäcker stammen, ehe Laszlo anhebt, zu erklären, was eigentlich ein Macroshift sein soll. Er versteht darunter einen Punkt der gesellschaftlichen (ökonomischen, ökologischen, sozialen ...) Entwicklung, an dem es nicht mehr so weitergeht, wie es bisher ging, und man sich zu entscheiden hat, welchen von zwei grundverschiedenen Wegen man künftig beschreiten möchte. Laut Laszlo besteht der erste dieser Wege in einem mit zunehmender Geschwindigkeit abwärts führenden Strudel aus Ungerechtigkeit,

Gewalt und Umweltzerstörung. Machen wir so weiter wie bisher, so seine Botschaft, dann geht die menschliche Zivilisation über kurz oder lang unter (eher über kurz). Der andere Weg besteht laut Laszlo darin, die Ungerechtigkeiten der Globalisierung und die schärfer werdenden sozialen Konflikte in und zwischen vielen Ländern gezielt zu bekämpfen und so zu etwas zu gelangen, das er eine holistische Welt nennt. Gemeint ist damit eine Menschheit, in der sich jedes einzelne Individuum nicht nur als Teil der Menschheit fühlt, sondern sich auch seiner Rolle als Teil eines großen Ganzen bewusst ist, eingebunden in familiäre, soziale, regionale, staatliche, überstaatliche, ökologische und andere Netzwerke, die selbst Teil weiterer Netzwerke sind.

Aber wie soll man in dieses Utopia gelangen, das Laszlo da beschreibt? Seine Antwort beeindruckt durch zwei grundlegende Eigenschaften. Die eine ist ihr grenzenloser Optimismus. Laszlo setzt beispielsweise darauf, dass die leise Revolution zur holistischen Welt bereits begonnen hat und führt zahlreiche Beispiele von allerlei Basisprojekten ins Feld (vergisst dabei aber zu berücksichtigen, dass fast alle diese Projekte an den Geldtröpfen irgendwelcher UNO-, UNESCO- oder WHO-Organisationen hängen). Eine andere putzige Vorstellung Laszlos ist die Idee, dass global operierende Unternehmen anfangen würden, sich selbst als Teil der genannten Netzwerke zu begreifen und schon wegen des Weiterbestandes des Unternehmens beginnen, nachhaltig und ökologisch zu wirtschaften (in Wahrheit tun sie das natürlich nur gezwungenermaßen und aus Rücksicht auf die öffentliche Meinung). Und ganz unberücksichtigt bleibt bei Laszlo die Frage danach, was denn nun ökologisch sinnvolles Handeln ausmacht, wo doch jedes Elektroauto eine viel verheerendere Gesamt-Ökobilanz hat als herkömmliche Benzinvernichter.

Die zweite Eigenschaft der Laszlo'schen These ist die geradezu kindische Art und Weise, in der er die Wirtschaftsbosse und Finanzmagnaten dieser Welt dazu bringen will, mit dem hemmungslosen Ausplündern der Weltressourcen und der Armen dieser Welt aufzuhören: Er will an sie appellieren. Sie überzeugen. Ihnen die Verwerflichkeit ihres Tuns vor Augen führen. Ich habe keine Ahnung, wie viele Geister von wie vielen Weihnachten man dazu benötigen würde, aber an der hinreichenden Verfügbarkeit von derartigen

Heerscharen aufopferungsvoller Gespenster darf gezweifelt werden – ganz zu schweigen von der Tatsache, dass sich knallharte Wirtschaftsbosse von nichts so leicht aus der Ruhe bringen lassen. Und von beredsamen Gutmenschen schon gar nicht (man frage nur Bono, wie weit er mit seinem Schuldenerlass für die so genannte Dritte Welt gekommen ist). Und die Armen in den Slums, Favelas und indischen Drecksdörfern sollen einfach infolge einer auf ebenso nebulöse Weise gewonnenen Überzeugung plötzlich aufhören, nach dem verderblichen Lebensstil der Reichen mit Steaks, Privatautos und Klopapier zu streben, und sich als Teil eines großen Ganzen begreifen.

Nun ist es ja des Utopen Privileg, zu träumen und jene Gedankengebilde aufzutürmen, die uns aufzeigen können, was es und wo in unserer Welt zu richten geben könnte – aber diese Art Blauäugigkeit geht dann doch etwas zu weit. Wenn eine genügend große Menge Menschen einen geänderten Geisteszustand erreicht, dann ist das für Laszlo die kritische Masse, von der aus eine Art geistiger Kettenreaktion um sich greift und zur holistischen Welt führt. Hierzu passt es dann auch ausgezeichnet, dass im Anhang – der rund ein Drittel des Buches ausmacht – doch tatsächlich ernsthaft über paranormale Phänomene wie Telepathie, Voodoo und dergleichen geredet wird, direkt neben einem atemberaubenden Versuch, aus den Thesen der modernen Quantenphysik die Existenz einer Art von Weltgeist abzuleiten.

Das alles mag entschuldbar und teilweise amüsant sein, wenn es denn nicht auf eine derart unerträglich und penetrant redundante Art vorgetragen würde. Jeder Satz, den Laszlo schreibt, findet seine sinnentsprechende Wiederholung mit leicht geänderter Wortwahl nicht nur einfach auf derselben Seite des Buches, sondern an einer Unzahl von Stellen. Jedes Kapitel hat seine Einleitung, in der bereits der Inhalt kurz dargestellt wird; hernach folgt die gnadenlose Auswalzung (zu deren Methoden wir noch kommen), und schon überrascht uns die Zusammenfassung, die – o Wunder – das bereits Bekannte mindestens zweimal wiederkäut (sollte ich mich hier ein bisschen selbst wiederholt haben, bitte ich um Entschuldigung; bekanntermaßen pflegen rezensierte Bücher auf den Rezensenten einzuwirken, oft zum Schaden von beiden). So ist es auch kein Wunder, dass das bereits erwähnte Vorwort von Arthur C. Clarke mit seinen sechseinhalb Seiten mehr Substanz hat als eine Hand voll Laszlo-Kapitel.

Und die Methoden, mit denen Laszlo seine schmalen Ideen auf Buchformat bringt, sind möglicherweise noch schlimmer: Während die permanente Wiederholung immer derselben Argumente vielleicht noch der Tatsache geschuldet sein mag, dass Laszlo glaubt, auf diese Weise zu den Ohren der Mächtigen dieser Welt durchzudringen (hält er die denn wirklich für doof?), sind die Vielzahl von Halbwahrheiten und Illustriertenwissenschaftsweisheiten, mit denen Laszlo seine in kleinen Kreisen laufenden Gedanken füttert, einfach nur ärgerlich. So wiederkäut er die unter ernsthaften Wissenschaftlern bis heute keineswegs anerkannte These von der anthropogenen Klimaveränderung gleich mehrmals; so feiert er BSE als heilsam, weil es die Menschen von Rindfleischverzehr abhält (wie er auf diese Idee verfallen ist, bleibt unklar); so wettert er gegen den Tabakanbau – und müsste sich, logischerweise, übers Rauchen doch freuen, weil es so viele ressourcenvernichtende Reiche-Länder-Menschen umbringt; so wirft Laszlo bei vielerlei Gelegenheiten mit allerlei Daten und Statistiken um sich, die zwar beeindruckend klingen, in Ermangelung irgendwelcher Verweise auf entsprechende Untersuchungen aber ebensogut aus der *Super-Illu* stammen können. Es gibt SF-Autoren, die sich sowas durchaus überzeugend besser ausgedacht haben. Auf die Idee aber, Konzerne könnten sich freiwillig und vor lauter Überzeugung in »soziale«, »verantwortungsbewusste« und »ökologisch handelnde« Philanthropenvereinigungen verwandeln, ist allerdings meines Wissens nach auch der abgedrehteste SF-Schriftsteller noch nicht gekommen.

Dies ist ein Buch, das uns nichts Neues über die Zukunft mitzuteilen imstande ist, dies aber auf eine wahrhaft geschwätzige und teilweise lächerliche Art und Weise tut. Fast möchte man ausrechnen, wie viele Regenwürmer nicht mehr leben, weil so viel Papier für den Druck eines solches Buches verschwendet wurde. Habe ich schon erwähnt, dass sich der Verfasser andauernd wiederholt?

Gentry Lee/Michael White

Eine Geschichte der Zukunft – Was das 21. Jahrhundert bringt

Aus dem Amerikanischen von Gertrud und Martin Bauer ·
Wilhelm Heyne Verlag, München 2003 · 511 Seiten · € 25,–

von Karlheinz Steinmüller

Rückblicke aus der Zukunft sind seit Edward Bellamy ein beliebter Kunstgriff. Die Perspektive der fernen Zukunft gestattet es, kommende Ereignisse aus der ruhigen und systematisierenden Sicht eines Historikers darzustellen und sie auf ein Ende hin zu interpretieren. Wie würde nun ein Historiker des 22. Jahrhunderts auf unser Jahrhundert zurückblicken? Welche Ereignisse würde er beschreiben, was hervorheben, was ausblenden?

Der SF-Autor Gentry Lee und der Wissenschaftsjournalist Michael White haben sich dieser Aufgabe gestellt, und sie haben sie, dies sei vorweggenommen, mit Anstand, aber ohne Bravour bewältigt. Das Geschichtswerk über das kommende Jahrhundert, das sie verfasst haben, ist eine solide Fleißarbeit, gut recherchiert und gut geschrieben, ausgewogen und so plausibel, wie es die Wirklichkeit nie ist. Zukunftsforscher nennen dergleichen »überraschungsfreies Standardszenario«. Prinzipiell ergibt sich das 21. Jahrhundert bei Lee und White als eine Verlängerung der neunzehn-neunziger Jahre, und dies überwiegend aus amerikanischer Perspektive. Das zeigt sich an der Wahl der Themen, an den Hoffnungsbildern und an den geschilderten Katastrophen.

Das von Lee und White geschilderte Jahrhundert beginnt recht optimistisch. Am Anfang steht die Life-Sciences-Revolution. Bio- und Gentechnologien werden nicht nur in Landwirtschaft und Industrie eingesetzt, sie verändern das Leben der Menschen. Persönliche DNA-Profile geben Aufschluss über Gesundheitsrisiken und spezifische Veranlagungen, allmählich gelingt es auch, durch Gentherapien Erbkrankheiten zurückzudrängen und später auch Kinder mit erwünschten Eigenschaften auszustatten. Noch aber bereitet das Klonen von Menschen Schwierigkeiten. Natürlich gibt es auch bei Lee und White Widerstand gegen die Gentechnik und die allseitige

Nutzung genetischer Profile, aber dieser Widerstand wird als eine zumeist religiös motivierte Außenseiterposition abqualifiziert. Für Lee und White überwiegen die Vorteile. Gentechnik verlängert das Leben, vermindert Leiden und ist außerdem ein wichtiger Wirtschaftsfaktor. Dementsprechend wächst die Akzeptanz. Nur Randgruppen, die sich zunehmend radikalisieren, opponieren noch.

Wirtschaftlich geht es mit der Welt voran. Allerdings erschüttert im Jahr 2016 eine Katastrophe die Menschheit. Wieder einmal hat sich der Kaschmirkonflikt verschärft, und aus einer Verquickung unglückseliger Umstände heraus kommt es zu einem nuklearen Schlagabtausch zwischen Indien und Pakistan. Bomben, deren Gewalt kaum größer ist als die der Hiroshima-Bombe, zerstören die Hauptstädte der Kontrahenten und hinterlassen millionenfachen Tod und Zerstörung. Als die Weltöffentlichkeit aus ihrem Schockzustand auftaucht, wird nicht nur der Kaschmirkonflikt ein für alle Mal beigelegt. Nukleare Abrüstung steht nun global auf der Tagesordnung, und selbst die beiden großen Militärmächte USA und China reduzieren ihre Arsenale.

Es folgen die »Sorgenfreien Jahre«, in denen China allmählich zur Supermacht aufsteigt. Der Wohlstand wächst weltweit, und die Aktienkurse steigen und steigen scheinbar ohne Ende. Doch 2036/37 platzt die Blase. Erst erschüttert ein kleineres Vorbeben die Börsen, dann nehmen Bioterroristen das Wembley-Stadium ins Visier, schließlich zerstört ein Erdbeben Seattle. Der neu gewählte amerikanische Präsident stirbt, und sein völlig inkompetenter Vize ist unfähig zu verhindern, dass sich Volkschina Taiwan einverleibt. Bei so viel negativen Nachrichten stürzt das »Verbrauchervertrauen« ab. Das ist das Schlimmste, das der deregulierten und globalisierten Wirtschaft passieren kann: die Leute kaufen nichts mehr. Damit ist die Abwärtsspirale in das »Große Chaos« – eine über ein Jahrzehnt währende Weltwirtschaftskrise – vorprogrammiert. In der größten Not verlässt sogar Deutschland zeitweise die EU und führt die DM wieder ein!

In der Krise setzt sich weltweit das Bewusstsein durch, dass ein globaler Laissez-faire-Kapitalismus in die Sackgasse führt, Ungerechtigkeiten verschärft und Instabilitäten erzeugt. Die alte ideologische Floskel, dass es jeder, der sich anstrengt, auch schaffen könne, hat ausgedient. Nach und nach führen alle Staaten (die USA fast zuletzt) eine »Hungersteuer« ein, die den Ärmsten der Armen helfen soll. Als die Weltwirtschaft allmählich die Talsohle verlässt, zeichnet sich die Perspektive einer neuen Weltordnung ab. Diese wird nicht mehr in dem Maße wie bisher durch die USA bzw. den Westen dominiert. Insbesondere hat der frühere lateinamerikanische Hinterhof der USA Selbstbewusstsein gewonnen und stellt ein eigenes wirtschaftliches wie politisches Gewicht dar.

Lee und White sind mit ihrer Geschichte des 21. Jahrhunderts nicht in die Fallen eines modischen »Pop-Futurismus« gelaufen, der nur Hochtechnologie kennt und die Erlösung der Menschheit von dieser erwartet. Sie verzichten auf manche so schicke wie unrealistische Ängste, die heute heiß diskutiert werden, wie etwa dass Roboter oder Künstliche Intelligenzen oder Nanobots oder geklonte Supermänner die Weltherrschaft übernehmen. Wo sie über Wissenschaft und Technik schreiben, spürt man ihre Kompetenz, auch wenn an einigen seltenen Stellen die Übersetzer nicht mit dem Fachvokabular zurechtkamen.

Gelungen ist auch die Darstellung: Persönliche Schicksale konkretisieren und illustrieren die Aussagen. So wird vieles plastisch vorstellbar, was sonst bloße These bliebe. Man verfolgt Lebensläufe und erhält Einblicke in die Zukunftswelt. Bisweilen lesen sich diese spannend wie Science Fiction. So berichtet ein indischer Arzt hautnah und erschütternd von den Folgen des Atomschlags. Richtige Stories allerdings wollen auch diese persönlichen Kapitel nicht sein. Ihnen fehlt vor allem ein pointiertes Ende. Und außerdem vermisst man den Schuss Humor - oder besser noch Ironie -, der Zukunft erst richtig verdaulich macht.

Was dagegen häufiger negativ auffällt, ist die amerikanische Brille, durch die die Autoren die Welt betrachten. Beispiel Irak-Krieg: Aus Sicht von Lee und White kämpfen die USA tapfer gegen Terrorismus und Diktatur, und die Deutschen und die Franzosen verweigern sich aus rein wirtschaftlichen Interessen. Nein, Brille ist ein zu schwaches Wort, das sind schon richtige Scheuklappen.

Merkwürdigerweise werden zwei große und wichtige Themen nicht in den Ablauf des Jahrhunderts integriert, sondern in einer Art Anhang auf den letzten sechzig Seiten abgehandelt: Umweltschutz und Raumfahrt. Nun mag man sich über Raumfahrt streiten, und den optimistischen Ausblick mit einem beginnenden Weltraumtourismus und dem ersten Orbitallift bezweifeln, aber Umweltprobleme werden auf jeden Fall das 21. Jahrhundert mit prägen: Klimawandel und zunehmende Naturkatastrophen, Verknappung von Wasser und nicht zuletzt Energiefragen. Alternative Energiequellen, etwa Solarenergie, oder auch Brennstoffzellen spielen bei Lee und White jedoch überhaupt keine Rolle, sie werden nicht einmal erwähnt. Die Rettung aus Energienot und Klimakatastrophe kommt bei ihnen nach 2050, wenn die fossilen Brennstoffe durch die Kernfusion abgelöst werden. Und zum Schluss des Jahrhunderts rasen die computergesteuerten Autos fusionsgetrieben mit 500 Sachen über die kalifornischen Highways. Das kommt einem doch irgendwie bekannt vor ...

Möglicherweise muss ja Zukunft immer altmodisch aussehen, wenn sie vom breiteren Publikum ernst genommen werden will. Stellen wir uns vor, Lee und White hätten um 1900 über das 20. Jahrhundert geschrieben. Was hätten sie abgehandelt? Elektrizität und Luftschiffe, vielleicht den Aufstieg der Sozialdemokratie bis zur Regierungsübernahme, möglicherweise das Wahlrecht für Frauen, möglicherweise Weltkriege ... Sie hätten völlig richtig das Jahr 2000 als eine Zeit geschildert, in der die Elektrizität in jeden Haushalt eingedrungen ist und jedes Gebäude über Dutzende von Schaltern, elektrischen Lampen und kleinen Elektromotoren verfügt, in der praktisch die gesamte Menschheit an die Stromnetze angeschlossen ist und unglaublich vom Kraftstrom und vom Telefon profitiert. Das stimmt alles - nur der Witz besteht darin, dass wir überhaupt nicht mehr darüber reden. Genauso wenig werden die Menschen des Jahres 2100 sich noch begeistert über das Netz, Virtuelle Welten und Avatare auslassen. Aber was vom Standpunkt des Jahres 2100 aus anachronistisch und großväterlich wirkt, hat für die Leser des Jahres 2004 immer noch den Anschein einer faszinierenden Zukunft. Im Jahre 1900 hätten Lee und White mit Sicherheit nicht über das Internet schreiben können. Und wenn sie es versucht hätten, wären sie auf totales Unverständnis gestoßen.

Allerdings fehlt in ihrem Buch jegliche Andeutung davon, dass die Weltgeschichte auch anders verlaufen könnte und dass sie ohnehin ständig Haken schlägt. Ebenso werden sich Technologien möglicherweise abseits der »Roadmaps« entwickeln, die heute die großen Konzerne für sie entwerfen. Zudem fehlen auch in den Kapiteln um fiktive künftige Persönlichkeiten die extremen Stimmen, die Verrückten, Figuren, die ahnen lassen, dass es im 21. Jahrhundert vielleicht noch völlig andere Probleme und Konfliktlinien geben wird als die, die wir heute bereits diskutierten. Nur an wenigen Stellen verlassen Lee und White – wie beim Bericht des indischen Arztes – ihren Erzählton, den gleichmütigen Ton eines abgeklärten Historikers des Jahres 2112. Es fehlt einfach ein Schuss Science Fiction!

Arthur C. Clarke hat 1962 in dem Sachbuch »Im höchsten Grade phantastisch« festgestellt, dass es zwei Defizite bei der Zukunftsschau gibt: den Mangel an Mut und den Mangel an Vorstellungskraft. Mangel an Mut kann man den beiden Autoren gewiss nicht bescheinigen. Aber das 21. Jahrhundert wird gewiss viel verrückter, viel katastrophaler und viel großartiger als es sich Lee und White und mit ihnen wir alle ausmalen können.

Stanislaw Lem

Sterntagebücher (Dzienniki Gwiazdowe)

Aus dem Polnischen von Caesar Rymarowicz · Mit Zeichnungen des Autors · Suhrkamp Taschenbuch Verlag, Frankfurt am Main 2003 · 524 Seiten · € 10,–

Pilot Pirx (Opowieści o pilocie Pirxie)

Erzählungen · Aus dem Polnischen von Roswitha Buschmann, Kurt Kelm, Caesar Rymarowicz und Barbara Sparing · Suhrkamp Taschenbuch Verlag, Frankfurt am Main 2003 · 545 Seiten · € 10,–

Der Weiße Tod. Gesammelte Robotermärchen (Bajki robotów, Cyberiada)

Aus dem Polnischen von Karl Dedecius, I. Zimmermann-Göllheim, Caesar Rymarowicz, Jens Reuter und Klaus Staemmler · Suhrkamp Taschenbuch Verlag, Frankfurt am Main 2003 · 465 Seiten · € 10,–

von Karsten Kruschel

An sich ist es natürlich eine hervorragende Idee, die wichtigsten Texte von Stanislaw Lem endlich mal wieder in einer bezahlbaren Ausgabe zugänglich zu machen. Insofern ist es zu begrüßen, dass Suhrkamp in drei dicken Taschenbüchern die gesammelten Sterntagebücher des Weltraumreisenden Ijon Tichy, die Geschichten um den Piloten Pirx und die Robotermärchen herausbringt (Letztere unerklärlicherweise unter dem reißerischen Titel »Der Weiße Tod«). Fast hätte man ja vor lauter Essayistik des polnischen Autors in den letzten Jahren (von der einiges durchaus verzichtbar erscheint, um es mal nett auszudrücken) vergessen, was für Großtaten der gute Mann auf der Habenseite verzeichnen kann.

Leider hat man bei Suhrkamp die Gelegenheit verstreichen lassen, wirklich vollständige Ausgaben anzubieten: In den Sterntagebüchern fehlt natürlich (neben der Vorrede) wieder die ominöse, 1957 veröffentlichte sechsundzwanzigste Reise, die in mehreren DDR-Veröffentlichungen vor 1961 auf deutsch erschien und danach offenbar vom Autor verstoßen wurde, denn sie taucht seither nirgendwo mehr auf (wenn auch in dem aus dem Jahre 1971 stammenden Vorwort des vorliegenden Bandes die Rede davon ist, sie habe sich als apokryph herausgestellt, was wohl heißen soll, dass sich der Autor ihrer schämt). Auch hätte man wenigstens darauf hinweisen können, dass Lem später aus der vierzehnten Reise (bei der sich Ijon Tichy schwer vertan hatte) einen ganzen Roman wachsen ließ, der 1982 unter dem Titel »Lokaltermin« erschien, und dass es mit »Der futurologische Kongress« (1978) und »Der Flop« (1986) noch zwei weitere Romane um Ijon Tichy gibt. Selbst die Sammlung der Pirx-Geschichten ist nicht ganz vollzählig ohne den Hinweis auf den Roman »Fiasko« von 1986, in dem Pirx' vielleicht finaler Unfall geschildert wird und die Wiederbelebung von etwas, das Pirx oder nicht Pirx oder nur ein Teil von ihm ist (Lem drückt sich da um Klarheit); die zweifelhafte Herkunft der dann unter dem Namen Tempe am Ende umkommenden Hauptperson ist ein wichtiger Bestandteil dieses wohl finstersten Buches von Lem. Auch handelt es sich bei sämtlichen Texten in allen drei Bänden um keine neuen Übersetzungen, sondern um Nachdrucke der größtenteils erstmals in der DDR erschienenen Ausgaben.

Nichtsdestotrotz ist die Wiederbegegnung mit den mittlerweile fast schon klassischen Geschichten Lems allemal lohnend; die Themen des polnischen Autors waren wohl nie wieder so breit gefächert wie in diesen drei Zyklen, in denen es von besessenen Robotern, zweifelnden Menschen und hirnsträubenden Ideen nur so wimmelt (die eben verwendeten Adjektive lassen sich untereinander übrigens austauschen, ohne dass Falsches herauskommt). In der Gesamtschau der drei Bände tun sich Verbindungen auf, die mitunter überraschen: Die zwanghaft handelnden Maschinen, mit denen es der zum Nichtstun neigende Pilot Pirx zu tun bekommt (man denke nur an die unausweichliche Katastrophe in »Ananke« oder den agonieklopfenden Reparaturroboter in »Terminus«) sind ganz offensichtlich nahe Verwandte des abgedrehten Personals, das sich in den Robotermärchen tummelt, während die aberwitzige Logik dieser Texte eng mit den meisten von Ijon Tichys Münchhausiaden zusammenhängt. Insofern hat es durchaus einen tieferen Sinn, diese drei Bände zusammen herauszubringen – und für den neugierigen Leser, sich für nur dreißig Euro durch über anderthalbtausend Seiten äußerst ideenreicher und origineller SF zu lesen. Insbesondere die Robotermärchen lesen sich beinahe prophetisch, denkt man die Tatsache mit, dass es sich hierbei um Satiren handelt. Und aus dem Abstand heraus betrachtet (manche von diesen Texten habe ich vor dreißig Jahren zum ersten Mal gelesen) erscheint es recht überraschend, wie konzentriert, frisch und unverbraucht das meiste daherkommt, vor allem, wenn man das verquaste, allemal auf Länge und Zyklentauglichkeit getrimmte Zeug dagegenhält, das heute die SF-Regale in den Buchhandlungen zu verstopfen pflegt. Kaufempfehlung also für alle, denen das Wichtigste von Lems Kurzprosa noch im Regal fehlt.

Terry Pratchett/Ian Stewart/Jack Cohen

Rettet die Rundwelt!

(The Science of Discworld II: The Globe)

Aus dem Englischen von Andreas Brandhorst und Erik Simon · Wilhelm Heyne Verlag, München 2003 · 478 Seiten · € 8,95

von Gundula Sell

Gibt es etwas Unvereinbareres als Pratchetts Scheibenwelt und die Welt der Wissenschaft? Falsche Frage, wie wir wissen, seit »Die

Gelehrten der Scheibenwelt« gezeigt haben, wie schnell das eine in das andere übergehen kann, zumindest für die Herren Hochschullehrer der Unsichtbaren Universität von Ankh-Morpork. Genauer gesagt, das, was damals auf Rincewinds Regal stand, war nicht ein Globus aus Pappe, sondern unsere Rundwelt. Von außen klein, aber von innen so unendlich wie in der Realität. Und mangels Magie nur mit Wissenschaft zu knacken ... äh ... zu erkennen.

Damals brachte Terry Pratchett gemeinsam mit Ian Stewart und Jack Cohen ihnen und uns die Erdgeschichte nahe. Stewart ist Professor für Mathematik an der Universität von Warwick, Cohen Biologe daselbst und befasst sich mit Fragen der Fortpflanzung. Beide sind Autoren von Büchern zur Wissenschaftspopularisierung. Der bestens funktionierende Trick der drei war, dass wir unsere Erde durch die Augen der Scheibenweltler zu sehen bekamen, also quasi wie neu. Jetzt haben sie sich also vorgenommen, uns auf gleiche Weise die Geschichte des menschlichen Denkens zu erzählen. Und zu erzählen, wie das Geschichtenerzählen funktioniert.

Viele gut gemeinte Abrisse der Philosophie für junge Leser sind knapp neben dieser Aufgabe glorreich gescheitert, während sie nur immer wieder dieselben Beispiele, angefangen von Platons Höhle, nett nacherzählt haben, am berühmtesten ist »Sophies Welt« von Jostein Gaarder geworden, keiner weiß warum. Die drei gelehrten Autoren dieses Buches gehen anders heran, viel prinzipieller und zugleich viel konkreter.

Was sie dazu brauchen, ist vor allem eine ordentliche Portion Narrativium, ausreichend Glamour und der Globus.

Narrativium kennen wir von der Scheibenwelt. Dort sorgt es dafür, dass genau das passiert, was die denkbar beste Geschichte ergibt (was Millionen Pratchett-Fans dankbar bestätigen werden). Hier sollte das nicht funktionieren, aber: »Auf der Rundwelt, unserer Welt, verhalten sich die Menschen so, als ob auch hier Narrativium existiere. Wir erwarten, dass es morgen nicht regnet, *weil* Dorfkirmes ist und weil es unfair wäre, wenn Regen das Fest verdürbe.« Daher ist die Geschichte, die die drei Autoren des Buches uns erzählen, eigentlich die Geschichte davon, wie die Menschen auf der Rundwelt das Geschichtenerzählen lernten, dieses – »phantastische Phantasie und praktische Phantasie«, also unter anderem die Kunst – ist es für die Autoren, was den Fortschritt des *homo narrans* ausmacht. Denn selbst die exakteste Wissenschaft wäre ohne Phantasie nicht möglich oder nicht sinnvoll: Den Flug zum Mond beschreiben Stewart und Cohen als eine Folge des Geschichten-vom-Mond-Erzählens.

Für Pratchett gibt es aber noch ganz andere Gründe, warum die Herren Zauberer von der Scheibenwelt interessiert daran sind, den Rundwelt-Menschen zu Phantasie zu verhelfen. Das Buch ist nämlich wie der Vorgängerband in sich abwechselnde Kapitel geteilt, in denen entweder Pratchett sein verschlungenes Garn spinnt oder aber die beiden anderen es erläuternd zu entwirren suchen. Beide Arten Kapitel übrigens von erstklassigem Stil, schlagender Beweiskraft und detailfreudigem, überzeugendem Humor. Wer also die Wissenschaftskapitel überschlägt, bringt sich um viel Vergnügen. Man kann nur diesen Strang des Buches nicht einfach nacherzählen, der im Zickzack von der Kosmologie bis zu den Ursache und Wirkung umkehrenden Elementarteilchen und zurück führt.

Die Universitätszauberer jedenfalls mussten bald nach ihrer unfreiwilligen Ankunft auf der Rundwelt feststellen, dass alles ringsum von Glamour verseucht war. Und das ist, wie wir aus »Lords und Ladies« wissen, ein untrügliches Zeichen für die Anwesenheit von Elfen, die mit äußerster Rücksichtslosigkeit alles versklaven, was ihnen in die Finger fällt. Die Scheibenwelt ist ihnen knapp entgangen. Die Rundwelt könnte ihnen leicht verfallen, aber ...

Narrativium, Phantasie, könnte den Menschen helfen, sich gegen sie zu wehren. Und so tun die Zauberer aus Ankh-Morpork alles, um der Menschheit gegen die gemeinsamen Feinde beizustehen. Sie reisen, um an gewissen Knotenpunkten einzugreifen, durch die Zeit und die Möglichkeiten, was von scheibenweltlichem Standpunkt aus nichts anderes ist, als ein Buch zu durchblättern. Ohne Elfen, so müssen die Zauberer nach einem ihrer Experimente erleben, geht es aber auch nicht, die Phantasie hat nichts zum Ansetzen. Gebraucht wird beides, Imagination und Distanz. Und so suchen die Scheibenweltler für uns, Geschichte rauf, Geschichte runter, die richtige Mischung von beidem. Leute wie Neandertaler kommen vor (und schlecht weg), natürlich die alten Griechen, die Alchimisten, die Renaissance. Als ganz unerlässlich, ja, geradezu eine Wunderwaffe für den Kampf der Menschen gegen die geistige

Sklaverei erkennen sie: William Shakespeare. Sie sorgen dafür, dass er tatsächlich existiert und seine Stücke schreibt. Nur gut, dass das gelungen ist. Hier also wird »The Globe« gebraucht, zugleich der Globus, der in der Unsichtbaren Universität im Regal steht, und unsere ganze Welt (auf der bei einigen Leuten quaderförmig Scheibenwelt im Regal steht) und das Theater Shakespeares, welches die Welt bedeutete.

Die kunstvollen Verflechtungen ihrer Erzählungen, zu denen es die Menschen im Laufe der Zeit des Umgangs mit scheinbarem Narrativium gebracht haben, kommen »Rettet die Rundwelt!« sehr zugute. Zum Beispiel wird die Rundwelt durch den B-Raum erreicht, eine geheime Verbindung aller echten Bibliotheken der Welt(en), weil sie nämlich Dellen in irgendwelchen sehr überzeugend pseudowissenschaftlich erklärten Feldern erzeugen, durch die man dann dringt. Und so ist es ja tatsächlich, alle Bibliotheken, alle Bücher, nicht nur die wirklichen, sondern auch die denkbaren, hängen miteinander und mit allen sowohl wirklichen als auch denkbaren Welten zusammen. Jorge Luis Borges, auch ein großartiger phantastischer Erzähler, hat das gewusst, und er muss, wie viele Autoren in den Rundwelt-zugänglichen Bücherschränken, nicht erst erwähnt werden, um mitzuwirken. Die Kunst, die beschrieben wird, wird zugleich in der Praxis vorgeführt. Der B-Raum »ist unendlich groß und verbindet alle Bibliotheken, wo und wann sie sich auch befinden. Er ist nie weiter entfernt als die andere Seite des Bücherregals, aber nur die erfahrensten und angesehensten Bibliothekare kennen den Weg.« Stewart und Cohen haben am Anfang versprochen: »Menschen haben großes Geschick bei diesem Spiel« (dem Erzählen) »erworben, und wir werden uns das zu Nutze machen, indem wir die Erde und die Scheibenwelt auf dieselbe Erzählebene setzen, sodass jede die andere erhellt.« Glanzvoll haben sie und Pratchett das Versprechen eingelöst.

Rafael Reig

Überall Blut (Sangre a borbotones)

Roman · Aus dem Spanischen von Susanne Mende · Rogner & Bernhard bei Zweitausendeins, Hamburg 2003 · 214 Seiten · € 14,90

von Hartmut Kasper

Dieser Roman ist ein großer Spaß. Seine Geschichte geht so: Wir befinden uns in naher, aber unbestimmter Zukunft. Nach dem Wahlsieg der Kommunisten in Spanien haben die USA das Land fürsorglich besetzt. Man spricht Englisch. Das Öl ist mittlerweile aus, Autos gibt es nicht mehr, also fährt man Rad oder segelt – wenigstens im teilweise gefluteten Madrid – mit dem Schiff. Hier, in Madrid, lebt auch der Held und Ich-Erzähler Carlos Clot, der mindestens so hart ist wie sein Name, *hard boiled* eben wie alle Detektive aus den Detektivschulen von Carrol John Daly, Dashiell Hammett und Raymond Chandler.

Carlos Clot ist der Einfachheit wegen denn auch Detektiv, und als solcher erhält er seinen Auftrag, oder besser: drei davon. Er soll die verschwundene Tochter eines Klienten aufspüren, im Auftrag eines städtischen Angestellten dessen untreue Frau observieren und schließlich Mabel ausfindig machen, die fahnenflüchtige Hauptfigur eines Western-Autors, den seit ihres Abhandengekommenseins arge Schreibprobleme plagen. Der Western-Autor hat nämlich einen Roman fertig zu schreiben, den nächsten in seiner Serie um einen Serienhelden namens Spunk McCain, Arbeitstitel »Überall Blut«. Also ans Werk.

Wie das in den Hard-Boiled-Romanen so ist, hängen natürlich all diese Fälle aufs Engste zusammen: Mord folgt auf Mord; der Detektiv gerät unter Verdacht; ein alter Freund bei der Polizei hilft aus; Killer treten auf, viel wissende Kneipenwirte und eine blutrünstige Domina; und im Hintergrund lauert als Drahtzieher eine Seele von Bösewicht. Das Ganze wirkt auf den ersten Blick, als hätten die US-amerikanischen Invasoren die Krimi-Szene der 1920er und 1930er Jahre importiert; mit dem zweiten Blick – mit dem man bekanntlich besser sieht – zeigen sich die rabenschwarzen futuristischen Details: In der Welt des Carlos Clot wird bestraft, wer behinderte Embryonen nicht abtreiben lässt, und eine solche Abtreibung haben Clot und seine Frau verweigert – ihre geistig behinderte Tochter spielt bei den Paralympics. Gentechnik ist neben der Telekommunikation zum zweiten vorherrschenden Wirtschaftszweig geworden, und der allmächtige Präsident der marktführenden Chopeitia Genomics ist ebenso in Clots Fälle verstrickt wie der stellvertretende Geschäftsführer der Telefónica, jener Firma, die illegal die Entwicklung eines geheimnisumwitterten Psychopharmakons bei Chopeitia Genomics sponsort, das wahlweise solche Albträume auslöst, die das Gehirn der Träumer zu Stein erstarren lassen, oder genau jene geistige Behinderung heilt, an der Clots Tochter leidet.

Um nur einen Teil der Verwicklungen zu skizzieren, die der Roman abspult.

Reigs Held bewegt sich durch die utopischen Zonen seiner Geschichte ebenso souverän wie durch die detektivromantischen; er sondert unterwegs veritable, witzige Kunsttheorien ab, philosophiert hellsichtig über die Liebe und damit zusammenhängendes menschliche Elend, kommt nebenbei einer Diebes- oder Entführerbande auf die Schliche, die in Zaubervorstellungen von den zersägten Jungfrauen mal den Kopf, mal den Unterleib entwenden, und muss nach dem Tod seines schriftstellernden Klienten (der mit der Mabel) auch noch ein Buch zu Ende schreiben: »Überall Blut« nämlich, auf dessen Vollendung mittlerweile Spunk McCain persönlich dringt, der Serienheld, ein Cowboy und netter Kerl übrigens ... aber das ist eine andere Geschichte aus (oder: in) diesem von Geschichten schier überlaufenden Buch.

Rafael Reig ist Autor und Journalist und gibt eine Zeitschrift mit dem vielversprechenden Titel *Crazy Virgins* (also: die »Törichten Jungfrauen«) heraus; mit »Überall Blut« hat er seinen fünften Roman geschrieben: einen Science-Fiction-Detektivwestern, in dem die Zukunft so schwarz-weiß und prickelnd aussieht wie in den wunderbaren Krimis der 1940er Jahre – in denen es, wenn ich mich recht entsinne, in aller Regel ja auch damit anfing, dass ein Mr. Marlow eine Mabel finden sollte.

Alastair Reynolds

Chasm City (Chasm City)

Roman · Aus dem Englischen von Irene Holicki ·
Wilhelm Heyne Verlag, München 2003 · 829 Seiten · € 13,00

von Carsten Polzin

Was ist denn mit Alastair Reynolds passiert? Hatte er mit »Unendlichkeit« noch eine enorm vielseitige und komplexe Space Opera vorgelegt, die sich aufgrund all ihrer Verstrickungen letzten Endes selbst erschlug, besinnt sich der britische Autor nun auf die Geradlinigkeit eines klassischen Thriller-Plots: Wenige Charaktere, nur zwei Handlungsebenen und ein überzeugendes Leitmotiv führen durch den Roman und machen ihn damit zu einem weitaus größeren Vergnügen als den Vorgänger.

Schauplatz ist das aus »Unendlichkeit« bekannte Universum. Der Waffenschieber Cahuella ist vor den Augen seines Leibwächters Tanner Mirabel ermordet worden, und dieser jagt seitdem den Adligen Reivich, den er für den Verantwortlichen hält, kreuz und quer durch den Weltraum, um Rache zu nehmen. Dabei entgeht Mirabel während der Fahrt mit einem Orbitallift nur knapp einem verheerenden Anschlag. Terroristen, offenbar Anhänger der populären Haussmann-Sekte, haben eine Atombombe gezündet und damit das gigantische Kabel des Liftes durchtrennt. Mirabel wird in den freien Raum hinausgeschleudert. Gerettet von einem vorbeikommenden Schiff und jahrelang konserviert im Kälteschlaf, kommt Mirabel schließlich weit entfernt auf dem Planeten Yellowstone zu sich. Nanoviren haben dort die menschlichen Siedlungen befallen und sie in eine giftige Mixtur aus Beton, Natur und Maschine verwandelt. Wer es sich leisten kann, flüchtet auf die oberen Ebenen der Hauptstadt Chasm City, wo mit viel Geld und Drogen noch ein passables Dasein möglich ist. Unten fallen die Menschen reihenweise den chaotischen Zuständen zum Opfer, die die »Schmelzseuche« anrichtet. Der reanimierte Mirabel erfährt, dass sich irgendwo in diesem Moloch auch Reivich befinden soll. Tatsächlich gelingt es ihm, die Spur des Mörders aufzunehmen. Mirabels Bewusstsein wird dabei allerdings zunehmend von Albträumen getrübt, die die Geschichte des Sektenführers Sky Haussmann erzählen. Anfangs sind es bloß Visionen über einen unschuldigen Jungen, der durch einen Unglücksfall psychischen Schaden erleidet. Noch ahnt Mirabel nicht, wie eng Haussmanns Geschichte mit seiner eigenen verknüpft ist. Erst, als sich herausstellt, dass Haussmann im Laufe seines Lebens zu einem skrupellosen Mörder geworden ist, begreift Mirabel, dass hinter seinen eigenen Erinnerungen etwas Ungeheuerliches verborgen ist. Und als er Reivich schließlich gegenübersteht, muss er einsehen, dass Reivich nicht derjenige ist, den er sucht. Ebensowenig wie Mirabel jemals derjenige war, der er zu sein glaubte.

»Chasm City« ist eine (selbstständige) Fortführung einiger Motive aus »Unendlichkeit«, vor allem aber eine literarische Weiterentwicklung des Autors selbst. Aufgrund der radikalen Kürzung des Figurenkaders blickt man diesmal auch ohne lästige Personenverzeichnisse durch. Es gibt nur noch zwei Handlungsstränge, wodurch der »Verzettelungs-Faktor« auf ein Minimum geschrumpft ist. Anders als in »Unendlichkeit« sind die Charaktere auch keine seelenlosen Maschinen mehr. Sky Haussmann und Reivich überzeugen als finstere Schurken, und der Protagonist Mirabel ist Opfer und Täter zugleich, der am Ende nicht einmal mehr den eigenen Wahrnehmungen trauen kann – schwer genug, diese Facetten in einem Ich-Erzähler unterzubringen, aber Reynolds gelingt es. Und bei alledem ist die Geschichte auch noch eine gute, mit einer würdigen Schlusspointe, die auch in einem klassischen Whodunnit-Krimi Platz fände.

Diejenigen, die an »Unendlichkeit« gerade dessen groß angelegten Wahnwitz mochten, wird »Chasm City« wohl ein wenig enttäuschen – denn Alastair Reynolds alter Übermut ist in weiten Strecken dem Rotstift zum Opfer gefallen, hier und da ist der Autor glatter und braver geworden. Geblieben ist dagegen sein Gespür für den maßvollen Einsatz von technischen Details. Anstatt sich in Hard SF zu suhlen, wie man es von dem für die ESA tätigen Astrophysiker erwarten könnte, vermittelt er seine interessanten technischen Entwürfe fast beiläufig und gewährt stets dem Plot Vorrang. Reynolds will eben weder Technikpapst noch politischer Prediger sein, sondern in erster Linie unterhalten.

Dabei hat er jedoch auch diesmal wieder nicht mit Worten gegeizt. Natürlich ist »Chasm City« viel zu lang. Der halbe Umfang hätte für die Story völlig ausgereicht, aber solche Zugeständnisse erwartet man von einem Shooting Star des Genres der unbegrenzten Seitenzahlen wohl vergeblich. Allerdings gleicht der Roman einige zähe Abschnitte mit furiosen Szenen wie der Orbitallift-Explosion wieder aus und ist damit im Vergleich zu anderen SF-»Ziegelsteinen« erstaunlich selten langweilig.

Sarban

Hörnerschall (The Sound of His Horn)

Roman · Mit einem Nachwort von Hans Gerwien · Aus dem Englischen von Andreas Diesel · Festa-Verlag, Leipzig 2003 · 172 Seiten · € 13,95

von Gregor Jungheim

»Das Grauen ist es, was unsäglich ist.« Dieser Satz trifft auf viele Alternativweltromane zu, deren Autoren illustrieren, welche Auswüchse das Dritte Reich hervorgebracht hätte, wäre es nicht 1945 untergegangen. In Philip K. Dicks »Das Orakel vom Berge« etwa haben die Achsenmächte Nordamerika besetzt. Während die Japaner gegenüber den Besiegten Toleranz walten lassen, müssen Juden an der von den Nazis beherrschten Ostküste um ihr Leben fürchten. Im Jahr 1962 treffen die Deutschen bereits Vorbereitungen für eine Marsexpedition und sind dabei, das Mittelmeer trockenzulegen. Erleichterung bringt erst das Schlusskapitel, in dem angedeutet wird, dass es sich bei dieser Welt nur um einen gemeinsamen Albtraum der Romanfiguren handeln könnte. Während Dick die Naziherrschaft aus amerikanischer Sicht schildert, zeigt Otto Basils »Wenn das der Führer wüsste«, welche Formen eine fortdauernde Naziherrschaft in Europa angenommen hätte: Die Atombombe ist statt auf Hiroshima auf London gefallen, die zukünftige »Elite« des Reiches wächst in rassischen Zuchtanstalten heran, Untermenschenlager gibt es bis zum Ural, der Papst und der Dalai Lama werden in einer neurochirurgischen Klinik gefangen gehalten. Feinde des Reiches werden als Versuchspersonen für Raketenflüge eingesetzt, große Verluste in Kauf genommen. Selbst das Todesröcheln der Kosmonauten wird im Rundfunk übertragen, und es ist bei Todesstrafe verboten, derartige »Abhärtungssendungen« auszuschalten.

»Das Grauen ist es, was unsäglich ist(.)« sind auch die ersten Worte in »Hörnerschall«. Hier wird ebenfalls eine Welt beschrieben, in der die Nazis als Sieger aus dem Zweiten Weltkrieg hervorgingen. Doch dieses Grauen ist ein anderes als in den Werken von Dick und Basil. Es entsteht nicht durch albtraumhafte Schilderungen der Weltlage, sondern erscheint vielmehr als das Nachtmahr eines einzelnen Menschen.

Alan Querdilion, Leutnant der Königlichen Marine, kehrt nach der Entlassung aus der Kriegsgefangenschaft an den Hof seiner Eltern zurück. Aus ihm ist ein schweigsamer Mann geworden, der lustlos seine Arbeit verrichtet und keine Freude mehr an der Fuchsjagd empfinden kann. Nur seinem Freund Festus vermag er die Erinnerungen an die zurückliegenden Jahre anzuvertrauen: 1941 gerät er in die Hände der Deutschen, als sein Schiff vor der Küste Kretas sinkt. Nach zwei Jahren in einem ostdeutschen Lager, gelingt ihm eine tollkühne Flucht durch den Wald, bis eine Energiebarriere seinen Lauf stoppt und ihm das Bewusstsein nimmt. Alan erwacht in einem Krankenhaus und erfährt, dass man mittlerweile das 102. Jahr des Dritten Reiches schreibt. Er selbst hat die sorgfältige Pflege seinem Status als wissenschaftliches Experiment zu verdanken: Auf Grund eines neuen Therapieverfahrens überlebte er das ansonsten tödlich wirkende Energiefeld des Strahlenzauns, der das Landgut des Grafen von Hackelnberg umgibt, dem Forstmeister des Reiches. Sein Arzt ist von dem Therapieerfolg begeistert und führt Alan in das Leben am Hofe Hackelnbergs ein.

Der Protagonist wird mit dem Gebaren einer dekadenten Siegermacht konfrontiert, die keinen Feind mehr zu haben scheint und deren Unterjochung anderer Rassen ein Jahrhundert lang konsequent fortentwickelt wurde. Mittlerweile hat sie entsprechend abartige Formen angenommen: Graf von Hackelnberg lässt für seine Gäste eine groß angelegte Jagd ausrichten und baut hierfür Schießstände auf, die es selbst den ungeschicktesten Schützen ermöglichen, Wild zu erlegen. Doch nicht nur auf Tiere wird Jagd gemacht: Als Höhepunkt des Ausflugs lässt der Graf einige als Vögel kostümierte Mädchen im Wald um ihr Leben rennen. Verfängt sich einer der »Vögel« in den Netzen der Jäger, wird die Beute von Jagdhelfern herbeigeschafft, die mit Pavianen mehr Ähnlichkeit als mit Menschen haben. Auf dem abendlichen Bankett haben die Gäste schließlich Gelegenheit, ihren Fang zu verspeisen.

Da Alan bei all dem nur eine Beobachterrolle zukommt, ist insbesondere das zweite Drittel des Romans spannungsarm gehalten. Die Beschreibungen des Erzählers gelingen jedoch so flüssig, dass der Leser ihnen Seite um Seite folgt. Das Grauen, welches sich Alan darbietet und die ganze Perversion der Nazi-Ideologie zeigt, wird äußerst präzise, aber auch ebenso nüchtern geschildert. Wollte man überhaupt einen Vergleich anstellen, so am ehesten mit den Aufzeichnungen Primo Levis, die den Titel »Ist das ein Mensch?« tragen. Minutiös beobachtet der jüdische Autor das Leiden in Auschwitz, berichtet vom Überlebenskampf der Gefangenen und ihren verzweifelten Versuchen, sich einen Rest von Menschenwürde zu erhalten. Um die Unmenschlichkeit des Lagerlebens zu beschreiben, wählt er die analytische Perspektive eines Naturwissenschaftlers und nähert sich dem Thema mit der kühlen Distanz eines Chronisten. Für diesen Weg hat sich auch Sarban entschieden, was die Schilderungen jedoch nicht weniger eindringlich macht.

Über die Welt jenseits des Hackelnbergschen Gutes erfährt der Leser nur, dass sie dem Reich ständig neue Sklaven liefert, geschaffen durch spezielle Zuchtprogramme. Und dass sich irgendwo in England zaghaft und wenig aussichtsreich Widerstand regt. Ansonsten erscheint der Hof des Grafen von Hackelnberg als Mikrokosmos, in dem sich das nationalsozialistische Gesellschaftsmodell widerspiegelt: An ihrer Spitze steht ein überlebensgroßer und übermächtiger Führer mit diabolischen Charakterzügen, dessen Macht vor allem auf der Unterjochung anderer fußt. Gleich nach ihm kommen Mitläufer, denen diese Hackordnung Gelegenheit gibt, ihre eigenen Interessen zu verfolgen; einer von ihnen ist Alans Arzt. Darunter steht das gemeine Volk, welches die Naziideologie noch nicht *so sehr* verinnerlicht hat, dass es ihm unmöglich ist, über die Vergnügungen der Machthaber Entsetzen zu empfinden – halb aus Furcht und halb aus Bequemlichkeit sieht man jedoch vom Widerstand ab. Schließlich gibt es noch eine große Zahl von Unterjochten, deren Wert als Individuum von der Einschätzung der Machthaber abhängt. Diesen reicht es mittlerweile nicht mehr aus, die Besiegten als »Untermenschen« zu bezeichnen. Längst hat sich in der Naziideologie ein Denken breitgemacht, das die Grenze zwischen Mensch und Tier fließend verlaufen lässt.

Dies bekommt auch Alan zu spüren. Als er bei der Zurschaustellung einiger auf den Instinkt von Wildkatzen abgerichteter Frauen ohne seinen Arzt angetroffen wird, nimmt ihn Graf von Hackelnberg gefangen. Dem Protagonisten wird ein Tierkostüm angezogen und ein weiteres Jagdspiel beginnt - mit Alan selbst als Beute. Ihm wird eine kleine Hütte als Zuflucht gewährt, nach Nahrung muss Alan jedoch im Wald suchen. Dort ist er der ständigen Bedrohung durch seine Jäger ausgesetzt, deren Kommen das Horn des Grafen verheißt. Um zu überleben, ist Alan gezwungen, seinen Häschern stets voraus zu sein, die eigenen Spuren zu verwischen und im Dickicht Schutz zu suchen - kurz, die Instinkte eines Tieres anzunehmen. Sein Menschsein entdeckt Alan erst wieder, als er auf eine andere Gejagte trifft. Zum ersten Mal seit seinem Übertritt in diese Alternativwelt entdeckt der Protagonist das Gefühl des gemeinsamen Zusammenhalts und der menschlichen Nähe. Diese Erfahrungen verleihen ihm genügend Kraft, um eine Flucht in die Welt jenseits des Landgutes zu wagen.

Dieses letzte Drittel des Romans vermag es schließlich auch, »Hörnerschall« Spannung zu verleihen. Die genaue Schilderung der absurden Menschenjagd lässt Alans Aneignung tierischer Instinkte für den Leser spürbar werden. Durch die detaillierten, poetischen Beschreibungen aller Orte des Waldes, in die es die Gejagten verschlägt, erscheint dieser gleichzeitig als Idylle und als Todesfalle. Bedauerlich ist nur, dass Sarban hierbei nicht immer die Balance zwischen kunstvollen Formulierungen und bemühter Sprache wahren kann, was ihm ansonsten sehr gut gelingt. So äußert beispielsweise Alans Leidensgenossin folgenden Wunsch: »Ach ... hätten sie mit all ihrer Macht doch nur einen so beruhigenden und lieblichen Wald für die Liebe bewahrt: für dich und mich und für alle anderen Liebenden, um darin zu wandeln, so lange die Jugend währt ...« Glücklicherweise kann der Autor diesen Stilbruch durch ein beklemmendes Finale wettmachen, in dem selbst Graf von Hackelnberg menschlichere Züge erhält.

»Das Grauen ist es, was unsäglich ist.« Jeder Leser, der Alan auf seiner Flucht durch den Hackelnberg'schen Wald begleitet hat, wird überzeugt sein, dass der Protagonist weiß, wovon er spricht. Auf diese Erkenntnis mussten die deutschen Leser jedoch lange warten: Während die Alternativweltromane »Das Orakel vom Berge« und »Wenn das der Führer wüsste« mehrfach aufgelegt wurden und weit über die Science-Fiction-Szene hinaus Anerkennung fanden, kam Sarbans 1952 erschienenem Roman die Rolle eines Geheimtipps zu. Selbst in der englischsprachigen Welt verbreitete sich das Buch hauptsächlich durch Mundpropaganda. Vom Autor war zunächst nur bekannt, dass er die Bezeichnung für einen persischen Märchenerzähler als sein Pseudonym verwandte. Erst später kam heraus, dass es sich hierbei um den 1910 geborenen englischen Diplomaten William John Wall handelte. Um das Ansehen des Diplomatischen Korps nicht zu gefährden, war er gezwungen, seine Werke unter einem Pseudonym herauszubringen. In Deutschland konnte sich trotz einer lobenden Erwähnung im »Lexikon der Science-Fiction-Literatur« über 50 Jahre lang kein deutschsprachiger Verlag für »Hörnerschall« begeistern – erst jetzt ist es im Festa-Verlag erschienen.

Vermutlich wird dem Roman dennoch ein großer Leserkreis versagt bleiben. Alternativwelt-Fans werden sich daran stören, dass das Buch nur andeutungsweise verrät, wie die übrige Welt im 102. Jahr des Dritten Reiches aussieht. Freunden der unheimlichen Literatur werden dagegen die mangelnde Action und die anfänglich passive Rolle des Protagonisten missfallen. Wer sich jedoch auf »Hörnerschall« einlässt, bekommt Grusel auf hohem literarischem Niveau geboten. Die Darstellung einer Welt, in der alle Ideale des Nationalsozialismus verwirklicht sind, lässt obendrein ein weitaus realeres Monster unter dem Bett des Lesers hervorkriechen, als es die meisten Werke »herkömmlicher« Horrorliteratur vermögen.

Dan Simmons

Ilium (Ilium)

Roman · Aus dem Amerikanischen von Peter Robert ·
Wilhelm Heyne Verlag, München 2004 · 950 Seiten · € 15,–

von Wolfgang Neuhaus

Der amerikanische Autor Dan Simmons schrieb vor vier Jahren eine Kurzgeschichte für eine französische Anthologie, deren Beiträge im Jahr 3001 spielen sollten. Simmons gab ihr den Titel »The Ninth of Av« (erneut erschienen in seinem Sammelband »Worlds enough & time«, New York 2002). In dieser Geschichte sind Personen und Ereignisse beschrieben, die für einen Handlungsstrang in seinem neuen Roman »Ilium« von Bedeutung sind. Simmons erwähnt in seiner Einleitung in dem Sammelband, dass er lange überlegt habe, was sich über die nächsten tausend Jahre als Kulturerscheinung halten könnte. Seine Idee: der Genozid an den Juden (!). Das Auslöschen, das Verschwinden von zahlreichen, wenn nicht Millionen Menschen scheint ein Standardthema bei Simmons zu sein (siehe auch seinen Hyperion-Zyklus).

Der Rubicon-Virus hat den Großteil der ersten Menschheit ausgelöscht. Die Posthumanen, die alle ein weibliches Geschlecht aufweisen, sind vor der Epidemie in den Orbit geflohen und leben in gigantischen Ringen über den Polen und dem Äquator. Es existieren noch knapp zehntausend Menschen »alter Bauweise«, vornehmlich Juden. Junge Leute »faxen« ihre Körper per Quantenteleportation durch die Welt und treffen alte Freunde; so wollen Pinchas und Petra ihre Ex-Geliebte Savi besuchen und finden ihre Behausung verlassen. In dieser Geschichte tauchen auch die Voynix auf, die Roboter-»Eindringlinge«, die irgendwie in Verbindung zu den Posthumanen stehen, von diesen als »chronosynthetische Artefakte« bezeichnet werden und im Laufe der Erzählung immer bedrohlicher wirken. Die Posthumanen planen beim »Finalen Fax« die Menschen für lange Zeit im Übertragungsmodus, in der Fax-Matrix zu halten, bis sie alle fehlgeleiteten genetischen Experimente beseitigt und die Erde wieder hergerichtet haben. Offenbar ist das aber eine Lüge, wie die Leser aufgrund einer falschen Aussage der posthumanen Moira gegenüber Pinchas und Petra schnell mitbekommen. Es wird kein Zurück mehr geben. Savi ist misstrauisch und versteckt sich in der Antarktis. Sie mutmaßt in »Ilium« selbst, dass sie als Zeugin der Veränderungen am Leben gelassen wurde. Mithilfe von kryogenischen und nanotechnologischen Technologien übersteht sie die nächsten 1500 Jahre.

In »Ilium« sind die Posthumanen selbst verschwunden. Eine kleine Gruppe von Menschen, deren Zahl sich auf der Erde wieder auf dreihunderttausend beläuft, macht sich auf die Suche nach einer Erklärung für die Abwesenheit und dabei trifft sie auf Savi. Gleichzeitig beschließen die Moravecs, autonome intelligente Roboter (benannt nach dem Robotik-Forscher Hans Moravec), die die Monde des Jupiters bevölkern und von den Posthumanen vor langer Zeit programmiert wurden, nach Jahrhunderten ohne Kontakt auf dem terraformten Mars nach ihnen zu forschen. Während die Moravecs beredt über Shakespeare und Proust diskutieren und das menschliche Kulturerbe aus alter Zeit gespeichert haben, sind die Menschen kulturell unterentwickelt. Sie seien wie die »Eloi«, meint Savi, Menschen ohne kreative Aktivitäten, ohne Vergangenheit, ohne Mythos.

Simmons benutzt in dem dritten Handlungsstrang seines neuen Romans Motive aus der mythischen »Ilias«-Erzählung von Homer, um einen Alternativmythos zu erzählen. Thomas Hockenberry ist Geistenswissenschaftler und wird aus einer Todessituation in seinem wirklichen Leben von den Göttern der Ilias nach Olympos verfrachtet, das sich auf dem Mars befindet. Auch wenn die Götter, besonders Zeus, über (fast) unbegrenzte Macht verfügen, so brauchen sie doch Experten, die den Fortgang des trojanischen Krieges verfolgen und – da sie Kenner der Ilias sind – sie auf ihre »Richtigkeit« überprüfen können. Diese Experten kennen also die Zukunft dieses Mythos, den Ausgang des Krieges – was den Göttern aus irgendeinem Grunde nicht möglich ist.

Bei den Göttern geht es nicht weniger barbarisch zu als bei den Menschen, wie Hockenberry sinniert. Der Gelehrte wird von der Göttin Aphrodite in eine Intrige eingespannt: Er soll für sie spionieren und schließlich sogar ihre göttliche Rivalin Athene töten. Dafür stattet sie ihn mit dem nanotechnologisch verstärkten Helm des Hades aus, einer Art Tarnkappe, die unsichtbar macht, und einem Medaillon, mit dem er an beliebige Orte quantenphysikalisch teleportieren und den Göttern durch den Planck-Raum folgen kann. Diese Götter verlassen sich allerdings nicht allein auf ihre magischen Kräfte, sondern haben High-Tech im Repertoire. Hockenberry findet Gefallen an dieser vielversprechenden Bewegungsfreiheit, und da diese arg begrenzt sein wird, beschließt er, diese Zeit gut zu nutzen. Obwohl bedächtiger Akademiker, wird er die ganze Sache nach amerikanischer Art ein wenig aufmischen und den Verlauf des Krieges ändern. Um Augenzeuge bei den Kämpfen sein zu können, haben die Götter ihm zuvor mit einer Technik die Fähigkeit gegeben, in Personen auf dem Schlachtfeld zu morphen. Hockenberry geht also in die Figur des Paris über und verbringt eine Nacht mit der schönen Helena. Sein erster Eingriff in den Ablauf der Geschichte – denn so bleibt Paris zum Unmut der trojanischen Gefolgsleute einer Zusammenkunft fern, in der er laut Originaltext persönlich erscheinen und sie darum bitten sollte, Helena nicht aufzugeben. Natürlich sind die Götter ihm auf den Fersen, um diese Objekte wieder an sich zu bringen.

Solche Passagen sind es, die am besten zu lesen sind und Simmons als routinierten Schriftsteller zeigen. Dabei beweist er aufs Neue seine Fähigkeit, alte, archaisch wirkende Elemente im SF-Gewand zu präsentieren. Die Götter sind gespalten, was die Unterstützung von Troja angeht, und greifen bisweilen in die Kämpfe ein, indem sie einzelne Krieger nanotechnologisch aufrüsten oder mit Kraftfeldern schützen. Ein reizvolles Bild ist, wenn ein Gott im Streitwagen ein mit Robotern besetztes Raumschiff vom Himmel holt (und solche starken kontrastreichen Elemente mögen es sein, die hochkarätige Hollywood-Produzenten dazu bewogen haben, eine Filmoption auf »Ilium« zu erwerben, wie Simmons auf seiner Homepage mitteilt). Die Biosphäre und die Datensphäre des Planeten Erde überlappten sich zu einer bewussten »Logosphäre«, wie Savi erklärt, die sich selbst den Namen »Prospero« gibt und dessen Monster Caliban (aus »Der Sturm« von Shakespeare) den Posthumanen den Garaus gemacht hat. Am Ende stehen sich die vereinigten griechischen und trojanischen Armeen plus verbündete Roboter der Streitmacht der Götter in einem Cliffhanger sondergleichen gegenüber – Fortsetzung folgt in dem zweiten Band »Olympos«.

Konnte man bei »Hyperion« noch sagen, dass das Ganze mehr ist als die Summe seiner Teile, so droht »Ilium« in seine disparaten

Bestandteile zu zerfallen. Man kann sich des Eindrucks nicht erwehren, Simmons wolle vorführen, dass klassische Bildungskultur auch ihren Platz im SF-Genre haben kann. Seine Roboter Mahnmut und Orphu lesen Freud, diskutieren Prousts »Auf der Suche nach der verlorenen Zeit« und kennen auch die dazugehörige Sekundärliteratur. Während in den Hyperion-Büchern Originalzitate die Geschichte organisch ergänzen, droht »Ilium« an einer gewissen Informationsüberfrachtung unterzugehen. Durch quantenphysikalische Experimente der Posthumanen sei es möglich, wird in dem Roman behauptet, dass es zu einem Informationsaustausch zwischen dem realen und verschiedenen kreativen imaginären Universen (!) komme und Götter und andere Gestalten der Weltliteratur beliebig in dieser Wirklichkeit materialisieren könnten. Für den Leser wirkt das fast wie die Rechtfertigung eines postmodern angehauchten »Alles geht«. Vielleicht wäre eine SF-Version der »Ilias« allein spannender gewesen.

Erik Simon

Sternbilder

Erzählungen, Balladen und Gedichte · Shayol Verlag, Berlin 2002 · 279 Seiten · € 14,90

von Karsten Kruschel

Es mag ein seltsames Gefühl sein, schon zu Lebzeiten mit einer mehrbändigen Werkausgabe geehrt zu werden, aber das ist Erik Simons Problem. Dieser erste Band der Reihe »Simon's Fiction« (laut Wunsch des Autors ausnahmsweise englisch auszusprechen und natürlich nur rein zufällig mit »SF« abzukürzen) macht etliche Texte des Dresdner Autors zugängig, die längere Zeit nicht mehr verfügbar waren oder gar bisher unveröffentlicht sind. Irgendwelche strengen Ordnungsprinzipien sind in dem Band nicht auszumachen: Man hat einfach den ersten Erzählungsband Simons von 1979 mit thematisch verwandten Texten gekoppelt und lässt ein paar merkwürdige Satelliten das Ganze umkreisen. Dies mag ein äußerst fragwürdiges Konzept für eine akademische Werkausgabe sein, für ein Buch jedoch, das gelesen werden will, stellt sich diese Entscheidung als außerordentlich glückliche heraus, illustriert sie doch aufs Beste, wie Erik Simon sich mit seinen Themen befasst: Er umschleicht sie. Deswegen umfassen die Beiträge des vorliegenden Bandes zeitlich auch drei Jahrzehnte. Erik Simon kehrt zu bestimmten Themen, die ihn interessieren, immer wieder zurück und beäugt sie aufs Neue, und wenn sich dabei ein anderer Gesichtspunkt ergibt, kann eine neue Geschichte entstehen (oder ein Gedicht oder eines dieser beträchtlich abgedrehten Märchen). Und dies zu beobachten und mitzuerleben macht allein schon einen Teil des Spaßes aus, den der vorliegende Band bereitet.

Der herausragende gemeinsame Nenner der Simon'schen Texte nämlich ist eine gewisse schelmische Heimtücke, gepaart mit einem großen Wissen (nicht nur über SF-Literatur), das nach manchmal überraschenden Wendungen in ein Staunen mündet. Und besonders bemerkenswert ist die Art und Weise, wie Simon den einzigartigen Irrwitz seiner Entwürfe mitunter immer noch zu steigern weiß, Pointen mit ganz anderen Pointen konterkariert und seinen Texten neue Ebenen der Bedeutung unterschiebt. Der Humor ist nicht von der schenkelklopfenden, laut brüllenden Art, sondern eher schlitzohrig, ziseliert, hinterfotzig, sich selbst nicht ernst nehmend (ich würde als neues Genre den Begriff Loriot-SF vorschlagen).

Neben frühen (und schon ziemlich listigen) Fingerübungen über physikalische Binsen, die sich als nicht ganz so simpel herausstellen, wie sie scheinen, enthält »Sternbilder« auch ganz neue Texte wie »Spiel beendet, sagte der Sumpf«, die eindrucksvoll zeigen, wie weit man die Komplexität mehrbödiger Gedankenexperimente treiben kann (es muss ja Gründe haben, dass diese Geschichte den Kurd-Laßwitz-Preis bekam). Erstmals versammelt sind hier auch verschiedene SF-Gedichte; tatsächlich ist ja bekanntermaßen Erik Simon der bedeutendste Verfasser von SF-Gedichten deutscher Zunge (was ihm nicht schwer fällt, befindet er sich doch auf diesem Feld praktisch ganz allein). Diese mit normaler Lyrik keinesfalls verwechselbaren Gedichte leben recht gut von der doppelten Natur ihres Witzes, wobei der Witz hier kein Gag ist, sondern mehr die hinter einem Text stehende Geisteshaltung: Zum einen veralbern sie die Tradition traditioneller Gedichte, zum anderen Versatzstücke von Fantasy und SF.

Manche Texte sind leider nur zu begreifen, wenn der Leser einer soliden Sozialisation mit DDR-Science-Fiction ausgesetzt war (und beispielsweise enträtseln kann, welche Bücher alle in der kurzen Glosse »Die Sitzung« versteckt sind), während andere dem Nicht-SF-Leser ein komplettes Rätsel bleiben werden (etwa »Neu bei Scifilis: Cave Martem!«). Die Märchen wiederum, die den Band beschließen, sind für jedermann zugänglich, wenn auch vielleicht nicht verständlich (mag jeder beim Selberlesen herausfinden, was damit gemeint ist).

Eines aber ist allen Simon'schen Übungen in raffinierter Mehrdeutigkeit gemeinsam – es macht einfach Spaß, so intelligenten Späßen beizuwohnen. Leider gibt es keine Maßeinheit für die Ideendichte pro Druckbogen; im Falle dieses ersten Bandes der Simon-Werkausgabe dürfte sie etwa um den Faktor zwanzig über der durchschnittlicher Science Fiction liegen. Vielleicht ja auch ein bisschen viel für Leute, die gewohnt sind, den immergleichen Brei irgendwelcher Zyklen zu konsumieren.

Unbedingt zu lesen sind übrigens in diesem Band auch die »Quellen und Anmerkungen« ab S. 267, selbst wenn sie in einer augenmordenden Kleinschrift gesetzt wurden. Hier plaudert der Autor aus seinem Nähkästchen und lässt sich auch das eine oder andere Statement entlocken, das man in Geschichten vergeblich erwarten würde. Nebenbei wird die Abstammung der einzelnen Texte etwas erhellt, und an dieser Stelle bekommt auch die Anordnung der Texte einen tieferen Sinn. Und so ganz nebenbei: »Erledigte Sujets werden erschossen, nicht wahr?« heißt es einmal (Zitat aus einer ukrainischen Zeitschrift, die sich Erik Simon – vielleicht – auch ausgedacht hat, und es würde mich nicht überraschen, wenn auf die ganze Ukraine dasselbe zutreffen würde), aber dieser Schriftsteller erschießt keines seiner erledigten Sujets. Er lässt uns zuschauen, wie er eins ums andere Mal seinen Spaß mit ihnen hat. Vielleicht kommt er uns in ein paar Jahren mit einer Geschichte von einem Autor, dem man schon zu Lebzeiten mit einer Werkausgabe umkränzte, und was die Riddhaner dazu zu sagen hatten ...

Barbara Slawig

Flugverbot. Die lebenden Steine von Jargus

Roman · Argument Verlag, Hamburg 2003 · 253 Seiten · € 14,–

von Hartmut Kasper

Ein Satz von Philip K. Dick steht dem Roman als Motto voran: Auf die Frage, was seiner Meinung nach die größte Schwäche der Science Fiction von heute sei, hatte er geantwortet: »Ihre Unfähigkeit, das heikle und komplexe Verhältnis der Geschlechter zu erforschen.«

Wir dürfen vermuten, dass Dicks Urteil nicht als kecker Kommentar zum Roman »Flugverbot« gedacht ist, sondern andeuten soll, dass die Autorin mit ihrem Text etwas zur Verbesserung der diesbezüglichen Forschungslage beitragen wollte. Sehen wir uns also an, welche Rolle Mann und Frau in dieser Zukunftsvision spielen: Die Erde, Terra also, ist eine verödete Welt, die den düstersten Prognosen heutiger Umweltapokalyptiker Recht gibt. Um noch Schlimmeres zu verhindern, hat sich die Menschheit in die Obhut von allwissenden Rechnern, den ANACs, begeben. Diese Supercomputer kontrollieren das Leben auf der Erde und den menschlichen Kolonialwelten. Eine dieser Kolonialwelten jedoch, Volga, hat gegen diese sanfte elektronische Diktatur den Aufstand geprobt, ihren interstellaren Unabhängigkeitskrieg gewonnen und sich selbständig gemacht. Auf Volga regieren nun zwei soziale Fraktionen, das Militär und die Kommission der Wissenschaftler.

Slawigs Roman spielt wenige Jahre nach Ende des Krieges auf Jargus, einer kleinen, zur Einflusssphäre von Volga gehörenden Welt. Hier existiert eine fremdartige Lebensform, die lebenden Steine, die von einer kleinen Truppe von Wissenschaftlern erforscht wird. Die Wissenschaftler leben in einer Forschungsstation, der Kuppelstadt, die vom volganischen Militär bewacht und beherrscht wird. Die Forschungsstation ist ein Unikum, wird hier doch ein von Terra zur Verfügung gestellter ANAC eingesetzt, der zwar nicht direkt nach Schwefel stinkt, aber auch so ganz schön dubios ist, arbeitet das unfehlbare Instrument doch leider ziemlich fehlerhaft. Der Standortkommandant wittert Sabotage und schaltet einen jungen Kommissar ein, David Woolfe, der einfliegt, um Licht ins Dunkel zu bringen.

Zeitgleich fliegt Slawig ihre eigentliche Heldin ein, Jeanne Andrejew. Und diese Jeanne hat unter der Männerwelt jener fernen Zeit nicht viel weniger zu leiden als ihre Namensvetterin, Jeanne d'Arc. Das Weltall der Slawig ist nämlich so patriarchalisch organisiert wie das dörfliche Bayern der 1950er Jahre: Außerehelich erwirkte Schwangerschaften gelten als unehrenhaft, die Beteiligten werden dringlich zur Heirat angehalten; Abtreibungen sind verboten; allein erziehende Mütter leben als soziale Außenseiterinnen. Und wie Jeanne d'Arc ist auch Jeanne Andrejew als einzige Frau in den Krieg gezogen, hat als Navigatorin auf volganischen Kriegsschiffen navigiert wie kein Zweiter und mit ihren – natürlich alles Männliche überragenden – Fähigkeiten sogar ihren Kameraden mehr als einmal das Leben gerettet. Doch werden ihre Leistungen leider verkannt, verkannt, verkannt: So bewahrte einst eine eigenmächtige Kursänderung ihr Raumschiff zwar vor der Katastrophe, diese Eigenmächtigkeit wäre jedoch als Sabotage angesehen und mit dem Tode bestraft worden, weswegen sie hatte desertieren müssen. Seit diesem Karriereknick schmuggelt sie sich (auch wörtlich) durchs Leben. Und wie das in einer militaristischen Machismos-Männerwelt so ist, ist sie bei Gelegenheit auch vergewaltigt worden.

Auf Jargus wird sie vom Kommandanten dann auch gleich verhaftet, geschlagen, von der Soldateska malträtiert, geprügelt (prügelt aber ebenfalls kräftig mit, ist sie doch bei einem interstellaren Kampfsportmeister in die Lehre gegangen). Doch am Ende hilft sie dem netten Kommissar Woolfe bei der Lösung des Falles und entlarvt eine böse ANACistische Verschwörung. Und dass unsere beiden Helden, Mann und Frau im gleichen, heiratsfähigen Alter, sich nach allerlei Missverständnissen und seelischem Ungemach ineinander verlieben und so ihr bescheidenes Glück finden, versteht sich fast von selbst. Sind sie doch auch ein schönes Paar: Jeanne ist derart cool, kompetent, erotisch attraktiv, mütterlich, kaltschnäuzig-anlehnungsbedürftig, schlagkräftig, analytisch genial gewitzt, dass andere Autoren mit all diesen bewunderungswürdigen Eigenschaften drei bis vier Heldinnen hätten füllen können. Und David Woolfe ist auch sehr nett und tapfer und eine ehrliche Haut und außerdem Bergsteiger – so viel Naturbursche darf sein, auch zwischen fernen Sternen.

Zweifellos gelingt es Slawig in diesem Roman, eine Fülle von nachvollziehbar motivierten Figuren durch einen plastisch gestalteten Zukunftsraum zu führen. Und wer gerne Agentenromane oder spannende Krimis liest, die an geschlossenen Orten spielen – im Orient-Express, auf Nil-Schiffen, englischen Reiterhöfen oder in Kuppelstädten –, wer ein Agatha-Christie-haftes Gewusel von möglichst vielen höchst verdächtigen Verdächtigen mag, wer schon immer wissen wollte, wie eine Mischung aus Miss Marple und Lara Croft sich gegen eine böse Männerwelt schlagen würde und wen dabei ein leichter Touch von Science Fiction nicht stört, der wird sich hier aufs Beste unterhalten finden.

Was aber die Forschungsstation auf Jargus für die Erforschung des heiklen und komplexen Verhältnisses der Geschlechter gebracht hat, wird wohl das Geheimnis der lebenden Steine daselbst bleiben. Und die, wie Steine anderswo auch, schweigen.

Vladimir Sorokin

Ljod. Das Eis (Ljod)

Roman · Aus dem Russischen von Andreas Tretner · Berlin Verlag, Berlin 2003 · 352 Seiten · € 22,–

von Erik Simon

Bei den Verlagen, die sich hierzulande traditionell mit Science Fiction und benachbarten phantastischen Genres befassen, erscheint seit Jahren keine neue russische SF mehr (oder ist, wie etwa bei Bastei, praktisch nie erschienen); Fantasy im engeren Sinne ist in Russland ein ganz neues Genre und hatte hier nie eine Chance. Daher wird in Deutschland das Bild russischer Phantastik neuerdings von zwei Autoren geprägt, die sich zumindest im Dunstkreis der SF bewegen: Wiktor Pelewin und Vladimir Sorokin. Beide sind auch daheim derzeit ausgesprochene Kultautoren und werden daher von den Slawisten, die in deutschen Verlagen mit allgemein literarischem Profil die Auswahl treffen, wahrgenommen. (Ich halte Pelewin für den interessanteren – ein wirklich hoch begabter Autor mit originellen Ideen, der aber seinen kometenhaften Aufstieg in den frühen 90er Jahren nicht recht verkraftet hat und der kurioserweise aus dem Erfolg seiner literarischen Fiktionen den Schluss zu ziehen scheint, an diversen esoterischen Ideen müsse tatsächlich etwas dran sein.)

Von Sorokin ist nun – nach »Der himmelblaue Speck« – der zweite phantastische Roman in einer deutschen Übersetzung erschienen (einer exzellenten übrigens). Mit Science Fiction hat das Buch einen einzigen Berührungspunkt: den Tunguska-Meteoriten. Dieser Himmelskörper (am ehesten wohl ein Kometenkern oder ein Bruchstück davon), der 1908 in Sibirien niederging, vermutlich noch vor dem Aufschlag in der Luft explodierte und ein riesiges, zum Glück unbewohntes Stück Taiga verwüstete, ist in der SF wiederholt als gescheitertes außerirdisches Raumschiff gedeutet worden, zumal Expeditionen seinerzeit keine Überbleibsel des »Meteoriten« gefunden haben.

Bei Sorokin nun liegt im sibirischen Boden das Eis des Kometen (»ljod« ist einfach russisch für »Eis«), das aber eine ganz besondere Substanz ist: Wenn man damit sehr heftig gegen die Brust eines Menschen schlägt, stirbt er höchstwahrscheinlich, bei einigen wenigen aber »beginnt das Herz zu sprechen«, sie werden verwandelt und sind fortan mit ihresgleichen zu einem engen Kontakt, eben »von Herz zu Herz«, fähig. Aber mehr als das – sie sind eigentlich von vornherein die einzigen wirklichen Menschen, eine Art besondere Rasse, und nachdem die Ersten von ihnen rein zufällig mit dem Ljod kollidiert und zur Erkenntnis ihres wahren Selbst gekommen sind, bilden die so erfolgreich Behämmerten eine Art Geheimbund, der die Erlösung der übrigen von ihrer Sorte betreibt. Dass diejenigen, die sich als nicht zugehörig erweisen, dabei draufgehen, spielt weiter keine Rolle, denn wenn sämtliche Übermenschen »herausgehämmert« sind, werden sie ohnehin ganz von selbst ihr Ziel erreicht haben, »die – von Sex und Gewalt verdorbene – Erde auszulöschen und zur ewigen Existenz zurückzukehren« (Verlagstext).

Mit SF hat das alles natürlich nichts zu tun, nicht einmal mit sonstiger Phantastik im herkömmlichen Sinne, denn auch da obwaltet ja für gewöhnlich eine gewisse innere Logik. Bei Sorokin sehen wir aber nichts als eine Melange aus ein paar ganz willkürlichen Symbolen von durchaus zweifelhafter Provenienz. Zum einen ist da jene besonders rigide russische Seelenschwärmerei, ein hochfliegender Mystizismus, der höchste, schlechthin unerreichbare Ideale mit bemerkenswerter Genügsamkeit bei deren praktischer Umsetzung vereint und den man im Westen am ehesten im Milieu obskurer Sekten findet: das Ljod funktioniert einfach gründlicher als das herkömmliche Lösungsmittel für die russische Seelensubstanz, Äthanol.

Zum anderen ist da der Übermenschen-Mythos, der natürlich auch Wurzeln in diversen Sekten hat - von den mittelalterlichen Katharern bis zur Scientology -, aber eben nicht nur dort: Merkwürdigerweise sind die Auserwählten bei Sorokin allesamt vom Typus des nordischen Edelmenschen - in ein paar Szenen wird vorgeführt, wie schon die SS und Stalins Geheimdienst von den Auserwählten unterwandert waren, und es ist zu vermuten, dass die KZs und GULAGs überhaupt vor allem dem hochwohllöblichen Zweck dienten, die richtigen Menschen von den falschen zu sondern.

Denn wie man es auch verbal kaschiert, zum Übermenschen gehört der Untermensch. Aus der Sicht von Sorokins Auserwählten sind wir sechs Milliarden allerdings nicht einmal das, sondern nur leere Hülsen, eine Art mechanische Vorrichtung aus Fleisch und Blut. Der größte Teil der Romanhandlung spielt denn auch in der russischen Gegenwart in einem Milieu, welches geeignet scheint, diese Sichtweise plausibel zu machen - Huren, Zuhälter, Kriminelle, Drogensüchtige, Tagediebe, ein halb yuppiemäßiger »neuer Russe« (wie man die neureichen Emporkömmlinge nennt); der rote Faden ist die auch hier laufende Rekrutierung von Übermenschen durch »Heraushämmern« aus dem Menschenabfall. Halbwegs normale, durchschnittliche Leute kommen nur gegen Ende des Romans in größerer Menge vor, wo eine mechanisierte, computerisierte und abgesicherte Vorrichtung mit Ljod als Wellness-Set vermarktet wird. Da tauchen dann in Briefen von Kunden dieselben mystischen Erfahrungen ein paar Nummern kleiner und in den Alltag herabgezogen wieder auf, und das Ganze liest sich wie eine Parodie auf das Vorangegangene. Aber eigentlich zählen sie nicht; das ganze Interesse des Autors gilt den völlig kaputten Typen. Auch das hat eine lange Tradition in der russischen Literatur und wurzelt in derselben bigotten Spielart des Christentums, die »Sex und Gewalt« grundsätzlich in einem Atemzug nennt, wenn sie Sittenverfall meint, und die ansonsten das Jüngste Gericht herbeisehnt. Bei Sorokin kommt indes zu dem Elend ein völlig neuer Aspekt hinzu: Es ist der Normalzustand, und es ist bei alledem schick/cool/geil. Wie Sorokins Romane.

Nun sieht es zwar derzeit in Russland wirklich sehr trübe aus (trauriger als zu Sowjetzeiten, denn zu den alten Gebrechen, die das kommunistische Regime immerhin gedeckelt und kanalisiert hatte und die jetzt offen zutage liegen, sind neue, »westliche« hinzugekommen, jedoch weitaus krasser als im Westen). Die ebenso eindringlich wie genüsslich ausgemalten Szenen moralischer und geistiger Leere und Verrohung sind aber so ziemlich das Einzige, was sich bei Sorokin sicher ausmachen lässt - und diese durchweg realistischen Szenen wirken weitaus phantastischer als die kitschigen Symbolismen. Sorokin ist ein moderner russischer Vertreter jenes Typus »Bürgerschreck«, der immer mal wieder antritt, um irgendwelche Tabus zu brechen, will sagen: einen Skandal zu machen und den als Kunst zu verkaufen. Alles andere wird bei ihm so distanziert dargestellt und so oft gebrochen, dass jeder herauslesen kann, was immer er will, was man mit gutem Willen als »zeitkritische Doppeldeutigkeit« doppeldeuten kann. Das heißt aber nur, dass da ein weißes Rauschen produziert wird, das alle Botschaften und also keine enthält. Die Kunst hört auf, wo die Bilder der Rorschach-Tests anfangen.

Angela und Karlheinz Steinmüller

Warmzeit

Erzählungen · Shayol Verlag, Berlin 2003 · 274 Seiten · € 15,90

von Gundula Sell

Während es deutschsprachige Science Fiction schwer hat auf dem deutschen Markt, gibt es immer noch Leute, die sich für sie einsetzen. So der kleine Berliner Verlag Shayol - tapfer wie ein gallisches Dorf und mit professionellem Anspruch. Das zeigt sich auch in dem Band »Warmzeit« des Schriftsteller- und Zukunftsforscher-Ehepaares Angela und Karlheinz Steinmüller. Hier, im ersten Band der geplanten Werkausgabe mit literarischen Arbeiten von den beiden, sind diejenigen Erzählungen von 1977 bis heute versammelt, die in einem zusammenhängenden 21. Jahrhundert spielen. Die Geschichten sind zuvor teils in früheren Bänden (»Der letzte Tag auf der Venus«, »Windschiefe Geraden«), teils verstreut erschienen, ein paar noch gar nicht. Einige wurden für diese Veröffentlichung überarbeitet. Eine Erzählung und die Idee zu einer zweiten stammen aus der futuristischen Ideen-Sammlung »Visionen 1900, 2000, 2100«. In einer eigens verfassten »Kurzinfo Weltraumkolonisation« entwerfen die Autoren eine nüchterne Chronik der Zukunft, die bis in die Welt ihrer berühmten Romane wie »Andymon« reicht. Die Herausgeber Hans-Peter Neumann und Erik Simon kommentieren die Texte und, wo nötig, die sehr spezielle (DDR-)Realität, aus der sie entstanden sind.

So sehr die Geschichten jeweils für sich stehen, mitunter die geschilderten Szenerien einander gar auszuschließen scheinen, passen sie letztlich doch in eine Welt, so disparat wie unsere eigene. Ja, die uns heute umtreibenden Widersprüche werden literarisch und von den Lebensumständen der Figuren her auf ihre jeweiligen Spitzen getrieben. Steinmüllers verbinden sehr treffliche, zudem mit Details überzeugend ausgemalte Ideen mit der grundsätzlichen Plausibilität ihrer Annahmen, mit der sie als Zukunftsforscher zu arbeiten gewohnt sind. Am Anfang steigt hierzulande die Flut wegen der Erderwärmung, die Leute sind besorgt, Flüchtlinge aus überschwemmten Drittweltländern aufnehmen zu müssen – bis sie begreifen, dass sie selbst irgendwo um Aufnahme bitten müssen. Der Asteroidengürtel wird kolonisiert, seine Bewohner entwickeln sich mental und physisch von den Erdbewohnern fort. Unter Teilen der Menschheit grassiert eine ins Positive gewendete technisierte Vereinzelung. Weit weg, in Südamerika, richtet man sich auf die alles durchdringende Radioaktivität ein, schließlich bringt die mit ihr verbundene Industrie einen gewissen Aufschwung als Lieferant für die Erste Welt. In »Vor der Zeitreise« wird der Versuch unternommen, geeignete Personen in das, was von Natur noch übrig ist, »auszuwildern«, damit sie eine Chance haben, den absehbaren großen Zusammenbruch zu überstehen.

Nein, eine richtig lichte Zukunft ist es nicht gerade, was die Steinmüllers hier ... erfinden? Vorwegnehmen? Fast scheint es, das »Auswanderer-Schiff« der letzten Erzählung – der Versuch, eine neue Generation in den Tiefen des Raums wieder von Null anfangen zu lassen – sei noch das Hoffnungsvollste. Aber Steinmüllers literarische Qualität beweist sich auch daran, dass jede Erzählung einzeln und alle zusammen nicht eindimensional sind. Nicht nur Technik und Ambiente sind glaubhaft, die handelnden Personen sind es auch. Spätestens in der Widersprüchlichkeit ihrer Figuren, ganz solche wie wir, blitzen andere Möglichkeiten auf. Humoristische, ironische und ernst gemeinte. Gebrochene, unvollendete und weiterführende. Anfänge nach jedem Ende.

Ein vielversprechender Beginn für eine Werkausgabe. Für diese hoffe ich, dass es gelegentlich der notwendigen Systematisierung der Werke durch die Steinmüllers auch neue (literarische) Texte geben möge. Und wenn sich nun noch ein oder mehrere adäquatere Grafiker fänden, die die Titel für Shayol zeichneten, bliebe fast nichts mehr zu bekritteln.

Angela und Karlheinz Steinmüller

Ungezähmte Zukunft – Wild Cards und die Grenzen der Berechenbarkeit

Mit einem Vorwort von Klaus Burmeister ·
Gerling Akademie Verlag, München 2003 · 200 Seiten · € 24,90

von Gundula Sell

Wer hätte vor dem »11. September« gedacht, was dieser Begriff nunmehr, nach dem mörderischen Anschlag in New York bedeutet. Es gibt Momente, da plötzlich etwas geschieht oder etwas lange Angesammeltes plötzlich zutage tritt, das keiner einkalkuliert hatte. Selbst die Zukunftsforscher zucken betreten die Achseln.

Solange Entwicklungen ohne Brüche zu verlaufen scheinen, haben Zukunftsforscher es leicht: Trendkurven einfach verlängern, das Vertraute zuspitzen. Aber nicht erst seit dem Einsturz der Zwillingstürme hat sich herumgesprochen, dass die Zukunft nicht nur verlängerte Gegenwart ist. Störereignisse, so genannte »Wild Cards«, Joker, Asse im Ärmel der Geschichte, können auf den Tisch geknallt werden, und dann hält kein Pokerface mehr.

Die Berliner Science-Fiction-Autoren (»Andymon«, »Der Traummeister«, »Warmzeit«) und Zukunftsforscher (»Visionen 1900, 2000, 2100«) Angela und Karlheinz Steinmüller haben in ihrem Buch »Ungezähmte Zukunft« die noch ziemlich junge Methode des Einbeziehens von Wild Cards in die Szenario-Bildung der Zukunftsforschung systematisiert. Sie definieren Wild Cards als Störereignisse, die mit sehr geringer Wahrscheinlichkeit eintreten, aber weitreichende Folgen haben. Vorkommen können sie in Wissenschaft und Technik, Gesellschaft und Politik, Umwelt und Kosmos. Die meisten sind Frucht menschlichen Handelns - wenn auch oft wie bei dem berühmten Schmetterling, dessen Flügelschlag Orkane auslösen kann. Manche entstehen aus Durchbrüchen jahrzehntelanger Forschung, andere als überdimensionale Unfälle.

In ihrem wissenschaftlich fundierten, allgemein verständlich und anschaulich geschriebenen Buch diskutieren die Autoren das mögliche Auftreten und die Wirksamkeit von Wild Cards und ihre Nutzung durch die Zukunftsforschung, die sich heute, vorsichtig geworden, nicht auf eine einzige Vorhersage, sondern lieber auf das Aufblättern von »Szenarios« einlässt. Das Buch ist in einer Reihe von Management-Literatur erschienen, sodass es seine entsprechende Nutzbarkeit beweisen beziehungsweise der Zielgruppe Appetit auf die Dienstleistung der Futurologen machen muss. Den Hauptteil des Buches bildet eine Aufzählung von vor allem weltweit wirksamen Wild Cards. Die Wahrscheinlichkeit ihres Eintretens ist meist eins zu hundert oder noch geringer, viele schließen auch einander aus. Aber schon eine davon kann uns völlig aus der Bahn werfen.

Wie in einem Quelle-Katalog werden kommentierte Wild Cards für die nächsten zwanzig Jahre aufgelistet. Jedoch bei nur wenigen überwiegen positive Folgen, wie etwa die massenhafte Anwendung von Zeppelinen im Gütertransport, die globale Einführung der Tobin-(Finanzspekulations-)Steuer, ein weltweit Einfluss gewinnender liberaler Islam oder eine vegetarische Revolution. Drastisch negativer schlagen zu Buche das Ausbrechen von neuen Seuchen ohne Gegenmittel, offene Konfrontation zwischen EU und USA wegen Interessengegensätzen, Auseinanderbrechen der UNO. Oder ein verheerender Asteroideneinschlag, ein Atomkrieg zwischen Indien und Pakistan, ein Zusammenbruch der globalen Finanzmärkte ... Es gibt auch Ereignisse, die man je nach Betrachtungsweise für gut oder schlecht halten mag, die aber tief greifend auf die menschliche Kultur einwirken: So die mit einer Pille zu bewerkstelligende Wahl des Geschlechts beim Nachwuchs oder der Ersatz der Schrift durch Sprache. Uns mag das – ja? – barbarisch vorkommen, aber wenn es sich erst eingebürgert hat, wird es selbstverständlich wirken.

Benutzerfreundlich stellen die Autoren ihre Geschichts-Joker auf je zwei Seiten vor, beschreiben und kommentieren und machen Angaben über Wahrscheinlichkeit, Frühindikatoren und so weiter. Diese Sammlung ist damit aber keineswegs nur ein Rezeptbuch für SF-Autoren. Es kann uns alle zum Nachdenken bringen, wie wenig selbstverständlich lineare Fortschreibung der Gegenwart ist, dass man sich auf manch unerwartete Wendung wenigstens geistig einstellen sollte. Auch die »Jahrtausendflut« kann nur eine der ersten Folgen globaler Erwärmung sein – als Nächstes ändert vielleicht der Golfstrom seinen Weg, Inselstaaten versinken ... und, was wird unternommen?

Bei aller Ernsthaftigkeit des wissenschaftlichen Vorgehens bleiben die Steinmüllers keineswegs ungerührt von dem, was sie da auf den Tisch blättern. Das ist das Sympathische: Hier wird nicht, wie sonst nur zu oft, das was kommt, als gut und richtig hingenommen. Hier wird sich unterschwellig empört oder mokiert, hier wird auch über Vorsorge nachgedacht, selbst wenn das ein Widerspruch in sich zu sein scheint. Wissenschaft nicht nur als Werkzeug, sondern auch als die Hand am Werkzeug.

Tatjana Tolstaja

Kys (Kys)

Roman · Aus dem Russischen von Christiane Körner ·
Rowohlt Berlin, Berlin 2003 · 367 Seiten · € 22,90

von Hartmut Kasper

Ein Kritiker hat diesen ersten Roman der Großnichte von Leo Tolstoj ein Science-Fiction-Märchen genannt, und das trifft die Sache im Kern. Denn die Wälder sind finster in der fernen Zukunft, von der hier berichtet wird, Ungeheuer wie die Kys lauern darin, die nach Blut und Menschenseelen lechzen. Ein König regiert das kleine Reich, der, wenn er schon nicht gut ist, sich doch für ganz gut hält. Und der Held ist ein einfältiger, naiver Jüngling, der die Bücher und die Frauen liebt – was beides ja ganz vernünftig ist – und dem, weil er so schön und stark ist, die Frauen fleißig nachschauen.

Ja, schön und stark ist dieser bärtige Benedikt Karpow, sieht man einmal von dem kleinen Schwänzchen ab, der aus seinem Hinterteil herauswächst. Und davon kann man in Anbetracht der anderen Menschen getrost absehen, die sich auf den Gassen dieses armseligen Städtchens tummeln – die hat der »Große Knall«, der vor etwa drei Jahrhunderten den Planeten verwüstete, mit ganz anderen Spätfolgen zurückgelassen: denen fehlt schon mal der komplette Unterleib, und die Füße wachsen ihnen direkt aus den Achseln, ihre Leiber sind mit Hahnenkämmen bewachsen, ihre Füße mit Krallen bewehrt. Auch die außermenschliche Natur ist restlos entstellt: Schwarze Hasen flattern von Wipfel zu Wipfel, die Männchen giftig, die Weibchen auch, aber genießbarer, und man isst sie schon, denn ansonsten gibt es eigentlich nur Mäuse – Mäuse als Hauptwild, als Universalgericht, sogar als Währung in dieser schönen neuen Welt.

Fjodor-Kusmitschsk heißt das Örtchen, es heißt so nach dem Tyrannen Fjodor-Kusmitsch, der es regiert; früher hat es Moskau geheißen, aber das ist, wie gesagt, lange her. Wenn auch ein paar der Menschen, die vor dem Großen Knall gelebt haben, auch jetzt noch leben, denn einige von denen haben, wie es scheint, das Sterben irgendwie verlernt, und so leben sie unglücklich und verbittert bis gegebenenfalls an ihr unseliges Ende. Auch Feinde hat dieses Gemeinwesen: Tschetschenen. Nähern sich Tschetschenen aus dem Süden, dann läuft das Volk zusammen und haut mit Stöcken auf Töpfe, um sie zu verscheuchen.

Erzählt wird die Geschichte einer märchenhaften Karriere: Benedikt arbeitet zu Beginn als Schreiber, das heißt er kopiert die Bücher, die der Regent Fjodor Kusmitsch gedichtet hat. Dieser Kusmitsch arbeitet ohne Unterlass: Er hat, soweit man weiß, den Menschen das Feuer gebracht, das Rad und den Schlitten erfunden (unter anderem), er schickt die Sanitäter aus, die hin und wieder einen zur Behandlung abholen, ohne aber je einen zurückzubringen, und er dichtet, was das Zeug hält. Allerdings erfährt Benedikt eines Tages, dass all die von

Kusmitsch gedichteten Gedichte, Roman, Fahrpläne und so weiter doch nicht von ihm stammen, sondern von ganz anderen, verschiedenen Autoren. Außerdem verliebt er sich in eine Kollegin, die das Töchterchen des Obersanitäters ist. Man heiratet, und der Schwiegervater führt seinen Schwiegersohn nun in das edle Sanitätsgewerbe ein: Man bedient sich dazu eines Hakens, mit dem man in die Häuser geht und dort nach versteckten Büchern forscht - das Lesen anderer als der kopierten Schriften ist nämlich illegal. Mit dem Haken kann man wahlweise nach solchen Druckwerken unter dem Bett graben oder den mutmaßlichen Buchversteckern das Genick brechen. Benedikt lernt beides. Eines Tages fragt Schwiegerpapa, ob man nicht Lust auf ein Revolutiönchen habe, und so bringt Benedikt auch noch den Tyrannen Kusmitsch zur Strecke, um den Schwiegervater an seiner Statt zu inthronisieren - einen blutrünstigen Tyrannen.

Tatjana Tolstajas Welt wimmelt von absonderlichen Figuren und bizarren Einfällen: von Transgeburten, das sind Halbmenschen, die als Zugtiere dienen; von merkwürdigen Begräbnisritualen, unerhörten Geburten, fremdartigen Sitten und einer Brauchtumspflege, in der sich die Bruchstücke einer sowjetischen Kultur unter den Bedingungen einer barbarischen Welt neu und bizarr sortieren. Tolstajas Roman ist die erstaunlich detaillierte, in jedem Detail glaubwürdig geschilderte Vision einer fremdartigen Zukunft, die dem Leser nur deswegen nicht völlig grauenvoll erscheint, weil er sie mit den Augen eines dort und dann Einheimischen sieht. Benedikt, der Heutige, verbürgt diese Welt, weil sie für ihn die einzig denkbare ist. Für die verworrenen Erzählungen der Vorderen kann er keinerlei Sympathie aufbringen. Deren Erinnerungen - an uns und unsere Zeit - sind längst in Konfusion geraten, zu einer grellen Parodie, die als Verklärung getarnt wird: »›Alles, was Sie wollen! Kaffee, gepflasterte Straßen. Erinnern Sie sich, Nikita Iwanytsch ... Hemden mit Manschettenknöpfen ... Konferenzen ...‹ ›Konfrontationen ...‹ ›Parboiled Reis von der humanitären Hilfe ...‹ ›Pornovideos ...‹ ›Jeans ...‹ ›Terroristen ...‹ ›Unbedingt. Beschwerden bei den vereinten Nationen. Politische Hungerstreiks. Der Internationale Gerichtshof in Den Haag.‹«

Wer sich hier einliest, wird viel lachen. Und am Ende doch aufatmen wie nach einem Albtraum.

Vernor Vinge

Eine Tiefe am Himmel (A Deepness in the Sky)

Roman · Aus dem Amerikanischen von Erik Simon ·
Wilhelm Heyne Verlag, München 2003 · 815 Seiten · € 14,–

von Karsten Kruschel

Wie es sich für eine moderne Space Opera gehört, häuft Vernor Vinge auf den ersten paar dutzend Seiten von »Eine Tiefe am Himmel« erst einmal ein paar gehörige Rätsel auf, nicht ohne nachdrücklich anzudeuten, dass es später für all das eine Lösung geben wird (was mindestens teilweise gelogen ist, wegen der Fortsetzung).

Da ist die Rede von einer erbitterten Jagd auf einen Mann, die sich über viele Lichtjahre und Jahrhunderte hinzieht; da ist die Rede von einem Stern, der – aus welchen Gründen auch immer – nach jeweils 35 Jahren Helligkeit für 215 Jahre einfach ausgeht, um dann wieder aufzuflammen; und da ist die Rede von so genannten Aufsteigern, Abkömmlingen einer menschlichen Splittergruppe, die viel größere technische und logistische Leistungen vollbringen als sie es ihrem technologischen Niveau nach tun dürften.

Mit diesen Rätseln herumschlagen muss sich die Dschöng Ho, eine galaktische Handelsgilde, die sich aus der Erforschung des EinAus-Sternes gewaltigen Gewinn erhofft, gibt es doch Anzeichen für intelligentes Leben auf einem seiner Planeten. Die Lage wird nicht gerade einfacher, als die beiden Lager, nach langer und sehr teurer Reise zu diesem Stern, eine Allianz schmieden, die ebenso zerbrechlich ist wie argwöhnisch beäugt wird. Es kommt, wie es kommen muss: Die Aufsteiger schmieden eine komplizierte Intrige, in deren Verlauf sie nicht nur den größten Teil der Dschöng Ho umbringen, sondern auch alle Menschen in der Nähe des EinAus-Sterns unter ihre Knute zwingen. Die Überlebenden der Dschöng Ho sind noch Jahre später fassungslos, dass den Aufsteigern ein solcher Coup gelingen konnte. Allerdings besitzen die verbliebenen Menschen im Ein/Aus-System nun gar kein langstreckentaugliches Raumschiff mehr und sitzen fest.

So weit, so gut: Der Autor hat hundert Seiten gebraucht, um die Zahl der handelnden Personen drastisch zu reduzieren und alle bis dahin vorkommenden Raumschiffe in Schrott zu verwandeln. Nun kann er sich in aller Ruhe seinen Charakteren widmen, die von diesem Zeitpunkt in einem nur allzu bekannten Handlungsmuster stecken: Dort der Diktator samt Herrschaftsapparat, Handlangern und einem düsteren Geheimnis – hier die Unterdrückten, die nach Wegen suchen, die Diktatur zu erledigen und dabei des Diktators düsteres Geheimnis zu enthüllen.

Dass man das Buch an dieser Stelle noch nicht über die Balkonbrüstung gekickt hat, liegt an den eingeschalteten Kapiteln, die unten auf dem Planeten handeln, den die einander umbringenden Menschen umkreisen. Da unten existiert eine Zivilisation – intelligente Wesen, die nach einem Dasein von nur fünfunddreißig Jahren in einer über zweihundert Jahre währenden Periode der Kälte und Finsternis erstarren. Vernor Vinge ist so konsequent, diese Wesen als Spinnen zu schildern. Obwohl das falsch ist: Dass es sich um Spinnen handelt, bemerkt der Leser erst nach einer ganzen Weile, an kleinen, wie zufällig eingestreuten Details. Die Charaktere der Spinnenwelt sind sogar viel plastischer und glaubhafter als die der angeblichen Menschen oben in den Raumschiffen und Habitaten. Das beginnt bei den putzigen Namen, die die Aliens tragen (Scherkaner Unterberg, Hrunkner Unnerbei, Viktoria Schmid, Streb Grüntal und so weiter) und die Erik Simon beim Übersetzen offensichtlich Spaß bereitet haben. Die Gesellschaft der Spinnen stellt für Vinge so etwas wie einen alternativen Testlauf zum irdischen zwanzigsten Jahrhunderts dar – vom Aberglauben zur Wissenschaft, von primitiver Mechanik zur High-Tech, von bornierter Engstirnigkeit zu weit offenen Augen ... Und dennoch ist das Geschehen auf Arachna keine Wiederholung der menschlichen Geschichte, sondern eher so was wie Version 2.0. Deswegen gelangen die Spinnenwesen auch zu Errungenschaften, die selbst die sie belauernden Menschen verblüffen. Die Spinnenwelt wirkt ein bisschen wilhelminisch, einen Hauch altertümlich, ein wenig wie die Kulissen in den Filmen von Zeman.

Der Plan der Menschen, von den Aufsteigern und ihrem skrupellosen Chef ersonnen, besteht darin, die Spinnengesellschaft – die sich zwischen jeweils zwei Dunkelphasen rasant weiterentwickelt – schamlos auszubeuten, wenn sie erst einmal weit genug entwickelt ist, und so irgendwann den Heimweg anzutreten. Die großen Zeitspannen werden überbrückt, indem man ständig Leute auf Eis legt und wiedererweckt. Bei den Geschehnissen oben in den menschenbewohnten Habitaten schält sich quälend langsam heraus, worin das Geheimnis der Aufsteiger besteht. Eine ihrer Waffen, die so genannte Geistfäule, kann Menschen in biologische Computer verwandeln, reine Denkmaschinen, die leidenschaftslos auf ein bestimmtes Fachgebiet konzentriert bleiben, »fokussiert«, kaum noch zu menschlichen Regungen fähig. Und einige von den Opfern dieser brutalen mentalen Vergewaltigung sind auf die Sprache der Spinnen fokussiert, übersetzen nach und nach, was unten vor sich geht: Dies sind die wenigen Stellen dieses Handlungsstrangs, die wirklich interessant sind, weil plötzlich das Bild der Spinnenwelt, das sich der Leser gemacht hat, mit jenem konfrontiert wird, das Vinge seine Fokussierten sehen lässt. Am Ende kommt es, wie es bei solchen Die-Schwachen-kämpfen-gegen-den-bösen-Diktator-Szenarios immer kommt: Sein düsteres Geheimnis fliegt auf, seine Macht zerbricht, die Geknechteten obsiegen. Sie tun dies aber nur, weil die Spinnen einen Weg gefunden haben, direkt mit den Gehirnen der Fokussierten in Verbindung zu treten – nicht weiter erstaunlich für eine Spezies, die mal eben im Vorübergehen das Cavorit erfindet.

Diese Space Opera zeigt sehr deutlich das Dilemma auf, in dem diese Spielart der SF seit Jahren steckt. Masse scheint allemal mehr zu zählen als Klasse, selbst gute Ideen werden gnadenlos ertränkt im vor sich hin mümmelnden Leerlauf des Zeilenschindens. Auch dieses Buch krankt am Diktat des großen Umfangs – andererseits sollte man vielleicht auch dankbar sein, dass uns dieser Stoff nicht als Trilogie präsentiert wurde, was durchaus möglich gewesen wäre. Und tatsächlich gibt es einen größeren Zusammenhang, der mit dem Roman »Ein Feuer auf der Tiefe« gegeben ist (dazu unten mehr); und die für den eigentlichen Inhalt des Buches komplett überflüssige Hintergrundstory um den Mann, den man seit Jahrhunderten sucht, weist ebenso deutlich auf einen weiteren Band hin wie die offen bleibenden kosmologischen Rätsel um den EinAus-Stern.

Die Passagen, die auf der Spinnenwelt spielen, haben deutlich mehr Energie, Witz und Leben als die Passagen in der Menschenwelt. Woran es liegt, dass Vinges Spinnenwesen mehr Persönlichkeit und Verve besitzen als seine fast durchweg blassen menschlichen Personen, lässt sich schwer sagen. Vielleicht liegt es daran, dass es einfach sehr viel mehr Spaß macht, sich eine solche fremde Lebensform wie die Arachniden auszudenken und eine völlig neue Welt zu erschaffen als die langweiligen homo sapiens zu schildern, die eigentlich nur das tun, was sie im täglichen Leben auch tun – einander belügen, gegeneinander intrigieren, manchmal sich verlieben, den größten Teil der Zeit aber nur auf ihren Vorteil bedacht und damit befasst, an der Erhöhung ihres eigenen Selbst über das der anderen zu arbeiten oder (im Extremfall) einander mit mehr oder weniger Lustgewinn abzumurksen.

Was die Teile des Buches, die bei den Spinnenwesen spielen, zusätzlich interessant und spannend macht, ist die rasante und dennoch äußerst logische Art, in der Vernor Vinge den technologischen Fortschritt der munter drauflos forschenden Underberg & Co. darstellt. Die äußeren Bedingungen ihres Daseins zwingen sie dazu, große technische Sprünge zu machen, und die dabei entstehenden Konflikte zwischen den neuen Möglichkeiten und dem alten Denken, das Mühe hat, noch Schritt zu halten, sind Vinge besonders gelungen. Die Arachna-Teile des Romans sind spannend, intelligent, oft überraschend; leider machen sie nicht den größten Teil dieses 800-Seiten-Wälzers aus und lassen den Rest reichlich alt aussehen. Ein kühner Lektor mit schwungvollem Rotstift hätte aus »Eine Tiefe am Himmel« einen wirklich guten Roman von, sagen wir, 350 packenden Seiten machen können. So aber bleibt nur der Rat, sich die interessanten Aspekte dieses Buches nicht entgehen zu lassen und bei den endlos dahinlabernden restlichen Kapiteln einfach das Lesetempo auf Geschwindigkeit zu fokussieren.

Vernor Vinge

Ein Feuer auf der Tiefe (A Fire Upon the Deep)

Roman · Aus dem Amerikanischen von Erik Simon ·
Wilhelm Heyne Verlag, München 2004 · 640 Seiten · € 14,–

von Karsten Kruschel

Obwohl »Ein Feuer auf der Tiefe« ein vollkommen selbständiger, in sich abgeschlossener Roman ist (das Original erschien 1992, die deutsche Ausgabe erstmals 1995), hängt er doch mit »Eine Tiefe am Himmel« (Original 1999, deutsch 2003) zusammen: Obwohl viele Jahre später in demselben Universum handelnd, entstand er doch Jahre früher. Vernor Vinge hat also mit »Eine Tiefe am Himmel« etwas geschrieben, das man neudeutsch – und wenn es ein Film wäre – ein Prequel nennen würde.

Zunächst taucht Pham Nuwen, der geheimnisvolle gejagte Mann aus »Eine Tiefe am Himmel«, wieder auf, wenn auch seine ganzen Erinnerungen vielleicht nur künstlich sind, ein nachträglich konstruierter Betrug. Auch die große Expedition, die am Ende von »Eine Tiefe am Himmel« angekündigt wird, findet Erwähnung. Die kosmologischen Rätsel des späteren (in der Handlung aber früheren) Bandes werden auf reichlich irrwitzige Art geklärt: Vinge lässt den Roman auf der Annahme gründen, dass die Fähigkeit logischen Denkens eine Funktion der Entfernung vom Galaxiskern ist – je weiter innen, desto dümmer, je weiter außen, desto genialer. Ergo gibt es tief im Inneren der Galaxis die so genannten »Gedankenleeren Tiefen«, in denen es nichts Intelligentes geben kann; ein interessantes Konzept, demzufolge alle, die zu tief ins Innere vordringen, einer galoppierenden Verblödung anheimfallen. Weiter außen beginnt die »Langsame Zone« (in der auch wir uns befinden), die maximal Lichtgeschwindigkeit zulässt und deren Grenzen nach außen wie innen sich gelegentlich verschieben. Weiter draußen kommen die wirklich intelligenten Zivilisationen und ganz am Rand dann eine Gegend, die das Transzenz genannt wird und wo Dinge/Wesen/Zivilisationen hausen, die Göttern gleichen in ihrer Macht und die ebenso unbegreiflichen wie kurzlebigen Beweggründen folgen (kein Wunder, wenn Geschwindigkeit keinerlei Problem darstellt, verlieren Dinge wie Zeit ihre Bedeutung). Solche Mächte basteln denn auch aus ein paar menschlichen Überresten etwas zusammen, das sich selbst nicht ganz sicher ist, ob es wirklich Pham Nuwen ist.

Selbst in der Struktur der beiden Bücher »Ein Feuer auf der Tiefe« und »Eine Tiefe am Himmel« gibt es Parallelen: In beiden werden alternierend eine Planeten- und eine High-Tech-Handlung erzählt, die aufeinander zulaufen, wobei die von hoch entwickelten Menschen beherrschte High-Tech-Handlung gegen die Planeten-Handlung in Logik, Intensität und erzählerischem Schwung deutlich abfällt.

Die Planetenhandlung von »Ein Feuer auf der Tiefe« beschreibt die Abenteuer der Überlebenden eines geflüchteten Raumschiffs. Gelandet sind sie auf der Klauenwelt, einem Planeten mit einer fast noch primitiven Zivilisation hundeähnlicher Wesen, deren Persönlichkeit und Intelligenz erst durch die Zusammenschaltung von mindestens vier Exemplaren entstehen. Die Gedanken zwischen den Rudelgliedern werden per Ultraschall übertragen; daraus ergibt sich für die Handlung manch interessante Wendung und macht die Rudelwesen viel glaubhafter, als wenn wieder mal mit Telepathie oder Ähnlichem gespielt würde.

Vernor Vinge schildert diese Wesen mit Akribie, Einfühlungsvermögen und viel Liebe zum Detail, genau wie er es Jahre später mit seinen Spinnenwesen der Arachna in »Eine Tiefe am Himmel« getan hat. Allerdings gelingt es ihm in »Ein Feuer auf der Tiefe« besser, nicht nur den Aliens, sondern auch den menschlichen Partnern Tiefe und Plastizität zu verleihen – was zum Teil daran liegen mag, dass er zwei Menschen, die Geschwister Johanna und Jefri, mit den Rudelwesen interagieren lässt, während die Spinnen ja erst ganz zum Schluss in persona auf die Menschen treffen.

Natürlich werden die auf der Klauenwelt gestrandeten Kinder sofort in die politischen Ränke und Machtkämpfe der Einheimischen verwickelt; das Wissen der Menschen (vieles davon stammt aus einem Spielzeug-Computer) droht in kürzester Zeit das gesellschaftliche Gefüge der ganzen Klauenwelt durcheinander zu bringen. Dabei erscheinen die fremden Lebewesen mehr und mehr vertraut: Einerseits ist ihr technisches Niveau eher frühmittelalterlich, ihr technisches Verständnis aber ist frappierend. Vinge stellt das sehr geschickt dar. Natürlich vermag jemand schnell zu begreifen, wie etwas funktioniert, wenn er es sich gleichzeitig aus allen Richtungen anschauen kann. Und natürlich können Leute, deren eigenes Denken aus Schallwellen besteht, sich mit dem Konzept des Radios durchaus interessante Dinge einfallen lassen. Wie sich aus dem Zusammenprall mittelalterlicher Gedankenwelt und moderner Technologie geradezu zwangsweise sowohl altruistische als auch faschistoide Tendenzen ableiten, macht diese Teile des Buches besonders spannend.

Neben der Planetenhandlung gibt es auch in »Ein Feuer auf der Tiefe« eine sich in der technischen Welt abspielende High-Tech-Handlung: Hier wird beschrieben, wie bei einem unbedachten Experiment ein uraltes und ungeahnt mächtiges Wesen erwacht, das alsbald beginnt, sich nicht nur ganze Planeten, sondern komplette Regionen des bewohnten Weltalls brutal zu unterwerfen: Alle intelligenten Wesen werden zu bloßen Puppen an den Fäden eines unglaublich mächtigen Puppenspielers degradiert. Vor ebendiesem Ungeheuer ist das Raumschiff geflohen, das auf der Klauenwelt strandete, und es hat einen wichtigen Teil des Ungeheuers an Bord, wovon aber erst einmal kaum jemand weiß. Der bereits erwähnte Pham Nuwen verfolgt zusammen mit einigen weiteren Figuren das geflohene Schiff – manche seiner Begleiter sind so seltsam wie vernunftbegabte rollende Topfpflanzen, die mangels Kurzzeitgedächtnis alles sofort vergessen und deswegen in ihrem fahrbaren Untersatz einen maschinellen Speicher mit sich führen. Nebenbei sind diese Wesen auch noch auf eine weitaus finsterere Art mit dem Geschehen verknüpft, das am Ende, wenn endlich die beiden Handlungslinien aufeinander treffen, in einer derart gigantischen Coda mündet, dass selbst die wildesten Spekulationen über Ringwelten dagegen wie Spielzeug wirken. Für die Leute auf der Klauenwelt bleibt immerhin eine gerupfte Art von Happy End übrig – genug, um sich ein anderes Leben aufzubauen, dessen erste Anzeichen ganz hoffnungsvoll aussehen.

Als solide gebaute, unterhaltsame Space Opera ist »Ein Feuer auf der Tiefe« allemal zu empfehlen, erst recht mit Blick auf den weitaus schwächeren Nachfolger/Vorgänger »Eine Tiefe am Himmel«.

Carlos Ruiz Zafón

Der Schatten des Windes (La sombra del viento)

Roman · Aus dem Spanischen von Peter Schwaar · Insel Verlag, Frankfurt am Main 2003 · 527 Seiten · € 24,90

von Karsten Kruschel

»Der Schatten des Windes«, so vermeldet stolz der Klappentext, war Buch des Jahres 2002 in Spanien, Lieblingsbuch der Leser zudem.

Warum dieses Buch in Spanien ein veritabler Erfolg war und auch hierzulande so manchen Fürsprecher fand, wird jedem Leser spätestens dann klar, wenn er feststellt, dass die süchtig machende Wirkung dieser komplizierten Geschichte auch ihn selbst erfasst hat: Nachtruhe wird verschoben, solange nicht wenigstens die nächste unglaubliche Wendung der Geschichte gelesen worden ist ... und sich sogleich die nächste ankündigt.

Worum es in diesem erstaunlichen Buch geht, ist rasch umrissen (und eigentlich ist eine zutreffende Inhaltsangabe unmöglich, wie jeder weiß, der es gelesen hat). Alles geht zurück auf jenen Tag, da ein elfjähriger Junge namens Daniel Sempere von seinem Vater mitgenommen wird zum Friedhof der vergessenen Bücher in der Altstadt von Barcelona. Hier darf Daniel sich ein Buch aussuchen, eines, das nur ihm allein gehört. Seine Wahl fällt auf »Der Schatten des Windes« von einem völlig unbekannten und überwältigend erfolglosen Autor, dessen Bücher offenbar äußerst gesucht sind. Doch dieses Buch schlägt den Jungen nicht einfach nur in seinen Bann – es beginnt sein ganzes Leben zu beherrschen, was mit der Tatsache zusammenhängt, dass irgendjemand versucht, alle noch irgendwo existierenden Exemplare aller Bücher dieses Autors zu vernichten ... Im Internet gibt es eine Zusammenfassung der gesamten Handlung, die allen Wendungen getreulich folgt und nur allzu deutlich macht, warum man genau solche Zusammenfassungen meiden sollte, zumal in diesem Fall. Eine Reduzierung von »Der Schatten des Windes« auf bloße Abläufe nimmt der Sache jeglichen Reiz (und ist etwa so, als würde man Góreckis Sinfonie der Klagelieder als eine gigantische Ansammlung vom Moll-Akkorden beschreiben). Am Ende des Buches (desjenigen, das hier besprochen wird, aber denselben Titel trägt wie das von Daniel erwählte Buch) geht ebendieser, mittlerweile erwachsene, Daniel Sempere mit seinem eigenen Sohn an der Hand zum Friedhof der vergessenen Bücher. Der Dialog zwischen den beiden stimmt fast wortwörtlich mit dem Dialog aus der Eröffnungsszene überein – nur die mitgedachten Bedeutungen sind völlig andere ... Und dennoch geht all das meilenweit an dem Erlebnis vorbei, das »Der Schatten des Windes« für den Leser bereithält. Denn der Junge sucht sich nicht nur einfach so das Buch aus. Es ist vielmehr das Buch, das sich seinen Menschen erwählt. Und das hat nichts zu tun mit irgendwelchen mystischen Geheimnissen. Es folgt einer inneren Logik. Denn das Leben des geheimnisvollen Autors ist bereits von Anfang an mit dem Leben des nichtsahnenden Knaben verwoben.

Eben dieses Verwobensein von literarischer Fiktion und wirklichem Leben ist es, das den gesamten Roman bestimmt und den Leser atemlos von Seite zu Seite stürzen lässt. Dabei scheut der Autor vor kaum etwas zurück, das man aus diversen schaurigen Romanen kennt, seien sie hoch literarisch oder eher dem Reich des Reißers zuzuordnen. Bei Carlos Ruiz Zafón gibt es derlei künstliche Unterscheidungen nicht: Wenn die Geschichte ein düsteres, leer stehendes Haus mit im Keller eingemauerten Särgen erfordert, her damit; wenn Bedarf an ebenso mächtigen wie abgrundtief schlechten Bösewichtern besteht, so kann Zafón auch hierfür ein wahres Prachtexemplar liefern – und zwar mitsamt einer völlig überzeugenden und Gänsehaut erzeugenden Geschichte, warum gerade dieses Scheusal ein solches außerordentliches Scheusal wurde (ebenso wie auch die eingemauerten Särge eine völlig akzeptable Erklärung finden). All das stürzt nicht etwa aus einem unendlich belastbaren Orkus übernatürlicher Phänomene herab (so wie es in manchen Romanen Stephen Kings geschieht), sondern entsprießt einer fest in der Wirklichkeit verankerten Historie. In diesem Fall handelt es sich um die spanische Geschichte mit ihren blutigen und grausamen Wendungen – der Aufstieg und Fall der Republik, der Bürgerkrieg mit seinen ineinander verschachtelten Gemetzeln, die erstickende Herrschaft des Generals Franco, das beredte Schweigen angesichts all der Verschwundenen und Geschändeten ... Ein anderes Pfund, mit dem Zafón zu wuchern versteht, ist die Atmosphäre und die Geschichte der Stadt Barcelona. Vielleicht gibt es bald Schatten-des-Windes-Stadtführungen in der katalanischen Metropole, ganz so, wie man sich Jonathan-Carroll-Stadtführungen in Wien vorstellen könnte. Die Stadt Barcelona wird bei Zafón sehr schnell zu einem so rätselhaften, mit alten Geheimnissen voll gesogenen Ort, dass man ihr die Existenz eines Friedhofs der vergessenen Bücher klaglos zu glauben bereit ist.

Die historisch verbürgte Geschichte Spaniens – und Barcelonas – bietet ein so großes Reservoir an Finsternis und grausigen Geheimnissen, dass Zafón kaum dazu genötigt wird, in die Mottenkisten der phantastischen Literatur zu greifen. Er tut es tatsächlich nur ein einziges Mal, aber diese eine Mal gibt seinem ganzen schillernden Buch die Daseinsberechtigung und Initialzündung (auch wenn der Autor immer wieder mit dem Phantastischen spielt). Natürlich handelt es sich dabei um den Friedhof der vergessenen Bücher, den sich Umberto Eco auch nicht besser hätte ausdenken können; das Bild dieser geheimnisvollen Bibliothek indes könnte auch das gewisser abgelegener Stellen jenes Labyrinths von Ankh-Morpork sein, in dem ein gewisser, nicht ungelehrter Orang-Utan seinen Dienst versieht. Und schon sind wir bei einem weiteren Aspekt von »Der Schatten des Windes«, den hier nicht zu erwähnen fahrlässig wäre: Carlos Ruiz Zafón verfällt nicht in den Fehler, seine mehrfach in sich selbst verwickelte Geschichte in völliger Ernsthaftigkeit darzubieten. Stattdessen träufelt er homöopathische Dosen einer sehr angenehmen Selbstironie in sein Gebräu. Manchmal lässt er schräge Vergleiche in eigentlich todernste Passagen fallen (»Er warf Bea einen Blick zu, als hätte er gerade eine brennende Dynamitpatrone zu ihren Füßen entdeckt«) oder er ironisiert seinen eigenen Helden (»Sei doch nicht ganz so danielig!«), der in mehr als einer Situation mit seiner entwaffnenden Naivität wenn nicht brilliert, so doch ungeahnte Ergebnisse erzielt. Und so ist es wohl keine Überraschung, wenn einem dieser grünschnäblige und doch manchmal weise junge Mann so ans Herz wächst, dass man ihm atemlos auch noch in die letzte Verästelung eines unglaublichen Buches folgt und nach der Überraschung der letzten Szene sogleich versucht ist, diesen Roman noch einmal zu lesen, um dieses Mal auch wirklich alle Raffinessen zu entdecken, die man in der Atemlosigkeit des ersten Lesens übersehen haben könnte. Gute Idee, übrigens.

MARKTBERICHTE

Die deutsche SF-Szene 2003

von Hermann Urbanek

1. VORBEMERKUNGEN

Nachdem das letzte Jahrzehnt des vergangenen Jahrhunderts einen kontinuierlichen Aufwärtstrend bei der Zahl der veröffentlichten Titel in den Genres Science Fiction, Fantasy, Horror und Phantastik gezeigt hatte, der dann in im ersten Jahr des 3. Jahrtausends sogar zu einem Rekord von über 2000 publizierten Büchern, Taschenbüchern und Paperbacks geführt hatte, war es 2002 dann zu der von den meisten Experten erwarteten Trendumkehr gekommen, die aber noch relativ moderat ausgefallen war. 2003 setzte sich nun dieser negative Trend verstärkt fort, und es kam zu einer in ihrem Umfang ziemlich deutlichen Reduktion der Titelzahl in fast allen Teilbereichen der phantastischen Literatur. Dass dabei mit knapp unter 1700 Publikationen immer noch mehr Titel erschienen sind als noch 1998, ist aber ein nur relativ schwacher Trost. Falsch wäre es aber, diese Entwicklung isoliert zu betrachten: Schon seit Jahren steckt das Verlagswesen in deutschen Landen generell in einer tiefen Krise, und die Entwicklung in der Szene spiegelt demzufolge nur die Situation der gesamten Branche wider. Eigentlich ist es erstaunlich, eine positive Überraschung, dass die SF und die übrigen phantastischen Genres so lange dem in anderen literarischen Bereichen schon seit Jahren existierenden Rückgang widerstanden haben und sich erst seit zwei Jahren den Marktgegebenheiten beugen mussten.

Unberücksichtigt blieben bei dieser Aufzählung, ebenso wie auch schon in den Jahren zuvor, die Veröffentlichungen im Heft- oder Magazinformat. Die Zahl der Titel, die somit im Schnitt pro Monat erschienen sind, liegt mit 140 immer noch erstaunlich hoch, und das bei dem schon etliche Jahre andauernden beinharten Verdrängungswettbewerb zwischen den durch Fusionen und Übernahmen immer größer werdenden Verlagsgiganten. Die Auflagenzahlen, die schon seit Jahren rückläufig sind, konnten zumeist gehalten werden, wenn auch auf extrem niedrigem Niveau.

Nicht besonders erfreulich war wieder die Entwicklung im SF-Bereich, wo speziell das Taschenbuchsegment unter besonders hartem Druck stand und steht. Dies war ganz besonders bei der HEYNE-SF der Fall, einer der wenigen noch auf dem Markt befindlichen SF-Reihen. Hier ist zudem problematisch, dass die weitere Entwicklung des gesamten Verlags nach dem Verkauf an BERTELSMANN ungewiss ist. Andere SF-Reihen wurden ebenfalls leicht reduziert oder sind 2003 kaum mehr präsent. Neben den traditionellen Verlagen, die in erster Linie über den Buchhandel ausliefern, haben in den letzten Jahren kleinere Spezialverlage literarische Nischen gesucht und auch gefunden, die in kleinerer Auflage so manche exzellente Titel auf den Markt bringen, die für die etablierten Verlagshäuser wegen des zu kleinen Zielpublikums oder aus anderen Überlegungen heraus nicht interessant sind. Die meisten von ihnen nutzen die üblichen Vertriebswege, einige sind aber dazu übergegangen, den Vertrieb selbst zu übernehmen und nur mehr direkt auszuliefern, in erster Linie um Kosten zu sparen. Etwas besser lief 2003 die Entwicklung beim »Book on Demand«, wo wieder mehr Titel als im Jahr davor publiziert wurden. Erneut waren einige Perlen darunter, bei den meisten machte sich das fehlende Lektorat doch negativ bemerkbar, was sich neben der ebenfalls nicht vorhandenen Werbung auf den Verkauf der Bücher nicht gerade positiv auswirkt.

Erneut einen nicht zu vernachlässigenden Faktor stellten die Kinder- und Jugendbuchverlage dar. Im Gefolge der »Pottermania« ist die Zahl der für diese Altersgruppen publizierten phantastischen Titel erneut angestiegen, was beim Jahres-Output kräftig zu Buche schlug. Zwar hielt sich die Zahl neuer Bestseller in Grenzen, es wurden aber zahlreiche Perlen der phantastischen Literatur neu aufgelegt oder erstmals der deutschen Leserschaft präsentiert. Die größeren Anbieter in diesem Bereich wie BERTELSMANN (mit OMNIBUS), ARENA oder CARLSEN haben eigene Taschenbuchreihen im Programm, die Masse der Jugendbücher kommt aber nach wie vor in gebundener Form auf den Markt, und das war wieder mit ein Grund, weshalb auch 2003 wieder mehr gebundene Bücher als Taschenbücher auf den Markt gekommen sind.

Erfreulich hingegen hat sich im vergangenen Jahr die Situation der deutschsprachigen Autoren entwickelt. Im Jugendbuchbereich waren sie ja schon in der Vergangenheit überproportional gut vertreten. Übersetzungen, vorwiegend aus dem Englischen, spielten zwar eine nicht zu unterschätzende Rolle, sie stellten jedoch nicht die Mehrheit dar, zumindest, was die Zahl der Veröffentlichungen betrifft, und das war auch 2003 wieder der Fall: Cornelia Funke (die mit »Tintenherz« auch international Erfolge feierte, sogar in den USA), Ursel Scheffler, Marliese Arold, Gudrun Pausewang, Herbert Osenger, Käthe Recheis, Klaus-Peter Wolf, Andreas Schlüter, Martina Dierks, Dieter Winkler, Otfried Preußler, Max Kruse, Barbara Büchner, Angelika Sommer-Bodenburg, KNISTER, Andreas Schreiner, Franz Sales Sklenitzka, Wolfgang Altenfels, Thomas Brezina, Frank Stieper, Usch Luhn, Monika Felten, Andreas Eschbach und Wolfgang Hohlbein, um nur einige stellvertretend zu nennen, brachten einer heranwachsenden LeserInnen-Generation wiederum alle Spielarten der Phantastischen Literatur näher. Dabei spielen vor allem die beiden Letztgenannten eine wichtige Rolle, denn sie gehören zu den wenigen Vertretern ihrer Zunft, denen es gelungen ist, sich sowohl im Jugendbuchbereich als auch in der so genannten Erwachsenenliteratur einen Namen zu machen. Und das nicht nur bei den Lesern, sondern auch, was zumindest ebenso wichtig ist, im Buchhandel. Denn nach wie vor gibt es nur wenige deutschsprachige Autoren, denen es gelungen ist, einen größeren Bekanntheitsgrad, über die Grenzen des Genres hinaus, zu erreichen. Zu ihnen gehören in erster Linie neben denn zuvor genannten u.a. noch Wolfgang Jeschke, Carl Amery, Michael Ende, Herbert Rosendorfer, Bernhard Kegel, Rafik Schami, Hans Bemmann, Kai Meyer, Jörg Kastner, Thomas R. P. Mielke und Hanns Kneifel, wobei Letztere in jüngster Zeit vor allem mit historischen Schmökern auf sich aufmerksam machten, die bisweilen leichte phantastische Elemente aufwiesen. Aber auch im Taschenbuchbereich kamen deutsche Autoren verstärkt zum Einsatz, trotz oder vielleicht wegen der angespannten Lage, die zum Sparen zwingt, und da machen alleine die Übersetzungskosten bei ausländischen Autoren schon einiges aus. BASTEI und HEYNE, die beiden größten Anbieter, haben 2003 verstärkt auf heimische Autoren gesetzt, und, zumindest was die nähere Zukunft betrifft, dürfte sich da nicht viel ändern.

Was die Kurzgeschichte betrifft, so bot und bietet die vierzehntäglich erscheinende Computer-Fachzeitschrift C'T in fast jeder Ausgabe eine technisch orientierte Erzählung. Ebenfalls Stories deutscher Autoren finden sich regelmäßig in den SF-Magazinen PHANTASTISCH! und NOVA, von denen vier bzw. drei Ausgaben pro Jahr erscheinen.

2. 2003 – EINE RETROSPEKTIVE

2003 war, wie schon erwähnt, für das Genre nicht gerade sehr erfolgreich, zum zweiten Mal in Folge wurden weniger Bücher als im Jahr davor auf den Markt gebracht. Die Zahl der Veröffentlichungen in gebundener Form, im Taschenbuch, als Paperback oder in Kassette ging von 1901 im Jahr 2002 auf 1686 Titel zurück, wobei es sowohl bei den Buchverlagen (mit 857 statt 949) als auch im Taschenbuch (829 an Stelle von 952) ein drastisches Minus bei den Publikationen gab. Der Roman behauptete seine dominierende Position nicht nur souverän, er baute seinen Marktanteil sogar noch aus: Fast drei Viertel aller Veröffentlichungen des Jahres 2003 waren Romane. Zweiter Sieger war der Sammelband, der gehörig zulegte, sowohl in absoluten Zahlen als auch im Hinblick auf seinen Marktanteil. Große Verlierer hingegen waren Erzählband und Sachbuch, während die Anthologie ihren Prozentanteil in etwa behaupten konnte. Das Verhältnis von deutschen Erst- und Originalveröffentlichungen zu Reprints hat sich nur marginal zu Gunsten der neuen Titel verschoben, wobei speziell im Buchbereich die Originale klar die Nase vorne hatten, während beim Taschenbuch die Situation genau umgekehrt war.

Was die Entwicklung der einzelnen Genres betraf, so gab es zwar einige Gewinner der letztjährigen Entwicklungen, aber auch einige Verlierer. An erster Stelle ist hier die SCIENCE FICTION zu nennen, deren Talfahrt auch 2003 nahezu ungebremst weiter ging, allerdings nur im Taschenbuchbereich, wo zuletzt 237 Titel erschienen sind (2002: 298). Zuwächse hingegen gab es im Buchbereich, von 188 auf 196 Bände, wodurch die Zahl der SF-Publikationen im Jahresvergleich von 486 auf 433 Titel sank. Zweiter großer Verlierer war die PHANTASTIK, von der 2003 insgesamt 601 Titel (256 TBs und 345 Buchtitel) auf den Markt gebracht wurden. Im Jahr zuvor waren es noch 775 Veröffentlichungen gewesen (318 im Taschenbuch und 457 im Buchbereich). Ebenfalls ziemliche Einschnitte verzeichneten die diversen SEKUNDÄRTITEL, die von 95 (25 TB und 70 HC) auf 62 (14 TB und 48 HC) zurückgingen. Einen geringfügigen Anstieg bei den publizierten Titeln verzeichnete 2003 das HORROR-Genre, das seinen Marktanteil somit ordentlich erhöhen konnte. 2003 gab es in diesem Bereich 126 Taschenbücher und 152 Buchveröffentlichungen, also insgesamt 278 Titel, 2002 waren es 270: 128 TBs und 142 TBs. Großer Gewinner war 2003 die FANTASY, die ihre Titelzahl von 275 (183 Taschenbücher & 92 Hardcover) auf jetzt 311 (195 TBs und 116 HCs) steigerte. Dieser Höhenflug der FANTASY ist zweifellos eine Folgeerscheinung der erfolgreichen Verfilmungen von »Harry Potter« oder »Der Herr der Ringe«, die dem Genre neue Leser hinzugewonnen haben, und Erinnerungen an die siebziger Jahre des vorigen Jahrhunderts drängen sich auf, wo Kinohits wie »Star Wars« der SF-Literatur einen gewaltigen Anstoß gegeben haben. Offenbar fehlt der SF von heute so ein äußeres Ereignis, um wieder an die früheren Erfolge bei den Verkaufs- und Titelzahlen anknüpfen zu können.

Wie sich die einzelnen Genres aufgegliedert haben und in welcher Relation das Ergebnis des Jahres 2003 zu denen aus der Vergangenheit steht, ist den folgenden Tabellen zu entnehmen. Berücksichtigt wurden dabei alle bis zum Redaktionsschluss bekannt gewordenen Genre-Publikationen dieses Jahres in gebundener Form, als Paperback und im Taschenbuch. Bei der Zuordnung zu den einzelnen Kategorien wurde die von den Verlagen gewählte Genrebezeichnung übernommen, sofern sie sich nicht entschieden im Widerspruch zum gebotenen Inhalt befand (etliche als FANTASY deklarierte Werke gehörten wieder eindeutig zu PHANTASTIK oder SCIENCE FICTION und wurden dort zugeordnet). Als NACHDRUCKE wurden alle Veröffentlichungen bezeichnet, die zuvor schon in deutscher Sprache erschienen sind, unabhängig von Übersetzung, Publikationsform oder Vollständigkeitsgrad der Erstveröffentlichung. Eine STORYSAMMLUNG, ANTHOLOGIE oder SAMMELBAND wurde nur dann als NACHDRUCK gewertet, wenn kein einziger darin enthaltener Betrag eine deutsche Erst- oder Originalveröffentlichung darstellte. Als SAMMELBÄNDE wurden Zusammenfassungen mehrerer ROMANE, STORYSAMMLUNGEN und ANTHOLOGIEN, auch in beliebiger Kombination, zwischen zwei Buchdeckeln oder in Kassette bezeichnet, Letztere allerdings nur dann, wenn ihre Bestandteile nicht auch einzeln erhältlich waren. Die Unterscheidung zwischen Paperback und Taschenbuch erfolgte ausschließlich über das Format, wobei die Paperbacks, je nachdem, ob sie in einem Buchverlag erschienen sind oder einem Taschenbuchprogramm angehörten, dem entsprechend zugeordnet wurden. Taschenbücher aus einem Buchverlag wurden bei TB gereiht, Hardcover aus einem Taschenbuchverlag (wie BASTEIs BIBLIOTHEK DER PHANTASTISCHEN LITERATUR) den gebundenen Titeln zugeordnet.

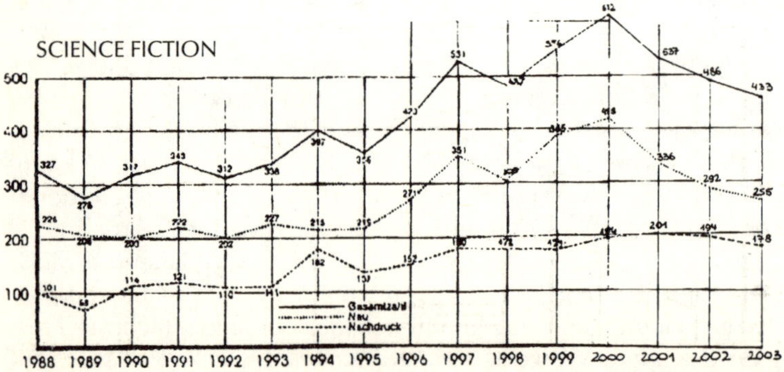

FANTASY

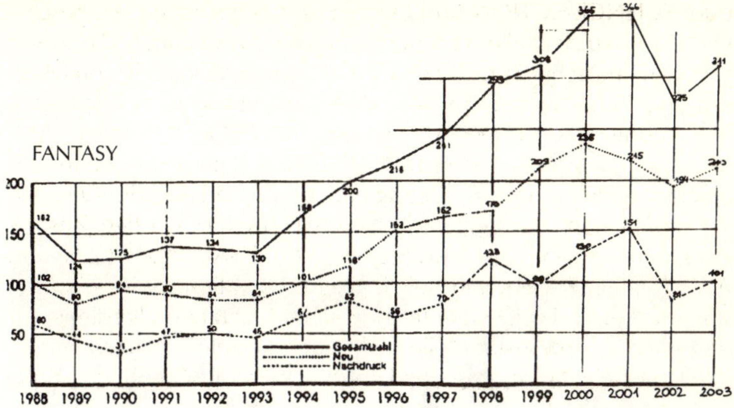

HORROR

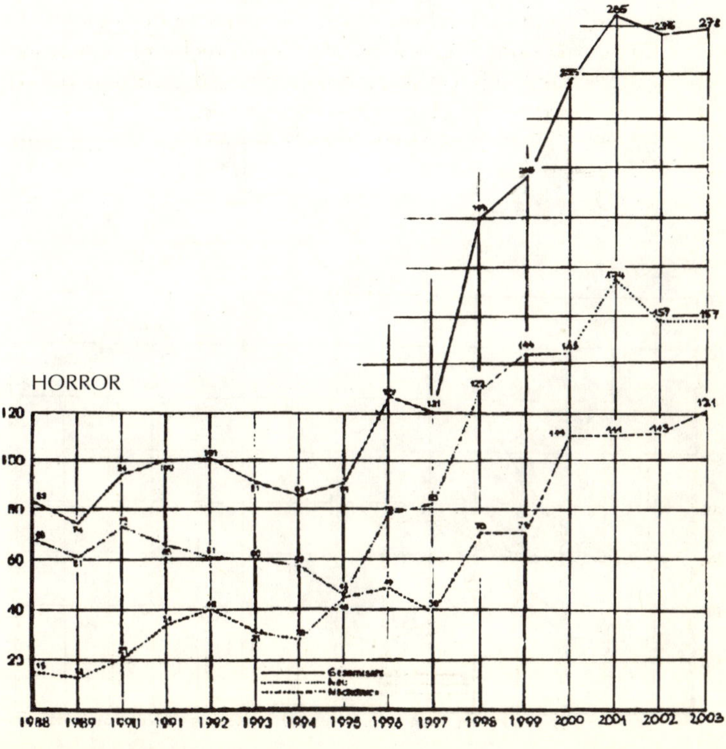

PHANTASTIK

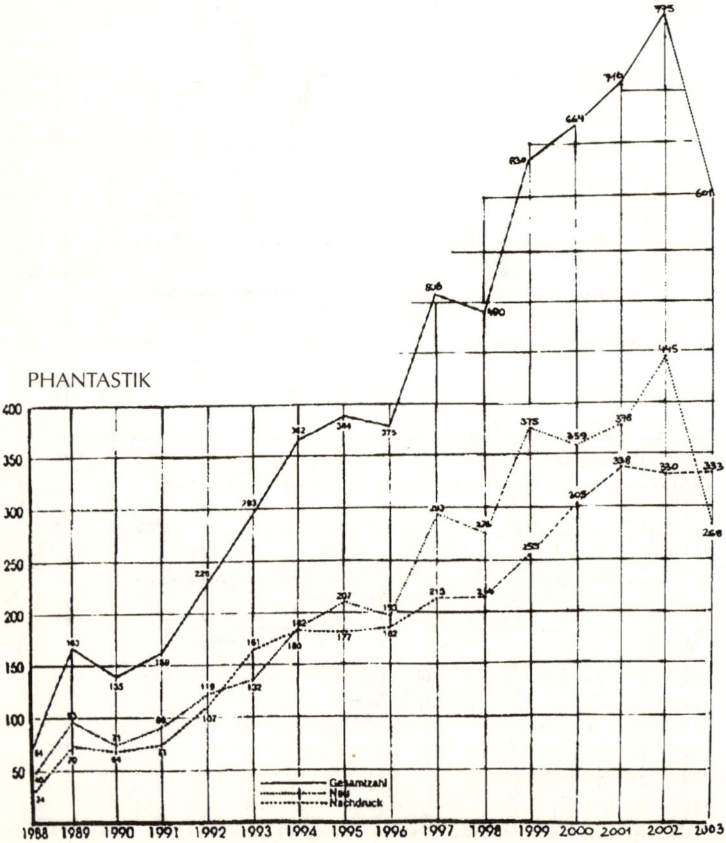
400
350
300
250
200
150
100
50
1988
1989
1990
1991
1992
1993
1994
1995
1996
1997
1998
1999
2000
2001
2002
2003
Gesamtzahl
Neu
Nachdruck

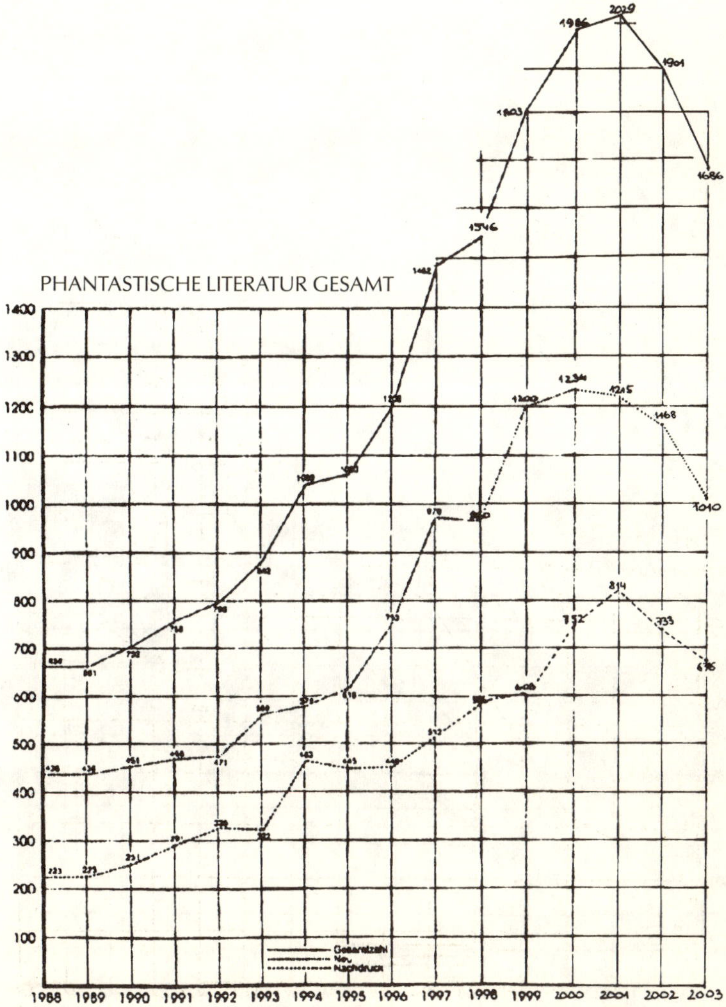
PHANTASTISCHE LITERATUR GESAMT
1400
1300
1200
1100
1000
900
800
700
600
500
400
300
200
100
1988
1989
1990
1991
1992
1993
1994
1995
1996
1997
1998
1999
2000
2001
2002
2003
Gesamtzahl
Neu
Nachdruck
2029
1986
1901
1803
1686
1546
1234
1215
1200
1168
1040
814
752
733
676
608

ROMANE

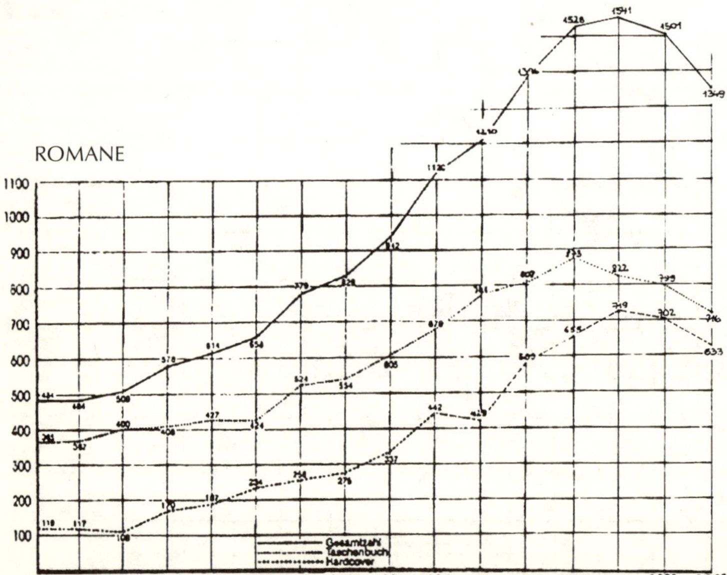
1100
1000
900
800
700
600
500
400
300
200
100
Gesamtzahl
Taschenbuch
Hardcover
1988
1989
1990
1991
1992
1993
1994
1995
1996
1997
1998
1999
2000
2001
2002
2003

ANTHOLOGIEN

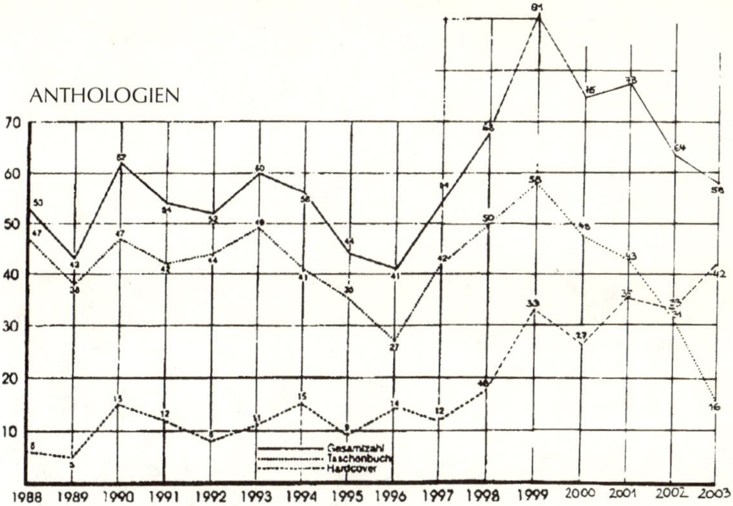

STORYSAMMLUNGEN

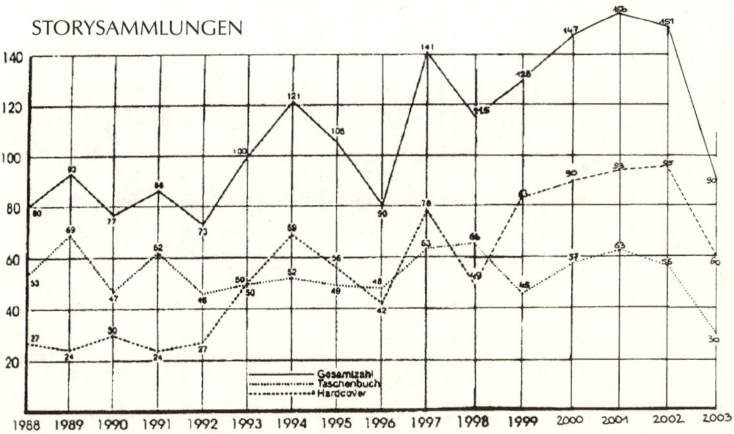

SAMMELBÄNDE

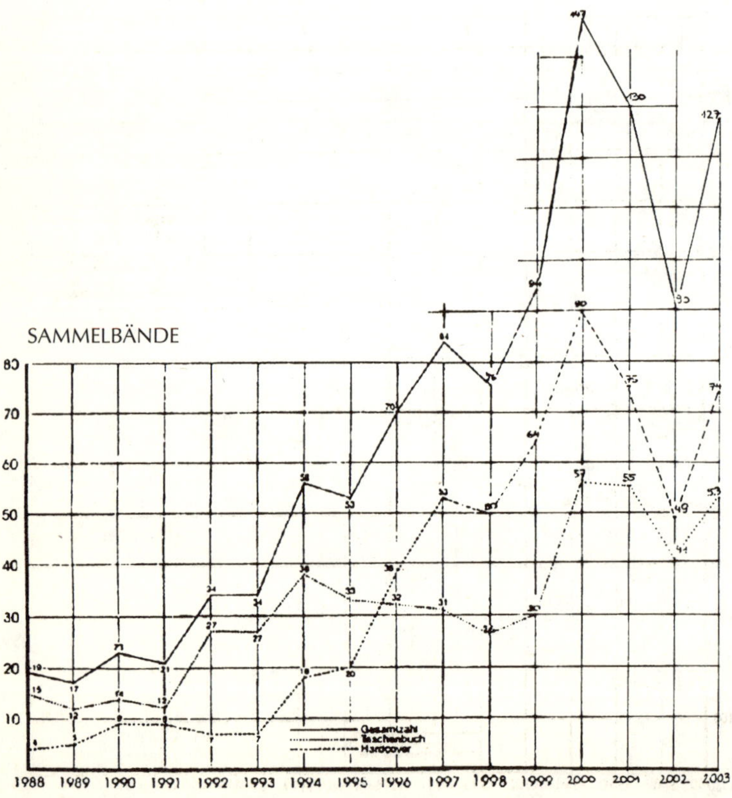

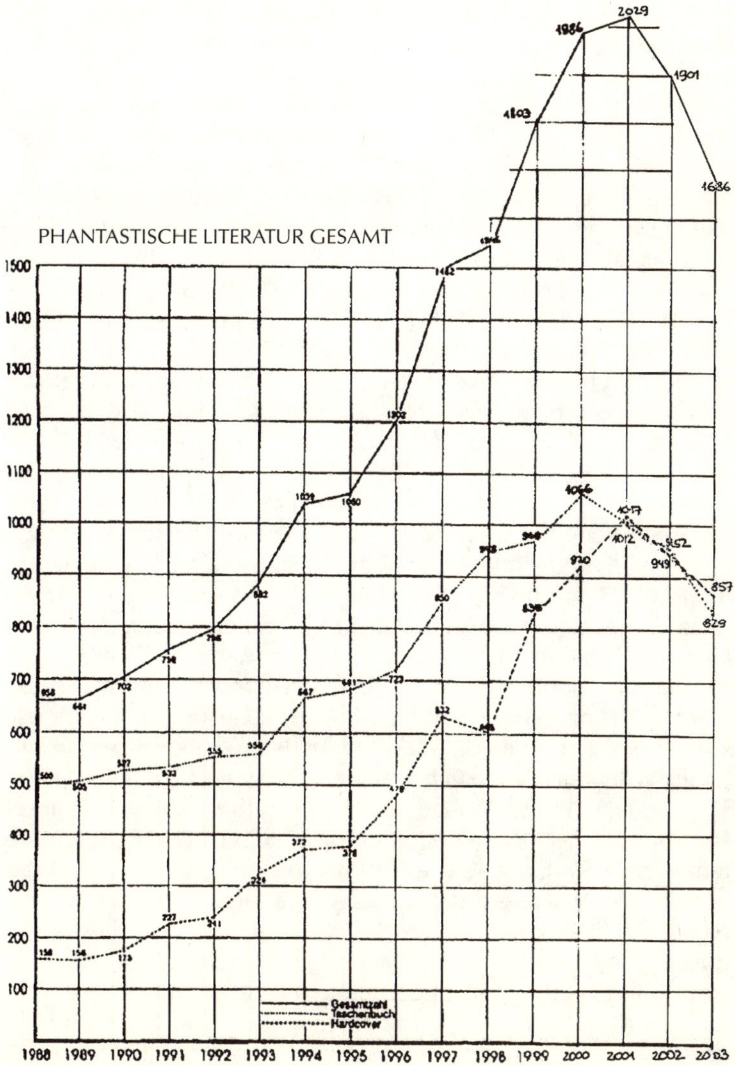
PHANTASTISCHE LITERATUR GESAMT
1500
1400
1300
1200
1100
1000
900
800
700
600
500
400
300
200
100
1988 1989 1990 1991 1992 1993 1994 1995 1996 1997 1998 1999 2000 2001 2002 2003
Gesamtzahl
Taschenbuch
Hardcover
2029
1986
1901
1803
1686
1066
1017
1012
952
949
970
857
829

3. FACTS UND TRENDS AUS DEN TASCHENBUCHVERLAGEN

Im Taschenbuchbereich schaffte es der bisherige Marktführer HEYNE trotz der Halbierung des Programms auch 2003 wieder, seine Marktposition zu behaupten, mit 121 Veröffentlichungen aber nur mehr knapp vor den Hauptkonkurrenten BASTEI (114) und BLANVALET (90). Die SCIENCE FICTION wird von Sascha Mamczak redaktionell betreut, für die FANTASY zeichnet Martina Vogl verantwortlich. 2003 war für HEYNE ein Jahr der Stabilisierung und Neuorientierung. Bei der SCIENCE FICTION wurden die Serien, hier vor allem STAR TREK deutlich reduziert, auf ein bis zwei Titel pro Halbjahr, seit Herbst 2003 liegt BATTLETECH abgeschlossen vor. Weitergeführt hingegen wurden die britische Spieleserie WARHAMMER 40000 und SHADOWRUN, neu gestartet der BATTLETECH-Nachfolger MECHWARRIOR: DARK AGE. Bei der FANTASY wurden die bereits eingeführten Zyklen und Serien weitergeführt und teilweise auch abgeschlossen, wie die ANIDA-Trilogie von Susanne Gerdom, Michael Stackpoles DÜSTERER RUHM, die LEGENDEN VON MAJIPOOR von Robert Silverberg, Robert Jordans fast unendliche Geschichte um DAS RAD DER ZEIT und die Spiele-Serien WARHAMMER und DAS SCHWARZE AUGE. Zu Letzterer startete Ende 2003 auch die Subserie um die Amazone RHIANA. Highlights im SF-Programm 2003 waren das Sachbuch »Das Geheimnis der Matrix«, hrsg. von Karen Haber, der DRACHENREITER-Roman »Drachenkind« von Anne McCaffrey, »Ursprung« von Stephen Baxter (3. Band der Trilogie DAS MULTIVERSUM), »Phainomenon« von H. D. Klein, »Eine Tiefe am Himmel« von Vernor Vinge, der KULTUR-Roman »Blicke windwärts« von Iain Banks, »Der Asteroidenkrieg« von Ben Bova (Teil des SONNENSYSTEM-Zyklus), »Butlers Djihad« von Brian Herbert & Kevin J. Anderson (Band 1 der neuen DUNE-Trilogie DIE LEGENDE), »Sternentanz« von John Clute (der erste Roman des SF-Kritikers) und die ungekürzte Ausgabe des Klassikers »Die letzte Generation« von Arthur C. Clarke; bei der FANTASY wären vor allem der Artus-Roman »Die Hüter des Grals« von Patrick McCormack, »Conan« von Robert E. Howard (mit den unbearbeiteten Originalgeschichten), der RHAPSODY-Roman »Tochter der Erde« von Elizabeth Haydon, »Die Zwerge« von Markus Heitz, »Die letzte Schlacht der

Orks« von Mary Gentle, und die von Erik Simon & Franz Rottensteiner zusammengestellte Anthologie »Tolkiens Geschöpfe« hervorzuheben. Für 2004 angekündigt sind bei der SF u.a. eine Neuausgabe von Mary Doria Russells »Sperling«, die ersten Bände der Military-SF-Serie INVASION von John Ringo, »Im Ozean der Jahre« von Roger MacBride Allen, »Evolution« von Stephen Baxter, die in seinem düsteren Universum von »Unendlichkeit« und »Chasm City« spielende Space Opera »Die Arche« von Alastair Reynolds, »Ilium« von Dan Simmons (SF-Version der »Ilias«), »Das Unsterblichkeitsprogramm« von Richard Morgan, »Die Gateway-Trilogie« von Frederik Pohl und »Saturn« von Ben Bova; bei der FANTASY stehen »Die Tore zu Anubis Reich« von Tim Powers (MEISTERWERKE), »Tochter des Feuers« von Elizabeth Haydon, der Aufsehen erregende Erstling »Nebelriss« von Markolf Hoffmann (Auftakt einer grandiosen Saga), die fantastische Anthologie »Legenden« von Robert Silverberg (die zweite mit neue Geschichten zu den besten Fantasy-Zyklen), »Das Buch der Neuen Sonne« von Gene Wolfe (die komplette Tetralogie) und »Der Froschprinz« von John Moore auf dem Programm. Wegen des großen Erfolgs des PERRY RHODAN-Zyklus ANDROMEDA gab es von November 2003 bis April 2004 in der ALLGEMEINEN REIHE in Kooperation mit MOEWIG den zweiten PERRY RHODAN-Sechsteiler ODYSSEE, in dem die Protagonisten eine Milliarde Jahre in die Zukunft entführt werden. Ansonsten kamen an Genre-Titeln hier u.a. noch der Fantasy-Roman »Die fünfte Zauberin« von Robert Newcomb, die Bände 1 bis 4 von Stephen Kings DER DUNKLE TURM (Band 1 in einer vom Autor komplett überarbeiteten Fassung), »Die Bedrohung« von Wolfgang Hohlbein, der Klassiker »Der Hauch des Drachen« von Peter Straub und der Horror-Roman »Spiral – The Ring II« von Koji Suzuki heraus, für 2004 geplant sind der Wissenschafts-Thriller »Jäger« von Greg Bear, die Fantasy »Lancelots Rache« von J. Robert King (Fortsetzung zu »Merlin Fluch«), Eric Van Lustbaders Fantasy-Roman »Das Tor der Tränen« (Fortsetzung von »Der Ring der Drachen«), »Die Tochter der Zauberin« von Mary H. Herbert (GABIA 2), »Das schwarze Haus« von Peter Straub & Stephen King und der Start der TB-Ausgaben des Fantasy-Fünfteilers von James Clemens, der mit »Das Buch des Feuers« begann, und Kai Meyers Trilogie MERLE UND DIE FLIESSENDE KÖNIGIN.

Bei BASTEI, dessen SF- und FANTASY-Reihe nach wie vor von Stefan Bauer betreut wird, war auch im vergangenen Jahr Kontinuität angesagt, sowohl bei der Zahl der publizierten Titel als auch bei deren inhaltlicher Ausrichtung. 2003 erschienen in der Regel wieder jeweils zwei neue SF- und FANTASY-Bände, aber man war flexibel und bisweilen wurden hier monatliche Schwerpunkte gesetzt. Zumeist dominierten Romane zu Zyklen und Serien das Programm. Bei der SF wurden Elizabeth Moons ESMAY SUIZA-Serie und Catherine Asaros Zyklus um DAS STERNENREICH VON SKOLIA ebenso weitergeführt wie die Sammelbände der Heftserie MADDRAX, David Webers Military-SF-Zyklus um HONOR HARRINGTON und die Anthologienreihe DIE KZIN-KRIEGE. Highlights 2003 waren daneben noch der für den Arthur C. Clarke Award nominierte »Mappa Mundi« von Justina Robson, der Klassiker »Zwischen den Planeten« von Robert A. Heinlein, Robert Rankins neuer humoristischer Roman »Warten auf Oho!« und die neueste Space Opera von Jack Vance, »Jenseits der Leere«. Für 2004 eingeplant sind u.a. »Die Narbe« und »Leviathan« von China Mieville, »Die Sanduhr Gottes« und »Chindi« von Jack McDevitt (zwei neue Abenteuer mit der Pilotin »Hutch« aus »Gottes Maschinen«), der CHAOS CHRONIKEN-Roman »Die leuchtende Stadt« von Jeffrey A. Carver, »Der Erbe Dschainas« von Neal Asher (ein neuer Fall für Agent Ian Cormac), »Imagon« von Michael Marrak (Kurd Laßwitz Preis 2003), die von Andreas Eschbach zusammengestellte Anthologie »Eine Trillion Euro«, der neue HOMANX-Roman »Die Außenseiter« von Alan Dean Foster und »Die Endzeit-Ingenieure« von der lebenden SF-Legende Jack Williamson. Bei der FANTASY wurden Dave Duncans DAS SIEBTE SCHWERT, W. J. Marysons DIE LEGENDE VOM MEISTERMAGIER und Diana Wynne Jones' DALEMARK-Tetralogie abgeschlossen, neu gestartet wurden Trilogien von K. J. Parker, Lois McMaster Bujold und Maggie Furey. Highlights der letzen Monate waren ansonsten »Althalus« von David & Leigh Eddings und die beiden schon lange erwarteten abschließenden Romane von Paul Kearneys DIE KÖNIGREICHE GOTTES. Des Weiteren für 2004 eingeplant sind neue Romane von Barbara Hambly, Dave Duncan (zu DES KÖNIGS KLINGEN), Robert Asprin (zur DÄMONEN-Serie), Lloyd Alexander und David Gemmell. Auch in der ALLGEMEINEN REIHE stehen und standen interessante Titel auf dem Programm, wie

»Eine Billion Dollar« von Andreas Eschbach, die Halloween-Anthologie »Die Nacht der Masken«, der Horror-Roman »Bittersüße Tode« von Laurell K. Hamilton (erster Roman um ANITA BLAKE), »Meteor« von Dan Brown, »Intruder« von Wolfgang Hohlbein (Gesamtausgabe), die CTHULHU-Anthologie »Spur der Schatten«, »Die letzte Schöpfung« von Patricia Lewin und »Lab 47 - Gefahr aus dem Labor« von Malcolm Rose.

Bis zum Frühjahr 2003 lag die Zahl der Veröffentlichungen in der von Volker Busch redaktionell betreuten Reihe BLANVALET FANTASY konstant bei drei Titeln pro Monat, ab Mai wurde sie auf vier angehoben, wobei der zusätzliche generell ein umfangreicher Reprint ist, in dem früher gesplittete DRACHENLANZE- oder SHANNARA-Titel jetzt ebenso zu einem Band zusammengefasst werden wie Wolfgang Hohlbeins GARTH & TORIAN, die STAR WARS-Serie YOUNG JEDI KNIGHTS sowie ENDYMION von Dan Simmons. Blanvalets Genre-Reihe besteht nahezu zur Gänze aus Serien und Zyklen, ihr Rückgrat bildet die Buchreihe zum Spiel DRAGONLANCE mit ihren diversen Unterzyklen, wobei 2003 auch FORGOTTEN REALMS stark an Bedeutung gewonnen hat. Zudem erschienen zuletzt noch Romane zu SCHATTENELF von R. A. Salvatore, DAS VALASHU-EPOS von David Zindell, DIE TIELMARK-CHRONIKEN von Katya Reimann, DAS SPIEL DER GÖTTER von Stephen Erikson, DER MAGISCHE SCHLÜSSEL von Kate Forsyth, DIE GEHEIMNISSE VON TURAI von Martin Scott, DIE NORDLAND-SAGA von Andreas Bull-Hansen, DAS SCHWERT DER WAHRHEIT von Terry Goodkind, WELTENDÄMMERUNG von Mark Chadbourn sowie zu MIDKEMIA von Raymond Feist, zum Teil auch mit unterschiedlichen Co-Autoren verfasst. 2004 starteten bzw. starten die neue SHANNARA-Trilogie DER MAGIER VON SHANNARA von Terry Brooks, LAND DER TRÄUMER von Catherine Webb, RAMAYANA von Ashok Banker, GÖTTERKINDER von David & Leigh Eddings, KRISTALLWELT von Jessica Rydill, DIE VERLORENEN REICHE von Greg Keyes und ZAUBERGOLD von Jude Fisher. 2004 gibt auch eine deutsche Autorin hier ihr Debüt: Annette Schaumlöffel mit »Die vergessenen Götter«. Bei BLANVALET liegen auch die deutschen Rechte zu STAR WARS, und so erscheinen im Schnitt drei neue Titel pro Halbjahr, sowohl in der FANTASY als auch in der ALLGEMEINEN REIHE. In dieser gab und gibt es auch sonst Interessantes, wie die SF-Krimiserie um EVE DALLAS von J. D. Robb alias Nora Roberts, die ebenso weitergeführt wurde wie die Serien um die NUMA-Agenten Dirk Pitt und Kurt Austin von Clive Cussler, sowie »Der Schattenpilot« und »Phantomjäger« von Dale Brown, »Das Erbe des Eremiten« von Ann Chamberlin, »Das Icarus-Projekt« und »Fluchtpunkt New York« von Stephen Coontz, »Leiser Verdacht« und »Die Prüfung« von F. Paul Wilson, »Operation Overkill« von Commander James Barrington und »Der Winterkönig« von Bernhard Cornwell.

Nicht gerade erfolgreich verlief 2003 für die KNAUR FANTASY-Reihe EXCALIBUR, die seit 2001 von Timothy Sonderhüsken betreut wird. Einige der begonnenen Zyklen und Serien wie EVERIEN von Valerie Leith und RUNENZAUBER von Jane Welch werden nicht weitergeführt, einige bereits angekündigte Titel – »Die Hexe der Meere« von Diana Marcellas, »Die schwarze Königin« von Kristine Kathryn Rusch, »Das zweite Buch der Schwerter« von Fred Saberhagen und »Im Namen der Königin« (DIE AUSERWÄHLTE 3) von Jacqueline Carey – wurden aus dem Programm genommen und erscheinen nicht. Weitergeführt werden auf jeden Fall Mark Anthonys DIE LETZTE RUNE, C. S. Friedmans 2004 gestarteter Science-Fantasy-Zyklus und DAS SCHWERT DER SCHATTEN von J. V. Jones, auch wird es künftig weiterhin neue Romane von Kristen Britain, Juliet Marillier und Caiseal Mor geben. So wurden 2003 DIE LETZTE RUNE von Mark Anthony, DIE WANDERER von Caiseal Mor und DIE GEHEIMNISSE VON RHIYANA von Judith Tarr abgeschlossen, gestartet wurde eine RICHARD LÖWENHERZ-Trilogie von Sophie Masson, dazu gab es »Die Drachenkrone« von Rike Speemann, »Der Bronzeritter« und »Die Herrin von Grimhold« von John Marco und »Grimmige Zeiten« von Andreas Schlußmeier. 2004 standen dann neue Romane von Mark Anthony, C. S. Friedman, Sophie Masson und Kristen Britain (Fortsetzung zu »Grüner Reiter«) sowie der Abschlussband der TRILOGIE DER STREITENDEN REICHE von Catherine O'Donell auf dem Programm. Und in der ALLGEMEINEN REIHE gab und gibt es folgende Highlights: »Die Schleier der Göttin« von Kara Dalkey (GOA 2), »Die Tochter der Wälder« und »Der Sohn der Schatten« von Juliet Marillier, »Die Rückkehr der Zauberer« von Wolfgang Hohlbein,

»Missing Link« von Walt Becker, »Der Judasfluch« von Scott McBain, »Die Eisenreich-Verschwörung« von Jonathan Rabb, die DARKOVER-Romane »Die zerbrochene Kette«, »Gildenhaus Thendara« und »Die schwarze Schwesternschaft« von Marion Zimmer Bradley, »Der Sonnenkreis« von Jörg Kastner und zwei weitere DARREN SHAN-Romane.

Besonders von den negativen Entwicklungen auf dem Buchmarkt getroffen wurde das kleine aber feine Label SOCIAL FICTION bei ARIADNE, der Belletristik-Reihe des ARGUMENT-VERLAGS, das von Else Laudan und Hannes Riffel herausgegeben wird. 2003 erschien lediglich »Flugverbot – Die lebenden Steine von Jargus« von Barbara Slawig, weiterhin geschoben wurden die teilweise bereits schon mehrfach angekündigten SF-Neuauflagen von »Schismatrix« von Bruce Sterling, »Downtown Blues« von Myra Çakan und »Feuersturm« (ECLIPSE 3) von John Shirley, der Fantasy-Roman »Der schwarze Dolch« von Sean Stewart und der SF-Roman »Tanz der Messer« von Donna McMahon. Bei ARIADNE erschien als Taschenbuch »Töchter der Mittagssonne« von K. V. Forrest, die Fortsetzung von »Töchter der Morgenröte«.

Im Mai 2003 wurde die neue Reihe PIPER FANTASY gestartet, betreut von Friedel Wahren, in der alle zwei Monate vier Bände publiziert werden. Schwergewicht liegt bei der TB-Veröffentlichung früher erschienener Bücher, bisweilen werden auch neue Titel veröffentlicht. Neu aus der Taufe gehoben wurde die Serie WOLFGANG HOHLBEINS ENWOR, die von Dieter Winkler fortgesetzt wird. Zuletzt standen »Gawain und die Grüne Dame« von Anne Eliot Crompton, »Die Brücke der Vögel« und »Der Stein des Himmels« von Barry Hughart (MEISTER LI 1 & 2), »Der Ketzerfürst« von Bernhard Hennen, »Die Sternenbraut« von Sara Douglass (UNTER DEM WELTENBAUM 1), »Die Gärten der Löwin« von Hans Bemmann, »Die Frau im Nebel« von Elizabeth Ann Scarborough, »Die Schwerter von Oranda« von Christiane Zina, »Die Macht des Elfenfeuers« von Monika Felten (ELFENFEUER 2), »Das Parlament der Feen« von John Crowley, »Die Kinder des Mondfalken – Ko und Mana« von Peter Dickinson und »Das magische Reich« von Dieter Winkler (ENWOR) auf dem Programm, 2004 erscheinen noch »Percival und die schöne Elfe« von Anne Eliot Crompton, »Die Insel der Mandarine« von Barry Hughart (MEISTER LI 3), »Der Kampf um das Herzland« von William Horwood (DIE WÖLFE DER ZEIT 2), »Sternströmers Lied« und »Tanz der Sterne« von Sara Douglass (UNTER DEM WELTENBAUM 2 & 3), »König Artus« von Heinz Ohff, »Der Kelch der Flamme« von Fiona Patton (BRANDON-SAGA 1), »Die verschollene Stadt« Von Dieter Winkler (ENWOR 2), »Der Wahrträumer« von Bernhard Hennen (GEZEITENWELT 1), »Massimo Battisti« von Hans Bemmann, »Flucht ins Feenland« von Hope Mirrlees und »Das Zauberhaus« von Peter S. Beagle. In der SERIE PIPER gab es ansonsten zuletzt »Die Reise nach Byzanz« und »In geheimer Mission für den Kaiser« von Stephen Lawhead (AIDAN), »Zwei alte Frauen« von Velma Wallis und »Lusthaus« von Franzobel, eingeplant sind noch historisch/phantastische Romane von Valerio M. Manfredi und »Rumo und Die Wunder im Dunkeln« von Walter Moers.

Aber auch die anderen Taschenbuchverlage, die keine Genre-Reihen im Programm haben, hatten interessante phantastische oder spekulative Titel im Angebot bzw. bereiten solche für die Folgemonate vor:

Der Jugendbuchverlag ARENA brachte im Herbst 2003 den Vorzeit-Roman »Die Höhle der weißen Wölfin« von Gabriele Beyerlein und Band 3 der SF-Serie MYSTERY PARK LEVEL 1, »Mystery Park in Gefahr« von Andreas Schreiner heraus und setzte die MUMIN-Serie mit »Herbst im Mumintal« von Tove Jansson fort. Im Frühjahr 2004 folgten die SF-Romane »Lab 47 – Gefahr aus dem Labor« von Malcolm Bosse, »Prozessorkind« von Frank Stieper und »Duell der Superhacker« von Andreas Schreiner, »Hexenschwestern« von Celia Rees (Fortsetzung von »Hexenkind«), Band 3 der EMELAN-Serie von Tamora Pierce, »Im Tal der tausend Feuer«, und die WELTENSPRINGER-Trilogie von Andreas D. Hesse: »Das Schwert der Macht«, »Die Tochter der Wüste« und »Die Türme von Shalaan«.

Beim AUFBAU TASCHENBUCHVERLAG wurden Barbara Frischmuths »Die Entschlüsselung«, »Märchen für große und kleine Kinder« von Friedrich Wolf, »Die Priestertochter« von Dieter Müller, »Gilgamesch – König von Uruk« und »Orlando Furioso« von Thomas R. P. Mielke sowie der SF-Roman »Malevil« von Robert Merle herausgebracht.

Phantastik für Jugendliche steht bei den BELTZ & GELBERG TASCHENBÜCHERN (zuvor GULLIVER TASCHENBÜCHER) immer auf dem Programm, zuletzt die Bände 3 bis 6 der Serie DIE HEXEN VOM GLOCKENTURM von Kate Saunders, »Die Brut der Drachensteine« von Geraldine McCaughrean, die SF-Romane »Blueprint« von Charlotte Kerner und »Der Zeittunnel« von Susan Price, »Perloo – König der Montmer« von Avi und die ersten sechs Bände der Serie SCHAURIGER SCHLAMASSEL von Lemony Snicket.

Herausragende Phantastik-Titel des BERLINER TASCHENBUCH VERLAGS waren der SF-Roman »David Kanchelli« von Michael Roes und die Collection »Wie ich eines schönen Morgens im April das 100%ige Mädchen sah« von Haruki Murakami.

BTB hatte zuletzt »Kinkerlitzchen« von E. W. Heine, »Odins Insel« von Janne Teller, den Thriller »Das Klingsor-Paradox« von Jorge Volpi und den SF-Roman »Mara und Dann« von Doris Lessing im Programm.

CARLSEN schloss Philip Pullmans Trilogie HIS DARK MATERIALS mit »Das Bernsteinteleskop« ab, setzte Paul Stewarts KLIPPENLAND-CHRONIKEN mit »Twig im Auge des Sturms« und Diana Wynne Jones' DIE WELT DES CHRISTOMANCI mit »Neun Leben für den Zauberer« und »Sieben Tage Hexerei« fort und brachte ansonsten noch »Der Schatz von Atlantis« und »Der schwarze Mond« von Gabriele Beyerlein, »Das Netz der Schattenspiele« von Ralf Isau, »Der dunkle Turm« von Sabine Blazy und »Im Bann der Hexenkräfte« von Melvin Burgess heraus.

CBT startete die Neuausgabe des EVERWORLD-Zyklus von K. A. Applegate mit »Der Kampf beginnt« und »Im Reich des Bösen«, die jeweils zwei Original-Romane enthalten, und publizierte Fantasy-Romane von Judith Schumacher und Bill Richardson.

DINO beendete S. D. Perrys Horror-Reihe RESIDENT EVIL mit Band 6, »Code: Veronica«, und WARCRAFT und DIABLO jeweils mit Band 3 (»Der letzte Wächter« bzw. »Das Königreich der Schatten«), führte STAR WARS – JEDI QUEST von Jude Watson mit den Bänden 5 bis 8 und STAR WARS – BOBA FETT mit den Bänden 3 bis 5 von Elizabeth Hand weiter, zum Xbox-Spiel HALO erschien Band 2, »Die Invasion« von William C. Dietz, neu gestartet wurden LARA CROFT: TOMB RAIDER mit »Das Amulett der Macht« von Mike Resnick, STARCRAFT und X2: NOPILEOS.

Klassik ist Trumpf bei DETEBE, der Taschenbuchreihe von DIOGENES, deshalb standen hier »Das Böse kommt auf leisen Sohlen« von Ray Bradbury, »Die Kürbisdame« von Fanny Morweiser, »Die schwarze Katze« von Edgar Allan Poe und »Märchen aus der Toskana«, hrsg. von Magdalen Nabb, u.a. auf dem Programm.

DTV publizierte in seiner Paperbackreihe DTV PREMIUM »Die Verbrechen der Charlotte Brontë und das Geheimnis von Haworth« von James Tully und »Das Elfenportal« von Herbie Brennan. In der Reihe DTV LITERATUR erschienen »Der Meister des jüngsten Tages« und »Der schwedische Reiter« von Leo Perutz, »Das Schloß, darin sich Schicksale kreuzen« von Italo Calvino sowie die SF-Romane »Der himmelblaue Speck« von Vladimir Sorokin und »Der Unsichtbare« von H. G. Wells, bei DTV GALLERIA »Shirker« von Chad Taylor, »Das Tolkien Lesebuch«, hrsg. von Ulrike Killer und die unheimliche Sammlung »Das unruhige Haus« von Sigurd Mathiesen. Wieder sehr umfangreich und qualitativ hochstehend war das SF- und Fantasy-Angebot von DTV JUNIOR für 2003/2004: T. A. Barron präsentierte mit »Das Geheimnis der Halami« und »Das Baumkind« zwei frühe Jugendbücher, Margaret Peterson Haddix mit »Die Betrogenen« Band 3 ihres SF-Zyklus SCHATTENKINDER, Andreas Schlüter setzte seine Serie um die Computerfreaks BEN & FREUNDE mit »Jagd im Internet« und »Flucht vom Mond« fort, Phyllis Reynolds Naylor startete die Gruselserie um HOLLY FINN mit »Holly Finn im Haus der Schatten« und »Holly Finn und der neunte Rabe«, zusätzlich erschienen noch »Artus – Der magische Spiegel« von Kevin Crossley-Holland, »Das Geheimnis der verschwundenen Schriftrolle« von Judith Christine Mills, »Ich, Morgan le Fay« von Nancy Springer, »Experiment Ewige Jugend« von Margaret Peterson Haddix, »Die Vierte Welt« von Kate Thompson und »Das Geheimnis der 7. Hexe« von Eva Ibbotsen. Und bei DTV HANSER gab es in der Reihe GEISTERSTUNDE Gruselromane von Jenny Nimmo, Jan Mark, Karla Schneider und Jan Koneffke, außerdem »Vom Kampf um Troja« von Bernard Evslin, »Bibbi Bokkens magische Bibliothek« von Jostein Gaarder & Klaus Hagerup und »Das goldene Labyrinth« von Celia Rees.

FEDER & SCHWERT publizierte 2003 die in der Welt von VAMPIRE spielende SPINNEN-Trilogie von Eric Griffin und startete mit »Zersetzung« von Richard Lee Byers den in den VERGESSENEN REICHEN spielenden Zyklus DER KRIEG DER SPINNENKÖNIGIN.

Wie zuletzt wieder leicht eingeschränkt präsentierte sich das Genre-Angebot im FISCHER TASCHENBUCH. Hier erschienen zuletzt »Hauke Haiens Tod« von Andrea Paluch & Robert Habeck, »Sexy Sons« von Bernhard Kegel, »Im Zeichen der Sterne« von Anna Lee Waldo, »Vittorio« von Anne Rice (CHRONIK DER VAMPIRE), »Die Lichtung« von Jean Hegland und »Das Duell« von Akif Pirincci sowie jeweils vierbändige Kassetten von Marion Zimmer Bradleys AVALON-Saga und Tad Willams' SAGA VON OSTEN ARD.

IM VERLAG FREYA wurde die von Prof. Hermann Maurer von der TU Graz konzipierte und 2002 gestartete SF-Serie XPERTEN 2003 mit vier Bänden weitergeführt, z. T. auch in Kooperation mit anderen Autoren: »Der Paradoppelgänger«, »Der Mindcaller«, »Der Anfang« und »Die Parakämpfer«.

An Highlights für SF- und Fantasy-Freunde gab es von GOLDMANN 2003/2004 u.a. die phantastischen Romane »Der Kelch der Könige« von T. J, Armstrong, »Das keltische Grab« von Pierre Pelot und »Tanz der Hexen« von Anne Rice (MAYFAIR-HEXEN), die SCHEIBENWELT-Romane »Fliegende Fetzen«, »Heiße Hüpfer« und »Der Zeitdieb« von Terry Pratchett sowie die SF-Romane »Im Sturm« von Tom Clancy und »Der Versuch« von John Darnton.

Beim HOBBY NOSTALGIE DRUCK KARL GANZBILLER erschienen die Romane »Die Arbeiten des Herkules« und »Das Schwert des Damokles« von Robert Kraft.

LIST hatte die phantastischen Romane »Artemis Fowl« und »Artemis Fowl – Die Verschwörung« von Eoin Colfer, »Sam Hamilton und der Silberstaub des Glücks« von Gunhild Eggenwirth, »Konklave« von Roberto Pazzi und »Blondi« von Michael Degen im Programm.

Auch OMNIBUS zählt zu den Jugend-Taschenbuchverlagen, bei denen Phantastik Trumpf ist. Neben Sammelbänden zu R. L. Stines GÄNSEHAUT und Thomas Brezinas ALLE MEINE MONSTER, Neuausgaben der URMEL-Romane von Max Kruse erschienen 2003/2004 bzw. sind eingeplant: »Paul das Phantom« von Dimitri Clou, »Cairo Jim und der Unterrock der Artemis« und »Cairo Jim und der versunkene Sarkophag« von Jack McSkimming, »Hermux Tantamoq – Im Wettlauf mit der Zeit« von Michael Hoeye, »Das Echo der Flüsterer« von Ralf Isau und »Die 13 Leben des Käpt'n Blaubär« von Walter Moers. Zudem wurden die ersten sechs REDWALL-Romane von Brian Jacques, diesmal allerdings nicht aufgeteilt, herausgebracht.

PHÖNIX, die Roman- und Sekundärreihe von FANTASY PRODUCTIONS, gab 2003 fünf SHADOWRUN-Romane und vier Taschenbücher zu DAS SCHWARZE AUGE, alle von deutschen Autoren heraus.

RAVENSBURGER publizierte 2003 die phantastischen Taschenbücher »Im Dschungel der Großstadt« von Avi und »Der Fluch« von Waltraud Lewin sowie den SF-Roman »Galaxy Blues« von Alison Goodman, 2004 folgten »Die Reise nach Tamerland« von Angelika Mechtel, »Im Bau der Füchse« von Avi, »Die Kathedrale des Teufels« von Cesar Mallorqui und »Die Wächter« von John Christopher.

Neu bei RORORO gab es 2003/2004 »Wut« von Salman Rushdie, »Die Offenbarung« von Bill Napier, »Die Bar am Ende der Milchstraße« von John Lucas, »Die Insel der flüsternden Stimmen« von Laurie R. King, »Siegfried« von Harry Mulisch, »Newtons Schatten« von Philip Kerr und die Trilogie SCHRÖDINGERS KATZE von Robert Anton Wilson in einer Neuedition. In der Jugendbuch-Reihe RORORO ROTFUCHS erschienen die phantastischen Romane »Das Rätsel der drei Schläfer« von Valentine Ermatinger, »Lisas Buch« von Wieland Freund und »Der Sohn des Drachen« von Christoph Zimmer.

In der neuen SAMMLUNG LUCHTERHAND erschienen u.a. »Die Karawane am Boden des Milchkrugs« von Franz Hohler, »Zwischenfälle« von Daniil Charms und »Das Geheimnis der Krypta« von Carl Amery.

SCHERZ, der seit Jahresbeginn 2003 zur Verlagsgruppe S. FISCHER gehört, präsentierte zuletzt die Thriller »Der Schatten des Herrn« von John F. Case und »Das teuflische Buch« von Wolfram Cosmus.

Recht schmal geworden ist in den letzten Jahren das Angebot an phantastischer Literatur beim SUHRKAMP VERLAG. Zuletzt gab es lediglich die drei Bände »Sterntagebücher«, »Pilot Pirx« und »Der weiße Tod« von Stanislaw Lem, die alle Geschichten des Piloten Pirx, von Ijon Tichy und den beiden Robotern Trurl und Klapauzius vereinen.

Neu bei ULLSTEIN: »Der Buick« von Stephen King, »Das Auge des Tänzers« von Iris Johansen, »Luzifers Schatten« von David Hewson, »Himmelsfackeln« von Horst Ehmke, »Die Gezeiten des Winters« von James P. Blaylock, »Showdown« von Matthew Reilly, »Im Dreieck des Drachen« und »Operation Amazonas« von James Rollins und »Die Wiederkehr« von Wolfgng Hohlbein (CHRONIK DER ÙNSTERBLICHEN 5).

Im UNIONSVERLAG erschienen 2003 der SF-Roman »Coltmorde« von Jef Geeraerts und der phantastische Roman »Teryky« von Juri Rytcheu.

WUNDERLICH brachte zuletzt preiswerte Ausgaben der SF-Romane »Der zweite Engel«, »Game Over« und »Das Wittgenstein-Programm« von Philip Kerr sowie »Die Gedanken des Bösen« von Michael Crichton und die BUFFY-Trilogien DIE ANGEL-CHRONIKEN von Nancy Holder & Richie Tankersley sowie DIE GEHEIME GESCHICHTE von Nancy Holder & Jeff Mariotte heraus.

4. NEWS AUS DER HEFTROMANSZENE

Seit Mitte der 80er Jahre ist BASTEI der führende Verlag für Horror-Literatur im Heftformat, und diese dominierende Position konnte der Bergisch Gladbacher Verlag auch 2003/2004 wieder behaupten. Spitzenreiter war erneut die wöchentlich erscheinende Serie um den Geisterjäger JOHN SINCLAIR von Jason Dark alias Helmut Rellergerd, die es in der Erstauflage auf knapp 1350 Bände gebracht hat. Die Zweitauflage, die seit Heft 750/751 als vierzehntäglicher Doppelband erschienen war, lief in dieser Form nur bis Heft 774/775 und machte im Herbst 2003 der neuen Reihe JOHN SINCLAIR SPECIAL Platz, die in ebenfalls 14täglichem Rhythmus einen JOHN SINCLAIR-Roman und einen Roman der Serie DAMONA KING nebst Magazinteil und Leserstory enthält. Nach wie vor alle 14 Tage neu erscheinen auch die Romane um PROFESSOR ZAMORRA, den Meister des Übersinnlichen. Hauptautor der mit SF- und Horror-Elementen gespickten Phantastik-Serie ist Robert Lamont alias W. K. Giesa, zum Autorenteam gehörten zuletzt Volker Krämer, Manfred Rückert, Timothy Stahl, Dario Vandis, Earl Warren und Roger Clement. ZAMORRA ist die langlebigste deutsche Horror-Heftserie, von ihr wurden bislang fast 780 Hefte auf den Markt gebracht. Im Herbst 2003 wurde die zwölf Hefte umfassende Serie WOLFGANG HOHLBEINS RAVEN herausgebracht, die von Hohlbein, unterstützt von K. U. Burgdorf, in den 80er Jahren geschrieben wurde, wobei der Zyklus durch einen neu geschriebenen Roman abgeschlossen wurde. Das Experiment mit Kurzzyklen erwies sich als Knüller, sodass im Frühjahr 2004 Timothy Stahls sechs Bände umfassende Romanreihe WÖLFE publiziert wurde. Nach wie vor sehr erfolgreich ist die an Horror- und Fantasy-Elementen reiche SF-Serie MADDRAX – DIE DUNKLE ZUKUNFT DER ERDE, die auf einer fremd gewordenen Erde Jahrhunderte nach einer Kollision mit einem Himmelskörper spielt. Sie erscheint ebenfalls vierzehntäglich. Von ihr liegen schon über 100 Ausgaben vor. An ihr schreiben Jo Zybell, Timothy Stahl, Ronald M. Hahn, Michael J. Parrish, Bernd Frenz, Claudia Kern und Stephanie Seidel mit, neu zum Team gestoßen ist Michael Marcus Thurner. Letzterer ist auch einer der Hauptautoren der im Frühjahr 2003 gestarteten reinrassigen SF-Serie BAD EARTH, in der, nach dem Konzept von Manfred Weinland, eine Gruppe Menschen, die durch ein rätselhaftes Phänomen eine räumliche und zeitliche Versetzung erfahren haben, den Weg zurück zur Erde sucht, auf der sich in der Zwischenzeit gravierende Dinge ereignet haben. Neben Thurner und Weinland haben zuletzt Claudia Kern, Susan Schwartz, Horst Hoffmann und Alfred Bekker daran mitgeschrieben, und mit Band 25 ist der erste Zyklus der Serie abgeschlossen. Und auch auf dem Grusel-Sektor hat sich nach längerer Pause wieder etwas getan: Im Herbst 2003 startete die wöchentliche Serie RÄTSELHAFTE REBECCA.

Was BASTEI beim Horror ist, das ist die VPM VERLAGSUNION PABEL MOEWIG bei der Science Fiction, und zwar der eindeutige Marktführer in diesem Segment. Und das in erster Linie durch das Phänomen PERRY RHODAN, die größte Weltraumserie der Welt. Nach wie vor erscheinen die Romane der 3. und 5. Auflage alterniered im Doppelpack, wobei Michael Nagulas »Perry Rhodan Chronik« weitergeführt wurde und jetzt die Mitte der 70er Jahre näher beleuchtet. In der Erstauflage wurde mit Band 2199 die THOREGON-Thematik, die die Serie seit Band 1800 beschäftigt hatte, abgeschlossen und mit Heft 2200 der Zyklus DER STERNENOZEAN gestartet. Im Mai 2004 startet die neue ATLAN-Miniserie OBSIDIAN, die unter der Leitung von Chefautor Uwe Anton steht. Aus dem Autorenteam ausgeschieden ist auf eigenen Wunsch Susan Schwartz, neu hinzu gekommen sind Frank Borsch und Michael Nagula.

Die phantastische Serie DAS MAGISCHE AMULETT von Irina Korona wird bei KELTER nach wie vor in vierwöchentlichem Rhythmus in der Heftreihe GASLICHT weitergeführt.

Und was hat sich bei den Kleinverlagen getan?

BASILISK setzte die Dark Fantasy-Serie CAINE - DER DUNKLE PROPHET fort, allerdings mit neuem Team, es sind auch Sonderbände geplant.

In der CASSIOPEIA PRESS wurden 2003 die vierteljährlichen Heftserien MURPHY - DER KÄMPFER DES LICHTS, DIE SUCHE NACH DHUM und MAY HARRIS - ERBIN DER WEISSEN MAGIE gestartet.

Eingestellt wurde bei HARY PRODUCTIONS die kleinformatige Serie DR. NO, die übrigen Reihen und Serien laufen in gewohnter Weise weiter, die SF-Reihe AD ASTRA (wo Jeannot Bildgens KORSAIR weitergeführt wird), die HORROR-Reihe und Harys TEUFELSJÄGER MARK TATE monatlich, die SF-Serien GAARSON-GATE und HERR DER WELTEN alternierend zweimonatlich.

Reprints von Robert Kraft gab es auch 2003 wieder im HOBBY NOSTALGIE DRUCK KARL GANZBILLER: DAS ZWEITE GESICHT wurde mit den Heften 31-46 abgeschlossen, vom KAMPF UM DIE INDISCHE KAISERKRONE erschien Buch 4 (Hefte 1-10), dazu gab es den 8 Hefte umfassenden UNTERSEE-TEUFEL (als Knut Larsen) und das erste Buch der VESTALINNEN (13 Hefte).

Im Eigenverlag KAY DESIGN setzt Martin Kay seine SF-Serie DUST bis zum Ende des 1. Zyklus mit Heft 12 fort.

Eine seltene Rarität aus dem Jahr 1910 publizierte der VERLAG LINDENSTRUTH: »Die Frauenwelt auf dem Mars« von E. Tanne.

MG setzte die von BASILISK eingestellten CHRONIKEN DES BLUTES fort und hat die ersten drei Ausgaben neu aufgelegt. Weitergeführt wurde auch Markus Kastenholz' SF-Serie TIAMAT – DAS AUGE DES DRACHEN. Für 2004 geplant ist SCHATTENLAND.

Der MOHLBERG VERLAG bringt die REN DHARK-Reihe mit Heft 133 zum Abschluss, die Reihe REN DHARK X-TRA wird vorerst bis Band 11 weitergeführt. Von der Heftreihe SIRIUS lagen bei Redaktionsschluss die ersten 22 Hefte vor. Für 2004 geplant sind die Bände 23 bis 33 sowie der Start der SF-Serie ERDE 2000 mit neuen Romanen und Reprints.

Die ROMANTRUHE startete im Frühjahr 2003 die monatliche Reihe GRUSEL-SCHOCKER mit Nachdrucken von Earl Warrens Horror-Romanen.

5. BERICHTE VON DER MAGAZIN- UND ZEITSCHRIFTENFRONT

Von PHANTASTISCH!, dem SF-Magazin aus dem VERLAG ACHIM HAVEMANN, kamen 2003 weitere vier Ausgaben heraus. Die Nummern 9 bis 12 enthielten Interviews mit George R. R. Martin, Oliver Henke, Helmuth W. Mommers, Monika Felten, Dan Simmons, Sean Steart, Tad Williams, Alan Dean Foster, Andreas Bull-Hansen, Christian von Ditfurth und P. N. Elrod, es wurden neue Stories von Mark Twain, Jan Gardemann, Frank W. Haubold, Helge Lange, Helmuth W. Mommers, Matthias Falke, Michael Marcus Thurner und Stefanie Bense präsentiert, dazu gab es jede Menge Artikel, Informationen und Rezensionen.

Dreimal pro Jahr soll das Ende 2002 im VERLAG NUMMER EINS gestartete SF-Magazin NOVA erscheinen. Die 2003 publizierten Ausgaben 2 und 3 dominierten wieder Kurzgeschichten, wobei als Autoren u.a. Andreas Gruber, Sven Klöpping, Marc-Ivo Schubert, Helmuth W. Mommers, Thorsten Küper, Hugh Walker, Frank W. Haubold, Florian F. Marzin, Jürgen vom Scheidt und Arno Behrend vertreten waren.

Im Sommer 2003 erschien die dritte neue Ausgabe des Fantasy-Jahrbuchs MAGIRA im FANTASY CLUB e.V. Der Band für 2003 berichtete über die Entwicklungen in der Szene und brachte neben einer Fülle an Rezensionen auch Interviews mit Thomas Finn, Kai Meyer, Markus Heitz und Mary Gentle sowie Stories von Peter W. Bach, Stefan Holzhauer, Michael Nagula und Mary Gentle.

2003 gab es wieder die gewohnten vier Ausgaben von SOL, dem Magazin der PR FANZENTRALE, die Nummern 29 bis 32, zuletzt mit Stories von Götz Roderer, Günter Ruch und Klaus N. Frick und Interviews mit Michael M. Thurner, Achim Mehnert und Robert Feldhoff sowie jede Menge Background-Infos und Artikel.

2003 startete FESTA das Horror-Magazin OMEN. Die Pilotausgabe enthielt Interviews mit Jeffrey Thomas und Michael Marshal

Smith und Stories von u.a. Kim Newman, Andreas Gruber, Jeffrey Thomas, Michael Marshall Smith, William Hope Hodgson und H. D. Römer.

Weitergeführt wurde auch ARKANA, das »Magazin für klassische und moderne Phantastik« im VERLAG LINDENSTRUTH, bei dem wieder Storyveröffentlichungen im Vordergrund standen. 2003 kamen die Ausgaben 2 und 3 heraus.

Das traf auch auf NOCTURNO zu, von dem 2003 die Ausgabe 4 erschienen ist, herausgegeben von Markus Kastenholz.

Sehr fleißig war man wieder beim ERSTEN DEUTSCHEN FANTASY CLUB e.V. Neben dem neuen Doppelband 95/96 des QUARBER MERKUR, Franz Rottensteiners Literaturzeitschrift für Science Fiction und Phantastik, wurden etliche Ausgaben des literarischen Magazins FANTASIA herausgebracht, mit der gewohnten Mischung aus Stories, Artikeln und Rezensionen ebenso wie sekundärliterarische Nummern, wie »Franz Rottensteiner - Erkundungen im Nirgendwo. Kritische Streifzüge durch das phantastische Genre«, hrsg. von Jacek Rzeszotnik, »Geheimnisse in dunklen Sphären Band IV: 222 Phantastik- und Fantasyfilme« von Achim Hättich oder »Weltendämmerungen - Endzeitvisonen und Apokalypsevorstellungen in der Literatur. Fünfter Kongress der Phantasie«, hrsg. von R. Gustav Gaisbauer.

Interessante Artikel zu literarischen Themen waren auch regelmäßig im Abenteuer-Spiele-Magazin NAUTILUS sowie in MEPHISTO, dem Magazin für die dunkle Seite der Spiele zu finden. Von beiden gab es 2003 vier neue Ausgaben.

Anlässlich des Erscheinens des 5. HARRY POTTER-Romans kam vom PUBLISH VERLAG das Magazin MAGIC & FANTASY heraus.

Regelmäßig neue SF-Stories deutscher Autoren präsentiert die vierzehntägliche Computerfachzeitschrift C'T, zuletzt von Helmuth W. Mommers, Frank Hoese, Andrea Stevens, Julia Ettl, Pia Biundo, Martin Schemm, Uwe Post, Ulrich Jacobsen, Helge Lange, Frank G. Gerigk, Frank Borsch, Clemens Gleich, Heinz Steinhöfel, Björn Jagnow und Desiree & Frank Hoese.

Regelmäßig setzt sich VOLLTEXT, die im Sommer 2002 aus der Taufe gehobene zweimonatlich erscheinende »Zeitung für Literatur«, auch mit relevanten Themen auseinander. So brachten die Ausgaben des Jahres 2003 Interviews mit Neal Stephenson, T. C. Boyle und Alban Nikolai Herbst, Rezensionsblöcke von Chris Haderer und Artikel zur Verleihung des NBA an Stephen King von Harold Bloom und Steve Almond.

6. HIGHLIGHTS AUS DEN BUCHVERLAGEN

Bei den Verlagen, die sich auf so genannte Erwachsenenliteratur spezialisiert haben, gab es folgende Highlights:

Bei AMMANN erschien der SF-Roman »Die Inseln am Ende der Zeit« von Bernd Steinhardt.

In der BIBLIOTHEK DER PHANTASTISCHEN LITERATUR setzte BASTEI den RIGANTE-Zyklus von David Gemmel mit »Die Nacht des Falken«, FITZ DER WEITSEHER von Robin Hobb mit »Der lohfarbene Mann« und DIE WELT VON EINARINN von Juliet McKenna mit »Die Pflicht des Kriegers« fort und startete Mary Gentles DIE LEGENDE VO ASH mit »Der Blaue Löwe« und »Der Aufstieg Karthagos«.

BERENKAMP publizierte den SF-Roman »Panopticon« von Claudia Paganini.

Bei BERLIN erschienen »Oryx und Crake«, der neue SF-Roman von Margaret Atwood, sowie der SF-Thriller »LJOD. Das Eis« von Vladimir Sorokin.

Christian von Ditfurth legte mit »Der Consul« seinen neusten Alternativwelt-Roman bei DROEMER vor, wo die Phantastik-Edition DIE LEGENDE VON PHANTASIEN mit den ersten Romanen – »Der König der Narren« von Tanja Kinkel, »Die Seele der Nacht« von Ulrike Schweikert und »Die geheime Bibliothek des Thaddäus Tillmann Truz« von Ralf Isau – gestartet wurde. Zudem gab es das Sachbuch »Marsfieber« von Rainer Eisfeld & Wolfgang Jeschke und »Der Engelsfluch« von Jörg Kastner.

In der EDITION LÜBBE stand der SF-Roman »Nördlich des Weltuntergangs« von Arto Paasilinna auf dem Programm.

EHRENWIRTH brachte die SF-Romane »Level X« von David Ambrose und »Der silberne Sinn« von Ralf Isau sowie den Fantasy-Roman »Laura und das Geheimnis der sieben Monde« von Peter Freund (LAURA 2) heraus.

Der neueste Roman von Jonathan Carroll erschien bei EICHBORN unter dem Titel »Das hölzerne Meer«.

Tanja Kinkel publizierte »Götterdämmerung« in der FRANKFURTER VERLAGSANSTALT.

Bei HEYNE wurde der Fantasy-Fünfteiler von James Clemens mit den Bänden 3 und 4 weitergeführt, dazu gab es u.a. »Bote der Nacht« von Dean Koontz, »Lachs im Zweifel« von Douglas Adams, »American Gods« von Neil Gaiman und »Wolfsmond« von Stephen King, Band 5 von DER DUNKLE TURM.

Anne Rice setzte mit »Merrick« DIE CHRONIK DER VAMPIRE bei HOFFMANN UND CAMPE fort.

Bei KLETT-COTTA gab es zahlreiche Sekundärtitel zur »Herr der Ringe«-Verfilmung, daneben wurden der VLAD TALTOS-Zyklus von Steven Brust mit »Yendi« und »Teckla« und Patricia Woolleys GINEVRA-Trilogie mit »Rückkehr nach Camelot« weitergeführt und »Die Insel des Magiers« von Tad Williams und »Der Hund des Culann« von Manfred Böckl publiziert.

Der EVE DALLAS-Roman »Ein gefährliches Geschenk« von J. D. Robb/Nora Roberts erschien bei LIMES.

Neu bei LIST »Artemis Fowl 3 – Der Geheimcode« von Eoin Colfer und »Das Orakel von Oonagh« von Flavia Bujor.

Der neue SF-Thriller von Andreas Eschbach erschien bei LÜBBE unter dem Titel »Der Letzte seiner Art«.

Bei MANHATTAN wurde Terry Pratchetts SCHEIBENWELT-Zyklus mit »Die Nachtwächter« weitergeführt.

MOEWIG setzte die PERRY RHODAN-Buchreihe mit den Bänden 81 bis 84 und die ATLAN-Bücher mit den Bänden 22 & 23 fort, dazu gab es in der PR-AUTORENBIBLIOTHEK die Bände 4 & 5.

Im Verlag DAS NEUE BERLIN wurden »Menschen wie Götter« von Sergej Snegow« und »Der Samenbankraub« von Gert Prokop neu aufgelegt

Bei der PIPER FANTASY wurden die Zyklen UNTER DEM WELTENBAUM von Sara Douglass und das deutsche Epos DIE GEZEITENELT mit drei bzw. zwei Bänden fortgesetzt, dazu gab es Romane von Hans Bemmann (»Die beschädigte Göttin«), Hope Mirrlees (»Flucht ins Feenland«), Wolfgang Hohlbein (»Das Avalon-Projekt«) und Ana Maria Matute (KÖNIG GUDU).

Weitergeführt wurde FINALE von Tim La Haye & Jerry B. Jenkins mit Band 10, gestartet die MESSIAS-Trilogie von James BeauSeigneur.

SUHRKAMP legte den Klassiker »Morels Erfindung« von Adolfo Bioy Casares neu auf.

TROPEN setzte die Jonathan Lethem-Edition mit »Der kurze Schlaf« fort.

Bei ULLSTEIN erschien die Horror-Collection »Im Kabinett des Todes« von Stephen King.

VGS hat sich in den letzten Jahren als Spezialist für Begleitbücher zu Filmevents und TV-Serien einen Namen gemacht. Zu den Eckpfeilern des Programms gehörten auch 2003 wieder Romane zu den TV-Serien CHARMED (zu denen in Lizenz auch von deutschen Autoren Romane geschrieben werden), BUFFY und SMALLVILLE, dazu gab es auch Bücher zum Comic WITCH.

WELTBILD schloss 2003 in seinen Sammler-Editionen Angelika Sommer-Bodenburgs DER KLEINE VAMPIR mit Band 18 ab, neu gestartet wurden Wolfgang Hohlbeins HEXER und die PERRY RHODAN PLANETEN-ROMANE mit ausgewählten Romanen der TB-Reihe im Doppelpack. Nachgereicht wurde der neue DARKOVER-Roman von Deborah Ross.

Steigende Bedeutung kam in den letzten Jahren den Klein-, Spezial- und Autorenverlagen zu:

Auf Kurt Brands Klassiker REN DHARK bzw. dessen Fortschreibung spezialisiert hat sich der BERNT VERLAG/HJB. 2003 erschienen sechs weitere Bände (18-23) des DRAKHON-Zyklus und vier Sonderbände mit neuen abgeschlossenen Abenteuern. Zusätzlich gab es das dritte RD SPEZIAL mit den alten Taschenbüchern 5 & 6. Gestartet wurden die BAD EARTH-Buchreihe, in der jeweils vier Hefte der neuen BASTEI-SF-Serie zusammengefasst werden, und die PERRY RHODAN GOLD-EDITION, in der ausgewählte Romane in edler Aufmachung neu präsentiert werden.

Nach einer internen Umorganisation setzte BLITZ die Horror-Reihen MACABOS und LARRY BRENT von Dan Shocker mit den Bänden 9 und 10 und LARRY BRENT – Die X-Akten mit Band 6 fort, ebenso die PROMET-Nachfolgeserie TITAN mit Band 14 und STARGATE mit Band 7, neu gestartet wurde EDGAR ALLAN POES PHANTASTISCHE BIBLIOTHEK mit »Grausame Städte« von Markus K. Korb und »Das Alptraum-Netzwerk« von Thomas Ligotti, dazu gab es den im Star-Trek-Fandom spielenden Krimi »Semper und der tote Vulkanier« von Ralph Sander, die SF-Collection »Sex, Love, Cyberspace« von Helmut W. Mommers und die Phantastik-Collection »Adulator« von Marc-Alastor. E.E. BLITZ-Bücher sind nur ausschließlich direkt vom Verlag erhältlich.

Im FESTA VERLAG liegt der Schwerpunkt beim Horror. Weitergeführt wurde LOVECRAFTS BIBLIOTHEK DES SCHRECKENS mit zwei Anthologien und einem Klassiker von Robert Bloch, Brian Lumleys NECROSCOPE, die BIZARRE BIBLIOTHK mit Sarbans »Hörnerschall« und »Das tote Brügge« von Rodenbach sowie die Vampir-Reihe NOSFERATU mit Romanen von Chelsea Quinn Yarbro (SAINT GERMAIN), Nancy Kilpatrick und P. N. Elrod sowie der Anthologie »Gigers Vampirric«.

ZAUBERMOND beendete die Buchserien DIE ABENTEURER (mit Band 14) und DAS VOLK DER NACHT (mit Band 17), weitergeführt wurden DORIAN HUNTER (13), die EDITION DK (11), PROFESSOR ZAMORRA (6), COCO ZAMIS (7) und MADDRAX (5), neu gestartet wurde die Buchreihe TORN (4). Weiter geht es 2004 auch mit DAS VOLK DER NACHT-CLASSIC. Die Bücher sind nur direkt vom Verlag zu beziehen.

Daneben versuchen noch einige kleinere Verlage, Marktanteile zu ergattern: Beim ATLANTIS-VERLAG hat es die SF-Serie RETTUNGSKREUZER IKARUS bereits auf 16 Bände gebracht, dazu gibt es die Horror-Serien JOHN HOLT und MacLACHLAN, die SF-Serien GENOTYPE von Martin Hoyer und Martin Kays DUST (Sammelbände der Heftausgabe) sowie etliche Einzelbände, von Martin Kay, Stefan Pinternagel und Nicole Rensmann +++ BASILISK publizierte den Phantastik-Krimi »Jakob Rubinstein« von Andreas Gruber und startete Anfang 2004 die SF-Serie GALLAGHER von Achim Hiltrop +++ BETZEL legte Philip K. Dicks Mainstream-Roman »Eine Bande von Verrückten« neu auf +++ Eine Hommage und eine Fortsetzung der SF-Serie MARK POWERS zugleich stellte »Die Sternseherin von Gedd« von Heinz Wipperfürth dar +++ In der EDITION ANDREAS IRLE wurden die Bände 4 und 5 der DÄMONENPRINZEN-Serie von Jack Vance herausgebracht +++ Die EDITION PHANTASIA setzte die LOVECRAFT-Edition mit den »Gesammelten Werken« 7 & 8 fort, dazu gab es die Collection »Feuersäule« von Ray Bradbury +++ Neu gestartet wurde im Herbst 2003 die EDITION SOLAR-X mit Romanen von Wilko Müller jr., Wilko Müller jr. & Philip D. Laner, Stefan T. Pinternagel und Jürgen Müller +++ FANTASY PRODUCTIONS startete mit »Sturm über Windhaven« und »Die Flamme erlischt« eine Werkausgabe von George R. R. Martin +++ FEDER & SCHWERT schloss die CLANSROMANE mit »Anthologie« und ENGEL mit »Hiobs Botschaft« von Oliver Hoffmann ab, weiter ging es mit VICKY NELSON von Tanya Huff: »Blutlinien« und »Blutpakt« +++ R. G. FISCHER gab u.a. die SF-Romane »Ich schieße, Herr Hitler!« von Wilhelm Raddatz und »Der galaktische Polizist« von Oliver Reiden heraus +++ DER KORSAIR von Jeannot Bildgen wurde abgeschlossen, zudem erschienen bei GO die von Udo Mörsch zusammengestellten Anthologien »Schwarzer Drache« und »Future World« sowie Band 1 der CELLAR-Trilogie von Timo Bader +++ Beim VERLAG PETER HOPF erschien der TALON-Roman »Der Tempel des schwarzen Löwen« von Thomas Knip und der Horror-Roman »Das Blut der Erde« von Alfred Wallon +++ Bei LIBRI BOOKS ON DEMAND sind aus der Fülle der publizierten Titel besonders der SF-Roman »2070 Protokolle des ZEHNTEN 2075« von Horst Möller, der Horror-Roman »Wolfsgesänge« von Thomas Sichelschmied, die Fantasy »Reptile – Der Kreis des Verderbens« von Patrick Reichel, »Die phantastischen Abenteuer des Anton Grübel« von Peter Strebel und die Collection »Blut für Zorphollus« von Lord Vulthar zu erwähnen +++ Boris Koch publizierte den Erzählband »Dionysos tanzt« bei MEDUSENBLUT +++ Alfred Wallon veröffentlichte Band 2 der Fantasy-Serie JESCA unter dem Titel »Das Volk im Nebel« bei MG, dort erschienen auch die Bände 1 & 2 der gemeinsam mit Marten Munsonius verfassten Endzeit-Serie BEN CORRIGAN und »Seribain – Das Geheimnis einer fremden Welt« von Ulrike Güthe-Wunderlich +++ Christian von Aster veröffentlichte bei MIDAS einige Anthologien und Storysammlungen +++ MOHLBERG setzte 2003 seine KURT BRAND EDITION mit den Bänden 6 & 7 und die UTOPISCHEN WELTEN mit den Bänden 7 und 8 von Wilfried Hary und Alfred Bekker bzw. Alfred Bekker, die ehemalige BERNT-Serie SYNDIC mit Band 3 und REX CORDA mit den Bänden 3 & 4 fort und legte die ersten drei REN DHARK-Bücher und den ersten THORIN-Band von Alfred Wallon als Paperbacks neu auf +++ Bei NITZSCHE gab es den neuesten Roman von Timothy McNeal +++ Zwei Horror-Anthologien zum Thema Internet wurden beim VERLAG ROBERT RICHTER von Malte S. Sembten zusammengestellt, eine zum Thema Film vom

Verleger selbst +++ SHAYOL publizierte 2003 zum ersten Mal das »Alien Contact Jahrbuch« mit den besten Beiträgen aus dem Online-Magazin, die Sekundärreihe SF-PERSONALITY wurde mit Bänden zu Edmond Hamilton und Lloyd Biggle jr. weitergeführt und die ERIC SIMON WERKAUSGABE mit »Mondmysterien«; neu gestartet wurde mit »Warmzeit« die auf acht Bände angelegte Werkausgabe von Angela & Karlheinz Steinmüller. Für das Frühjahr 2004 ist außerdem der erste Band der besten Kurzgeschichten von Theodore Sturgeon und das erste »Shayol Jahrbuch zur Science Fiction 2003«, hrsg. von Udo Klotz & Hans-Peter Neumann, eingeplant, das sich in der Tradition des GOLEM als unabhängiges Jahreskompendium versteht +++ Bei VIPRPIV erschien die von Monika Wunderlich herausgegebene Anthologie »Eiszeit – drinnen und draußen« +++ Harald Buwert startete den ZEITSPUR-VERLAG mit dem SF-Roman »Das Labyrinth der Narren« von Klaus D. Koepp.

Bei den Jugendbuchverlagen wäre besonders hervorzuheben:

ARENA startete die STRAVAGANZA-Trilogie von Mary Hoffmann, Andreas Schlüter publizierte den neuen Roman »Reality Game«, Cliff McNish schloss die RACHEL-Trilogie mit »Rachel und das Versprechen des Zauberers« ab, von Holly Black stammte der phantastische Roman »Die Zehnte« und Neil Gaiman präsentierte das mit zahlreichen Preisen ausgezeichnete Buch »Coraline – Gefangen hinter dem Spiegel«.

Bei BELTZ & GELBERG schloss Kenneth Oppel sein Fledermaus-Fantasy mit »Feuerflügel« ab, dazu gab es den SF-Roman »Großstadtjagd« von Philip Reeve.

Außer dem fünften HARRY POTTER gab es bei CARLSEN u.a. noch den 3. ERDSEE-Roman von Ursula K. Le Guin und die Fantasy-Romane »Die längste Zeit« von Peter Dickinson und »Ziemlich viele Prinzessinnen« von Diana Wynne Jones.

Bei DINO wurden die SF-Reihen DARK ANGEL von Max Allan Collns, THE TRIBE und THE TRIBE – DIE VORGESCHICHTE von Linda Jensen ebenso weitergeführt wie die Romanreihe zum TV-Hit SABRINA, die es schon auf 18 Titel gebracht hat. Neu gestartet wurde die Fantasy-Serie DELTORA QUEST von Emily Rodda, von den acht Bänden liegen fünf schon auf Deutsch vor +++ Bei DIOGENES gab es 2003 die Bände 2 bis 4 der Abenteuer von Jill Murphys LAU-

SIGER HEXE +++ Highlights bei DRESSLER waren die Fantasy-Romane »Tintenherz« von Cornelia Funke, »Das schlafende Schwert« von Michael Morpurgo und »Das Haus ohne Türen« von Herber Osenger, Band 1 der Trilogie DAS GEHEIMNIS DES HERBSTLANDES +++ Bei ENSSLIN schloss Andreas Schreiner seine Serie um den MYSTERY PARK mit »Rivalen im Labyrinth« und »Das Omega-Rätsel« ab +++ G&G veröffentlichte Band 5 der Serie UNFASSBAR von Wolfgang J. Altenfels, Band 6 von CODENAME SAM von Martin Selle und »Du bist anders« von Andreas Hutter +++ Marliese Arold setzte bei KLOPP ihre SF-Serie TIME TRAVEL mit »Die Maske des Piraten« fort +++ Bei LEIV gab es 2003 den OZ-Roman »Dorothy und das Patchwork-Girl« von L. Frank Baum und den ZAUBERLAND-Roman »Das gestohlene Tierreich« von Nikolai Bachnow +++ LOEWE setzte die Reihen FEAR STREET, STINES FEAR STREET: GEISTERSTUNDE und DAS MAGISCHE BAUMHAUS mit neuen Titeln fort, Kai Mayer startete mit »Die Wellenläufer« eine neue Phantastik-Trilogie, zudem erschienen u.a. noch der SF-Roman »Das Skorpionenhaus« von Nancy Farmer und die phantastischen Romane »Holly Finn im Bann dunkler Mächte« von Phyllis Reynolds Naylor und »Das Land der verlorenen Erinnerung« von H. L. McCutchen +++ Bei OETINGER kamen 2003 u.a. Romane von Arliese Arold, M. G. Schmidt, Joan Aiken, Paul Maar und Catherine Fisher heraus +++ OMNIBUS brachte neue Romane zu R. L. Stines GRUSELFIEBER und zu Brian Jacques' REDWALL-SAGA heraus +++ Die SF-Serie ANIMORPHS von K. A. Applegate wurde mit zwei Bänden weitergeführt, ebenso WITCHES – HEXENGIRLS von H. B. Gilmour & Randi Reisfeld und ALEX RIDER von Anthony Horowitz. Neu Band 1 der Serie CHARLIE BONE, »Charlie Bone und das Geheimnis der sprechenden Bilder« von Jenny Nimmo +++ Wolfgang & Heike Hohlbein setzten bei THIENEMANN die NORG-Serie mit »Im Tal der Ungeheuer fort, dazu gab es Jugendbücher von Dimitri Clou, Ralf Isau, Sabine Blazy und Gabriele Beyerlein +++ UEBERREUTER setzte C. S. Lewis' NARNIA-Zyklus mit den Bänden 3 bis 6 fort und publizierte Romane von Wolfgang & Heike Hohlbein (»Das Buch«, »Das Labyrinth« & »Die Zauberkugel), Katja Brandis (DARESH 2), Nina Blazon, Jörg Hagemann und Dieter Winkler (HERR DER SPIELE).

7. INTERNET-AKTIVITÄTEN

In den letzten Jahren hat das Internet immer stärkere Bedeutung sowohl als nahezu unentbehrliche Informationsquelle als auch als Forum für erste Veröffentlichungen bzw. als Bezugsquelle von Waren und Dienstleistungen erhalten. Nicht nur sind alle größeren Verlage hier mit Websites vertreten, für viele kleinere dient dieses Medium als unentbehrliche Vertriebsschiene. Besonders die Spezialverlage, die Nischenprodukte im Programm haben, nutzen das Internet mit exklusiven Geschichten und Artikeln zur Leserbindung, und etliche interessante Publikationen sowohl neuerer Art wie auch bereits vergriffene Bücher als downloadbare eBooks sind nur über das Netz zu beziehen. Auch gibt es eigene Online-Magazine für die verschiedensten Interessensgebiete. Viele Netzbetreiber bieten auch kostenlose Newsletter an, die die Abonnenten über alles Wissenswerte auf dem Laufenden halten.

Führend, was aktuelle und umfassende Informationen im Phantastik-Bereich betrifft, ist Olaf J. Menkes PHANTASTIK.DE. Der tägliche Newsletter bietet Verlagsinfos ebenso wie Szenenews, Rezensionen und Interviews. Florian Breitsameters SF-FAN.DE, lange der größte Konkurrent, war 2003 nur sporadisch präsent und daher selten am Puls des Geschehens.

READERSPLANET gehört zu den größten Anbietern von Literatur in digitaler Form im deutschsprachigen Raum, wenn er nicht der größte ist. Rund sechshundert Titel stellt er zum Download bereit, wobei das Schwergewicht auf SF, Fantasy und Horror liegt. Zu den Autoren, die ihre Bücher hier vertreiben, zählen u.a. Nikolai von Michalewski, Walter Appel (alias Earl Warren), Hans Karl Koizar (als Charles de Clermont Verfasser der TORGO-Serie), Alfred Bekker (unter diversen Pseudonymen, z.T. auch nicht in Printform vorliegende Titel), Eva Eppers, Matthias Falke, Rolf Michael (Zyklus »Die Adamantenwelt«), Al Wallon (THORIN), Roland Rosenbauer, Uwe Voehl, Friedrich Tenkrat, Manfred Wegener, Walter Ernsting (die wichtigsten Werke Clark Darltons sind hier zu finden, seine lange vergriffenen Klassiker und Jugendbücher ebenso wie der HURRICANE-Zyklus), C. V. Rock (mit der Serie ALARM IM WELTRAUM), Lothar Streblow (mit RAUMKREUZER RUNA und RAUMSCHIFF POLLUX), Rainer Erler (mit zahlreichen Romanen zu seinen TV-Filmen und natürlich dem BLAUEN PALAIS), Wilfried Hary (mit DR. NO und GAARSON-GATE), Viktor Farkas (mit etlichen seiner Sachbücher), Kurt Brand (mit seinen Klassikern), Ronald M. Hahn (mit seinen exzellenten Storysammlungen), Hanns Kneifel, Alexander Kröger, Horst Pukallus, Andreas Brandhorst, W. W. Shols, Peter Terrid (mit der TIME-SQUAD), Susanne Wiemer (mit den SÖHNE DER ERDE) und Jürgen ten Hoevel. Bei READERSPLANET wird auch die ATLAN-Serie zum Download bereitgestellt.

ONLINEBOOKDIRECT bietet ebenfalls etliche phantastische Titel an, zumeist von Autoren aus den neuen Bundesländern, wie Wilko Müller jr., Jürgen Müller, Peter Schünemann, Philip D. Laner und Karl-Heinz Tuschel.

Im VERLAG PETER HOPF erscheinen eBooks u.a. der Reihen ROMANTIC MYSTERIES, EARL WARRENS-HORROR-EDITION und STAR FORCE. Neu aufgenommen wurde Alfred Bekkers Fantasy-Zyklus DIE SUCHE NACH DHUM, der in 10 bis 12 Teilen ins Netz gestellt wird.

Sehr vielseitig ist der MARTIN CLAUSS VERLAG, der über mehrere Websites Romane und Erzählungen zum Download anbietet. Bei VAMPIROVA.DE stehen Abenteuer und Phantastik auf dem Programm, mit ADVENTURE ZONE/PROFESSOR CHALLENGER von A. Conan Doyle, CARNACKI THE GHOST FINDER von William Hope Hodgson, FLITTERWOCHEN IM WELTALL von George Griffith, SIR HENRY von Melville Post, VARNEY THE VAMPIRE von Preston oder Rymer und andere mehr, bei THE-EBOOK gibt es Romane und Erzählungen von L. Frank Baum und Edith Nesbit, und bei GRUSELSTORIES den kurzen Schauer zwischendurch.

Als eBooks erschienen sind in Thorsten Rybkas WORTWELTEN-VERLAG phantastische Romane von Burkhard Jysch und Ingo Löchel, ein Fantasy-Roman von A. Pescatore sowie die Bände 1 und 2 des MORGANA-Zyklus von Sieglinde Breitschwerdt.

Das renommierte SF-Magazin ALIEN CONTACT, das es seit Ausgabe 43 nur mehr in einer Online-Ausgabe gibt, ist mittlerweile bereits bei Nummer 57 angelangt. Wie immer bietet AC neben Rezensionen, Artikeln und Interviews interessante Stories bekannter AutorInnen wie Elisabeth Hand, George R. R. Martin, Angela und Karlheinz Steinmüller und Pat Cadigan, seit Ausgabe 54 auch den

Fortsetzungsroman »Passionsspiel« von Sean Stewart. Download, auch als pdf-Datei, bei EPILOG.DE.

MÄRCHEN & FANTASIE.DE beschäftigt sich im gleichnamigen Magazin mit Fantasy und Phantastik, bietet Artikel, Interviews und Infos.

8. TODESFÄLLE

HANS BEMMANN: Am 1. April 2003 starb der deutsche Autor, Lektor und Lehrbeauftragte der Hochschule Bonn Hans Bemmann. Am 27. April 1922 in Groitsch bei Leipzig geboren studierte er zuerst Medizin, dann Musikwissenschaft. 1961 begann er seine schriftstellerische Laufbahn mit der Novelle »Jäger im Park«, 1963 folgte sein erster Roman »Lästiger Besuch«, beide als Hans Martinson. 1983 veröffentlichte er den Fantasy-Roman »Stein und Flöte«. Weitere Genre-Veröffentlichungen waren »Erwins Badezimmer oder die Gefährlichkeit der Sprache« (1984), »Stern der Brüder« (1986), »Die beschädigte Göttin« (1990), »Die Gärten der Göttin« (1993) und »Massimo Battisti« (1998).

JÜRGEN HEINZERLING: Am 5. April 2003 starb der deutsche Autor Jürgen Heinzerling. Am 10. März 1959 in Bottrop geboren kam er in den 80er Jahren als Fachjournalist für Computer zum Schreiben und betätigte sich auch als Übersetzer. 1998 erschien dann nach einigen Kurzgeschichten sein erster Roman »Der Maestro«, 2001 stieg er bei der Buchserie DIE ABENTEURER ein und schrieb dafür bis zu seinem Ausstieg im Jahr darauf die Bände 4 (»Der starke Arm des Drachen«), 7 (»Die Herren von Oake Dun«, mit Marten Veit), 9 (»Oase der Mächtigen«) und 11 (»Das Geheimnis des Paters«). 2001 erschien sein umfangreicher Roman »Karl May und der Wettermacher«, 2002 folgte »Der Schatz der Perseiden«, ein Roman zur TV-Serie ANDROMEDA.

LORE STRASSL: Am 3. Juni 2003 starb Lore Straßl, die in der SF-Szene als Lore Matthaey bekannt wurde, in ihrem Haus in Steinberg bei Büchlberg. Am 31. August 1930 geboren interessierte sie sich schon in frühen Jahren für die Science Fiction und wurde in den sechziger Jahren Lektorin der SF-Heftreihen UTOPIA und MARK POWERS des Erich Pabel Verlags. Als Lore Matthaey gab sie in dieser Zeit zahlreiche bahnbrechende Anthologien in UTOPIA heraus. Seit den siebziger Jahren war sie in zweiter Ehe mit Hubert Straßl verheiratet, als Übersetzerin tätig und wurde für ihre Leistungen mehrmals mit dem Kurd Laßwitz Preis ausgezeichnet.

HEINZ-JÜRGEN EHRIG: Am 17. Oktober 2003 starb plötzlich und unerwartet der deutsche SF-Fan und Sammler Heinz-Jürgen Ehrig an Herzversagen. Er war 61 Jahre alt. Im Alter von neun Jahren stieß er auf die SF und wurde ein begeisterter Leser und Sammler, der in der Folge eine der größten, wenn nicht sogar die größte Sammlung deutschsprachiger SF in all ihren Erscheinungsformen, auch Comics, Filmprogramme und Sammelbilder, zusammentrug, die auf 140000 Einzelstücke geschätzt wird. Das immense Fachwissen, das er sich erwarb, floss in zahlreiche Beiträge zu Sekundärtiteln ein, wie das »Heyne SF-Lexikon«. Seine Witwe Marianne Ehrig, die ehemalige PR-Autorin Marianne Sydow, hat vor, die Sammlung zu erhalten.

Die amerikanische SF-Szene 2002/2003

von Hermann Urbanek

Für die amerikanische SF-, Fantasy- und Horror-Szene war 2002 wieder ein überaus erfolgreiches Jahr, das erfolgreichste in der Geschichte überhaupt, zumindest, was die Zahl der veröffentlichten Titel betraf. Denn das Rekordergebnis des Vorjahrs, das zum ersten Mal in der Geschichte über 2000 Veröffentlichungen vorlegen konnte, konnte nicht nur gehalten werden, es wurde sogar noch weiter ausgebaut. Und diese Steigerungen gingen, von einer einzigen marginalen Ausnahme abgesehen, praktisch quer durch alle Publikationsformen und Genres. Und das, obwohl LOCUS, das internationale Fachblatt für phantastische Literatur, nur Titel aufgelistet und auch zur Berechnung herangezogen hat, deren tatsächliches Erscheinen auch verifiziert werden konnte - so wie es bei der DEUTSCHEN SZENE auch der Fall ist - und damit zahlreiche angekündigte »Print on Demand«-Titel unberücksichtigt geblieben sind.

Der amerikanischen SF-Fachzeitschrift **LOCUS** zufolge erschienen 2002 alles in allem 2241 dem Genre zurechenbare Titel, also 83 mehr als 2001. Wie schon in den vergangenen Jahren hatten auch diesmal die Nachdrucke und Neuauflagen einen beachtlichen Marktanteil, und zwar beim Hardcover ebenso wie beim Paperback und dem Taschenbuch, das in den letzten Jahren seine früher so dominierende Rolle als führende Publikationsform verloren hat und, nachdem es im Vorjahr die Führungsrolle an das Paperback verloren hatte, jetzt auch vom Hardcover überholt wurde und 2002 sogar das

Schlusslicht bildete. Der Anteil an Original- und Erstveröffentlichungen ist 2002 wieder kräftig gestiegen, stärker als der von Reprint-Titeln, und lag diesmal bei 57 %. Extrem überproportional angestiegen sind die Originalveröffentlichungen bei den gebundenen Büchern, anstelle der 493 im Jahr 2001 sind jetzt 548 erschienen, während die Reprints in diesem Segment minimal von 205 auf 209 anstiegen. Die Gesamtzahl der Hardcover erhöhte sich somit 2002 um 59 Titel auf 757 und stellte die größte Steigerung des Jahres dar. Beim Paperback gab es ein kleines Plus bei den Erstveröffentlichungen von 370 auf 379 Titel und ein ebenso kleines Minus bei den Reprints von 390 auf 386. Dadurch änderte sich das Gesamtergebnis nur minimal von 760 auf 765 Titel, sodass man fast schon von Stagnation sprechen kann. Beim Taschenbuch gab es bei den Erstveröffentlichungen einen kleinen Rückgang von 347 Titeln im Jahr 2001 auf nunmehr 344, dafür stiegen die Nachdrucke kräftig an, von 353 auf jetzt 375, sodass insgesamt mit 719 Titeln ein Plus von 19 Veröffentlichungen im Vergleich zum Vorjahr das Ergebnis war. Insgesamt teilten sich die 2241 Publikationen des Jahres auf in 1271 Erstveröffentlichungen und 970 Neuauflagen, was einen neuen Rekord in der Publikationsgeschichte der amerikanischen Science Fiction darstellte.

2002 bestanden die 1271 Erstveröffentlichungen aus 256 SF-Romanen (davon 34 Jugendbücher), 333 Fantasy-Romanen (davon 103 Jugendbücher), 112 Horror-Romanen (davon 21 Jugenbücher), 84 Anthologien, 104 Storysammlungen, 200 Medienbüchern, 68 Sekundärtiteln, 44 Kunstbüchern und 68 Sammelbänden sowie 2 nicht eindeutig zuzuordnenden Publikationen. Die 1210 Erstveröffentlichungen des Jahres 2001 hatten sich wie folgt zusammengesetzt: 251 SF-Romane (davon 28 Jugendbücher), 282 Fantasy-Romane (davon 77 Jugendbücher), 151 Horror-Romane (davon 45 Jugendbücher), 82 Anthologien, 119 Storysammlungen, 172 Medientitel, 55 Sekundärwerke, 45 Kunstbände und 54 Omnibusbände nebst 2 nicht einzuordnende Titel. Große Gewinner waren in erster Linie der Fantasy-Roman, die Novelisierungen, Sammelbände und die Sachbücher, die überproportional gestiegen sind. Großer Verlierer hingegen war der Horror-Roman, dessen Output um ein Viertel reduziert wurde. Bei Redaktionsschluss standen die Zahlen für 2003 zwar noch nicht fest, den vorliegende Informationen zufolge ist aber schon sicher, dass das Jahr 2003 zum absoluten Rekordjahr werden wird. Denn LOCUS verzeichnete in den ersten zehn Monaten des Jahres bereits fast so viele Erstveröffentlichungen wie im ganzen Jahr 2002, und bei der Zahl der Gesamtpublikationen ist das Jahresergebnis 2002 bis Oktober 2003 auch schon fast erreicht, was einem Plus von etwa 10 Prozent entspricht. Hauptgewinner des Trends sind mit ziemlicher Sicherheit die Kategorien Fantasy-Roman, Anthologie, Storysammlung und Sachbuch.

2002/2003 gab es keine größeren oder spektakulären Fusionen oder Eigentümerwechsel bei den führenden ***Genre-Verlagen und Verlagsgruppen***, die einen Einfluss auf das Jahresergebnis hätten haben können. **Penguin Putnam** änderte lediglich den Verlagsnamen in **The Penguin Group**. **Tor Books** veröffentlichte 2002 alles in allem 254 Genre-Titel, also um 23 weniger als im Jahr davor, und schaffte es damit nur um Haaresbreite, seine Position als Marktführer zum fünften Mal in Folge zu behaupten, vor **Penguin Putnam**, der seinen Output um 27 Veröffentlichungen auf 253 Titel steigerte und den somit nur eine Veröffentlichung mehr vom Marktleader trennte. Drittplatzierter war erneut **Simon & Schuster/Pocket** mit 195 Bänden, gefolgt vom **Science Fiction Book Club** mit 158, **HarperCollins** mit 155 und **Random/Ballantine** mit 153 Veröffentlichungen. Weit abgeschlagen folgen **Baen** (65), **Bantam/Doubleday/Dell** (54), **Warner/Little, Brown** (50), **DAW** (46) und **Wizards of the Coast** (46) auf den Plätzen. Die 2241 Publikationen wurden von insgesamt 267 Verlagen auf den Markt gebracht, also von 24 mehr als im Jahr 2001. Wie auch schon in den letzten Jahren wurden mehr als die Hälfte aller Titel von den führenden sechs Verlagen bzw. Verlagshäusern publiziert.

Del Rey startete im Frühjahr 2003 die neue Reihe IMAGINE mit SF und Fantasy für LeserInnen ab 12. Unter der Ägide von Betsy Mitchell standen als erste Titel »Dragonflight« von Anne McCaffrey, »The Sword of Shannara« von Terry Brooks (in drei Teile gesplittet) und »Have Space Suit, Will Travel« von Robert A. Heinlein auf dem Programm.

Im Sommer 2003 hob **Tor** die neue Jugendbuchreihe TOR TEEN aus der Taufe. Dafür ausgewählt wurden zunächst Romane von

Emma Bull, Jane Yolen, Steven Gould und Ben Bova. Für einen Start im Frühjahr 2004 hat der führende SF-Verlag eine Reihe mit Liebesromanen mit paranormalen Elementen in Planung.

Harlequin Enterprises startete Anfang 2004 die Fantasy-Reihe LUNA. Begonnen wurde sie mit »The Fairy Godmother« von Mercedes Lackey. Catherine Asaro, Sarajh Zettel, Laura Anne Gilman, und Christie Golden werden u.a. für sie schreiben.

Und noch eine Jugendbuchreihe wurde 2003 gestartet! Die dritte im Bunde kam von **Penguin Putnam** und nannte sich FIREBIRD. Zu den ersten Titel zählen Fantasy-Klassiker von Sylvia Engdahl, Patricia A. McKillip, Elizabeth E. Wein, Brian Jacques und Mereth Ann Pearce.

Bei der ***Fantasy***, die, was die Zahl der Veröffentlichungen betrifft, erneut vor der SF liegt, dominierten auch 2002/2003 wieder mehrbändige Zyklen und Serien. Sehr umfangreich war erneut das Angebot zum WotC-Spiel **DRAGONLANCE**, in dem zuletzt »The Dragon Isles« von Stephen D. Sullivan, »Winterheim« von Douglas Niles, »The Players of Gilean: Tales from the World of Krynn«, hrsg. von Margaret Weis & Tracy Hickman, »A Warrior's Journey« von Paul B. Thompson & Tonya C. Cook, »The Minotaur Wars, Vol. One: Night of Blood« von Richard A. Knaak, »The Middle of Nowhere« von Paul B. Thompson, »City of the Lost« von Mary H. Herbert und »Dark Thane von Jeff Crook erschienen sind +++ Auch zu **FORGOTTEN REALMS** war der Ausstoß beträchtlich, wie die Novitäten belegten: »Lord of Stormweather« von Dave Gross, »Windwalker« von Elaine Cunningham, »Condemnation« von Richard Baker, »The Alabaster Staff« von Edward Bolme, »Twilight Falling« von Paul S. Kemp, »Dissolution« von Richard Lee Byers, »The Lone Drow« von R. A. Salvatore und »The Sapphire Crescent« von Thomas M. Reid sowie die Anthologie »The Best of the Realms, Book 1« +++ **DUNGEONS & DRAGONS** wurde weitergeführt mit »The Bloody Eye«, »Treachery's Wake«, »The Sundered Arms« und »Return of the Damned«, alle von T. H. Lain +++ Neues auch zum Sammelkartenspiel **MAGIC THE GATHERING**: »Assassin's Blade« von Scott McGough, »Legions« von J. Robert King, »Emperor's Fist« von Scott McGough, »Scourge« von J. Robert King, »The Monsters of Magic«, hrsg. von J. Robert King.

»The Moons of Mirrodin« von Will McDermott und »Champion's Trial« von Scott McGough +++ **WARCRAFT** wurde mit Band 3, »The Last Guardian« von Jeff Grubb abgeschlossen +++ Und nach Jahren der Pause gab es wieder einen neuen **CONAN**-Roman: »Conan of Venarium« von Harry Turtledove.

Ein änliches Bild bot sich bei der ***Science Fiction***, wo ebenfalls Serien und Zyklen dominierten. Einen gewaltigen Boom erlebten wieder die Romane zu **STAR WARS**: »The New Jedi Order: Force Heretic I: Remnant«, »The New Jedi Order: Force Heretic II: Refugee« und »The New Jedi Order: Force Heretic III: Reunion« von Sean Williams & Shane Dix, »Tatooine Ghost« von Troy Denning, »Shatterpoint« von Matthew Stover, »Star Wars: The New Jedi Order: Destiny's Way« von Walter Jon Williams, »The New Jedi Order: The Final Prophecy« von Greg Keyes und »The New Jedi Order: The Unifying Force« von James Luceno +++ Gestartet wurde **GENE RODDENBERRY'S ANDROMEDA** mit »Destruction of Illusions« von Keith R. A. DeCandido +++ **BATTLETECH** ging weiter mit **MECHWARRIOR: DARK AGE**, wo bislang »Ghost War« von Michael A. Stackpole, »A Call to Arms« von Loren L. Coleman, »The Ruins of Power« von Robert E. Vademan, »A Silence in the Heavens« und »Truth and Shadows« von Martin Delrio erschienen sind +++ **DARK ANGEL** wurde weitergeführt mit »Skin Game« und »After the Dark«, beide von Max Allen Collins +++ Die **MAN-KZIN WARS**, die in Larry Nivens KNOWN SPACE spielen, wurden fortgesetzt mit Band X, »The Wunder War« von Hal Colebatch +++ Auch zu **SPACE: 1999** kam ein neuer Roman heraus: »The Forsaken« von John Kenneth Muir +++ Zu **BABYLON 5** erschien »The Shadow Within« von Jeanne Cavelos +++ Neue Bücher auch zur TV-Serie **ROSWELL**: »Little Green Men« von Dean Wesley Smith & Kristine Kathryn Rusch, »Dreamwalk« von Paul Ruditis, »Quarantine« von Laura Burns, »A New Beginning« und »Nightscape« von Kevin Ryan sowie »Pursuit« und »Turnabout« von Andy Mangels & Michael A. Martin.

Insgesamt betrachtet waren auch im vergangenen Jahr die Romane zu den diversen **STAR TREK**-Reihen wieder am erfolgreichsten. Zu **STAR TREK: NEW FRONTIER** erschienen »Gods Above« und »Stone and Anvil« von Peter David sowie die Antho »No Limits«, hrsg. von Peter David, zu **STAR TREK** »Gemini« von Mike W. Barr und »Garth of Izar« von Pamela Sargent & Georg Zebrowski +++ **STAR**

TREK: THE NEXT GENERATION wurde mit »Nemesis« von J. M. Dillard, »Stargazer: Three« und »Stargazer: Oblivion« von Michael Jan Friedman, »Do Comets Dream?« von S. P. Somtow und »Genesis Force« von John Vornholt fortgesetzt, **STAR TREK: DEEP SPACE NINE** mit »Rising Son« von S. D. Perry, »Prophecy and Change«, hrsg. von Marco Palmieri, »The Left Hand of Destiny, Book One« und »The Left Hand of Destiny, Book Two« von J. G. Hertzler & Jeffrey Lang, zu **STAR TREK: VOYAGER** kamen »Homecoming« und »The Farther Shore« von Christie Golden heraus, zu STAR TREK: ENTERPRISE »Surak's Soul« und »The Expanse« von J. M. Dillard +++ Neue Anthologien gab es um das **STARFLEET CORPS OF ENGINEERS, »**Some Assmebly Required« (3) und »No Surrender« (4), neu gestartet wurde eine Reihe um das Klingonenschiff **I.K.S. GORKON** mit »I.K.S. Gorkon, Book One: A Good Day to Die« von Keith R. A. DeCandido; es gab auch eine neue Anthologie: »Strange New Worlds VI«, hrsg. von Dean Wesley Smith, John J. Ordover & Paula M. Block +++ Serienübergreifende Kurzzyklen gab es ebenfalls: **THE BRAVE AND THE BOLD** mit »Book One« und »Book Two« von Keith R. A. DeCandido, sowie **THE LOST ERA** mit »2298: The Sundered« von Andy Mangels & Michael A. Martin, »2311: Serpents Among the Ruins« von David R. George III, »2328-2346: The Art of the Impossible« von Keith R. A. DeCandido und »2336: Well of Souls« von Ilsa J. Bick +++ Zu **BATTLESTAR GALACTICA** erschien neu »Paradis« von Richard Hatch & Brad Linaweaver +++ In der Welt von TERMINATOR 2 spielen **THE NEW JOHN CONNOR CHRONICLES** von Russell Blackford: »A Evil Hour« (2) und »Times of Trouble« (3) +++ **POST-HOLOCAUST**-Serien: James Axler setzte **OUTLANDERS** mit »Equinox Zero« (24), »Talon and Fang« (25) und »Sea of Plague« (26) fort und **DEATHLANDS** mit Destiny's Truth« (60), »Skydark Spawn« (61), »Damnation Road Show« (62) und »Devil Riders« (63) +++ Nach längerer Pause wurde **ASHES** von William W. Johnstone weitergeführt und abgeschlossen mit »Escape from the Ashes«.

Auch beim ***Horror*** sah es ähnlich aus: Zum mittlerweile abgeschlossenen TV-Hit **BUFFY, THE VAMPIRE SLAYER** kamen wieder einige Titel heraus, wie »The Cordelia Collection« von Nancy Krulik, »Blood and Fog« von Nancy Holder, »Chaos Bleeds« von James A. Moore, »Chosen« von Nancy Holder, »Mortal Fear« von Scott Ciencin & Denise Ciencin, »Cursed« von Mel Odom und die Anthologien »Tales of the Slayer, Vol. 2« und »Tales of the Slayer, Vol. 3« +++ Auch zur Ableger-Serie **ANGEL** gab es Novitäten: die Anthologie »The Longest Night, Vol. 1«, »Impressions« und »Fearless« von Duranna Durgin und »Sanctuary« von Jeff Mariotte +++

BUFFY & ANGEL waren auch Protagonisten in »Buffy/Angel: Monster Island« von Christopher Golden & Thomas E. Sniegoski, »Buffy/Angel: Seven Crows« von John Vornholt und »Buffy/Angel: Cursed« von Mel Odom +++ Die Romanreihe zur phantastischen Vorabend-TV-Serie **SABRINA, THE TEENAGE WITCH** wurde fortgesetzt mit »Topsy-Turvey« von Paul Ruditis (44), »Hounded by Baskervilles« von Mercer Warriner (45), »Off to See the Wizard« von Nancy Krulik (46), »Where in the World is Sabrina Spellman?« von Paul Ruditis (47), »Witch Glitch« von Leslie Goldman (48), »The Truth Hurts« von Leslie Goldman (49), »What A Doll« von Nancy Krulik (50), »Ten Little Witches« von Paul Ruditis (Special) und »Christmas Crisis« von Nancy Krulik (51) +++ Auch zum Quoten-Hit **CHARMED** kam Neues auf den Markt: »Dark Vengeance« von Diana G. Gallagher, »Garden of Evil« von Emma Harrison, »Spirit of the Wolf« von Diana G. Gallagher, »The Gypsy Enchantment« von Carla Jablonski, »Date of Death« von Elizabeth Lenard, »Something Wiccan This Way Comes« von Emma Harrison & Diana G. Gallagher, »Shadow of the Sphinx« von Carla Jablonski, »Mist and Stone« von Diana G. Gallagher, »Mirror Image« von Jeff Mariotte, »Between Worlds« von Bobbi J. G. Weiss & Jacklyn Wilson, »Truth and Consequences« von Cameron Dokey und die Anthologie »Seasons of the Witch, Vol. 1« +++ Neue Bücher zur **WORLD OF DARKNESS** waren »Vampire: The Madness of Priests« und »Vampire: The Wounded King« von Philipp Boulle, »Dark Ages: Setite« von Kathleen Ryan, »Ashes and Angel Wing«, »Demon: The Seven Deadlies« und »The Wreckage of Paradise« von Greg Stolze, »Vampire: Slave Ring« von Tim Dedopulos, »Dark Ages: Lasombra« von David Niall Wilson, »Dark Ages: Ravnos« von Sarah Roark, »Orpheus: Haunting the Dead«, hsrg. von Philipp Boulle, »Dark Ages: Malkavian« von Ellen Porter Kiley und »Dark Ages: Brujah« von Myranda Kalis.

Ziemlich nachgelassen hat der Trend zu Romanen über ***Superhelden***, mit Ausnahme von **SMALLVILLE**. Zur TV-Serie um Clark Kent, bevor er Superman wurde, sind u.a. »Hauntings« von Nancy Holder, »Whodunnit« von Dean Wesley Smith, »Flight« von Cherie

Bennett & Jeff Gottesfeld, »Strange Visitors« von Roger Stern, »Speed« von Cherie Bennett & Jeff Gottesfeld, »Buried Secrets« von Suzan Colón, »Shadows« von Diane G. Gallagher, »Runaway« von Suzan Colón und »Silence« von Nancy Holder erschienen. Zu anderen **DC**-Helden erschienen »Justice League of America: Wonder Woman: Mythos« von Carol Lay, »Batman: Rise of Sin Tsu« von Devin Grayson & Flint Dille, »The League of Extraordinary Gentlemen« von Kevin J. Anderson und die Jugendromane »Secret Origins« und »Red Justice« von Michael Teitelbaum, »In Darkest Night« und »Wings of War« von Michael Jan Friedman, »The Gauntlet« und »Wild at Heart« von Louise Simonson sowie »No Man Is an Island« von Alan Grant zu JUSTICE LEAGUE +++ Zu Figuren des Verlags **IMAGE** gab es folgende Novitäten: zu MICHAEL STRACZYNSKIS RISING STAR schrieb Arthur Byron Cover Band 2, »The Years After«, zu FATHOM von Michael Turner »The World Below« von Kevin Andrew Murphy, zu LARA CROFT: TOMB RAIDER »The Cradle of Life« von Dave Stern und zu WITCHBLADE »Demons« von Mike Baron +++ Und zu **MARVELS** Helden gab es »X-Men: The Chaos Engine Trilogy: Book 3: Red Skull« von Steven A. Roman & Stan Timmons und die Film-Romane »Daredevil« von Greg Cox, »X-Men 2« von Chris Claremont und »Hulk« von Peter David.

Anthologien erfreuen sich in den USA, im Gegensatz zum deutschsprachigen Markt, ungebrochener Beliebtheit. Speziell die Jahresbesten-Anthologienreihen kommen bei der Leserschaft besonders gut an, wie »Year's Best SF 8«, hrsg. von David G. Hartwell, »Year's Best Fantasy 3«, hrsg. von David G. Hartwell & Kathryn Kramer, »The Year's Best Fantasy and Horror: Sixteenth Annual Collection«, hrsg. von Ellen Datlow & Terri Windling, »The Year's Best Science Fiction: Twentieth Annuar Collection«, hrsg. von Gardner Dozois und »Science Fiction: The Best of 2002« und »Fantasy: The Best of 2002«, hrsg. von Robert Silverberg & Karen Haber.

Im Einzelnen ist von den ***Autoren***, ihren jüngsten ***Veröffentlichungen***, ***Aktivitäten*** und ***Projekten*** – alphabetisch nach Autorennamen geordnet – Folgendes zu berichten:

Lynn Abbey – stellte die neue THIEVES' WORLD-Anthologie »First Blood« zusammen.

Kevin J. Anderson – Zusammen mit F. Paul Wilson, Matthew J. Costello und Janet Berliner verfasste er den SF-Thriller »Artifact«.

Poul Anderson – Posthum wurde das SF-Abenteuer »For Love and Glory« herausgebracht.

Piers Anthony – Der 27. XANTH-Roman erschien unter dem Titel »Cube Route«.

Margaret Atwood – schrieb die Dystopie »Oryx and Crake«.

Kage Baker – veröffentlichte die COMPANY-Novelle »The Angel in the Darkness« und verkaufte den fünften Band des Zyklus, »The Life of the World to Come«.

Steven Barnes – In einem alternativen Amerika handeln die Romane »Lion's Blood« und dessen Fortsetzung »Zulu Heart«.

Greg Bear – legte mit »Darwin's Children« die Fortsetzung zu seinem Evolutionsthriller »Darwin's Radio« vor.

Gregory Benford – Seine Novelle »Beyond the Fall of Night«, eine Fortsetzung von Arthur C. Clarkes »Against the Fall of Night«, wurde zum Roman »Beyond Infinity« ausgebaut.

Michael Bishop – publizierte die Collection »Brighten to Incandescence«.

James P. Blaylock – Seine neueste Solo-Story-Collection trug den Titel »In for a Penny«, zusammen mit Tim Powers wurde »The Devils in the Details« herausgebracht.

Ben Bova – lieferte die SF-Sammlung »Tales of the Grand Tour« bei Tor ab, ebenso »The Silent War«, den Abschlussband der ASTEROID WAR-Trilogie.

Ray Bradbury – Einige Charaktere seines früheren Romans »Death Is a Lonely Business« sind auch in seinem neuesten Roman »Let's All Kill Constance« wieder mit von der Partie.

Marion Zimmer Bradley – Nach ihren Ideen vervollständigte Deborah J. Ross Band 2 der CLINGFIRE-Trilogie, den DARKOVER-Roman »Zandru's Forge««.

David Brin – Neu die SF-Collection »Tomorrow Happens«.

Lois McMaster Bujold – verkaufte Band 3 ihrer Fantasy-Serie, die mit »The Curse of Chalion« begann.

Orson Scott Card – Nach langer Pause setzte er seine Fantasy um ALVIN MAKER mit Band 6 fort: »The Crystal City«.

Jacqueline Carey – schloss die mit »Kushiel's Dart« begonnene und mit »Kushiel's Chosen« weitergeführte Fantasy-Trilogie mit »Kushiel's Avatar« ab.

C. J. Cherryh – beendete die mit »Foreigner« begonnene und mit »Defender« weitergeführte Trilogie mit »Explorer« und verkaufte die Fortsetzungs-Trilogie an DAW.

John Clute – Der renommierte SF-Kritiker legte mit »Appleseed« sein Romandebüt vor.

Jack Dann – 14 Stories enthielt die Storysammlung »Visitations«.

Charles de Lint – Frühe Fantasy-Stories wurden mit einigen neuen in »A Handful of Coppers« gesammelt, zudem erschien der NEWFORD- Roman »Spirits in the Wires«.

P. N. Elrod – führte die VAMPIRE FILES weiter mit »Cold Streets« (10) und »Song in the Dark«(11).

Alan Dean Foster – kehrte ins COMMONWEALTH zurück mit »Drowning World« und veröffentlichte einen neuen Roman um PIP & FLINX: »Flinx's Folly«.

William Gibson – kaum phantastische Elemente enthält Gibsons neuester Roman »Pattern Recognition«.

Simon R. Green – Drei Generaten nach dem fünfbändigen Zyklus spielt der neueste Roman »Deathstalker Legacy«.

Joe Haldeman – Neu der SF-Roman »Guardian«, der in Alaska zur Jahrhunderwende spielt.

Brian Herbert – Gemeinsam mit Kevin J. Anderson schrieb er den 2. DUNE-Vorläufer-Roman »The Machine Crusade«.

James P. Hogan – Neu die Hard-SF »The Anguished Dawn«.

Robert Jordan – »New Spring – the Novel« erzählt die Vorgeschichte von THE WHEEL OF TIME.

Greg Keyes – vom Autor der Tetralogie THE AGE OF UNREASON erschien der phantastische Roman »The Briar King«.

Stephen King – hat die letzten beiden Bände seiner siebenteiligen DARK TOWER-Serie fertig gestellt. Sie erscheinen 2004 unter den Titeln »Song of Susannah« und »The Dark Tower«.

Donald Kingsbury – Bei Tor erscheint sein neuer Roman »Finger Pointing Solward«.

Nancy Kress – Die Menschheit im Kreuzfeuer zweier sich bekriegender Rassen – in »Crossfire«. Neu auch der SF-Roman »Nothing Human«.

Katherine Kurtz – hat den neue DERINY-Roman »In the King's Service« fertig. Der allererste DERYNI-Roman »Deryni Rising« wurde von ihr komplett überarbeitet.

Ursula K. Le Guin - Neue Storysammungen erschienen unter den Titeln »The Birthday of the World« und »Changing Planes«.

Elizabeth A. Lynn - hat »Dragon's Treasure« abgeliefert, die Fortsetzung von »Dragon's Winter«.

Ken MacLeod - Band 3 des Zyklus ENGINES OF LIGHT erschien unter dem Titel »Engine City«.

Anne McCaffrey - schrieb zusammen mit Elizabeth Ann Scarborough einen neuen ACORNA-Roman, »Acorna's Rebels« (6) und gemeinsam mit ihrem Sohn Todd den PERN-Roman »The Ugly Dragon«.

Dennis McKiernan - In Vorbereitung ist die auf MITHGAR spielende abschließende Story-Collection »Red Slippers«.

Patricia A. McKlllip - Neu der Fantasy-Roman »In the Forests of Serre«.

L. E. Modesitt - Der neue RECLUCE-Roman wurde mit dem Arbeitstitel »Wellspring of Chaos« abgeliefert. Erschienen ist der SF Roman »The Ethos Effect«, der 2 Jahrhunderte nach »The Parafaith War« handelt.

Michael Moorcock - setzte die neue ELRIC-Trilogie mit dem zweiten Band, »The Skraeling Tree«, fort.

Larry Niven - In »Scatterbrain« wurden seine jüngsten Geschichten gesammelt. Fertig ist der neue SF-Roman »Ringworld's Children«.

Andre Norton - setzte ihre TIME TRADER-Serie mit »Atlantis Endgame« fort, der gemeinsam mit Sherwood Smith entstand.

Chad Oliver - NESFA Press publizierte seine Kurzgeschichten in zwei Bänden: »A Star above It« und »Far from This World«.

Jerry Oltion - Die mit dem Nebula Award ausgezeichnete Story »Abandon in Place« wurde zum Roman erweitert.

Mike Resnick - ein Wiedersehen mit dem bekannten Ganoven bietet Resnicks »The Return of Santiago«.

John Ringo - Der neue Meister der Military-SF publizierte »Hell's Faire«, eine Fortsetzung seines Bestsellers »When the Devil Dances«.

Spider Robinson - setzte die CALLAHAN-Serie mit »Callahan's Con« fort.

Fred Saberhagen - publizierte »Berserker's Star« und verkaufte »Berserker Shadows« an Baen.

Robert Sheckley - Neu die Collection »Uncanny Tales«.

Lucius Shepard – In der Zukunft von »Life During Wartime« spielt auch die neue SF-Novelle »Aztechs«.

Sharon Shinn – schreibt einen neuen Roman zu ihrem SAMARIA-Zyklus: »Angelica«

John Shirley – veröffentlichte den SF-Thriller »Crawlers«.

Robert Silverberg – das Imperium Romanum ist nie untergegangen – in »Roma Eterna«.

Dan Simmons – publizierte »Ilium«, eine SF-Version der »Ilias«.

Brian Stableford – schloss seine EMORTALITY-Future History mit dem Bänden 5 und 6, »Dark Ararat« und »The Omega Expedition«, ab.

Allen Steele – Aus acht mach eins – beim Episodenroman »Coyote«. Neu auch die Collection »American Beauty«.

Neal Stephenson – schrieb mit »Quicksilver« eine Vorgeschichte zu »Cryptonomicon«.

S. M. Stirling – In ein alternatives Amerika, das bis 1945 nicht von Europa entdeckt wurde, entführt »Conquistador«.

Theodore Sturgeon – Die Gesamtausgabe der Erzählungen wurde weitergeführt mit Band 9, »And Now the News ...«

A. E. van Vogt – Seine wichtigsten Geschichten wurden in »Transfinite« gesammelt.

John Varley – Um einen Wettlauf zum Mars geht es im SF-Roman »Red Thunder«.

Lawrence Watt-Evans – Neu ist »Dragon Venom«, Band 3 der OBSIDIAN CHRONICLES.

David Weber – Im Universum seiner Heldin HONOR HARRINGTON spielt die gemeinsam mit Eric Flint verfasste Military-SF »Crown of Slaves«, der Auftaktband einer neuen Serie. Weiter erschienen die vierte Anthologie um HONOR HARRINGTON: »World of Honor 4: The Service of the Sword«.

Elizabeth E. Wein – publizierte »A Coalition of Lions«, die Fortsetzung zu »The Winter Prince«.

Walter Jon Williams – Abgeschlossen ist »The Sundering«, Buch 2 des Zyklus DREAD EMPIRE'S FALL.

Jack Williamson – Der Altmeister der SF, der seine schriftstellerische Karriere 1929 begann, legte mit »The Stonehenge Gate« sein neuestes Epos vor.

Gene Wolfe – veröffentlichte den Fantasy-Roman »The Knight«.

John Wyndham - Bisher noch nicht in einer Collection vertretene Geschichten wurden zusammengefasst zu »No Place Like Earth«.

Chelsea Quinn Yarbro - Den neuen Roman um SAINT-GERMAIN gab es unter dem Titel »Midnight Harvest«.

Timothy Zahn - startete mit »Dragon and Thief« einen neuen SF-Zyklus und publizierte die Storysammlung »Star Song and Other Stories«.

George Zebrowski - 10 Geschichten enthielt »In the Distance, and Ahead in Time«.

Keine Erholung gab es 2002/2003 für den ***Magazinmarkt***. Die Situation der Genre-Publikationen sah 2002 sogar noch trister aus als in den Jahren zuvor, denn die auf dem Markt befindlichen professionellen Magazine verzeichneten erneut einen schmerzlichen Rückgang bei den Verkaufszahlen. Besonders dramatisch fiel er beim **MAGAZINE OF FANTASY & SCIENCE FICTION** aus, wo das Minus erneut im zweistelligen Bereich lag. Dieser kontinuierliche Schrumpfprozess hatte auch zur Folge, dass **ASIMOV'S** und **F&SF** im letzten Jahrzehnt mehr als die Hälfte ihrer Leserschaft verloren haben, bei **ANALOG** fiel der Trend nur geringfügig besser aus. Gründe für diese Talfahrt gibt es viele, zu den wichtigsten gehören zweifellos das veränderte Käuferverhalten und die Tatsache, dass sich Magazine über den Zeitschriftenhandel immer schlechter verkaufen und auf Direktabos und den Buchhandel angewiesen sind. Zumindest die Anzahl der Magazine, die 2002 erschienen sind, ist mit 39 gleich geblieben. **ANALOG SCIENCE FICTION & FACT**, das von Stanley Schmidt herausgegebene Digest mit der Vorliebe für Hard SF, von dem auch 2002 wieder 11 Ausgaben publiziert wurden, verzeichnete diesmal bei den Verkaufszahlen einen Rückgang auf knapp über 42 000 Exemplare. Trotzdem konnte das Magazin seine Führungsposition problemlos behaupten und weiter ausbauen. **ASIMOV'S SCIENCE FICTION**, das nach wie vor unter der redaktionellen Leitung von Gardner Dozois eine breite Themenpalette auf höchstem Niveau bot, verzeichnete den geringsten Rückgang und verbuchte noch immer knapp 32 000 verkaufte Exemplare von jeder der 11 in diesem Jahr publizierten Ausgaben.

Unerfreulicher verlief 2002 für das im Eigentum des Herausgebers Gordon Van Gelder befindliche **MAGAZINE OF FANTASY &**

SCIENCE FICTION, von dem in diesem Jahr ebenfalls 11 Nummern erschienen sind. Zum neunten Mal in Folge gab es einen Rückgang bei der Zahl der verkauften Hefte, und erneut fiel er recht kräftig aus, sodass das traditionsreiche Magazin unter die 24000er Marke rutschte. Wie es dem Anfangs so erfolgreichen Fantasy-Hochglanz-Magazin **REALMS OF FANTASY** 2002 erging, wurde von Verlagsseite nicht bekannt gegeben, deshalb ist unklar, ob es vom Rummel um »Harry Potter« und »Lord of the Rings« beflügelt wurde oder wie seine Konkurrenten weiter ins Minus rutschte.

Bei den ***semiprofessionellen Magazinen*** – das sind solche, die nicht über den Zeitschriftenhandel vertrieben werden, eine Auflage unter 10000 Exemplaren haben und zumindest viermal pro Jahr erscheinen, ansonsten aber professionell aufgemacht sind – gab es, wie alle Jahre wieder, zahlreiche Veränderungen. Alle diese Kriterien geschafft hat nur das Horror-Magazin **CEMETERY DANCE** (hrsg. von Richard Chizmar), von dem fünf Ausgaben erschienen sind, beinahe geschafft wurden sie vom Fantasy-Magazin **BLACK GATE** (hrsg. von John O'Neill; 2 Ausgaben) und den DNA-Magazinen **WEIRD TALES** (hrsg. von George H. Scithers & Darrell Schweitzer; 3 Ausgaben), **ABSOLUTE MAGNITUDE & ABORIGINAL SCIENCE FICTION** (hrsg. von Warren Lapine, 2 Ausgaben), **DREAMS OF DECADENCE** (hrsg. von Angela Kessler, 1 Nummer) und **FANTASTIC STORIES OF THE IMAGINATION** (hrsg. von Edward J. McFadden, 1 Magazin). Ansonsten noch erwähnenswerte Periodika waren 2002 **ARTEMIS** (hrsg. von Ian Randal Strock), **HORROR GARAGE** (hrsg. von Paula Guran) und **TALESBONES** (hrsg. von Patrick & Hanna Swenson), alle mit 2 Ausgaben verteten. Nach wie vor exzellent auf dem Markt etabliert sind die Fachzeitschriften **LOCUS** und **CHRONICLE** (vormals SCIENCE FICTION CHRONICLE); von beiden kamen 2002 jeweils 12 Ausgaben heraus.

2002/2003 hatte die internationale SF-Gemeinschaft wieder einige ***Todesfälle*** zu beklagen:

Nach jahrelangen schweren Herzproblemen starb der russische Chirurg und SF-Autor **Nikolai Michailowitsch Amosow** am 12. Dezember 2002 in seinem Wohnort in der Ukraine. Er war 89 Jahre alt und wurde durch die Konstruktion der ersten Herz-Lungen-Maschine weltberühmt. Als Autor wurde er bekannt durch den Roman »Zapiski iz budushchego« (1967), in dem ein todkranker Arzt mittels Kälteschlaf in die Zukunft gelangt, wo er zwar geheilt wird, sich aber nicht zurecht findet.

Am 11. Januar 2003 starb die Literaturagentin und Autorin **Virginia Kidd** in Milford, Pennsylvania im Schlaf. Sie war 81 Jahre alt. Von 1947 bis 1962 war sie mit James Blish verheiratet. Ihr SF-Output war schmal und beschränkte sich auf Gedichte und einige wenige Kurzgeschichten wie »Kangaroo Court« (1966). Bedeutender war sie als Agentin und Herausgeberin von insgesamt sieben Anthologien. 1965 gründete sie die Virginia Kidd Literary Agency und war somit die erste weibliche Literaturagnetin des Genres, zu deren Kundenstamm zahlreiche SF-Größen zählten. Zu den Anthologien, die sie herausgab, gehören »Saving Worlds (1973; mit Roger Elwood), »Millenial Women« (1978) sowie »Interfaces« und »Edges« (beide 1980, beide mit Ursula K. Le Guin).

Der Autor, Produzent, Drehbuchschreiber und Regisseur **John (Truman) Mantley** starb am 14. Januar 2003 in seinen Haus in Sherman Oaks, Kalifornien. Er war 82 Jahre alt. Bekannt wurde er durch seinen SF-Roman »The Twenty-Seventh Day« (1956), der im Jahr darauf auch verfilmt wurde.

Am 7. März 2003 starb die mit zahlreichen Preisen ausgezeichnete Jugendbuchautorin **Monica Hughes** an einem Schlaganfall in Edmonto, Alberta/Kanada. Sie war 77 Jahre alt. Die in Liverpool, England als Monica Ince geborene Autorin verfasste weit über dreißig Jugendbücher, beginnend mit dem Abenteuerromen »Gold Fever Trail« (1974). Ihr Œuvre umfasste auch zahlreiche SF- und Fantasy-Titel, wie »Crisis on Conshelf Ten« (1975), »Earthdark« (1977), die aus »The Keeper of the Isis Light« (1980), »The Guardian of Isis« (1981) und »The Isis Pedlar« (1982) bestehende ISIS-Trilogie, »Devil on My Back« (1984) und dessen Fortsetzung »The Dream Catcher« (1986), »Invitations to the Game« (1990) und »The Golden Aquarians« (1995).

Der bekannte Romancier **Howard (Melvin) Fast** starb am 12. März 2003 in seinem Haus in Old Greenwich, Connecticut. Fast, der vor allem mit seinen historischen Romanen bekannt wurde, begann seine schriftstellerische Karriere als SF-Autor. Seine erste Geschichte publizierte er mit 17 Jahren im SF-Magazin AMAZING STORIES, weitere folgten neben Krimis und Abenteuergeschichten, ab den 50er Jahren auch in F&SF. Seine Genre-Geschichten wurden gesammelt in den Collections »The Edge of Tomorrow« (1961), »The Generals Zapped an Angel« (1970) und »A Touch of Infinity« (1973). Als E. V. Cunningham veröffentlichte er den Thriller »Phyllis« (1962), der SF-Elemnte enthält. Berühmt wurde Fast vor allem mit dem Roman »Spartacus« (1951), der auch erfolgreich verfilmt wurde.

Der Jugendbuchautor **Paul Zindel** starb am 27. März 2003 im Beth Israel Medical Center in Manhattan an Krebs. Er war 66 Jahre alt und verfasste über 50 Jugendbücher, darunter auch zahlreiche Horror-Romane mit übernatürlichen Elementen.

Am 16. April 2003 starb der französische Herausgeber und Übersetzer **Jacques Chambon** im Alter von 60 Jahren in Marcillac-la-Croisille an einem Herzinfarkt. In den 60er und 70er Jahren arbeitete er am SF-Magazin FICTION mit, gab über zehn Jahre lang die Reihe PRESENCE DU FUTUR bei Denoel heraus und hob 1998 bei Flamarion die SF-Reihe IMAGINE aus der Taufe.

Im Alter von 83 Jahren starb **William C(harles) Anderson** am 16. Mai 2003 in Fairfield, Kalifornien an Herzversagen. Er war der Autor von über zwanzig Büchern, darünter die SF-Romane »Penelope« (1963), »Adam M-1« (1964), »Pandemonium on the Potomac« (1966) und »Penelope: The Damp Detective« (1974).

Am 6. Juni 2003 starb der amerikansiche Autor **Ken(neth) Grimwood** in Santa Barbara, Kalifornien an einem Herzinfarkt. Er war 59 Jahre alt. Zu seinem Oevre gehören die phantastischen Romane »Breakthrough« (1976), »Elise« (1979), »Replay« (1988), für den er den World Fantasy Award erhielt, und der SF-Roman »Into the Deep« (1995).

Zheng Wenguang, der erste SF-Autor der Volksrepublik China, starb am 17. Juni 2003 in seiner Wohnung in Peking. Er war 74 Jahre alt und von Hauptberuf Wissenschaftler. Seine erste SF-Geschichte wurde 1954 veröffentlicht, weitere, vor allem für Jugendliche gedacht, erschienen in Folge, nach der Kulturrevolution.

Am 5. September 2003 starb **Kir(ill) Bulytschow**, einer der führenden SF-Autoren Russlands, der mit seinem richtigen Namen Igor Mosheiko hieß, an den Folgen von Bluthochdruck und Diabetes. Er war 68 Jahre alt. Seine erste SF-Story publizierte er 1965, sein erster SF-Roman »Poslednjaja« erschien 1970. Etliche SF-Stories enthalten auch die Sammlungen »Tschudesa w Guslare« (1972), »Djewotschka c Semli« (1974) »Ljudi kak ljudi« (1975) und »Takan dwa dete« (1976).

Der Cartoonist und Kinderbuchautor **William Steig** starb am 3. Oktober 2003 in Boston, Massachusetts an Alterschwäche. Er war 95 Jahre alt. Steig arbeitete viele Jahrzehnte für THE NEW YORKER, seine Holzschnitte und Zeichnungen wurden ausgestellt und in Bildbänden gesammelt. Erst im Alter von 60 Jahren begann er Kinderbücher zu schreiben, beginnend mit »Roland, the Minstrel Pig« (1968). Am bekanntesten wurde er im Genre mit »Shrek!«, das 2001 verfilmt wurde.

Am 29. Oktober starb der berühmte SF-Autor **Hal Clement** in seinem Heim in Milton, Massachusetts. Er war 81 Jahre alt. Clement, der mit bürgerlichem Namen Harry Clement Stubbs hieß, begann seine SF-Karriere 1942 mit der Story »Proof«. 1949 erschien sein erster Roman »Needle«, der die Geschehnisse aus dem Blickwinkel eines Außerirdischen berichtete, fast drei Jahrzehnte später gab es eine Forsetzung mit »Through the Eye of a Needle« (1978). Sein wohl berühmtester Roman, »Mission of Gravity« (1953) um einen Planeten mit extremer Schwerkraft festigte seinen Ruf, einer der führenden Vertreter der Hard-SF zu sein. Dieser Thematik nahm sich Clement auch in zwei Folgebänden an, »Close to Critical« (1958) und »Star Light« (1971). Weitere SF-Romane aus seiner Feder waren »Iceworld« (1953), »The Ranger Boys in Space« (1956), »Cycle of Fire« (1957), »Ocean on Top« (1973), »The Nitrogen Fix« (1980), »Still River« (1987) »Isaac's Universe: Fossil« (1993), »Half Life« (1999) und »Noise« (2003). Seine Kurzgeschichten wurden gesammelt in »Natives of Space« (1965), »Small Changes« (1969: auch: »Space Lash«), »The Best of Hal Clement« (1979), »Intuit« (1987), »The Essential Hal Clement« (1999/2000; 3 Bände) und »Heavy Planet« (2000). 1998 wurde Clement in die »SF Hall of Fame« aufgenommen, 1999 wurde ihm der »SFWA Grand Master Award« verliehen.

Die britische SF-Szene 2002/2003

von Hermann Urbanek

Nach dem Einbruch, den der britische SF-, Fantasy- und Horror-Markt 2001 nach einigen Jahren des Aufschwungs hinnehmen musste, gab es im darauf folgenden Jahr dann die erwartete und auch prognostizierte Trendumkehr, doch dabei dürfte es sich leider nur um ein kurzes Zwischenhoch gehandelt haben. Denn die Zahlen, die bislang für die Veröffentlichungen 2003 vorliegen, deuten ganz darauf hin, dass die Zahl der in diesem Jahr publizierten Titel noch einiges unter der von 2001 liegen wird. Zumindest ist in den ersten drei Quartalen 2003 nur wenig mehr als die Hälfte der Gesamttitelzahl von 2002 erreicht worden. Und das ist schon ein enormes Minus, das sich hier abzeichnet. 2002 brachte ein Plus sowohl bei den Original- und britischen Erstveröffentlichen ebenso wie bei den Nachdrucken, und zwar im zweistelligen Bereich, wobei die Reprints deutlich stärker zulegten.

Der amerikanischen SF-Fachzeitschrift **LOCUS** zufolge wurden 2002 in Großbritannien im phantastischen Genre unter Einbeziehung aller Grenzfälle insgesamt 908 Titel veröffentlicht, 2001 waren es 769. Ein erfreuliches Plus gab es erneut bei den neuen Titeln, von denen 2002 mit 433 um 28 mehr erschienen sind als im Jahr davor, noch deutlicher fiel die Steigerung bei den Reprints von 364 auf 575 aus. Diese 433 Original- und britischen Erstveröffentlichungen (letztere in der Regel von US-Autoren, zuletzt vermehrt aber Neuauflagen von Werken britischer Autoren, die ihre Erstveröffentlichung in den USA hatten) setzten sich aus 50 SF-Romanen, 108 Fantasy-Romanen, 22 Horror-Romanen, 13 Anthologien, 22 Storysammlungen, 10 Sekundärwerken, 54 Medien-Titeln, 130 Jugendbüchern, 13 Sammelbänden, 10 Kunstbüchern und einer nicht zuzuordnenden Publikation zusammen. 2001 hatte die Aufteilung noch 66 SF-Romane, 105 Fantasy-Romane, 20 Horror-Romane, 17 Anthologien, 13 Collections, 27 Sachbücher, 51 Medienbücher, 81 Juveniles, 13 Omnibus-Bände und 11 Kunstbücher bei einen nicht zuzuordnenden Titel gelautet.

Damit bot sich ein total anderes Bild als im Vorjahr. Während bei Fantasy-Romanen, Horror-Romanen, Medienbüchern, Sammelbänden und auch Kunstbüchern 2002 in etwa gleich viele oder einige Titel mehr publiziert wurden, diese also ihren Marktanteil in etwa gehalten haben, wurden weit weniger SF-Romane, Anthologien und Sachbücher herausgebracht, die SF hat dabei ihren historischen Tiefststand erreicht. Überproportional gewachsen und somit für das gute Jahresergebnis 2002 verantwortlich sind Storysammlungen und Jugendbücher. Letztere haben sich in der Kategorien-Wertung an die Spitze geschoben und den Fantasy-Roman auf Platz 2 verwiesen.

Bei den ***Verlagen***, die 2002 Genre-Titel herausgebracht haben, bot sich wieder ein sehr abwechslungsreiches Bild mit zum Teil total unterschiedlichen Trendrichtungen. Zur Jahresmitte 2002 änderte **Little, Brown UK**, der Mutterverlag von Warner UK und Orbit, offiziell seinen Namen in **Time Warner UK**, aber das hatte keinen Einfluss auf die Aufteilung des Marktes an sich. Neuer Marktführer war **HarperCollins UK** mit 184 statt 135 Titeln, der den langjährigen bisherigen Leader **Orion/Gollancz** (113 statt 136 Publikationen) von der Spitze verdrängte. Auf Platz 3 vorgestoßen ist **Time Warner/ Orbit** (100 statt 64), gefolgt von **Hodder Headline** (62 statt 59), **Simon & Schuster UK/Pocket/Earthlight** 56 statt 39), **Random UK** (50 statt 45), **Pan MacMillan** (49 statt 31), **Transworld/Bantam** (46 statt 45), **Scholastic**, **Viking/Penguin** und **Black Library**. Alles in allem haben 2002 insgesamt 49 Verlage SF, Fantasy und Horror auf den Markt gebracht, sieben weniger als 2001.

Mit Jahresende 2003 stoppte **Simon & Schuster UK** infolge einer Restrukturierung des Verlages seine SF-Reihe EARTHLIGHT. SF und

Fantasy werden künftig in die Programme von S&S und Pocket integriert.

Auch in England waren ***Serien und Zyklen*** wieder der große Renner. Zumeist handelte es sich um Importe aus den USA oder weltweite internationale Veröffentlichungen, wie beispielsweise die STAR TREK- und STAR WARS-Bände, es gab und gibt aber auch eigenständige britische Projekte:

Sie führt schon seit Jahren ein eigenständiges Leben, obwohl die TV-Serie, auf der sie basiert, schon lange nicht mehr mit neuen Folgen über die Bildschirme geflimmert ist – die Buchreihe zum britischen TV-Phänomen DOCTOR WHO! Zuletzt erschienen in der Hauptreihe THE NEW ADVENTURES die Romane »The Infinity Race« von Simon Messingham (61), »The Domino Effect« von David Bishop (62), »Reckless Engineering« von Nick Walters (63) und »The Last Resort« von Paul Leonard (64). Bei den MISSING ADVENTURES standen zuletzt »Fear of the Dark« von Trevor Baxendale (57), »Blue Box« von Kate Orman (58) und »Loving the Alien« von Mike Tucker & Robert Perry (59) auf dem Programm. Zusätzlich wurde noch die Luxus-Edition DOCTOR WHO NOVELLAS aus der Taufe gehoben. Hier gab es »Ghost Ship« von Keith Topping, »Foreign Devils« von Andrew Cartmel, »Rip Tide« von Louise Cooper, »Wonderland« von Mark Chadbourn, »Shellshock« von Simon L. Forward und »The Cabinet of Light« von Daniel O'Mahony.

Weitergeführt wurden auch die Taschenbuchreihen zu WARHAMMER und WARHAMMER 40000. Zum SF-Spiel WARHAMMER 40000 sind zuletzt die Romane »Straight Silver« von Dan Abnett, »Chaos Child« von Ian Watson, »Warriors od Ultramar« von Graham McNeill, »Shadowpoint« von Gordon Rennie, »Daemon World« von Ben Counter, »Crusade for Armageddon« von Jonathan Green, »Sabbat Martyr« von Dan Abnett, »Crossfire« von Matt Farrer, »Fire Warrior« von Simon Spurrier und »Wulfblade« von William King sowie die Anthologien »Crucible of War« und »Way of the Dead«, beide hrsg. von Marc Gascoigne & Christian Dunn, herausgekommen. Zum Fantasy-Spiel WARHAMMER gab es zuletzt die Romane »Star of Erengrad« von Neil McIntosh, »Storm Warriors« von Brian Craig (ORFEO 3), »The Death and the Damned« von Jonathan Green, »Blood Money« von C. L. Werner, »Mark of Damnation« von James Wallis,

»Rides of the Dead« von Dan Abnett, »Giantslayer« von William King (GOTREK & FELIX 7), »Honour of the Grave« von Robin D. Laws, »Blood and Steel« von C. L. Werner, »Blades of Chaos« von Gav Thorpe und »Taint of Evil« von Neil McIntosh. Zudem gab es auch einen Roman zu JUDGE DREDD: »Dredd vs. Death« von Gordon Rennie.

Darüber hinaus gibt es von den britischen ***Autoren*** und ihren in Großbritannien veröffentlichenden amerikanischen Kollegen Folgendes zu berichten:

Tom Arden – publizierte nach dem OROKON-Fünfteiler jetzt die Schauer-Satire »Shadow Black«.

Neal Asher – neu der SF-Roman »The Line of Polity«.

Anselm Audley – setzte den Fantasy-Zyklus AQUASILVA mit Band 3, »Crusade«, fort.

Cherith Baldry – führte die Leser in »The Relquary Ring« in ein alternatives Venedig.

Stephen Baxter – publizierte den SF-Roman »Evolution« über die Entwicklung der Menschheit bis in fernste Zukunft.

John Gregory Betancourt – startete mit »Roger Zelaznys The Dawn of Amber« eine Vorläufer-Trilogie zum berühmten Fantasy-Epos.

Terry Bisson – Um einen Zeitreise-Roman handelte es sich bei »Dear Abbey«.

Ben Bova – Zur Serie um die Erforschung des Sonnensystems gehört auch Bovas neuer Roman »Saturn«.

Ramsey Campbell – publizierte die Horror-Collection TOLD BY THE DEAD.

Mark Chadbourn – startete mit »The Devil in Green« den Zyklus THE DARK AGE, der eine Fortsetzung der AGE OF MISRULE-Trilogie darstellt.

John Christopher – Die Briten rebellieren gegen die europäische Herrschaft – im SF-Roman »Bad Dream«.

Sir Arthur C. Clarke – verkaufte den neuen SF-Roman »The Last Theorem« an Gollancz und schrieb zusammen mit Stephen Baxter den SF-Roman »Time's Eye«, Start des Zyklus A TIME ODYSSEY.

Michael Cronin – In der Alternativwelt des Romans »Against the Day«, in der Großbritannien von den Nazis beherrscht wird, spielt auch »Through the Night«.

David & Leigh Eddings – starteten mit »The Elder Gods« die Fantasy-Tetralogie THE DREAMERS.

Steven Erikson –In der Welt Malazan spielt auch die eigenständig publizierte Novelle »Blood Follows. Erschienen ist zudem Band 4 der zehnbändigen Saga MALAZAN BOOK OF THE FALLEN, »House of Chains«.

Raymond E. Feist – Gemeinsam mit Steve Sterling schrieb er »Jimmy the Hand«, Band 3 des Zyklus LEGENDS OF RIFTWAR.

Christopher Fowler – Neu der Horror-Krimi »Full Dark House«, in dem Figuren aus »Rune« und »Darkest Day« wieder agieren.

David Gemmell – Druss the Legend ist in »White Wolf«, dem 8. DRENAI-Band, wieder die Hauptfigur.

Mary Gentle – »White Crow« sammelt alle Romane und Stories des gleichnamigen Zyklus.

Michael Gerber – Eine weitere Parodie auf Duweißtschonwen erschien mit »Barry Trotter and the Unnecessary Sequel«, BARRY TROTTER 2.

Jon Courtenay Grimwood – setzte seinen ARABESK-Zyklus nach »Pashazade« und »Effindi« mit »Felaheen« fort.

Peter F. Hamilton – Um den ersten verjüngten Menschen ging es im neuen SF-Roman »Misspent Youth«.

M. John Harrison – kehrte mit »Light« zur SF zurück.

James Herbert – Neu der Horror-Roman »Nobody True«.

Tom Holt – Zuletzt auf den Markt kam »The Portable Door«.

Diana Wynne Jones – veröffentlichte das Fantasy-Jugendbuch »The Merlin Conspiracy«.

Gary Kilworth – setzte seinen Tier-Fantasy-Zyklus um die WELKIN WEASELS mit »Heastward Ho!« (6) fort.

Dean Koontz – Neu der Horror-Roman »By the Light of the Moon«.

Stephen R. Lawhead – legte einen neuen historischen Roman vor: »Patrick – Son of Ireland«.

James Lovegrove – Das UK ist in kleine Enklaven zerfallen – in »Untied Kindom«.

Eric Van Lustbader – Neu der dritte Band der Pentalogie THE PEARL SAGA, »The Cage of Nine Banestones«.

Ken MacLeod – publizierte »Engine City«, Band 3 des Zyklus ENGINES OF LIGHT.

Graham Masterton – veröffentlichte die Dark Fantasy »Hidden World«.

Juliet E. McKenna – startete mit »Southern Fire« den Fantasy-Zyklus THE ALDEBRASHIN COMPASS.

Richard Morgan – publizierte mit »Broken Angels« eine Fortsetzung seines SF-Romans »Altered Carbon«.

Jenny Nimmo – brachte den zweiten CHARLIE BONE-Roman heraus: »The Time Twister«.

Jeff Noon – Eine Frau auf Wanderschaft durch ein surreal verfremdetes England – in »Falling out of Cars«.

Terry Pratchett – veröffentlichte zwei weitere Bände der DISCWORLD-Serie, »The Wee Free Men« und »The Monstrous Regiment«. 2004 folgt »A Hatful of Magic«.

Alastair Reynolds – Zwei zuvor getrennt publizierte Novellen aus dem Universum von REVELATION SPACE wurden zusammengefasst zu »Diamond Dogs, Turquoise Days«.

J. K. Rowling – Der mit Ungeduld erwartete 5. HARRY POTTER-Roman erschien 2003 unter dem Titel »Harry Potter and the Order of the Phoenix«.

Martin Scott – Unter diesen Pseudonym publizierte Martin Millar die humorvolle Fantasy-Serie um den Ermittler Thraxas, zuletzt »Thraxas at War« (7).

Darren Shan – Die Horror-Jugendbuchserie, die Darren O'Shaughnessy unter diesem Pseudonym um den gleichnamigen Protagonisten publiziert, wurde weitergeführt mit »Allies of the Night« (8) und »Killers of the Dawn« (9).

Robert Silverberg – legte mit »Legends II« eine weitere Originalanthologie mit Stories aus bekannten Fantasy-Zyklen und Serien vor.

Norman Spinrad – publizierte den Fantasy-Roman »The Druid King«.

Kate Thompson – »Origins« beendet die SF-Jugendbuch-Trilogie, die mit »The Missing Link« und »Only Human« begann.

Freda Warrington – Neu der in einem alternativen England spielende Fantasy-Roman »The Court of the Midnight King«.

Jane Welch – schloss die BOOK OF MAN-Trilogie, die Fortsetzung von THE BOOK OF ÖND, mit »The Allegiance of Man« ab.

David Zindell – führte den EA-Zyklus mit »Lord of Lies« weiter.

In Großbritannien war die Lage auf dem ***Magazinmarkt*** 2002/2003 nicht ganz so unerfreulich wie in den USA. Großer Lichtblick war einmal mehr das monatlich erscheinende SF-Magazin **INTERZONE**, ein hervorragendes großformatiges Magazin, das unter der bewährten Federführung von David Pringle in gewohnter Top-Qualität und Aufmachung präsentiert wurde und in dem im gewohnten Mix wieder Beiträge von Nachwuchsautoren und renommierten bekannten SF-Größen zu finden waren. 2002 sind davon aber nur zehn Ausgaben erschienen. Auch das 1997 vom Spiele-Hersteller Games Workshop gestartete Magazin **INFERNO!** konnte sich auf dem schwierigen Mark behaupten, in erster Linie vermutlich deshalb, weil Herausgeber Andy Jones & Marc Gascoigne in jeder der im Zwei-Monats-Rhythmus erscheinenden Ausgaben Stories und Comics zu den beliebten GW-Spielen, vor allem zu WARHAMMER und WARHAMMER 40000, präsentierten. Neu aus der Taufe gehoben wurde das SF-Magazin **3SF**, hrsg. von Liz Holliday, das zweimonatlich erscheint und Stories bekannter Autoren, Interviews, Rezensionen enthält. 2002 sind zwei Ausgaben herausgebracht worden.

Erwähnenswert sind auch das semiprofessionelle Magazin **THE THIRD ALTERNATIVE**, hrsg. von Andy Cox, von dem 2002 insgesamt vier Ausgaben publiziert wurden, mit Kurzgeschichten und Interviews, sowie das ebenfalls sehr interessante **SPECTRUM SF** aus Schottland, herausgegeben von Paul Fraser, mit zwei Neuerscheinungen 2002. Der Vollständigkeit halber seien noch die beiden kanadischen SF-Magazine **ON SPEC** (4 Ausgaben) und **CHALLENGING DESTINY** (2 Nummern) sowie **AUREALIS** aus Australien (2 Mags) erwähnt.

2002/2003 hatte die britische Szene auch einige ***Todesfälle*** zu beklagen:

Die englische Jugendbuchautorin Mary Aline Siepmann, die unter dem Pseudonym **Mary Wesley** veröffentlichte, starb am 30. Dezember 2002 in ihrem Haus in Totnes, Devon. Sie war 90 Jahre alt. Zum Genre steuerte sie drei phantastische Kinderbücher und einen Roman bei: das SF-Jugendbuch »The Sixth Seal« (1969), die Fantasy-Romane »Speaking Terms« (1969) und »Haphazard House« (1982) sowie »Jumping the Queue« (1982).

Am 11. Oktober 2003 starb die britische Kinder- und Jugendbuchautorin **Vivian Alcock** im Alter von 79 Jahren in London. Sie begann erst spät zu schreiben, ihr erstes Buch, »The Haunting of Castle Palmer«, erschien 1980. Mehr als zwanzig SF-, Fantasy- und Kriminalromane folgten.

Preise – Preise – Preise

2002 PRIX UTOPIA

(verliehen auf dem internationalen SF-Festival in Nantes, Frankreich)

LEBENSWERK: Robert Silverberg

15TH ANNUAL COLLECTORS AWARD 2002

(alljährlich verliehen von der Spezialbuchhandlung Barry Levin für den sammelnswertesten Autor und das sammelwürdigste Buch)

AUTOR: Neil Gaiman
VERLAG: Crossroads Press für
Nancy A. Collins, DEAD ROSES FOR A BLUE LADY

PREMIO UPC DE CIENCA FICCION 2002

(alljährlicher SF-Kurzgeschichtenwettbewerb der UNIVERSIDAD POLITECNICA DE CATALUNYA in Barcelona)

Pablo Vilasenor, ESCAMAS DE CRISTAL zusammen mit
Alejandro Javier Alonso, LA RUTA A TRASCENENCIA

2002 TIPTREE AWARD, JR MEMORIAL AWARD

(für SF- und Fantasy-Titel, die geschlechtsspezifische Rollen erforschen und erweitern)

PREISTRÄGER: M. John Harrison, LIGHT zusammen mit
John Kessel, STORIES FOR MEN
LISTE DER JURY: Eleanor Arnason, KNAPSACK POEMS
Ted Chiang, LIKING WHAT YOU SEE: A DOCUMENTARY

John Clute, APPLESEED
Karen Joy Fowler, WHAT I DIDN'T SEE
Gregory Frost, MADONNA OF THE MAQUILADORA
Shelley Jackson, THE MELANCHOLY OF ACADEMY
Larissa Lai, SALT FISH GIRL

2002 NEBULA AWARDS

(die Preise der amerikanischen SF-Autorenvereinigung SFWA)

BESTER ROMAN: Neil Gaiman, AMERICAN GODS
FINALISTEN: Kelley Eskridge, SOLITAIRE
Ursula K. Le Guin, THE OTHER WIND
Robert A. Metzger, PICOVERSE
China Miéville, PERDIDO STREET STATION
Michael Swanwick, BONES OF THE EARTH
BESTE NOVELLE: Richard Chwedyk, BRONTE'S EGG
FINALISTEN:
Adam-Troy Castro, SUNDAY NIGHT YAMS AT MINNIE AND EARL'S
Andy Duncan, THE CHIEF DESIGNER
Charles Coleman, THE POLITICAL OFFICER
Bud Sparhawk MAGIC'S PRICE
BESTE ERZÄHLUNG: Ted Chiang, HELL IS THE ABSENCE OF GOD
FINALISTEN: M. Shayne Bell, THE PAGODAS OF CIBOURE
Richard Bowes, THE FERRYMAN'S WIFE
Gregory Frost, MADONNA OF THE MAQUILADORA
Allen Steele, THE DAYS BETWEEN
Charles Stross, LOBSTERS
BESTE KURZGESCHICHTE: Carol Emshwiller, CREATURE
FINALISTEN: Jeffrey Ford, CREATOR
Megan Lindholm, CUT
Jack McDevitt, NOTHING EVER HAPPENS IN ROCK CITY
Tim Pratt, LITTLE GODS
Michael Swanwick, THE DOG SAID BOW-WOW
BESTES DREBUCH: Fran Walsh, Philippa Boyens & Peter Jackson, THE LORD OF THE RING: THE FELLOWSHIP OF THE RING
GRAND MASTER AWARD: Ursula K. Le Guin
AUTOR EMERITUS: Katherine MacLean

2002 PHILIP K. DICK AWARD

(für den besten Roman in Taschenbuch-Erstveröffentlichung)

PREISTRÄGER: Carol Emshwiller, THE MOUNT
SPEZIELLE ERWÄHNUNG: China Miéville, THE SCAR
NOMINIERT: Kay Kenyon, MAXIMUM ICE
Karin Lowachee, WARCHILD
Jeff VanderMeer & Forrest Aguirre, eds., LEVIATHAN, VOLUME THREE
Liz Williams, EMPIRE OF BONES
Carol Emshwiller, REPORT TO THE MEN'S CLUB AND OTHER STORIES

2002 SAPPHIRE AWARD

(vergeben für den besten romantischen SF-Roman von SCIENCE FICTION ROMANCE)

ROMAN: Susan Grant, CONTACT
2. PLATZ: Megan Sybil Baker, AN ACCIDENTAL GODDESS
3. PLATZ: Charlaine Harris, LIVING DEAD IN DALLAS
ERZÄHLUNG: Susan Grant, THE DAY HER HEART STOOD STILL
2. PLATZ: Emma Holly, LUISA'S DESIRE
3. PLATZ: Sherrilyn Kenyon, DRAGONSWAN

2002 AUREALIS AWARDS

(australische Genre-Preise, verliehen vom SF-Magazin AUREALIS)

SF-ROMAN: Damien Broderick, TRANSCENSION
SF-KURZGESCHICHTE: Sean McMullen, WALK TO THE FULL MOON
FANTASY-ROMAN:
Sean Williams, THE STORM WEAVER AND THE SAND
FANTASY-KURZGESCHICHTE: nicht vergeben
HORROR-ROMAN: A. L. McCann, THE WHITE BODY OF EVENING
HORROR-KURZGESCHICHTE: Kim Westwood, ORACLE
JUGEND-ROMAN: Sophie Masson, THE HAND OF GLORY
JUGEND-KURZGESCHICHTE: nicht vergeben
ROMAN FÜR KINDER:
Gabriele Wang, IN THE GARDEN OF EMPRESS CASSIA
KURZGESCHICHTE FÜR KINDER:
Anna Fienberg & Kim Gamble, TASHI AND THE HAUNTED HOUSE

2002 BSFA AWARDS

(die auf dem EasterCon verliehenen Preise der BRITISH SCIENCE FICTION ASSOCIATION)

BESTER ROMAN: Christopher Priest, THE SEPARATION
FINALISTEN:
Jon Courtenay Grimwood, EFFENDI: THE SECOND ARABESK
M. John Harrison, LIGHT
Gwyneth Jones, CASTLES MADE OF SAND
China Miéville, THE SCAR
Kim Stanley Robinson, THE YEARS OF RICE AND SALT
BESTE ERZÄHLUNG: Neil Gaiman, CORALINE
FINALISTEN: Greg Egan, SINGLETON
Sean McMullen, VOICE OF STEEL
Paul Park, IF LIONS COULD SPEAK
Charles Stross, ROUTER
Michael Swanwick, FIVE BRITISH DINOSAURS

2003 ARTHUR C. CLARKE AWARD

(für den besten im Vorjahr in Großbritannien veröffentlichten SF-Roman)

PREISTRÄGER: Christopher Priest, THE SEPARATION
FINALISTEN: David Brin, KILN PEOPLE
M. John Harrison, LIGHT
China Miéville, THE SCAR
Elizabeth Moon, SPEED OF DARK
Kim Stanley Robinson, THE YEARS OF RICE AND SALT

2003 DITMAR AWARDS

(die alljährlich verliehenen SF-Preise Australiens)

ROMAN: Sean Williams & Shane Dix, ECHOES OF EARTH
ERZÄHLUNG:
Deborah Biancotti, KING OF ALL AND THE METAL SENTINEL
ANTHOLOGIE/COLLECTION:
Cat Sparks, ed., AGOG! FANTASTIC FICTION

2002 BRAM STOKER AWARD

(die alljährlichen Preise der US-Horror-Autorenvereinigung HWA)

ROMAN: Tom Piccirilli, THE NIGHT CLASS
FINALISTEN: Douglas Clegg, THE HOUR BEFORE DARK
Stephen King, FROM A BUICK 8
Chuck Palahniuk, LULLABY
Alice Sebold, THE LOVELY BONES
DEBÜTROMAN: Alice Sebold, THE LOVELY BONES
ERZÄHLUNG: Brian A. Hopkins, EL DIA DE LOS MUERTOS
zusammen mit
Thomas Ligotti, MY WORK IS NOT YET DONE
FINALISTEN: Paul Finch, CAPE WRATH
Neil Gaiman, CORALINE
David B. Silva, THE ORIGIN
KURZGESCHICHTE:
Tom Piccirilli, THE MISFIT CHILD GROWS FIT ON DESPAIR
FINALISTEN: Mort Castle, DISAPPEARANCES
Christopher Fowler, THE GREEN MAN
Charlee Jacob, THE PLAGUE SPECIES
China Miéville, DETAILS
COLLECTION: Ray Bradbury, ONE MORE FOR THE ROAD
ANTHOLOGIE: John Pelan, ed., THE DARKER SIDE
SACHBUCH: Ramsey Campbell, RAMSEY CAMPBELL, PROBABLY
JUGENDBUCH: Neil Gaiman, CORALINE
LIFETIME ACHIEVEMENT AWARD: Stephen King und **J. N. Williamson**

15TH ANNUAL LAMBDA LITERARY AWARDS 2003

(von der LAMBDA LITERARY FOUNDATION vergeben für Beiträge zur Homosexuellen- und Lesbenliteratur, darunter auch in der Kategorie SF & Fantasy)

PREISTRÄGER SF/FANTASY/HORROR:
Michael Rowe, ed., QUEER FEAR II
FINALISTEN: Jatherine V. Forrest, DAUGHTERS OF AN AMBER MOON
Laura Adams, SEEDS OF FIRE
Randy Boyd, THE DEVIL INSIDE
Cecilia Tan, ed., WIRED HARD 3

2003 INTERNATIONAL HORROR GUILD AWARDS

(Horror- und Dark-Fantasy-Preis, von Nancy Collins initiiert)

ROMAN: Dan Simmons, A WINTER HAUNTING
FINALISTEN: Ramsey Campbell, THE DARKEST PART OF THE WOODS
Douglas Clegg, THE HOUR BEFORE DARK
John Connolly, THE KILLING KIND
Gregory Frost, FITCHER'S BRIDES
Stephen King, FROM A BUICK 8
DEBÜTROMAN: Alexander C. Irvine, A SCATTERING OF JADES
NOVELLE: Thomas Ligotti, MY WORK IS NOT YET DONE
FINALISTEN: Peter Crowther, BREATHING IN FACES
Neil Gaiman, CORALINE
Brian Hopkins, EL DIA DE LOS MUERTOS
John Langan, MR. GAUNT
ERZÄHLUNG: Dale Bailey, DEATH AND SUFFRAGE und
Elizabeth Hand, PAVANE FOR A PRINCE OF THE AIR
KURZGESCHICHTE: Don Tumasonis, PROSPECT CARDS
COLLECTION: Chet Williamson, FIGURES IN RAIN
ANTHOLOGIE: Stephen Jones & David Sutton, eds., DARK TERRORS 6
SACHBUCH: Ramsey Campbell, RAMSEY CAMPBELL, PROBABLY

2003 LOCUS AWARDS

(der amerikanischen SF-Fachzeitschrift LOCUS)

BESTER SF-ROMAN:
Kim Stanley Robinson, THE YEARS OF RICE AND SALT
2. PLATZ: David Brin, KILN PEOPLE
3. PLATZ: Michael Swanwick, BONES OF THE EARTH
4. PLATZ: Alastair Reynolds, REDEMPTION ARK
5. PLATZ: Allen Steele, COYOTE
BESTER FANTASY-ROMAN: China Miéville, THE SCAR
2. PLATZ: Terry Pratchett, NIGHT WATCH
3. PLATZ: Dan Simmons, A WINTER HAUNTING
4. PLATZ: Jonathan Carroll, WHITE APPLES
5. PLATZ: Jacqueline Carey, KUSHIEL'S CHOSEN
BESTER DEBÜT-ROMAN:
Alexander C. Irvine, A SCATTERING OF JADES
BESTER ROMAN FÜR JUGENDLICHE: Neil Gaiman, CORALINE
2. PLATZ: Clive Barker, ABARAT
3. PLATZ: Michael Chabon, SUMMERLAND

4. PLATZ: Diane Duane, A WIZARD ALONE
5. PLATZ: Nancy Farmer, HOUSE OF THE SCORPION
BESTE NOVELLE: China Miéville, THE TAIN
2. PLATZ: Ursula K. Le Guin, PARADISE LOST
3. PLATZ: Paul Di Filippo, A YEAR IN LINEAR CITY
4. PLATZ: Charles de Lint, SEVEN WILD SISTERS
5. PLATZ: John Kessel STORIES FOR MEN
BESTE ERZÄHLUNG: Ursula K. Le Guin, THE WILD GIRLS
2. PLATZ: Ted Chiang, LIKING WHAT YOU SEE: A DOCUMENTARY
3. PLATZ: Gene Wolf & Neil Gaiman, A WALKING TOUR OF THE SHAMBLES
4. PLATZ: Michael Swanwick, SLOW LIFE
5. PLATZ: Charles Stross, HALO
BESTE KURZGESCHICHTE: Neil Gaiman, OCTOBER IN THE CHAIR
2. PLATZ: Jeffrey Ford, CREATION
3. PLATZ: China Miéville, FAMILIAR
4. PLATZ: Michael Swanwick, THE LITTLE CAT LAUGHED TO SEE SUCH SPORT
5. PLATZ: Bruce Sterling, IN PARADISE punktegleich mit Stephen Baxter, THE HUNTERS OF PANGAEA
BESTES SACHBUCH: Bruce Sterling, TOMORROW NOW: ENVISIONING THE NEXT 50 YEARS
BESTES KUNSTBUCH: Caathy & Arnie Fenner, eds., SPECTRUM 9: THE BEST IN CONTEMPORARY FANTASTIC ART
BESTE COLLECTION: Ted Chiang, STORIES OF YOUR LIFE AND OTHERS
BESTE ANTHOLOGIE: Gardner Dozois, ed., THE YEARS BEST SCIENCE FICTION: NINETEENTH ANNUAL COLLECTION
BESTER KÜNSTLER: Bob Eggleton
BESTER HERAUSGEBER: Gardner Dozois
BESTES MAGAZIN: THE MAGAZINE OF FANTASY & SCIENCE FICTION
BESTER VERLAG: Tor

2003 JOHN W. CAMPBELL MEMORIAL AWARD

(für den besten SF-Roman des Vorjahres, von einer Jury unter James Gunn ermittelt)

PREISTRÄGER: Nancy Kress, PROBABILITY SPACE
2. PLATZ: David Brin, KILN PEOPLE
3. PLATZ: Robert J. Sawyer, HOMINIDS

2003 THEODORE STURGEON MEMORIAL AWARD

(für die beste SF-Story des Vorjahres, ermittelt von einer Jury unter James Gunn)

PREISTRÄGER: Lucius Shepard, OVER YONDER
2. PLATZ: Richard Chwedyk, BRONTE'S EGG
3. PLATZ: Greg Egan, SINGLETON

2003 MYTHOPOEIC FANTASY AWARDS

(der MYTHOPOEIC FANTASY SOCIETY für Werke in der Inklings-Tradition)

FANTASY AWARD – ERWACHSENENLITERATUR:
Patricia A. McKillip, OMBRIA IN SHADOW
FINALISTEN: Ted Chiang, STORIES OF YOUR LIFE
Nina Kirki Hoffman, A FISTFUL OF SKY
Ellen Kushner & Delia Sherman, THE FALL OF KINGS
FANTASY AWARD – JUGENDLITERATUR:
Michael Chabon, SUMMERLAND
FINALISTEN: Holly Black, TITHE: A MODERN FAERIE TALE
Nancy Farmer, HOUSE OF THE SCORPION
Neil Gaiman, CORALINE
Vivian Vande Velde, HEIR APPARENT

KURD LASSWITZ PREIS 2003

(der Preis der deutschen SF-Schaffenden)

BESTER SF-ROMAN: Michael Marrak, IMAGON
2. PLATZ: Marcus Hammerschmitt, POLYPLAY
3. PLATZ: Oliver Henkel, KAISERTAG
4. PLATZ: Birgit Rabisch, UNTER MARKENMENSCHEN
5. PLATZ: Andreas Eschbach, PERFECT COPY
BESTE SF-KURZGESCHICHTE:
Erik Simon, SPIEL BEENDET, SAGTE DER SUMPF
2. PLATZ: Klaus Geus als Nessun Saprá, NOCH EIN PILS, BRUNO
3. PLATZ: Florian F. Marzin, DIE WELT IST EINE WAHRSCHEINLICHKEIT
4. PLATZ: Arno Behrend, SMALL TALK
5. PLATZ: Andreas Eschbach, EINE UNBERÜHRTE WELT
BESTER AUSLÄNDISCHER SF-ROMAN:
China Miéville, DIE FALTER/DER WEBER

2. PLATZ: Christopher Priest, DIE AMOK-SCHLEIFE
3. PLATZ: Robert Charles Wilson, DARWINIA
4. PLATZ: Joe Haldeman, AM ENDE DES KRIEGES
5. PLATZ: Michael Crichton, BEUTE
BESTE ÜBERSETZUNG: Eva Bauche-Eppers für China Miéville, DIE FALTER/DER WEBER
2. PLATZ: Horst Pukallus für Norman Spinrad, DIE TRANSFORMATION
3. PLATZ: Martin Gilbert für Stephen Baxter, ZEIT. DAS MULTIVERSUM 1
BESTE GRAPHIK: Thomas Thiemeyer für Titelbild zu Ben Bova, JUPITER
BESTES HÖRSPIEL: kein Preis
SONDERPREIS FÜR HERAUSRAGENDE LEISTUNGEN:
Hans-Peter Neumann für DIE GROSSE ILLUSTRIERTE BIBLIOGRAPHIE DER SCIENCE FICTION IN DER DDR (sowie für seine fortwährende Arbeit an diesem speziellen Fachgebiet durch Supplementbände und Publikationen in Zeitschriften und Almanachen)

2003 HUGO AWARDS

(die Preise der amerikanischen SF-Fans)

BESTER ROMAN: Robert J. Sawyer, HOMINIDS
2. PLATZ: David Brin, KILN PEOPLE
3. PLATZ: Michael Swanwick, BONES OF THE EARTH
4. PLATZ: China Miéville, THE SCAR
5. PLATZ: Kim Stanley Robinson, THE YEARS OF RICE AND SALT
BESTE NOVELLE: Neil Gaiman, CORALINE
2. PLATZ: Richard Chwedyk, BRONTE'S EGG
3. PLATZ: Ian R. MacLeod, BREATHMOSS
BESTE ERZÄHLUNG: Michael Swanwick, SLOW LIFE
2. PLATZ: Ursula K. Le Guin, THE WILD GIRLS
3. PLATZ: Charles Stross, HALO
BESTE KURZGESCHICHTE: Geoffrey A. Landis, FALLING ONTO MARS
2. PLATZ: Michael Swanwick, »HELLO« SAID THE STICK
3. PLATZ: Michael Swanwick, THE LITTLE CAT LAUGHED TO SEE SUCH SPORT
BESTES SACHBUCH: Judith Merrill & Emily Pohl-Weary, BETTER TO HAVE LOVED: THE LIFE OF JUDITH MERRILL
BESTES TV-STÜCK: BUFFY, THE VAMPIRE SLAYER: CONVERSATIONS WITH DEAD PEOPLE
BESTER FILM: THE LORD OF THE RINGS: THE TWO TOWERS
BESTER HERAUSGEBER: Gardner Dozois
BESTER KÜNSTLER: Bob Eggleton

2003 JOHN W. CAMPBELL AWARD

(für den besten Nachwuchsautor)

PREISTRÄGER: Wen Spencer

2003 PROMETHEUS AWARD

(der LIBERTARIAN FUTURIST SOCIETY für einen neuen Roman, in dem liberales Ideengut vertrieben wird)

PREISTRÄGER: Terry Pratchett, NIGHT WATCH
FINALISTEN: Greg Egan, SCHILD'S LADDER
Ken MacLeod, DARK LIGHT
J. Neil Schulman, ESCAPE FROM HEAVEN
F. Paul Wilson, THE HAUNTED AIR

2003 PROMETHEUS HALL OF FAME AWARD

(verliehen von der LIBERTARIAN FUTURIST SOCIETY für ein klassisches SF-Werk, in dem die Prinzipien des Liberalismus einen hohen Stellenwert einnehmen)

PREISTRÄGER: Robert A. Heinlein, REQUIEM
FINALISTEN: Anthony Burgess, A CLOCKWORK ORANGE
C. S. Lewis, THAT HIDEOUS STRENGTH
Sinclair Lewis, IT CAN'T HAPPEN HERE
J. R. R. Tolkien, THE LORD OF THE RINGS

2003 SIDEWISE AWARDS

(für die besten Alternativweltgeschichten in Lang- und Kurzform)

BESTER ROMAN: Martin J. Gidron, THE SEVERED WING zusammen mit **Harry Turtledove, RULED BRITANNIA**
FINALISTEN: Gary L. Blackwood, THE YEAR OF THE HANGMAN
Christopher Priest, THE SEPARATION
S. M. Stirling, THE PESHAWAR LANCERS
BESTE ERZÄHLUNG: William Sanders, EMPIRE
FINALISTEN: Charles Coleman, WE COME NOT TO PRAISE WASHINGTON
John Kessel, THE INVISIBLE EMPIRE
Robert Silverberg, WITH CAESAR IN THE UNDERWORLD
Walter Jon Williams, THE LAST RIDE OF GERMAN FREDDIE

2003 PRIX AURORA

(die SF- und Fantasy-Preise Kanadas, vergeben von der CANADIAN SCIENCE FICTION AND FANTASY ASSOCIATION))

BESTES LANGWERK IN ENGLISCH: Karl Schroeder, PERMANENCE
FINALISTEN: Juliet E. Czerneda, TO TRADE THE STARS
Karin Lowachee, WARCHILD
Robert J. Sawyer, HOMINIDS
Edo van Belkom, MARTYRS
BESTES LANGWERK IN FRANZÖSISCH:
Jean-Louis Trudel, LE REVENANT DE FOMALHAUT
BESTES KURZWERK IN ENGLISCH: Robert J. Sawyer, INELUCTABLE
BESTES KURZWERK IN FRANZÖSISCH:
Sylvie Bérard, LA GUERRE SANS TEMPS

2003 GAYLACTIC NETWORK SPECTRUM AWARDS

(für die besten Veröffentlichungen, in denen gleichgeschlechtliche Liebe positiv beschrieben wird)

BESTER ROMAN: Laurie Marks, FIRE LOGIC
BESTE KURZGESCHICHTE:
Sarah Monette, THREE LETTERS FROM THE QUEEN OF ELFLAND
BESTES ANDERES WERK: Michael Rowe, ed., QUEER FEAR II
HALL OF FAME:
Suzy McKee Charnas, THE HOLDFAST CHRONICLES (Zyklus)
Ursula K. Le Guin, THE LEFT HAND OF DARKNESS
Melissa Scott, SHADOW MAN
Diane Duane, THE TALE OF FIVE (Zyklus)

EUROPEAN SCIENCE FICTION SOCIETY AWARDS 2003

(die alljährlichen Preise der ESFS)

BESTER AUTOR: Sergej Lukianenko
BESTER ÜBERSETZER: Michel Jukuszewski und Rafael Marin
BESTER FÖRDERER: Ivan Krumov
BESTES MAGAZIN: GALAXIA
BESTER VERLEGER: NOWA und Kuasar
BESTER KÜNSTLER: Maurizio Manzieri

2003 SUNBURST AWARD

(für kanadische AutorInnen, 2001 erstmals vergeben)

PREISTRÄGER: Nalo Hopkinson, SKIN FOLK
FINALISTEN: Paulette Dubé, TALON
Larissa Lai, SALT FISH GIRL
Karl Schroeder, PERMANENCE
Paul Yee, DEADS MAN'S GOLD

DEUTSCHER FANTASY-PREIS

(seit 1979 alljährlich verliehener Preis, mit dem der ERSTE DEUTSCHE FANTASY CLUB Verdienste von Persönlichkeiten um die Fantasy-Literatur im deutschsprachigen Raum würdigt)

PREISTRÄGER 2002: Jörg Weigand für seine bahnbrechende Erforschung des Pseudonymwesens und der Leihbuchkultur sowie für seine unzähligen Artikel, in denen er die phantastische Literatur in all ihren Facetten beleuchtete.

PREISTRÄGER 2003: Gerhard Braunsperger und Christian Bildner für die Gründung des eBook-Verlags »Readersplanet«, mit der sie der phantastischen Literatur ein zukunftsweisendes Medium erschlossen und damit auch längst vergriffene Titel dem heutigen Publikum wieder zugänglich machten.

PHANTASTIK-PREIS DER STADT WETZLAR

(seit 1983 im Rahmen der »Wetzlarer Tage der Phantastik« vergebener, von einer Jury ermittelter und mit € 4000,- dotierter Preis für das beste phantastische Buch der vergangenen zwölf Monate)

PREISTRÄGER 2002: Jürgen Lodemann, SIEGFRIED UND KRIEMHILD
PREISTRÄGER 2003: Zoran Drvenkar, SAG MIR, WAS DU SIEHST

2003 BRITISH FANTASY AWARDS

(der BRITISH FANTASY SOCIETY)

BESTER ROMAN/AUGUST DERLETH AWARD:
China Miéville, THE SCAR
FINALISTEN: Ramsey Campbell, THE DARKEST PART OF THE WOODS

Jonathan Carroll, WHITE APPLES
Mark Chadbourn, THE DEVIL IN GREEN
Graham Joyce, THE FACTS OF LIFE

BESTE ERZÄHLUNG:
Mark Chadbourn, THE FAIRY FELLER'S MASTER STROKE
FINALISTEN: Paul Finch, CAPE WRAITH
Andrew Humphrey, OPEN THE BOX
China Miéville, THE TAIN
Michael Moorcock, FIRING THE CATHEDRAL

BESTE COLLECTION:
Ramsey Campbell, RAMSEY CAMPBELL, PROBABLY

BESTE ANTHOLOGIE: Stephen Jones, ed., KEEP OUT THE NIGHT

BESTER KÜNSTLER: Les Edwards

SPEZIALPREIS/KARL EDWARD WAGNER AWARD: Alan Garner

DEUTSCHER SCIENCE FICTION PREIS 2002

(alljährlich verliehen vom SCIENCE FICTION CLUB DEUTSCHLAND, ermittelt von einer Jury)

BESTER ROMAN: Oliver Henkel, KAISERTAG
2. PLATZ: Markus Hammerschmitt, POLYPLAY
3. PLATZ: Michael Marrak, IMAGON
4. PLATZ: Birgit Rabisch, UNTER MARKENMENSCHEN
5. PLATZ: Andreas Eschbach, PERFECT COPY
6. PLATZ: Andreas Eschbach, EXPONENTIALDRIFT (Zeitungsversion)

BESTE ERZÄHLUNG: Arno Behrend, SMALL TALK
2. PLATZ: Marc-Ivo Schubert, DIE FLUCHT
3. PLATZ: Thorsten Küper, NEUM ...
4. PLATZ: Fabian Vogt, DER GARTEN
5. PLATZ: Uwe Neuhold, PHOTOMAT

DEUTSCHER PHANTASTIK-PREIS 2003

(der Leser des Online-Dienstes PHANTASTIK.DE)

BESTER ROMAN/NATIONAL:
Monika Felten, DIE MACHT DES ELFENFEUERS
2. PLATZ: Kai Meyer, DAS GLÄSERNE WORT
3. PLATZ: Michael Marrak, IMAGON
4. PLATZ: Hubert Haensel, PERRY RHODAN KOSMOS-CHRONIKEN 2: ALASKA SAEDELAERE

5. PLATZ: Jo Zybell, MADDRAX 3: DER SCHWARZE FEIND
BESTER DEBÜTROMAN: Markus Heitz, SCHATTEN ÜBER ULLDART
2. PLATZ: Alexander Lohmann, DAS SCHWARZE AUGE: DIE MÜHLEN DER TRÄNEN
3. PLATZ: Markus Tillmanns, DAS SCHWARZE AUGE: DAS DAIMONICON
4. PLATZ: Horst Hermann Boehlke, SEELENFLUCHT
5. PLATZ: Achim Mechler, SYLKE
BESTER ROMAN INTERNATIONAL:
Stephen King & Peter Straub, DAS SCHWARZE HAUS
2. PLATZ: Michael Crichton, BEUTE
3. PLATZ: James A. Owen, DIE EWIGE BIBLIOTHEK
4. PLATZ: Joe Haldeman, AM ENDE DES KRIEGES
5. PLATZ: Robert Charles Wilson, DARWINIA
BESTE KURZGESCHICHTE: Michael Marrak, NUMINOS
2. PLATZ: Kai Meyer, NUN SCHWEB MIT MIR, MEIN AMETHYST
3. PLATZ: Andreas Eschbach, UNERLAUBTE WERBUNG
4. PLATZ: Andreas Gruber, MESMERISTISCHE EXPERIMENTE
5. PLATZ: Florian F. Marzin, WAS VON UNS BLEIBT ...
BESTE ORIGINAL-ANTHOLOGIE/COLLECTION:
Gerd Frey, DUNKLE SONNE
2. PLATZ: David Kenlock (Hrsg.), ALTE GÖTTER STERBEN NICHT
3. PLATZ: Ronald M. Hahn, Michael Iwoleit & Helmuth W. Mommers (Hrsg.), NOVA 1
4. PLATZ: Markus Korb (Hrsg.), JENSEITS DES HAUSES USHER
5. PLATZ: Michael Nagula (Hrsg.), FEUERATEM
BESTE SERIE: PERRY RHODAN
AUTOR DES JAHRES – INLAND: W. K. Giesa
AUTOR DES JAHRES – INTERNATIONAL: J. K. Rowling
BESTER FILM: DER HERR DER RINGE: DIE ZWEI TÜRME
BESTE TV-SERIE: BUFFY
BESTES HÖRSPIEL/HÖRBUCH:
H. P. LOVECRAFTS BIBLIOTHEK DES SCHRECKENS 1

2003 WORLD FANTASY AWARDS

(alljährlich von einer Jury ermittelt)

ROMAN: Graham Joyce, THE FACTS OF LIFE zusammen mit
Patricia A. McKillip, OMBRIA IN SHADOW
FINALISTEN: Jeffrey Ford, THE PORTRAIT OF MRS. CHARBOUQUE
Gregory Frost, FITCHER'S BRIDES
China Miéville, THE SCAR

ERZÄHLUNG: Zoran Zivkovic, THE LIBRARY
FINALISTEN: Charles de Lint, SEVEN WILD SISTERS
Paul Di Filippo, A YEAR IN THE LINEAR CITY
Neil Gaiman, CORALINE
Elizabeth Hand, THE LAST TRUMPS
KURZGESCHICHTE: Jeffrey Ford, CREATION
FINALISTEN: Jeffrey Ford, THE WEIGHT OF WORDS
Neil Gaiman, OCTOBER IN THE CHAIR
Stephen Gallagher, LITTLE DEAD GIRL SINGING
William Browning Spencer, THE ESSAYIST IN THE WILDERNESS
ANTHOLOGIE: Ellen Datlow & Terri Windling, eds., THE GREEN MAN: TALES FROM THE MYTHIC FOREST zusammen mit **Jeff VanderMeer & Forrest Aguirre, eds., LEVIATHAN 3**
COLLECTION: Jeffrey Ford, THE FANTASY WRITER'S ASSISTANT AND OTHER STORIES
KÜNSTLER: Tom Kidd

GRAND PRIX DE L'IMAGINAIRE 2004

(französischer SF-Preis)

FRANZÖSISCHER ROMAN: Fabrice Colin, DREAMARICANA
AUSLÄNDISCHER ROMAN: Robert Holdstock, CELTICA
FRANZÖSISCHE KURZGESCHICHTE: Jean-Jacques Girardot, DEDALES VIRTUELS
AUSLÄNDISCHE KURZGESCHICHTE/COLLECTION: Peter S. Beagle, THE RHINOCEROS WHO QUOTED NIETZSCHE

2003 ENDEAVOUR AWARD

(für das SF- oder Fantasy-Werk eines Autors, der im pazifischen Nordwesten der USA lebt)

PREISTRÄGER: Steven Barnes, LION'S BLOOD zusammen mit **Kristine Kathryn Rusch, THE DISAPPEARED**
FINALISTEN: Louise Marley, THE MASQUERADE
Kelley Eskridge, SOLITAIRE
Syne Mitchell, TECHNOGENESIS

BIBLIOGRAFIE

Phantastische Literatur im Wilhelm Heyne Verlag 2003

von Werner Bauer

ABKÜRZUNGSVERZEICHNIS

A	Anthologie (Sammlung von Erzählungen verschiedener Autoren)
ANTH	Heyne Anthologie
AR	Heyne Allgemeine Reihe
Ausw.	Auswahl
Bd.	Band
C	Collection (Sammlung von Erzählungen eines Autors)
CO/A	Collection/deutsche Originalausgabe, die in dieser Zusammenstellung in der Sprache des Verfassers nicht erschienen ist
DIA	Diana Taschenbücher
F.	Folge
FB	Heyne Filmbibliothek
HAF	HaffmansKriminalromane (HaffmansTaschenbuch bei Heyne)
HC	Heyne Hardcover (Belletristik)
HC/S	Heyne Hardcover Sachbuch
Hrsg.	Herausgeber
HSB	Heyne Sachbuch
in Vorb.	in Vorbereitung
JB	Heyne Jubiläumsbände
JUM	Heyne Jumbobände
MINI	Heyne MINI
NA	Neuauflage
NN	Nomen Nescio (Name nicht bekannt)
o.J.	ohne Angabe des Publikationsjahres
PAV	Pavillon

PIA	Piazza
PRh	Perry Rhodan
PRhA	Perry Rhodan Andromeda
PRhO	Perry Rhodan Odyssee
SP	Heyne Sonderproduktion
TdM	Tip/Tipp des Monats
UB	Die Unheimlichen Bücher
Ü	Übersetzer
I	Erster Teil
II	Zweiter Teil
:	entspricht
➶	ist enthalten in (Teil Eins) bzw. siehe

Teil Eins

Numerisches bibliografisches Verzeichnis der Neuerscheinungen der Reihe »Heyne Science Fiction & Fantasy« und aller SF-, Fantasy- und Horror-Publikationen sowie themenbezogener Sachbuchbeiträge in anderen Reihen im Jahr 2003

HEYNE SCIENCE FICTION

5558 William King
Ragnars Mission (2003)
Ragnar's Claw (2000)
Ü: Christian Jentzsch

5559 William King
Der Graue Jäger (2003)
Grey Hunter (2002)
Ü: Christian Jentzsch

5707 William Shatner
Sternendämmerung (2003)
Captain's Peril (2002)
Ü: Andreas Brandhorst

5776 Jeffrey Lang
Das Unsterblichkeits-Prinzip (2003)
Immortal Coil (2002)
Ü: Andreas Brandhorst

5777 J.M. Dillard
Nemesis (2003)
Nemesis (2002)
Ü: Andreas Brandhorst

5778 Charlotte Douglas & Susan Kearny
Die Rache des Dominion (2003)
The Battle of Betazed (2002)
Ü: Andreas Brandhorst

5818 Christie Golden
Seven of Nine (2002)
Seven of Nine (1998)
Ü: Andreas Brandhorst

5821 Dean Wesley Smith & Kristine Kathryn Rusch
Der Schatten (2003)
Section 31: Shadow (2001)
Ü: Andreas Brandhorst

6148 Markus Heitz
Aeternitas (2003)

6149 Harri Assmann
Auf dem Sprung (2003)

6199 Hans Joachim Alpers
Deutschland in den Schatten (2003)

6257 Thomas Gressman
Ein guter Tag zum Sterben (2003)
The Dying Time (2002)
Ü: Reinhold H. Mai

6258 Randall Bills
Drohendes Verhängnis (2003)
Imminent Crisis (2002)
Ü: Reinhold H. Mai

6259 Loren Coleman
Stürme des Schicksals (2003)
Storms of Fate (2003)
Ü: Reinhold H. Mai

6260 Blaine Lee Pardoe
Operation Risiko (2003)
Operation Audacity (2003)
Ü: Reinhold H. Mai

6261 Loren Coleman
Finale (2003)
Endgame (2003)
Ü: Reinhold H. Mai

6271 Michael A. Stackpole
Geisterkrieg (2003)
Ghost War (2003)
Ü: Reinhold H. Mai

[...]

6377 Alastair Reynolds
Chasm City (2003)
Chasm City (2001)
Ü: Irene Holicki

[...]

6425 Stephen Baxter
Ursprung (2003)
Manifold 3: Origin (2001)
Ü: Martin Gilbert

6438 Wolfgang Jeschke &
Sascha Mamczak (Hrsg.)
Das Science Fiction Jahr #18
Ausgabe 2003 (A)(2003)

Sascha Mamczak &
Wolfgang Jeschke
Editorial

Linus Hauser
Möge die Macht mit dir sein!
Was Science Fiction und
Religion miteinander zu tun
haben

Hartmut Kasper
Beam me up, Jesus!
Die »Left behind«-Utopie
oder: Wie man die Welt
sieht, wenn man »durch die
prophetische Brille Gottes in
die Zukunft« blickt

Thomas Körbel
Ich bin der Auserwählte!
Die schöpferischen
Mythologien der
Science Fiction

Alexander Seibold
Der nächtliche Flug auf dem
Buraq nach Jerusalem
Über Asimov, Asahara und
Bin Laden

Michael Nagula
Die Welt sprach im Geiste
Gottes
Betrachtungen zu Philip K.
Dicks Spätwerk

Robert Hector
Mad Max, Leibowitz & Co.
Jenseits der Apokalypse:
Alternative Endzeit-Visionen
der Science Fiction

Alexander Seibold
Woher? Wohin?
Stanley Kubricks Odyssee
zum Unbedingten

Peter M. Gaschler
Die Zukunft ist wild
Die Filmszene 2002 & beyond

Lutz Gräfe & Jürgen Wimmer
Schneller, lauter, dümmer
Das Neueste aus Hollywood

Uwe Neuhold
Mein Gott, es lebt!
Künstliche Intelligenz im
Science-Fiction-Film

Wolfgang Neuhaus
Im Bann des Hyperraums
Eine Annäherung an das
(modernisierte) Genre der
Space Opera

Hartmut Kasper
»Triebwerke? Ebenfalls
optimal!«
Science Fiction und
Pornographie

Karlheinz Steinmüller
Die DDR als Computerspiel
»PolyPlay« und die Chancen
von Alternativgeschichte

Brian W. Aldiss
Das Etikett Science Fiction
ist zum Hindernis geworden
Ü: Usch Kiausch

Usch Kiausch
»Niemals werde ich nur von
silbernen Stiefeln reden!«
Ein Gespräch mit William
Gibson

Alexander Seibold
»Nützlich spielen, das ist
unsere Aufgabe!«
Ein Gespräch mit Marcus
Hammerschmitt

Gundula Sell
»Wir werden mit Gott
tanzen!«
Ein Gespräch mit Mary Doria
Russell

Thomas M. Disch
Edgar Allan Poe, unser
peinlicher Vorfahr
*Poe, Our Embarrassing
Ancestor* (1998)
Ü: Erik Simon

Robert Hector
Auf der Suche nach den
Außerirdischen:
Astrobiologie – Leben im
Weltall?

Horst G. Tröster &
Helmut Magnana,
Sascha Mamczak,
Ute Perchtold,
Christiane Timper und
Birke Vock
Science-Fiction-Hörspiele
2001/2002

Gerd Frey
Science Fiction Interactive:
Computerspiele 2001/2002

Buchrezensionen

Hermann Urbanek
Die deutsche SF-Szene
2001/2002

Die amerikanische SF-Szene
2001/2002

Die britische SF-Szene 2001/2002

Preise – Preise – Preise

Werner Bauer
Phantastische Literatur im Heyne Taschenbuch 2002

6441 Robert Charles Wilson
Bios (2003)
Bios (1999)
Ü: Hendrik P. und Marianne Linckens

6442 Anne McCaffrey
Drachenkind (C)(2003)
The Girl Who Heard Dragons (1994)
Ü: Ingrid Herrmann-Nytko

Einführung
»Ach, Sie sind Anne McCaffrey«
Introduction:
So, You're Anne McCaffrey

Drachenkind
The Girl Who Heard Dragons

Die samtenen Felder
Velvet Fields

Euterpe amüsiert sich
Euterpe on a Fling

Die Pflicht ruft
Duty Calls

Das ramponierte Dornröschen
A Sleeping Humpty Dumpty Beauty

Die Mandalay-Kur
The Mandalay Cure

Gänse im Flug
A Flock of Geese

Ein Liebesdienst
The Greatest Love

Das stille Wasser
A Quiet One

Das Spiel
If Madam Likes You ...

Zulei, Grace, Nimshi und die verdammten Yankees
Zulei, Grace, Nimshi, and the Damnyankees

Der Cinderella-Trick
Cinderella Switch

Die Macht der Gewohnheit
Habit Is an Old Horse

Die Hofdamen
Lady-in-Waiting

Gestrandet
The Bones Do Lie

6443 Iain Banks
Blicke windwärts (2003)
Look to Windward (2000)
Ü: Irene Bonhorst

6444 H. D. Klein
Phainomenon (2003)

6446 Ben Bova
Der Asteroidenkrieg (2003)
The Asteroid Wars: The Precipice (2001)
Ü: Martin Gilbert

6447 Karen Haber (Hrsg.)
Das Geheimnis der MATRIX (A)(2003)
Exploring the MATRIX (2003)
Ü: Peter Robert

6448 John Clute
Sternentanz (2003)
Appleseed (2001)
Ü: Hannes Riffel

[...]

6802 Dave Stern
Der Preis der Ehre (2003)
What Price Honor? (2002)
Ü. Andreas Brandhorst

6803 J. M. Dillard
Suraks Seele (2003)
Surak's Soul (2002)
Ü: Andreas Brandhorst

[...]

7036 Isaac Asimov
Die Stahlhöhlen (C)
Ü: Heinz Nagel

Die Stahlhöhlen
The Caves of Steel (1953)
(auch als »Der Mann von drüben« ➶ 3004, ➶ 4000 (Auszug), 90 ➶ AR)

Die nackte Sonne
The Naked Sun (1956/1957)
(➶ 72, ➶ 3009, ➶ 3517, ➶ 8100, ➶ 8102)

7037 Anne McCaffrey
Drachenträume (C) (2003)

Moreta – Die Drachenherrin von Pern (1985)
Moreta: Dragon Lady of Pern (1983)
Ü: Birgit Ress-Bohusch
(➶ 4196)

Nerilkas Abenteuer (1989)
Nerilka's Story (1986)
Ü: Birgit Ress-Bohusch
(➶ 4548)

Drachendämmerung (1990)
Dragonsdawn (1988)
Ü: Irene Holicki
(➶ 4666)

7038 Isaac Asimov
Die Rettung des Imperiums (1989/1997/1997) (2003)
Prelude to Foundation (1988)
Ü: Heinz Nagel
(➶ 8100, ➶ 8107, ➶ 7815 AR/ überarb. NA unter neuer Nummer)

[...]

8222 Arthur C. Clarke
Die letzte Generation (2003)
Childhood's End (1953/1990)
Ü: Else von Hollander-Lossow und Bernhard Kempen

8310 Jeffrey Carver
Am Ende der Ewigkeit (2003)
Eternity's End (2000)
Ü: Ingrid Herrmann-Nytko

8311 Kevin J. Anderson
Das Imperium (2003)
Hidden Empire (2002)
Ü: Andreas Brandhorst

8314 Vernor Vinge
Eine Tiefe am Himmel (2003)
A Deepness in the Sky (1999)
Ü: Erik Simon

8315 Brian Herbert & Kevin J. Anderson
Butlers Djihad (2003)
Dune: The Butlerian Jihad (2002)
Ü: Bernhard Kempen

DAS SCHWARZE AUGE

6070 Martina Nöth
Verborgene Mächte –
Blutsbande, 1. Teil (2003)

6071 Martina Nöth
Die letzte Schlacht
Blutsbande, 2. Teil (2003)

6072 Thomas Plischke
Fuchsfährten (2003)

6101 Hans Joachim Alpers
Rhiana die Amazone – 1:
Der Flammenbund (2003)

HEYNE FANTASY

9158 Erik Simon &
Franz Rottensteiner (Hrsg.)
Tolkiens Geschöpfe (A) (2003)
Ü: Erik Simon

ELFEN UND ELBEN:
Michael Swanwick
Die Erzählung des
Wechselbalgs
The Changeling's Tale (1994)

Paul Edwin Zimmer
Die Frau aus dem Elfenhügel
Woman of the Elfmounds
Ü: Martina Knaup

Monika Felten
Galadriel Island

Swjatoslaw Loginow
Das Tal Lórien
Долина Лориэн (2002)

ZWERGE, HOBBITS UND ANDERE:
Markus Heitz
Zwergenzorn (2003)
(aus: »Die Zwerge«)

Henry Kuttner
Es war einmal ein Zwerg
A Gnome There Was (1941)

Andrzej Sapkowski
Das Ewige Feuer
(1992/1998)
Wieczny ogień (1992)
(aus: »Das Schwert der
Vorsehung«)
(➶ 9007, ➶ 13256 AR)

Andy Duncan
Senator Bilbo
Senator Bilbo (2001)

GOBLINS, KOBOLDE, ORKS:
Esther M. Friesner
Der Gottesmann und der
Kobold
The Godsman and the Goblin
(2000)

Bernhard Hennen
Eine Frage des Glaubens

Gundula Sell
Platiks Bretter

Maxim Terin
Tagebuch des Orks Gyrsch
(Дневник орка Гырша)
(2003)

Allerlei seltsame Wesen:
Tom Godwin
Noch ehe die Rosen Dornen hatten (1981)
Before Willows Ever Walked (1980)
Ü: Biggy Winter

Ursula K. Le Guin
Die Erzählung der Frau (1985)
The Wife's Story (1982)
Ü: Hilde Linnert

Markolf Hoffmann
Ein meisterliches Mahl

Neil Gaiman
Die Trollbrücke (2001)
Trollbridge (1993/1998)
Ü: Ingrid Krane-Müschen
(aus: »Die Messerkönigin«)
(➶ 13253 AR)

Zauberer und Helden:
Diana L. Paxson
Schattenwald
Shadow Wood (1985)
Ü: Hans J. Schütz

Marion Zimmer Bradley
Der Verfolger (1989)
The Walker Behind (1987)
Ü: Michael Windgassen

John Moressy
Steinhaut
Stoneskin (1984)
Ü: Michael Windgassen

Erik Simon
Der Zauberer Marnôt

Drachen und Drachentöter:
S. W. Wittmann
Die Drachen der Mitternachtsberge
(Драконы полуночных гор)
(1998/1999)

Lyon Sprague De Camp
Drei Ellen Drachenhaut
Two Yards of Dragon (1976)
Ü: Rosemarie Hundertmarck

Angela und Karlheinz Steinmüller
Die Drachenprobe

George R. R. Martin
Der Eisdrache
The Ice Dragon (1980)
Ü: Rainer Gladys

9159 Mary Gentle
Die letzte Schlacht der Orks (2003)
Grunts (1992)
Ü: Christian Jentzsch

9177 Markus Heitz
Unter den Augen Tzulans (2003)

9178 Markus Heitz
Die Stimme der Magie (2003)

9186 Bernhard Hennen
Im Schatten des Raben (2003)

9204 Robert Jordan
Pfade ins Zwielicht (2003)
Crossroads of Twilight (2003), 1. Teil
Ü: Andreas Decker

9205 Robert Jordan
Die weiße Burg (2003)
Crossroads of Twilight (2003), 2. Teil
Ü: Andreas Decker

9219 Michael A. Stackpole
Festung Draconis (2003)
The Dragoncrown War Cycle, Book 3: Fortress Draconis (2001), 2. Teil
Ü: Reinhold H. Mai

9220 Michael A. Stackpole
Blutgericht (2003)
The Dragoncrown War Cycle, Book 4: When Dragons Rage (2002), 1. Teil
Ü: Reinhold H. Mai

9229 Ursula K. Le Guin
Rückkehr nach Erdsee (2003)
The Other Wind (2001)
Ü: Joachim Pente

9230 Robert Silverberg
König der Erinnerungen (2003)
Sorcerers of Majipoor (1996)
Ü: Uwe Anton

9231 Robert Silverberg
Lord Prestimion (2003)
Lord Prestimion (1999)
Ü: Jürgen Langowski

9237 Jennifer Roberson
Schwertbruder (2003)
Sword-Sworn (2002)
Ü: Karin König

9238 Terry Pratchett & Ian Stewart & Jack Cohen
Rettet die Rundwelt
Mehr von den Gelehrten der Scheibenwelt (2003)
The Science of Discworld II: The Globe (2002)
Ü: Andreas Brandhorst und Erik Simon

9240 William King
Vampirkrieger (2003)
Vampireslayer (2001)
Ü: Christian Jentzsch

9241 Susanne Gerdom
Anidas Prophezeiung (2003)

9242 Susanne Gerdom
Die Schwarze Zitadelle (2003)

9304 Robert E. Howard
Conan (C) (2003)
Robert E. Howard's Complete Conan of Cimmeria, Volume One (1932/1933)
Ü: Lore Strassl

Wolfgang Hohlbein
Vorwort zur deutschen Ausgabe

Patrice Louinet
Einführung des Herausgebers
Ü: Jürgen Langowski

Mark Schultz
Vorbemerkung des Illustrators
Ü: Jürgen Langowski

DIE ERZÄHLUNGEN:
Cimmerien (Gedicht)
Cimmeria (1932)
Ü: Erik Simon

Im Zeichen des Phönix (1971)
The Phoenix on the Sword (1932)

Ymirs Tochter (1970)
The Frost-Giant's Daughter

Der Gott in der Schale (1970)
The God in the Bowl

Der Turm des Elefanten (1970)
The Tower of the Elephant (1933)

Die scharlachrote Zitadelle (1971)
The Scarlet Citadel

Die Königin der schwarzen Küste (1970)
Queen of the Black Coast (1934)

Natokh, der Zauberer (1970)
Black Colossus (1933)

Schatten im Mondlicht (1970)
Iron Shadows in the Moon (1933)

Der wandelnde Schatten (1971)
Xuthal of the Dusk (1933)
(Original-Titel: *The Slithering Shadow*)

Der Teich der Riesen (1971)
The Pool of the Black One (1933)

Der Rote Priester (1970)
Rogues in the House (1934)

Das Tal der verlorenen Frauen (1970)
The Vale of Lost Women

Der Eiserne Teufel (1971)
The Devil in Iron (1934)

VERMISCHTE SCHRIFTEN:
Ü: Jürgen Langowski

Im Zeichen des Phönix
(Erste eingereichte Fassung)

Anmerkungen zu verschiedenen Völkern des hyborischen Zeitalters
Notes on Various People of the Hyborian Age

Das hyborische Zeitalter
The Hyborian Age (1938)

Exposé ohne Titel

Exposé ohne Titel
(Die scharlachrote Zitadelle)

Exposé ohne Titel
(Natokh, der Zauberer)

Fragment ohne Titel

Exposé ohne Titel

Entwurf ohne Titel

Hyborische Namen und Länder

Originalkarten des hyborischen Zeitalters

ANHANG:
Ü: Jürgen Langowski

Hyborische Genesis

Zur Chronologie der Erzählungen

Veröffentlichungsnachweise

Deutsche Karte des hyborischen Zeitalters

9350 Robert Jordan
Die Suche nach dem Auge der Welt (C) (2003)
The Eye of the World (1990)
Ü: Uwe Luserke

Die Vorgeschichte:
Raben
Ravens (2002)
Ü: Andreas Decker

Drohende Schatten (1993)
The Eye of the World (1990), 1. Teil

Das Auge der Welt (1993)
The Eye of the World (1990), 2. Teil

9370 Stan Nicholls
Die Orks (C) (2003)
Ü: Christian Jentzsch

Leibwächter des Blitzes
Bodyguard of Lightning
(1999)

Legion des Donners
Legion of Thunder (1999)

Krieger des Sturms
Warriors of the Tempest
(2000)

9371 Patrick McCormick
Die Hüter des Grals (2003)
Albion: The Last Companion (1997)
Ü: Norbert Stöbe

9372 Markus Heitz
Die Zwerge (2003)

9380 Elizabeth Haydon
Tochter des Windes (2003)
Rhapsody (1999)
Ü: Michael Windgassen

9381 Elizabeth Haydon
Tochter der Erde (2003)
Prophecy (2000)
Ü: Christine Strüh

HEYNE ALLGEMEINE REIHE

13645 Jean M. Auel
Ayla und der Stein des Feuers
(2002) (2003)
The Shelter of Stone (2002)
Ü: Maja Ueberle-Pfaff und
Christoph Trunk
(➶ 214 HC/NA unter neuer Nummer)

13667 Steve Alten
Goliath (2003)
Goliath (2002)
Ü: Bernhard Kleinschmidt

13675 Wolfgang & Heike Hohlbein
Die Prophezeiung (1993)(2003)

13682 Mary H. Herbert
Die letzte Zauberin (C)(2002)
Ü: Michael Siefener

Das dunkle Pferd
Dark Horse (1990)

Tochter des Blitzes
Lightning's Daughter
(1991)

13741 Kôji Suzuki
the ring (2003)
ring/the ring (o.J.)
Ü: Bernhard Liesen und
Katrin Marburger

13757 Kage Baker
Im Land der Unsterblichkeit
(2001) (2003)
In the Garden of Iden (1997)
Ü: Elvira Bittner
(➶ 13249 AR)

13758 Max Barry
Logoland (2003)
Jennifer Government (2003)
Ü: Anja Schünemann

13773 Harald Evers
Die Schwestern des Windes (2003)

13779 Neil Gaiman
Keine Panik! Mit Douglas Adams per Anhalter durch die Galaxis (2003)
Don't Panic! Douglas Adams and the Hitchhiker's Guide to the Galaxy (1987/1993/2002)
Ü: Gerald Jung und Ralf Schmitz

13780 Kathleen O'Neal Gear & W. Michael Gear
Tage des Wolfs (2003)
The Visitant – Book One of the Anasazi Mysteries (1999)
Ü: Christine Roth-Drabussenig

13784 Eric L. Harry
Außer Kontrolle (2003)
Society of the Mind (1996)
Ü: Christel Wiemken

13785 Wolfgang Hohlbein
Der Ring des Sarazenen (2002) (2003)

13789 Dean Koontz
Der Geblendete (2002) (2003)
From the Corner of His Eye (2001)
Ü: Waltraud Götting
(➶ 213 HC/NA unter neuer Nummer)

13797 Micha Pansi
Der fünfte Stein: Die *Daimonen*-Trilogie (2003)

> Das Buch der Schlüssel (2000)
> (➶ 9111)
>
> Das Buch der Tore (2000)
> (➶ 9112)
>
> Das Buch der Pfade

13829 John Saul
Der Club der Gerechten (2003)
The Manhattan Hunt Club (2001)
Ü: Edith Walter

13845 Julianne Lee
Vogelfrei – Das Schwert der Zeit (2001) (2003)
Son of the Sword (o.J.)
Ü: Nina Bader
(➶ 13325 AR/NA unter neuer Nummer)

13862 Sean Russell
Nachtvogel (2003)
The One Kingdom (2001)
Ü: Hans-Ulrich Möhring

13870 J. Robert King
Merlins Fluch (2003)
Mad Merlin (2000)
Ü: Walter Brumm

13884 Philip K. Dick
Ubik (C) (2003)

> Ubik
> *Ubik* (1969)
> Ü: Renate Laux
> (überarb. NA)
>
> Ubik – das Drehbuch
> *Ubik – the Screenplay* (1985)
> Ü: Jürgen Langowski

13885 Philip K. Dick
Der dunkle Schirm (2003)
A Scanner Darkly (1977)
Ü: Karl-Ulrich Burgdorf
(überarb. NA)

13887 Wolfgang & Heike Hohlbein
Die Bedrohung (1994) (2003)

13902 Peter Straub
Der Hauch des Drachen (1996) (2003)
Floating Dragon (1983)
Ü: Harro Christensen
(➶ 9751 AR/NA unter neuer Nummer)

13918 Kôji Suzuki
Spiral – The Ring II (2003)
Rasen (o.J.)
Ü: Viktoria Heindorf und Tomonaga Horiguchi

13940 Mary H. Herbert
Die Tochter der Zauberin (C) (2003)
Ü: Michael Siefener

Stadt der Zauberer
City of the Sorcerers (1994)

Schwingen der Magie
Winged Magic (1996)

13951 Stephen King
Schwarz. Der Dunkle Turm 1 (C) (1989/1994/1999) (2003)
The Dark Tower: The Gunslinger (1982)
Ü: Joachim Körber und (Vorwort:) Patrick Niemeyer
(➶ 8838 AR, ➶ 10428 AR ➶ 11 JUM/NA unter neuer Nummer)

Der Revolvermann (1980)
The Gunslinger (1980)

Das Rasthaus (1981)
The Way Station (1980)

Das Orakel und die Berge (1983)
The Oracle and the Mountains (1980)

Die langsamen Mutanten (1983)
The Slow Mutants (1981)

Der Revolvermann und der Mann in Schwarz (1984)
The Gunslinger and the Dark Man (1981)

Nachwort
Afterword

13952 Stephen King
Drei. Der Dunkle Turm 2 (1989/1994/1999) (2003)
The Dark Tower II: The Drawing of the Three (1989)
Ü: Joachim Körber und (Vorwort:) Patrick Niemeyer
(➶ 8838 AR, ➶ 10429 AR ➶ 14 JUM/NA unter neuer Nummer)

13953 Stephen King
tot. Der Dunkle Turm 3 (1992/1996/1999) (2003)
The Dark Tower III: The Waste Lands (1991)
Ü: Joachim Körber und (Vorwort:) Patrick Niemeyer
(➶ 9670 AR, ➶ 10430 AR, ➶ 37 JUM/NA unter neuer Nummer)

13954 Stephen King
Glas. Der Dunkle Turm 4 (1997/1999) (2003)
The Dark Tower IV: Wizard and Glass (1997)
Ü: Joachim Körber und (Vorwort:) Patrick Niemeyer
(➶ 10799 AR, ➶ 94 HC/NA unter neuer Nummer)

13955 Stephen King
Das Tor zum Dunklen Turm (erscheint 2004)

20123 Frank Herbert
Children of Dune (C) (2003)
Zwei Romane zum TV-Dreiteiler

Der Herr des Wüstenplaneten
(1971/1986/1991/1994/2001)
Dune Messiah (1969)
Ü: Walter Brumm und
Ronald M. Hahn
(➶ 3266, ➶ 4280, ➶ 4808,
➶ 5211, ➶ 6401/ überarb.
NA unter neuer Nummer)

Die Kinder des
Wüstenplaneten
(1978/1986/1991/1994/2001)
Children of Dune (1976)
Ü: Ronald M. Hahn
(➶ 3615, ➶ 4280, ➶ 4808,
➶ 5215, ➶ 6402/überarb. NA
unter neuer Nummer)

Frank Herbert:
Der Schöpfer von Dune –
Der Wüstenplanet

20127 Kevin J. Anderson
Die Liga der außergewöhnlichen
Gentlemen (2003)
The League of Extraordinary
Gentlemen (2003)
Ü: Andreas Brandhorst

20128 Alan Dean Foster
Alien (1979/1993) (2003)
Alien (1979)
Ü: Heinz Nagel
(➶ 3722, ➶ 8764 AR)

PERRY RHODAN *ANDROMEDA*

19003 Leo Lukas
Der schwerelose Zug (2003)

19004 Frank Böhmert
Die Sternenhorcher (2003)

19005 Frank Borsch
Der Schattenspiegel (2003)

19006 Ernst Vlcek
Die Zeitstadt (2003)

PERRY RHODAN *ODYSSEE*

19007 Hubert Haensel
Die Kolonisten der Zukunft (2003)

19008 Leo Lukas
Der geheime Krieg (2003)

19009 Hans Kneifel
Das Energie-Riff (2003)

HEYNE HARDCOVER

241 Dean Koontz
Bote der Nacht (2003)
One Door Away from Heaven (2001)
Ü: Bernhard Kleinschmidt

243 James Clemens
Das Buch der Rache (2003)
Wit'ch War (2000)
Ü: Siglinde Müller

248 Stephen King
Wolfsmond. Der Dunkle Turm 5 (2003)
The Dark Tower V: Wolves of the Calla
Ü: Wulf Bergner

256 Neil Gaiman
American Gods (2003)
American Gods (2001)
Ü: Karsten Singelmann

263 James Clemens
Das Buch der Prophezeiung (2003)
Wit'ch Gate (2001)
Ü: Irene Holicki

Teil Zwei

Alphabetisches Verzeichnis sämtlicher Autoren und ihrer im Wilhelm Heyne Verlag im Jahr 2003 publizierten Werke

ALDISS, Brian W(ilson)
Das Etikett Science Fiction ist zum Hindernis geworden ➶ 6438
(Originaltitel: NN)

ALPERS, Hans Joachim
Deutschland in den Schatten : 6199

Rhiana die Amazone 1 – Der Flammenbund : 6101

ALTEN, Steve
Goliath : 13667 AR
Goliath

ANDERSON, Kevin J.
Das Imperium : 8311
Hidden Empire

Die Liga der außergewöhnlichen Gentlemen : 20127 AR
The League of Extraordinary Gentlemen

s. HERBERT, Brian/ANDERSON, Kevin J.

ASIMOV, Isaac
Die nackte Sonne : 72, : 3009, : 3517, ➶ 7036, ➶ 8100, ➶ 8102
The Naked Sun

Die Rettung des Imperiums : 7038, ➶ 8100, ➶ 8107, : 7815 AR
Prelude to Foundation

Die Stahlhöhlen : 7036

Die Stahlhöhlen : 3004, ➶ 4000 (Auszug), ➶ 7036, : 90 AR
The Caves of Steel
(auch als »Der Mann von drüben«)

ASSMANN, Harri
Auf dem Sprung : 6149

AUEL, Jean M.
Ayla und der Stein des Feuers : 13645 AR, : 214 HC
The Shelter of Stone

BAKER, Kage
Im Land der Unsterblichkeit : 13249 AR, : 13757 AR
In the Garden of Iden

BANKS, Iain
Blicke windwärts : 6443
Look to Windward

BARRY, Max
Logoland : 13758 AR
Jennifer Government

BAUER, Werner
Phantastische Literatur im Heyne Taschenbuch 2002
Eine Bibliografie ➶ 6438

BAXTER, Stephen
Ursprung : 6425
Manifold 3: Origin

BILLS, Randall
Drohendes Verhängnis : 6258
Imminent Crisis

BÖHMERT, Frank
Die Sternenhorcher : 19004 PRhA

BORSCH, Frank
Der Schattenspiegel : 19005 PRhA

BOVA, Ben
Der Asteroidenkrieg : 6446
The Asteroid Wars: The Precipice

CARVER, Jeffrey
Am Ende der Ewigkeit : 8310
Eternity's End

CLARKE, Arthur C(harles)
Einführung ➶ 8222

Die letzte Generation : 8222
Childhood's End

CLEMENS, James
Das Buch der Prophezeiung : 263 HC
Wit'ch Gate

Das Buch der Rache : 243 HC
Wit'ch War

CLUTE, John
Sternentanz : 6448
Appleseed

COHEN, Jack
s. PRATCHETT, Terry/STEWART, Ian/COHEN, Jack

COLEMAN, Loren
Finale : 6261
Endgame

Stürme des Schicksals : 6259
Storms of Fate

DE CAMP, Lyon Sprague
Drei Ellen Drachenhaut ➶ 9158
Two Yards of Dragon

DICK, Philip K(indred)
Der dunkle Schirm : 13885 AR
A Scanner Darkly

Ubik : 13884 AR

Ubik ➶ 13884 AR
Ubik

Ubik – das Drehbuch ➶ 13884 AR
Ubik – the Screenplay

DILLARD, J. M.
Nemesis : 5777
Nemesis

Suraks Seele : 6803
Surak's Soul

DISCH, Thomas M(ichael)
Edgar Allan Poe, unser peinlicher Vorfahr ➶ 6438
Poe, Our Embarrassing Ancestor

DOUGLAS, Charlotte/
KEARNY, Susan
Die Rache des Dominion : 5778
The Battle of Betazed

DUNCAN, Andy
Senator Bilbo ➶ 9158
Senator Bilbo

EVERS, Harald
Die Schwestern des Windes
: 13773 AR

FELTEN, Monika
Galadriel Island ➶ 9158

FOSTER, Alan Dean
Alien : 3722, : 8764 AR, : 20128 AR
Alien

FREY, Gerd
Science Fiction Interactive:
Computerspiele 2001/2002
➶ 6438

FRIESNER, Esther M.
Der Gottesmann und der Kobold
➶ 9158
The Godsman and the Goblin

GAIMAN, Neil
American Gods : 256 HC
American Gods

Keine Panik! Mit Douglas Adams
per Anhalter durch die Galaxis
: 13779 AR
Don't Panic! Douglas Adams &
the Hitchhiker's Guide to the Galaxy

Die Trollbrücke ➶ 9158, : 13253 AR
Trollbridge
(aus: »Die Messerkönigin«)

GASCHLER, Peter M.
Die Zukunft ist wild. Die Filmszene
2002 & beyond ➶ 6438

GASSER, Christian
Nachwort ➶ 13885 AR

GEAR, Kathleen O'Neal/
GEAR, W. Michael
Tage des Wolfs : 13780 AR
The Visitant – Book One of
the Anasazi Mysteries

GENTLE, Mary
Die letzte Schlacht der Orks : 9159
Grunts

GERDOM, Susanne
Anidas Prophezeiung : 9241

Die Schwarze Zitadelle : 9242

GODWIN, Tom
Noch ehe die Rosen Dornen hatten
➶ 3845, ➶ 9158
Before Willows Ever Walked

GOLDEN, Christie
Seven of Nine : 5818
Seven of Nine

GRÄFE, Lutz/WIMMER, Jürgen
Schneller, lauter, dümmer:
Das Neueste aus Hollywood ➶ 6438

GRESSMAN, Thomas
Ein guter Tag zum Sterben : 6257
The Dying Time

HABER, Karen
Das Geheimnis der MATRIX : 6447
Exploring the MATRIX

HAENSEL, Hubert
Die Kolonisten der Zukunft : 19007 PRhO

HAMILTON, Peter F.
Vorwort ➶ 8222

HARRY, Eric L.
Außer Kontrolle : 13784 AR
Society of the Mind

HAUSER, Linus
Möge die Macht mit dir sein! Was Science Fiction und Religion miteinander zu tun haben ➶ 6438

HAYDON, Elizabeth
Tochter der Erde : 9381
Prophecy

Tochter des Windes : 9380
Rhapsody

HECTOR, Robert
Auf der Suche nach den Außerirdischen: Astrobiologie – Leben im Weltall? ➶ 6438

Mad Max, Leibowitz & Co. Jenseits der Apokalypse: Alternative Endzeit-Visionen der Science Fiction ➶ 6438

HEITZ, Markus
Aeternitas : 6148

Unter den Augen Tzulans : 9177

Die Stimme der Magie : 9178

Die Zwerge : 9372

Zwergenzorn ➶ 9158 (aus: »Die Zwerge«)

HENNEN, Bernhard
Eine Frage des Glaubens ➶ 9158

Im Schatten des Raben : 9186

HERBERT, Brian/ANDERSON, Kevin J.
Butlers Djihad : 8315
Dune: The Butlerian Jihad

HERBERT, Frank
Der Herr des Wüstenplaneten : 3266, ➶ 4280, ➶ 4808, : 5215, : 6401, ➶ 20123 AR
Dune Messiah

Die Kinder des Wüstenplaneten : 3615, ➶ 4280, ➶ 4808, : 5215, : 6402, ➶ 20123 AR
Children of Dune

Der Schöpfer von *Dune* – Der Wüstenplanet ➶ 20123 AR

HERBERT, Mary H.
Das dunkle Pferd ➶ 13682 AR
Dark Horse

Die letzte Zauberin : 13682 AR

Schwingen der Magie ➶ 13940 AR
Winged Magic

Stadt der Zauberer ➶ 13940 AR
City of the Sorcerers

Die Tochter der Zauberin : 13940 AR

Tochter des Blitzes ➶ 13682 AR
Lightning's Daughter

HOFFMANN, Markolf
Ein meisterliches Mahl ➶ 9158

HOHLBEIN, Heike
s. HOHLBEIN, Wolfgang/HOHLBEIN, Heike

HOHLBEIN, Wolfgang
Der Ring des Sarazenen : 13785 AR

Vorwort zur deutschen Ausgabe
➶ 9304

HOHLBEIN, Wolfgang/
HOHLBEIN, Heike
Die Bedrohung : 13887 AR

Die Prophezeiung : 13675 AR

HOWARD, Robert E(rvin)
Anmerkungen zu verschiedenen Völkern des hyborischen Zeitalters
➶ 9304
Notes on Various People of the Hyborian Age

Cimmerien (Gedicht) ➶ 9304
Cimmeria

Conan : 9304
Robert E. Howard's Complete Conan of Cimmeria, Volume One

Der Eiserne Teufel ➶ 3236, ➶ 9304
The Devil in Iron

Entwurf ohne Titel ➶ 9304

Exposés (4) ohne Titel ➶ 9304

Fragment ohne Titel ➶ 9304

Der Gott in der Schale ➶ 3202,
➶ 9304
The God in the Bowl

Hyborische Genesis ➶ 9304

Hyborische Namen und Länder
➶ 9304

Das hyborische Zeitalter ➶ 9304
The Hyborian Age

Im Zeichen des Phönix ➶ 3263,
➶ 9304
The Phoenix on the Sword

Im Zeichen des Phönix
(Erstfassung) ➶ 9304
The Phoenix on the Sword

Die Königin der schwarzen Küste
➶ 3206, ➶ 9304
Queen of the Black Coast

Natokh, der Zauberer ➶ 3210,
➶ 9304
Black Colossus

Der Rote Priester ➶ 3202, ➶ 9304
Rogues in the House

Die scharlachrote Zitadelle
➶ 3263, ➶ 9304
The Scarlet Citadel

Schatten im Mondlicht ➶ 3210,
➶ 9304
Iron Shadows in the Moon

Das Tal der verlorenen Frauen
➶ 3206, ➶ 9304
The Vale of Lost Women

Der Teich der Riesen ➶ 3245,
➶ 9304
The Pool of the Black One

Der Turm des Elefanten ➶ 3202,
➶ 9304
The Tower of the Elephant

Der wandelnde Schatten ➶ 3245,
➶ 9304
Xuthal of the Dusk
(Originaltitel: *Slithering Shadow*)

Ymirs Tochter ➶ 3206, ➶ 9304
The Frost-Giant's Daughter

JESCHKE, Wolfgang/
MAMCZAK, Sascha
Das Science Fiction Jahr # 18,
Ausgabe 2003 : 6438

s. MAMCZAK, Sascha/
JESCHKE, Wolfgang

JORDAN, Robert
Das Auge der Welt : 5027, ✐ 9350
The Eye of the World, 2. Teil

Drohende Schatten : 5026, ✐ 9350
The Eye of the World, 1. Teil

Pfade ins Zwielicht : 9204
Crossroads of Twilight, 1. Teil

Die Suche nach dem Auge der Welt
: 9350

Die Vorgeschichte: Raben ✐ 9350
Ravens

Die weiße Burg : 9205
Crossroads of Twilight, 2. Teil

KASPER, Hartmut
Beam me up, Jesus!
Die »Left behind«-Utopie oder:
Wie man die Welt sieht, wenn man
»durch die prophetische Brille
Gottes in die Zukunft« blickt
✐ 6438

»Triebwerke? Ebenfalls optimal!«
Science Fiction und Pornographie
✐ 6438

KEARNY, Susan
s. DOUGLAS, Charlotte/
KEARNY, Susan

KEMPEN, Bernhard
Vorwort ✐ 8222

KIAUSCH, Usch
»Niemals werde ich nur von
silbernen Stiefeln reden!«
Ein Gespräch mit William Gibson
✐ 6438

KING, J. Robert
Merlins Fluch : 13870 AR
Mad Merlin

KING, Stephen
Drei. Der Dunkle Turm 2
✐ 8838 AR,
: 10429 AR, : 13952 AR,
: 11 JUM
The Dark Tower II: The Drawing of the Three

Glas. Der Dunkle Turm 4
: 10799 AR, : 13954 AR, : 94 HC

Die langsamen Mutanten
✐ 8838 AR, ✐ 10428 AR,
✐ 13951 AR, ✐ 11 JUM
The Slow Mutants

Nachwort ✐ 8838 AR, ✐ 10428 AR,
✐ 13951 AR, ✐ 11 JUM
Afterword

Das Orakel und die Berge
✐ 8838 AR, ✐ 10428 AR,
✐ 13951 AR, ✐ 11 JUM
The Oracle and the Mountains

Das Rasthaus ✐ 3792, ✐ 8838 AR,
✐ 10428 AR, ✐ 13951 AR, ✐ 11 JUM
The Way Station

Der Revolvermann ✐ 3718,
✐ 8838 AR, ✐ 10428 AR,
✐ 13951 AR, ✐ 11 JUM
The Gunslinger

Der Revolvermann und der Mann
in Schwarz ✐ 4062, ✐ 8838 AR,
✐ 10428 AR, ✐ 13951 AR, ✐ 11 JUM
The Gunslinger and the Dark Man

Schwarz. Der Dunkle Turm 1
✐ 8838 AR, : 10428 AR, 13951 AR,
: 11 JUM
The Dark Tower: The Gunslinger

Das Tor zum Dunklen Turm
: 13955 AR
(erscheint 2004)

tot. Der Dunkle Turm 3 : 9670 AR,
: 10430 AR, : 13953 AR, : 11 JUM
The Dark Tower III: The Waste Lands

Vorwort ➶ 13951 AR, ➶ 13952 AR,
➶ 13953 AR, ➶ 13954 AR

Wolfsmond. Der Dunkle Turm 5
: 248 HC
The Dark Tower V: Wolves of the Calla

KING, William
Der Graue Jäger : 5559
Grey Hunter

Ragnars Mission : 5558
Ragnar's Claw

Vampirkrieger : 9240
Vampireslayer

KLEIN, H. D.
Phainomenon : 6444

KNEIFEL, Hans
Das Energie-Riff : 19009 PRhO

KÖRBEL, Thomas
Ich bin der Auserwählte!
Die schöpferischen Mythologien
der Science Fiction ➶ 6438

KOONTZ, Dean
Bote der Nacht : 241 HC
One Door Away from Heaven

Der Geblendete : 213 HC
: 13789 AR
From the Corner of His Eye

KUTTNER, Henry
Es war einmal ein Zwerg ➶ 9158
A Gnome There Was

LANG, Jeffrey
Das Unsterblichkeits-Prinzip : 5776
Immortal Coil

LEE, Julianne
Vogelfrei – Das Schwert der Zeit
: 13325 AR, : 13845 AR
Son of the Sword

LE GUIN, Ursula K(roeber)
Die Erzählung der Frau ➶ 47, ➶ 9158
The Wife's Story

Rückkehr nach Erdsee : 9229
The Other Wind

LOGINOW, Swjatoslaw
Das Tal Lórien ➶ 9158
(Долина Лориэн)

LOUINET, Patrice
Einführung des Herausgebers
➶ 9304

LUKAS, Leo
Der geheime Krieg : 19008 PRhO

Der schwerelose Zug : 19003 PRhA

McCAFFREY, Anne (Inez)
Der Cinderella- Trick ➶ 6442
Cinderella Switch

Drachendämmerung : 4666, ➶ 7037
Dragonsdawn

Drachenkind : 6442
The Girl Who Heard Dragons

Drachenkind ➶ 6442
The Girl Who Heard Dragons

Drachenträume : 7037
Ein Liebesdienst ➶ 6442
The Greatest Love

Einführung
»Ach, Sie sind Anne McCaffrey«
➶ 6442
Introduction:
So, You're Anne McCaffrey

Euterpe amüsiert sich ➶ 6442
Euterpe on a Fling

Gänse im Flug ➶ 6442
A Flock of Geese

Gestrandet ➶ 6442
The Bones Do Lie

Die Hofdamen ➶ 6442
Lady-in-Waiting

Die Macht der Gewohnheit ➶ 6442
Habit Is an Old Horse

Die Mandalay-Kur ➶ 6442
The Mandalay Cure

Moreta – Die Drachenherrin von Pern : 4196, ➶ 7037
Moreta: Dragon Lady of Pern

Nerilkas Abenteuer : 4548, ➶ 7037
Nerilka's Story

Die Pflicht ruft ➶ 6442
Duty Calls

Das ramponierte Dornröschen
➶ 6442
A Sleeping Humpty Dumpty Beauty

Die samtenen Felder ➶ 6442
Velvet Fields

Das Spiel ➶ 6442
If Madam Likes You ...

Das stille Wasser ➶ 6442
A Quiet One

Zulei, Grace, Nimshi und die verdammten Yankees ➶ 6442
Zulei, Grace, Nimshi, and the Damnyankees

McCORMICK, Patrick
Die Hüter des Grals : 9371
Albion: The Last Companion

MAGNANA, Helmut
s. TRÖSTER, Horst G./
MAGNANA, Helmut/
MAMCZAK, Sascha/
PERCHTOLD, Ute/
TIMPER, Christiane/VOCK, Birke

MAMCZAK, Sascha
Vorwort ➶ 13884 AR, ➶ 20123 AR

MAMCZAK, Sascha/
JESCHKE, Wolfgang
Editorial ➶ 6438

s. JESCHKE, Wolfgang/
MAMCZAK, Sascha

s. TRÖSTER, Horst G./
MAGNANA, Helmut/
MAMCZAK, Sascha/
PERCHTOLD, Ute/
TIMPER, Christiane/VOCK, Birke

MARTIN, George R. R.
Der Eisdrache ➶ 9158
The Ice Dragon

MORESSY, John
Steinhaut ➶ 9158
Stoneskin

NAGULA, Michael
Die Welt sprach im Geiste Gottes: Betrachtungen zu Philip K. Dicks Spätwerk
➶ 6438

NEUHAUS, Wolfgang
Im Bann des Hyperraums. Eine Annäherung an das (modernisierte) Genre der Space Opera ➶ 6438

NEUHOLD, Uwe
Mein Gott, es lebt!
Künstliche Intelligenz im
Science-Fiction-Film ➶ 6438

NICHOLLS, Stan
Krieger des Sturms ➶ 9370
Warriors of the Tempest

Legion des Donners ➶ 9370
Legion of Thunder

Leibwächter des Blitzes ➶ 9370
Bodyguard of Lightning

Die Orks : 9370

NÖTH, Martina
Die letzte Schlacht : 6071

Verborgene Mächte : 6070

O'NEAL GEAR, Kathleen
s. GEAR, Kathleen O'Neal/
GEAR, W. Michael

PANSI, Micha
Das Buch der Pfade ➶ 13797 AR

Das Buch der Schlüssel : 9111,
➶ 13797 AR

Das Buch der Tore : 9112,
➶ 13797 AR

Der fünfte Stein/Die *Daimonen*-Trilogie : 13797 AR

PARDOE, Blaine Lee
Operation Risiko : 6260
Operation Audacity

PAXSON, Diana L.
Schattenwald ➶ 9158
Shadow Wood

PERCHTOLD, Ute
s. TRÖSTER, Horst G./
MAGNANA, Helmut/
MAMCZAK, Sascha/
PERCHTOLD, Ute/
TIMPER, Christiane/VOCK, Birke

PLISCHKE, Thomas
Fuchsfährten : 6072

PRATCHETT, Terry/STEWART, Ian/
COHEN, Jack
Rettet die Rundwelt. Mehr von
den Gelehrten der Scheibenwelt
: 9238
The Science of Discworld II:
The Globe

REYNOLDS, Alastair
Chasm City : 6377
Chasm City

ROBERSON, Jennifer
Schwertbruder : 9237
Sword-Sworn

ROTTENSTEINER, Franz
s. SIMON, Erik/
ROTTENSTEINER, Franz

RUSCH, Kristine Kathryn
s. SMITH, Dean Wesley/
RUSCH, Kristine Kathryn

RUSSELL, Sean
Nachtvogel : 13862 AR
The One Kingdom

SAPKOWSKI, Andrzej
Das Ewige Feuer : 9007, ➶ 9158,
➶ 13256 AR
Wieczny ogień
(aus: »Das Schwert der Vorsehung«)

SAUL, John
Der Club der Gerechten : 13829 AR
The Manhattan Hunt Club

SCHULTZ, Mark
Vorbemerkung des Illustrators
➶ 9304

SEIBOLD, Alexander
Der nächtliche Flug auf dem Buraq nach Jerusalem:
Über Asimov, Asahara und Bin Laden
➶ 6438

»Nützlich spielen, das ist unsere Aufgabe!« – Ein Gespräch mit Marcus Hammerschmitt
➶ 6438

Woher? Wohin?
Stanley Kubricks Odyssee zum Unbedingten ➶ 6438

SELL, Gundula
Platiks Bretter ➶ 9158

»Wir werden mit Gott tanzen!«
Ein Gespräch mit Mary Doria Russell
➶ 6438

SHATNER, William
Sternendämmerung : 5707
Captain's Peril

SILVERBERG, Robert
König der Erinnerungen : 9230
Sorcerers of Majipoor

Lord Prestimion : 9231
Lord Prestimion

SIMON, Erik
Der Zauberer Marnôt ➶ 9158

SIMON, Erik/
ROTTENSTEINER, Franz
Tolkiens Geschöpfe : 9158

SMITH, Dean Wesley/
RUSCH, Kristine Kathryn
Der Schatten : 5821
Section 31: Shadow

STACKPOLE, Michael A.
Blutgericht : 9220
The Dragoncrown War Cycle, Book 4: When Dragons Rage, 1. Teil

Festung Draconis : 9219
The Dragoncrown War Cycle, Book 3: Fortress Draconis, 2. Teil

Geisterkrieg : 6271
Ghost War

STEINMÜLLER, Karlheinz
Die DDR als Computerspiel.
»Polyplay« und die Chancen von Alternativgeschichte
➶ 6438

s. STEINMÜLLER, Angela/
STEINMÜLLER, Karlheinz

STEINMÜLLER, Angela/
STEINMÜLLER, Karlheinz
Die Drachenprobe ➶ 9158

STERN, Dave
Der Preis der Ehre : 6802
What Price Honor?

STEWART, Ian
s. PRATCHETT, Terry/STEWART, Ian/
COHEN, Jack

STRAUB, Peter
Der Hauch des Drachen : 13902 AR
Floating Dragon

SUZUKI, Kôji
The Ring : 13741 AR
ring/the ring

Spiral – The Ring II : 13918 AR
Rasen

SWANWICK, Michael
Die Erzählung des Wechselbalgs
➶ 9158

TERIN, Maxim
Tagebuch des Orks Gyrsch
➶ 9158
(Дневник орка Гырша)

TIMPER, Christiane
s. TRÖSTER, Horst G./
MAGNANA, Helmut/
MAMCZAK, Sascha/
PERCHTOLD, Ute/
TIMPER, Christiane/VOCK, Birke

TRÖSTER, Horst G./
MAGNANA, Helmut/
MAMCZAK, Sascha/
PERCHTOLD, Ute/
TIMPER, Christiane/VOCK, Birke
Science-Fiction-Hörspiele
2001/2002 ➶ 6438

URBANEK, Hermann
Die amerikanische SF-Szene
2001/2002 ➶ 6438
Die britische SF-Szene
2001/2002 ➶ 6438
Die deutsche SF-Szene 2001/2002
➶ 6438

VAAS, Rüdiger
Menschen zum Mars – Hinflug,
Besiedlung und Terraforming
➶ 19007 PRhO

Mit Überlichtgeschwindigkeit zu den
Sternen – Wurmlöcher, Warp-
Antrieb und Tachyonen
➶ 19008 PRhO

Die Suche nach außerirdischen
Intelligenzen – Leben im All:
Rarität oder Regel ➶ 19009 PRhO

VINGE, Vernor
Eine Tiefe am Himmel : 8314
A Deepness in the Sky

VLCEK, Ernst
Die Zeitstadt : 19006 PRhA

VOCK, Birke
s. TRÖSTER, Horst G./
MAGNANA, Helmut/
MAMCZAK, Sascha/
PERCHTOLD, Ute/
TIMPER, Christiane/VOCK, Birke

WILSON, Robert Charles
Bios : 6441
Bios

WIMMER, Jürgen
s. GRÄFE, Lutz/WIMMER, Jürgen

WITTMANN, S. W.
Die Drachen der Mitternachtsberge
➶ 9158
(Драконы полуночных гор)

ZIMMER, Paul Edwin
Die Frau aus dem Elfenhügel ➶ 9158
Woman of the Elfmounds

ZIMMER BRADLEY, Marion
Der Verfolger ➶ 4574, ➶ 9158
The Walker Behind

HEYNE
Vernor Vinge
Eine Tiefe am Himmel
Roman